光明回忆

罗伯特·乔丹
布兰登·山德森 著
李镭 译

A MEMORY OF LIGHT

上

时光之轮

The Wheel of Time 14

中国出版集团
東方出版中心

图书在版编目(CIP)数据

时光之轮.14，光明回忆/(美)乔丹，(美)山德森著；李镭译. —上海：东方出版中心，2015.8（2016.9重印）

ISBN 978-7-5473-0813-4

Ⅰ. ①时… Ⅱ. ①乔… ②山… ③李… Ⅲ. ①长篇小说—美国—现代 Ⅳ. ①I712.45

中国版本图书馆CIP数据核字(2015)第147417号

图字：09-2008-012号

责任编辑：胡曦露(937710259@qq.com)
技术编辑：徐儒静
封面设计：布谷工作室 高蕾
版式设计：一步设计
地图绘制：苗 伸

光明回忆

作　　者：罗伯特·乔丹（Robert Jordan）
　　　　　布兰登·山德森（Brandon Sanderson）
译　　者：李 镭
出版发行：东方出版中心
地　　址：上海市仙霞路345号
电　　话：(021) 62417400
邮政编码：200336
经　　销：全国新华书店
印　　刷：昆山亭林印刷有限责任公司
开　　本：720×1020 毫米 1/16
字　　数：998 千字
印　　张：58
版　　次：2015年8月第1版 2016年9月第2次印刷
印　　数：5,051-8,100 册
ISBN 978-7-5473-0813-4
定　　价：92.00元（上下册）

东方出版中心邮购部 电话（021）52069798

致海莉叶

乔丹先生的生命之光

以及埃米莉

我的生命之光

各界赞誉

甫一出版即登上纽约时报畅销排行榜冠军。《时光之轮》系列不仅在销售成绩上获得肯定，作者罗伯特·乔丹恢弘的笔触更让全球二千万读者为之疯狂。

《时光之轮》被誉为“正统奇幻”及“剑与魔法”的最佳典范，该系列每一部都是一段独特的冒险，又相互交织成宏大的故事情节，作者通过巧妙的构思，将带你进入一个完全不同的史诗世界。

“《时光之轮》……在英语世界，极少有其他的奇幻传说能与它相提并论，能超越它的就更是微乎其微了。”

——芝加哥太阳报

“宏大的、令人敬畏的、丰富多彩的故事情节，让人不由得想起托尔金的作品。”

——出版人周刊

“罗伯特·乔丹开始统治由托尔金一手开创的世界。”

——纽约时报

“《时光之轮》系列是唯一一部我致以崇高敬意的作品，与之相比，几乎每一部我读过的其他奇幻作品都黯然失色……这个系列有可能会成为有史以来最伟大的奇幻著作，时间将会说明一切。”

——Abby Goldsmith(评论家)

“罗伯特·乔丹写下了关于光明和黑暗的鲜明形象，有时又有孩子气的惊奇，这里面虽然有着淡淡的托尔金风味，但他也创造了鲜明的自我写作风格。”

——Pittsburgh Press

“《时光之轮》兼具文字的优美和情节的丰富，其中包含着格林兄弟的天真与魅力；赫胥黎的《勇敢新世界》的社会道德精神。这一切，再加上有血有肉的人物、隐秘晦涩的譬喻、趣味性的调剂、生动优美的自然风景，还有那种关于永恒的迷人感觉。作者借助一种语言创造了一个文学世界和这个世界可能具有的一切真实性。”

——布鲁斯特·米尔顿·罗伯森，默特尔海滩太阳报

“全方位感觉的史实。”

——星期日时报

“一场幻梦般的景象。”

——SFX(英国著名大型幻想综合网站)

“那些读奇幻的人可以欣喜若狂了，这是真正的艺术！”

——John Lee(奇幻作家)

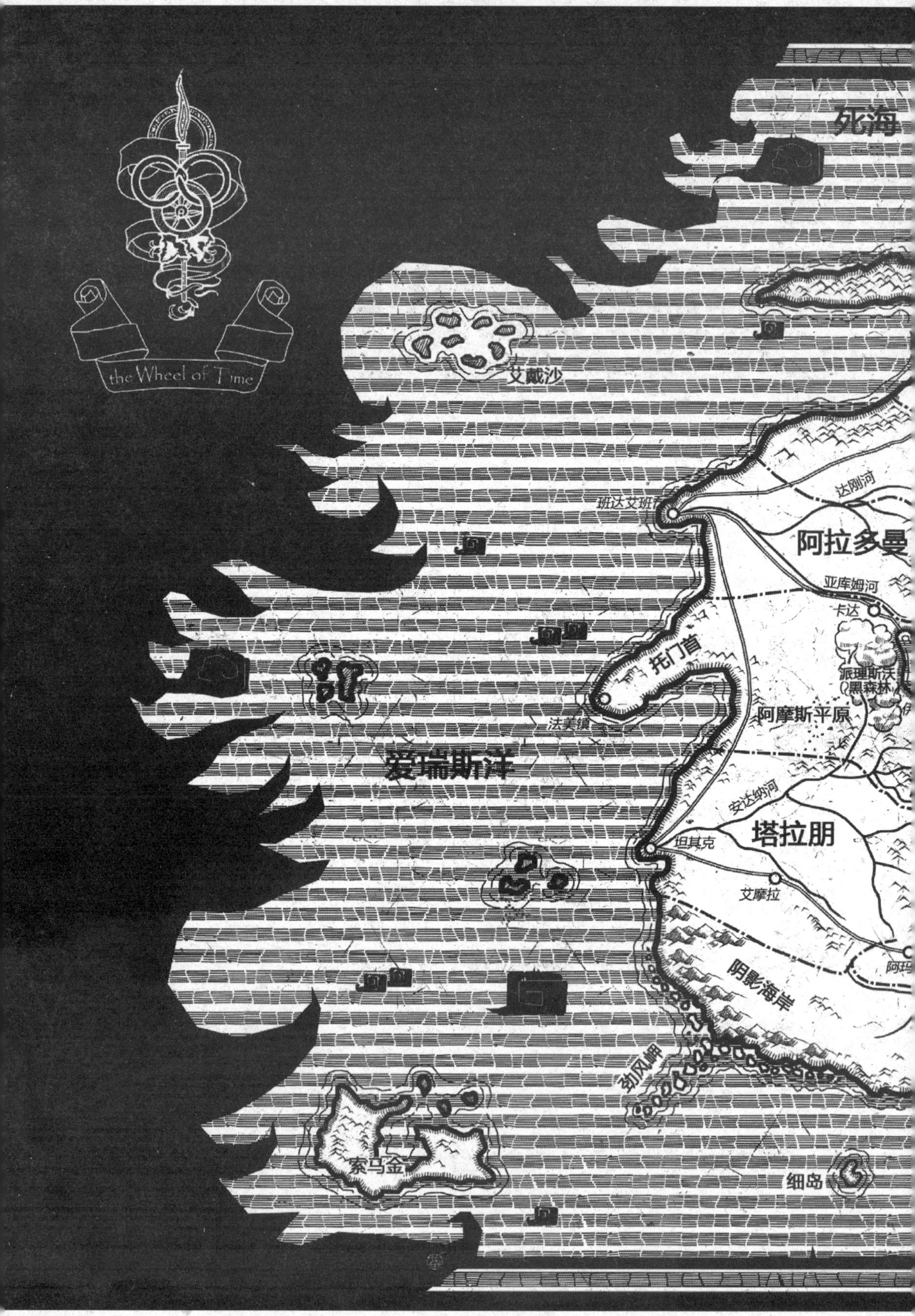

the Wheel of Time
死海
艾戴沙
达刚河
班达艾班
阿拉多曼
亚库姆河
卡达
托门首
派理斯沃
(黑森林)
法美镇
阿摩斯平原
爱瑞斯洋
安达纳河
塔拉朋
坦其克
艾摩拉
阴影海岸
劲风岬
索马金
细岛

世界尽头
妖境
煞妖谷
废地
末日山脉
坎多
塔文隘口
夏纳
马兰登
查辛
艾拉非
法达拉
法莫兰
奈亚隘口
戴亚
索比拉
弑亲者之匕山脉
艾伊尔
荒漠
黑丘
伊乌河
亚林河
塔瓦隆
鲁安河
龙山
柘林河
凯瑞安
海文河
卡拉兰草原
章嘉隘口
凯瑞安城
布雷姆
森林
两河流域
安多
世界之脊
四王镇
白桥
凯姆林
亚林吉尔
艾拉河
加林之墙
思塔恩河
芦加德
金塔拉丘陵
莫兰迪
法麦丁
哈登莫克
卡利河
商台聚落
沙力达
阿特拉
马瑞多平原
提尔
哥登
沉溺之地
伊利安
龙指
艾博达
伊利安城
梅因
风暴海
辛达琴
至海民列岛

主要人物表

暗帝：邪恶之源，创世时被封印在煞妖谷，现欲重回世界，逐步削弱封印。

兰德·亚瑟：来自两河流域伊蒙村的牧羊人，现在被宣称是转生真龙。

麦特·考索恩：来自两河流域伊蒙村，兰德好友，目前带领霄辰军队。

佩林·艾巴亚：来自两河流域伊蒙村，兰德好友，一名时轴，能与狼沟通。

艾雯·艾威尔：来自两河流域伊蒙村，目前被推举为玉座。

奈妮薇·爱米拉：来自两河流域伊蒙村，黄宗两仪师，擅长医疗。

伊兰·传坎：安多女王，两仪师，已怀有兰德的孩子。

柏姬泰：传说中能应瓦力尔号角召唤而来的英雄，后意外成为伊兰的护法。

明：一名拥有判读人类周遭灵光能力的少女，常跟在兰德身边。

艾玲达：塔戴得艾伊尔苦漠氏族的枪姬众，与伊兰、明一起嫁给了兰德。

菲儿：沙戴亚元帅达弗朗·巴歇尔之女，嫁给了佩林。

史汪·桑辰：前任玉座，后遭废黜与静断，现与加雷斯·布伦在一起。

凯苏安·梅莱丁：在世最年长的两仪师，属绿宗。

岚：曾经约缚于沐瑞的护法战士，后与奈妮薇·爱米拉成婚。

加拉德：摩格丝女王的儿子，伊兰的哥哥，目前加入白袍众的行列。

加雷斯·布伦：被摩格丝女王驱逐的大将，现为两仪师统领军队。

马瑞姆·泰姆：一名伪龙，曾帮兰德训练殉道使，被称为米海峨。

洛根：一名被驯御的有导引能力的伪龙，被奈妮薇治愈后，现成为殉道使。

汤姆·梅里林：走唱人，曾是摩格丝的宫廷吟游诗人。

泽凌·散达：提尔人，一名捕贼人。

罗亚尔：一名来自商台聚落的巨森灵，喜欢读书，酷爱树林。

贝丽兰：梅茵之主，拥有绝美容貌和强悍意志，也是很有手腕的统治者。

芙图娜：原名图昂，被称为九月之女，现已成为霄辰女王。

目录

时光之轮14：光明回忆(上)

大事记

时间之初

创世主创世：

同一瞬间，暗帝撒丹被封印在煞妖谷，他是所有邪恶的源泉。他许诺谁若帮助他获得自由，他将给予曾服侍他的人难以想象的力量和财富，以及永生。

此时，在这个世界上，还有极少数能够操控至上力的人，他们可以利用至上力施行常人仅能够想象的巨大能力和奇迹，这些人被称作两仪师。他们成立了自己的组织，分为男性两仪师和女性两仪师。

两仪师中有些人因为追求永生和力量，成为暗帝撒丹的崇拜者，试图将暗帝从牢狱中拯救出来，他们和暗帝的其他追随者被称为暗黑之友。

传说纪元时期（起始时间不详，结束于世界崩毁之后）

大约三千年甚至更久以前，暗影战争爆发：

这是暗黑之友为拯救暗帝撒丹而发动的，又称作至上力之战。暗黑之友中最强大的十三个人叫做背弃者。

同时，暗帝创造出兽魔人——一种人类跟野兽混血的扭曲种族，它们和暗黑之友一起进攻人类。

就在暗黑之友几乎快要成功时，男性两仪师路斯·瑟林·特拉蒙带领一百位男性两仪师（百盟团，传说纪元中力量最强人的战士），到煞妖谷重新封印了暗帝和那些背弃者，并制造了七片心灵之石，放置在暗帝囚禁之处的七处焦点上，一旦毁坏了这些心灵之石，暗帝就能被重新释放。

暗影战争结束之后，疯狂之年代开始：

在暗影战争中，当暗帝被路斯·瑟林·特拉蒙等男性两仪师封印时，他也发出了还击，用邪恶污染了真源男性的那一半，使得所有从真源获取力量的男性引导者都变得疯狂。

被称为“真龙”的两仪师路斯·瑟林就找出了他所有的亲属，一个不留地全部杀死了，因此他得到了“弑亲者”的称呼。他最后毁灭了自己，但根据真龙预言，真龙将会在人类最危急的时刻转生，以拯救人类，不过转生真龙将会再度造成世界的崩毁。这段时间就被称为疯狂之年代，其确实长度无人知晓，但据信几乎延续了将近一百年，直至最后一名男性两仪师死亡。

疯狂之年代结束时，世界崩毁：

在疯狂之年代中，男性两仪师因为陷入疯狂而开始了毁灭世界的举动，这个世界的许多疆域因此而不宜人居，幸存者如同风中的沙砾一般四散飘零。这段大毁灭的经过被以“世界崩毁”之名记载于故事、历史和传说中。

世界崩毁之后，传说纪元结束。

灭后纪元时期（元年不详，大约是世界崩毁之后数百年，结束于兽魔人战争之后）

灭纪 300 年左右，十国联盟形成：

这是在世界崩毁、国家再度形成后所组成的联盟，他们的目的是摧毁暗帝。

灭纪 335—336 年，出现伪龙罗林·灭暗者。

灭纪 1000—1300 年左右，兽魔人战争期间：

这是持续了超过 300 年的一连串战争，在这段时间里，兽魔人的军队在全世界到处肆虐，他们的领袖是魔达奥，也是暗帝创造的生物。最后，大多数兽魔人都被消灭或者赶回妖境中。

在这漫长的战争中，有许多国家被彻底破坏，甚至还有些国家的疆域完全变得不宜人居。十国联盟也在兽魔人战争中被破坏，曼埃瑟兰就是在这场战争中灭亡的。

这段时间的历史都毁于战火，剩下的只有断简残篇。

灭纪 1300—1308 年，出现伪龙尤瑞安·石弓。

自由纪元时期（始自兽魔人大战之后，至百年战争结束）

自由纪 351 年，出现伪龙达维安。

自由纪 939—943 年，第二次龙之战争：

这是一场对抗伪龙桂尔·亚玛拉桑的战争。在这场战争中，一位名叫亚图的年轻国王有着非常突出的表现，即后来的亚图·鹰翼。

自由纪 943—994 年，亚图·鹰翼统治时期：

这名传奇君王的帝国包括了世界之脊西方的全部疆域，甚至远达艾伊尔荒漠以外的一些区域。他还于自由纪 992 年派出大军横渡爱瑞斯洋，期冀完成世界与民族的统一。但在他过世之后，这些远征军的联系就全都断绝了，而因为他的过世造成的权力虚悬，则直接引起了随后的百年战争。

自由纪 994—1117 年，百年战争：

这一连串战争的起源都是由于亚图·鹰翼的去世所造成的权力结构转移和变动所致。它们造成了巨大的破坏，爱瑞斯洋和艾伊尔荒漠之间的土地大都荒废，从暴风海到妖境之间的人群几乎全都被牵扯进去，历史纪录几乎全部被毁灭。亚图·鹰翼的帝国也在战争中分崩离析，之后，近代各国才陆续建立。

百年战争期间，圣光之子组织建立：

其目的是对抗日益猖獗的暗黑之友，它在随后的战争期间演化成一个完全的军事组织，痛恨两仪师，并且将所有支持或是与两仪师友好的人们视作暗黑之友。

新纪元时期（百年战争后直至目前）

新纪 976—978 年，艾伊尔战争：

新纪 972 年，安多王女提格兰的兄弟路克消失于妖境之后，提格兰随即也跟着失踪，这一意外引发了安多的继承之争，从而间接导致了艾伊尔战争。凯瑞安的国王雷芒死于这场战争中。

新纪 997 年，出现伪龙洛根。

新纪 998 年，出现伪龙马瑞姆·泰姆。

新纪 998 年，真龙现世：

在两河流域的小乡村伊蒙村，三名年轻人——兰德、麦特和佩林——遭到黑骑士和兽魔人的追杀，开始了对抗暗帝、拯救世界的旅程。转生真龙原来就是牧羊人兰德，他和他的朋友们，又会遭遇怎样的传奇历险呢？

前情提要

时光之轮旋转不息，岁月来去如风，世代更替只留下回忆。在第三纪元，一个仿佛没有尽头的冬季，遥远两河一个叫做伊蒙村的地方，三个本过着平凡生活的乡下少年，兰德、麦特和佩林，被传说中的黑暗生物隐妖、兽魔人追捕，在两仪师沐瑞的引领与帮助下逃离家乡。在时光之轮的因缘中，他们是可以改变并拯救世界的时轴。

一番冒险后，他们来到妖境，在绿巨人的帮助下找到了“世界之眼”。身为转生真龙的兰德更是在“世界之眼”旁与暗帝展开了战斗。兰德等人从“世界之眼”带回了传说中可以让历代死去的英雄重生，成为世界主宰的瓦力尔号角，可是不久，号角即被暗黑之友帕登偷走，争夺号角之战因此拉开帷幕。

最终，麦特在法美镇吹响了瓦力尔号角，历代逝去的英雄们瞬间重生，佩林竖起了真龙旗，他们向着霄辰军队冲锋而去。此后，夏纳的战士目睹了兰德与暗帝在天空的战斗，聚集在了真龙旗下。在流散的真龙预言中，取得“禁忌之剑”凯兰铎，提尔之岩陷落，都是真龙转生的迹象。因缘的线索在提尔之岩编织交汇，兰德成为提尔的统治者。此时，在能号令天下的两仪师聚集的白塔中却发生了变故。红宗两仪师爱莉达策动政变，静断了玉座史汪·桑辰和撰史者莉安，一部分两仪师被迫出走沙力达，白塔由此分裂。

兰德带领众人前往三绝之地，寻求时光之轮中的因缘变化，在进入鲁迪恩的中心时，他的双臂上出现了龙形印迹，这也是艾伊尔人传说中“随黎明而来之人”的徽记。随后在冷岩堡，兰德得到了艾伊尔部族首领们的承认。佩林则潜回家乡，抵抗圣光之子与兽魔人对两河的入侵，最后成为两河的领主。

凯瑞安城前，兰德与未归顺他的艾伊尔人库莱丁展开决战，轻敌的库莱丁最终被麦特杀死。进入凯瑞安城的兰德迅速平衡了提尔人和凯瑞安人的地位，赢得了他们的遵从。为保护兰德，沐瑞舍身将弃光魔使兰飞儿推入从鲁迪恩带来的门型特法器，两人消失在未知的世界中。

伪龙马瑞姆·泰姆为兰德建立起一支能够导引的男性队伍，人们称其为殉道使。奈妮薇发现静断是切断了火之力与魂之力的桥梁，治愈了史汪与莉安。告别艾伊尔智者，艾雯冒险肉身进入梦之境——特·雅兰·瑞奥德，急速赶到沙力达，随即被推选为新玉座，奈妮薇与伊兰被艾雯提升为两仪师。

分裂的白塔分别开始了对转生真龙的怀柔与博弈，结果，兰德不慎被白塔派来的十三名两仪师屏障劫持，佩林率领众人尾随营救。兰德挣脱束缚，在古代两仪师的旗帜下，在场的塔瓦隆和沙力达的两仪师都被迫向转生真龙兰德宣誓效忠。兰德和佩林率领两河人、梅茵人、凯瑞安人、艾伊尔人联军以及两仪师和殉道使，大败沙度人，回到了凯瑞安。

玉座艾雯决定率领沙力达的两仪师前往塔瓦隆。在她的要求下，麦特护卫奈妮薇与伊兰前往艾博达，并终于在艾博达找到了能够操控天气的碗形特法器。同时，海民承认了兰德是真玳预言中的克拉莫。兰德被帕登·范用煞达罗苟斯红宝石匕首割伤，生死一线之际，殉道使达莫用神奇的手法将匕首伤痕与圆形疤痕旧伤从兰德身上隔离，让伤口中的两种黑暗互相战斗消解。沙马奥交给瑟瓦娜一根能够控制两仪师的短杖，又驱使沙度部族通过通道前往世界各地战斗。征服伊利安的兰德被加冕为王，获得世界之王的称号，而他头上的伊利安月桂王冠从此被叫做“剑之王冠”。

随着风之碗效果呈现寒冬降临大地，胥辰人侵略的步伐步步逼近。逃离艾博达时，麦特意外发现并绑架了预言中自己的妻子“九月之女”——女大君图昂。兰德被伊兰、艾玲达与明共同约缚，从此心念相通，又接受凯苏安担任资政。艾雯引用战争律法，对爱莉达宣战，表示于一个月后进攻塔瓦隆，借此步步强化权威，又表示将同意两仪师退休，退休的两仪师会被除去三誓成为家人，将家人纳入白塔管理。兰德受到自己身上两处伤口中，不同黑暗力量相互压制的启发，与奈妮薇共同使用超法器“珂丹卡”，用煞达罗苟斯的邪恶中和了暗帝对阳极力的污染。

伊兰等人回到安多，决心取回狮子王座，但不久亚瑞米拉的军队围困了凯姆林，伊兰处境艰难。加拉德在圣光裁决中杀死圣光之子最高领袖指挥官艾阿蒙·瓦达，取代了他的地位。艾雯被白塔俘获，但爱莉达未追究其妄称玉座之罪，将她贬为初阶生，接受希维纳的指导。艾雯努力在白塔两仪师心中种下反对爱莉达的种子。兰德决定与霄辰人协商停战，却被伪装成“九月之女”的色墨海格所骗失去左手，色墨海格被俘。

佩林到达海丹，海丹女王雅莲德向他宣誓效忠，但不久菲儿、雅莲德和麦玎被忽然出现的沙度艾伊尔人俘获。佩林与霄辰军合作救出菲儿，沙度部族兵败退回三绝之地。霄辰内乱，图昂以外的皇族都已不复存在，在麦特掩护下，图昂安全回到艾博达，将苏罗丝治罪。分别之际，图昂宣称麦特是自己的丈夫，麦特成为霄辰群鸦王子。借着法麦丁门战斗的胜利以及戴玲的忠诚，亚瑞米拉及支持她的贵族成为俘虏，十五个大家族转而支持传坎，伊兰获得安多王座。

菲儿杀死先知马希玛。维林交给麦特一封信后，向艾雯坦承自己属于黑宗，濒死之际将自己一生收集黑暗势力的资料以及研究成果交给艾雯。图昂登上皇位易名芙图娜，发动了对白塔的空袭，爱莉达被俘沦为罪奴，艾雯取而代之，白塔归于完整。阿拉多曼大将军罗代尔·伊图拉德接受了兰德的招募，前往边境国抵御兽魔人。艾玲达完成最后的试炼，被要求进入鲁迪恩成为真正的智者。兰德发现古兰黛藏身的拿汀山，用烈火将整座城堡抹去。谭姆来见兰德，却几乎被失控的兰德杀死。这种伤害亲人的痛苦让兰德体会到路斯·瑟林的弑亲之痛，理解了轮回的意义，巨大的决心令兰德体内至上力膨胀至极，兰德与心中的路斯·瑟林再无差异，浴火重生。

重生的兰德来到白塔，向艾雯宣称将打破暗帝牢狱的封印，从而再次完全将暗帝封印，虽遭艾雯强烈反对，但他的威仪和力量令整个白塔两仪师折服。兰德回到提尔之岩发现埃拉娜失踪，他与凯苏安达成谅解，安排凯苏安寻找马汀·斯戴潘诺，随后集结军队和大君，赶走其中的暗黑之友，最后取得父亲谭姆的谅解。

暗影对边境国的侵略逐渐拉开序幕。马兰登城外，伊图拉德与兽魔人大军浴血奋战，阻挡着暗影紧逼的步伐，最艰难的时刻，马兰登城门终于打开，沙戴亚指挥官尤俄里违背了统帅的命令，经历了流血事件后将伊图拉德及部众接入城中。可是马兰登的城墙终于被兽魔人军团的导引者击破，伊图拉德发挥世上最伟大将军的全部能力，命殉道师争取时间，调动一切力量展开巷战等待援军到来。在承受巨大的伤亡并歼灭了更多兽魔人后，兰德终于带着援军赶来。面对人类的牺牲以及暗影大军，兰德全力导引发动可怕力量，暂时解除了兽魔人对沙戴亚的进攻。

因真正施展心灵压制的是亚兰加，古兰黛并未死于兰德的烈火，随后她骗取了莫瑞笛的信任，受命杀死佩林，得到一柄梦幻矛。加拉德被出卖，主动放弃抵抗，成为至高裁判者埃桑瓦的俘虏，却因此高尚之举赢得所有圣光之子的忠诚，成为名副其实的最高领袖指挥官。佩林的大队人马与加拉德的队伍相遇，由于手下被加拉德俘虏，佩林被迫与加拉德谈判，而加拉德被告知佩林曾经杀死过圣光之子，是暗影生物。佩林要求加拉德给予一次公正的审判，正当他们为谁主持审判争执时，化身麦玎的摩格丝出现解决了这个问题。在不久后的审判中，摩格丝在倾听了事实和佩林的辩解后，宣判佩林有罪，但认定其行为是佣兵间的斗殴并非谋杀，遂将处置的权力交给加拉德。

梦幻矛在狼梦中制造了一个延伸数里的紫色苍穹，现实里与此重叠的区域内，神行术无法编织失去作用。在狼之友飞跳的教导下，佩林开始学习让梦之世界服从自己，最后的狩猎已经开始。佩林找到梦幻矛，携带它以及紫色苍穹，与杀戮者在梦之世界开始了角逐。飞跳的死亡激发出佩林的力量，借助噩梦他迷惑住杀戮者，将梦幻矛丢入龙山的熔岩中毁灭。回到现实内心激荡的佩林铸成一柄新的铁锤，命名为“玛哈雷尼”（它在飞翔），殉道使在为金属加热的过程中将至上力注入其中，古老的技艺被重新找回，佩林也由此找到自己作为领袖的责任，重新竖起狼头旗帜。佩林意识到梦幻矛的作用是暗影欲把自己引入一支兽魔人大军圈套，而此刻白袍众成为它们的目标，率众前去救援，战斗中加拉德宣布了对佩林的判决，除了金钱补偿外要全力投入最后战争。并肩作战令两人互生信任，击退兽魔人后，加拉德宣誓在最后的战争中由佩林作为指挥官。

奈妮薇来到白塔接受成为两仪师仪式，尽管在测试中使用了禁止的编织，但因净化阳极力和直面魔格丁的功绩，她仍得到承认，取得了披肩，接着取回对岚的约缚。盖温试图保护艾雯的举动却触发了本欲应对麦煞那的陷阱，两人发生争执，盖温回到凯姆林。正当艾雯联络诸王反对兰德之际，发现宗派守护者私下召开评议会试图限制自己的权力，艾雯借此将军队的控制器交给评议会，换得独自处理真龙的权力，又逼迫宗派守护者同意限制评议会擅自召开。

艾雯在特·雅兰·瑞奥德中会见智者和海民，三方达成盟约分享知识和法器，此时麦煞那与黑宗发起攻击。由于另一边佩林与杀戮者的追逐，白塔也受到了梦幻矛的影响，艾雯与佩林在梦之世界相遇又各自继续自己的战斗。虽然中了麦煞那的圈套，但凭借数千年来玉座之职积累的权威与信心，艾雯以强大的思想力直面麦煞那，并最终击溃了她的精神。现实里盖温及时赶回，为保护梦中的艾雯只身阻挡了三名霄辰刺客"血匕首"，重伤濒死之际被艾雯约缚，如愿成为护法。

古蓝袭击了红手队的营地，虽未能直接伤害麦特，却杀死多人，包括麦特的贴身男仆罗平。伊兰向家人提议，为她们提供庇护以换取医疗和神行术。麦特受到伊兰召见，将亚柳妲设计的"龙"推荐给伊兰，两人达成协议，安多长期雇佣红手队并由他们使用"龙"，同时红手队获得四分之一所有权。麦特又将狐狸徽章借给伊兰三天，供她制作不完美的复制品。伊兰乘着柏姬泰向麦特回忆在根结之塔经历的机会，伪装成弃光魔使拷问被俘的黑宗，却被识破受伤，一枚复制的徽章被抢走。为绝后患，麦特将古蓝引出，使用复制出的徽章，以及红手队与家人的巧妙配合，终于将古蓝诱入陷阱，丢进特·雅兰·瑞奥德无尽的虚空中。

摩格丝回到安多，在她的斡旋下伊兰决定两河交给兰德，而让佩林出任总管。兰德再次会见边境国的四位君主，在回答出一个关于传说纪元记忆的预言后，获得了边境国的支持。在调换部分贵族封地后，伊兰获得凯瑞安的太阳王座。麦特带着汤姆和诺奥进入根结之塔营救沐瑞，麦特以左眼为代价换得沐瑞，逃亡中诺奥牺牲自己只身阻挡埃斐英，走投无路之时麦特领悟艾杉玳锐就是离开的钥匙。逃出生天后，沐瑞与汤姆结为夫妻。

古兰黛因失败被严惩。佩林在狼梦中找到平衡。维林留给麦特的信终于被打开，其中警告凯姆林的道门将被暗影大军所用。戴着红色面纱的艾伊尔人出现。兰德在梦中见到了兰飞儿。只身前往边境的岚，因奈妮薇的安排，不得不接纳沿途加入的马吉尔旧部，最终举起金鹤旗，有了自己的军队，举剑迎接末日与暗影。

末日战争终于全面爆发，以真龙和玉座为首的各国军队在梅丽罗平原会晤，暗帝牢狱的封印将要被打破吗？为了对抗暗影大军，兰德能否争取到霄辰军队的加盟？暗影使用什么阴谋，导致光明阵营的四大阵营全面溃败？危在旦夕之际，又由谁来力挽狂澜？应宿命之约，兰德前往煞妖谷，他与暗帝之间，又有怎样的较量？敬请欣赏时光之轮最终卷：光明回忆。

暗影降临大地，世界被撕成碎片。海洋泛滥，高山倾覆，诸国流窜于世界的角落。月色如血，日色如灰。海洋沸腾，生者羡慕死者。一切都已破碎，万物尽皆失落，只有记忆残存。一个记忆超越了其余所有，是他带来了暗影和世界的崩毁，那个被称为“真龙”的人。

——摘自《亚莱斯·宁·塔尔林·奥塔·卡莫拉，世界崩毁》，

成书于第四纪元，作者未知

序　言

倒落的旗帜与消亡的仁慈

拜尔德将硬币在拇指和食指间狠狠捏了一下。金属的挤压让他感到很不舒服。他松开拇指，曾经坚硬的铜币映照着摇曳不定的火把光亮，上面已清晰地印下他的拇指指纹。他觉得全身发冷，就好像在地窖里过了一整晚。

他的肚子又在咕咕叫了。

北风吹起，火把再一次开始闪烁。拜尔德正坐在接近营地中心的地方，背靠着一块大石头。饥饿的人们一边嘟囔着，一边在篝火旁暖着手。他们的补给品在很久前就全都腐烂了。附近的其他士兵都已经将他们携带的全部金属物品，包括剑、盔甲和锁甲内衬全部铺在地上，仿佛那些是等待被晒干的亚麻衣服。也许他们希望当太阳升起时，阳光会让这些金属恢复正常。

拜尔德将这枚曾经是硬币的金属在指间捏成一个圈。光明保佑我们，他心想，光明啊……他把捏成圈的硬币扔进草丛里，伸手拿起他一直在摆弄着的石头。

“我想知道这里发生了什么事，卡兰姆。”贾瑞德领主高声说道。贾瑞德和他的臣仆们正站在一张铺满地图的桌子前。“我想知道，他们怎么会如此靠近我们。我想要那个该死的暗黑之友两仪师女王的脑袋！”贾瑞德将拳头狠狠地砸在桌面上。以前他的目光并不是这么疯狂的，但补给食物的丧失、夜晚发生的各种异变，以及其他许多压力已经改变了他。

在贾瑞德身后，指挥帐篷已经塌倒在地上。他在流亡过程中变长的头发被风吹起，摇摆不定的火光照亮了他的面孔。他的外衣上还挂着从指挥帐篷里爬出来时黏上的枯草。

困惑不解的仆人们拿起那些撑起帐篷的铁支架。像这座营地中所有金属一样，这些铁支架已经柔软到可以随意变形。撑起这座帐篷顶部的铁环则像被烤热的蜡一样，弯转折断了。

这个晚上的气味也很不对。空气中有种陈旧感，就好像一个许多年不曾有人走进的房间。一片林间空地中不该充满这种陈年积灰的味道。拜尔德的肚子又在叫了。光明啊，他真希望能有些吃的东西。他将注意力集中在自己的工作上，用一块石头不停地敲打着另一块石头。

这种敲打石头的方法是他孩提时老祖父所教的。敲击石块的感觉能够赶走饥饿和寒冷，让他知道这个世界上至少还有一些坚实的东西。

贾瑞德领主双眉紧皱瞥了他一眼。拜尔德是今晚被贾瑞德挑选出来做为护卫的十个人之一。"我会得到伊兰的脑袋，卡兰姆，"贾瑞德说着，转头望向他的将军们，"这个不正常的夜晚正是她的女巫们的杰作。"

"她的脑袋？"埃力充满怀疑的声音在一旁响起，"那么，到底会是一个什么样的人能把她的脑袋给你送来呢？"

贾瑞德领主和桌旁所有人都将目光转向他，埃力却只是望着天空。在他的肩头佩戴着金色野猪冲向一支血红色长矛的徽记，这是贾瑞德私人卫队的标志，但埃力的语气中却没有多少敬意："那个人打算怎样割下那颗脑袋，贾瑞德，用牙齿啃吗？"

如此放肆的话语让整座营地陷入沉默。拜尔德也停住手中的动作。营地里的确有不少人都在暗中猜测贾瑞德领主的神智是否还清醒，但怎会有人敢这样说话？

贾瑞德因愤怒而变得满脸通红："你竟敢用这种口气对我说话？你不是我的卫兵吗？"

埃力只是继续望着遍布乌云的天空。

"扣你两个月的薪饷，"贾瑞德气急败坏地说道，声音却在颤抖，"剥夺你的军衔，罚你去清理厕所，直到我下达其他命令为止。如果你再敢和我顶嘴，我就割掉你的舌头。"

拜尔德在冷风中打了个哆嗦。埃力已经是这支叛军残部里最优秀的战士了。其他卫兵都低着头，默然不语。

埃力朝他的领主看了一眼，微微一笑。他一句话都没说，但实际上，他也不需要说什么。割掉他的舌头？现在营地里的每一片金属都已经软得像猪油一样了。贾瑞德自己的刀子就放在桌上，扭曲得不像样。当他将这把匕首从鞘里抽出来时，它的刀刃就被拉长了。贾瑞德的外衣现在完全敞开着。那件衣服的纽扣是银制的。

“贾瑞德……”卡兰姆说道。他是撒安德家族属下的一名年轻小贵族，有张瘦削的面孔和肥厚的嘴唇。“你真的认为……这是两仪师干的？是她们改变了营地里所有的金属？”

“当然，”贾瑞德吼道，“除此以外还会有什么可能？别对我说，你相信那些篝火边的故事。最后战争？呸！”他低头看着桌子，那上面有张用卵石压住四个角落的安多地图。

拜尔德又开始加工手上的石头。敲打，敲打，敲打。板岩和花岗岩。每一块石头都需要找到适当的截面，祖父曾教过拜尔德鉴别各种石头的方法。当拜尔德的父亲离开家，在城里做一名屠夫时，那位老人觉得遭到背叛。他的家族事业无人继承了。

柔软、平滑的板岩，凹凸不平、带有脊线的花岗岩。是的，这个世界上还有一些东西是坚实的。不多的一些东西。但在这样一个时代，一个人不能要求太多。曾经不可一世的领主们现在也都绵软得如同……如同这个营地里的金属一样。天空中翻滚着乌云。拜尔德曾经敬佩有加的勇士们，却在夜幕的笼罩下窃窃私语，颤抖不止。

“我很担心，贾瑞德。”戴维斯领主说道。他是个上了年纪的人，是贾瑞德的密友之一。“我们已经连续几天没见过其他人了。无论是农夫或女王的士兵，都不见踪影。一定发生了什么非常严重的事情。”

“她把人都赶走了，”贾瑞德叫嚷着，“她正准备对我们发动突袭。”

“我想，她已经把我们忘记了，贾瑞德。”卡兰姆也在看着天空。乌云还在不住地翻滚。拜尔德也觉得自己已经有好几个月没见过晴朗的天空了。“为什么她还要在意我们？我们正在被饿死。食物不断地腐败，许多迹象都表明……”

“她在想方设法打垮我们，”贾瑞德圆睁的双眼中闪动着疯狂的火苗，“这就是两仪师的伎俩。”

营地里突然陷入一片沉寂，人们的耳里只剩下拜尔德敲打石头的声音。他从来都不喜欢屠夫这个行业，所以他最终还是在领主的卫队中找到安身立命的位置。砍掉牛头和砍掉人头有些相似。但想到竟然如此轻易地操起杀人的刀剑，他多少还是感到有些困扰。

敲打，敲打，敲打。

埃力转过身。贾瑞德用怀疑的眼神盯着那名卫兵，仿佛随时准备下达更严厉的惩罚命令。

他并非一直都是这么糟糕的领主，不是吗？拜尔德心想。他想让自己的妻子登上王位，但哪一个领主不想这样呢？对拜尔德来说，想要放弃对撒安德家族的忠诚实在有些困难。他的家系已经效忠这个家族许多世代了。

埃力向远处走去。

“你要去哪里？”贾瑞德高声吼着。

埃力一手伸向肩头，扯掉撒安德家族卫兵的肩徽，扔在地上，然后就走出火光映照的范围，迎着从北方吹来的风，消失在夜幕之中。

营地中大部分的人都还没就寝，他们坐在篝火旁，只想尽量靠近温暖和光明。一些篝火上架着陶土罐，里面煮的是草茎、树叶、树皮和其他一切可以被充当食物的东西。

所有人都站起来，看着埃力。

“逃兵，”贾瑞德啐了一口，“我们一起打过那么多仗，现在只不过是遇到了一点困难，他却要逃走了。”

“士兵们都在挨饿。”戴维斯重复着卡兰姆的话。

“我知道，非常感谢你们不遗余力地告诉我这个问题，”贾瑞德用颤抖的手掌擦拭着眉毛，然后狠狠地一掌拍在地图上，“我们必须攻下一座城市。她知道我们在哪里，所以想要逃避她是没有意义的。白桥。我们攻下那里，就能取得大量物资。她的两仪师今晚刚刚布局了规模这么大的一个阴谋，现在肯定已经非常虚弱了，否则她现在就会向我们发动进攻。”

拜尔德觑着黑色的夜幕。站起来的人们纷纷找了一些或长或短的木棍，有些人则只是赤手空拳。他们卷起被褥和衣服，扛在肩头，然后开始跑出营地。所有人都没有发出任何声音，仿佛这是一群游荡的幽灵。拜尔德听不到任何盔甲武器碰撞的声音。金属全都完蛋了，就好像被剥离了灵魂一样。

“伊兰不敢和我们正面交战，”贾瑞德似乎是想要说服自己，“凯姆林一定有很多骚乱。你早就向我报告过，希夫，那里有太多佣兵了。也许还会有暴动。爱伦娜肯定会和伊兰对抗的。白桥，没错，白桥会是个理想的驻军地点。

“你们等着瞧吧，我们会在那里站稳脚跟，占据半个安多。然后征募士兵，把安多西半部的人都聚集到我们旗下。再到……那个地方叫什么来着？两河。我们能在那里找到不少生力军。”贾瑞德喷着鼻息，“我听说他们已经有几十年没有见过任何一位领主了。只要四个月的时间，我就能重新组建起一支军队，让伊兰再也不敢用她的女巫攻击我们……”

拜尔德把石块举到火把的光亮里，想要敲制出一个锋利的石枪头，就必须从外侧开始，逐渐向里雕凿。他首先要用粉笔在这一片板岩上画出枪头的形状，再从两侧朝中心把它的外形敲打出来，然后从敲打改为轻击，将矛刃一点点凿出来。

他早些时候已经完成了一侧的矛刃，现在另一侧也将近完工了。他几乎能听到祖父在对自己悄声说话。我们就是石头，拜尔德。不管你父亲对你说过些什么，在内心里，我们就是石头。

愈来愈多士兵离开了营地。他们全一言不发，这让拜尔德觉得有些奇怪。贾瑞德终于注意到身边的异状。他站直身子，抓过一支火把，高举起来：“他们在干什么？去狩猎吗？我们已经有几个星期没见过一只猎物了。他们是要去设陷阱？”

没有人回答。

“也许他们看到了什么，”贾瑞德嘟囔，“或者，也许他们自以为看到了什么。我可不相信有什么灵魂现世或其他任何愚蠢的说法，那些都是女巫们制造的幻影，目的就是为了吓唬我们。一定……就是这么回事。”

附近传来一阵窸窣声。卡兰姆正在倒下的帐篷中翻找着。最后，他扛起了一只小包裹。

“卡兰姆？”贾瑞德问道。

卡兰姆瞥了贾瑞德一眼，然后低垂下目光，开始将一只钱袋系在腰间。但他又停住手中的动作，笑了起来。他把手伸进钱袋里，掏出一团变软后纠结在一起的金币，就好像一些腌在罐子里的猪耳朵。卡兰姆把那堆金子塞回口袋里，又从钱袋中找出一枚戒指。那上面血红色的宝石还是完美无缺的。“现在也许还不够买一个苹果呢。”他嘟囔。

“告诉我，你想干什么！”贾瑞德嚷道，“这是你策划的吗？”他朝跑出营地的士兵们指了指，“你们是在发动一场兵变，对不对？”

“我不想这么做，”卡兰姆显得非常羞愧，“我也不想反对你。我……我很抱歉。”

卡兰姆走出了火光。拜尔德非常惊讶。卡兰姆领主和贾瑞德领主从小时候起就是非常要好的朋友。

戴维斯领主是下一个，他几乎是紧跟着卡兰姆走掉的。他是想要把那个年轻人叫回来吗？不，拜尔德看到他和卡兰姆并肩离去了。他们很快就被夜色吞没，完全看不见了。

“我会把你们全都抓回来处死!”贾瑞德声音凄厉地朝他们的背影号叫着，他仿佛已经完全疯了，“我会成为女王的丈夫！十代之内，没有人会给你们或是你们家族中的任何人提供庇护!”

拜尔德低头看着手中的石头。现在只差最后一步：把枪尖表面打磨平滑。一支好的枪尖需要被磨得足够光滑，才能产生强大的杀伤力。他拿出一块专门为了做这件事而捡拾的花岗岩，开始小心地打磨起枪尖的边缘。

看样子，这些手艺我都还没有忘掉，他想道。贾瑞德领主还在一旁怒不可遏地叫嚷。

雕凿枪尖的工作中蕴含着某种力量，这些简单的工作似乎驱走了拜尔德心中的阴霾。最近，拜尔德和整座营地仿佛都被笼罩在阴影里，就好像……无论他怎么努力，都没办法站在光明中。每天早晨他醒过来，都觉得宛如有一位他深爱的人在昨天去世了。

这种绝望会压垮任何一个人。但创造某种东西，无论那是多么简单的东西，都能赶走这种绝望。这是一种与……他对抗的办法。那个不可言说的存在。无论贾瑞德领主怎么说，现在所有这些异象肯定都和那个存在有关系。

拜尔德站起身。以后他会对这支枪尖进行更多打磨工作。不过，现在这支枪尖看起来已经很不错了。他拿起自己的木制矛柄，原本在上面的金属枪头已经在邪恶袭击这座营地时变软掉落了。他将石枪头绑在矛柄上，就像祖父在许多年前教过他的那样。

其他卫兵都在看着他。“我们需要更多这种枪尖，”毛力尔说，“你愿意再帮我们做一些吗?”

拜尔德点点头：“我们可以先去一趟我找到这种板岩的那片山麓。”

贾瑞德终于停止了号叫。他在火光中瞪大眼睛：“不，你们是我的亲卫队，你们不能违抗我的命令!”

说完这句话，他就扑向拜尔德，眼里闪动着杀意。但毛力尔和罗塞从背后抓住了他们的领主。罗塞仿佛被自己大逆不道的行为吓了一跳，但他并没有放开贾瑞德。

拜尔德将几样东西和自己的被褥绑在一起，然后朝其他人点点头。一共八名贾瑞德领主的贴身卫兵聚集到他身边，将还在不断挣扎的领主拖过营地。他们走过一堆堆还在燃烧的篝火和一顶顶倒在地上的帐篷。这些篝火和帐篷的主人正结成愈来愈大的队伍，走进营地外的黑暗中，迎着从北方吹来的风，开始向远方行进。

在营地边缘，拜尔德选了一棵壮实牢固的大树，对身边的人挥挥手。他们立刻拿出早已准备好的绳子，把贾瑞德领主捆在树干上。直到毛力尔用手帕把他的嘴堵住，他才停止疯狂的叫嚷。

拜尔德走上前，将一只水囊塞到贾瑞德的臂弯里："别挣扎得太厉害，否则它会掉下去的，领主大人。您应该能把嘴里的东西吐出来，它塞得不是很紧。只要把这个水囊抬起来，您就能喝到水了。看，我已经把水囊的塞子拔掉了。"

贾瑞德愤恨不已地瞪着拜尔德。

"我对您并没有敌意，领主大人，"拜尔德说，"您对待我的家族一直都很好。但，听我说，我们不能继续这样追随下去，让您一直给我们制造困难。有些事情正需要我们去做，而您却在阻止我们。也许早就应该有人告诉您了。不管怎样，现在我们已经不会再听从。也许您还认为我们离不开您挂起来的那块肉，却不知道，那块肉早就臭掉了。"

他朝其他人点点头，他们立刻跑开去收拾自己的行李。然后他把附近那片有板岩露出的地域指给罗塞看，并告诉他什么样的石头最适合被打造成枪尖。

最后，拜尔德又转回身，看着贾瑞德领主："造成这些灾难的不是女巫，领主大人。这不是伊兰干的……我想，我应该称她为女王了。像那样一个漂亮的姑娘竟然会成为女王，这件事倒是很有趣。和向她鞠躬相比，我似乎更喜欢在酒吧里，把她抱在大腿上。但安多需要追随一位君王参加最后战争，而那并不是您的妻子。我很抱歉。"

被绑在树上的贾瑞德拼命挣扎，怒火仿佛要点燃他的头发。然后，他又开始哭了起来。他的表现实在很奇怪。

"如果我们能在路上遇到什么人，我们会告诉他您的位置，"拜尔德对他说，"而您的身上也许还有一些珠宝，他们会为了这个而来救您的。会有人这么做的。"他犹豫了一下，"您真的不该挡住我们的路。所有人都知道到底出了什么事，只有您例外。真龙已经转生，古老的束缚全部被打破，旧日的誓言已经不复存在，就像旧日的……如果当安多向最后战争进军时，我无法加入她的队伍，那么我宁可被绞死。"

拜尔德说完，就转身走进黑夜之中，肩头扛着他新造好的长矛。我要履行一个古老的誓言，它要比我对您的家族立下的誓言更加年代久远。那是真龙本人也无法消除的誓言。那是对这片大地立下的誓言。这些岩石就在他的血脉之中，他的血也流动在安多的岩石里。

拜尔德聚集起自己的同伴，他们并肩向北方出发。在他的身后的黑夜里，他们的领主正独自一人痛哭流涕。幽灵又开始在营地中穿行了。

塔曼尼拉住瑟尔法的缰绳，迫使他的坐骑无法奋蹄疾驰，只能不断地摇晃着脑袋。这匹花毛马显出一副迫不及待的样子，也许它也感受到主人焦急的心情。

黑夜中的空气里充满了烟气和凄惨的尖叫声。塔曼尼正率领红手队在大路上行进着，他们的身边挤满一脸烟灰的难民，让他的部队像是一串在淤泥河水中缓缓飘动的树叶。

红手队都用充满忧虑的眼神看着身旁的难民。“镇定！”塔曼尼对他们喊道，“我们不能全速冲进凯姆林城。镇定！”他让部队以慢跑速度前进，这已经是他敢采用的最快的行军速度了。整齐的行军步伐中夹杂着铠甲撞击的声音。伊兰已经将半支红手队带去梅丽罗平原，其中包括艾斯丁和大部分骑兵。也许安多女王已经为迅速撤回凯姆林做好了准备。

不管怎样，骑兵是不可能在凯姆林的街道中发挥什么作用的。现在那里一定比城外的大道更加拥挤。瑟尔法打了个响鼻，又晃晃头。城墙已经近在眼前了。在夜幕的笼罩下，黑色的城墙后面闪耀着愤怒的火光，仿佛那座城市已经完全化成了一个巨大的火堆。

倒落的旗帜与消亡的仁慈啊，塔曼尼一边想，一边打了个哆嗦。巨大的烟云笼罩在城市上空。呈现在他眼前的是一场恐怖的灾难，比艾伊尔人攻入凯瑞安那次更糟糕。

塔曼尼终于放开瑟尔法的缰绳。这匹花毛马沿着大道一侧快跑起来。一路上，他不情愿地对那些向他发出哀求的难民视而不见。和麦特在一起的经历，让他现在总是希望能为普通人多做些事情。麦特·考索恩到底会对身边的人造成怎样的影响，这点对他来说至今都是一个不解之谜。但他知道，现在普通平民在他眼中已经和往日截然不同了。也许这是因为他还不知道自己到底是应该把麦特看成一位贵族，还是一个平民。

他在城脚下勒住缰绳，立在大道一旁，看着这座正在燃烧的都市，等待他的士兵们追赶上来。他可以为他们全部配备马匹。红手队的每一名成员都有一匹马，以备长距离行军使用。但今天，他不敢这么做，这些士兵大多没有受过骑乘作战的训练，而且现在凯姆林的街道上肯定充满兽魔人和魔达奥。塔曼尼需要他的部下能够随时进行战斗。大队长矛手的两侧跟随着已经在弩床上填装好箭矢的十字弩手。塔曼尼不会让他的士兵暴露在兽魔人的刀锋下，无论他们的任务有多么急迫。

但如果他们真的失去了那些龙……

愿光明照耀我们吧，塔曼尼心想。他眼前的宏伟都市几乎已经完全在滚滚浓烟中沸腾了。只有高踞于山丘之上，有第二道城墙予以防护的内城的一部分似乎还未陷入火海。看起来，王宫还安然无恙。那里的士兵能够挡住兽魔人的进攻吗？

根据塔曼尼的观察，女王那里还没有任何讯息传来。没有援军进入城市。女王一定还不知道这里发生的一切。这太糟糕了。

非常，非常糟糕。

塔曼尼看到桑迪普带着几名红手队斥候就在前面。那名身材细瘦的军官正努力摆脱一群难民的纠缠。

"求求您，好心的大人！"一名年轻女人正在哭喊着，"我的孩子，我的女儿就在城北的高地上……"

"我必须到我的店铺去！"一个矮胖的男人喊着，"我的玻璃店……"

"市民们，"塔曼尼催赶着马匹来到那群人中间，"如果你们想得到我们的帮助，至少应该先让开道路，好让我们能够进到那座该死的城市里去。"

难民们不情愿地向后退去。桑迪普向塔曼尼点头致谢。这名深色皮肤的黑发男子是红手队的一名指挥官，也是一位经验丰富的军医。不管怎样，这个和蔼可亲的人依旧对这些难民露出微笑。

"桑迪普，"塔曼尼向远处一指，"看那边。"

在一段距离以外，一大群手握刀矛的人正聚在一起，看着充满火光的城市。

"佣兵，"桑迪普哼了一声，"我们附近的几个佣兵营地都动起来了，但他们显然不想为这座城市动一根指头。"

"我们应该去确认一下他们的动向。"塔曼尼说。大群难民还在不断地从城门中涌出来，他们被烟尘呛得不停咳嗽，手中拿着仅余的一点个人财产，或者牵着小孩子。这股逃亡的人潮暂时不会有减少的迹象。凯姆林城里的拥挤程度丝毫不亚于赶集日里的客栈。能够有足够运气逃出来的人，与仍然滞留在城中的人相比，数量小得几乎可以忽略不计。

"塔曼尼，"桑迪普低声说道，"这座城市很快就会变成一个死亡陷阱了。那里面没有足够的逃生道路，如果我们让红手队陷进去……"

"我知道，但……"

城门内突然传出一阵骚动，恐慌的情绪宛如有形之物从城门中散播出来，让城门仿佛也在随之颤抖。尖叫声变得更加凄厉。塔曼尼转回头，看到巨大的身影正在城门中移动。

“光明啊！”桑迪普说，“那是什么？”

“兽魔人。”塔曼尼说着，调转过瑟尔法的马头，“光明啊！它们想要占领城门，阻止难民出城。”凯姆林外城墙上一共有五道城门，如果兽魔人把它们全部控制住……

如果这些魂飞魄散的人无法逃出被兽魔人占领的城市，那么这座城市将成为历史上规模最大的一个屠宰场。

“队伍加速前进！”塔曼尼呼喊着，“全部到城门前集合！”他催赶瑟尔法，飞驰而去。

如果换做是别的地方，这幢房子大概可以被称为一家客栈，但在这里，伊沙姆除了眼前这个目光呆滞、整日打扫几个陈设简陋的房间、煮一些毫无味道的饭食的女人外，没见过其他人。当然，来这里肯定不是为了享受生活。他正坐在一只硬木凳子上，面前是一张破旧不堪的松木桌。很可能在伊沙姆出生前，它就已经陈旧褪色了。他尽量克制着，不让自己过于用力地抚摸这张桌子，否则扎进他手里的木刺，就有可能要比艾伊尔人背上的短矛还多了。

伊沙姆手中遍布凹痕的锡杯里，盛着深色的酒浆，但他一口都没喝。他的座位靠近大厅的墙壁，这家客栈唯一的窗户就在距离他不远的地方，能让他方便地看到外面的泥土道路。客栈门外挂着几盏生锈的油灯，昏暗的灯光为客栈门外提供了一点有限的照明。伊沙姆小心地不让自己的面孔在满是尘土的窗玻璃上露出来，所以他从不会透过窗户直接向外观望。在这个镇上，永远都不该吸引别人的注意。

这个地方从来都只被称为“小镇”，除此之外，再没有过别的名字。两千年的时间里，这些摇摇晃晃的房屋曾被重建过无数次。从表面上看去，这里的确像是一个相当有规模的小镇。这里的大部分房屋都是由囚犯建成的，那些人往往没有任何造房的手艺和知识，而监督他们的人也几乎和他们一样无知。这些房屋中的很大一部分正是这两种人的居所。

汗水从伊沙姆的脸颊上落下，他将目光转向外面的街道。会有什么样的人来找他？

他依稀能看到远处高山的轮廓，如同利矛般撕裂了黑夜里的天空。镇里的某处传来金属相互撞击的声音，如同钢铁的心跳。街上有一些模糊的人影，那些人披着厚重的斗篷，戴着兜帽，眼睛以下的面孔都被藏在血红色的面纱后方。

伊沙姆小心地不让自己的视线在那些人身上停留太久。

雷声隆隆。远方的高山上出现了一道道怪异的闪电，朝上一直射向那片永远不会消散的灰色云层。几乎没有人类知道，这个小镇距离萨坎魁山谷并不遥远，再往里走，就是笼罩世界的煞妖谷。甚至几乎没有人知道它的存在，以及关于它的任何传闻。伊沙姆并不介意自己也是这个被人类遗忘之地的一员。

又有一个人从客栈门前走过。红色面纱。他们从不会摘下那些面纱，几乎从不会摘下。如果你看到他们摘下面纱，那就是必须杀死他们的时候，否则他们就会杀死你，所以，必须时刻注意他们是否有这样的动作。大多数戴红色面纱的人似乎并没有什么特定的目的，他们只是在街上来回游荡，彼此怒目相视，也许还会踢一脚走到身旁的流浪狗。那些狗全都能清楚地看到肋骨的轮廓，目光凶蛮异常。数量稀少的几名女性在离开自己藏身的房屋后，都会目光低垂，沿着街边快步前行。街道上看不到孩子。很可能整个小镇上都找不到一个小孩。这个小镇不是能够容得下小孩的地方，这点伊沙姆很清楚，他就是在这里长大的。

一个走在街上的人看到了伊沙姆面前的窗户，停下脚步。伊沙姆的身子立刻定住了。是撒马奈什，剜眼人。他们永远都是高傲且易怒的。不，用“易怒”来形容他们有些太过温和了。对他们而言，用刀子刺穿那些无异秉者只是很平常的事。通常要为他们的一时兴起付出代价的，都是些平凡的仆人，但也并非没有例外。

那个戴红面纱的人继续盯着他。伊沙姆让自己保持镇定，并没有回视那个人。他之所以被召唤到这里，是为了非常紧急的事情。如果一个人想要活下去，就不可能对这种召唤置之不理。不过……如果那个人再向这幢房子迈出一步，伊沙姆就会溜进特・雅兰・瑞奥德里去，那个他所熟悉的地方能够保护他，就算是中选使徒也不可能在那里追踪到他。

突然间，那个撒马奈什从窗前转过身，只是在转眼间，已经离开这幢房子，飞快地迈着大步朝远处走去。伊沙姆的神经稍稍放松了一点。但只要是在这个地方，他就不可能有真正轻松的时刻。虽然他在这里度过了他的童年，但这里不是他的家。这是死亡之地。

伊沙姆瞥到街道尽头有一丝动静。又一个穿黑色外衣、披黑斗篷的高个子向他走了过来。他的面孔完全暴露着。令人难以置信的是，这条街道很快就清空了，连撒马奈什都跑进一旁的街巷里。

看起来，这个人一定是莫瑞笛了。伊沙姆从未亲眼见过这名中选使徒的首领来到镇上，但他曾经听说过，撒马奈什曾经以为莫瑞笛是一名无异秉者，因此吃了很大的苦头。他们所必须遵行的约束，对莫瑞笛却毫无效果。

关于被莫瑞笛杀死的撒马奈什到底有多少，说法各异，其中人数最少的也不低于十几个。根据自己的亲眼所见，伊沙姆对此丝毫不感到怀疑。

当莫瑞笛走到客栈门前时，街上只剩下他和那些流浪狗。莫瑞笛径直从客栈门前走了过去，伊沙姆大胆地继续密切注视他的一举一动。莫瑞笛似乎对他和这家客栈没有任何兴趣。伊沙姆得到的命令是等在这家客栈里，也许这名中选使徒有别的事情，伊沙姆只能继续等待。

莫瑞笛走过去后，伊沙姆终于喝了一口杯子里的深色液体。这里的人们管这东西叫"烈火"，的确名副其实。据说它和荒漠中的某种饮料有关。就像这个镇里其他的一切东西一样，它也是其本源的一个腐败变种。

莫瑞笛要让他等多久？伊沙姆不喜欢待在这个地方，这会让他想起太多关于自己童年的事情。一名仆人走了过来，是一个身上几乎只披着一块破布的女人。她将一只盘子放在伊沙姆面前的桌子上。他们两个始终没有交谈过一句话。

伊沙姆看着自己的饭食，只有蔬菜，大部分是切得很薄的青椒和洋葱。他拿起一片，尝了尝，又叹了口气，把盘子推到一旁。这些蔬菜就像没有加调味料的黍米粥一样寡淡无味。这里没有肉。这其实是一件好事。他不喜欢吃肉，除非那些肉是他亲眼看着被宰杀的，或是他亲手宰杀的畜生。这是他在小时候养成的习惯。如果你没有亲眼看着那个畜生被杀掉，你就不可能知道吃进嘴里的到底是什么。这里的肉可能来自从南方猎捕的动物，也可能是这里饲养的牛和羊。

但也许有另一些来源。许多在这里输掉游戏的人付不起失败的代价，从此无影无踪。也有一些种系不良的撒马奈什在训练中被淘汰，连尸体也不见了。总之，这里很少有能够真正得到安葬的尸体。

这个该死的地方，伊沙姆感到肚子一阵阵不舒服。烧了这个该死的……

有人走进了客栈。不幸的是，伊沙姆所在的这个角落无法直接看到客栈大门，所以他没能及时察觉到有人进来。这是一个漂亮的女人，身上穿着镶红边的黑色长裙，身材苗条，五官精致。不过伊沙姆并不认得她。他现在已经有信心能认出所有中选使徒。他已经多次在梦中见过他们，当然，他们并不知道这一点。他们都以为自己是操控特・雅兰・瑞奥德的大师。不过他们之中有些人对此的确具有相当的技巧。

他也拥有同样的技巧，而且更加善于隐藏自己。

不管这个女人是谁，她肯定经过伪装。那么，为什么她要在这里隐藏自己真实的身份？当然，她一定是召唤他的人之一。镇里的普通女人绝不可能有这种趾高气扬、不可一世的神情，就好像如果她向石块打个响指，石块也会跳起来服从她的命令。伊沙姆立刻一言不发地跪倒在地上。

这个动作让他肚子上的伤口又掀起一阵疼痛。直到现在，他还未从与那匹狼的战斗中完全恢复过来。疼痛让他心中感到一阵悸动——是路克在憎恨艾巴亚。通常情况下，路克在他心中是比较圆滑灵活的那一个，伊沙姆则是刚硬凶狠的那一个。至少他是这样看待自己的。

但无论如何，路克和伊沙姆对于那匹狼的看法是完全一致的。一方面，那匹狼让做为猎人的伊沙姆感到无比兴奋，任何猎人很难遇到像艾巴亚这样的挑战。但对于艾巴亚，他更深的还是恨意。他会杀死艾巴亚。

伊沙姆压抑住伤痛，保持面容的平静。那个女人丝毫没理会跪倒在她面前的伊沙姆，只是稳稳地坐到桌旁，用一根手指敲打着伊沙姆用过的那只锡杯边缘，盯着杯子里的液体，久久没有说话。

伊沙姆一动也不动地跪在地上。许多自称为暗黑之友的傻瓜，如果遇到力量超过自己的人，往往不是躁动不安，就是战战兢兢。不过，他不得不承认，路克也许真的是有些焦躁。

伊沙姆是一个猎人，狩猎是他唯一在乎的事情。如果你对自己的价值有明确的认识，那么在强者面前确认自己的地位，并不是什么值得恼恨的事情。

该死的，但他一侧的肚子的确疼得厉害。

“我想要他死。”那个女人说道。她的声音很轻，但蕴含着很强的力量。

伊沙姆什么都没说。

“我要让他像畜生般被开膛剖肚，把他的内脏全扔在地上，把他的血倒在盘子里给乌鸦喝，让他的骨头在烈日下暴晒，直到变成灰色，干裂成碎片。我要他死，猎人。”

“亚瑟。”

“是的。你刚刚经历了一场失败。”她的声音仿佛寒冰，让伊沙姆感觉到一阵战栗。这个人非常厉害，就像莫瑞笛一样厉害。

在伊沙姆侍奉暗主的岁月中，他早已知道大多数中选使徒都不足为惧。也许他们拥有强大的力量和超凡的智慧，但他们依旧像小孩般相互吵闹不休。但这个女人给了他一种完全不同的感觉。现在他感到好奇的是，他是否真的已经窥探到所有中选使徒的梦境。至少这个女人对他来说是完全陌生的。

“怎么？”女人问道，“你对于你的失败有什么解释吗？”

“每次有人给我安排狩猎任务时，”伊沙姆说道，“就会有另一个人安排我做别的事，逼我放弃原先的任务。”

实际上，他更想继续追猎那匹狼。他从不曾违抗过直接来自中选使徒的命令。当然，除了艾巴亚之外，其余的狩猎都没有什么差别。如果有必要，他会杀死那名真龙。

“这一次，这种事不会再发生了。”那位中选使徒说道。她的眼睛依旧盯着伊沙姆的杯子，没有看过他一眼，也没有命令他站起来，所以伊沙姆依旧跪在地上。“其他所有人都已经放弃使用你的权力。除非暗主亲自召唤你，否则这就是你唯一的任务，杀死亚瑟。”

窗外的一点动静让伊沙姆朝那儿瞥了一眼，中选使徒却仿佛什么都没注意到。一队披着黑斗篷、戴着兜帽的人影正从窗前经过，他们的斗篷在风中纹丝不动。

他们身边还跟着一些车辆。这在镇上非常少见。那些车移动的速度很慢，但依旧在崎岖不平的街面上不住地颠簸着。虽然车厢的窗子都挂着布帘，但伊沙姆知道，车厢里有十三个女人，正和车外的这些魔达奥数量相等。刚才躲进一旁街巷里的撒马奈什没有半个回到街上，他们也会尽量躲避这样的队伍。原因显而易见，他们对此都有一种……很强烈的感觉。

那支车队过去了。看样子，又有一个家伙被捉住了。在污染得到净化后，伊沙姆本以为这样的行动已经不会再有了。

还没等他将目光转回到地板上，他又发现一个更加不可思议的景象。一张肮脏的小脸正从对街一条巷里的阴影中向外窥望，除了一双大睁的眼睛，那张脸上只有一副鬼鬼祟祟的表情。莫瑞笛和随后十三个魔达奥的经过，将撒马奈什驱离了这条街。如果他们不在，小孩子也许能安全一点。也许。

伊沙姆很想朝那个孩子喊一声，让他跑掉，离开这里，哪怕要冒险穿越妖境。就算是死在巨虫的肚子里，也好过在镇上活着，承受这里施加的一切痛苦。快走！逃掉！去死吧！

那个小孩并没有逗留很久。眨眼间，他已经躲回影子里。伊沙姆还能记得自己也曾像这个孩子一样，那时他学到很多事情，例如要怎么找到能够入口且就算知道里面都有些什么，自己也不会吐出来的食物；例如要怎么用刀子战斗，如何避免被别人看到或者被注意到。

当然，还有如何杀人。所有在镇上活得够久的人都会学到这格外重要的一课。

那位中选使徒还在看着他的杯子。伊沙姆这时才意识到，她看的是杯中的倒影。她到底看见了什么？

“我需要帮助，”伊沙姆终于忍不住说道，“转生真龙随时都有卫士守护，而且他很少出现在梦中。”

“给你的帮助已经安排好了，”她轻声说道，“但你必须先找到他，猎人。这和你以前的游戏并不一样。你不能引诱他来找你。路斯·瑟林会嗅到陷阱的气味，而且，他现在已经不会轻易偏离他的轨道了。时间非常紧迫。”

她又提到两河那场灾难性的失败。负责那次行动的是路克。伊沙姆对于真正的城镇和真正的人又知道些什么？他几乎能感觉到自己对那些东西有所渴望，不过他怀疑这实际上是路克的情绪。伊沙姆只是一名猎人，除了想知道该如何让箭矢射中他的心脏外，人们对他不会有什么兴趣。

而那次在两河的行动……它就像一具溃烂的尸体，还在不断地散发着臭气。伊沙姆至今都不知道，安排那次行动的目的是为了引诱亚瑟，还是为了让伊沙姆无暇去做真正重要的事情？他知道，自己的能力一直让中选使徒们羡慕且嫉妒，那是他们无法拥有的力量。的确，他们能够效仿他在梦境中穿行，跨越空间的本事，但他们这么做需要导引、神行术通道和更多的时间。

他已经厌倦了在他们的游戏中充当一个卒子。他只想狩猎，而且不喜欢每个星期都要改换猎物。

但不会有人向中选使徒抱怨这种事，所以他也只能将这种怨恨埋藏在心底。

阴影遮蔽了客栈大门。那名女仆已经消失在大厅后面，现在大厅中只剩下伊沙姆和这位中选使徒。

“你可以站起来了。”她说道。

伊沙姆急忙听命而行。这时，两个身材高大、肌肉发达、戴着红色面纱的男人走进大厅。他们穿着艾伊尔风格的褐色衣服，但没有携带短矛和角弓。这些怪物使用的武器要更加致命。

虽然依旧保持着冷漠镇定的表情，但伊沙姆已经感到一阵情绪的波动，那是他在孩提时代就被烙印在心中的痛苦、饥饿和对死亡的感觉。他一生都在躲避这些人的目光。当那两个人带着那种食肉兽般的优雅姿态，大步走到桌前时，他只能竭力不让自己颤抖。

那两个人放下面纱，露出牙齿。该死的，他们的牙齿都被磨尖了。

这些人已经被转变了，从他们的眼里就能看出来。那不是正常的眼睛，更不是人类的眼睛。

伊沙姆差点就想拔腿逃走，遁入梦境中。他不可能同时杀死两个这样的人。不等他干掉其中一个，他就会化成灰烬了。他曾见过撒马奈什如何杀人。

在他们探索运用自身力量的新方法时，总会有人成为试验的牺牲品。

不过他们并没有发动攻击。他们知道这个女人是中选使徒？那么，他们为什么又要放下面纱？除非要杀人，撒马奈什从不会放下面纱。而他们最热衷的游戏正是杀人。

“他们会一直跟着你，”中选使徒说道，“你可以利用他们的几个异能去对付亚瑟的卫士。”这时，她的目光第一次转向伊沙姆，并直视他的眼睛。她显得……很是反感。似乎她极度厌恶伊沙姆的帮助。

她说的是“他们会一直跟着你”，而不是“他们会侍奉你”。

该死的狗崽子。伊沙姆觉得自己一定会非常痛恨这个任务。

塔曼尼迅速闪到一旁，刚好避开兽魔人劈过来的大斧。斧头砍碎了铺在路面上的卵石，让地面也随之颤抖。塔曼尼冲过去，一剑刺穿那个怪物的大腿。这个有着一只牛鼻子的兽魔人仰起头，发出一阵怒吼。

“光明烧了我吧，你的嘴可真臭。”塔曼尼大声喊着，抽出剑刃，向后退了一步。那头怪物单腿跪下，塔曼尼趁机砍断它拿着斧头的手。

塔曼尼喘息着，再次向后跃去。他的两名同伴从他背后朝那头怪物刺出长矛。与兽魔人作战最好是结成小队。当然，无论与谁作战，你都会希望身边有战友的援助。但考虑到兽魔人的身材与力量，和这种怪物作战尤其需要团队合作。

在黑夜的笼罩下，积聚在路面上的尸体如同一堆堆垃圾。塔曼尼不得不点燃城门旁的警卫室，好照亮这片战场。仍然留在警卫室中的数名士兵已经被他暂时编入了红手队。

如同黑潮般的兽魔人已经开始从城门口退散了。推进到这里，让它们的战线拉得有些过长了。当然，它们肯定是被赶到这里的。在它们的队伍中还有半兽人。塔曼尼伸手摸了摸腰间的伤口，渗血弄湿了衣服。

警卫室燃起的火把已经矮了不少，塔曼尼不得不下令再点燃几间店铺。这么做会有让火势扩散的可能，但人类已经放弃了这座城市，现在还考虑这些已经没意义了。“布尔特！”他喊道，“把那个马厩点着！”

当布尔特拿着火把跑开时，桑迪普跑了过来：“它们会杀回来的，可能用不了多久。”

塔曼尼点点头。战斗已经结束了，城里的人们开始从街巷里和其他各种隐蔽的地方跑出来，小心翼翼地逃到城门口，再跑向城外安全的地方。

“我们不能一直守着这座城门，”桑迪普说，“那些龙……”

“我知道，我们一共损失了多少人？”

“我没有细数，至少一百人。”

光明啊，如果麦特知道了，一定会剥了我的皮。麦特最痛恨失去自己的部下。他的温柔丝毫不亚于他的天才，这种性格的组合实在是非常奇怪，却又很激励人心。“派一些斥候去查看附近城市大道上暗影生物的动向。把这些兽魔人的尸体堆起来，当做路障。用它们应该能建起很牢固的工事。你，士兵！”

从他面前经过的一名疲惫不堪的士兵立刻停住脚步，他穿着女王卫兵的制服。“大人？”

“我们需要让市民们知道，从这道城门可以安全出城。有没有什么安多庶民都知道的号角声？或者其他能够让人们聚集过来的讯号？”

“‘庶民’……”那名士兵若有所思地说道。他似乎并不喜欢这种称呼，这不是安多人常用的词。“有的，《女王进行曲》。”

“桑迪普？”

“我会找人吹响它，塔曼尼。”桑迪普说。

“很好。”塔曼尼跪下去，在一头兽魔人的身上拭净自己的佩剑。他的腰侧很痛，不过那个伤口还不算严重，只是皮肉伤而已。

兽魔人的身上实在是太肮脏了，他在拭净剑刃前又犹豫了一下。但兽魔人的血会腐蚀剑刃，所以他别无选择。随后，他便站起身，完全不在意腰间的痛楚，大步向城门走去。瑟尔法还被拴在那里，他不敢骑着那匹马与暗影生物作战。瑟尔法是一匹良种骟马，但并未接受过边境国风格的训练。

当他爬上马鞍时，没有人问他要去那里。他催动瑟尔法跑出城门，疾驰而去。他的目标是那些在城外观望的佣兵，现在那些佣兵已经到了更靠近凯姆林的地方。这并不让塔曼尼感到惊讶。战争总是会吸引这些佣兵，就像篝火吸引在寒冷冬夜中赶路的旅人。

他们依然没有要加入战斗的意思。当塔曼尼策马飞奔时，一小队佣兵向他打了个招呼，那是六名肩粗背壮的汉子。他们的神经有可能也同样粗大。他们认得塔曼尼和红手队。麦特在这些日子里已经变得非常有名了，红手队和一切与他有关的事迹也都同样出了名。毫无疑问，他们肯定也看见塔曼尼衣服上的兽魔人污血和缠在他腰上的绷带。

现在从伤口处掀起的疼痛的确已经有些难以忍受了。塔曼尼勒住瑟尔法，开始仔细地摸索他的鞍囊。我在里面放了些烟草的……到底在哪里……

“情况如何？”一名佣兵问。他身上穿着这一队人当中最好的盔甲，所以他肯定是头领。在这样一支队伍里，能活得最久的人就会变成头领。

塔曼尼从鞍囊里掏出他第二好的烟斗。烟草到底在哪里？他从不会带着他最好的烟斗进入战场。他的父亲说，那样会带来厄运。

啊，有了，他一边想着，一边从鞍囊抓出烟草袋，将一些烟草放进烟斗里，然后又拿出一根引火棒，俯下身，用一名神情警戒的佣兵手中的火把将它点燃。

“除非有钱拿，否则我们可不会打仗。”那名头领又说道。一看便知他是个相当强悍的人，不过却干净得令人吃惊。只是还需要修剪一下胡须。

塔曼尼点着烟斗，深深地吸了一口，再把烟吐出来。在他身后，号角声已经响起。《女王进行曲》的韵律确实相当令人难忘。号角声中还伴随着一阵阵呼喊。塔曼尼回头看了一眼，兽魔人又出现在城门前，这次它们的数量更多了。

排成数组的十字弩手开始射击。因为距离遥远，塔曼尼听不到指挥官发出的命令。

“我们肯定不会……”佣兵头领重复着他的话。

“你们知道现在发生了什么事吗？”塔曼尼叼着烟斗，低声问道，“世界的末日已经开始了。国家将要灭亡，人类将分崩离析，堕入暗影。这是最后战争，你们这群该死的傻瓜。”

佣兵头领不安地耸了耸肩。

“你……你能够代表女王的意思吗？”这个佣兵还在试图给自己争取一些东西，“我只希望我的人能得到照顾。”

“如果你们战斗，”塔曼尼说，“我承诺你们会得到巨大的回报。”

佣兵头领等待着。

“我承诺你们还能继续活下去。”塔曼尼说着，又吸了一口烟。

“这是威胁吗，凯瑞安人？”

塔曼尼将烟吐了出去，从马鞍上俯下身，紧盯着那名佣兵的眼睛，低声说道：“我在今晚刚刚杀死一只魔达奥，安多人。它用萨坎鞑砍伤了我，那个伤口是黑色的，这意味着我顶多只有几个小时可以活，然后暗影的毒液将会侵蚀我的内脏，让我以一个人类所能遭受的最痛苦的方式死去。所以，朋友，我建议你相信我的话，我的确已经没什么东西可以再失去了。”

那个人眨了眨眼。

“你们有两个选择，”塔曼尼调转马头，朝佣兵队伍大声说道，“你们可以像我们一样战斗，让这个世界有机会看到新的一天，甚至还有可能在战斗结束后挣到一些钱。不过，对于这点，我无法向你们保证。你们的另一个选择是待在这里，看着人们被屠杀，再告诉自己，你们不会干不拿钱的活。如果你们的运气够好，这个世界因为其他人的战斗而坚持了下来，你们最好缩起你们的脖子，好好混过你们的下半生。”

沉默。号角声继续在黑暗中响起。

佣兵头领看着他的同伴们。他们都在点头。

“去帮我们守住城门，”塔曼尼说，“我会叫其他佣兵队过来帮忙。”

莱伊纹观察着这片被称为“梅丽罗平原”的平原上连绵不绝的营地。月亮还未升起，在黑暗的夜色中，她几乎能把繁星般的篝火想象成忙碌港口中船上的灯光。

她也许再不会看到那样的情景了。无船的莱伊纹已经不再是一名船长，将来也不可能再有这样的机会了。如果仍然对此抱有幻想，就是对她自己的彻底否认。

贝尔伸手按在她的肩头，他粗大的手指因长期劳动而显得格外粗糙。莱伊纹握住那只手。现在塔瓦隆打开了无数通往此地的神行术通道，溜进其中一个通道，悄悄来到这里并不是什么困难的事。贝尔对那座城市有很深的了解，但他一直都不太愿意到塔瓦隆去。“这个地方总是让我寒毛倒竖，”他不止一次这样说，“我真希望能够不用再走过这些街道，真的很希望能不要出现在这里。”

但他还是陪着她去了塔瓦隆。贝尔·多蒙是一个好人，是她在这片陌生的大陆上找到的最好的人。尽管他的确干过非法走私的勾当，但那已经是过去的事了。也许他还不完全理解怎么做才是正确的，但他至少正在为此而努力。

“的确很壮观，”贝尔一边眺望着寂静的灯海，一边说道，“你现在想怎么做？”

“我们要找到奈妮薇·爱米拉或者伊兰·传坎。”

贝尔挠了挠下巴上的胡子。他已经让自己的胡须恢复成伊利安人的风格——剃光上唇，梳理整齐下巴上的胡子。他的头发长度也改变了，已经不再剃光头顶的一部分，莱伊纹也没有再坚持要他这么做。当然，她这么做是为了让他们能够结婚。

这样很好，剃光头顶一半的头发在这里肯定会惹来许多怀疑的目光。他曾经是一名非常优秀的侍圣者，尽管在他身上还有一些……问题有待解决。不过，莱伊纹最终不得不承认，贝尔·多蒙并不是可以成为侍圣者的人。他为人太过粗糙，任何海浪都不可能磨掉他身上的棱角。但这正是她喜欢他的地方，尽管她从未对他提及这个秘密。

“现在已经很晚了，莱伊纹。”贝尔说道，“也许我们应该等到明天早晨。”

不，现在这里的确很安静，但这并不是那种沉睡中的安静。这是船队在等待风起前的静默。

这里到底正发生着怎样的事，对此她几乎一无所知。在塔瓦隆，她不敢开口问任何问题，以免她的口音会暴露她是一个霄辰人。如果没有缜密的计划，这么大规模的部队是不可能被聚集起来的。这里的部队规模让她感到吃惊，尽管她早已听说了将要在这里举行的会谈，知道大部分两仪师都会出席这次会议，但这场会议的规模依旧远远超出她的想象。

她开始走过这片原野，贝尔跟随在她的身边。多亏贝尔的贿赂，他们才能加入到一队塔瓦隆仆人中，来到这里。莱伊纹很不喜欢这种手段，但她也想不出还有什么别的办法。她尽量不让自己去想贝尔曾经在塔瓦隆做过什么。无论如何，如果她再也无法回到船上，至少贝尔也将不可能再有机会进行走私的勾当。这对她来说，也算是一种小小的安慰。

你是一名船长。你所了解的，你想要做的只有这个。而现在，你是无船者。她打了个哆嗦，双手紧紧握成拳头，压抑下将自己抱紧的冲动。她的余生将只能在一成不变的陆地上度过，最快的行动速度也不过是骑在马上奔跑，更不可能嗅到深海的气息，不可能指挥战船驶向茫茫的海平线，不可能卷起锚链，扬起风帆，转动舵轮……

她摇了摇头。现在要做的是找到奈妮薇和伊兰。也许她是无船者，但她不会让自己一直沉浸在这个悲剧里，把自己淹死。她已经为自己设定了航道，并且将继续前进。贝尔稍稍躬起腰，脸上带着怀疑的神情，尽力观察着周围的一切，同时还不时看她一眼。他的嘴唇抿成一条细线。现在莱伊纹已经知道这是什么意思了。

“情况如何？”莱伊纹问道。

“莱伊纹，我们到底来这里干什么？”

“我已经告诉你了，我们需要找到……”

“是的，但为什么？你想要做什么？她们可是两仪师。”

“她们曾经很尊敬我。”

“所以你认为她们还会接纳我们？”

“也许。”她看了贝尔一眼，“想说什么就说吧，贝尔，你的心里有事情。”

贝尔叹了口气：“我们为什么需要她们的接纳，莱伊纹？我们能在别的地方给自己找一艘船，比如阿拉多曼。那里没有两仪师，也没有霄辰人。”

“我不会按照你的打算去驾驶一艘船。”

贝尔面无表情地看着她："我知道如何做诚实的买卖，莱伊纹，我们不会……"

莱伊纹抬起一只手，挡住了他下面要说出口的话，然后将手按在贝尔的肩头。他们停下脚步。"我知道，亲爱的，我知道。我这样说并没有任何意思，只是我也不知道眼前这条路会把我们带到哪里去。"

"那为什么又要到这里来？"

这个问题仿佛是她指甲缝里的一粒沙。为什么？为什么她会从艾博达一路来到这里，不顾危险地跟着麦特·考索恩，甚至还要接近九月之女？"我的族人对这个世界的看法完全错了，贝尔。如果继续这样下去，他们只会制造灾难。"

"他们已经抛弃了你，莱伊纹，"贝尔轻声说道，"你已经不再是他们的一员了。"

"我永远都是他们之中的一员。我的名字被剥夺，但我的血液无法改变。"

"让你遭受这样的羞辱，我很难过。"

莱伊纹一点头："我仍然忠诚于女皇陛下，愿她永生。但那些罪奴，她们是女皇统治的基础，是她维持秩序，实现帝国统一的关键力量。然而，罪奴根本就是一个谎言。"

罪奴主一样可以导引，这种能力是可以学习的。现在，她知道这个事实已经有数个月之久，她的思维却依旧无法完全理解这个事实的含义，和它可能带来的变化。如果换作别人，可能会对这个事实的政治影响更感兴趣；可能会就此返回霄辰，凭借这点夺取权力。莱伊纹希望自己也能够把事情看得这么简单。但她已经做不到了。

那些罪奴主的请求……还有对于那些两仪师的逐步了解，她们并不像帝国教育下所描绘的那些暗黑之友……

她必须做些事情。但她是否敢冒险让整个帝国陷入崩溃？她的行动必须非常谨慎，就像对待一局沙奥中的最后一个回合。

他们两人依旧跟随着夜幕中的仆人队伍一同前进。经常会有两仪师派遣仆人返回白塔去取一些她们遗忘的物品，所以有许多人在白塔和这片平原之间往返。这对莱伊纹来说，是一件好事。他们已经走进两仪师的营地，一直都没有人注意他们。

莱伊纹对这座营地的防备松懈感到很惊讶，不过她很快就发现路旁站着几个人，他们的身影仿佛和周围的环境融为一体，尤其是在黑夜里，很难被发现。只是因为他们之中的一个人跟在这支仆人队伍的后面，莱伊纹才察觉到这些人的存在。

几秒钟之内，那个人显然已经看出莱伊纹和贝尔不是普通的仆人，也许是因为他们走路的方式，或者是他们警戒的眼神。为了伪装身份，他们已经穿上很朴素的衣服，但贝尔的胡须明确地显示出他是伊利安人。

莱伊纹停下脚步，同时伸手拉住贝尔的手臂，并转过身，等待那个人走过来。根据听说过的传闻，她相信这是一名护法。

那名护法果然在他们面前停住脚步。他们刚刚进入营地没多久，这里的帐篷都呈环形排列。莱伊纹已经注意到，一些帐篷里闪耀的光亮非常稳定，不可能来自蜡烛和油灯，这让她感到很不舒服。

"你好，"贝尔带着友善的神情朝那名护法招招手，"我们正在寻找一位名叫奈妮薇·爱米拉的两仪师。如果她不在这里，也许我们可以在这里找到一位名叫伊兰·传坎的两仪师?"

"她们两人都不在这座营地里。"那名护法说道。他的手臂很长，一举一动都带着优雅的气势。他的头发是黑色的，脸上的五官，仿佛是一名石匠从岩石中所雕凿出来的，但这名石匠似乎在作品未完成前就对他失去了兴趣，所以只留下了一件半成品。

"啊，"贝尔说道，"这一定是我们弄错了。你能否告诉我们，她们在哪座营地里？我们有急事要见她们。"他的声音显得从容镇定。如果有必要的话，贝尔能显示出非凡的魅力。这点是莱伊纹绝对做不到的。

"这就要看情况了。"护法说道，"你的同伴也是要找那些两仪师吗?"

"她……"贝尔还想说话，但护法抬手阻止了他。

"我要听她自己说。"他一边说，一边审视着莱伊纹。

"我的确要找她们，"莱伊纹说，"我的老祖母啊！这些女人，她们明明说过要给我们报酬的。我只想要我的报酬。两仪师不会说谎，这是所有人都知道的事实。如果你不带我们去见她们，那就给我们找一个愿意这么做的人!"

护法迟疑了。莱伊纹连珠炮般的责难让他睁大了眼睛。然后，让莱伊纹感到无比欣慰的，护法点了一下头。"这边走。"他引领他们朝营地外走去。现在他的脸上已经不再有怀疑的神色了。

莱伊纹暗自吁了一口气，和贝尔一同走在那名护法身后。贝尔骄傲地看着她，脸上露出再明显不过的笑容。如果这时护法回头，他的这种笑容肯定会将他们彻底出卖。但莱伊纹自己也不禁微微笑了一下。

她用伊利安口音说话还显得很不自然，但他们两个都认为，霄辰口音在这里肯定是危险的，尤其是在两仪师的营地里。贝尔相信，如果是伊利安人肯定能听出她口音中的破绽，但用来哄骗一下非伊利安人应该是足够了。

走出两仪师营地，回到夜幕里，莱伊纹不由得感到一阵放松。有两名两仪师朋友（不过这两名两仪师之间似乎相处得并不好），并不意味着她喜欢待在一个充满两仪师的营地里。那名护法带着他们来到靠近梅丽罗平原中央的一片开阔地上，这里有一座非常巨大的营地，里面遍布着数不清的矮小帐篷。

“艾伊尔人，”贝尔低声对莱伊纹说，“他们的帐篷至少有几万个。”

这倒是很有趣。关于艾伊尔人的故事都很可怕，当然，那些传说不可能全是真的。不过，无论那些故事如何夸张，它们都说明艾伊尔人是大洋这一侧最凶猛的战士。如果换作别的时候，莱伊纹倒是很想和一两个艾伊尔人打上一场。她将一只手按在自己的包裹上。她用一只长口袋裹着她的棒子，就放在这只包袱里，很容易抽出来。

这些艾伊尔人的个子倒是很高。莱伊纹经过营地中的几片篝火堆，围坐在火旁的艾伊尔人看起来都很悠闲，但他们的目光比这名护法还要犀利。这是一个危险的种族，就算是在火边休息，也时刻都能举刀杀人。在黑夜中，她看不清他们的营地上方飘着怎样的旗帜。

“统治这座营地的是哪位国王？”她高声问那名护法。

那名护法转回头，因为黑夜的遮蔽，莱伊纹看不清他的脸。“是你们的国王，伊利安王。”

在她身边，贝尔的身子立时僵住了。

天哪……

是转生真龙。莱伊纹为自己依旧能迈出稳定的步伐而感到自豪，但她的确差点栽倒在地。一个能导引的男人，这要比两仪师更糟糕，甚至糟糕得多。

护法带领他们一直走到营地中心处的一座帐篷前：“你们很走运，她的帐篷还亮着灯。”这座帐篷的门口没有卫兵。护法询问了一声，得到进入的允许。然后他就掀起帐帘，朝莱伊纹和贝尔点了点头。但他的另一只手还按在剑柄上。从他的姿势判断，他已经为战斗做好了准备。

莱伊纹不喜欢有人握剑站在她身后，但她还是顺从地走进了帐篷。照亮这顶帐篷的正是那种不自然的光球。一名她熟识的女子穿着绿色长裙，正坐在一张写字桌后方写着一封信。

奈妮薇·爱米拉。在霄辰，像她这样的女子会被称为“特拉蒂”，指灵魂中燃烧着烈火的女人。莱伊纹现在已经知道，两仪师应该随时都处在绝对镇定的状态中，心如止水，波澜不惊。至于说这个女人，也许她偶尔会很平静，但距离平静水面不远处，肯定会有一道声如雷鸣的瀑布。

在他们走进帐篷时，奈妮薇并没有停下手中的笔。她的辫子不见了，头发只是松散地披在肩头。这让莱伊纹产生了一种看到一艘船却没有桅杆的怪异感觉。

“我过一会儿就去找你，斯利特，”奈妮薇说，“说实话，你们最近为什么总是绕着我打转？简直就像丢了蛋的鸟。难道你们的两仪师没有给你们安排任务吗？”

“对于我们许多人来说，岚是很重要的，两仪师奈妮薇。”那个名叫斯利特的护法声音粗重而镇定。

“哦，难道他对我不重要？说实话，我现在很想派你去砍砍木柴。如果再有护法来问我是不是需要什么……”

奈妮薇抬头瞥了一眼，终于看到了莱伊纹。她的表情立刻变得冷如冰霜，那是令人胆寒的冰冷。莱伊纹发现自己在出汗。现在她的性命已经落在这名两仪师的手里。为什么斯利特不带他们去见伊兰？也许她根本就不应向那名护法提起奈妮薇。

“这两个人要求见你。”斯利特说。他的剑已经出鞘了，莱伊纹却毫无察觉。贝尔悄声嘟囔了几句。“他们说，你承诺过一会付给他们报酬，他们就是来索取这笔报酬的。不过他们并没有在白塔表露身份，而是借助在白塔开启的神行术通道来到这里。这个男人来自伊利安，这个女人来自其他地方，不过她隐瞒了自己的口音。”

看起来，莱伊纹对伊利安口音的模仿并不像她以为的那么好。她瞥了那名护法的剑一眼。如果护法攻击她的胸口或脖子，也许她能够向旁边滚倒，及时闪开，然后，她可以抽出自己的棍棒，再……

还有一位两仪师正坐在她面前。她不可能赢得这场战斗，至上力的编织会在眨眼间将她牢牢绑缚，甚至对她做出更可怕的事情。

“我认识他们，斯利特，”奈妮薇语调冰冷地说道，“你的确应该带他们来见我，这样很好。谢谢你。”

护法的剑立刻被收回鞘内。然后他就像一阵轻风般从帐篷中退出去了。莱伊纹只感觉到冷风透过帐帘的缝隙，吹到自己的脖子上。

“如果你们是来寻求宽恕的，”奈妮薇说，“那你们就找错人了。我刚才就打算把你们交给护法去接受审问，也许他们能从你们奸诈的脑子里挖出一些关于你们族人的情报来。”

“能够再见到你实在是太好了，奈妮薇。”莱伊纹也是冷冷地说。

“那么，到底出什么事了？”奈妮薇问道。

出什么事了？这个两仪师到底在说些什么？

“我抗争过，”贝尔突然以无比懊恼的口气说道，“我真的和他们战斗过，但他们轻而易举就抓住了我。他们那时完全能烧掉我的船，杀我的人，把我们全淹死。”

“如果你和那艘船上的人都死掉，也许还更好一些，伊利安人。”奈妮薇说，“那件特法器最终落入一名弃光魔使的手里。色墨海格就暗藏在霄辰人之中，而且还伪装成他们的一名权贵。她的头衔是什么来着，真言者？”

“是的，”莱伊纹轻声说道，现在她明白了，“我违背了自己的誓言，对此我很抱歉，但……”

“艾格宁？你感到抱歉？”奈妮薇站起身，把椅子踢到身后，“因为你的过失，整个世界都被推到黑暗的边缘，险些落入万劫不复的深渊！难道你用一个‘抱歉’就能为自己开脱吗？色墨海格已经复制了那副枷锁，其中一件复制品甚至铐住转生真龙的脖子，让转生真龙险些沦为彻底被弃光魔使控制的工具！”

奈妮薇将双手高举过头：“光明啊！我们距离彻底毁灭曾经只有半步之遥，这全是因为你们。现在，一切可能都已经毁灭，不再有因缘，不再有世界，什么都不复存在。数以百万计的生命有可能因为你们的疏忽而毁于一旦。”

“我……”莱伊纹终于明白自己到底犯下多么巨大的错误。她的损失，她的生命，她的名字和她的船，她被九月之女剥夺的一切与这个错误相比，都是那么微不足道。

“我真的战斗了，”贝尔用更加激烈的语气说道，“我真的尽全力去战斗了。”

“看样子，本来应该是我服从你才对。”莱伊纹说。

“我向你解释过，”贝尔愤愤地说，“光明烧了我吧，我说过很多次，一直不停地跟你说。”

“呸！”奈妮薇伸手捂住额头，“艾格宁，你们到这里来干什么？我本来希望你们已经死了。如果你们为了守住誓言而死，那么我就不必再责备你们了。”

那东西是我亲手交给苏罗丝的，莱伊纹想，是为了赎得我的一条命。那是我唯一的办法。

“怎么了？”奈妮薇又瞪了莱伊纹一眼，“有话快说，艾格宁。”

“我已经不再使用这个名字了，”莱伊纹跪倒下去，“我曾经拥有的一切都已经被剥夺。现在看起来，我的荣誉也早已荡然无存。我只能将自己交给你，做为对这一切的抵偿。”

奈妮薇哼了一声：“我们不是霄辰人，不会把人当牲口一样据为己有。”

莱伊纹依旧跪在地上，不肯起来。贝尔伸手按住她的肩头，但并没有要扶她起来的意思,他很清楚为什么莱伊纹必须这么做。实际上,他们国家的文明程度并不比霄辰差很多。

“站起来!”奈妮薇厉声喝道,“光明啊,艾格宁。我还记得你是一个多么强硬的人,你能把石头嚼碎,再吐出沙子。”

“正是我的力量迫使我这么做。”莱伊纹低垂着目光。难道奈妮薇不明白,这么做是多么困难?这要比让她割开自己的喉咙更难。现在,她已经没有足够的荣誉让自己能够奢求尽速一死了。

“站起来!”

莱伊纹按照奈妮薇的话做了。

奈妮薇从床上抓起斗篷披到背后:“来吧,我会带你们去见玉座,希望她能知道该如何处置你们。”

说完,奈妮薇就大步走进夜色之中。莱伊纹跟随在她身后。她已经做出决定,现在她只有一条路可走,只有这样,她才能为自己保留最后一点荣誉,也许还能帮助她的族人从一个他们一直坚信不疑的谎言中生存下来。

无船的莱伊纹现在是属于白塔的。无论她们怎么说,无论她们要如何处置她,这个事实已无法改变。她亏负了她们,她将成为玉座的达科维。就算她的船帆已经破碎凌乱,她也要成功驶过这场风暴。

也许,用她的最后一点荣誉,她还能够赢得这名两仪师的信任。

“依照老边境国人的说法,”梅尔登一边说,一边解开塔曼尼腰间的绷带,“疱创叶能够减缓诅咒黑刃造成的污染。”

梅尔登身材瘦削,头发蓬松。他身上穿着一件样式简单的衬衫,披着斗篷。从这身衣服判断,他似乎是一名安多樵夫,但他说起话来却像极了一名边境国人。他的衣袋里总是装着几颗彩球,有时候,他会把它们拿出来,为红手队的战友表演杂耍。如果生活在其他环境中,他一定是一名走唱人。

他不像是一个红手队的成员。实际上,所有红手队员都和他有些相像,根本看不出是一群应该成为战士的人。

“我不知道它为什么能抑制这种剧毒,”梅尔登说,“但它的确有这种效果。记住,诅咒黑刃上的毒不是天然毒素,你不能用嘴把它吸出来。”

塔曼尼用手按着腰部,那种火烧火燎的疼痛感就如同荆棘在他的皮肤下爬行,每时每刻都在向他全身各处蔓延,要将他的每一寸身体撕裂。他能感觉到毒液在身体中流动。光明啊,这可真疼。

在附近不远处，红手队正在凯姆林的街道上奋死拼杀，努力想要接近王宫。他们从南城门杀进城中，佣兵团则在桑迪普的率领下守卫着西门。

如果城中还有什么地方可能残存着人类的抵抗力量，那一定就是王宫。不幸的是，塔曼尼的部队和王宫之间似乎游荡着许多小群兽魔人，他们在赶往王宫的路上会一直撞到这些怪物。

当然，在到达王宫前，塔曼尼不可能确实知道那里是不是真的还存留有抵抗力量。这就意味着他必须率领这支部队一直向王宫冲杀，无法顾及自己的身后。任何一支兽魔人的小队都有可能截断他们的退路，把他们困在城中。但现在，他没时间考虑这个问题。他需要找到王宫中的抵抗部队。如果那里真的还有人在抵抗的话。然后，他将以那里为基地，进一步深入凯姆林内部，取得存放在城中的龙。

空气中充斥着烟火和鲜血的气味。在短暂的战斗间歇中，红手队员们将兽魔人的尸体堆在街道右侧，清理出通行的道路。

凯姆林这个区域也有许多难民，不过和城门附近洪水般的人潮相比，人数已经减少许多。当塔曼尼和红手队终于控制住通往王宫的大道时，才有一些人从黑暗中战战兢兢地走出来。这些难民已经不再要求红手队保护他们的财产和房屋，他们只是在喜悦地啜泣着，因为终于看到还有人类的军队在与暗影生物作战。塔曼尼命令玛德芬护送这些人沿红手队打通的通道逃往城外。

随后，他的注意力又回到王宫。在黑夜之中，高高矗立于山丘上的王宫也只剩下一个模糊的影子。虽然凯姆林大部分已经陷入火海，王宫中却看不到半点火光，白色的王宫围墙在烟尘缭绕的夜色中仿佛一道幻影。没有被点燃，就意味着那里还有人在守卫，难道不是吗？那里难道不是兽魔人首要的攻击目标？

塔曼尼派遣斥候前往那里进行探查，同时命令部下进行短暂的休息。

梅尔登已经给塔曼尼敷好药膏，重新系好绷带。

“谢谢你，梅尔登，”塔曼尼向他点了点头，“我已经能感觉到药膏的效力了。我听你说过，要减缓这种伤痛，这种药只是手段之一。那么其他的办法是什么？”

梅尔登从腰带里抽出一个金属瓶子，把它递给塔曼尼：“夏纳白兰地，很烈的酒。”

“在战斗时喝酒可不是个好主意。”

“喝了它，”梅尔登轻声说道，“拿着瓶子，狠狠喝一口，大人。否则到了下个钟头，你就站不起来了。”

塔曼尼犹豫了一下，才接过瓶子，痛饮一口。烈酒就像那个伤口一样，给他的喉咙带来一阵灼痛。他咳嗽着，将那瓶白兰地收起来："我相信你一定是带错瓶子了，梅尔登，这东西一定是你从鞣皮子的大桶里舀出来的。"

梅尔登哼了一声："我听人们说，你没什么幽默感，塔曼尼大人。"

"这方面我的确很欠缺，"塔曼尼说，"不过你们也都要小心那种剑。"

梅尔登点点头，神情显得异常严肃。他悄声说道："恐怖克星。"

"那是什么？"

"边境国人的称号。你杀了一只隐妖，所以你是恐怖克星。"

"那时它身上已经中了十七箭。"

"这不重要，"梅尔登伸手拍了拍塔曼尼的肩膀，"恐怖克星，当你无法再忍受那种剧痛时，就朝我伸出两只拳头。我会为你解决这个麻烦。"

塔曼尼站起身，不由自主地呻吟了一声。他们全明白这番对话的含义。红手队中的边境国人都相信，萨坎魁造成的伤口会变成什么样子，是很难预料的。这种伤口有些会迅速溃烂；另一些则会让人患病、衰弱。而如果是像塔曼尼这样，伤口变成黑色……这是最可怕的一种情况。他唯一还能活下来的机会，就是在随后一两个小时内找到一位两仪师。

"看起来，"塔曼尼嘟囔着，"我缺乏幽默感也许是一件好事，否则我一定会认为是因缘和我开了个玩笑。德耐尔！你手边有地图吗？"光明啊，他还真是想念万宁。

"大人，"德耐尔手里举着一支火把，另一只手拿着一张匆匆绘就的地图。他是红手队中操龙手部队的一名队长，"我已经找到一条便捷方式，能更快到达亚柳妲储藏龙的地方。"

"我们先要赶到王宫。"塔曼尼说。

"大人，"德耐尔宽厚的嘴唇翕动着，说话的声音却显得格外微弱。他不停拉着自己的军装，仿佛那件衣服很不合身，"如果暗影得到了那些龙……"

"我很清楚这其中的危险，德耐尔，谢谢你。但如果找到它们，你又能以多快的速度运送那些青铜管？我一直担心我们的力量过于薄弱。而这座城市被烧毁的速度要比浸透油的、暗中寄给领主夫人的情书更快。我只希望能在找到那些武器后尽快离开这座城市。"

"大人，我能用龙的一两次齐射摧毁敌人的堡垒，不过我的确没办法带着它们快速行动。它们应该是被装在大车上的，这会让它们容易被运送，但它们的移动速度仍然不可能比……不可能比货车队更快。而且我还需要时间对它们进行装配，做好开火的准备。"

“那么我们就先到王宫去。”塔曼尼说。

“但……”

“在王宫里，我们会找到能够导引的女人，”塔曼尼用不容置疑的口气说道，“她们可以为我们施展神行术，直接到达亚柳妲的库房。而且，如果我们找到在坚持战斗的王宫卫兵，我们也许还能得到更多的援军。我们的目的是取得龙，但我们必须把这件事干得聪明一些。”

他注意到莱德文和马尔已经疾速跑了回来。“前面有兽魔人！”马尔在塔曼尼面前停住，“至少有一百多个，就聚集在前面的街道上。”

“小伙子们，站好队列！”塔曼尼喊道，“我们向王宫进军！”

出汗帐篷里陷入了绝对的寂静。

艾玲达以为自己的故事会招来智者们的怀疑，至少应该是各种各样的疑问，而不是现在这般令人痛苦的沉默。

虽然没预料到这种情景，但她理解众人为何会有这种反应。在看到艾伊尔人的未来，知道他们将如何逐渐失去节义后，她也曾有过相同的反应。她亲眼见证了艾伊尔一族的灾难、耻辱和灭亡。现在，至少有人能和她一同挑起这个重担了。

罐子里烧热的石块发出轻微的嘶嘶声。应该有人倒水上去，但帐篷里的六个人全部纹丝不动。除了艾玲达以外的其余五个人全都是智者，并且也都和艾玲达一样一丝不挂地享受着出汗帐篷中的蒸汽。她们是索瑞林、艾密斯、柏尔、麦兰和汤曼勒艾伊尔的姬摩尔。五个人全双眼直视前方，陷入深深的沉思之中。

良久以后，她们一个接一个地挺起腰背，坐直身子，仿佛接受了一个新的重担。这让艾玲达感到安慰，她当然不会以为这个消息会让她们垮掉，但能够看到她们以如此平静的态度面对这个危险，丝毫没有逃避的意思，这毕竟是一件令人高兴的事情。

“刺目者已经太过靠近这个世界了，”麦兰说，“因缘在很大的程度上发生了扭曲。我们还能在梦中看到许多可能发生，或者不会发生的事情。通往未来的道路太多了，我们无法分辨出哪一条才是最切实的。梦行者们还无法判断我们族人的命运、卡亚肯的命运。我们只知道，他会在最后一日将口水吐向刺目者的眼中，但那之后的世界依然被笼罩在迷雾中。我们不知道艾玲达所见到的是否会成为现实。”

“我们必须对此进行测试，”索瑞林的眼睛如同两颗宝石，“我们必须知道，是否现在所有人都会看到这样的幻象，还是只有艾玲达能够看到它？”

“达茵部族的艾兰娜就要完成训练了，”艾密斯说，“她将是下一个前往鲁迪恩的人。我们可以请海伊德和沙恩妮给予她鼓励了。”

艾玲达压抑下颤抖的冲动，她很清楚智者们的“鼓励”是什么意思。

“这样很好，”柏尔说着，向前倾过身子，“也许每个人在第二次走过玻璃柱阵时都会见到这样的幻象？也许正是这个原因，所以才会禁止这么做。”

没有人去看艾玲达，但艾玲达能感觉到她们对自己的关注。她所做的事情是被禁止的，而说出在鲁迪恩发生的事同样是个禁忌。

但没有人会为此而谴责她。鲁迪恩并没有杀死她，时光之轮的转动已经为世界带来了变化。柏尔继续凝望着远方。汗水不断从艾玲达的脸颊和胸前滴落。

我并不喜欢泡在浴盆里，她对自己说。她不是软弱的湿地人，不过，出汗帐篷在龙墙的这一侧实在是没必要，这里没有夜晚的苦寒，于是出汗帐篷中的闷热就让人不由得感到窒息，一点也不舒服。而且，如果真的有足够的水……

不，她咬了咬牙。“我能说话吗？”

“不要犯傻，孩子。”麦兰说道。这个女人的肚子已经变成一个圆球，眼看就要临盆了。“你现在已经是我们的一员了，不必再求得许可才能发言。”

孩子？如果要让她们真正把她当智者看待，肯定还要再过一段时间。不过她们的确在努力尊重她。没有人再命令她倒茶或者在热石头上添水。如果身边没有学徒和奉义徒，她们就会轮流做这些事。

“我关心的并不是别人还能不能看到那些幻象，”艾玲达说，“我只关心我所见到的一切。那些事会发生吗？我们能否阻止它们？”

“鲁迪恩会展现两种类型的幻象。”姬摩尔说道。她的头发是深红色，有一张茶色的长脸。在这些智者中，她算是比较年轻的，也许只比艾玲达大了几岁。“第一次去鲁迪恩的人会看到可能发生的事；第二次，玻璃柱阵会向来访者展现曾经发生的事。”

“而我们还不知道这第三种幻象到底有几分真实。”艾密斯说，“玻璃柱阵一直都分毫不差地显示着过去的事实，那么它们为什么不可能同样精确地显示出属于未来的事实？”

艾玲达的心收紧了。

“但是，”柏尔轻声说道，“为什么那些玻璃柱会显示出无法改变的绝望和毁灭？不，我拒绝相信这种事。鲁迪恩总是会让我们看到我们需要看到的事情。

它在帮助我们，而不是毁灭我们。这次的幻象肯定也是出于同样的目的才会产生的。它是要鼓励我们赢取更伟大的荣誉吗？”

“这都不重要。”索瑞林说。

“但……”艾玲达还想争辩。

“这都不重要。”索瑞林重复了一遍，“如果这个幻象代表着不可改变的未来，如果我们的命运就是……堕落与毁灭……就像你所说的那样，难道我们就会因此而停止奋斗，不想去改变它吗？”

帐篷中变得寂静无声。艾玲达不住地摇着头。

“无论如何，我们都要把它当做可以改变的未来而去努力，”索瑞林说，“不要再拘泥于你的疑问了，艾玲达，我们必须决定该采取怎样的行动。”

艾玲达发现自己在点头：“我……是的，是的，你是正确的，智者。”

“但我们该怎么做？”姬摩尔问，“我们要改变什么？现在，我们要做的是赢得最后战争。”

艾密斯说：“我几乎希望这真的是不可改变的未来，这样至少能证明我们赢得了这场战争。”

“它什么都证明不了，”索瑞林说，“刺目者的胜利将会打破因缘，到那时，一切关于未来的幻象都将变得无法确定，也不再可信。无论有多少关于未来纪元的预言，如果刺目者赢得这场战争，它们也都将变得毫无意义。”

“我看到的这些幻象一定和兰德的计划有关。”艾玲达说。

所有人都转向了她。

“明天，”艾玲达继续说道，“他将要宣布一件极其重要的事情。这是你们告诉我的。”

“卡亚肯真是很喜欢……这种充满戏剧性的场面，”柏尔的声音中带着宠溺的意味，“他就像一只柯罗雀，整晚辛劳筑巢，只为了在清早向整个世界歌唱。”

艾玲达第一眼看到在梅丽罗竟然聚集如此众多的人马时，曾经大吃了一惊。幸好她和兰德之间已经建立了约缚，她才能知道兰德在什么地方。湿地人的军队几乎都聚集到这个地方。艾玲达一来到此地，就怀疑这是否正是她所看到的幻象的一部分。人群在这里的聚集会不会正意味着她的幻象已经开始成真了？

“我觉得，自己似乎知道得太多了。”她几乎是在自言自语地说道。

“你只是瞥到一眼未来，”姬摩尔说，“这会改变你，艾玲达。”

“明天将是关键的一天，”艾玲达说，“而一切的关键将是他的计划。”

“根据你的叙述，”姬摩尔思忖着，“似乎他打算忽视艾伊尔，忽视他自己的族人。为什么他要将恩惠赐予其他所有人，却单单要放弃最该被他眷顾的人群？他是要侮辱我们吗？”

“我不认为他打算这么做，”艾玲达说，“我相信他是要向所有来见他的人提出要求，而不是赠予他们礼物。”

“他的确曾经提到过代价，”柏尔说，“一个他打算让所有人都要付出的代价，但还没有人能够从他那里得知关于这个代价的秘密。”

“今晚稍早时，他曾利用神行术前往提尔，并带回一样东西，”麦兰说，“这是枪姬众们报告的。现在他一直遵守誓言，把她们带在身边。我们也曾问过他那所谓的代价是什么，但他只是说，艾伊尔人不必担忧这件事。”

艾玲达皱起眉头：“他在让人们付出代价，为了去做他要做的事？我们都知道，那是他必须完成的任务。也许他和那些海民讨价还价得太多了。”

“不，他做得并不算错，”艾密斯说，“世人对卡亚肯有太多要求，他有权也让他们有所付出。而且，那些人太过软弱了，他也许是打算让他们更刚强一些。”

“所以他丢下了我们，”柏尔轻声说道，“因为他知道，我们已经足够刚强了。”

帐篷中再次陷入沉默。艾密斯看起来显得很困扰，她将一些水倒在烧热的石头上，石头上冒出蒸汽，发出猛烈的嘶嘶声。

“事实就是这样，”索瑞林说，“他并不打算侮辱我们。他要让我们得到荣誉。只是对此的看法也许和我们的不尽相同，”她摇了摇头，“他应该考虑得更周详一些。”

姬摩尔也表示赞同：“卡亚肯经常会在无意中让别人感到羞辱，就好像他依然只是个孩子。我们是强大的，所以不管他提出怎样的要求，对于我们都不会是难题。如果他所要求的代价是其他人能够付出的，那么我们也一定可以付出。”

“如果他能够以我们的方式接受正确的训练，他就不会犯这种错误。”索瑞林喃喃地说道。

艾玲达直视着她的双眼。是的，艾玲达没有能对卡亚肯进行应有的教导。但这些人全都很清楚，兰德·亚瑟是多么倔强的人。而且，她现在的身份已经和她们一样了。只不过她还无法切身感受到这一点，尤其是当她面对着索瑞林那绷紧的嘴唇和不以为然的眼神时。

艾玲达有些怀疑，也许是自己和伊兰这样的湿地人一起度过的时日太久了。但突然间，她似乎明白了兰德的想法。如果他真的是有意要在这一次让艾伊尔人免于付出他所需要的代价，那么他就是在以这种方式为艾伊尔人增加荣誉。而如果他向艾伊尔人提出和其他人一样的要求，也许她面前的这些智者会感觉更受冒犯，会更耻于与湿地人为伍。

他到底有怎样的计划？她在鲁迪恩的幻象中依稀找到了一点线索，并且愈来愈相信，随后的一天就会是让艾伊尔人踏上毁灭之路的开始。

她必须阻止这种事情发生。这是她做为智者的第一个任务，很可能也是她人生中最重要的一个任务。她绝不能失败。

“她的任务并不只是教导他，”艾密斯说，“我所期待的是他能够得到一名可靠女子的细心监护。”她一边说话，一边看着艾玲达，脸上显露出意味深长的神情。

“他终归会成为我的人。”艾玲达坚定地说道。但不是为了你，艾密斯，也不是为了我的族人。心中激烈的感情让她感到吃惊。她是艾伊尔人，她的族人对她来说应该意味着一切。

但这不是他们的选择。这是她的选择。

“要小心，艾玲达，”柏尔说着，将手插到腰间，“自从你离开后，他已经改变了很多，他变得比以前更强大了。”

艾玲达皱起眉：“哪方面？”

“他已经拥抱了死亡。”艾密斯的语气中带着骄傲，“他也许还佩着剑，穿着湿地人的衣装，但他现在已经是我们的一员了。这点确切无疑。”

“我必须亲自确认这一点。”艾玲达说着，站起身，“同时我还会确认，对于他的计划，我能做些什么。”

“现在已经没有太多时间了。”姬摩尔警告她。

“还有一个晚上，”艾玲达说，“这应该足够了。”

其他人都点了点头，艾玲达则已经在穿衣服了。出乎她意料的是，其他人也都站起身，和她一样穿起衣服。看样子，她们认为她带来的讯息非常重要，她们必须立刻将此告知其他所有智者，而不是继续无所事事地坐在这里。

艾玲达是第一个走进帐外夜色中的人，清冷的夜风代替帐篷里闷热的潮气吹在皮肤上，很舒服。她深吸一口气，感觉精神无比疲惫。但现在还不是睡觉的时候。

帐帘在她身后窸窣作响，其他智者也纷纷走了出来。麦兰和艾密斯轻声交谈着，快步走进夜色中。姬摩尔向汤曼勒营地走去。也许她会和她的姐妹父亲，也是汤曼勒的部族首领者谈一谈这件事。

艾玲达刚刚迈开步伐，一只瘦骨嶙峋的手抓住她的手臂。她回头瞥了一眼，看见柏尔正站在她身后，身上已经穿回宽松的外衫和长裙。

“智者。”艾玲达习惯性地说道。

“智者。”柏尔带着微笑答道。

“有什么事情……”

“我要去鲁迪恩，”柏尔向天空看了一眼，“你是否愿意为我打开一个神行术通道？”

“你要再次走过玻璃柱阵。”

“我们之中必须有一个人这么做。不管艾密斯怎么说，艾兰娜还没做好准备，尤其是没有准备好去面对……这样的情景。那个女孩现在整天还只知道尖声抱怨，就好像一头在争抢最后几片腐肉的兀鹰。”

“但……”

“哦，不要迟疑了。现在你已经是我们的一员了，艾玲达，但我至少要比你年长。就算是你祖母的那一辈，也是在我的养育下长大的。”柏尔摇了摇头。她的白发几乎辉映出被乌云遮住的月光。“我是前往鲁迪恩的最佳人选，”她继续说道，“导引者们必须为即将到来的战争保存体力。我不会让少不更事的孩子走进那些玻璃柱，去获取对于我们来说也许是至关重要的情报。这件事应该让我来做。那么，你现在可以施展神行术吗？能不能帮我这个忙？还是我必须去逼迫艾密斯替我做这件事？”

艾玲达倒是很想看看艾密斯在别人的逼迫下做事情的样子。有谁曾经让艾密斯俯首帖耳地做过事？也许是索瑞林？不过，她什么都没说，只是导引阴极力，打开了信道。

想到会有第二个人看到她在鲁迪恩所见证的一切，艾玲达不由得感到肠子一阵抽搐。如果柏尔也看到完全一致的幻象，那又将意味着什么？是否意味着那样的未来的确是有可能出现的？

“这很可怕，对不对？”柏尔轻声问道。

“是的，非常可怕。它足以让枪矛哭泣、让岩石崩碎，柏尔。我宁可与刺目者起舞，也不愿去面对那样的未来。”

“那么，这就更需要让我去一看究竟了。要去面对这种问题的人，必须是我们之中最强韧的。”

艾玲达没有让自己挑起眉弓。柏尔的确像皮革一样强韧，但其他智者也绝对不是娇嫩的花蕾。“柏尔，”艾玲达忽然想起一件事，“你有没有遇到过一个名叫纳珂蜜的女人？”

“纳珂蜜，”柏尔反复咀嚼这个名字，“一个古老的名字，我从没听过有人使用过它。为什么提起这个名字？”

“我在前往鲁迪恩的路上，遇到一名艾伊尔女子，”艾玲达说，“她说自己并非智者，但她的身上有一种气势……”艾玲达摇了摇头，“这只是我无聊的好奇。”

“嗯，我们先要搞清楚那些幻象的真实意义。”柏尔说着，向通道走去。

“如果它们是真的呢，柏尔？”艾玲达不由自主地问道，“如果我们对此根本无能为力，又该怎么办？”

柏尔转回身：“你说，你看到自己的孩子？”

艾玲达点点头。她并没有仔细描述那些幻象的每一个细节，那些都是她非常私人的事情。

“改掉他们之中一个人的名字，”柏尔说，“绝不要说出那个孩子在幻象中被称呼的名字，即使对我们也不要说。然后你就会知道，如果一件事发生了变化，那么其他事也可能会有所不同。这不是我们的命运，艾玲达。这是我们必须避免的一条道路，是我们要齐心协力避免的。”

艾玲达发现自己在点头。是的，一个简单的改变，无论多么微小，也都有可能产生深远的影响。“谢谢你，柏尔。”

那名年长的智者向她点点头，然后走进通道，在黑夜中向远方的城市跑去。

塔曼尼用肩膀狠狠撞在一头身披粗糙锁链甲、身材高大的猪脸兽魔人身上，那头怪物身上的气味十分可怕，就好像刺鼻的烟尘、湿透的皮毛和许久未清洗过的肉体混合在一起的味道。塔曼尼的攻击让它哼了一声。这些怪物在遭到塔曼尼的攻击时，总是显得非常惊讶。

塔曼尼向后退去，同时将佩剑从怪物的肋侧抽了出来，而猪脸兽魔人则向后倒去。然后，塔曼尼再一次向前跃起，让剑刃刺入这头怪物的喉咙，丝毫不在意怪物粗大的手指抓住了自己的双腿。此时，生命的光彩已经从那双和人眼极为相似的、珠子般的眼球中黯然褪去。

人们在战斗、呼喊、吼叫、杀戮。只要沿着这条街道再越过一道陡坡，他们就能到达王宫了。但成群的兽魔人聚集在这里，牢牢守住了街道，让红手队无法再靠近王宫一步。

塔曼尼靠在一幢房子上，距离他不远的另一幢房子正在燃烧，炽烈的火光照亮街道，向他散发出一阵阵热气。但和他腰间可怕的灼痛相比，这些火苗几乎可以算是凉爽的。现在，灼痛感已经蔓延到他的腿和脚上，正在涌过他的肩膀。

该死的，他想道，真希望能再有一个小时的时间，让我抽抽烟、看看书，一个人享受一下平静。那些妄谈什么光荣战死之类事情的人根本就是纯粹的傻瓜，在这种一团乱的鲜血和烟火中死掉，根本没有任何光荣可言。他只希望自己能够死得更平静一些。

塔曼尼重新站起身，汗水不断从他的脸上滴落。在他背后，更多兽魔人正向陡坡下面冲过来。它们已经堵住塔曼尼的后路，但塔曼尼至少还能冲破前方兽魔人的防线，继续向前。

现在撤退已经不可能了，就算是从背后这些兽魔人中间冲出去，游荡在整座城市里的小股兽魔人也会不断攻击他的侧翼，让他们陷入难以为继的苦战。

"战士们，用全部力气向前杀！"他怒吼着，向前冲进挡在街上的兽魔人群中。王宫距离他们已经很近了。他用盾牌挡住一个羊头兽魔人的剑，没有让它砍在德耐尔的脖子上。然后，他用尽全力将兽魔人的剑推开。光明啊，兽魔人的力气实在太大了。就在塔曼尼努力不让自己被兽魔人推倒在地时，德耐尔站稳身子，一剑刺在羊头兽魔人的大腿上，让这怪物倒了下去。

梅尔登冲到塔曼尼身边。这名边境国人履行了他的诺言，一直跟随在塔曼尼左右，随时准备在塔曼尼无法支撑下去时用剑结束他的生命。他们两人率领红手队冲上了山丘。兽魔人发出一阵阵嚎吼，在火光的照耀中，它们就如同一头由黑色皮毛、眼球和凶残武器组成的、身躯无比庞大的怪兽。

这里的兽魔人实在是太多了。

"站稳脚跟！"塔曼尼吼道，"为了麦特大人和红手队！"

如果麦特在这里，他也许会骂上一连串的脏话，发出无数抱怨，然后用某种超乎寻常的战场奇迹拯救他们。塔曼尼不可能效仿麦特那种混合着疯狂与天才的指挥艺术，但他的喊喝声似乎也在鼓励着这些士兵。他们的数组变得更加严整密集了。嘉维德指挥着他的二十多名弩手，在一幢没有着火的房子上列好阵势。这是塔曼尼最后的弩箭手部队了。成排的弩箭不断地射向兽魔人群。

如果换做人类士兵，如此强有力的弩箭应该能让他们崩溃，但兽魔人绝没有这么容易被打垮。箭矢射倒了几头兽魔人。而塔曼尼本希望弩箭的杀伤效果能更好一些。

这群兽魔人里肯定有一只隐妖。塔曼尼想。是它在催逼它们，维持它们的军纪。光明啊，我已经没办法再和一只隐妖作战了，我刚才就不该和那只妖作战！

他已经不该再站起来了。梅尔登的那瓶白兰地早已经被他喝光，烈酒的麻醉效力也已经丧失殆尽。他的意识模糊到极其危险的程度，但他还是与德耐尔和伦代德一同冲杀到最前线，心无旁骛地战斗着。兽魔人的血喷洒在鹅卵石铺就的路面上，汇成小溪，沿着山坡一直流淌下去。

红手队打得很好，但敌人的数量已经超过了他们，而且他们也耗尽了体力。在山坡下，又有一队兽魔人加入到挡在他们背后的兽魔人群中。

继续战斗下去已经没有意义了，他或者回身冲破背后这群兽魔人的阻拦，同时冒着遭受前方兽魔人夹击的危险；或者让红手队化整为零，分散撤退到周围的街巷中，然后在城门处重新集结。

塔曼尼准备下达命令了。

“白狮冲锋！”一阵吼声响起，“为了安多和女王！”

塔曼尼转过身，看到穿着白色和红色军装的士兵冲破山丘顶上兽魔人的阵线。另一支安多长矛手部队从大道旁的街巷中涌出来，对堵住红手队后路的兽魔人发动侧后突击。兽魔人在长枪的突刺之下溃散了，片刻间，一整群兽魔人如同一个被挤破的脓包，开始朝四面八方奔窜。

塔曼尼踉跄着后退了一步，不得不用佩剑撑住身子。幸好玛德芬这时已经接替他开始指挥部队。很快，他的战士们就杀死了许多逃窜的兽魔人。

一队穿着女王卫兵制服的军官跑上山丘，他们的样子也不比红手队好多少。率领他们的是葛本。“佣兵，”他对塔曼尼说道，“感谢你们冲杀到这里。”

塔曼尼皱起眉头：“听你的口气，好像是我们救了你们。但在我看来，事实恰好相反。”

在火光中，葛本的脸色显得非常严峻：“这些兽魔人正在猛攻王宫大门，是你们缓解了我们承受的压力。我要向你道歉，对你们的救援迟误了。因为当我们发现兽魔人在朝这个方向退却时，并没有意识到这里发生了什么。”

“光明啊，你们守住王宫了吗？”

“是的，”葛本说，“现在王宫里全都是难民。”

“有导引者吗？”塔曼尼充满希望地问，“为什么女王还没带着安多军队回来？”

“暗黑之友从内部发动了袭击，”葛本皱起眉头，“陛下带走了大部分家人，至少是把导引能力最强的都带走了。她只留下四位家人，她们如果合并力量，的确能够施展神行术。但一名暗黑之友刺客杀死了其中两位家人，随后才受到另外两位家人的阻止。剩下的两位家人没有足够的力量打开神行术通道，所以她们只能先针对伤员进行治疗。”

“该死的！”塔曼尼咒骂着，但他还是感觉到一丝希望。如果这两个女人不能打开神行术通道，她们至少有可能治疗他的伤口。“你应该把难民带出城，葛本。我的人已经守住了南城门。”

“太好了,”葛本立刻挺直了腰,“但率领难民的工作只能由你们完成了。我必须守住王宫。”

塔曼尼向他挑起一道眉弓。他并不受葛本的指挥,红手队有自己的指挥系统,只会向女王本人负责。麦特在接受女王的雇佣契约时,已经将这点说得很清楚了。

不幸的是,葛本也不受塔曼尼的指挥。塔曼尼深吸一口气,但立刻又在晕眩中摇晃了几下。梅尔登抓住他的手臂,才让他免于一头栽倒在地。

光明啊,这实在是太疼了,难道他腰上的伤口就不能像个普通伤口那样,逐渐变得麻木吗?该死的,他现在就需要那些家人的治疗。

塔曼尼充满希望地问:“那两个人能够治疗?”

“我已经派人去找她们了,”葛本说,“我们发现你们的时候,我就派人回去了。”

这样的话,他总算还有些收获。

“我必须留在这里,”葛本警告他,“我不会放弃自己的岗位。”

“你在说什么?这座城市已经被攻破了!”

“女王命令我们通过神行术按时向她递交报告,”葛本说,“她很快就会开始怀疑我们为什么没有派出信使,随后她就会命令导引者回来查实情况。女王的信使将到达王宫中的神行术场地。那里……”

“大人!”一个声音喊道,“塔曼尼大人!”

葛本闭上嘴。塔曼尼转过身,发现斥候菲戈尔正跌跌撞撞地沿着卵石街道向他跑过来。菲戈尔是一个身材瘦削的人,留着稀疏的头发和数天未刮的胡子。看到他,塔曼尼感觉到一阵恐惧。菲戈尔是被留下来守卫南城门的人之一。

“大人,”菲戈尔气喘吁吁地说着,“兽魔人已经占据了城墙,并且正在向城头集结,任何靠近城墙的人都会遭到它们投掷长矛和矢箭攻击。桑迪普尉官派我来问您下一步该如何行动。”

“该死的!城门现在怎么样了?”

“我们还守在那里,”菲戈尔说,“暂时还在我们手里。”

“葛本,”塔曼尼转回身说道,“行行好,安多人,城门需要有人守卫。请带难民马上离开,去支持我的人。那道城门很可能是我们撤出这座城市的唯一通道了。”

“但女王的信使……”

“女王只要想到派人回来看一眼，就立刻会知道这里到底发生了什么。看看你的周围！想要守住王宫就是发疯。你已经没有城市可以守卫了，留给你的只剩下了一个火葬堆。”

葛本的脸上充满了矛盾，他的嘴唇抿成了一条细线。

“你知道，我是对的，”塔曼尼的面孔在痛苦中扭曲着，“你现在能采取的最好的行动，就是支持我在南城门的部队，守住那道门，让尽可能多的难民从那里逃出去。”

“也许，”葛本说，“但我就这样让王宫被大火焚毁吗？”

“这样你至少还能挽救些东西。”塔曼尼说，“留一些士兵继续在王宫中战斗如何？让他们尽可能久地挡住兽魔人，这样会吸引住暗影军队的注意力，让难民能够更顺利地逃脱。当你的士兵无法再抵抗下去时，他们可以从王宫的另一侧撤退，绕道前往南城门。”

“这个计划不错，”葛本非常不情愿地承认，“我会照你的建议去做。但你们呢？”

“我必须找到龙，”塔曼尼说，“我们不能让那些武器落入暗影之手。它们都被存放在内城边缘处的一座库房里，女王不想让它们受到太多人的注意，尤其是城外的那些佣兵团。我必须找到它们。如果有可能，就把它们运出来，否则就把它们全部摧毁。”

“很好。”葛本说着，转过身。看样子，他已经接受了这座城市无法避免的灾难，同时为此感到无比的难过和沮丧。“我的士兵会依照你的建议，其中一半护送难民出城，并帮助你的人守卫南城门。另一半会继续守卫王宫，然后相继撤退。但我要和你一起行动。”

“这里真的需要这么多灯吗？”那位两仪师坐在房里的凳子上问道。那只凳子在她的屁股下面，仿佛变成了一个王座。“想一想，你们浪费了多少灯油。”

“我们需要这些灯。”安德罗喃喃地说道。夜雨打在窗户上，但他并不在意那些雨滴，只是将精神集中在手中的皮革上。它最终将成为一只马鞍。这时，他正在缝制马鞍下面的肚带。

他在皮革上打出两排小孔，并通过这种工作让自己的心神平静下来。他用针脚凿在皮革上压出钻石形的孔洞。他本可用木槌加快这项工作的速度，但现在，他更喜欢用手按出这些孔洞的感觉。

他拿起自己的标脚轮，标记出下一段针脚的位置，然后继续打孔。这些钻石形的针孔必须以平边相对，只有这样，当这段皮革被勒紧时，线才不会勒在这些平边上，让针脚变形。而整齐的针脚可以让马鞍在许多年后仍然不会变形。针脚必须足够靠近，让绗缝可以彼此加强；同时又不能过分靠近，以免皮子过窄，导致针脚开裂。以交叉十字的形式进行绗缝会产生更好的效果。

这些都是小事。只有确保小事不出问题，然后才能……

他的手指一滑，针脚凿在一个错误的位置上，打出了钻石形小孔，并让两个小孔间的皮革裂开了。

安德罗差点颓丧地把整条皮带都扔到一旁。今晚他已经是第五次出错了！

光明啊，他想着，将手按在桌子上。我的自控能力到哪里去了？

不幸的是，这个问题很容易回答。让他心神不宁的正是黑塔。他觉得自己就像是一条被困在退潮的沙滩上的多足沙蚕，正绝望地等待着潮水回来，却又看到一群小孩拿着小桶在沙滩上搜寻一切美味的猎物……

他吸了一口气，然后吐出来，又拿起那段皮革。这是他多年以来所做的最糟糕的作品，但他还是会将它完成。丢下一样东西不去完成，几乎就和没能处理好细节一样糟糕。

“真是让人感到好奇。”那位两仪师又说道。她的名字是佩维拉，属于红宗。安德罗能感觉到她的眼睛盯在自己背上。

一名红宗。好吧，就像提尔谚语说的那样，“共同的目的地带来非同寻常的同舟共济之人”。也许他应该用沙戴亚谚语形容，如果他的剑砍在敌人的喉咙上，就不要浪费时间去想那把剑曾经抵在你的喉咙上。

“那么，”佩维拉说，“你打算告诉我，你在进入黑塔前的生活吗？”

“我没这个打算，”安德罗又开始缝制起来，“为什么要问这个？你想知道什么？”

“我只是感到好奇。你是那种自愿前来黑塔接受测试的人？还是那种在他们狩猎时被找到的人？”

安德罗勒紧一根线：“我是自愿来的，我相信艾芬昨天已经告诉过你了。那时你就向他询问过我的情况。”

“嗯，”佩维拉说道，“我明白，我是必须受到监视的。”

安德罗放下手中的皮革，看着她：“这就是她们教给你的？”

“什么？”佩维拉带着无辜表情问。

“扭曲对话的原意。从你坐在这里开始，你就指责我监视你。而事实上，是你在从我的朋友那里套取关于我的情报。”

“我想知道，我可能拥有怎样的资源。”

“你想知道为什么一个男人会选择进入黑塔，学习导引至上力。”

佩维拉没有回答。安德罗能够看出，她正在寻找一个理由，好让自己的言辞不会与三誓发生冲突。和一位两仪师对话，就好像在潮湿的草丛中追踪一条绿蛇。

“是的。”她回答道。

安德罗惊讶地眨眨眼。

“是的，我想要知道。”那名红宗两仪师继续说道，“我们是盟友，无论我们双方是否喜欢这样。我想要知道，我必须与之合作的是一些怎样的人。”她看了安德罗一眼，“当然，我并非是要打算查清你的全部隐私。”

安德罗深吸一口气，强迫自己镇定下来。他不喜欢和两仪师说话，不喜欢她们扭曲一切对话本意的交谈风格。而这种厌恶感中又夹杂了这个夜晚给他带来的紧张，和糟糕的马鞍给他带来的挫败感……

他会镇定下来的。光明烧了他吧！

“我们应该实践一下连结，”佩维拉说，“这将是我们的优势之一，尽管要与泰姆的人对抗，这可能只是一个非常微小的优势。希望他们不会这么快就来找我们的麻烦。”

安德罗将对这个女人的厌恶扫出脑海，他还有别的事情需要担心。而对于眼前的问题，他必须保持客观的态度：“连结？”

“你不知道什么是连结？”

“恐怕是不知道。”

佩维拉咬住嘴唇：“有时候，我甚至会忘记你们是多么无知……”她停了一下，仿佛是意识到自己说得太多了。

“所有的人都是无知的，两仪师。”安德罗说，“我们都有自己无知的一面，这个世界的特质就是没有人能够知道一切。”

这似乎也不是这位两仪师预料之中的答案。那双严厉的眼睛一直在审视着他。绝大多数的红宗两仪师都不喜欢能够导引的男人，但佩维拉在这方面显然比其他红宗更甚。她一生都在猎捕像安德罗这样的男人。

佩维拉终于开了口：“当女人和男人将导引的至上力合并在一起时，就会形成连结，这是一种非常特别的连结方式。”

“那么，米海峨一定知道这种方法。”

“男人需要和女人协同，才能组成连结。”佩维拉说，“实际上，一个连结中女性的数量在一般情况下必须超过男性，不过，如果连结人数很少，比如一个女人和一个男人，一个女人和两个男人，或者两个女人和两个男人，也可以组成连结。所以，我们能够组成的最大连结是三个人，其中包括我和你们之中的两个人。不过，这对我们来说应该已经很有用了。”

“我会为你再找两个人进行练习，”安德罗说，“我有一些可以信任的人。其中最强的是纳拉姆。埃马林也很强，而且我相信，他的潜力还未完全发挥出来。乔奈瑟也是这种情况。”

“他们是最强的？”佩维拉问，“比你还要强？”

“我并不是很强。”安德罗说着，继续低头去缝制皮革。外面的雨又下了起来，寒风吹进门缝。一盏油灯的火苗矮了下去，让房里多了一些阴影。这令安德罗感到很不舒服。

“但这实在让人很难相信，安德罗师傅，”佩维拉说道，“他们全对你唯命是从。”

“不管你怎么想，两仪师，我的确是他们之中最弱小的一个，甚至有可能是黑塔之中最弱小的。”

他的话让佩维拉陷入了沉默。安德罗站起身，重新给那盏灯添满油。当他坐回凳子上时，一阵敲门声宣布了埃马林和凯德尔的到来。虽然结伴而行，但他们却几乎是完全相反的两种人。一个身材高大，一举一动中都透露出干练与谨慎；另一个则神情飘忽，总是不断地喃喃自语。但他们又似乎有很多共同语言，很喜欢彼此做伴。

“什么事？”安德罗问。

“这场雨也许能帮助我们。”埃马林说着，脱下被雨水浸透的外衣，把它挂在门旁的一只钩子上。他在外衣里穿着一件有提尔风格刺绣花纹的衣服。“它会变成一场猛烈的暴风雨。但卫兵看守得都很紧。”

“我觉得自己就像是一头在市集上等待出售的公牛。”凯德尔嘟囔着，在挂好外衣后，又跺跺脚，甩掉靴子上的泥巴。“无论我们去哪里，泰姆的亲信都会用眼角盯着我们。该死的，安德罗，他们知道我们想逃走。”

“你们有没有找到这里的防守弱点？”佩维拉向前倾过身子问道，“那道墙上有没有缺乏守卫的地方？”

“这只能看那些守卫是否忠于职守了，两仪师佩维拉。”埃马林一边说，一边向她点了点头。

“嗯……大概只能这样了。我有没有提过有一件事让我很好奇。你们之中最尊敬我的一个人竟然来自提尔？”

“对一个人保持礼貌与尊敬他是两回事，两仪师佩维拉，”埃马林说，“这只能表明这个人有一定的修养，且性情平和。”

安德罗微微一笑。对于遭到冒犯后的反应，埃马林绝对异于常人。在半数时间里，除非有人向他解释，否则他甚至根本不知道自己已经被嘲笑了。

佩维拉咬住嘴唇：“那么，好吧，我们只能注意城墙上换岗的情况。当暴风雨到来时，我们就借助天气的掩护，翻过疏于看守的城墙，离开这里。”

刚刚进来的两个人都看着安德罗。而安德罗发觉自己正盯着房间的一个角落，那里有一片桌子投过去的阴影。那片阴影在变大吗？它是不是在向他蔓延过来……

“我不喜欢丢下同伴。”他强迫自己将视线从那个角落里移开，“这里还有许多人，还有许多孩子并未受到泰姆的控制。我们不可能在不引人注意的情况下把他们全部带走。但如果我们丢下他们，我们就是在冒险……”

他已经无法再说下去了，他们并不知道这里到底发生了什么。这里的人正在改变，曾经值得信任的盟友现在却变成毋庸置疑的敌人。那些人看起来和原先还是一样，实际上却已经完全不同了。那种改变只能从他们的目光里看出来。安德罗想到这里，不由得打了个哆嗦。

“叛逆两仪师的使团还在城门外，”佩维拉说。她们在那里扎营已经有一段时间了。她们宣称，是转生真龙承诺她们可以约缚殉道使做为护法。泰姆至今都没有让她们之中的任何一人走进黑塔。“如果我们和她们取得联系，我们就能打破黑塔，救出被困在这里的人。”

“这真的那么容易吗？”埃马林问，“泰姆会让这个小镇全部成为我们的敌人。那些人的家人几乎全住在这里。”

凯德尔点点头，他的家人也住在这个镇上。他不会离开他们。

“而且，”安德罗在凳子上转过身，看着佩维拉，轻声说道，“你真的认为这里的两仪师能够战胜黑塔？”

“她们很多人都有数十年、甚至数百年的导引经验。”

“其中有多少经验又是和战斗有关的？”

佩维拉没有再说下去。

“这里有几百个能导引的男人，两仪师，”安德罗说，“他们每一个所受到的训练都是为了让他们成为战斗的武器。我们可不会学习政治和历史，我们也不会学习如何影响国家决策，我们只学习杀戮。这里的每一个人，无论老幼，都会被逼迫到自身能力的极限，只为了迅速变强，能够掌握更多力量。我们擅长毁灭，而且我们之中的许多人神智都不正常。你们两仪师能够和这样的人作战吗？尤其是当许多我们曾经信任，也是我们要拯救的人也会追随泰姆，一同对抗两仪师的入侵的时候？”

“你的话并非没有道理。”佩维拉说。

就像一位女王一样。安德罗想。虽然他很不喜欢这样的联想。

“不管怎样，我们必须把讯息传递出去。”佩维拉继续说道，“也许对黑塔的全面攻击是不明智的，但坐在这里无所事事，等待着一个一个被捉住……”

“我想，我们应该派人出去，”埃马林说，“我们需要警告真龙大人。”

“真龙大人，”凯德尔坐到椅子里，哼了一声，“他已经抛弃了我们，埃马林，我们对于他来说毫无价值。现在……”

“转生真龙的肩头背负着整个世界，凯德尔。”安德罗轻声插话说道，“我不知道他为什么要把我们留在这里，但我更愿意相信，这是因为他认为我们可以照顾好自己。”安德罗最后一次用手指抚过那条皮带，然后站起身：“现在是黑塔接受试炼的时刻，也是我们证明自身价值的时候。如果我们必须逃到两仪师那里去寻求庇护，我们也就只能服从她们的权威。而如果我们必须逃到转生真龙的身边，当他离开这个世界时，我们才会变得毫无价值。”

“我们已经不可能与泰姆和解了，”埃马林说，“我们全都知道他的野心。”

安德罗没有看佩维拉。佩维拉已经向他详细阐述对于黑塔现状的怀疑，虽然这位两仪师有过多年控制情绪的训练和经验，但当她提及此事时，依然无法克制住声音里的恐惧。十三只魔达奥和十三名导引者，他们能够施行一个恐怖的仪式，将任何导引者转向暗影，无论那名导引者如何想要反抗。“他所做的是纯粹的、极端的邪恶之事，”佩维拉说，“这已经不再是权力的争夺或者不同政见者之间的分歧了。他在实现暗帝的计划，安德罗。黑塔已经堕入暗影，你必须承认这一点。”

“黑塔是一个梦，”安德罗看着佩维拉的眼睛，“一个能够导引的男人的庇护所，一个属于我们的地方。在这里，男人不需要恐惧，不需要逃跑，也不需要憎恨。我不会把黑塔交给泰姆。绝对不会。”

房里陷入了寂静，只能听到雨水落在窗户上的声音。埃马林在点头。而凯德尔已经站起身，抓住安德罗的手臂。

“你是对的，”凯德尔说，“如果你说的有错，安德罗，那就让光明烧了我吧。但我们又能做些什么？我们人数很少，力量也不够。”

“埃马林，”安德罗说，“你有没有听说过诺克斯叛乱？”

“听说过，就算是在莫兰迪国境以外，它也造成不小的轰动。”

“该死的莫兰迪人，”凯德尔啐了一口，“他们会偷走你身上的外衣，如果你不把鞋子也一起交出来，他们还会狠狠揍你一顿。”

埃马林挑起一道眉弓。

“诺克斯和卢加德可是绝对不一样，凯德尔，”安德罗说，“我想，你会发现那里的人更像是安多人。那场叛乱发生在……嗯，大约十年以前。”

“一群农夫推翻了他们的领主，”埃马林说，“全是那个叫德萨丁的领主咎由自取。他是个非常可怕的人，尤其是对于那些受他统治的人而言。他有很多士兵，除了卢加德以外，莫兰迪境内的军队就数诺克斯的规模最大。他几乎已经建立了属于自己的小王国，莫兰迪国王对他也无可奈何。”

“但德萨丁被推翻了？”凯德尔问道。

“只是被无法再忍受他的暴政的普通人推翻。”安德罗说，“到最后，许多曾经为他卖命的佣兵都站到我们这一边。无论看起来多么强大，他腐朽的内核必然会将他引向毁灭。这里的情况看起来很糟糕，但大多数泰姆的人其实对他并非忠心耿耿。像他那样的人并不需要人们的忠诚，他只会吸引和他一样贪婪于权力和财富的人。我们能够找到办法推翻他，我们一定会找到办法。”

埃马林和凯德尔都在点头，而佩维拉只是咬着嘴唇，盯着他。安德罗不禁感到自己有一点愚蠢。他不认为其他人应该服从他的命令。像埃马林那样气质高贵的人，或者像纳拉姆那样力量强大的人，才应该成为一个群体的首领。

安德罗能够从眼角看到桌下的阴影正在伸长，向他靠近。他咬紧了牙。不管那些黑影再怎样凶恶，也不敢在这么多人面前吞掉他，是这样吗？暗影会等到只剩下他一个人的时候，等到他要睡觉的时候。

黑夜让他感到恐惧。

现在，就算我不握住阳极力，它们也会出现了，他想，光明烧了我吧，真源已经被净化了！我不该再失去理智了！

他抓住自己的凳子，直到恐惧感消退，黑暗也随之退去。凯德尔显出一副非同寻常的兴奋神情，他说他要去给他们找些喝的来，然后就打算到厨房去。但现在没有人会在街上单独行动，所以他在走到门口时迟疑了一下。

“我想，我也有些口渴了。”佩维拉叹了口气，来到他身边。

安德罗在凳子上坐稳，继续他的工作。埃马林也拉过一只凳子，坐到他身边。他的态度自始至终都是那么镇定从容，仿佛只是想找一个合适的地方，放松一下，看看窗外的景色。

但埃马林无论做什么，都会有很充分的原因。“你参加过诺克斯叛乱。”他轻声说道。

“我这样说过吗？”安德罗已经重新将注意力放在皮革上。

“你说，当那些佣兵倒戈时，他们便和你一同作战了。你在提到叛乱者的时候，用的称呼是‘我们’。”

安德罗犹豫了一下。光明烧了我吧，我真该管好我自己。如果埃马林注意到了，那么佩维拉同样不可能忽略他说的这句话。

“我只是恰好路过那里，”安德罗说，“因为一些出乎意料的事情，才被卷入其中。”

“你的经历真是奇异又充满变化，”埃马林说，“我对你了解得愈多，我就愈感到好奇。”

“我可不认为只有我过去的经历才是丰富多彩的，”安德罗低声说道，“彭达劳恩家族的奥加林阁下。”

埃马林向后仰起身，睁大眼睛：“你是怎么知道的？”

“范舍尔有一本记录提尔贵族谱系的书，”安德罗提到的人是一名殉道使士兵，他在进入黑塔前曾经是一位学者。“书里有一些非常有趣的注释。一些家族曾经因为其男性成员的难言之隐而饱受困扰，最近有家族因此而蒙羞只不过是十几年前的事情。”

“我明白了，嗯，我想，看出我是一名贵族并不是一件很困难的事。”

“一个曾经和两仪师打过交道的贵族，”安德罗继续说道，“而且对她们抱持敬意。无论两仪师曾经对他的家人们做过什么，或者，可能正是因为她们对他的家族所做的事情，才会让他对她们有这样的态度，因为他很不像提尔的领主大人们。一个不介意侍奉农夫的提尔贵族；一个会同情反乱平民的提尔贵族。我的朋友，在我看来，这在你的族人中绝不多见。如果你有一段非常有趣的往日经历，我绝不会感到吃惊。”

埃马林微微一笑：“我必须承认，你很擅长贵族游戏，安德罗。”

“我可不这样认为。”安德罗面容严肃地说，“上一次我试图参与这种游戏时，我差点……”他停住了口。

“差点怎么了？”

“还是别说了。”安德罗的脸上泛起一阵血色。他并不打算讲述他的那一段生涯。光明啊，如果我继续这样下去，人们一定会认为我是个像纳拉姆一样的撒谎王了。

埃马林转回头，看着落在窗上的雨滴：“如果我记得没错，诺克斯叛乱的成功只维持了很短一段时间。两年后，原先的贵族家庭重新在那里建立了统治，当初的反叛者都遭到了驱逐，或者被处死了。”

“是的。”安德罗轻声说道。

“所以我们要在这里干得更好。”埃马林说，“我是你的人，安德罗，我们全是。”

“不，”安德罗说，“我们是黑塔的人。如果有必要，我会指挥你们，但这次行动不是为了我，或者为了你，或者是为了我们之中任何一个单独的人。而且，我负责指挥的时间只限于洛根回来以前。”

希望他真的能回来，安德罗心想。现在已经无法通过神行术进入黑塔了。如果洛根想回来，却发现自己已经被挡在外面，又该怎么办？

“好吧，”埃马林说，“我们要做些什么？”

雷声在窗外响起。“让我考虑一下，”安德罗一边说，一边拿起皮革和工具，“给我一个小时的时间。”

“很抱歉，”吉萨敏跪在塔曼尼身边，轻声说道，“我对你的伤无能为力，它已经恶化得太厉害了。”

塔曼尼点点头，重新系好绷带。现在他腰部的皮肤已经完全变成了黑色，仿佛遭受严重的冻伤。

那名家人看着他，双眉紧锁。她是一个相貌非常年轻的金发女子，不过仅从脸上判断导引者的年龄往往得不到准确的结果。“你竟然还能走路，这让我非常吃惊。”

“我可不觉得自己是在走路。”塔曼尼一瘸一拐地向自己的士兵走去。他的两条腿还能撑住自己的身子，但晕眩感袭来的频率已经愈来愈高了。

葛本正在和德耐尔争论，后者一直指着自己的地图，不停打着手势。空气中的烟尘已经太过浓重，所有人都将手巾围在脸上，这让他们看起来就像是一队该死的艾伊尔人。

“……就连兽魔人也都避开那一片区域，”葛本说道，“那里的火势太猛了。”

“兽魔人正从全城向城墙上集结，”德耐尔答道，“它们打算让这座城市彻底烧起来。现在唯一还没有起火的地方就是道门所在的那个区域了。它们推倒了那里所有的房屋，让火势不会向那里蔓延。”

“它们使用了至上力，”吉萨敏在塔曼尼身后说道，“我能感觉到，是黑宗两仪师，我不建议靠近那个地方。”

吉萨敏是现在凯姆林城中还活着的唯一一名家人了，她的最后一名同伴也牺牲了。她没有足够的力量施展神行术，但她也发挥了很大的作用。塔曼尼就亲眼见到她烧死六只冲破红手队阵线的兽魔人。

在这一连串的小规模战斗中，塔曼尼只能坐在他的队伍后面。疼痛已经压倒了他。幸运的是，吉萨敏给了他一些草药，让他咀嚼，这种草药让他的头脑略微感到模糊，但也让他的疼痛变得可以忍受了。他觉得自己的身体仿佛正被夹在一把老虎钳里一点点捏碎。但他至少还能够站起来。

“我们走最快捷的路线，”塔曼尼说，“那个未着火的区域距离龙太近了。我不会让暗影生物有机会发现亚柳妲和她的武器。”但愿他们还没发现。

葛本瞪了他一眼，但塔曼尼才是红手队的指挥官。他欢迎葛本的协助，但这名安多人并不在红手队的指挥体系内。

塔曼尼的部队继续在黑暗的城市中穿行，随时警戒着暗影生物的伏击。虽然他们知道那座仓库的大致位置，但要到达那里绝不是容易的事情。许多主要的街道都被废墟、火焰和敌人堵死了，他的部队必须从曲折的街巷中迂回前进。有不少这样的小巷子，就连葛本和红手队中的凯姆林人也完全不熟悉。

他们还必须绕过城中一些火势过猛的地方，那里的高热让人完全无法忍受，甚至就连鹅卵石都会被熔化。塔曼尼盯着这些大火，直到感觉眼睛干涩，才率领部下继续前进。

他们一寸一寸地接近亚柳妲的库房。在路上两次遇到猎杀难民的兽魔人，这两股怪物都被他们干掉了。每一次都是在兽魔人向他们发动攻击前，就被塔曼尼部下残存的弩手放倒了一半。

发生战斗时，塔曼尼只是在一边观看。他已经没信心能够继续作战了，他必须把最后一点体力用在行军上。光明啊，他非常后悔把坐骑留在后面，这实在太愚蠢了。不过，那匹马如果见到兽魔人，肯定也会受惊逃走。

我已经开始胡思乱想了，塔曼尼用剑指了一下前方巷子里的一个十字路口。斥候立刻跑过去，查看两边的岔路，然后发回安全的讯号。我几乎已经无法思考了。用不了多久，黑暗就会将我完全吞没。

但他先要把龙保护好。他必须做到这一点。

塔曼尼走出巷子，进入一条熟悉的街道。他们距离目的地已经很近了。街道一旁的房屋都在燃烧着，立在那里的一些雕像看起来就像是在烈火中遭受折磨的可怜灵魂。火焰在它们周围咆哮，雪白的大理石正慢慢变成黑色。

街道的另一侧则显得格外安静，看不见一点火苗。火中的雕像投在那里的阴影跳跃、舞动着，仿佛一群狂欢的疯子在观赏敌人被活活烧死。空气中充斥着令人窒息的浓烟。在塔曼尼模糊的视线中，那些阴影和火中的雕像仿佛正在移动，就像是往来奔突的暗影怪物，又如同濒死的美人，被恶毒的瘟疫染黑皮肤，吞噬肉体，杀死灵魂……

“我们就要到了！”塔曼尼说道。他摇摇晃晃地跑了起来，他不能让自己拖慢队伍的脚步，如果大火烧到了库房……

他们到达了一片被烧光的区域，但这里的火熄灭已经有一段时间了。这里曾经矗立着一座木制的大型仓库，现在却只剩下还在冒烟的木头、堆积在一起的瓦砾和半烧焦的兽魔人尸体。

士兵们聚集到塔曼尼周围，沉默不语。人们只能听到火焰燃烧的爆裂声。冰冷的汗水从塔曼尼的脸上滚落。

"我们来得太迟了，"梅尔登悄声说道，"龙已经都被抢走了，对不对？如果龙被点燃，一定会发生剧烈的爆炸。暗影生物抢先来到这里，带走了龙，并把这里彻底烧毁了。"

在塔曼尼周围，精疲力竭的红手队员们都跪了下去。对不起，麦特，塔曼尼想，我们尽力了，我们……

雷鸣般的巨响突然从城中传来，塔曼尼感觉到全身的骨头都在随之颤抖。人们纷纷抬起了头。

"光明啊，"葛本说，"暗影生物在使用龙吗？"

"也许不是。"塔曼尼说道。他的身体里又涌出一股力量，让他重新跑了起来。红手队员们都簇拥在他周围。

每迈出一步，他的腰间都会传来一阵剧痛。他跑过那条排列着许多雕像的街道。身体右侧被火焰炙烤，左侧则感觉到一阵阵寒风。

轰隆。

爆炸声并不算非常大，应该不是龙发射的声音。真的有可能是两仪师吗？吉萨敏似乎因为那些声音而振奋起精神，已经不顾裙摆的累赘，和士兵们一同跑了起来。红手队很快跑过了两条街，绕过一个街角，出现在他们面前的是一支正在战斗的暗影生物部队。不过，这些怪物现在正背对着他们。

塔曼尼用让他自己感到吃惊的洪亮声音发出战吼，双手举起自己的剑。伤口处的灼痛已经蔓延到了他的全身，就连手指也感到火烧火燎的疼痛。他觉得自己也变成了街道旁的一座雕像，被蹂躏这座城市的烈火所吞没了。

他在一头兽魔人还没转过身来时就一剑砍下它的脑袋，然后冲向下一个怪物。那头怪物用水银般的灵活动作向后避开他的剑锋，然后朝他转过来一张无眼的面孔。它的斗篷在夜风中纹丝不动，惨白的嘴唇大张着，发出一阵啸吼。

塔曼尼不由得发出一阵笑声。为什么不笑呢？谁说他没有幽默感？塔曼尼使出风萍花，剑刃凶猛地向前突刺，其力量和狂野的程度丝毫不亚于正在杀死他的火焰。

塔曼尼很清楚自己的行动有多么不理智。即使是在体力最好的时候，他也需要有人援助才有可能和这样的怪物作战。那头怪物如同幽灵般移动着，剑式不住变幻，它手中可怕的黑刃连续不断地刺向塔曼尼。很明显的，它知道自己只需要对面前的人类造成轻伤就已经足够了。

它很快就达到目的。黑剑的尖锋在塔曼尼的脸颊上划开一个整齐的裂口。塔曼尼大笑着用剑荡开了黑刃，让隐妖不由得惊讶地张大了嘴。人类不该对它造成的伤口有这种反应，他们应该因为烧灼的剧痛而脚步不稳，因为知道自己的生命即将终结而大声哭号。

"我已经被你们那种该死的剑砍中过一次了，你这个山羊崽子。"塔曼尼高喊着，一次又一次地发动攻击。铁匠锻刃，这剑式相当粗野，但很适合他现在的心情。

魔达奥踉跄了一下。塔曼尼以流畅的动作进行挥砍，剑刃从魔达奥的身侧扫过，齐肘砍断那头怪物一条白色的手臂。那只手臂飞到空中，隐妖的黑剑也从痉挛的手指间掉落下来。塔曼尼转动身形，双手用力握紧剑柄，顺势一剑砍掉了隐妖的脑袋。

黑血从怪物的脖子里喷洒出来，怪物倒了下去，残存的一只手还抓着那条被砍断的手臂。塔曼尼站在怪物的尸体前，突然感觉到手中的长剑已经沉重到无法抓握。剑柄从他的手指间滑脱，长剑铿然落在地上。他身子一歪，失去了平衡，向前方扑倒下去。幸好有一只手从后面抓住了他。

"光明啊！"梅尔登看着魔达奥的尸体喊道，"又是一个？"

"我已经发现击败它们的秘密，"塔曼尼悄声说道，"你只需要先让自己死掉就行了。"他还在咯咯地笑着，而梅尔登只是盯着他，眼神里充满困惑。

在他们周围，数十头兽魔人同时瘫倒在地上，无力地挣扎着。它们肯定都和这只隐妖连结在一起。红手队聚集到塔曼尼身边，有些人身上又受了伤。完全没有受伤的人已经屈指可数了。他们都耗尽了体力，流尽了血。这一队兽魔人很可能会将他们彻底打垮。

梅尔登拿起塔曼尼的剑，把它擦干净。但塔曼尼已经没有力气站稳身子了。他只能把佩剑收回鞘内，并让一名士兵为他找了一杆兽魔人长矛，当做拐杖。

"嘿，那里的人！"远处的街道中有一个喊声传来，"无论你们是谁，谢谢你们！"

塔曼尼蹒跚着向前走去。菲戈尔和马尔无需命令，已经继续在搜索前方了。这里的街道很暗，地面上到处都是倒毙的兽魔人。塔曼尼用了相当长的一段时间，才爬过这些巨大的尸体，见到刚才发出喊声的人。

有人在街道的尽头建起了一座壁垒，站在壁垒上的人其中一个高举着火把。那是一名女子，长发结成了许多小辫子，身上穿着一件样式朴素的褐色长裙，还系着一条白围裙。是亚柳妲。

“是考索恩的士兵吗？”亚柳妲说道，她的语气显得相当平淡，“你们真是花了不少时间才找到我。”她的另一只手里拿着一个比男人的拳头更大一些的皮圆筒，圆筒上还有一根不算很长的黑色引信。塔曼尼知道，亚柳妲只要把那根引信点燃，扔出圆筒，圆筒就会爆炸。红手队以前使用过这种武器，不过那时他们都是用投石索把它扔出去的。这种圆筒不像龙那样具有强大的杀伤力，不过也绝对不可小觑。

“亚柳妲，”塔曼尼喊道，“龙还在你手里吗？请告诉我，你已经把它们抢救出来了。”

亚柳妲哼了一声，朝身边的人挥了挥手。人们立刻将壁垒拉开一条缝隙，让红手队走进去。亚柳妲在这里差不多聚集了几百个，甚至是几千人，他们挤满了这条街。当他们为塔曼尼让开道路时，塔曼尼看到了他所期盼的美妙景象：在人群环绕中，一百尊龙整整齐齐地展现在他眼前。

每一根粗大的青铜管都被安放在一辆由两匹马拖曳的专用木制龙车上。虽然体积和重量都非同寻常，但它们依然具有很高的机动性。塔曼尼知道，这些龙车还可以被固定在地面上，只要牵走拉车的马匹，上面的龙就能直接进行发射。现在，这里有足够的人手，能够完成马的工作。

“你以为我会丢下它们？”亚柳妲问，“这里有很多人，他们虽然没有接受过使用龙的训练，但他们至少能拉动这些车子。”

“我们必须把龙送到城外。”塔曼尼说。

“难道只有你知道这一点吗？”亚柳妲问，“难道我没做过这种尝试？你的脸怎么了？”

“我吃了一块味道很重的干酪，它显然不适合我。”

亚柳妲侧过头看着塔曼尼。也许我应该在开玩笑时笑一笑，塔曼尼无聊地想着，靠在壁垒上。那样的话，他们就会明白我的意思了。不过，这又让塔曼尼想到另一个问题：他真的想让人们明白自己的玩笑吗？也许还是看到人们困惑不解的样子会更有趣。而且，微笑会让人显得轻浮。这其中的平衡该怎么拿捏？还有……

还有就是他真的已经很难集中起精神来了。他向亚柳妲眨眨眼。后者的神情正在火光中变得愈来愈关切。

“我的脸怎么了？”塔曼尼伸手去摸脸颊。那里有血。对了，是那个魔达奥干的。“只是一个割伤。”

“那你的血管又是怎么了?”

“血管?”他问道，然后才注意到自己的手上布满了藤蔓一般的青黑色花纹，这些花纹从他的手腕一直向指尖延伸，变得越发纤细、密集。就在他盯着这些血管纹路时，它们仿佛还在逐渐变黑。“哦，这个只是说明我正在死亡。当然，这很不幸。你手边有没有一些白兰地?”

“我……”

“大人!”一个声音喊道。

塔曼尼眨眨眼，勉强用长矛撑住身子，转过身：“什么事，菲戈尔?”

“又有兽魔人杀过来了，大人，有很多！它们已经把我们身后的道路彻底封死了。”

“亲爱的，把餐桌准备好，希望我们能有足够的餐具招待客人。我知道，我们应该让女仆摆好那五千七百三十套餐具了。”

“你……感觉还好吗?”亚柳姐问。

“该死的，女人，我难道像是感觉很好的样子吗? 葛本！退路已经被封死了。从这里到东门有多远?”

“东门?”葛本喊道，“也许半个小时的行军路程。我们需要朝山丘方向前进。”

“那我们就动起来，”塔曼尼说，“让斥候到前面去探路。德耐尔，把这些人组织起来，让他们尽快拉起车子！同时也要做好随时使用龙的准备。”

“塔曼尼，”亚柳姐向他靠近一步，“龙卵和火药所剩不多了。我们还需要来自巴尔伦的物资供给。如果你打算今天使用龙……我只能保证每一尊龙只能发射几次。”

德耐尔点点头：“而且龙不能单独投入战斗，大人。它们还需要护卫部队挡住敌人。就算我们还有足够的人手能操纵这些龙，没有大批步兵，我们也不可能坚持太久。”

“所以我们现在必须逃跑。”塔曼尼说。他转过身，迈出一步，结果差点晕倒在地，“而且我相信……我相信我需要一匹马……”

在一望无际的大海中央，魔格丁正踏在一片漂浮的石台上。清澈的蓝色海水在微风中泛起阵阵涟漪，不过水面上并没有波浪。放眼望去，也看不见一点陆地的痕迹。

莫瑞笛站在石台的一边，双手背在身后。在他面前，海洋正在燃烧。火焰中没有黑烟，但热度极高，靠近火焰的海水都在剧烈地沸腾着，发出嘶嘶的声音。岩石漂浮在无尽大海的中央。燃烧的水。莫瑞笛总是喜欢用他的梦境碎片创造出不可能的东西。

“坐下。”莫瑞笛说道。他并没有向魔格丁转过身。

魔格丁服从了命令，从突然出现在石台中心附近的四把椅子中选择了一把，坐了下去。天空是深蓝色的，没有一丝云彩，太阳到天顶大概还有四分之一的距离。她在特·雅兰·瑞奥德里已经有多久没见到过太阳了？最近这里的天空总是被那种无所不在的黑色云层遮蔽着。不过，这里并不能完全算是特·雅兰·瑞奥德。这也不是莫瑞笛的梦，而是……这两种世界的混合体。就好像依靠着梦的世界的边缘临时建造的一部分，一个合并了真实世界的泡沫。

魔格丁身穿金黑色长裙，袖口镶缀着有些像蜘蛛网的蕾丝花边，只是有些像而已。对任何一个主题都不该表达得太过鲜明。

当她坐下时，仍然想表达出足够的自控与自信。曾经这两件事对她来说都是非常容易做到的，但今天，想要捕捉到这两种感觉就像是要抓住风中的蒲公英种子，无论她如何努力，它们都会从她的指间飘走。魔格丁咬紧了牙，对自己感到气恼。她是一名中选使徒。她曾经让国王哭泣，让军队颤抖；她的名字曾被无数个世代的母亲用来吓唬她们的孩子。而现在……

她感觉到垂挂在脖子下面的坠饰。它依旧是安全的，魔格丁很清楚这一点。不过能用手触摸到它，还是会让她感到镇静。

“不要因为能戴上它而感到过于安逸。”莫瑞笛说道。一阵风吹过他的身边，在平静的海面上掀起波浪。从那阵风中，魔格丁听到了微弱的号叫声。“你还没有完全得到原谅，魔格丁。现在对你的判决只是缓刑，如果你再次失败，也许我会把这副精神枷锁交给狄芒德。”

魔格丁哼了一声：“他会毫不在意地把这东西扔到一旁。狄芒德只想要一样东西，亚瑟。无论是谁，只要无法帮助他达成目标，对他来说都无足轻重。”

“你低估了他，”莫瑞笛轻声说道，“暗主非常喜欢狄芒德，是非常喜欢。而你……”

魔格丁陷进椅子里，再一次感觉到折磨。全世界没有多少人承受过这样的痛苦，这绝不是人类的肉体所能承受的。她强调着自己柯索弗拉的身份，同时拥抱了阴极力。这至少能让她感到一些安慰。

以前，在这个空间里作为柯索弗拉进行导引曾让她感到痛苦。而现在，当精神枷锁的坠饰挂在她的脖子上，而不是莫瑞笛的脖子上时，这么做的感觉就不一样了。这不是什么坠饰，她想着，紧紧地将它握住，而是我的灵魂。是灵魂中黑暗的一面！她从没想过，自己竟会落入这般境地。难道她不是一只蜘蛛，永远都谨慎地潜伏着吗？

她举起自己的另一只手，握住那只紧抓着坠饰的手。如果它丢了，如果有别人得到了它，又该怎么办？绝不能弄丢它，绝对不能。

我已经变成这样的人了吗？魔格丁感到一阵恶心。我必须恢复过来，绝不能再这样下去了。她强迫自己放开精神枷锁。

最后战争已经到来，兽魔人正朝南方大批涌入。这是一场新的暗影之战，但只有中选使徒才知道关于至上力更深一层的秘密。幸好那些可怕的女人没有强迫她说出这些秘密……

不，不要去想那些事，那些痛苦、折磨和失败。

在这场战争中，他们的敌人不是百盟团，不是拥有积累了许多世纪的导引经验和技巧的两仪师。魔格丁会向暗主证明自己，过往的一切错误都将被遗忘。

莫瑞笛还在盯着那一团不可能存在的火焰。现在这个空间里只有火焰燃烧和海水沸腾的声音。他迟早会解释召唤魔格丁来到此地的原因，难道不是吗？不过，最近他的行为的确是愈来愈怪异了。也许他已经再一次陷入疯狂。这个人曾经被称为伊煞梅尔，或者艾兰·摩林·特冬耐。当魔格丁这个曾经的竞争对手成为他的柯索弗拉时，他一定感到无比喜悦。他可以发明出各种折磨的手段，尽情享受魔格丁的苦难。

一开始的确是如此，然后……他失去了兴趣。他只是愈来愈久地盯着那些火焰，沉思着，不与外界做任何交流。他给予魔格丁和辛黛恩的惩罚，很快就变成一种乏味的例行公事。

这让魔格丁觉得他更加危险了。

一个神行术通道出现在石台的一边。“我们真的需要每隔一天就这样来一次吗，莫瑞笛？”狄芒德一边问，一边走进这个梦的世界。他相貌英俊，身材高大，有着墨黑色的头发和高挺的鼻子。他瞥了魔格丁一眼，仿佛是有意地看了看魔格丁脖子上的精神枷锁。“我有很重要的事情，而你却在干扰我的行动。”

“这里有些人，你应该见一见，狄芒德。”莫瑞笛轻声说道，“除非暗主在未告知我的情况下任命你为耐博力，否则你就要按照我说的去做。你的游戏完全可以再等一下。”

狄芒德的脸色阴沉下来，但没有再表示反对。他让通道闭合，然后走到石台边缘，低头看着海面。他在皱眉。水里有些什么？魔格丁一直没注意水中的情况，这让她觉得自己很愚蠢。她的谨慎到哪里去了？

狄芒德走到魔格丁身边的一把椅子前，但并没有坐下，只是专注地从背后盯着莫瑞笛。狄芒德到底在干什么？在魔格丁被精神枷锁所束缚的时候，她曾经依照莫瑞笛的吩咐进行过刺探行动，却没有从狄芒德那里得到过任何有价值的答案。

想到在莫瑞笛控制之下度过的那几个月，魔格丁又打了个哆嗦。我一定要报仇。

“你让魔格丁恢复了自由，”狄芒德说，“那么，那个……辛黛恩呢？”

“你已经不必再关心她了。”莫瑞笛说。

魔格丁早已注意到，莫瑞笛依旧戴着辛黛恩的精神枷锁。辛黛恩，这是一个古语词汇，意思是“最后的机会”。不过，魔格丁已经发现了关于这个女人真实身份的秘密。是莫瑞笛亲自将兰飞儿从辛德霍中救了出来。兰飞儿被困在那里的时候，曾经成为那些怪物的美食，让它们享用了不少导引能力。

为了救出兰飞儿，当然也是为了惩罚她，莫瑞笛将她杀死，这就让暗主能够重新捕捉到她的灵魂，将它放进一个新的躯体。这么做相当残忍，但也很有效。而且这绝对是暗主喜欢的解决方式。

莫瑞笛依旧只是盯着火焰。狄芒德则看着他。于是魔格丁利用这个机会溜下自己的座位，走到漂浮石台的边缘。石台下的海水非常清亮，魔格丁能够清楚地看到水中的那些人。他们漂在水中，双腿被从海底伸出来的锁链铐住，手臂被绑在身后。所有这些人都像海藻一样缓慢地漂摆着。

这里肯定有成千上万的人，他们都睁大了充满恐惧的眼睛，盯着天空。他们将永远被锁在这种溺水的状态中。不是死亡，他们不被允许死去，但无论他们多么渴望呼吸空气，却只能得到水。就在魔格丁眼前，一些黑色的东西从海底深处游上来，将一个人拖进深海。鲜血如同花朵般在海水中绽放。其他人立刻开始更努力地挣扎起来。

魔格丁露出微笑。看到除了她以外还有别人在受苦，这种感觉实在不错。也许这个景象完全是虚构的，不过也有可能这些都是辜负了暗主的人。

又一个神行术通道在石台一侧被打开，一个魔格丁并不认识的女人走了过来。她的面孔难看得令人吃惊，鼻子呈弯钩状，鼻头却极其肥大，一双浅色的眼睛完全不对称。她穿着一件丝绸质料、做工上乘的长裙，但这只是更加凸显出她的丑陋。

魔格丁冷笑着回到自己的座位上。为什么莫瑞笛会让这样一个陌生人参加他的会议？这个女人有导引能力，她一定是这个纪元中自称为“两仪师”的那些没用的家伙之一。

不过，魔格丁一边想着，一边坐回到椅子里，她的确很强大。魔格丁很奇怪自己怎么会忽略掉如此强大的一名两仪师。她的密探几乎是立刻就发现了那个叫奈妮薇的混账家伙，那他们又怎么会没有发现这个丑婆子？

“这就是你想让我们见的人？”狄芒德的嘴角撇了下去。

“不，”莫瑞笛漫不经心地说，“你们以前见过赫萨拉姆。”

赫萨拉姆？这个词在古语中的意思是……“绝不宽恕”。那个女人傲慢地与魔格丁对视着，魔格丁开始感觉到她的身上有一些熟悉的地方。

“我正有事要做，莫瑞笛，”那个新来的人说道，“你最好……”

魔格丁抽了一口冷气。这个说话的声音……

“不要用这种口吻对我说话，”莫瑞笛打断了她。他的声音依旧很轻，同时仍然没有转回身：“不要对我们之中的任何人这样说话。现在，就连魔格丁所受到的恩宠也要比你更多。”

“古兰黛？”魔格丁惊恐地问道。

“不要使用这个名字！”莫瑞笛转头看着她。水中的火焰猛然涨高了，“她的这个名字已经被剥夺了。”

古兰黛……现在的赫萨拉姆坐了下去，没有再看魔格丁。是的，就是这样的动作，就是她没错。

魔格丁几乎要快活地笑出声来。古兰黛总是将自己的相貌当作击打别人的鞭子，而现在，她的相貌依旧是一根鞭子，只不过抽打的对象已经完全不同了。这实在是太完美了！现在这个女人一定是心如油烹。她到底做了什么，竟然会得到这样的惩罚？古兰黛的威仪，她那神话般的气势全和她的美艳密切相连。而现在？她是不是只能寻找相貌最恐怖的活人当作她的宠物了？大概只有那种人才能和她的丑陋相媲美。

这一次，魔格丁真的笑了。她的笑声很轻，但古兰黛能够听到。她狠狠地瞪了魔格丁一眼，那种目光足以让一片海水像油一样燃烧起来。

魔格丁恢复了平静，现在她觉得自己更有信心了。她压抑着去抚摸柯索弗拉的冲动。尽管来吧，古兰黛，她想，现在我们又站在同一条起跑线了。让我们看看，谁能最先跑过终点。

一阵更强有力的风吹过，周围的海面上扬起阵阵波澜。不过石台本身依旧纹丝不动。莫瑞笛让海上的火焰熄灭，又让波涛在石台边升起。魔格丁能够在海浪中看到那些影子般的身躯。其中一些已经死了，另一些挣扎着向水面游过来。他们腿上的铁链已经消失，但当他们即将接触到空气时，又有某种东西把他们拉回海中。

“现在我们的人数已经很少了，”莫瑞笛说，“只有我们四人留了下来。我们受到的惩罚最多，但这也让我们变成了最强大的。”

并不是所有人都受到了惩罚，魔格丁想，我们之中的一个人曾经被亚瑟杀死，莫瑞笛，是暗主之手把你带了回来。为什么莫瑞笛从不曾因为他的失败受到惩罚？当然，期待暗主的公平是不正确，也是不应该的。

“但我们的人数毕竟还是太少了。”莫瑞笛挥了挥手，一道石门出现在石台的一侧。不是神行术通道，只是一道门。这是莫瑞笛的梦境碎片，他可以任意控制这个世界。石门开启，一个男人从里面走出来，踏上石台。

这个人一头黑发，有着沙戴亚人的面孔，高挺的钩状鼻子，眼角挑起。魔格丁认得这个相貌英俊、身材高大的人。“是那些幼稚的男性两仪师的首领？我知道这个人，马瑞姆……”

“这个名字已经被丢弃了，”莫瑞笛说，“就像我们一样。当我们成为中选使徒时，人类对我们曾经的称谓就会被丢弃。从此刻开始，这个人唯一的名字就是米海峨，中选使徒之一。”

“中选使徒？”赫萨拉姆似乎被这个词噎了一下，“这个孩子？他……”但她没能再说下去。

他们没有立场争论一个人是不是中选使徒。他们尽可以在相互勾心斗角，争权夺势，只要他们能保持足够的谨慎。但质疑暗主，这是绝不允许的，永远不能。

赫萨拉姆没有再说一个字。如果不是暗主做出的决定，莫瑞笛肯定不敢称这个人为中选使徒。这件事没有任何可以争论的余地。不过，魔格丁还是打了个哆嗦。据说这个马瑞姆……米海峨……非常强大，也许不亚于他们之中的任何一个。但他只是属于这个纪元的一个小崽子，几乎还不懂什么是至上力……想到这个米海峨将与自己平起平坐，她心中不由得感到一阵气苦。

“我看到你们眼中的挑衅，”莫瑞笛看着他们三个，“不过，你们之中只有一个人愚蠢到会把自己的想法说出来。这是米海峨应得的奖赏。我们之中有太多人以为亚瑟还很软弱，只想尽快与他一战。而米海峨却赢得了路斯·瑟林的信任，得到了为他训练武器的权力。借这个机会，他已经为暗影训练出了新一代的惊怖领主。而你们三个在离开牢狱后，又做了些什么？”

“你会知道我收获到了怎样的果实，莫瑞笛，”狄芒德的声音显得非常低沉，“你会看到这些果实是多么丰硕。你只需要记住我的要求：我要在战场上与亚瑟正面交锋。他的血是属于我的，不属于其他任何人。”他逐次望着众人的眼睛，最后目光落在米海峨身上。他们似乎有一种熟识的感觉。这两个人一定在以前就打过交道。

“你必须和这个家伙展开一番竞争了，狄芒德，”魔格丁想，“他就像你一样想得到亚瑟。”

最近，狄芒德也变了。他原先并不在乎会是谁杀死路斯·瑟林，他只想要那个人死。是什么让狄芒德坚持要亲手做这件事？

“魔格丁，”莫瑞笛说道，“对于即将到来的战争，狄芒德已经制定了一系列计划。你的任务是做他的助手。”

“他的助手？”魔格丁说，“我……”

“你这么快就忘记了吗，魔格丁？”莫瑞笛的声音仿佛丝绸般光滑，“你必须听从我的命令。狄芒德想让你去看视一支现在缺乏监管的军队。你只要再多抱怨一句，就会明白，和真正的痛苦相比，到现在为止你曾经承受过的一切只是一个微不足道的影子。”

魔格丁的手再次伸向脖子上的柯索弗拉。看着莫瑞笛的眼睛，她真切地感觉到自己曾经拥有的一切权力都已经蒸发于无形了。我恨你，她想道，你在人们面前这样对我，只会让我更加恨你。

“最后的日子已经到来，”莫瑞笛转过身，重新背对着他们，“在这一段屈指可数的时日中，你们将赢得自己最终的奖赏。如果你们之间还有什么仇怨，全部扔到脑后去。如果你们已经安排好计划，就将它们完成。全力进行最后的游戏吧，因为这……便是终结。”

塔曼尼平躺着，盯着黑色的天空。乌云也被来自地面的火光所照亮，这是一座正在死亡的城市在回光返照。不对，光是来自上方的，是吗？

他在开始向城门进军后不久就从马背上跌落下来。他还能清楚记得大部分时间里所发生的事情，但疼痛让他很难清晰地思考。人们正不断地彼此呼喊着。

我应该……我应该多嘲笑麦特几次。他想着，一丝微笑浮现在他的唇边。现在竟然在想这种事，真是愚蠢。我必须……必须找到龙，还是我们已经找到那些龙了……？

“我告诉过你，这些该死的东西不是这么用的！”是德耐尔的声音，“该死的，它们不是装在轮子上的两仪师。我们没办法制造一堵火墙，我们只能把这些铁球射进兽魔人群里。”

“它们会爆炸，”是葛本的声音，“我们可以利用它们的这种功能，就像我说过的那样。”

塔曼尼的眼睛慢慢闭上了。

“是的，这些球会爆炸，”德耐尔说，“但我们首先必须把它们发射出去。把它们排列在地上，让兽魔人从上面跑过去不会有任何用处。”

一只手在摇晃塔曼尼的肩膀。“塔曼尼大人，”梅尔登说，“如果你现在让一切结束，已经不会有任何羞耻了。我知道你正承受多么巨大的痛苦。愿母亲最后的拥抱庇护你。”

一把剑被抽出来。塔曼尼勉强打起了精神。

然后，他发现自己真的、真的不想死。

他强迫自己睁开眼睛，对站在身边的梅尔登举起一只手。吉萨敏也站在他旁边，双手抱胸，眼神中充满了忧虑。

“扶我站起来。”塔曼尼说。

梅尔登犹豫了一下，然后照做了。

“你不该站起来。”吉萨敏说。

“总比被光荣地砍头要好。”塔曼尼嘟囔着，咬紧了牙，勉强忍住疼痛。光明啊，他的手怎么会变得这么黑，看起来就好像被火烧焦的木炭。“情况……情况怎么样了？”

“我们被困住了，大人。”梅尔登神情严肃地说道。看他的样子，他们大概已经没有活路了。“德耐尔和葛本正在争论该如何用龙进行最后一战。亚柳妲在评估我们还有多少弹药。”

塔曼尼终于站了起来，但还是只能软弱无力地靠在梅尔登身上。在他面前，两千人簇拥在一座宽大的城市广场上，他们彼此拥抱着，如同在寒冬的荒野中寻求温暖的落难者。德耐尔和葛本已经将龙排列成半环形阵势，龙头指向城市中心。难民们都躲在环形阵势里面。红手队全在操作龙，每一尊龙至少要有三个人操纵才能进行战斗。几乎全部红手队都在为此而忙碌着，他们多少都受过一些这方面的训练。

附近的房屋都在燃烧，但塔曼尼觉得这些火光实在有些怪异。为什么火光无法照亮街道？那里都太黑了，仿佛被涂上一层黑漆，就像是……

他眨眨眼，甩掉眼里因疼痛而涌出的泪水，才意识到原来黎明已经到来了。兽魔人塞满了通往广场的每一条街道，正如同黑色的墨水，向龙的数组涌过来。

片刻间，兽魔人仿佛被某种东西挡住了一下，同时停下脚步。它们在等待后续部队，打算同时发动冲锋，塔曼尼心想。

叫喊声和怒吼声从背后传来。塔曼尼转过头，却感觉天旋地转，急忙拉住梅尔登的手臂。他只能等到眩晕感逐渐褪去，而他体内的疼痛……疼痛的确麻木了，就好像火焰终于烧光了炉子里的木炭。剧毒在吞噬他的身体，不过现在他体内应该已经没有多少东西可以喂养魔达奥的剧毒了。

等周围的一切稳定下来后，塔曼尼终于看到导致人们叫嚷的原因。他们固守的这座广场紧邻着城墙，但人们都在尽力远离那一道城墙。城头上也站满了兽魔人，如同覆盖上一层黑色的油垢。那些怪物正将武器高举到空中，不断地对城下的人们吼叫着。

“它们会向靠近的人投掷长矛。”梅尔登说，“我们本希望先到达城墙，然后沿着城墙赶往城门口，但那些怪物一直在射杀我们，也拦住我们的去路。其他路线同样都被封死了。”

亚柳妲来到葛本和德耐尔面前。“我可以把剩下的火药都放在龙下面，”她的声音很轻，但显得无比坚决，“这些火药足以把龙全部摧毁。当然，这里也会有不少人被爆炸波及。”

“就这么做吧，”葛本用同样轻的声音说，“兽魔人的手段只会更可怕。无论如何，我们不能让龙落进暗影手里。这也是它们迟迟没有进攻的原因，它们的头领希望能将我们一举击溃，夺走这些武器。”

“它们在移动！”一名站在龙旁边的士兵喊道，“光明啊，它们来了！”

暗影生物的洪流开始在街道上涌动。牙齿、指甲、利爪、像人一样的眼睛，兽魔人从各个方向同时发动进攻，它们嗜血的欲望已经积聚到顶点。塔曼尼挣扎着，竭力想要再吸进一口气。

城头上的号叫声也变得更兴奋。我们被包围了，塔曼尼心想，暗影将我们压迫到城墙边，然后才收紧罗网。我们……被压迫到城墙边。

“德耐尔！”塔曼尼在一片嘈杂的声音中高喊道。操龙手队长从数组的最前沿转回头。他的部下们正手持点燃的引火绳，等待他下达齐射的命令。

塔曼尼深吸一口气，感觉到肺部仿佛在剧烈地燃烧：“你对我说过，只需要几次齐射，就能摧毁敌人的堡垒。”

“当然，”德耐尔喊道，“但我们没办法把所有这些……”他的声音低了下去。

光明啊，塔曼尼想，我们都已经累坏了，否则我们早该想到这个办法。“以你为中心，瑞德恩的操龙班，向后转！”塔曼尼高声喊喝道，“其余的龙，各就各位，向兽魔人开火！快！快！快！”

所有操龙手都开始行动。瑞德恩和他的部下们迅速掉转龙头，木车在他们的推动下发出吱嘎响声，而其他龙已经在向广场周围的街道发射龙卵了。爆炸声震耳欲聋。难民们纷纷尖叫着，捂住耳朵。听起来，就好像世界末日已经到了。龙卵在成百上千的兽魔人中间爆炸，让地面上出现了一片片由血肉汇聚成的池塘。广场上弥漫着从龙口中喷出的白烟。

被眼前的情景吓得失魂落魄的难民，看到瑞德恩的龙转头朝向他们，全都发出阵阵凄惨的尖叫。绝大多数人立刻害怕得趴倒在地上，为龙让出了射击的空间。这些龙头所指的便是站满兽魔人的城墙。现在，瑞德恩所控制的几尊龙形成了一个向内凹的碗形阵容，与其他的龙恰好相反。在瑞德恩的调遣下，这几尊龙全都指向城墙上的某一点。

“给我一根该死的引火绳！”塔曼尼高喊着，并伸出一只手。一名操龙手服从了命令，将一根点燃的粗绳递给他。塔曼尼推开梅尔登。在这个时刻，他决定要凭自己的力量站稳脚跟。

葛本走上前。这个安多人的声音在塔曼尼紧张的耳朵里显得非常微弱。“那堵墙已经屹立了数百年之久。我可怜的城市，真是太可怜了。”

“这已经不再是你的城市了。”塔曼尼将引火绳高举到空中，仿佛在向那道挤满兽魔人的高墙挑衅。城市还在他的背后燃烧着。“这是它们的城市。”

塔曼尼手中的引火绳落下，在空中划出一道红光。随着他的手势，龙的啸吼回荡在整座广场上。

兽魔人，它们的碎片飞上了半空。它们脚下的高墙炸开了，仿佛一堆小孩子玩的积木被一脚踹倒。当塔曼尼将手挥落时，他的视线变黑了。不过，他还是看到城墙向外崩塌的情景。他倒了下去，失去知觉，大地在接住他的时候，还在不住地颤抖。

第1章

东去的风

时光之轮旋转不息，岁月来去如风，世代更替只留下回忆；时间流淌，残留的回忆变为传说，传说又慢慢成为神话，而当同一纪元轮回再临时，连神话也早已烟消云散。在某个被称为第三纪元的时代，新的纪元尚未到来，而旧的纪元早已逝去。一阵风在末日山脉刮起。这阵风并非开始，时光之轮的旋转既无开始，也无结束。但这确实也是一个开始……

风向东吹去，从高耸的山巅落下，越过荒凉的丘陵。它吹进一片被称作西林的地方，这里曾经生长着郁郁葱葱的松树和羽叶木。现在，风却只穿过了几片杂乱的灌木丛，零星兀立的几棵橡树。就连仅存的这几棵树仿佛也已染上瘟疫，树皮剥落，枝叶凋零。从枯死的松树落下的松针，在地面上铺了一层褐色的厚毯。西林中骷髅般的树枝上，看不见一株新芽。

风转向东北，拨动灌木丛，引发一连串枯枝折断的声音。现在正是夜晚，干瘦的狐狸在腐朽的大地上徒劳地搜寻猎物或尸体。听不见春鸟的鸣叫，狼嗥声也从旷野的所有角落中消失了。

风吹出森林，掠过塔伦渡口。或者说，是那个小镇的废墟。根据本地标准，这里曾经是一座非常不错的小镇。黑色的房屋建造在高高的红石台基上，镇中央还有一条鹅卵石铺成的街道。这里就是两河的门户。

而现在，被烧尽的房屋已经不再冒起黑烟，这座小镇也已经失去了重建的意义。野狗在瓦砾中寻找着腐肉，当风吹过时，它们抬起头，眼里充满饥饿的光亮。

风向东吹过河道。在这里，成群的难民不顾天色已晚，仍举着火把，在巴尔伦通往白桥的大路上奔走着。他们都低垂着头，缩起双肩，脸上带着悲戚的神色。他们之中有古铜色皮肤的阿拉多曼人，他们身上的衣服显示出在物资匮乏的情况下翻越迷雾山脉的后果。还有些人来自更遥远的国度，塔拉朋人在肮脏的面纱上露出一双憔悴的眼睛，还有来自海丹北部的农人家庭，他们全听到关于安多的传闻。在安多有食物，在安多有希望。

至今为止，这两者都已经远离了他们。

风沿着大河向东吹去，一路经过许多没有庄稼的农场，没有青草的草地，没有果实的果园。

村庄被荒弃，树木如同剥离皮肉的枯骨，乌鸦聚集在它们的树冠上，饥饿的老鼠和一些更大的兽类在树下的荒草中乱窜。在这一切之上，无所不在的乌云压迫着大地。有时候，天空阴晦得甚至无法判别是白天还是黑夜。

当风吹到巨型都市凯姆林时，它转向北方，撇下了这座正在燃烧的城市。橙色和红色的火焰被浓烈的黑烟裹挟着，一直冲向空中气势汹汹的黑云。战争在这个寂静的夜晚席卷了安多。赶往这里的难民很快就会发现，他们正在走向一个更加危险的地方。不过这种事现在已经很平常了。到处都有危险，唯一能避开危险的办法只有停在原地。

当风吹向北方的时候，它经过了许多坐在路旁的人，他们或是孤身一人，或是三五成群。所有这些人都瞪着一双绝望的眼睛。有些人因为饥饿而躺倒在地上，看着天空中翻滚的黑云。还有一些人依然步履蹒跚地向前跋涉，但要去哪里，他们完全不知道。最后战争已经在北方爆发。无论这代表着什么，但肯定不代表希望。最后战争只意味着死亡。但那毕竟是一个终点，是一个可以去的地方。

在昏暗的夜幕中，风吹到了凯姆林北方很远处的一大片人群里。这是一片树林中的辽阔原野，现在，遍布于此地的营帐就如同腐木上的一片片蕈菌。数十万士兵围坐在篝火旁，正迅速地消耗着这里的木材。

风从他们中间吹过，将篝火中升起的烟气抽打在那些士兵的脸上。这里的人们并不像路上的那些难民一样满脸绝望，但他们也都显得忧心忡忡。他们能看到大地罹患了重病，能感觉到头顶上的重重黑云。他们知道，这个世界即将发生些什么。

世界正在死亡。这些士兵们却只能盯着面前的火焰，看着木块被火吞噬，曾经鲜活的生命变成一堆堆死亡的灰烬。

一队士兵看着身上的铠甲。虽然已经被仔细地涂过油，这些甲片却开始生锈了。一队穿白袍的艾伊尔人正在汲水，这些曾经的战士拒绝再拿起武器，尽管他们已经偿还了所欠的义。一群被吓坏的仆人相信明天白塔和转生真龙之间就会爆发战争，他们正在被风晃动的帐篷里收拾着各种补给品。

男男女女都在黑夜中悄声议论着那件千真万确的事：终结的时刻已经到来，已经到来，一切都将毁灭，终结的时刻到来了。

笑声冲破了沉闷的空气。

在营地中心处的一座大帐篷里，温暖的光亮透过帐帘和帐篷的底缘，散发出来。

兰德·亚瑟，转生真龙，正在那座帐篷中仰头大笑。

“那她都做了什么？”兰德止住笑声后问道。他给自己倒了一杯葡萄酒，也给佩林倒了一杯。他的问题让佩林脸色一红。

他变得更坚强了，兰德心想，但他并没有失去原先的那种天真。还没有完全失去。在兰德看来，这完全是一个奇迹，就如同在蚌壳中发现了一颗珍珠。佩林很强大，但他的力量并没有将他压垮。

“嗯，”佩林说，“你知道玛琳是什么样的人。在她眼里，就算是森布也会变成一个需要照管的孩子。当她发现菲儿和我躺在地上，好像两个发傻的年轻人……嗯，我相信那时候她的心里一定是又想哈哈大笑，又想好好教训我们一顿，罚我们去厨房洗盘子。也许正是她这种矛盾的心情，让我们免去了一场麻烦。”

兰德微笑着，竭力想象当时的情景。健壮如牛的佩林是那么软弱，甚至都无法行走了。这种情景还真是难以想象。兰德很想假设他的朋友的描述有些夸张，但佩林的头上可没有长过一根不诚实的头发。一个人竟然在改变了这么多之后，仍然能保有以前的那颗心，这点还是让兰德感到非常奇怪。

“不管怎样，”佩林喝了一口酒，“菲儿把我从地上扶起来，又扶我上了马背。我们两人昂首阔步地前行，装出一副大人物的样子。实际上，我并没有做多少事，打仗的都是其他人，我当时连把杯子举到嘴边的力气都没有了。”他停了一下，金眼仿佛望向了遥远的地方：“你应该为他们感到骄傲，兰德。如果没有丹尼、你的父亲，还有麦特的父亲，如果没有他们，我不可能完成那么多事，就连一半都不可能，不，连十分之一都没办法。”

“我相信。”兰德看着自己的酒。路斯·瑟林很喜欢葡萄酒，而兰德的一部分，遥远的，只存在于记忆中的那一部分，是不喜欢这种葡萄酿成的饮料。现在这个世界上的葡萄酒很少能与他所喜欢的传说纪元中的佳酿相比。至少他还没喝到过那么好的。

他喝了一小口，然后把酒放到一边。明仍然睡在这顶帐篷的另外一侧，那里被一道帘子隔开了。兰德被梦中发生的事情惊醒，他很高兴佩林的到来能够让他暂时不必去想那些事。

米尔琳……不，他不会让那个女人再来困扰他。这也许正是他在梦中所见情景的真实意义。

“跟我一起走走吧，”兰德说，“我还需要查看一些事情，为明天做好准备。”

他们走进夜色之中，一些枪姬众跟随在他们身后。兰德是要去找塞班·巴尔沃，佩林已经把自己的这名秘书借给了兰德。这对巴尔沃也是一件好事，这名貌不惊人的老人似乎总是会受到巨大权力的吸引。

“兰德？”佩林走在他身旁，一只手按在玛哈雷尼上，“这些事情我以前就跟你说过，两河遭受的攻击，那些战争……为什么还要再问一遍？”

“我以前的确问过这些事，佩林。我问过都发生了什么，却从没问过那些事件中的人们都有怎样的遭遇。”他看着佩林，导引出一颗光球，为他们照亮黑夜。“我需要记住那些人。过去我经常会忽略他们，这是我的错误。”

吹过的风带来了不远处佩林营地中的篝火气味，还有铁匠打造武器的声音。兰德已经知道了那件事：用至上力锻造武器的技艺重现于世。佩林的人正日以继夜地工作着，他的两名殉道使在竭尽全力要打造出尽可能多的神兵利器。

兰德也尽量分派出殉道使去参与这项工作。当他得知这件事的时候，就有数十名枪姬众在向他索取至上力打造的矛尖了。贝拉娜已经向兰德说明这其中的道理：铁匠们打造一口剑的时间足以打制出四个矛尖。但她说到“剑”这个词的时候，脸色变得非常难看，仿佛被灌了一口海水。

兰德从未尝过海水的味道，但路斯·瑟林尝过。这种感觉曾经让兰德很不舒服。但现在，他已经学会接受这种感觉，将它视为自己的一部分。

“你能相信我们遇到什么事吗？”佩林问，“光明啊，有时候，我甚至会想，那个真正应该穿上这身衣服的人迟早会来到我面前，大声斥骂我的妄尊自大，然后命令我去清理马厩里的马粪。”

“时光之轮只按照自己的意愿编织，佩林。我们最终都会成为我们必须成为的那个人。”

佩林点着头。他们正走在帐篷间的小路上，两边的帐篷都被兰德手中的光球给照亮。

“那是……什么样的感觉？”佩林问，“我是说，你得到的那些记忆？”

“你有没有做过这样的梦，当你醒来的时候，能清晰记得梦中的一切？而且所有那些梦中发生的事情都不会被你迅速遗忘，会整日存留在你的脑海中？”

“是的，”佩林说道，他的声音严肃得让兰德感到奇怪，“是的，我做过这样的梦。”

“就是那样的感觉。”兰德说，“我能记得自己作为路斯·瑟林的时候，能记得做过他所做的事，就像记得自己在梦中做过的事。那些事都是我做的，但我不必接受它们，为它们负责，也不会以为当我醒来的时候，我还会这么做。当然，不能否认的是，在梦中，我相信那样做是正确的。”

佩林点点头。

“他就是我，”兰德说，“我也就是他。但同时，我又不是他。”

“是的，你看起来仍然像是你自己。”佩林说道。但兰德听出了他在说“看”的时候，声音中的一丝犹豫。佩林本想说的是不是“闻”？“你的改变并不像你以为的那么大。”

兰德怀疑，如果自己真的要向佩林说清楚这件事，他的话听起来一定会像一个疯子。当他变成了那个拥有转生真龙身份的人……那并非只是一个面具，也绝不是一个单纯的改变。

那就是他，他没有改变，没有成为另外某个人，他只是接受了自己。

这并不意味着他已经得到全部的答案。虽然脑海中拥有了四百年的记忆，但他还是对自己所做的事情感到担心。路斯·瑟林并不知道该如何封印暗帝牢狱的裂隙，他的尝试最终导致了一场灾难。污染、大崩毁，所有这一切只是换来了一个不完美的封印，和暗帝重返世界的必然。

一个答案不断地出现在兰德的意识中。这是一个危险的答案，一个路斯·瑟林从未考虑过的答案。

如果正确的答案不是将暗帝再次封印呢？如果最终的答案和人类曾经的想象截然不同呢？也许，他应该以另一种方式求得真正永久性的解决。

是的，兰德已经这样想了上百次，但这样是有可能的吗？

他们走到了文官工作的帐篷前，枪姬众们分散在他们身后。兰德和佩林走进了帐篷。当然，这些文官们都睡得很晚，他们看到兰德走进来，也没有显露出吃惊的神色。

“真龙大人。”巴尔沃正站在一张摆满地图和文件的桌子旁。他一边说话，一边僵硬地鞠了个躬。这个干瘦矮小的老者紧张地整理着桌上的文件，一只瘦骨嶙峋的手肘从他肥大的褐色外衣袖子上的破洞中露了出来。

“报告一下情况吧。”兰德说。

“罗德蓝也会前来参加这场会议。”巴尔沃的声音苍老，但非常清晰，“安多女王已经派人去找他，并承诺由家人为他施行神行术。我们部署在他的宫廷中的眼线报告说，因为需要安多女王的协助才能出席会议，罗德蓝对此感到非常气恼。但他坚持要及时参加这场会议，哪怕只是为了表明自己仍然是一国之君。”

“很好。”兰德说，“伊兰并不知道你的间谍吧？”

“大人！”巴尔沃说道。他的语气显得有些忿忿不平。

“你有没有查出来，在我们的官员中，谁是她的间谍？”兰德问。

巴尔沃有些激动地说道：“没有人……”

“她一定会进行这种安排的，巴尔沃，”兰德微笑着说，“她就差亲手教我这么做了。没关系，过了明天，世人都将知道我的意图，对这种事是不需要保密的。”

除了对那些最贴近我的心的人。

“这就是说，当会议召开时，所有应该参加会议的人都将及时赶到？”佩林问，“无论提尔还是伊利安，所有重要的君主都会聚集于此？”

“玉座说服了他们每一个人。”巴尔沃说，“我有他们往来信件的副本，您随时可以查看，大人。”

“我会看的，”兰德说，“把它们送到我的帐篷去，我会在今晚看看它们。”

地面突然发生一阵颤动，文官们抓住一叠叠文件，将它们紧紧抱住，在倾倒的家具之间大声尖叫。帐篷外，人们喊叫着，但那些喊声很快就被树木的折断声和金属的撞击声所淹没了。远方传来大地隆隆的呻吟。

兰德觉得那就像是一阵充满痛苦的肌肉痉挛。

雷声震撼着遥远的天空，如同某种凶恶的承诺。很快，震动平息了下去。文官们依旧抱着怀中的文件，仿佛是害怕它们会散落在地上。

它真的来了，兰德心想，我还没准备好，我们都没有准备好，但它还是来了。

在过去许多个月里，他一直害怕这一天的到来。自从兽魔人出现在伊蒙村的那个夜晚，自从岚和沐瑞将他带出两河，他就开始害怕它的到来。

最后战争，一切的终结。他发现自己现在却完全不害怕了。有忧虑，但并没有恐惧。

我来找你了，兰德心想。

“告诉人们，”兰德对自己的文官们说，“发布警告，地震还会持续，而且会有风暴到来，是真正的、可怕的风暴。大崩毁将再次出现，这是我们无法避免的。暗帝将竭尽全力把这个世界碾为齑粉。”

文官们纷纷点头，在灯光中交换着关注的眼神。佩林似乎是在沉思，并且也仿佛是在自顾自地微微点着头。

“还有其他讯息吗？”兰德问。

“安多女王今晚似乎遇到了某些非同寻常的状况，大人。”巴尔沃说。

“‘某些’过于模糊了，巴尔沃。”兰德说。

巴尔沃表情变得有些难看，“我很抱歉，大人，对此我还没能得到更多的情报。现在我只知道，伊兰女王刚刚被她的某位臣下唤醒了，她身边没有人能向我报告到底发生了什么事。”

兰德皱起眉，伸手按住了腰间曾经属于雷芒的剑。

“也许是因为明天的计划。”佩林说。

“确实。”兰德说，“如果有什么发现，就立刻通知我，巴尔沃。谢谢你，你做得很好。”

巴尔沃的腰挺得更直了一些。在最近这些阴暗的日子里，所有人都希望能做些事情，发挥自己的作用。巴尔沃是这些文官中最优秀、最勤勉的一个，而且他对自己的能力充满自信。受到雇主的赞扬和感谢似乎总是会让他精神愉悦，尤其是当这位雇主正是转生真龙。

兰德离开了帐篷，佩林仍然跟在他身边。

“你很担心，”佩林说，“是什么事，要在这个时候把伊兰叫醒？”

“他们很重视伊兰现在的身体，如果没有足够的理由，他们是不会叫醒伊兰的。”兰德轻声说。

伊兰怀孕了，怀了兰德的孩子。光明啊！兰德才刚刚知道这件事。伊兰为什么从没告诉他这件事？

答案很简单，伊兰能够感觉到兰德的情绪，就像兰德能够感觉到她的。伊兰肯定知道最近他处在一种怎样的状态中。在他登上龙山以前。那时候……

她肯定不想带着腹中的孩子去见那种样子的他。而且，他一直都在藏匿自己的行踪。

不管怎样，这依然让兰德感到震惊。

我要做父亲了，兰德心想，这不是他第一次有这种经历。是的，路斯·瑟林也有过孩子。兰德能记得他们，还有他对他们的爱。但这并不一样。

他，兰德·亚瑟，将成为一位父亲。前提是他能够赢得最后战争。

“如果没有充足的理由，他们不会将她叫醒，”他的思绪又回到现在的任务上，“我很担心，不是因为已经发生的事情，而是因为那些事可能对我造成的干扰。明天将是一个重要的日子。如果暗影了解到明天的重要性，肯定会竭尽全力阻止这场会议，让人类无法统合自身的力量。”

佩林挠了挠胡子：“伊兰的身边有我的人，他们一直在为我监视着各种情况。”

兰德抬起一只手：“我们去和你的人谈谈。今晚我还有很多事要做，但……是的，我不能放任这件事不管。”

他们两个转身朝佩林的营地走去，两个人都加快了步伐。兰德的保镖已经戴上了面纱，拿起短矛，如同影子般跟随在他们身旁。

夜色显得有些过于寂静。艾雯在自己的帐篷里，正在写一封给兰德的信。她不确定自己是否会发出这封信。是否发出它并不重要，但写这封信有助于艾雯整理思绪，想清楚自己打算向兰德说些什么。

盖温再次走进帐篷，手按在剑柄上。护法斗篷发出一阵窸窣响声。

“这一次，你打算留下来吗？”艾雯一边问，一边用钢笔蘸了蘸墨水，“还是你仍然打算出去？”

“我不喜欢这样的夜晚，艾雯，”盖温回头看了一眼，“我有一种很不正常的感觉。”

“整个世界已经屏住了呼吸，盖温，等待着明天的到来。你有没有照我说的，派人去找伊兰？”

“是的，她不会起床的。现在已经太晚了。”

“我们等着看吧。”

没多久，一名来自伊兰营地的信使就赶到了，他带来一个很小的信笺。艾雯读着它，露出微笑。“过来。”她一边对盖温说，一边站起身，收拾了几样东西，然后一挥手，一个神行术通道出现在空气中。

“我们要穿行过去？”盖温问，“走过去只是很短的一段路。”

“即使是很短的一段路，玉座也必须召唤安多女王到自己的御前。”在艾雯说话的时候，盖温已经率先走过通道，开始查看对面的状况。“有时候，我不想引起人们太多的猜疑。”

史汪就算是豁出命去，也想要得到这种能力，艾雯一边走过通道，一边想着。如果那个家伙能以如此快捷、隐秘且轻松的方式见到别人，她又能设计出多少阴谋来？

通道的另一边，伊兰正站在一个温暖的火盆旁。安多女王穿着一件浅绿色的长裙。她的肚子已经被自己的孩子们高高撑起。看到艾雯，她快步走上前，亲吻了玉座的戒指。柏姬泰站在帐篷中靠近门口的地方，双臂抱在胸前，上身穿红色短外衣，下身是宽松的天蓝色长裤，金色的发辫垂在肩头。

盖温朝她的妹妹挑了一下眉："很惊讶你竟然醒了。"

"我正在等待报告。"伊兰一边说，一边招手示意艾雯和她一同坐到火盆旁边的两把软垫椅上。

"有什么重要的事？"艾雯问。

伊兰皱起眉头："吉萨敏忘记从凯姆林送来报告了。我曾经严令她每两个小时送一次报告给我，但她直到现在都没有音讯。光明啊，也许凯姆林没出什么事。我已经让瑟林尼娅到神行术场地去查看状况，希望你对此不会介意。"

"你需要休息。"盖温说着，也抱起了双臂。

"非常感谢你的建议，"伊兰说，"但我不会接受。柏姬泰给我这种建议的时候，我也没有接受。吾母，你希望和我讨论什么事？"

艾雯将自己正在写的那封信递给伊兰。

"是给兰德的？"伊兰问。

"对于他，你有着和我完全不同的观点。告诉我，你怎么看这封信。我也许不会把这封信交给兰德，现在我还没做好决定。"

"这封信的措辞……很强硬。"伊兰说。

"他似乎对除了他的计划以外的任何事都无动于衷。"

伊兰拿着那封信看了一会儿，才放下信纸："也许我们应该让他按照自己的想法去做。"

"打破封印？"艾雯问，"把暗帝释放出来？"

"为什么不呢？"

"光明啊，伊兰！"

"这件事曾经发生过，难道不是吗？"伊兰也问道，"暗帝的确曾经逃出过他的牢狱，曾经在这个世界上为所欲为。"

艾雯揉搓着额角："碰触这个世界和被释放到这个世界上有着本质的区别。在至上力之战中，暗帝从未真正被释放到这个世界上来。牢狱的裂隙让他能够碰触这个世界，但在他能逃脱出来前，裂隙就已经弥合了。如果暗帝进入世界，时光之轮本身就会被打碎。看看这个，你就能有更具体的了解。"

艾雯从自己的随身小包中拿出一叠文件，这些是第 13 藏书室的书籍管理员们紧急搜集整理出来的。“我并不是说，我们不该打破封印，”艾雯继续说道，“我只是说，我们不能冒险实行兰德疯狂的计划。”

伊兰露出亲昵的微笑。光明啊，她真的已经被兰德迷住了。我可以依靠她吗？最近这些日子里，艾雯觉得伊兰很难捉摸。而伊兰和家人之间的密谋……

“很不幸，我们没能在你的藏书特法器中找到相关的信息。”那个面带笑容、长胡子的男性雕像，几乎在白塔中引发了一场暴动，每一名姐妹都想要尽早读到收藏在那其中的成千上万册古籍。“所有那些书似乎都是在裂隙被打开前写成的。姐妹们还在努力搜寻。现在这些数据已经是我们能够找到的，关于封印以及暗帝牢狱的一切描述和说明了。如果我们在错误的时间打破封印，恐怕这将意味着一切的终结。你尤其应该看看这个。”她将一张纸递给伊兰。

“《卡里雅松轮回》？”伊兰好奇地问道，“‘光明将要失落，黎明不会再到来，而被俘者仍将困于牢笼之中’，被俘者指的是暗帝？”

“我是这样想的，”艾雯说，“预言的表述从来都不明确。兰德打算投身于最后战争，立即打破封印。但这是一个将会导致毁灭的主意。我们还要进行许多战争，现在就释放暗帝只会加强暗影的力量，削弱我们。

“我还无法确定，我们是否有必要打破封印。但即使真这么做，我们也应该等到最后一个可能的时刻。至少，我们应该先就这个问题进行讨论。兰德在很多事情上都是正确的，但他也犯过错。这不是他一个人可以做出的决定。”

伊兰浏览着那些数据，然后将注意力集中在其中一张纸上。“他的血将为我们带来光明……”她用拇指揉搓着那一页纸，仿佛陷入沉思之中，“‘等待光明’，这是谁加的注释？”

“这是冬涅拉·奥利芬誊写的《卡里雅松轮回》忒盟德版本，”艾雯说，“冬涅拉在誊写时也写下了自己的注释。学者们对于这些注释的关注与讨论丝毫不亚于对于预言本身。你知道，冬涅拉是一位梦卜者，也是我们所知的唯一一位梦卜者玉座。至少在我以前是这样。”

“是的。”伊兰说。

“为我搜集这些资料的姐妹也得出了和我一样的结论，”艾雯说，“我们也许要在某一个时刻打破封印，但这个时刻绝对不是在最后战争开始的时候。无论兰德怎么想，我们必须等待正确的时机。作为封印的守护者，选择时机是我的责任，我不会让整个世界因为兰德异想天开的战略而冒险。”

“他的心中有很大一部分就像是一个走唱人。”伊兰的声音中同样充满了宠溺的意味，“你的话很有道理，艾雯。只要对他说清楚，他会听你的。他很聪明，懂得听取意见。”

“我们会知道他到底是个怎样的人，而现在，我……”

艾雯突然感觉到盖温心中针刺般的警戒感。她回头瞥了一眼，看到盖温已经转过身。帐篷外传来了马蹄声。他的听力并不比艾雯更好，但他的任务就是注意这样的动静。

艾雯拥抱了真源，伊兰也做了同样的事。这时，柏姬泰一手按剑，一只手掀开了帐帘。

一名疲惫不堪的信使从马背上跳下来，眼睛瞪得老大。她踉踉跄跄地跑进帐篷，柏姬泰和盖温立刻贴到她身边，以免她过于靠近他们的两仪师。

但这名信使并没有向前再走一步，而是一边大口喘着气，一边说道：“女王，凯姆林正遭受攻击。”

“什么！”伊兰从椅子上跳了起来，“怎么回事！贾瑞德·撒安德终于……”

“是兽魔人，”那名信使说道，“它们在将近黄昏的时候杀进了城中。”

“这不可能！”伊兰抓住信使的手臂，拉着她走出帐篷。艾雯急忙跟在她们身后。“从黄昏到现在，已经有六个小时了，”伊兰对信使说，“为什么我们直到现在才得到信息？家人们怎么了？”

“我不知道，女王，”信使说道，“葛本队长派我以最快的速度来找您。他刚刚走过通道。”

神行术场地距离伊兰的帐篷不算很远，那里聚集着一群人。看到玉座和女王到来，他们立刻让开了道路。没多久，她们已经来到人群的最前面。

一队浑身是血的人正蹒跚走过神行术通道，他们身后拖着的车上装载着伊兰的新式武器——龙。许多人仿佛随时都会瘫倒在地。他们的身上满是硝烟的气味，手、脸和衣服上都覆盖着一层黑色的灰烬。当伊兰的士兵接过大车时，他们中不少人立刻就昏倒在地，失去知觉。这些大车显然应该是由马匹来拉动的。

场地上很快又打开了一些神行术通道，它们是两仪师瑟林尼娅和一些比较强的家人导引出来的(艾雯可不会把她们看成是伊兰的家人)。仿佛突然打开了闸门般，难民们从这些通道中鱼贯而出。

“我们也要行动了，”艾雯一边对盖温说着，一边也编织出一个通道。她的通道指向白塔营地附近的神行术场地。“去找尽可能多的两仪师过来。还要让布伦集结起军队，他们要服从伊兰的命令，通过通道到达凯姆林市郊。我们要和安多团结一致。”

盖温点点头，一步跨过了通道。艾雯消去通道，然后就和伊兰一同来到那群混乱、疲惫的伤兵之中。桑珂已经在指挥家人们对受伤最重的一些人进行治疗了。

空气中充满了烟尘的气息。当艾雯跑向伊兰时，猛然看到了通道那头的情景——凯姆林燃起了大火。

光明啊！艾雯急停脚步，但立刻又跑了起来。伊兰正在和葛本交谈，他是女王卫兵的指挥官。这个相貌英俊的男人似乎已经无法站稳了，他的衣服和铠甲上都遍布着血迹。

“女王，暗黑之友刺杀了您留下来施展神行术的两位家人，”他正用极度疲惫的声音说道，“还有一位家人在战斗中牺牲了。但我们抢出了龙。当我们……”他似乎感到一阵痛苦，“当我们从城墙的缺口中逃出来时，恰巧遇到几支佣兵队伍正绕过城市，向塔曼尼大人留下部队镇守的城门前进。正是因为得到他们的帮助，我们才能顺利逃出来。”

“你做得很好。”伊兰说。

“但凯姆林……”

“你做得很好，”伊兰用不容置疑的口吻重复了一遍，“你抢救出了龙，还把这些人也都救了出来？我要重重奖赏你，将军。”

“请将您的赏赐给予红手队吧，女王。这全是他们的功劳。但现在，还请您救救塔曼尼大人……”他朝一个刚刚被几名红手队员从通道中抬出来的人指了一下。

伊兰跪倒在这个人身边，艾雯也和她一起跪了下来。一开始，艾雯认为塔曼尼已经死了，他全身的皮肤都变成了黑色。然后，塔曼尼艰难地吸了一口气。

“光明啊，”伊兰看着眼前虚弱地倒在地上的塔曼尼说，“我从没见过这种可怕的伤口。”

“是萨坎�造成的。”葛本说。

“我们对此无能为力，”艾雯对伊兰说着，站起身，“我……”她在士兵的呻吟声和车轮滚动的吱嘎声中又听到了另外一个声音。

“艾雯？”伊兰轻声问道。

“尽全力救治他。”艾雯转过身，跑开了。她推开困惑的人群，紧紧追赶着那个声音。那是……是的，就在那里。她在场地边缘找到了一个敞开的通道，穿着各种服色的两仪师正匆匆从里面走出来，准备对受伤者进行治疗。盖温的动作真的很快。

奈妮薇正大声地询问着谁是这群人的指挥官。艾雯来到她身边，一把抓住她的肩膀，把她吓了一跳。

“吾母？”奈妮薇问，“凯姆林燃起了大火？我……”

当她看到那些伤员时，身子一僵，没有再说一个字便朝他们走去。

“有个人，你必须看一下。”艾雯说着，牵着奈妮薇的手向塔曼尼跑去。

看到塔曼尼，奈妮薇猛吸了一口气，然后跪在地上，轻轻将伊兰推开。她开始探察塔曼尼的身体。很快，她便停止所有动作，并瞪大了眼睛。

“奈妮薇？”艾雯说，“你能……”

一团绚烂的编织从奈妮薇体内迸发出来，如同突然撕裂乌云，绽放出全部光芒的太阳。奈妮薇编织出全部五种力，将它们凝聚成无法直视的强大能流，深深地注入塔曼尼体内。

艾雯没有再打扰奈妮薇。也许奈妮薇有这样的能力，但塔曼尼的情况实在太难以挽回了。光明在上，但愿这个人能活下来。他在过去就给艾雯留下很深的印象，红手队和麦特现在正需要这种人。

伊兰正在龙附近，向一个将头发结成许多细辫子的女人问着问题。那一定是亚柳妲，龙的发明人。艾雯也走到那些武器旁边，伸手按在一根粗大的青铜管上。当然，她早就得到关于这种武器的报告，有人说它们就像两仪师一样，能够用焰火射出铁球，造成巨大的伤害。

愈来愈多难民从通道中涌出来，他们大多是凯姆林的居民。“光明啊，”艾雯喃喃自语道，“他们的人数太多了，我们没办法把全部的凯姆林人都安置在梅丽罗。”

伊兰终于结束对话，让亚柳妲继续去检查她的武器了。看样子，亚柳妲哪怕不睡觉，也一定要在今晚完成这项工作。伊兰则向神行术通道走去。

“士兵们说，凯姆林城外还是安全的，”伊兰走过艾雯身边时说道，“我要亲自去看一看。”

“伊兰……”柏姬泰追在她身后说道。

“我们要去看一看。快点！”

艾雯没有再去打扰安多女王，而是开始查看两仪师们的工作。现在，罗曼妲已经担负起指挥两仪师和组织安排伤员的工作。伤员们则已经依照伤势轻重，被分成了若干组。

当艾雯审视纷乱的神行术场地时，她注意到不远处站着一男一女两个人，看样子，他们应该是伊利安人。“你们两个来这里做什么？”

那名女子跪倒在她面前。她皮肤白皙，头发呈黑褐色，身材修长苗条，面容中流露出一股坚毅的神色。“我叫莱伊纹。”她一开口，艾雯立刻认出她的口音，“当两仪师奈妮薇得知有人需要治疗，赶来这里时，我们就跟着她一起过来了。我们是和她在一起的。”

“你是霄辰人。”艾雯吃了一惊。

“我是来为您服务的，玉座猊下。”

霄辰人。艾雯还握持着至上力。光明在上，她遇到的霄辰人并非都是危险的，不过，她不会对此心存侥幸。当一些白塔卫兵从一个通道中走出来的时候，艾雯朝这两个霄辰人指了一下：“带他们到安全的地方去，看着他们。等会儿我会去找他们。”

那队士兵点了一下头。那个男人显得很不情愿，不过那名女子要顺从得多。她没有导引能力，所以她不是被释放的罪奴。不过，这并不能表明她不是一名罪奴主。

艾雯回头去找奈妮薇，奈妮薇仍然跪在塔曼尼身边。恐怖的黑色已经从这名红手队军官的皮肤上褪去了，只留下死一般的苍白。“带他去休息吧，”奈妮薇疲惫地对围绕在他们身边的红手队员说，“我能做的，都已经做了。”

当红手队员把塔曼尼抬走时，奈妮薇抬起头看着艾雯，悄声说道：“光明啊，我的力气都用尽了，幸好我还有法器的支持。还记得沐瑞对谭姆的治疗吗？现在她更让我感到惊讶了。那真的已经是很久以前的事了……”艾雯能听出，奈妮薇的声音中带着一种骄傲。

那时奈妮薇很想治疗谭姆，但她什么都做不了。当然，奈妮薇那时还不知道自己做过什么事，有着怎样的能力。从那时起，她已经走了很长的一段路。

“凯姆林的信息都是真的吗，吾母？”奈妮薇站起身问道。

艾雯点了点头。

“这将会是一个漫长的夜晚。”奈妮薇看着还在从神行术通道中涌出来的伤员们说道。

“明天则会更加漫长。”艾雯说，“好了，我们进行连结吧。我可以把我的力量借给你。”

奈妮薇显露出惊讶的表情：“吾母？”

“你的治疗能力远超过我，”艾雯微笑着说，“奈妮薇，我也许是玉座，但我还是一名两仪师，是人众的奴仆。你可以用我的力量做很多事。”

奈妮薇点点头，和艾雯连结在一起。她们两人加入了罗曼妲分派去为受伤最重的难民进行治疗的姐妹们之中。

“菲儿正在组织我的眼线网，”佩林对兰德说，“也许她今晚会和他们在一起。我警告你，我不知道她是不是喜欢你。”这时，他们两人正在赶往佩林营地的路上。

如果她喜欢我，她绝对是个傻瓜。兰德心想，她也许早已知道我会在这一切结束前向你索求些什么。

“嗯，”佩林说，“我猜，她的确认为我和你相识是一件好事。毕竟，她是一位女王的堂妹。不过我觉得她还在担心你会发疯，并且会伤害我。”

“疯狂已经来了，”兰德说，“不过我紧紧地控制住了它。至于伤害你，她也许是对的。我并不相信在我周围的人不会因我而受伤，虽然这依然是让我很难接受的一件事。”

“你是在暗示，你已经疯了。”佩林的手再一次按在他腰间的大锤上。虽然这件武器很硕大，他还是一直把它带在身边。很显然，他需要一个特殊的囊鞘来容纳这件武器。兰德一直想问佩林，这柄气势非凡的大锤是不是他的殉道使用至上力打造的……“但是兰德，你没有疯。在我看来，你没有一点疯狂的样子。”

兰德露出微笑，一个念头正在他的意识边缘躁动。“我的确是疯了，佩林，我的疯狂就是这些记忆、这些冲动。路斯·瑟林竭力想要夺取控制我的权力。我是两个人，正在为控制我自己而争斗不休。他们之中的一个已经完全疯了。”

“光明啊，”佩林悄声说道，“这听起来很可怕。”

“这并不让人高兴，但……这个问题也有它的另外一面，佩林。我现在愈来愈相信，我需要这些记忆。路斯·瑟林曾经是一个好人，我也曾经是一个好人，但我们还是出错了。我变得过于傲慢，以为能靠自己的力量做好每一件事。我需要记住这种错误。没有了那些疯狂……那些记忆，我也许又会变成一个独裁者。”

“所以你打算和其他人协力合作？”佩林抬起头，朝艾雯统率的白塔营地看了一眼，“但这里的情形很像是不同阵营的军队聚集在一起，打算大打一仗。”

“我会说服艾雯的。”兰德说，“我是正确的，佩林。我们需要打破封印。我不知道她为什么要阻止我这么做。”

“她现在是玉座了，”佩林揉搓着下巴，“她是封印的守护者，兰德。她有责任确保那些封印安然无恙。”

“正因如此，我才要说服她，让她知道我对于那些封印的处置是正确的。”

“你一定要打破它们，兰德？”佩林问，“完全确定？”

“告诉我，佩林。如果一件铁制的工具或武器破碎了，你能把它拼接成原样，继续使用它们吗？”

“这么做倒是可以，”佩林说，“但并不是好选择。钢铁里面的纹理……嗯，最好的办法还是回炉熔化，从铸炼开始，重新锻打。”

“在这件事上也是一样。封印已经破碎了，如同一把断剑，我们不能只是将碎片重新拼接起来，这样不会有用的。我们需要除去碎片，用新的材料代替它们，这样才会有更好的效果。”

“兰德，”佩林说，“在这件事上，这是我所听到最有道理的方法。你有没有和艾雯详细解释过你的想法？”

“她不是铁匠，我的朋友。”兰德微笑着说。

“她很聪明，兰德，比我们两人都要聪明。如果你用正确的方法向她解说，她会明白的。”

“再说吧，”兰德说，“明天就能知道结果了。”

佩林停下脚步，兰德导引出的光球照亮了他的面孔。他的营地就在兰德的营地旁边，驻扎在其中的军队规模不亚于现在这片平原上的任何一支军队。直到如今，兰德都难以相信佩林竟然让这么多人聚集到他的旗下，其中甚至还包括白袍众。兰德的眼线已经向他报告，似乎佩林营地中的所有人都对佩林忠心耿耿，就连那里的智者和两仪师也都会服从佩林所说的每一句话。

佩林已经成为一位君王，这点就像天空中的风一样真实而不容忽视。他是与兰德截然不同的君王，一位属于自己的臣民、生活在臣民之中的君王。兰德不可能走上这样的一条路。佩林可以做一个人，兰德却必须成为另一种角色。至少现在只能是这样。他必须成为一个象征，一种所有人都能倚仗的力量。

这让兰德感到无比疲惫，并不只是肉体上的疲惫，而是某种更深层的感觉。为了满足世人的需要，他感觉自己正被一点点磨蚀，就像一座高山被河流消磨，而最终胜利的永远都是河水。

“我会支持你，兰德，”佩林说，“但我希望你向我承诺，你不会让这件事演变成暴力冲突。我不会与伊兰作战，而反抗两仪师只会让局势变得更糟。我们担负不起内斗所造成的后果。”

“这里不会有战斗的。”

“向我承诺，”佩林的脸色变得严厉，兰德甚至觉得岩石也会被他撞得粉碎，“向我承诺，兰德。”

“我向你承诺，我的朋友。我会让我们团结一致，共同投身于最后战争。”

“这样就好。”佩林走进他的营地，一边向哨兵点头致意。营门前的两名哨兵都是两河人，利德·索艾伦和科特·沃刚纳。他们一同朝佩林敬礼，然后又看了兰德一眼，有些笨拙地对他鞠了个躬。

利德和科特，兰德早就认识他们两个。光明啊，当兰德还是个孩子时，还要仰视他们呢。但现在的兰德已经习惯被他所熟识的人当做陌生人看待，他感觉到转生真龙的身份已经将他紧紧地裹住了。

“真龙大人，”科特说，“我们……我是说……”他咽了咽口水，眼睛看着天空。尽管兰德就在这里，乌云却仿佛还是在不断加厚，一重重向他们压迫下来。“情况看起来不太好，是吗？”

“风暴经常都是很可怕的，科特，”兰德说，“但两河人已经在许多场风暴中坚持了下来。我们这一次依然会坚持下去。”

“但……”科特又说道，“它看起来的确是很糟。光明烧了我吧，实在是太糟了。”

“一切都将按照时光之轮的意愿进行。”兰德说着，向北方瞥了一眼。“镇定，科特、利德，”兰德轻声说道，“预言几乎就要全部实现了。这样的一天已经被预见，我们已经知道了会得到怎样的试炼。我们并不是茫然无知地接受即将到来的一切。”

他并没有向他们承诺，人类一定能够赢得最后战争，他们一定能活下去。但两个人都站直身子，朝他点头，露出微笑。人们喜欢知道已经有人对未来做好计划。让他们明白有人在控制着眼前的局势，也许是兰德能给他们最好的安慰。

“不要再用这种问题打扰真龙大人了，”佩林说，“好好站岗，科特，不要打盹，也不要玩骰子。”

两个人再次敬礼。佩林和兰德已经走进营地。在这座营地中，兰德听到了比其他营地更多的欢呼声。这里的篝火仿佛也更亮一些，笑声也更加欢快一些。这种感觉就好像两河人已经把家带到了这里。

“你指挥得很好。”兰德轻声说道。佩林正在他身边快步前行，一边向夜色中的人们点着头。

“他们不需要我告诉他们该怎么做。”虽然佩林嘴上这么说，但是当一名信使跑进营地时，他立刻担负起了自己的责任。他高声喊喝着那个身材细瘦的年轻人的名字。看到那个男孩脸色通红，双腿不住颤抖，佩林便知道他是在害怕兰德，立刻将他拉到一旁，用低微但坚定的声音和他交谈。

很快，佩林便让那个男孩去找菲儿，然后转身走了回来：“我需要再和兰德谈谈。”

“你正在和……”

“我需要和那个真正的兰德说话，而不是那个已经学会像两仪师一样说话的人。”

兰德叹了口气:“现在真的是我,佩林,我比以前很多时候都更像是我。”

“是的,不过,我不喜欢在和你说话时,看到你把情绪都隐藏起来。”

一队两河人从他们身边经过,向他们敬礼。兰德看到这些人,明白自己永远不可能再成为他们之中的一员,冰冷和孤寂的感觉突然如同钢针般刺入他的心头。也许,在两河人面前表露自己的感情,对他来说反而是最困难的一件事。但为了佩林,他还是让自己……更放松了一些。

“那么,你想要说什么?”兰德问道,“那个信使带来什么信息?”

“你的担心是正确的,”佩林说,“兰德,凯姆林被攻陷了。兽魔人已经完全占领了那座城市。”

兰德感觉自己的面孔变得刚硬了。

“你并不感到惊讶,”佩林说,“你只是担心,但并没有惊讶。”

“是的,我没有,”兰德承认了这一点,“我本以为兽魔人的攻击目标会是南方。我已经得到信息,那里出现了兽魔人的踪迹,而且我很怀疑这与狄芒德有关,他永远都会在身边带上一支军队。但凯姆林……是的,这是很聪明的一步棋。我告诉过你,他们会竭尽全力干扰我们的行动。如果他们能打垮安多,或者将她引走,我的联盟将变得脆弱许多。”

佩林瞥了伊兰的营地一眼,那座营地就在艾雯的营地旁边。“但是,如果伊兰不出席会议,难道局面不会对你更有利吗?她属于反对你的一方。”

“现在已经没有谁反对谁的问题了,佩林。我们只有一个阵营,只是对于未来的行动存在一些分歧而已。如果伊兰不参与会议,我的一切计划都将遭到破坏。她是诸国君主中最具权势的一人。”

当然,兰德能够通过约缚感觉到伊兰。伊兰的警戒让兰德知道,她已经知道了凯姆林发生的灾祸。现在要不要去见她?也许可以派明过去?明已经醒了,正离开他刚才和佩林谈话的那座帐篷。而且……

他眨了眨眼。艾玲达。她也到了这里,就在梅丽罗。她是刚刚才到的,是不是?佩林瞥了兰德一眼,但兰德并没有试图抹去惊讶的表情。

“我们不能让伊兰离开。”兰德说。

“就算是她想要保护自己的国家也不行?”佩林难以置信地问道。

“如果兽魔人已经攻占了凯姆林,那么伊兰无论想要做什么都已经太迟了。安多现在的精力只能集中在疏散难民上。伊兰并不需要亲自去做这件事,但这里需要她。明天上午,她一定要在这里。”

该怎样让伊兰留下来?伊兰不会听从别人的命令,女人全是这样。但如果他向她暗示……

“兰德，”佩林说，“如果我们派殉道使去呢？让所有殉道使都去凯姆林？那样我们就能有足够的力量与那里的兽魔人一战。”

“不，”兰德说道，但他将要说出的话只让他感到痛苦，“佩林，我会派人通过神行术去确认那里的状况。如果那座城市真的沦陷了，那么夺回那几道城墙将会耗费我们太多的力量。至少现在，我们还无暇顾及那里。我们不能让人类的联盟在有可能实现之前就被粉碎。只有团结一致，我们才能坚持下去。如果我们每个人都跑回自己的家里去，扑灭家中燃起的火焰，那我们注定将要失败。这就是暗影发动攻击的目的。”

“可能的确如此……”佩林用手指摩挲着大锤。

“这场攻击也许会让伊兰躁动不安，让她更急于采取行动，”兰德考虑着许多种不同的行动方案，“也许这会让她更愿意接受我的计划。从这个角度讲，也许这会是一件好事。”

佩林皱起眉。

我怎会这么快就学会利用其他人？兰德已经重新学会了笑，学会接受自己的命运，并微笑面对它。平静地接受自己，接受自己所做过的一切，这才是他所学到的。

但他学到的这些并没有阻止他利用自己能够掌握的一切工具。他需要他们，需要他们所有人。而现在不同的是，他会将他们看做是人，而不只是供他使用的工具。他只能如此告诫自己。

“我仍然认为我们应该采取行动帮助安多。”佩林挠着自己的胡子，“你觉得兽魔人是怎么溜进去的？”

“通过道门。”兰德心不在焉地说道。

佩林咕哝了一声：“你说过，兽魔人不能通过神行术通道。它们有没有可能已经克服了这个缺陷？”

“我们只能向光明祈祷，它们还没有。”兰德说，“他们制造出来的唯一能够穿过通道的暗影生物只有古蓝。阿极罗还不算蠢，所以他先后只造出了几个古蓝。不，我愿意和麦特打赌，这次它们一定是从凯姆林的道门中出来的。我还以为伊兰已经牢牢守住那个东西了！”

“如果暗影生物使用的是道门，我们就有事情要做了，”佩林说，“我们不能让兽魔人继续在安多肆虐。如果它们离开凯姆林，就有可能从我们的背后发动突袭，那将会是一场灾难。但如果它们的进攻必须依靠那唯一的路径，我们就能截断这条路径，阻止他们进攻。”

兰德笑了起来。

“这有什么好笑的?”

“至少我有了一个理由,能够去了解两河的年轻人们不应该知道的一些事。”

佩林哼了一声:“你不如现在就跳进酒泉河里去。你真的认为这是狄芒德干的?”

“这正是他的做事风格。分散敌人的力量,将其逐一歼灭。这也是最古老的战争法则之一。”

狄芒德也是在古代典籍中发现这种战术的。当暗帝牢狱刚刚裂开时,他们对于战争几乎一无所知。也许那时的他们自以为懂得战争,但他们所懂得的只是被灰尘覆盖的旧纸堆中古老学者的纪录而已。

在所有倒向暗影的人之中,狄芒德的背叛似乎是最富戏剧性的。他本是一位英雄,本该成为一位英雄。

我对此也负有责任,兰德心想。如果我伸手拉他一把,而不是嘲笑他,如果我真心祝贺他的成就,而不是和他竞争,如果我那时就能成为我现在的样子……

现在这些已经不重要了。他必须去找伊兰。现在要做的是派遣人力去帮助疏散凯姆林的难民。殉道使和忠于他的两仪师必须打开尽可能多的神行术信道,把那些人救出来,并确保兽魔人暂时只能待在凯姆林。

“嗯,那么,我相信你的那些记忆还是有用的。”佩林说。

“你想知道那件让我脑筋打结的事情吗,佩林?”兰德轻声说道,“那件向暗影吹出的气息一样冰冷、让我战栗不已的事情。让我疯狂、给了我往世回忆的正是暗帝的污染。它们随着路斯·瑟林的耳语一同向我袭来。而最让人感到疯狂的是,正是它们给了我赢得这场战争的线索。你明白吗?如果我赢了,那么正是暗帝的污染导致了暗帝的毁灭。”

佩林轻轻吹了一声口哨。

光明的救赎啊,兰德心想,当我上一次与暗影作战时,正是我的疯狂毁灭了我们。

而这一次,它将拯救我们。

“去找你的妻子吧,佩林。”兰德说着,向天空瞥了一眼,“在万物终结之前,这是你最后能看到的一个平静的夜晚了。我会进行详细调查,确认安多的状况有多么糟糕。”他回头看了一眼自己的朋友:“我不会忘记我的承诺。团结是最重要的。上一次,我正是因为彻底忽略了这一点,才导致了我们的失败。”

佩林点着头,一只手按在兰德的肩膀上:“光明照耀你。”

“也同样照耀你,我的朋友。”

第2章

一个宗派的选择

佩维拉竭尽全力掩饰着心中的恐惧。

如果这些殉道使了解她，就会知道，平静安稳的坐姿绝不是她的习惯。她只是在实践两仪师的基本训练，在心慌意乱时表现出镇定自若的样子。

她强迫自己站起身。凯德尔和埃马林已经去见那些来自两河的年轻人，并叮嘱他们一定要结伴出行。现在房里只剩下她和安德罗。安德罗正安静地缝制着他的皮件。窗外的雨仍然下个不停。这名殉道使同时使用两根针，将线绳交叉固定在皮件上。看样子，他真的是一位精于此道的大师。

佩维拉向他走去，快要贴近他身边时，这个男人才猛然抬起头。佩维拉隐藏住一丝微笑。不管外表如何，如果有必要，她尽可以在行动时不发出一点声音。

她望向窗外。雨明显变强了，水幕正不停地浇灌在窗玻璃上。“这么多个星期了，风暴仿佛随时都会降临。现在它终于来了。”

“那些乌云最终总会消散。”安德罗说。

“这场雨绝不是自然形成的。”佩维拉说着，将双手在身后握紧。她能够感觉到一阵阵寒意透过玻璃窗，向她的身上袭来。“它不会衰退，也不会离开，只是驻留原地，落雨如注。落下许多闪电，却很少有雷声。”

“你认为它也属于那种事？”安德罗问。他不需要说明“那种事”到底是什么。这个星期的早些时候，黑塔中除了殉道使以外的普通人突然开始从体内冒出火焰。只是……单纯的火焰，完全无法查清原因。现在这里已经死了四十多人，许多人还在将此归罪于暗中作恶的殉道使。但所有殉道使都发誓，案发现场并没有人在导引。

佩维拉看着一队人在窗外泥泞的街道上迈着沉重的步伐走过，不禁摇了摇头。一开始，她也曾经认为这些死亡是发疯的殉道使造成的，而现在，她已经相信，这和其他许多异象发生的原因一样，要远比发疯的男性导引者更可怕。

世界正在解体。

她需要坚强起来。虽然这个由姐妹们约缚殉道使的计划是塔娜提出的，但具体将它设计出来的人正是佩维拉。现在，她们被困在这里，而她们的敌人有能力迫使导引者接受暗影的奴役。这个时候更不能让姐妹们看到她的惊慌。而仅仅几个月以前，她还会不遗余力地予以追捕，并毫不留情地对其进行驯御的男人们，现在却成了她唯一的盟友。

她坐在埃马林刚才坐过的凳子上：“我很想和你讨论一下你正在设计的‘计划’。”

“我还不知道自己是不是真的有什么计划，两仪师。”

“也许我能提供一些建议。”

“我当然不介意听一听。”安德罗说道，但他突然眯起了眼睛。

“出什么事了？”佩维拉问。

“外面的那些人，我不认识他们，而且……”

佩维拉回头望向窗外。在湿漉漉的夜幕中，窗外唯一的光亮就是附近房屋中零星亮起的橙红色灯光。一些人依旧缓慢地在外面行走着，偶尔出现在窗口的灯光之中，然后又消失不见。

“他们的衣服没有湿。”安德罗悄声说道。

佩维拉打了个寒颤。她察觉到安德罗说得没错，那个走在最前面的人的头上低垂着一顶宽边帽，但那顶帽子并没有遮住雨水，当然也没有雨水汇集成细流从上面落下来。他的农人风格的衣服也丝毫没有触及大片的雨滴。在他身边的女子裙摆低垂着，完全没有被风吹起的迹象。佩维拉还看到一个年轻人将手伸在背后，仿佛拉着一头牲口的缰绳。但他的背后什么都没有。

佩维拉和安德罗静静看着这一幕，直到那些人彻底消失在远处的黑夜中。死人的幻影出现得愈来愈频繁了。

“你说过，你有一个建议?”安德罗的声音在发抖。

“我……是的，”佩维拉将目光从窗前移开，“迄今为止，泰姆的注意力都集中在两仪师身上。我的姐妹们都已经被控制了。我是最后一个。”

“你要将自己当成诱饵。”

“他们一定会来找我，”佩维拉继续说道，“只是时间早晚的问题。”

安德罗用手指摩挲着皮件。看起来，他很喜欢自己的作品。“我们应该在暗中把你送出去。”

“你是这样想的?”佩维拉竖起眉毛，“我有幸成为一名急需救援的少女，是吗? 你可真是个英雄。”

安德罗脸颊一红：“这是讽刺吗? 是两仪师说出来的? 真没想到我还能听到两仪师说出这样的话。”

佩维拉笑了：“哦，天哪，安德罗。你真的对我们毫无了解，是不是?”

“说实话吗? 确实没什么了解。我一生中大部分时间都在竭力躲避你们。”

“嗯，考虑到你的……先天特点，这么做应该是明智的。”

“我以前不能导引。”

“但你对自己也有怀疑，所以你才会来这里接受训练。”

“我只是感到好奇，”安德罗说，“这是我以前从未接触过的事情。”

很有趣，佩维拉心想，你所做的一切都是因为你的好奇吗，皮匠? 否则的话，又是什么让你像风中的蒲公英一样，从一个地方漂泊到另一个地方?

她开口说道：“我相信，你从没试过从悬崖上跳下去的感觉。有许多事情你都没做过，但这并不能成为你要去进行尝试的理由。”

“实际上，我从悬崖上跳下去过。而且不止一次。”

佩维拉向他挑起一道眉弓。

“海民就会这么做，”安德罗说，“从悬崖上跳到海里。你愈勇敢，就会选择愈高的悬崖。你又转移话题了，两仪师佩维拉。你对这种事真是很有技巧。”

“谢谢。”

“我之所以提议要把你送出去，”安德罗竖起一根手指，“是因为这并不是你的战争。你不该在这里牺牲。”

“不是因为你想要赶走一个两仪师，以免她会打扰你干活?”

“是我找你寻求帮助，”安德罗说，“我并不想摆脱你，而且我很希望能使用你的力量。但，如果你在这里倒下，那么你就是为一场不属于自己的战争而葬送了自己。这不公平。”

“让我向你解释一件事，殉道使，”佩维拉向前俯过身，“这就是我的战争。

如果暗影攫取了黑塔，就意味着人类在最后战争刚刚开始时便遭受了沉重的打击。我已经接受了对于你和你们的责任，我不会这么简单就转身走开。”

“你已经‘接受了对于我们的责任’？这是什么意思？”

啊，也许我应该告诉他了。不管怎样，如果要和这些男人结盟，也许他必须明白这一点。

“黑塔需要指引。”佩维拉开始解释。

“所以，这就是约缚我们的目的？”安德罗问，“这样我们就能……被束缚住，就像需要被阉掉的种马？”

“不要犯傻。你必须承认，白塔的经验是非常宝贵的。”

“必须说，对此我并不能确定。”安德罗说，“所谓的经验往往会让人故步自封，拒绝接受新的经验。你们两仪师全认为，现有的解决问题的办法是唯一的办法。但黑塔不会屈服于你们，我们能够照顾好自己。”

“而到现在为止，你们在这方面做得相当出色，对吗？”

“这么说不公平。”安德罗轻声说道。

“也许是不公平，”佩维拉承认，“我道歉。”

“你们的目的并不让我感到惊讶，”他说道，“你们在这里所做的一切大概也只会对最弱小的士兵起作用。而我想搞清楚的问题是，为什么白塔有那么多两仪师，却偏偏要让红宗姐妹来约缚我们？”

“还有谁更合适？我们一生都致力于对付能够导引的男人。”

“你们的宗派已经没有存在的意义了。”

“是这样吗？”

“你们的存在就是为了猎捕能够导引的男人，驯御他们，让他们……失去能力。而现在，真源已经得到了净化……”

“这只是你们的一面之词。”

“它的确已经干净了，佩维拉。时光之轮转动不息，万物有始也必有终。它曾经是纯净的，所以总有一天，它还会恢复纯净。而现在这件事已经发生了。”

那么你为何还会那样看着影子，安德罗？这是净化的迹象吗？还有纳拉姆为什么总是在嘟囔不知名的语言？你认为我们不会注意到这种事吗？

“作为一个宗派，你们有两个选择，”安德罗继续说道，“继续猎捕我们，无视于我们所提供的证据，否认真源已经得到净化，或者你们可以放弃红宗。”

“胡说，在全部宗派中，红宗才应该成为你们最有力的盟友。”

“你们的存在是为了毁灭我们！”

“我们的存在是为了确保能够导引的男人，不会在无意间伤害自己和他们周围的人。难道你不认为，黑塔的存在也是为了同样的目的吗？”

“也许黑塔的一部分作用的确是这个。但我在这里听到的我们唯一目的，就是成为供转生真龙使用的武器。当然，给予人们正确的训练，让他们不至于伤害自己也是很重要的。”

“那么，我们至少可以在这方面达成共识，对不对？”

“我很愿意相信你的话，佩维拉，但我见到过你和你的姐妹们是用怎样的眼神看着我们。在你们眼里，我们依然是某种……需要清除的污染，或者是必须被收进瓶子里的毒药。”

佩维拉摇了摇头：“如果你所说的是事实，真源的确得到了净化，那么变化就一定会发生，安德罗。假以时日，红宗和殉道使将为了共同的目的一起成长。现在，就在此地，我很愿意与你合作。”

“接受我们。”

“指引你们。请信任我。”

这名殉道使借助房里明亮的灯光审视着佩维拉。他有着一张真诚的脸。这让佩维拉明白了，为什么作为这群男人之中力量最弱的一个，他却能得到其他人的尊重和服从。而且他身上还散发着一种奇怪的，混合着幽默与激情的气质。佩维拉真有些希望他不是……这样的一个男人。

“我希望能相信你。”安德罗说着，将目光别向一旁，“我承认，你和别人不一样，完全不像是一个红宗。”

“你会发现，我们其实比你所想象的更具有灵活性，”佩维拉说道，“一个女人会选择红宗并非只是为了一个单一的目标。”

“除了对男人的厌恶以外，还有什么。”

“如果我们恨你们，我们还会来到这里约缚你们吗？”确实，佩维拉在回避问题。但佩维拉本人的确不恨男人。许多红宗姐妹对男人没有好感，至少对他们充满了怀疑。佩维拉很希望能改变这一点。

“两仪师的想法总是很奇怪，”安德罗说，“这点所有人都知道。不管怎样，你和你的姐妹们还是有很多不同。我能从你的眼神中看出来。”他摇了摇头：“我无法相信你们到这里来是为了帮助我们，就像我无法相信两仪师在猎捕男性导引者时，真的认为是在帮助那些男人一样。难道我应该认为，刽子手在砍下罪犯的脑袋时，也是在帮助罪犯吗？也许有些事情必须去做，但这并不意味着站在对立面上的两种人能够成为朋友，两仪师佩维拉，我很抱歉。”

他低下头，继续在桌上的灯光下做他的皮匠活了。

佩维拉发现自己心中的怒火再度升腾起来。她几乎已经得到他了。她喜欢男人，而且一直认为护法会是非常有用的。难道这个傻瓜就看不出来，她已经伸出一只手，越过了他们之间的沟壑？

镇定，佩维拉，她想道，如果让愤怒控制了你，你将什么也得不到。她需要这个人的协助。

“你在做一副马鞍，对不对？”佩维拉问道。

“是的。”

“你的缝线很特别。”

“这是我自己想出来的办法，”他答道，“这样能够防止皮革裂开，而且我觉得它看起来也很美观。”

“这应该是上等亚麻线吧？有涂过蜡？打出这些针孔时，你用的是一支花边凿，还是两支？我刚才没仔细看。”

安德罗警戒地瞥了她一眼：“你知道皮匠手艺？”

“我的叔叔是一名皮匠，”她说道，“他教过我一些这种手艺。我还很小的时候，他曾经让我在他的铺子里干活。”

“也许我见过他。”

佩维拉陷入了沉默。无论安德罗怎么说她善于掌控对话的方向，她的确已经将这场对话引向了一个她非常不喜欢的地方。

“那么，”安德罗问道，“他是哪里人？”

“坎多。”

“你是坎多人？”安德罗惊讶地问。

“当然，我看起来不像吗？”

“我只是以为，我能听出任何地方的口音。”他一边说，一边拉紧了两个针脚，“我去过那里。也许我真的认识你的叔叔。”

“他已经死了，”佩维拉说，“被暗黑之友杀害了。”

安德罗沉默了一会儿：“很抱歉。”

“那已经是一百年前的事情了。我很想念我的家人，但就算是暗黑之友没有杀死他们，他们现在也都应该过世了。我在家乡认识的所有的人都已经不在了。”

“我为你感到难过，真的。”

“那已经是很久以前的事情了，”佩维拉说，“我回忆起他们的时候，心中就会充满快乐。痛苦不会扰乱我的心情。你的家人呢，你有兄弟姐妹或侄子侄女吗？”

“大约都有几个。”安德罗说。

“你还和他们有联系吗?”

安德罗又看了她一眼:“你想要用友善的交谈来证明你对我并没有偏见,也不会在我面前感到尴尬,但我早就见识过你们两仪师是如何看待我们的。”

“我……”

“告诉我,你对我们并不觉得反感。”

“我几乎不认为你所做的事情应该……”

“直接告诉我,佩维拉。”

“很好。能够导引的男人的确让我感到不舒服,你们一直都让我觉得如同骨鲠在喉。我在这里,在你们身边逗留的时间愈久,这种感觉就愈明显。”

她的这番话让安德罗满意地点点头。

“不管怎样,”佩维拉继续说道,“我会有这种感觉,是因为有些看法在数十年的生涯中已经深深地扎根在我心里。你们所做的事情绝对是不正常的,但你本人并不让我感到讨厌。你只是一个想要尽力把事情做好的男人。我不相信像你这样的人是应该厌恶的。无论如何,为了更远的目标,我愿意摒弃我个人的看法。”

“我想,这比我所期待的要好得多。”他回头看了一眼窗外的滂沱大雨,“污染已经净化了,我们的行为不再是不正常的。我希望……我很希望能让你感受到这一点。”他看了佩维拉一眼,目光无比犀利:“你和我提起过连结,那是怎么做到的?”

“嗯,”佩维拉答道,“我当然没有和男性导引者连结过。在前来黑塔之前,我查看过一些与男性导引者连结的报告,不过我们所得到的几乎都是一些道听途说。如果你是一个女人,我会让你保持在即将拥抱真源的状态,然后将自己向你敞开,这样就能让我建立和你的连结。”

“好吧,”安德罗说,“不过你并没有握持真源。”

这实在是太不公平了,一个男人竟然能知道女人是否握持着至上力。佩维拉拥抱了真源,让无比甜美的阴极力涌入自己体内。

她将自己伸展出去,打算像连结女性一样和安德罗建立连结。但她发现自己什么都抓不到。这和教导见习生组成连结并不一样。尽管见习生可能退却,而不是将自己交给她,至少她能察觉到见习生的阴极力。

“成功了吗?”安德罗问。

“没有,”佩维拉说道,“我本希望……我本来希望我看到的一份报告并不是真的。”

“什么报告?”

“一份关于男性和女性连结的报告。当只有一个男人和一个女人参与连结的时候，男性必须是这个连结的主导者。”

安德罗看着佩维拉。佩维拉开始不情愿地做好加入连结中的准备。安德罗抓住了她的阴极力，她被拖进一股凶猛的能流之中，仿佛被安德罗揪着头发，拉进一场疾风骤雨里。

安德罗对至上力的掌握还很不熟练，激荡的能量让佩维拉觉得自己的牙齿都在打颤。但安德罗的确是在第一次尝试时就建立起连结，这一点给佩维拉留下了很深的印象。佩维拉闭上眼睛，不再挣扎，以免让他们的连结解体。但她还是无法抑制住自己内心的慌乱。

她和一名男性导引者连结在了一起，一个她所知道的最可怕的怪物。现在，这个怪物完全控制了她。她的阴极力不断从体内流过，朝安德罗灌注过去。安德罗猛吸了一口气。

“这么多……”他说道，“光明啊，你可真强。”

佩维拉不由得露出一丝微笑，连结也在她的知觉中掀起了一场风暴。她能够感觉到安德罗的情绪，安德罗似乎和她一样充满恐惧，但他的心是坚实的。她本以为因为他的疯狂，和安德罗连结会是一种非常恐怖的经历，但她并没有感觉到这些。

而且……那是什么？那种安德罗努力在与之抗争的液态烈火，就好像一条大蛇，要将安德罗吞噬。她向后退去。那是阳极力。

它还有污染吗？佩维拉对此无法确定。阳极力是那么不同，那么陌生。来自古老时代的灵性报告中说，那种污染就像是覆盖在大河上的一层油脂。是的，她能看到那条大河，或者可以说，其实只是一条溪流。看样子，安德罗对她说的是实话，他的导引能力并不很强。佩维拉感觉不到污染，但实际上，她并不知道自己应该看到什么。

“我很想知道……”安德罗说道，“我很想知道，如果有这么强的至上力，我是否能打开一个通道。”

“在黑塔中已经无法打开通道了。”

“我知道，”安德罗说，“但我一直都觉得通道就在距离我指尖不远的地方。”

佩维拉睁大眼睛看着他。通过连结，她能感觉到他的诚实。但开启一个通道需要大量至上力，至少对女人是这样。安德罗的力量太弱了，不可能完成这种编织。难道对于男人，施展神行术所使用的至上力不需要那么多？

安德罗伸出一只手，佩维拉感觉到他已经开始使用自己的至上力，让这股力量通过他的导引被释放出来。佩维拉看不见他的编织，只能感觉至上力从自己体内源源不断地流走。安德罗的编织中果然包含着她的阴极力吗？

“安德罗，”佩维拉开口道，“放开我。”

“这很奇妙……”安德罗悄声说道。他已经站起身，双眼仿佛失去焦点。“连结在一起的感觉就是这样的吗？至上力融合在一起的感觉就是这样的吗？”

他从佩维拉体内汲取更多的力量，不断地使用它。房里的物品开始飘浮到空中。

“安德罗！”佩维拉有些慌乱，这是她在得知父母亡故时感觉到的慌乱。如果安德罗不放开她，她就无法使用阴极力。现在这名殉道使完全可以用她的阴极力来对付她。佩维拉开始想象她被自己的风之力紧紧绑缚。她无法终结这个连结，只有安德罗可以。

突然间，安德罗注意到了房里的状况，立刻瞪大了眼睛。连结在眨眼间消失了。佩维拉的力量被还给了她。佩维拉立刻挥出这股力量。这种事情绝不能再发生了，她必须掌握主控权。不等她意识到自己在做什么，她的编织已经激射出去。

安德罗仰起头，跪倒在地，一只手扫过他的工作台，将工具和皮革都打到了地上。他惊呼一声：“你在干什么？”

“泰姆说过，我们能选择你们之中的任何一个人。”佩维拉意识到自己所做的事情后，才喃喃地说道。她刚刚约缚了这个男人。从某种程度上讲，这相当于将安德罗刚刚对她做的事情反过来做了一遍。她竭力让自己狂跳的心平静下来。安德罗的感受已经在她的脑海深处绽放开来，就好像他们在连结中交换感觉一样，只是显得更亲近，融和得更加紧密。

“泰姆是个怪物！”安德罗吼道，“这你很清楚。你竟然拿他的话当做借口？你竟然不问我是不是愿意？”

“我……我……”

安德罗咬紧了牙，佩维拉立刻感觉到了某种东西，某种陌生而奇怪的东西。就好像她正在看着自己，感觉到自己的情绪通过一个循环，回转到自己的意识中。

她仿佛与他真的融为一体。她能够知道这种感觉对他而言是什么样子，能够用他的意识思考。她在一眨眼间看到了他的整个人生，完全沉浸在他的记忆里。她大声地喘息着，跪倒在他面前。

那种感觉消失了，但并非彻底不见。这种感觉就像是在沸腾的水中游了三百里，才刚刚露出头来，已经彻底遗忘了正常的感觉是什么样子。

“光明啊……”她悄声说道，“那是什么？”

安德罗已经躺在地上。他是什么时候倒下的。他眨眨眼，直视着天花板。“我曾经见过另一个人这么做，一些殉道使约缚了他们的妻子。”

“你约缚了我？”佩维拉恐惧地说道。

安德罗呻吟一声，翻身坐了起来：“是你先对我这么做的。”

佩维拉满心惊恐地意识到，自己仍然能感觉到他的情绪。完全属于他的情绪。她甚至能够理解他的一些想法，不是具有详细内容的想法，只是某种意念。

他很困惑，充满忧虑，还有……好奇。他对这种新的体验非常好奇。愚蠢的男人！

佩维拉本希望这两个约缚能够相互抵消，但它们并没有遂她的心愿。“我们必须停止这种事，”她说道，“我会释放你，我发誓。但……我只能释放对你的约缚……”

“我不知道该怎么做，”安德罗站起身，深深吸了一口气，“我很抱歉。”

他说的是实话。“连结真是个糟糕的主意。”佩维拉说道，安德罗伸过手，要将她扶起来。佩维拉没有接受他的好意，自己站了起来。

“我记得，这个糟糕的主意是你想出来的。”

“大概是吧。”佩维拉不得不承认，“这不是我进行的第一次连结，但这绝对是最糟糕的一次。”她坐回椅子里，“我们需要仔细思考这件事，找到办法……”

房门被猛然推开来。

安德罗转过身，佩维拉拥抱了真源。安德罗一只手抓住了他的针脚凿，仿佛那是一件武器。他也握住了至上力，佩维拉能感觉到他体内熔融的能量。因为他的力量所限，那股能量很小，但就像一小团熔岩，依旧炽热灼烈。她还能感觉到他的敬畏之心，那就是说，他对于导引的感觉和她是一样的。握住至上力的感觉，就好像是在人生中第一次睁开眼睛，看到一个充满生机的世界。

幸运的是，他们并不需要武器和至上力。站在门口的是年轻的艾芬，大滴的雨水还在不断地从他的脸颊上滑落。他关上门，快步跑到安德罗的工作台前。

“安德罗……”他闭住了嘴，眼睛看着佩维拉。

“艾芬，”安德罗说，“你竟然一个人行动。”

“我让纳拉姆留下来负责监视。”艾芬喘息着说道，“这很重要，安德罗。”

“我们绝不能单独行动，艾芬，”安德罗说，“绝对不可以。无论情况有多么紧急，我们都必须有同伴在身边。”

“我知道，我知道，”艾芬说，“我很抱歉，只是……这件事太重要了，安德罗。”他又瞥了佩维拉一眼。

“说吧。”安德罗说。

“维林·咖基玛和他的两仪师回来了。”艾芬说。

佩维拉能感觉到安德罗突然紧张起来的心情：“他……还是我们的同伴吗?”

艾芬摇摇头，脸上显出厌恶的神色：“他已经是他们的人了。也许两仪师简娜也是了，我对她的情况还不了解。但维林……他的眼睛已经不再是他的了，而且现在他对泰姆唯命是从。”

安德罗呻吟了一声。维林曾经是洛根的人，安德罗和他的同伴都曾经希望洛根和维林不会像麦扎那样受到控制。

“洛根呢?”安德罗悄声问道。

“他不在这里，”艾芬说，“但维林说洛根很快就会回来。而且洛根已经和泰姆见过面，并且消除了他们之间的分歧。维林说洛根明天就会回来证实这一点。安德罗……情况就是这样。我们现在只能承认，他们已经抓住了洛根。”

佩维拉能够感觉到安德罗心中的认同，还有他的恐惧，那就像是在镜中看到了她自己的心情。

艾玲达走过黑暗而沉寂的营地。

这么多队伍。梅丽罗平原上至少聚集了十万人。他们都在等待着。仿佛每一个人都屏住了呼吸，等待着一口气呼出胸中全部空气的时刻。

艾伊尔人看见了她，但她并没有向他们走去。湿地人没有注意到她，只有一名护法在她走过两仪师营地的边缘时看了她一眼。那片营地里有许多人在忙碌。一定是发生了什么事情，但她现在只听说了一些零星的信息。兽魔人攻击了某个地方?

听到更多的议论后，她能够确定，那个被攻击的地点是安多，而且正是凯姆林。现在人们都在担忧兽魔人会离开那座城市，朝其他地方发动进攻。

她需要知道更多信息，枪矛之舞会在今晚开始吗?也许伊兰能够告诉她一些重要的情报。艾玲达静静地走出两仪师营地。在这种覆盖着各种植物的潮湿土地上悄无声息地前行，和三绝之地相比是一种完全不同的挑战。在三绝之地，干燥的地面上常常堆积着灰尘，可以消去脚步声。而在这里，藏在湿草中的一根细小枯枝就有可能暴露你的行迹。

她竭力不去想脚下正在死亡的草叶。原先她曾以为这种枯黄的颜色代表着草木的茂盛，现在，她知道了这些湿地植物不该如此衰弱和……空虚。

空虚的植物。她在想什么？她摇了摇头，在阴影中走出两仪师营地。她的脑子里曾经闪过一个念头，要溜回去吓吓那名护法。那名护法一直藏在一座遍布苔藓的古老废墟中，监视着两仪师营地边缘的情况。不过她立刻就赶走了这个念头。现在她要找到伊兰，更仔细地了解凯姆林遭受攻击的情况。

艾玲达靠近了另外一座繁忙的营地。她躲在一棵大树没有叶片的枝桠间。她不知道这是什么树，不过它非常高，枝杈伸展得甚为开阔。借助这棵树的掩护，她溜过了营地的警戒线。两名穿着红白色衣服的湿地人正站在一个火堆旁监视周围。他们完全没察觉到她。但是当三十尺外的一个灌木丛里传来一阵小动物奔跑的窸窣声时，他们都吓了一跳，并立刻端平了长矛。

艾玲达摇摇头，从他们身边走了过去。

向前，她需要不断向前迈出脚步。该如何面对兰德·亚瑟？明天他又有什么计划？这些也是她想要从伊兰那里得到答案的问题。

当艾伊尔人完成兰德·亚瑟的使命后，他们就需要一个新的目标。她所见到的未来，清楚地向她表明了这点。她必须为族人找到这个目标。也许他们应该返回三绝之地，但……不，这样不行。想到这里，她感觉自己的心也被撕裂了。但她必须承认，如果艾伊尔人这么做了，他们就只能走进自己的坟墓。也许艾伊尔这个种族不会立刻毁灭，但这也只是时间的问题。正在改变的世界将出现新的武器和新的战争方式，艾伊尔人在这种新力量面前将变得不堪一击。霄辰人绝对不会放过他们，因为他们之中有能够导引的女人，有随时能发动大规模战争的锋利枪矛。

一支巡逻队向她靠近。艾玲达躺倒在一片枯萎的灌木丛中，利用枯枝遮住身体，保持彻底的静止不动。那些士兵从距离她不到一尺的地方走了过去。

我们可以现在就攻击霄辰人，她想到。在我看到的幻象里，艾伊尔人又等待了将近一个世代才发动攻击，这让霄辰人有足够的时间巩固他们的力量。

现在的艾伊尔人已经在纷纷议论霄辰人，相信他们一定会发动攻击。霄辰人将会挑起战争，所有人都这样悄悄地说着。但在艾玲达看到的幻象中，许多年过去了，霄辰人却从未主动发起攻击。为什么？是什么阻止了他们？

艾玲达站起身，悄悄走过刚才那队士兵们经过的道路。她拿出匕首，插在地上。匕首的旁边有一盏挂在高杆上的灯笼，所以就算是湿地人也肯定能发现它。然后，她退回夜幕之中，潜行到一座大帐篷背后。这顶帐篷正是她的目标。

她俯下身，利用呼吸的节律让自己平静下来。帐篷中有低微而焦急的说话声。艾玲达尽量不去注意帐篷中的人都在说些什么，偷听并不是什么好习惯。

当巡逻队再次经过时，她站起身。士兵们发现匕首，惊声呼叫的同时，她已经走到帐篷前。帐篷门口的卫兵们也全被巡逻队的叫喊声吸引过去。艾玲达从容地掀起帐帘，走了进去。

在这顶大得不同寻常的帐篷里，一些人正坐在一张桌子周围。他们的注意力都集中在桌面的一张地图上，这些忙于争论的人甚至没看见艾玲达走进来。于是，艾玲达找了一只软垫，坐下来，耐心等待着。

既然已经在同一顶帐篷里，艾玲达就很难不去听他们的对话了。

"……必须派我们的军队回去！"一个男人说道，"女王，首都的陷落是一种象征，一个可怕的象征！我们不能抛弃凯姆林，否则整个国家都会陷入混乱。"

"你低估了安多人的力量。"伊兰说道。她看起来镇定自若，无比强大。她的金红色头发在灯光下闪动着耀眼的光泽。她的几名指挥官都站在她身后，衬托着她的威仪和会场的严肃。艾玲达很高兴看到自己的首姐妹眼里跃动的火焰。

"我已经去过凯姆林，里尔领主，"伊兰继续说道，"而且我还留下了一小队士兵监视那里的状况，如果兽魔人离开城市，他们会立刻向我发出警告。我们的间谍能够利用神行术潜入城中，找到被兽魔人囚禁的俘虏。如果那时兽魔人还在城中，我们就会采取救援行动。"

"但凯姆林城呢？"里尔领主说道。

"我们已经失去凯姆林了，里尔，"戴玲女士说道，"如果现在想要夺回凯姆林，我们就是彻底的傻瓜。"

伊兰点点头："我已经与其他大家族的家主进行过会谈，他们都同意我的看法。逃出城的难民暂时是安全的，我已经派人护送他们前往白桥。如果城中还有人活着，我们会用神行术救他们出来。但我不会调动军队向凯姆林发动全面攻击。"

"但……"

"夺回那座城市不会给我们带来任何好处。"伊兰的语气丝毫不容置疑，"我非常清楚攻打这样的一座城市的军队会遭受怎样的损害！安多不会因为失去一座城市而垮掉，无论那是多么重要的一座城市。"她的面孔如同一副面具，她的声音像钢铁般冰冷。

"兽魔人迟早会离开那座城市，"伊兰继续说道，"它们在那里什么都得不到，只能慢慢饿死。等它们出城后，我们就能和它们作战。那时我们可以选择对我们更有利的战场。里尔领主，如果你愿意，可以亲自去凯姆林看一看，就会知道我所说的都是实情。那里的士兵也一定会因为一位大贵族亲临火线而倍受鼓舞。"

里尔皱起眉，同时点了点头："我想，我应该去看看。"

"那么，你应该先了解一下我的计划。我们会在今夜拂晓前就派出斥候，尽量寻找还活着的人，予以营救。艾玲达，该死的山羊蛋子，你在干什么！"

正在用自己的另一把匕首修指甲的艾玲达抬起头。该死的山羊蛋子？又是一句新粗话。伊兰总是知道最有趣的粗话。

围坐在桌边的三名安多大贵族立刻跳起来，伸手去抓腰间的佩剑，甚至把椅子都踢倒在地。伊兰还坐在自己的位子上，只是眼睛和嘴都张得老大。

"这的确不是个好习惯，"艾玲达将匕首收回靴里，"我的指甲已经很长了。不过我不该在你的帐篷里做这件事，伊兰。很抱歉，我希望没有冒犯到你。"

"我不是在说你该死的指甲，艾玲达。"伊兰说道，"你是怎么……是什么时候回来的？为什么卫兵没有向我通报你来了？"

"他们没看见我，"艾玲达说，"我不希望给你的营地添乱。而且湿地人都很敏感，我担心他们也许不会让我见你，毕竟你现在已经是女王了。"她说最后这句话的时候，不由得露出了微笑。伊兰成为湿地人的首领，而且她还因此赢得了很大的荣誉。湿地人中的许多首领并不是以正确的方式取得权柄的，他们甚至会因此而丢掉自己的荣誉。但伊兰做得很好。她赢得王座的过程是一场彻底的胜利。就算是艾玲达的一位枪之姐妹让部族首领成为奉义徒，她也不可能更感到骄傲了。

"他们没有……"伊兰说道。突然间，她笑了起来："你悄悄溜过整座营地，一直找到了我的帐篷，然后就坐到距离我们不到五尺的地方，我们却毫无察觉。"

"我的确不希望造成什么混乱。"

"对于该如何避免混乱，你的见解的确是很奇怪。"

伊兰身边的人却不可能做出如此平静的反应。三名大贵族之一，年轻的佩瑞瓦尔领主一直在用充满忧虑的眼神扫视着四周，仿佛在寻找其他入侵者。

"女王陛下，"里尔说，"我们必须惩罚那些失职的哨兵！我会找到是谁在偷懒，然后让他们……"

"平静，"伊兰说道，"我会和我的卫兵谈谈，建议他们更仔细些。不管怎样，在帐篷前面安置守卫的举措相当愚蠢。即使是普通人，也完全能割破帐篷后壁闯进来。"

"为了这个要毁掉一顶好帐篷吗？"艾玲达的嘴角向下撇了撇，"除非我们有血仇，伊兰。"

"里尔领主，你可以去查看凯姆林的情况了，但不要过于靠近那座城市，"伊兰说着，站起身，“如果你们还有谁想要和他一起去，请自便。戴玲，明天早晨我要看见你。”

“好的。”三名大贵族也都站起身，离开了帐篷。两名年轻领主的目光都集中在艾玲达身上，眼神中充满怀疑。戴玲只是摇了摇头，也跟在他们身后走了出去。伊兰又向指挥官们分派了任务，要他们协同搜索凯姆林城。最后，帐篷里只剩下她和艾玲达。

“光明啊，艾玲达，”伊兰走上前，抱住了她，“如果想要取我性命的人有你一半的技巧……”

“我有做错什么吗？”艾玲达问。

“除了像刺客一样潜入我的帐篷？”

“但你是我的首姐妹……”艾玲达说，“难道我还要得到什么人的许可吗？我们又不是在某个屋檐下面。或者……对湿地人而言，帐篷也会被看成包含义的屋檐吗，就像在聚居地一样？我很抱歉，伊兰。我是否辜负了义？我对你们还有很多不了解的地方，很可能会冒犯了你们却不自知。”

伊兰只是又笑了起来：“艾玲达，你是一颗宝石。一颗完美无瑕的宝石。光明啊，能再见到你实在是太好了。今晚，我特别需要朋友的陪伴。”

“凯姆林被攻占了？”艾玲达问。

“差不多，”伊兰的神色变得冷峻起来，“是因为那个该死的道门。我本以为它是安全的，我已经用砖石将它堵死，并派遣五十名卫兵看守它，也把它的爱凡德梭拉叶片都拿到了外面。”

“所以，是在凯姆林城中有人把它们放了进来。”

“暗黑之友，”伊兰说，“那些卫兵中就有十几个。我们很幸运，一名卫兵在暗黑之友的突袭中活了下来，并想办法逃出了城。光明啊，我真不知道自己为什么要感到惊讶。如果白塔中也藏着暗黑之友，那么安多境内的暗黑之友只会更多。但那些人都曾经参与过反抗加贝瑞的行动。表面上，他们都很忠诚，但只是为了等到这个关键的时刻背叛我们。”

艾玲达面色一沉。她坐进伊兰身边的椅子里，而不是坐回到那些软垫上。她的首姐妹更喜欢这样坐。现在伊兰的肚子已经鼓起得相当厉害了。

“我已经派柏姬泰带着士兵们返回城中，去看看还能做些什么，”伊兰说，“但我们今晚能做的都已经做了。凯姆林城已经受到监视，难民也都得到了照料。光明啊，真希望我还能再做些事情。当女王最糟糕的地方不是有什么事情你必须去做，而是有一些事情，你不能去做。”

“我们很快就会和它们开战。”艾玲达说。

“是的，”伊兰的眼里燃烧着怒火，“我会将它们烧成灰烬。既然它们给我的臣民带来了大火，那么它们就要付出同样的代价。”

“你禁止你的部下去进攻那座城市。”

“我禁止他们这样去做，”伊兰说，“我不会让那些暗影怪物用我的城墙来对抗我。对此，我也向柏姬泰下达了同样的命令。兽魔人迟早会放弃凯姆林，这点是可以肯定的。柏姬泰则会想办法让它们更快地对凯姆林失去兴趣。这样，我们就能在城外歼灭它们。”

“不要让敌人为你选择战场，”艾玲达点了点头，“这才是正确的战略。那么……兰德的会议呢？”

“我会参加，”伊兰说，“我一定要参加，这是我必须做的。他最好不要只是向我们说一堆废话。我的臣民在大批死亡，我的首都燃起了大火。整个世界都站到了悬崖边上。我只会在这里逗留到明天下午，然后，我就会返回安多。”她犹豫了一下，“你会和我一起走吗？”

“伊兰……”艾玲达说道，“我不能离开我的族人。我现在是一名智者了。”

“你去了鲁迪恩？”伊兰问。

“是的。”艾玲达说道。虽然向自己的首姐妹保守秘密让她感到痛苦，但她并没有提起自己看到的幻象。

“太好了。我……”伊兰的话说到一半，就停住了。

“陛下？”一名卫兵在帐篷外喊道，“有信使要见您。”

“让他们进来。”

卫兵掀起帐帘。一名年轻的女卫士走进来，她外衣上绣着信使缎带。她以华丽的动作向伊兰鞠了个躬，一只手脱下帽子，另一只手捧上一封信。

伊兰接过信，但并没有将它打开。那名信使退了下去。

“也许我们还能并肩作战，艾玲达。”伊兰说，“按照我的想法，我希望艾伊尔人能够帮助我夺回安多。凯姆林的兽魔人对于我们所有人都是一个严重的威胁，即使我将它们的主力从城中引出来，暗影也会持续派遣兽魔人军队通过那里的道门。

“我在想，当我的军队在凯姆林城外与兽魔人军队的主力作战时，我还需要让暗影军队无法再进入那座城中。我会通过神行术派遣一支小规模的部队占领道门。如果能够得到艾伊尔人的援手……”

伊兰一边说话，一边拥抱了真源。艾玲达能够看见她周身的光晕。她随意地用一根风之力丝线割开信封上的蜡封。

艾玲达挑起了一道眉弓。

“抱歉，”伊兰说，“我怀孕的状况已经稳定下来了，我现在终于又可以随意导引了。所以我总是想找理由……”

“不要伤害到孩子。”艾玲达说。

“我不会让他们有危险。”伊兰说，“你真像柏姬泰一样可怕。不过，这里至少没有山羊奶了。明说……”她的声音又低了下去。现在她的目光正在手中的信纸上扫动，她的表情随之变得愈来愈阴暗。艾玲达已经做好了大吃一惊的准备。

“哦，那个家伙……”伊兰说道。

“兰德？”

“早晚有一天，我也许真的会把他掐死。”

艾玲达咬住了牙：“如果他冒犯了……”

伊兰将那封信递给艾玲达：“他坚持要我返回凯姆林，照看我的臣民。他为此编造了十几个理由，就是为了给我免去明天和他见面的‘义务’。”

“你需要怎么做，他不该指手画脚。”

“尤其是不该这样强迫我。”伊兰说，“光明啊，他这招可真聪明。他显然是想要刺激我，让我留下来。这真有些达斯戴马的味道。”

艾玲达犹豫了一下：“你倒是显得有些自豪。我相信，这封信已经接近于一种冒犯了。”

“我是感到自豪，为他而自豪。”伊兰说，“当然，我也很生他的气。但他现在已经懂得利用我的愤怒了。光明啊！兰德，我们已经让你成为一位君王。为什么他这么迫切地想要我参加这场会议？只是因为我对他有情义，他就以为我会支持他吗？”

“那么，你还不知道他的计划？”

“不知道，他的计划显然囊括了全部国王。我会参加这场会议，哪怕我今晚一分钟也没睡。我会在一个小时后与柏姬泰以及其他指挥官见面，重新检讨行动计划，并讨论该如何摧毁兽魔人。”她的眼里依旧燃烧着火焰。伊兰是一名战士，艾玲达早就明白了这一点。

“我必须去找他了。”艾玲达说。

“今晚？”

“今晚。最后战争很快就要开始了。”

“在我看来，当那些该死的兽魔人踏入凯姆林时，这场战争就已经开始了，”伊兰说，“愿光明护佑你。最后战争已经来了。”

“那么，死亡之日也即将到来，”艾玲达说，“我们之中有许多人将很快从这场梦中醒来。也许我和兰德将不会再有能够共处的晚上了。我来找你，一部分原因也是想要求得你的许可。”

“你将带上我的祝福，”伊兰轻声说道，“你是我的首姐妹。你和明有相处过吗？”

“我们见面的时间很少。如果换作其他时候，我一定会想办法补救。但现在，我们都没时间了。”

伊兰点点头。

“我认为她已经对我有了更多的好感，”艾玲达说，“她帮助我懂得了成为智者的最后一步，让我得到巨大的荣誉。也许我们现在应让传统有所变通。在这种状况下，我们做得已经很好了。如果有时间，我会和你还有她一起说上几句话。”

伊兰点点头：“我可以在会议中间挤出一些时间。我会派人去找她。”

第3章

危险之地

“洛根大人和泰姆大人确实已经消除了他们的分歧。”维林说道。他正坐在聚会大屋酒馆的大厅里。他的黑辫子上系着铃铛，脸上带着兴奋的笑容，他一直都非常喜欢笑。“他们都在担心黑塔会发生分裂，认为这对于我们的士气肯定没有好处。我们需要集中力量应对最后战争。现在不是我们内部发生争吵的时候。”

安德罗正好走进这家酒馆的大门，佩维拉跟随在他身边。看到这座曾经的仓库这么快就变成了一家有模有样的酒馆，安德罗实在感到惊讶。琳德将她的工作做得很好。这里已经有了样式美观的吧台和配套的凳子，虽然布置在大厅中的桌椅并不是完全一样的，但至少能让几十人坐在这里舒服地喝上一杯了。琳德还在这里布置了一间有相当数量藏书的图书馆，不过对于谁能使用这间图书馆，她是相当挑剔的。在酒馆二楼，她计划布置一些私人包厢和供来访黑塔之人居住的卧室。当然，前提是泰姆会放来访者进来。

现在这家酒馆的大厅已经很拥挤了。这其中包括了许多新兵，他们还没有在黑塔分歧日深的两个集团之中选定自己的立场，是应该投靠泰姆，还是与忠于洛根的人结交。

安德罗听到维林的话，感到一阵寒意。维林的两仪师简娜就坐在他旁边，一只手亲昵地挽着他的半臂。安德罗对于这位两仪师并不是很了解，但他熟悉维林。而现在，这个人的神情和声音都不是属于维林的。

“我们和真龙大人见了面，”维林继续说道，“我们一同巡视边境国，为人类对暗影发动的进攻做准备。他已经将世界各国的军队都召集到了他的旗下。没有人不支持他。当然，霄辰人除外，但他们已经被他打退了。

“战斗的时刻已经到来。我们很快就会接受他的命令，发动攻击。我们需要在最后这段时间里磨砺我们的技艺。在随后的两个星期中，会有很多人得到剑徽和龙徽。努力吧，我们将成为斩断暗帝之手，拯救这个世界的武器。”

“你说，洛根就要来了，”一个声音问道，“为什么他现在不回来？”

安德罗转过身。乔奈瑟·多提就站在维林的桌旁，双手抱胸，正瞪着维林。乔奈瑟的样子很吓人。这个两河人对安德罗一直都很友善，所以安德罗总是会忘记他比普通人足足高出一个头，两只手臂就像熊一样粗壮。他穿着殉道使的黑色外衣，不过高衣领上还没有徽章。而实际上，他的力量已经不亚于任何一名献心士了。

“为什么他不在这里？”乔奈瑟又问道，“你说你是和他一起回来的，他和泰姆已经见过面了。那么，他到底在哪里？”

不要把他逼得太紧，小子，安德罗心想，让他以为我们都相信了他的谎言！

“他带米海峨去见真龙大人了。”维林说，“他们两个明天就会回来，最晚是后天。”

“为什么泰姆需要洛根带路？”乔奈瑟顽固地问着，“他完全可以自己去。”

“那个男孩是个傻瓜。”佩维拉悄声说道。

“他很诚实，”安德罗同样低声答道，“他想要得到诚实的答案。”这些两河小子都是好人，坦率且忠诚。只是他们都不太懂得说话的技巧。

佩维拉没有再说话，但安德罗能够感觉到她在考虑用风之力塞住乔奈瑟的嘴巴。她并不是在认真想这种事，只是一种无聊的念头。但安德罗能够感觉到她的这些思绪。光明啊！他们之间到底发生了什么？

她就在我的脑子里，安德罗心想，一位两仪师就在我的脑子里。

佩维拉的身子一僵，然后瞥了他一眼。

安德罗开始寻觅虚空。老兵们都会用这种技巧在战斗开始前让自己的心神平静下来。他也能借此感觉到阳极力，当然，他并没有试图抓住它。

“你做了什么？”佩维拉悄声问，“我能感觉到你，却很难感觉到你的想法。”

原来如此，虚空还能产生这样的作用。

“乔奈瑟。”琳德在大厅对面喊道。酒馆老板娘的介入终于让那个小子没有再逼问下去。“难道你没听到那个家伙说，他刚刚走了很久的路吗？他已经累坏了。让他安静地喝杯酒，休息一下，然后你再从他的嘴里挖故事吧。”

乔奈瑟瞥了琳德一眼，露出一副受到伤害的样子。维林看着那个年轻人退下去，推开围观的人群离开了酒馆，脸上的笑纹变得更深了。然后，他开始继续描述真龙大人的丰功伟业，以及他是多么需要这里的每一个人。

安德罗放开虚空，感觉自己的神经放松了许多。他环顾了一下大厅，想要看看这里有谁是能够依赖的。他喜欢这里的许多人，他们之中也有很多还没完全成为泰姆的忠实信徒。但他还是不能信任他们。泰姆现在已经完全控制了黑塔，他的私人训练以及他授予献心士和殉道使头衔的权力，对新人来说有很大的吸引力。只有两河的年轻人还会支持安德罗。但除了乔奈瑟外，他们之中的大部分人都还缺乏训练，无法给予安德罗实质的帮助。

艾芬已经回到纳拉姆身边，他们两个正站在大厅的另一侧。安德罗向他点头示意，让他去跟着乔奈瑟。现在任何人都不能单独行动。然后，安德罗开始倾听维林的吹嘘，同时注意到琳德正穿过人群，向他走来。

琳德·塔格里恩是一名身材矮小的黑发女子，她的长裙上覆盖着可爱的刺绣花纹。在安德罗眼中，她一直都是黑塔应该变成的样子：文明，有教养，举足轻重。

男人们纷纷为她让开道路。他们都知道，不能在她的酒馆里把酒洒在地上，或者斗殴生事。任何聪明的男人都绝不想见识琳德的怒火。她能够将这家酒馆牢牢地抓在手心里，这对黑塔来说无疑是一件好事。在一个充满男性导引者的市镇中，一场酒馆斗殴就有可能引发非常可怕的灾祸。

“你是不是像我一样对这件事感到困扰？”琳德站到安德罗身边，低声问道，“就在几个星期前，这个人不还在大声宣称泰姆应该接受审判，被判处死刑吗？”

安德罗没有回答。他能说什么？他怀疑他们认识的那个维林已经死了？用不了多久，整座黑塔将只剩下这种睁着一双反常的眼睛，带着一副虚伪的笑容，灵魂已经死掉的怪物？

“我不相信他的话，”琳德又说道，“洛根不会那么做。这里有事情发生，安德罗。今晚，我会让富拉斯克跟着他，看看他会去哪里……”

“不，”安德罗说，“不，不要这样。”富拉斯克是琳德的丈夫，受雇帮助亨瑞·哈斯林在黑塔教导剑术。泰姆认为持剑战斗对殉道使是毫无意义的，但真龙大人坚持要求殉道使学习这项技艺。

琳德看了他一眼：“你不会是说，你相信……”

“我要说的是，我们正处在巨大的危险之中，琳德。我不想让富拉斯克犯下错误。帮我一个忙，注意听听维林今晚还会说些什么，也许他会透露出一些有用的情报。”

“好的。”听琳德的口气，她显然在思考安德罗的话。

安德罗向纳拉姆和凯德尔点点头。他们站起身，走了过来。雨水正击打着屋顶和外面的门廊。维林还在高谈阔论，人们认真地听着。是的，他竟然这么快就转变了态度，这的确显得不可思议，肯定有不少人也会有所怀疑。但许多人都尊敬他，而他身上反常的地方是如此细微难辨，除非是熟悉他的人，否则根本不会注意到这种细节。

“琳德……”安德罗在准备离开时又说道。

琳德回头瞥了他一眼。

“你……今晚一定要把门锁好。也许你和富拉斯克应该带一些补给品先住到地窖去，好吗？你们的地窖门够结实吧？”

“是的，”琳德说，“那是一扇好门。”当然，对于拥有至上力的人来说，一道门无论多么厚，也许都是不够的。

纳拉姆和凯德尔已经走了过来。安德罗转身向酒馆门外走去，却险些和身后站在门口的一个人撞了个满怀。他完全没听到这个人的脚步声。雨水不断地从这个人的殉道使外衣上滴落下来，在他的高衣领上别着剑徽和龙徽。这个名叫埃塔奥·麦沙勒的家伙从一开始就是泰姆的人。他并没有那种死寂的眼睛，他的邪恶全部来自他本身。他个子很高，留着金色的长发。而他的微笑也像泰姆一样，从不会触及他的眼睛。

佩维拉看到他，被吓了一跳。纳拉姆骂了一句，抓住了至上力。

“好了，好了，”一个声音说道，“没必要发生争执。”麦扎也从大雨中走进酒馆，站在麦沙勒身边。这个身材短粗的阿拉多曼人有着一头灰发，虽然已经发生了异变，但他依然带有一种睿智的气质。

安德罗看着麦扎的眼睛，就好像望进深不见底的洞穴，一个光明永远无法照耀到的地方。

“你好，安德罗，”麦扎将一只手搭在麦沙勒的肩头，仿佛他们两人已经是结交很久的朋友了，“琳德女士需要害怕什么？一定要躲进地窖里去？黑塔难道不是一个最安全的地方吗？”

“我不相信一个风暴来袭的黑暗夜晚会是安全的。”安德罗说。

“也许这么做的确比较聪明，”麦扎答道，“但你却正打算离开房间。为什么不留在温暖的地方？纳拉姆，我很想听听你的故事。也许你能告诉我，你的父亲和你游历沙塔的故事?”

“那不是什么好故事,”纳拉姆说,“而且我也有些记不清了。”

麦扎笑了。安德罗听到维林在他身后站了起来。“啊,你来了！我正和他们说,你会向他们讲述艾拉非保卫战的过程。”

“你也来听听吧,”麦扎对安德罗说,“这对于最后战争是很重要的经验。”

“也许我还会回来,”安德罗冷冷地说道,“等我把其他的事办完以后。”

他们两个继续对视着。一旁的纳拉姆仍然握持着至上力。他像麦扎一样强,但绝对不可能同时与麦扎和麦沙勒对敌。而且这个大厅里的许多人都有可能站在这两名正式殉道使那一边。

“不要和跑腿的浪费时间了,维林。”考特伦在麦沙勒身后说道。麦沙勒走到一旁,为这第三个走进来的人让出道路。这个身材肥胖,有一双死鱼眼的家伙,一只手按在安德罗的胸口上,将他推开。“哦,等等,你已经没办法再跑腿了,对不对?”

安德罗进入虚空,抓住了真源。

黑影立刻开始在房间里移动、延长。

这里没有足够的光！为什么他们不点亮更多的灯？黑暗在吸引那些影子。他能看到黑暗在蠢蠢欲动。它们是真实的,每一道影子都是一根黑暗的触须,在向他伸展,要将他拖过去,彻底摧毁他。

哦,光明啊,我疯了,我疯了……

虚空破碎了,谢天谢地,那些黑影也都退了回去。他发现自己在颤抖,身子靠在墙壁上,不住地喘息。佩维拉用不带表情的面孔看着他,但他能感觉到她的关心。

“哦,顺便说一句。”考特伦说道。他是泰姆手下最有影响力的走狗之一。“你们听说了吗?”

“听说什么?”安德罗努力让自己的声音保持平静。

“你已经被降级了,跑腿的,”考特伦指着他的剑徽说,“这是泰姆今天的命令。你又是一个士兵了,安德罗。”

“哦,是的,”维林在大厅中间喊道,“很抱歉忘记通知你了。恐怕真龙大人已经想清楚了,你根本就不该被擢升,安德罗。很抱歉。”

安德罗向衣领上的徽章伸出手。这种事不该影响他的情绪。这又有什么关系?

但他的确受到了打击。他毕生都在追寻。他曾经在十几种不同的职业中当过学徒。他参与过起义,在两片大海中航行过。他一直在寻找,寻找某种他无法舍弃的东西。

当他来到黑塔的时候，他才找到了。

他将心中的恐惧推开。让光明烧了那些影子吧！他再次抓住阳极力，感受着至上力流入他的体内。他挺起身，直视着考特伦。

这个比他更加壮硕的家伙微笑着，也抓住了至上力。麦扎立刻和他站在一起。大厅中心处的维林也站了起来。纳拉姆忧心忡忡地低声嘀咕了一句，目光来回扫视。凯德尔抓住阳极力，露出一副听天由命的样子。

安德罗能够控制的全部阳极力都注入他的体内。但与其他人相比，他的这点力量实在是微不足道。他是这个大厅里最弱小的一个，就算是新兵们也能够导引比他更强的至上力。

“想要给我点颜色看看？”考特伦轻声问道，“是我不让他们告诉你的，因为我知道你会有什么反应。我很想领教一下，跑腿的。来吧，把你的全部力气都用出来，让我看看你有多厉害。”

安德罗将至上力伸展出去，竭力想要做到他唯一擅长的那件事——打开神行术通道。对他而言，这绝不只是一个单纯的编织，这其中包含着他与至上力之间特殊的关系，某种埋藏在他的血脉中的天赋。

但现在想要施展神行术，就像是要徒手爬上一道百尺高的玻璃墙。他竭尽全力，尝试许多次，却什么都没发生。他觉得通道已经距离自己很近了，只要他再多用一点力量，他就能……

阴影延伸过来，慌乱的情绪再一次从他心中升起。安德罗咬紧了牙，伸手到领子上，扯下那枚徽章，把它丢在考特伦面前的地板上。徽章撞击地面，发出清脆的撞击声。大厅里没有一个人说话。

然后，他将羞耻压在山岳般的决心下，放开至上力，将麦扎推到一旁，走进黑夜之中。纳拉姆、凯德尔和佩维拉焦急地跟在他身后。

大雨冲刷着安德罗。失去那枚徽章，让他觉得自己仿佛失去了一只手臂。

“安德罗……”纳拉姆说，“我很难过。”

雷声隆隆，他们的脚一步步陷进泥泞的街道中。“没关系。”安德罗说。

“也许我们应该奋起一战，”纳拉姆说，“这里的某些人还是会支持我们的。他们并没有都成为泰姆的狗腿。有一次，我父亲和我曾经一起干掉过六头暗之猎犬。光明照耀我的坟墓吧，我说的是真的。如果在那样的战斗中我们都能活下来，那我们一样能对付几个狗殉道使。”

“我们只会被轻易干掉。”安德罗说。

“但……”

“我们全都会死!”安德罗又说了一遍,“我们不会让他们选择战场,纳拉姆。”

“但我们真的会作战吗?”凯德尔从另外一侧追上了安德罗。

“他们抓住了洛根,”安德罗说,“除非是他们抓住了他,否则绝不会把话说得这么满。如果我们失去了洛根,那一切都完了。我们的起义、我们团结黑塔的机会,都将不复存在。”

“所以……”

“所以我们要救他出来,”安德罗一边说,一边继续向前走去,“就在今晚。”

兰德在阳极力光球稳定而柔和的照明中工作着。在登上龙山前,他一直竭力避免在日常生活中使用至上力。抓住至上力会让他如同身染重病,而使用至上力则给他带来更加强烈的罪恶感。

而现在,这种状况改变了。阳极力成为他的一部分。他已经不需要再害怕它,污染早就消失了。更重要的是,他绝不能再以为阳极力和他自己只是一种武器。

他会随时用阳极力的光为自己照明。他打算去找弗林,学习医疗技艺。他在医疗异能上的天赋并不显著,但一点这样的技巧就有可能挽救一个人的生命。以前,兰德只是使用这种奇迹、这种赠礼来制造毁灭和杀戮。难道不正是因为这样,人们才会用充满恐惧的目光看着他吗?谭姆会如何评价这样的他?

我猜,我可以问问他。兰德一边不经意地想着,一边在一份文件上写下自己的批注。想到谭姆就在这里,就在旁边的一座营地中,他还是会感到有些不适应。兰德早些时候和他一同吃了饭,那时的气氛一开始有些尴尬,但如果一位国王邀请他住在乡下的父亲来和他一同用餐,感觉大抵也应该就是这种样子了。想到这其中有趣的地方,他们都笑了起来。这让兰德的感觉好多了。

兰德让谭姆回到佩林的营地,并没有赐予他任何荣耀和财富。谭姆不想因为自己是转生真龙的父亲而享受尊荣,他只想继续做原来的那个谭姆·亚瑟,一个坚实可靠、可以信赖的人,但并非是一位领主。

兰德将注意力转回面前的文件上。提尔的官员曾经建议由文官对他的口头批示进行笔录,但他总是会亲笔写下自己的意见。他并不打算让别人插手对文件的批阅工作,也不想让太多无关的人看到这些资料。

他是过于谨慎了吗?如果敌人无法预料他的行动,也就无法对他进行攻击。在色墨海格差点俘虏他以后,他已经变得有些过分多疑。他意识到了这一点。但他已经习惯了严守秘密的生活，现在让他开诚布公已经有些太困难了。

他望向手中这份文件的开头，开始阅读。谭姆曾经让兰德查看一道篱笆是否有缺陷。兰德完成了这个工作。但当他回到家时，谭姆又让他去做同一件事。

直到兰德第三次开始查看那道篱笆，才发现一根松掉的、需要更换的篱笆桩。直到现在，他都不知道谭姆是不是知道那根有缺陷的篱笆桩，还是他的父亲对此非常谨慎。

这份文件要比一道篱笆重要得多。兰德今晚已经将它看过十几遍，努力从中寻找着被他忽略的问题。

不幸的是，现在他很难集中精神。那些女人肯定有着某种打算。兰德能从自己的意识深处感觉到她们。她们是他脑海中的四团情绪：埃拉娜还在北边的某个地方，而另外三个整晚都待在一起。现在，她们似乎正向他的帐篷走过来。她们打算干什么？这……

等等，她们之中的一个和另外两个分开了，并且已经来到他的近前。是艾玲达？

兰德站起身，走到帐篷门口，掀起帐帘。

艾玲达在帐篷外停住脚步。她似乎是想要悄悄溜进他的帐篷。她抬起下巴，和兰德四目相对。

突然间，喊声在黑夜中响起。兰德这时才注意到帐篷口的卫兵不见了。他的帐篷旁边就是枪姬众的营地，她们似乎是在向他呼喊，但并非像他以为的那样是喜悦的喊声，而是充满愤恨的、可怕的怒吼。一些枪姬众在高喊着，如果抓住兰德，她们会对他身体上的各个部分做出怎样的处置。

“这是怎么回事？”兰德嘟囔着。

“她们并不是那个意思，”艾玲达说，“这代表她们察觉到你从她们的队伍中将我抢走了。不过我已经离开了她们的队伍，加入智者的行列了。这是……枪姬众的传统。她们以此表示对你的敬重。如果她们不喜欢你，就不会这样喊叫了。”

“艾伊尔人。等等，”兰德说道，“我怎么把你从她们的队伍里抢走了？”

艾玲达看着他的眼睛，脸颊上浮起红晕。艾玲达？脸红？这真是出乎意料的事情。

“你应该明白的，”她说，“如果你注意过我告诉过你的，关于我们的事……”

“不幸的是，你的学生是一个彻头彻尾的羊毛脑袋。”

“他很幸运，因为我决定继续我的指导，”艾玲达又向他靠近了一步，“我还有许多事情需要教给你。”她的脸颊变得更加红润了。

光明啊，她可真美。伊兰也是这样，还有明……

他真是个傻瓜，一个被光明照瞎了眼的傻瓜。

“艾玲达，”他说道，“我爱你，非常非常爱。但这正是问题所在，该死的！我爱你们三个。但我不该接受你们，然后再去……”

突然间，艾玲达笑了：“你是个傻瓜，不是吗，兰德·亚瑟？”

“经常会是，但这一次……”

“兰德·亚瑟，伊兰和我是首姐妹，当我们对明有更多了解的时候，明也会加入我们之中。我们三个会分享我们拥有的一切。”

首姐妹？自从得到那种奇怪的约缚后，他就应该想到这种事。他伸手按在头上。我们会分享你的，她们早就这样对他说过。

让四个约缚他的女人因为他的死亡而备受煎熬，这已经是很可怕的事情了。而其中还有三个女人深爱着他？光明啊，他不想给她们带来痛苦！

“他们说你已经变了。”艾玲达说，“在我回来以后的这一小段时间里，已经有许多人向我提起了你，甚至已经让我有些听厌了。嗯，你的表情很平静，但你的情绪却完全相反。和我们三个在一起对你来说是这样可怕吗？”

“我很想和你们在一起，艾玲达。我真应该一直把自己藏起来。那种痛苦……”

“你已经拥抱了痛苦，不是吗？”

“我害怕的不是我的痛苦，而是你们的。”

“我们竟然会这么软弱吗？甚至无法承受你所承受的东西？”

她的目光让兰德感到紧张。

“当然不是，”兰德说，“但我怎么能让痛苦落在我爱的人身上？”

“要承受痛苦的是我们，”艾玲达扬起下巴，“兰德·亚瑟，你的决定很简单，但你却在努力让它变得复杂。选择‘是’或‘否’。我警告你，你或者接受我们三个，或者一个都不接受。我们不会让你在我们之间做选择。”

兰德犹豫了，然后感觉到情欲的引诱。他亲吻了她。不知不觉间已经聚拢到他身后的枪姬众发出更加响亮的怒吼声，但他现在能从那声音中听到一种与愤怒不甚协调的喜悦。他离开她的嘴唇，伸出手，捧住她的脸颊。“你这个该死的傻瓜。你们三个全是。”

“如果是这样，我们就和你一样了。你应该知道，现在我已经是一名智者了。”

“那么，也许我们还是不一样的。”兰德说，“我只是刚刚开始明白，我拥有的智慧是多么可怜。”

艾玲达哼了一声：“说够了。现在我们应该上床了。”

“光明啊，”兰德说，“你也太直接了，这就是艾伊尔人的方式吗？”

“不是，”她说着，脸又红了，“我只是……对于这种事没什么技巧。”

“这是你们三个决定的，对不对？你们决定谁来找我。”

艾玲达犹豫了一下，点了点头。

“做出选择的肯定不会是我，对吗？”

艾玲达又摇摇头。

兰德笑了，将艾玲达拉到自己身边。她的身子一开始很僵硬，然后才柔软地靠在他身上。“那么，我先要和她们打一架吗？”兰德向那些枪姬众点点头。

“如果我们认为你值得和我们结婚，我们才会举行这样的婚礼，傻男人。她们将是我们的家人，而不只是我的枪姬众同伴。你真的是什么都没学到，对不对？”

兰德低头看着她。“嗯，很高兴不必进行战斗。我不知道我们有多少时间。今晚我也很希望能睡上一会儿，不过……”他看着她的眼睛，声音低了下去，“我……睡不成了，对吗？”

艾玲达点点头。

“啊，好吧，至少我这次不必担心你会冻死了。”

“是的，但如果你不停止唠叨，我也许会烦死，兰德·亚瑟。”

她抓住他的手臂，温柔但不容置疑地将他拖进了他的帐篷。枪姬众的喊声变得更加响亮、更加愤怒，也更显得生机勃勃。

“我怀疑造成这种现象的是某种特法器。”佩维拉说道。她正和安德罗一起蜷缩在黑塔仓库中的一个小隔间里。这个空间并没有让她感到不舒服。这里充斥着灰尘、谷物和木材的气味。黑塔的大部分建筑都是最近刚刚建成的，这里也不例外。墙上的雪松壁板上还有新鲜木材的纹路。

“你知道有什么特法器能够阻断神行术的？”安德罗问。

“对于这个，我也不是很了解。”佩维拉一边回答，一边挪动身体，想找一个更好的姿势，“但对于这个世界上曾经出现过的特法器，我们所了解的只是其中一小部分。特法器的种类成千上万。如果泰姆是暗黑之友，他就有可能和弃光魔使有联系，他们很可能会交给他一些我们做梦也想不到的特法器。”

“所以，我们需要找到这件特法器，”安德罗说，“让它的作用消失，或者至少搞清楚它的功用。”

“然后逃走？”佩维拉问，“你刚才不是还认为，离开并不是好选择？”

“嗯……没错。”安德罗承认。

佩维拉集中起精神，就能捕捉到安德罗闪跃的思绪。她曾经听说，护法的约缚能够让约缚双方产生情感连结。而他们之间的约缚似乎已经到达了一个更深的层次。他……是的，他的确非常想要施展神行术，没有了神行术，他会觉得自己失去了可以倚仗的力量。

“这是我的天赋。”他不情愿地说道。他知道佩维拉已经察觉到他的心思：“我能施展神行术。至少我能做到这个。”

“真的？以你能够导引的至上力？”

“你是说我的力量太过弱小？”佩维拉能够感觉到他的一点想法。安德罗能够接受自己的弱小，而且他一直在担心，这么弱小的力量让他没资格指挥别人。这实在是一种混合着自信和自省的有趣情绪。

“是的，”他继续说道，“神行术需要强大的至上力作为支撑。但我能打开很大的通道。在这种反常的情况出现之前，我打开的最大的通道有三十尺宽。”

佩维拉眨眨眼：“你一定是在吹牛。”

“如果可以，我会示范给你看。”他看起来是诚实的。或者他说的是实话，或者就是他的疯狂已经改变了他的意识。佩维拉没有再说话，不知道该怎样继续这个话题。

“没关系，”他说道，“我知道……我有些不正常。我们大多数人都有一些问题。关于我施展神行术的能力，你可以去问问其他人。考特伦管我叫‘跑腿的’是有原因的，因为我唯一擅长的事情就是将人们从一个地方送到另一个地方。”

“这是非常惊人的天赋，安德罗。我相信，白塔一定很想研究你的天赋。我也很想知道，到底有多少人也拥有你这样的天赋，却因为神行术的失传而就此被埋没？”

“我会去白塔的，佩维拉。”他特意强调了那个“白”字。

佩维拉改变了话题：“你渴望施展神行术，但你并不打算离开黑塔。所以，是否要找到那件特法器又有什么关系？”

“神行术……会非常有用。”安德罗说。

安德罗想到了某件事，但佩维拉一时没有抓住他的思绪。那只是在他的脑海中迅速掠过的一个影像。

“但如果我们不打算去任何地方……”佩维拉说道。

“通道的用处会让你大吃一惊的。”他一边说着，抬起头向窗外的巷子里看了一眼。现在，粗大的雨滴已经变成了细小的雨丝。大雨终于开始停歇了。天空依旧是黑沉沉的，黎明还要再过几个小时才会到来。“我……进行过一些试验。我想，应该不会有别人做过这种尝试。”

“可能以前也有人尝试过，”佩维拉说，“弃光魔使拥有传说纪元的知识。”

“你真的认为这件事可能有弃光魔使参与？”

“为什么不会？”佩维拉问，“如果你要进行的是最后战争，而且要确保敌人没有还手之力，那么你会任由一群导引者建立组织，接受训练，变得更加强大吗？”

“是的，”安德罗轻声说道，“我会的，然后我会偷走这些导引者。”

佩维拉闭住了嘴。安德罗的推测很可能是正确的。谈到弃光魔使的时候，安德罗格外感到困扰。佩维拉能够更加清晰地感受到他的想法了。

这种约缚绝对不正常，她需要摆脱他们之间的这种关系。然后，她将不会介意用正确的方式再约缚他。

“我不会为这种状况负责的，佩维拉，”安德罗的眼睛再次望向窗外，“是你先约缚我的。”

“那也是因为当我信任你，让你得到连结的主导权时，你却背叛了我的信任。”

“我没有伤害你。你以为会发生什么？难道连结的目的不正是让我们能够将力量融合在一起吗？”

“这种争吵毫无意义。”

“你会这样说，是因为你没道理。”安德罗平静地说道。他的心情也同样是平静的。佩维拉开始意识到，这个男人绝对不是那么容易被激怒的。

“我会这样说，是因为这就是事实，”佩维拉说，“你不同意吗？”

她发现，安德罗觉得这很有趣。这个男人渐渐明白了她会用什么办法操纵谈话。而且……除了觉得有趣之外，安德罗似乎对她的技巧很欣赏。他觉得他需要学习这种技巧。

小隔间通往仓库的门被打开了，蕾伊什探头进来。她是一名白发女子，身材浑圆，面容可爱。她会嫁给殉道使凯德尔，这多少都让佩维拉觉得有些奇怪。她向佩维拉点点头，提醒他们半个小时已经过去了，然后又把门关上。据说，凯德尔已经约缚了这个女人。这样的话，她就应该……是什么呢？女护法？

这些男人的所做所为一直都让佩维拉难以接受。她能够理解约缚自己配偶的理由，至少这样，夫妻双方就能知道自己的另一半在哪里了。但把约缚用在这种世俗的地方，还是让佩维拉感到不悦。约缚代表了两仪师和护法的关联，而不是老婆和老公的生活。

安德罗看着她，显然是要知道她到底在想什么。不过她的想法有些过于复杂，让他一时有些摸不着。这个安德罗·根哈德真是个奇怪的男人，他的心里怎么可能同时充满果决和羞怯，就好像两条颜色截然不同的丝线缠绕在一起？他从不会逃避应该去做的事，却又一直在担心自己不应该是做这些事的人。

“我也不明白我自己。”安德罗说。

他还很让人生气，他怎么会这么容易就能够明白她的心思？而她却还在努力捕捉和拼凑他的想法。

“你能再想一下吗？”安德罗问，“我还没搞清楚。”

“白痴。”佩维拉喃喃地说道。

安德罗露出微笑。然后，他又向窗外看了一眼。

“现在还不是时候。”佩维拉说。

“你确定？”

“是的，”她说，“如果你一直向外观望，等他真的过来的时候，也许会被你吓跑。”

安德罗不情愿地又蜷起身子。

“好了，”佩维拉说，“等他过来，你就要让我掌握主导权。”

“我们应该连结在一起。”

“不。”佩维拉可不会再把自己放进这个男人的手心里，她已经领教过那种感觉。她打了个哆嗦。安德罗瞥了她一眼。

“我们不该连结，原因很明显。”她说道，“我并不是要冒犯你，安德罗。但你的能力并不能让我们的连结有很好的效果。我们最好还是有两个导引者。你必须承认这一点。在战场上，你会选择怎样的安排？只有一名士兵，还是有两个？虽然其中一个的力量可能会稍微差一些，但也能有机会去执行不同的任务。”

安德罗想了想，然后叹了口气：“好吧，那就这样。这一次，你说的有道理。”

“我的话一直都是有道理的。”佩维拉站起身，“时间到了，做好准备。”

他们两人走到通往仓库外街巷的门两旁。这道门被故意留了一条缝隙。门外结实的大锁空悬着，仿佛管仓库的人忘了将它锁住。

他们静静地等待着，佩维拉开始担心自己的计算出了错。那样的话，安德罗一定会狠狠地嘲笑她，然后……

门被彻底推开了。多布塞探头进来。艾芬在他身边“无意中”提起，他发现蕾伊什忘记锁住这道门，并且从门缝里看到这里还有一瓶酒。根据安德罗的说法，多布塞是一个出了名的酒鬼，泰姆曾经为了惩戒他酗酒，不止一次把他打得不省人事。

她能感受到安德罗对这个人的感觉——哀伤，深沉的、无以自制的哀伤。多布塞的眼里也呈现出那种黑暗。

佩维拉立刻发动了攻击。她用风之力紧紧捆住多布塞，并用一道屏障将这个还丝毫没有警觉的人与真源隔开。安德罗举起一根棒子，但他已经不需要再这么做了。多布塞已经瞪大了眼睛，被吊在半空中。佩维拉将手背在身后，正仔细审视着这个酒鬼。

“你确定吗?”安德罗低声问道。

“不管怎样，都已经太迟了，”佩维拉一边回答，一边固定住风之力编织，“我们早就认识到，一个人在被控制前对光明愈忠贞，他在堕落后对暗影也就会有同等程度的狂热。而这个人……”

而这个人，一直都没什么信仰，他很容易就会屈服、被引诱，改变自己的阵营。这点很重要。只要泰姆的追随者们意识到这里正在发生着什么……

“多布塞?”一个声音问道。又有两个人影出现在门口。“你拿到那瓶酒了吗？不需要小心前门，那个女人不会……”

进来的是维林和泰姆的另一个宠臣利姆斯。

佩维拉立刻做出反应，将编织投向那两个人，同时开始导引一股魂之力。他们挡开了她的屏障。想要在一个人握持至上力时将他与真源割断是很难的，但佩维拉的风之力口塞发挥了作用，他们都没能叫喊出来。

佩维拉感觉到风之力包裹住了自己，一道屏障正试图将她导引的能流割断。她抛出魂之力，依照自己的猜测，向阳极力编织所在的地方劈斩下去。

利姆斯踉跄着后退了一步。自己的编织消失似乎让他感到非常惊讶。佩维拉向前扑去，编织出另一道屏障，斩落在利姆斯和真源之间。她在同一时刻撞在利姆斯身上，把他推到墙边。这种干扰战术生效了，她的屏障割开了利姆斯与至上力的联系。

她又将另一道屏障抛向维林，但维林已经用自己的风之力击中了她。佩维拉被撞过整个屋子，身子被狠狠地顶在墙上，让她不由得痛哼了一声。但她也在同时编织出风之力。她的视线发生了波动，但她努力握紧那根风之力绳索，凭借直觉把它向前甩出，缠绕在维林的脚上，让他没能逃出这个屋子多远。

佩维拉感觉到地面因为受到重击而震颤。他被绊倒了，对不对？一阵阵晕眩让她没办法看清眼前的情况。

她从地上坐起身，感觉全身疼痛，但她仍然紧紧控制着风之力口塞的编织。

如果放开它们，泰姆的人就会大声呼救，那样的话，她就死定了。他们全会死，或者下场更加凄惨。

她眨眨眼，甩掉眼里因疼痛而留出的泪水。然后她看到安德罗正站在那两名殉道使的身边，手中拿着棒子。看样子，是他把他们打昏了。他不相信自己看不见的阴极力屏障。这样也好，佩维拉对维林的屏障始终都没完成。现在，她把这道屏障结实地设好。

多布塞还挂在半空中，他的眼睛瞪得更大了。安德罗看着佩维拉："光明啊！佩维拉，这太不可思议了。你只凭自己一个人，就打倒了两名殉道使！"

佩维拉露出满意的微笑，在晕眩中握住安德罗的手，让他把自己扶起来。"你以为红宗平时都在做什么，安德罗？难道就是坐在桌子前面想男人吗？我们一直都在发展与导引者战斗的技巧。"

她感觉到安德罗的敬意。安德罗一直没有闲下来，他将维林拖进仓房里，关上门，又向窗外观望了一番，确认附近没有别人。然后退到窗户旁，导引出一个光球。

佩维拉吸了一口气，抬手扶住墙壁，让自己站稳。

安德罗抬起头看着她："我们要送你到别人那里去接受治疗。"

"我没事，"佩维拉说，"只是撞了一下头，觉得有些晕。很快就会没事了。"

"让我看看。"安德罗说着，走了过去。他的光球一直悬浮在他身边。佩维拉任由他查看自己的眼睛，用手抚摸自己的头部，确认伤势。安德罗将光球靠近她的眼睛。"看着它的时候会觉得疼吗？"

"是的。"佩维拉一边承认，一边让视线避开光球。

"恶心？"

"有一点。"

安德罗嘟囔了一句，然后抽出一块手巾，从随身携带的小瓶子里向上面倒了一些水。他开始集中起精神，他的光球也熄灭了，手巾发出轻微的噼啪声。当他把手巾递给佩维拉时，手绢已经冻冰了。"把这个按在伤口上，"他说道，"如果感到困倦，就告诉我。如果你睡着了，你的状况会变得更糟。"

"你在为我担心吗？"佩维拉照他说的做了，一边饶有兴致地问道。

"只是……还记得你对我说过的吗？要随时注意保护自己。"

"是的，"佩维拉将冻冰的手巾按在自己的头上，"看来，你还懂得民间医术？"

"我曾经在一个镇上跟随一位智妇当过学徒。"他一边说，一边跪下去用绳子绑住两个昏厥的人。佩维拉很高兴自己能放开对他们的风之力绑缚，现在她只需要控制住对他们的屏障了。

“一位智妇会收男性学徒?”

“我不是她的第一个男性学徒,”安德罗说,“这是一个……很长的故事。”

“很好,一个足够长的故事能够让我在别人来找我们之前保持清醒。”埃马林他们都被要求待在公众场合,让别人能够看见,同时防止多布塞的失踪被人们注意到。

安德罗看了佩维拉一眼,重新导引出光球,然后耸了耸肩,继续手头的工作。“当我逃出梅茵时,我的一个朋友因为撞上银梭子鱼,结果伤口感染,引发高热,就这样去世了。那之后,我开始思考,如果当时我们当中有人知道一些医术,也许就能救赛伊尔一命。所以我开始寻找能传授我医术的人……”

第4章

约缚的优势

“最后就是这样。”佩维拉背靠墙壁坐着。安德罗能够感觉到她的情绪。他们正坐在制伏了泰姆三个手下的小隔间里，等待着埃马林。埃马林说他有办法让多布塞开口，而安德罗自己对审问并没有什么技巧。谷物的气味变成一股腐败的臭气。现在食物经常会在突然之间就腐烂了。

佩维拉变得平静了，外在和内心都是如此。她正在讲述她的家人被一些老朋友杀害的故事。

“我现在仍然恨他们，”她说，“我可以不感到痛苦地回忆我的家人。但那些暗黑之友……我恨他们。但至少我向他们之中的一些人报了仇，而暗帝并没有保护他们。他们用一辈子的时间追随他，希望能在他的新世界中占据一席之地。但是当最后战争到来时，他们却早已死掉了。我想，就算是那些现在还活着的人也好不到哪里去，一旦我们赢得了最后战争，暗帝就会取走他们的灵魂。我只希望他们会受到更加漫长的惩罚。”

“你这么确定我们能赢？”安德罗问。

“我们当然能赢。这根本不成问题，安德罗。我们不可能去考虑失败了会怎样。”

安德罗点点头："你是对的。请继续。"

"故事已经结束了。这种感觉真奇怪，经过这么多年，我却向别人提起了这件往事。我已经有很长时间没说过这件事了。"

屋里陷入沉默。多布塞被吊在空中，面对着墙。他的耳朵也被佩维拉的编织塞住了。另外两个人依旧没有知觉。安德罗下手非常狠，他绝不希望他们很快就会醒过来。

佩维拉仍然维持着对他们的屏障。但如果他们三人开始同时挣脱屏障，佩维拉肯定无法再维持下去。要保持对一个男人的屏障，通常都需要一名以上的两仪师。任何导引者，无论强弱，都不可能同时控制对三个人的屏障。佩维拉可以固定住这些屏障，但泰姆训练过殉道使如何摆脱被固定的屏障。

是的，最好确保另外两个人不会醒过来。割断他们的喉咙也许是最有效的办法，但安德罗没心情这么做。他将一根魂之力和风之力组成的丝线放在他们的眼皮上。这个编织非常弱，但安德罗让这样一根丝线触及了两个人的四片眼皮。如果他们的眼皮动一下，他就会知道。这样应该足够了。

佩维拉还在回想自己的家人。她说的是实话。她痛恨暗黑之友，所有暗黑之友。这是一种可以控制的恨意，但在经过这么多年以后，它依然非常强烈。

安德罗没想到，这个嘴角总是带着笑意的女人竟会有这样的经历。现在，他能感觉到她所受到的伤害。而奇怪的是，她觉得自己非常……孤独。

"我的父亲是自杀的。"安德罗在不经意间说道。

佩维拉看着他。

"在许多年里，我的母亲一直假装他的死是个意外。"安德罗继续说道，"他从树林中的一道悬崖上跳了下去，而在他那样做的前一晚，他曾经坐在她身边，详细向她解释自己打算做些什么。"

"她没有阻止他？"佩维拉惊讶地问。

"没有。"安德罗说，"直到我母亲也进入慈母最终的怀抱前一两年，我才从她口中得到了一些答案。她很害怕我父亲，这让我感到震惊。我父亲一直都是那么温和。那么，在最后这几年里，是什么发生了变化，让母亲开始害怕他？"安德罗向佩维拉转过身，"我母亲说，父亲会在影子里看到怪物，他已经开始发疯了。"

"那……"

"你想问我，为什么还要来黑塔。你想知道为什么我要求接受测试。这样能够回答一直以来藏在我心中的问题。我的父亲到底是什么人，为什么他要那样做。

“我本来应该能够看出一些迹象。我们的事业太成功了，父亲能够找到别人无法发现的采石场和金属矿脉，人们争相雇用他寻找矿藏。他是最优秀的探矿者，优秀得令人难以想象。最终，我才明白了……他的能力。佩维拉，那时我只有十岁，但我还记得他眼里的恐惧。现在我知道这种恐惧的原因了，”他犹豫了一下，“我父亲从悬崖上跳下去，为的是拯救家人的生命。”

“我很抱歉。”佩维拉说。

“知道我是什么人，他是什么人，这对我很有意义。”

窗外又开始下雨了，硕大的雨滴仿佛石子般敲打着窗户。通往仓库的门被打开，埃马林终于把头探了进来。他看见吊在空中的多布塞，显然是松了一口气。然后，他才看见躺在地上的两名殉道使，不由得吓了一跳：“你们两个干了什么？”

“我们必须干的事。”安德罗说着，站了起来，“你怎么耽搁这么久？”

“我差点又和考特伦干了起来。”埃马林的眼睛依旧盯着那两个昏厥的殉道使，“我想，我们没多少时间了，安德罗。我们没有接受他们的挑衅，但考特伦的心里似乎有股火气。他现在比平时更容易发怒，他们不会再容忍我们太久了。”

“这些俘虏本来就让我们没有时间了。”佩维拉一边说，一边将多布塞移开，为埃马林让出空间，“你真的有自信能让这个人开口？我以前审问过暗黑之友，有些暗黑之友的嘴很难被撬开。”

“也许，”埃马林说，“但这不是暗黑之友，这是多布塞。”

“我想，这已经不是真正的多布塞了。”安德罗一边说，一边审视着这个飘浮在空中的人，“我还无法接受一个人会被强行改造成暗帝的爪牙。”

他能感觉到佩维拉的不以为然。佩维拉相信这种事。她已经告诉过安德罗，任何能够导引的人都有可能被转变，古老的典籍中记载过这种事。

这个想法让安德罗感到恶心。被迫转变为邪恶？这种事情不该发生。命运会推动一个人，将他置于险境，让他失去生命；有时候，甚至会令他疯狂。但选择暗帝抑或是光明……任何人都不该被剥夺这种选择的权利。

但多布塞眼里的黑暗是安德罗无法否认的证据。安德罗所认识的那个酒鬼已经不见了，被杀害了。另外某种东西，某种极度邪恶的东西占据他的体内。一个新的灵魂，只有可能是这样。

“不管他曾经是什么人，”佩维拉说，“我依然怀疑你不可能强迫他开口。”

“最好的说服办法，”埃马林一边说，一边将双手抵在背上，“并不是强迫的手段。两仪师佩维拉，请除掉堵住他耳朵的编织，让他能够听见，但一定不要移除太多。要让他觉得那个编织只是被您固定住了，但稍稍有些松动。我希望他能‘偷听’到我要说的话。”

佩维拉照他的话做了。至少安德罗相信这位两仪师是这么做了。虽然他们都向对方施加了约缚，但这并不意味着他们就能看到对方的编织。但安德罗能感觉到她的焦虑，她在回忆审问过的暗黑之友，并有着某种……希望。她是想要对多布塞使用某种她采用过的手段吗？

“我认为我们可以躲到我的庄园去。”埃马林用傲慢的声音说道。

安德罗眨眨眼。现在埃马林挺直了腰身，显得更加高傲，更……像一位掌权者。他的声音变得强硬，充满轻蔑，仿佛在眨眼间，他就变成了一个贵族。

“没有人能想到我们会在那里。”埃马林继续说道，“我会接受你们作为我的属臣，而我们之中那些更弱小的人，比如艾芬，可以成为我的仆人。只要我们手段得当，我们就能建立起一个能够与黑塔竞争的组织。”

“我……不知道这么做是否明智。”安德罗开始和他一起演戏。

“安静，”埃马林说，“如果有需要，我自然会问你的意见。两仪师，我们与白塔和黑塔竞争的唯一办法，就是创建一个男性和女性导引者能够戮力合作的组织。一座……灰塔。你是否愿意。”

“这是一个有趣的构想。”

“这是唯一合理的计划。”埃马林转身看着半空中的俘虏，“他听不到我们说话吧？”

“听不到。”佩维拉说。

“那么，放开他，我要和他谈谈。”

佩维拉犹豫了一下，才服从了命令。多布塞落在地板上，勉强没有倒下，只是脚步不稳地踉跄了几步。同时，他迅速朝通往巷子里的门口瞥了一眼。

埃马林伸手到背后，从腰带上抽出一样东西，扔到地上。那是一只小口袋。落在地上时，发出一阵叮当的响声。“多布塞大人。”他说道。

“这是什么？”多布塞一边问，一边试探着俯下身，拿起那只口袋。他打开口袋，向里面看了一眼，眼睛立刻瞪大了。

“你的酬金。”埃马林说。

多布塞眯起眼睛：“做什么的酬金？”

“你误解我了，多布塞大人，”埃马林说，“我不是要你做什么事，只是想以此向你道歉。我派安德罗到这里来，是为了寻求你的帮助。而他似乎……做得有些过火了。我只希望能和你谈谈，而不是用风之力捆住你，对你加以折磨。”

多布塞用怀疑的眼神瞅了瞅自己：“你是在哪里找到这么多钱的，埃马林？你凭什么自以为能够发号施令？你只是一名士兵……”他又朝那只钱袋里看了一眼。

“看样子，我们已经相互理解了。”埃马林微笑着说道，“那么，这件事你会为我保密吧？”

“我……”多布塞皱起眉，又看了一眼躺在地上，不省人事的维林和利姆斯。

“是的，”埃马林说，“这是一个问题，不是吗？你也不觉得我们可以把安德罗交给泰姆，说这一切都是他干的吧？”

“安德罗？”多布塞哼了一声，“这个跑腿的？他可能打倒两个殉道使吗？没人会相信这种事。不可能。”

“说得很对，多布塞大人。”埃马林说。

“把这个两仪师交给他们就行了。”多布塞朝佩维拉指了指。

“但我还需要她。这真是一团乱，彻底的一团乱。”

“那么，”多布塞说，“只要你实话实说，也许我能为你向米海峨说两句好话。”

“这样我就很感激了。”埃马林说着，从墙边拿过两把椅子，面对面放好。然后，他坐进其中一把椅子里，又招手让多布塞坐在对面的椅子上。“安德罗，让自己有点用，去给多布塞大人和我找些喝的来。找一壶热茶来。你想要糖吗？”

“不，”多布塞说，“实际上，我听说这里还有葡萄酒。”

“找葡萄酒来，安德罗。”埃马林打了个响指。

好吧，安德罗心想，最好把戏演得真实些。他鞠了个躬，朝多布塞打量了一眼，然后去库房里找出一些酒杯和葡萄酒。当他回来时，多布塞和埃马林正兴致颇浓地交谈着。

“我明白，”埃马林说，“我在黑塔内部很难找到合适的帮手。你一定能看出来，我必须对自己的身份保密。”

“我能看出来，大人，”多布塞说，“如果有人知道我们中间有一位提尔大君，那么哈巴狗一定会成群地向您跑过来。这点是肯定的！而米海峨呢，他肯定不会愿意他的身边有这样一个有权有势的大人物。肯定不愿意！”

“所以你应该明白，为什么我要和大家保持距离。”埃马林抬起一只手，接过安德罗捧过来的杯子。

一位提尔大君？安德罗觉得非常有趣。埃马林的谎话似乎已经像烈酒般把多布塞的脑袋灌晕了。

“我们全以为你会奉承洛根，是因为你的脑子不灵光！”多布塞说。

“唉，我只能如此。如果我在泰姆的身边待太久，他肯定会看穿我。所以我只能跟着洛根。他和那些追随真龙的家伙显然只是一群农夫，根本认不出一位出身高贵的人。”

“必须承认，大人，”多布塞说，“我也认为他们没什么脑子。”

“没错。”埃马林说着，喝了一口杯中的酒，然后把杯子递给多布塞，并向他解释，“酒里没有毒。”

“没关系，大人，”多布塞说，“我相信您。”他一口就把杯里的酒都倒进了肚子，“如果大君都不能信任，还有谁可以信任？”

“非常正确。”埃马林说。

“我可以告诉您，”多布塞一边说，一边摇晃着杯子要安德罗斟满，“您要再找个更好的办法躲开泰姆。跟着洛根混已经不可能了。”

埃马林长长地吮了一口自己杯子里的酒，做出沉思的样子：“看样子，泰姆已经抓到他了。在维林他们夸夸其谈的时候，我就猜出来了。”

“没错。”多布塞又让安德罗斟酒，“不过洛根真是个强大的家伙，要转变像他那样的人需要很大的力气。知道吗？他的意志很坚强，要转变他需要一两天的时间。不管怎样，你也许应该直接去找泰姆，解释一下你的问题。他会理解的。他一直都说，不需要转变的人对他会更有用。不过我不知道是为什么。当然，对于洛根，他别无选择，只能进行转变。那真是个可怕的过程。”多布塞说到这里，打了个哆嗦。

“那么，我会去和他谈一谈，多布塞大人。为了以防万一，你会为我担保吗？我会……好好地酬谢你。”

“当然，当然，”多布塞说，“为什么不呢？”他放下酒杯，摇摇晃晃地站起身，“在晚上的这个时间里，他肯定是去检查洛根了。”

“在哪里？”埃马林问。

“密室里面，”多布塞说，“就在黑塔的地基部分。你知道东区那个因为塌陷而进行许多额外挖掘工作的地方？那里并没有塌陷，那只是一个借口，为了掩饰在那里进行的特别施工。而且……”多布塞迟疑着。

“这就够了。”佩维拉说着，将那个人重新吊到空中，塞住他的耳朵。然后，她抱起双臂，看着埃马林：“我对你的智谋感到非常惊讶。”

埃马林一摊双手，做出一个谦恭的姿势：“我擅长让人们感到放松。实际上，我建议以多布塞为目标，并不是因为他容易被贿赂，而是因为他……嗯，很明白权势看起来是什么样子。”

“将一个人转向暗影，并不会让他更聪明一点。”安德罗说，“但既然你可以设下这样的骗局，为什么我们还要在一开始用暴力制伏他？”

“这是控制局势的问题，安德罗。”埃马林说，“对付多布塞这样的人，绝不能让他感觉是在自己的地盘里，更不能让他身边有比他更聪明的朋友。我们必须吓唬他，让他只想着挣扎求生，然后给他一个挣扎出来的机会。”埃马林犹豫了一下，又向多布塞瞥了一眼：“而且，我觉得我们不该让他有机会去找泰姆。如果我不使用暴力威胁的手段，而是直接在私下找上他，他很可能会向泰姆告发我们。”

“那么，现在呢？”佩维拉问。

“现在，”安德罗说，“我们要给这三个人灌些东西，让他们一直睡到立春节。我们要召集纳拉姆、凯德尔、艾芬和乔奈瑟。等泰姆对洛根的查看结束后，我们就冲进去把洛根救出来，从暗影手中夺回黑塔。”

他们静静站了一会儿。屋里唯一的光亮只来自一盏明灭不定的油灯。雨水不停地击打着窗户。

“好吧，”佩维拉说，“希望你所说的并不是一个非常艰巨的任务，安德罗……”

兰德在梦境中张开眼睛。对于自己竟然会入睡，他多少有些惊讶。艾玲达终于让他睡了过去。实际上，艾玲达更像是终于让自己睡了过去。看起来，她像他一样疲惫，也许比他更甚。

他在枯草堆上站起身。不久前，他还感受着艾玲达的关切，不仅是从约缚中，还从她紧紧抱住自己的双臂上。艾玲达是一位战士，但即使是战士，偶尔也需要抱住某样东西。光明在上，他也是一样。

他朝周围扫视了一圈。这里感觉不像是特·雅兰·瑞奥德。不完全是。这片死亡的荒原朝各个方向一直延伸到看不见的远方，也许这里本来就是没有边际的。这不是真正的梦的世界，只是一个梦境的碎片，一个由强大的梦卜者或梦行者创造出来的世界。

兰德开始行走，感觉着枯死的叶片在脚下被踏碎。但这里并没有树。他也许应该让自己回到他自己的梦里。虽然他从来都不曾像许多弃光魔使那样，在梦境中任意施展能力，但他至少可以做到这点。只是，好奇心驱使着他继续向前走去。

我不该出现在这里，他想道。我已经设置了结界。他怎么会来到这里，又是谁创造了这里？他有些怀疑，创造这里的人经常会使用梦境碎片。

兰德感觉到身边有人出现。他没有转身，而是继续向前走去。但他知道，那个人就走在他身边。

“艾兰。”兰德说道。

“路斯·瑟林。”艾兰在使用他最新的躯体。这个高大英俊的男人穿着黑红色的衣服。“它死了，很快，灰烬就会统治一切。在灰烬之后……就什么都没有了。”

“你怎么通过我的结界的？”

“我不知道，”莫瑞笛说，“我只知道，如果我创造了这个地方，你也会来这里。你没办法躲开我，因缘不会允许你这么做。你和我，我们一直被吸引在一起。一次又一次。我们是搁浅在同一片海滩上的两艘船，在每一次海潮涌起时就会相互撞击。”

“很有诗意。”兰德说，“我看到，你终于让米尔琳摆脱了她的枷锁。”

莫瑞笛停下脚步，看着兰德。兰德也停下来。莫瑞笛的怒火从体内散发出来，如同真实的热浪。

“她来找你了？”莫瑞笛问。

兰德没有说话。

“不要假装你知道她还活着。你不知道，你不可能知道。”

兰德保持着沉默。对于兰飞儿，或者无论她现在称自己为什么，他的感情是复杂的。路斯·瑟林曾经轻视过她，但兰德最初认识她的时候，只把她看做是赛琳，并且曾经喜欢过她，直到她想要杀死伊兰和艾玲达。

想到她，兰德就会想到沐瑞，并且从心中产生他所不应有的希望。

如果兰飞儿还活着……也许沐瑞也还活着？

他镇定且自信地看着莫瑞笛：“现在放她出来已经没有意义了。她对我已经不会再有任何力量。”

“是的，”莫瑞笛说，“我相信你，她的确没力量了。但我也相信，她对于你选择的那个女人，还是有一些愤恨的。这次那个女人的名字是什么？就是那个自称为艾伊尔，却又携带武器的女人？”

兰德并没有要发怒的意思。

“不管怎样，米尔琳现在也恨你，”莫瑞笛继续说道，“我认为她是把自己的遭遇全都归罪在你身上了。你现在应该称她为辛黛恩。她被禁止使用她给自己取的名字。”

“辛黛恩……”兰德咀嚼着这个名字，“‘最后的机会’？看样子，你的主人也有幽默感了。”

“这里面没有任何幽默的意思。”莫瑞笛说。

“我想也不会有。”兰德看着没有尽头的枯叶衰草，“很难想象，就在不久前，我竟然会那么怕你。那时你是入侵了我的梦吗？还是将我带到这些梦境碎片里？我现在也想不清楚。”

莫瑞笛什么都没说。

“我还记得有那么一次……”兰德说，“我坐在火边，周围是感觉很像特·雅兰·瑞奥德的噩梦。你不可能将一个人完全带进梦的世界里，而我也不是梦行者，不可能进入我自己的梦。”

像许多弃光魔使一样，莫瑞笛经常会以肉身进入特·雅兰·瑞奥德。这其实是非常危险的。有人说，以肉身进入梦的世界是一件非常邪恶的事，它会让你失去一部分人性。但这的确会让一个人在梦的世界中变得更加强大。

对于那一晚发生的事情，莫瑞笛没有提供任何线索。兰德还依稀记得那些日子。那时他正在前往提尔的路上。他记得那一晚的幻象，在那些幻象里，他的朋友和家人想要杀死他。莫瑞笛……伊煞梅尔……将他强行拖进与特·雅兰·瑞奥德交叉的梦境中。

“在那些日子里，你已经疯了。”兰德看着莫瑞笛的眼睛，轻声说道。他几乎能看见在那双眼里燃烧的火焰。“你现在依然是个疯子，对不对？你只是将疯狂包藏了起来。任何侍奉他的人多少都会有一点疯狂。”

莫瑞笛向前迈出一步：“尽情嘲笑吧，路斯·瑟林。终结之时已近在眼前，一切都将被伟大的暗影之力吞没，被扼杀，被撕裂，被粉碎。”

兰德也向前迈出一步，站在莫瑞笛面前。他们的高度几乎一样。“你恨你自己，”兰德悄声说道，“我能从你的心里感觉到。艾兰，你曾为了得到力量而侍奉他。现在，你这么做是因为你知道，只有他得到胜利，万物终结，你才能得到真正的解脱。你宁可让自己化为虚无，也不愿继续作为现在的你存在下去。你一定知道，他不会释放你。永远不会。”

莫瑞笛冷笑着：“他会让我在一切结束前杀死你，路斯·瑟林。你，还有那个金发女人，还有那个艾伊尔女人，还有那个黑头发的小女人……”

“你似乎把这个看成是你和我之间的一场竞赛，艾兰。”兰德打断了他。

莫瑞笛仰起头，大笑起来：“当然是！难道你还不明白？以洒落的鲜血起誓，路斯·瑟林！这正是我们两个人的事情。就像在过去无数的纪元中，我们一次又一次相互拼杀。只有你和我。”

“不，”兰德说，“这次和以前不会一样。我和你的事情已经结束了。我还有更大的仗要打。”

“不要试图……”

阳光透过天空中的乌云爆发出来。梦的世界中通常不会有阳光。而现在，兰德周围的大地全都沐浴在阳光之中。

莫瑞笛踉跄着后退了一步。他抬头看着太阳，然后紧盯着兰德，眯起眼睛："不要以为……不要以为我会相信你这点小伎俩，路斯·瑟林。维蓝芒因为你对他做的事情而大吃一惊，但这其实没什么难的，只要握持住阳极力，你就能听到人们的心跳加速。"

兰德将自己的意志扩展开去，干枯碎裂的叶片开始从他脚下发生变化，恢复了鲜绿的颜色。草芽从叶片中伸出，绿色如同被泼洒的颜色，迅速向四方蔓延。他们头顶的乌云也翻滚着，向周围退去。

莫瑞笛的眼睛瞪得更大了。他抬起头望着乌云消退的天空，身子微微摇晃着。兰德能感觉到他的震惊。这是莫瑞笛的梦境碎片。

但不管怎样，如果莫瑞笛要把另一个人拉进来，他就必须让这个碎片贴近特·雅兰·瑞奥德。于是梦的世界的规则在这里也都将适用。而且，这其中还有另一种因素，一种他们两个之间的联系……

兰德大步向前走去，同时将双臂向两侧伸出。青草的萌发如同一道道掀起的波浪，红色的花蕾竞相绽放，为大地增添了一抹红晕。风暴停息了，黑云在阳光的照射下迅速蒸发。

"告诉你的主子！"兰德喝令道，"告诉他，这场战斗和以前的历次战争都不一样。告诉他，我已经厌倦了和他的奴才周旋，我不会再去理睬他的爪牙所做的那些小动作。告诉他，我会去找他！"

"你错了，"莫瑞笛显然是受到了打击，"这并不是……"他看着站在灿烂阳光下的兰德，然后就消失了。

兰德长长地呼出一口气。他周围的青草又枯死了，乌云重新遮蔽了天空，阳光不见了。虽然莫瑞笛已经走了，但要维持对于这个世界的改变是很困难的。兰德跌坐在地上，喘息着，让自己尽快从疲惫中恢复过来。

在这里，如果希望某件事成真，就会让它真的发生。如果真实世界也能这么简单就好了。

他闭上眼睛，将自己送走。他打算在必须醒来之前能睡上一会儿。醒来，拯救世界，如果他可以的话。

佩维拉蜷伏在安德罗身边。在这个雨夜中，她的斗篷已经完全湿透了。她知道几个能够挡开雨水的编织，但她不敢导引。他们即将面对的敌人中有被转变的两仪师和黑宗。她们能够感觉到她的导引。

“他们肯定会对这个区域严加看守。”安德罗悄声说道。在他们前面，很大一片地面上分布着许多迷宫般的砖砌房屋和壕沟。这里就是最终会变成黑塔主体的地基建筑。如果多布塞的话是真的，隐藏在这座地基中的密室已经完工了。随着黑塔本身被建起，它们将继续成为黑塔的秘密。

两名泰姆的殉道使正在不远处聊着天。虽然他们竭力装出一副无聊闲谈的样子，但阴晦的天气显然破坏了他们的伪装。有谁会愿意在这样一个夜晚站在室外？虽然一只温暖的火盆正在他们身边燃烧，风之力编织为他们挡开倾泻而下的大雨，但他们的存在已经很值得怀疑了。

是卫兵，佩维拉试图将这个想法直接传递给安德罗。

她的尝试奏效了，佩维拉能感觉到自己的思维进入安德罗的脑海时，他的惊讶。

有什么东西回馈了回来，显得有些模糊。我们应该利用优势。

是的，佩维拉将思维推了过去，但下一个想法变得过于复杂了。于是佩维拉悄声说道：“以前你们怎么从没注意过他们会在夜里派人看守地基？如果这里真的有密室，那么它们的建造工作也一定是在晚上进行的。”

“泰姆下达了宵禁令，”安德罗悄声回答，“只有在对他有利的情况下，他才会放任我们违反宵禁，比如今晚维林回来。而且，这个地方有很多深坑和深沟，相当危险。在这里安排岗哨也是有道理的，只是……”

“只是，”佩维拉说，“泰姆并不是那种会担心有一两个小孩在深坑里跌断脖子的人。”

安德罗点点头。

佩维拉和安德罗在大雨中等待着，计数着自己的呼吸，直到三道火焰从夜幕中射出，直接命中那些卫兵的脑袋。两名殉道使立刻像两袋粮食一样倒了下去。纳拉姆、埃马林和乔奈瑟完美地完成了任务。他们导引的速度很快，如果运气好，没有人会注意到这些导引，或者想到泰姆的卫兵会出事。

光明啊，佩维拉心想，这些男人真的变成了武器。她从没想过埃马林他们会直接进行如此致命的攻击，这完全超出她作为两仪师的经验。除非迫不得已，两仪师甚至不会杀死伪龙。

“驯御一样能杀人，”安德罗皱起眉头，“只是速度更慢。”

光明啊，是的，他们的约缚也许是一种优势，但也一样会带来不少麻烦。佩维拉决定要练习屏障自己思想的技巧。

埃马林他们从黑暗中走了出来，与佩维拉和安德罗在那只火盆边会合。凯德尔和其他两河年轻人在一起。如果他们今晚的行动失败了，他就会带领他们逃出黑塔。虽然他极力反对这么做，但留下他是应该的。他还有家人。

他们将尸体拖进阴影，同时让那个火盆继续燃烧着。注意到这里的人会看到这里的火光还亮着。但在这种雨雾迷蒙的晚上，除非有人走近这里，否则肯定不会发现卫兵已经失踪了。

虽然安德罗经常会抱怨说不知道为什么其他人会追随他，但他立刻就担负起这一队人的指挥工作。他命令纳拉姆和乔奈瑟警戒地基周围的情况。乔奈瑟带着他的长弓，但因为天气太过潮湿，他没有上弓弦。他们都希望这场雨能够止住，这样他就可以在不能导引时使用这张弓了。

安德罗、佩维拉和埃马林从一道泥坡上滑进地基的大坑里。佩维拉落地时，大片泥水都落在她身上。不过她的衣服早就湿透了，而且雨水会为她冲刷干净。

这片地基已经用石块堆砌起许多房间和走廊的墙壁，让它成为一片不断被雨水注入的迷宫。等到了早晨，殉道使士兵们肯定会来烘干灌进来的雨水。

我们该怎样找到入口？佩维拉从心中问道。

安德罗跪下去，他的手上悬浮着一颗非常小的光球。雨滴穿过光亮，看起来像一颗颗一闪而逝的小陨石。安德罗的手指没进了地上的积水中。

他抬起头，朝一个方向指了一下，悄声说道："它转向这一边了，一定是通往什么地方。泰姆应该就在那里。"

埃马林钦佩地嘟囔了一句。安德罗一抬手，示意乔奈瑟和纳拉姆也进入地基里。然后就悄无声息地向前走去。

你。移动。安静。非常。佩维拉想着。

斥候训练。安德罗告诉她。迷雾山脉的森林里。

他这辈子到底做过多少事？佩维拉曾经对这个男人感到担心。他的生活很可能表明他是一个不知满足、缺乏耐心的人，但他说起黑塔时的样子……他不畏艰险、与暗影战斗的激情……这都说明他实际上是另一种人。他不仅仅是忠诚于洛根。是的，安德罗和其他人一样尊敬洛根，但所有这些人所珍视的是一种更加伟大的东西，一个能够接受像他们这种男人的地方。

安德罗会有这样的人生，可能并不是因为他贪得无厌，而是有另外的原因。他是一个在不断追寻的人，一个知道自己想要的生活还在某个地方等待他的人。他必须找到那种生活。

"在白塔，你有没有学习过这样分析人？"安德罗一边悄声问着，一边停在一个门口旁，将光球探进去看了看，然后挥手示意其他人跟上。

没有，佩维拉在努力练习着这种联系手段，让自己的思绪更加清晰迅捷。

有什么女人在活过一百年后还要尝试学习新东西吗？

安德罗传回了有些紧张又有些快意的情绪。他们走过一间间没有完工、更没有屋顶的房间，最后来到一片几乎还没有多少施工痕迹的地区。这里有一些盛着沥青的木桶，但这些木桶都被挪到了一旁。它们下面的木板也被掀开了，一个坑口出现在地面上。雨水从坑口边缘流进去，消失在黑暗之中。安德罗跪倒下去，仔细倾听，然后向其他人点点头，就滑进坑中。一秒钟以后，坑里传来了他落地的溅水声。

佩维拉紧跟在他身后，向下滑落了几尺，就接触到了地面。没过她脚面的水非常冷，不过她已经湿透了。安德罗躬起腰，钻过一道土梁，在对面站起身。他的小光球照亮了一条隧道，似乎是一条引走雨水用的地沟。佩维拉判断，当他们撂掉卫兵时，就站在这条隧道的正上方。

多布塞是对的。她在心中想道。这时其他人也都滑了进来。泰姆挖掘了暗道和密室。

他们沿着隧道继续前进，没有走多远，他们就来到了一个岔路口。这里的土墙像矿坑中一样，被木柱支撑着。五个人聚集在这里，朝两个不同的方向观望着。

“这条路是倾斜向上的，”埃马林指着左边的岔路，悄声说道，“也许是通往另一个出口？”

“我们也许应该向更深处移动，”纳拉姆说，“你们觉得呢？”

“是的，”安德罗说着，舔湿了手指，测试了一下隧道里的气流，“风是吹向右边的。我们先走这条路。小心，这里可能还有卫兵。”

这支小队伍继续向隧道深处走去。泰姆建造这个密室有多久了？这里看起来规模不算很大。他们没有再遇到岔路。不过，这个工程已经算相当惊人了。

安德罗突然停住脚步，其他人也急忙停下来。一种含混的嘟囔回荡在隧道中，只是声音太轻，听不清其中的字句。墙壁上也仿佛能见到一点光亮了。佩维拉拥抱了真源，准备好编织。如果她导引，地基里会有人注意到吗？安德罗显然在犹豫。刚才借助导引杀死两名卫兵的行动已经很容易引起敌人的警戒了。如果泰姆的人在这里感觉到上面有人在使用至上力……

那个嘟嘟囔囔的人现出一道影子，映在墙上的光也明显变强了。

佩维拉的身边传来微弱的吱嘎声。乔奈瑟拉开上好弦的两河长弓。这条隧道的空间勉强能让他使用这种大型长弓。随之是羽箭离弦的尖啸声。嘟囔声中断了，对面照过来的光亮也随之暗了下来。

五个人迅速跑过去，发现考特伦倒在地上，双眼已经失去神采。那支箭穿透了他的胸膛。他的油灯掉在他身边，还没完全熄灭。乔奈瑟拔出他的箭，在这个死人身上抹干净："所以我会一直带着我的弓，你这个该死的山羊崽子。"

"看这里，"埃马林指着一道厚重的木门说，"考特伦正看守着这个。"

"做好准备。"安德罗悄声说道。然后他猛然推开那道厚木门。门后面是一排在土墙中挖出来的小房间，每一个房间都有独立的门户。佩维拉朝一道门里望了望。里面是空的。在这么小的房间里，人甚至不可能站直。而且里面也没有灯。被锁在这种地方就像是被埋进坟墓一样。

"光明啊！"纳拉姆说，"安德罗！他就在这里。是洛根！"

其他人急忙跑到纳拉姆身边。安德罗用令人惊讶的熟练动作撬开那道门锁，拉开牢门。洛根呻吟一声，滚倒出来。他满身污垢，样子非常可怕。这个留着黑色卷发、相貌英俊的人曾经非常强壮。而现在，他却虚弱得好像一名乞丐。

他咳嗽着，在纳拉姆的帮助下跪了起来。安德罗立刻跪倒下去。不过佩维拉明白，他并不是要对洛根表示恭敬，他只是紧盯着洛根的眼睛。埃马林这时将一只小瓶子递给了这名殉道使首领。

情况如何？佩维拉问。

还是他，安德罗心想。约缚中传来一阵慰藉的情绪。还是他。

如果他们已经转变了他，就会让他出来了。佩维拉这样想着。现在她愈来愈习惯这种交流方式了。

也许，除非这是一个陷阱。"洛根大人。"

"安德罗，"洛根的声音异常沙哑，"乔奈瑟、纳拉姆，还有个两仪师？"他审视着佩维拉。作为一个显然已经连续几天，甚至几个星期遭受非人折磨的人，他看起来倒是还很清醒。"我记得你。你是属于哪个宗派的？"

"这有什么关系吗？"佩维拉反问道。

"很好。"洛根说着，想要站起来。他太虚弱了，纳拉姆不得不一直扶着他。"你们是怎么找到我的？"

"我们可以等到安全以后再讲这个故事，大人，"安德罗说，然后向厚木门外望了一眼，"我们走吧。我们还要在这个夜晚解决很多难题，我……"

安德罗突然身子一僵，然后迅速关上牢房门。

"怎么了？"佩维拉问。

"导引，"乔奈瑟说，"很强大。"

喊声从外面的隧道中传来，只是被木门和土墙挡住，显得非常模糊。

"有人发现了那两个卫兵。"埃马林说，"洛根大人，你能战斗吗？"

洛根努力想要自己站稳，却又倒了下去。他的脸上显露出刚毅的神情。但佩维拉能够感觉到安德罗的失望。洛根要不就是被灌了叉根，要不就是他已经太过疲惫，没办法导引了。这种情形并不令人惊讶。佩维拉曾经见到过身体状况比他好得多的女人，也因为过于疲乏而无法拥抱真源。

“后退！”安德罗喊道，一步闪到门旁，后背紧贴在土墙上。牢门被火之力的编织炸得粉碎。

佩维拉没等碎片落下，就编织出火之力，向外面的隧道中释放出一道毁灭的火柱。她知道，自己的敌人是暗黑之友，或者比暗黑之友还要可怕。现在三誓不会对她造成限制。

她听到了惊呼声，但有什么东西挡住了她的火焰。一道屏障开始切断她和真源的联系。她勉强挡开那道屏障，躲到一旁，剧烈地喘息着。

“无论那是什么人，他们很强大。”佩维拉说。

一个声音在远处发号施令，在隧道中引起阵阵回音。

乔奈瑟跪倒在佩维拉身边，拉开长弓：“光明啊，那是泰姆的声音！”

“我们不能待在这里。”洛根说，“安德罗，用神行术。”

“我一直都在努力打开通道！”安德罗说，“光明啊，我一直都在努力！”

“呸，”纳拉姆扶着洛根坐在墙边，“我以前还在更小的地方待过呢！”他也走到门口，向隧道中抛出编织。剧烈的爆炸撼动着土墙，泥土如雨点般从上方掉落。

佩维拉跳到牢门前，放出一个编织，然后跪到安德罗身边。安德罗正直视前方，脸上只有专注的神情。佩维拉能感觉到决心和挫败感在约缚中跳动。她握住安德罗的手。

“你能做到。”她悄声说道。

牢门口发生了一阵爆炸，乔奈瑟向后倒去，一只手臂上冒着火。地面在颤抖，墙壁开始出现裂缝。

汗水从安德罗的脸颊上滚落。他咬紧了牙，脸涨得通红，大睁着眼睛。烟尘从牢门口灌进来，让埃马林不住地咳嗽。纳拉姆也退到后面，开始为乔奈瑟进行治疗。

安德罗大叫一声，他几乎已经到达了意识中隔开神行术的那道墙的顶端。他就要翻过去了！他可以……

一道编织撞进了牢房。地面传来一阵剧烈的波动，裂开的牢房顶塌陷下来，大团泥土砸到他们身上。一切都变黑了。

第5章

对恩惠的要求

兰德·亚瑟醒过来，深深地吸了一口气。他从毯子里滑出来，没有打扰熟睡的艾玲达。然后，他披上一件长袍。空气中能闻到很重的湿气。

他从小时候起就养成早起的习惯。那时候他要给乳牛挤奶，第一次就必须在黎明时分。他闭上眼睛，回忆起谭姆的声音。那时谭姆也已经起床了，会在谷仓里砍削新的篱笆桩。他还记得自己在清冷的空气中把脚踩进靴子里，用放在火炉边温热的水洗脸。

任何一个早晨，一名农夫在推开屋门时，都能看见一个崭新的世界。白色的薄霜、第一声鸟叫、透过地平线的阳光，就如同世界在醒来时打的一个呵欠。

兰德走到门口，掀起帐帘，向凯德琳点点头。这名身材娇小的金发枪姬众正在为他站岗。展现在兰德眼前的世界根本谈不上什么“崭新”，它显得苍老且疲惫，就像一个徒步翻过世界之脊，又翻越回来的卖货郎。梅丽罗平原上遍布着各种帐篷。煮食的篝火上冒起一股股炊烟，升向依旧昏黑不明的天空。

到处都有人在劳动。士兵们在给盔甲涂油，铁匠在打磨矛刃，女人们准备着插在箭杆上的尾羽。一份份早餐正从食物马车上被分发出来，交给没有睡好的人们手里。所有人都知道，现在是风暴来袭之前，他们能够享受的最后一段平静的时间了。

兰德闭上眼睛。他能感觉到这片大地本身，就好像他和它之间连结着一个微弱的护法约缚。在他的脚下，蛆虫正在泥土间爬行。草根虽然缓慢，却依旧向外伸展，寻找着养分。那些干枯的树并没有真的死去，水分还在它们的体内渗流。它们都陷入沉睡。旁边的树上有一群蓝色的鸟雀，它们并没有用鸣叫宣告黎明的到来，只是簇拥在一起，仿佛在相互寻求温暖。

大地还活着，就像一个人用指甲紧紧扣住悬崖的边缘。

兰德睁开眼睛："我的官员们从提尔回来了吗？"

"是的，兰德·亚瑟。"凯德琳答道。

"向其他君主发出消息，"兰德说，"我在一个小时后和他们见面。地点就在原野中央，我命令不得安设帐篷的地方。"

凯德琳跑去传达他的命令，留下另外三名枪姬众继续守卫他的帐篷。兰德放下帐帘，转回身，看到艾玲达就站在面前，不由得吓了一跳。她的身上就像刚出生时一样一丝不挂。

"要偷偷溜到你身边真是很难，兰德·亚瑟，"艾玲达微笑着说，"约缚实在是让你占了很大的便宜。我的动作必须非常慢，就像午夜时分的蜥蜴。这样你才不会感觉到我在移动。"

"光明啊，艾玲达！为什么你要这么偷偷摸摸地溜过来？"

"为了这个。"艾玲达向前一跃，抱住他的头，吻了过来。她的身子也紧紧地和他贴在一起。

兰德放松下来，尽情地吻着艾玲达。"当然，"虽然嘴唇紧贴着艾玲达的嘴唇，但他还是嘟囔着，"这样就有趣多了，至少我现在不需要担心我们的嘴唇会冻在一起了。"

艾玲达推开他："你不该说这件事，兰德·亚瑟。"

"但……"

"我的义已经偿还清楚了。现在我是伊兰的首姐妹。不要总是提醒我一个已经被遗忘的羞耻。"

羞耻？为什么艾玲达会觉得这么有趣的事情是一个羞耻……兰德摇了摇头。他能听到大地的呼吸声，能感受到三里外叶片上的一只甲虫。但有时候，他的确没办法理解艾伊尔人。或者，也许是他没办法理解女人。

或者这两者皆是。

艾玲达在帐篷中装满清水的木桶前犹豫了一下："我想，我们应该没有时间沐浴了。"

“哦，你想要沐浴吗？”

“我已经接受了这种生活方式，”艾玲达说道，“如果我要在湿地生活，那么我就必须接受一些湿地的习俗。只要它们不是很愚蠢。”她的语气表明，大多数湿地习俗都很愚蠢。

“出了什么事？”兰德走到她身边问道。

“什么‘什么事’？”

“有什么事在困扰着你，艾玲达。我能从你的眼里看出来，在你的心里感觉出来。”

艾玲达用批评的眼光看着他。光明啊，她可真美。“你还没有接受前世的古老智慧的时候，可要比现在容易对付多了，兰德·亚瑟。”

“我？”兰德微笑着问，“那时候你也不是现在这种样子。”

“那时我还是个孩子，对于兰德·亚瑟无比强大的惹人生气的能力还没有任何经验。”她将手探进水中，又洗了洗脸，“这样也好。如果我那时知道你会做出什么事来，我宁愿穿上白袍，永远也不脱下来。”

兰德微笑着，开始导引，编织出水之力，将桶中的水流引出来。艾玲达后退一步，好奇地看着他的举动。

“你似乎已经不再对男人导引存有偏见了。”兰德一边说，一边将水分散到空气中，并用一丝火之力对其进行加热。

“我现在已经没理由再为这种事感到困惑了。如果我还因为你的导引而感到不舒服，我就要像一个对女人已经偿还的义仍然念念不忘的男人那样了。”艾玲达一边说，一边瞪着他。

“真难以想象，还有这么笨的人。”兰德将身上的长袍扔到一边，走到艾玲达身前，“好了，这个恰好来自那种让你感到无可奈何的‘古老智慧’。”

他引来被加热得恰到好处的水，将它进一步粉碎成浓厚的水雾。艾玲达惊呼一声，抓住了他的手臂。也许艾玲达已经开始习惯湿地人的生活方式，但被水包围仍然会让她感到害怕和不舒服。

兰德用风之力抓住一点肥皂，把它也融入一部分水雾中，让盘旋的泡沫包裹住他们，擦拭他们的身体，又拉起他们的头发。艾玲达的长发如同一根竖起的圆柱，直到片刻之后才轻轻落回她的肩上。

兰德又用一波热水洗去肥皂，然后除掉大部分水分，让他们的身体保持着最低限度的湿润。最后，他将水重新倒进木桶中，带着一丝不情愿放开了阳极力。

艾玲达还在喘着气：“这……这实在是太疯狂、太胡来了。”

“谢谢。”兰德说着，将一条毛巾扔给她，“那么，你一定会认为我们在传说纪元中所做的大部分事情，都是疯狂而且胡来的。这只是因为时代不同了，艾玲达。生活在传说纪元的导引者要比现在多得多。我们从年轻时就开始接受训练。那时我们不需要知道什么是战争，什么是杀戮。我们早已消除了痛苦、饥饿、灾难和战争，所以我们会更多地把至上力使用在日常生活中。”

“你们只是自以为消除了战争，”艾玲达哼了一声，“你们错了，你们的无知导致了你们的软弱。”

“确实如此，但我现在也无法确定，我们在那时的生活态度是否应该改变。我们有过漫长的美好岁月，可能有几十年，甚至是几百年。我们相信，我们是生活在天堂里。也许正因为如此，我们才会堕落。我们希望让自己的生活更加完美，所以我们忽略了应该遵循的限制。因为无知和漠视，问题变得愈来愈严重。就算是暗帝的牢狱不被打开，战争也很可能无法避免。”他一边说，一边将身体擦干。

“兰德，”艾玲达走到他面前说道，“今天，我要得到你的一个恩惠。”她伸手按住兰德的手臂。她手掌上的皮肤很粗糙，布满了她还是枪姬众时就留下的粗茧。艾玲达永远不会成为凯瑞安和提尔宫廷中，那种像牛奶一样娇嫩的女士。兰德喜欢她的这种样子，她拥有一双充满行动力的手。

“什么恩惠？”兰德问，“今天我可不知道该怎么拒绝你，艾玲达。”

“我还没有确定好。”

“我不明白。”

“你不需要明白，”她说道，“你也不需要向我承诺会答应我。我不该为难我的爱人，所以我应该给你一个提醒，我需要你改变你的计划，也许会是很大的改变。这很重要。”

“好的……”

她点点头，就像他们刚刚相遇时一样神秘。然后，她开始穿上衣服。

艾雯大步走过梦中一根冻结的玻璃柱，它看起来几乎就像是一根光芒凝聚成的柱子。这是什么意思？她没办法解读。

景象改变了。她发现了一颗圆球。不知为什么，她知道这颗圆球就是世界。当圆球碎裂时，她慌乱地用绳索将它绑缚住，竭力想要让它保持完整。她能够让这个世界免于崩溃，但这需要太大的力量……

她退出了梦境，醒转过来。随后她立刻拥抱了真源，编织出光球。她在哪里?

艾雯身上穿着一件睡袍,正躺在白塔中的一张床上。这不是她自己的房间。那里在经历过霄辰刺客的袭击后,还没有得到修缮。她的书房里有一间小卧室,她正躺在这里。

疼痛在她的头皮下阵阵跳动着。她还模糊地记得自己前一晚是在梅丽罗平原中,自己的帐篷里听取关于凯姆林陷落的报告。直到天色很晚,她已经困得有些睁不开眼睛了。盖温坚持让奈妮薇用神行术将她送回白塔,能在床上睡一觉,而不必睡在帐篷里的行军小床上。

艾雯站起身,自顾自地嘟囔了一句。盖温也许是对的。但她记得自己完全被他说话的语气激怒了。而且根本没有人纠正盖温的这个毛病,就连奈妮薇也没有。艾雯揉搓着自己的额角,现在她的头痛已经不像哈丽玛"照顾"她时那样糟糕了,但还是让她难以忍受。毫无疑问,她的身体正因这几个星期的极度缺乏睡眠而向她表达不悦。

她用了一点时间穿衣、洗漱,让自己感觉好了一些,然后走出房间,看到盖温坐在希维纳的书桌后面,看着一份报告。一名初阶生正在门口徘徊。盖温却丝毫没有理会她的意思。

"如果她看见你做这种事,一定会用绳子拴住你的脚趾,把你挂在窗户外面。"艾雯不带感情地说。

盖温立刻跳了起来:"这不是给她的报告,是我妹妹送来的关于凯姆林的最新消息,几分钟前刚刚通过神行术送过来,要让你批阅的。"

"你已经看过它了?"

盖温的脸红了:"光明烧了我吧,艾雯,那里是我的家乡,而且报告上也没有蜡封,我以为……"

"没关系,盖温,"艾雯叹了口气,"我们来看看,上面都说了些什么。"

"内容不是很多。"盖温紧皱眉头,将报告递给艾雯,然后向那名初阶生点了一下头。那个女孩立刻快步跑开了。片刻之后,她端来一只托盘,上面放着干瘪的铃铛果、面包和一罐牛奶。

艾雯坐到自己的书桌后面,开始吃东西。当那名初阶生离开时,她的心里不由得产生了一种罪恶感。当绝大多数白塔两仪师和士兵都驻扎在梅丽罗平原的帐篷中时,她却在白塔安然享受着水果(至少是水果干),睡在舒适的床上。

不过,盖温的坚持是有道理的,如果所有人都认为她还在原野中的帐篷里,那么潜在的刺客就会对那里发动攻击。不久前,艾雯差点死在霄辰刺客的手中,所以她现在也愿意接受一些额外的保护了。而且,她也因此才能好好睡上一觉。

“那个霄辰女人，”艾雯盯着自己的杯子说道，“还有那个伊利安人。你和他们谈过了吗？”

盖温点点头：“我已经命令一些白塔卫队盯着他们两个。不过，从某种角度上讲，奈妮薇已经为他们做了担保。”

“某种角度？”

“她不断骂那个霄辰人是个羊毛脑袋，但她也说，那个霄辰人应该无意伤害你。”

“很好。”艾雯很庆幸自己终于找到一个能够与之对话的霄辰人。光明啊，如果她不得不和霄辰人作战，而兽魔人又在此时从北方发动攻击，她该如何应对？

“你自己一直都没有睡过。”艾雯注意到盖温通红的眼睛。这时她的护法已经坐到她的桌子前面。

“必须有人守着门，”他说道，“如果让卫兵来守门，所有人都会知道，你并不在梅丽罗。”

艾雯咬了一口面包——这东西是用什么做的？她的目光又落回报告上。盖温是对的，但她不喜欢看到盖温在这样的日子里完全得不到休息。护法约缚也不是万能的。

“看样子，凯姆林真的已经落入暗影手中了。”艾雯说道，“城墙被攻破，宫殿被占领。不过兽魔人并没有烧光全城。大部分城市都毁了，但并非是全部。”

“是的，”盖温说，“不管怎样，我们已经失去凯姆林了。”艾雯从约缚中感觉到了他的紧张。

“我很难过。”

“许多人都逃了出来。但凯姆林在被攻击前容纳了多少人，现在已经很难统计了。有许多难民都是在不久前刚刚进城的。昨晚可能有几十万人都遇难了。”

艾雯呼了一口气。这相当于一支规模巨大的军队。在一夜间就荡然无存了。而这也许只是一个开始，真正的灾难和考验还没到来。到现在为止，坎多又有多少人罹难？对此他们只能猜测。

凯姆林城中还储存着安多军队的大量物资。想到可能还有数十万人逃出了那座正在燃烧的城市，正在旷野中漫无目的地游荡，艾雯感到一阵难过。但又想到伊兰的军队即将失去食物供给，则让艾雯感到不寒而栗。

艾雯给希维纳写了一张纸条，要求她派遣全部有足够力量的姐妹去为难民进行治疗，并用神行术将他们送往白桥。也许她还可以从那里运送一些粮草去梅丽罗。但白桥的物资储备也已经相当有限了。

“你看到最下面那句话了吗？”盖温问。

她还没看到。艾雯皱了皱眉，发现文件最下面有一句笔迹出自希维纳：兰德·亚瑟要求所有人参与他的会议，时间就定在……

艾雯抬起头，看了看房里那只老落地座钟。还有半个小时就到会议时间了。她呻吟一声，开始狼吞虎咽地把剩下的早餐塞进嘴里。她的吃相没有半点文雅可言。但光明烧了她吧，她可不想带着空落落的肚子去和兰德见面。

“我要让那个男孩老实一点。”她一边说，一边用毛巾抹着脸，“好了，我们出发。”

“我们一定要最后进入会场，”盖温说着，站起了身，“要让他明白，他不能对我们发号施令。”

“也让他有机会趁我不在时和其他人见面，在我有机会压制他以前就实现他的计划吗？不管我是否喜欢，现在握住缰绳的是兰德。所有人都在迫不及待地想要知道他打算干些什么。”

艾雯打开通往她的帐篷的神行术通道。她在帐篷的一角安排了专门用于开启通道的地方。她和盖温走了过去，然后径直离开帐篷，来到一片喧嚣的梅丽罗平原之中。到处都是人喊马嘶的声音。远处传来一阵阵马蹄声，一支支部队正在向会场前进。兰德到底知不知道他在干些什么？像这样把士兵们聚集在一起，让每个人的神经都无比紧张，却又无所适从，就好像在铁锅里装满烟火，再把这只铁锅放在火炉上一样。最终只能导致一场爆炸。

艾雯需要控制住这种混乱的局面。她大步走出帐篷。盖温走在她左后侧。艾雯很快就让自己的表情恢复镇定从容。世界需要一位玉座。

希维纳正等在帐篷外，肩披圣巾，手拿法杖，仿佛她正打算去参加一场白塔的评议会。

“等到会议召开后，就照这个去做。”艾雯一边说，一边递给她一张纸条。

“是，吾母。”撰史者一边说着，一边跟随在艾雯右后侧。艾雯不需要回头看，就知道希维纳和盖温在刻意忽略对方。

在营地西侧，艾雯发现一群两仪师正激烈地争论着什么。她走过去，那些人立刻都闭住了嘴。一名马夫为她牵过奔越来，这是一匹脾气暴躁的斑纹骟马。她上马时，看了那些两仪师一眼。“只有宗派守护者能去。”

这个命令立刻引发一阵严肃而条理分明的埋怨，每一个提出意见的人都带着两仪师的威严气势，每一个人都认为自己有权利参与会议。艾雯看着她们。

她们渐渐恢复了沉默。她们是两仪师，知道不该像普通人那样争吵不休。

宗派守护者们聚集了起来。艾雯一边等待，一边眺望着梅丽罗平原。这里是夏纳草原中一片巨大的三角形区域，其中两边是两条在此汇聚的河流——莫拉河和艾瑞尼河。第三边是一片森林。戴沙丘兀立在这片三角形平原的中间，那是一座大约一百尺高的石山，边缘是陡立的峭壁。在莫拉河艾拉非的一侧，是包罗夫高地，一片大约四十尺高的平顶山丘，三面都是缓坡，只有临河的一面是陡峭山壁。包罗夫高地的西南方有一片泥沼地区，靠近被称为哈沃浅滩的莫拉河河滩。那里是在艾拉非和夏纳之间穿行的一条快捷通道。

距离这里不远处有一个巨森灵聚落。再向北是些古老的岩石废墟。艾雯在到达后不久就向那个聚落派去使者，表达敬意。但兰德并没有邀请巨森灵参加他的会议。

军队正在迅速聚集。边境国的旗帜在西方飘扬，那里是兰德扎营的地方，佩林的旗帜也在那里。佩林竟然也有了自己的旗帜，这可真奇怪。

伊兰的队伍正从南边向着平原中央的会场前进。女王走在队伍的最前面。她的王宫已经被烧毁，但她依旧稳稳地率领着自己的队伍，直视前方的双眼显得波澜不惊。在佩林和伊兰之间是提尔人和伊利安人。光明啊，是谁让这两支军队的营地靠得这么近的？现在这两支军队正并肩而行，双方都几乎带出了自己的全部人马。

艾雯希望自己能尽早出发。她的出现会让这些君王们镇静下来，也许能阻止一场潜在的危机爆发。这些君王们都不喜欢身边有这么多艾伊尔人。除了沙度以外，每一个艾伊尔部族都来到了这里。艾雯现在还不知道他们到底会支持兰德，还是支持她。一些智者已经听取了艾雯的吁求，但艾雯还没得到她们的任何承诺。

“看那边，海民也来了，”赛尔琳来到艾雯的马旁，“您邀请他们了？”

艾雯摇摇头：“没有，我怀疑他们不会反对兰德。”实际上，她与寻风手们在特·雅兰·瑞奥德中会面后，就再不想与这些商人打交道了。她很害怕当自己一觉醒来，发现自己不但把自己的长子卖给了海民，还卖掉了整座白塔。

海民们正从兰德营地附近的神行术通道中走出来，那真是一支非同凡响的队伍。每一个人都穿着色彩艳丽的锦缎衣裤，波涛长和掌剑手们如同君王般高傲威严。

光明啊，艾雯想，真不知道这样规模的一场会议要持续多久。几乎每一个国家都出现在这里，而且还加上海民和艾伊尔人。只有莫兰迪、阿拉多曼和被霄辰控制的国土没有代表出席。

宗派守护者们终于全部上了马，聚集到艾雯身边。她们都渴望迅速赶到会场，但没有人敢表现出心中的焦急。艾雯开始催马向会场慢跑起来。布伦的士兵在后面组成护卫队形，高举长枪，迈着整齐的步伐随两仪师前进。他们身穿白色制服，上面绣着塔瓦隆之焰。两仪师们被他们的半环形队列围绕在中心，但没有一名士兵超越到两仪师之前。其他军队所依赖的是男人的臂力。而白塔则有更强的实力。

每一支军队都在向会议地点聚集。兰德早就命令不得在这片位于原野中心的区域内安扎营地。这么多士兵同时出现在一片天然的战场上，最好不要在这时出现什么意外。

伊兰首先在半途中离开了她庞大的军队，只带着一支约百人的小型卫队继续前行。艾雯也这么做了。其他君王纷纷效仿，他们麾下的士兵围绕中心会场组成了一个巨大的环形阵势。

阳光洒落在艾雯身上，让艾雯不由得注意到了原野上方那一片被乌云围绕的圆形天空。兰德的确会以怪异的方式影响他周围的世界。不需要旗帜，不需要信使，他就能向所有人昭示自己的到来。乌云总是会从他的头顶上方消退，让阳光重新洒向大地。

不过，他似乎还没来到会场。艾雯首先和伊兰相见。“伊兰，我很难过。”她已经不是第一次对伊兰这样说了。

那名金发女子依旧目视前方：“凯姆林已经失陷了，但那座城市并不代表整个国家。我们必须举行这次会议，但时间不能太久。我还要尽早赶回安多。兰德在哪里？”

“他似乎并不着急，”艾雯说，“他总是这样。”

“我已经和艾玲达谈过了。”伊兰说道。她的枣红马不停地踏着步子，打着响鼻。“艾玲达昨晚和兰德在一起，但他没有告诉艾玲达今天打算做什么。”

“他曾经提过会对所有人提出要求。”艾雯一边说，一边看着君主们率领他们的随员一一就位。首先是提尔国王达林·西斯尼拉。虽然他的王冠来自兰德，但他会支持艾雯。霄辰的威胁仍然深深困扰着他。这名中年男人留着黑色的尖胡，看起来算不上英俊，但显得镇定自若，充满信心。他在马背上向艾雯鞠了个躬。艾雯伸出戴着戒指的手。

达林犹豫了一下，下了马，向前走过来，低下头亲吻了艾雯的戒指：“光明照耀您，吾母。”

“很高兴能在这里见到你，达林。”

“只要您确保对我的承诺，能在我需要时立即为我施展神行术。”

“你不会失望的。”

他又鞠了个躬，同时看了一眼正从另一边骑马向艾雯走来的一个人。是瑞格林，伊利安总管。在很多方面，他与达林处在同等位置上，但并非全部。兰德曾经任命达林为提尔总管，但提尔大君们请求他加冕达林为国王。瑞格林则仍然只是一名总管。最近这个高大的男人消瘦了不少。在他留着伊利安式胡须的圆脸上，双颊已经陷了下去。他没等艾雯的动作，就从马背上跳下来，握住艾雯的手，以庄重的姿势鞠了个躬，并亲吻了她的戒指。

“很高兴你们两人能够抛弃分歧，和我同心协力。”艾雯用话语将他们相互瞪视的目光吸引过来。

“真龙大人的意图……很让人不安，”达林说，“他选择我领导提尔，是因为我曾经反对过他，并且不是为了一己私利。我相信，如果我详细向他陈述，他会听取我的意见。”

瑞格林哼了一声：“真龙大人会这么做，一定有充分的理由。我们需要认真和他辩论。当然，我相信他会明白我们的道理。”

“我的撰史者有话要对你们说，”艾雯说道，“请听听她说些什么。白塔会铭记你们的合作。”

希维纳策马上前，将瑞格林引到一旁，开始与他交谈。其实希维纳并不会对他说什么重要的话。艾雯只是不希望这两个人会在她面前争吵起来。希维纳得到的命令就是要将他们分开。

达林观察着艾雯，他似乎明白艾雯这么做的目的，但只是一言不发地回到了自己的马上。

“你显得有些困扰，达林王。”艾雯说。

“一些古老的仇怨要比海洋更深，吾母。我几乎在怀疑，这次会议是不是暗帝在幕后操纵的结果。他希望我们能在这里相互解决掉，协助他实现他的目的。”

“我明白，”艾雯说，“也许你应该告诫你的部下，今天在这里不能出现任何‘意外’。如果你已经这么做了，就再做一遍。”

“您的建议非常睿智。”他又鞠了个躬，便退了下去。

像伊兰一样，达林和瑞格林都是她的支持者。如果伊兰所说的雅莲德女王的情况属实，那么海丹将支持兰德。海丹不算是强大的国家，艾雯也不会对雅莲德感到担忧。但边境国就是另一回事了。兰德似乎已经赢得了他们的忠诚。

每一面边境国的旗帜后面都跟随着一支军队。除了坎多女王艾森勒以外，其他边境国王都到了这里。现在艾森勒正在坎多收容组织逃散的难民，但她也留下了一支规模可观的部队，其中还包括她的长子安托尔。她显然是在以此宣示，今天的会议对坎多而言，就像她必须面对的战争一样重要。

坎多是最后战争的第一个受害者。有报告指称，现在那个国家全境都已经燃起了战火。安多会是下一个吗？那么两河呢？镇定，艾雯想道。

辨别这些君王都“属于”哪一个阵营，这种事让艾雯感觉很不好。但这是她的责任。兰德不能亲自指挥最后战争，这无疑将成为她的责任。兰德的任务是与暗帝作战，他不可能有精力和时间像统帅般指挥军队进行战斗。艾雯打算利用这次会议，让白塔成为率领各国军队对抗暗影的领袖。当然，她也不会放弃身为封印守护者的责任。

对于现在的这个兰德，她能有多少信任？这个男人已经不再是和她青梅竹马一同长大，甚至订有婚约的兰德了。他更像是艾伊尔荒漠中的那个兰德，只是显得更有自信，也许还更聪明一些。而且他显然已经成为一个贵族游戏的高手。

他的这些改变并不是坏事，只要他还是一个会听从道理的人。

那是阿拉多曼的旗帜吗？艾雯惊讶地想道。不止是阿拉多曼的国旗，而且还有国王的旗帜，这说明刚刚到达梅丽罗平原的这支队伍中有阿拉多曼国王本人。罗代尔·伊图拉德终于登上了王座？还是兰德又选了别人？阿拉多曼国王的旗帜就飘扬在达弗朗·巴歇尔的旗帜旁边。后者是沙戴亚女王的舅舅。

“光明啊，”盖温催马来到艾雯身边，“那面旗……”

“我看到了，”艾雯说，“我一定要用钉子戳死史汪。她的眼线有没有提到现在坐在那个王位上的人是谁？我一直担心阿拉多曼人只能在没有君王的情况下参加最后战争。”

“阿拉多曼人？我说的是那个。”

艾雯跟随着盖温的眼神。一支新的部队正在一面绘着红色公牛的旗帜下向会场走来。“莫兰迪，”艾雯说道，“罗德蓝终于决定加入诸国的行列之中了。我倒想知道他怎么会做出这个决定。”

新来的莫兰迪士兵显得相当耀眼，至少他们的外表已经给人留下了深刻的印象：黄色和红色战袍披在铠甲外面，头顶是黄铜宽檐头盔，红色宽腰带上有着公牛冲锋的徽章。他们和安多人保持着距离，绕过艾伊尔队伍身后，从西北方进入会场。

艾雯向兰德的营地看了一眼。那里仍然没有真龙出现的迹象。

“来吧。”她催赶奔越，向莫兰迪人的队伍走去。盖温跟随在她身边。库班率领一支二十名士兵的队伍作为护卫。

罗德蓝肥胖的身躯被包裹在红色和金色的军装里面，艾雯几乎能听到他胯下的战马每走一步都因不堪重负而低声呻吟。他稀疏的头发已经是白多黑少，但他的眼神却犀利得出人意料。这位莫兰迪国王几乎只是卢加德一座城市的统治者。但有报告称，他对于扩展自己的统治范围很有些手段。再过几年，也许他就能真正将莫兰迪全境纳入自己的囊中了。

罗德蓝抬起一只肥大的手掌，让自己的队伍停了下来。艾雯拉住马缰，等待他过来。这是对玉座应有的礼仪，但他并没有这么做。

盖温低声骂了一句。艾雯的嘴角则浮上一丝微笑。护法实在是很有用，至少能够表达一下她无法表达的情绪。最后，艾雯催马向前。

“看来，”罗德蓝上下打量着艾雯，“你就是那个新玉座，一个安多人。”

“玉座没有国籍。”艾雯冷冷地说，“罗德蓝，看到你出现在这里，我倒是有些好奇。真龙什么时候对你发出了邀请？”

“他没有。”罗德蓝挥手让身边的侍酒仆人为他奉上一杯葡萄酒，“但我认为现在莫兰迪已经不能置身事外了。”

“那么你又是借助谁的神行术来到这里？你肯定不是穿过安多，行军过来的。”

罗德蓝犹豫了一下。

“你是从南方过来的，”艾雯审视着他，“果然是安多。是伊兰找你来的？”

“我不是因她的命令而来的。”罗德蓝有些气恼地说道，“那个该死的女王向我承诺，如果我支持她的行动，她就会发布一份公告，承诺不会再入侵莫兰迪。”他又犹豫了一下：“而且，我也很想看看这个伪龙。在他面前，这个世界上的每一个人似乎都失去了理智。”

“你知道这场会议的目的是为了什么，对吗？”艾雯问。

他挥了挥手：“说服那个人，放弃他的征服之道，或者是诸如此类的事情。”

“很好，”艾雯向前倾过身，“我听说你的统治相当不错。卢加德终于有了莫兰迪首都的样子。”

“是的，”罗德蓝王在马鞍上把身子又挺直了一些，“的确如此。”

艾雯把身子继续向前倾过去。“欢迎你来到这里。”她轻声说道，又露出一个微笑。然后，她就调转奔越的马头，带着自己的卫队回去了。

“艾雯，”盖温策马来到她身边，低声说道，“真的这样就可以了？”

“他看起来是不是显得很困扰？”

盖温回头瞥了一眼：“非常困扰。”

“很好。”

盖温跟随艾雯继续走了几步，然后突然笑了起来："你可真邪恶。"

"就像报告中所说的那样，他是个粗鲁无礼的家伙。"艾雯说，"但现在，他可能要连续几晚寻思白塔将如何操控他的王国了。如果真的很记仇，我就会安排一些精彩的秘密，让他去挖掘。不过，那个牧羊人到底在哪里？他才是真正蛮横不讲理的家伙，竟然要我们……"

她的声音低了下去。因为她正看到兰德走过来。兰德穿着金红色外衣，大步走过枯萎的草原。一只大的包袱飘浮在他身边，由艾雯无法看见的编织支撑着。

他脚下的草叶都恢复了绿色。

这种改变并不显著。只是在他走过的地方，草叶才会恢复生机，绿色如同透过百叶窗的柔和光亮，从他脚下向四周散播。人们纷纷后退。马匹蹬踏着地面。几分钟之内，环形军阵脚下的草都复活了。

艾雯不知道自己已经有多久没见过绿色的草丛了。她用力呼吸着。空气中阴郁的氛围仿佛也减轻了。她不由得低声嘟囔："如果能知道他是怎么做到的，我肯定愿意付出一大笔钱。"

"是至上力吗？"盖温问，"我曾经见过两仪师让花朵在冬季开放。"

"我不知道有什么编织能够造成这种变化，"艾雯说，"这种感觉非常自然，不像是至上力造成的。去看看，能不能搞清楚他是怎么做到的。也许有殉道使护法的两仪师能提供一些情报。"

盖温点点头，悄然退下。

兰德继续向前走着，身边是那只大包袱、穿黑色外衣的殉道使和艾伊尔卫队。艾伊尔人排成整齐的队列，如同海潮般扫过原野，向周围扩散开去。所有追随兰德的士兵都为艾伊尔人让开道路。对于许多老兵而言，这样一群穿着褐色凯丁瑟、茶色皮肤的武士就意味着死亡。

兰德平静而专注地走着。他用风之力携带的那只布包开始在他面前被打开，大幅帆布在风中被一层层展开，相互缠结，拖出长长的绳子。木桩和金属长钉从包袱中掉落出来，兰德用看不见的风之力丝线捉住它们，将它们安放就位。

他的步伐始终保持着平稳流畅，他也没有看一眼那些巨大的布片、木桩和铁钉。帆布在他面前跃动，如同跳出水面的游鱼。小块泥土从地面爆起。一些士兵显然是被吓到了。

他倒是成为一个杂耍艺人了，艾雯想道。这时那些木桩已经落进地面出现的小土坑中。帆布上的绳索将它们逐一绕住，系紧。不到一分钟，一座巨大的亭帐已经出现在众人眼前。真龙旗和带有古代两仪师徽记的旗帜高高地飘扬在旗杆顶端。

兰德依旧迈着稳定的步伐，向亭帐走来。帐帘在他面前分开。“你们每个人可以带五名随从。”他一边走进亭帐，一边说道。

“希维纳，”艾雯说，“赛尔琳、罗曼妲、蕾兰跟我进去。等盖温回来，他将是我的第五名随员。”

她身后的宗派守护者们默默地接受了这个决定。玉座当然应该带上护法以保护自己，带上撰史者支持自己。另外三个人已经被公认为是白塔中最具影响力的人物。而且这四名两仪师中，两个人曾属于沙力达阵营，两个人一直留在白塔之中。

其他君主都尾随在艾雯后面。所有人都明白，这次会面实际上是艾雯和兰德的一场交锋，或者可以说，它将决定这个世界的控制者是转生真龙，还是玉座。

亭帐中没有椅子，不过兰德已经在亭帐的角落里悬起阳极力光球，用以照明。一名殉道使在亭帐中心处摆放了一张小桌子。艾雯迅速数了一下，一共有十三颗光球。

兰德面对着她，双手背在身后。用右手握住左臂似乎已经成了他的习惯。明站在他身旁，一只手挽着他的手臂。

“吾母。”兰德向艾雯点了点头。

就是说，他会表现出尊敬她的样子？艾雯也向兰德点头致意：“真龙大人。”

其他统治者和他们的随员也逐次走进亭帐。其中不少人都面露怯意。伊兰走进来时，看到兰德向她露出的温暖笑容，她哀伤的面容立刻明亮了不少。这个羊毛脑袋的女人已经完全被兰德迷住了，甚至当她知道兰德使用各种手段让各国君主来到这里时，还为他感到高兴，为他的狡黠手腕感到骄傲。

难道你一点也不为他感到骄傲吗？艾雯问自己。兰德·亚瑟，曾经只是一个普通的乡下男孩，你那傻头傻脑的未婚夫。而现在，他变成这个世界上权力最大的男人。你不曾为他所做的一切感到过骄傲吗？

也许的确有一点。

边境国的君王们走了进来，领头的是夏纳的艾沙王。他们身上看不到一点胆怯的意味。率领阿拉多曼人的则是一个艾雯不认识的老者。

“亚撒拉姆。”希维纳悄声说道。撰史者的语气显得有些惊讶：“他回来了。”

艾雯皱起眉。关于这个阿拉多曼国王的重新出现，为什么她没有得到一点消息？光明啊，兰德知道白塔曾经想要监护这名国王吗？艾雯自己也是在几天前刚刚从爱莉达的文件堆中查知此事。

凯苏安走了进来。兰德向她点点头，仿佛是在给予她某种许可。凯苏安的身边没有五名随员，而兰德似乎也没有将她视为艾雯属下的五个人之一。这对艾雯来说将是一个麻烦的先例。佩林和他的妻子一同走进亭帐，肩并肩地站在亭帐一侧。佩林抱起他树桩般粗壮的手臂，腰带上挂着他的新锤子。他的表情比兰德明确得多。他很担忧，但他信任兰德。奈妮薇和佩林是一样的表情。光明烧了她吧！而且奈妮薇也站到佩林和菲儿身边。

艾伊尔部族首领和智者们走进了亭帐，他们人数众多。兰德的"只带五个人"的命令对他们而言，也许是每个部族首领可以带五名随员。一些智者，包括索瑞林和艾密斯在内，都来到亭帐内艾雯所在的这一侧。

光明祝福她们，艾雯一边想，一边松开了屏住的呼吸。兰德朝那些女人眨眨眼。艾雯捕捉到他的嘴唇微微抿紧了一下。并非全部艾伊尔人都支持他，这点让他感到惊讶了。

莫兰迪的罗德蓝王是最后一批走进亭帐中的人之一。艾雯注意到一件不太寻常的事情，兰德的几名殉道使：那瑞玛、弗林、耐伊夫走在罗德蓝身后，其他殉道使都聚在兰德身边，看起来就像身边有狼走过的猫一样警戒。

兰德走到那个比他矮一些的肥胖国王面前，低头俯视着他的眼睛。罗德蓝动了动嘴唇，又拿出一块手巾，擦拭着眉毛。兰德只是目不转睛地盯着他。

"请问有什么事？"罗德蓝终于问道，"他们都说，你是转生真龙。我不知道我会让你……"

"闭嘴。"兰德向他竖起一根手指。

罗德蓝立刻安静下来。

"光明烧了我吧，"兰德说，"你不是他？"

"谁？"罗德蓝问。

兰德转过身，摆摆手，示意那瑞玛等人不必躁动。殉道使们不情愿地退回原位。"我还曾非常肯定……"兰德一边说，一边摇着头，"你在哪里？"

"谁？"罗德蓝几乎是尖叫着问道。

兰德没理睬他。亭帐的帘子终于落下不动了。所有有资格参与这次会议的人都到齐了。"好的，"兰德说道，"感谢你们来到这里。"

"我们似乎没有什么该死的选择权。"瑞格林嘟囔着，他带了五名伊利安贵族，全是九人议会的成员。"光明烧了我们吧，我们已经被困在你和白塔之间了。"

"你们一定都已经知道，"兰德继续说道，"坎多和凯姆林都已经被暗影攻陷。马吉尔最后的国人正在塔文隘口遭受猛攻。末日到来了。"

“那么，我们为什么还要在这里无所事事，兰德·亚瑟？”艾拉非国王培塔问道。这名老者的头顶上只剩下稀疏的一缕灰发，但他依旧威势逼人。“让我们结束这种无谓的会议吧！现在是进行战斗的时刻。”

“我承诺过会让你有战斗的机会，培塔，”兰德轻声说道，“但你现在还需做片刻的忍耐。三千年前，我在战场上领教过暗帝的力量。我们拥有传说纪元的各种奇迹，那时的两仪师能施展出你无法想象的神奇异能。普通人也能依靠特法器飞行，并且刀枪不入。我们虽然赢了，但付出了惨痛的代价。你有没有想过，我们这一次必须抵抗的暗影力量丝毫不弱于前一次，他的弃光魔使依旧年轻强大。但我们和那时的世人不一样了，远远不一样了。”

帐篷里陷入沉默，帐帘不断被风吹动着。

“你在说什么，兰德·亚瑟？”艾雯抱起了双臂，“我们已经是死路一条了吗？”

“我的意思是，我们需要计划，”兰德说道，“我们必须集中力量发动进攻。上一次，我们在这方面做得很糟，这几乎让我们彻底输掉了那场战争。那时我们每个人都自以为掌握了最好的策略，”他看着艾雯的眼睛，“那些日子里，每一个人都认为自己应该是战争的指挥者，统帅军队的将军。正因为这样，我们险些失败，阳极力遭受污染，世界崩毁，一半的导引者陷入疯狂。我像所有人一样，对此负有责任，而且很可能是我负的责任最大。

“我不会让这种事情再次发生。我不会在拯救这个世界之后，又让它再一次遭受毁灭！我不会为了人类的诸国送掉性命，却只是导致它们在兽魔人消亡后调转矛头，相互攻歼。这正是你们的计划。光明烧了我吧，我知道，你们就是这么打算的！”

瑞格林和达林在相互瞪视，罗德蓝正在用贪婪的目光看着伊兰。在这场战争中，哪个国家将会一败涂地，又有哪个国家会大公无私地帮助它的邻邦？而所有的奉献精神又会在多久之后转变成对别国土地、财富，甚至于王位的觊觎？

这里的许多位君王都是正直的人，但任何一个正直的人在拥有如此巨大的权力后，内心都难免产生扭曲。即使是伊兰，当机会被放在面前时，也会毫不犹豫地伸手拿下另一个国家。她当然有可能这么做，这是君王的天性，是国家的本能。对伊兰来说，这甚至是一个正义的选择，凯瑞安在她的统治下肯定会比现在更加繁荣昌盛。

抱持同样想法的还有多少人？他们都以为能够比别人统治得更好？能够让别人的家国恢复秩序和安全？

“没有人想要战争，”艾雯的话吸引众人的注意，“但不管怎样，我相信你想要做的已经超出了你的能力，兰德·亚瑟。你不能改变人类的本性，也不能以你的痴心妄想改变这个世界。还是让人们过自己的生活，为他们自己选择道路吧。”

“我不会的，艾雯。”兰德说道。他的眼里燃烧着火焰。艾雯记得很清楚，当兰德第一次要将艾伊尔人纳入他的麾下时，眼里就燃烧着这样的火焰。是的，当兰德以为人们无法像他一样看清这个世界时，他就会露出这种恼恨的样子。

“我看不出你能做些什么，”艾雯说，“你会任命一个皇帝来统治我们所有人吗？你会成为一个真正独裁者，一个暴君吗，兰德·亚瑟？”

兰德没有反驳。他向旁边一伸手，一名殉道使将一只纸卷递到他的手上。兰德接过它，把它放在亭帐中心的小桌上，用至上力将它摊开，压平。

这份尺寸相当巨大的文件上写满了细密的小字。“我称它为《真龙和约》，”兰德轻声说，“这是我将对你们提出的三个要求中的一个。为了换取我的生命，你们必须向我付出代价。”

“让我看看，”伊兰向那份合约伸出手。兰德显然是放松了自己的编织。伊兰在众多面露惊讶的君王面前，轻松地把这份合约拿在手中。

“这份合约将你们的国境限定在当前的位置上，”兰德再一次将手背在身后，“它禁止国家攻击国家，并要求在每一个国家的首都开设一座大型学院。国家的统治者必须为学院提供全部所需经费，并向所有愿意进入学院学习的人敞开大门。”

“这上面的内容还不止这些，”伊兰用一根手指点着文件上的文字，快速阅读着，“如果有人攻击不属于自己的土地，哪怕只是引发小规模的边境冲突，世界诸国都有责任共同保卫受攻击的地方。光明啊！还有阻止贸易争端的关税限制。各国统治者之间除非有清晰的血缘关系区分，否则将不得通婚。挑起冲突的领主和君主将被剥夺自己所有的土地……兰德，你真的以为我们会签下这份合约？”

“是的。”

君王们的愤怒显而易见。但艾雯只是静静地站着，同时迅速瞥了一眼其他两仪师。她们都显得非常困扰。亭帐中的众人有这种反应是理所当然的。而这还只是兰德的“代价”的一部分。

君王们都在窃窃私语，每个人都迫不及待地想要看一看文件的内容，却又都不想凑到伊兰身边，打扰她的阅读。幸好兰德已经想到了这一点，小份的合约抄本很快就被散发下去。

“但有时候，发生冲突也是在所难免的！”达林看着手中的抄本说道，“比如，在我们和意图侵略的邻居之间开辟一个缓冲区。”

“或者，如果我们国家的一些国民的确居住在国界的另一边呢?”瑞格林问，“如果他们遭受侵害，难道我们没有权力越过国界，保护他们吗？如果像霄辰那样的势力夺取我们的土地呢？禁止战争，这简直太荒谬了!”

“我同意，”达林说，“真龙大人，我们应该有权保卫属于我们的土地!”

“我，”艾雯打断了这场争论，“更有兴趣听一听他的另外两个要求是什么。”

“其中一个，你已经知道了。”兰德说。

“封印。”艾雯说。

“签署这份合约对白塔的权威并不会造成限制，”兰德显然没有理会艾雯的话，“我也不可能阻止你们相互造成影响。这肯定是愚蠢的。”

“这已经很愚蠢了。”伊兰说。

伊兰已经不再为他感到骄傲了，艾雯心想。

“只要还有政治游戏，”兰德继续对艾雯说道，“两仪师就能利用它们操控诸国。实际上，这份文件对你们是有好处的。白塔一直都宣称战争是缺乏智慧的短视行为，实际上，你们也一直坚信这一点。但对于你们，我有别的要求，就是封印。”

“我是它们的守护者。”

“只是名义上的。封印才刚刚被发现不久，现在它们在我的手中。正是因为尊重你的传统名号，我才会先和你商讨关于它们的事情。”

“和我商讨？你没有向我提出任何要求，”艾雯说，“甚至没有问过我的打算，只是出现在我面前，告诉我你要做什么，然后就走掉了。”

“我拥有封印，”兰德重复道，“我会打破它们。我不会允许任何人阻止我保护这个世界，哪怕是你。”

在他们周围，对于《真龙和约》的讨论还在继续着。君主们和他们的随员或邻邦悄声议论着。艾雯向前迈出一步，和兰德隔着桌子对视着。其他人暂时还无暇注意他们两人。“如果我阻止你，你就无法打破它们，兰德。”

“为什么你想要阻止我，艾雯？给我一个理由，让我知道我的想法有什么不好。”

“难道还有什么理由比暗帝降临尘世更加有力?”

“在至上力之战期间，他并没有被释放到世界上，”兰德说，“他能碰触这个世界，但还是无法穿过被打开的裂隙，至少不是立刻就能穿越过来。”

“那么，让他碰触世界的代价又是什么？现在这个世界已经变成什么样子了？恐怖、灾难、毁灭。你知道大地上发生了什么。死人行于世上，因缘发生扭曲。这还仅仅是封印被削弱后发生的！如果我们真的打破了封印呢？到时候，只有光明知道会发生什么。”

“我们必须冒这个险。”

“我不同意，兰德，你不知道打破他的封印意味着什么……你同样不知道这是否会彻底将他释放。你不知道上一次裂隙被封印时，他距离自由已经有多么近了。粉碎封印可能摧毁整个世界！如果我们唯一的希望就在于他还受到束缚，无法得到完全的自由呢？”

“仅仅是现在这样，是不行的，艾雯。”

“你也不知道，你知道吗？”

兰德犹豫了一下：“生命中的许多事情都是无法确定的。”

“所以，你也不知道，”艾雯说，“而我则一直在翻阅史籍，查找情报，搜寻信息。你有没有读过那些研究这个问题的著述文章，思考过那些研究的成果？”

“那些都是两仪师的凭空揣测。”

“那是我们唯一拥有的信息，兰德！打开暗帝的牢狱，一切都将毁于一旦。我们必须更加谨慎。这正是玉座的职责所在，也是白塔得以建立的首要原因！”

兰德的确在犹豫了。光明啊，他真的在思考。他能够被说服吗？

“我不喜欢这样，艾雯，”兰德轻声说道，“如果我在与他战斗时，他的封印还没有被破除掉，我将只能再次给这个世界留下一个不完美的结局，一个带有漏洞的补丁，甚至可能比上一次还要糟糕。因为被削弱的旧封印还在，我只能在裂缝上填塞新的封印。有谁能知道，这一次的封印又能持续多久？也许再过一两个世纪，我们就又要将这场战争再重复一遍了。”

“情况会有这么糟糕吗？”艾雯问，“至少，我们能够确定你上一次封印了裂隙。你知道该如何去做。”

“至上力将再一次遭到污染。”

“这一次，我们已经做好了准备。当然，这样的解决方式可能不理想。但兰德……我们真的要冒这个险吗？用所有生灵的命运去冒险？为什么不选择简单一些的方式，选择我们已知的方式？修复封印，关闭暗帝的牢狱。”

“不，艾雯，”兰德向后退去，“光明啊！难道事实会是这样吗？你们希望至上力再次被污染。你们两仪师……你们想到男性导引者将形成自己的力量，就感觉到了威胁，害怕自己的权威受损！”

“兰德·亚瑟，难道你竟然愚蠢到了这个地步吗？”

兰德看着她的眼睛。他们两个人的对话将决定这个世界的存亡，而各国的君王们却几乎没有留意他们在说些什么。这些人只关心兰德抛出的那份合约，为此而愤懑不平地抱怨着。也许这正是兰德计划的一部分。用眼前的蝇头小利吸引住他们，然后再发动真正的攻击。

慢慢地，兰德脸上的怒意消退了。他抬起头，手按在脑袋上："光明啊，艾雯。你还是那个艾雯，就像是我的妹妹，把我气得胡言乱语，却又那么爱你，对你无可奈何。"

"至少我还没有变。"艾雯说道。现在他们都在桌边向对方倾过身子，把声音压得非常低。他们身旁的佩林和奈妮薇也许能听到他们在说什么。明也凑了过来。盖温已经回来了，但他一直和他们保持着距离。凯苏安在帐篷里来回踱步，眼睛不停地瞥着其他地方。她的伪装太明显了，显然她真正的注意力就在他们身上。

"我可没有什么愚蠢的念头，想要让至上力再受污染，"艾雯说，"你知道我不是这样的人。我们讨论的是保护人类。真不敢相信，你竟然冒着毁灭整个世界的危险，只为了一个如此渺茫的机会。"

"一个渺茫的机会?"兰德说，"我们讨论的是让世界陷于黑暗还是开始一个新的传说纪元。这一次，我们有可能实现和平，结束痛苦；也有可能造成另一次世界崩毁。光明啊，艾雯，我并不能确定用原先的办法是否还能修补封印，或者制造出新的封印。暗帝一定已经做好了准备，不会再因为同样的原因失败了。"

"那么，你有别的办法吗?"

"我已经告诉过你了。我要打碎封印，除去旧有的，不完美的障碍，并尝试用新的方法战胜暗帝。"

"如果你失败了，兰德，付出代价的将是整个世界，"艾雯想了一会儿，"你还有事情没告诉我，到底是什么事?"

兰德露出犹豫的表情。片刻间，他似乎又变成那个和麦特一起偷考索恩大妈的馅饼，被她逮到的那个男孩："我要杀了他，艾雯。"

"谁? 莫瑞笛?"

"暗帝。"

艾雯惊骇地后退一步："抱歉，你的意思是……"

"我要杀了他，"兰德向前俯过身激动地说道，"要终结暗帝。只要他还存在，还潜伏在因缘之中，我们就永远不可能得到真正的和平。我会打开他的牢狱，进入其中，和他正面交锋。如果有必要，我会建立一个新的牢狱。但首先，我要试着结束这一切，保护因缘和时光之轮。"

"光明啊，兰德，你疯了!"

"是的，这也属于我必须付出的代价。幸运的是，大概只有无法清晰思考的人才敢做这种事。”

“我会和你战斗，兰德，”艾雯悄声说道，“我不会让你以这种方式毁掉世界。你要明白这其中的道理，兰德，白塔可以指引你。”

“我知道白塔的指引是什么样子，艾雯，”兰德答道，“被塞进盒子里，每天遭受毒打。”

两个人隔着桌子对视着。在他们身旁，人们的争论还在继续。

“我不介意签署这份合约，”泰诺比说道，“我觉得这种安排还是很好的。”

“呸！”瑞格林喊道，“你们边境国人从来都不在乎南方人的政治理念。你会签署它？好吧，那随便你。但我可不会用锁链把我的国家拴住。”

“这倒让我觉得有些奇怪。”艾沙说道。这名面容镇定的老者不住地摇着头，让头顶的白色发髻也随之来回摆动：“据我所知，那并不是你的国家，瑞格林。除非你认为真龙大人将要死去，而马汀·斯戴潘诺又不会要回他的王座。我相信，他也许愿意看到真龙大人戴上月桂王冠，但不会是你。”

“这一切真的有任何意义吗？”雅莲德问，“霄辰人才是我们需要担心的，难道不是吗？只要他们存在，和平就永远也不可能实现。”

“是的，”瑞格林说，“霄辰人和那些该诅咒的白袍众。”

“我们会签署合约。”加拉德说。不知为什么，《真龙和约》的正本落入了这位圣光之子的最高领袖指挥官手里。艾雯没有看他。她知道，如果自己去看他，也许就很难把视线移开了。她爱的是盖温，不是加拉德，但……她实在是想多看他两眼。

“梅茵也愿意签署这份合约，”贝丽兰说，“我认为真龙大人的安排非常公正。”

“你当然会签署它，”达林哼了一声，“真龙大人，这份文件似乎对于一些国家利益的保护要超过另一些国家。”

“我想要听听他的第三个要求，”罗德蓝说，“我不在乎那些什么封印，那是两仪师的事。他说有三个要求，我们才只听到两个。”

兰德挑起一道眉弓：“第三个，也许是你们最不愿付出的代价。但为了交换我的生命，让我能够死在煞妖谷的山麓中，你们必须让我指挥你们的全部军队投入最后战争。你们必须绝对服从我，并只服从我，按我说的去做，到我安排的地方去，根据我的命令作战。”

帐篷里立刻爆出一阵规模更大的议论。这应该是三个要求中最不令人感到吃惊的，但因为艾雯已经下定的决心，这同样是不可能的。

君主们显然都将这个条件视为对于他们的一种侵犯。瑞格林在一片喧嚣中瞪着兰德，只维系着一点最起码的尊敬。这点其实很有趣，实际上，瑞格林应该是亭帐中诸位君主里面地位最低的一个。达林不住地摇着头。伊兰的面孔已经变成了青灰色。

支持兰德的君王们则在为兰德而争辩，其中主要是边境国的诸位国王。他们在不顾一切地保护自己的国家，艾雯心想，除此之外，他们已经别无他法了。他们也许以为，只要真龙得到军队的指挥权，就立刻会挥师北上，保卫边境国。达林和瑞格林则绝不会同意这种安排，霄辰人早已让他们睡不安枕了。

光明啊，这真是一团糟。

艾雯倾听着众人的争吵，希望他们能够进一步向兰德施加压力，干扰他的思路。以前，他们也许能做到这一点，但现在的兰德只是静静地看着他们，双手背在身后。不过，艾雯相信，他这张静如止水的面孔只是一副面具。她能看到从他的眼神中闪过的火气。兰德现在能更好地控制自己了，但这绝不意味着他已经没有了任何脾气。

艾雯发现自己在微笑。无论兰德如何抱怨两仪师，说自己不会被她们控制，但他自己的确愈来愈像两仪师了。艾雯准备再次开口，控制住局面，但帐篷中似乎发生了某种变化。一种……弥散在空气中的感觉。艾雯的目光似乎被兰德吸引住了。帐篷外有声音传来，那是一种她感觉非常陌生的声音。一种微弱的爆裂声？兰德在干什么？

争吵的声音终于停歇下来，君主们一个接一个地转向兰德。亭帐外的阳光开始暗淡下去。艾雯有些感谢兰德导引出的光球提供的充分照明。

"我需要你们，"兰德对君主们轻声说道，"这个世界需要你们。你们在争论，我知道你们会有这样的反应，但我们已经没有时间再争吵了。你们必须明白，你们不可能说服我改变计划。你们不能让我服从你们。无论是你们的军队，还是两仪师的至上力，都不可能逼迫我为了你们而去与暗帝决战。做这件事，必须出于我自己的意愿。"

"你真的要用整个世界孤注一掷吗，真龙大人？"贝丽兰问道。

艾雯还在微笑着。这位以石榴裙作为本国藩屏的绝代佳人，似乎突然无法确定自己的阵营归属了。

"我不会这样，"兰德说，"而你们要签下这样的协议。不这么做，就只有死路一条。"

"所以，这算是一种威胁了。"达林喝道。

"不是。"兰德微笑着望向海民。他们站在佩林附近，自始至终几乎没有说过什么话。当然，他们也都阅读了兰德的文件，并不断地点着头，仿佛为上面的内容感到惊叹。“不，达林，这不是威胁……这是一种安排。我有你们想得到的，有你们所需要的。我，我的血，我的死亡。这些我们从一开始就全知道。它们在预言中已经写明了，如果你们想从我身上得到这些，我就要用它们从你们那里换取一个和平的未来，以平衡我上一次对这个世界造成的毁灭的过去。”

兰德环视会场，目光逐一扫过诸国的君王们。艾雯感觉到他坚如磐石的决心。也许这就是他的时轴的作用，或者是因为这个时刻的沉重感。亭帐中充斥着一种压力，让人觉得几乎难以呼吸。

他会成功的，艾雯心想，他们会抱怨，但他们还是会屈服。

“不，”艾雯高声说道，她的声音打破了凝滞的空气，“不，兰德・亚瑟，我们不会因为你的恐吓而在这份文件上签字，也不会让你拥有控制这场战争的绝对权力。如果你以为我相信你的话，那你就是个彻头彻尾的傻瓜。就算我们拒绝你，你也不可能让人类就这样倒在兽魔人的屠刀下。这些人里也包括你的父亲、你的朋友，所有你深爱的人。”

兰德看着她的眼睛。突然之间，艾雯不再那样有信心了。光明啊，他不会真的拒绝与暗帝一战吧？他会吗？他真的打算牺牲整个世界？

“你敢说真龙大人是傻瓜？”那瑞玛问道。

“不得对玉座如此无礼。”希维纳走到艾雯身边。

争论再一次开始。而且声音变得更大了。兰德直视着艾雯的眼睛。艾雯看到愤怒的红潮出现在兰德脸上。喊声渐渐变得响亮，其中流露出紧张的情绪。不安、恼怒、旧日的憎恨、新增的敌意，一切都因恐惧而变得更强烈。

兰德伸手按住剑柄。他的剑鞘上绘着龙纹。他的另一只半臂仍然背在身后。

“我会付出我的代价，艾雯。”兰德狠狠地说道。

“如果你想提出要求，就尽管提出来吧，兰德。你不是创世主。如果你带着这种愚蠢的念头进入最后战争，我们才只会有死路一条。只有和你抗争，我才有可能改变你的想法。”

“白塔永远都是抵在我喉头的一根长矛，”兰德断喝一声，“永远都是，艾雯。而现在，你真正成为她们的一员了。”

艾雯和兰德对视着。但在内心里，她已经开始失去信心了。如果这次谈判破裂了呢？她真的会驱策她的军队与兰德一战吗？

她觉得自己仿佛在悬崖边缘绊到了一块石头，正在向悬崖下掉落。一定有办法阻止情况恶化下去，一定有办法挽救这一切！

兰德开始转过身。如果他离开了亭帐，那么这一切就真的结束了。

“兰德!”艾雯说道。

兰德停住脚步:“我不会让步的,艾雯。”

“不要这么做,”艾雯说,“不要对这个世界弃之不顾。”

“你的计划是不行的。”

“可以！而你不能再做一个被光明烧瞎的、羊毛脑袋的、倔强的傻瓜!”

艾雯挺直身子。她怎么还能像在伊蒙村时那样和他吵架,就像他们小时候那样?

兰德一言不发地看了她一会儿。“那么,你也不该做一个被宠坏的、自以为是的、完全不讲道理的小丫头,艾雯。”他一甩手臂,“该死的！这完全是在浪费时间。”

他的这句话非常正确。这时,艾雯没有注意到有人走进了帐篷。但兰德注意到了。他转过身,看见帐帘被掀起,阳光透射进来。他向闯入者一皱眉。

但当他看清是谁走进来时,皱起的眉头立刻僵住了。

是沐瑞。

第6章

诀　窍

大亭帐中再次安静下来。佩林不喜欢这种吵闹，而人们的气息也好不到哪里去。沮丧、气愤、畏惧、惊恐，这些情绪中的很大一部分都指向了那个正站在亭帐入口处的女人身上。

麦特，你这个光明祝福的傻瓜，佩林想着，不由得笑了起来。你成功了，你真的做到了。

他已经有一段时间没有想到麦特了。无数色彩开始在他的脑海中盘旋，他看到麦特骑在马背上，正沿着一条满是灰尘的道路前行，手里摆弄着一样东西。佩林消去了那个影像。麦特要去哪里？为什么他不和沐瑞一起回来？

这没关系，沐瑞回来了。光明啊，沐瑞！佩林向她走过去，想要给她一个拥抱。但菲儿拉住了他的袖子。他顺着菲儿的视线转头望去。

兰德面色苍白，踉跄着从桌边走开，仿佛他已经忘记了其他一切，只想着要到沐瑞那里去。站在沐瑞面前，他犹疑地伸出手，抚摸着她的脸。“以我母亲的坟墓起誓，”兰德悄声说着，跪倒下去，“你是怎么回来的？”

沐瑞微笑着，伸手按住他的肩膀：“时光之轮只按照它的意愿进行编织，兰德。你忘记这一点了吗？”

“我……”

“即使是你，也不可能左右它的意愿，转生真龙。”她温和地说道，“我们任何人都不可以。也许有一天，它的编织也会让它不复存在，但我不相信那会是今天，也不会是在不久的将来。”

“这个人是谁？”罗德蓝问道，“她在胡说些什么？我……”他的话说到一半就停住了。似乎有某种看不见的东西抽了一下他的脑袋，把他吓了一跳。佩林瞥了兰德一眼，又注意到艾雯唇边的微笑。虽然亭帐中聚集了很多人，佩林还是立刻就捕捉到了艾雯满意的气息。

奈妮薇和明的身上则散发出强烈的震惊气味。如光明所愿，奈妮薇也许想立刻就向沐瑞大吼大叫，但她身上的这种气息一时是无法消退了。

“你还没有回答我的问题。”兰德说。

“我已经回答了，”沐瑞慈爱地答道，“只不过我的答案并非是你想要的。”

兰德跪在地上，仰头大笑起来：“光明啊，沐瑞！你还是没有变，对不对？”

“我们每个人每一天都在改变，”沐瑞也在微笑着，“最近，我的变化尤其显著。站起来吧，我们两个人里应该跪倒下去的是我，真龙大人。我们全都应该向你跪倒。”

兰德站起身，后退一步，为沐瑞让开走进亭帐的道路。佩林又捕捉到另一股气息。当汤姆·梅里林跟随在沐瑞身后走进亭帐时，他不由得微笑起来。这位老走唱人朝佩林挤了挤眼睛。

“沐瑞，”艾雯一边说，一边向前迈出一步，“白塔张开双臂欢迎你回来，你的功绩绝不会被遗忘。”

“嗯，”沐瑞说道，“我想，能为白塔发现一位玉座对我来说应该是一件好事。至少这让我松了一口气。我曾经以为迎接我的将是静断，或者是处决。”

“情况已经改变了。”

“显然如此，”沐瑞点点头，“吾母。”她走过佩林的时候，握了一下佩林的手臂，也向他挤了挤眼。

边境国的君王们一个接一个地手握佩剑，向她鞠躬或行屈膝礼。他们似乎都认识她。亭帐中还有许多人显得迷惑不解，但达林显然是认识她的，他的表情中有困惑，但更多的还是……思考。

沐瑞在奈妮薇身边迟疑了一下。佩林这时也难以分辨奈妮薇的气息了，这让他感到有些不安。光明啊，这一刻终于来了……

奈妮薇用力抱住了沐瑞。

沐瑞静静地站立着，双手放在身边，脸上带着明显的惊讶和微笑。终于，她也给了奈妮薇一个母亲般的拥抱，拍了拍奈妮薇的背。

奈妮薇放开她，向后退去，抹掉眼角的泪水，有些蛮横地说道："不许把这件事告诉岚。"

"做梦也不敢。"沐瑞答道，然后就站在亭帐中央的小桌旁。

"真是让人无法忍受的女人。"奈妮薇一边擦着另一只眼里流出的泪水，一边嘟囔着。

"沐瑞，"艾雯说，"你来得正是时候。"

"对此，我自有诀窍。"

这时，兰德也已经回到桌边。

"不管怎样，"艾雯说道，"兰德……转生真龙……决定以这个世界为代价，满足他的要求。如果我们不同意他的疯狂计划，他就拒绝履行他的责任。"

沐瑞咬住嘴唇，拿起加拉德刻意放到她面前桌上的《真龙和约》，开始浏览上面的内容。

"那个人到底是谁？"罗德蓝问，"为什么我们……你就不能不要这么做吗？"他抬手捂住头，仿佛那里刚刚又被打了一下。他的眼睛瞪着艾雯。不过，佩林这次嗅到快意的情绪来自身边的一名殉道使。

"打得好，格莱迪。"佩林悄声说道。

"谢谢，佩林大人。"

当然，格莱迪只有可能从传说中知道沐瑞。关于沐瑞的传说早已在兰德的追随者们中广为传播了。

"如何？"艾雯问。

"'男人的成就将成为齑粉，'"沐瑞悄声说道，"'暗影覆盖世代因缘的时候，暗帝将再次掌控男人的世界。女人陷入悲泣，男人沉沦于恐惧。尘世的国家如破布般碎裂。没有任何东西能够存留。'"

亭帐中的人们纷纷显露出不安的神色。佩林带着疑问的神情看着兰德。

"'但有一个人生来就要面对暗影。'"沐瑞用更大的声音说道，"'生于过去，生于现在，生于未来，没有任何差别，一切如时间般永恒。龙将重生，并带来哀号与憎恨。在悲苦中，他的威势将笼罩人类；他的到来将打碎世界，摧毁这个世界的所有支撑！'

"'他会像晨曦之光一般让我们的双眼失明，灼烧我们的肌肤。重生之龙将在最后战争中与暗影直面相对，他的血把光带给我们。泼洒你们的眼泪吧，尘世之人，你们要为自己的救赎而哭泣！'"

"两仪师，"达林说道，"请原谅，但这实在是一段非常不祥的话语。"

“至少这是我们的救赎。”沐瑞说，“告诉我，陛下，预言已经说明，你注定将要泼洒泪水。那么，你将为自己的救赎伴随着这样的痛苦和忧伤而哭泣吗？或者，你要为之哭泣的是你的救赎本身，还是将要为你而受苦的那个人？那个我们所知道的，唯一无法逃避这场战争的人？”

她转向兰德。

“这些要求不公平，”瑞格林说，“他要求我们严守现在的国界，再也无法变动！”

“‘他将用和平之剑杀戮他的人众，’”沐瑞说，“‘用叶片摧毁他们。’”

这是《卡里雅松轮回》，我以前听到过这些词句。佩林心想。

“但那些封印，沐瑞，”艾雯说道，“他要将它们打碎。他完全否认玉座守护它们的权威。”

对此，沐瑞并不显得惊讶。佩林怀疑她在走进亭帐前已经听到他们的对话了。这很像是沐瑞的作风。

“哦，艾雯，”沐瑞说道，“你忘记了吗？‘无垢之塔将会折腰，向被遗忘的徽记双膝跪倒……’”

艾雯面色一红。

“‘我们不再有康健，美好之物不再生长，’”沐瑞继续引述着《卡里雅松轮回》，“‘因为土地将与转生真龙合为一体，他也将与土地合为一体。火焰之魂，岩石之心。’”

沐瑞看着瑞格林：“‘他将征服傲慢者，强迫傲慢低头。’”

她又看着边境国人：“‘他命令山岳下跪……’”

看着海民：“‘……命令海洋让道。’”

看着佩林，然后是贝丽兰：“‘……让天空拜服。’”

看着达林：“‘祈祷岩石之心还记得眼泪吧……’”

最后，她看着伊兰：“‘……祈祷火焰之魂还记得爱。’你们不能与此为敌。你们也没有这样的能力。很抱歉，你们以为这完全出自于他的一己之念吗？”她高举起那份文件，“因缘是平衡的。它不属于善良或邪恶，没有智慧和愚蠢。对于因缘，这些都不重要。它所要达到的只有平衡。上一个纪元在崩毁中结束，那么下一个就要在和平中开始。即使这和平只能像喂给小孩子们的苦药一样，塞进你们的喉咙。”

“我能说一句话吗？”一名披着褐色披肩的两仪师向前迈出一步。

“请说吧。”兰德说。

“真龙大人，这是一份充满智慧的合约。”那名褐宗说道。她是一名身材矮胖的女子。佩林倒是没想到，这个世界上还会有像她这样言辞清晰明确的褐宗两仪师。“但我在这上面发现了一个巨大的瑕疵。实际上，它很容易看出来。只要霄辰人不承认这个合约，它就毫无意义可言。只要他们不停止征服的脚步，这个世界就不可能实现和平。”

“这的确是一个问题，”伊兰将双臂抱在胸前，“但并非唯一的问题。兰德，我明白你想要做什么，这也是我爱你的原因。但这并不能掩盖一个事实，那就是这份文件从根本上而言是无法成立的。如果要让一份和平条约生效，那么签约的双方就必须一直真心希望和平，能够从和平中获得利益。

“这份合约上没有写明该如何让诸国平息相互之间的纷争，国家与国家之间永远都会产生矛盾。任何像这样的条约都必须制定解决此类矛盾的办法。你必须有办法惩治最初的争端，以免其他国家会逐步陷入一场全面战争。没有这样的措施，无论多么细小的分歧都会随着岁月迁延而逐渐加深，直到最终不可收拾，爆发成激烈的冲突。

“正因为如此，诸国必须向第一个破坏和平的国家发动攻击。随后，那些国家就会在被攻陷的国家中建立傀儡政权。当然，强大的国家同样可以利用建立傀儡的办法夺取其他国家的疆土。而这些合约上都没有予以制止。假以时日，恐怕这份合约将变成一纸空文。如果和平仅限于空洞的文字，又会有什么用？最终依旧只会是爆发战争，大规模的、席卷全世界的战争。你会制造一段时间的和平，尤其是当那些敬爱你的人还活着的时候。但这样的和平每多维持一年，最终爆发的战争也就会多惨烈一分。”

兰德用手指按住那份文件：“我会与霄辰人达成和平，我们会增加相应的条款。如果霄辰的统治者不签字，那么这份文件就不会发生效用。你同意吗？”

“这样，这份文件带来的一部分问题能够得到补救，”伊兰轻声说，“但主要问题仍然没有得到解决，兰德。”

“而且它还有一个更严重的问题。”另一个声音响起。

佩林转过身，不由得吃了一惊。艾玲达？她和其他艾伊尔人都不曾参与亭帐中的争论。到现在为止，他们都还只是沉默的旁观者。佩林几乎要把他们忘记了。

“你也这样说？”兰德问，“你走进我的梦境碎片了吗，艾玲达？”

“不要再幼稚了，兰德·亚瑟，”那名艾伊尔女子大步走过来，也将手指按在那份文件上，“你辜负了义。”

“我没有将你们纳入这份合约的约束范围，”兰德仿佛是在为自己辩护，“我信任你们，我信任全体艾伊尔人。”

“艾伊尔人不在其中？”艾沙说，“光明啊，我们怎么没想到这一点！”

“这是对我们的侮辱。”艾玲达说。

佩林皱起眉。他从艾玲达身上嗅到非常严肃的气息。如果艾伊尔人的身上散发出这样刺鼻的气息，佩林就会认为他们立刻就会戴起面纱，挥舞短矛了。

“艾玲达，”兰德微笑着说，“其他人都在为了我把他们纳入这份合约之中而恨不得把我绞死，你却因为我把你们置于它的约束之外而发怒？”

“我现在要求你许给我的恩惠，”艾玲达说道，“那就是，将艾伊尔人纳入你的约束之中，就是你的《真龙和约》里面。否则，我们就丢下你，再也不管你了。”

“你不能代表所有艾伊尔人，艾玲达，”兰德说，“你不能……”

帐篷中其余的智者不约而同地站到艾玲达身后。兰德眨了眨眼。

“艾玲达秉承了我们荣誉。”索瑞林说。

“不要再犯傻了，兰德·亚瑟。”麦兰说道。

“那么，我们可以代表艾伊尔人，”沙林德说，“除非和湿地人得到同等对待，否则我们绝不会答应。”

“这样的条款难道对我们而言很难做到吗？”艾密斯问，“难道你是在暗示我们要比其他人更软弱吗？这才是对我们的侮辱。”

“你们全都疯了！”兰德说，“难道你们没有意识到，这将禁止你们艾伊尔人之间的战斗？”

“不是禁止我们战斗，”艾玲达说，“而是要禁止我们无理由的战斗。”

“对你们来说，战争是人生的目的。”兰德说。

“如果你相信这一点，兰德·亚瑟，”艾玲达的声音冷如寒冰，“那么我对你的训练的确非常糟糕。”

“她的话是睿智的，”鲁拉克走到众人面前，“我们存在的目的是做好准备，以助你在最后战争中使用。我们的意义是变得足够强大，让自己能生存下来。但我们在未来将需要一个新的目标。我已经为了你而埋葬了过去的血仇，兰德·亚瑟。我不会再拾起它们，现在我有了我不愿杀死的朋友。”

“全都疯了，”兰德一边说，一边摇着头，“好吧，我把你们也纳入到合约里面。”

艾玲达这才露出满意的神情。但佩林却依然觉得有什么东西在困扰着自己。他不理解艾伊尔人。光明啊，虽然高尔跟随了他那么久，但佩林还是不理解他。不过，他早就注意到艾伊尔人的生活充满着目的性，就算是在他们无事可做的时候，也会保持充分的警戒。当其他人在玩游戏、掷骰子时，艾伊尔人却总是会做一些有意义的事情。

“兰德，”佩林走上前，抓住他的半臂，“我们私下谈一会儿，可以吗？”

兰德迟疑了一下，然后向他点点头，挥了一下手：“别人已经听不见我们说话了。你要和我说什么？”

“嗯，我刚刚想到一件事。艾伊尔人就像工具一样。”

“是的，没错……”

“而不被使用的工具就会生锈。”佩林说。

“所以他们必须不断地相互袭击，”兰德一边说，一边揉搓着额角，“好磨炼他们的技艺。这也是我要将他们置于合约以外的原因。光明啊，佩林！我怀疑这将导致一场灾难，如果我们将他们也纳入到合约里……”

“我想，你现在已经别无选择了，”佩林说，“如果豁免艾伊尔人，其他人绝对不可能签字的。”

“我不知道他们会不会签字。”兰德说道。他带着向往的神情看着桌上的那份合约，“那是一个如此美丽的梦，佩林。一个让全体人类都能够受益的梦。我本以为能够实现那个梦，至少在艾雯说我恐吓他们以前，我是这样以为的。”

幸好其他人无法嗅到兰德的情绪，否则他们就会知道，兰德无论如何也不会拒绝去与暗帝作战。对于这点，兰德的表情中没有丝毫流露。但佩林知道，他现在紧张得就像是一个第一次剪羊毛的男孩。

“兰德，难道你还看不出解决这个问题的办法吗？”佩林问。

兰德向他皱起了眉。

“艾伊尔人，”佩林说，“他们是需要使用的工具，而你有一个需要加以维护的合约……”

兰德思考了片刻，然后露出愉悦的笑容：“你真是个天才，佩林。”

“只要是和铁匠活有关的事情，我想我大概都会有一些思路。”

“但这个……这和铁匠活没有什么关系，佩林……”

“当然有关系。”佩林说。兰德怎么还是不明白这一点？

兰德转过身，大步向那份文件走去。他肯定已经消去了隔音结界。他将那份文件拿起来，递给亭帐边上的一名文官。“我要在上面增加两项条款。第一，如果霄辰的九月之女或者女皇不在这份文件上签字，那它就不具备任何效力。第二……艾伊尔人，除沙度部族以外，将被写入这份文件中。他们将成为维护诸国间和平的力量，以及诸国间发生纷争时的调解人。任何国家如果感到自己遭受侵害，都可以召唤他们。艾伊尔人将负责解决这种问题，而不是任何其他国家的军队。他们可以跨越国境，猎捕罪犯。他们将遵循所在国家的法律，但不会臣服于哪个国家。”

他转向伊兰："这就是你要的维系这个合约的办法。你所说的，将会随着时间迁延而积累起来的矛盾，也能够因此而及时得到解决。"

"艾伊尔人？"伊兰带着怀疑的语气问道。

"你们同意这样的安排吗，鲁拉克？"兰德问，"贝奥、哲朗，你们同意吗？你们说你们将失去存在的目的，而佩林相信你们是一种需要被使用的工具。你们会担负起这个任务吗？阻止战争、惩罚那些做错事的人，与各国的统治者合作，维系公正与和平？"

"我们认为这样很好，兰德·亚瑟，"鲁拉克说，"他们也会接受这种安排吗？"

"这种安排的基础是艾伊尔人的良心，"兰德说，"如果他们召唤你们，他们就必须明白，他们要接受你们的正义。而如果艾伊尔人仅仅是某个势力的走卒，这项条款也不会有意义。你们的独立性将是这个条款具有效力的前提。"

瑞格林和达林开始低声抱怨，但兰德用一个眼神让他们沉默了下来。佩林抱起双臂，自顾自地点着头。这次他们的抱怨远没有刚才来的强烈，亭帐中许多人的身上都散发着……思考的气息。

佩林明白，他们已经将这种安排看成一个机会。艾伊尔人在他们眼中只是一群野蛮人。他们认为，只要兰德不在了，就能采取手段控制他们。佩林想象着这些君主在艾伊尔人面前吃苦头的样子，不由得笑了起来。

"这还是太突然了。"鲁拉克说。

"欢迎参加我们的宴会，"伊兰一边说，一边仍然用刀子般的目光瞪着兰德，"先尝尝汤吧。"奇怪的是，伊兰的身上却散发出自豪的气息。真是奇怪的女人。

"我警告你，鲁拉克，"兰德说道，"你们需要改变自己的生活方式。艾伊尔人必须团结起力量。首领和智者们需要组成议会，共同制定决策。不能出现两个部族分庭抗礼，为两个阵营作战的情况。"

"我们会仔细讨论这件事，"鲁拉克向其他艾伊尔首领点点头，"将意味着艾伊尔历史的一个终结。"

"同时也是一个开始。"兰德说。

艾伊尔部族首领和智者们分别聚在一起，低声交谈着。兰德将目光转向别处。艾玲达满脸困扰的神色。佩林听到兰德在低声说着什么，但声音太低了，即使是佩林也只能勉强听到。

"……现在只是你的幻梦……当你从此生醒来的时候，我们将不复存在……"

兰德的文官们散发出慌乱的气息，他们走上前，开始在合约上写下新的条款。那个叫凯苏安的两仪师则带着一副严厉的表情看着这一切。

她的气息里充满了自豪。

“再增加一个条款，”兰德说道，“如果自觉力量不够，艾伊尔人能够召唤其他国家，帮助他们维护合约。通过正式的步骤，每个国家都可以恳请艾伊尔人维护其权益，或者得到艾伊尔人的许可，对敌人发动攻击。”

文官们点着头，努力地书写着。

“看你的样子，仿佛我们都已经答应了这些条款。”艾雯看着兰德说道。

“哦，事情远不是这么简单的。”沐瑞说，“兰德，我有话要对你说。”

“会是我喜欢听到的话吗？”兰德问。

“我怀疑不会。告诉我，为什么你需要亲自指挥军队？你将通过神行术前往煞妖谷，而在那里，你肯定不可能再与其他人联络。”

“必须有人指挥这场战争，沐瑞。”

“对于这点，我相信在场的所有人都是同意的。”

兰德将手背在身后，身上散发出困扰的气息：“我必须为这些人负责，沐瑞。我希望能看到他们得到照顾，希望这场战争的损失能降到最低。”

“恐怕这不能成为指挥一场战争的理由。”沐瑞轻声说，“战斗不是为了保存军队，而是为了赢得胜利。这场战争的指挥官不必是你，兰德，也不该是你。”

“我不会让这场战争变成一场无序的混战，沐瑞，”兰德说道，“如果你能亲眼看看我们在上一次至上力之战中所犯下的错误，你就会明白了。当所有人都以为自己是统帅时，就会在战场上造成一团混乱。战争本身就是一种混乱，但我们必须有一位最高指挥官做出决定，控制全局。”

“那么让白塔担起这个责任，如何？”罗曼妲推开众人，来到艾雯身边，“我们有能力在战场间迅速移动，我们拥有常人无法企及的冷静头脑，我们也能得到诸国的信任。”

她的最后这句话让达林挑起了眉毛。

“白塔似乎的确是一个选择，真龙大人。”泰诺比说。

“不，”兰德答道，“玉座可以做很多事。但一场战争的统帅……我不认为这会是一个明智的选择。”

奇怪的是，艾雯什么都没说。佩林打量着艾雯。他本以为艾雯会自告奋勇，担负起指挥这场战争的责任。

“统帅应该从我们之中选出，”达林说，“从将会亲身参与战斗的人里面选出。”

“我想，”兰德说道，“只要你们全都知道谁是统帅，我可以放下这个职责。

但你们必须接受我的另外两个要求。”

“你还是坚持必须打破封印？”艾雯问。

“不必担心，艾雯，”沐瑞微笑着说，“他不会打破封印的。”

兰德的面孔阴暗下来。

艾雯则露出了微笑。

“将要打破封印的是你。”沐瑞对艾雯说。

“什么？我当然不会！”

“你是封印的守护者，吾母，”沐瑞说，“难道你没听到我刚刚所说的话吗？‘男人的成就将成为齑粉，暗影覆盖世代因缘的时候，暗帝将再次掌控男人的世界……’这是注定将要发生的。”

艾雯显然深感困扰。

“你已经见到这样的景象了，对不对？”沐瑞悄声问道，“你在梦中都见到了什么，吾母？”

艾雯并没有立刻回答。

“你看见了什么？”沐瑞又向她靠近了一步。

“他的脚碾碎了一切。”艾雯盯着沐瑞的眼睛，“当兰德向前迈步的时候，他的脚踏在暗帝牢狱的碎片上，并将其碾碎。在另一个梦里，我看到他劈砍那牢狱，要将牢狱打开。但我从没真正见到过兰德将它打开，沐瑞。”

“他的脚下只是碎片，吾母，”沐瑞说，“那时封印已经被打破了。”

“对于梦，完全可以有不同的解读。”

“你知道这个梦所预示的事实。封印必须被打破，而它们是属于你的。当时机到来的时候，你会将它们打破。兰德，转生真龙大人，现在正是将那些封印交给玉座的时候了。”

“我不喜欢这样，沐瑞。”兰德说。

“那就是说，你并没有多大变化，对吗？”沐瑞轻声问，“我记得你以前经常会拒绝去做你应该做的事，尤其是当别人把这件事向你指出来的时候。”

兰德沉默了一会儿，然后笑了。他把手伸进衣袋里，从里面取出三片昆达雅石圆碟，每一片圆碟中间都有一条蜿蜒的曲线。他将三片石碟放在桌上。

“她又怎么知道什么时候该打破它们？”他问道。

“她会知道的。”沐瑞说。

艾雯带着怀疑的神情微笑着。佩林也认为艾雯的怀疑是有道理的。沐瑞总是相信应该跟随因缘的编织，服从时光之轮的意愿。但佩林并不这样看待问题。他相信一个人应该找寻自己的道路，用自己的双手去做好该做的事。因缘不是一件可以依靠的东西。

艾雯说道:“我会打破它们,当我认为必须这么做的时候。”然后,她收起了封印。她已经是两仪师了,可能她觉得自己应该像沐瑞一样看待这个问题;也可能她只是想先把封印掌握在自己手里。

“那么,你会在这上面签字吧。”兰德说着,将那份文件递到艾雯面前。他的文官们还在抗议说,既然文件上添加了临时起草的内容,就需要重新制作一份正式文本。但兰德没理会他们的抗议。现在,文件背后增加了几项条款。一名文官高喊着说文字上多余的墨水还没用沙子吸干,但兰德在把文件放到艾雯面前时,就已经用至上力干燥了墨水。

“我会的。”艾雯一边说,一边伸手接过笔。她仔细地阅读了每一项条款。其他两仪师也都越过她的肩头,查阅这份文件,并不住地点着头。

艾雯手中的笔落到了纸上。

“那么,现在该由其他人签署了。”兰德转身看着亭帐中的众人。

“光明啊,他变聪明了。”菲儿在佩林身边悄声说道,“你明白他在做什么吗?”

“什么?”佩林挠着胡子问道。

“他在争取所有能够支持他的力量,”菲儿悄声说道,“首先是边境国人,他们为了保卫自己的家园,会签下任何被递到他们面前的东西。然后是阿拉多曼,他最近刚刚援救过他们。还有艾伊尔人……嗯,的确,没有人知道艾伊尔人会做些什么,但他们会支持他的。

“然后,他让艾雯召集其他势力。这太聪明了,佩林。这样的话,当艾雯统合了他可能的反对者时,他只需要说服艾雯,一切问题就都解决了。只要艾雯站到他那一方,就只剩下傻瓜才会反抗他了。”

这时,君主们已经开始逐一在合约上签下自己的名字了。首先走过去的是贝丽兰,对此,她显得最迫不及待。而那些曾经从属于艾雯一方的君主们都显得有些惶恐不安。达林走上前,接过笔,犹豫片刻才签下自己的名字。

下一个是瑞格林。然后依次是边境国君王、阿拉多曼国王。甚至罗德蓝也签字了,不过他似乎依然认为这是一场惨败。他的反应让佩林觉得很有趣。

“他倒是很会虚张声势,”佩林对菲儿说,“不过他知道,这对他的王国有好处。”

“是的,”菲儿说,“他一直把自己扮演成一个丑角,只有这样才能让其他人轻视他,忽略他的存在。实际上,这份文件廓定了各个国家当前的边界,这对于正努力想要在自己的国内建立统治的君主来说,实在是有着莫大的好处。

但……”

“但什么?”

“霄辰人呢?”菲儿轻声说，“如果兰德要说服他们，这是否意味着他会允许他们保留已经被他们征服的国家？还有罪奴的问题呢？难道他们有权利给任何一个踏入他们国境的女人戴上枷锁吗?”

帐篷中陷入了寂静。也许菲儿的声音有些太大了。有时候，佩林的确会忘记多么大的声音是普通人能够听见的。

“我会对付霄辰人。”兰德说道。他站在桌子旁边，看着每一名君主审视那份合约，与自己的臣僚讨论，最后签下自己的名字。

“怎么对付?”达林问，“他们不希望与你构建和平，真龙大人。我认为，他们会让这份合约变得毫无意义。”

“这里的事情结束后，我就会去找他们，”兰德轻声说，“他们会签字的。”

“如果他们不签呢?”瑞格林问。

兰德将手按在桌上，手指展开：“我也许将不得不摧毁他们。或者，至少要摧毁他们在近期内发动战争的能力。”

亭帐里变得更加寂静了。

“你能做到吗?”达林问。

“我不确定，”兰德承认，“就算是我可以，这也会让我在一段时间内变得虚弱无力。而我现在正需要我的全部力量。光明啊，但这可能是我唯一的选择。这是一个可怕的选择。我上一次没有对他们动手……不管怎样，当我们与暗影作战时，不能让他们从我们背后发动攻击。”他摇摇头。明走过来，握住他的手臂。“我会想办法对付他们。不管怎样，我会找到办法的。”

签字的程序还在继续。有些人刻意显示出华丽潇洒的样子，另一些人则显得更为谨慎。兰德和佩林、盖温、菲儿、加雷斯·布伦也都签了字。兰德似乎是希望亭帐中每一个有可能成为一国之主的人都在这份文件上签下名字。

最后，亭帐中只剩下伊兰还没有动作。兰德将笔递给她。

“你在要我做一件非常艰难的事，兰德。”伊兰依旧抱着双臂，金发在光球的照耀下熠熠生辉。为什么外面的天空变得昏暗了？兰德似乎并不为此担忧。但佩林很担心乌云已经重新吞没了天空。这是一个危险的讯号，是否兰德现在已经无法再驱退那些乌云了？

“我知道这很难，”兰德说，“也许，如果我给你一些东西作为回报……”

“什么?”

“这场战争，”兰德说。他转向亭帐中的众人，“我们想要从你们之中选出一人，作为最后战争的统帅。你们是否愿意接受安多和她的女王担任这个角色？”

“她太年轻了，”达林说，“她担任女王还没多久。我这样说不是要冒犯您，陛下。”

亚撒拉姆哼了一声：“你成为国王也没多久，达林。实际上，这里的半数君主登上王位的时间都不超过一年！”

“边境国人呢？”雅莲德问，“他们一生都在与暗影作战。”

“我们已经自顾不暇了，”培塔一边说，一边摇着头，“而且我们之中的任何一人都无法协调这场战争。安多应该是一个不错的选择。”

“安多本身正在遭受攻击。”达林说道。

“你们也全都在受到攻击，或者即将受到攻击。”兰德说，“伊兰·传坎是一位天生的领袖。她曾经教给我许多作为领袖必须知道的事情。她也曾在一位伟大将军的教导下学习过战术。我相信，她会明智地采纳所有善战将军的建议。人类在最后战争中必须有一位统帅，你们愿意接受她担当这个责任吗？”

众人开始不情愿地点头表示同意。兰德转向了伊兰。

“好吧，兰德，”伊兰说，“我接受这个职位，我也会签字，但你最好能找到办法对付霄辰人。我要看到他们的统治者在这上面签名。否则，我们就不可能有安全可言。”

“那些被霄辰人俘虏的女人呢？”鲁拉克问，“兰德·亚瑟，我必须承认，等我们赢得这场迫在眉睫的战争后，我们打算向这些入侵者宣示血仇。”

“如果他们的统治者签署了合约，”兰德说，“我会请求他们放回那些被他们偷走的导引者。我还会说服他们归还侵占的土地，返回他们自己的国家。”

“如果他们拒绝呢？”艾雯摇了摇头，“你会让他们在不履行这些条件的情况下签字吗？他们已经在大洋的这一边奴役了成千上万的人，兰德。”

“我们不可能击败他们。”艾玲达轻声说道。佩林看了她一眼。她身上的气息显得很失意，但也非常坚定。“如果我们和他们开战，我们必将失败。”

“艾玲达是对的，”艾密斯说，“艾伊尔人不会与霄辰人作战。”

鲁拉克惊讶地回过头，看着那两个人。

“他们做了很恐怖的事情，”兰德说，“但迄今为止，他们所控制的地区也因为他们强有力的统治而受益。如果迫不得已，我可以接受他们继续占有他们已经占据的土地，只要他们不继续向外扩张。至于说那些女人……既然这已经是既成事实，我们只能先为当下的世界作考虑，然后再去尽力解决那些俘虏的问题。”

伊兰注视着那份文件，继续站了一会儿，也许是为了增强这一幕在人们心中的印象。随后，她才弯下腰，在文件底端加上自己的名字。

“好了，”沐瑞对拿起文件的兰德说道，“这一次，你将获得你要的和平了，真龙大人。”

“我们首先必须活下来。”兰德严肃地捧着那份文件，“你们需要即刻作好战争准备。我需要先完成一些任务，其中也包括霄辰人在内。然后，我会前往煞妖谷。但我对你们还有一个要求，有一位挚友正需要我们……”

愤怒的闪电在遮蔽天空的乌云中炸裂。虽然看不见太阳，汗水还是不停地从岚的脖颈上滚落下来，让他头盔下的头发黏结在一起。他已经有很多年没戴过头盔了。在他和沐瑞一同行动时，他们总是需要尽量隐匿自己的身份，而头盔太惹人注目了。

“情况……情况有多糟?”安德锐一只手捂住肋侧，背靠在石块上，面色铁青。

岚注视着战场。暗影生物已经再一次开始聚集了，那些怪物仿佛凝聚成一股广阔无边的黑色洪流，洪流中不断传出阵阵嗥吼和浓厚得宛如实质的憎恨。这恨意在潮热的空气中不断积聚，如同在人们的口鼻上堆起一层层的毯子。

“很糟糕。”岚说。

“迟早会这样，”安德锐飞快地喘息着，鲜血不断地从他的指缝间渗流出来，“纳扎尔呢?”

“已经死了。”岚答道。那名白发士兵死在安德锐差点丧命的那场战斗中。那时岚没有能及时支持他们。“我看见他划开一头兽魔人的肚子，但他也被那头兽魔人杀死了。”

“愿母亲最后的拥抱……”安德锐开始在剧痛中痉挛，“愿……”

“愿母亲最后的拥抱欢迎你回家。”岚轻声说道。

“不要这样看着我，岚。”安德锐说，“当我们追随你的时候，我们全都知道会有……什么样的下场。”

“所以我不希望你们来这里。”

安德锐皱起眉头：“我……”

“安静，安德锐。”岚说着，站起身，“我原先的想法很自私。我来此为马吉尔而死，但我没有权力禁止其他人这么做。”

“人龙大人!”凯瑟尔王子跑了过来，他曾经华丽精致的铠甲上已经布满了血污和凹痕。这位坎多王子看起来还太年轻，不该出现在这样的战场上。但他已经证明了自己冷静的头脑不亚于任何头发花白的老兵。“它们已经再一次聚集起来了。”

岚走过一片岩石地面，来到由马夫牵着的曼塔前面。这匹黑色牡马的肋侧也被兽魔人的武器砍伤了。感谢光明，那些伤口并不深。岚伸手按住坐骑的脖子。曼塔不住地喷着鼻息。不远处，他的旗手，一个名叫乔费奥的秃头士兵举起了马吉尔的金鹤旗。从昨天到现在，乔费奥已经是他的第五名旗手了。

岚的部队在兽魔人最初的攻击中守住了塔文隘口，击退了暗影部队，让它们始终没能踏出山谷半步。这比岚的预期要好得多。这座隘口实际上是一道长而狭窄的岩石山谷，两侧全都是山岩峭壁和尖峰。

守住这个地方并不需要聪慧的头脑，只需要你站在这里，战斗在这里，死在这里。

岚打算命令骑兵投入战斗。这里并不适合骑兵发挥作用。骑兵擅长在宽阔的地形上散开队形，发动冲锋。不过塔文隘口的小径也只能让少量兽魔人进入。这让岚有了机会。至少，兽魔人在这里无法发挥出数量上的绝对优势，它们每前进一尺，都必须付出大量的伤亡代价。

兽魔人的尸体几乎在山谷中铺成了一条皮毛地毯。这些怪物每一次想要杀过山谷时，岚的士兵们都会用长枪、斧枪、剑和弓箭挡住他们。到现在，已经有数千头兽魔人抛尸于此。堆积的尸体让后来的兽魔人不得不从上面攀爬过来。但岚的部队也在暗影部队的每一次冲击中不断减少着数量。

兽魔人的每一次进攻都迫使他们后退一点。向西的谷口就在他们背后，距离他们已经不到一百尺远了。

岚感觉到疲惫压迫着他全身的骨头。

“我们的部队还有多少人？”岚问凯瑟尔王子。

“也许还有六千人能骑马，大将。”

和他们刚到这里时相比，已经减少了一半。“让他们全部上马。”

凯瑟尔露出惊讶的表情：“我们要撤退？”

岚转头看着那个年轻人。

凯瑟尔的脸色变得苍白。曾经有人告诉过岚，他的目光会让任何人感到不安。沐瑞曾经和他开玩笑，说他的眼神能让石头出汗，而她自己则有橡树一样的耐心。他并不确定自己真的就像人们传说中的那样，不过这个男孩应该不会再问他是否要撤退了。

“当然不，”岚说道，“我们要进行攻击。”

“攻击？”凯瑟尔说，“我们是防御的一方！”

“它们会把我们赶出隘口，”岚一边说，一边跨上曼塔的马鞍，“我们已经精疲力竭，濒临崩溃。如果我们继续守在这里，它们只要再发动一次冲锋，我们就会倒在地上，连哭都来不及。”

岚知道什么时候应该结束。

“把命令传下去，”岚对凯瑟尔王子说，“我们要缓缓撤出隘口。你率领剩余的部队在平原上集结，准备对从隘口中出来的暗影生物发动冲锋。你们的冲锋会狠狠打击它们。它们不会想到你们在这时发动攻击。”

“如果我们离开隘口，难道不会被它们包围，被歼灭吗?”凯瑟尔问。

“以我们现有的力量，这是我们最好的战斗策略。”

“然后呢?”

“然后，它们会冲破我们的战线，将我们分割包围，逐步歼灭。”

凯瑟尔沉默了一会儿，然后点点头。他的反应又一次给岚留下深刻的印象。他本以为这个年轻人只想追随他，在这场战争中赢得荣耀，与大将并肩作战，扫荡敌人。但凯瑟尔的心里显然没有这种幻想。他是一个真正的边境国人。他投身于战场不是为了赢得荣耀，而是因为必须如此。真是个好小子。

“去发布命令吧，士兵们肯定很高兴能回到马背上。”因为战场地形的局限，他们之中有太多人不得不舍弃自己擅长的战斗方式，被迫徒步作战。

凯瑟尔传达了命令。这道命令立刻像秋日的野火般，在岚的部队中迅速传播。岚看到安德锐在布勒恩的帮助下跨上了马背。

“安德锐?”岚催赶曼塔来到他面前，“你现在没办法骑马作战，去后面的伤兵营地。”

“然后就躺在那里，等兽魔人杀光你们以后，再去把我干掉吗?”安德锐在马鞍上有些摇晃地向前倾过身子。布勒恩关切地抬头看着他。安德锐向他挥挥手，又强迫自己挺直腰背：“我们已经推动了山岳，岚。现在就让我们拨开这根羽毛，完成这一切吧。”

岚无法和他争辩，他回身向前面山谷中的部队喊出了撤退的命令。还活着的士兵们簇拥在他周围，缓缓地向谷口外的平原退去。

兽魔人兴奋地吼叫着。它们知道，只要离开这道峡谷的限制，它们就能轻松取得胜利。

岚和他的小部队很快就走出狭窄的山谷，徒步作战的士兵们立刻向谷口处他们的战马跑去。

这一次，兽魔人不需要魔达奥的催赶，已经主动发起攻击。它们的蹄爪踏在岩石地面上，发出一阵阵低沉的隆隆声。

在谷口外七百码，岚勒住曼塔的缰绳，转回身。安德锐艰难地催马来到岚身边。其余的骑兵已经在岚两旁排列起绵长的阵线。布勒恩出现在岚的另一边。

暗影生物所聚集的风暴出现在谷口附近。成千上万的兽魔人很快就会从谷口冲杀出来，将这支人类部队彻底吞没。

岚的士兵们静静地守在他身边。他们之中有许多已经是白发苍苍的老者，他们是故国马吉尔最后的军人。这支曾经死守住塔文隘口的部队在这片广阔的平原上立刻就显得微不足道了。

"布勒恩。"岚说道。

"是，人龙大人。"

"你说你在多年前辜负了我。"

"是的，大人，那时……"

"你所做过的一切错事都已经被忘记了，"岚目视前方，"我因为能将海多力给予你而感到自豪。"

凯瑟尔催马过来，向岚点了点头："我们已经准备好了，大将。"

"这样已经很好了。"安德锐仍然按着肋侧的伤口，面色严峻，几乎无法在马鞍上坐稳。

"我们只能如此。"岚说道。他不是在和安德锐争论。

"不，"安德锐说，"这比你想象的要更好，岚。马吉尔就像是一棵根系被白蚁吃光的大树，它的枝干正在慢慢枯萎。我宁愿它在大火中烧光。"

"我只希望能冲杀过去，"布勒恩的声音变得更加坚定，"宁愿现在就冲杀过去，也不想被它们打垮、歼灭。就让我们死在对敌人的进攻中，至少我们的剑锋会指向我们的家乡。"

岚点点头，转过身，将佩剑高举过头。他没有说话，该说的，他早已经说过了。这里所有的人都知道他们应该做些什么。用仅存的力量，再一次向敌人发起冲锋。他们已经将自己的责任坚守到了最后。死在这里的暗影生物愈多，南方那些无力反抗的人们就愈有机会逃脱兽魔人的屠戮。

但敌人的数量仿佛无穷无尽，那些狂暴的兽群没有任何阵型和纪律可言。不断从嘴里淌出口水的怪兽们，如同无数愤怒和毁灭的化身，数量成千上万。它们向岚冲杀过来，如同开闸的洪流从山谷中奔涌而出。

在这道洪流面前，岚的部队就像是一块渺小的卵石。

士兵们静静地将长剑举到面前，最后一次向岚敬礼。

"冲锋！"岚喊道。他们已经展开队形，排列成最具杀伤力的阵势。岚一踢曼塔的肋侧，开始率先向前奔去。

安德锐跑在岚的旁边，双手紧抓住鞍桥。他没有举起武器。如果那样做，他很可能会从马背上掉下去。

奈妮薇距离太远了，岚无法通过约缚清晰地感觉到她，但有时候，足够强烈的情绪也会穿越如此遥远的距离，传达给对方。所以他竭力让自己充满信心，为自己勇敢的士兵们感到自豪，还有对她的爱。他深深地希望，这会是奈妮薇最后一次记得他。

我的手臂将成为利剑……

马蹄踏碎了地面。前方的兽魔人看到逃跑的猎物转身向它们冲了过来，即将落入它们的手心，都发出了快活的吼叫。

我的胸膛便是盾牌……

岚能够听到一个声音说出这些言辞，那是他父亲的声音。当然，这很愚蠢。当马吉尔陷落时，岚还只是一个婴儿。

保卫七塔……

他从没见过立在妖境中的七塔，他只是听过关于它们的传说。

阻止黑暗……

马蹄声变成一阵阵雷鸣。他从没想过世上会有如此洪亮的声音。他挺直身子，举起长剑。

当众人倒下时，我依然顽强屹立。

前方的兽魔人纷纷端平了长矛。两支军队间的距离正在迅速缩短。

Al Chalidholara 马吉尔，为了我亲爱的马吉尔家园。

当马吉尔士兵们第一次为保护国家而上阵杀敌时，就会立下这个誓言。岚以前从没说过这个誓言。

现在，他在心中立下此誓。

“*Al Chalidholara* 马吉尔！”岚高喊道，“平端长枪！”光明啊，这马蹄声是如此响亮。六千匹马能发出这样的声音吗？他转回身，向背后望去。

至少有一万匹战马在驰骋。

这是怎么回事？

他在惊讶中催赶曼塔继续向前猛冲。

“金鹤向前！”

那是强悍有力的、充满喜悦的战吼声。

他左前方的半空中突然出现一道垂直的耀眼光线，一个三十多步宽的神行术通道被打开了。岚从没见过这么大的通道，仿佛太阳就在通道对面一样，夺目的光芒从通道中倾泻出来。随之而来的是全副武装的骑士们,他们立刻就加入到岚的侧翼。引领这支部队的是艾拉非的旗帜。

更多通道被打开。三个、四个、十几个。平端骑枪的骑兵不断从通道中涌出。他们高举着沙戴亚、夏纳和坎多的旗帜。转眼间,六千人的骑兵队伍就变成了十万人。

站在最前面的兽魔人开始尖叫。一些兽魔人停住了前冲的脚步。一些兽魔人举起长矛,想要挡住冲过来的战马。它们身后的兽魔人并不知道前方到底发生了什么,还在拼命从谷口中挤出来,挥舞着巨大的镰剑和双刃战斧,迫不及待地想要加入战斗。

前面兽魔人的长矛队被后来的兽魔人挤垮了。

在岚身后某处,殉道使开始炸开地面,摧毁兽魔人的前沿部队。随着持矛兽魔人战线的彻底崩溃,后面的兽魔人才发现自己完全暴露在马蹄、利剑和骑枪组成的风暴之中。

岚开始攻击。曼塔冲进号叫的兽魔人群中。他手中的长剑不断斩落。安德锐在痛快地大笑。

"回去,你这个傻瓜!"岚一边挥砍近旁的兽魔人,一边对安德锐喊道,"带殉道使去治疗我们的伤员,保护营地!"

"我想看看你笑起来的样子,岚!"安德锐用双腿紧夹住马鞍,高声叫道,"这次,你就不要再当一块石头了!你应该好好笑上一场!"

岚看着这场他本打算为之赴死的战斗。他们最后的阵地在顷刻间已经充满了荣耀与胜利。他再也无法克制自己,他不仅是在笑,而且是在开怀大笑。

安德锐服从了他的命令,调转马头,去寻找殉道使,处理营地事务了。

"乔费奥,"岚喊道,"把我的旗帜举得再高一些!马吉尔不会在今天陷落!"

第7章

详细讨论

会议结束后，伊兰走出亭帐，却看到一座由十几株树木组成的小林。它们并不是普通的树木，而是高大、健康、枝干粗壮、形态美丽的巨树。超越凡尘的巨型树干足有数百尺高。伊兰不由得猛然停住脚步，吸了一口气。如果换做别的地方，她这种惊愕的表情肯定会有损女王的威仪。但这里的所有人都和她一样惊诧不已。她向身边看去。艾雯大张着嘴，紧盯着这些巨人般的大树。太阳依旧灿烂地挂在天空中，但亭帐所在的地方已经完全被绿荫笼罩，所以他们才会觉得帐篷里面昏暗了起来。

“这些树，”佩林走上前，伸手按在布满纹路的厚硬树皮上，“我以前见过这样的巨树，那是在巨森灵聚落里。”

伊兰拥抱了真源，阴极力的光晕出现在她身周，给伊兰带来不亚于阳光的温暖感觉。她在至上力中呼吸着，并颇觉有趣地发现大多数能够导引的女人在听到“聚落”这个词以后，都有着和她一样的举动。

“嗯，不管兰德现在是什么人，”艾雯抱起双臂说道，“他也不可能让聚落凭空出现。”这个想法似乎给她带来了一些安慰。

“他到哪里去了？”伊兰问。

“他走到了那里面，”佩林向小林中指了指，“然后就消失了。”

许多人正在巨大的树干间穿行，愣愣地向上仰视着。他们大多是来自各个营地的士兵。伊兰听到附近的一个夏纳士兵向爱格马领主说道：“我们亲眼看着它们从地面上生长出来，领主。不到五分钟时间，它们就已经长到这么高了。我发誓，领主，如果我说谎，我就再也没办法拔出剑来。”

“好了，”伊兰放开了真源，“我们开始吧。现在已经有许多国家燃起了战火。地图！我们需要地图！”

其他君主都转向了她。在刚才的会议中，在兰德面前，他们之中几乎没有人反对她成为诸国军队的统帅。但这是因为兰德的作用。任何人都会被兰德的意志压倒。当他说出一件事的时候，这件事就会变得有充分的理由。

而现在，许多人似乎都不喜欢看到伊兰凌驾于他们之上。最好不要给他们太多时间，让他们思考这件事。“诺瑞先生在哪里？”她对戴玲说，“他能不能……”

“我有地图，陛下。”刚刚走出亭帐的加雷斯·布伦说道。史汪一直陪在他身边。

加雷斯的灰发似乎比伊兰记忆中更多了。他现在穿着笔挺的白色外衣和长裤，胸甲上雕刻着塔瓦隆之焰。他充满敬意地向伊兰鞠了个躬，但并没有过于靠近伊兰。他的制服明白地宣示了他所效忠的势力。史汪也一直挽着他的手臂。

伊兰还记得加雷斯同样带着这种平静的表情站在母亲身后，默默地保护女王的安全，却又从不冒犯女王的权威。但安多女王还是将他驱逐出了自己的宫廷。这并不是伊兰的错，但她能从布伦的脸上看出来，安多已经失去了他的信任。

伊兰无法改变在过去发生的事情，她只能放眼于未来。“如果你有关于这个地区和各处潜在战场的地图，布伦大人，很高兴你能拿出来供我们使用。我现在想看的是这里到凯姆林之间的地图，坎多的详细地图和你所有的关于边境国最好的地图。”然后，她又对各国君主们说道：“召集起你们的指挥官和大臣！我们必须立刻和其他有实力的将军一同讨论我们的下一步行动。”

伊兰所需的人员很快就聚集了起来，但数十个不同的势力之间要进行合作，混乱肯定是会有的。仆人们打开亭帐一侧的帐篷壁。伊兰命令桑珂率领家人和卫兵，用神行术运来一些桌椅，并且立刻要来了关于塔文隘口的详细报告。兰德已经派遣边境国的主力军队到那里去支持岚了。现在只有边境国的君王和高级将领们留了下来，帮助伊兰拟定作战计划。

没过多久，伊兰和艾雯已经开始审视布伦呈上来的精细地图。这些地图被铺满了四张桌子，君王们都站在稍微后侧的地方，让他们的将军仔细研究这些地图。

“干得好，布伦。”爱格马领主说道。这个夏纳人是现在会场中公认的有实力的将军之一，布伦则是另外一位。除他们以外，会场中的实力派将军还有两位：达弗朗·巴歇尔和罗代尔·伊图拉德，他们并肩站在另一张桌子的末端，正在查看一张西部边境国的地图。伊图拉德的眼袋很重，双手也不时会颤抖。伊兰听说他在马兰登经历了极为残酷的苦战，在不久前刚刚被从那里救出来。实际上，他会参加今天的会议让伊兰感到很吃惊。

“好了，”伊兰对与会的众人说，“我们必须战斗，但要怎么战斗？从哪里着手？”

“暗影生物的大部队朝三个地方发动了进攻，”布伦说，“凯姆林、坎多和塔文隘口。塔文隘口不会被丢弃，我们的军队应该足以帮助人龙大人稳定那里的战线，且我们今日采取的行动很有可能会把暗影生物赶回到隘口内。但继续让马吉尔重骑兵在那里单独阻挡敌人的进攻显然并不合适，也许我们应该派遣一些长枪手部队去支持他们？只要继续挡住那里的敌人，我们就能将军队的主力调往安多和坎多，以应对那里的战斗。”

爱格马点点头：“是的。如果我们给予大将合适的支持，这种战略部署也许是可行的。但我们不能冒险让夏纳像坎多一样被攻破。如果兽魔人冲出塔文隘口……”

“我们要做好长期战斗的准备，”艾沙王说道，“坎多的防御和岚在塔文隘口的战斗，为我们争取到了所需的时间。我们的国民都已经撤进了城堡。即使我们丢掉塔文隘口，也能够坚守住我们的国家。”

“陛下，您的发言充满勇气，”加雷斯·布伦说，“但我们最好还是不要以这种方式测试夏纳的防御力量，我们必须仔细计算，尽量安排足够的力量守住塔文隘口。”

“那么，凯姆林呢？”伊兰问。

伊图拉德点点头：“一支深入我们后方的敌军，还有道门可以提供源源不断的支持……这是很糟糕的一件事。”

“根据今早送来的报告，”伊兰说，“暗影军队现在还驻留在凯姆林城中。它们烧毁了城市的很大一部分，但也保留了一些区域。而且，在占领全城之后，兽魔人已经在开始灭火了。”

“它们最终还是会离开那里，”布伦说，“但如果我们能够更早一些引它们出来，局势肯定会对我们更为有利。”

“为什么不考虑围城?”爱格马问，“我认为我们的主力部队应该前往坎多。我不会让风云王座和贸易三殿堂像七塔一样被攻陷。”

“坎多已经被攻陷了。”安托尔王子轻声说道。

爱格马领主看着坎多女王的长子。这位王子的个子很高，在刚才的会议中，他一直保持着安静。现在，他大胆地发言了：“我的母亲在为我们的国家而战，但这只是一场为了复仇和救援而进行的战斗。坎多在燃烧，每想到这一点，我的心就如同被撕裂了一样。但我们已经无法阻止那里的灾难了，你们应该将注意力集中在安多，那里的战略位置极其重要，绝不能被忽视。而且，我也不会坐视另外一个国家像我的祖国一样沦陷。”

众人纷纷点头。“很明智的建议，殿下，”巴歇尔说道，“非常谢谢你。”

“而且，不要忘记煞妖谷。”鲁拉克在和桌子有一段距离的地方说道。他正和佩林、一些两仪师，以及另外几名艾伊尔首领站在一起。巴歇尔转向鲁拉克，仿佛已经忘记这位艾伊尔首领的存在。

“卡亚肯很快就会进攻煞妖谷，”鲁拉克说，“我们需要有足够的枪矛支持他。”

“他会得到足够的支持，”伊兰说，“但这就意味着我们要在四条战线上同时作战。煞妖谷、塔文隘口、坎多和凯姆林。”

“我们先把力量集中在凯姆林，”伊图拉德说，“我不喜欢围城的主意。我们需要把兽魔人引出来。如果现在包围它们，只会让它们有更多时间从道门中得到援军。从最有利的角度考虑，我们必须现在就将这支敌军除掉。”

爱格马低声嘟囔着，点了点头。他一只手撑住桌面，看着凯姆林地图：“我们能不能夺取道门，阻止它们得到支持?”

“我试过了，”伊兰说，“今天早晨，我已经派遣三支部队以神行术进入道门所在的地下室。但暗影已经在那里做足了准备。没有一支部队回来。我不知道我们是否能夺回道门，或者是摧毁它。”

“如果我们从另一侧进行尝试呢?”爱格马问。

“另一侧?”伊兰问道，“你是说，从道门内部?”

爱格马点点头。

“没有人会在道中穿行。”伊图拉德惊骇地说。

“兽魔人就这么干了。”爱格马说道。

“我也在里面走过。”佩林走到桌边，“很抱歉，诸位大人，我不认为我们能够从另一边夺取道门。根据我的理解，我们不可能摧毁它，即使用至上力也不行。

道中的黑风也让我们无法从内部守住它。我们最佳的选择还是让凯姆林城中的兽魔人离开那座城市，然后再守住道门。如果它得到严密的守卫，那么暗影也就无法利用它来攻击我们了。”

“很好，”伊兰说，“我们会考虑其他的方案。不过我忽然想到，我们应该派使者去黑塔，争取那些殉道使的援助。那里有多少殉道使？”

佩林清了清喉咙：“我认为你应该对那个地方保持警戒，陛下。那里似乎发生了什么事情。”

伊兰皱起眉头，“‘什么事情’？”

“我不知道，”佩林说，“我和兰德说过这件事。他对此深感忧虑，并说他要去进行调查。不管怎样……请一定要小心。”

“我一直都很小心。”伊兰心不在焉地说，“那么，我们该如何让那些兽魔人离开凯姆林？”

“也许我们能够在布雷姆森林中埋伏一支大规模的进攻部队，它就在凯姆林以北大约一百五十里的地方。”布伦指着地图说道，“然后我们可以派遣一支规模较小的部队向城门发动进攻。以他们作为诱饵，将兽魔人吸引到森林中的埋伏圈里……我一直都担心会有入侵者利用这片森林做为掩护和基地，进攻凯姆林城，却从没想过会亲自使用这种手段。”

“很有趣，”爱格马审视着凯姆林周围的地形，“这似乎是一个有效的战术。”

“那么坎多呢？”巴歇尔问，“王子殿下的意见是正确的，那个国家已经无法被解救了。但我们也不能因此让兽魔人在那里为所欲为，并从那里继续进攻其他的国家。”

伊图拉德挠着下巴：“现在的战况相当棘手。一共有三支兽魔人部队向我们发动进攻，我们不得不分散兵力对付它们。不过我现在愈来愈相信，我们应该集中力量对付其中一支敌军部队，同时只派遣有限的部队牵制住另外两支兽魔人部队。”

“凯姆林的暗影军队规模可能是这三支部队中最小的，”爱格马说，“道门限制了它们的数量。”

“是的，”巴歇尔表示同意，“在四条战线中，凯姆林是我们最有可能迅速取得胜利的地方。我们应该集中最大规模的兵力，狠狠打击那里。如果我们能在安多赢得胜利，就可以大幅度缩短战线的规模。这对我们而言将是非常有利的。”

“这样很好，”伊兰说，“我们对岚进行援助，向他说明他的任务就是尽可能守住塔文隘口。然后我们在坎多边境部署第二支军队，目的是延迟敌人入侵的步伐。也许这支军队可以根据情况的变化缓缓后撤。只要这两条战线被稳定住，我们就能将规模最大的军队投入安多，歼灭攻进凯姆林的兽魔人。”

“正是这样，”爱格马说，“我喜欢这种安排。那么，我们又应该安排哪支军队前往坎多？哪一支军队不需要规模很大，却又能拖延住兽魔人的进击？”

“白塔如何？”伊兰问，“如果我们派遣两仪师前往坎多，她们应该有能力阻止兽魔人迅速越过坎多国境，这样我们就能将精力集中在凯姆林。”

“是的，”布伦说，“我也认为应该如此。”

“那么，第四条战线呢？”伊图拉德问，“该让谁去煞妖谷？有人知道真龙大人进攻那里的计划吗？”

没有人说话。

“艾伊尔人应该完成这个任务，”艾密斯在部族首领身后说道，“你们不需要为我们担忧，拟定你们的作战计划吧。我们会做好我们的计划。”

“不。”伊兰说。

“伊兰？”艾玲达问道，“我们……”

“这正是兰德极力想要避免的情况，”伊兰以不容置疑的口吻说道，“艾伊尔人要和我们并肩战斗。在煞妖谷的战斗是所有战线中最重要的，我不会让任何一支部队在那里孤身作战。你们必须接受我们的援助。”

还有我们的指挥，伊兰在心中暗自说道。艾伊尔人是优秀的战士，但他们也存在一些他们不愿承认的问题，比如对于骑兵的使用。

艾伊尔人显然不喜欢接受湿地人的指挥。他们纷纷眯起眼睛，露出气恼的神情。

“艾伊尔人在非正规战斗中的表现极为优秀，”布伦看着他们说道，“我曾经在雪中之血战役中与你们战斗过，我知道你们的力量有多么致命。但如果真龙大人进攻煞妖谷，我们很可能需要占领那座山谷，并尽可能在真龙大人与暗帝决战时控制住它。我不知道这会是多长的时间。也许几个小时，或者几天。告诉我，你们有没有在固定地点进行长时间防御战的经验？”

“我们会完成任何必须完成的任务。”鲁拉克说。

“鲁拉克，”伊兰说道，“是你们坚持要在《真龙和约》上签字，坚持要成为合众国中的一员。我希望你们遵守你们的诺言，会按照我的命令行动。”

布伦和伊图拉德的问题并没有影响艾伊尔人的决定。但在伊兰的诘责下，艾伊尔人让步了。鲁拉克点点头：“当然。是我辜负了义。”

“那么，你就应该仔细听我的命令，并提供你们的意见，这样才能偿还你所亏欠的义。”伊兰说道。“如果我们要同时在四条战线作战，我们就需要大规模的密切合作。”她看着聚集在桌边的将军们，“既然我们有四条战线，又有四位公认的军事家……”

巴歇尔点点头：“这大概不是巧合。”

“在我看来倒很像是巧合。”

“不是巧合，陛下。”巴歇尔说，“如果我在真龙大人身边学到了什么，那就是在他身边不会有巧合。我们四个人，四条战线。我们各自负责指挥一条战线的战斗。由伊兰女王负责协调和监督，掌控整个战局。”

“我会前往马吉尔，”爱格马说，“现在大部分边境国人都在那里作战。”

“那么坎多呢？”伊兰问。

“如果两仪师要在那里战斗，”布伦说，“那里的指挥官就应该是我。我的位置在白塔之中。”

他不想在安多作战，伊兰想，他不想和我一同作战。他希望撇清与安多的关系。“那么，谁和我去安多？”

“我去。”巴歇尔说。

“那我去煞妖谷，”伊图拉德说着，点了点头，“与艾伊尔人一同作战。说实话，我从没想过会有这一天。”

“很好。”伊兰一边说，一边拉过一把椅子，“那么，我们开始仔细讨论计划的各种细节。我们需要一个大本营，我将驻扎在那里。既然凯姆林已经被攻陷，我会暂时在梅丽罗建立大本营。这里位于四条战线的中央，并且有足够的场地调遣军队、囤积物资。佩林，你可以管理这里的后勤事务吗？你要建立神行术场地，组织导引者完成各种通讯联系和补给品运输的工作？”

佩林点点头。

“现在，”她继续说道，“我们要详细分派前往每一条战线的部队，并制定具体的行动计划。我们需要切实可行的步骤，将兽魔人引出凯姆林，并在旷野中与它们作战。”

数个小时以后，伊兰从亭帐中走出来，脑海中飞快地旋转着各种战术计划、供给需求和部队派遣的细节问题。只要她眨眨眼，就能看到地图浮现在眼前，上面写满了加雷斯·布伦的各种注释。

参加会议的其他人也纷纷走出亭帐，开始返回各自的营地，去执行自己的作战计划。天色一片昏黑，亭帐周围已经点亮了灯盏。伊兰模糊地记得，自己的午饭和晚饭都是在会议进行时吃的。她的确已经吃过东西了，对不对？暂时她应该没什么事可以做了。

她向经过身边的君主们点头道别。现在,作战初始阶段的大部分计划都已经确定了。明天,伊兰将率领她的军队返回安多,开始反击暗影的第一步行动。

现在伊兰脚下的地面已经铺满柔软而富有弹性的深绿色草茎。兰德虽然离开了,但他造成的影响还在持续。当伊兰仔细端详那些高大的树木时,加雷斯·布伦来到她身边。

伊兰转过身,惊讶地发现他直到现在才走出亭帐。现在亭帐里面和周围已经只剩下伊兰的仆人和卫兵了。"布伦大人?"伊兰问道。

"我只想说,我为你感到骄傲,"布伦对她轻声说道,"你今天的表现非常优秀。"

"我几乎没有为作战计划增添什么内容。"

"你的工作是统率所有人。"布伦说,"你不是一名将军,伊兰,没有人会认为你需要负责具体的战斗。但当泰诺比抱怨沙戴亚缺乏保护时,是你将她引回真正重要的事情上来。我们之间有巨大的分歧,关系也十分紧张,但你将我们聚拢在一起,消弭我们之间的敌意和成见,让我们没有相互攻讦。你做得很好,陛下,非常好。"

伊兰笑了起来。光明啊,要在加雷斯的夸奖中保持严肃实在是太难了。加雷斯并不是她的父亲,但从许多方面来看,他的确是充当了伊兰的父亲。"谢谢你。还有,布伦,安多王权要向你道歉……"

"不要再说这种话了,"布伦说道,"时光之轮按照自己的意愿进行编织。我不会为了在我身上发生的事而责怪安多。"说到这里,他犹豫了一下:"不过,我还是会和白塔一起战斗,伊兰。"

"我明白。"

他向伊兰鞠了个躬,大步朝艾雯的营地走去。

柏姬泰来到伊兰身边:"我们要回营地去了?"

"我……"伊兰犹豫着。她似乎听到了某种声音,某种微弱的,但深沉而且有力的声音。她皱了皱眉,抬手拦住想要说话的柏姬泰,朝声音传来的方向走去。

她们两人绕过亭帐,踏着散发出清新气息的翠绿草地,寻找声音的源头。声音在伊兰的耳中愈来愈响。是一首歌,一首美丽的歌,和伊兰听过的任何歌曲都不一样。那种动人心魄的恢宏旋律让伊兰不由得全身颤抖。

歌声包围了她,在她的体内引发一阵阵共鸣。那是一首快乐的歌曲,也是一首充满敬畏和神奇的歌曲。但伊兰听不懂歌中的词句。不久后,她来到一群无比高大的人身边，这些人正站在因兰德而生长出来的大树旁边，双手按在纹理盘绕的树干上，闭着眼睛，仿佛他们正是大树的一部分。

三十六位不同年龄的巨森灵，有眼眉已经白如初雪的长老，也有像罗亚尔这样的年轻人。当罗亚尔歌唱时，一抹微笑便浮现在他的嘴角。

佩林将双臂抱在胸前，正和他的妻子一同站在不远处："你刚刚提起要去找殉道使，那时我就想，如果我们需要盟友，为什么不去找巨森灵？但正当我打算想办法去寻找罗亚尔时，他们已经来到这些大树中间了。"

伊兰点点头，倾听着巨森灵歌声渐渐达到高潮，又渐渐消退。巨森灵们都低垂下头。片刻间，一切都显得那么祥和。

最终，一位年长的巨森灵睁开眼睛，转向伊兰，洁白的胡须从他嘴角两边和下巴上一直垂到胸前。当他向伊兰走过来的时候，其他巨森灵长老纷纷跟随在他两旁。罗亚尔走在最后。

"你就是那位女王？"巨森灵长老一边说，一边向伊兰鞠躬，"那位将领导这一趟旅途的人？我是哈曼，道欧之子，摩罗之孙。我们来到此地，是为了用我们的斧头助你战斗。"

"我很高兴，"伊兰向他点头致意，"三十六位巨森灵能够在战场上给予我们很大的帮助。"

"年轻人，你以为只有我们三十六个？"哈曼发出如同远方沉雷般的呵呵笑声，"如果我们只派三十六个巨森灵来帮助人类，就不会召集树桩大会，不会讨论这么长时间了。巨森灵将与人类并肩作战。我们全族中每一个能够拿起斧头或长匕首的巨森灵都会来支持你们。"

"太好了！"伊兰说道，"你们能发挥很大的作用。"

一位年长的女性巨森灵摇摇头："你的反应太快，太急了。年轻人，你要知道，其实我们之中有相当一部分人本来打算抛弃你们，将这个世界丢给暗影的。"

伊兰惊骇地眨眨眼："你们真的打算这么做？就这样……丢下我们？让我们孤身与暗影战斗？"

"的确有人这样提议。"哈曼说。

"我就是抱持这种观点的其中一个。"那位女性长老说道，"我也曾为此而进行辩论，虽然我并不真的认为这样会是对的。"

"什么？"罗亚尔向前迈出一步，仿佛那位女性长老的话让他深感惊讶，"您并不真的这么想？"

那位长老看着他："如果暗帝攫取了这个世界，树就不会再生长了。"

罗亚尔惊讶地直视着她，“那您为什么……”

“如果要证实一场辩论的价值，就必须有反对的一方，我的儿子。”女性长老说道，“即使你掌握了真理，也只有在阻力重重的逆境中，才能理解真理的含义。难道你没学过‘巨树经暴风而根始牢’吗？”她不断地摇着头，但眼神中明显流露出对罗亚尔的关爱，“当然，我这样说的意思并不是赞成你一个人离开聚落。幸好这个问题已经解决了。”

“解决了？”佩林问。

罗亚尔脸上一红：“嗯，我应该告诉你，佩林，我结婚了。”

“你怎么现在才告诉我！”

“一切都变化得太快了。不过你的确应该知道，我和伊莉丝结婚了。她刚刚还在那里，你听到她的歌声了吗？她的歌声是不是美极了？结婚并不是很可怕的事，佩林。为什么你不告诉我结婚并不是那么可怕？我想，我很喜欢这样。”

“我为你感到高兴，罗亚尔。”伊兰说道。如果不及时阻拦，巨森灵会对一个话题谈论很久。“也非常感谢你们所有人愿意帮助我们。”

“也许这么做毕竟是值得的。”哈曼说，“看到这些树，我相信我们的牺牲是有意义的。在我的一生中，人类只会砍伐巨树。但今天，我看到它们因人类而生长……我们做出了正确的决定。是的，是的，这是一个正确的决定，所有巨森灵都应该看看这里……”

罗亚尔向佩林挥挥手，显然是还有话要对佩林说。伊兰却抢先说道：“请允许我先借用他一下，罗亚尔。”然后她就引着佩林朝树林的中心走去。

菲儿和柏姬泰跟随他们身后。罗亚尔留在原地等待他们。这位年轻的巨森灵似乎把大半心思都放在巨树上了。

“我想给你一个任务，”伊兰轻声对佩林说，“失去凯姆林意味着我的军队即将陷入粮秣不足的危机。虽然我的臣民一直在抱怨食品价格昂贵，但我们至少还能满足所有人的吃饭需求，并囤积为战争准备的大量食物。但现在，这些储备都付之一炬了。”

“那凯瑞安呢？”佩林问。

“那里还有一些食物，”伊兰说，“白塔和提尔也都还有一些储备。巴尔伦储备了充足的金属和火药。我还需要确认能够从其他国家获取一些什么样的物资，并搞清楚它们的食物储备状况。整理各国的物资储备，协调全部军队的后勤供给，这将是一个极为艰巨的任务。我很希望有人能管理起这方面的全部事务。”

“你觉得我能胜任？”佩林问。

“是的。”

“很抱歉，”佩林说，“伊兰，兰德需要我。”

“兰德需要我们所有人。”

“他对我的需要更多。”佩林说，“兰德对我说过，明已经预见到了这一点。在最后战争中如果没有我，他将必死无疑。而且，我还有一些战斗未能完成。”

“我来做这件事。”菲儿说。

伊兰转头看着她，皱起双眉。

“我丈夫的军队后勤就是我在管理的。”菲儿说道，“陛下，既然您是他的君主，您的需要也就是他的需要。如果安多将担负最后战争统帅的任务，那么两河人就应该确保士兵们得到足够的食物。请分派给我能够施展神行术，让马车通过的导引者，以及保护物资车队的军队，并授予我查阅军需官纪录的权力。这样，我就能完成这个任务。”

菲儿的自荐是有道理的，但并不是伊兰所需要的。她能够信任这个沙戴亚人到何种程度？菲儿已经证明了自己在政治上的灵活手腕，她会是一个优秀的人才。但她真的会将自己视为一名安多人吗？伊兰认真观察着佩林的妻子。

“没有任何人更值得你托付这份责任了，陛下，”佩林说，“菲儿一定能完成这个任务。”

“佩林，”伊兰说，“这其中还关系到别的事情，我们能私下谈一谈吗？”

“就算我们单独谈过，我也会把谈话的内容告诉菲儿，”佩林说，“我不会向我的妻子隐瞒任何秘密。”

菲儿露出了微笑。

伊兰看着他们两人，然后微微叹了口气：“在我们进行战争准备时，艾雯曾经找过我。有一件……对最后战争至关重要的物品，需要交到它的主人手里。”

“瓦力尔号角，”佩林说，“希望它还在你们手中。”

“它的确在我们手里，就藏在白塔。我们总算是及时把它从储藏室中拿出来了。昨晚，有人闯入了储藏室。我知道这件事是因为我们在那里设置了特别的结界。暗影知道我们拥有圣号角，佩林。暗帝的臣仆正在寻找它。他们不能使用那支号角。圣号角已经和麦特连结在了一起，直到麦特死亡的那一天。但如果它落入暗影手里，麦特将无法再吹响它了。甚至后果可能更加可怕，暗影的爪牙如果能够再杀死麦特，就有可能使用圣号角来对抗我们了。”

“您想要在暗中将它转移，”菲儿说，“并利用物资车队进行掩护。”

“我们很想把它直接交给麦特，”伊兰说，“但他有时候……实在是过于执拗。我曾经希望他能来这里，参加今天的会议。”

“他在艾博达，”佩林说，“正在和霄辰人打交道。”

“他告诉你的？”伊兰问。

“严格来说，应该不算是。”佩林看起来有些不安，“我们……有着某种联系，我有时候能看到他在哪里，正在做什么。”

“那个家伙，”伊兰说，“总是会跑到他最不该去的地方。”

“不管怎样，”佩林说，“他最终总是会出现在需要他的地方。”

“霄辰人是我们的敌人，”伊兰说，“麦特似乎并不明白这一点。光明啊，我真希望那家伙不要再惹祸上身了……”

“这件事我会做好，”菲儿说，“我会照管好瓦力尔号角，并将它安然无恙地送到麦特手上。”

“我并不是要冒犯你们，”伊兰说，“但我没办法把如此重要的物品托付给一个我还不完全了解的人。所以我才会来找你，佩林。”

“这正是问题所在，伊兰。”佩林说，“如果暗影的爪牙真的在寻找圣号角，他们肯定会认为你和艾雯会把它交给你们了解和信任的人。所以，菲儿是更好的人选。她是我最信任的人，而且敌人不会想到她，因为她与白塔并没有直接关系。”

伊兰缓缓地点点头：“好吧，我会告诉你它将如何运送。现在，你全部的任务就是调拨和运输物资。有太多人知道圣号角了。我们把它交给你以后，我会派遣另外五名使者从白塔出发，做为掩护你的疑兵。希望暗影会以为圣号角在其中一名使者的手里。在把它交到麦特手里之前，我希望没有人能想到它会在哪里。”

“四条战线，人龙大人，”布勒恩重复了一遍，“这就是信使传来的讯息。凯姆林、煞妖谷、坎多和这里。他们希望牵制住这里和坎多的兽魔人，好让人类军队的主力能够首先全力击败安多的敌人。”

岚哼了一声，引领曼塔绕过兽魔人发臭的尸堆。他部下的五名殉道使已经沿着妖境将兽魔人的尸体堆积成流着黑血的一座座小山，用以阻挡聚集在这里的暗影军队向隘口发动冲击。

当然，这里的臭气非常可怕。岚看见许多士兵都将钉蔓叶扔进篝火中，来掩盖刺鼻的臭气。

夜幕落下得很快，最危险的时刻也随之到来了。幸运的是，天空中的黑云遮蔽了星月的光亮，让兽魔人也几乎看不到任何东西。但不管怎样，黄昏时分依旧对兽魔人格外有利。在人眼无法视物的微光中，暗影生物依旧还保持着相当的视力。

边境国人的合力反攻迫使兽魔人不得不向谷口撤退。然后岚又得到了长枪手和其他步兵部队的援助，终于稳定住战线。不管怎样，现在这里的情势要比一天前好多了。

但岚并不能因此而松一口气。如果布勒恩说的没错，他的军队就必须作为一支防御力量驻扎在这里。这将意味着他能得到的部队可能会比他所希望的要少。但他不能破坏已经制定好的战略部署。

岚走到夏纳枪骑兵拴束马匹的地方。一名夏纳人催马来到他身边。岚知道，那是艾沙王。他是一名身材健壮的战士，须髯已经完全变成了白色。他刚刚在梅丽罗平原结束了制订作战计划的漫长一天，来到这里。岚在马背上向他鞠躬，但是，当艾沙王也向他鞠躬时，他停止了动作。

“陛下？”岚不解地问道。

“爱格马已经带来了关于这条战线的计划，大将。”艾沙王策马走到他身边，“他很想与我们一同检视一遍这个计划。这个计划必须由你来确认，因为我们都要在马吉尔的旗帜下作战。对于这点，我们已经达成了共识。”

“泰诺比呢？”岚问道。艾沙王的话让他着实感到惊讶。

“对于她，我们进行了一点鼓励。现在她已经来了。我还得到消息，艾森勒女王也会离开坎多，来这里与我们会合。边境国人将在这场战争中并肩作战。我们推举你作为我们的领袖。”

他们在迅速黯淡下来的暮光中策马前行，一列又一列的枪骑兵向艾沙王敬礼。夏纳人是全世界最优秀的重骑兵，他们已经无数次在这片山岩中战斗、牺牲，保卫了南方富饶的土地。

“我会接受的。”岚说道，“不过你们给我的这份责任似乎有三座山岳那么重。”

“我知道，”艾沙王说，“但我们会追随你，大将。除非天空粉碎，山脉崩陷，时光之轮停止转动。哦，愿光明祝福我们，或者直到每一把剑都得到了和平。”

“坎多呢？如果坎多女王也来到这里，还有谁能指挥那里的战斗？”

“白塔将在那里与暗影生物作战。”艾沙王说，“我们曾经发誓，当你举起金鹤旗时，就会来援助你。所以我们来了。”他犹豫了一下，声音也变得更加严肃：“坎多已经无法恢复了，大将，坎多女王也承认了这点。白塔的工作不是恢复那个国家，而是阻止暗影大军攻占更多的地方。”

他们调转马头,继续走过枪骑兵的队列。在黄昏时分,士兵都被要求必须守在自己的战马旁。现在他们都忙着照料马匹、打磨武器,或者擦拭铠甲。每一名士兵的背上都拴着一口长剑,或者是两口,腰带上都挂着钉头锤或者匕首。夏纳人在战斗中并不只依靠他们的骑枪。如果敌人企图以压缩夏纳人的冲锋空间来削弱他们的战斗力,那他们就会发现,夏纳骑士在近战中也同样可怕。

大多数夏纳骑士在铠甲外面都披着黄色战衣,上面绣着黑鹰。在敬礼时,他们全都挺直了腰背,面容肃穆。夏纳人是一个严肃的族群,边境国的生活会让任何人都变得不苟言笑。

岚犹豫了一下,高声问道:"为什么我们要哀伤?"

附近的士兵们纷纷转向他。

"难道这不正是我们接受训练的意义?"岚喊道,"不正是我们人生的目的吗?这场战争并不是一件需要哀悼的事情。其他人也许可以松懈,但我们不行。我们一直在为此而准备着。所以,这是我们光荣的时刻。

"让这里充满笑声吧!让我们感到喜悦!让我们为牺牲的人欢呼,为传授了我们这一切的先辈们举杯致敬。如果你们在明天死去,等待你们的将是充满自豪的重生。最后战争已经到来,而我们为此做好了一切准备!"

岚并不知道他说的这番话会引起怎样的效果。他的话音刚落,随之而起的便是一片欢呼声:"大将!大将!金鹤向前!"他看到有人将他的话记录了下来,传递给远处的战友。

"你的确有领袖的天赋,大将。"艾沙王在他身边说道。

"并非是你想的那样。"岚的双眼直视前方,"我不能只想到自己,这里有太多人看起来仿佛已经为自己准备好了丧服。"

"没有蒙皮的鼓,"艾沙王轻摇着马缰,低声说道,"没有握柄的风琴,没有声音的歌,但它依然是我的歌,依然是我的歌。"

岚转过头,向艾沙王皱起眉,但艾沙王没有对这首诗做任何解释。如果夏纳是一个严肃的国家,那么它的国王就只会更加严肃。艾沙王受到过严重的伤害,但他不会将自己的创伤告诉别人。岚不会因此而责怪他。因为岚自己也是这么做的。

但今晚,当岚在寻思到底是什么让艾沙王朗诵起这样一首诗时,他看到夏纳国王的嘴角浮现出一丝微笑。

"是莱丁伍德的安娜萨吗?"岚问。

艾沙王显得有些惊讶:"你也看安娜萨的作品?"

"两仪师沐瑞很喜欢她的诗,这首诗听起来很像是她的风格。"

“她的每一首诗都像是一首挽歌。”艾沙王说，“这是为她的父亲写的。她在这首诗后面的注释里说，它可以被朗诵出来，但不该用太高的声音，除非是在应该高声朗诵它的时候。但她并没有说到底是什么时候应该高声朗诵它。”

他们来到营帐前，下了马。恰在此时，警报号角吹响了。两个人立刻做出反应。岚下意识地按住腰间的佩剑，并在一片人喊马嘶、剑甲碰撞的嘈杂声中高喊道：“我们去找爱格马领主。如果你愿意在我的旗帜下战斗，我很乐意担负起这个职责。”

“一点也不犹豫？”艾沙王问道。

“我是谁？”岚一边问，一边跨上了马背，“一个被遗忘的村子里的牧羊人吗？如果人们愚蠢到会听从我的指挥，那么我为他们负责，至少不会让他们的下场比他们为自己负责时更差。”

艾沙王点点头，然后敬了个礼，嘴角再一次露出微笑。岚也向艾沙王敬了个礼，然后就催起曼塔，向营地中心飞驰而去。营地周边的人已经点起了大堆的篝火。殉道使们已经开启了一个通往南方大片死树林的神行术通道，让士兵们可以从那里取得大量干柴。但岚实际上并不想让这五名导引者这样浪费力气。他们的能量应该集中在攻杀兽魔人上。对岚来说，他们的力量实在是太宝贵了。

那瑞玛朝经过面前的岚敬了个礼。岚不知道那些将军们在制订战略计划时，是不是有意将这名出生于边境国的殉道使分配给他。不过这似乎并不是一种巧合。他得到的殉道使来自边境国的每一个国家，甚至还有一个人的双亲是马吉尔人。

我们并肩奋战。

第8章

燃烧的城市

月影是一匹从王室马厩中挑选出来的深褐色母马。伊兰·传坎正骑着它，穿过自己导引出的神行术通道。

现在,那些马厩已经落入兽魔人手中。和月影同厩喂养的马匹,毫无疑问,已经都落入那些暗影怪物的煮食罐里了。伊兰没去多想那些煮食罐里还会有些什么,她让自己的表情显得坚毅而镇定,不能让军队看到他们的女王仿佛失去了信心。

她将神行术的目的地选定在凯姆林西北方一千步远的一座山丘上,远在弓箭射程外,又能清晰地看到城市。在继承战争后的几个星期里,有几支商队曾经在这些山丘上安设营地。而现在,这些商队或者加入了光明阵营的军队,或者解散,变成游荡的蟊贼和盗匪。

先于伊兰来到这里的前锋部队已经对附近地区进行了搜索。葛本将军策马来到伊兰面前,向女王敬礼。女王卫队的男女卫士们环绕在伊兰的马旁。空气中仍然充斥着烟尘的气味。看到凯姆林城正在像龙山一样不停地冒着黑烟,伊兰觉得自己苦涩的心情又被撒上一把盐。

这座曾经让安多人无比自豪的城市已经死亡了,变成一片火葬场。上百股烟柱正从那里一直升上风暴聚集的天空。那些烟雾让伊兰想起春天时，农人为了清除田间的杂草而烧荒时的样子。伊兰统治凯姆林还不到一百天，就彻底把它丢掉了。

如果龙会对一座城市造成这种破坏，伊兰一边审视着塔曼尼在城墙上轰出的大洞，一边想，那么世界就一定要改变了。我们所知道的一切战争法则都将会改变。

“你认为城里会有多少兽魔人？”伊兰问来到她身边的那位将军。塔曼尼刚刚从那个差点毁掉他生命的重伤中恢复过来，只休息了一天时间。他也许还应该在梅丽罗休息。不管怎样，他绝对不宜在这段时间里亲自参加战斗。

“要搞清楚它们的数量几乎是不可能的，它们躲藏在城市的每一个角落里，陛下。”他尊敬地向伊兰鞠了个躬，“大概有几万，也许最多十几万。”

伊兰身边的士兵们都有些紧张。塔曼尼说话的腔调具有强烈的凯瑞安风格：充满敬意，却处处留有后路。据说，他是麦特最信任的军官之一。伊兰却觉得麦特对这个人施加的坏影响还远远不够。塔曼尼在她面前连一句脏话都没说过。真可怜。

附近枯黄的草地上又开启了其他神行术通道，伊兰的部队从通道中鱼贯而出，逐渐布满周围的山丘旷野。伊兰现在率领着一支规模庞大的军队，其中包括许多斯威峨门，他们将与柏姬泰和葛本将军指挥的女王卫兵和安多常规军一同在凯姆林作战。艾伊尔人的另一支队伍，包括枪姬众、智者和其余的战士们，将会与兰德一同前往北方的煞妖谷。

和伊兰同至安多的智者只有屈指可数的几位，她们原先都跟随在佩林身边。除她们以外，伊兰麾下的导引者就只有家人了。不过大部分家人的导引能力都很弱小。伊兰很希望能得到更多的导引者。不过她还有红手队和龙。

佩林和他的军队也都跟随着伊兰，这包括梅茵的翼卫队、海丹骑兵、白袍众(伊兰仍然无法确定自己该如何看待这支队伍)和谭姆率领的两河弓箭手，以及那支自称为“狼卫士”的部队。狼卫士绝大部分是刚刚成为士兵的难民，不过其中已经有不少人接受过战斗训练。当然，她还得到了巴歇尔将军和他的真龙军团。

伊兰已经批准了巴歇尔制定的凯姆林作战计划。我们需要将战斗引至树林之内，巴歇尔向她解释。弓箭手能够在树木的掩护下对兽魔人造成致命的打击。如果那些小伙子在树林中的行动能力真如我所听说的那样神出鬼没，那他们就会是一股极为强大的力量。

艾伊尔人在树林中同样是致命的。而在那里，兽魔人无法发挥出它们压倒性的体力优势。巴歇尔正策马立在伊兰身边。兰德显然叮嘱过他要照看好伊兰，仿佛只有一个柏姬泰紧盯着她的一举一动还不够似的。

兰德最好让自己平平安安的，等着我去告诉他我都是怎么想他的。伊兰心想。这时巴歇尔正和柏姬泰低声聊着什么。巴歇尔是那种因为骑马时间太久，已经有了一双罗圈腿的骑士。他的嘴唇上留着浓密的胡子。他和伊兰说话时，并不像是在和女王说话……不过，沙戴亚女王是他的侄女，所以，也许他只是非常习惯王室生活而已。

他是沙戴亚王位的第一顺位继承人，伊兰提醒自己。与他共事可以让伊兰有机会进一步加强安多和沙戴亚的结盟。伊兰倒是很愿意看到自己的一个孩子能够登上那个王位。她将一只手放在肚子上。她的孩子们已经开始愈来愈频繁地用脚踢她，用手肘顶她了。但没有人告诉过她，这种感觉会这么像是……消化不良。而且不幸的是，梅菲恩排除了一切不可能，竟然又找到了一些山羊奶。

“有什么消息？”伊兰问道。这时柏姬泰和巴歇尔已经并辔来到她身边。塔曼尼向旁边退去，为他们让出空间。

“斥候报告说，那座城市还没有被完全毁掉。”巴歇尔说。

“巴歇尔是对的，”柏姬泰说，“兽魔人还待在城中，大部分城区的火势都已经被压制住了，还有大半城市得到了保留。您看见的许多烟尘并非来自火灾，而是兽魔人的篝火。”

“兽魔人很愚蠢，”巴歇尔说，“但半人并不蠢。兽魔人会肆无忌惮地破坏这座城市，到处放火，但这样很可能会让火灾无法控制。不管怎样，事实是我们不知道暗影到底有怎样的计划。不过，它们至少是打算继续控制这座城市一段时间。”

“它们会继续盘踞在这里吗？”伊兰问。

“说实话，我不知道，”巴歇尔答道，“我们不知道他们到底有什么样的目标。对凯姆林的进攻是不是只为了制造混乱，让我们的军队感到恐惧；还是暗影打算据守这座堡垒，将它作为攻击我们的基地？在兽魔人战争时期，隐妖的确为了这个目的而控制过一些城市。”

伊兰点点头。

“请原谅，陛下？”一个声音从身后传来。伊兰转过身，看到一名两河人正朝她走来。他是两河人的指挥官之一，谭姆的副手。他的名字是丹尼，伊兰心想。

“陛下，”丹尼又说了一句。在礼仪方面，他显得有些笨拙，但显然他正努力改进这一点。“金眼大人和他的部队已经在树林中就位了。”

“塔曼尼大人，你的龙准备好了吗？”

“差不多了。”塔曼尼说，“请原谅，陛下。我并不能确定，当龙开始射击时，我们是否还需要那些弓箭。您确定不想亲自指挥龙的攻击吗？”

“我们需要把兽魔人引到战场上来。”伊兰说，“而我的出现对它们来说肯定是最大的诱惑。巴歇尔，我们进入城市的作战计划部署得如何了？”

“我相信，各种准备都应该做好了，但我还想亲自确认一下。”巴歇尔说着，若有所思地捋了捋胡子，“您的那些女性导引者能够很好地施展神行术，梅茵人也为我们提供了足够的油。您确定要参与如此危险的行动？”

“是的。”

巴歇尔等待伊兰继续说下去。也许他想要从伊兰那里得到某种解释。看到伊兰没有再说话的意思，他挥挥手，下达最后一系列命令。伊兰调转月影，从在森林旁边列阵的士兵面前驰过。现在，她已经没什么可做的了。各种命令都将由她的指挥官们传达并执行。但战士们可以看到她充满信心的身影，在她经过的地方，士兵们都高昂起头，将手中的长矛举得更高。

伊兰一直看着那座燃烧的城市。她不会让自己转开视线，也不会让愤怒控制自己。她要利用这股愤怒的力量。

巴歇尔在片刻之后回到她身边：“已经都准备好了。许多没遭到破坏的建筑物地下室中都被灌满了油。塔曼尼的队伍也已经就位。等您的护法确认过家人已经准备好施展神行术后，我们就可以开始了。”

伊兰点点头。看到巴歇尔正看着自己的肚子，她才将手从肚子上移开，并且意识到，自己的手一直抚在肚子上。“你觉得我在怀孕时还要参加战斗是明智的吗？或者这是个错误？”

巴歇尔摇摇头：“不。这只是证明了我们所面临的局势有多么危急，这也会让士兵们对现在的局势有更清醒的认知，让他们能更加严肃地对待眼前的战斗。而且……”

“而且什么？”

巴歇尔耸耸肩，“也许这还能提醒他们，这个世界并非一切都在死亡。”

伊兰转回头，望向远处的那座城市。农人会在春天焚烧田地，为新生命的萌发做好准备。也许现在正是安多经受野火焚烧的时刻。

“告诉我，”巴歇尔说，“你是否打算向世人公布，你怀了真龙大人的孩子？”

是孩子们，伊兰在心中纠正着巴歇尔的话。“你在妄自揣度一些真假难辨的事情，巴歇尔大人。”

“我有一个妻子，一个女儿。当您看着真龙大人时，我认得您的眼神。当一个女人的肚子里有了孩子时，她就会用那种眼神去看孩子的父亲。”

伊兰的嘴唇抿成了一条细线。

“为什么您要隐瞒这件事？”巴歇尔问，“我听过其他人议论这件事，他们总是会提起另外一个男人，一个名叫麦拉尔的暗黑之友，曾经是您的卫队队长。我知道，这只是无稽的谣言。但其他人不会这么聪明。如果您足够睿智，就应该除掉这些谣言。”

“兰德的孩子们会成为敌人的目标。”伊兰说道。

“啊……”巴歇尔没能把话说下去，只是不停地捋着胡子。

“如果你不赞成这个理由，巴歇尔，说说你的看法。我可不会容忍一个阿谀谄媚的人。”

“我可不是谄媚小人，孩子。”巴歇尔有些生气了，“不过，不管怎样，我相信你肚子里的孩子肯定已经成为某些人重要的目标。你现在是光明阵营的最高统帅！我认为，你的臣民有权知道他们是在为谁而战。”

“这不是你的事情，”伊兰说，“也不是他们的事情。”

巴歇尔向伊兰挑起一道眉弓，坦率地说道：“那个孩子是王国的继承人，难道他的臣民不该知道他的身份吗？”

“我想，你已经越界了，将军。”

“也许是，”巴歇尔说，“也许在真龙大人身边待了这么久，我为人处世的方式已经被他改变了。那个人……没有人能知道他在想些什么。有半数时间，他会认真听取我的想法，无论我对他说些什么。但在另外一半时间里，似乎我只要说一句天空看起来很阴沉，他就恨不得把我一劈两半。”巴歇尔摇摇头：“陛下，我只是随便说说自己的想法。您让我想起我的女儿，也许她遇到和您一样的情况，也会这么做，而我也会给她同样的建议。如果他们知道，您腹内是转生真龙的继承人，他们在战斗中一定会更加英勇。”

男人，伊兰心想。年轻男人想用他们愚蠢的脑袋里想出的每一个无聊的噱头博取我的眼球；而这些老家伙又以为年轻女人都需要一番说教。

她再次将视线转向城市。这时，柏姬泰策马奔来，向她点了一下头。地下室肯定已经都被灌满了油和沥青。

“点火。”伊兰高声说道。

柏姬泰一挥手，家人们立刻开始施展神行术。人们纷纷将火把掷过神行术通道，让它们落入凯姆林城中的地下室内。转眼间，向城市上空升腾的黑烟就变得更加浓烈骇人了。

“它们不可能很快扑灭这些火头，”柏姬泰轻声说，“现在的天气也很干燥，整座城市会像干草堆一样完全燃烧起来。”

聚集在伊兰身边的军队都盯着那座城市，尤其是女王卫兵和安多军人。有几个人在向安多敬礼，就像是在向火葬堆上的英雄尸身敬礼。

伊兰紧紧地咬住牙，然后说道：“柏姬泰，让卫兵们都知道，我腹中孩子的父亲是转生真龙。”

巴歇尔露出了微笑。真是让人无法忍受的男人！柏姬泰也在微笑。她用缰绳抽了一下马屁股，飞奔着去传递这个消息了。她一样让人无法忍受。

安多人听到柏姬泰的喊声，仿佛立刻站得更直，神情显得更加自豪。而他们的首都正在他们面前燃烧。大火显然起了作用，兽魔人开始从城门中涌出来。伊兰等兽魔人发现她的军队后，才高声说道：“向北前进！”她调转过月影的马头，“凯姆林已经死了。我们到森林去，让暗影生物追赶我们吧！”

安德罗苏醒过来，发觉嘴里全是泥土。他呻吟一声，想要翻过身，却发现自己已经被绑住了。他吐掉嘴里的泥土，舔舔嘴唇，眨了眨干涩的眼睛。

他与乔奈瑟和埃马林一同躺在一道土墙边上，他们都被绳子紧紧地捆着。他记得……光明啊！当时屋顶塌下来了。

佩维拉？他将自己的思维传递出去。现在他竟然已经如此习惯这种联络方式了，这让他觉得非常不可思议。

回馈过来的是一种模糊晕眩的感觉。约缚让他知道，佩维拉就在附近，也许也被绑了起来。至上力也离开了他的身体。他努力想要碰触真源，却发现自己被一道屏障挡住了。捆绑他的绳索被固定在他身后地面的一支钩子上，限制了他的移动范围。

安德罗努力压制住自己心中的恐慌。他看不到纳拉姆。纳拉姆也在这里吗？他们正躺在一个很大的房间里，空气中弥漫着一股泥土的潮气。他们还在泰姆的地下密室里。

如果屋顶塌了，安德罗心想，那座地牢也许已经被毁了。所以他们才会被捆在这里，而不是被关在那些牢房中。

有人在抽泣。

安德罗转过头，看到被捆住的艾芬就在身边。那个年轻人正全身颤抖，不断地抽噎着。

“没事的，艾芬。”安德罗悄声说道，“我们会想办法出去的。”

艾芬瞥了他一眼，显然是吃了一惊。这个年轻人双手被缚在身后，只能坐在地上。“安德罗？安德罗，我很抱歉。”

安德罗感到心里一紧：“为什么，艾芬？”

“他们在你们离开后就来了。我猜，他们是想要埃马林，要转变他。看到埃马林不在，他们就开始审问我。我屈服了，安德罗，我那么容易就屈服了，我很抱歉……”

这样说来，泰姆并没有发现那些被干掉的卫兵。“这不是你的错，艾芬。”

脚步声从不远处传来。安德罗假装还在昏迷中，但有人踢了他一脚。“我看见你在说话了，跑腿的。”麦沙勒说道。他朝安德罗俯下他那颗长满金发的脑袋：“为了考特伦，我真想杀了你。”

安德罗睁开眼睛，看见洛根被麦扎和维林架着，全身绵软。他们把洛根拖到一旁，狠狠地扔在地上。洛根的身子动了动，发出一阵呻吟。他们很快就把洛根用绳子绑好，然后站起身，朝安德罗吐了一口唾沫，又走到埃马林面前。

“不，”不远处传来泰姆的声音，“下一个是那个年轻人。暗主要得到成果，洛根已经耽误太长的时间。”

当麦扎和维林走到艾芬面前，抓住他的手臂将他拉起来的时候，艾芬的哭泣声变得更加响亮了。

“不！”安德罗扭过身子说道，“不！泰姆，光明烧了你！把他放下！带我走！”

泰姆站在他旁边，手背在身后，身上穿着殉道使的纯黑色外衣，但边缘镶着一圈银丝。他的领子上没有徽章。他转向安德罗，冷笑了一声。“带你走？难道我要向暗主献上一个连一块石头都打不碎的人？我早就应该把你赶出去了。”

泰姆跟在另外两个人身后走开了。他们还拖走拼命挣扎的艾芬。安德罗向他们吼叫着，直到嗓音沙哑。他们只是将艾芬拖到这个房间的另一边。这是一个非常大的房间，因为无法自由移动身体，安德罗看不见他们在干什么。他重新让头落在地板上，闭起眼睛。但这无法阻止他听到可怜的艾芬发出充满恐惧的尖叫。

“安德罗？”佩维拉悄声问道。

“安静。”麦沙勒说道。然后就是一记重拳击打的声音，还有佩维拉的痛哼声。

我真的开始憎恨那个家伙了，佩维拉对安德罗说。

安德罗没回答。

他们把我们从坍塌的房间里挖了出来，佩维拉继续说着。我还记得那时的一些事情。随后他们就屏障了我，又把我打晕了。从那时到现在可能过了还没有一天。我猜，泰姆还没有为暗影转变足够的惊怖领主。

佩维拉传来的思绪很不稳定。

在他们身后，艾芬的尖叫声停止了。

哦，光明啊！佩维拉说，那是艾芬吗？所有眩晕的感觉刹那间从佩维拉的意识里消失了。发生了什么事？

他们正在转变他，安德罗对她说。被转变的人能够用自己的意志力进行抵抗，所以洛根到现在都没有成为惊怖领主。

佩维拉的关切之情如同一股涌过约缚的暖流。其他两仪师也都像她一样吗？安德罗曾经以为她们是没有感情的，但佩维拉绝对是一个充满感情的人。只不过她从来都在用一种几乎是非人类的控制力压抑着自己的感情。这是作为两仪师，经历过数十年的练习后造成的另一个结果吗？

我们该怎么逃出去？她在问安德罗。

我正在努力解开绑我的绳子。我的手指还很僵硬。

我能看到你的绳结。它很结实，但我也许能告诉你该怎么解开它。

安德罗点点头，他们便开始合作了。佩维拉详细描述绳子的走向，安德罗竭力用手指拨动绳子。但安德罗还是没有足够的力量扯开绳结。他想要把手腕从绑缚中拉出来，但绳子捆得太紧了。

当他终于承认失败时，手指已经因为缺乏血流而麻木了。这样不行，他对佩维拉说。

我一直在试着推开屏障，佩维拉答道。我有可能做得到。我觉得我们的屏障也许是被固定住的，我有可能突破被固定的屏障。

安德罗也表示赞同。但他依然无法克制自己的挫败感。艾芬还能坚持多久？

远处的寂静仿佛正在嘲笑他。为什么他听不到任何声音？然后，他感觉到了什么。是导引。那是十三个男人吗？光明啊。如果这里还有十三个魔达奥，那么情况就很糟了。如果他们逃出去了，又该怎么做？不管怎样，他们无法与这么多敌人作战。

你选择了什么样的悬崖？佩维拉问他。

什么？

你说过，当你在海民之中的时候，他们会从悬崖上跳下去，证明自己的勇敢。悬崖愈高，跳下去的人就愈勇敢。你选择了什么样的悬崖？

最高的，安德罗告诉她。

为什么？

我想，如果决定要跳下一道悬崖，你也许就应该选择最高的一道。如果不想赢得最大的胜利，为什么又要进行冒险？

佩维拉向他表示赞同。我们要逃出去，安德罗，无论如何都要出去。

安德罗点点头。这个动作他大半是对自己做的。然后，他又开始对那个绳结使力。

没多久，泰姆的奴才们回来了。艾芬在安德罗面前蹲了下来。在他的眼睛后面，潜藏着某种和以前的艾芬完全不同的东西，某种非常可怕的东西。他微笑着："看样子，这肯定没有我想象的那么糟糕，安德罗。"

"天哪，艾芬……"

"不要为我担心，"艾芬伸手按在安德罗的肩头，"我感觉非常好。不再有畏惧，不再有忧虑。我们根本不该进行这种争斗。我们是黑塔，我们需要精诚合作。"

你不是我的朋友了，安德罗心想，你也许有他的面孔，但艾芬……哦，光明啊，艾芬已经死了。

"纳拉姆在哪里？"安德罗问。

"恐怕是死在那个洞里了。"艾芬摇摇头。他向安德罗俯下身子："他们打算杀了你，安德罗。但我想，我可以让他们相信，你还是值得转变的。最终，你一定会感谢我。"

那个可怕的怪物从艾芬的眼里露出微笑，又拍了拍安德罗的肩膀，然后站起身，与麦扎和维林聊了起来。

在他们身后，安德罗能勉强看见十三个影子抓住埃马林，拖着他去进行转变。是隐妖。它们的斗篷低垂着，不见半分摆动。

安德罗只觉得死在塌陷牢房中的纳拉姆非常幸运。

第9章

死得其所

岚劈开了面前魔达奥的半个脑袋，剑刃一直落到靠近它脖子的地方。然后，他让曼塔后退，让那个濒死的隐妖继续挣扎。在剧烈的抽搐中，魔达奥的头颅被甩向两侧，漆黑的血浆洒到已经沾染过十几遍鲜血的岩石上。

“人龙大人！”

岚转过身，朝喊声传来的方向望去。他的一名部下正用手指着营地，在那里，一道亮红色的光束一直射向空中。

已经到中午了？岚一边想着，举起手中的剑，朝他的马吉尔部队下达撤退的命令。坎多和艾拉非的部队冲了上来，他们是使用弓箭的轻骑兵，迅速朝大群的兽魔人射出一波又一波箭雨。

这里的气味已经变得让人完全无法忍受。岚和他的部队策马离开前线，从两名殉道使和一位两仪师身边跑过。这位两仪师名叫科莱妲，她坚持要做培塔王的顾问，继续留在战场上。三名导引者正在点燃战场上的兽魔人尸体，这会对暗影生物的下一次冲锋造成很大的障碍。

岚的军队一直在这里执行这个艰巨且残酷的任务。将兽魔人挡在塔文隘口中，如同用一片沥青堵住在风暴中行驶的海船上的漏水破洞。数支部队以一个小时为限，轮番作战。一到夜晚，篝火和殉道使便会为士兵们照亮战场，绝不给暗影生物任何可乘之机。

在连续两天疲惫不堪的作战后，岚知道这种战术最终只会对兽魔人有利。他们已经杀死了大量兽魔人。但暗影在这么多年来一直竭尽全力增加这些怪物的数量。每一天晚上，兽魔人都会以死尸为食，它们从不担心后勤供给的问题。

从前线退下来，为后续部队让出道路时，岚努力挺起肩膀。但实际上他只想立刻躺下来，好好睡上几天。尽管转生真龙已经分派给他一支规模相当庞大的军队，但每一名战士在每一天中还是要数次在战场上全力拼杀。岚则总是会进行一些额外的战斗。

撤退下来的部队也很难有时间睡眠和休息。战士们还需要整理装备，收集维持篝火用的木柴，从神行术通道中运来补给品。岚离开战线后，他还需要监督这些工作。他一直在想尽办法维持部队的士气。在他身边，忠心耿耿的布勒恩已经有些神情恍惚了，岚需要让他去睡一下，否则……

布勒恩从马鞍上一头栽了下去。

岚骂了一句，勒住曼塔的缰绳，跳下马背，跑到布勒恩身边，发现自己的这名部下只是睁着一双无神的眼睛，望向天空。布勒恩的肋侧有一道巨大的伤口。那里的锁链甲就像是经受了太多强风撕扯的船帆一样，向外翻开着。布勒恩一直用战袍遮住那道伤口。岚没看到他受伤，也没发现他掩饰伤口的动作。

笨蛋！岚一边想，一边用手指按住布勒恩的脖子。

没有脉搏，他已经死了。

蠢货！岚责骂着自己，低垂下头。你希望一直陪在我身边，是吗？所以你藏住了自己的伤口。你害怕当你返回营地接受治疗时，我会死在战场上。或者，你不想损耗导引者的力量。你知道他们都已经被逼到了极限。

岚紧咬着牙，抱起布勒恩的尸体，把他放到马背上，将他系紧在马鞍上。安德锐和凯瑟尔王子勒马立在一旁，看着这庄严的一幕。现在，这位坎多王子和他的百人骑兵队一直都跟随在岚身边。感觉到他们的目光，岚伸手按在布勒恩的肩膀上。

"你做得很好，我的朋友，"他说道，"你的功绩将被世代传诵。愿创世主的手庇护你的安宁，愿母亲最后的拥抱带你回家。"然后，他转身看着其他人："我不会为此而哀伤！哀伤只应属于那些为自己所做的事情而后悔的人。但我绝不会因为来到这里而后悔！布勒恩死得其所，我不会为他哭泣，我将为他而欢呼！"

他拉过曼塔，跨上马背，一只手牵住布勒恩的马缰，挺直脊背。他不会让自己的战士看到他的疲惫和哀痛。“你们有人看到殉道使巴克吗？”他向身边的人问道，“他总是在马背上拴着一张拉开的十字弩，不骑马时就把那张弩挂在身上。我发誓，如果那张弩意外弹开了，我会用绳子拴住那个殉道使的脚趾，把他挂在悬崖上。”

“他昨天死了。当时他的剑被卡在一个兽魔人的铠甲上，他放开剑，去拿长矛，却有两个兽魔人趁机推倒他的马。我那时以为他死了，就拼命朝他那里杀过去，却看到他坐起来，用那张该死的十字弩射中离他只有两尺的那个兽魔人的眼睛。弩箭一直从兽魔人的后脑穿了出去。另一个兽魔人砍开他的肚子，但又被他用从靴子里拔出的匕首刺穿脖子。”

岚点点头，“我会记住你的，巴克，你死得很英勇。”

他们继续策马前行。凯瑟尔王子又说道：“雷贡，他死得也很英勇。当时有三十几头兽魔人从侧面向我们发动袭击，他纵马冲进那群兽魔人之中，为我们赢得了时间。如果没有他，兽魔人的那一次突击至少会杀死我们十几个人。当他被拖下马时，还一脚踢在一头兽魔人的脸上。”

“没错，雷贡当时真是发疯了，”安德锐说，“我就是被他救下的人之一。”他微微一笑：“他的确是死得其所。光明啊，这么说他一点都没错。当然，这几天里我见到最疯狂的事情，莫过于克拉吉尔和隐妖的战斗。你们有没有人看到……”

当他们到达营地时，队伍中的所有人都在笑着赞颂牺牲的战友们。岚离开队伍，带着布勒恩去找殉道使。那瑞玛正在为供给车打开神行术通道。他向岚点点头：“人龙大人？”

“我需要把他放在一个足够冷的地方。”岚一边说，一边下了马，“等这场战争结束，我们夺回马吉尔，我们要好好地为这位高贵的战士找一个安息之地。在那之前，我不许他被烧掉，或者被虫啃。他是第一位回到马吉尔国王身边的马吉尔人。”

那瑞玛点点头，艾拉非风格的铃铛在他的辫梢上发出一阵轻响。他让下一辆大车走过通道，然后抬手示意其他车辆暂时停下，便关闭通道，又打开另一个通道。通道另一边是一座雪峰的顶端。

凛冽的寒风从通道中吹过。岚将布勒恩抱下马。那瑞玛过来想要帮忙，但岚挥手拒绝了他，然后深吸一口气，将布勒恩扛到肩头，走进通道对面的风雪中。冰风咬啮着他的脸颊，仿佛无数刺向他的匕首。

岚将布勒恩放下，跪倒在他身边，温柔地从他的头上解下海多力。岚将带着这条海多力返回战场，布勒恩将继续与他一同战斗。当战争结束时，他会把它还给布勒恩。这是一种古老的马吉尔习俗。“你干得漂亮，布勒恩，”岚轻声说道，“谢谢你没有放弃我。”

他站起身，手中握着海多力，踏碎一团团积雪，走回通道这一边。那瑞玛放开那个通道，岚向那瑞玛详细询问了那座山峰的位置，以免那瑞玛在战斗中牺牲，他就无法再找到布勒恩了。

他们不可能以这种方式保存所有马吉尔人的尸体，但能保存一具也是好的。岚将布勒恩的海多力缠绕在佩剑护手下方，把它系紧。然后把曼塔交给一名马夫，并向自己的坐骑竖起一根手指，看着它水汪汪的褐色大眼，郑重地警告它：“不要再咬马夫了。”

然后，岚去找了爱格马领主。他发现那位指挥官正在沙戴亚人的营地外面和泰诺比女王说话。两百名持弓荷箭的战士在他们身边排成严整的队列，警戒着天空。已经有相当数量的人蝠向塔文隘口的人类军队发动进攻。当岚走过去时，地面忽然开始颤抖，并传来一阵隆隆的声音。

士兵们没有发出一声惊叫，他们已经熟悉了这种响动。这是大地在呻吟。

在距离岚不远处，裸露的岩石地面裂开了。岚警戒地跳到一旁。震动还在持续，地裂两侧的大块岩石上纷纷出现了发丝般的细小裂缝。这些裂缝感觉上很不正常，它们显得太黑，太深了。虽然地面还在颤抖，岚却已经走到地裂旁，仔细观察那些裂缝，想要把它们看清楚。

这些裂缝里仿佛只有一片空无。周围的光被它们吸收进去，就彻底消失了。岚觉得自己就好像在窥看真实本身的裂隙。

地震终于停止了。岩石裂缝中的黑暗又滞留了几次喘息的时间，也消退了。岩石上那些发丝般的黑暗纹路又恢复成普通的裂缝。岚警戒地跪下去，仔细查看它们。他所看见的，和他脑海中想象的是同一幅场景吗？这是什么意思？

他打了个寒颤，站起身，继续向前走去。这不是因为我过于疲惫了，他想，是大地本身正在衰弱下去。

他加速跑过沙戴亚营地。在塔文隘口的全部军营中，沙戴亚人的营地是最为规整洁净的，统治这里的是那些军官一丝不苟的妻子们。岚把大部分马吉尔平民都留在了法达拉，其他国家的军队中也很少有非战斗人员。

但沙戴亚人和他们都不一样。虽然沙戴亚女人通常不会进入妖境作战，她们的强悍风格却丝毫不亚于她们的丈夫。每一名沙戴亚女子都能用匕首战斗。如果有必要，她们会一直坚守营地，直至身亡。在收集和发放补给品物资，以及照顾伤员的工作上，她们在这里发挥了极大的作用。

泰诺比又在和爱格马争论他们的作战计划了。岚在一旁倾听着。那位夏纳军事家对泰诺比提出的各种要求不断地点着头。泰诺比很聪明，能够清醒地把握局势，但她有些过于大胆了，她想要一直杀进妖境，攻击繁衍兽魔人的场所。

终于，泰诺比注意到了岚："人龙大人，你最近的一次突击又取得了胜利？"她是一个美人，有着光泽闪耀的黑色长发，一双明亮的眼睛显示出她火爆的性情。

"有更多兽魔人被消灭了。"岚说。

"我们在进行一场光荣的战争。"她骄傲地说。

"我失去了一位挚友。"

泰诺比停了一下，看着岚的眼睛，也许是想在他的眼眸中寻找某种情感。但岚没有流露出任何情绪。布勒恩的死没有任何遗憾。"他们的战斗充满了光荣，"岚对她说，"但这场战争本身没有任何光荣可言，这只是我们必须进行的一场战争。爱格马领主，我有话要对你说。"

泰诺比让到一旁。岚又将爱格马拉开了一些，这位年长的将军给了岚一个感激的眼神。泰诺比看了他们一会儿，然后就大步走开了。两名卫兵匆匆地跟在她的身后。

如果我们不看紧她，她会亲自冲到战场上去，岚想道，她的脑子里全是各种歌谣和传说。

难道不正是岚自己在鼓励他的部下们创造这样的传说吗？不，这不一样。岚能体认到这其中的不同。教导人们接受死亡，并懂得尊敬牺牲所带来的光荣……这与不切实际地赞颂浴血拼杀，美化战争并不一样。

不幸的是，只有真正上过战场的人，才能明白这其中的不同。光明在上，希望泰诺比不会做出任何莽撞的事情。岚已经见过太多年轻人的眼里闪烁着和现在的泰诺比一样的火焰。对于这样的年轻人，岚会让他们连续几个星期进行高强度的劳动，让他们的脑子里只剩下家中温暖的床，把他们所寻求的那种"光荣"彻底赶出脑海。但他当然不能用这种方法对付一位女王。

"自从卡力安和艾森勒结婚后，她就变得愈来愈轻率鲁莽了。"爱格马领主低声说道。他已经和岚走到了沙戴亚营地后方，正不住地向来往的士兵点头致意。"我想，卡力安也许还能让她安静一点。而现在，他和巴歇尔都不在这里……"爱格马叹了口气，"好吧，就由她去吧。你找我有什么事，大将？"

"我们的战士打得很好，"岚说，"但我很担心他们的体力状况。我们还能继续这样战斗下去,挡住兽魔人吗?"

"你的担心很有道理,敌人迟早会冲破我们的防线。"爱格马说。

"到时候我们又该怎么办?"岚问。

"我们先尽量守住这里,"爱格马答道,"到时候,如果我们守不住了,我们就向后撤退,争取时间。"

岚哼了一声:"撤退?"

爱格马点点头:"我们在这里的目的是为了推迟兽魔人的进攻步伐。出于这个目的,我们只需要在这里坚守一段时间,然后就缓慢撤进夏纳。"

"我来到塔文隘口不是为了撤退,爱格马。"

"大将,我相信你来到这里是为了求得一死。"

这的确是事实。"我不会将马吉尔再次丢给暗影,爱格马。我率领马吉尔人来到塔文隘口,是为了告诉暗帝,我们没有被打败,我们要让后人知道,我们能够重新踏上我们的家园……"

"大将,"爱格马领主一边走,一边用更加柔和的声音说,"我尊敬你奋战至死的决心,我们全都为此而尊敬你。你孤身向这里进军,成千上万的人因你而受到鼓励。也许这不是你的目的,但这是时光之轮为你做出的安排。一个人寻求正义的决心从来都不能够被轻视的。但不管怎样,现在你应该把自己放到一旁,先着眼于更重要的事情。"

岚停下脚步,看着这位年长的将军:"小心说话,爱格马领主。你的话听起来就好像是在指责我是个自私的人。"

"我就是这个意思,岚,"爱格马说道,"你的决定很自私。"

岚的身子纹丝不动。

"你来到这里是为了将鲜血泼洒在马吉尔,这件事本身是很高尚的。但降临到我们头顶的是最后战争,所以你的决定也是愚蠢的。我们需要你。因为你的顽固,会有无数人白白丧命。"

"我没有要求他们追随我。光明啊!我竭尽全力阻止他们。"

"责任重于山岳,大将。"

这一次,岚的身子晃了晃。已经多久不曾有人只用一句话就让他产生这种反应了?他记得,自己曾用同样的话教导过一个来自两河的年轻人,一个懵懂无知的牧羊人,这个人心中充满对这个世界的畏惧,因为因缘给自己安排的命运而瑟缩不已。

爱格马继续说道:"有人注定一死,他们对此感到畏惧。还有人注定要活下来,统率人众。他们认为这是沉重的负担。如果你想要继续在这里战斗,直到最后一个人倒下，那么你尽可以这么做。他们会歌颂着光荣，勇敢赴死。或者你可以执行这个世界交给你的任务，在固守已经没有意义的时候选择撤退，尽可能长久地拖延暗影的脚步，直到我们的盟军前来支持我们。

“我们的部队有着很强的机动能力。现在全世界最优秀的骑兵都聚集在你的麾下。我曾经见过九千名沙戴亚轻骑兵沿着十分精确的路线完成复杂的迂回任务。我们可以在这里对暗影造成打击，但敌人的数量实在是太多了，早已远远超出我的想象。我们可以在撤退中对敌人造成更沉重的打击，我们可以在后退的每一步中，用更严厉的手段惩罚它们。是的，岚，你任命我为战场指挥官，而这就是我对你的提出的建议。我们也许不必在今天撤退，甚至我们有可能在这里坚守一个星期。但撤退对我们来说是必需的。”

岚在沉默中向前走着，没等他找到合适的回答，一道蓝光已经在空中爆开。这是来自隘口的紧急讯号，刚刚冲上战场的部队急需援助。

我会考虑这件事，岚想道。他将全身的疲惫压抑下去，冲向曼塔所在的拴马栏。

岚刚刚才离开前线，并不需要参与支持行动，但他还是决定立刻返回战场。在无意中，他听到自己还在呼唤布勒恩准备坐骑，不由得感觉自己无比愚蠢。光明啊，他真的已经习惯有布勒恩在身边支持他。

爱格马是对的，岚一边想，一边看着马夫们手忙脚乱地为曼塔备鞍。这匹战马感觉到他的情绪，也显得非常激动。他们会一直追随我，就像布勒恩一样。为了一个已经消失的国家，带领他们去送死……为此而送掉我自己的生命……这和泰诺比又有什么两样？

不久后，他已经策马冲向隘口处的防线。那里的兽魔人几乎就要将人类的阵型冲垮了。他加入战斗之中。今晚，他们还可以在这里挡住暗影大军，但他们不可能永远这样坚守下去。如果他们的阵线崩溃了呢？

所以……他将再一次丢弃马吉尔，去完成他必须完成的任务。

艾雯的部队已经在梅丽罗平原的最南端集结完毕。等伊兰的部队在凯姆林部署完毕后，他们就将通过神行术前往坎多。兰德的部队还没有进入萨坎鞑，不过他们已经开始朝梅丽罗平原的北侧移动集结了。补给品在那里更容易被管理、调运。兰德说现在还不是他发动进攻的时机。光明在上，但愿他能够和霄辰人顺利达成协议。

调动如此大规模的部队实在是一件令人极为头痛的事情。两仪师开启了一连串巨大的神行术通道，如同一道华丽耀眼的光辉墙壁。士兵们排成整齐的队列，等待着从中走过。许多最强大的导引者并没有参与这项任务，她们需要为即将到来的战斗和其他更重要的任务保存体力。

士兵们纷纷为玉座让道。玉座的先锋卫队已经就位，通道另一边也已经建好了新的行营。该是她走过通道的时候了。今天上午，艾雯一直在和评议会讨论关于补给品和部队的安排事宜。宗派守护者们在这方面拥有高度的智慧，她们之中有许多人研究这方面的学识已经超过一世纪。

“我不喜欢等待这么久。”盖温策马陪在艾雯身边。

艾雯看了他一眼。

“我信任布伦将军和评议会的战术安排。”艾雯这时正策马经过伊利安的战友军。这些骑士都披挂着光辉灿烂的胸甲，上面雕刻着伊利安的九蜂，面孔被遮在锥形头盔的钢栅面甲后面。看到玉座，他们纷纷敬礼。

艾雯还不确定是否希望他们参加自己的部队。他们所效忠的对象是兰德，而不是她。但布伦坚持要带上他们。他的理由是，艾雯的军队虽然规模庞大，但缺乏像战友军这样的精英骑士团。

“我还是认为，我们应该更早离开。”盖温说道。这时他们刚刚走过通道，来到坎多边境。

“我们只耽搁了一天的时间。”

“坎多的战火也多燃烧了一天。”艾雯能感觉到盖温的恼恨，也能感觉到他对她强烈的爱意。现在，他是她的丈夫了。简单的婚礼是在昨晚举行的，婚礼主持人是希维纳。艾雯亲自批准了自己的婚礼，这点依然让她感到怪异。但既然她才是白塔的最高权力者，她在这件事上又能有什么选择？

当他们进入坎多边境处的营地中时，布伦催马朝他们走来，同时以简捷的命令派遣斥候进行巡逻。走到艾雯面前，他下了马，深鞠一躬，亲吻了艾雯的戒指。然后，他重新上马，继续去监督执行各种事务。想到当初是如何胁迫这位将军加入自己的阵营，艾雯不由得对他有了一种新的敬意。当然，布伦也向两仪师提出条件，而且那些条件都已经得到满足。所以，也许这是布伦利用了白塔也说不定。统率白塔的军队对他来说是一个机会，任何男人都不会喜欢被放逐到乡下的庄园里，了此残生。这位伟大的将军更不会喜欢这种安排。

艾雯注意到史汪骑马跟随在布伦身边，脸上带着满足的微笑。现在布伦已经被紧紧地绑在白塔之上了。

艾雯审视着这片位于坎多南部边界上的山丘。像现在这个世界上的绝大多数地方一样，艾雯视野所及，看不到一丝绿色。但这里依旧弥漫着一片宁静安详的气氛，丝毫感觉不到正在烧灼这个国家的熊熊战火。坎多的首都查辛现在大概已经化成了一片焦土。在撤出坎多，与其他边境国军队一同奔赴塔文隘口时，艾森勒女王将她的救援行动和结果向艾雯及评议会做了详细的报告。坎多军队已经做了他们力所能及的一切事情，包括派遣斥候通过神行术进入查辛城内，沿主要道路搜索难民，将他们转移至安全地点。尽管现在谁也无法确定什么地方才是真正安全的。

兽魔人的主力部队已经离开那些还在燃烧的坎多城市，正朝东南方移动。它们的目标是坎多和艾拉非边界处的丘陵和河流地带。

希维纳策马跑向艾雯，来到与盖温相对的艾雯的另一侧，并且瞪了盖温一眼。他们两个真不该再这样相互争斗下去了。艾雯早已对此感到不胜其扰了。她亲吻了艾雯的戒指，说道："吾母。"

"希维纳。"

"我们刚刚从两仪师伊兰那里得到报告。"

艾雯没有克制自己的笑意。她们两个不约而同地都用伊兰在白塔中的名号称呼她，而故意忽略她的世俗头衔。"情况如何？"

"伊兰建议我们设立一个专门治疗伤员的固定地点。"

"我们已经建议过，让黄宗姐妹在各个战场间巡回执勤。"艾雯说。

"两仪师伊兰很担心这样的话黄宗会过于暴露，因而遭受敌人攻击，"希维纳说，"她希望建立一个固定医院。"

"这么做会更有效率，吾母，"盖温一边说，一边揉搓着下巴，"在一场战争后寻找受伤者是一件非常残酷而危险的事情。该如何让姐妹们在死人堆里寻找伤员，我完全无法想象。如果那四位战场指挥判断无误，这场战争可能会持续几十天，甚至几个月。到最后，暗影一定会开始剪除战场上的两仪师。"

"两仪师伊兰对此非常……坚持。"希维纳说道。她的面孔如同一张面具，声音异常镇定，但她还是传达出了对当前这种指挥系统的极度不满。希维纳很擅长如此不露形迹地表达自己的看法。

是我帮助伊兰成为最高统帅的，艾雯提醒自己，否定她的命令会造成一个恶劣的先例。就像服从她一样恶劣。也许在这场战争结束后，她们还可以再做朋友。

"两仪师伊兰的决定很有智慧。"艾雯说，"告诉罗曼妲，她的命令必须得到执行。召集全体黄宗姐妹，让她们准备对伤员进行治疗，但治疗场所不得在白塔。"

"吾母？"希维纳问道。

“霄辰人。”艾雯答道。每当想到霄辰，她都必须努力压制住在她心中翻腾的那条大毒蛇。“我不会让黄宗在没有保护，又因为治疗而耗尽体力时还要冒遭受攻击的危险。白塔是一个太过明显的目标，也必然会成为敌人进攻的焦点。即使没有霄辰人，暗影也会盯上那里。”

“一个适当的地点，”希维纳不情愿地点着头，“但还能是哪里？凯姆林已经陷落，边境国全都过于危险。提尔？”

“不合适。”艾雯说。那里是兰德的统治区，而且同样过于惹眼。“向伊兰提一个建议，也许梅茵之主愿意提供一幢合适的房子，一幢非常大的房子，”艾雯用指尖敲打着马鞍边缘，“让见习生和初阶生都跟随黄宗姐妹。我不希望她们出现在战场上。她们的力量可以在医疗工作中发挥作用。”

如果和黄宗姐妹连结，即使是最弱小的初阶生也能使用自己的力量拯救生命。当然，那些女孩中会有不少人感到失望，她们可能都在想象着自己在战场上消灭兽魔人的样子。而在黄宗身边，这些缺乏训练、毫无经验可言的孩子们，也能够为最后战争贡献自己的力量了。

艾雯回头瞥了一眼。人流仍然在穿过通道，源源不断地向她涌来。“希维纳，把我的话带给两仪师伊兰。”艾雯命令道，“盖温，我还有一些事情要做。”

他们找到正在坎多和艾拉非的界河西侧，一座山谷中监督设立指挥基地的库班。他们的作战计划是前进至丘陵地带，与入侵的兽魔人在那里展开战斗。毗邻丘陵地带的山谷中会埋伏好袭击部队，每一座高大丘陵的顶端则会部署弓箭手以及防御部队。当兽魔人企图攻占那些丘陵时，防御部队会对它们造成尽可能严重的伤害，尽可能长时间地守住每一座丘陵。袭击部队则会突袭它们的侧翼。

最终，他们很有可能还是会被赶出丘陵地带，退入艾拉非境内。但在广阔的艾拉非平原上，他们的骑兵可以发挥更强大的攻击力。像岚一样，艾雯受领的任务是拖延兽魔人的进攻速度，直至伊兰歼灭南方的兽魔人。最理想的状况是他们能在这里一直坚守到援军到达。

库班向艾雯敬了个礼，然后引领她和盖温走到不远处一座已经搭建起来的帐篷前。艾雯下了马，打算走进去，但盖温伸手牵住她的手臂。艾雯叹了口气，点点头，让盖温先走了进去。

帐篷里，那个被奈妮薇称作艾格宁的霄辰女人正盘腿坐在地上。不过，现在这个女人坚持称自己为莱伊纹。三名白塔卫兵正看守着她和她的伊利安丈夫。

莱伊纹抬头看到走进帐篷的艾雯，立刻跪起，以优雅的姿势向艾雯鞠了个躬，直至前额碰触地面。她的丈夫也做了同样的动作，不过显得很不情愿。也许，这个莱伊纹只不过是比她的丈夫演技更好而已。

"出去。"艾雯对那三名卫兵说。

卫兵们没有表示反对，但他们退出去的脚步相当缓慢，似乎他们并不相信玉座和她的护法能够对付两个完全不能导引的人。这些男人！

盖温站到帐篷一侧，帐篷中间就只剩下艾雯和这两名囚犯。

"奈妮薇告诉我，你们或许可以信任。"艾雯对莱伊纹说，"好了，坐下吧。没有人需要向白塔如此俯首乞怜，即使是最低阶的仆人也不必如此。"

莱伊纹直起身，但还是低垂着双眼："我没能完成被托付的任务，而且在这上面犯了大错，甚至让因缘也遭到威胁。"

"是的，"艾雯说，"我已经知道关于那些项圈的事。你是否想得到一个赎罪的机会？"

莱伊纹再次低下头，将前额抵在地上。艾雯叹了口气。但没等她命令这个霄辰人站起来，莱伊纹已经说道："以光明和我救赎与重生的希望发誓，我将侍奉您，保护您，玉座猊下，白塔的统治者。以水晶王座和女皇的血脉发誓，我将完全属于您，将毫不犹豫地去做您所吩咐的一切事情，视您的生命重于我的生命。光明在上，我立誓于此。"说完，她亲吻了地面。

艾雯惊讶地看着她。只有暗黑之友才会背叛这样的誓言。当然，每一个霄辰人都和暗黑之友差不多。

"你认为我没有得到良好的保护？"艾雯问，"你认为我还需要一名仆人？"

"我只是想赎清自己的罪行。"莱伊纹说。

在她的声音中，艾雯感觉到一种坚持，一种苦涩，一种不容置疑的真实。这个人并不喜欢以这种方式羞辱自己。

艾雯抱起双臂，心中感到一阵困扰："对于霄辰的军事行动，你能告诉我一些什么？它到底有多么强大的军队，有怎样非同寻常的力量？霄辰女皇又有什么计划？"

"对此，我确实知道一些，玉座。"莱伊纹说，"但我只是一名船长，我所了解的只是霄辰海军，这对您并没有什么用处。"

当然，艾雯心想。她向盖温瞥了一眼。她的护法耸了耸肩。

"求求您，"莱伊纹轻声说道，"请允许我向您证明我自己。我几乎已经一无所有了，就连我的名字也不再属于我了。"

"首先，"艾雯说，"你要向我报告关于霄辰人的一切情报。我不在乎你是否认为这些情报无关紧要。你向我报告的任何事都有可能非常重要。"或者，这样至少能揭露出莱伊纹是一名说谎者，这也会是极具价值的情报。“盖温，给我拿一把椅子来，我要听听她会说些什么。然后，我们要看看……”

兰德翻看着成堆的地图、记录和报告。他站在书桌前，一只手背在身后。桌上放着一盏带玻璃罩的油灯，从帐篷外吹进来的微风，让灯火不住地跳动着。

这团火苗是活的吗？它会吞吃灯油，能自己动作，可以被熄灭，就像无法呼吸的生灵。那么，如果说它是活的，它又算是什么？

一个想法是活的吗？

一个没有暗帝的世界，没有邪恶的世界。

兰德转回头，看着地图。他所看见的一切都让他感到吃惊。伊兰所做的准备非常充分。他并没有参与制定具体作战计划的会议，他的注意力已经转移到了北方，煞妖谷，他命中注定无法逃避的地方，他的坟墓。

他厌恶这些地图所表达的信息。一群群活生生的人，在地图上就变成了一条条注释。当人们死亡时，地图上只是被抹去了一些数字和记录。天哪，他承认这些清晰的数字能够让查看地图的人迅速掌握大范围区域内的状况，对于战场指挥官来说是至关重要的。但他还是痛恨这些冷冰冰的数字。

他的眼前就有一团鲜活的火焰，而同时还有许多正在死去的人。他不可能亲自指挥这场战争。他希望能够离这些地图远一些。他知道，看见这些消息，只能让他为了那些他无法挽救的士兵而哀痛不已。

一阵突然的寒颤涌过他全身，让他手臂上的毛发也竖直起来。那是一种非常清晰的战栗感，半是兴奋，半是恐惧。同时，他感觉到一个女人正在导引。

兰德抬起头，发现伊兰正站在帐篷入口处。“光明啊！”伊兰说道，“兰德！你在这里干什么？你想要吓死我吗？”

兰德绕过桌子，一只手按在作战地图上，仔细端详着伊兰。他的眼前出现了真正的生命。红润的脸颊，带着一点蜂蜜和玫瑰色的黄金长发，如同火焰般燃烧的眼睛。伊兰穿着大红色长裙，肚子因他们的孩子而高高隆起。光明啊，她可真美。

“兰德·亚瑟？”伊兰问道，“你打算和我说话吗？还是你想就这样一直盯着我？”

“如果我不能盯着你，那我还能盯着谁？”兰德问。

“不要这样对着我笑，乡下男孩。”伊兰说，“竟然溜进我的帐篷？你以为人们会怎么说？”

“他们会说，我想见你。而且，我没有溜进来，是卫兵让我进来的。”

伊兰抱起双臂：“他们没有告诉我。”

“我请他们不要向你报告。”

“那么，不管你是怎么认为的，你就是溜进来的。”伊兰从他身边走过。她的气味也好闻极了。“说实话，在你之前，艾玲达刚刚这样干了一次……”

“我不想让普通士兵看见我，”兰德说，“我害怕这样会在你的军营中造成混乱。是我请求卫兵们不要告诉别人我在这里。”他走到伊兰面前，把手放在她的肩膀上：“我必须再见到你，在我……”

“你在梅丽罗见过我了。”

“伊兰……”

“很抱歉，”伊兰说着，转回身看着他，“我很高兴看见你，也很高兴你能来见我。我只是需要想清楚，你是如何造成所有这一切的，我们又该如何接受这一切。”

“我不知道，”兰德说，“对于这个问题，我从没想清楚过。很抱歉。”

伊兰叹了口气，坐到桌子后面的椅子里：“我想，这个世界上总算还有一些事情，不是你一挥手就能解决的。这应该算是一件好事。”

“有许多事情都是我无法补救的，伊兰。”兰德瞥了一眼书桌，还有那些地图，“太多了。”

不要去想那些。

他跪倒在她面前，挑起眉毛，有些迟疑地伸手按在伊兰的肚皮上：“我一直都还不知道，直到会议前的那天晚上。我听说，是双胞胎？”

“是的。”

“谭姆要当祖父了，”兰德说，“而我要成为……”

对于这样的消息，一个男人应该有怎样的反应？他应该感到震惊吗？还是忐忑不安？不过，兰德的生命里早已充满各种各样的惊奇。现在，他几乎每走出一步，世界都要因为他而产生变化了。

但这件事……这件事并非是一种惊奇，兰德感觉到自己内心深处的震撼。他一直希望有一天，他会成为一位父亲。而现在，他的希望就要成真了，这让他感觉温暖。这个世界虽然出现了那么多错误，但总算还有一件好事。

孩子。他的孩子。兰德闭起眼睛，深吸一口气，享受着这个惊喜。

他有可能至死都不知道他们的存在，他有可能在他们出生前就丢弃他们，让他们失去父亲。但姜钝也同样丢弃了兰德，而兰德的人生并未因此受到影响。当然，他的性格的确是有一点别扭。

“你给他们想好名字了吗?”兰德问。

“如果双胞胎里有一个男孩,我想叫他‘兰德’。”

兰德的手继续轻轻按在伊兰的肚子上。是孩子在动吗?在踢他的母亲?

“不,”兰德轻声说,“请不要用我的名字,伊兰。他们要有自己的人生,我的影子不该一直笼罩在他们的身上。”

“好吧。”

兰德抬起头,看着伊兰的眼睛。看到伊兰正亲昵地向他微笑着。她伸手抚摸着兰德的脸颊:“你会是一个好父亲的。”

“伊兰……”

“不要再说那些事了,”伊兰向他竖起一根手指,“不要再说什么死亡和责任了。”

“我们不能对即将发生的事情装作看不见。”

“我们也不需要总是想着那些事。”伊兰说,“兰德,我教过你许多关于如何做一位君主的知识,但我似乎忘记了至关重要的一课。制定计划时,我们必须考虑到最糟糕的可能性,但你绝对不能永远只想到可怕的未来,不能让自己沉浸在那里面,无法自拔。王者最重要的一个素质,就是保持希望。”

“我的心里是有希望的,”兰德说,“对这个世界,对你,对每一个必须战斗下去的人,我都充满了希望。但我也已经接受了我自己的死亡,这是无法避免的事实。”

“够了,”伊兰说道,“不要再谈这件事了。今晚,我要和我爱的男人享受一次安静的晚餐。”

兰德叹了口气,但他还是站起身,坐到伊兰身边的椅子里。伊兰已经在呼唤门口卫兵,要他们传话去准备餐点了。

“我们至少可以讨论一下我们将要实行的作战计划吧?”兰德问,“你在这里所做的一切实在是让我吃惊。我绝不可能比你做得更好。”

“将军们完成了绝大部分的工作。”

“我看到你写的批示了。”兰德说,“巴歇尔他们都是能力极强的将军,甚至可说是战争天才,但他们的着眼点只是某一场具体的战役。必须有人协调他们的计划和动作。而你正是那个完成这个宏伟任务的人,你恰好有一颗这样的头脑。”

“不,我没有这样的头脑,”伊兰说,“我有的是作为安多王女的人生经历,也许还有一些在课堂上学到的战争知识。你从我身上看到的一切,都要感谢布伦将军和我母亲的教导。你在我的批示中有没有发现应该修正的地方?”

“在凯姆林和布雷姆森林之间足足有一百五十里的空旷地带，你打算在哪里伏击暗影？”兰德问，“这很冒险，如果你的部队在到达森林前就被追上呢？”

“在森林中对兽魔人造成打击，是这场战役成败的关键。我们的诱敌部队将使用最强壮、速度最快的马匹。毫无疑问，这将是一场耗尽双方体力的追逐。当我们逃至布雷姆森林时，马匹很可能都快要累死了。但我们很希望到时候兽魔人的情况会更糟。我们的围歼部队能够比较轻松地取得胜利。”

他们一直在讨论即将发生的这场战役，从黄昏直到夜深。仆人们送来了浓汤和野猪肉的晚餐。兰德本希望自己来到伊兰营地的事情不要引起任何骚动，但既然仆人们都已经知道了，想要继续隐瞒下去显然不可能了。

他开始安心享受美食，并继续用各种问题引起伊兰谈话的兴趣：哪一个战场是最危险的？当那些军事家们出现分歧时，伊兰支持谁？他们又在哪些问题上经常会有不同的见解？其余三条战线上的战斗该如何配合并支持兰德的第四条战线？当然，攻击煞妖谷不会是现在，兰德还需要等待时机。

和伊兰的谈话让兰德想起在提尔的时光。那时，他在提尔之岩中向伊兰学习政治谋略，并且会在上课的间隙偷一个伊兰的香吻。就是在那些日子里，兰德和伊兰坠入爱河。不是一个从围墙上掉下来的男孩对公主的仰慕，而是真正的爱恋。不过在那个时候，他还不懂得什么是爱。就像一个刚刚学会挥剑的乡下男孩，不懂得什么是战争一样。

他们的爱情发自他们能够分享的一切。和伊兰在一起，他能够尽情谈论政治问题，以及做为统治者的沉重责任。这一切伊兰都能理解。对于它们，她看得比兰德认识的其他所有人都更加透彻。伊兰明白，一个决定能够改变成千上万个人的命运，她明白为一整个国家的人负责意味着什么。兰德总是会惊讶地发现，虽然他们经常天各一方，他们之间却永远都保持着某种联系。实际上，不在伊兰身边时，他只会觉得这种联系更加牢固。现在，伊兰成为女王，而她的体内已经有了他们的孩子。

“你在发抖。”伊兰说。

正喝着浓汤的兰德抬起头。伊兰面前的盘子已经空了一半。兰德刚才一直在忙着找各种话题和伊兰聊天。现在，伊兰正手捧着一杯热茶，似乎已经吃饱了。

“我在什么？”兰德问。

“你在发抖。当我提到和安多作战的事情时，你轻轻打了一个哆嗦。”

伊兰会注意到这种事情并不足为奇，正是她教会兰德该如何在对话时观察一个人的细微动作和表情。

“所有那些以我的名义战斗的人们，”兰德说，“他们很快将会战死沙场，而我却连他们的名字都不知道。”

“这就是统治者要在战争中担负的责任。”

“我有责任保护他们。”兰德说。

“如果你以为你能保护所有人，兰德·亚瑟，那么你就依然只是一个傻瓜，你现在的睿智表现也只不过是装装样子。”

兰德看着伊兰的眼睛：“我不相信我真的有这样的能力。但他们的死亡是压在我心里的重担。我已经回忆起往日的一切，所以我现在更觉得，我应该能做得更多一些。他曾经试图打垮我，而他失败了。”

“你说的就是那一天在龙山顶峰上发生的事情吗？”

在此之前，兰德从未将他在那一天的遭遇告诉过任何人。他将椅子拉到伊兰身边：“在那里，我意识到，我对于力量的渴望太过分了。我想要变得刚硬，无比的刚硬。于是，我几乎失去关爱的能力。这么做是错误的。如果我要战胜他，我就必须懂得如何去爱。不幸的是，这就意味着我必须容许自己为人们的死而感到痛苦。”

“而你现在回忆起关于路斯·瑟林的一切？”伊兰悄声说道，“你知道他所知道的每一件事，这并不是你装出来的？”

“我就是他，我一直都是，只是我刚刚才回忆起这一点。”

伊兰呼了一口气，眼睛也瞪大了一些：“这将是我们一个巨大的优势。”

兰德已经把这件事告诉过一些人，但只有伊兰会有这种反应。她真是个奇妙的女人。

“我拥有他的全部知识，但我依然不知道该怎样去做。”兰德站起身，开始在帐篷中来回踱步，“伊兰，我应该有能力解决这个问题。不该再有人为我而死了。这是我的战斗，为什么其他人也要承受这个苦难？”

“你否认我们战斗的权利？”伊兰坐直身子。

“不，当然不是，”兰德说，“我当然不能这样否认你。我只是希望能有办法……有办法结束这一切。难道我将自己牺牲掉还不够吗？”

伊兰也站起身，拉住兰德的手臂。兰德转向她。

然后，她吻了兰德。

“我爱你。”伊兰对他说，“你是一位国王，但如果你否认安多人保卫自己，参加最后战争的权利……”她目光闪烁，脸颊绯红。光明啊！兰德这才知道自己的话真的让她生气了。

兰德从来都不知道伊兰会对他说些什么，做些什么。这也总是让他对伊兰充满兴趣。这就像是观赏夜花的表演。他知道即将呈现在眼前的是无比瑰丽的美景，却又不知道那会是怎样的美丽。

“我说过，我不会否认你战斗的权利。”兰德说。

“这不只是关于我，兰德，而是关系到每一个人。你能明白吗？”

“我想，我可以明白。”

“很好。”伊兰坐回到椅子里，吮了一口茶，却又皱了皱眉。

“茶坏掉了？”兰德问。

“是的。我已经习惯了。但喝下这种糟糕的东西，我觉得还不如什么都不喝。”

兰德走到她面前，从她的手中取过杯子，就那样握着茶杯站了一会儿，但并没有导引：“忘记告诉你，我给你带来了一些东西。”

“茶？”

“不，这只是一件小事。”兰德将茶杯交还给伊兰。伊兰又喝了一口。

她的眼睛立刻睁大了：“味道真好。你是怎么做到的？”

“我不知道。”兰德说着，也坐回椅子里，“是因缘做的。”

“但……”

“我是时轴，”兰德说，“在我的身边总会发生各种事情，各种无法预料的事情。在很长一段时间里，我身边的异变一直都保持着平衡：我到达的一座城镇中有人在家中的楼梯下面发现宝藏；而我去过的另一座城镇里，人们却发现自己的钱都是伪币，他们全被聪明的伪币贩子骗了。

“一些人以可怕的方式横死，另一些人却被意外的奇迹拯救。更多的逝者，更多的新生儿；更多的婚姻，更多的分手。我曾经看见一根从空中飘落的羽毛，尖朝下直立在泥泞中。随之飘落，同样立在地面上的羽毛还有十根。这些全是随机发生的。但又如被抛出的硬币一样，会以均等的机会露出它的两个面。”

“这杯茶的变化肯定不是随机的。”

“是的，它不是。”兰德答道，“但正像你看到的那样，我在这些日子里只是不断地在抛出硬币的同一个面。坏的那一面，有别人在抛出。暗帝不断将恐怖注入这个世界，造成死亡、邪恶和疯狂。但因缘……因缘是平衡的。所以它还在发挥作用，通过我让好的一面得以彰显。暗帝用的力量愈大，我所发挥的作用也就愈强。”

“青草生长，”伊兰说，“乌云消散，食物恢复鲜美……”

“是的。”兰德自己知道，他也使用了另外一些小技巧。不过他并没有提到那些。他从衣袋中掏出一个小袋子。

“如果你说的都是真的，”伊兰又说道，“那么这个世界将不可能变得很美好。”

“它当然可以。”

“难道因缘不会将太多的美好挤出这个世界？”

兰德陷入了犹豫。这种推理和他前往龙山顶峰以前的思路太像了：他将没有选择，他的命运已经固定在因缘之中，“只要我们还会关心这个世界，”兰德说，“就一定有美好存在。因缘中并不包含情绪，它甚至无关乎善与恶，好与坏。暗帝是出现在因缘外部的一股力量，正在以不属于因缘的力量压迫着这个世界。”

所以兰德必须阻止他。如果他能做到的话。

“给你，”兰德说道，“这才是我的礼物。”他将那个小袋子递给伊兰。

伊兰看着他，眼里充满好奇。然后，她将袋口解开，从里面拿出一只小雕像。这尊雕像刻的是一位直立的女子，肩头披着一条披肩。但她看起来并不像一位两仪师。从她的面孔上，能看到岁月的痕迹以及智慧的光彩。在她的唇边挂着一抹微笑。

“一件法器？”伊兰问。

“不，一颗种子。”

“……种子？”

“你有制造特法器的异能，”兰德说，“而制造法器的方式则是完全不同的。它需要制造者首先拥有这样一颗种子。你能够通过它，将你的至上力注入另外某件物品之中。这个过程需要很长的时间，而且会让你连续衰弱数个月之久。所以，你不该在这个战争即将爆发时进行这种尝试。但当我回忆起这件事时，我就立刻想到了你。以前我一直都不知道该给你一些什么才好。”

“哦，兰德，我也有一样东西要给你。”伊兰快步走到旁边的一张桌子前，打开桌上的一只象牙首饰匣，从里面拿出一样小东西。这是一把没有锋刃的短匕首，匕首的握柄是缠着金线的鹿角。

兰德带着疑惑的神情瞥了一眼那把匕首：“伊兰，我无意冒犯，但这看起来只是一件用处不大的武器。”

“这是一件特法器，一件也许能在煞妖谷中帮到你的东西。有了它，暗影就无法看见你了。”她伸出手，抚摸着他的脸。

兰德也将手放在她的脸上。

在这个晚上，他们就这样陪伴在彼此身边。

第 10 章

龙的使用

佩林骑在毅力背上，伊兰麾下的快速骑兵部队都跟随在他身后：白袍众、梅茵骑兵、海丹骑兵，以及一部分红手队。这只是伊兰所率领军队的一小部分，也正是这次作战的关键。

他们斜向朝驻扎在凯姆林城外的兽魔人逼近。蹂躏这座城市的大火还没有熄灭。伊兰的再度焚烧计划将城中的大部分暗影怪物都赶了出来，只有很少一些还据守在城墙上。

“弓箭手，”亚甘达喊道，“放箭！”他的声音很快就消失在骑兵的战吼声、马嘶声和马蹄蹬踏地面的轰鸣声中了。但他周围已经有足够的士兵听到命令，更远处的士兵在看到他们的动作后，也都知道现在要做什么。

佩林俯下身，希望这次冲锋还不必用到他的战锤。他们从兽魔人的战线前沿横扫而过，射出一阵阵箭雨，然后迅速调头，离开凯姆林。

佩林回头瞥了一眼，痛快地看到许多兽魔人倒在地上。红手队在这支骑兵队伍中处于后卫的位置，现在他们正在用箭矢继续消耗着兽魔人的战斗力。

兽魔人也在用它们的弓箭予以还击。粗大的黑色羽箭如同一支支长矛，从巨型硬弓中射出。佩林身边的一些骑士落下马背，不过快速撤退的骑兵并没有遭受很严重的损失。

兽魔人并没有离开它们位于城墙外的阵地。骑兵们的速度放慢下来，亚甘达来到佩林身边，也回头朝凯姆林望去。

“它们没有杀过来。”亚甘达说。

“那么我们就继续骚扰它们，”佩林说，“直到它们发疯。”

“我们的进攻正在继续，陛下。”信使从两名家人开启的神行术通道中策马驰出，来到伊兰在林中的营地内，“金眼大人要我向您报告，如果有必要，他们会在那里战斗一整天。”

伊兰点点头。信使又回头跑进那个通道。布雷姆森林中，到处都是一片死寂。树枝上的叶片早已落光，仿佛进入了冬天。“这样往来传递讯息费时费力，又不准确，”伊兰不满地说，“真希望我们能使用那些特法器。艾玲达说过，它们之中的一件可以让人看到很远的地方，另一件能够用来与远方通话。莉妮说过，‘幻想太多，脚步不稳’，但如果我真的能亲眼看到凯姆林的战斗……”

柏姬泰什么都没说。这名金发护法目视前方，完全看不出她是不是听到伊兰的这番话。

“不管怎样，”伊兰说，“我能保护自己，我已经不止一次证明过这一点了。”

还是没有回答。她们的坐骑只是在树林中松软的土地上缓缓地行走着。她们身边的营地随时都能够被拆除干净，立刻被运走。士兵们的“帐篷”全只是在树干间拴一根绳子，绳子上再搭一块帆布。唯一正式的帐篷只有供伊兰起居和进行指挥用的两顶大帐。家人们已经做好施展神行术的准备，可以迅速将伊兰和她的指挥官们转移到树林深处去。

伊兰的绝大部分士兵都已严阵以待，如同被拉开并扣上羽箭的硬弓。但伊兰无论如何也不会被允许直接和兽魔人对阵。根据报告，凯姆林城墙上还有一些兽魔人。如果伊兰出现在城下，很可能遭受到它们的致命攻击。

伊兰要把这些兽魔人全都引出来，无论这需要怎样的耐心。“我已经决定了，”伊兰又对柏姬泰说道，“我要用神行术去亲自看一眼那些兽魔人。当然，是从安全的距离以外，我可以……”

柏姬泰伸手到衬衫下面，拿出她佩戴的那枚狐狸头徽章。这是伊兰制造的三枚有瑕疵的徽章之一。麦特拿回原件和一枚复制品。麦拉尔在逃走时拿走另一枚。

“如果你敢这么做，”柏姬泰依旧只是盯着前方，“我就把你扛到肩上，带回到营地里，就像醉汉对付酒吧女郎那样。光明护佑我，我一定会这么做的，伊兰。”

伊兰皱起眉：“也许我应该认真考虑一下，为什么要把这枚徽章给你？”

“我不知道。”柏姬泰说，“只是你的这个决定显示出了令人惊叹的远见卓识和自我保护的智慧，这倒是和我所了解的你完全不同。”

“我觉得这样对我不公平，柏姬泰。”

“我知道！要对付你这种人，对我来说更是极不公平。而且你可能根本就没注意过这一点。难道所有的年轻两仪师都像你这样莽撞轻率？还是我非常倒霉，遇到了你这样一个怪胎？”

“不要再抱怨了，”伊兰嘟囔着，同时还要对身边正在向她们敬礼的士兵们保持微笑，并点头致意，“我已经开始希望能有一个在白塔接受过正式训练的护法了。那样的话，我至少不会被这样不停地唠叨。”

柏姬泰笑了：“我相信你对护法并不是那么了解，伊兰。”

伊兰没有再和柏姬泰拌嘴，这时她们已经走过神行术场地。在这里，桑珂率领的家人们正帮助信使们在战场和营地之间往返穿梭。至少她们现在还遵循着与伊兰达成的协议。

伊兰的衣袋里藏着艾雯，也就是玉座猊下对家人和伊兰之间关系的正式答复。伊兰几乎能感觉到那封信中散发的火气，尽管那封信中以无可挑剔的工整词句同意了伊兰的要求：关于家人的事情可以暂时搁置，在世界度过眼前的危机后再行讨论。

伊兰还需要在这件事上继续努力。艾雯迟早会明白，让家人在安多工作，接受伊兰的管理是一种明智的选择。在距离神行术场地不远的地方，伊兰注意到一名面露疲惫的夏纳人正在从一个两河人那里接过一只水囊。那名剃光头发、只留一个顶髻的武士一只眼被遮在眼罩后面。伊兰认得他。

“乌诺？”伊兰惊讶地勒住月影，高声问道。

夏纳人愣了一下，差点打翻送到嘴边的水囊。“伊兰？”他用袖子擦了擦眉毛，“我听说你现在是该死的女王了。当然，这是理所当然的，你原来就是该死的王女。抱歉，是王女殿下。不是该死的……”那个夏纳人皱起了眉头。

“你想怎么说都行，乌诺。”伊兰有些无力地说，“奈妮薇不在这里。对了，你来这里干什么？”

“是因为玉座，”乌诺答道，“她该死的想要一个信使，我就该死的被选中了。我已经把艾雯该死的报告给了你的指挥官，我该死的任务已经完成了。我们已经建立起了该死的战争大本营，并开始在坎多全境进行侦查。那个地方真是该死的一团乱。你想仔细听听吗?"

伊兰微微一笑:"我可以从我的指挥官那里听取这些报告,乌诺。好好休息一下,洗个该死的澡,你这个牧羊人的疖子。"

伊兰最后的这句话让乌诺喷出了一口水,也让伊兰又笑了起来。她在一天前,刚刚从一名士兵那里听到这句粗话,而且至今都不知道为什么这句话的意思非常下流。不过,这句话用在这里显然很恰当。

"我……该死的不会洗澡,"乌诺说,"嗯,陛下,我已经休息过五分钟了。兽魔人很快又会进攻该死的坎多,我不会让战场上少了我的。"他将拳头按在胸前,向伊兰行了一个军礼,又鞠了个躬,然后就朝神行术场地跑了过去。

"真可惜,"柏姬泰说道,"他是一个好酒伴,我真希望他能多留一段时间。"当柏姬泰看着乌诺的背影时,伊兰通过约缚感觉一种和自己迥然不同的心情。

伊兰脸上一红:"现在可没时间去喝酒,更没时间去想那种事。"

"只是说说而已。"柏姬泰带着纯洁无瑕的面容说道,"我想,我们应该去听一下关于其他战场的报告了。"

"是的。"伊兰用强硬的口气答道。

柏姬泰没有说出心中的困扰,但伊兰能够感觉得到。她的护法痛恨一切战争计划。伊兰一直都觉得这很奇怪。一个经历过数千场战斗的女人,一位在许多历史的关键时刻拯救无数生命的英雄,竟然对作战计划如此反感。

她们来到指挥大帐,这也是她的军营中极少有的几顶大型帐篷之一。在这里,她看到巴歇尔和另外几名指挥官:两河人亚贝·考索恩、梅茵将军加仑恩和白袍众的第二指挥官绰姆。加拉德和佩林都在凯姆林城下的奇袭队中。绰姆是一个非常随和的人,比加拉德要好相处得多。这大概是伊兰无意中得到的一个惊喜。

"情况如何?"伊兰问道。

"陛下。"绰姆向她鞠了个躬。这名白袍众显然不喜欢安多女王同时是两仪师的事实,但他将这种情绪隐藏得很好。帐篷里的其他人大多向伊兰敬了军礼,只有巴歇尔只是友善地向伊兰挥了挥手,然后便指向桌上的军用地图。

"各条战线上的报告都已经送来了,"巴歇尔说道,"坎多的难民正纷纷涌向玉座所率领的部队。他们之中包括大量有作战能力的成年男性,多是贵族扈兵和商队保镖。伊图拉德大人的部队仍然在等待真龙大人的命令,至今还没有向煞妖谷进军。"巴歇尔一边说,一边用指节捋着胡子,"一旦他们进入那道深谷,就再没有撤退的可能了。"

"边境国军队呢?"伊兰问。

“还固守着塔文隘口。”巴歇尔指着另一张夏纳地图说道。伊兰不由得又想到了乌诺，不知道他会不会希望和他的同胞们一起在塔文隘口作战。“最新到来的信使说，他们担心会被数量远超过他们的敌军攻破防线，已经在开始考虑有序地撤退了。”

伊兰皱了皱眉：“那里的情况如此严重？按照原先的计划，他们应该守住隘口，直到我消灭安多的兽魔人，前去支持他们。”

“原先的计划确实这样。”巴歇尔答道。

“你是否打算告诉我，所谓的战争计划只会在第一把剑离开剑鞘前与事实相符？”伊兰问，“或者是在第一支箭落下以前？”

“我本想说的是在第一杆长矛被举起前。”巴歇尔喃喃地说道。

“我知道这种说法，”伊兰用手点着地图，“但我也知道，爱格马领主是一位优秀的将军，有能力挡住一群兽魔人，尤其是当全部边境国的军队都在供他调遣的时候。”

“他们现在还能守住，”巴歇尔说，“但他们的确承受了巨大的压力。”他抬起一只手，拦住想要说话的伊兰：“我知道您很担心他们会发生溃退，但我建议您不要越过爱格马，直接指挥他的部队。作为一位伟大的将军，他绝非浪得虚名。而且与敌人面对面作战的是他，不是我们。他会知道该怎么做的。”

伊兰深吸一口气：“是的，你是对的，确认一下我们能否从艾雯那里抽调部队去支持他。同时，我们首先要赢得这里的战役，而且速度要快。”同时在四条战线上展开战争，会迅速消耗人类所掌握的资源。

伊兰不仅拥有她熟悉的战场，还掌握着极好的时机。现在，另外两支军队还能够和敌人保持势均力敌。只要她能消灭安多的兽魔人，她就能及时支持岚和爱格马，把塔文隘口的僵局转变成一场胜利。然后，她将挥军前往坎多，与艾雯一起恢复那个边境国。

伊兰的军队是整个战局的关键。如果安多无法取胜，岚和爱格马势必要把有限的军力消耗在与兽魔人的持续血战中。艾雯也许还能有继续抵抗的机会。这要看暗影在坎多到底投入多少力量。对此，伊兰并不抱持乐观的态度。

“我们需要让兽魔人杀出城，”伊兰说，“要让它们现在就出来。”

巴歇尔点点头。

“加强突袭队的力量，”伊兰命令道，“用持续不断的箭雨打击它们。让它们知道，如果不杀过来，就只能在那里白白送死。”

“如果它们又撤回城里去呢？”绰姆问，“城中的大火已经开始熄灭了。”

“那么，我们就必须把龙拉到城下去，轰平凯姆林。我们不可能再等下去了。”

安德罗努力让自己保持着清醒。他们给他喝下的那种东西……让他感到昏昏欲睡。那到底是什么?

应该是某种能够影响到导引的药剂。安德罗在半昏迷中想着。虽然没有屏障,他却已经无法抓住至上力了。是什么药剂能产生这种效果?

可怜的埃马林正在绑缚中哭泣着。他们还没能转变他,但随着时间的流逝,他已经愈来愈接近崩溃了。安德罗伸直身体,转动头颈。他几乎分辨不出泰姆用来转变他们的那十三个人的身影。现在,他们都围坐在一张桌子的旁边,看起来全精疲力竭了。

安德罗还记得……泰姆在昨天的高声喊喝。他在斥骂那些人,说他们的速度太慢。他们在转变之前那些人的时候显然耗费太多力量。现在,他们的速度明显慢了下来。

佩维拉睡着了,是那种药剂让她昏睡了过去。他们首先给佩维拉灌了那种药,然后,似乎是在无意中又想到了安德罗,才把剩下的药灌进安德罗嘴里。他们经常会把安德罗忘掉。当泰姆发现他的走狗们用药灌晕佩维拉时,曾经大为光火。显然,他是打算转变佩维拉的,而被转变者必须保持在能够导引的状态。

“放开我!”

这个声音让安德罗又转过了头。埃波斯和麦沙勒又将一名古铜色皮肤的矮个子女人拖进这个大房间。是托薇恩,被洛根约缚的两仪师之一。

不远处,洛根一直紧闭着眼睛,仿佛是被那些暴徒们打晕了。现在,他的身体开始抽动。

“你们在干什么!”托薇恩问道,“光明啊!我……”埃波斯塞住了她的嘴。这个眉毛粗大的家伙是那些在转变恶行发生前,就自愿投向泰姆的走狗之一。

安德罗努力拨开脑子里的迷雾,想要从绑缚中抽出双手。现在这根绳子勒得更紧了。艾芬发现他的绳结有所松动,重新把他绑了一遍。

他感到一阵绝望,同时又觉得自己毫无用处。他痛恨这种感觉。如果说安德罗此生有什么信仰,那就是绝对不要让自己变得无用,永远要知道该如何解决现实的难题。

“下一个转变她。”泰姆在说话。

安德罗扭动着身子,转过头。泰姆正坐在桌边。他喜欢看着人们被转变。但他现在没有看托薇恩,而是在抚弄手中的某样东西。一只圆碟……

突然间，他站起身，将那样东西塞进腰间的口袋里："其他人都在抱怨转变工作太繁重，耗费他们太多的力气。那么，如果他们转变了这个女人，她就能帮他们忙了。麦沙勒，你跟我来。时间到了。"

麦沙勒和另外几个人走到泰姆身边，他们都站在安德罗看不到的地方。

泰姆向门口大步走去："我希望，当我回来时，那个女人的转变已经完成了。"

岚策马驰过岩地，冲向隘口。虽然在这里战斗还不到一个星期，他这么做却似乎已经有不下一百次了。

凯瑟尔王子和艾沙王跟随在他身边，也都在催赶坐骑全速狂奔。"出了什么事，大将？"凯瑟尔喊道，"敌人又进攻了吗？我没有看到紧急讯号！"

岚在马背上俯下身。薄暮几乎遮住他神色严峻的面孔。尸体和木柴构成的火堆在他身旁不住地闪动，照亮跟随在他身后的数百名马吉尔人。要让尸体烧起来并不容易，但他们不仅是需要篝火的照明，还要用这种办法减少兽魔人的食物。

岚听到前方传来某种声音，某种让他感到恐惧，让他一直深感忧虑的声音。

爆炸声。

远方传来的爆炸声如同巨石相互撞击、碎裂。每一阵声波都让岚周围的空气随之颤动。

"光明啊！"坎多的艾森勒女王催赶着她的白色骟马，加入队伍之中，向岚高喊道："你和我想的一样吗？"

岚点点头。暗影的导引者。

艾森勒向她身后的随从发出一阵呼喊。岚没听清楚她在喊什么。她是一个体态丰满的女人，在边境国人中显得格外庄严稳重。她的随从人员包括她的执剑官巴狄瑞大人和她的新婚丈夫——头发花白的卡力安·拉姆辛。

他们很快就接近了隘口。在那里，战士们正努力抵挡着暗影怪物持续不断的进攻。在最前方的篝火堆附近，一队坎多骑士突然被抛上半空。

"人龙大人！"一个穿黑衣的人用力朝他们挥着手。是那瑞玛。他疾驰而来，他的两仪师也跟随在他身边。岚总是会在前线安排一名导引者，同时禁止他们直接参与战斗。他需要他们保持全部力量，以应对可能的紧急状况。

就像现在。

"敌人在导引？"岚稍稍放慢曼塔的速度。

“是惊怖领主，大将。”那瑞玛喘息着说，“也许足有二十几个。”

“二十多个导引者，”爱格马说道，“他们能迅速切开我们，就像利剑切开春天的羊羔。”

岚看着这片荒凉的土地，他曾经的故乡，一个他从来都不熟悉的故乡。

他将不得不放弃马吉尔。承认这点就如同感觉到一把匕首在他的心中搅动，但他必须这么做。“爱格马领主，你可以指挥部队撤退了。那瑞玛，你们能阻止敌方的导引者吗？”

“我们可以试着割断他们的编织，只要我们足够靠近他们。”那瑞玛说，“但这么做很难，也许是不可能的。他们只是在远处使用火之力和地之力。而且，他们的人数太多了……他们也会攻击我们。我担心我们会先被杀掉……”

距离岚不远的地方，一团土石被炸起。曼塔扬起前蹄，几乎把岚抛到地上。岚努力控制住坐骑。爆炸产生的强光让他在片刻间看不清一切。

“大将！”是那瑞玛的声音。

岚眨眨眼，甩掉涌出的泪水。

“去找伊兰女王！”岚吼道，“带导引者回来，掩护我们撤退。没有导引者，我们会被切成碎片。快去！”

爱格马正在为准备撤退下达各种命令。弓箭手开始在前线列阵，朝敌人的导引者射击，逼迫他们后退。岚抽出佩剑，冲向前方，打算将骑兵部队带回来。

光明保佑我们，岚一边想着，一边高声呼吼，竭尽全力集结残留在战场上的骑兵。隘口已经失陷了。

伊兰在布雷姆森林中紧张地等待着。

这是一片古老的森林，古老得仿佛已经拥有自己的灵魂。高大的老树兀立在地面上，伸展出虬结曲折的手指，感受着从身边掠过的微风。

在这样的一片森林里，一个人很难不觉得自己渺小。在这些落光树叶的枯木中间，伊兰觉得仿佛有一千对眼睛正在从树林深处看着她。她发现自己正在回忆那些小时候听过的故事，那是各种林中强盗的传说。有一些是善良的侠盗，另一些则是像暗黑之友一样心肠漆黑的家伙。

我记得……伊兰忽然想起一个故事。她转身看着柏姬泰：“你有没有在这片森林里指挥过一队盗贼？”

柏姬泰面色一沉：“我一直都希望你没听过那个故事。”

“你抢劫了亚德沙的女王！”伊兰说。

“我对她非常礼貌，”柏姬泰说，“但她可不是一位好女王。有许多人都说她是用非法手段登上王位的。”

“不管怎样，这是法律问题！”

“但这也正是我抢劫她的原因，”柏姬泰皱起眉，“至少……我认为是……”

伊兰没有继续和柏姬泰争论这个问题。柏姬泰在想到过去的记忆正从她脑海中迅速消退时，总是会变得异常焦虑。有时候，她根本想不起自己前世的事情；也有的时候，一些事情又会涌入她的脑海，在片刻之后又消失无踪。

伊兰所率领的是她的军队的后卫。根据计划，他们也应该是对敌人造成毁灭性打击的力量。

干枯的落叶上传来急骤的马蹄声，一名气喘吁吁的信使从神行术场地跑了过来。“我是从凯姆林来的，陛下，”那名女子一边说话，一边还在马背上来回摇晃，“艾巴亚大人成功地吸引了兽魔人，它们已经杀过来了。”

“光明啊，它们终于上钩了。”伊兰说，“现在，我们要做好准备了。快去休息一下，很快我们就会需要你的全部力量。”

那名信使点点头，催马跑开了。伊兰立刻将这个最新的消息告知塔曼尼、艾伊尔人和谭姆·亚瑟。

当伊兰听到森林里传来声音时，她抬起一只手，让正在向她做报告的女卫士停住口。月影迈开纤细的长腿向前走去，全身都散发出焦躁的气味。士兵们蜷伏在伊兰周围的灌木丛中，没有人发出声音，仿佛连他们的呼吸都停止了。

伊兰拥抱了真源，至上力涌入她的体内，整个世界的甜美也随之在她的体内扩展开来，就连这片正在枯死的树林也在阴极力中变得更加丰富多彩了。不远处的山丘上有人正在攀爬。那是她的士兵，有数千之多，正拼命抽打已经耗尽体力的坐骑。他们很快就会到达森林了。伊兰举起望远镜，看到追赶在他们身后的兽魔人大军，那就如同一片黑色的潮水，正涌向已经被暗影覆盖的大地。

“来了！”伊兰喊道，“弓箭手上前！”

两河人跑出树林，在她身前组成三列横队。他们是伊兰军中规模最小的一支，但如果关于他们英勇战斗的传说没有被夸大，他们的战斗力应该顶得上规模三倍于他们的普通弓箭手。

已经有几名年轻人将羽箭搭上弓弦了。

“稳住！”伊兰喊道，“现在过来的是我们的人。”

谭姆和他部下的军官们立刻将这个命令传达给远处的两河人。人们放低了长弓，但脸上依旧显露出紧张的神情。

“陛下，”谭姆走到伊兰的马前，“小伙子们可以在这个距离上对敌人造成杀伤。”

“我们的部队和敌人的距离还太近，”伊兰说，“我们需要等他们分散到两旁。”

“请原谅，陛下，”谭姆又说道，“但任何两河人都不会在这种情况下射失目标的。我们的骑兵会很安全。如果继续让兽魔人靠近，它们同样会用弓箭反击。”

谭姆是对的。一些兽魔人不时会停下脚步，拉开它们巨大的黑色硬弓。佩林率领的队伍后方完全暴露在它们的射程之内。伊兰能看到，不少还伏在马背上的骑士手臂或腿上竖着粗大的黑箭。一些还在勉力奔跑的马匹也被那种箭射伤了。

“放箭，”伊兰说道，“弓箭手，放箭！”柏姬泰策马跑过数组，不断地传达她的命令。谭姆也在呼吼着同样的命令。

伊兰放下望远镜。一阵微风从树林中吹来，抖动干枯的树枝，吹起落叶的碎片。两河人拉开了弓弦。光明啊！他们真的能从这么远的地方准确射中目标？兽魔人还在数百步以外。

羽箭高高地跃向空中，如同飞离树梢的鹰隼。伊兰曾经听兰德吹嘘他的长弓，也亲眼见到过两河人使用这种武器。但……这么多支箭如此整齐地飞上高空……

羽箭越过弧形轨迹的顶点，开始下落。每一支箭镞都射进兽魔人的数组中，毫无偏差。兽魔人弓箭手所在的地方，落下的羽箭尤其密集。兽魔人在慌乱中也向两河人射出几支箭，但没有一个两河人离开自己的位置。

“真是优秀的弓箭手，”柏姬泰这时已经回到伊兰身边，“实在太优秀了……”

两河人迅速射出第二波、第三波箭雨。佩林的骑兵已经进入森林之中。

“弩手！”伊兰再次下达命令，并抽出佩剑，高举过头，“真龙军团向前！”

两河人退回森林之中，十字弩手取代了他们。伊兰有整整两个旗队的真龙军团士兵，他们都接受过巴歇尔的严格训练。他们同样组成三列横队，当一队弩手射击时，另外两队则会跪下去，填装箭矢。他们射出的排箭对冲在最前面的兽魔人造成歼灭性的杀伤，整支兽魔人大军仿佛也在因为他们的打击而颤抖。很快，数千头兽魔人就死在伊兰眼前。

伊兰端平佩剑，指向兽魔人。两河人都已经爬上森林边缘的树梢，正从那里不断地向兽魔人放箭。在无法站稳脚跟的树冠上，他们没办法继续保持精准射击，但这对于现在的战局而言已经没必要了。兽魔人不断从前方和上方承受着死亡的袭击。暗影怪物们开始被自己同伙的尸体绊倒。

来吧……伊兰想道。

兽魔人还在不断向前推进，飞快地逼近弩手的阵线。一大团兽魔人从主队中脱离出来，向东边冲过去。那里有一条绕过布雷姆森林的大路。兽魔人显然打算控制那条道路，沿着它包围伊兰的部队。这应该是隐妖的作战计划。

"退入森林!"伊兰一挥佩剑，"快!"

十字弩手们射出最后一排箭，然后就撤进林中的灌木丛里。两河人跳回地上，在树丛中迅捷地奔跑。伊兰调转马头，小跑起来。进入树林中没多远，她见到雅莲德的海丹旗队。这是一支步兵队伍，装备着长枪和斧枪。

"它们一过来，你们就撤退，"伊兰对他们喊道，"我们要把它们引到树林深处!"在森林深处，艾伊尔人的龙之枪矛正等待着这群怪物。

士兵们纷纷点头。雅莲德坐在马背上，身边环绕着一小队卫兵。这位黑发女王向伊兰行了一个鞍上屈膝礼。她的部下都希望她能够像贝丽兰一样，留守在梅茵的医院里，但雅莲德拒绝这种安排。也许是看到伊兰亲自率领部队，她也受到激励，决定要留在战场。

当第一批兽魔人号叫着冲进树林时，伊兰离开了海丹人。他们将在这片森林中进行一场艰苦的战斗。但人类能够利用树木的掩护，对高大笨重的兽魔人进行更为有效的攻击，从侧面和背面偷袭它们。潜藏在树林中的弓弩手会不断向兽魔人射出冷箭，只要他们隐藏得当，兽魔人甚至不会知道夺命的利箭来自何方。

当伊兰率领女王卫兵向树林外的大路跑去时，她听到远处传来爆炸声和兽魔人的号叫声。掷弹手们正躲在树林中，将亚柳妲的咆哮棒扔进兽魔人的队伍里。火光不断照亮了灰暗的树干。

伊兰在到达大路时，刚好看见来袭的兽魔人。跑在暗影部队最前面的是一些披着深黑色斗篷的魔达奥，它们本来可以迅速包抄伊兰的侧翼，但红手队已经在大路上安放好了龙。塔曼尼站在一堆箱子上，双手背在身后，俯瞰着他的部队。红手队的旗帜，镶着一圈红色流苏的白色旗面上，绣着一只血红的手掌，在他身后高高飘扬。亚柳妲高声报出和龙相关的测量数值，指挥士兵进行瞄准，并不时骂一句犯了错误或动作过慢的士兵。

龙就排列在塔曼尼身前，数量将近一百，成四列横队截断了大路，并一直延伸到道路两侧的荒野中。伊兰和他们还有一段距离，没能听到塔曼尼下令射击。这也许是一件好事。随之而来的雷鸣声让伊兰感到一阵剧烈的震颤,仿佛龙山就要爆发了。月影向空中跃起,并发出一连串嘶鸣。伊兰不得不努力控制住坐骑,才没从马鞍上摔下来。直到她用风之力塞住这匹马的耳朵,月影才安静下来。而此时,第一排操龙手已经将他们的武器推到一旁,为第二排龙让出开火的空间。

伊兰用双手捂住自己的耳朵。柏姬泰则继续努力控制着她受惊的坐骑,最后不得不从马背上跳下来。不过伊兰根本没注意自己的护法。她努力朝充塞道路的烟雾中望去,希望能看到敌人的动静。很快,第三排龙开始吼叫了。

虽然塞住耳朵,伊兰还是能感觉到地面传来的震动、周围树木的摇摆。第四次龙的齐射仿佛让她的骨髓也开始抖动起来。伊兰只能剧烈地喘息着,尽量让自己的心平静下来,并等待着烟尘消散的时刻。

她首先看到了塔曼尼。红手队的指挥官依旧高高站立在箱子堆上。第一排龙已经重新就位,并填装好弹药。另外三排龙还在紧张地进行着填装工作。火药包和大铁球被依次塞进龙的肚子里。

从西方吹来的一阵强风扫净了道路上的烟气,让伊兰能够看到……她不由得轻呼了一声。

成千上万的兽魔人变成燃烧的碎块,或者彻底消失了。地面上遍布着足有两步宽的大洞,大洞周围能看到零散的手、脚和粗糙毛发。强大的暗影军队只剩下了血迹、碎骨和灰烟。许多大树只剩下树桩。冲在最前面的魔达奥完全不见踪影。

操龙手们放下引火棒,停止射击。幸存下来的一点兽魔人脚步踉跄地逃进树林之中。

伊兰看着柏姬泰,露出笑容。她的护法面容肃穆地望向战场。几名女王卫兵跑去追赶她的坐骑了。

"如何?"伊兰放开捂住耳朵的双手,问道。

"我认为……"柏姬泰说,"这些东西很笨重,操作起来很混乱,缺乏精度,但该死的非常有用。"

"是的。"伊兰骄傲地说。

柏姬泰摇了摇头。卫兵们已经找回她的坐骑。她重新跨上马背。"伊兰,我以前一直都认为,一个人和一副弓箭是这个世界上最危险的组合。现在,似乎男人公开导引和霄辰人在战争中使用导引者还不够,我们又有了这些东西。我不喜欢它们。如果一个男孩能用一根金属管就摧毁一整支军队……"

"你还没看出来吗?"伊兰说,"那样就不会有战争了。我们赢得这场战争,和平就会到来，就像兰德所希望的那样。除了兽魔人以外，任何有理智的人如果知道要面对这样的武器，都绝不会再上战场了！”

“也许，”柏姬泰一边说，一边摇了摇头，“对于人类的智慧，我也许并不像你那么有信心。”

伊兰哼了一声，向塔曼尼高举起佩剑。塔曼尼也抽出腰间的佩剑，举剑向伊兰还礼。摧毁兽魔人军队的第一步已经迈出了。

第 11 章

一名佣兵

“我知道，我们过去曾有过……分歧。”安罗娜·巴斯丁正骑马跟随在艾雯身边，和玉座一起走过营地。这名绿宗姐妹是一位身材苗条、相貌端庄的女子，上翘的眼角和乌黑的头发表明了她的沙戴亚血统。“我只是不希望您将我们视为敌人。”

“我从不曾如此，”艾雯谨慎地说，“现在也同样不会。”她没有问安罗娜所说的“我们”是什么意思。艾雯已经有相当长的一段时间怀疑安罗娜是绿宗元帅，这是绿宗首脑的称谓。

“这样就好，”安罗娜说，“宗派里的一些人的确干过蠢事，不过她们都已经……明白了自己的错误。您将不会再从我们这里感到任何敌意。毕竟，我们本应该是对您最为爱戴的一个宗派。吾母，已经过去的事情，我们就把它深埋在地下吧。”

“就把它深埋在地下吧。”艾雯表示赞同，心中却颇觉得有趣。终于，她想道，在发生了所有这些事情后，绿宗想要得到我了？

好吧，她会利用她们。艾雯本来还在担心，她与绿宗之间的嫌隙将无法弥合。选择希维纳作为撰史者让许多人都将她视作敌人。艾雯已经听到风声，许多人都怀疑她会选择红宗做为自己的宗派，尽管她已经有了自己的护法，还做了那名护法的妻子。

“我是否可以问一下，”艾雯说道，“是否有什么特别的事情……打破了我们之间的隔阂?”

“有人故意忽视您在霄辰入侵时所做的一切，吾母。”安罗娜说道，“您已经证明自己拥有战士的灵魂，是一位优秀的将军。这是绿宗极为珍视的素质。实际上，我们应该以您为榜样，这就是我们作出的决定，是领导绿宗的人作出的明示。”安罗娜看着艾雯的眼睛，然后低下了头。

这种暗示很明显。安罗娜正是绿宗的首脑。明白说出这件事是不恰当的，但让艾雯知道这点正是绿宗在向她表达一种信任和敬意。

安罗娜相当于在告诉艾雯，如果我们将你视为出自于我们的宗派，你就会知道谁领导我们，明晓我们的秘密。我将这一切交予你。这其中肯定也包含着安罗娜本人对艾雯的感谢。艾雯曾经在霄辰人突袭白塔时拯救了安罗娜的生命。

玉座不属于任何宗派。比起任何一位前任玉座，艾雯更加真切地表达了这个概念。她从未加入过任何一个宗派，她也将一直保持这样的姿态。不过，艾雯还是伸手按住安罗娜的手臂，向这位绿宗首脑表示感谢，然后就让她离开了。

盖温、希维纳和莱伊纹骑马走在艾雯的另一边。当安罗娜要求和艾雯单独谈话时，艾雯让他们暂时退到了一旁。那个霄辰人……对于她，艾雯一直处在一种两难的选择之中，不知道是应该将她留在身边，严密地监视她，还是把她远远地送走更好。

莱伊纹带来的关于霄辰人的信息非常有用。目前为止，艾雯相信她所说的一切都是事实。暂时，艾雯还会把她留在身边，以备当自己想到任何关于霄辰的问题时，可以立刻向她咨询。莱伊纹现在的一举一动却更像是艾雯的保镖，而不是一名囚犯。仿佛艾雯真的会信任一个霄辰人一样。想到这里，艾雯摇了摇头。现在她身边是大片的帐篷和篝火堆。大部分帐篷都是空的。布伦已经调遣部队去前方驻守，他认为兽魔人很快又要发动进攻了。

艾雯在靠近营地中心的一顶帐篷里找到了布伦，他正平静地整理着地图和档案。尤缇芮也在这里，双臂抱在胸前。艾雯下了马，走进帐篷。

布伦猛地抬起头，高喝一声：“吾母!”艾雯急忙停住脚步。

她低下头，才看到帐篷中的地面上有一个窟窿。她差点一脚踏了进去。

那是一个神行术通道。通道的另一边似乎正开在半空中，俯视着遍布丘陵地带的兽魔人的军队。最近这个星期，他们和兽魔人发生许多次小规模的战斗。艾雯的弓箭手和骑兵不断袭击行军的兽魔人。这些大规模的兽魔人部队正跨越丘陵地带,进入艾拉非边境。

艾雯向这个信道中望去,信道对面所在的位置很高,远远离开了弓箭的射程。但从这个角度俯视兽魔人,还是让艾雯感到有些头晕目眩。

"我不知道这算是一个聪明的办法,"她对布伦说,"还是难以想象的愚蠢。"

布伦微笑着,低头继续查看地图:"赢得战争的关键就是情报,吾母。如果我能确切地看到它们在做什么,打算在何处包围我们,在哪里蓄积力量,使用预备队,我就能预先做好准备。这要比战场上的观察塔楼好用多了。我早就应该想到这种办法。"

"暗影拥有能够导引的惊怖领主,将军,"艾雯对他说,"从这样的洞里偷窥它们会让你被烧成焦炭。更别说它们还有人蝠,如果一队人蝠从这里冲过来……"

"人蝠是暗影生物,"布伦说,"据我所知,它们只要穿过通道就难免一死。"

"这倒是没错,"艾雯说,"但这样,你的帐篷里就会堆满发臭的人蝠尸体。不管怎样,导引者还是能通过这个通道向你发动攻击。"

"我愿意冒这个险。这个优势太有用了。"

"我还是希望你至少能让侦察兵代替你观察这种通道,"艾雯说,"而不是你亲自趴在这上面。你是非常珍贵的资源,是我们最具价值的战力之一。冒险是难以避免的,但还请尽量减少冒险的机会。"

"是,吾母。"他说道。

艾雯审视着这个编织,又看了尤缇芮一眼。

"我是自愿这么做的,吾母。"尤缇芮显然知道艾雯打算问她为什么一位宗派守护者要做这种"无足轻重"的工作。"布伦将军派人找到我们,询问能否打开这样一个神行术通道:在水平面上开启,而不是在垂直面上。我觉得这是一个很有趣的问题。"

布伦会向灰宗询问这个问题,对此艾雯并不感到惊讶。就像黄宗专注于医疗编织;绿宗崇尚战斗编织;灰宗对于神行术编织正变得愈来愈感兴趣。她们似乎认为神行术对她们的使节和调解者的工作具有特别的意义。

"能让我看看我们自己的部队吗?"艾雯问。

"当然可以,吾母。"尤缇芮关闭了当前的通道,打开一个新的通道,让艾雯能够看到人类军队的阵线。现在白塔的士兵们正在山丘上构筑防御阵地。

这远比地图要有效多了。任何地图都无法如此详实地表现地形细节和部队动向,艾雯觉得自己仿佛就是在观看一个无比真实的大地模型。

突然间，艾雯感到一阵剧烈的晕眩。她急忙从那个距离地面足有数百尺的通道边缘向后退去，深吸一口气，让自己的精神稳定下来。

“你们在这个信道旁边时，必须在腰上绑一条绳子，”艾雯对帐篷中的人说道，“从这里很容易一步踩空掉下去。”或者是一头栽进这个洞……

布伦嗯了一声。“我已经派史汪去取绳子了。”说到这里，他又迟疑了一下，“她不是很喜欢被派去做这种事，所以她可能会拿些完全没有用的东西回来。”

“我一直很想知道，”尤缇芮说，“难道真的没办法制造出一个类似的通道，只能让光线通过？就像一扇窗户那样。一个人可以站在上面，俯瞰下方的情况，却不必害怕会掉进去。也许，只要编织得当，对面甚至不会发现这个通道的存在……”

站在上面？光明啊。站在上面的人一定是疯了。

“布伦大人，”艾雯说，“你的战线看起来非常稳固。”

“谢谢，吾母。”

“但也显得有些不足。”

布伦抬起头。其他男人也许会因为这样的挑衅而站起身，但布伦不会。也许这全是因为他和摩格丝相处的经历。“怎么说呢？”

“你像对待普通敌人那样组织防御，”艾雯说，“弓箭手在前列，从山丘顶端阻滞敌人的进攻；重骑兵寻隙发动冲锋，重创敌人之后迅速撤退；长矛手组成固守战线；轻骑兵保护侧翼，防止部队被包围。”

“这是经历过时间考验的最佳战术阵型，”布伦说，“我们的部队规模不算小，真龙麾下的大部分士兵都拨给了我们。但敌人的数量仍然远超过我们。我们不可能排出更具进攻性的阵型。”

“你可以。”艾雯直视着布伦的眼睛，平静地说道，“这和你以前进行过的任何一场战役都不一样，你的部队也不同于你曾经指挥过的任何军队。你拥有一项巨大的优势，而你却对此弃之不理。”

“您说的是两仪师？”

该死的，我就是这个意思，艾雯心想。光明啊，她这个说脏话的毛病一定是受了伊兰的影响。

“我没有忘记你们，吾母。”布伦说，“我计划将两仪师作为预备队，援助陷入困境的部队，这样也会有助于我们让普通部队能够在战场上轮换修整。”

“请原谅，布伦大人，”艾雯说，“你的计划很有道理。的确有相当数量的两仪师应该被委以这个任务。但白塔经历过数千年的训练和准备，并不只是为了在最后战争中充作预备队。”

布伦点点头，从文件堆中抽出几张崭新的纸："我的确考虑过其他更为……灵活的可能，只是我不想僭越权威。"他将手中的文件递给艾雯。

艾雯浏览着这几张纸，不由得挑起一道眉弓。然后，她又露出了微笑。

麦特不曾记得艾博达城外会有这么多匠民。色彩鲜亮的马车如同雨后春笋般出现在这片已显荒芜的原野上，光是这么多图亚桑，就足以形成一座该死的城市了。一座匠民的城市？这就像……就像一座艾伊尔人的城市一样，肯定是不对的。

麦特让果仁沿大路一直小跑过去。当然，这个世界上已经有了一座艾伊尔人的城市，也许有一天，匠民也会有自己的城市。但如果真有那么一天，匠民们也许会买光全世界所有的颜料，世界上其他的人就只能穿褐色的衣服了。而且，那座城市里不会有任何打斗行为，所以那里一定非常无聊。而它的好处就是，在那座城市周围九十里内肯定再也找不到一口有漏洞的锅子了！

麦特微微一笑，轻轻拍了拍果仁。他将艾杉玳锐拴在马鞍侧面，并尽量把它伪装成一根行路杖的模样。他的帽子被收在鞍囊上面的包裹里，他所有的好衣服也全在那里面。他将现在穿着的这件外衣上面的蕾丝扯掉，这件衣服也因此显得逊色不少。但他不想被城里的人认出来。

他用一条粗糙的绷带绕住头部一侧，盖住失掉的那只眼睛。当他靠近达莱门时，发现等待入城的人已经在城门前排起了长队。别人应该会把他视作一名受伤的佣兵，想要在这座城市里寻求庇护，或者再找一份工作。

麦特让自己在马鞍上显得更颓废一些。"不要随便抬头"，这在战场上是一句有道理的话，在一座所有人都认识你的城市里也是一样。他在这里不能是麦特·考索恩。是麦特·考索恩将这座城市的女王绑在床底下，最终害死了她。肯定有许多人都在怀疑他就是凶手。光明啊，就连他自己都有这种怀疑。贝瑟兰现在一定对他恨之入骨。而且麦特早就听到风声，说图昂对那个年轻人很有好感。毕竟，他们这对夫妻已经分开很久了。

没错，最好把头垂下来，保持安静，老老实实地排队。等到该他进城时，他自然会知道。该死的，有谁听说过进城还要排队？

终于，他来到城门前。守在这里的士兵有一张仿佛是老铁锹的面孔，就是那种半截覆盖着泥土，最好被锁在工具棚里的那种老家伙。他不住地上下打量着麦特。

"你立下誓言了吗，旅行者？"卫兵用那种慵懒的霄辰腔调问道。在城门的另一侧，另一名士兵正挥手示意麦特身后的下一个人进城。

“是的，我已经向伟大的霄辰帝国和女皇本人立下了誓言，愿她永生。”麦特说，“我只是一个可怜的佣兵，曾经隶属于海阿克家族，那是莫兰迪的一个贵族。两年前，我在中地森林为了保护一个孩子，在与强盗的战斗中失去了一只眼睛。我是在那片森林中找到那个孩子的，我把她视为己出，但……”

那名士兵挥了挥手。实际上，这个家伙可能根本就没在听麦特说些什么。麦特有些想把自己的故事讲完再走。为什么这些士兵要强迫人们在城门前耽搁这么久，能有足够的时间给自己编一个故事，却又不好好听他们把这个故事说完？这对任何人都是一种侮辱。当然，对于无忧无虑、没心没肺的麦特·考索恩来说，这不算什么。但其他人肯定会受不了的。

麦特催马向前，继续着自己的烦恼。当然，他只需要不走错旅店。可怜的赛塔勒的旅店肯定是不能去了，那里已经……

虽然果仁还在不疾不徐地向前走着，麦特却在马鞍里僵住了身子。他刚刚看到城门前的另一名卫兵。那是派塔，瓦蓝·卢卡大马戏团中的大力士！

麦特急忙将头转向一旁，重新在马背上伏低身子。然后，他又不由自主地回头瞥了一眼。没错，那的确是派塔。他清楚记得那双原木般的手臂和那个树桩一样的脖子。派塔的个子不高，但肩膀非常宽，大概一整支军队都能在他的影子里乘凉。他来艾博达干什么？为什么他会穿上霄辰人的军装？麦特几乎要回去和他谈谈。他和派塔之间的关系一直都很不错，但那身霄辰军装还是让麦特望而却步了。

不管怎样，至少运气还是跟着麦特的。如果他刚刚被安排到了派塔面前，他肯定会被认出来。麦特吁了一口气，从果仁背上爬了下来。这座城市相当拥挤，他不想让果仁撞到谁。果仁身上的许多包袱让它看起来很像是一匹驮马。当然，这骗不了懂马的人。不过步行至少能让麦特不是那么显眼。

也许他应该去拉哈德区找一家酒馆，那里的酒馆中总是汇聚着各种传闻，还有无数骰局。当然，你在那里也很容易发现自己的肚子上插着一把匕首。这也是艾博达的风格。只是在拉哈德，人们拔刀杀人更像是说“早安”一样普遍。

但麦特最终还是没有走进拉哈德区。这个地方看起来和原先完全不同了。拉哈德的周围出现军营。艾博达的历代统治者都放任拉哈德做为这座城市的一个烂疮，但霄辰人显然不会容忍这种事情。

麦特希望那里的人还能有些运气。迄今为止，拉哈德挡住了每一次的外来入侵。光明啊，兰德真该躲在这里，而不是跑去进行那场最后战争。等兽魔人和暗黑之友来这里找他时，拉哈德人就会让他们不省人事地躺在某一条黑巷里，再把他们的口袋掏空，把他们的鞋卖掉，去换一碗热汤。麦特从脑海中看到兰德正在刮胡子，急忙把那幅景象压了下去。

没多久，麦特挤上一座拥挤的运河桥，同时用一只眼睛紧盯着自己的鞍囊。不过直到现在，都没有一个扒手对果仁背上的这些包裹产生兴趣。麦特能看出此中的原因：霄辰巡逻兵遍布了整座城市的每一个角落。不远处的一个人正高声说着今日的新闻，并暗示只要给他一点钱，他就能提供更加详细的消息。麦特不由得微笑起来。这座城市给他的感觉还是这样亲切又舒服。对他来说，这多少算是一个惊喜。他喜欢这里。虽然他还依稀记得，大概就在那幢房子砸在他身上后，他曾经一直嘟囔着想要离开这里。麦特·考索恩可不是一个喜欢抱怨的人，但他现在明白了，他在艾博达的日子是他一生中最好的一段时光。这座城市里永远都充满了牌局和骰局。

泰琳。该死的，和她在一起时真是一场有趣的游戏。而泰琳总是能赢过他，让他无法自已。光明在上，他喜欢这样的女人，只是希望光明不要连续不断地把这样的女人塞给他，至少让他能有时间先找到一扇后门再说吧。图昂也是这样的女人。想到这里，麦特觉得自己也许再也不会需要别的女人了。对任何男人来说，图昂就已经足够了。麦特微笑着，拍了拍果仁的脖子。这匹马则向麦特的脖子上喷了一口热气。

让麦特惊讶的是，这个地方让他觉得比两河更像是他的家。是的，艾博达每分每秒都在产生麻烦，但每一个人不都会有自己的癖好吗？麦特完全想不起自己曾遇到过任何真正可以说是“正常”的人。边境国人永远都让他感到困惑，艾伊尔人就更不用说了。凯瑞安人永远都在玩着他们诡异的游戏，而提尔人只知道守着他们荒谬的等级制度。还有霄辰人和他们的……霄辰作风。

这才是真实的世界。两河以外的每一个人都是该死的疯子，也许安多人还好一点，但也好得有限。一个人必须为适应这个世界做好准备。

麦特继续向前走着，小心地保持着礼貌，唯恐自己的肚子被插上一把匕首。这里的空气充满一百种甜食的气味，喧嚣的人声在他耳里汇聚成一种低弱的咆哮。艾博达人仍然像往日那样，穿着各种色彩艳丽的衣服。也许正是因为如此，匠民们才会聚到这里来。丰富的色彩会吸引他们，就好像美味的酒宴会吸引士兵。艾博达的女人都穿着有蕾丝边的紧身衣，露出丰满的胸部，让麦特也有些不敢直视。她们将裙摆缝起一角，露出底下色彩缤纷的衬裙。麦特一直都觉得这么做很无聊，为什么要把这么漂亮的衣服穿在里面，然后又要费力掀起外面的衣服，把它们露出来？

艾博达男人身上的长马甲同样是五颜六色，也许这样是为了掩饰他们捅人时溅到上面的血迹。如果因为在谈论天气时把对方杀掉，就要丢弃一件好马甲，这么做实在很不值得。不过……根据麦特的观察，这里的斗殴比原先少多了。艾博达城中除了拉哈德区以外，发生流血事件的概率并不大。不过以前麦特的确遇到过每走两步就能看见有人抽出刀子的情形，但今天直到现在，麦特还没看到任何一起暴力事件。

一些艾博达人穿着霄辰人的衣服在街上大摇大摆地晃荡着。麦特不会看错他们橄榄色的皮肤。他们都显得非常优雅，优雅得就好像六岁大的男孩知道自家厨房里有个刚刚烤好的苹果馅饼。

这座城市还和原来一样，但又有些不一样了。这绝不是一种捕风捉影的感觉，也并不止是因为港口里已经看不到一艘海民船。很明显，这一切都是因为霄辰人。他们在麦特走了以后，为这座城市重新制定了规矩。那会是些什么样的规矩？

麦特牵着果仁，来到一座看似相当可靠的马厩前。只消朝里面看上一眼，麦特就知道，这里的人照顾牲口都很尽心，因为畜栏中有不少皮毛光亮的好马。虽然可能得多花一点钱，但把坐骑寄放在这样的马厩里，还是很让人安心的。

麦特寄下果仁，扛起自己随身的包袱，将仍旧用布紧裹住的艾杉玳锐当做行路杖。挑选一家正确的旅店就像挑选好酒一样难。最好的选择是那种年代久远，但又没有腐坏掉的；干净，但又不能干净得寡淡无味。一家看不见半丝泥点的旅店不会有任何乐趣可言。麦特受不了那种只能让人们静坐饮茶，假正经待着的地方。

不，一家好旅店应该充满岁月的痕迹，就像一双好靴子。它还必须很牢固，这也和优质的靴子是一样的。只要那里的啤酒没有靴子的味道，那么你就是选对了。获取情报的最佳地点在拉哈德，但麦特的这身衣服过于上乘了，并不适合出现在那里。最重要的是，他不想现在跑去打听霄辰人正在那里干什么。

麦特将头探进一家招牌上写着“冬日鲜花”的旅店门口，立刻就转身走开了。他认得视死卫士的制服，而且他很不想碰到富里克·卡瑞德。第二家旅店的灯光太亮；第三家又太暗了。经过大约一个小时的寻找，他开始有些着急了(这一个小时里，他还是没看见任何斗殴事件)。就在这时，他听到骰子在杯里滚动的声音。

一开始，他被吓了一跳，还以为是骰子又开始在他的脑袋里滚动了。幸运的是，这只是普通的骰子，光明祝福的、美妙的骰子。是从街上人群中穿过的风将这声音带进麦特的耳里。麦特手按着钱袋，将包袱甩到肩上，一边低声道歉，一边挤进人群中。在不远处的一条巷子里，他看见一面挂在墙上的招牌。

麦特走到招牌前，才看清上面黄铜色的字迹："年年斗不休。"店名下面画着一群正在打架的人。骰子的声音混合着葡萄酒和啤酒的气味，不住地从里面飘散出来。麦特走了进去。一个圆脸的霄辰人正好站在旅店门旁，悠闲地靠在墙上，腰带上还挂着一把剑。他用怀疑的眼神瞪了麦特一眼。当然，如果是酒馆的打手，对于每一个走进酒馆的人大概都会这样瞪上一眼。麦特抬手想要拉一下帽子，向那名霄辰人行个礼，但他没戴帽子。该死的，有时候，没了帽子会让麦特觉得自己仿佛没穿衣服一样。

"嘉姆！"一个女人的喊声从酒吧里传来，"你不能再这样瞪客人了，明白吗？"

"我只瞪该瞪的人，卡萨娜，"那个人带着慢吞吞的霄辰腔调答道，"这个人肯定有问题。"

"我只是一名谦卑的旅行者，"麦特说，"想要玩一局骰子，喝一杯酒，仅此而已。我绝不会惹麻烦的。"

"所以你才会拿着一柄长枪？"嘉姆问，"还刻意用布裹住？"

"哦，别废话了。"那个叫卡萨娜的女人说道。她已经走过大厅，来到麦特面前，伸手拉着麦特的衣袖，将麦特朝吧台拖去。她的个子不高，头发乌黑，皮肤白皙，年纪看起来没比麦特大多少。但看气势，她显然把自己当做成麦特的长辈。"不要在意嘉姆。他不会给你惹麻烦，不会用刀子捅你，或者杀你，或者做些其他什么事情。"

她将麦特拉到吧台前的一只凳子上后，便开始在吧台后面忙起来。这个大厅有些昏暗，但弥漫着一股友善的气氛。人们在大厅的一侧玩着骰子，是那种随便输赢几个零钱，能够让人们在欢笑声中相互拍肩的好骰局，而不是一群人瞪着血红的双眼，用口袋里最后一枚铜板做赌注的要命骰局。

"你需要吃点东西。"卡萨娜说道，"你看起来已经有一个星期没正经吃过饭了。你是怎么弄掉那只眼睛的？"

"我在莫兰迪时是一名领主的卫兵，"麦特说，"我们那时遇到了埋伏。"

"这可是个大谎话。"卡萨娜一边说着，一边把一只盘子搁到麦特面前。那里面盛满了浸着肉汁的猪肉片。"不过比大多数谎话都要好一些。你说得太直白了，我差点就相信了你。嘉姆，你想吃东西吗？"

"我必须守着店门！"嘉姆喊道。

"光明啊，你这家伙，难道你以为会有人把那两扇门偷走吗？过来。"

嘉姆嘟囔着，但还是来到吧台前，坐到麦特旁边的凳子上。卡萨娜在他面前放下一杯啤酒。霄辰人拿起酒杯，喝了一口，同时双眼直视着前方，低声对麦特说道:“我会盯着你的。”

麦特不知道这里算不算是正确的旅店,不过他更不知道,如果自己不按照那个女人的命令吃掉面前的食物,是不是还能顶着自己的脑袋走出去。他尝了一片猪肉,味道很不错。现在卡萨娜正在一张桌子前,一边晃动着一根手指,一边教训着一个男人。看样子,如果她看到一棵树长错地方,大概也会走过去说教一番。

绝不能让这个女人和奈妮薇共处一室。麦特心想,至少我不能待在有她们两人在的房间里。

卡萨娜回到吧台里继续忙碌着。她的脖子上戴着一把婚姻匕首,不过麦特一直没能仔细看看那把匕首。毕竟他是已婚男人了。卡萨娜的裙摆也像普通艾博达人那样,掀起了一角。当她回到吧台前,将一盘食物放在嘉姆面前时,麦特注意到嘉姆正用充满爱意的眼神看着她。于是,麦特大胆猜了一下:“你们结婚有多久了?”

嘉姆看了他一眼,过了一会儿才说道:“不久。我到大洋这一边的时间也不久。”

“这就没错了。”麦特说着,喝了一口卡萨娜放到他面前的啤酒。酒的味道不坏,只是稍稍有点腐败的感觉。这些日子里,已经有太多东西在麦特嘴里散发可怕的味道了。

卡萨娜走到那些正在玩骰子的人们身边,也要他们再吃些东西。按照她的说法,他们已经饿得脸都发白了。麦特很奇怪那个叫嘉姆的家伙竟然没被她喂得有两匹马那么重。不过,至少这位老板娘看起来是个健谈的人,麦特觉得自己也许能从她口中得到想要的消息。

“这里似乎没什么人打架了。”麦特对老板娘说道。

“这是因为霄辰人定下的规矩。”卡萨娜答道,“新女皇,愿她得到永生,她并没有完全禁止决斗。她可真是个聪明的家伙。在艾博达,被什么人征服算不上重要的事情,艾博达人也不会因此而暴动,但如果不让我们决斗……那就有好戏看了。不管怎样,现在要进行决斗必须有政府官员在场做见证,而且你必须先回答一百个问题,再支付一笔费用。办完所有这些手续后,你也就没什么力气了。”

“这样可以拯救很多人的命,”嘉姆说,“而下定决心的人还是可以死在彼此的刀子下。但大多数决斗的人都能有时间冷静下来,好好想一想。”

“决斗是不能胡思乱想的,”卡萨娜说,“不过,我想这也意味着我不必担心你那漂亮的脸蛋会被别人划花了。”

嘉姆哼了一声，伸手按在剑柄上。麦特这时才注意到，那把剑的剑柄上雕刻着苍鹭纹样。但他还看不到剑刃上是否有同样的徽记。没等麦特再说话，卡萨娜已经跑到另一张桌子前，对一个把啤酒洒到桌上的酒客抱怨起来。她似乎不是能在一个地方停留很久的人。

“北方的天气如何?”嘉姆问道。他的眼睛一直盯着正前方。

“很可怕，”麦特实话实说，“到处都是一样。”

“人们说，最后战争到了。”嘉姆说。

“没错。”

嘉姆咕哝了一声:“如果是这样，现在再要弄阴谋诡计就很不合时宜了，你认为呢?”

“该死的没错，”麦特答道，“人们不该再搞什么尔虞我诈了，每一双眼睛都应该好好看看天空。”

嘉姆看了他一眼:“说得没错。你真该听一听你说的话。”

光明啊，麦特心想，他一定是把我当成了间谍。“这不是我的选择，”麦特说，“有时候，人们只会听他们想听到的话。”他又咬了一口猪肉。肉的味道已经不可能更好了。这些日子里，吃饭就像是参加一场只有丑女孩出席的舞会。而今天他吃到的这顿饭，应该能算是近来很不错的一餐了。

“一个聪明的人就应该能清楚现实的状况。”嘉姆说。

“你必须首先找到事实，”麦特说，“这比大多数人所想象的都要困难。”

从他们身后走过的卡萨娜哼了一声:“男人们在吧台前思考‘事实’的时候，可能已经醉得连自己的名字都记不住了。而且，不报一下名字是很不礼貌的，我可不喜欢这样的人，旅行者。”

“我的名字是曼德文。”麦特答道。

“原来如此。”卡萨娜说着，又将麦特从头到脚看了一眼，“有没有人告诉过你，你应该戴上一顶帽子，这样才比较配得上你的独眼。”

“是这样吗，”麦特满不在乎地说，“你一边告诉男人们该如何穿衣打扮，一边又在他们的肚里塞满猪肉?”

卡萨娜用拿着抹布的手猛拍了一下麦特的后脑勺:“吃你的饭吧。”

“小心点，朋友，”嘉姆向麦特转过头，“我知道你是什么人，为什么会来这里。你那条裹眼睛的假绷带唬不了我。你的袖子里藏着飞刀，还有六把飞刀藏在腰带里。我可没有遇到过能玩飞刀的独眼龙。如果你们这片大陆上的人以为她是一个容易得手的目标，那么你们就大错特错了。你绝不可能走进皇宫，更别说骗过她的卫士们了。还是去找些诚实的工作吧。”

这个霄辰人的一番话让麦特大吃一惊。难道他以为麦特是一名刺客？麦特伸手解下绷带，露出空空如也的眼窝。

嘉姆愣了一下。

“真的有要谋害图昂的刺客？”麦特冷静地问道。

“不许再说这个名字。”卡萨娜的抹布再一次抽向麦特的脑袋。

麦特一言不发地将手挡在头侧，抓住那条抹布。同时，他的独眼眨也不眨地盯着嘉姆：“真的有刺客，想要伤害图昂？”

嘉姆点点头：“他们大多是无知的外地人。这家旅店里也来过几名这种人，其中只有一个说了实话。我让他的血洒在决斗场上，”

“那么，你就是我的朋友。”麦特说着，站起身，伸手到包袱里，拿出帽子戴在头上，“谁是这件事的幕后主使？是谁带来这些人，给她的性命定下赏格？”

卡萨娜端详着他的帽子，满意地点了点头。然后，她又有些犹疑地瞥了一眼麦特的脸。

“情况和你想象的并不一样，”嘉姆说，“那个人并没有雇用最优秀的刺客。现在跑来的刺客都是外地人，他们是不可能成功的。”

“我不在乎这帮该死的家伙有多少成功的机会。”麦特说，“到底是谁雇用了他们？”

“他是个大人物，你不可能……”

“是谁？”麦特轻声问道。

“伦纳尔·加尔甘元帅，”嘉姆说，“霄辰军队的最高指挥官。我看不出你是什么人，朋友。你到底是刺客，还是猎捕刺客的人？”

“我不是什么该死的刺客，”麦特拉低帽檐，拿起包袱，“我从不会随便杀死一个人，除非是那个人尖叫着哀求我，让我觉得如果不答应他，就是对他的无礼。朋友，如果我要用刀子刺穿你，你一定会事先知道，而且会明白我为什么要杀你。对此，我绝不食言。”

“嘉姆，”卡萨娜悄声说道，“是他。”

“谁？”嘉姆问道。这时麦特已经向旅店外走去，肩头扛着裹在布中的艾杉玳锐。

“那个卫兵们寻找的人！”卡萨娜说道。她抬起头看着麦特：“光明啊！艾博达的每一名士兵都已经知道了你的相貌。你是怎么通过城门的？”

“运气。”麦特一边说，一边走出旅店大门。

“你还在等什么?”沐瑞问道。

兰德朝她转过身。他们正站在岚设在夏纳的指挥帐篷里。兰德能闻到原野燃烧时散发出的烟火气息,那是岚和爱格马领主的部队从塔文隘口撤退时点燃的大火。

他们在烧毁本该由他们来守卫的土地。这是一种极端的战术,但非常有效。在传说纪元中,路斯·瑟林和他的盟友们曾经在战争开始时不敢使用这种战术,这让那时的人类付出了更加惨重的代价。

边境国人则完全没有那种不必要的胆怯。

“为什么我们要到这里来?”沐瑞走到兰德身边,再次问道。兰德的枪姬众都守在帐篷里内部。最好不要让敌人知道兰德在这里。“你现在应该在煞妖谷,那里才是你宿命的战场,兰德·亚瑟。你不该过于关注这种不具关键性的战役。”

“我的朋友们死在了这里。”

“我以为你已经抛弃这种软弱了。”

“友谊和仁爱不是软弱。”

“不是吗?”沐瑞问道,“如果你会因为仁爱而饶过你的敌人,你会允许他们杀死你吗? 这时你又会做出怎样的决定呢,兰德·亚瑟?”

兰德没有回答。

“你不能用自己冒险,”沐瑞说,“不管你是否认为仁爱等于软弱,你现在的行为肯定是愚蠢的。”

兰德经常会想起他失去沐瑞的那个时刻。沐瑞的死一直都困扰着他。而沐瑞的回归给他带来巨大的安慰。但有时候,他的确会忘记沐瑞是一个……多么坚持己见的人。

“等时机一到,我就去与暗帝作战,”兰德说,“但在那以前绝对不行。必须让他以为,我正在指挥军队作战,要在不断推进战线以后,才会对他发动致命一击。我们必须引诱他的指挥官率领军队南进,以免当我进入煞妖谷时,我们被他的大军彻底吞没。”

“这不重要,”沐瑞说,“你要和他直接决斗,这才是决定一切的战斗。一切都关联于此,转生真龙。因缘中的全部丝线都将围绕这场决斗而编织,时光之轮将推动你到达那一点。不要否认你已经感觉到了这个未来。”

“我感觉到了。”

“那就去吧。”

“还不行。”

沐瑞深吸一口气："就像以前一样顽固。"

"这不是坏事，"兰德说，"正因我的顽固，我才走了这么久。"他犹豫了一下，从衣兜里掏出一样闪着银光的小东西，一枚塔瓦隆银币，把它递到沐瑞面前，"看，我一直带着这个。"

沐瑞咬住嘴唇："这不可能……"

"是你给我的那一枚？的确不是，那一枚已经遗失了。但我一直带着这样一枚银币，虽然我并不明白自己为什么要这么做。"

沐瑞接过那枚银币，将它在手指间翻转。就在她端详这枚硬币时，枪姬众带着警戒的神情靠近帐篷口。片刻之后，岚挑起帐帘，大步走了进来，他的身后还跟着两名马吉尔人。这三个人有着同样严峻的表情和刚毅的面孔，看起来几乎会被认为亲兄弟。

兰德走上前，伸手按在岚的肩上。这名边境国的大将脸上丝毫没有疲惫之色。一块山岩是不可能显露疲惫的。但他的体力的确已经过度消耗了，兰德明白这种感觉。

岚朝他点点头，然后看着沐瑞："你们两个在争论问题？"

沐瑞收起那枚银币，脸上的一切表情都消失了。自从沐瑞回来后，兰德一直不知道该如何看待她和岚之间的关系。他们对待彼此都非常礼貌，但在他们两人之间的确出现了兰德未曾料到的隔阂。

"你应该认真对待沐瑞的建议，"岚又转回头，对兰德说道，"甚至在你出生前，她就在为今天做着各种准备了。应该让她来指引你。"

"她想让我离开战场，"兰德说，"立刻进攻煞妖谷，而不是帮助你与那些导引者作战，夺回塔文隘口。"

岚犹豫了一下："那么，也许你应该按照她……"

"不，"兰德说，"你在这里的位置至关重要，老友。我能为你做一些事情，而且我必须这么做。如果我们不能阻止惊怖领主，他们会把你一直逼退到塔瓦隆。"

"我已经听说了你在马兰登的战斗，"岚说，"如果你已经下定决心，我不会拒绝奇迹再次在这里发生。"

"马兰登的战斗是一个错误，"沐瑞以不容置疑的口吻说，"你不能再那样暴露自己了，兰德。"

"我也不能对敌人无所作为，让人们不断去送死！我还有能力保护他们。"

"边境国人不需要别人的庇护。"岚说。

"是不需要，"兰德答道，"但我不知道有谁会在如此紧急的时刻拒绝盟友的支持。”

岚看着他的眼睛，点了点头：“你能做什么，就去做吧。”

兰德对身后的两名枪姬众一点头。枪姬众也向他点头表示赞同。

“牧羊人。”岚说道。

兰德扬了扬眉毛。

岚将手臂按在胸前，垂首向兰德敬礼。

兰德向岚点头致意：“那边的地上有一样要送给你的东西，大将。”

岚皱了皱眉，然后走到一张地毯前。这顶帐篷里没有桌子。他跪下去，拿起一顶闪亮的银色王冠。这顶王冠看起来很纤细，却非常坚硬。“马吉尔王冠，”岚悄声说道，“它已经遗失很久了！”

“我的铁匠竭尽全力按照旧日的图样重新打造了它。”兰德说，“另外一顶是送给奈妮薇的，我想她戴上一定很合适。朋友，你是一位国王。伊兰教会了我君王的统御之术。但你……你教会了我如何担起责任，坚守自己的立场。谢谢你。”他转向沐瑞：“保留一片空地，等着我回来。”

然后，兰德抓住至上力，打开神行术通道。岚依旧跪在地上，手捧着王冠。枪姬众已经从通道中一跃而过。兰德跟随她们，来到一片黑色的旷野中。空气中依然黑烟缭绕，烧焦的草茎在他的靴子下面被踩得粉碎。

枪姬众很快就在一片洼地中找到掩护。她们蜷缩在焦黑的地面上，全力准备应对即将到来的风暴。

风暴正在酝酿。大群兽魔人聚集在兰德面前，逐步搜索这片土地和一些残存的农庄。莫拉河从不远处流过。这里是塔文隘口以南的第一个农业区，岚的部队在沿莫拉河撤退时完全烧毁了这个地区。

现在这里大概有数万兽魔人，也许更多。兰德举起手臂，握紧拳头，深吸了一口气。在他腰间的口袋里，有一件他已经熟悉的物品，一个肥胖的持剑男性小雕像。这是他最近从杜麦的井找到的一件法器。不久前，他回到那里，想要最后看一看那片战场，却无意间在一片泥泞中找到这件法器。这个小雕像在马兰登帮了他很大的忙。没有人知道他有这样东西。这点非常重要。

但他今天在这里不只是要耍一些把戏。当风开始围绕兰德起舞时，兽魔人发出一阵阵号叫。但这些并不是因为兰德的导引，暂时还不是。

这是因为兰德来到了这里，与他正面相对。

当两股海潮撞击在一起时，海面上便会涌起滔天巨浪。当寒流和暖流交汇时，飓风便开始吹号。光明与暗影对峙时……风暴便开始聚集。兰德吼叫着，任由自己的本性去引领这场风暴。暗帝在压迫大地，竭尽全力要让这个世界窒息。因缘需要均势，需要平衡。

它需要龙的存在。

风变得更加猛烈，闪电撕裂了空气，黑色的尘土和植被的灰烬被吹上半空，在大漩涡中疾速旋转。当魔达奥强迫兽魔人发动进攻时，兰德终于开始导引了。怪兽们顶着强风向前冲来，兰德则导引闪电在它们的头顶劈落。

引导要比控制容易得多。在已经产生的风暴中，他不需要耗费能量去生成闪电，只需要为激荡中的强大能量指明道路。

闪电摧毁了兽魔人的前锋，数以百计的闪电接连不断地落下，烧灼皮毛血肉的辛辣气味很快就充斥在风暴之中，和植物灰烬的气味混杂在一起。兰德向继续进攻的兽魔人发出怒吼。死亡之门在他周围开启，这些神行术通道如同水蜘蛛一般掠过大地，将兽魔人吞入其中，夺取它们的性命。暗影生物无法活着通过神行术通道。

当兰德努力打击面前的兽魔人时，风暴在他周围急剧增强。暗帝想要统治这里吗？他将看到，这片土地已经有了自己的国王！这场战争绝不会按照他的……

一道屏障意欲将兰德和真源隔开。兰德笑着转过身，找寻那道屏障的源头。“泰姆！”他高声喊道，但风暴吞没了他的声音，“我一直希望你能来见我！”

这是路斯·瑟林一直在向他要求的战斗，却又是一场他一直不敢开始的战斗。直到现在，当他能够控制自己的时候。他凝聚自己的力量，但又有另一道屏障向他袭来。然后又是一道。

兰德汲取更强大的至上力，将身上的法器几乎推到了极限。屏障持续不断地撞击过来，如同蛰咬他的苍蝇。没有一道屏障能够将他与真源隔开，但转眼间，积累在他与真源之间的屏障已经有几十道。

兰德让自己镇定下来，开始寻找平静，造就毁灭的平静。他是生命，也同样是死亡。他是这片大地的化身。

他的攻击开始了。附近一座正在燃烧的建筑物中就躲藏着一个惊怖领主。兰德召唤的烈火朝那座建筑落下，转眼间就将其中的敌人化为虚无。

兰德无法看到那个女人的编织，他只能感觉到他们发出的屏障。

太软弱了，每一道屏障都太软弱了。但他们的攻击还是让兰德感到担忧。他们出现得太快了，至少三十余名惊怖领主，全想要切断他和真源的连结，这说明他们预料到了他的行动。这是很危险的现象。也许这正是暗影用导引者打击岚的原因。他们要引兰德出来。

兰德挡住他们的攻击。实际上，所有这些攻击都不可能真正屏障他。任何一个人都没有能力切断如此强大的阳极力能流，他们应该……

兰德想到了敌人下一步的行动。之前的屏障全是佯攻，但一定会有一个攻击来自男人和女人共同组成的连结。主导这个连结的将是一个男人。

就在那里！一道屏障向他攻来，但兰德已经做好准备。他在一阵阵烈风中导引魂之力，依照路斯·瑟林的记忆，凭借直觉进行编织，挡住这道屏障，将它推开。但他无法摧毁这道屏障。

光明啊！敌人一定有一个完整的编织。屏障再一次向他逼近，兰德不由得哼了一声。屏障的压力在天空中形成一片战栗的波纹，丝毫不为风暴所动。兰德用强大的魂之力和风之力能流抵挡着屏障，如同挡住一把刺向他喉头的匕首。

他失去了对风暴的控制。

闪电在他周围落下，其他导引者在竭尽全力用自身的力量加强这场风暴。他们不会试图控制它，因为这对他们而言并没有必要。脱离控制的风暴随时都可能杀死兰德，这正是他们的目的。

兰德再次发出怒吼，他的声音更加响亮，更加坚决。我会击败你，泰姆！我会做到在几个月之前就应该做的事情！

但他没有让愤怒和狂野干扰他的心神。他无法承受这么做的后果，现在他已经很明白这一点了。

这里不是合适的战场，他不能继续在这里作战。否则，他将必败无疑。

兰德加强了力量，猛地推开泰姆的屏障，然后利用短暂的空隙编织出神行术通道。他的枪姬众立刻跳了进去。兰德在强风中低垂下头，不情愿地跟在她们身后。

他跳进了岚的帐篷。沐瑞依照他的要求，保持着这片地方空无一人。兰德关闭通道，风消失了，震耳欲聋的风雷之声戛然而止。

兰德握紧拳头，剧烈地喘息着，汗水不停从他的脸颊上滚落。在岚的军营中，风暴只是在远方喧嚣，但兰德还是能听到它的呼吼，以及吹过营帐的阵阵微风。

兰德努力不让自己倒下去。他大口吸着气，艰难地让心跳平缓下来，逐步恢复平静的面容。他想要战斗，而不是逃走！他本来应该能打败泰姆的！

但如果他一定要继续那场战斗，就势必要让自己过于衰弱，让暗帝能够轻松战胜他。他强迫自己松开拳头，控制住自己的情绪。

他抬起头，看到沐瑞平静的面容，洞悉他内心的双眼。

“一个陷阱？”沐瑞问。

“算不上是一个陷阱，”兰德说，“更像是一场预先准备好的战斗。暗影知道我在马兰登做过什么，肯定已经让惊怖领主们做好了准备。只要一发现我的位置，他们就立刻用神行术杀到我面前。”

“你现在明白这种攻击的错误了？”沐瑞又问道。

“错误……不，也许可以说是一种必然。”

他不能一个人进行这种战斗。这一次不行。

他必须用其他办法来保护他的人众。

第 12 章

片刻的碎片

柏姬泰冲过森林，跟随她的是三十名艾伊尔人，全都手持弓箭。他们会发出一些声音，这一点不能完全避免。但艾伊尔人的声音的确轻得吓人。他们总是尽量从倒在地上的原木和石块上飞跑而过，避开一路上的枝杈藤蔓，不停地闪躲、扭转，如风一般移动。

“这里。”柏姬泰悄声说着，绕过一座破碎的山丘。她很走运，那个洞窟还在。洞口被藤蔓覆盖，一条小溪从洞前蜿蜒而过。艾伊尔人立刻进入洞中。溪水会阻断他们一路上留下的气味。

只有两个人继续沿原先的道路向前奔跑，并且发出更大的声音，一路上碰撞着他们遇到的每一根树枝。柏姬泰也和其他人一同藏身到洞中。这个洞很黑，充满一股霉菌和泥土的气味。

许多个世纪以前，当她还是这片丛林中的一名强盗时，她真的也曾躲在这个洞里？对此她已经无法确定了。现在她很少能记起往世的事情，偶尔只是有一些她在梦的世界中的回忆还会飘进她的脑海。那时候，她还没有被魔格丁用非常手段拖到这个世界上来。

想到这些，她就会不由自主地感到一阵恶寒。如果能够正常地转生，有一段全新的生活，那当然是好。但现在，她的记忆、她对自己的感觉，正一点点从她的心中被剥离。最后的结果会是怎样？如果她失去了在梦的世界中的记忆，她是否会彻底忘记加达？彻底忘记自己？

她咬了咬牙。这是最后战争，蠢女人，还有谁会在意这种事？

但她在意。还有另一个问题同样困扰着她。被赶出梦的世界时，她是否也被切断了和瓦力尔号角的联系？她不知道事实是否如此。她已经没有足够的记忆能对此做出判断了。

但如果真是这样，她就永远失去了加达。

洞外传来落叶枯枝被碾碎的声音，只有上千士兵的行军才有可能发出如此响亮的声音。但柏姬泰知道，这股兽魔人大概只有五十多头。当然，敌人的数量仍然远远超过他们，但柏姬泰并不担心。虽然她一直在向伊兰抱怨说自己并不懂得战争，但带着一队精英战士，藏身于树林内……她以前就这么做过，而且至少也有几十次，或许有上百次了。只是仅凭模糊的记忆，她已经无法确定了。

当兽魔人差不多全队走过洞口时，柏姬泰和她的艾伊尔人从山洞里冲了出来。那些怪物还在盯着前面两个艾伊尔人留下的足迹，柏姬泰却已经从它们背后发动进攻，在它们反应过来之前就射倒了数头兽魔人。

要杀死兽魔人并不容易，它们通常都要被射中两三箭，动作才会放缓下来。不过，它们的眼睛和脖子也像人类一样，是致命的要害。柏姬泰的箭只射向这两个地方。一头接一头怪兽倒在她的箭下。兽魔人开始爬上山坡，向山洞冲过来，于是倒在前面的兽魔人立刻变成同伙的绊脚石。

五十头兽魔人在不到一分钟的时间里就剩下了三十头。当这三十头怪物冲上来的时候，半数艾伊尔人抽出短矛，迎头杀了过去。柏姬泰和另外一半的艾伊尔人向下跑了几步，从侧面继续用弓箭对敌人造成伤害。

当二十头兽魔人又缩减成十头时，它们开始逃跑了。尽管这里是茂密的丛林，但高大的兽魔人很难被树木遮挡。弓箭手们继续射击它们的后颈和双腿，让它们失去奔跑的能力。持矛的艾伊尔人追赶上去，将它们逐一杀死。

十名艾伊尔人分别用短矛刺穿兽魔人的要害，确保没有一个敌人活下来。其他人开始收集箭支。柏姬泰用手一指尼彻尔和鲁丁，这两名艾伊尔人跟随她继续对周围区域进行搜索。

这片森林让她觉得很熟悉，不只是因为她已经无法找回的那些往世的记忆，生活在梦的世界的许多个世纪中，她和加达曾在这片森林中度过无数岁月。她还记得加达的手轻轻拂过她的脸颊，她的脖颈。

我不能失去这些，柏姬泰努力与心中的恐慌战斗着。光明啊，我不能，请不要……她不知道自己最终会怎样。她还能模糊地记得一场争论，是关于……关于什么？她记不住了。和瓦力尔号角的联系是不可能被切断的。可能吗？也许鹰翼会知道。她必须问问鹰翼。还是她已经问过了？

光明烧了我吧！

森林中的一阵动静将她拉回现实世界。她蜷缩在一块石头后面，将弓箭放在身前。灌木丛中传来的响声已经近在咫尺。尼彻尔和鲁丁在声音刚刚传来时就消失不见了。他们真是极为优秀的战士。柏姬泰用了一点时间才找出隐身于不远处的这两名艾伊尔人。

她竖起一根手指，指了指自己，又指了指前方。她会去前面察看情况，他们掩护她。

然后，柏姬泰悄无声息地向前移动。她已经让这些艾伊尔人知道，并非只有他们才知道该如何躲避敌人的侦查。这里是她的森林，她可不会让一群沙漠居民赢过自己。

她继续潜行，避开大丛枯萎的荆棘灌木。近来这里的荆棘是不是变多了？它们似乎是唯一还没有完全死亡的植物。这里还弥漫着一股任何森林中都不该有的陈腐气味，而现在，这种气味又被腐烂和死亡的臭气所掩盖了。柏姬泰又经过了一群被杀死的兽魔人，它们的血迹早已干涸。这些怪物在几天前就被杀死了。

伊兰命令部队一定要将牺牲的同伴尸体带回营地。成千上万的兽魔人像蝗虫群般遍布这片丛林的每一个角落。伊兰想让它们只看到自己同类的尸体，希望这样能让它们感到恐惧。

柏姬泰渐渐靠近声音发出的地方。在昏暗的光线中，她看到大片的阴影。是兽魔人，它们正在嗅着空气。

这些怪物一直在森林中行军。它们不得不避开道路，在那里，龙会对它们造成毁灭性的打击。伊兰计划利用柏姬泰所率领的这种小队战士不断袭击兽魔人，将小股兽魔人引入到丛林深处，予以消灭。

但不幸的是，柏姬泰遇到的这群兽魔人数量太多了。她只好撤回来，向两名艾伊尔人招招手，带领他们悄悄返回营地。

这天晚上，在塔文隘口战败后，兰德逃入自己的梦中。

他来到自己平静的山谷中，一片樱桃树林已经盛开出花朵，芬芳的气息萦绕在空气中，大片美丽的白底粉瓣的鲜花让整片树林仿佛都燃起熊熊烈火。

兰德穿着朴素的两河服装，在穿了几个月华丽而柔软的国王衣袍后，这种宽松的羊毛长裤和亚麻上衣感觉舒服极了。他的脚上穿着结实的靴子，就像他从小到大穿的那些靴子一样。任何新鞋，无论做工多么精致，都不像这种靴子那样合他的脚。

他已经不能再穿旧鞋了。如果他的靴子上出现一点皱纹，他的仆人们就会立刻让那道皱纹消失。

兰德站在梦中的山丘上，让自己拿着一根行路杖。他正走过群山。这里已经不再能反映现实世界中的任何地方。他根据记忆和心愿创造了这里，让这里同时拥有他所熟悉的元素和需要他去探索的内容。这里有树叶和树浆的清新气味，鸟兽在草木间穿行，一只鹰在远处发出阵阵长鸣。

路斯·瑟林知道如何创造这种梦境碎片。尽管他并不是梦行者，但在他的纪元，两仪师们会通过各种方式利用特·雅兰·瑞奥德。其中一种普遍的办法就是为自己切割出那个世界的一部分，在自己的意识中构建一座避风港。比起普通的梦境，他们在这里拥有更强的控制力。他们能够在冥想中进入这样的碎片，他们的肉体也会在此时得到如同沉睡一样的休息。

路斯·瑟林当然也懂得这种方法，而且他知道的还不止这些。如何在别人进入梦境碎片时进入那些人的意识；如何察觉是否有其他人侵入自己的梦。如何向别人敞开自己的梦境。路斯·瑟林很喜欢搜集各种知识，就像一名旅行者想要在自己的背包中装下每一样有用的东西。

但路斯·瑟林很少使用这些工具，他只是将它们储藏在意识深处的库房中，任由它们积满灰尘。如果他每晚能用些时间在这种宁静的山谷中散散步，历史是否会改写？兰德不知道。而且实际上，这座山谷已经不再安全了。兰德注意到自己的左侧出现了一座山洞。他并没有安排这样的地形。是莫瑞笛又想要吸引他吗？兰德没有朝那里多看一眼，径直走了过去。

身边的森林已经不像刚才那样生机勃勃了。兰德继续向前行进，同时尽量将自己的意志施加在这里。但他在这方面的练习并不充分，所以，他身边的树林渐渐变成了灰色，更加黯淡下来。

山洞又出现了。兰德在洞口停下脚步，冰冷潮湿的空气从洞中吹来，让他感到一阵阵寒意。他的鼻腔里充满了霉菌的气味。兰德将行路杖扔到一旁，大步走进洞中。他在黑暗中编织出一颗蓝白色的光球，让它悬浮在自己的头侧。岩石上被映照出浸水的光泽，光滑的卵石和山岩的裂隙清晰可辨。

洞穴深处传来喘息的回音，然后是剧烈的吸气声，还有……水滴溅落的声音。兰德向那里走去。现在他已经猜出那是什么，并开始好奇，她还会不会再试一次。

兰德来到一个小房间，这里差不多有十步宽。在房间的尽头，岩石下陷成为一个清澈的水池，水池边缘呈现出完美的圆形，幽深的蓝色池水仿佛没有尽头。

一名身穿白衣的女子努力漂浮在水池中心。她的衣服随着水波一阵阵抖动，也形成了一个圆。她的脸和头发都湿透了。在兰德眼前，她剧烈地喘息着，正沉入水中，两只手无力地拍打着无比清澈的池水。

片刻之后，她又浮了上来，依旧在不停地喘着气。

“你好，米尔琳。”兰德轻声说道。他的手握成了拳头，他不会跳进池水中去救她。这是梦境碎片。这个池子里也许只有清水，但更有可能充满其他东西。

兰德的出现似乎给了她某种鼓励，她的拍打也产生了一些效果。“路斯·瑟林。”她喘息着，用一只手擦拭着脸庞。

光明啊！他的平静到哪里去了？兰德感觉到自己仿佛又变成一个孩子，一个以为巴尔伦就是世界上最大的城市的男孩。是的，她的面容与往日不同了。但面容对于兰德来说已经不再重要，她还是那个人。

在所有弃光魔使之中，只有兰飞儿的新名字是由她自己选择的。她一直都想这么做。

他还记得与她手牵手，一同走进盛大的舞会。她的笑声比音乐更美。只有他们两人的夜晚。他不想去回忆与另一个女人的床笫之欢，尤其当那个女人是弃光魔使时。但他没办法选择自己脑海中的记忆。

那些过去的记忆和兰德自己的记忆交织在一起。他曾经对赛琳女士产生的欲望。那种愚蠢的、年轻人的欲火。他已经不会再有这种感觉，但那些回忆却是无法磨灭的。

“你可以救我出来，路斯·瑟林，”兰飞儿说，“他已经占有了我。我必须乞求你吗？他已经占有了我！”

“是你向暗影献上了忠心，米尔琳，”兰德说，“这就是你得到的回报。你想从我这里得到怜悯吗？”

一团黑色的东西从水池中冒出来，缠住她的双腿，把她向池底拉去。不管口中是如何说的，兰德发现自己正迈步向前，马上就要跳进水池了。

他停住脚步。经历过那么长时间的抗争后，他终于成为一个完整的人。这让他得到了力量，但也在他平静下来的心灵中造成一个弱点，一个他一直都在害怕的弱点。沐瑞也正确地向他指出了这个弱点，因仁爱怜悯而生的弱点。

他需要这个弱点，就如同头盔上必须有一个缺口，才能让战士看清周围的情况。这才是他所认同的事实。

兰飞儿仍然在水面上扑打，挣扎着，看起来是那么无助。“我必须向你乞求么?”她再次说道。

“我想，你应该做不到这一点。”

她低垂下目光，悄声说道：“……求求你?”

兰德的内心在剧烈地搅动。为了寻找光明，他曾孤身在黑暗中搏斗。他给了自己第二次机会，难道他真的不会给另一个人这样的机会?

光明啊！他晃动着，回忆起自己在抓住真力时的那种感觉，那种令人战栗的痛苦，那种充满恐惧的力量。兰飞儿将自己献给了暗帝。但从某种角度来看，兰德也曾这么做过。

兰德望进兰飞儿的眼里，在其中寻找着、探察她的真心。最后，他摇摇头：“你更擅长这种欺骗了，米尔琳，但你做得还不够好。”

兰飞儿的表情阴沉下来。片刻间，池塘消失了，取而代之的是岩石地面。兰飞儿盘腿坐在上面，身穿银白色的长裙。她的面容变了，但她还是那个人。

“看样子，你已经完全恢复了，”她的声音中并没有多少愉悦的感觉，“那么，我也不必再去对付一个简单的乡下孩子了。这多少该算是一件好事。”

兰德哼了一声，进入到这个房间里面。兰飞儿依然是被囚禁的。兰德能感觉到一团黑暗环绕在她周围，如同一座暗影的穹顶。他让自己留在穹顶外。不管怎样，那个水池、刚才的溺水都只不过是一场骗局。兰飞儿很骄傲，但在情势需要时，她也能装出一副软弱的样子。如果能早点接受路斯・瑟林的记忆，兰德就不会在荒漠中如此轻易地被她愚弄了。

“那么，我就不应以等待英雄解救的少女模样出现在你面前了，”兰飞儿看着在自己的牢狱周围踱步的兰德，“而是应该以对等的姿态，寻求你的收容。”

“对等?”兰德笑了，“你什么时候用对等的眼光看过别人，米尔琳?”

“你不在乎我的能力吗?”

“你的能力只会让我感到痛苦。”兰德说，“当你立誓效忠暗影时，它更给我带来加倍的痛苦。你是否知道，当你说出那个誓言时，我就在那里。你没有看见我，因为我不想被看见。但我在看着你。光明啊，米尔琳，你发誓要杀了我。”

“我是真心要那样做吗?”兰飞儿转过头，看着兰德的眼睛。

她是真心的吗?……不，她不是。至少在当时不是。兰飞儿不会杀死她认为有用的人，她一直都认为路斯・瑟林是非常有用的。

“我们曾经分享过特别的东西，”她说道，“你曾是我的……”

“我曾是你的一件装饰品！”兰德喝道。他深深地吸着气，竭力让自己平静下来。光明啊，想要在她面前保持平静实在是太难了。“过去的已经过去了，我不会在意那些事，并且很愿意给你第二次行在光明中的机会。不幸的是，我了解你。你还是会走原先的老路，玩弄我们所有人，包括暗帝在内。你对光明丝毫也不在乎，只在乎权力，米尔琳。你真的想让我相信，你已经改变了？”

“你并不真的了解我。”兰飞儿的目光依旧追随着在她牢狱边界踱步的兰德，“你从来都不了解我。”

“那么，就证明给我看。”兰德说着，停住脚步，“向我展露你的意识，米尔琳。彻底向我敞开你的心，让我在这里控制你，在这个被控制的梦境中。如果你的心是纯净的，我就释放你。”

“你的要求是被禁止的。”

兰德笑了：“什么样的禁止能挡住你？”

兰飞儿似乎在考虑兰德的话，她一定是对自己现在被囚禁的状态深感忧虑。过去，她曾以无比轻蔑的态度嘲笑过这样的建议。至少在表面上，兰德能够完全控制这个地方。如果她现在向兰德敞开自己，兰德就能彻底看清她的心。

“我……”兰飞儿说道。

兰德向前迈出一步，紧贴在她的牢狱边缘。她声音中的颤抖……那种感觉是真实的。这是兰德第一次感觉到她真实的情绪。

光明啊，兰德一边想，一边审视着兰飞儿的眼睛，她真的打算这么做吗？

“我不行，”兰飞儿最后说道，“我不行。”重复这句话的时候，她的声音弱了许多。

兰德呼出一口气。他发现自己的手在颤抖。已经距离光明这么近了，就像黑夜中的一只野猫，在谷仓的灯火前逡巡，最终却还是没有走进去！兰德感觉到自己的怒火，那怒火比以往任何时候都更加猛烈。她总是这样！朝着正确的方向搔首弄姿，但最后还是会选择她自己的路。

“我和你已经结束了，”兰德说着，转过身，走出那个房间，“永远地结束了。”

“你误解我了！”兰飞儿高喊着，“你一直都误解我了！难道你会这样向别人敞开自己吗？我不能这么做，我已经被我信任的人伤害过太多次，被那些应该爱我的人背叛过太多次了。”

“你认为这都是我的错？”兰德转过身问道。

兰飞儿没有将头别开。她一动不动地坐着，显露出高傲的姿态，仿佛那牢狱是她的王座。

“你的记忆真的就是这样？是吗？”兰德问，“你认为我为了她而背叛了你？”

“你说过你爱我。”

“我从来没有这样说过，从来没有。我不能这样说，因为我当时并不知道什么是爱。虽然活了几个世纪，但我从来都没有找到过爱，直到我遇见她。”兰德迟疑了一下，才继续说下去，他轻微的声音甚至无法在岩洞中引起回声：“你从未真正感觉到爱，对不对？当然，你又可能爱上谁？你的心已经被对权力的欲望所充满，没有为其他事情留下任何空间。”

兰德释然了。

路斯·瑟林从来没能做到如此释然。即使在得到了伊琳娜，即使在知道兰飞儿是如何利用他之后，他曾对她报以憎恨和轻蔑，却从未释然过。你以为我会可怜你吗？兰德曾经问过她。

而现在，兰德对她充满了怜悯。他在可怜一个从不知道爱、从不允许自己去理解爱的女人。可怜一个除了自己以外，无法再选择任何人的女人。

“我……”兰飞儿轻声说道。

兰德抬起手，向她敞开了自己。他的愿望、他的思维、他心中的自己，这一切化成一个色彩、情绪和能量的漩涡，环绕在他身周。

兰飞儿瞪大眼睛，死死地盯着这个展现在她面前的漩涡，如同观看无数绚丽的壁画。他可以毫无保留。兰飞儿看到了他的动机，他的欲望，他为人类的心愿。她看到了他的一切想法：前往煞妖谷，杀死暗帝，留下一个比上一次更加美好的世界。

兰德不怕展露这些事情。他已经碰触了真力，所以暗帝清楚他的内心。实际上，任何人都不该对他的内心感到惊讶。

但兰飞儿还是感到惊讶。看到这些事实的时候，她不禁张大了嘴。在兰德的内心深处，在他最核心的地方，并没有路斯·瑟林的存在。那里只有一个牧羊人，被谭姆抚养长大。他的人生在兰飞儿面前一一展现，她对他的记忆和感觉全都一览无遗。

终于，他向兰飞儿展示出对伊琳娜的爱，如同一颗闪亮的水晶，被谨慎收藏，精心呵护。还有他对明，对艾玲达，对伊兰的爱，如同熊熊燃烧的篝火，温暖，舒适，充满激情。

在他敞开的内心中，并没有对兰飞儿的爱。一丝一毫都没有。他已经摒弃了路斯·瑟林对她的怨恨，所以，对兰德而言，兰飞儿真的毫无价值。

兰飞儿猛然吃了一惊。

兰德身周的光芒消退了。“我很抱歉，”他说道，“这是我真正的心意。我和你已经结束了，米尔琳。在即将到来的风暴中，你应该低垂下头。如果我赢得了这场战争，你就不会再有理由为你的灵魂而担忧了。你将不会再遭受任何折磨。”

他再一次从兰飞儿面前转过身，走出那座洞穴，只留下兰飞儿和死一般的寂静。

布雷姆森林的夜晚充斥着篝火的烟气。入睡的人们都将剑放在手边，还会不时发出微弱而不安的呻吟声。夏日的空气中带着诡异的寒意。

佩林走过营地，周围都是由他指挥的部队。

在这片森林中进行的战斗非常艰苦，他的士兵不断地消灭着兽魔人，但光明啊，无论他们杀死多少暗影生物，似乎总是有更多的兽魔人冲进这片战场。

确认部下都吃过饭，岗哨全部就位，其余的人也都做好应对暗影生物夜袭的准备后，佩林出发去找艾伊尔人，尤其是那些智者。智者几乎都将跟随兰德向煞妖谷进军。她们暂时还在等待兰德的命令，不过，包括伊达拉在内的少数几位智者留在了佩林身边。

留下的智者并不完全服从佩林的命令。像她们一样留在佩林身边，并没有和自己的族人一同行动的还有高尔。佩林没有询问过他们为什么会做出这种决定。他们能帮佩林很大的忙，佩林对此也非常感激。

艾伊尔人让佩林进入他们的营地。佩林发现伊达拉正坐在一堆篝火旁，篝火四周整齐地砌了一圈石块火塘，以免火星喷洒出来。这片森林中的树木都彻底干透了，就像是一座装满陈年干草谷仓一样，很容易就会被点燃。

伊达拉瞥了一眼坐在身旁的佩林。这位艾伊尔智者的容貌很年轻，但身上的气息显得从容安闲，同时又充满好奇心和自制力。她是一个很有智慧的人。她没有问佩林的来意，只是等待佩林说话。

“你是梦行者吗？”佩林问。

智者在夜色中观察着佩林。佩林有一种明显的感觉，这个问题不是一个男人或一个外人能随便提的。

所以，当伊达拉回答他时，他多少有些吃惊。

“不是。”

“你对这方面有了解吗？”佩林继续问道。

“有一些。”

“我需要知道能让身体进入梦的世界的办法，并不只是让我的梦进入那里，而是让我实实在在的身体也进去。你听说过这种方法吗？”

伊达拉猛地吸了一口气："不要想这种事，佩林·艾巴亚。这是非常邪恶的。"

佩林皱起眉。在狼梦中，也就是在特·雅兰·瑞奥德里，力量是一种非常美好的东西。佩林进入梦中的力量愈强，他在那里也就愈真实，愈有能力改变那里，依照自己的意愿塑造世界。

但这么做也是一种冒险。进入梦的世界愈强，他就愈有可能失去与真实世界中正在沉睡的身体的联系。

但杀戮者显然没有这样的问题。他在梦的世界中很强，强得可怕。佩林愈来愈确信，他已经将肉体带进了梦的世界。

我们之间的战斗还没有结束，佩林心想，直到我成功猎杀你，杀戮者，猎狼人，你是我的猎物。

"你的确赢得了很多荣誉，但从很多方面来说，"伊达拉看着佩林，喃喃地说道，"你还只是一个孩子。"虽然不喜欢，但佩林已经习惯了被看起来几乎不比自己年长的女人如此评价。"梦行者不会教你这种方法，这是邪恶的。"

"为什么这是邪恶的？"佩林问。

"以肉体进入梦的世界会让你失去你作为人的一部分。而且，如果你在那个地方以肉体的形式死去，你就永远死掉了，再不可能转生，佩林·艾巴亚。你在因缘中的丝线将彻底终结，这是你毁灭了你自己。你不该再去想这种事。"

"暗影的仆人正在做这种事，伊达拉。"佩林说，"他们利用这种风险获得了巨大的优势。为了阻止他们，我们也要冒同样的险。"

伊达拉轻声吸了一口气，摇摇头："不要因为害怕被蛇咬，就砍断自己的双脚，佩林·艾巴亚。不要因为害怕会有更坏的结果，就犯下可怕的错误。我只能告诉你这些。"

然后，她站起身，留下佩林继续坐在火边。

第 13 章

必须被做的

军队为艾雯让开道路。艾雯正策马向前，奔向坎多东南方的丘陵地带。在这里，他们很快就会和入侵的敌军遭遇。艾雯率领着超过一百名两仪师，其中许多来自绿宗。布伦对于作战计划的修改便捷而且高效，他所掌握的力量比弓箭手更善于阻滞敌人的冲锋，比重骑兵更有能力造成巨大的伤害。

现在，正是人类使用这种力量的时候。

另外两支规模较小的两仪师部队被布置在军队的侧翼。这些山丘曾经是遍地青草，充满生机。而现在，艾雯目光所及，只能看到一片黄褐，仿佛阳光已经将这里烧焦了。艾雯只能竭力看到事情好的一面，至少他们在战场地形上占据优势。虽然天空中不断有闪电划过，不过暂时应该还不会下雨。

正在向他们逼近的兽魔人一眼望不到边。艾雯也率领着一支规模庞大的军队，但与之相比，她的部队仿佛突然变得单薄起来。幸运的是，艾雯还占据着一个优势：兽魔人大军必须被驱赶着不断向前移动，只要稍有停顿，它们就会发生内讧，并且迅速耗光所在地区的食物，最终整支暗影大军都会四分五裂。

艾雯的军队正是它们进军的最大障碍，同时也是吸引住这支暗影大军的诱饵。暗影怪物们不可能放过数量如此众多的人类。所以艾雯会引领它们走上一条被设计好的路线。

艾雯的两仪师来到战场的最前沿。布伦将军队组织成许多具有高度机动性的大型突袭队伍，准备随时对兽魔人暴露的弱点进行攻击。

布伦军队的进攻态势似乎让兽魔人感到困惑。艾雯已经察觉到它们队列中发生的波动，许多兽魔人脚步散乱，嚎吼声提高。兽魔人从不会考虑防御的事情。兽魔人进攻，人类防守。只有人类才会担心被攻击，人类是兽魔人的食物。

艾雯登上一座低矮山丘的顶端，俯瞰兽魔人聚集的坎多原野。她的两仪师在她身侧排成一列横队。在她们身后，人类的军队似乎正散发出犹疑的气息。他们知道两仪师就在自己的面前。男人们总是不习惯待在两仪师身边。

艾雯伸手到腰侧，从腰带上的皮匣中拿出一根白色的凹槽法杖，沃拉的超法器。将它握在手中，艾雯感觉到舒适且熟悉。虽然这支法杖她只使用过一次，但她觉得法杖已经将她认作主人。在与霄辰人的战斗中，它就是她的武器。平生第一次，艾雯理解为什么士兵会觉得自己和手中的剑是有着某种联系的。

至上力的光晕在这一队女性身上疾速亮起，如同一排被点亮的灯。艾雯也拥抱了真源，感觉到至上力如同瀑布般流入体内，充满了她，打开她的眼睛。整个世界变得更加甜美，盔甲上的油脂气味和被踏平的干草气味都变得更加浓郁了。

在阴极力之中，她能看到暗影不希望人类看到的一些迹象：草并没有真正枯死，它们还带着星星点点的绿色，表明它们最后的生命力。草地之下还有鼠类在活动，艾雯能轻易辨识出它们的洞穴在地面显示出的纹路。它们以濒死的草根为食，同样在努力求生。

艾雯微笑着，让至上力流过凹槽法杖。她屹立在一片能量海洋的浪峰上，迎着激荡的洪涛驾驭一叶扁舟，拥抱肆意吹号的狂风。兽魔人终于开始行动了。怪物们咆哮着，形成夹杂着无数武器、利齿、闪动着人类一样的眼睛，散发着刺鼻恶臭的滚滚狂潮。也许魔达奥看到了位于最前线的两仪师，决定立刻发动攻击，摧毁人类的导引者。

两仪师们都在等待艾雯的信号。她们没有组成连结，一个连结中只能有一个人进行编织。今天，她们的任务就是制造尽可能多的破坏。

当兽魔人冲到战场中间时，艾雯开始了攻击。她导引地之力的能力强大得异乎寻常，所以，她采用了最简单也最具破坏性的编织，让地之力的丝线渗入兽魔人脚下的地面，将大地完全掀起。在沃拉超法器的帮助下，这么做对艾雯来说就好像将一把石子扔上半空。

随着她的第一个编织，整支两仪师队伍都行动了起来。空气中充满闪耀的丝线。火焰喷涌，大地崩裂，猛烈的气流让兽魔人撞在一起，无法迈步。

被艾雯抛到空中的兽魔人掉落在地，其中许多摔断了手脚。骨裂声和怪兽的哀号交织在一起，随着更多兽魔人的掉落而连绵不绝。艾雯等待下一批兽魔人踏上自己死伤狼藉的同伴时，再次发动了攻击。这一次，她的目标不是土地，而是金属。

兽魔人的金属盔甲和武器。艾雯让战斧、巨剑、锁链甲和不多的胸甲全部变成碎片，猛烈地向四周崩散。空气被血雾染红。后来的兽魔人停住脚步，想要躲开这些致命的碎片，但更后面的兽魔人一直把它们向前推进了死亡地带，又踩着它们的尸体继续向前冲锋。

艾雯再次令金属爆炸，杀死更多兽魔人。这要比掀起大地更加困难，但好处是后面的兽魔人看不见前方同伙惨死的样子，这样，艾雯就能持续不断地消灭涌过来的暗影部队。

过了一段时间，艾雯再一次将大地掀起。她似乎感觉到某种冲动，要她使用最原始的力量，以这种最简单的方式杀死这些暗影怪物，彻底毁灭这些敌人。她觉得自己仿佛已经和大地融为一体，她所做的事情正是这个世界长久以来渴望能做到的。妖境和妖境中滋生的暗影生物是这个世界的瘟疫，现在，它们正迅速感染世界健康的肌体。被至上力点燃的艾雯，如同一座无法直视的灯塔，放射出死亡与审判的光芒。她将用至上力的火焰对这个世界进行治疗，为它带来新生。

兽魔人竭尽全力想要冲破两仪师的编织，但这只是让它们不断地在白塔的怒火中化为糜烂的血肉。绿宗没有辜负自身的名誉，她们的战斗编织有效地削减了兽魔人的数量。其他宗派的姐妹也干得很好。

大地在颤抖，空气中充斥着怪兽濒死的号叫。骨骼碎裂、血肉燃烧，许多靠近战场的士兵看到这番景象后，都吐光了胃里的东西。当两仪师重创兽魔人队伍时，一些得到特别命令的姐妹们专注于寻找魔达奥。艾雯刚刚用火之力和风之力的编织砍掉一名隐妖无眼的脑袋。每一只隐妖被干掉，都会有一群和它连结在一起的兽魔人陪它一同丧命。

艾雯将自己的攻击编织增加了一倍。她用地面的爆炸将大量兽魔人送上天空，然后用强猛的风之力把它们向后推去，让它们沉重的躯体落在同伙的群落之中。她在地面上炸出大坑，又将被炸出的石块再次炸碎。就这样，似乎是经过了数个小时的屠杀，暗影生物终于开始溃退。无论魔达奥如何鞭打，兽魔人再也不肯向前冲锋了。艾雯深吸一口气，压抑下劳累的感觉，开始将攻击的编织集中在隐妖身上。终于，就连那些魔达奥也开始逃离这片丘陵。

艾雯颓然坐进马鞍里，放下手中的超法器。她不知道战斗已经进行了多长时间。在她身边的士兵们都大瞪着眼睛。今天，他们不必再泼洒鲜血了。

“这太惊人了，”盖温催马来到艾雯身边，“虽然是野战，却让我觉得它们就好像是在进攻一座坚城，徒劳地想要爬上攻城梯……”

“它们会回来的，”艾雯疲惫地说，“我们所消灭的只不过是它们的零头。”

等到明天，最迟后天，暗影大军就会再次发动进攻。也许，它们到时候会采取新的战术。至少它们会散开进攻部队的阵形，让两仪师难以再对它们进行大量歼灭。

“今天的战斗完全出乎暗影的预料，”艾雯接着说道，“暗影下一次一定会集中更加强大的力量。但现在，至少是今晚，我们守住了阵地。”

“你不仅是守住了阵地，”盖温向她露出微笑，“你还将它们赶走了。在我的记忆中，没有任何一支军队遭受过如此惨败。”

士兵们也仿佛赞同盖温的评判，他们纷纷举起手中的武器，开始欢呼。艾雯控制住精疲力竭的身子，收起凹槽法杖。其他两仪师也各自收起小雕像、手镯、胸针、指环和法杖。她们带来白塔库房中的每一件法器和仅有的几件超法器。每一天战斗结束，这些宝物都会被收集起来，交给负责进行治疗的姐妹。

两仪师们调转马头，穿过欢呼的军队。不幸的是，流泪的时刻距离这些士兵并不遥远。两仪师不可能参加每一场战斗。但现在，就让他们享受这场胜利吧，毕竟这是一场最完美的胜利，人类的战线没有遭到任何破坏。

“真龙大人和他的斥候已经开始对煞妖谷进行侦查了。”巴歇尔指着阴影中的一张地图说道，“我们在坎多和夏纳的抵抗正迫使暗影将愈来愈多的部队投入这两处战场上。很快，妖境就会变得空虚，只有一些残缺不全的防御部队会被留下。到那时，我们对煞妖谷的攻击将会变得更加容易。”

伊兰点点头。她能感觉到脑海深处兰德的情绪，兰德在为某件事担心。但他们之间的距离实在太远了，让伊兰无法再有更多的感觉。兰德偶尔会来到伊兰在布雷姆森林的营地。但现在，他还在另一片战场上。

巴歇尔继续说道：“玉座猊下应该能守住坎多，毕竟她掌握着大批导引者。我对那里并不担心。”

“你在担心边境国的军队。”伊兰说。

“是的。他们已经被赶出塔文隘口。”

“希望他们能守住防线，但敌人的数量远远超过他们。除了向他们提供力所能及的援助以外，我们什么都做不了。而这些援助也相当有限。”

巴歇尔点点头：“人龙大人如果能得到更多两仪师和殉道使，就可以扭转战局。”

但现在，伊兰并不掌握这样的资源。当岚开始撤退时，她曾经从艾雯那里抽调一些两仪师去支持边境国人，这么做的确产生了效果。但如果兰德没办法战胜那里的惊怖领主……

“爱格马领主会知道该怎么做的，”伊兰说，“光明在上，他不会让兽魔人攻入人口稠密的地区。”

巴歇尔哼了一声，指着地图上的夏纳说道：“这样的撤退几乎已经接近溃败了。他们没有能力引领战争的进程。”

伊兰审视着这张地图。兽魔人的进攻方向直指夏纳的大型城市：法达拉、莫斯夏尔、法莫兰……惊怖领主能够轻易摧毁它们的城墙。

“给岚和夏纳的领主们下达命令，”伊兰低声说道，“烧毁法达拉、安科代和法莫兰，以及像麦多这样的村庄。不仅要烧毁农田，也要清空人口，将平民全部疏散到塔瓦隆去。”

“对此，我很难过。”巴歇尔轻声说道。

“我们只能这样，对不对？”

“是的。”巴歇尔说。

光明啊，情况怎么会恶化到如此地步。但他们对这场战争又能有什么期望？难道一切都会井井有条，遂人心愿？踩碎枯叶的声音从帐篷外传来。靠近帐篷的应该是塔曼尼和他部下的一名指挥官。听起来，这个凯瑞安人已经非常疲惫了。现在每一个人都在透支着体力。这一个星期的战争只是一个开始，但战火初起时的兴奋感已经衰退了，人们开始感受到战争真正的沉重。每一个白天都在杀戮和等待杀戮中度过，夜晚入睡时仍然要把剑放在手边。

伊兰的营地在今天早晨刚刚又向南移动了一千步，他们一直在这片森林中撤退着。现在她的位置相当理想，附近有三条小溪，有足够的空地驻扎部队，周围山丘上的大树成为完美的瞭望塔。但到了明天早晨，他们就必须放弃这片营地，这实在是有些可惜。

“兽魔人已经完全控制了森林的南部区域，”巴歇尔用指节抚着胡子，“它们一直在避开空旷地带。这样，我们的骑兵就无法对它们造成有效伤害。”

“龙在这里更是没有任何用处，陛下，”塔曼尼一边说，一边走进帐篷，“兽魔人也从不靠近道路，让我们无法攻击它们。想要让龙车进入森林地带几乎是不可能的。而且，在树林中使用龙的话，龙卵的威力大半都会被树木挡住。”

“那个……那个亚柳妲所说的东西呢?”

“她的龙牙?”塔曼尼答道，“让龙喷出一堆金属碎片，而不是一颗铁球，那样会更好一些。龙牙的杀伤范围很大，树木无法完全挡住它的攻击。但我还是认为，在森林中使用龙的效益要远远小于这么做所带来的风险。”

“我认为森林为我们提供不小的优势，”巴歇尔在地图上移动着一些代表兽魔人的标志，“我们切实地削减了它们的数量。但它们也变得更聪明了，现在它们总是躲在茂密的树林中，并且一直竭尽全力包围我们。”

“有什么建议?”

“撤退，”巴歇尔说，“向东撤离这里。”

“向艾瑞尼河靠近? 在这么靠近北边的地方，那条河上没有一座桥梁。”塔曼尼说。

巴歇尔点点头：“所以你应该知道我会向你要求什么。你有一支专门负责架设桥梁的部队，你要派他们在东边为我们架设浮桥，同时要分派一些龙保护他们。我们很快就会用到那座浮桥。艾瑞尼河东侧的开阔地带能够让我们的骑兵和龙发挥出更大的威力。过河之后，我们就要烧掉浮桥，用那条大河减缓兽魔人的步伐。在此期间，龙应该能阻挡它们一些时间。然后，我们继续向东，前往澳关雅河，重复这个战术。到时候，我们应该已经到达了凯瑞安大道。我们沿着那条大道向北，找到一块理想阵地。我想，我知道那个阵地在哪里。然后，我们将背对凯瑞安，回头与暗影军队正式展开决战。”

“你不会认为我们真的需要一直撤退到那里吧。”伊兰说。

巴歇尔盯着地图，眯起眼睛，仿佛是通过那张纸，看到了真正的大河与原野。“我们发动了这场战役，”他轻声说道，“但我们不可能控制它。我们要驾驭它，就像驾驭一匹烈马。我不能确定那匹马会在何时停住，我只能确定它奔跑的方向，让它跑进荆棘丛里去。但只要兽魔人还在不断前进，我就没办法让它们停下。”

伊兰皱起双眉。这种无休止的撤退会造成她无法承受的后果，她需要尽快打败那些暗影生物，及时与岚和艾雯的军队会合，进一步击退暗影大军的主力从北方的入侵。

这是他们赢得胜利的唯一办法。否则，无论兰德是否能战胜暗帝，人类的结局都不会有什么差别。

光明啊，她到底该怎样收拾现在的局面。

“就这么做吧。”

佩林将战锤扛在肩头，一边从满脸汗水的年轻信使手中接过伊兰的命令，一边仔细倾听着。一阵微风从他身后的树林中吹过。巨森灵正在那里战斗。佩林曾经担心巨森灵会拒绝对树木造成伤害，但他们在战斗的时候……光明啊，佩林从没见过如此狂野的战士。

“这个战术很不错，”谭姆看着那份手令说道，“女王有着很好的战争头脑。”

佩林挥手示意那个充作信使的男孩退下，然后目光扫过加拉德和几名白袍众指挥官：“她只是会认真听取军人们的建议，并且不会横加干涉他们的工作。”

“我就是这个意思，”谭姆微笑着说，“作为统帅者绝不能总是告诉别人该做些什么。有时候，知道该如何让部下发挥所长，不对他们造成妨碍才是最重要的。”

“说得很对，谭姆。”佩林的目光转向北方，“我建议由你来落实这些命令，负责实际的指挥工作。”

佩林能看到兰德。色彩再次在他的脑海中盘旋。兰德在和沐瑞对话，他们所处的地方是一道荒凉的岩石山脊。佩林并不认识那里。他们应该已经做好进攻煞妖谷的准备。佩林感觉兰德对他的吸引变得更加强烈，很快，兰德就会需要他了。

“佩林？”谭姆问道，“你在说什么？”

“由你指挥我的全部军队，谭姆。”佩林说，“现在他们已经能够顺畅地协同作战了。让亚甘达、加仑恩和加拉德辅助你。”不远处，格莱迪正打开一个神行术通道，将刚刚在战斗中受伤的人送去接受治疗。信道对面是贝丽兰负责管理的梅茵医院，黄宗正在那里忙碌着。从通道中吹来的风相当温暖。

“我不知道他们是否会听从我的命令，”谭姆说，“我只是一名普通的农夫。”

“他们以前就接受过你的指挥。”

“当时我们还在荒野中行军，”谭姆答道，“我只是在你身边发布一些命令。他们服从的是你的权威。”他揉搓着下巴：“我发现你一直在看着北方。我有一种感觉，你并不打算继续留在这里。”

“兰德需要我。”佩林轻声说道，“光明烧了我吧，谭姆，我不想离开你们，但我不能和你们继续在安多一同战斗下去了。必须有人照看兰德。而那个人……是的，那个人就是我。不知道为什么，我很清楚这一点。”

谭姆点点头：“我们可以让亚甘达或加仑恩负责指挥，他们有能力统率我们的部队，毕竟，大部分命令都是伊兰女王下达的，而且……”

“大家注意听我说！”佩林望向聚集在自己身边的战士们。亚甘达正在和加仑恩商议着什么，他们都转向了佩林。附近的狼卫士、加拉德和他的白袍众们，所有人都在看着他。年轻的伯恩哈瞪大了那双深褐色的眼睛，现在这个人正变得愈来愈不稳定。光明在上，希望加拉德能让他少喝一点白兰地。

“你们全都接受安多王权赋予我的权威吗？”佩林问。

“当然，金眼大人，”亚甘达喊道，“这是毋庸置疑的。”

“我任命谭姆·亚瑟为领主，”佩林高声说道，“他将以他的儿子，也就是转生真龙的名义管领两河人。他能够行使我的全部权利，以及转生真龙对我的一切授权。如果我死在这场战争中，谭姆就是我的继任者。”

营地中变得鸦雀无声。然后，人们开始纷纷点头，有一些人还向谭姆敬礼。谭姆微微呻吟了一声，佩林怀疑只有自己能听到这个声音。

“现在把你送到妇议团那里去，让她们训你一顿是不是已经太迟了？”谭姆问，“是不是应该让她们直接用树枝抽你一顿，或者让你去给亚松寡妇挑一个星期的水？”

“抱歉，谭姆。”佩林说了这么一句，就转过头，“尼尔德，试着打开通往黑塔的通道。”

那名年轻殉道使的表情立刻严肃起来：“我还是做不到，金眼大人。”

佩林摇摇头。他已经从岚那里得到报告，黑塔的成员正在为暗影作战。黑塔一定发生了什么非常可怕的事情。“好吧，那就打开去梅丽罗的通道。”

尼尔德点点头，神情开始变得专注。

在尼尔德进行导引时，佩林转向其他人：“我不想离开你们，但我正被牵引着。北方需要我，我必须去找兰德，这是无法改变的事实。我会尽量赶回来。如果我不能……不管怎样，我希望你们全都知道，我以你们为荣。你们所有人都让我感到骄傲。当这一切结束后，欢迎你们来到我的家乡，我们会拿出艾威尔师傅最好的白兰地一同庆贺。我们会铭记那些英勇牺牲的人，告诉我们的孩子，当天空被乌云覆盖，世界濒临死亡时，我们是如何奋战不息、击退暗影的。我们会向他们讲述我们并肩作战的故事。让他们知道，暗影在我们面前从不曾有过立足之地。”

他向众人举起玛哈雷尼，所有人齐声欢呼。他们不是在向佩林致敬，而是在表达自己激动的心情。

尼尔德打开了通道。佩林向通道中走去，但一个人喊出他的名字，叫住了他。佩林皱皱眉，看到戴恩·伯恩哈快步向他跑来。

佩林警戒地握住锤柄。这个人曾经在与兽魔人的战斗中救过他的命，后来又为了保护他而杀死另外一名白袍众。但佩林能清楚看到戴恩·伯恩哈对自己的厌恶。他也许不会再将自己父亲的死怪罪到佩林头上，但这并不意味着他会喜欢佩林，甚至于接受佩林。

“我要跟你说句话，艾巴亚，”伯恩哈看着站在佩林身边的高尔，“私下说。”

佩林挥挥手，示意高尔让开。那名艾伊尔人不情愿地退到一旁。佩林和伯恩哈一同走到远离通道的地方。“什么事？如果是关于你的父亲……”

“光明啊，不要说话，好好给我听着。”伯恩哈向两旁瞥了一眼，“我不想说这件事，我痛恨提到这件事。但你应该知道。光明烧了我吧，你应该知道。”

“知道什么？”

“艾巴亚，”伯恩哈深吸了一口气，“杀害你家人的不是兽魔人。”

一阵战栗涌过佩林全身。

“我很抱歉，”伯恩哈说着，将视线转向一旁，“杀死他们的是奥代斯。你的父亲冒犯了他，他杀害了你的家人，然后让我们把这桩罪行推到兽魔人头上。我没有参与杀害他们，但我也没有对此说过一句话。这么多的血债……”

“什么？”佩林抓住那名白袍众的肩膀，“但他们说……我是说……”光明啊，他本来已经让这件事成为过去了！

伯恩哈眼里透露出来的东西却让佩林把这一切重新翻了出来。那些痛苦、恐惧、失落、愤怒。伯恩哈伸出手，抓住佩林的手腕，将佩林的手从肩头拉开。

“我知道，现在告诉你这些很不合适，但我不能继续隐瞒这件事了。我只是……我们也许很快就会战死。光明啊，也许世界也将不复存在。我必须把这件事说出来，就是现在。”

然后，戴恩·伯恩哈退开了，低垂着目光回到其他白袍众之中。佩林一个人站立着。他的整个世界都在震颤。

但他很快就站稳了脚跟。他必须让这件事过去。他为自己的家人哀悼，但这件事已经过去了。

他会继续走下去，他有能力走下去。光明啊，那些旧日的伤痛还在折磨着他。他将它们压在心底，再次转向通道。兰德就在那里，他的责任也在那里。

他还有自己的任务。而那个奥代斯……帕登·范……他已经犯下太多恐怖的罪行，佩林一定会让他为自己所做的一切付出代价。

他向通道走去，高尔回到他身边。

“我要去的地方你不能去，朋友，”佩林轻声说道，他已经将痛苦压在心底，“抱歉。”

“你要去梦中之梦吗?”高尔说着，打了个哈欠，“正好我也困了。”

“但……”

“我会跟着你，佩林·艾巴亚。如果你想要我留下，就只能杀了我。”佩林点了点头，不再逼他。

佩林向高尔身后看了一眼，再一次举起战锤。这时，他眼中的余光扫到另一个通道中的情形。那是格莱迪支撑的通往梅茵的信道，在那个信道里，两名穿白袍的女子正看着高尔。高尔也向她们举了一下手中的短矛。那两位战士看来是与最后战争无缘了。她们现在的心情又是怎样？也许兰德应该试着让奉义徒们在这几个星期暂时脱离他们的誓言。

当然，这很有可能会让每一名艾伊尔人都反对兰德。希望光明能保佑那些敢冒犯艾伊尔节义的湿地人。

佩林走过通道，双脚踏在梅丽罗平原上。他和高尔很快就在这里携带上尽可能多的食物和水，做好长途跋涉的准备。

佩林用了大半个小时才说服兰德的殉道使，从他们口中知道他们的领袖所在的位置。最后，耐伊夫不情愿地为他打开通道。佩林离开梅丽罗，来到一个很像妖境的地方，只是这里的岩石是冰冷的，没有妖境中那种闷热潮湿感。

这里的空气充满死亡和荒芜的气味，强烈的臭气让佩林感到窒息。又过了几分钟，他才从这股恶臭中分辨出一些普通的气味。兰德就站在他面前的一道山脊末端，双臂背在身后。他的一群谋臣、指挥官和卫士环绕在他身后，沐瑞、艾玲达和凯苏安也在其中。但此时此刻，兰德只是一个人立于山崖之上。

他们前方更远处就是煞妖谷的主峰，也是兰德目光聚焦之处。佩林打了个寒颤。那座高峰和他们之间还有很远的距离，但他不可能看错兰德脸上显露的决心。

“光明啊，”佩林说，“就是现在吗?”

“不，”兰德轻声说道，“这只是一次尝试，看看他能否感觉到我。”

“佩林?”奈妮薇的声音从他们身后的山坡上传来。奈妮薇正在和沐瑞说话。佩林第一次没有从奈妮薇身上嗅到对沐瑞的痛恨，这两个女人之间一定发生了什么事。

“我只要跟他说几句话。”佩林说着，走到兰德站立的山壁边缘。他们身边还有一些艾伊尔人。佩林不想让他们听到他和兰德的交谈，尤其是那些智者们。

“你要和我谈多久都可以，佩林。”兰德说道，“我欠你很多。你打算告诉我什么?”

“嗯……”佩林又回头看了一眼。沐瑞和奈妮薇会不会阻止他？有可能。女人们总是想要阻止男人去做他们必须做的事情，就好像男人真的那么容易跌断自己的脖子。她们甚至会为了这个而忘记最后战争。

“佩林？”兰德又问道。

“兰德，我需要进入狼梦。”

“特·雅兰·瑞奥德？”兰德说道，“佩林，我不知道你要去那里做什么，你以前不曾对我提到过那里。我想，你应该知道该如何……”

“我知道进入那里的一个方法，”佩林将声音压得很低，以确保身后的人们不会听到，“这个方法很容易。但我还需要另一些东西。你所知道的，所记得的东西。你的那个古老的脑子是否记得该如何以肉体进入梦的世界？”

兰德的面容变得严肃起来：“你在问一件非常危险的事情。”

“就像你要做的事情一样危险吗？”

“也许。”兰德皱起眉头，“据我所知，当我……嗯，可以说，会有不少人认为你的要求非常、非常邪恶。”

“这不邪恶，兰德，”佩林说道，“我知道什么是邪恶的，我能嗅出邪恶的气味。这并不邪恶，这只是难以置信的愚蠢。”

兰德微微一笑：“而你仍然会提出这个要求？”

“更好的选择已经不存在了，兰德。无论多么疯狂的行动，也比什么都不做更好。”

兰德没有回答。

“听我说，”佩林继续说道，“我们谈的是黑塔。我知道你一直很担心那里的情况。”

“我要去那里一趟，”兰德的表情阴沉下来，“不过，我知道那里已经设好了陷阱。”

“我想，我知道那里发生异变的一部分原因。”佩林说，“我必须去找一个敌人，但如果不能以对等的条件和他作战，我将无法打败他。这场战斗必然会在梦中进行。”

兰德缓缓点着头：“时光之轮按照自己的意愿编织。那样的话，我们就必须离开废地，你不能从这里进入梦境……”

他的声音低了下去。然后，他编织出一个通道。这个在他身边被打开的信道和其他信道似乎并不一样。

“我明白了，”兰德说道，“这个世界已经被凝聚在一起，被压缩了。曾经分散的结构正在发生剧变。这个通道会让你进入梦的世界。一定要小心，佩林。

如果你的肉体死在那个地方，你将被……彻底毁灭，那是比死亡更可怕的结局，尤其是现在这个时刻。”

“我明白，”佩林答道，“我还需要一条出来的路。你能让你的殉道使每天黎明时分打开一个这样的通道吗？比如说，在梅丽罗的神行术场地？”

“这很危险，”兰德悄声说道，“但我会做到的。”

佩林感激地点点头。

“光明在上，我们一定会再见的。”兰德说道。他向佩林伸出手：“有机会的话，也要好好照看麦特。我不知道他到底打算做些什么，但我有一种感觉，他要做的事情一定非常危险。”

“他和我们不一样，”佩林握住兰德的前臂，“你和我都比他更懂得如何保护自己。”

兰德再次露出微笑：“愿光明护佑你，佩林·艾巴亚。”

“也护佑你，兰德·亚瑟。”佩林迟疑了一下。他意识到他们正在做什么。他们在道别。他拉过兰德，和兰德拥抱在一起。

和兰德分开后，佩林望向奈妮薇和沐瑞，“你们两个要好好照顾他。听到了吗？”

“哦，现在你想让我照顾兰德了？”奈妮薇将双手抵在腰上，“我可从来不曾把他丢下过，佩林·艾巴亚。不要以为我没听到你们两个在嘀咕些什么。你在做一件非常愚蠢的事，对不对？”

“就像以前一样。”佩林说着，抬手向汤姆道别，“高尔，你确定要跟我一起走？”

“是的。”那个艾伊尔人一边说，一边抽出背上的短矛，向兰德打开的通道中望进去。

他们两个人没有再说一句话，只是扛起沉重的包裹，走进梦的世界。

第 14 章

叉根药剂

“光明啊……”佩林对高尔悄声说着，双眼望向面前的原野，“这里正在死亡。”

狼梦中沸腾翻滚的黑色天空对佩林来说已经不再陌生，但几个月以来在天空中只是如同远方幽影般的风暴终于到来了。狂风怒号，激荡的气流杂乱无章地鞭挞着大地，丝毫显现不出正常的模式。佩林拉紧斗篷，同时想象着这件斗篷被紧紧地系在身上，无论如何也不会被吹落。

一个平静的气泡出现在他身周，将凶猛的强风挡在外面。佩林发觉这么做比自己预想中更加容易，就好像他本来打算扛起一段沉重的橡木，却发现这只是一块轻得多的松木。

这个世界已经不像往日那样真实了。强风削平了山丘，就好像千万年的风蚀在瞬间完成。在另一些地方，地面又在蓦然间隆起，形成一片片岩石波浪和新的丘陵。大片土地被喷向半空，变成碎屑。这个世界正在解体。

佩林抓住高尔的肩膀，让他们两个离开了所在的地方。佩林怀疑，那里离兰德太近了。他猜得没错。当他们出现在他所熟悉的南方平原上，那个他曾经和飞跳一同狩猎的地方时，他们发现那里的风暴远远没有北方那样强劲。

他们将装满食物和水的沉重包袱藏在一片浓密的灌木丛中。佩林不知道梦的世界中的食物和水是否能支撑住他们的肉体，他只是不想冒这个险。他们带来的补给品应该能让他们在这里生存一个星期，只要有出去的通道在等着他们，他就可以放心地去面对这里的一切危险了。

这里的大地并没有像煞妖谷附近那样支离破碎，但只要他观察一个地方足够久，就能看到一些细小的……或者可以说，所有东西都被渐渐卷进风中。枯死的植物茎叶、树干的碎片、泥土颗粒和小片的岩石，全都被缓缓地吸进那一团团贪婪的黑云之中。依照狼梦惯有的模式，当佩林将头转开时，曾经破碎的物品经常会恢复完整。而现在，佩林明白，这个地方正一点点被吞噬，就像醒来的世界一样。只是这里的状况更容易被察觉而已。

强风依旧抽打着他们，但他已经不必再费力稳住自己的身体了。这里的风就好像是风暴刚刚开始时的样子，暴雨和闪电还没落下。它们只是即将到来的毁灭的前奏。

高尔戴上面纱，用怀疑的眼光看着四周。他的衣服色泽发生了变化，被蒙上了一层周围枯草的颜色。

“高尔，在这里，你必须非常小心，”佩林说道，“你的任何想法都有可能成为现实。”

高尔点点头，犹疑地露出面孔：“我会按照你的吩咐去做。”

让佩林感到欣慰的是，当他们继续前进时，高尔的衣服再没有发生太多变化。“保持神智清晰，”佩林对他说，“释放自己的思绪，跟随我的指引，按照直觉行动。”

“我会像毒蜥蜴岬辣一样去狩猎。”高尔说着，点了点头，“我的枪矛是属于你的，佩林·艾巴亚。”

佩林在旷野中行进着，暗自担心高尔会因为在不经意间想到某个地方，把自己送到那里去。这名艾伊尔人从不曾经历过狼梦中的状况。只要他感觉到周围稍有异动，他的衣服就会发生一点变化，他的面纱也会自动覆住他的口鼻。不过，他身上的“意外”事件似乎也只是到这个程度而已。

“好了，”佩林说道，“我要把我们送去黑塔。那里会有一个危险的猎物，一个被称为‘杀戮者’的敌人。你还记得路克大人吗？”

“那只阔步雀？”高尔问。

佩林皱了皱眉。

“那是一种三绝之地的鸟。”高尔答道，“我见过他的次数不多，但看样子，他表面上是一只喜欢昂首阔步的鸟，内心却是个懦夫。”

“那时也许是这样。”佩林说，“但不管怎样，他在梦的世界里是一个截然不同的人。在这里，他是一头被称为‘杀戮者’的猛兽，专门猎杀狼和人，非常强大。如果他决定要杀死你，他可以在眨眼间出现在你身后，透过想象让你被藤蔓缠绕，无法动弹，然后割开你的喉咙。”

高尔笑了。

“这很有趣吗？”佩林问。

“听你的口气，这好像是一件很新鲜的事情，”高尔说，“但在我们生活的那个梦里，我的周围同样有很多能够在转念间就用风之力把我捆起来，并杀死我的亲人。我已经习惯处于弱势，佩林·艾巴亚。这个世界就是这样。”

“不过，”佩林坚持道，“如果我们找到杀戮者，我希望你能够让我和他作战，不要参与其中。他是一个方脸的家伙，眼里似乎没有生命。他的身上总是穿着黑色的皮革。”

“但……”

“你说过，你会服从我，高尔，”佩林说道，“这很重要。他已经杀死了飞跳，我不会让他再杀死你。你不能与杀戮者作战。”

“好的，”高尔说，“我会履行我的诺言。除非你命令我，否则我不会和那个人进行枪矛之舞。”

佩林叹了口气，想到高尔有可能会因为这个诺言而在杀戮者面前收起枪矛，任由他杀死自己。光明啊，艾伊尔人实在是太麻烦了。“如果他攻击你，你当然可以与他战斗，但这种战斗只是为了有助于让你迅速逃走。如果在我和他作战时，就要远远避开，不要攻击他，明白吗？”

高尔点点头。佩林伸手按住这名艾伊尔人的肩头，将他们朝黑塔移动过去。佩林以前从未去过黑塔，所以他只能凭猜测去寻找它。他们第一次移动来到了安多的一片丘陵地带，覆盖山丘的枯草随风摇曳。佩林更喜欢从一个山丘跳跃到另一个山丘，但他怀疑高尔对此还没做好准备，所以，他再次使用了纯粹的移动。

经过四五次尝试后，佩林将他们带到了目的地。他已经能看到一段距离以外半透明的淡紫色穹窿了。

“那是什么？”高尔问。

“我们的目标，”佩林说，“就是那个东西让格莱迪和尼尔德没办法打开通往黑塔的通道。”

“就像我们在海丹遇到的那种情况吗？”

“是的。”紫色的穹窿又勾起佩林的回忆，那些活生生的狼之友就死在他眼前。他将那些回忆压制下去。在梦的世界，它们很可能会造成不必要的想法。他允许怒火继续在自己的内心深处燃烧，就如同他的战锤上不会消退的温热，但仅此而已。

“我们走吧。”佩林再次移动，来到穹窿前面。它看起来仿佛是用玻璃做成的。“如果我倒下，就把我拉出来。”他嘱咐高尔后，就走进了那道屏障。

佩林仿佛撞进某种异常寒冷的东西，那东西迅速吸走他的体力。他踉跄一下，但努力将意识集中在他的目标上：杀戮者，杀害狼群和飞跳的凶手。

佩林直起身子，他的力量又回来了。他觉得这次比之前进入紫色穹窿更加容易。以肉体进入狼梦果然让他变得更加强大了，而且他也不必担心自己会因为在梦的世界过于强大，彻底脱离留在真实世界的肉体，因此而死亡。

他缓缓走过屏障，仿佛是走过一堵水墙。终于，他站到屏障的另一边。在他身后，高尔带着好奇的表情向穹窿伸出手，用食指碰了碰穹窿。

高尔立刻跌倒了，仿佛一个断线的木偶。他的短矛和箭矢都从他的身上滚落。他却只是一动不动地躺在地上，就连胸口也没有起伏。佩林缓缓地将手伸出屏障，抓住高尔的腿，把他拉了过来。

进入屏障的另一侧，高尔猛吸一口气，然后翻过身，呻吟一声，坐了起来，扬起了头。佩林又为他捡回了散落的箭和矛。

“这对于建立我们的节来说，是一个很好的体验。”高尔说道。他站起身，揉搓着撞在地上的手臂：“智者们认为像我们这样进入这里是邪恶的？我倒觉得她们会更希望把男人带到这里来，好给我们一个教训。”

佩林看了高尔一眼，他没意识到高尔听到了他和伊达拉讨论关于狼梦的事。“我到底做了什么，才能够得到你如此的忠诚，高尔？”佩林的这句话更像是在自言自语。

高尔笑了：“并不是因为你做了什么。”

“什么意思？难道不是因为我把你从那个笼子里救出来，你才开始跟随我的吗？”

“那是我开始跟随你的原因，”高尔说，“但并不是我留在你身边的原因。来吧，难道我们不是来这里猎杀强敌的吗？”

佩林点点头。高尔用面纱遮住自己的脸。他们一同走在穹窿下，逐步向穹窿中心处的建筑物靠近。从穹窿的边缘到中心有很长一段距离，但佩林并不想一步跳过去。他还完全不了解黑塔的状况，所以，他们只是以一般速度步行前进，走过一片零星分布着一些小树林的开阔草地。

他们大约走了一个小时才看清楚，他们所见到的建筑应该是黑塔的围墙。

高大壮观的围墙足有一座大型城市的规模。佩林和高尔继续向围墙靠近。高尔以极度谨慎的目光搜索着四周，仿佛周围的地面随时有可能喷出火焰。当然，在梦的世界里，这堵围墙上不会有人守卫。如果杀戮者就在这里，他就应该潜藏在穹窿的核心地带，而且很可能已经在这里设下了陷阱。

佩林伸手按住高尔的肩膀，将他们移动到围墙顶端。高尔伏低身子，潜行到一座工事哨所旁边，向里面望进去。

佩林走到围墙内侧，查看城中的动静。黑塔并不像它的围墙那样壮观，这里大部分地方依然只有矮小的棚屋和房舍。而位于这些乡村风格的小房子正中的，是一座大型建筑物的地基。

"他们很傲慢，不是吗?"一个女性的声音在佩林耳边响起。

佩林吓了一跳。他转过身，让战锤出现在自己手中，同时在身周环绕起一堵砖墙以保护自己。一名身材娇小的银发年轻女子正站在他旁边。她挺直身子，似乎是想要让自己显得更高一些。她身上穿着一袭白色长裙，腰间系着银腰带。佩林不认识这张面孔，但他熟悉这个女人的气味。

"月猎者，"佩林几乎是用咆哮的声音说道，"兰飞儿。"

"我已经不再被允许使用这个名字了，"那个女人一边说话，一边用指尖敲击着围墙，"他对于名字的使用限制得很严格。"

佩林后退一步，向旁边瞥了一眼。她跟杀戮者是同伙吗?高尔正走出那个哨所，看到那个女人，他立刻定住脚步。佩林向高尔抬起一只手，示意他不要上前。现在是不是应该跳到高尔身边，在兰飞儿发动攻击前离开这里?

"月猎者?"兰飞儿又问道，"这是狼给我取的名字吗?这不对，根本就不对，我并不狩猎月亮。月亮已经是我的了。"她向前俯过身子，将手臂搭在齐胸高的垛口上。

"你想做什么?"佩林问。

"复仇。"兰飞儿悄声说道。然后，她抬起头看着佩林："就像你一样，佩林。"

"我应该相信你也想要杀戮者的命吗?"

"杀戮者?那个供莫瑞笛差遣的小孤儿?我对他一点兴趣都没有。我复仇的对象是另一个人。"

"谁?"

"那个让我遭受囚禁的人。"她的声音很轻，但极为凶狠。突然间，她瞪大双眼，向天空望去，然后，她就消失了。

佩林将战锤从一只手换到另一只手里。这时，高尔快步向他走来，同时监视着身周的每一个方向。"她是谁?"艾伊尔人悄声问道，"一位两仪师?"

“更可怕。”佩林面容严肃地说，“艾伊尔人对兰飞儿有什么特别的称呼吗？”

高尔猛吸一口气。

“我不知道她在这里想做什么，”佩林说，“她向来都让我觉得捉摸不透。如果运气好，我们可能只是偶然遇到，她还有她的事情要做。”

但佩林自己也不相信这种猜测。狼早就告诉过他，月猎者想要得到他。光明啊，难道我现在的麻烦还不够多吗？

佩林将自己和高尔从城墙上移到城内，继续在黑塔中搜索。

托薇恩跪在洛根身边。安德罗被迫看着她轻柔地抚摸洛根的下巴。洛根睁开疲惫不堪的眼睛，紧紧地盯着托薇恩，眼神中流露出恐惧的情绪。

“不会有事的，”托薇恩用甜美的声音说，“你完全可以放弃抵抗。放松，洛根，放松就好。”

托薇恩很容易就被转变了。在与十三只半人连结在一起后，男性导引者们显然能够更加容易地转变女性导引者。反之亦然。所以他们在转变洛根时才会如此困难。

“转变他，”托薇恩指着洛根说道，“让我们彻底结束这里的事情。他应该得到暗主所赐予的安宁。”

泰姆的爪牙将洛根拖走，安德罗却只能绝望地看着这一幕。泰姆显然将洛根看成一件重要的战利品，只要能转变他，黑塔中其余的人就都会很容易对付了。如果洛根下达命令，肯定会有很多男孩自愿服从泰姆，甚至堕入暗影。

他是怎么坚持下来的？安德罗心想。坚强的埃马林刚刚经历过两次转变，就已经在颓唐地哭泣不止了。不过他还没有放弃。洛根则已经承受了将近十余次转变，他也还在抵抗着。

但这种情况不会持续太久。泰姆已经拥有相当数量的女性导引者。在托薇恩接受转变后，又有一些女性导引者来到黑塔。她们是黑宗两仪师，率领她们的是一个丑得可怕、却在举手投足之间都极具威严的女人。和佩维拉一同来到黑塔的其余红宗两仪师，现在也全都加入了她们。

模糊的情绪从佩维拉的约缚中流向安德罗。佩维拉醒过来了，但那种药剂让她依然无法导引。安德罗的意识相对比较清晰。那时他们把一杯药剂灌进埃马林的口中，然后又强迫他喝下残余的药渣。那已经是多久以前的事情了？

洛根……撑不了太久了。佩维拉传来的思绪中包含着倦怠和愈来愈强烈的失败感。我们该怎么……她的思绪中断了一下，显然她是在努力整理自己混乱的头脑。烧了我，我们到底该怎么办？

洛根发出痛苦的尖叫，他以前从不曾如此哀号过。这是一个非常糟糕的迹象。在房门口，艾芬监视着房里发生的一切。突然间，他回过头，似乎是被什么东西吓了一跳。

光明啊，安德罗心想，那会是……因为他的疯狂？因为阳极力的污染？那种污染仍然存在吗？

安德罗第一次注意到自己被屏障了。泰姆的走狗们一般不会屏障俘虏，除非是要转变某个人，等待他服下的叉根药性褪去的时候。

这让安德罗感到一阵针刺般的恐慌。他们下一个就要转变他了吗？

安德罗？佩维拉在对他说话，我有一个主意。

什么主意？

安德罗开始通过嘴里的口塞咳嗽起来。艾芬似乎又被吓了一跳，然后，他走到安德罗身边，拿出水囊，朝安德罗的口塞上灌了一些水。泰姆的走狗之一埃波斯正靠在墙边，维持着对安德罗的屏障。他瞥了安德罗一眼，但房间另外一边的某件事引开了他的注意力。

安德罗咳得更厉害了。于是艾芬拔出口塞，让安德罗侧卧，好吐出嘴里的水。

"安静一点。"艾芬回头瞥了埃波斯一眼。他距离他们很远，不可能听到他们在说些什么。"别惹恼他们，安德罗。"

将一个人转变向暗影的手段并不完美。尽管一个人所效忠的阵营会被改变，但这并不能完全改变他的内心。艾芬的脑海中还有着过去的记忆、原有的个性，光明护佑，还有他的缺点。

"你说服他们了吗？"安德罗悄声问道，"能不能不要杀死我？"

"不用担心了！"艾芬俯下身，显露出狂乱的眼神，"他们全都说，你根本就没有用，导引不了多少至上力。但他们都不喜欢用神行术传送其他人。我就告诉他们，这个活可以让你来做。你会做的，对不对？"

"当然，"安德罗说，"总要比死了强。"

艾芬点点头，"所以他们不再给你灌叉根了。等他们转变完洛根后就是你。米海峨终于从暗主那里得到了更多女人。而且她们全是生力军，不像我们一直在导引。有了那些女人，再加上托薇恩和送上门来的那些红宗，事情就快多了。不用等到明天，米海峨就能得到洛根了。"

"我会侍奉他们，"安德罗说，"我会向暗主发誓的。"

"这太好了，安德罗。"艾芬说，"但在你被转变之前，我们还不能放开你。米海峨不会因为一个誓言就信任你的。不过你不会有事的。我告诉过他们，你很容易就能被转变，对不对？你不会反抗吧？”

“我不会反抗的。”

“感谢暗主。”艾芬说道。他显然放松了下来。

哦，艾芬，你从来都没有太聪明。

“艾芬，”安德罗轻声说道，“你要小心埃波斯。这点你也清楚，对不对？”

“我现在是他们其中的一员了，安德罗，”艾芬说，“我根本不必害怕他们。”

“这很好，”安德罗继续轻声说道，“看来他说的那些关于你的话一定都是假的。”

艾芬显露出一些不安的样子。他的眼神中闪烁的……是恐惧。污染已经被净化了。乔奈瑟、埃马林和其他新来的殉道使绝没有这种疯狂的表现。

不同的殉道使有着不同的疯狂，程度也不一样。但恐惧是他们最普遍的表现。恐惧会在他们毫无防备时袭来。当净化发生的时候，恐惧曾经将艾芬吞没。安德罗也亲眼见过黑塔处置被恐惧彻底吞没的殉道使。他很清楚艾芬的眼神代表着什么。虽然这个小伙子已经被转变了，他仍然没能摆脱污染带来的疯狂。他将永远带着这种疯狂。

“他说什么了？”艾芬问。

“他不喜欢你被转变，”安德罗说，“他认为你取代了他的位置。”

“哦。”

“艾芬……他也许在计划着杀死你。一定要小心。”

艾芬站起来：“谢谢，安德罗。”

然后，他就走开了，并没有再给安德罗塞上口塞。

这……不可能成功的，佩维拉传来含混的意识。

佩维拉在殉道使中间生活得还不够久，她不知道他们这些男人的疯狂会导致怎样的后果，也不懂得如何从殉道使的眼里察觉到这种疯狂。当一名殉道使显露出疯狂的迹象时，他们会把他关起来，直到他能够驾驭自己的疯狂。如果这么做依旧无法奏效，泰姆就会在那个人的酒里加一些东西，让那个人再也醒不过来。

如果发疯的人不被控制，他们就会走向毁灭，杀死身边的每一个人。他们首先攻击的就会是他们原本最深爱的人。

安德罗了解这种疯狂，他知道自己体内也有着同样的疯狂。这是一个错误，泰姆，他想道，你用我们的朋友来对付我们，但我们比你更了解这些人。

艾芬向埃波斯发动了攻击。至上力骤然爆起，眨眼间，安德罗的屏障消失了。

安德罗拥抱了真源。他并不强大,但他也有足够的力量烧断几根绳子。他挣开绑缚,两只手流着血,他的一双眼睛却已经开始观察整个房间。被捆住的时候,他一直都无法这么做。

这个房间比他想象的还要大,如同一座小型的殿堂。房间最里面是一座宽阔的圆形高台。高台上,一群魔达奥和女人围绕成两个环。看到那些半人,安德罗不由得打了个哆嗦。光明啊,那种无眼的凝视实在是太可怕了。

精疲力竭的泰姆的爪牙都靠墙壁站立着。那些殉道使一直都没能转变洛根。现在,洛根正软绵绵地坐在高台上,被捆在一把王座般的椅子里,周围环绕着魔达奥和女性导引者。他的头歪在一边,双眼紧闭,似乎正在悄声说着什么。

泰姆怒不可遏地朝艾芬转过身。艾芬这时正和麦沙勒打得不可开交,他们旁边则是埃波斯还在冒烟的尸体。艾芬和麦沙勒都握持着至上力,但他们正扭打在一起,不停地在地面上翻滚着。艾芬的手里紧握着一把匕首。

安德罗想要跑向埃马林,却一头栽在地上。他的两条腿几乎没有任何力气。光明啊,他实在是太虚弱了。但他还是烧掉了绑住埃马林的绳子,然后是佩维拉的。佩维拉摇摇头,竭力想让自己清醒一些。埃马林则感激地向安德罗点了一下头。

"你能编织吗?"安德罗悄声问道。这时泰姆的注意力还在艾芬那里。

埃马林摇摇头:"他们给我喝的东西……"

安德罗握持住至上力,阴影开始向他延伸过来。

不!他想,现在不行!

神行术,他需要神行术!安德罗竭力汲取着至上力,进行神行术的编织。但就像以前一样,他碰到了某种屏障,仿佛有一堵墙在阻挡他打开通道。在失败的沮丧中,他尝试让神行术指向距离更近的目标。也许距离是成败的关键。他能不能打开一个通往凯德尔库房的通道?

他竭尽全力撞击着那道墙,使出他的每一点力量。他在一寸一寸向前挺进。他几乎就要成功了……他已经感觉到,仿佛有什么事情发生了。

"天哪,"他悄声说道,"请打开吧,我们要离开这里……"

艾芬倒在泰姆的编织中。

"这是怎么回事?"泰姆吼道。

"我不知道,"麦沙勒说,"艾芬攻击了我们!他刚刚和那个跑腿的说过话,然后……"

两个人同时转向安德罗。安德罗停止神行术的编织,绝望地向泰姆射出一道火焰编织。

泰姆露出微笑。就在安德罗的火舌即将碰触到他的时候，一股风之力和水之力的编织让它彻底消散于无形。

“你真是个有毅力的人。”泰姆一边说，一边用风之力的编织将安德罗撞在墙上。

安德罗痛苦地喘息着。埃马林踉踉跄跄地站起身，却被另一股风之力击倒。安德罗在晕眩中感觉到自己被举起来，拖过房间。

那个全身黑衣、奇丑无比的女人走出黑宗两仪师的连结，来到泰姆身边，对他说道：“米海峨，看起来这个地方并不像你说的那样，已经完全被你控制住了。”

“我的一些工具很不好用，”泰姆说，“我早就应该得到更多的女人了！”

“你把你的殉道使压榨得太狠了，”那个女人反驳道，“你在浪费他们的力量。现在，我负责管理这个地方。”

泰姆站在高台上，已经软弱无力的洛根和那些女人以及隐妖就在他旁边，而他似乎将这个可能是弃光魔使的女人看成是这个房间里最大的威胁。

“你以为这么做会有用，是吗?”泰姆问。

“如果耐博力知道你的拙劣手段……”

“耐博力？我不怕那个什么莫瑞笛。我已经向暗主本尊献上一份巨大的礼物。小心听着，我才是受到暗主宠信的人。给我听着，赫萨拉姆，那些钥匙就在我手里。”

“你的意思是……你真的做到了？你偷到了它们?”

泰姆微微一笑。他转回头，看着吊在空中，还在徒劳挣扎的安德罗。安德罗并没有被屏障。他又向泰姆掷出一道编织，但也被泰姆轻松地挡开了。

安德罗甚至不值得被屏障。泰姆撤掉了提起他的风之力。安德罗重重地摔落在地，不由得呻吟了一声。

“你在这里接受训练已经有多久了，安德罗?”泰姆问道，“你真让我感到羞愧。你想杀人的时候，也只能做到这种程度?”

安德罗挣扎着跪了起来。尽管佩维拉的意识仍然因叉根而模糊不清，他仍感觉到身后她的痛苦和焦虑。在安德罗面前，洛根坐在那个王座上，被紧紧捆住，周围环绕着强大的敌人，他却紧闭着眼睛，几乎已经失去了意识。

“我们在这里的事情已经结束了。”泰姆说，“麦沙勒，杀死这些俘虏。我们只需要转变上面的那些人，带他们去煞妖谷。暗主承诺过，会在那里赐予我更多的力量和资源。”

泰姆的走狗们向俘虏走了过来。安德罗跪起身，抬头看过去。黑暗正在他的周围扩散，一些形体在黑影中移动着。那一片黑暗……让他感到恐惧，他必须马上放开阳极力，必须……但，他不能这么做。

他一定要进行编织。

泰姆向他瞥了一眼，然后微笑着，开始编织烈火。

他的周围布满了黑影！

安德罗紧紧抓住至上力。

死亡，它们来找我了！

他开始凭借本能进行编织，他最擅长的编织，神行术，他拼命撞击那道墙，那道该死的墙。

太累了，黑影……黑影要带走我了。

一道白炽的光束从泰姆的指尖射出，直指安德罗。安德罗高喊着，拼尽全力伸出双手，将编织固定就位。他将那道墙举了起来。

一个只有一枚硬币大小的通道在他面前打开了。他及时地用这个编织挡住了烈火。

泰姆一皱眉，整个房间陷入寂静。惊讶的殉道使们都停住正在进行的编织。就在这时，房间的大门向内爆开了。

凯德尔握持着至上力，怒吼着冲了进来。跟在他身后的是二十余名在黑塔接受训练的两河男孩。

泰姆大叫一声，拥抱了真源："敌袭！"

穹窿的正中心似乎就在这一大片地基的上方。这种状况很不好，这里有太多深坑，杀戮者很容易藏身其中，对佩林布置埋伏。

走进围墙中的村镇后，佩林注意到一座相对高大的两层建筑。那幢房子有着结实的木板屋顶，看起来像是一家客栈。他指着那里，对高尔悄声说道："我要把你送到那里去。准备好弓箭。如果看到有人想要偷袭我，就大声警告我，好吗？"

高尔点点头。佩林让他们移动到那幢房子的屋顶上。高尔在烟囱旁边找好位置，他的衣服立刻就变成砌成烟囱的灰色砖块的颜色。他伏低身子，双手握住弓箭。他的角弓射程比不上普通长弓，但在这个制高点上，他将成为一名致命的狙击手。

佩林跳下屋顶，在离地只有一寸时轻轻飘浮起来，然后悄无声息地踩住地面。他蹲伏下去，移动到前方一幢房子的墙边，之后再次移动，到达紧邻地基的一幢房子边上，又回头看了一眼。高尔隐身在烟囱侧面，向他竖起手指。他紧盯着佩林的位置。

佩林趴在地上，开始匍匐前进。他不想移动到一个自己无法直接看到的地方。他来到地基边缘处的一个大坑旁向里望去，只看到土质坑底。强风不断吹袭，卷起尘土，遮盖住一切可能被留下的踪迹。

佩林蹲起来，伏低身子绕过这片巨大地基的边缘。穹窿的中心到底在哪里？他不知道。这座穹窿太大了，他只能睁大眼睛，注意搜索周围。

他的注意力一直集中在遍布地基区域的大坑上，差点就撞上这里的守卫。幸好一名守卫发出的一阵笑声引起他的警觉。他立刻移动到地基区域的另一边，跪下去。两河长弓出现在他手中。他开始仔细搜索自己刚刚离开的那个地方。现在，那里距离他已经很远了。

愚蠢，他一边想着，终于看到那些守卫。那两个人正悠闲地站在地基前面的一幢小房子前，那很像是一幢让工人们在里面吃饭的棚屋。佩林焦急地环顾周围，不过杀戮者并没有对他发动攻击，那两名卫兵也没有发现他。

佩林没办法看清卫兵的状况，所以他小心地移动到他们附近，跳进地基的一个大坑中，然后在坑壁上做出一个小土台，让他能够站在上面，越过坑沿，仔细观察小屋前的那两个人。

是的，他们只有两个人，全都穿着黑色外衣，是殉道使。佩林觉得自己认识他们，他们也都参加了杜麦的井一战。他们在那一战中合力救出了兰德。所以这两个人是忠于兰德的，不是吗？兰德是不是派他们来帮助佩林了？

光明烧了那个家伙吧，佩林心想，他就不能一次把事情做完吗？

当然，即使是殉道使中也可能会有暗黑之友。佩林没有让自己立刻爬出去和他们见面。

“坏掉的工具。”兰飞儿懒洋洋地说道。

佩林又被吓了一跳。他看到兰飞儿正站在他旁边的土台上，同样在看着那两个人。

“他们已经被转变了，”兰飞儿说，“我一直认为这根本就是一种浪费。转变他们只能让你得到一件不完整的工具，永远也不可能像他们自愿效忠你时那么好。的确，他们很忠诚，但他们心中的光都已经熄灭了，不会再有主动性，不会再有灵感的火花。总之，他们已经不是人了。”

“小声一点，”佩林说，“转变？你是什么意思。他们……”

“十三只魔达奥和十三个惊怖领主，”兰飞儿冷笑了一声，“粗糙的手段只会造成浪费。”

“我不明白。”

兰飞儿叹了口气，用对小孩子解释问题的语气说道：“将能够导引的人放在正确的环境内，就能用强力逼迫他们转向暗影。米海峨在这件事上遇到很大的麻烦。实际上，如果他想轻松地转变男人，就应该让女人来做这件事。”

光明啊，佩林心想，兰德是不是知道这种事？他们是否也在计划用这种手段来对付他？

“如果是我，对付这两个人时就会小心一点，”兰飞儿说，“他们很强大。”

“那你就应该把声音再放低一些。”佩林悄声说道。

“呸，在这个地方想要控制声音太容易了。我可以随意喊叫，同时又让他们什么都听不见。你没看出来吗？他们都喝醉了。他们竟然还偷偷带了酒过来。当然，他们是以肉体来到这里的，但我怀疑他们的头领是不是警告过他们这里有多危险。”

佩林抬头看着两名卫兵。他们还在一边喝着酒，一边相视而笑。就在佩林眼前，一名卫兵倒在地上，然后是第二名卫兵。很快，他们就昏睡了过去。

“你做了什么？”

“在他们的酒里放了叉根。”兰飞儿说。

“为什么要帮我？”佩林问。

“我喜欢你，佩林。”

“你是弃光魔使！”

“曾经是，”兰飞儿说，“但现在……我已经没有那种特权了。暗主发现我计划帮助路斯·瑟林取胜，现在，我……”她猛然停住话音，眼睛再次转向天空。她在那些云团中到底看见了什么？不管那是什么，兰飞儿已经面色惨白。片刻之后，她又消失了。

佩林竭力想要思考清楚，下一步该做些什么。他当然不可能信任兰飞儿，但兰飞儿又的确极其善于控制狼梦。第二次出现在佩林身边时，兰飞儿没有让佩林听到任何声音，这么做实际上非常困难，她必须让空气静止，同时还要在空气中预留出自己身体的空间。而且当她将自己传送到这里时，她的身体必须分毫不差地嵌入这个空间里，当然，还必须控制住衣服的摆动，才有可能使得佩林对她毫无察觉。

又过了一会儿，佩林才突然惊讶地意识到，兰飞儿在第二次出现时还完全遮掩住自己的气味，直到她开口说话时，佩林才嗅到她所特有的那种夜百合般的淡淡体香。

佩林带着惴惴不安的心情从坑中爬出来，走到那座棚屋前。两名殉道使都睡着了。在梦的世界中入睡的人又会怎样？一般情况下，在梦的世界中入睡就会回到醒来的世界中，但他们是以肉体进入这个世界的。

想到兰飞儿说过的那番话，佩林不由得打了个哆嗦。“转变”？她用的是这个词吗？光明啊，这对他们太不公平了。不过，佩林早已知道，因缘从来都不是公平的。他现在能做的只是迅速搜索一下两名殉道使所看守的棚屋。

他发现幻梦矛就插在棚屋中的桌子下。这件银色的金属特法器，外形就像一根帐篷钉，上面布满了细腻的雕文，和他上次毁掉的那支幻梦矛有点像，但又不完全相同。佩林将它拔起来，另一只手握紧战锤，等待着杀戮者的到来。

“他不在这里。”兰飞儿说。

“光明啊！”佩林打了个寒颤，举起战锤，然后才转过身，“你为什么总要这样出现？”

“他在找我，”兰飞儿一边说，一边向天空瞥了一眼，“我是不该有能力这么做的。他对我的疑心愈来愈重了。如果他找到我，他就知道了。到时候我将被毁灭，被他捉住，承受永世的焚烧。”

“你认为我会因此而为你难过，为一个弃光魔使难过？”佩林喝问道。

“是我选择了自己的主人，”兰飞儿一边说，一边审视着佩林，“这是我要付出的代价，除非我能找到办法，让自己解脱出来。”

“什么？”

“我相信，你最有机会能做到这一点。”兰飞儿继续说道，“我需要你赢得这场胜利，佩林。我需要当你取胜时，我就在你身边。”

佩林哼了一声：“你并没有学到什么新东西，对不对？到别的地方去找你的机会吧，我对此毫无兴趣。”他在手里转动着那支幻梦矛。他得到上一支幻梦矛时，就没能搞清楚它是怎么运作的。

“你必须扭动它的顶部。”兰飞儿伸出一只手。

佩林看了她一眼。

“如果我真的想要它，难道你以为我不能伸手就把它拿走？”兰飞儿带着些打趣的意味问道，“是谁为你把米海峨的那两个小宠物放倒的？”

佩林犹豫了一下，将幻梦矛递了过去。兰飞儿用拇指从幻梦矛的尖头抚至它的中间，有什么东西在这件特法器内部发出咔嗒一声轻响。然后，兰飞儿扭动了幻梦矛的钝头。棚屋外，淡紫色的半透明穹窿抖动了一下，消失了。

兰飞儿将幻梦矛还给佩林：“再次扭动它，就可以设定它所笼罩的地域，且扭动的时间愈久，笼罩的区域就愈大。然后，按照和我刚才所做的相反方向用手指在上面滑动，就能锁住它。一定要小心，无论你在什么地方让它生效，同样的效果也会发生在醒来的世界里。就算是你的盟友，也无法在它所笼罩的区域中随意进出。你能够用一枚钥匙穿过它的结界，但我不知道这支矛的钥匙在哪里。”

“谢谢你。”佩林不情愿地说道。在他脚边，一名昏睡过去的殉道使咕哝着，翻了个身。“难道……难道真的没有办法抵抗转变吗？他们对此完全无能为力？”

“被转变的人能够抵抗一小段时间，”兰飞儿说，“但不会很久。即使是最强大的导引者，最终还是会屈服。如果是女性导引者转变男性，那么时间就会更快。”

“不该发生这种事情，”佩林跪了下去，“任何人都不能强迫其他人倒向暗影。就算我们失去了一切，也不该失去做出这种选择的权利。”

“哦，他们的确是有权做出选择的，”兰飞儿漫不经心地用脚尖轻轻踢了一下一名殉道使，“他们可以选择被驯御，这样就能除去他们身上的弱点，他们将再不可能被转变了。”

“这根本算不上什么选择。”

“这就是因缘的编织，佩林·艾巴亚。并非全部的选择都是好的，有时候，你只能在一堆坏选择中挑出一个最好的，才能驾驭这场风暴。”

佩林狠狠地盯着兰飞儿：“你是在暗示，这就是你进行的选择？你加入暗影之中，因为这才是‘最好’的选择？我根本不相信你的话。你投向暗影是为了权力，所有人都清楚这一点。”

“想想你会怎么做，狼崽子。”兰飞儿的目光变得严厉起来，“我已经为我的决定付出许多代价，因为我在过去所做的事情，我不得不经受痛苦、折磨、非人的悲哀。我所承受的一切根本不是你能想象的。”

“在所有弃光魔使中，”佩林说，“你欣然选择了自己的位置，并且以最积极的态度接受了它。”

兰飞儿哼了一声：“你以为三千年前的老故事是可以相信的？”

“相信那些故事也好过相信你说出来的话。”

“随便你，”兰飞儿说着，又看了一眼脚下那个睡着的男人，“也许还有一件事应该让你知道，狼崽子。许多人都认为，当转变在这些人身上发生的时候，他们就已经死了。另外一些东西占据了他们的躯壳。至少，有一部分人对此坚信不疑。”说完，她又消失了。

佩林叹了口气，收起幻梦矛，回到高尔所在的屋顶上。他一出现，高尔就朝他转过身，拉开的角弓直指着他："是你吗，佩林·艾巴亚？"

"是的。"

"我很怀疑是否应该向你要一些证明，"高尔并没有松开弓弦，"在这个地方，一个人似乎能轻易改变自己的容貌。"

佩林不由得微笑起来："在这里的确不能只凭外貌进行判断。我知道你有两名奉义徒，如果我们能活过这场战争，其中一个也许会跟你结婚。"

"也许是一个，"高尔放下角弓，"不过看起来，我可能必须接受她们两个了。也许这是让她们放下枪矛的一种惩罚，但让她们这么做的不是我，而是她们自己。"他摇了摇头："屏障已经消失了。"

佩林拿出幻梦矛："就是这个让屏障产生的。"

"我们的下一个任务是什么？"

"等待。"佩林说着，跳下屋顶，"看看如果我们除掉这个屏障，是否会引起杀戮者的注意。"

"如果他不理会呢？"

"那么我们就到另一个他有可能出现的地方去找他，"佩林一边说，一边揉搓着下巴，"那里有许多狼可以让他猎杀。"

"我们听到你的声音了！"凯德尔在战斗中向安德罗喊道，"光明烧了我吧，我说的是真的！我们正在上面我的店铺里，在那里听到你在说话，在恳求，所以我们认为必须立刻发动攻击，否则一切就太迟了。"

编织让房间各处引发了爆炸。地之力掀动土石，火之力从高台上泰姆的人那里射向两河人。隐妖披着没有分毫晃动的斗篷走过房间，手里握着出鞘的黑剑。

安德罗从凯德尔身边跑过，俯下身去看在房间一侧的佩维拉、乔奈瑟和埃马林。凯德尔听到他的声音？那时他在编织通道，泰姆将他吊到了空中。他一定已经打开了信道，只是信道太小，他没能看见。

他可以再次使用神行术了，但只能打开很小的通道。这又有什么用？足以挡住泰姆的烈火，他一边想，一边靠近佩维拉他们身边。他们三个人完全无法战斗。他编织出通道，用力撞击那道墙，想要掀开……

状况发生了变化。

那道墙消失了。

安德罗坐下去，惊讶了片刻。房里的爆炸声震荡着他的耳膜。凯德尔率领的小伙子们打得很好，但他们没有受过多少训练，而他们的敌人却是两仪师，也许还有一名弃光魔使。他们正一个一个地被杀死。

墙消失了。

安德罗缓缓地站起身，走回到房间中央。泰姆一伙人都聚集在那个土台上，而凯德尔和两河人的攻击已经开始减弱了。

安德罗看着泰姆，感觉到一阵强烈的、无可遏制的怒火。黑塔属于殉道使，而不是这个恶徒。

该是殉道使夺回黑塔的时候了。

安德罗咆哮着，举起双手，编织出一个通道。能量从他的指尖涌出。像往常一样，他的信道成形的速度比任何其他编织都要快，而且要比力量强于他的人编织出的通道更大。

这一次，他编织出的通道足以通过一辆大型马车。他让这个通道正对着泰姆的导引者们，在他们即将发出新一轮致命攻势时把它固定就位。

信道的另一边指向的位置就在土台上众人背后几步远的地方。

在安德罗面前，他的通道仿佛是一片半透明的薄雾。泰姆手下发动的编织全部击中了这片薄雾，然后从他们身后激射出来。

编织杀死了自己的主人，将两仪师烧成灰烬，也干净地干掉了殉道使和最后几名魔达奥。安德罗怒吼着，以无比灵活的手法运用着神行术：一些极小的通道出现，割断绑缚洛根的绳索；另一个通道在洛根的椅子下出现，让洛根掉到了一个远离黑塔的地方，光明保佑，也是一个安全的地方。

那个被称作赫萨拉姆的女人逃掉了。当她利用神行术逃走时，泰姆和另外两三个幸存下来的人也一起逃进她的通道。其他的暗影爪牙就没那么聪明了。安德罗打开一个几乎和土台面积相当的通道，土台上所有的两仪师和泰姆的走狗，都从那里直坠到了百尺以下的地面。

第15章

套进绳圈的脖子

和麦特闯荡过的许多地方相比，艾博达的泰拉辛宫显然算不上是守卫最森严的地方。当麦特挂在花园上方三楼一个阳台外面时，他还不断地这样对自己说着。

他用一只手抓住阳台边缘的大理石雕花，另一只手按住头上的帽子。艾杉玳锐被他绑在背上，他的包袱被藏在下面的花园里。夜风一阵阵吹在他满是汗水的脸颊上，让他感到些许凉意。

在他上方，两名视死卫士正在那座阳台上来回走动，不断发出轻微的盔甲撞击声。该死的，难道那些家伙从不会脱下他们的盔甲吗？看起来，他们就好像超大只的甲虫。麦特先前几乎没发现他们。这座阳台还环绕着一层雕铁围栏，为的是让下面的人无法看到阳台里头的状况。但麦特现在已经足够靠近阳台，这道栏杆已经没办法再阻止他观察阳台内部了。

光明啊，那两只甲虫卫兵还没有要离开的意思，麦特的手臂却已经开始酸痛了。他们两个低声嘀咕了几句。也许他们是打算坐下来，喝杯茶，再掏出一本书，准备在阅读中度过这个夜晚了。图昂真该解雇这两名家伙。为什么他们有闲情在阳台上聊天？刺客随时都有可能出现在图昂身边！

感谢光明，那两个家伙终于走掉了。麦特想要数到 10 再翻上阳台去，但只数到 7，他便推开一道没有锁住的栅栏门，爬进阳台。

麦特终于轻松地呼了一口气。他的手臂仍然酸痛不已。这个地方虽然有卫兵看守，但远远不像提尔之岩那般牢不可破。而提尔之岩也同样没能挡住麦特。当然，麦特在这里还有一个优势，他曾经在这座宫殿里生活过一段时间，可以自由进出这里的大部分地方。他挠了挠脖子，那里仍然系着一条围巾。有时，他觉得这条缎带更像是一条锁链。

麦特的父亲经常说：随时都要清楚你的马要走的是哪条路。不可能再有人比亚贝・考索恩更诚实，这点所有人都知道。当然，有些人，比如那些塔伦渡口的人就半点都不值得信任。在买卖马匹时，亚贝总是说，要做好骑马的准备，随时都要清楚你的马要走的是哪条路。

生活在这座宫殿的两个月里，麦特一直在查看这里的每一条道路、墙上的每一条缝隙、每一个缺口、每一扇没有锁住的窗户，以及哪一个阳台的栅栏是容易被打开的，哪一个又经常是锁死的。也许当初他这么做的目的只是为了能偷偷溜出这里，但这些情报一样能帮助他再次溜进来。他在这个阳台上休息了一会儿，但并没有进入阳台后面的房间。他在第三层，这里是供客人住宿的地方。他也许能从这里溜进去，但一座建筑的内部守卫力量肯定比它的外部更强，所以最好还是从外面过去。

但如果要这么做，就要确保自己不会往下看。幸运的是，这座宫殿的这一侧并不是很难攀爬，遍布在墙壁上的木石雕刻让麦特有了很多立足点。他还记得自己曾经为了这种缺乏警戒意识的建筑风格而责备过泰琳。

麦特又攀上阳台的铁栅栏，向第四层爬去。汗水从他的额头滚落，如同爬过山脊的蚂蚁。艾杉玳锐偶尔会撞一下他的小腿。他能嗅到微风中海水的气味，高处的空气总是会更清新一些。也许就是因为如此，头上的气味也总比脚上更好。

别胡思乱想了，麦特对自己说。但他总要想些东西，才能暂时忘记自己所在的高度。他抓住一块石雕，把自己拉上去，脚底却滑了一下，险些失去平衡。他剧烈地喘息着，让自己镇定下来，然后继续向上攀爬。

他已经能看到泰琳的阳台了。当然，泰琳的寓所有不止一个阳台，他的目标是泰琳卧室的那一个。泰琳寓所的另一个阳台，也就是连接起居室的那一个在临近莫海拉广场的那一面，如果从那里爬上去，麦特就会像一只落在白色布丁上的苍蝇那样明显。

麦特再一次抬起头，望向那个被藤蔓花纹的雕铁栏杆环绕的阳台。他一直都想知道自己能不能爬上去，不过他原先考虑的都是如何从那个阳台里爬出来。

当然，他肯定不会再愚蠢地尝试这种事了。仅此一次，下不为例。麦特·考索恩知道该如何保住自己的小命。不管有多少运气，他能活到现在肯定不是因为他有多么喜欢冒险。如果图昂想要继续和想要她性命的霄辰大军统帅生活在同一座城市里，而不是跟他一起走，那也是她的选择。

麦特为自己的理性想法点了点头。他会爬上去，以最冷静合理的言辞对图昂说清楚，她需要离开这座城市，她的加尔甘元帅已经背叛了她。然后，他就可以走自己的路，去找一局骰子乐一乐。毕竟这才是他来到这座城市的原因。如果兰德和所有兽魔人都在北边，麦特就希望离那个男人愈远愈好。他确实对兰德感到很抱歉，但任何心智正常的人都会明白，麦特做出的是唯一明智的选择。旋转的色彩开始凝聚成影像，麦特急忙把它们压了下去。

他是理智的，非常理智。

汗水还在不断地冒出来，该死的，他的两只手都酸痛得要命。麦特把自己拉上第四层阳台。这里的一道栅栏门闩也是没有上锁的，就像他住在这座宫殿中时一样。只需要用一只小铁钩迅速拨弄一下，就可以将它打开了。麦特跨进阳台，拿下艾杉玳锐，然后就躺倒在地上，大口喘着气，仿佛刚刚从安多一直跑到了提尔。

几分钟以后，麦特站起身，越过打开的栅栏门，向下方望去。能够成功爬到这里让麦特十分佩服自己。

他拿起艾杉玳锐，朝阳台通往卧室的门口走去。图昂肯定已经搬进来了。泰琳的寓所是整座宫殿中最好的一套房间。麦特推开房门，应该先探头往里面看上一眼，然后……

有什么东西从他面前的阴影中射出来，击中他头顶处的门板。

麦特俯下身，向旁边滚倒，一只手抽出一把匕首，另一只手握紧艾杉玳锐。他身后的门板被十字弩箭撞裂了。

片刻之后，赛露西娅走了出来。她右侧头顶的头发都被剃光了，另一侧的头顶上则蒙了一块布。她的皮肤像奶油般洁白润泽，但如果有人以为她软弱可欺，那就大错特错了。赛露西娅的强悍粗蛮能够让岩石也为之低头。

现在，她已经将手中的小十字弩对准了麦特。麦特发现自己正在微笑。“我就知道啊！”他兴奋地喊道，“你是图昂的保镖，你一直都是。”

赛露西娅皱起眉头：“你在这里做什么，傻瓜？”

“哦，我只是在散步，”麦特说着，从地上爬起来，收好匕首，“据说夜晚的空气对身体有好处。我说的是海风，或者诸如此类的东西。”

“你是爬上来的？”赛露西娅一边问，一边瞥了面前的阳台一眼，仿佛想要在那里找到一副绳梯。

“什么？你平时都不练习攀爬吗？这对手臂很有帮助，能增强抓握力量。”

赛露西娅狠狠地瞪了他一眼，麦特却发现自己还是满脸欢笑。如果赛露西娅仍然在防备刺客的出现，那么图昂应该还是平安的。他向指着自己的十字弩点点头。“你还要……”

赛露西娅愣了一下，然后叹口气，放下十字弩。

“非常感谢。”麦特说道，“我知道你可以用那东西射穿一个人的眼珠，以往我可能不会介意这种事，不过现在，我刚好比较缺眼珠。”

“你做了什么？”赛露西娅冷冷地问，“和一头熊跳舞了？”

“赛露西娅！”麦特经过她身边，走进房间，“你刚才说的话真的已经很像是在开玩笑了。现在我几乎要相信，只要费些力气，也许我们能在你身上培养出幽默感来。这样的话，我们就能把你放在马戏团里，向来参观你的人收钱了。‘来看看这非同一般的幽默侍圣者吧。只要两个铜子儿，今晚……’”

“你一定是用那只眼睛赌了什么，对不对？”

麦特一只手还拉着房门，脚步踉跄了一下，却又不由得咯咯笑了起来。光明啊！从某种角度上来看，她的猜测倒是真的很符合事实。“非常聪明。”

这个赌我赢了，麦特心里想着，无论它看起来有多么糟糕。麦特·考索恩是唯一用世界的命运做赌注来玩骰子的人。当然，下一次人们就只能去找一个傻瓜英雄来顶替他的位置了，比如兰德或佩林。那两个家伙看起来就像是英雄。英雄主义已经从他们的嘴里淌出来，一直流到下巴上了。麦特不得不再次把脑海中的影像压下去。光明啊！他绝不能再去想那两个家伙了。

“她在哪里？”麦特一边问，一边扫视着整个卧室。当然，他不可能想象这间卧室的床头上会系着粉红色的缎带。床上的被褥是乱的，不过图昂并不在这里。

“出去了。”赛露西娅说。

“出去了？现在是午夜！”

“是的，一个只可能是刺客会出现的时间。你很幸运，麦特·考索恩，我瞄得不够准。”

“你就不担心她？”麦特说，“你是她的保镖。”

“我不知道你是什么意思，”赛露西娅将那只小十字弩收进长袍里，“我是女皇的侍圣者，愿女皇永生，同时也是她的代言者和真言者。”

“听起来很不错。”麦特又朝那张床瞥了一眼，“你在冒充她，对不对？晚上就睡在她的床上？手里拿着十字弓，等待送上门的刺客？”

赛露西娅什么都没说。

“好了，她到底在哪里？”麦特问，“该死的女人！这个问题很严肃。加尔甘元帅正雇用杀手要刺杀她！”

“你担心的就是这个？”赛露西娅问。

“是的，该死的没错。”

“不必担心加尔甘，”赛露西娅说，“他只是一名标准的军人，不可能危害到我们实现国家稳定的努力。柯莉萨才是你应该担心的人，她从霄辰带来三名刺客。”赛露西娅又朝阳台门口瞥了一眼。麦特这时才注意到卧室的地板上有一片污渍，看起来很像是血迹。“我等到了两名刺客，都是可怜的家伙。我以为你是第三个。”她看了麦特一眼，仿佛在考虑麦特是不是真的有意刺杀图昂，尽管这显然违背了一切逻辑。

“你真是个该死的疯子。”麦特一边说，一边将帽子在头顶戴好，又拿起艾杉玳锐，“我要去找图昂。”

“她已经不再使用这个名字了，愿她永生。现在她的名字是芙图娜·亚瑟姆·戴威·潘恩崔，但这其中的每一个字你都不能说出口，你只能称她为‘圣主’或者‘至圣至尊’。”

“我随便想怎么称呼她都可以。”麦特说，“她在哪里？”

赛露西娅只是看着他。

“我不是刺客。”麦特说。

“我也不相信你是刺客。我只是想要确定，她是否希望我告诉你她在哪里。”

“我是她的丈夫，不是吗？”

“镇静。”赛露西娅说，“你刚刚还在努力让我相信你不是刺客，现在又要用这个身份来压我了？愚蠢的男人。她就在宫殿花园里。”

“现在是……”

“……午夜，”赛露西娅说，“是的，我知道。她的行动并不总是……很合逻辑。”麦特在她的声音里捕捉到一丝气恼。“她的身边跟着一整队的视死卫士。”

“就算是创世主跟着她，我也不在乎，”麦特一边喊着，一边转身朝阳台走去，“我要把她坐在屁股下面，好好告诉她一些事。”

赛露西娅跟在他身后，靠在门口，用怀疑的眼神看着他。

“好吧，也许我不会把她坐到屁股下面，”麦特通过被打开的铁栅栏，向下面的花园中望去，“但我一定要好好跟她说几句合乎道理的话。让她明白，为什么不能这么晚在花园里乱逛。至少，我会向她提一提这件事。该死的，我们距离地面真的很高，对吗？”

“通常人们会走楼梯上来。”

“城里的每一个士兵都在找我，”麦特说，“我认为加尔甘也很想让我消失。”

赛露西娅咬住嘴唇。

“你还不知道？”麦特问。

她犹豫了一下，然后摇摇头：“加尔甘的确有可能会把你当成敌人。一般情况下，群鸦王子会严重威胁到他的位置。他是我们的全军统帅，但这个职位通常会被任命给群鸦王子。”

群鸦王子。“不要该死的提醒我这种事，”麦特说，“我想，这应该就是我和九月之女结婚后得到的头衔了。现在她成了女皇，这个头衔还没变吧？”

“没有，”赛露西娅说，“现在还没有。”

麦特点点头，然后看着他爬上来的路，叹了口气，抬起一条腿，跨在阳台栏杆上。

“还有另外一条路，”赛露西娅说，“别在这里摔断自己的脖子。我不知道她到底想从你身上得到些什么，但应该不包括看见你掉下去摔死的样子。”

麦特感激地从阳台栏杆上跳下来，跟着赛露西娅重新走进卧室。赛露西娅打开衣柜，又打开衣柜的背板，露出一条黝黑的暗道。

“该死的，”麦特一边说，一边把头探进暗道里，看了一眼，“这条暗道一直都在这里？”

“是的。”

“那个东西也许就是从这里进来的，”麦特嘟囔着，“你要把这条路封死，赛露西娅。”

“我处理得更好。女皇真正休息的地方是在阁楼上，愿她得到永生。她从不会在这个房间里睡觉，我们没有忘记泰琳是怎么死的。”

“这样很好，”麦特说着，打了个哆嗦，“我已经找到杀死泰琳的怪物，它没办法再害人了。泰琳和拿勒辛真该为此而跳上一支舞。再见，赛露西娅，谢谢你。”

“为了这条暗道？”赛露西娅问，“还是为了没有用十字弩射穿你的眼球？”

“为了没有像穆森格那帮人一样叫我‘君上’。”麦特嘟囔着，走进了暗道。他发现暗道的墙上挂着一盏灯，就用火石和火绒点亮了它。

在他身后，赛露西娅笑着说：“如果这件事会让你感到困扰，考索恩，那么你将看到前方还有一个非常麻烦的人生在等着你。要放弃群鸦王子的身份，办法只有一个，那就是把你的脖子套进绳圈里。”然后，她就关上了衣柜中的暗门。

真是个“讨人喜欢”的女人，麦特心想，他几乎已经开始怀念赛露西娅绝不会对他说半句话的那段日子了。他摇了摇头，开始沿暗道向前走去，却刚刚意识到，赛露西娅没告诉他这条暗道到底通往何处。

兰德大步走过伊兰的营地，身后跟随着两名枪姬众。现在这座营地的位置是在布雷姆森林的东部边缘。夜幕已经降临，营地中一片昏暗，但并没有多少人入睡。他们正在为明早拆除营寨，向东方的凯瑞安行军做准备。

今晚，兰德的身边只有两名卫兵，这让兰德觉得自己几乎是完全暴露的。但在以前，他却曾经认为任何数量的卫兵都是多余的。时光之轮不可遏制的转动改变了他的知觉，正如同它在改变着这个世界的季节。

兰德走过一条被灯光照亮的小路，它显然曾经是一条猎人小道。伊兰在这里扎营还不久，士兵们不可能这么快就踩出一条路来。轻微的声响打破夜幕中的寂静：货物被装上大车的声音，打磨剑刃的声音，向饥饿的士兵们分发食物的声音。

人们彼此之间很少高声说话。不仅因为天色已晚，更重要的是，暗影的军队就在附近的森林中活动。兽魔人的耳朵都很灵敏，和暗影作战，养成低声说话的习惯是有必要的，从营地的一边向另一边大喊是很危险的行为。油灯都用灯罩遮住了光亮，煮食的篝火也被压到最微弱的程度。

兰德离开小道，手里拿着他的长包裹，走过摇曳的长草，向谭姆的帐篷走去。这次他只会在这里做短暂的停留。他向沿途遇到的士兵点头致意，那些士兵都急忙向他回礼。他们显然被他吓了一跳，不过他出现在这座营地中并不让他们感到惊讶，伊兰已经让她的部队知道了他上次来访的事。

我是这支军队的统帅，伊兰在上次分开时对他说，但你才是他们的核心。他们是因为你才会聚集在这里，兰德。他们在为你而战。当你到来的时候，请让他们看见你。

于是，兰德才会这么做。他希望自己能更好地保护这些人，但他也必须为他们的死负起责任。但这并不是要他变得无比刚硬，直至崩裂，也不是要他变得麻木不仁。他只是要生活在痛苦之中，正如同肋侧的伤口给他带来的痛苦。他要接受这份痛苦作为自己的一部分。

两名伊蒙村人守卫在谭姆的帐篷口。兰德向他们点点头，他们都挺直身子，向兰德敬礼。班·亚兴和戴维·亚松。兰德从不曾想到过能看见他们行军礼的样子，他们敬礼的样子真的很帅气。

“你们担负着一个重要的任务，”兰德对他们说，“那几乎是这次战斗中最重要的任务。”

“大人，是保卫安多吗？”戴维疑惑地问。

“不，”兰德说，“是照看我的父亲。请一定要完成这个任务。”说完，他就走进帐篷，将两名枪姬众留在帐篷外。

谭姆站在一张行军桌旁边，审视着桌上的地图。兰德露出微笑。当谭姆审视被困在灌木丛中的绵羊时，也是这副样子。

“你似乎认为我应该得到别人的照看。”谭姆说。

面对这句话，兰德感觉自己仿佛面对着一座站满弓箭手的堡垒，他们正对他张弓以待，看他会有怎样的反应。所以，他一句话都没说，只是将长包袱放到桌面。谭姆看着这只细长的布包，伸手将它解开，从布包里露出一把样式华丽的佩剑，黑漆剑鞘上绘着盘曲的金红色龙纹。

谭姆带着疑问的眼神抬起头。

“你把你的剑送给我，”兰德说，“我却无法将它还给你，只能用这把剑代替。”

谭姆从鞘中抽出剑，立刻睁大眼睛：“这件礼物太贵重了，儿子。”

“无论是什么礼物对你来说都不算贵重，”兰德悄声说道，“无论是什么。”

谭姆摇摇头，将长剑收回鞘内：“它在我这里只会被收进箱子，被慢慢遗忘，就像上一把剑一样。我根本就不该将那把剑带回家。你太在意那样一把剑了。”他说完，就想把剑递还给兰德。

兰德伸手按住谭姆：“请收下它，一位剑技大师应该拥有配得上自己的武器。而且这样也能让我安心一点。光明知道，现在我肩头的担子太多了，任何能为我卸掉一点包袱，让我稍微感觉轻松一些的事情，都会对我即将到来的战斗有所帮助。”

谭姆面色一沉：“这种手段可不算光明磊落，兰德。”

“我知道。我想，这大概是因为我最近和那些与光明磊落根本沾不上边的人混久了。国王、官员，还有那些贵族们。”

谭姆不情愿地收下剑。

“请把它当做是我对你的感谢，”兰德说，“也是整个世界对你的感谢。如果不是你在许多年前教会我寻觅火焰与虚空……光明啊，谭姆，我现在就不可能站在这里了，我肯定早就死了。”兰德低头看着那把剑：“想一想，如果不是你最初想要把我训练成为一名优秀的弓箭手，我绝不可能在那段最艰难的日子里保住我的理智。”

谭姆哼了一声：“火焰和虚空可不是弓箭手的技巧。”

“是的，我知道，他们是作为剑士所必需的技巧。”

“它也不是为剑士预备的。”谭姆一边说着，一边把长剑挂到腰间。

“但……”

“火焰与虚空是关乎内心，”谭姆说，“关乎平静。如果有可能，我会把它传授给这片土地上的每一个人，无论他是不是军人。”他的表情柔和下来：“光明啊，我在做什么？向你演讲吗？告诉我，你是从哪里得到的这件武器？”

“我找到的。”

“我从没见过这么好的剑。”谭姆再次将它抽出来，看着剑刃上在锻打时留下的褶钢花纹，“这是一把古剑，曾经被长久地使用过，也得到了精心的保养。它并没有一直被放在君主的宝库中，成为一件收藏品。战士们用这把剑杀过不少人。”

“它曾经属于……一个和我们有关系的人物。”

谭姆看着兰德，仔细端详他的眼睛：“那么，我想我应该试试它。来吧。”

“今晚？”

“现在时间还早，”谭姆说，“而且训练场肯定不会有什么人了。”

兰德扬了扬眉毛，但还是跟随谭姆一同走出帐篷。枪姬众立刻跟随他们身后。兰德跟着父亲来到附近的训练场，这片场地被挂在高杆上的油灯照亮，但只有几名护法在场中进行练习。

在一堆木制练习武器旁，谭姆抽出那把长剑，演练了几个招式。虽然他的头发已经完全变成了灰色，眼角周围也遍布皱纹，但动作仍然如同风中的丝带，流畅而轻盈。兰德从未见过父亲作战时的样子，甚至没见过他和别人拳脚相向。他真的很难想象温和的谭姆会做出比杀掉一只松鸡当晚餐更血腥的事情。

现在，兰德亲眼看到了。在闪烁的灯光中，谭姆轻松自如地舞出一招招剑式。奇怪的是，兰德发现自己竟然有些嫉妒他的父亲，不是嫉妒父亲这个人，而是嫉妒任何能在剑中寻得平静的人。兰德举起手，然后又举起自己的断臂。许多剑式要求两只手配合。谭姆的作战方式和普通步兵使用剑盾作战的方式完全不同。兰德也许还能作战，但他永远都无法再如此运用剑式了，就如同一个失去一只脚的人不可能再跳舞一样。

谭姆完成了狡兔寻窟，以流利的动作将剑收回鞘内。橙色的灯光在剑刃上闪过一道光芒。“真美，”谭姆说，“光明啊，这种平衡感，这种构造……它是用至上力铸成的?”

“我不知道。”兰德说。

他从来没机会用这把剑战斗。

谭姆从一名仆人那里接过一杯水。几名新兵开始在远处演练枪阵。天色已经很晚了,但每一点训练的时间都是宝贵的,尤其是对那些并不经常上前线的士兵们来说。

新兵,兰德看着他们,心中想道,他们也是我的责任。每一个会走上战场的人都是。

他会找到办法打败暗帝。如果他失败了,他们的奋斗将变得毫无意义。

“你在担忧,儿子。”谭姆将水杯交还给仆人。

兰德寻找到内心的平和,让自己平静下来,然后转向谭姆。在那些古老的记忆中,他找到过一本书,并从那本书中知道,领袖的关键就在于动静之间。如果池水的底部发生扰动,你就不可能让它平静。如果一支队伍的首领无法冷静下来,这支队伍就不可能保持镇定,专注于战斗。

谭姆看着他,但并没有质疑他为何会突然戴上这样一副冷静的面具,而是走到一旁,拿起一把练习用的平衡木剑,把它丢给兰德。兰德接住木剑,另一只手背到身后。

“父亲,”兰德带着警告的语气对已经拿起另一把木剑的谭姆说,“这不是个好主意。”

“我听说你已经成为一名相当出色的剑士,”谭姆说着,挥动几下手中的练习剑,试探它的平衡,“我想看看你能做到什么程度。你可以认为这是一个父亲的骄傲。”

兰德叹了口气,举起自己没了手掌的左臂。人们在看他的时候,目光经常会滑过他的这个部分,就仿佛是看到灰人时的样子。他们不喜欢看到转生真龙的身体是残缺不全的。

兰德从来没有让别人知道,他对此感到多么疲惫。他的身体已经破损了,就像一座已经屹立许多世代的路碑。但他仍然足够坚强,足以完成自己的任务。但光明啊,他有时真的感到非常疲惫。背负世人的全部希望,这要比背负任何一座山岳都更沉重。

谭姆并没有仔细去看那只断臂。他拿出一块手绢,用它包缠住自己的一只手,然后用牙齿系紧。“现在我的左手也无法进行抓握了。”他一边说着,又挥动了一下木剑,“这是一场公平的战斗,来吧,儿子。”

谭姆的语气中带着不容置疑的权威,这是一个父亲的权威。当他催促兰德起床去挤牛奶时，也会用这样的声音对他说话。

兰德无法违抗这个声音，正是这个人的这个声音将他培养成现在的样子。他叹了口气，向前迈出一步："我已经不再需用用剑战斗了，我有至上力。"

"一对一的决斗是非常重要的。"谭姆说。

兰德皱起眉，为什么……

谭姆已经逼了过来。

兰德有些心不在焉地挡开谭姆的进攻。谭姆转而用出风羽斩，开始第二轮的进攻。兰德后退一步，再次格挡。他的心中传出一阵波动、一种渴望。不等谭姆的第二轮攻击结束，兰德已经举起了剑，下意识地合拢双手。

只是，他的左手无法抓住剑柄的后半部，这让他的剑并不具备应有的力量。在谭姆的打击下，剑柄几乎脱离兰德的掌握。

兰德咬住牙，再次后退。如果岚看到他的学生如此拙劣的表现，又会说些什么？也许他会说："兰德，不要再这样斗剑了，你已经无法再赢得这种战斗了。"

谭姆的下一次攻击是佯攻，然后，他转到兰德侧面，狠狠地击中兰德的大腿。兰德在剧痛中向后跃去。谭姆下手没有任何保留，他是认真进行这场战斗的。

兰德已经有多久没和真正愿意与他较量的人过招了？人们早已习惯将他看作是易碎的玻璃器皿。只有岚从不会无原则地呵护他。

兰德全心投入战斗，挥出断山血牙突。他的攻击在一段时间内压制了谭姆。随后，谭姆的一次反击差点又把兰德手中的剑打落。如果没有第二只手的帮助，为剑技大师设计的长剑很难被稳定住。

兰德咆哮一声，再次尝试使用双手剑招，但又失败了。他已经学会如何在日常生活中应付失去一只手的状况，但自从上次受伤后，他就再没有进行过实际搏击，尽管他一直都很想试一试。

他觉得自己就像是断了一条腿的椅子。多费一些力气，他能够保持平衡，但不可能做得很好。他努力进行战斗，尝试一个又一个剑式，却只能勉强挡住谭姆的进攻。

他无法做到和以前一样好了，那他为什么又要因此而烦恼？现在他在这方面是有缺陷的，这种战斗没什么意义。汗水从他的眉宇间落下。他转过身，脱下外衣，扔到一旁，再次和谭姆开始打斗。这一次，他小心地在已被踏平的草地上站稳步子。但谭姆又一次打败了他，差点就把他打倒在地。

这根本没有任何意义！为什么要用一只手斗剑？为什么不另找一种方式？

为什么……

谭姆要这么做。

兰德继续着战斗，防御，但他的注意力已经转移到谭姆身上。他的父亲一定练习过单手战斗。兰德能够从他的动作中看出来，谭姆从没有下意识地用被裹住的左手去握剑。兰德觉得自己早就应该练习一下单手用剑。手很容易受伤，有一些剑招是专门用于攻击手臂的。岚曾经让他练习用左手当做主手用剑。如果岚训练他的时间更久一些，也许就会让他单手练剑了。

“放开，儿子。”谭姆说道。

“放开什么？”

“一切事情。”谭姆冲过来，在灯光中留下一道影子。兰德开始寻觅虚空。他所有的情绪都进入了火焰，只留下空无一物、完整无缺的他。

谭姆的攻击几乎砸开他的脑袋。兰德骂了一句，依照岚的教导使出苇中鹤，挥剑格挡。他又一次想用左手抓住剑柄。任何人都不可能在一夜之间就抛却经年累月所学到的东西。

放开。

风吹过原野，其中挟带着濒死大地的气息。苔藓，霉菌，腐烂。

苔藓和霉菌也是有生命的。当树木腐烂时，生命却必须继续下去。

一只手的人仍然是人，而当这只手握住剑的时候，他仍然是危险的。

谭姆使出鹰击脱兔，一个非常具有攻击性的招式。他冲向兰德，挥起长剑。兰德突然见到下一刻将要发生的事情：他将举起剑，准备格挡，没了左手的辅助，这将让他的剑失去平衡；谭姆会砍中他的剑刃，让他无法握住剑柄，然后，谭姆的剑再度发动攻击，砍中他的脖子。

谭姆会在击中他之前停住动作。他又会输掉。

放开。

兰德松开握住剑柄的手。他没有想为什么要这么做，只是在做他感觉是正确的事。当谭姆逼近时，兰德挥出左臂，撑住右手的手腕，同时让手中的剑转向侧旁。谭姆的剑继续压下来，从兰德的剑刃上滑脱，没能将它击落。

随后的攻击也如同兰德所预见到的那样发生了，但谭姆的剑只击中兰德的手肘，左臂的手肘。这只手臂看来并不是全无用处的。虽然手臂上传来一阵刺骨的疼痛，但谭姆的剑被有效地挡住了。

谭姆睁大眼睛，身子一滞。他第一次因为自己的攻击遭受阻碍而显露出吃惊的样子，然后，他显然又在为兰德遭受重击的手臂而感到担忧。这一击也许能把骨头砸裂。

“兰德，”谭姆说道，“我……”

兰德后退一步，将受伤的手臂背到身后，举起了剑。他的鼻腔中充满一个饱受创伤，但还没有死去的世界的气息。

他开始攻击了。鱼鹰破网，这不是兰德选择的招式，它是自然而然地出现的。也许是因为他现在的姿势：剑刃伸出，单臂背在身后。这让他很容易就会用出攻击性的招式。

谭姆警戒地挡住他的进击，向褐色的草地退去。兰德紧逼上去，使出第二招。他已经不再努力抗拒自己的本能，他的身体正渐渐适应这种挑战。保持虚空中的安宁，他不需要去想到底该怎么做。

战斗还在激烈进行着，长剑不断猛烈撞击。兰德一直将手背在身后，感觉着自己的下一个攻击应该如何进行。他的剑法的确无法恢复到以前的水平了。有一些剑式，他已不可能再用出来，剑上的力量也大不如前。

但他至少能和谭姆斗得旗鼓相当。从某种角度来说，任何战斗中的剑士都能评判出自己和对手孰强孰弱，或者他们至少能知道是谁占据优势。现在占优势的依然是谭姆。兰德更年轻，力量更大，但谭姆依旧如同坚不可摧的山岩。兰德更加相信，他肯定在以前就练习过单手用剑。

但兰德现在已经不必在意这一点了。这种精神的凝聚……他曾经彻底遗忘了这种状态。有太多事情需要他担忧，太多事情需要他背负。他已经无暇顾及剑术这样的小事了。现在，他重新体验到那种状态，并将自己的全部身心都注入其中。

在这段时间里，他不是转生真龙，甚至不是他父亲的儿子。他只是随从导师努力学习剑法的一名学生。

此时此刻，他知道，无论他曾经多么强大，无论现在他回忆起多么丰富的古代学识，他依然有许多东西要学。

战斗还在继续。兰德已经不再关注谁输谁赢了，他只是战斗着，享受战斗带来的平静。终于，他感觉到兴奋和胜利后的劳累，不再是那种最近一直在折磨他的疲惫和耗损，而是尽情地战斗，痛快地挥汗如雨。

满身汗水的兰德向谭姆举起剑，表示战斗已经结束。谭姆也后退一步，举起手中的剑。这位老者的脸上露出欣慰的笑容。

不远处，几名站在灯杆旁的护法开始鼓掌。枪姬众高举起短矛，向兰德和谭姆致敬。这场战斗的观众一共只有六名。兰德完全没有注意到他们。

“对你来说，它一直都是个沉重的包袱，对不对?”谭姆问。

“什么沉重的包袱?”兰德回应道。

“你失去的那只手。”

兰德低头看着自己的断肢：“是的。我想正是这样。”

泰琳的密道一直通到花园之中，密道的出口是一个非常狭窄的小洞，距离麦特开始攀爬宫殿的地方并不远。麦特从那个洞里爬出来，掸掉肩膀和膝上的泥土，然后仰起头，看了看高高在上的阳台。他刚刚费尽力气爬到那里，现在又从这座宫殿的缝隙里钻了下来。也许这其中包含着某种他应该记取的教训，至少，当麦特·考索恩想要爬上该死的四层楼时，应该先看看身边有没有一条能通上去的密道。

麦特轻手轻脚地走进花园。这里的草木的状况都很糟糕，草叶稀疏得可怕，树木更是光溜溜得如同出汗帐篷里的枪姬众。麦特对此当然不会感到惊讶，现在整个世界都在迅速枯萎，就好像立春节上没有舞伴的男孩。麦特相信，兰德对此一定负有责任。或者是兰德，或者是暗帝。麦特生命中所遇到的每一个该死的麻烦都能追溯到这两个家伙身上。那些该死的颜色……

苔藓依然还活着。麦特从没听说过有人在花园里栽种苔藓，但他可以发誓，这里生长在石头上的苔藓一定是被安排成了某种图案。也许当一切植物都已经无法救活时，园丁们已经开始利用他们能找到的一切东西来装饰花园了。

麦特在干枯的灌木丛中和荒芜的花床上走了一会儿，想要找到图昂。他觉得自己应该能看到图昂安静地坐在某个角落里，正静静地陷入沉思之中，但他早就应该知道，自己的幻想从来都不是可靠的。

麦特蜷伏在一丛蕨草后方，在他面前是十几名视死卫士组成的一个圆环。图昂正在那个圆环里操演着一连串的格斗姿势。她身边的两盏灯中放射出怪异但异常稳定的蓝色光芒。有某种东西正在那两盏灯里燃烧，但那绝不是正常的火焰。

蓝色的灯光照亮图昂柔嫩光滑的肌肤，让她的皮肤闪耀出一种黝黑丰润的泥土光泽。她穿着一条浅色的阿索玛，那是一种侧面开衩的长裙，它让麦特能看到图昂裹着蓝色绑腿的细长双腿。图昂的身材娇小异常，这曾让麦特误以为她是个弱不禁风的女孩。当然，他早已记取了这个教训。

她已经再次剃光了头发，而且也不必再遮住面孔了。虽然看起来有些奇怪，但秃顶的确很适合她。她闭起双眼，在蓝光中飞快地变换身形，使出一个个徒手搏击的招式，仿佛正在和她自己的影子对战。

和徒手相比，麦特更喜欢用匕首，还有他最喜欢的艾杉玳锐。和想要杀死自己的人，距离当然是愈远愈好。图昂却似乎从来都不重视武器。看着她，麦特意识到那天夜里能够抓住这个女孩对他来说是多么幸运。就算双手空空，她依然能在举手投足间取人性命。

她的动作突然慢了下来，柔和地在面前摇动双手。然后，她的指尖又飞快地向身侧刺出。一边吸气，她一边将双臂挥到身子的另一侧，同时整个身躯扭转了过去。

他爱她吗？

这个问题让麦特觉得很不舒服。几个星期以来，它一直在麦特的意识边缘抓挠着，就像一只想要偷吃谷物的小老鼠。这不是麦特·考索恩应该问自己的问题，麦特·考索恩只会关心坐在他膝盖上的女孩和酒桌上的骰子。关于爱情这样的问题，最好还是留给有足够时间观察大树生长的巨森灵们去讨论。

他已经是她的丈夫了。这只是一起意外事件，对不对？是那些该死的狐狸告诉他，他会有这场婚姻。而她也已经立下婚姻誓言。直到现在，麦特都没搞清楚这到底是怎么回事。和她所说的那些预兆有关系吗？他们的结合实在说不上有多浪漫，倒更像是一场对赌。麦特喜欢赌局，他在任何赌局中都能赢。这场赌局的彩金应该是图昂的小手。现在，他已经握住那双手了，然后他该怎么办？

图昂还在演练招式，身姿就如同风中的芦苇，舒展而凌厉。艾伊尔人总是管战斗叫舞蹈。如果他们看到图昂现在的样子，又会怎样想？图昂优雅流畅的动作绝不亚于任何艾伊尔人。如果战斗真是舞蹈，那么这些舞蹈里的绝大多数都只能用低等酒馆里的吵嚷声作为伴奏，而只有最优秀的歌手所唱出的旋律才能配得上图昂的舞蹈。

有一个影子在图昂的对面晃了一下，麦特全身的肌肉立刻绷紧了。他向黑暗中望过去。啊，那只是一名园丁，一个戴着帽子，脸颊上满是斑点，相貌平凡的家伙，完全不值得注意。麦特没有再看他，只是向前倾过身子，更加专注地看着图昂，她的美丽让他不由得微笑起来。

一个园丁为什么会在这个时候整理花草？麦特忽然想到。一定是个奇怪的家伙。

麦特又朝那名园丁所在的地方瞥了一眼，一时却没找到他。那个人已经走到两名视死卫士中间。他们似乎并不在乎这个新来的人。麦特也不该在意这种事，他们一定信任那个人……

麦特从袖子里抽出一把匕首，没有多想，就将匕首举了起来，同时另一只手轻轻拨开面前的蕨草。

图昂猛地睁开眼睛。虽然光线很暗，但她已经紧紧盯住了麦特。她看到麦特手中正准备掷出的匕首。

然后，她回过了头。

麦特的匕首飞了出去，转动的刀刃闪烁着蓝光。它以不过一指宽的距离掠过图昂的下巴，刺中那名园丁的肩头。现在那个园丁的手中也握着一把匕首。他惊呼一声，踉跄着向后退去。麦特最初的目标是园丁的喉咙，但他不想冒险伤到图昂。

本该立刻逃开的图昂却跳向那个人，双手刺向他的喉咙。这让麦特不由得又笑了起来。可惜图昂没能控制好平衡，而那个家伙刚好有时间从还在惊愕中的视死卫士中间退了出去。麦特的第二把匕首只刺中那名刺客脚跟后的地面。而刺客已经消失在夜幕之中。

一秒钟之后，三个大概各有一幢房子那么重的壮汉压在麦特身上，把麦特的脸按到地上。一个人踩住他的手腕，另一个人夺走艾杉玳锐。

“住手!”图昂喝道，“放开他！去追另一个人，你们这些傻瓜!”

“陛下，另一个人?”一名卫兵问道，“没有另一个人。”

“那么这些血又是谁的?”图昂指着刺客留在地上的黑色血迹问道，“群鸦王子已经履行了你们的职责。立刻搜索这个区域!”

视死卫士们缓缓从麦特身上爬了起来。麦特终于呻吟了一声。他们给这些人吃的是什么？砖块吗？麦特不喜欢被称为“君上”，但能对他稍稍有一点尊敬应该也是件好事。如果能够不要坐在他身上，那就更好了。

麦特也爬了起来，朝一名面带羞惭的视死卫士伸出手。那个人脸上的疤痕比皮肤还要多。他把艾杉玳锐还给麦特，然后就跑去和其他人一同搜索花园了。

图昂抱起双臂，没有一点劫后余生的惊慌:“你耽搁了回到我身边的时间，麦特。”

“耽搁了……我是来警告你，不是什么‘回到你身边’。我有我的自由。”

“你想要装成什么样子都可以，”图昂说着，又回头看了一眼那些正在拨打灌木丛的视死卫士，“但你绝不能离开我。你对帝国非常重要，对我十分有用。”

“听起来很让人欢欣鼓舞。”麦特嘟囔着。

“这到底是怎么回事?”图昂轻声问道，“在注意到你之前，我根本没看见那个人。这些卫兵都是帝国最优秀的士兵，我亲眼见过达鲁奥用手抓住一支射出的箭。巴尔林曾经阻止一个人向我呼气，因为他怀疑那是一个嘴里含着毒药的刺客。事后证明他的判断是正确的。”

“那种东西被称为‘灰人’，”麦特说着，打了个哆嗦，“他们很普通，可以算是一种诡异的普通。人们很难察觉他们，更难注意到他们。”

“灰人，”图昂不疾不缓地说，“更多传说变成了现实，就像你的兽魔人。”

“兽魔人是真的，图昂。该死的……”

“当然，兽魔人是真的，”图昂说，“为什么我会不相信它们是真的?”她用犀利的眼神看着麦特，仿佛在禁止麦特提及她曾说那些兽魔人只是传说。“这个灰人也一样是真的，否则就没办法解释我的卫兵为什么会让他过来。”

“我很相信视死卫士的能力，”麦特一边说，一边揉搓着被视死卫士的膝盖压痛的肩膀，“而且今天我已经亲身体验到了。图昂，加尔甘元帅要杀死你。他有可能在和敌人合作。”

“他并不是认真要杀死我。”图昂淡然说道。

“你是不是该死的疯了?”麦特问。

“你是不是该死的傻了?”图昂问，“他只从本地雇佣刺客，而那些根本不是真正的杀手。”

“那个灰人也是这个地方的。”麦特向她指出。

这让图昂沉默了片刻：“你是和谁赌了你这只眼睛?”

光明啊！所有人都要这样问他的这只眼睛吗?“我刚处理了一个非常棘手的麻烦，”他说道，“然后我活了下来，就是这样。”

“那么，你救出她了？就是那个你想要救的人?”

“你怎么知道的?”

图昂没有回答：“我已经决定不为此而嫉妒，所以你很幸运。失去一只眼睛的样子很适合你，以前你长得太漂亮了。”

太漂亮？光明啊，这是什么意思?

“顺便说一句，见到你很高兴。”麦特说完这句话，又等了一会儿，“通常，当一个人这样说的时候，你应该说自己也很高兴见到他，这样才不算失礼。”

“我现在是女皇了，”图昂说，“我不会等待任何人，也不会因为某个人回来而‘高兴’。你一定会回到我身边，因为你要侍奉我。”

“你知道该如何让一个人感觉到爱。没错，我知道你对我的感觉。”

“你怎么知道的?”

“你刚才一看到我，立刻就回头了。”

图昂摇摇头：“我已经忘记你是多么善于说一些没有意义的话了，麦特。”

“你看到我的时候，我的手里拿着匕首，仿佛是要掷向你的样子，但你却没有召唤卫兵。”麦特还在不厌其烦地解释着，“你不担心我会杀你，而是回过头，去看我的目标是什么。我觉得，一个男人已经不可能从一个女人那里要求更多了，除非你能在我的腿上坐一会儿……”

图昂没有回答。光明啊，她真是一副冷冰冰的样子。如果她成了女皇，他们之间的关系就会完全变了吗？他不可能失去她。他真的失去她了吗？

视死卫士的队长富里克·卡瑞德很快就赶到了。穆森格也跟随在他身后。看起来，卡瑞德就好像刚刚看到自己的房子着火一样。其余的视死卫士朝他敬礼，在他面前仿佛全都矮了一个头。

“女皇，我的目光将只能低垂下去了，”卡瑞德一边说，一边在图昂面前匍匐跪倒，“当新的卫士担负起您的保卫工作后，我就会和所有辜负您的人一起献出我们的生命。”

“你们的生命都是我的，”图昂说，“除非我命令你们离开，否则你们不能以任何方式结束自己的生命。这名刺客不是自然产物，而是暗影的造物。你们不应为此而低垂目光。群鸦王子将会教导你们如何发现这种生物，所以你们以后也不会遭受他们的偷袭了。”

麦特相信，灰人最初也是自然的产物，就像兽魔人和隐妖一样。不过现在和图昂讨论这种事情显然不合适。而且，图昂的命令已经引起他的注意。

“我现在要做什么？”麦特问。

“教导他们，”图昂说道，“你是群鸦王子，这是你的责任之一。”

“我们需要谈谈这件事，”麦特说，“不能让人们全都管我叫‘君上’，图昂，绝对不能这样。”

图昂没有回答，只是静静等待着视死卫士的搜索结果，也丝毫没有要返回宫殿的意思。

终于，卡瑞德回来了：“圣主，花园中没有留下任何痕迹，但我的一个部下在墙上找到了血迹。我怀疑刺客是逃进城去了。”

“既然我们已经有所警觉，他今晚应该不会再尝试刺杀了。”图昂说，“不要让普通士兵和卫士们知道这件事。告诉我的代言者，我们的策略已经失去作用，我们需要考虑一个新的策略。”

“是的，女皇。”卡瑞德说着，再次俯下身。

“现在，”图昂下达了命令，“在周围进行巡视，阻绝一切闲杂人等。我要和我的配偶待一段时间，他要求我‘让他感觉到爱’。”

“这样说并不确切……”麦特一边说，一边看着那些视死卫士消失在黑暗之中。

图昂盯着麦特看了一会儿，然后开始脱衣服。

“光明啊!”麦特说,“你要来真的?”

“我不打算坐在你的腿上,”图昂将一只手臂从长袍中退出来,露出胸脯,“但我也许会允许你坐在我的腿上。今晚,你救了我的命,这让你赢得了特别的权利,你可以……”

麦特猛然抱住她,吻住她的嘴唇。图昂在惊讶中绷紧身子。在这个该死的花园里,麦特心想,这帮士兵们至少能听到我们在干什么。好吧,如果她以为麦特·考索恩会因此而害羞,那么她就只能失望了。

麦特放开她的嘴唇。她的身体还和他紧贴在一起。麦特高兴地感觉到了她平坦的胸部。

“我不会做你的玩具,”麦特倔强地说,“我不接受这种生活,图昂。如果你只想这样,我会离开你。给我听着,有时候,我的确很傻,比如在泰琳身边的时候。但我不会再那样对你了。”

图昂伸出手,抚摸着他的脸颊。她的手出奇的温柔:“如果我只把你当做一件玩具,我就不会说那些话了。一个失去一只眼睛的人肯定不会是玩具。你了解战争。现在,每一个见到你的人都会明白这一点。他们不会再把你当做一个傻瓜。而一件玩具对于我来说是没有用处的,我更需要一位王子。”

“你爱我吗?”麦特努力说出这句话。

“女皇不会爱,”图昂说道,“我很抱歉。我和你在一起是因为预兆这样告诉了我,我将和你一起造就霄辰的继承人。”

麦特有一种掉进罗网的感觉。

“不管怎样,”图昂说,“也许我可以承认……见到你很高兴。”

是吗,麦特心想,我猜,暂时这应该能让我满足了。

他再次亲吻了她。

第 16 章

无声狂啸

罗亚尔，阿伦特之子，海兰之孙，其实他一直都希望自己的节奏能快一些。

人类的生活让他很着迷。对此，他从不隐瞒。虽然没有逐一问过，但他相信，自己的大部分朋友都知道他有这个特点。不过人类有一点很让他感到惊讶：罗亚尔可以对人类说一整天的话，最后却发现有大半的话他们都没听到。难道人类都以为说话的人并不想让他们听到自己在说些什么？

当别人说话时，罗亚尔都会认真倾听。一个人说出的每一个字都会展现出更多关于他的东西。人类快得就像闪电，一片闪耀的光芒，一阵强有力的爆炸，然后，就消失不见了。这种生活到底是怎样的一种感觉？

轻率。但轻率中也还是有一些值得学习的东西。罗亚尔已经开始思考，自己是不是在这方面学得有些过火了。

罗亚尔走过显得过于沉寂的森林，伊莉丝就在他身边。其他巨森灵围绕着他们，所有巨森灵的肩头都扛着战斧，或者手中握着长匕首。他们正奔赴前线。伊莉丝的耳朵抖动着。她不是咏树者，但她能感觉到这些树都有很严重的问题。

这种感觉非常恐怖。罗亚尔无法解释一棵树健康的感觉，就像他无法解释轻风拂过皮肤到底是怎样的感觉。树在健康时的感觉，就像是清晨雨水的气息，虽然他听不见，却仿佛能感受到这种韵律。当他沉浸于其中时，周围的一切也都变得美好了。

但这些树完全没有这样的感觉。靠近它们的时候，罗亚尔仿佛能听到某种声音，一种无声的狂啸。它震动的不是他的耳膜，而是他的神经。

战斗的呼吼声正从前方的树林中传来。伊兰女王的部队正谨慎地向东撤退，逐步离开这片树林。他们已经到达布雷姆森林的边缘。离开这片森林后，他们就会向艾瑞尼河上的桥梁前进，在渡河之后烧毁桥梁。当兽魔人打算自行架桥过河时，会遭到人类毁灭性的打击。在继续向东撤退以前，巴歇尔希望能在艾瑞尼河边尽量减少敌人的数量。

罗亚尔相信，人类的这些行动都将被他记录在自己的书中，成为充满吸引力的学识。他希望自己能把这本书写完。这时，巨森灵开始唱起战歌，罗亚尔也加入其中。他很高兴召唤鲜血和死亡的恐怖歌声能够充满这片树林中的空虚。

他开始和同伴们奔跑起来，伊莉丝紧跟着他。罗亚尔跑到最前面，战斧高举过头。他的心中已经没有多余的思绪，只剩下对兽魔人的愤怒和痛恨。这些怪物不仅是在杀死树，它们更夺走了树的安详。

召唤鲜血和死亡。

罗亚尔吼着战歌，挥动巨斧冲进兽魔人群中。伊莉丝、其他巨森灵与他一起挡住了这支袭击人类侧翼的兽魔人部队。罗亚尔并没有想要率领对兽魔人的冲锋，但他还是成为冲在最前面的人。死亡、腐烂、恐怖的树林。他和伊莉丝与哈曼长老并肩作战，那位年迈的巨森灵双耳紧贴在头颅上，全身仿佛迸发着愤怒的烈火。在罗亚尔心中，哈曼长老一直都是温和沉着的化身。现在，树木遭受的劫难把他也激怒了。

一队刚刚被巨森灵解救出来的白袍众狼狈地撤退下来，正在向巨森灵靠近。

罗亚尔歌唱、战斗、咆哮、杀戮，用只应该砍伐树木的斧头劈砍着兽魔人。改造树木是一种充满敬意的工作，而这种砍杀……只是在铲除野草，有毒的、不属于这个世界的野草。

罗亚尔不停挥动着巨斧，完全沉迷在鲜血与死亡之中。兽魔人开始感到恐惧了。他能看到那些冰冷的眼睛里闪动着畏缩的光亮，他喜欢这样。这些怪物早已习惯看到别人的恐惧，习惯恃强凌弱、毁灭生命。今天，该轮到它们害怕了。

今天，兽魔人的对手不再比他们矮小纤弱。它们被巨森灵一步步逼退，发出阵阵凄厉的号叫。罗亚尔的大斧一下接一下地挥砍着，斩断手臂，劈开躯干。他冲进两个熊头兽魔人中间，用斧头砍倒它们，发出愤怒的吼叫。他在为巨森灵的遭遇而愤怒，他们本该平静地生活在聚落之中，建造、歌唱、培育草木。

但他们没办法继续这样的生活，因为这些……这些野草。这些野草毁了世界上所有生灵的生活！巨森灵不得不展开杀戮。兽魔人让建造之人变成了杀戮之人，它们强迫巨森灵和人类变得和它们一样，只能陷入鲜血和死亡之中。

好吧，那就让暗影知道，巨森灵会变得多么危险。他们会战斗，他们一样擅长杀戮，任何人类、兽魔人和魔达奥都无法想象他们会做出什么。

从兽魔人充满恐惧的眼睛里，罗亚尔能看出来，它们已经知道了。

“光明啊！”加拉德看着不远处激烈鏖战的战场，不由自主地喊道，“光明啊！”

巨森灵的进攻壮烈而恐怖。这些巨人在战斗时，耳朵全都紧贴头颅，双眼大睁，宽阔的面孔紧绷起来，如同刚硬的铁砧。温和平静在他们的身上已经荡然无存。他们冲垮兽魔人的队列，把一头头怪兽打倒在地。第二排巨森灵大部分都是女性，她们用长匕首割开兽魔人的喉咙，消灭掉任何被第一排战士遗漏的敌人。

加拉德本以为混合了人类和兽类形态的兽魔人是可怕的，但现在巨森灵更让他感到畏惧。兽魔人永远都是那种恐怖的样子，但温和、仁慈、慢吞吞的巨森灵……看到他们吼着令人胆寒的战歌，挥舞着几乎等于普通人身高的巨斧……光明啊！

加拉德挥手示意圣光之子后退，然后躲开一头飞过来的兽魔人。那头兽魔人撞在他身边的树干上，一些巨森灵正抓住受伤的兽魔人手臂，把它们扔向一旁。另外许多巨森灵还在像屠宰牲畜的屠夫般用力挥砍着面前的兽魔人。他们的衣服从腰部以上已经浸透了鲜血。他们没有披挂盔甲，但他们的皮肤似乎相当坚韧。不过，不时也会有巨森灵在兽魔人的攻击中倒下。

“光明啊！”绰姆来到加拉德身边，“你以前有见过这种事吗？”

加拉德摇摇头。这是他能想到的最诚实的答案。

“如果我们有这样一支军队……”绰姆说。

“他们是暗黑之友，”高莱维在他们身边说道，“肯定是暗影生物。”

“如果巨森灵是暗影生物，那么我也是。”加拉德冷冷地说，“看，他们在消灭兽魔人。”

“他们随时有可能转而攻击我们，”高莱维说，“要小心……”他闭住了嘴，开始倾听巨森灵的战歌。一大群兽魔人被打垮，开始绕过不停咒骂的魔达奥向后逃走。巨森灵却不放过他们，这些暴怒中的巨人工匠紧追在兽魔人身后，长柄战斧逐一砍断它们的腿脚，让它们在血泊中苦苦哀号。

“你还有什么可说的？”绰姆问。

“也许……”高莱维说道，“也许这是一个阴谋，只是为了获得我们的信任。”

“不要犯傻了，高莱维。”绰姆说。

“我没有……”

加拉德抬起一只手：“带上受伤的人，我们向桥梁移动。”

兰德让盘旋的色彩从自己的视野中消退：“该是出发的时候了。”

“去战场？”奈妮薇问。

“不，去找麦特。他在艾博达。”

他已经离开伊兰的营地，回到了梅丽罗。与谭姆的谈话依然在他的脑海中回荡。放开。这并非像说的那么容易，但在和父亲有过这次交流后，确实有一些东西改变了。放开。谭姆的话中似乎深藏着一些东西。一些远非这句话表面上那样简单的东西。

兰德摇摇头，他不能在这些思绪上浪费时间，最后战争……才是他需要注意的。

我现在可以靠近暗影，同时又不会引起他的注意了，他一边想，一边用手指抚摸着腰带上的鹿角柄匕首。这似乎是真的，当我带着它的时候，暗帝就无法感觉到我。

但在他向暗帝发动攻击前，他必须对霄辰人采取一些行动。如果汤姆所说的没错，麦特也许正是关键。霄辰人必须接受真龙和约，如果他们拒绝……

“我记得这个表情，”一个轻柔的声音说道，“惊惶失措。你很擅长于做出这样的表情，兰德·亚瑟。”

兰德转过身，面对着沐瑞。在沐瑞身后的桌子上摆放着艾玲达派信使送来的地图，上面标明了他的军队能够在妖境集结的位置。

沐瑞走到兰德面前：“你是否知道，我经常会连续几个小时进行思考，想要搞清楚你到底在想什么，但我最终只能感到失败和沮丧。我竟然没有因此而拉掉我的每一根头发，这实在是让我感到惊讶。”

“不信任你完全是因为我的愚蠢。”兰德说。

沐瑞笑了。她的笑声很轻，是两仪师那种充满自制的笑：“你已经很信任我了，但这只能让我更加沮丧，因为你仍然不愿意和我分享任何事情。”

兰德深吸一口气，梅丽罗的空气比其他地方更加清新甜美。他已经诱导这个地方恢复了生机，青草生长，花朵绽放。“两河有两样东西，”他对沐瑞说，“树桩和人，这两样东西在两河都很难被撼动。”

“也许你对自己太严厉了。”沐瑞说，“你不仅仅是顽固，而且还想要向你自己和每一个人证明，你凭自己的力量就能做好一切，”她握住兰德的手臂，“但你光凭你自己一个人的力量是不行的，对不对？”

兰德摇摇头，向缚在背后的凯兰铎伸出手。这把剑最终的秘密已经展露在他眼前。这是一个陷阱，非常聪明的陷阱。这件武器并非只是导引至上力的超法器，它同样是能够导引真力的超法器。

他已经抛弃了珂丹卡钥匙，但在他背上的这件东西也许有着更强的诱惑力。真力，暗帝的本质，它是兰德曾经接触过的最甜美的东西。利用凯兰铎，他能够体验到其他人从未体验过的极致快感，运用超越一切凡人的巨大力量。因为凯兰铎缺少一般法器和超法器所具备的安全限度，所以他并不知道非剑之剑到底能汲取多少力量。

“我还是那个问题，”沐瑞喃喃地说道，“你到底有什么计划，兰德·亚瑟，转生真龙？你能否放开自己，把它告诉我？”

兰德看着她：“你和我进行这次对话，目的就是要把那个秘密从我心中挖出来吗？”

“你太高估我的对话技巧了。”

“我还没有找到答案。”兰德说。

“是的，”沐瑞说，“但也许我应该指出来，你这样只是在回避我的问题？”

兰德回想了一下他们的对话，意识到沐瑞说的的确没错。“我要杀死暗帝，”他回答道，“不只是要封印暗帝，我还要终结他。”

“我还以为，当我不在的时候，你已经长大了。”沐瑞说。

“长大的只有佩林，”兰德答道，“我和麦特只是装作长大了。”说到这里，兰德犹豫了一下，“而麦特学得并不很好。”

“暗帝是无法被杀死的。”沐瑞说。

“我想，我能做到这一点，”兰德说道，“我记得路斯·瑟林是怎么做的。那时，有那么一瞬间……很短的一瞬间……那样的事情是可以发生的，沐瑞。现在，比起封印暗帝，我更有信心做到这一点。”这是真的，尽管他实际上对这两件事都没有很大的信心。

问题，这么多问题。难道他现在就不能得到任何一点答案吗？

“暗帝是时光之轮的一部分。”沐瑞说。

“不，暗帝是游离于因缘之外的，”兰德反驳道，“他根本就不是时光之轮的一部分。”

“暗帝当然是时光之轮的一部分，兰德。”沐瑞说，“我们都是形成因缘的丝线，而暗帝一直在影响着我们。你不能杀死他，这是一个愚蠢的计划。”

“我以前就很愚蠢，”兰德说，“我也会再次做出愚蠢的事。沐瑞，有时候，我觉得我的一生，我所做过的一切都只是一桩蠢事。还有什么能比这个挑战更不可能？我已经遭遇过其他所有的挑战，也许我同样可以在这一次取胜。”

沐瑞握紧他的残臂：“你真的已经成长了许多，但你还很年轻，难道不是吗？”

兰德立刻控制住自己的情绪，没有反驳沐瑞的话。如果别人认为自己还年轻，最糟糕的就是做出年轻人才会有的反应。兰德挺直身子，轻声说道：“我已经活了四个世纪。也许和转动了无数岁月的时光之轮相比，我的确还年轻，但我已经是现存于世的人之中最年长的一个了。”

沐瑞微微一笑：“很好，这种说法对其他人会有用吗？”

兰德迟疑了一下。奇怪的是，他发现自己也在笑：“这话对凯苏安肯定有用。”

沐瑞哼了一声：“那个……嗯，以我对她的了解，我怀疑你并不能像你以为的那样愚弄她。你也许拥有一个四百岁的人的记忆，兰德·亚瑟，但这并不能让你变成一位老人。否则，麦特·考索恩才会是我们中间的长者。”

“麦特？为什么是麦特？”

“没什么，”沐瑞说，“这其实是我不该知道的事情。不管怎样，你的内心依然是一个睁大眼睛充满惊奇的牧羊人。我不会以别的方式看待你。路斯·瑟林所拥有的智慧和力量，并不能帮你完成你必须完成的任务。现在，还是请先给我倒一杯茶吧。”

“好的，两仪师沐瑞。”兰德说着，便迈步朝架在小火堆上的茶壶走去。迈出几步后，他定住脚步，回头看着沐瑞。

沐瑞有些羞赧地瞥了兰德一眼：“我只是想看看，这样是不是还有用。”

“我从不曾为你倒过茶，”兰德走回她面前，“而且，根据我的记忆，在我们共处的最后几个星期里，一直是我在命令你做各种事情。”

“是这样没错，”沐瑞说，“但你还是应该考虑一下我对暗帝的看法。现在，我想问你另外一个问题。你现在打算做什么？为什么要去艾博达？”

“霄辰人，”兰德说，“我必须尽力把他们纳入我的阵营，就像我对所有人承诺的那样。”

“如果我记得没错，”沐瑞说，“你承诺的不是尽力，而是一定会让霄辰人服从你。”

“在政治谈判中承诺‘尽力’基本上不会产生任何效果，”兰德说，“无论做出承诺的人是多么真诚。”他向前方伸出手，手指上举，眼睛通过帐篷门口向外望去，仿佛他已经准备好要抓住南方的土地，将它们据为己有，保护它们。

他手臂上的龙纹闪耀着金色和猩红色的光芒。“一为龙，为了失落的记忆，”然后，他举起另一只手臂，手腕末端已经没了手掌，“双为龙……为了他必须付出的代价。”

“如果霄辰人的领袖再次拒绝呢？你又会怎么做？”沐瑞问。

他没有告诉过沐瑞霄辰女皇曾经拒绝过他。沐瑞不需要别人告诉她什么，她会自己去发现。

“我不知道，”兰德轻声说，“如果他们不加入这场战争，沐瑞，我们必将失败。如果他们不接受真龙和约，那我们将一无所有。”

“你在那份合约上用了太长时间，”沐瑞说，“它影响了你关注真正的目标。真龙不会带来和平，只会带来毁灭。你不可能用一张纸就改变这个事实。”

“我们看结果吧。”兰德说，“谢谢你的建议。无论是现在还是过去，我都很感谢你。我想，无论我向你说多少感谢的话都是不够的。我欠你很多，沐瑞。”

“好吧，”沐瑞说，“我还是想喝一杯茶。”

兰德用怀疑的眼神看着她，然后，他笑了起来，并向茶壶走了过去。

沐瑞捧着温热的茶杯，这是兰德在离开前为她倒的茶。自从他们分开后，兰德逐渐变成一个不折不扣的统治者，但他依旧像沐瑞刚刚在两河找到他时那样谦逊。也许比那时更谦逊了。

也许只是对我谦逊，沐瑞心想。他相信他能杀死暗帝，这不是一个谦逊的人应有的表现。兰德·亚瑟，真是一个谦卑和骄傲的奇怪混合体。他终于找到平衡了？虽然今天给了他那样的评价，但他的反应证明了他并不年轻，而是一个成年男人了。

一个成年男人依旧有可能犯错，而且他们经常会更加危险。

“时光之轮只按照它的意愿进行编织。”沐瑞啶着茶，喃喃地自言自语。这杯兰德亲手给她倒的茶就像是美好岁月中的茶水一样，芬芳清新，完全没有被暗帝的阴影碰触过。

是的，时光之轮只按照它的意愿进行编织。有时候，沐瑞只希望时光之轮的编织能够更容易理解一些。

“所有人都知道该怎么做了？”岚一边问，一边在曼塔的鞍子里转动着身子。

安德锐点点头。他亲自将消息传达给各国的君主们，并由那些君主传达给他们的将军和指挥官。这次的命令要一直等到最后时刻才会让士兵们知道。

士兵们中间有暗黑之友。他们一直都是存在的，无论有多少只猫，也不可能把一座城市中的老鼠扫除干净。光明在上，希望当那些老鼠得到消息时，已经来不及向暗影报告了。

“我们走吧。”岚说着，踢了一下曼塔的肋侧。安德锐高举起马吉尔的旗帜，策马跟随在他身边。岚很快就加入马吉尔人的队列之中。这里的许多战士，可能只有很少一点马吉尔人的血脉，但他们依旧选择跟随在岚的旗帜下，并戴起了海多力。

成千上万的骑士开始跟随在岚身后，马蹄震荡着大地。对于这支军队，这是一次漫长而艰难的撤退。兽魔人的数量远远超过他们，可能不止一次对岚的军队形成包围。岚的骑兵机动性很强，但在长途行军时，马匹和士兵的体力都是有限的。而兽魔人却能够不知疲倦地连续奔袭，速度比人类更快，尤其是当隐妖在它们背后挥动鞭子时。幸运的是，原野上的大火减慢了暗影大军的脚步。若非如此，岚的部队很可能无法逃脱被围歼的命运。

当惊怖领主造成的爆炸再次开始时，岚在马鞍上伏低身子。他的左侧是殉道使迪普，因为失去一条腿，这名殉道使只能被绑在马背上。一颗火球不断发出爆裂声，在天空中划出一条弧线，向岚飞来。迪普的脸上显示出专注的神情，他向前伸出手，火球在他们头顶上方爆炸了。

细小的火花如同红色的雨点纷纷洒落。一个火花击中曼塔的脖子，岚用戴着铁手套的手将火花拨掉。那匹马似乎完全没注意到。

这里的地面上有一层很厚的土壤，连绵起伏的山丘被枯草所覆盖，上面零星分布着一块块岩石和落光叶片的小树林。部队沿莫拉河一路撤退，河水能够阻止兽魔人军队从西方包抄他们的侧翼。

远方地平线升起两股浓烟，那是法达拉和法莫兰，夏纳境内两座最大的城市已经被它们的居民付之一炬。同样被烧毁的还有这片土地上的农庄和果园，以及一切可能为入侵的兽魔人提供食物的地方。

无法守住的城市，就只能被彻底摧毁。

但现在，该是人类反击的时刻了。岚率领的是一次针对敌人核心的冲锋。兽魔人举起长矛，对准冲杀过来的马吉尔人和夏纳重骑兵。岚将骑枪放低到曼塔的脖子旁，踩住马镫，向前俯过身，用膝盖紧紧夹住曼塔，心中希望导引者们能够发挥出他所期盼的力量。在得到艾雯的一支小规模援军后，岚的麾下已经有了十四名导引者。

兽魔人脚下的地面开始爆炸。第一线敌人崩溃了。

岚选定自己的目标，那是一头高大的野猪兽魔人，它正朝那些躲避爆炸的兽魔人们吼叫着。岚一枪刺穿那头兽魔人的脖子，曼塔将那头兽魔人撞到一旁，同时踏倒另一个向后退缩的兽魔人。骑兵部队狠狠地撞在敌人的数组上，战吼声被兵甲交击的轰鸣所掩盖。无可遏制的冲锋让骑士们一直冲进兽魔人队列的深处。

速度减慢下来后，岚将骑枪抛给安德锐。他的随从轻巧地接过那杆长枪，卫士们立刻向岚聚拢过来，岚则已经抽出鞘中的长剑。樵夫断树，风萍花。高大的兽魔人成为马鞍上的骑士最好的攻击对象，它们的脖子、肩膀和头脸高度相当适合从马上挥剑劈砍。

这是一个迅速而残忍的过程。迪普一直在戒备惊怖领主的攻击，不断予以反制。安德锐催马来到岚的身边。

岚的旗帜如同吸引暗影生物的磁石。怪兽们发出震天的咆哮，岚不断地听到一个兽魔人词汇：穆杜卡，穆杜卡，穆杜卡。他只是不断挥剑，让黑血在身周泼洒，让自己的心陷入冰冷的虚空之中。

迄今为止，暗影已经两次从他手中夺走马吉尔。这一次，他自己选择再次放弃了故乡。他们不可能懂得他的挫败、他的失落。但光明在上，他会让他们知道什么是痛苦。刺穿这些怪物的胸膛就是对付他们最好的办法。

战局呈现一片混乱，兽魔人全部陷入疯狂。岚的军队在最近四天内完全没有和这些怪兽交过手，他们只是不停地撤退，才终于在大火的帮助下为自己赢得了一些喘息的空间。

四天的退却后，现在展开全面反攻。这是计划的第一部分。

“大将！”有人在高声呼喊。是凯瑟尔王子，他的剑指向岚的卫队被兽魔人攻破的地方。岚的旗帜已经倾斜了。

安德锐的战马已经被兽魔人推倒在地。岚急忙催赶曼塔，冲到安德锐面前的两头兽魔人之间。凯瑟尔王子和另外几名士兵也跟了上来。

岚不能继续骑在马背上，否则曼塔很可能会踩到他的朋友。他跳下马，同时伏低身子，躲过兽魔人的攻击。凯瑟尔趁机砍断那头兽魔人的膝盖。

岚闪过倒地的兽魔人。他看到他的旗帜和旗帜旁边的一个人，岚不知道那个人是活着还是已经死了，但在那个人旁边又有一名魔达奥举起了黑剑。

岚如疾风般扑了过去，挥起长剑，挡住了萨坎鞑，但也一脚踏在他的旗帜上。虚空之中没有思考的时间，只有直觉和行动。而他旁边……

他旁边出现了第二名魔达奥，那个怪物从安德锐倒下的坐骑后面跳了出来。那么，这是一个陷阱。让马吉尔的旗帜倒下，吸引岚的注意。

两名隐妖从岚的两侧同时发动攻击。岚的虚空没有受到影响，一把剑不可能感觉害怕。此时此刻，岚就是他手中的剑。鹭翼斩，剑刃扫过他的身周，挡住敌人的毒刃，进退有据地和敌人拼杀在一起。魔达奥如同变幻不定的水流，而岚则是肆意吹袭的风。他在黑刃之间旋转身形，将敌人的进攻分别向左右挡开。

隐妖开始狂乱地咒骂。左侧的隐妖向岚跳过来，死白色的嘴唇上带着一丝冷笑。岚闪到一旁，挡开那只怪物的突刺，回剑将它的手齐肘砍下。随后，他的剑刃毫无停顿地继续扫出。他早已掌握另一只隐妖的位置，剑刃顺势砍掉那名隐妖的手。

两柄萨坎鞑都掉落在地。两只隐妖同时愣了一下，岚的长剑却继续保持攻势，转眼便已砍掉一只隐妖的脑袋，剑锋一转，又刺进另一只隐妖的脖子。黑石落雪。他后退一步，甩掉了剑刃上有毒的黑血。两只隐妖倒下去，手脚无意识地相互挥打着，黑血洒满了地面。

周围有超过一百五十个兽魔人抽搐着倒在地上，它们都是和这两只隐妖连结在一起的。岚从血泥中扶起安德锐，那个人不住地眨着眼，似乎还在晕眩之中，他的手臂折成了一个奇怪的角度。岚将安德锐扛上肩头，踢起自己的旗帜，用左手将旗杆握紧。

他向曼塔跑去。现在他身边暂时没有兽魔人了。他将旗帜交给凯瑟尔王子的一名部下：“把泥土抖掉，把它重新举起来。”然后，他将安德锐横放在自己的马鞍前面，又在鞍褥上擦净剑刃。安德锐看起来并没有受到致命的伤害。

岚依稀听见凯瑟尔王子在他身后说道：“以我父辈的名义起誓！我早就知道他是强大的战士，但……光明啊！”

“这样就可以了，”岚一边说，一边扫视着战场，并放开虚空，“迪普，发出信号。”

殉道使立刻执行了命令，向空中射出一道红光。岚调转曼塔，挥剑指向营地。骑兵们开始向他周围聚集。他们的攻击一直保持着一击即走的模式，从不维持固定的战线。坚守阵地对骑兵来说绝不是明智的选择。

岚的部队开始后撤，沙戴亚和艾拉非人随后杀来，以海浪般的梯次进攻干扰兽魔人的阵线，掩护友军撤退。曼塔已经全身汗水。即使是像它这样高大的战马，同时驮载两名全身重甲的武士也相当辛苦。况且它刚刚完成了一次猛烈的冲锋。岚放慢坐骑的步伐，毕竟现在他们已经离开最前线的战区了。

“迪普，”岚在到达后阵时问道，“安德锐情况如何？”

“他断了几根肋骨和一条手臂，头部也受了伤，”迪普说，“现在就算他勉强能站起来，大概数不过10下就又会倒下去。不过我见过更重的伤。我会先治疗他头部的伤，其他地方的可以再等一等。”

岚点点头，勒住缰绳。岚的一名卫兵帮他将安德锐从曼塔背上抱下来。这个名叫本尼什的人总是板着一张脸，还戴着一副塔拉朋面纱。但他也在头发上系着海多力。岚和他一起将安德锐抬到迪普的马旁。这名只剩一条腿、被绑在马鞍上的殉道使俯下身，伸手按在安德锐的额头，集中起精神。

眩晕的神情从安德锐的眼里消失了，取而代之的是警戒的目光。这名马吉尔人轻轻骂了一句。

他会没事的，岚一边想，一边转头望向战场。暗影生物开始退却了。天色已近黄昏。

凯瑟尔王子催赶坐骑，缓步跑到岚身边：“沙戴亚的旗帜上有了代表女王的红色飘带，她又和自己的战士一同在战场上拼杀了，岚。”

“她是他们的女王，她有这个自由。”

“你应该和她谈谈，”凯瑟尔一边说，一边摇了摇头，“这么做是不对的，岚。其他沙戴亚女人也都准备要和丈夫们一起骑马冲锋了。”

“我见到过沙戴亚女人打架的样子，”岚的眼睛依旧盯着战场，“如果要我赌一个沙戴亚女人和一个南方士兵对打，谁能取胜，那么我绝对会赌沙戴亚女人。”

“但……”

“这场战争的结果，或者是我们全胜，或者是我们一无所有。如果我能动员边境国的每一个女人，让她们愿意在手中握住一把剑，我一定会这么做。而现在，我只能满足于不要去做蠢事，比如阻止接受过严格训练、勇敢无畏的士兵投身于战场。当然，如果你决定放弃现在的这种谨慎态度，把你的想法告诉那些女人，我可以答应你，在她们允许我把你的脑袋从高杆上摘下来后，我会给你办一场像样的葬礼。”

“我……好吧，人龙大人。”凯瑟尔说道。

岚拿出望远镜，开始仔细观察战场。

“人龙大人？”凯瑟尔问，“你真的认为这个计划能奏效？”

“兽魔人太多了，”岚说道，“暗帝的军队在漫长的岁月中持续不断地壮大着，如同妖境中孳生的野草。但兽魔人吃得很多，一头兽魔人所需要的食物要远远超过人类。

“现在，它们一定已经吃光了妖境能够为它们提供的一切。为了创造这支军队，暗影耗尽自己的每一点食物，这其中也包括死亡兽魔人的尸体。”

既然和暗影的战争已经全面爆发，兽魔人自然会迫不及待地希望在南方的世界掠取大量的食物。他们更加喜欢人肉，不过也会吃掉它们死亡的同类。岚用四天时间领着它们向前奔跑，没有给它们一具可以当作食物的尸体。

边境国的军队能够比兽魔人跑得更快，因为被焚毁的法达拉、法莫兰和西部夏纳的其他城市。兽魔人必须在这些城市中搜寻食物，这减慢了它们的速度，才让岚的军队有余地组织撤退。

夏纳人在这些城市中没有留下任何可以吃的东西。兽魔人没有供给线，它们只会吃掉行军途中所夺取的食物。这意味着它们已经连续四天没有得到食物。饥饿正折磨着这些怪物。岚用望远镜观察着它们。许多兽魔人不等到架起煮食罐，而是直接把尸体塞进口中。它们体内兽性的成分要远远超过人性。

但它们身上最多的还是暗影，岚一边想，一边放下望远镜。他的计划非常凶残。但光明在上，希望这个计划能奏效。他的部下将会战斗，并死在这片战场上。而在随后真正的战争中，他们的尸体将会成为诱饵。

“就是现在。”岚悄声说道。

爱格马领主也看到了。号角被吹响，一道黄光升入空中。岚向曼塔走去，那匹战马感受到主人的心意，不断打着响鼻。它已经累了。岚也是一样。但他们都能再坚持一场战斗，他们必须如此。

“台沙·马吉尔！”岚高声喊喝着，放低佩剑，率领部队回身杀向战场。全部五支边境国军队同时向这支混乱的暗影大军扑去。为了争夺尸体，兽魔人已经开始自相残杀起来。

当岚如同雷霆般杀向那些暗影怪物时，他听到魔达奥凄厉的吼叫。它们正努力恢复兽魔人的秩序，但已经太迟了，许多饥饿的怪兽直到人类的骑兵杀到面前才抬起了头。

这一次人类军队的战果和不久之前的那一次进攻完全不同。在第一次战斗中，兽魔人的密集阵列阻滞了骑兵的冲锋，大多数骑士只冲进敌阵十几步，就不得不改用佩剑和斧头作战了。而现在，兽魔人彻底被冲散了。岚命令夏纳人冲在最前面，他们的战线极为紧密，就算是兽魔人，也必须全力战斗，才有可能在两名夏纳骑士中间撞开一个两三步宽的缺口。

而现在，兽魔人在夏纳人的阵线前无从闪避，更无处可逃。战马的铁蹄将它们踏倒，身披重甲的骑士用骑枪逐一将这些怪物穿透，用双手巨剑砍掉他们的脑袋，转身逃走的兽魔人也被弓箭射倒在地。这些披挂着敞面头盔和钢板甲的夏纳人在冲锋时具有一种超乎寻常的凶恶气势。

岚亲自率领的马吉尔骑兵紧随在后，扫灭在第一波冲锋中残留下来的兽魔人。冲过兽魔人的阵列后，夏纳人开始向右方集结，准备再次发动冲锋。而此时艾拉非人已经投入战场，再一次打垮试图集结成阵形的兽魔人。在他们之后是沙戴亚人，他们像刚才的马吉尔人一样负责在被冲散的兽魔人群中造成尽可能大的杀伤。然后是坎多人从另一个方向冲击兽魔人的侧翼。

岚满身汗水，握剑的右手已经疲惫发酸，但他依旧准备重新发动进攻。这时他才发现，自己的马吉尔旗帜已经是由凯瑟尔王子亲自举起了。这个小伙子很年轻，而且在对待女人的态度上更显得幼稚。但他有一颗坚强的心。

光明啊，我们在面对女人时不都是这样吗？岚想道。通过约缚感觉到远方的奈妮薇，岚感到一阵阵安慰。因为距离太远，他不知道奈妮薇的心情到底是怎样，只能体会到她的决心。

当岚开始第二次扫荡时，他的部队脚下的地面开始爆炸。惊怖领主终于意识到前线发生了什么，已经迅速对人类展开反攻。岚操控曼塔绕过在他们前方爆开的一个土坑，崩飞的泥土一直砸在他的胸口上。惊怖领主的出现对他来说意味着这次攻击行动的终止。他的计划是对兽魔人发动突袭，狠狠打击敌人，然后迅速撤走。与惊怖领主的战斗只能交给导引者们，这不是普通的人类战士有能力涉足的战斗。

“该死的!”迪普一边咒骂着，一边跟随岚绕过另一处地面上的爆炸，“人龙大人!”

岚回头看去，迪普正拉紧他的马缰。

“不要停下。”岚一边说，一边却拉住曼塔的缰绳。他挥手示意自己的部队继续奔驰，但凯瑟尔王子和岚的战场卫士们都停在他身边。

“哦，光明啊。”迪普一边说，一边集中起精神。

岚扫视着战场。在他们周围，兽魔人死伤狼藉。一些兽魔人倒在地上，还在号叫或呻吟着。在他的左侧，大群暗影生物终于重新组织起阵线，它们很快就会恢复力量。如果岚和跟随他的队伍不立刻行动，他们很快就会被丢在这片战场上。

迪普的眼睛紧盯着一架大型战车上的一个人影，那是一辆大约二十尺高，顶部平坦，有着巨大木轮的战车。一队兽魔人正推动它进入战场。

没错，那辆车上的确只站着一个人。这种战车在兽魔人的阵列中有不止一辆。火球正从战车上朝边境国人的队伍中射出。闪电从天空中落下，岚突然觉得自己就像是弓箭练习场上的一个靶子。

“迪普！”

“是米海峨！”迪普喊道。

最近一个星期里，泰姆都没有在敌人的队伍中出现过。但现在，那个人回来了。因为距离过于遥远，岚还看不清他的样貌，但从他不断发动攻击的样子来看，他似乎正在为某件事而发怒。

“我们走！”岚喊道。

“我能干掉他，”迪普说，“我可以……”

岚看到一阵闪光。突然之间，曼塔扬起前蹄。岚骂了一句，拼命眨着眼睛，想要除去强光在视野中留下的黑影。他的耳朵也出问题了。

曼塔没命地腾跃、颤抖。要让这匹战马受惊绝对不是容易的事，但任何马匹都受不了一道闪电在身边爆炸。第二道闪电将岚震到地上。他翻滚着，含糊地嘟囔着，但他的内心深处知道该做些什么。当他恢复清醒时，发现自己已经站立起来，手中握着剑，只是头脑还会感到一阵阵晕眩。他踉跄两步，不由得呻吟了一声。

一些人的手抓住他，把他拉到马鞍上。凯瑟尔王子满是鲜血的面孔出现在他眼前。王子的手中握着马缰。岚的卫士们在确认他在马背上坐稳后，就催开了马匹。

逃走时，岚看到迪普的尸体瘫软在地上，已经破碎不堪了。

第17章

更成熟，更沧桑

“没有任何收获，陛下。”一个声音钻进麦特昏昏沉沉的耳里。

有什么东西扎了麦特的脸颊一下。这个床垫绝对是他睡过的最糟糕的一个床垫。他打算狠狠抽打那个旅店老板一顿，把他的住宿费要回来。

“要追踪那名刺客非常困难，”那个把他吵醒的声音还在继续着，“从他身边经过的人都不记得他。如果群鸦王子知道追踪那名刺客的办法，我非常希望能立刻得到他的指导。”

为什么旅店老板要让这些人进入他的房间？麦特开始恢复了意识，逐渐远离了那个只有图昂，没有这个麻烦世界的可爱梦境。他睁开模模糊糊的独眼，看到一片布满乌云的天空。这根本就不是什么旅店客房的天花板。

该死的，麦特一边想，一边呻吟了一声。他在花园里睡着了。他坐起身，发现自己除了围在脖子上的一块丝巾外，身上一丝不挂。他和图昂的衣服被他压在身下，他的脸刚才一直枕在一块草皮上。

图昂就坐在他旁边，正在和一名视死卫士说话，完全不在乎自己光溜溜的身子。说话的是穆森格，他单膝跪倒在地，低垂着头，双眼望向地面。但这还是太过分了！

“光明啊！”麦特伸手去拿他的衣服，但图昂正坐在他的衬衫上。当他想要把衬衫从她的屁股下面拉出来时，她气恼地看了他一眼。

“荣耀之人，祝贺你醒来。”那名卫士说道。他的眼睛依旧紧盯着地面。

“图昂，为什么你还要坐在这里？”麦特终于从那个诱人的屁股下把自己的衬衫拉了出来。

“作为我的配偶，”图昂以不容置疑的口吻说，“你可以称我为芙图娜或者陛下。我不想在得到你的孩子前就处死你，因为我已经开始喜欢你了。至于说这个人，他是我的视死卫士，他们需要随时照看我的安全。我经常会在洗澡时带着他们，这是他们的责任，而且他的目光一直避开我。”

麦特开始匆忙地穿起衣服。

图昂也在穿衣服，但速度远不像麦特希望的那么快。麦特不会以为视死卫士会垂涎他的妻子。他们睡觉的这个地方周围有一圈小蓝枞树。艾博达的气候相当温暖，睡在室外并不会让人感到不适。不过麦特还是很高兴能穿回自己的衣服。

就在图昂穿好衣服时，一名视死卫士军官脚踏着落满一地的枞树针叶，来到他们面前，向图昂拜倒下去：“女皇，我们也许捉住了另一名刺客。他并非是昨夜的那个怪物，他的身上没有伤口，但他企图潜入王宫。我们认为您也许想在我们开始审问之前见见他。”

“把他带过来，”图昂一边说，一边还在整理着长裙，“叫卡瑞德将军过来。”

那名军官退了下去。麦特在他退下时看见了赛露西娅，那名身材高大的美女已经来到通往这片空旷地的小路上。她走过来，站到图昂旁边。麦特将帽子戴在头上，站到图昂的另一边，又将艾杉玳锐矛锋朝上，戳在干枯的草地上。

麦特有些可怜那个在溜进王宫时被抓住的家伙。也许他是一名刺客，但也有可能只是一个乞丐，或者是心血来潮的傻瓜，或者也有可能……

……是转生真龙。

麦特呻吟了一声，他们带过来的正是兰德。和麦特上次见到他时相比，兰德看起来更加成熟，却也显得更加沧桑了。当然，最近麦特一直在那些该死的幻象中看见他。虽然现在麦特已经能约束自己不要常常想到兰德，但他偶尔还是会落进那个彩色的漩涡之中。

不管怎样，亲眼看到兰德本人的感觉还是不一样的。他们分开已经有……光明啊，已经有多久了？我最后一次亲眼看见他时，他派我去沙力达找伊兰。那仿佛已经是上辈子的事了。那时麦特还没有来过艾博达，也根本不知道这个世界上还有一种被称作“古蓝”的超级杀手。他还不认识泰琳，更不认识图昂。

麦特向双臂绑在身后、被领到图昂面前的兰德皱起眉。图昂却还在抖动手指,用手语和赛露西娅交谈着。兰德的脸上没有半点忧虑,只有绝对的平静。他穿着一件做工精良的红黑色外衣,外衣里面是白色的衬衫,下身穿着黑色长裤。没有黄金珠宝,也完全没有武器。

"图昂,"麦特开口道,"这是……"

图昂的注意力终于从赛露西娅那里转移到兰德身上,她的呼喝声立刻打断了麦特的话:"罪奴！带我的罪奴来！快去,穆斯卡,跑着去!"

那名视死卫士在惶恐中后退了一步,拔腿跑了起来,去找罪奴和旗将卡瑞德了。

兰德看着那名视死卫士离开,虽然双臂被绑,脸上却依旧是一副漠然的神情。天哪,麦特心不在焉地想着。他看起来倒真像是一位国王。当然,兰德很可能已经疯了,这样就能解释他为什么会有这种闲情逸致逛到图昂面前来了。

兰德或者是疯了,或者真的打算要杀死图昂。绳索的捆绑对于一个能够导引的人来说,根本算不上什么。该死的,麦特心想,我怎么会落到这种局面里的？他可是一直在竭尽全力躲避兰德!

兰德和图昂对视着。麦特用力吸了一口气,然后跳到图昂身前:"兰德,看这里,兰德,一定要镇定。"

"你好,麦特。"兰德的声音里流露出喜悦。光明啊,他真的疯了！"谢谢你带我找到她。"

"带你……"

"这是什么意思?"图昂问。

麦特转过身:"我……真的,这只是……"

图昂的目光几乎能在钢板上钻出窟窿。"这就是你做的事情,"她对麦特说,"你来到我面前,引诱我喜欢上你,然后,你把他带到这里。这是真的吗?"

"这不是他的错,"兰德说,"而且,我们两个需要再次见面。这一点你很清楚。"

麦特挤到他们两人中间,向他们各伸出一只手:"好了！你们两个,给我住口,听我说!"

有什么东西抓住了麦特,把他提到空中。"住手,兰德!"麦特喊道。

"不是我。"兰德的脸上显露出专注的神情,"啊,我被屏障了。"

挂在空中的麦特把手按在胸前。徽章呢？他的徽章到哪里去了?

麦特盯着图昂。图昂在一瞬间显得有些羞愧,并将手伸进长裙的口袋里,拿出一样闪着银光的东西,也许她是打算使用这枚徽章在兰德面前保护自己。

干得漂亮，麦特想着，呻吟了一声。她在他睡着时拿走了那枚徽章，而他却毫无察觉。该死的，干得真漂亮。

风之力的编织把麦特放到兰德旁边。卡瑞德带着一名罪奴主和一名罪奴跑了过来，三个人都是面红耳赤，似乎是以极快的速度跑来的。进行导引的是那名罪奴。

图昂看着兰德和麦特，然后，开始以严厉的手势向赛露西娅打出手语。

“非常感谢，”麦特向兰德嘟囔着，“你真是个该死的好朋友。”

“也很高兴能见到你。”兰德的嘴角挂着一丝微笑。

“看吧，”麦特叹了口气，“你又把我拉进麻烦里面了，你总是干这种事。”

“我总是？”

“是的，在荒漠的鲁迪恩，在提尔之岩……还有在两河。你知不知道，我跑到南方，而不是去参加你和艾雯在梅丽罗举行的那场小聚会，就是为了从你身边逃开？”

“你认为能够避开我吗？”兰德微笑着问，“你真的以为它能这样放过你？”

“我至少可以该死的试一试。我不是要冒犯你，兰德，但你已经发疯了。我想，我应该让你少担负一个杀害朋友的罪名，也能让你少一些麻烦。顺便问一句，你对你的左手干了什么？”

“那你对你的眼睛又干了什么？”

“只是十三个愤怒的旅店老板和一把螺丝刀引发的意外。你的手呢？”

“我在捉拿一名弃光魔使时把它丢了。”

“捉拿弃光魔使？”麦特说，“看来你已经变得软弱了。”

兰德哼了一声：“跟我说说，你又干了什么厉害的勾当？”

“我杀了一个古蓝。”麦特说。

“我从沙马奥手中解放了伊利安。”

“我娶了霄辰的女皇。”

“麦特，”兰德说，“你真的想和我比赛吹牛吗？想要和转生真龙比赛吹牛？”他停了一下，“那么，我净化了阳极力，我赢了。”

“啊，这实际上算不了什么。”麦特说。

“算不了什么？这是自从世界崩毁后发生的最重要的事件。”

“呸，你和你的殉道使已经疯了，”麦特说，“所以，就算是它被净化了又有什么用？”他向旁边瞥了一眼，“不过说实话，你看起来还不错，你最近一定是更注意照顾自己了。”

“你还是关心我的。”兰德说。

“当然。”麦特嘟囔着，又转头继续看着图昂，“我的意思是，你必须让自己活着，对不对？你还要去完成那场和暗帝的小决斗，好让我们都能活下来，对不对？很高兴你终于开始关心这件事了。”

“能听到你这样说，真是一件好事，”兰德微笑着说道，“不对我的外衣说上几句俏皮话了？”

“什么？俏皮话？你不会还在因为我在几年前稍稍逗弄过你，就一直记仇到现在吧？”

“逗弄？”兰德说，“你连续几个星期都不和我说话。”

“好了，”麦特说，“当时的情况没那么糟糕。那些事我都还记得，”

兰德摇摇头，显得有些不以为然。这个该死的忘恩负义的家伙。麦特已经为他找到了伊兰，而他的感谢就是这种样子。当然，麦特在那以后的确绕了些路，但他毕竟是完成了兰德的嘱托，难道不是吗？

“好了，”麦特一边用极低的声音说着，一边还在揪扯着缠住他的风之力绑缚，“我会让我们脱离困境，兰德。我已经和她结婚了，让我来跟她说，而你……”

“亚图·鹰翼之女，”兰德对图昂说道，“时间已经接近了万物的终结，最后战争开始了，丝线被编织就位。很快，我最终的试炼也将开始。”

图昂向前迈出一步，赛露西娅最后向她做出几个手势，但图昂只是用镇定而坚决的声音说道：“你将被带往霄辰，转生真龙。”

麦特露出微笑。光明啊，她真的是一位不折不扣的女皇。但你也不需要偷走我的徽章啊，他想道。他们两个要为这件事好好谈一谈，当然，前提是他必须活过今天。她不会真的要处死他的，她会吗？

麦特又一次在无形的绑缚中挣扎了一下。

“你这样决定？”兰德问。

“你已经将自己送到我面前，”图昂说道，“这是一个预兆。”她的脸上几乎流露了一点惋惜：“你也不相信我会放你离开，对吗？我必须将你囚禁，因为你是一名反抗我的君主。对于其他像你一样的人，我也是这样处置的。你的祖先已经忘记了誓言，所以你要为此付出代价。你们本该牢记你们的誓言。”

“我明白。”兰德说。

我的天啊，麦特心想，他实在太像一个国王了。光明啊，麦特完全不敢想象自己到底是和什么样的一帮人混在一起。他怎么没有与漂亮的酒吧女招待和豪饮的士兵们在一起，却跑到了这个地方？

“请告诉我，女皇，”兰德说，“如果你们返回这片海岸，发现亚图·鹰翼的军队仍然统治着这里，你们又会怎么做？如果我们没有忘记自己的誓言，如果我们保持着原有的忠诚呢？那又会怎样？”

“我们会将你们视为同胞兄弟。”图昂说。

“哦？”兰德说，“那么你会向这里的王座低头吗？那是鹰翼的王座。如果鹰翼的帝国屹立不倒，那么现在统治它的将是他的继承人。你们会让这些继承人服从你们吗？还是你们会接受他们的统治？”

“事实并非如此。”图昂说道。她似乎已经察觉到兰德的话中暗藏着机关。

“确实，事实不是这样的。”兰德说。

“即使按照你的说法，你们也必须臣服于我们。”图昂微微一笑。

“我并没有这么想，”兰德说，“但我们确实可以就这件事进行讨论。你凭什么自认为拥有对这片土地的统治权？”

“因为我是亚图·鹰翼唯一的合法继承人。”

“为什么这会成为你实行统治的依据？”

“这是他的帝国，他是唯一统一这片土地的人，也是唯一为这片土地带来光荣和伟大的的帝王。”

“那么，你错了。”兰德的声音变得更加温和，“你承认我是转生真龙吗？”

“你必须是。”图昂缓缓地说道，仿佛她在警戒兰德设下的陷阱。

“如果你接受我的身份，”兰德的声音变得更加高亢嘹亮，如同战斗的号角，“那么，我是路斯·瑟林·特拉蒙，曾经统治这片土地的真龙。这里在传说纪元中就已经被我统一。我是全部光明军队的统帅，是泰米尔林之戒的佩戴者，公众奴仆的第一人，两仪师的至高者。只有我能够召唤统驭九杖。”

兰德向前迈出一步：“我拥有全部十七名黎明之门将军的忠诚。芙图娜·亚瑟姆·戴威·潘恩崔，我的权威超越了你的！”

“亚图·鹰翼……”

“我的权威同样超越了鹰翼！如果你因为他的征服而对这片土地拥有统治权，那么你就必须在我的权威下低头。我的征服在鹰翼之先，只是我所用的并非是刀剑。你正站在我的土地上，女皇，在我的容忍之下。”

雷声从远方传来。麦特发现自己在颤抖。光明啊，这只是兰德，只是兰德而已……难道不是吗？

图昂张开嘴，瞪大了双眼，向后退去。她的脸上写满惊恐，仿佛她的父母正在她眼前被处决。

绿草出现在兰德脚下，向周围不断扩展。“他还被屏障着！”那名罪奴喊嚷道，“圣主，他还被屏障着！”

麦特打了个哆嗦，然后才注意到一个声音，非常低柔，很容易被忽略掉的声音。

“你在唱歌？”麦特悄声问兰德。

是的……他绝没听错，兰德正在唱歌，歌声非常低微，只隐约出现在他的呼吸之间。麦特用脚尖拍打着地面：“我发誓，我在某个地方听到过这首歌，那是……《水边的两个少女》？”

“现在说这些没有意义，”兰德悄声说道，“闭嘴。”

兰德还在唱着他的歌。代表生命的绿色已经扩展到树林之中，最前排的树木开始伸展开它们的枝干和针叶，远处的桃树上冒出了叶片，它们都在以飞快的速度生长着，生命正流回它们体内。

卫兵们来回转着头，竭力想要监视到周围发生的一切。赛露西娅缩了缩身子。图昂依旧保持着腰背挺直，眼睛直视兰德。不远处，被吓坏的罪奴主和罪奴一定已经失去了对至上力的控制。麦特身上的绑缚消失了。

“你否认我的权力吗？”兰德问道，“你否认我在你的祖先崛起前数千年就已经拥有了这片土地吗？”

“我……”图昂深吸一口气，用挑战的眼神盯着他，“你毁灭了这片土地，抛弃了它。我可以否认你的权力。”

在她身后，树上绽放出焰火般美丽的白色和深粉色鲜花，让他们周围顿时变得五彩缤纷。花苞在从树枝上萌发时就已经张开了花瓣，随即又从树上落下，飞旋在风中，在这片空地上飘舞。

“我允许你们活下来，”兰德对图昂说，“尽管我可以在瞬间就将你们摧毁。这是因为人众在你们的统治下得到更好的生活。但这并不能抹去你们对一些人犯下的罪恶。你们的统治就像一张纸一样脆弱，只有通过钢铁和罪奴的力量，你们才能占据这片疆土，而你们的家乡此时已经陷入烈火的焚烧。

“我到这里来不是为了毁灭你们，而是为你们带来和平，女皇。我没有带来军队，也无意发动战争。我来见你，是因为我相信你需要我，就像我需要你一样，”兰德向前迈出一步，单膝跪了下去，低垂下头，向前伸出自己的右手，“我向你伸出手，以求得你的联盟。最后战争已经降临到我们的头顶。加入我，和我一起战斗。”

空地上陷入寂静。风停了，雷声也归于沉寂。桃花飘落到一片葱翠的草坪上。兰德依旧跪在图昂面前，向她伸出手。图昂则盯着那只手，仿佛盯着一条毒蛇。

麦特快步走上前。“花招耍得漂亮，”他压低声音对兰德说道，“耍得很漂亮。”然后，他来到图昂身边，双手握住图昂的肩膀，让她面朝向自己。在他们旁边，赛露西娅露出一副惊骇的表情。卡瑞德的样子也好不到哪里去，但他们已经来不及干涉麦特的动作了。

“嗨，听着，”麦特对图昂轻声说道，“他是个好人。虽然他做起事来可能有些粗鲁，但你能相信他的话。如果他要和你约定一件事，他肯定会遵守诺言的。”

“他实在是太强大了。”图昂低声说道。麦特感觉到她正在微微发抖。“他到底是什么样的人？”

“如果我知道，就让光明烧了我吧。”麦特说，“听着，图昂。我是和兰德一起长大的，我可以为他担保。”

“那个人有着黑暗的一面，麦特。上一次我们见面的时候，我看到了。”

“看着我，图昂，看着我。”

她抬起头，看着麦特的眼睛。

“你可以信任兰德·亚瑟，可以把整个世界交给他。”麦特说道，“如果你不能信任他，就信任我吧。他是我们唯一的选择，我们没有时间把他带回霄辰。

“我在这座城里的时候，大概对你的军队有所了解。如果你们要打赢最后战争，并夺回你们的家乡，你们就需要在阿特拉拥有一个稳定的基地。和他结盟吧，让他承认你们占领的疆域，划定边界，并以此宣告世人。这样，世界也许会承认你们在这里的统治，你们所受的压力也会减轻。除非你想要同时和兽魔人、这片土地上的其他国家和霄辰叛徒作战。”

图昂眨眨眼：“是我们的军队。”

“什么？”

“你说他们是‘我’的军队，”图昂说，“他们是‘我们’的军队。你现在是我们的一员了，麦特。”

“嗯，我想我应该是。但给我听着，图昂，你必须这么做，拜托你。”

图昂转过身，看着跪在地上的兰德。桃花花瓣洒落在兰德周围，以他为中心组成了一个圆环的图案。没有一片花瓣落在他身上。

“你的条件是什么？”图昂问。

“和平，”兰德站起身，但依旧向图昂伸着手，“一百年的和平。我希望这个时限会更长，如果我能做到的话。我已经说服其他国家的统治者签署了一份合约。我们将同心协力，共同对抗暗影的军队。”

“我要求我的边界得到承认。”图昂说。

“阿特拉和阿玛迪西亚可以属于你。”

“塔拉朋和阿摩斯平原也是我的，”图昂说，“现在我已经占有了那里。你的合约不可能将我从那里逼退。你希望和平吗?那么你就要把这些地方给我。"

"塔拉朋和半个阿摩斯平原,"兰德说,"已经被你们控制的那一半。"

"我要求爱瑞斯洋这一边全部能导引的女人都成为罪奴。"图昂说。

"不要过度使用你的运气,女皇,"兰德冷冷地说,"我……我会容忍你们在霄辰所做的一切,但我将要求你们释放你们在这片土地上俘获的一切罪奴。"

"那么,我们就无法达成一致。"图昂说。

麦特屏住了呼吸。

兰德犹豫了一下,放低了手:"这个世界的命运完全系于我们的选择,芙图娜。拜托你。"

"如果这件事真的如此重要,"图昂坚定地说,"那么你就应该同意我的要求。我们的财产本来就是属于我们的,不能作为谈判的条件。你希望得到合约?那么,你就要同意这项条款:我们保有已经拥有的全部罪奴。作为交换,我会允许你自由离开。"

兰德面色一沉:"你就像海民一样可怕。"

"我只希望自己能更可怕一些。"图昂的声音中没有流露任何情绪,"现在控制这个世界的是你,真龙,不是我。我必须照看我的帝国,而我很需要这些罪奴。做出选择吧,如果我可以相信你说的话,那么你现在的时间并不充裕。"

兰德的面色更加阴沉了。然后,他伸出手:"就这样吧。光明饶恕我,就这样吧。我会承担起这份责任。你可以保留你已经得到的罪奴,但在我们进行最后战争时,你们不能从我们的盟国中掠取任何一个女人作为罪奴。而在那以后,俘虏任何一个不在你们的国土上的女人作为罪奴,都会被视为违背合约、攻击邻国的行为。"

图昂向前迈出一步,握住兰德的手。麦特终于呼出一口气。

"我会准备好合约文本,供你阅读和签署。"兰德说。

"赛露西娅会负责将合约文本取回。"图昂说,"麦特,你跟着我,我们必须让帝国做好战争准备。"然后,她就走上花园小径,离开这片空地。她的步伐稳定而平缓,但麦特怀疑她是想要尽快离开兰德。麦特明白她的心情。

在追上图昂之前,麦特又在兰德身边停了一下,对兰德低声嘟囔道:"看样子,你真是有一点暗帝的运气,真不敢相信你竟然成功了。"

"你想听我的实话吗?"兰德轻声说,"我也不敢相信。谢谢你为我说好话。"

"当然,"麦特说,"顺便再告诉你,我救了沐瑞。现在你好好思考一下,我们两个谁更厉害吧。"

麦特向图昂追了过去。在他身后,传来了转生真龙的笑声。

第18章

被浪费的感觉

盖温所站立的地方离两仪师第一次与兽魔人作战的那片战场并不远。他们此时已经逐步离开了这片丘陵区，向坎多平原深处出发。兽魔人的进攻被他们一次次击退，有时，他们甚至还能将主要战线向前推进数百步。总而言之，这里的战场形势比预期中的状况要好。

他们在这片没有名字的坎多战场上已经战斗了一个星期，人们本来已经翻松了这片原野上的泥土，做好耕种准备，但现在，这里却铺满暗影生物的尸体，就算是贪食的兽魔人也不可能把这么多尸体全部吃光。

盖温一只手握剑，另一只手持盾，站在艾雯的马前。他的任务是消灭冲过两仪师攻击火线的兽魔人。他更喜欢双手持剑作战，但在对抗这些兽魔人时，他需要盾牌的掩护。不少士兵觉得他用剑与兽魔人作战是非常愚蠢的行为，他们更喜欢使用长枪和斧枪，认为武器的杆愈长，就愈能将兽魔人挡在远处。

但用长枪是无法与敌人进行单独战斗的。一名长枪兵就如同一堵墙上的一块砖，只能产生拦阻敌人的作用。斧枪要好一些，至少它还有一道需要技巧才能使用的锋刃。但任何武器的战斗感都无法和剑相比。当盖温手中有一把剑的时候，他就能完全控制战斗。

一头兽魔人向他扑来，它发出一阵阵嘶吼，扭曲的面孔糅合了山羊和人的特点。这头兽魔人要比它的同类拥有更多人类的特点，其中包括一张恶心的人嘴和两排鲜血淋漓的牙齿。它的手里握着一把柄上嵌着塔瓦隆之焰标记的钉头锤，这肯定是它从牺牲的白塔卫队那里偷来的。这是一柄双手武器，但这头怪物能够一只手轻松地挥舞它。

盖温向旁边一闪，举起盾牌，挡住预料之中的攻击。盾牌在敌人的连续打击中颤抖着。一次，两次，三次，兽魔人发狂时的标准攻击模式。狠命、快速地击打，认为敌手将被这种攻击打垮。

的确有许多人类战士无法承受这种打击，他们会被压倒，或者手臂会因为连续撞击而麻木。这就是长枪和斧枪阵列的意义所在。布伦经常会使用这两种阵列，或者是他发明的半长枪、半斧枪阵形。盖温也曾在历史书中看到过类似的阵形运用。布伦训练士兵们用长枪挡住冲锋的兽魔人，然后斧枪手从空隙中杀出，砍断兽魔人的脚筋。

盖温突然躲开了猛击而下的钉头锤。兽魔人没有提防到他的这个动作，虽然它也转过了身，但速度太慢了。盖温用一招火旋风斩断了它的手腕。就在它发出尖号时，盖温的身体继续旋转，剑刃深深地插入另一头兽魔人的肚子里。

他将佩剑从兽魔人的身体内拔出，回手砍中第一头兽魔人的脖子。死亡的怪兽从他的剑刃上滑落。这是盖温今天杀死的第四头兽魔人。他仔细地将剑刃在腰间浸透鲜血的布片上擦净。

他看了一眼艾雯的情况，艾雯正在马背上用至上力撕碎冲杀过来的兽魔人。两仪师们在战场上采取了轮换作战的模式，每次只有一小部分两仪师会在最前线作战。参与战斗的两仪师数量大幅减少，就要求普通士兵必须参与战斗，抵御兽魔人的攻击，这样才能保证参战的两仪师具备充沛的精力。她们的任务是击溃大群兽魔人，粉碎敌人的冲锋阵线，然后由士兵们消灭被打散的敌人。

因为两仪师的关系，兽魔人无法组成牢固的阵线，所以这里的战斗虽然艰苦，但战况一直都很不错。在离开丘陵区后，他们并没有迅速溃退，而是有效地将入侵的兽魔人在这里阻挡了一个星期之久。

希维纳就在艾雯身边，骑在一匹花斑马上。她一直竭尽全力阻止兽魔人过于靠近艾雯。她的攻击让盖温面前刚刚经过翻耕的土地变得更加支离破碎。而现在整片战场上到处布满了深坑。即便如此，偶尔还是会有兽魔人从爆炸掀起的烟尘中向盖温冲杀过来。

盖温在距离他最近的土坑中发现了一个移动的影子，便冲了过去。那是一头狼首兽魔人，它向盖温号叫着，努力想要从坑里爬出来。

山流水。

兽魔人落回到深坑之中。盖温再一次揩净剑刃。五个了，这在两个小时的战斗时间里不算是一个很糟的战绩。有时候，他只能无所事事地站在艾雯身边，看着两仪师将全部兽魔人击退。当然，今天艾雯的身边还有希维纳，她总是会跟随艾雯出现在战场上。而盖温一直有些怀疑希维纳会不时放一两个兽魔人过来，只是为了让他别太悠闲了。

突然之间，一连串爆炸出现在盖温前方。盖温一边后退，一边回头瞥了一眼。替换部队已经就位了。盖温向斯利特举起剑。斯利特已经和两仪师皮娅瓦的护法们一同担负起守卫战线的任务。

盖温回到艾雯和希维纳身边，与她们一同离开战场。他能够感觉到艾雯的疲惫。她把自己逼得太紧了，她一直过于频繁地参加前线战斗。

他们走过已经被踩平的草地。一队伊利安战友军正朝战场冲过去。盖温一直没机会观察一下战场的整体形势，所以也不知道是战线上哪一个地方需要他们，只能带着一点嫉妒的心情望着他们的背影。

他知道，艾雯需要他，现在比以往任何时候都更加需要。隐妖一直在夜晚对营地发动偷袭，已经有多位两仪师被萨坎�黑刃夺走性命。盖温在艾雯睡觉时亲自守护她的安全。如果他的体力耗尽，就由艾雯为他除去疲惫感。他可以在艾雯与白塔评议会会晤时睡觉。

他坚持要艾雯每晚在不同的帐篷中睡觉。曾经有一段时间，他还说服艾雯通过神行术前往梅茵，睡在梅茵的宫殿里。不过艾雯最近几天都留在坎多军营。盖温说服她前往梅茵的理由是查看那里黄宗的工作，了解伤员接受治疗的状况。不过两仪师萝希尔将那里管理得很好。

这时，盖温和两名两仪师已经回到了营地。暂时没有任务的士兵向他们鞠躬致敬，更多的士兵则奔赴战场。盖温看到他们之中的一些人，太年轻、太缺乏训练了。

这些士兵大多是真龙信众，天知道他们原先都是些什么人。真龙信众中还夹杂着一些艾伊尔人。盖温觉得这样安排很合理。在他看来，所有艾伊尔人都是真龙信众。但两仪师也在真龙信众的队伍中，当然，她们接受这种安排也是别无选择。

盖温摇摇头，继续向前走去。他们的营地非常巨大，却几乎没有任何随军人员。士兵的食物每天都是用神行术运来的，还有一部分由那种不可靠的金属机械从凯瑞安拉来。当运送食物的车辆离开时，会带走需要洗涤的衣服、需要打磨的武器和修补的靴子。

这种安排大大提高了这座营地的效率。没有过多的冗员，几乎每个人都可以专心投入战斗中。但盖温除外。

盖温知道自己的责任，那是非常重要的责任。但他不禁还是会觉得自己被浪费了。他可能是这支军队中最优秀的剑士，但每天却只能在战场上站几个小时，偶尔杀一两个愚蠢到会朝两名两仪师冲杀过来的兽魔人。盖温所做的事情倒更像是尽快结束它们的悲惨命运。

艾雯点头向希维纳道别，然后调转马头，朝指挥帐篷走去。

“艾雯……”盖温说道。

“我只想查看一下今天的状况，”艾雯平静地说，“伊兰应该送新的命令过来了。”

“你需要睡眠。”

“我觉得这些日子里我总是在睡觉。”

“当你在战场上战斗时，就算是一千名士兵也无法与你相比。如果睡上二十二个小时，能够让你保持良好的状态，在其余的两个小时中保护士兵，我建议你就应该睡足二十二个小时。幸运的是，你恢复精力并不需要睡这么久，但这也不意味着你就可以像现在这样消耗自己。”

盖温能感觉到约缚中艾雯的气恼，但她很快就将这种情绪压了下去。“当然，你是对的，”她看了盖温一眼，“听到我承认这一点，你也不需要感到惊讶。”

“我没有惊讶。”盖温说。

“我能感觉到你的情绪，盖温。”

“这是因为别的事情，完全是另一件事，”盖温说，“我想起斯利特在几天前说的一个笑话，我直到现在都不明白那是什么意思。”他带着一副天真的表情看着艾雯。

这终于让艾雯的脸上露出一丝微笑。也许只是一点想笑的冲动，但这已经够了。这些日子以来，艾雯完全没有笑过。当然，笑声已经从这座营地中绝迹了。

“另外，”盖温接过艾雯的缰绳，帮助她在指挥帐篷前下了马，“我从没有深入想过，护法是不会受三誓约束的。所以我不由得有些想知道，姐妹们是否会经常利用这个便利条件？”

“希望不会很经常。”艾雯说。一个非常圆滑的回答。在指挥帐篷里，加雷斯・布伦正低头查看已经长期出现在这个帐篷里的神行术通道。现在维持这个通道的是一名盖温不认识的瘦小的灰宗姐妹。片刻之后，布伦走回到散乱地堆放着许多地图的桌子旁。史汪正努力整理着那些地图和文件。布伦在一张地图上写下些什么，然后自顾自地点点头，才转身望向走进帐篷的人。

“吾母，”布伦一边说，一边抬起艾雯的手，吻了她的戒指。

“战场情况似乎还不错，”艾雯一边说，一边向史汪点点头，“我们守住了阵线。看样子，你已经有了继续向前推进的计划?”

“我们不能永远待在这里，吾母。”布伦说，“伊兰女王要求我考虑深入坎多，我认为她的想法是明智的。我很担心兽魔人会在这片丘陵地带站稳脚跟。您一定已经注意到了，他们每晚都在从战场上拖走更多的尸体。”

“是的。”

盖温能够感觉到艾雯的不悦。她一直都希望两仪师能够有更多的力量，用至上力烧掉每天产生的兽魔人尸体。

“它们正在积聚食物，”布伦说，“也许它们会向东方移动，试图包围我们。我们需要控制它们的行动，这也许就意味着我们必须在这片丘陵区不断向前推进。通常情况下，这种战斗会消耗我们大量的士兵，但现在……”布伦摇了摇头，走过去，俯视着那个通往最前线的神行术通道：“您的两仪师统治着战场，吾母。我从没有见过这样的战争。”

“正因如此，”艾雯答道，“暗影才会不遗余力地想要摧毁白塔。它很清楚，白塔拥有控制这场战争的能力。”

“我们需要小心惊怖领主。”还在整理文件的史汪说道。盖温怀疑她在趁机浏览每一份报告。虽然盖温曾救过史汪一命，但他对这个女人了解并不多。只是艾雯告诉过盖温，史汪对于情报有着一种特殊的贪婪。

“是的，”艾雯说道，“他们迟早会来。”

“黑塔，”布伦说着，皱起眉，“您相信人龙大人的报告吗?”

“坚信不疑。”艾雯说。

“殉道使在为敌人作战。为什么转生真龙还不对此采取行动? 光明啊，如果那些殉道使全倒向了暗影……”

艾雯摇摇头：“布伦，我想让你召集骑兵部队，派遣他们进入神行术仍然能够使用的黑塔周边，然后他们要以最快的速度赶往驻扎在黑塔外的两仪师营地。”

“你想让她们发动攻击吗?”盖温有些跃跃欲试。

“不，她们要尽快撤退到能施展神行术的地方，然后，回到我们这里。我们不能继续这样耽搁下去了，我需要她们的力量。”

艾雯用一根手指敲打着桌面：“泰姆和他的惊怖领主们一定会来到这里，他们现在仍然有意避开这条战线，而是将力量集中在人龙大人那里，这让他们完全控制了那里的战场，就像我们控制了这里一样。我会挑选更多姐妹去支持边境国军队。和惊怖领主的战斗是在所难免的。”

盖温什么都没说，只是抿紧了嘴唇。减少这里的姐妹数量意味着艾雯将要承担更沉重的任务。

“现在，”艾雯说，“我需要……”她看到盖温的表情，声音低了下去，“我想，我需要去睡一下了。如果有事情，就派人去……光明啊，我不知道今天我会睡在哪里，盖温？”

“你今天睡在两仪师麦金的帐篷里，她在战斗轮换后还有执勤的任务，所以你应该能得到几个小时不受打扰的睡眠。”

“除非在这段时间里没有任何事发生。”艾雯提醒了盖温一句，才向帐篷外走去。

“当然。”盖温跟随她走了出去，同时朝布伦和史汪摇了摇头。布伦微笑着向他点头。这场战役中很少会有事情必须立刻向玉座报告。白塔评议会已经得到了直接监督军队行动的权力。

在帐篷外，艾雯叹息一声，闭上眼睛。盖温伸手抱住她的肩膀，让她倒伏在自己的怀里。这种情形只持续了几秒钟，艾雯就重新挺直身子，恢复了玉座的威仪。她还这么年轻，盖温心想，却要担负起如此沉重的责任。

当然，艾雯并不比亚瑟年轻多少。盖温发觉自己在想到亚瑟时不再像以前那样怒不可遏了，不由得心中暗自庆幸。亚瑟尽可以去进行他自己的战斗，他所做的一切和盖温没有任何关系。

盖温引领艾雯来到营地的绿宗区，守在绿宗区边缘的几名护法带着敬意向他们点头，致以问候。两仪师麦金有一顶很大的帐篷。两仪师们可以自行携带各种生活用品和家具进入营地，只要她们能自己打开足够大的神行术通道，并由她们的护法来搬运这些物品。但如果这支军队需要快速行军，这些生活物品将只能被遗弃，所以许多两仪师选择轻装简行。但也有一些人……可能很不适应朴素的生活，麦金就是这些人之中的一个。很少有人像她这样带来这么多东西。

莱伊纹和贝尔·多蒙等在帐篷外，他们已经通知两仪师麦金，她的帐篷被玉座借用了，而且麦金不能告诉任何人艾雯要在这里歇宿的事。但这不是一个被严格保守的秘密。盖温和艾雯在走过来时并没有隐藏自己的行迹，任何人只要多问几句，就能知道艾雯在哪里。但询问玉座下榻处肯定会引起人们的注意。因为艾雯不愿意每天通过神行术到自己的床前，所以这已经是盖温能够安排的最妥善的保护措施了。

一看到莱伊纹，艾雯的情绪立刻变差了。

“你说过，要把她留在身边。”盖温轻声说道。

“我不喜欢她知道我睡觉的地方。如果他们的刺客想在营地里找到我，也许她就会是那个领路的人。”

盖温压抑下争论的冲动。艾雯是一个聪敏而具有深刻洞察力的人，但霄辰人的问题从来都是她的一个盲点。盖温信任莱伊纹，这点和艾雯截然相反。盖温相信，莱伊纹是那种极为坦诚率真的人。

“我会盯着她的。”盖温说道。

艾雯吸了一口气，让自己镇定下来，然后经过莱伊纹身边，走进帐篷，一句话都没有对莱伊纹说。盖温并没有跟着她进入帐篷。

“玉座似乎并不想得到我的侍奉。”莱伊纹用那种霄辰人特有的缓慢语调对盖温说。

“她不相信你。”盖温没有隐瞒。

“难道在大洋的这一边，一个人的誓言就如此没有价值吗？”莱伊纹说，“我向她立的誓言是任何人都无法打破的，即使是漠朗人也不行！”

“暗黑之友能够违背任何誓言。”

那名霄辰女子冷冷地看着盖温：“我已经开始怀疑，她认为所有霄辰人都是暗黑之友。”

盖温耸耸肩：“你们囚禁她、虐待她，把她变成戴着项圈的牲畜。”

“我没有这么做。”莱伊纹说，“如果一个面包师傅给你做了个坏掉的面包，你会认为所有面包师傅都想毒死你吗？呸，不要和我争论了。这种争论毫无意义。如果我不能侍奉她，那么我会侍奉你。你今天吃饭了吗，护法？”

盖温迟疑了一下。他最后一次吃东西是什么时候？今天早晨……不，那时他一心只想着战斗。现在，他的肚子正大声咕噜地叫着。

“我知道你不会离开她，”莱伊纹说，“尤其是当一个虎视眈眈的霄辰人就在她身边时。来吧，贝尔，我们去给这个傻瓜拿些食物，好让他不至于在刺客来袭时饿晕过去。”说完，她就大步走开了。她高大的伊利安丈夫跟在后面。最后，这名大汉还回过头，用能够烧熟皮革的目光瞪了盖温一眼。

盖温叹了口气，坐到帐篷门口的地上，从口袋里拿出三枚黑色的戒指，从里面挑选出一枚，把另外两枚放回口袋里。

谈到刺客，总会让盖温想起这些戒指。这是他从意图刺杀艾雯的那三名霄辰刺客的手指上剥下来的。这些戒指是特法器。霄辰的血匕首正是借助它们才能疾速移动，藏身于阴影之中。

盖温向阳光举起那枚戒指。它看起来不像盖温见过的任何特法器，不过，一件与至上力有关的物品可能会有着任何一种外形。雕刻这枚戒指的原料是一种盖温不知道的黑色石头，分量非常沉重。它的外缘被雕成荆棘的样子，接触皮肤的内缘则无比光滑。

盖温在手指间转动着那枚戒指。他知道，应该把这些戒指交给艾雯。他也知道白塔处置特法器的方式。两仪师总是把这些物品束之高阁，害怕对它们进行实验。但现在是最后战争，哪怕需要冒一些险……

你决定站在艾雯的影子里，盖温。他想道，你决定要保护她，担负起你必须担负的责任。艾雯和两仪师们要赢得这场战争。他会让自己像嫉妒亚瑟一样嫉妒她吗？

"这真是那东西吗？"

盖温猛地抬起头，拳头紧握那枚戒指。莱伊纹和贝尔·多蒙已经从伙食帐篷带了一只大碗回来。从味道上判断，这次又是大麦炖汤。厨师在汤里放了太多胡椒，让这碗汤几乎无法入口。盖温怀疑厨师会这么做饭，是因为汤里那些很像是象鼻虫的黑点。

我不能显得鬼鬼祟祟，这样只会引起她的怀疑。盖温立刻想道。我不能让她把这件事告诉艾雯。

"这个？"他一边问，一边举起那枚戒指，"这是我从想要杀死艾雯的霄辰刺客那里发现的，我们认为这是一件特法器，但这样的特法器以前从不曾在白塔中出现过。"

莱伊纹轻声吸了一口气。"只有女皇才能颁发这样的东西，愿女皇……"她停住话头，又深吸一口气，"只有血匕首才能得到它、佩戴它，并为女皇献出自己的生命。如果你戴上它，将是一种非常、非常错误的行为。"

"幸运的是，"盖温说，"我并没有戴上它。"

"这种戒指极为危险，"莱伊纹说，"我对它们的了解并不多。但据说，它们会杀死使用它们的人。不要让你的血碰到这枚戒指，否则你就会将它启动。这会要了你的命，护法。"她将那碗大麦汤递给盖温，就大步走开了。

多蒙没有跟上她。这个伊利安人挠了挠他的短胡子："我的妻子不算是一个好脾气的女人，但她很坚强，也很聪明。你最好还是听她的话。"

盖温把戒指放回衣袋里："艾雯绝对不会允许我佩戴它。"这是真话，如果艾雯知道这东西的话。"告诉你的妻子，我很感谢她的警告。我也要警告你们，关于那些刺客的事情，还在让玉座感到气恼。我建议你们尽量避免在她面前提起血匕首和他们的特法器。”

多蒙点了一下头，就去追莱伊纹了。盖温只因为自己的诈术感觉到了一点羞愧，但他并没有说任何谎话，他只是希望艾雯不要问他什么愚蠢的问题。

这三枚戒指代表着另一种战士之道。这不是护法之道。作为护法，他必须站在艾雯身边，为她提防各种危险。在战场上，他不是策马冲入敌阵的英雄，他要以另外一种方式为艾雯服务。

在喝下大麦汤时，他一次又一次这样告诫自己。喝下最后一口大麦汤，他几乎已经相信，自己接受了这种命运。

但他还是没有告诉艾雯关于黑戒指的事情。

兰德还记得自己第一次看见兽魔人时，不是在两河攻击他父亲农场的兽魔人。他真正第一次见到兽魔人，是在上一个纪元。

终有一日，兽魔人将不会存在于这个世界上。他一边想，一边编织着火之力与风之力，一边让爆炸性的火墙在兽魔人群中咆哮而起。不远处，佩林的狼卫士们感激地高举起武器。兰德点头向他们致意。在这场战斗中，他让自己的面孔变成了朱尔·格莱迪的样子。

这片土地曾经没有兽魔人肆虐，应该让这些怪物恢复成原本的状态。如果兰德杀死暗帝，他所制造的灾难也会马上结束吗？

他制造的火焰让他的额头渗出汗水，他小心地从那个胖男人雕像的法器中汲取着力量。不能让敌人发现他的强大。随后，他又向澳关雅河西边的战场上发动了攻击。伊兰的部队渡过艾瑞尼河，穿过原野，一直向东，来到澳关雅河西岸，正在等待工兵建造跨过澳关雅河的浮桥。就在浮桥即将完工时，兽魔人的先锋部队追上了他们。伊兰的军队结成防御阵形，迎战兽魔人，掩护大部队渡河。

兰德很高兴能在这里帮上忙。真正的朱尔·格莱迪正在坎多的营地中休息，他已经因为长时间的治疗过度耗竭了体力。这样，兰德就可以方便地利用他的面孔，不至于引来弃光魔使的注意。

陷入火海中的兽魔人发出一阵阵令人快意的尖号。在至上力之战末期，兰德曾经很喜欢这种声音，至少这声音让他觉得自己做了些事情。

他第一次见到兽魔人时，还不知道那些是什么东西。的确，当时他已经知道了阿极罗的试验。路斯·瑟林不止一次称阿极罗为疯子，那时，他和许多人都不明白，阿极罗只是太沉迷于自己的研究课题了。于是，路斯·瑟林错误地以为阿极罗就像色墨海格一样，只是喜欢折磨和虐杀。

然后，暗影生物出现了。

那些怪物还在燃烧，焦黑的肢体在火焰中抽搐着。

兰德一直在担心，这些怪物也许是转生的人类。阿极罗曾经使用人类来制造兽魔人和魔达奥。它们是否只是一些不幸遭到扭曲的人类？这个想法不止一次让兰德感到全身恶寒。

兰德抬头望向天空，乌云开始翻滚、消散。在他出现时，覆盖天空的乌云总会有这样的变化。他可以让乌云不会消退，但……不，人们需要光明。他不可能在这里战斗太久，敌人很快就会对这样一名过于强大的殉道使产生怀疑，但他毕竟可以为在这里浴血拼杀的人做些事情。

兰德让阳光倾泻下来。

河边的整片战场上，人们都抬头望向天空中明媚的阳光。黑云迅速消散了。

没有必要再遮遮掩掩了，兰德一边想着，消去了面镜术，握紧拳头，高举过头。他开始编织风之力、火之力和水之力，创造出一道光束，从他身上一直延伸到高远的苍穹。整片战场上的士兵们发出了一阵阵欢呼。

他不会落进暗帝为他设好的陷阱。所以他立刻编织出神行术，返回梅丽罗。他从不会在一条战线上逗留太长时间，但每次离开时，他都会显露出自己的真容，让乌云散开，证明自己在那里，然后就迅速撤离。

明正在梅丽罗的神行术场地等待他。当通道关闭时，兰德又回头向里面望了一眼。没有了他，那里的人们还在奋战不息。明伸手握住他的手臂。他的枪姬众卫兵也等在这里，她们很不愿意让他一个人上战场。但她们知道，她们的出现只会暴露他的身份。

“你看起来很哀伤。”明轻声说。

一阵热风从北方吹来。他们身边的士兵都在向他敬礼。现在这里的士兵大多是阿拉多曼人、提尔人和艾伊尔人。罗代尔·伊图拉德和达林王将率领他们随同他突击煞妖谷。当兰德与暗帝决战时，这支部队将努力守住萨坎毗山谷。

出击的时刻就要到了。暗影已经看到他在全部战线上作战。他先后支持了岚、艾雯和伊兰，现在，暗影已经派遣它的大部分军队深入南方作战。该是兰德攻击煞妖谷的时候了。

他看着明，“沐瑞说我参加这些战斗只是在做傻事。她说，无论我能取得怎样的战果，和我所冒的风险相比都毫无意义。”

“沐瑞也许是对的，”明说，“她一直都是对的。但我更喜欢决定要这么做的你。只让别人去牺牲，自己却袖手旁观，安心于制定各种冷酷计划的人是不可能战胜暗帝的。”

兰德伸手揽住明的腰。光明啊，如果没有明，会是什么样子？那样我早就堕落了，他心想，在那最黑暗的几个月里……我一定会堕落的。

越过明的肩膀，兰德看见一名灰发女子朝他走来。在那个女人身后，一个身着蓝衣、更矮小一些的身影停下脚步，故意朝另一个方向走掉了。凯苏安和沐瑞在这座营地中总是保持着相当远的距离。兰德觉得自己依稀看到沐瑞瞪了凯苏安一眼，也许是因为这位绿宗抢先发现了兰德。

凯苏安来到兰德面前，又绕着他走了一圈，不住地上下打量着他，自顾自地点了几次头。

“我从没怀疑过，”她终于开了口，“就算是我还没发现你已经转生时，我也不曾怀疑过我是否能让你变成那个人，那个你需要变成的人。只有傻瓜才会怀疑这种事情。你是个傻瓜吗，兰德·亚瑟？”

“这是个无法回答的问题，”明说，“如果他承认他是，他当然就是个傻瓜；但如果他说不是，那么只能说明他已经不想寻求智慧了。”

“呸，你看太多书了，孩子。”凯苏安这样说的时候，声音中却带着喜爱的意味。她转向兰德：“我希望你能给她一些好东西。”

“什么意思？”兰德问。

“你已经给了许多人许多东西，”凯苏安说，“我知道，你在为自己的死亡做着准备。老人和即将奔赴战场却相信自己无法取胜的人都会做出这样的安排。你给了自己的父亲一把剑，给了安多女王一件特法器，给了岚·人龙一顶王冠，给了那个艾伊尔女孩珠宝。现在还有这个女孩。”她朝明点点头。

兰德全身一僵。从某种角度来说，他知道凯苏安的话没错，但听到有人把他的心情直接说出来，还是让他感到不安。

明的表情阴暗下来，更加用力地抓住兰德的手臂。

“和我一起走走，”凯苏安说，“只有你和我，真龙大人，”她向兰德瞥了一眼，“如果你愿意的话。”

明看着兰德，但兰德只是拍了拍她的肩膀，向她点了一下头：“我会去帐篷那里找你。”

明叹了口气，但还是退开了。凯苏安这时已经沿着小路向前走去。兰德跑了几步，才追上她。她也许就喜欢看到兰德这样追她。

“两仪师沐瑞已经在因为你的耽搁而有些坐卧不宁了。”凯苏安说。

“你是怎么想的?”

“我认为她的确有一些智慧,不过我也并不认为你的计划非常白痴。不管怎样,你不能再耽搁下去了。”

兰德有意对自己将要发动攻击的时间闭口不谈。就让所有人都去猜测吧,如果他身边没有人知道这个时间,那么暗帝也就不可能知道。

“不管怎样,”凯苏安说,“我现在要和你谈的不是你是否在延误战机,我觉得两仪师沐瑞……在这件事上已经对你有了很好的教育。而另外一件事却远比这种战术问题更让我担心。”

“什么事?”

“你总是想要去死。看你这种安排后事的态度,你甚至已经放弃活下来的希望。”

兰德深吸一口气。在他身后,一队枪姬众跟随着他们。他们刚刚走过寻风手的小营地,那些寻风手正围坐在风之碗周围,低声交谈着。看到他和凯苏安走过,她们的脸上没有流露任何表情。

“让我去实现我的命运吧,凯苏安。”兰德说,“我已经拥抱了死亡。当它到来的时候,我自然会接受它。”

“我很高兴你能这样,”凯苏安说,“千万别以为我不会用你的生命去赎买这个世界。”

“你从一开始就已经表明了这一点,”兰德说,“那么,为什么你现在还要为这种事担忧?这场战争将夺走我的生命,结局只能是这样。”

“你绝不能就这样认定自己必死无疑,”凯苏安说,“即使这几乎是无法避免的后果,你也绝对不能真的就以为未来是无法改变的。”

“伊兰也总是这样对我说。”

“那么,她这一辈子至少在一件事上还算是聪明的。我还以为她不会有这么聪明呢。”

兰德拒绝对凯苏安的话进行评论。凯苏安则只是微微一笑,她很高兴兰德现在对自己的控制能力。也许她刚刚只是给了兰德一个小测试。

她这种测试真的就没有尽头了吗?

不,兰德心想,她会一直这样测试我,直到最后那一个测试。那个最重要的测试。

凯苏安在小路上停下来,兰德也随之停下脚步:“你也给我准备了礼物吗?”

“我的礼物只送给我在意的人。”

这让凯苏安的笑意更浓了:“我们之间的关系一直都颇为紧张,兰德·

亚瑟。”

“可以这么说。”

“不过，”凯苏安看着他，“我要让你知道，我很高兴。你的变化很让我满意。”

“所以，你允许我去拯救世界了？”

“是的。”凯苏安望向天空。乌云正在剧烈翻滚着，从兰德头顶向四下分开。只要兰德不想掩饰自己的身份，它们就会这样。

“是的，”凯苏安又把自己的话重复了一遍，“你已经得到我的许可。但你的动作要快，黑暗正在迅速增长。”

仿佛是为了证明她的这句话，大地传来一阵轰鸣。现在这种情况出现得愈来愈频繁了。整座营地都在晃动，人们踉踉跄跄地维持着平衡，警戒地环视四周。

“弃光魔使会攻击我们，”兰德说，“当我进入煞妖谷时，必须有人能对抗他们。我想让艾玲达率领与他们作战的部队，她需要你的协助。”

凯苏安点点头：“我尽力而为。”

“带上艾丽维娅，”兰德说，“她很强大，但我担心她没办法与别人顺利合作。她不懂得有一些限度是必须遵守的。”

凯苏安又点点头。看着这位两仪师的眼睛，兰德有些怀疑她是不是早已预料到自己会有这种安排。这时，凯苏安问道：“那么，黑塔呢？”

兰德咬了咬牙。黑塔是一个陷阱，他知道那是个陷阱。泰姆想要把他引到一个无法利用神行术逃脱的地方。

“我已经派佩林去援助他们了。”

“而你仍然决定要亲自去救他们？”

我必须帮助他们。无论怎样，我让泰姆将他们召集起来，我不能把他们丢给他……

“你还没有下定决心。”凯苏安的语气显得很不满意，“你在用自己冒险，在用我们所有人冒险。你还是想踏进那个陷阱。”

“我……”

“他们是自由的。”凯苏安转过身，又走了起来，“泰姆和他的同伙已经被赶出黑塔了。”

“什么？”兰德伸手拉住凯苏安的手臂。

“你在黑塔中的人自己夺回了自由。”凯苏安说，“不过，根据我得到的消息，他们也遭受了沉重的打击。现在几乎还没有人知道这件事。伊兰女王也许无法立刻将他们使用在战场上。对于具体细节,我还不是很清楚。”

“他们自己夺回了自由?”兰德问。

“是的。”

他们成功了,或者是佩林成功了。

兰德几乎有些欣喜若狂。但一阵罪恶感又沉重地压在他的心上。有多少人被暗影掳走了?如果他早一点去帮助他们,是否能拯救那些人?从他得知他们的危险处境到现在已经过去了许多天,他却任由他们自生自灭,只是因为沐瑞告诫他那是一个陷阱,并且坚持不许他去碰触那个陷阱。

而现在,殉道使们自己赶走了敌人。

“我希望能从你口中得到一个答案,”凯苏安说,“知道你到底打算如何处置黑塔。”她叹了口气,摇摇头:“你的身上有弱点,兰德·亚瑟。但你必须如此。”

说完,她就走开了。

“迪普是一个好人,”安泰尔说道,“他在马兰登之战中活了下来。那时,城墙被炸得粉碎,但他活了下来,并坚持战斗。惊怖领主们终于找到了他,结束了他的生命。迪普在最后一刻仍然与他们战斗着,他死得很光荣。”

马吉尔士兵们向安泰尔举起酒杯,向死者致敬。岚也举起酒杯,尽管他只是站在篝火周围的人群之外。他希望迪普那时能遵守他的命令。但现在,他只能摇摇头,将杯里的酒一饮而尽。虽然已经是晚上,岚的部下们仍然轮流保持着清醒,以免敌人发动进攻。

岚在两根手指之间转动着酒杯,再一次想到迪普。他发现自己没办法对那个人生气。迪普想要消灭暗影势力中最危险的一名导引者。如果遇到类似的机会,岚也很难让自己轻松地转头逃走。

战士们还在继续为死者致敬。这已经成为每一个边境国营地每晚都要进行的一个传统。岚发现他的战士们正在这样的仪式中逐渐将安泰尔和那瑞玛看做同生共死的战友。这些殉道使对待普通人也一直保持着冷淡的态度。但迪普的死在殉道使和普通士兵之间铸就了一种联系,现在,殉道使和普通人同样在战斗中牺牲。大家看到了安泰尔的悲伤,邀请他与他们一同祝酒、默哀。

岚离开那群人,经过营地,在拴马栏前停住脚步,开始检查曼塔的状况。这匹马被照顾得很好,但它的左肋多了一道巨大的伤口。那里的毛皮再也不可能复原了。不过,它已经得到彻底的治疗。马夫们还在低声议论着这匹受伤的战马,是如何在迪普丧命的那场战斗后出现在营地中的。许多骑士在白天的战斗中被杀害，或者失去了坐骑，但很少有马匹能够逃脱兽魔人的追猎，平安返回营地。

岚拍了拍曼塔的脖子，轻声说道："我答应你，我的朋友，我们很快就能休息了。"

曼塔在黑暗中打着响鼻，不远处，另外几匹马发出一阵嘶鸣。

"等到打败了暗影，"岚继续说道，"我们就会建立起一个家。奈妮薇和我会回到马吉尔，我们会让那里的原野再次开满鲜花，湖水重新变得清澈，到处都是葱翠的绿意。不会再有兽魔人来攻打我们。孩子们不必在你们的背上练习杀戮的手段。老朋友，你能够过上平静的生活，吃吃苹果，找一匹漂亮的母马。"

在想到未来的时候，岚的心中已经很久没有过希望了。而在这个地方，在这场战争中，他却感觉到希望的存在。这种感觉真是奇怪。

他是一个刚硬的人。有时候，他觉得自己似乎在岩石和沙砾之中，要比在篝火旁欢笑的人群中更自在。

他让自己变成这样的人。他需要变成这样的人，一个注定要冲向马吉尔，用生命维护家族荣誉的人。兰德·亚瑟让他的外壳出现了缝隙，而奈妮薇的爱彻底剥去他身上的这层硬壳。

真好奇，兰德是否知道，岚一边想着，一边拿过马梳，开始刷洗曼塔的毛皮。岚知道自己从小就被选出来要在战场上赴死，他知道自己的导师指着妖境，告诉他，他必将在那里牺牲生命又是怎样的感觉。光明啊，这些他都亲身感受过。兰德·亚瑟也许永远都不会知道，他们俩的人生是多么相似。

岚刷洗着曼塔，但疲惫已经渗入他的骨髓。也许他应该睡一下。奈妮薇一定会让他去睡觉的。他想象着奈妮薇和他争论的样子，任由自己露出一点微笑。最后胜利的是奈妮薇。她告诉过他，一位将军需要睡眠，而且营地里有足够的马夫可以照顾他的马。

但奈妮薇不在这里，所以他还是在继续洗刷着曼塔。

有人向拴马栏走来。当然，岚在他距离拴马栏还很远时，就听到了他的脚步声。巴狄瑞大人从马夫手中也接过一把刷子，对旁边的卫兵点点头，就向他自己的坐骑走去。直到这时，他才注意到岚。

"人龙大人？"他说道。

"巴狄瑞大人。"岚向这名坎多人点了一下头。这位艾森勒女王的执剑官身材高瘦，一头黑发中已经有了丝丝白斑。虽然巴狄瑞不算是卓越的军事家，但他的确是一名优秀的指挥官。在坎多国王死后，他很优秀地履行了指挥坎多军队的工作。有许多人猜测女王会和他结婚。当然，这种猜测很愚蠢。艾森勒看他的时候就像是在看着一位兄弟。而且，任何懂得观察的人都能看出来，巴狄瑞喜欢的是男人，而不是女人。

“很抱歉打扰你，大将，”巴狄瑞说，“我没想到你也会在这里。”说完，他便打算退开了。

“我快好了，”岚说道，“不必在意我。”

“马夫们会把马照顾好，”巴狄瑞说，“我来这里不是为了查看他们的工作。我只是有时候喜欢做些简单熟悉的事情，这样能帮助我思考。”

“发现这种好处的人并不止你一个。”岚一边说，一边继续洗刷着曼塔。

巴狄瑞咯咯地笑了起来，然后，他又陷入了沉默。片刻之后，他才说道：“大将，你在担心爱格马领主吗？”

“担心什么？”

“我很担心他把自己逼得太狠了，”巴狄瑞说，“他做出的一些决定……让我感到困惑。我并不是说他的作战计划不好，只是，计划有些过于强调进攻了。”

“这是战争。我不知道除了进攻之外，还有什么办法能打败敌人。”

巴狄瑞又沉默了一会儿：“当然，但你有没有注意到尤卡塔领主损失的两支骑兵队？”

“那很不幸。但每个人都会犯错。”

“那不是爱格马领主应该犯的错。他以前也遭遇过同样的情况，大将。他应该知道这样的情况下会发生什么。”

这件事发生在最近一次袭击兽魔人的战斗中，殉道使那时刚刚纵火点燃了法伊森及其周围地区。兽魔人部队从正面向殉道使发动了攻击。依照爱格马的命令，尤卡塔率领他的骑兵队绕过一座高大的山丘，袭击兽魔人的右翼。这是一种经典的钳形攻势。爱格马还打算派另一支骑兵攻击敌人的左翼。殉道使则在正面与兽魔人交战。

但暗影的将领们已经看穿了他的计划，没等爱格马和殉道使有所行动，一大股兽魔人已经翻过山丘，向尤卡塔骑兵队的右翼发动猛攻。其余的兽魔人则攻向尤卡塔的正面，包围了他的骑兵队。

尤卡塔的骑兵一个都没能回来。随后，兽魔人的兵锋立刻指向殉道使。殉道使勉强才能全身而退。

“他一定是过于疲惫了，大将，”巴狄瑞说，“我认识爱格马，如果他有足够的精力和警觉，肯定不会犯这样的错。”

“巴狄瑞，任何人都有可能犯这样的错。”

“爱格马领主是最优秀的军队指挥官，对待战争，他应该有不同于其他人的眼光。”

“你确定不是对他过于期待?”岚问，“爱格马也只是血肉之躯。说到底，我们都是。”

“我……也许你是对的。”巴狄瑞的手按在剑柄上，脸上依旧充满忧色。当然，他现在佩戴的并不是女王的剑。只有当他在女王身边时，才会为女王佩剑。“我猜，他那时只是凭直觉做出决定，那个命令更多是出于一时冲动。爱格马现在总是一副劳累不堪的样子，我很担心这会影响他指挥战斗的能力。你应该多注意他。”

“我会注意的。”岚说。

“谢谢。”巴狄瑞的神情比他刚过来时显得开朗许多。

岚最后拍了曼塔一下，给巴狄瑞空出位置，让他照料自己的马，然后就穿过营地，向指挥帐篷走去。这顶帐篷中一直灯火通明，有士兵守卫。而且那些负责守卫的士兵也不被允许细看帐篷里的作战地图。

岚掀起帐帘，走了进去，向里面的两名夏纳指挥官点头致意。其中一名指挥官正在查看铺在地上的地图。爱格马不在帐篷里。军队的指挥官也是需要睡眠的。

岚蹲下去，望向那张地图。在明天的撤退后，他们应该会到达一个被称为“血泉”的地方，在那里，河水中的红色岩石让河里流淌的仿佛是一股鲜血。那里和一片丘陵地区毗邻，所以他们在那里可以获得一点地形高度的优势。爱格马想要借助那片高地，对兽魔人发动一次弓箭手和骑兵相配合的进攻。当然，他们会在那里烧毁更多的民居和农场。

岚一只膝盖跪在地上，仔细查看爱格马写在地图上的部队分派和攻击指令。这个作战计划很大胆，但岚看不出有什么值得忧虑的地方。

就在岚仔细考虑这个作战方案时，帐帘发出窸窣声，爱格马走了进来。和他同行的还有沙戴亚的爱奥斯女领主，他们正低声交谈着。看到岚，爱格马停住脚步，向爱奥丝致歉后，就朝岚走了过来。

爱格马并没有因为疲惫而显出衰弱的样子，但岚能够从一个人的动作中看出他的身体状况。而且，爱格马的眼睛布满血丝，呼吸中散发着一股淡淡的平根气味。一般只有长时间缺乏睡眠，却又要保持清醒的人才会咀嚼这种草药。爱格马很累了。但营地中每一个人也都是这样。

“你同意这个计划吗，大将?”爱格马跪下来问道。

“对于一支正在撤退的军队，这是一个有很强攻击性的计划。”

“我们还能有别的选择吗?”爱格马问，“我们在身后抛下了一片被烧毁的土地。为了阻止暗影占有夏纳，我们彻底摧毁了她。我会用兽魔人的血来熄灭烧毁夏纳的大火。”

岚点点头。

“巴狄瑞去找你了?”爱格马问。

岚的目光蓦然间变得犀利起来。

爱格马虚弱地笑了笑，“我想，他还在想着尤卡塔和他的部队?”

“是的。”

“那肯定是一个错误，”爱格马说，“我一直在等待有人当面向我质问这件事。巴狄瑞肯定相信我绝对不可能犯下那种错误。”

“他认为你操劳过度了。”

“他在战术上很聪明，”爱格马说，“不过他所知道的并不像他以为的那么多，他只是在头脑中装满了伟大将领的故事。我并非不会犯错，大将。这也不是我唯一犯过的错误。我会记住自己犯下的每一个错，从中吸取教训。当然，也包括这一个。”

“不过，也许你真该让自己多一些睡眠了。”

“我的身体还完全可以，人龙大人。我知道我的极限，我一辈子都在了解这一点。这场战争会把我逼到极限，但我只能如此。”

“但……”

“或者解除我的职务，或者让我来决定自己该做什么。”爱格马打断了岚，“我会听取建议，我不是傻瓜，但我不会在意别人的品头论足。”

“很好，”岚说，“我相信你的智慧。”

爱格马点点头，视线转向他的地图。当岚离开帐篷去睡觉时，他还在逐一确定作战计划的细节。

第19章

道路的选择

伊兰发现巴歇尔正在澳关雅河的东岸踱着步。

这片河岸是不多的几处仍然能让伊兰感觉到生命存在的地方之一。这些日子里，生命正从这个世界中迅速消逝。树木不再萌生新芽，花草停止生长，动物们蜷缩在自己的窝巢中，没有了一丝动静。

但河水还在流淌，给予这片枯萎的大地一种生命的感觉。

澳关雅河是那种颇具迷惑性的大河。从远处看，它的水面平静安宁，但掉进去的人很容易会被湍急的暗流拖进河底。伊兰还记得，在一次沿这条大河进行的狩猎旅行中，布伦就曾经让盖温亲身体验了这样一课。布伦也曾经告诫过伊兰，也许比他给盖温上课还要早。不过布伦在对待安多继承人时，向来都是小心翼翼，从未有过任何僭越的行为。

要小心暗流，他这样对伊兰说，河水中的暗流是光明之下最危险的一样东西。但它之所以危险，只是因为人们总是低估它。河水看起来平静，是因为没有东西与它争斗。任何生灵都不想冒犯它。鱼会顺着水流前进，人们总是对它敬而远之，只有急于证明自己的傻瓜才会与河水对抗。

伊兰走下岩石河岸，向巴歇尔走去。她的卫兵留在后面。现在柏姬泰不在伊兰身边，她在下游数里外，正监督弓箭手队伍向造筏渡河的兽魔人发动阻击。柏姬泰的弓箭手和塔曼尼的龙消灭了大量的兽魔人，但兽魔人大军涌过澳关雅河依然只是时间上的问题。

一个星期前，伊兰的军队离开了安多。她和巴歇尔一直对战争进程感到满意。直到他们发现了那个陷阱。

"真是惊人，对不对？"伊兰来到已经在河岸边站定的巴歇尔身旁。

巴歇尔瞥了她一眼，点点头："我们的家乡没有这样的大河。"

"亚林河是什么样子？"

"它在流出沙戴亚后才会形成这样的规模，"巴歇尔漫不经心地答道，"这几乎就像是一片海，将整片陆地分开。想到艾伊尔人在第一次跨越世界之脊后，看到这种大河时的样子，我就不禁很想笑上两声。"

两个人沉默了一会儿。

"情况有多糟糕？"伊兰终于问道。

"很糟，"巴歇尔回答，"我早就应该意识到了。光明烧了我吧。我应该能想到的。"

"任何人都不可能算无遗策，巴歇尔。"

"请原谅，"巴歇尔说，"你的话安慰不了我。这正是我应该做的。"

他们一直按照计划离开布雷姆森林，向东行军，烧毁艾瑞尼河和澳关雅河上的桥梁，吸引大量兽魔人渡河追击他们。现在，伊兰已经到了向北就能到达凯瑞安的大道上。巴歇尔本来计划在这条大道上凯瑞安以南六十里处的一片丘陵中与兽魔人决战。

但暗影预料到了他们的行动。斥候们发现另一支兽魔人军队出现在他们当前所在位置的北方，正在向东行军。它们的目标是凯瑞安城。伊兰已经将那座城市的守备部队全部抽调出来，充实了她的军队。现在，那座城市里只有难民，而且像不久前的凯姆林一样拥挤。

"它们是怎样出现在这里的？"伊兰问，"那些兽魔人不可能从塔文隘口直接杀过来。"

"它们也没有足够的时间能做到这一点。"巴歇尔表示同意。

"有另外一座道门？"伊兰问。

"也许。"巴歇尔说，"也许没有。"

"那它们又是怎么过来的？"伊兰问道，"暗影靠什么手段运送一支军队过来？"这支兽魔人的军队几乎伸出手就能敲到凯瑞安的城门了。光明啊！

"我的错误就在于以人类的模式去思考，"巴歇尔说，"我一直在计算兽魔人的行军速度，却没想到魔达奥会以怎样的方式催赶它们。这是个愚蠢的错误。兽魔人的军队一定是在布雷姆森林中就分成了两股，一半兽魔人直接向东北方穿过森林，它们最初的目标就是凯瑞安。这是我能想到的唯一解释。”

“我们已经在以最快的速度行军了，”伊兰说，“它们的速度怎么可能超过我们？”伊兰的军队能够使用神行术。当然，她不可能用神行术运送每一名士兵，她没有那么多导引者。但她还是用神行术运送了载货车辆、伤员和营地中的随军人员，这让整支军队都能像训练有素的士兵那样快速行军。

“我们的行军速度依然没有超过人类所能承受的极限，”巴歇尔说，“任何人类指挥官都不会让部下以那种可怕的方式行军。那些兽魔人所经过的也并非坦途大道，它们要渡过大河，穿过森林，行经湿地沼泽。光明啊！一定有成千上万的兽魔人没能挺过这种极度消耗体力的行军。但隐妖愿意冒这种险。现在，他们将我们包围了，而凯瑞安城也难免毁于一旦。”

伊兰沉默片刻，最终说道：“我不会让这种事情发生，不能再有城市被暗影蹂躏，我们必须阻止它们。”

“我们有这样的选择吗？”

“有的，”伊兰说，“巴歇尔，你拥有这个世界上最伟大的军事头脑，你也能动用前人无法想象的资源。你有龙，有家人，还有巨森灵……你能想到办法。我知道你可以。”

“对于一个你刚刚认识不久的人，你却给予了令人惊讶的信任。”

“兰德信任你。”伊兰说，“即使在那个最黑暗的时刻，巴歇尔……当他怀疑身边的每一个人，向每一个人投去黑暗的目光时，他依然信任你。”

巴歇尔显露出苦恼的神情：“的确有办法。”

“什么办法？”

“我们以最快的速度向靠近凯瑞安的兽魔人发动攻击。它们已经疲惫了，一定已经非常疲惫了。如果我们能抢在南边的兽魔人追上我们之前迅速打击他们，我们就还有机会。但这很难。北边的兽魔人会攻占伊利安，利用那座城市挡住我们的攻击，等待与南边的兽魔人会合。”

“我们能够通过神行术进入凯瑞安城，守住它吗？”

“对此我表示怀疑。”巴歇尔说，“现在我们的导引者都很疲惫了，而且，我们需要击溃北边的兽魔人，而不仅仅是挡住它们。如果我们让它们有休息的时间，它们就会恢复体力，并从容地与南边的兽魔人会合。惊怖领主会为它们撕开凯姆林的城墙，就像给熟透的苹果削皮。不，伊兰，我们必须现在就进攻，在北边的兽魔人最虚弱时打垮它们。只有这样，我们才有可能回头继续对抗南边的兽魔人。如果我们失败了，这两支部队将把我们夹在中间，让我们全军覆没。”

“我们必须冒这个险，”伊兰说，“制定计划吧，巴歇尔。我们马上就要行动了。”

艾雯走进特·雅兰·瑞奥德。

梦的世界一直都是危险且不可预知的，而最近这段时间，这里变得更加混乱和诡异了。巨大的提尔城在梦中的倒影显露出强烈的磨蚀痕迹，仿佛被强猛的风暴吹击了一百年。城墙刚好只剩下了十尺，墙头已然在风蚀中变得平整圆滑。城中的房屋几乎都不见了，只留下地基和一堆堆看不出原本形状的石块。

眼前的景象让艾雯打了个寒颤。她转向提尔之岩，至少，那座堡垒依然如同山岳般屹立着，完全没有因为风暴的抽打而发生改变。这让艾雯感到一阵安慰。

她将自己送进提尔之岩的核心。智者们正在那里等她，这也让艾雯感到一阵安心。即使在这个混乱与动荡的时代，智者们依然像提尔之岩般坚定、稳固。艾雯看见了艾密斯、柏尔和麦兰。在她们注意到她之前，她听到了她们的一段对话。

“我像她一样看到了未来，”柏尔说道，“只不过是通过我的后代的眼睛。我相信，当我们第三次从那里归来时，就都会看到我说的一切。这应该成为所有智者都要做的事情。”

“三次进入那里?”麦兰说，“这的确会改变传统。而我们还不知道，如果我们第二次进入那里，是会看到你所说的幻象，还是先前的幻象。”

艾雯意识到自己正在偷听她们对话，就清了清嗓子。智者们立刻闭住嘴，转向了她。

“我不想打扰你们。”艾雯走进圆柱中间，来到她们面前。

“没有关系，”柏尔说，“我们本该管住自己的舌头。毕竟，是我们邀请你到这里来与我们见面。”

“见到你很高兴，艾雯·艾威尔。”麦兰向她露出慈爱的微笑。看她高高隆起的肚子，艾雯相信她一定就要临盆了。“我们已经从报告中得知，你的军队赢得了巨大的节。”

“我们做得不错，”艾雯和智者们一同坐到地板上，“你们也会有机会赢得节的，麦兰。”

“卡亚肯在耽搁时间，”艾密斯皱起眉头，“枪矛已经很不耐烦了。我们早就应该出发去对抗刺目者。”

“他喜欢做好周详的计划和准备。”艾雯说，然后，她犹豫了一下，“我不能和你们在一起太长时间，今天我还要和他见面。”

“为什么？”柏尔向前俯过身，好奇地问。

“我不知道，”艾雯说，“我在自己的帐篷中的地上看到一封他的信，信里说，他想要见我，但不是以真龙和玉座的身份见面，而是以老朋友的方式。”

“告诉他，他不能再耽搁了。”柏尔说，“但我们也的确有一些事情需要和你谈谈。”

“什么事？”艾雯好奇地问。

“你有没有见过这样的东西？”麦兰一边说，一边集中起精神。在她们之间的地面上，岩石开裂。麦兰正将她的意志注入梦的世界中，制造出要让艾雯观看的东西。

一开始，艾雯觉得有些困惑。岩石开裂？她以前也见过裂开的岩石。现在，随着地震愈来愈频繁地出现，岩石开裂已经是很平常的事情了。

但麦兰制造出的裂隙的确有一些与众不同的地方。艾雯探身向前，发现那些裂缝中仿佛什么都没有，是一种深不见底的黑暗。这很不正常。

“这是什么？”艾雯问。

“我们有很多人看到这种情景，”艾密斯轻声说道，“那些在安多战斗，以及在废地为兰德·亚瑟而战的人都发来这样的信息。这很像是因缘本身的碎裂。这种彻底的黑暗会出现很短一段时间，然后消失，只留下普通的裂缝。”

“这是一种非常危险的迹象。”柏尔说，“我们已经派遣使者去岚·人龙的战线通报这种情况，并询问边境国人是否见到同样的现象。根据他们的回信判断，这种现象在他们那里最为普遍。”

“当惊怖领主参与战斗时，这种现象往往出现得更加频繁，”艾密斯说，“他们会肆意使用烈火的编织。”

艾雯盯着那种无尽的黑暗，打了个哆嗦：“烈火会削弱因缘。在至上力之战中，就算是弃光魔使也逐渐不敢再使用它，唯恐它会将这个世界拆散。”

“我们必须让全部盟友都知道，”艾密斯说，“绝不能使用这种编织。”

“两仪师已经被禁止使用这种编织了，”艾雯说，“我会确保没有两仪师敢违反这个禁令。”

“这么做很明智，”麦兰说，“虽然两仪师对自己有诸多条规限制，但我发现，她们很擅长在环境允许时完全忽略这些条规。”

“我们信任我们的人，”艾雯说，“誓言在约束着她们。但她们自身的智慧也让他们知道该怎么做。如果沐瑞没有打破这个规则，佩林就难免一死。就像如果兰德没有打破这个规则，麦特也会死去一样。但我会认真和我的人谈谈这件事。”

烈火现在的确让艾雯感到困扰，不是因为它本身，或者是它所造成的后果。它的确异常危险，但佩林在那个梦中对她说的话又是什么意思？它只是一个编织……

只有暗影能够使用这种武器，利用它拆解因缘的效果，这实在不公平。人类又该怎样与使用这种武器的敌人作战？又该如何抵御这样的攻击？

“这不是我们找你唯一的原因，艾雯·艾威尔，”麦兰说，“你已经见到梦的世界的变化。”

艾雯点点头：“风暴在这里比现实世界更加可怕。”

“从今以后，我们不会再常来这里了，”艾密斯说，“我们已经做出了决定。而且，虽然我们对卡亚肯有所不满，但他已经在为军队的行动进行准备了，再过不久，我们就将随同他向暗影的巢穴发动进攻。”

艾雯缓缓点着头：“这一天终于要来了。”

“我为你感到骄傲，女孩。”艾密斯说道。山岩般的艾密斯，现在眼里却含着泪水。三位智者都站起身，逐一与艾雯拥抱。

“光明护佑你们，艾密斯、麦兰、柏尔，”艾雯说，“代我向其他人问好，让她们知道，我在惦记着她们。”

“一定会的，艾雯·艾威尔，”柏尔说，“愿你一直能找到水和树荫，无论现在还是以后。”

她们一个接一个地从提尔之岩消失了。艾雯深吸一口气，向上望去。这座建筑正在呻吟，如同暴风中的一叶孤舟。她周围的岩石仿佛都在晃动。

艾雯一直都很喜爱这里，不是提尔之岩，而是特·雅兰·瑞奥德。她在这里学到很多东西，但是，在她这一次将要离开时，她知道，这里已经变得如同暴发洪水的河流一样危险了。无论艾雯对这里的感觉多么熟悉，多么喜爱这里，她也已经不能继续在这里冒险。而且，白塔正迫切地需要她。

“再见，老朋友，”艾雯对这个世界说道，“等我再回梦境的时候见。”

她让自己醒了过来。

盖温正像往常一样，等在她的床边。他们已经回到了白塔。艾雯身上穿着正式的长裙，正在她的书房旁边的房间里。现在还没有到晚上，当然，无论智者们何时约她见面，她都不会轻易拒绝。

“他来了。”盖温低声说道，同时朝书房门口瞥了一眼。

“那么，我们去见他。”艾雯说。她稳定了一下情绪，站起身，整了整裙摆，然后向盖温一点头。他们走出房间，准备与转生真龙会面。

看到艾雯，兰德露出了微笑。他正在书房中等待艾雯，跟随在他身边的还有两名艾雯不认识的枪姬众。

“你有什么事情？”艾雯有些疲惫地问，“说服我打破封印吗？”

“你实在有些太不客气了。”兰德说。

“前两次我们见面时，”艾雯回应道，“你都故意要激怒我。难道我应该认为这次你的态度会好一些吗？”

“我并不想激怒你，”兰德说，“我想把这个给你。”他从衣袋中拿出一样东西，递到艾雯面前。那是一条发带：“你总是期待着能够将头发编成辫子的那一天。”

“那么，你是在暗示我还是个孩子？”艾雯恼恨地问道。盖温伸手按住她的肩膀，安慰着她的情绪。

“什么？不！”兰德叹了口气，“光明啊，艾雯，我只想向你赔罪。你就像我的妹妹。你知道，我没有兄弟姐妹，或者可以说我有一个哥哥，但他原先并不认识我。我只有你。求求你，我不想让你难过。”

片刻间，他仿佛依然只是以前的那个兰德，一个天真而诚恳的男孩。艾雯心中的怒火消失了：“兰德，我很忙，我们都有许多事要做，现在没时间来关心这种事。你的军队已经急不可耐了。”

“他们很快就将投身于战斗，”兰德的语气变得严肃起来，“等到那个时候，他们就会后悔自己现在为什么要如此着急，并且开始怀念这段休整等待的日子了。”他的手中仍然捧着那条缎带，只是他将手掌握成了拳头：“我只是……不想让我们的最后一次见面又变成一次争吵，无论我们将要讨论的事情有多么重要。我希望能带着美好的记忆前往战场。”

“哦，兰德，”艾雯说道。她向兰德迈出一步，接过那条缎带，张开双臂，将他拥进怀中。光明啊，虽然他早已变成一个难以对付的人，但艾雯对自己的父亲其实偶尔也会有同样的感觉。“我支持你。这并不意味着我会听你的话，打破封印。但我真的是支持你的。”

然后，艾雯就放开了兰德。她不会让自己的眼睛涌出泪水。即使她知道，这真的是他们最后一次相聚了。

“等等，”盖温说道，“哥哥？你有一个哥哥？”

“我是提格兰的儿子，”兰德说着，耸了耸肩，“她在进入荒漠，成为枪姬众后生下了我。”

盖温露出一副震惊的神情。不过艾雯在很久以前就已经知道这件事了。“你是加拉德的弟弟?”盖温问。

“同母异父的弟弟,”兰德说,“这对一名白袍众来说也许并不意味着什么。加拉德的父亲,也就是你的父亲塔林盖尔。而我的父亲则是一位艾伊尔人。”

“我想,加拉德一定会大吃一惊的,”盖温轻声说道,“但伊兰……”

“不必对我说你的家族谱系。伊兰和我没有直接的血缘关系,”兰德又转向艾雯,“我能看看它们吗?就是那些封印。在我前往煞妖谷前,我想最后看它们一眼。我承诺不会对它们做任何事。”

艾雯不情愿地从腰间的口袋里拿出暗帝牢狱的封印。盖温依旧是一副惊讶不已的表情。他走到窗前,推开窗户,让阳光洒落房间里。白塔依旧是……一片静谧,但它的军队已经赶赴前线,它的主人与暗影激战正酣。

艾雯打开第一枚封印的包布,将它交给兰德。为了以防万一,她不会一次把全部封印都交给兰德。她并非不信任他,毕竟,这是兰德。但……只是为了以防万一。

兰德拿起封印,紧紧地盯着它,仿佛正在从它蜿蜒的纹理盒子中寻找着智慧。“我制造了它们,”他悄声说道,“我让它们永远不会破碎。但我在制造它们的时候就已经知道,它们终将崩坏。只要受到他的碰触,任何事物都会崩坏……”

艾雯拿出另一片封印,小心地将它握紧。她不能允许这些封印因意外而被破坏,所以她才一直用布包裹着它们,并且在盛放它们的袋子里也加了软垫。尽管沐瑞已经说过,艾雯会将它们打破,但艾雯现在甚至害怕它们会在她不注意时被碰碎。

艾雯觉得这很愚蠢,但她读过的那些文献、沐瑞所说的那些话……不管怎样,即使真的到了必须将它们打破的时刻,艾雯也需要能随时把它们拿出来。所以,她一直将它们带在身边,从不远离这些可能毁灭整个世界的小东西。

兰德的脸突然变得像纸一样白:“艾雯,不要用这种东西愚弄我。”

“什么东西?”

他看着艾雯:“这是假的。请别这样,我不会破坏它们。把实情告诉我,你做了它们的复制品,把复制品给了我。”

“我不会做这种事。”艾雯说。

“哦……哦,光明啊,”兰德再次举起封印,“这是假的。”

“什么!”艾雯把封印从兰德手中夺过来,抚摸着它,却没察觉到任何异常,

“你怎么能肯定?”

“是我制造了它们，”兰德说，“我知道我是怎么做的。这不是封印，这是……光明啊，有人把封印拿走了。”

“自从你把封印给我以后，我时刻都把它们带在身边!”艾雯说。

“那么它们被偷换就是在给你以前发生的事，”兰德悄声说道，“我并没有仔细看管它们。他一定通过某种方式知道我存放它们的位置。”他将另一片封印从艾雯手中拿起，摇了摇头：“这也不是真的。”然后他又拿起第三片：“同样不是。”

他看着艾雯：“他已经得到了封印，艾雯。他把封印偷回去了。暗帝现在得到了他的牢狱的钥匙。”

在麦特生命中的很多时间里，他都不希望人们这样盯着他。在那样的时候，人们总以为他又制造了什么麻烦，其实那往往并不是他的错。但他们都会朝他皱眉，还会用不以为然的眼神瞥着竭力让自己显得高兴一些并且天真无辜的他。每一个小孩都会不时偷一个馅饼。这没什么，人们早就应该习惯这种事了。

麦特的日常生活要比普通的男孩难熬得多。哪怕没有什么特别的原因，人们也都会格外小心地盯着他。佩林就算是一天到晚不停地偷馅饼，人们也只是会向他报以微笑，甚至还会拍拍他的头。而对于麦特，人们只会用扫帚打他的脑袋。

当麦特走进一家酒馆想要玩玩骰子时，就会有许多道目光盯在他身上。人们看着他，就好像在看着一个骗子。虽然他从未在赌桌上作弊。其实那些人的眼睛里更多的是嫉妒。是的，麦特一直都认为没有人盯着自己是一件很好的事，是一件值得庆祝的事。

现在，他如愿以偿了，而他却只是觉得更加不自在。

“你们可以看着我，”麦特劝说着面前的人，“真的。光明烧了你们吧，这么做没关系!”

“我的目光必须低垂。”那名侍女一边说，一边将手中的布料放在墙边的矮桌上。

“你们的目光已经够低了！你们从来都只会盯着地面吗？我希望你们抬起头来。”

那名霄辰女子只是继续着她的工作。她剃光了一半头顶，应该是一名侍圣者，皮肤白皙，脸颊上有一点雀斑，相貌还算不错。虽然麦特这些日子里更喜欢黑皮肤的女孩，但他并不介意这个女孩能给他一个微笑。如果连让一个女孩笑一下都不行，他又该怎么和这个女孩说话？

又有几名仆人捧着各式布料走了进来，同样是目光低垂。麦特正站在这座宫殿中“属于他”的这套寓所里。这里的房间实在是太多了，他根本不可能需要这么多房间。也许塔曼尼和一些红手队员可以住进来，好让这座宫殿不至显得这么空旷。

麦特走到窗边。下面的莫海拉广场上，一支军队正在进行整编。霄辰部队的集结速度比麦特希望的要慢。加尔甘正在将边境上的霄辰军队逐一抽调回来，但他的速度太慢了。他还在担心过快的撤退会让霄辰失去阿摩斯平原。麦特只和这个人短暂地打过一次交道，哪怕图昂告诉过他，加尔甘根本没有认真打算让他的刺客成功达成任务，但麦特依旧不信任这个人。

这个加尔甘最好懂些事理，他已经没什么理由值得麦特喜欢了，而如果他还这样耽搁……

“荣耀之人？”那名女仆问道。

麦特转过身，挑起一道眼眉。几名达科维捧着最后一批布料走进房间。麦特发现自己的脸有些泛红。这些仆人身上仅仅穿着几乎完全透明的薄纱，让麦特一眼就能看到她们的身体。她们不该在男人面前穿成这种样子。图昂到底在想些什么？

她不能占有我，麦特下定了决心。我不会仅仅成为她的丈夫。

那名脸上带着雀斑的女仆向一个跟随达科维走进来的人打了个手势。那是一名中年女子，一头黑发在脑后结成发髻，一根都没有剃掉。她的身材相当丰满，有些像是一口钟，全身都散发着老祖母的气势。

这名妇人将麦特审视了一番。终于有人肯看他了！如果这个人看他的眼神能够不像是在马市里看马的眼神一样就更好了。

“黑色代表他新得到的地位，”黑发妇人一边说，一边拍了下手，“绿色代表他的血统。折衷一下，就是深墨绿色。再给我拿一些眼罩过来。谁把这顶帽子给我烧了。”

“什么？”麦特喊道。仆人们却已经簇拥到他周围，开始给他脱衣服。“等等，你们要干什么？”

“为您准备衣服，荣耀之人。”黑发妇人说，“我的名字叫娜塔，是您的私人裁缝。”

“你们不能烧掉那顶帽子，”麦特说，“试试看，我倒想看看你们能不能从四楼展开翅膀飞到地上去。明白我的意思吗?”

那名妇人犹豫了一下：“是，荣耀之人。不要烧掉他的衣服，妥善保管它们，以备将来有需要的时候使用。”不过她似乎并不相信这些衣服还能有被使用的机会。

麦特张开嘴还想争辩，但已经有一名达科维打开了一只箱子。珠宝的光芒立刻从箱子里放射出来，红宝石、翡翠、火滴石……麦特的呼吸立时卡在喉咙里。单是这一只箱子，就足以被看成一个宝藏了！

麦特一时被惊呆了，几乎没注意到仆人们已经在脱下他的衣服。麦特任由她们剥下自己的衬衫，不过他还是按住脖子上的丝巾。他并不害羞，他脸上的红晕不是因为她们脱下他的裤子。他只是在为那么多宝石感到吃惊而已。

然后，一名年轻的达科维向麦特的内裤伸出手。

“如果你没了手指，那样子一定会非常好笑。”麦特吼道。

那名达科维抬起头。她大睁着眼，面色惨白，立刻又低垂下头，弓着身向后退去。麦特并不害羞，但内衣还是算了。

娜塔一咋舌。她的仆人们开始为麦特披上质地上乘的黑色，和接近黑色的深绿色布匹。“我们将为您缝制军装、宫廷礼服、日常起居服和典礼服饰。这……”

“不，”麦特说，“只要军装。”

“但……”

“我们要面对的该死的最后战争，”麦特说，“等我们从那场战争中活下来以后，你可以为我缝一顶该死的节日帽子。在那之前，我们的生活里将只有战争。我不需要别的任何东西。”

娜塔点点头。

麦特不情愿地伸开双臂，让她们把自己包在布料里，进行各种测量。如果他一定要容忍这些人喊他“君上”或者“荣耀之人”，那他至少需要让自己穿得漂亮一些。

说实话，他已经厌倦了那些旧衣服了。霄辰裁缝似乎不怎么使用蕾丝，这让麦特感到不太满意。但麦特不想干涉她的工作。他不能为每一件小事而抱怨，没有人喜欢和满口怨言的人打交道，麦特尤其如此。

在她们进行测量时，一名仆人捧着一只天鹅绒衬里的小匣子走了过来。匣子里摆满了各种眼罩。麦特挑选着，有些犹豫不决。这些眼罩中有些镶嵌着宝石，另一些上面绘制了精美的图画。

“这个。”麦特指着样式最质朴的一只眼罩说道。那是一只黑色的眼罩，只是在左右两侧各镶嵌了一道红宝石雕成的边框。仆人们将这只眼罩戴在麦特的眼睛上，而其余的仆人这时也完成了测量工作。

然后，麦特的私人裁缝指挥仆人们为他穿上一身她带来的衣服。很显然，她不打算再给麦特碰一下自己旧衣服的机会了。

这身衣服看起来相当简单，是一件纹理细致的丝绸长袍。麦特很想穿上裤子，不过这件长袍实在是很舒服。而且，她们总算是又给他披上了一件更厚实一些的外袍。这件外袍也是丝绸的，颜色为深绿色，上面的每一寸都绣满了螺旋花纹。宽大的袍袖足以让一匹马跑进去，也让麦特觉得实在是有些累赘和笨重。

"我想我说过，你们要给我准备战士的衣服！"麦特说。

"这是皇室家族在典礼上的武士制服，君上。"娜塔答道，"现在有许多人还是会将您视为外人。虽然没有人会质疑您的忠诚，但您还是应该让我们的士兵第一眼看到的是一位群鸦王子，而不是一个来自异国的陌生人。您是否同意？"

"我想是吧。"麦特说。

那些仆人还在忙碌着，为麦特系上一条华丽的腰带，并在他宽大的袖口戴上与腰带相配的护臂。麦特也觉得这样比较好，至少腰带束住了袍服，让他显得不那么笨重了。

不幸的是，下一件衣服的诡异程度已经超出麦特的想象：一块硬挺的白布被安放在麦特的肩头，分别从他的胸前和背后垂下来，仿佛是一件战袍的样子。它的侧面敞开，两肩的部分向外各延伸了足有一尺多，让麦特的肩膀宽得不成样子。它们很像是重甲的肩铠，只不过是用布做成的。

"这个……"麦特说，"不会是你们用来耍弄新人的把戏吧？"

"荣耀之人，把戏？"娜塔问道。

"你们不可能是真的要……"麦特的声音低了下去。他看到有人从他的房间门口走过，那是另一名军队指挥官。那个人身上的衣服和麦特的很像，只不过没有麦特的这么华丽，肩头也没有麦特这么宽。他穿的应该不是皇家礼服，而是王之血脉的仪式盔甲，但样式显然和麦特这身衣服一般无二。

那个人停下脚步，向麦特鞠了个躬，然后才继续向前走去。

"光明烧了我吧。"麦特说。

娜塔拍了一下手，仆人们开始在麦特身上装饰宝石。她们选择的大多是红宝石。这让麦特很不舒服。这一定是巧合，对不对？麦特不知道自己满身覆盖着宝石会是什么样子。也许他可以把这些宝石卖掉。实际上，如果他把这些宝石放到赌桌上，也许他很快就能拥有整个艾博达了……

艾博达已经是图昂的了，他忽然意识到，而且我已经和她结婚了。看起来，他真的很富有，非常非常富有。

麦特坐下来，让她们给自己的指甲涂漆。虽然他觉得这么做实在很无聊。哦，至少他在相当长的时间内不必再担心钱的问题了。当然，他一直也没有担心过钱的问题，他需要的钱总会在赌桌上被放好的。不过，现在不一样了，如果他已经拥有了一切，那么赌博还有什么意义？但这种想法并不让麦特感到有趣。一个人不该以这种方式拿走别人的一切。他应该想办法，运用智慧、运气和技巧去赢得自己想要的一切。

“光明烧了我吧，”麦特终于放下了手臂，仆人们给他的指甲涂漆的工作结束了，“我真的是个该死的贵族了。”他叹了口气，从一名仆人的怀里抓起自己的帽子，戴在头上。那名仆人被吓了一大跳，她正抱着麦特的旧衣服从麦特面前走过。

“荣耀之人，”娜塔说道，“请原谅我的直率，但如果您愿意，为您选择衣饰穿着是我的责任。您这顶帽子……和您现在所穿的制服很不协调。”

“有谁在乎？”麦特说着，向房间外走去。他差点就要侧过身才能从门口走出去！“如果我真的要穿上这么荒谬的衣服出去见人，也许我不如让自己有那么一点性格。有没有人能告诉我，我们那帮该死的将军在哪里开会？我需要知道我们到底有多少部队。”

第 20 章

进入萨坎鞑

在与兰德见面后不久，艾雯已经再次高举起沃拉超法器，开始编织火之力。至上力丝线凝集在一起，细小的闪光丝带在她面前的空气中组成了一个复杂的编织。她能感觉到这些丝线散发出的强大热量。她的面孔被能流发出的光芒照耀成明亮的橘红色。

随着编织的完成，一颗山岩般巨大的火球在空中划过一道弧线，发出响亮的爆裂声，呼啸着落在远方的山丘上，如同从天际坠落的陨星，将兽魔人弓箭手炸飞到半空中，化成一堆残破的尸块，纷纷掉落下来。

罗曼妲在艾雯身边打开了一个神行术通道。她和另一些黄宗姐妹坚持要留在战场上，担负紧急治疗的工作。在抢救生命这件事上，她和她的小团队发挥了无与伦比的作用。

但是今天，她们没有什么机会进行治疗。正如同布伦所预料的那样，兽魔人已经完全撤进山丘的掩护之中。经过一天半的休息后，许多两仪师都已经恢复了体力，虽然她们还无法达到一个星期前战争刚刚开始时的水平，但也已经足够了。

盖温在通道打开后立刻手持长剑，跳了过去。艾雯紧随其后，随后还有罗曼妲、蕾兰、莉安、希维纳、蕾麦萨和数名护法与士兵。他们到了艾雯刚刚用火之力清理过的地方，被烧焦的土地在他们脚下依旧散发着热气，空气中充斥着皮肉焦煳的气味。

这座山丘位于兽魔人大军中间的位置，在他们周围，暗影生物们在四散奔逃，拼命想要寻找一个安全的藏身之地。罗曼妲维持着通道，希维纳开始编织风之力，制造出一个阻挡箭矢的风之力穹窿。其余的人则开始向周围射出攻击性的编织。

兽魔人的反应相当迟缓，它们本打算驻守在这片山丘中，准备当艾雯的军队进入下方山谷时再从山顶冲下，扑杀人类部队。一般情况下，这会演变成一场灾难。兽魔人能够从山顶用弓箭和巨石攻击艾雯的部队，而人类骑兵在这种丘陵谷地中将陷入进退两难的境地。隐妖们则尽可以从高处找出人类军队的每一个弱点，再派遣兽魔人朝那里发动攻击。

艾雯和她的指挥官们当然不愿让敌人得到这样的优势。现在，这些怪兽完全乱了阵脚。两仪师控制了它们阵形中的数处丘顶制高点，一些兽魔人想要向两仪师发动攻击，夺回丘顶，另一些兽魔人则只顾着逃命。艾雯的重骑士在这时发动了冲锋，雷鸣般的马蹄声响彻山谷。曾经占据有利位置的兽魔人现在却落入屠场，随着兽魔人弓箭手被两仪师们除掉，重骑兵可以完全无所顾忌地对兽魔人展开冲锋。

骑兵们为随后跟进的步兵开拓出道路。步兵们排列成紧密队形，开始将兽魔人一步步逼退，把它们挤压到山丘脚下，让丘顶的两仪师能够成批地消灭它们。不幸的是，兽魔人已经逐渐习惯了与导引者作战，或者就是魔达奥现在懂得用更精确的方式指挥它们了。

没过多久，更多的兽魔人已经组织成步调一致的队伍，开始向两仪师据守的山丘发动冲锋。另一些兽魔人则组成防御阵型，挡住人类步兵的进攻。布伦是对的，艾雯一边想，一边炸碎了一支几乎已经爬到她脚下的兽魔人小队。隐妖再次和兽魔人连结在了一起。暗影生物最近一直不敢使用这种战术，因为只要隐妖被杀死，与它连结的全部兽魔人也会同时完蛋。而艾雯相信，只有用和隐妖连结的办法，暗影才能驱使这些兽魔人冒着必死的危险爬上这些山丘。

艾雯希望能找到和这些兽魔人连结的魔达奥，它们一定就在附近。只要找到它们，艾雯只需要一个精细一些的火之力编织，就足以扫平这些兽魔人。但不幸的是，隐妖非常狡诈，它们懂得隐身于兽魔人之中，不露出半点形迹。

“它们愈逼愈近了。”蕾兰喘息着说。

“回去。”艾雯说道。

众人退回罗曼妲的通道之中，护法跟随在她们身后。罗曼妲最后一个退了出来。一队兽魔人紧追着她登上了丘顶，一头毛发蓬松的熊脸兽魔人跌跌撞撞地跟着罗曼妲冲过了通道。

那头怪物立刻倒在地上，尸体上冒起一缕青烟。后面的兽魔人都在通道的另一边狂乱地吼叫着。艾雯瞥了一眼姐妹们，耸耸肩，向通道对面射出一股火焰，立刻有几头兽魔人抽搐着翻倒在地。周围的兽魔人纷纷丢下武器，尖号着，仓皇地跑开了。

“这很有效。”莉安抱起双臂，朝通道扬起她的秀眉。现在正是最后战争如火如荼的时候，这个女人每天早晨却还有时间给自己修脸描眉。

罗曼妲的通道让她们直接回到营地之中。现在这里已经没有几个人了，就连预备队也已经奔赴战场，准备投入作战。唯一留在营地中的部队只剩下布伦指挥帐篷周围的五百士兵。

艾雯仍然把那些假封印带在身边。兰德的话对她造成了巨大的冲击。他们该如何将封印夺回来？如果暗影的奴仆在错误的时间打破了封印，这个世界将会陷入万劫不复的境地。

暗影是否已经将封印打破了？如果真的发生这种事，这个世界会知道吗？艾雯的心中激荡着难以驱赶的恐惧。但战争还在继续，艾雯别无他法，只能继续战斗。他们一定要想办法夺回封印。兰德发誓会为此而竭尽全力，但艾雯却无法对他保持足够坚定的信心。

“它们打得太狠了。”盖温说。

艾雯转过头，看到盖温正在自己身边不远处用望远镜观察战场。她从心底感觉到对这个男人的渴望。但她也知道，无法再像指挥青年军时那样作战，盖温感觉到自己在战场上毫无用处。

“兽魔人受到魔达奥的驱赶，”艾雯说，“隐妖利用连结严密地控制着它们。”

“是的，但为什么它们的抵抗会如此猛烈？”盖温依旧用双手举着望远镜，“它们并不在乎这片土地，而且很显然，它们已经受不了这片丘陵地带了。但它们还是狂野地战斗着。兽魔人习惯于疯狂进攻，取得胜利；如果战事不利，它们就会撤退、逃走。它们不懂得坚守阵地。但它们现在却这么做，感觉上……它们虽然在这里吃尽苦头，隐妖却似乎认为这是一片理想的战场。”

“有谁能知道隐妖为什么会这么做？”蕾兰将双臂抱在胸前，通过仍然开启的通道望向战场。

艾雯转过身，也向通道对面望去。他们刚刚所在的丘顶再次空无一人，在喧嚣的战场中显示出一种诡异的荒凉。艾雯的士兵正在向山丘间那道小山谷里的兽魔人发起一轮又一轮的冲锋。那里的战斗非常惨烈。吼叫声、哀号声和兵器的撞击声不停地冲击着艾雯的耳膜。血红的矛枪被举起在空中，一队长枪手开始后撤，斧枪手随后跟进，试图减缓兽魔人的追击。

暗影生物伤亡惨重，但艾雯感觉不到胜利的喜悦。布伦曾经预料它们会再次撤退的。

“有问题。”艾雯说道。她手臂上的寒毛直竖起来。她对封印的担忧暂时消失了，她的军队正处在极度的危险之中。“召集两仪师，让军队撤退。”

姐妹们都在看着她，仿佛艾雯疯了。盖温立刻向指挥帐篷跑去，传达艾雯的命令。

“吾母，”罗曼妲一边消去通道，一边开了口，“这到底是……”

在军营与丘陵战场相对的另外一侧，半空中突然出现一道明亮的光线，那比艾雯见到的任何一道形成神行术通道的光线都要长，几乎能够横亘整座营地。

那根光线开始旋转，张开成为巨形通道，而出现在这个通道后面的并不是坎多南部，那个地方充满了叶片宽大的高草和枝叶低垂的树木。像其他地方一样，那里的植被也是一片枯黄。不过，艾雯以前从没见过那样的草木。

一支规模庞大的军队正静静站在那个奇异的地方，成千上万的旗帜在士兵头顶飘扬，旗面上绘着艾雯完全不认识的符号。步兵们排列成巨大的方阵，身上披着垂到膝盖的厚垫甲，外面用锁链加固。还有一些士兵披挂着用铁片连缀而成的鳞甲衫。

这些士兵中有许多装备着手斧。他们的斧头样式也非常奇怪，细长的斧柄在末端膨起成球形，斧头也格外窄长，几乎有些像镐头。他们全部的武器，从枪矛到刀剑，握柄都显得圆润光滑，制式并不统一。看起来，这些握柄仿佛是用一种深红色的木材制造而成，并且在侧面有着许多彩色斑点。

艾雯观察着这支队伍，在脑海中拼命寻找着可能与这支怪异军队有关的信息。最终，她一无所获。但她感觉到了导引。阴极力的光芒环绕着数百个女人，她们全骑在马上，穿着完全用硬挺的黑色丝绸做成的长裙。这种长裙并非在腰间收紧，而是紧紧勒住那些女人的肩膀，再以宽松的样式一直垂挂下来。黑丝裙在脖子下面的部位有数个花结，每个花结下都缀着长而直的彩色流苏。这些女人的脸上布满了刺青。

“放开至上力，”艾雯说着，自己首先放开阴极力，“不要让她们感觉到！”说完，她便向一旁跑去。蕾兰跟随在她身后，这名蓝宗姐妹的身上也不见至上力的光晕。

罗曼妲没理会艾雯的命令。她只是骂了一句，便开始编织神行术，打算逃走。

十几道火之力编织落在罗曼妲站立的地方，那名黄宗姐妹在消失前甚至连尖叫的机会都没有。艾雯带领着姐妹们踉踉跄跄地跑过营地。至上力的编织已经在成片地摧毁帐篷、货物，让整座营地都燃起大火。

艾雯跑到指挥帐篷时，盖温刚刚从里面跑出来。她猛地抱住盖温，把他压倒在地上。一颗火球从他们的头顶掠过，撞进附近的一片帐篷中。

“光明啊！”盖温说，“出什么事了？”

“沙塔人。”蕾兰气喘吁吁地扑倒在他们身边。

“你确定？”艾雯悄声问道。

蕾兰点点头：“在艾伊尔战争前，凯瑞安人从艾伊尔人那里得到了不少关于沙塔人的信息。也许不算很丰富，真实性也有待查证，但也相当有用了。沙塔人对于外人总是充满戒备，不会轻易透露半点讯息。不过据我观察，这应该就是沙塔军队。”

“军队？”盖温抬起头，从帐篷之间朝那支军队望过去。现在，那支大军正在通过他们无比宽大的神行术通道。“该死的！”盖温骂了一句，又伏下身，“他们足有成千上万人！”

“他们的规模太大，我们无法抵挡。”艾雯努力地思考着，“我们不能就这样被夹在他们和兽魔人之间。必须撤退。”

“我刚刚向布伦传达命令，要求部队撤离战场。”盖温说，“但……艾雯，我们要去哪里？兽魔人在我们前面，那支军队又从背后杀过来，我们只能被夹在中间，碾个粉碎！”

布伦的反应速度向来都很快，他会派传令兵通过神行术去通知前线的将军们。哦，天哪……

艾雯抓住盖温，把他从指挥帐篷前拉开。她感觉到帐篷中的导引。蕾兰哀号一声，朝另一个方向逃开了。

沙塔女人们立刻对指挥帐篷中的导引做出反应。帐篷下的地面向上翻起，压倒性的能量把帐篷炸得粉碎，破碎的布片随着沙土石粒，一直飞上半空。

艾雯跌倒在地，盖温把她朝一辆翻倒的马车拖过去。那辆马车被炸碎了一只轮子，车里装的木柴全洒落出来。盖温把艾雯拉到车下的柴堆后面。他们蜷缩在那里。虽然木柴已经被引燃，他们周围也全都是火舌，不过空气的热度还不至于无法忍受。

艾雯趴伏在地上，在浓烟中不住地眨着眼，寻找蕾兰的影子。哦……光明啊！史汪和布伦正在那个帐篷里，还有尤缇芮和一些指挥人员。

艾雯和盖温却只能缩在着火的马车下，躲避着从天而降的火雨和不断炸开的地面。沙塔人对于任何异动都会立刻发动攻击，几名逃跑的女仆也在瞬间化为灰烬。

"等火焰稍微弱一点，我们就跑出去。"盖温说。

火焰的确熄灭了一点。但就在他们起身想要逃跑时，沙塔骑兵开始冲过营地，他们发出阵阵呼喊，向出现在眼前的每一个人射出羽箭。数十个人立刻又死于非命。随后，沙塔步兵以紧密队形穿过营地。艾雯只能继续紧张地留在原地，竭力思考该如何溜走。

但她看不到机会。盖温将艾雯向车里又拉了拉，擦去她脸颊上的灰土，示意她伏低身子，然后用护法斗篷将他们两个完全包裹住。现在他们周围全都是烟火缭绕，也许沙塔人不会发现他们。

艾雯的心脏剧烈地跳动着。盖温将什么东西按在她的脸上，是一块手巾。盖温在手巾上倒了他的水囊中的水。他又将另一块浸湿的手巾捂在自己的脸上，透过它呼吸着。艾雯用手捂住自己脸上的手巾，她不敢让自己的呼吸过于激烈。沙塔士兵们距离他们已经很近了。

一名士兵朝他们藏身的大车转过头，向木柴堆的缝隙中望过来。不过，他似乎只看到充斥在柴堆中的浓烟。艾雯静静地蜷缩在护法斗篷里。这种能够变色的斗篷让他们几乎成为隐形人，只要他们不要有任何动作。

为什么我不能拥有这样一件斗篷？艾雯气恼地想。为什么只有护法才能拥有它们？

这些士兵们正忙着追逐逃散的仆人，他们的弓箭射程很远，腿再快的仆人也无法逃脱被射杀的命运。而那些跑得比较慢的仆人都被他们包围，被强迫趴在地上。

艾雯渴望着拥抱真源，希望能采取行动，让火焰和闪电落在这些侵略者的头顶上。她还有沃拉超法器，她可以……

艾雯努力压下这个念头。她已经被敌人包围，反应迅速的导引者仍然在寻找残存的两仪师。如果开始导引，无论艾雯的速度有多快，她都必死无疑，甚至想逃走都不可能。她靠在盖温身旁，躲在他的斗篷下，希望不会有沙塔导引者走过她身边，感觉到她的能力。她能用编织隐藏自己的能力。但要这么做，她首先必须导引。她敢进行这种尝试吗？

他们躲了一个多小时。如果不是天空中的乌云遮住绝大部分阳光，不管有没有变色斗篷，他们肯定会被发现。当几名沙塔士兵将一桶水泼到着火的柴堆上时,艾雯差点叫出来。那桶水熄灭了火焰,却也将她和盖温全身浇得湿透。

艾雯不知道自己的军队现在状况如何,但她很担心他们遭遇到了最可怕的结果。沙塔导引者和大部分沙塔军队都迅速通过了营地,直扑战场而去。同时与布伦和玉座失去联系,而一支意料之外的大军又从背后杀来……

艾雯感觉到一阵恶寒。今天会有多少人被杀死?盖温感觉到她的战栗,抓住了她的手臂,向她摇摇头,用唇语对她说:等到晚上。

他们在死亡!艾雯用唇语反驳着。

你救不了他们。

盖温的话没错,艾雯只能让他抱紧自己,让他熟悉的气息安慰自己的情绪。但追随她的士兵和两仪师正在遭受屠杀,她又怎能坐视不理?光明啊,白塔的主力都在这里!如果这支军队被围剿,那么她的姐妹们……

我是玉座,艾雯对自己坚定地说道,我必须坚强。我会活下来。只要我还活着,白塔就屹立不倒。

她依旧让盖温紧抱着她。

艾玲达在岩石间爬行着,如同一条在严冬中寻找温暖的蜥蜴。她的指尖虽然长满了老茧,却依然被冰冷的岩石冻得疼痛难忍。煞妖谷非常冷,这里的空气仿佛完全来自坟墓。

鲁拉克就在她的左侧。她的右侧则是一个名叫沙伊恩的岩狗众,他们两人都戴着代表斯威峨门、龙之枪矛的红色头带。艾玲达不知道鲁拉克作为一名部族首领,为什么也会戴上这样的头带。鲁拉克也从没提起过这件事,仿佛他额头上的红头带根本不存在一样。实际上,所有的斯威峨门在这件事上也都和鲁拉克一样。艾密斯在沙伊恩的右侧。这一次,没有人反对智者参加侦查活动。在一个像煞妖谷这样的地方,在这样的一场战争中,导引者的眼睛也许能看到普通人所无法察觉的东西。

艾玲达迅速向前攀登,虽然脖子上戴着项链,却没发出任何声音。这些岩石上没有任何植物生长,即使是霉菌和苔藓也不会出现在这里。他们已经深入废地的核心,历史上,几乎任何人类都不曾涉足此地。

鲁拉克首先登上了山脊,艾玲达立刻察觉到了他的紧张。艾玲达是第二个上到山脊的,她立刻伏低身子,越过山岩边缘向前望去。而她的呼吸也在这时冻结在喉头。

她曾听说过关于这个地方的故事,关于山麓附近的巨大铸造场,在谷地流淌的黑色溪流，那里面的毒水会杀死任何碰触它的人。喷吐火焰的裂隙分布在山谷各处，如同血红的伤口，加热着被它们环绕的铸炉。当她还是一名年轻的枪姬众时，她会瞪大眼睛，听年迈的顶主妇描述那些在暗影的铸炉旁工作的怪物。那些怪物没有死亡，但也不是生灵，它们身材高大，沉默而恐怖，一举一动都没有任何生命的气息，就好像是被上紧了发条的时钟。

那些铸炉工人从不会向塞满人类的笼子多看一眼，这些人类的血将被用来给新铸造的剑刃淬火。在铸炉工人的眼里，他们和用来打造武器的铁块没什么不同。虽然距离很远，艾玲达听不到那些人的呜咽，但她能感觉到他们的绝望和恐惧。她的手指紧紧地抓住面前的岩石。

在这座山谷后面，煞妖谷黑色的尖峰如同匕首般直插天际。这片黑色的山坡上遍布裂隙，如同一个人被抽了千百鞭的皮肤。每一道裂隙都在向外喷出蒸汽，也许正是这些蒸汽产生了弥漫在山谷中的浓雾。无处不在的浓雾翻腾涌动着，仿佛这座山谷是一个盛满液体的大碗。

“真是个可怕的地方。”艾密斯悄声说道。

艾玲达从没听过这位智者声音中流露出这样的惊惧。而艾玲达自己也是从心底泛起一阵阵寒意，正如同她的身体感受到那一阵阵吹透衣服的凛冽寒风。远处传来的一阵阵敲击钢铁声打破了让人透不过气的寂静。那些工人正在劳动。一股黑烟从距离他们最近的铸炉中升起，久久不曾消散，就好像一条连接大地和空中黑色云层的脐带。而那一团团浓密的黑云正用雷电以恐怖的频率轰击着大地。

是的，艾玲达听说过关于这个地方的故事，而所有这些故事都没能让她完全了解真实的煞妖谷。没有人能用语言描述这里，只有亲眼见到，才能明白这是一个怎样的地方。

一阵刮蹭声从身后传来。片刻之后，罗代尔·伊图拉德爬到了鲁拉克身边。对于一名湿地人而言，他的动作已经很轻了。

“难道你有这么着急，等不了我们回去向你报告吗？”鲁拉克低声问。

“没有任何报告能比得上亲眼一见。”伊图拉德说，“我可没说过我会留在后面，我只是让你们先走而已。”他举起望远镜，同时用手在前镜头上稍微遮挡住光线。尽管在这种乌云密布的地方，这么做其实没必要。

鲁拉克皱了皱眉。他和所有加入北方战线的艾伊尔人都同意接受这名湿地人将军的指挥，但这并不会让他们感到高兴，他们也不会逐渐习惯这种事。因为习惯而产生安逸，这对于战士而言是一个可怕的杀手。

这件事只要维持现状就好，艾玲达一边想，一边转回头继续观察山谷。只要我的族人能接受这种安排，只要他们愿意服从兰德，帮助他完成必须完成的任务就好。

看到自己的族人会得到怎样的下场，艾玲达至今还是会感到一阵阵恶心和恐惧。但她也因此而警醒，如果为了兰德和这场战争的胜利，艾伊尔人的末日是必需的牺牲，那么她也会亲手造就这样的末日。她会尖叫着诅咒创世主的名字，但她愿意付出这样的代价。任何战士都会愿意如此。一个种族的消亡总要好过世界被暗影彻底笼罩。

但是，光明在上，她仍然希望最终的结局不会如此。光明在上，希望她为真龙和约做出的努力能够保护艾伊尔人。她不会因为未来存在毁灭的可能就裹足不前。他们会战斗下去，在枪矛之舞中，从梦中醒来的可能是永远都会存在的。

“真有趣，”伊图拉德轻声说着，仍然在用望远镜观察着谷底，“艾伊尔人，你有什么想法？”

“我们需要吸引敌人的注意力，”鲁拉克说，“我们可以从大铸造场的东侧杀下山坡，解救那些俘虏，制造尽量多的破坏。这样可以阻止魔达奥获得武器，让暗帝的注意力从卡亚肯转移到我们身上。”

“真龙需要多少时间？”伊图拉德问，“这个你是怎么想的，艾伊尔人？我们要给他多少时间来拯救这个世界？”

“他要进行的是一场战斗，”艾密斯说，“进入末日山脉，与刺目者决斗。一场决斗需要多长的时间？几个小时？即使是两个战技极为精熟的人，也不会让一场决斗的时间持续这么久。”

“不过我们也应该有另外的假设，”伊图拉德的嘴角露出一丝微笑，“也许将要发生的并不只是一场决斗。”

“我不是傻瓜，罗代尔·伊图拉德，”艾密斯冷冷地说，“我不相信卡亚肯会用短矛和盾牌进行战斗，但是，当他净化真源时，不也是只用了不到一天的时间？也许这也会和他的那一次战斗相似。”

“也许是，”伊图拉德说，“也许不是。”他放下望远镜，看着身边的艾伊尔人，“你们会按照哪种可能性制定计划？”

“最糟糕的一种可能性。”艾玲达说。

“所以，我们就要守住这里，为真龙争取尽量多的时间。”伊图拉德说，“几天、几个星期、几个月……会是几年吗？当然，愈久愈好。”

鲁拉克缓缓地点着头：“你有什么建议？”

“进入这座山谷的通道很窄，”伊图拉德说，“根据斥候的报告，绝大部分暗影生物都分布在这座山谷外的妖境中。即使是它们也会尽量远离这个可怕的地方。如果我们能够占据那条路，进而控制整座山谷，消灭那些铸造工人和这里为数不多的隐妖，我们就能长久地守住这个地方。你们艾伊尔人很擅长于一击成功便立即远遁的游击战。光明烧了我吧，这可是我从亲身经历中得来的经验。你们负责破坏铸炉，我们负责据守谷口。”

鲁拉克点点头：“这是一个不错的计划。”

他们五个人爬下山脊，回到兰德等待他们的地方。兰德今天穿了一身金红色衣服，双臂背在身后，身边跟随着二十名枪姬众、六名殉道使和奈妮薇、沐瑞。他似乎正在因为什么事情而深感困扰。艾玲达能够感觉到他的焦虑。他现在应该感到高兴才对，他刚刚说服霄辰人与他们一同作战。那么，他是不是在和艾雯·艾威尔见面时遇到了什么事情，才让他的心情变得如此糟糕？

兰德转过头，朝煞妖谷峰顶望去。在盯着那座山峰时，他的情绪也发生了变化，就像是在三绝之地中看着一眼泉水，享受着它冰凉清澈的滋味。艾玲达能够感觉到他的期待。当然，他的心中也有恐惧。任何战士都不可能完全摆脱恐惧，但他能控制那种负面情绪，用对于战斗和自我试炼的渴望将它彻底压倒。

任何人，除非把自己逼到极限，否则都不可能完全了解自己。一名战士必须与死亡跳过枪矛之舞，感觉到自己的鲜血泼洒在大地上，将矛锋刺进敌人跳动的心脏，才有可能知道什么是真正的自己。兰德·亚瑟正想这么做，艾玲达也因此才能理解他。经过了这么长的时间，她才意识到他们两人是多么相像，这种感觉真是很奇怪。

艾玲达向他走过去。兰德向旁边让出一步，和她站在一起，并肩站着。他没有伸手揽住她的腰，她也没有握住他的手。他们并不属于对方。对艾玲达而言，他们的并肩而立远比其他任何动作更有意义。

“我心中的阴凉，”兰德看着他的殉道使施放神行术，轻声说道，“你看到了什么？”

“一座坟墓。”艾玲达答道。

“我的？”

“不，是你的敌人的坟墓。他曾在这里被埋葬过一次，他还会再次在这里被击败。”

兰德的声音中蕴含着某种坚硬的东西。艾玲达能够感觉到，那是他的决心。

“你要杀死他，”艾玲达悄声说道，“杀死刺目者。”

“是的。”

艾玲达等待着。

“有人告诉我，我的这种想法非常愚蠢。”兰德说。他的卫兵已经穿过通道，返回梅丽罗。

“任何战士进入战场的目的都是为了彻底结束战斗。”艾玲达说。在说出这句话前，她犹豫了一下，因为她的心中出现了一个想法。

“什么事？”兰德问。

“嗯，最伟大的胜利就是让你的敌人成为奉义徒。”

“我怀疑他是否懂得投降。”兰德说。

“不要嘲笑我，”艾玲达用臂肘顶了他一下，让他重重地哼了一声，“你必须对此有所考虑，兰德·亚瑟。什么才是实现节义更好的办法？囚禁暗帝是否相当于让他成为奉义徒？如果是这样，那么也许囚禁他才是正确的办法。”

“这一次，我不知道自己是否会在乎什么才是‘正确’的，艾玲达。”

“战士绝不能忘记节义。”艾玲达顽固地说，“难道我什么都没有教给你吗？不要说这样的话，否则你又要在其他智者面前让我蒙羞了。”

“依照我们的关系发展，我本来希望我们之间不会再有这种说教了，艾玲达。”

“你以为和我的关系变得更亲密，我就不会对你说教了？”艾玲达对他的话感到很困惑，“兰德·亚瑟，我也和湿地妻子相处过，我见到过她们……”

兰德摇了摇头，迈步走过通道，艾玲达跟在他身后。他似乎觉得他们这番对话很有趣。这样很好。他的焦虑心情也在某种程度上消退了。不过他并没有嘲笑她。湿地人没有很好的幽默感，有时候，他们完全不懂得什么时候该笑。

走过通道，他们进入一座被分为许多区块的营地。兰德亲自负责指挥枪姬众和斯威峨门，以及大部分智者。

一座两仪师的营地就在艾伊尔营地旁。兰德也指挥着大约三十余名两仪师，她们全向兰德立下效忠誓言。这些两仪师中大部分都和他的殉道使建立了约缚，这意味着那座营地里还有二十余名等阶不一的殉道使。

兰德还率领着罗代尔·伊图拉德麾下的军队，他们基本上由阿拉多曼人组成。他们的国王，就是那个留着细长胡须、脸颊上戴着装饰痣的男人也在这支队伍里，不过他将指挥权完全交给他的将军。现在，这个叫亚撒拉姆的国王也来到兰德的营地。他向伊图拉德招了招手，伊图拉德走过去，开始向他报告。亚撒拉姆在兰德身边总是显得很不自在，也从没有和兰德一起行动过。艾玲达很满意这种安排，毕竟她不知道自己是否应该信任亚撒拉姆。

在距离艾伊尔营地不远处还驻扎着一支规模庞大的军队，那是提尔人的部队，包括被称为岩之守卫者的提尔精英部队。统率这支部队的是一个名叫罗狄瓦·提莱的人。提尔人的国王也在他们的部队之中，而且已经逐渐被认为是军中除兰德以外最具有权威的人。

提尔人在罗代尔·伊图拉德的计划中将扮演非常关键的角色。虽然艾玲达很不愿承认这一点，但伊图拉德是对的。艾伊尔人不是一支擅长防御的力量，如果有必要，艾伊尔人可以守住一个隘口，但他们最擅长的战斗模式还是攻击。

提尔人则是防守阵地的理想人选，他们有训练精良的长枪连队、建制规整的弩手骑队。而且这些弩手还配备了全新的十字弩。他们的铁匠刚刚获得了这种新式弩机的设计图样，直到上个星期，他们才完成了武器的换装。

兰德的军队中还有另一支部队，这也是让艾玲达最感到困惑的部队，那是数量众多的真龙信众。他们的营地聚集在一起，在那座营地上方只竖起一面旗帜，上面绘着一条龙盘旋在古代两仪师标志上。组成真龙信众的有普通人、士兵、贵族，还有一些两仪师和护法。他们来自所有国家和种族，其中也包括艾伊尔。这些人只有一个共同点：他们已经摒弃其余的一切忠诚、打破一切约束，只为了进行最后战争。关于他们，有一个让艾玲达很不舒服的传闻：真龙信众之中的许多艾伊尔人都是抛弃了白袍的奉义徒，他们宣称，当人类赢得最后战争时，他们才会重新穿起白袍。

按照许多湿地人的说法，兰德的到来将除去人世间的一切束缚，粉碎曾经被立下的一切誓言。任何忠诚与盟约都不能妨碍人们对他效忠，为人类存续的最后一战而誓死拼杀。艾玲达很想将这些湿地人视为一群蠢徒，但她怀疑这是一种非常不负责任的结论。一位智者对于世界必须有更加清晰的看法。

穿过通道之后，艾玲达终于让自己松开了阴极力。周围的世界变得模糊暗淡了，鲜活而令人惊奇的生命感骤然消失。每一次当艾玲达离开至上力，放开那种喜悦与战栗时，都会有一点空虚感。

伊图拉德和鲁拉克向同样在营地中等候真龙返回的达林王走去，他们显然要对战斗计划进行讨论。艾玲达则跟着兰德走向他的帐篷。

“这把匕首果然有效。”兰德说道。他的手指正摩挲着那把无刃匕首的黑色皮鞘。“它的名字是‘雅桑姆’，我在传说纪元时也只是听说过这种特法器。据我所知，还没有人能够把它制造出来。所以我很想知道，到底是谁能够制造出……”

“你确定它真的有用?”艾玲达说，“也许他只是在监视你，但还不打算对你采取直接行动。”

“不，我能够感觉到他的注视，”兰德说，“它的确有效。有了这件宝物，我只有走到他的牢狱裂隙前，他才有可能看到我。而且，即使他知道我身在何处，也难以预料我的行动，无法直接用他的力量对我进行打击。艾玲达，你找到了这件宝物，并知晓了它的用途，伊兰将它交给我……因缘正在按照它的需要编织我们的命运。”

兰德微微一笑，又说道：“伊兰将这把匕首交给我时，还显得有些不情愿。我想，她肯定很喜欢这把匕首，只要有了它，她就能用暗帝之名来说脏话，同时又不会引起暗帝的注意。”

“现在该是说这种无聊笑话的时候吗？”艾玲达向他皱起眉。

“只要能够多一些笑声，我们就该多说些这种话。”兰德说。但笑声似乎已经离开了他。当他们走到他的帐篷时，那种焦虑的情绪就又回到他的心里。

“你在为什么感到烦恼？”艾玲达问他。

“暗影得到了封印。”兰德说。

“什么！”

“现在还只有艾雯知道这件事，但这是真的。封印被偷走了，也许是当它们还在我手中时就被偷走了；也许是在我将它们交给艾雯后。”

“那么，它们已经被打破了。”

“没有，”兰德说，“我能够感觉到。我相信暗影一定正在等待时机。也许他们知道，如果打破封印，也就相当于为我敞开了重新铸造暗帝牢狱的大门。他们会在对我最不利时打破封印，让暗帝能够重新碰触这个世界，让暗帝获得能彻底压倒我的力量……”

“我们要想办法阻止这种事发生。”艾玲达的声音无比坚定。

兰德看着她，微微一笑：“你一直都是一名战士。”

“当然。”她还能是什么人？

“我还有另一件事需要认真考虑。弃光魔使会在我与暗帝进行决战时攻击我。暗帝无法看到我，不知道我在哪里，所以，他只能将力量分散在每一条战线上。岚所承受的压力是最沉重的，暗影不遗余力地要毁灭他。伊兰在凯瑞安的态势也很糟糕。只有艾雯似乎在不断取得胜利。

“他在每一条战线上寻找我，大量派遣他的爪牙对人类发动猛攻，希望把我逼出来。这样，当我们攻击已经空虚的煞妖谷时，我们应该能迅速消灭敌人，守住那座山谷。但弃光魔使会通过神行术出现在我们背后。只是守住谷口并不能挡住他们和惊怖领主。我和暗帝的战斗会像那次净化阳极力时一样，将暗影的导引者完全吸引过来，而且这次他们的反应速度和力量更会超过上一次千倍。敌人会挟带火焰和雷电而来，会让煞妖谷血流成河。”

“但我们有足够的力量与他们一战。”

“而我的成败必须依赖你们的战斗，”兰德说，“但我不能带你进入煞妖谷的洞窟深处，艾玲达。”

艾玲达的心沉了下去。但她努力与这种情绪抗争着，将它打倒在地，让它彻底消亡。“我对你的话表示怀疑，不要以为推开我就能让我得到安全，兰德·亚瑟。你将要……”

“我可不敢这样，”兰德急忙说道，“如果我真这样想，那我可能就保不住我的小命了。现在，这个世界上没有任何地方是安全的。我不能带你进入那座洞窟，是因为外面山谷中的战场会更需要你。你要监视弃光魔使，寻找封印。我需要你，艾玲达。我需要你们三个人在这场战争中照看我，成为我的左膀右臂。你们是我的心。我会让明去艾雯那里，我相信，坎多战线上肯定会有事情发生。伊兰将在南方作战。而你……我需要你坐镇萨坎�山谷，守住我的背后。

“艾玲达，我会向两仪师和殉道使发出命令。伊图拉德将指挥我的军队，你则率领煞妖谷战线的导引者。绝对不能让敌人在我之后进入煞妖谷的洞窟。你是我在这场战役中的长矛，当我身在洞窟中时，如果他们向我发动攻击，我将无力反击。我必须动用我的每一点力量来进行这场战争，到时候，我会像一个躺在荒野中的婴儿，完全没有力量抵御野兽的侵扰。”

“你一直以来不都是这样吗，兰德·亚瑟？”艾玲达问。

兰德笑了。能够同时看到和感觉到他的微笑，这种感觉真好。“我记得你刚刚说过，现在不是说无聊笑话的时候。”

“必须有人督促你保持谦逊，”艾玲达说，“只是因为有责任拯救世界就自以为多么了不起，这不会给你带来任何好处。”

兰德又笑了。他领着艾玲达走到那顶他和明一同居住的帐篷前。奈妮薇和沐瑞也等在那里，前者的神情中满是气恼，后者则一如既往地平静。奈妮薇没有了长辫子，看起来总是有些奇怪。今天，奈妮薇把稍稍留长的头发盘在脑后，用发夹系住了。

沐瑞安详地坐在一块大石头上，凯兰铎，非剑之剑正横放在她的膝上。沐瑞的一只手握住剑柄，仿佛是要保护这件晶莹剔透的超法器。汤姆坐在她旁边，正在雕琢一根木杖，一边还轻轻吹着口哨。

“你应该带着我，兰德。”奈妮薇抱着双臂说道。

“你还有任务要完成。”兰德说，“你按照我说的去试了吗？”

“试了一次又一次，”奈妮薇说，“没有办法避开这个瑕疵，兰德。你不能使用凯兰铎，它太危险了。”

兰德来到沐瑞面前，将凯兰铎举在面前，目光透过这把水晶剑的表面，仿佛在观察它的内部结构。凯兰铎开始微微发光。“明，我有一个任务给你，”他悄声说道，“艾雯那里的战况很不错，而我感觉到，她那条战线将是这场战争胜负的关键。我希望你到那里去照看她和霄辰女皇。我已经和那位女皇达成协议，一旦她的军队做好准备，就会开赴坎多前线。”

“你要让霄辰人加入艾雯的战场？”沐瑞惊讶地问道，“这个决定明智吗？”

“这些日子里，我已经分不清何为明智，何为莽撞了。”兰德说，“但如果有人能帮我关注一下那两股势力，我肯定会安心许多。明，你愿意为我做这件事吗？”

“我本来希望……”明的目光转向了一旁。

希望能跟随他一同进入煞妖谷洞窟。艾玲达心想。当然，他没办法这么做。

“很抱歉，明，”兰德说，“但我需要你去帮我做好这件事。”

“我会的。”

“兰德，”奈妮薇说，“你在攻击他的时候真的会带上凯兰铎？这件超法器的弱点……只要你透过……它进行导引，任何人都有可能控制你。他们能够利用你，让足以将你烧毁的至上力通过凯兰铎流入你的身体。你根本无法使用这种力量，而他们却能用这力量削平山岳，摧毁城市。”

“我会带上它。”兰德说。

“但这是一个陷阱！”奈妮薇厉声说道。

“是的，”兰德的声音显得有些疲惫，“一个我必须踏进、将其触发并且被它困住的陷阱。”他笑了，突然间，高昂起头：“就像一直以来一样！为什么我要对此感到惊讶？把我的话传达出去，奈妮薇。告诉伊图拉德、鲁拉克和达林，明天，我们攻入煞妖谷，将那里牢牢掌握在手中！如果我们必须把脑袋探进狮子嘴里，那我们就要确保那头狮子会被我们的头颅噎死！”

第21章

无法忽略的错误

史汪揉着肩膀，一阵阵刺痛让她的面孔也扭曲起来。“尤缇芮，”她含混地说道，“你还能够进行编织吧。”

那名瘦小的灰宗低声咒骂了一句，从一名失去一只手的士兵身旁站了起来。她没有治疗那名士兵，而是把他留给了使用绷带的普通急救人员。现在消耗力量用来治疗这样的人已经变成了一种浪费。这名士兵再也无法进行战斗了。她们需要保存体力，使用在能够重新参加战斗的士兵身上。

这是一个残忍的逻辑，但现在人类正经历着一个残忍的时刻。史汪和尤缇芮来到伤员队伍中的下一个人面前。即使没有至上力的治疗，一个失去手的士兵也能活下来，也许能活下来。梅茵有黄宗的医院，但她们为了治疗活下来的两仪师和士兵，已经过度耗竭了自己的体力。

这个临时搭建的营地位于河滩以东的艾拉非境内，到处都是士兵的哭声和呻吟声。受伤的人太多了，而像史汪和尤缇芮这样还有力量进行治疗的两仪师却寥寥无几。为了释放神行术，将部队从两支敌人大军的夹击中抢救出来，大部分姐妹都已经耗尽了体力。

沙塔人的攻击异常迅猛，但为了占领白塔营地，他们还是用去了一点时间。

这为白塔的军队赢得了宝贵的逃亡机会。至少,他们没有全军覆没。

尤缇芮对下一名士兵进行了分析,然后点点头。史汪跪下去,开始进行治疗编织。她在治疗上从来都不是很擅长,即使有法器的帮助,这个编织还是会消耗她过多的力量。她治好那名士兵体内的伤口,将他从死亡边缘拉了回来。士兵剧烈地喘息着,治疗所消耗的大部分能量还是来自他的身体。

史汪摇晃了一下,无力地跪倒下去。光明啊,她简直虚弱得就像是第一次登上海船甲板的贵族!

尤缇芮回头看了她一眼,伸出手,打算接过她的法器,一朵宝石小花。"休息一下吧,史汪。"

史汪紧咬住下唇,但还是将法器递给了尤缇芮。至上力离开了她的身体,她深深地叹息一声,一半是因为放松,一半是因为不得不放开美好的阴极力。

尤缇芮走到另一名士兵身边。史汪则在原地躺倒,她的身体还在因为无数的瘀青和伤口而抱怨着。刚刚发生的那场战斗对她而言几乎是一片模糊,她还记得年轻的盖温·传坎跑进帐篷,呼喊着艾雯下达的撤退命令。

布伦的速度很快,他迅速写好命令文书,从地面上的通道中扔了下去。这是他传达命令的最新手段,将命令绑在一支箭上,箭杆上同时还绑着一根长长的飘带,这支箭的箭头也被一块增加重量的小石头给取代。

在盖温出现前,布伦就显得相当不安了。他不喜欢这场战役现在的态势。他认为兽魔人的表现只能证明,暗影正在酝酿完全无法掌握的大规模行动。史汪相信,布伦早就准备好了撤退的命令。

然后,就是遍布营地各处的爆炸。尤缇芮呼喊着要所有人从地面上的通道跳下去。光明啊,当时史汪还以为这个人疯了!但尤缇芮的疯狂救了所有人的命。

如果我还要像昨天的死鱼一样躺在这里,那就让光明烧了我吧,史汪的眼睛死死地盯着天空。终于,她把自己推了起来,再次向前迈开步子。

从通道跳下去时,尤缇芮就开始了编织。她说那只是一个简单的编织,不过史汪的确从没见过这样的编织。那是一个巨大的空气垫,能够安全地接住从高处落下的人。正是这个编织引起沙塔人的注意。那些该死的沙塔人!但他们毕竟还是逃出来了。她、布伦、尤缇芮和几名副官。光明烧了她吧,从那么高的地方掉下去,现在她还是感到心惊胆战,不过他们毕竟逃出来了。尤缇芮一直在说,她觉得这个气垫编织就是发现飞行编织秘密的第一步!愚蠢的家伙。创世主没有赐予人类翅膀肯定是有道理的。

史汪在新营地的边缘找到了布伦。他坐在一个树桩上,显得精疲力竭。两张作战地图被石头压住，摊放在他面前的地上。地图上满是皱褶。布伦在帐篷即将爆炸时抓住它们，跳下了通道。

愚蠢的男人，史汪心想，就为了几张破纸，连命都不要了。

“……这就是我们现在掌握的情况。”赫尔姆将军正在说话。他是伊利安战友军的新任指挥官。“很抱歉，长官，我们的斥候还不敢过于靠近旧营地。”

“没有玉座的信息？”史汪问。

布伦和赫尔姆同时摇了摇头。

“继续寻找，年轻人。”史汪向赫尔姆晃了晃手指。听到史汪称他为“年轻人”，赫尔姆不由得挑起了一道眉弓。正因如此，史汪一直都很痛恨自己现在这张青涩稚嫩的面孔。“玉座还活着，快去找到她，听见我的话了吗？”

“我……是，两仪师。”赫尔姆终于表现出一点敬意，但还远远不够。这些伊利安人真是不知道该如何对待一位两仪师。

布伦挥手示意赫尔姆离开。现在终于没有人在一旁等着要向布伦进行报告了，也许所有人都累坏了。他们的“营地”看起来更像是一场可怕的火灾后难民临时聚集的一片空地。大部分人都只是用斗篷裹住身子，就沉沉睡去了。士兵们随时随地都能立刻睡着，这点倒是比水手要强得多。

史汪没办法为此而责备这些人。在沙塔人发动突袭前，她就已经在透支体力。而现在，她觉得自己累得就像是一个死人，只能有气无力地坐倒在布伦的树桩旁。

“肩膀还在疼？”布伦伸出手，帮她按摩肩膀。

“你也能感觉到。”史汪嘟囔着。

“让自己高兴一点，史汪。”

“不要以为我会忘了，就是因为你，我这里才会被撞伤的。”

“我？”布伦的声音倒是显得有些兴致。

“是你把我从那个洞里推下去的。”

“你当时根本就没有要往下跳的样子。”

“我正打算往下跳，我马上就要跳了。”

“我相信。”布伦说。

“这全都是你的错，”史汪还是不依不饶，“结果我头朝下掉了下去。我本来不打算那样掉下去的。还有尤缇芮的编织……那真是可怕的东西。”

“它起了很大的作用，”布伦说，“一个人从三百步高的地方掉下去还能活着，这多少都应该算是奇迹了。”

“那时她迫不及待地要我们往下跳，”史汪说，“你知道吗，她也许早就想要试试这个编织了。她一直在谈论什么神行术和运动编织的关系……”史汪的声音低了下去。这大概也是因为她对自己的气恼。今天的状况已经是非常糟糕了，她却还揪着布伦，不停地唠叨这种毫无意义的事情。“我们损失了多少人？”这不是什么好话题，但她需要知道，“有比较精确的损失报告了吗？”

“将近一半士兵。”布伦低声说。

比她预料的还要糟。“两仪师呢？”

“我们大约还有两百五十名姐妹，”布伦说，“不过其中一些人还处在失去护法的精神创伤中。”

这是一场更加可怕的灾难。几个小时内就死了一百二十名两仪师？白塔需要很长时间才能修复这样的损失。

“很抱歉，史汪。”布伦说道。

“呸。不管怎样，她们之中的大多数人都只把我看成了鱼肚子。我是玉座的时候，她们就在嫉恨我；我倒台后，她们又在讥笑我；当我回归姐妹行列时，她们简直把我当成了一个仆人。”

布伦点点头，一边继续按摩着史汪的肩膀。虽然史汪这样说着，但布伦能感受到她的痛楚。牺牲的人之中有许多心地纯善的姐妹。

“艾雯没有死，”史汪顽固地说，“她总是会让我们大吃一惊。布伦，你看着吧。”

“要我看，这一次也许不会发生什么让我们大吃一惊的事，对不对？”

史汪哼了一声：“愚蠢的男人。”

“你是对的，”布伦严肃地说，“你那两句都说对了。我相信艾雯会给我们带来惊喜。而且我的确是个傻瓜。”

“布伦……”

“史汪，不必安慰我。我怎么可能没有想到敌人的图谋。兽魔人想要拖住我们，直到另外一支部队对我们发动突袭。缩进丘陵之间，只可能是一种防御战略。兽魔人从不会进行防御。我只是以为它们会发动一场伏击，所以才会收集尸体，在原地等待。如果我更早一些对它们发动进攻，这种惨败就有可能被避免。我谨慎过头了。”

“一个人如果只是想着因为暴风雨而丢失的鱼群，就会浪费晴朗无云的好天气。”

“聪明的谚语，史汪，”布伦说，“但在将军们中间也流传着一句不知疲惫的福格留下来的名言：‘如果不做失败的学生，就要做失败的奴隶。’我不明白自己怎么会犯这种错误。我的经验、我的准备，都不可能允许这样的错误发生！这不是一个我能忽略的错误，史汪。因缘也在因为我而承受着危险。"

布伦不停地揉搓着前额。在昏暗的落日余晖中，他看起来似乎老了很多。他的脸上满是皱纹，双手显得虚弱无力，就好像这场战争偷走了他几十年的寿命。他叹了口气，弓起后背，向前俯过身子。

史汪发现自己不知道该说些什么。

他们就这样陷入了沉默。

莱罗勒等在这个所谓的黑塔的大门外。她必须充分利用自己受过的每一点训练，才不至于让自己的愤怒显露出来。

这次和黑塔的交涉根本就是一场灾难。首先，黑塔拒绝他们进入，要他们等待红宗先完成对殉道使的约缚。然后就是神行术的失效。紧接着又是三次邪恶泡沫的出现，两次有暗黑之友对他们发动袭击。玉座又向他们发来警告说黑塔已经加入到了暗影一方。

莱罗勒已经按照玉座的指示，派遣这支队伍中的大部分姐妹前去支持岚·人龙的战线了。现在只有她和为数不多的几名姐妹留了下来，对黑塔进行监视。而现在……现在又是怎样的一种状况？

"我可以向你保证，"那名年轻的殉道使说道，"危险已经过去了。我们赶走了米海峨和其他所有投向暗影的叛徒，现在黑塔中的殉道使都是行在光明中的人。"

莱罗勒的目光转向她的同伴，每一个宗派都在这里留下了一名代表。而在今早第一次与殉道使接触后，她们又紧急向白塔求援，得到了一支由三十名姐妹组成的援军。现在所有这些姐妹都接受莱罗勒的领导，尽管她们大多都不太情愿。

"我们需要就现状再讨论一下。"她一边说，一边向那名年轻的殉道使点头，要求他暂时退开。

"我们现在该怎么办？"麦瑞勒问道。这名绿宗从一开始就跟随莱罗勒。莱罗勒没有让她离开，有一部分原因是麦瑞勒拥有数名护法。"如果他们之中有人在为暗影而战……"

"神行术已经能够使用了，"希安妮说，"自从我们感觉到黑塔中出现大规模导引后，这里的情况的确发生了改变。"

"我不相信黑塔。"麦瑞勒说。

"我们必须确认当前的情况，"希安妮说，"我们尤其不能在最后战争中让黑塔处于无人管束的状态。不管怎样，我们必须照管好这些男人。”黑塔中的男人宣称只有极少数的一些叛徒加入暗影，而两仪师们感觉到的那些导引是因为黑宗对黑塔发动了攻击。

听到这些殉道使提及黑宗，莱罗勒总是会感到怒火中烧。黑宗，许多个世纪以来，白塔一直都否认两仪师中有暗黑之友存在。但不幸的是，事实恰恰相反。但莱罗勒依旧不喜欢听到男人肆无忌惮地提及这件事，尤其是这样的男人们。

“如果他们想要对我们发动攻击，”莱罗勒若有所思地说，“他们应该趁我们无法用神行术逃走时下手。现在，我有理由相信他们已经……净化了他们的组织。白塔也是这样认为的。”

“那么，我们进去？”麦瑞勒问。

“是的，我们要按照他们的承诺对他们进行约缚，并从被约缚的男人口中知晓黑塔中的实际状况。”转生真龙不允许她们约缚最高等阶的殉道使，这让莱罗勒很气恼。不过，她在刚刚到达黑塔时就已经想到了对策。她会首先要求这些男人在她的面前示范导引，并约缚她感觉最强大的一个。然后，她会让她的新护法告诉她，在接受训练的新兵中谁的潜力最强，再让姐妹们约缚那些最有潜力的人。

这将是一个开始……莱罗勒希望她们最终能够约缚这里的大部分导引能力强大的男人。光明啊，世界怎么变成这个样子？能够导引的男人竟然如此放肆地聚集在一起，还建立了自己的势力！她根本就不相信那个所谓污染已经被净化的故事。这些……男人当然会这样说。

“有时候，”莱罗勒喃喃地说道，“我真希望自己能立刻返回白塔，为了自己竟然会接受这样的任务而狠狠抽自己几个嘴巴。”

麦瑞勒笑了起来。这名绿宗向来都是这样玩世不恭。莱罗勒痛恨自己因为长期离开白塔而没能亲身参与那些至关重要的事件，例如白塔的重新统一、与霄辰人的战斗……只有在这些事件中，她的领袖才能才会得到证明，她才能赢得令众人景仰，足以流传后世的威名与声誉。

机会总出现在变乱之中，而现在，她已经失去了机会。光明啊，她真是痛恨这种无奈的现状。

她抬起头，向面前的城墙高声喊道：“我们决定进入黑塔。”然后，她又对身边的姐妹低声说道，“握持至上力，保持警戒，我们不知道里面到底发生了什么。”她的这支部队足以对抗数量超过她们的缺乏训练的殉道使。不过从逻辑上来说，这样的冲突应该不会发生。当然，那些男人可能都已经发疯了，所以，也许用逻辑来推测他们根本就是不合逻辑的行为。

黑塔大门被缓缓打开，这些黑塔中的男人在真正建起黑塔之前，却先建造起这一圈高大的围墙。这本身就说明了很多问题。

莱罗勒用膝盖一夹坐骑，走进黑塔大门。麦瑞勒和其他人跟随在她身后。现在莱罗勒已经在使用她刚刚学会不久的那个编织，让她能够知道附近是否有男人在导引。但出来迎接她们的并不是那个在黑塔大门上方与她们对话的年轻殉道使。

“这是怎么回事？”莱罗勒向佩维拉问道。莱罗勒认识这位红宗守护者，只是和她并不算很熟识。

“我被要求前来迎接你，”佩维拉的兴致似乎相当不错，“洛根认为一张熟悉的面孔也许会打消你们的一些顾虑。”

莱罗勒没有让自己的冷笑流露出来，两仪师不该有这种欢快的表情。两仪师应该是沉静、内敛的，更重要的是，两仪师应该是威严的，应该具有逼人的气势。一个男人在看到两仪师时，就应该立刻开始寻思自己做错了什么事情，该如何加以改正。

佩维拉来到她身旁，开始和她在黑塔的土地上并辔而行：“现在这里由洛根掌管，他向你们致以问候。在不久前的战斗中，洛根遭受了严重的伤害，现在还没有完全恢复。”

“他会安然无恙吗？”

“哦，当然。再过一两天，他应该就能自由行动了。我相信，殉道使需要在他的率领下投入最后战争。”

真可惜，莱罗勒心想。如果黑塔没有这个伪龙作为领袖，肯定会更容易被控制。洛根如果能死在那场战斗中就好了。

“我相信，他一定能给予我们很多帮助。”莱罗勒说，“不管怎样，他的指挥权……嗯，我们到时候再看吧。告诉我，佩维拉，我听说约缚一个能够导引的男人和约缚普通男人并不一样，你是否已经有了这方面的经验？”

“是的。”佩维拉说。

“那么，这种传闻是真的吗？”莱罗勒问，“既然我们能够用约缚强迫普通男人服从我们，那这些殉道使呢？”

佩维拉淡淡一笑，仿佛有什么心思正萦绕在她心头：“啊，那会是什么样子？不，约缚不能强迫殉道使，你们必须对他们使用一些更具创造性的手段。”

这可不是什么令人高兴的信息。“他们会服从我们吗？”走在莱罗勒另一侧的爱莱丁问道。

“我想，这要看你约缚的那个男人本身性格如何。”佩维拉回答。

“如果不能强迫他们，”莱罗勒说，“他们会在战斗中服从两仪师的命令吗？”

“也许。”佩维拉的回答有些语焉不详，“但我必须告诉你们所有人，我原先来到此地的目的，也就是你们想要实现的目标，是非常愚蠢的。”

“是这样吗？”莱罗勒不动声色地问。自从红宗对史汪做出那样的事以后，她就很难再信任一名红宗姐妹了。“为何这么说？”

“我曾经和你们有着同样的想法，”佩维拉说，“约缚全部殉道使，以此来控制他们。但你们是否能够随便进入一座城市，任意挑选五十个男人，把他们约缚成护法？为了控制殉道使而约缚他们，这本身就是愚蠢的。这样无法控制他们。我相信，一些殉道使的确能够成为非常优秀的护法。但也像普通的男人一样，他们之中不少人并不是护法的理想人选。我建议你们放弃原先那个约缚四十七人的计划，而是应该约缚真正愿意成为护法的殉道使。这样，你们才能得到更好的护法。”

“很有趣的建议，”莱罗勒说，“但就像你说过的那样，前线急需殉道使的力量。我们已经没有多少时间了，我们要约缚最强大的四十七个人。”

佩维拉叹了口气，但没有再说什么。这时，几名身穿黑色外衣、领子上别着两枚徽章的男人从她们身边经过。莱罗勒感到皮肤传来一阵刺麻，仿佛有小虫子在皮肤下爬动。这些是能导引的男人。

蕾兰一直认为黑塔是白塔计划中至关重要的一环。当然，莱罗勒并非蕾兰的走卒，她是一位有权做出任何决定的宗派守护者。如果她能让黑塔服从她的权威，那么也许她就能彻底从蕾兰的手心里摆脱出来了。

仅仅是为了这一点，约缚殉道使就是值得的。光明啊，她实在是没办法喜欢那些能导引的男人，但他们必须受到控制。暗帝的污染会让真龙逐渐发疯，所以真龙是不可以信赖的。那么，他会让她们约缚剩下的这些男人，其中是否又夹杂着暗影的阴谋？

无法通过约缚控制他们……这将是危险的。莱罗勒本来还想象着能够率领二三十名被约缚的殉道使加入战斗，这些殉道使都将服从她的意志。她现在又该如何实现自己的计划？

她们很快就来到围墙里的小镇边上，这里正有一排穿着黑色外衣的男人在等待她们。莱罗勒迅速数了一遍，四十七个男人，包括刚刚在城墙上与她们对话的那个年轻人。他们又想要什么把戏？

站在最前列的一个男人向她们走过来，他是一个身材健壮的中年男子，但似乎刚刚受到过某种折磨，面色苍白、眼袋浮肿。但他的脚步坚定，望向莱罗勒的目光平和安稳。走到一众两仪师面前，他鞠了个躬。

“欢迎，两仪师。”

“你是谁？”

“安德罗·根哈德，”他说道，“我负责管理将由你们进行约缚的四十七个人，直到他们得到两仪师的约缚。”

“我的四十七个人？看来，你们已经忘记了和我们达成的条件。我们可以约缚任何士兵和献心士，他们不能拒绝我们。”

“确实如此，”安德罗说，“您说得没错。但不幸的是，黑塔中除了这四十七人以外，其余的人都已经是正式殉道使，或者奉命去完成紧急任务了。如果他们在这里，自然会尊奉真龙的命令。我们现在只能留下四十七个人，以供你们进行约缚。实际上，你们还可以约缚的人数是四十六个人，因为我已经被两仪师佩维拉约缚了。”

“那我们就等其他人回来。”莱罗勒冷冷地说。

“很可惜，”安德罗说，“我相信他们不会很快回来。如果你们还打算参与最后战争，你们就只能尽快做出选择。”

莱罗勒向这个男人眯起眼睛，然后又看了佩维拉一眼。佩维拉只是耸了耸肩。

“这是一场骗局，”莱罗勒对安德罗说，“而且只是个小孩子的把戏。”

“我个人认为这么做是明智的，”安德罗冷静地答道，“这对于两仪师已经是很有利的安排了。我们对你们做出的承诺是，除了正式殉道使以外的任何黑塔成员都会服从你们的要求。我们会遵守承诺，也尽量按照承诺为你们找齐了人选。”

“毫无疑问，你们为我选择的都是你们之中最弱的。”

“实际上，”安德罗说，“我们尽量选择了那些自愿接受约缚的人。他们每一个都是很好的男子汉，也是真正想成为护法的人。”

“转生真龙未必会喜欢你们这么做事。”

“根据我得到的信息，”安德罗说，“他现在随时都有可能前往煞妖谷。你们是打算前去追随他，还是继续在这里抱怨？”

莱罗勒将嘴唇抿成一条细线。

“还有一件事也许你应该知道，两仪师，”安德罗说，“就在今天早些时候，我们得到来自转生真龙的信息。他向我们传授了最后一课：我们不该将自己看成武器，我们是人，人应该对自己的命运有所选择。这是武器所没有的权利。这里就是你们所需要的男人，两仪师。记住，要尊重他们。”

安德罗又鞠了个躬便走开了。佩维拉犹豫了一下，也调转马头，跟上安德罗。莱罗勒察觉到那名红宗姐妹的脸上流露一些特别的神情。

原来如此，莱罗勒想道，这个女人和那些绿宗根本就是一样的货色，我还以为她的年纪能给她带来一点智慧呢。

莱罗勒很想拒绝这种安排，直接回到玉座那里，向她报告黑塔发生的一切。只是……来自坎多前线的报告突然间变得非常混乱。莱罗勒只知道，有一支身份不明的军队突然出现在白塔军的背后，但具体细节尚不得而知。

玉座如果听到她的抱怨，肯定不会高兴。当然，莱罗勒承认，她也希望能够尽早完成在黑塔的任务。

"你们每个人挑选两个，"莱罗勒对姐妹们说，"有一些人只能约缚一个。芙芮恩和瑟德琳，你们两个只约缚一个好了。尽快完成约缚，我希望能早一些离开这个地方。"

佩维拉追上正要走进一幢小屋的安德罗。

"光明啊，"她说道，"我真的已经忘记我们之中的一些人是多么冷酷无情。"

"哦，我可不这么想，"安德罗答道，"我知道你们之中有一些人还是很好的。"

"要小心她们，安德罗。"佩维拉一边说，一边又回头看了一眼，"有许多人会只把你们当做是一种威胁，或者一件可供利用的工具。"

"我们已经赢得了你的信任。"安德罗一边说，一边走进那间小屋。凯德尔、乔奈瑟和埃马林都手捧热茶，等在那间小屋里。他们三人正从战斗中恢复过来。乔奈瑟恢复得最快。埃马林受到的创伤最重，他和洛根一样，经受过转变的折磨。佩维拉注意到他有时会茫然地盯着远方，脸上流露出恐惧的神情，仿佛回忆起某种非常可怕的东西。

"你们三个不该在这里，"佩维拉双手叉腰，对他们说道，"我知道洛根已经答应让你们成为殉道使。但你们现在领子上仍然只有剑徽。如果那些女人看见你们，十有八九会把你们约缚成护法。"

"她们不会看见我们的，"乔奈瑟笑着说，"如果我们想要张口骂她们一句，安德罗会在我们发出声音前就把我们踢进通道里去！"

"那么，我们现在该做些什么？"凯德尔问。

"洛根想让我们做的任何事。"安德罗答道。

在经历过那些折磨之后，洛根已经……改变了。安德罗曾经私下里对佩维拉说过，他觉得洛根变得更阴沉，更罕言寡语。看起来，对于最后战争，他仍然有足够的决心，但这段时间里，他只是让殉道使们留在黑塔中，自己则总是长久地注视着从泰姆的房间里找到的各种物件。佩维拉有些担心暗影的转变已经让他的精神崩溃了。

“他认为，泰姆房里的那些作战地图上也许隐藏着某种信息。”埃马林说。

“如果洛根认为我们应该出现在哪个战场，我们就赶往那里。”安德罗答道。这个答案很明白，尽管其中并没有多少实际的内容。

“那么，真龙大人呢？”佩维拉小心地问。

她感觉到安德罗的犹疑。殉道使耐伊夫在今天找到了他们，并带来真龙的信息和指示。从这些指示中，他们能够推想到，转生真龙已经知道黑塔发生了不寻常的事。

“他有意将这里的问题留给我们自己解决。”安德罗说。

“如果他能赶回来，他一定会回来的！”乔奈瑟说，“我相信他一定会的。”

“他的确是留下我们自己和敌人战斗，”埃马林说，“如果不能取胜，我们就只有毁灭。他已经变成了一个严厉的人，也许可以说是冷酷无情的人。”

“这没关系，”安德罗说，“黑塔已经学会如何不依靠他生存下去。光明啊！黑塔的生存和发展从一开始就没有依靠过他。他没有为我们做过什么事，是洛根给了我们希望。我要效忠的人是洛根。”

其他人纷纷点头。佩维拉感觉到这里正在发生一件重要的事。他们不可能永远依靠转生真龙，她想道，真龙会在最后战争中死去。无论是否故意如此，兰德・亚瑟都必须让他们有机会能在这个世界上自立生存。

“但不管怎样，我会将他最后的命令铭记在心，”安德罗说，“我将不仅仅是一件武器。污染已经被净化。我们的战斗不是为了死亡，而是为了生存。我们有理由活下去。告诉所有人，我们要发誓支持洛根，他是我们的领袖。然后，我们将参加最后战争。我们不是转生真龙的臣仆，不是玉座的部属，我们是黑塔，我们就是我们。”

“就是我们。”另外三个人点着头，低声应和着。

第 22 章

救世主

艾雯猛地惊醒过来，盖温一只手捂住她的嘴，她全身一紧，记忆如同一缕阳光照进她的脑海。他们还躲在那辆破损的大车下。空气中充斥着木头燃烧的气味，附近的地面都已经变成了炭黑色。夜幕也落下了。她看着盖温，点了点头。她真的昏睡过去了？她完全想不到自己在这种情况下还有可能睡得着。

“我要试试看能不能从这里逃走，”盖温悄声说道，“要分散他们的注意力。”

“我和你一起走。”

“我一个人行动会更安静。”

“你显然没领教过两河人的潜行技巧，盖温·传坎。”艾雯说道，“我跟你赌一百个塔瓦隆马克，我的声音比你更小。”

“是的，”盖温悄声说道，“但如果你走到某个沙塔导引者十步以内，你就会被发现。这和你是否足够安静没关系。那些导引者一直在营地各处巡逻，尤其是在营地边界附近。”

艾雯皱了皱眉。盖温是怎么知道这种事的？“你出去侦察过了。”

“出去过一会儿。”盖温悄声说，“他们没看见我，只是在忙着搜索帐篷，俘虏他们找到的每一个人。我们在这里躲不了太久。”

盖温不该没问过她就贸然出去。“我们……”

盖温身子一僵。艾雯立刻闭上嘴，仔细倾听。是拖曳的脚步声。他们向马车里面又缩了一些，看着十来个俘虏被领到曾经是指挥帐篷所在地附近的一片空地上。在这些衣衫褴褛的战俘周围，沙塔人在高杆上插上了火把。俘虏之中有几个是士兵，他们都已经被打得几乎连路都走不动了。其余的人则是厨师和劳工，显然也都遭受了鞭打。这些人的衬衫都被剥掉，裤子也被抽打得残破不全。

他们的背上都有一个艾雯不认识的刺青符号。那真的是刺青吗？仔细看去，它们又好像是被灼烧出来的。

就在战俘被逐渐聚集时，附近传来一阵叫嚷声。过了几分钟，一名黑皮肤的沙塔卫兵拖着一个年岁不大的传令兵走了过来，他显然是在附近的帐篷里被找到的。卫兵剥去那个男孩的衬衫，将还在哭嚷的男孩推倒在地。这些沙塔人的衣服都在背部有一个很大的菱形开口，所以艾雯能看到那名卫兵的后背上也有一个刺青图案。不过那个图案和沙塔人黝黑的皮肤融合在一起，让艾雯很难看清它的具体样式。这名卫兵所穿的是一件齐膝长的硬挺袍服，外袍没有袖子，在袍子下则是一件长袖衬衫，也和外袍一样，背后有一个菱形开口。整套衣服显得格外庄重。

另一名沙塔人从夜幕中走了出来，这个人几乎是全裸的，只穿着被撕成长条的长裤，没有穿衬衫。他的刺青不仅是在后背上，而是遍布整个肩膀，并且像盘曲的藤蔓般一直延伸到他的脖颈、下巴和脸颊上。看起来，就好像有一百只指掌细长的手将他的头捧在中间。

这个人一直走到那名小传令兵的身边，跪了下去。其他沙塔卫兵显然都在有意躲避他。不管这个人是谁，人们肯定不喜欢他。现在，他带着冷冷的笑容，伸出了一只手。

那个男孩的后背突然冒出火苗，随后就出现了和其他俘虏一样的刺青印记。一缕缕黑烟升起，那个男孩痛苦地哭喊着。盖温在惊骇中微微呼出一口气。那个刺青一直蔓延到脸上的男人……他能导引。

几名卫兵暗自嘀咕着，他们都带着很重的口音，让艾雯很难听懂他们在说什么。那名导引者发出野狗般的号叫声。卫兵们继续向后退去。导引者缓缓地站起来，转过身，消失在黑夜的阴影里。

光明啊！艾雯心想。

黑暗中又传来一阵衣摆摩擦的窸窣声，两名穿着宽大丝绸长裙的女人走了过来，其中一个人的肤色比较浅。根据艾雯的观察，那些士兵中也有一些浅肤色的人。看来,并非所有沙塔人都是黑皮肤。

那两个女人的相貌非常漂亮,五官极其精致。但艾雯不由自主地又向后缩了缩身子。根据艾雯先前的观察,这两个人也许是导引者。如果她们离艾雯再近一些,也许就能感觉到她了。

这两个女人开始逐一审视空地上的俘虏。借助她们手中的油灯,艾雯能看到她们的脸上也有刺青,不过那些刺青图案并不像刚才那个男人的那样令人感到不安。她们的刺青以叶片为主,从颈后一直向上延伸,绕过耳垂,在脸颊上形成绽放的花朵。这两个女人不住地低声交谈着,艾雯又一次觉得自己有可能听得懂她们在说些什么,如果她能编织出一根窃听丝线……

白痴,她想道。导引会让她立刻死在当场。

又有一些人出现在俘虏周围。艾雯屏住呼吸,一百人、两百人……愈来愈多。这些沙塔人都不太说话,看样子,他们是一个沉默而严肃的种族。大部分沙塔人的衣服背部都敞开着,露出刺青图案。这些图案是否代表他们的地位和职责?

艾雯曾经推测,地位愈重要的人,身上的刺青花纹就愈复杂,不过,有一些人头戴装饰羽毛的头盔,穿着做工精良的丝绸外衣和金色鳞甲的人,看起来显然是相当有地位的军官,但他们背部却几乎没有暴露出多少,只在肩膀根处有一点小小的刺青。这些沙塔人的鳞甲也很奇怪,是用钱币般的金属圆片穿过中心连缀而成的。

他们只是除掉了几片甲胄,好展示他们的刺青,艾雯心想,在战场上,他们肯定不会暴露自己的皮肤。现在他们所处的场合一定具有某种仪式的性质。

最后一群来到这片空地上的人被直接领到最前排,他们也是这些沙塔人中最怪异的。两个男人和一个女人,都骑着矮小的驴子,身穿漂亮的丝绸裙装,头上裹着样式复杂且色彩艳丽的头巾。他们的坐骑身上则挂着许多金银锁链。他们不分男女从腰部以上都一丝不挂,只有许多珠宝项链覆盖了他们胸部的很大一部分。在他们裸露的背部和剃光的后脑上,却看不见刺青。

那么……他们是贵族领主吗?但他们三人全都是一副空洞、迷惘的表情,身子前倾,目光低垂,面色苍白。他们的手臂很细,几乎像骷髅的手臂般,一碰就碎。这些人又是怎么一回事?

这种猜测毫无意义。沙塔人毫无疑问,是一个像艾伊尔人一样充满了谜团的种族,甚至可能比艾伊尔人更加神秘。但为什么他们会在这个时候发动入侵?艾雯心想,为什么在与世隔绝了这么多个世纪后,他们突然发动了这场战争?

对于如此大规模的事件，绝不可能存在巧合。他们显然是在与兽魔人合作，对艾雯发动了伏击。艾雯坚信这一点。所以她在这里得到的一切信息都将是至关重要的。现在她没办法去帮助她的军队，只能尽量在这里搜集各种情报。光明在上，希望真的能有一些人逃出这场暗影的埋伏。

盖温轻轻碰了她一下。她转头看着盖温，感觉到他对自己的忧虑。

现在走吗？盖温用唇语问着，一边向他们身后指了指。现在所有沙塔人的注意力都集中在……他们即将举行的仪式上，也许他们能趁这个机会悄悄溜走。于是，他们站起身，悄无声息地迈开脚步。

一名沙塔导引者喊了起来。艾雯身子一僵。她被发现了！

不，不是这样。艾雯沉重地喘息着，努力让自己就要跳出胸腔的心脏平静下来。那个沙塔女人正在向其余的沙塔人说话。艾雯似乎从她浓重的口音中听到她说："结束了。"

那一群沙塔人都跪了下去，满身珠宝的三个人头垂得最低。然后，在靠近俘虏的那个地方，空气似乎被扭曲了。

艾雯无法用其他的言辞来形容这种现象。空气扭动……仿佛又被撕开，就好像在炎热的天气里道路上不断扭曲的热浪。有什么东西正在这团波动着向周围散开的空气中出现：是一个身穿闪光铠甲的高大男人。

他没有戴头盔，有着深褐色头发和浅色皮肤，微有一些鹰钩鼻，相貌非常英俊，尤其适合这身军人的装扮。他的铠甲也是由银色的金属圆片连缀而成，覆盖了全身。这些金属圆片被打磨得如同镜面般光亮，甚至能映出周围众人的面孔。

"你们做得很好，"那个人对向他跪拜的沙塔人说道，"站起来吧。"他的声音也带着一点沙塔口音，但并不像这些沙塔人一样严重。

这个人将手放在剑柄上，等待众人站起。从他身后的黑暗中，又有一群导引者卑躬屈膝地走了过来，他们一边走，一边不住地朝这个身披铠甲的人鞠着躬。那个人脱下一只铠甲手套，随意地拍了拍一名男性导引者的头，就像是在爱抚一条猎犬。

"看样子，又有新的奴婢了。"那个人摆出一副沉思的样子，"你们之中有没有人知道我是谁？"

俘虏们在他面前瑟缩着。虽然沙塔人都站了起来，但这些战俘知道自己依然只能跪在地上。他们之中没有一个人说话。

"我想应该是没有，"那个人又说道，"不过名声总是会以出人意料的方式传播开来。如果你们知道我是谁，就告诉我。无论是谁能说出来，我就会放他自由。”

没有人回答。

“那么，你们就好好听着，不要忘记。”那个人说，“我是巴奥，救世主。我是你们的拯救者。我走过悲哀的深渊，于此时崛起，接受我的荣耀。我来到这里，是为了寻求我被夺走的东西。记住这一点。”

那些俘虏们只是将身子伏得更低，他们显然不知道该做些什么。盖温拉了拉艾雯的袖子，示意她从另一侧退出马车。但艾雯没有挪动半步。那个人身上有一些特别的地方……

那个人猛地抬起头，他的注意力先是集中在那些女性导引者身上，然后又望向远处的黑暗。“你们是否认识真龙？”他有些心不在焉地说道，“告诉我。”

“我见过他，”一名被俘的士兵说，“见过不止一次。”

“你和他说过话吗？”巴奥一边问，一边转身离开了那些俘虏。

“没有，大人，”那名士兵说道，“只有那些两仪师能和他说话。”

“看起来，恐怕你们已经没有什么用处了。”巴奥说道，“仆人们，我们正受到监视。你们并没有像你们所宣称的那样仔细检查这座营地，我感觉附近就有一个能够导引的女人。”

艾雯感到一阵惊慌。盖温抓住她的手臂，想要逃走，但如果他们现在跑出去，肯定会被抓住。光明啊！她……

一座倒塌的帐篷旁忽然传来一阵声音，将人群的注意力全部吸引过去。巴奥抬起一只手。艾雯听到黑暗中传来愤怒的叫嚷声。片刻之后，莉安大睁着眼，被风之力绑住，从沙塔人群中飘过。巴奥让她飘到自己面前，用艾雯看不见的编织将她吊在半空中。

艾雯的心脏剧烈地跳动着。莉安还活着，她是怎么躲到现在的？光明啊！艾雯现在能做些什么？

“啊，”巴奥说，“一个……两仪师。那么，你和真龙说过话吗？”

莉安没有回答，面容也始终保持着绝对的平静。

“的确不是一般人。”巴奥一边说，一边伸出手指，托起莉安的下巴。然后，他伸出另一只手，周围的俘虏们突然开始翻滚、尖叫。很快，他们身上就冒出了火焰，并且发出愈来愈凄厉的哀号。艾雯看着这一幕，只能强迫自己不去碰触真源。当一切结束时，艾雯发现自己在哭泣。

沙塔人群中发生了一阵骚动。

“不要不高兴，”巴奥对他们说，“我知道你们为了给我抓一些活口，费了很大的力气。但他们不会成为好奴婢，他们没有这样的习俗。在这场战争中，我们也没时间训练他们。比起他们今后要遭受的折磨，现在杀死他们反而是对他们的怜悯。而且，这个人，这个……两仪师已经足以实现我们的目的了。”

莉安平静的面容上出现了裂纹。虽然距离遥远，艾雯还是能看到她神情中的恨意。

巴奥的手指依然托着她的下巴：“你真是个美人。不过很不幸，容颜的美丽没有任何意义。你要为我传递一个信息，两仪师。告诉路斯·瑟林，就是那个自称转生真龙的人，我要去杀了他，然后统治这个世界。它本来就应该是属于我的。告诉他我的样子，他自然会知道我是谁。

“就在这里的人们按照预言所示等待他的时候，就在他们向他奉上无数荣耀光环的时候，我的土地上的人们也在等待我。我实现了他们的预言。他是假的，而我才是真的。告诉他，我将是最终的胜利者。他会来找我，我们将正面对决。如果他不来，我就会继续制造杀戮和毁灭。我会掌控他的族群，奴役他的孩子，夺走他的女人。一个接一个，我会击溃、毁灭或统治他所爱的一切。如果他想要避免这样的结局，那么他就必须来见我。

“把这些告诉他，小两仪师。告诉他，一个老朋友正在等着他。我是巴奥，救世主，拥有世界之人，屠龙者。也许他还记得我那个早已被抛弃的名字，巴瑞德·贝。”

巴瑞德·贝？艾雯努力回忆着白塔的课程。巴瑞德·贝……狄芒德。

狼梦中的风暴随时都在发生剧烈的变化。佩林在边境国游荡了许多个小时，他沿着干涸的河床奔跑，跨过破碎的山丘，寻找每一个狼群。

高尔学习得很快。当然，如果与杀戮者对敌，他还是会迅速败下阵来。但他至少学会如何让自己的衣服不再胡乱改变。只是当他受到惊吓时，面纱仍然会立刻覆盖住他的面孔。

他们两个正迅速跃过坎多，从一座山丘跳向另一座山丘，空气中只留下他们的一道道残影。风暴时强时弱。这个时候，坎多呈现出鬼蜮般的寂静。荒草高原上散落着各种残破的物品，帐篷、屋瓦、一艘大船的船帆，甚至还有一个铁匠用的铁砧，尖头插在一座泥土山丘上。

强大而危险的风暴可能在狼梦中的任何地方突然爆发，撕裂城市或者森林。佩林已经发现提尔人的帽子被一直吹到了夏纳。

佩林在一座山丘顶上停下脚步，高尔也落在他身边。他们寻找杀戮者已经有多久了？感觉上，像是几个小时，但又好像是……他们已经走过了多少地方？

到现在为止,他们已经三次返回食物储藏点进食了。这是否意味着一天时间已经过去了?

“高尔,”佩林说,“我们在这里已经有多久了?”

“我不知道,佩林·艾巴亚。”高尔答道。他朝天空中寻找了一下太阳,但太阳已经被乌云完全遮住了。“很长时间了。我们需要停下来睡一觉吗?”

这是一个应该考虑的问题。佩林的肚子突然叫了起来。他想象出不少干肉和一大块面包,并把它们分给了高尔一些。在狼梦中想象出来的面包能够维持他们的体力吗?或者当他把这种食物吃下去以后,它们就消失了?

实际情况是后者。佩林还在吃这些食物时,它们就消失了。看来从现实世界中带来的食物依然是不可或缺的。也许他们应该从兰德的殉道使每天为他们打开的神行术通道中带更多的食物进来。现在,他只能移回他们储存补给品的地方,拿出一些干肉,然后又回到北方高尔的身边。

当他们坐在山坡上吃饭时,佩林不觉又想起了幻梦矛。他一直将这件特法器带在身边,且像兰飞儿教他的那样,让幻梦矛处在关闭状态,所以现在幻梦矛并没有产生紫色穹窿。不过,他现在随时都可以重新开启这件特法器。

兰飞儿竟然会把如此强大的特法器交给他。她到底有什么打算?为什么她又会那样逗弄他?

佩林撕下一块干肉。菲儿现在还平安吗?如果暗影发现她正在执行的任务……佩林真希望至少能看到她一眼。

他从水囊中喝了一大口水,然后又开始去寻找狼群。在边境国有上千匹,甚至上万匹狼。佩林向附近的狼发出问候,将自己的气息和影像混合在一起,传送出去。十数个没有言辞的回答从不同的地方传来。佩林当然立刻就明白了他们的意思。

犊牛!这个呼唤来自一头被称作白眼的狼。最后战争已经来了,你愿意率领我们吗?

许多匹狼都在这样问。佩林不知该如何回答这个问题。为什么你们要我率领?

一切都将决定于你的吼叫,白眼答道,决定于你的呼号。

我不明白你的意思。佩林说,难道你们自己不能狩猎吗?

对于这个猎物,我们不行,犊牛。

佩林摇了摇头。他已经不是第一次得到这种要求了。白眼,他说道,你们有没有见到过杀戮者?那个杀害狼的人?他有没有在这里攻击你们?

佩林将这个询问广泛地传播出去。有一些狼立刻给出了响应,它们知道杀戮者。佩林传出的影像和气息又被它们传递给更多的狼，它们还向其中添加了一些新的信息。但没有狼最近见到杀戮者，狼对时间的概念和人类不同，所以佩林还无法确定它们所表达的“最近”是什么意思。

佩林咬了一口干肉，发现自己正发出一阵低吼。他立刻闭住了嘴。他已经与心中的狼达成和解，但这并不代表他允许那头狼带着泥巴走进他的房间里。

犊牛，另一匹狼传来信息。这是一匹苍老的母狼，被称作弯弓，是一个狼群的头狼。月猎者又来到梦中了，她在找你。

谢谢，佩林回答它，我知道了，我会注意躲避她的。

躲避那个月亮？弯弓问道，那可是很难的，犊牛，非常难。

弯弓是对的。

我刚刚看见了觅心者，一匹被称作迅步的年轻的黑狼传来信息，她换了一种新气味，但那肯定是她。

其他狼也都纷纷应和。觅心者在狼梦中，有些狼在东方见到她，但也有一些狼说她在南方。

那么杀戮者呢？如果那个人没有在猎杀狼，他又会在哪里？佩林发现自己又在咆哮了。

觅心者。狼所说的一定是某个弃光魔使，但他并不认识它们向他传来的影像。他只知道，那个觅心者很古老，狼们传来的记忆只是一些残片中的残片，是它们的祖先看到的一些浮光掠影的影像。

“有什么消息?”高尔问。

“另一个弃光魔使正在狼梦里，”佩林沉声说道，“正在东方行动。”

“与我们有关吗?”

“弃光魔使的事情一定会和我们有关的。”佩林说着，站起身，伸手按住高尔的肩膀，让他们向迅步所指的方向移动过去。迅步并没有给出确切的地点，但佩林一到那里，就接收到一些狼所见到的影像。一天前，觅心者正在去边境国的路上。那些狼迫不及待地向佩林致以问候，并问他是否打算率领它们。

佩林拒绝了它们的请求，并确认了觅心者被发现的地方，梅丽罗平原。

佩林立刻移动到那里，一片怪异的雾气正悬浮在这个地方。因兰德而生长出来的高大树木也出现在狼梦中，迷雾遮住了它们的树梢。

原野上能看到许多帐篷，就像是一丛丛的蘑菇。艾伊尔人的帐篷为数众多，且在那些帐篷之间，还有煮食的篝火在迷雾中闪动。这片营地在现实世界中停留了足够长的时间，才能出现在梦的世界里。只是帐篷的帘子会不停地掀起落下，露天铺在地上的被褥也会不时出现或消失，给梦的世界更增添了一层虚幻的气氛。

佩林引领高尔穿行在排列整齐的帐篷和没有半匹马的拴马栏之间。一个声音让他们俩同时停下了脚步。有人在嘟囔着什么。佩林利用他从兰飞儿那里学到的技巧,创造出某种……隐形的东西将自己包裹住,让它隔绝自己发出的声音。这是一种很怪异的技巧,但佩林的确能凭借它制造出一道没有空气的屏障。为什么这样就能将声音完全挡住?

他和高尔寂然无声地来到一座帐篷前。根据旗帜判断,这是那个名叫罗代尔·伊图拉德的人的帐篷,他是即将随兰德进入煞妖谷的战线指挥官。在这顶帐篷里,一个穿长裤的女人正在翻找桌上的文件,那些文件被她的手指拈起后,很快就会从梦的世界消失。

佩林不认识这个女人,但她丑陋的相貌实在是让佩林大吃一惊。他从没想过一名弃光魔使会有这样的长相:宽大的前额,肥硕如同蒜头的鼻子,大小不一的眼睛和稀疏的头发。佩林听不懂她在说些什么,不过从语气判断,她肯定是在咒骂什么。

高尔看着佩林,佩林则向腰间的战锤伸出手去。但没等手碰到玛哈雷尼,佩林又犹豫了。与杀戮者作战是一回事,但他是否应该贸然向弃光魔使发动攻击?他相信自己有能力在狼梦中抵抗任何至上力的编织,不过……

那个女人手中的文件再次消失了。她又骂了一句,然后,她抬起了头。

佩林立刻反应,他在自己和那个女人之间制造出一道纸一般薄的墙,并让这道墙朝向那个女人的一面精确地显示出他身后的景物形象,而墙壁朝向他的这一面则是透明的。那个女人的双眼正对着佩林,却看不见他。过了一会儿,她又将头转开了。

在佩林身边,高尔以极轻微的声音呼出一口气。我是怎么做到的?佩林心想。他从没做过这样的练习,只是觉得应该这么做。

觅心者一定就是这个女人。她动了动手指,帐篷从她头顶上分成了两半,垂落下来。她则升起到了空中,并且一直朝上方的黑色暴雨云飞了上去。

佩林对高尔悄声说:“等在这里,警戒周围。”

高尔点点头。佩林谨慎地跟踪觅心者,用意念将自己举向空中。他还想要在自己和觅心者之间制造出一道墙壁,但想要在移动时保持对周围景物的正确想象实在是太难了,所以,他只能和那名弃光魔使保持足够的距离,并让他们之间出现了一道绿褐色的墙壁,希望即使觅心者偶尔向他这里扫上一眼,也不会注意到这一点稍显怪异的地方。

觅心者的移动速度变快了。佩林勉力跟在后面。他向下瞥了一眼,下方正在迅速缩小的梅丽罗平原让他有一种肠胃被翻转过来的感觉。没过多久，那片原野就消失在黑暗之中。

他们并没有穿过乌云。当大地隐去时，天空中的云层也不见了。他们进入一个黑暗的地方。佩林周围出现了无数个光点，他头顶上的那个女人这时停止移动，在黑暗中飘浮了一会儿，便朝那些光点飞去。

佩林继续跟踪着，同时让自己的皮肤、衣服和身上的所有东西都变成黑色，以隐蔽自己。那个女人迅速靠近了一个光点，而那个光点也随之急剧扩张，最后完全占据了她面前的天空。

觅心者向前伸出手，把手掌按在那片光亮上，开始喃喃地自言自语。佩林觉得有必要听一听她在说些什么，便大着胆子向她靠近一些。现在佩林已经开始担心自己的心跳声会暴露自己的位置了。

“……夺走我的容貌？”觅心者说道，“你以为我会在乎吗？给我一张仿佛破烂的石头一样的脸。我真的会在乎吗？我可不是这样的人。我会取代你的位置，莫瑞笛。它将会是我的。而这张脸只是会让他们低估我。你这该死的东西。”

佩林皱了皱眉，他不懂这个女人在说些什么。

“继续把你们的军队抛给他们吧，你们这些傻瓜，”觅心者继续说着，“而我将赢得更伟大的胜利。一只虫子可以有一千条腿，但只能有一颗头。摧毁那颗头的人才是赢家，而你们所做的只是砍断一些腿而已，蠢货。愚蠢、傲慢令人厌恶的家伙。我会得到属于我的一切，我会……”

她迟疑了一下，转过头。佩林心中一慌，立刻让自己回到地上。谢天谢地，他成功了。在那个怪异的地方，他本来没信心自己的意念是否同样有效。高尔被吓了一跳。佩林深吸一口气，“我们……”

一团耀眼的火球落在佩林旁边的地面上。佩林骂了一声，向旁边滚倒，并让一阵冷风吹过自己的全身，同时想象着战锤被握在手中。

觅心者也落在地上，强大的能量在她身周搅起一阵阵波动。“你是谁？”她问道，“你在哪里？我……”

她的目光突然聚焦在佩林身上，这是她第一次真正看见佩林。此时佩林已将身上的黑色全部消去了。“你！”她尖叫着，“从一开始就是你在搞鬼！”

她高举双手，两只眼睛里放射出憎恨的光芒。虽然冷风还在不断从身边吹过，佩林依然能嗅到她的情绪。她释放出一道白色的光束。佩林让光束弯曲，从身边绕过。

那个女人显然是吃了一惊。这些狼梦中的导引者总会在佩林面前有这样的反应。难道他们从来都没想过，在这个世界里，除了你认为是真实的东西以外，一切都不是真实的？佩林消失了，出现在觅心者身后，举起了战锤。然后，他又犹豫了，一个女人？

那个女人转过身，尖叫着撕裂了佩林脚下的地面。佩林跳入空中，他周围的空气想要将他抓住，但他再一次用出了刚刚学到的技巧，让身周出现一重完全真空的墙壁。现在没有空气可以来束缚他了。他屏住呼吸，再次消失，重新出现在地面上，同时让面前出现一道土堤，挡住向他飞来的火球。

"去死吧！"觅心者一边进攻，一边还在尖叫，"你早就应该死了。我的计划是完美无缺的！"

佩林消失了，只留下一尊自己的雕像。他则回到了帐篷旁。高尔正在这里手擎短矛，警戒着周围。佩林在他们和觅心者之间筑起一道模拟周围环境的墙，将他们遮住，同时又生成一道阻绝声音的屏障。

"现在她听不到我们说话了。"佩林说。

"你在这里很强大，"高尔若有所思地说，"非常强大。智者们也知道这些手段吗？"

"和她们相比，我只是一只幼崽。"佩林说。

"也许。"高尔说，"我很久没见过她们了，而她们也从不会对男人提起这个地方。"他摇了摇头："你赢得了很多荣誉，佩林·艾巴亚，很多荣誉。"

"我刚才应该把她打倒。"佩林看着觅心者将他的雕像摧毁，一只脚踏在上面，显露出困惑的神情，然后又转过身，疯狂地搜寻着。

"是的，"高尔表示同意，"一名拒绝攻击枪姬众的战士就是拒绝承认她的荣誉。当然，对你来说，你更伟大的荣誉是……"

俘虏这名敌人。他能做到吗？佩林深吸一口气，再次出现在觅心者身后，想象藤蔓出现在她周围，将她紧紧缠住。觅心者大声叱骂着，用无形的刀刃砍断藤蔓，又向佩林伸出手。佩林立刻移动到了一旁。

佩林的脚踏在一片冰霜上，他没有注意到地面上出现了冰霜。而觅心者已经向他转过身，释放出第二股烈火。聪明，佩林心想。他差点没能及时让这道光束转弯。不过，烈火依旧只是击中他身后的山丘，在那上面钻出一个空洞。

觅心者继续进行着编织，愤怒让她的丑脸变得更加扭曲。烈火转回来，再次射向佩林。佩林咬紧牙，努力挡住她的攻击。她很强大，而且在不遗余力地推动着烈火。但最后，她还是放开了编织，喘息着说："你……你怎么可能……"

佩林让她的口中充满叉根。要做到这点很难，改变另一个人的身体状态是非常困难的事情。不过，这种做法肯定要比把觅心者变成一只动物容易得多。

觅心者伸手向嘴边伸去，开始又咳又吐。她的眼里充满惊恐。然后，她慌张地在身边打开了一个神行术通道。

佩林怒吼一声，想象出绳子去捆绑她，但她用火之力编织烧掉了那些绳子。她一定已经将叉根排出体外了。然后，她就跳进了通道。佩林移动到通道前，准备追赶进去，但他的动作在最后一刻停住了。通道对面已是黑夜，觅心者冲进了夜幕下一支兽魔人和隐妖组成的大军之中，许多暗影生物正面对着通道，脸上全是一副渴望杀戮的神情。

佩林向后退去。觅心者将手举到口边，惊讶地看着咳在手掌上的叉根。通道关闭了。

“你应该杀了她。”兰飞儿说。

佩林转过身，看见月猎者就站在他身旁，双臂抱在胸前。她的头发从银色变成了深褐色。实际上，她的面容也改变了，看起来稍稍有些像两年前佩林第一次见到她的样子。

佩林什么都没说，只是将战锤插回到腰带里。

“这是一种弱点，佩林。”兰飞儿说，“我发现路斯·瑟林有这种想法时，觉得他更有魅力了。但这依旧是个弱点，你需要克服它。”

“我会的，”佩林厉声说道，“她对黑暗中的那些光球做了什么？”

“她在侵入别人的梦境，”兰飞儿说，“她以肉身进入了这里，这让她具有一定的优势，尤其是在她玩弄别人的梦境时。这个贱人，她自以为了解这个地方。但这里一直都是我的地盘。你真是应该杀了她。”

“她是古兰黛，对不对？”佩林问，“还是魔格丁？”

“古兰黛。”兰飞儿说，“不过，我们已经不再使用这个名字了。现在她的名字是赫萨拉姆。”

“赫萨拉姆，”佩林咀嚼着这个词，“我不知道这个词是什么意思。”

“它的意思是，‘绝不宽恕’。”

“那么你的新名字又是什么，我们现在该称呼你什么？”

这个问题让兰飞儿的脸上泛起了红晕。“没关系，”她说道，“你在特·雅兰·瑞奥德中显示出了高超的技巧，就算是路斯·瑟林在这里的力量也远不如你。我一直都以为，我会和他共同统治这个世界，只有能够导引的男人对我才具有价值。不过你在这里显示出的力量……相信我可以将此作为至上力的替代品。”

佩林哼了一声。高尔出现在帐篷之间的空地上，手握短矛，脸被面纱遮住。佩林挥手示意他不要轻举妄动。兰飞儿在狼梦中的力量要远远超过高尔，而且她直到现在也没有表现出任何要伤害他们的意思。

“如果你一直都在监视我，”佩林说，“那么你就应该知道，我已经结婚了，而且婚姻生活很幸福。”

“我看见了。”

“那么，就不要像看着挂在市场上的牛肉那样看着我。”佩林说道，“古兰黛在这里做什么？她有什么企图？”

“我不能确定，”兰飞儿从容地说，“她从来都是同时进行着三四个阴谋。不要低估她，佩林。她在这里的技巧的确不算是一流，但她依旧是危险的。和魔格丁不同，她是一名战士，而后者只会从你面前逃走。”

“我会记住的。”佩林走到觅心者跳进通道的地方，看着地面上被通道割裂的痕迹。

“要知道，你也可以这么做。”兰飞儿说。

佩林向她转过身，“什么？”

“在梦的世界和醒来的世界中自由穿行，”她说道，“不需要向路斯·瑟林那种人寻求帮助。”

佩林不喜欢兰飞儿说出这个名字时那种冷笑的意味。兰飞儿在掩饰自己的心情，但佩林能嗅到这个名字让她产生的强烈恨意。

“我不能导引，”佩林说，“我想，我能够想象自己……”

“这没有用，”兰飞儿打断了他，“无论一个人的心智有多么强大，他在这里也还是会受到限制。导引的能力并非来自身体，而是来自灵魂。不过，像你这样的人还是有办法以肉身在这两个世界中穿行，就像那个被你称为杀戮者的人一样。”

“他不是狼兄弟。”

“不是，”兰飞儿说，“但他有某种类似的特质。我的确不知道是否有人拥有过他的技巧。暗帝在俘获他的灵魂时，曾经对他……做过些什么。也许杀戮者有不止一个灵魂。对于这件事，我怀疑色墨海格能告诉我们更多的信息。她死了真是可惜。”

兰飞儿没有显露出半点怜悯的气味。她朝天空瞥了一眼，气息中只有镇定，没有半点忧虑。

“你似乎不像上次那样总是担心自己被发现。”佩林说。

“我曾经的主人……很忙。在最近监视你的这个星期里，我很少感觉到他的眼睛在注视我。”

“星期？”佩林惊讶地问道，“但……”

“时间在这里流逝的方式有些奇怪，”兰飞儿说，“而且时间屏障本身也正在被磨蚀。愈靠近那座牢狱的裂隙，时间扭曲的程度就愈严重。对于那些在真实世界中靠近煞妖谷的人来说，情况也同样糟糕。他们每度过一天，在更远处的人们可能已经度过了三四天。”

一个星期？光明啊！现实世界在这段时间里已经发生了多少事情？谁还活着？谁已经死了？佩林觉得现在应该去神行术场地等待兰德的殉道使为自己打开通道。但古兰黛的信道已经向他显示出，现在外面正是深夜。佩林的通道还需要再过几个小时才会出现。

“你可以为我打开一个通道，”佩林说，“一个能够出入这里的通道。你愿意帮我吗？”

兰飞儿想了想，走过一顶不断变化的帐篷，让手指抚过正在消失的帐帘：“不。”

“但……”

“如果我们要在一起，你就必须学会自己进出这个世界。”

“我们不会在一起的。”佩林冷冷地说。

“而且你也需要这种力量，”她似乎没理会佩林的话，“只要你被困在这两个世界中的一个里面，你就是软弱无力的。当你能随心所欲地来到这里时，你才拥有强大的力量。”

“我不在乎什么力量，兰飞儿。”佩林看着她继续向前踱步。她很漂亮。当然，无法和菲儿相比。不过她的确是个美人。

“你不在乎？”兰飞儿看着他，“难道你从没想过，如果有了更多的力量，更大的权威，你能做些什么？”

“这种话无法诱惑我……”

“如果你能拯救更多的生命呢？”兰飞儿问，“让孩子们不会被饿死？保护弱小不受欺凌，阻止邪恶，奖励正直？让人们能够彼此坦诚相待，让这个世界变得更加诚实？”

佩林不停地摇着头。

“你可以做许多好事，佩林·艾巴亚。”她走过来，伸手抚摸佩林的脸颊，指尖一直滑到他的胡须。

“告诉我，该如何像杀戮者那样做，”佩林将她的手推开，“他是怎样在这两个世界之间穿行的？”

“我没办法告诉你，”兰飞儿转过身，“我从来都没必要学习这种技巧。我使用的是其他手段。也许你能逼他告诉你这个技巧。既然你想要阻止古兰黛，我认为你应该加快速度。”

“阻止她?”佩林问。

“难道你没意识到吗?”兰飞儿转回身看着他,“她刚刚侵入的那个梦并不属于这个营地里的人,时间和空间对于梦来说都没有意义。你所看到她侵入的那个梦……属于达弗朗·巴歇尔,你妻子的父亲。”

说完这句话,兰飞儿就消失了。

第23章

在时间的边缘

盖温急切地拉住艾雯的肩膀。为什么她还是一动不动？无论那个穿着银色鳞甲的男人是谁，他能感觉到女性导引者。莉安已经被他捉住了，艾雯同样有可能被他察觉到。光明啊，如果他再稍稍留意一点，也许就会感觉到艾雯了。

如果她再不动，我就把她扛到肩上。盖温心想。光明助我，无论会造成多么大的声音，我都要这么做。不管怎样，我们都会被捉住，但如果我们……

那个自称巴奥的人开始离开那片空地，身旁依然拖曳着被风之力绑缚住的莉安。其他人跟随在他身后。转眼间，空地上只剩下那些被烧焦的俘虏。

“艾雯？”盖温悄声问道。

艾雯看着他，点点头，眼里流露出一股冷冷的力量。光明啊！现在盖温必须咬紧牙齿，唯恐它们会因为害怕而相互撞击。而艾雯是怎样才能做到这么冷静的？

他们从后面退出那辆大车，艾雯朝沙塔人离去的方向又瞥了一眼。从约缚中，盖温能感觉到她冷静的自控能力。正是在听到那个男人报出他原先的名字时，她的情绪突然发出一阵剧烈的震荡，随后立刻又变得寒冷如冰，凝聚成山岳般不可撼动的决心。这个名字到底意味着什么？巴瑞德？后半个名字是什么？

盖温觉得自己以前似乎听过这个名字。

不管怎样，盖温现在只希望艾雯能尽快离开这个死亡陷阱。他将护法斗篷披在艾雯的肩头，悄声对艾雯说："离开营地最好的办法是径直向东，绕过剩下的帐篷，到达营地边缘。他们在神行术场地那里设有岗哨，我们从北边绕过去。"

艾雯点点头。

"我在前面探路，你跟着我，"盖温说，"如果我看到了什么，就朝你扔一块石头。仔细注意石子落地的声音，好吗？现在，你数二十下，然后放慢脚步跟上我。"

"但……"

"你不能走在前面，我们可能会迎头碰上那些导引者。只能由我来带路。"

"至少把斗篷披上。"艾雯悄声说。

"我能应付。"盖温说完，不等艾雯反对就已经向前窜了出去。他感觉到了艾雯的愤怒。等他们离开这里后，也许艾雯又要狠狠唠叨他一顿。当然，如果他们能活到那个时候，他会心满意足地接受那顿唠叨。

当他和艾雯拉开一小段距离后，他戴上了一枚血匕首的戒指。他已经用自己的血启动了这枚戒指，就像莱伊纹所说的那样。

莱伊纹也告诉过他，这么做会要了他的命。

你是个傻瓜，盖温·传坎，他感觉到一阵刺痛感传遍全身。虽然他之前只用过一次这件特法器，但他知道，现在他的身形已经变得黑暗而且模糊了。如果有人朝他这里瞥上一眼，目光也会从他的身上滑开。这种效果在阴影中会更加强大。这一次，他很高兴乌云遮住了月光和星光。

他继续向前移动着，小心地迈着步子。不久前，当艾雯还在熟睡时，为了测试这种戒指的效能，盖温曾戴着它一直靠近到有灯光照明的岗哨附近几步远的地方。一名哨兵直视着盖温，却没有发现他。在这样的黑暗环境里，他几乎是完全隐形的。

这件特法器也让他的动作更加敏捷，脚步更为轻盈。这些变化都很细微，但效果显著。盖温渴望着能够在战斗中检验一下这些变化。他现在能够同时与多少沙塔人作战？十几个？二十几个？

但只要一个导引者，就能把你烤熟，盖温对自己说。他收集了一些石子，准备在看见一名女性导引者时把石子丢给艾雯。

他绕过残存的一大片帐篷，沿着他已经探好的路径向前走去。现在他行动要格外谨慎。早些时候，这件特法器的力量让他过于胆大了，掌握这种新的力量很容易让一个人头脑发热。

他曾经告诫过自己，不要使用这些戒指，但那时他们所面对的只是一场战争，他在受到战场和荣耀的诱惑。而现在的状况不同了，他要保护艾雯，所以他允许自己采取非常行动。

艾雯数过二十下后，开始走进黑暗之中。她的潜行技巧不像奈妮薇和佩林那样出神入化。但她是两河人，伊蒙村的每一个小孩都要学习如何在森林中移动，又不会惊吓到猎物。

她将注意力转向面前的道路，用没穿鞋的脚趾测试着路面，避开叶片和野草。以这种方式行走对她来说可以算是第二天性，但不幸的是，这样也让艾雯有了更多余裕开始胡思乱想。

弃光魔使成为沙塔人的统帅。艾雯只能通过他的只言片语猜测，沙塔全国都已经拜倒在他的脚下。所以，沙塔已经变得像霄辰一样可怕，甚至比霄辰的状况更糟。霄辰人的确会俘虏并奴役两仪师，但他们至少不会冷酷无情地残杀平民。

艾雯必须逃出去，她需要将这个消息带回白塔。两仪师必须与狄芒德作战。光明在上，希望还有足够数量的两仪师从那场惨败中逃出来。

为什么狄芒德要派人给兰德送信？所有人都知道能在哪里找到转生真龙。

艾雯走到那一大片帐篷的边缘，开始从帐篷旁边绕过去。沙塔卫兵们就在离她不远处聊着天。沙塔人口音怪异且非常单调，让他们的声音显得机械死板，完全没有任何韵律可言，就好像这些人根本就没有情绪一样。直到听过沙塔人说话，艾雯才意识到，原来她以前听到过的每一种口音都是有韵律的。

艾雯所听到的话音全都来自男人。也许她不必担心他们会感觉到她的导引能力。狄芒德的确是找到了莉安，但也许那是因为他掌握着一件能够感知阴极力的特法器。这种特法器的确是存在的。

不管怎样，艾雯还是谨慎地和那些沙塔人保持着距离，始终藏身在营地的阴影中。她经过许多倒塌的帐篷，火焰燃烧的气味仍然弥漫在空气中。在以前的许多个夜晚，她都会经由这条小路收集每支部队的报告。无论是谁从万人之上的掌权者一夕之间沦落为同一座营地里的一只老鼠，都会感到心烦意乱的。当她在突然之间变得完全不能导引时，许多事全变了。

我的权威并非来自我的导引能力，艾雯对自己说。我的力量来自控制、理解和关怀。我会逃出这座营地，然后继续与敌人作战。

她重复着这些话，想到转眼间有那么多人牺牲，她努力压抑着心中的无力感。她的肩胛间还传来一阵阵刺麻感，仿佛有人正在黑暗中盯着她的背。光明啊，可怜的莉安。

有什么东西击中她身旁的地面，然后又是两颗石子落下来。盖温显然是担心一颗石子还不足以让她警醒。艾雯迅速移动到一座帐篷的残骸旁，隐身在挂在帐篷杆上的焦黑帆布后面。

就在她伏下身时，她看见几寸外的地面上躺着一具半被烧焦的尸体。那是一名夏纳人。一道闪电从天空中沸腾的乌云中划过，照亮这个人衬衫上的白塔徽章。他的一只眼睛还在无神地瞪着天空，另一半头颅已被烧得只剩下颅骨。

一点光亮出现在她前进的方向上。她紧张地等待着，看到两名沙塔卫兵朝她靠近，手里提着一盏灯笼。他们没有聊天，只是专注地巡逻。当他们沿着道路向南方走去时，艾雯看到他们后背的铠甲上雕刻着与他们背后的刺青完全一样的花纹，那些花纹的样式相当繁复夸张。现在艾雯知道，这两名士兵的级别都很低。

这种标识等级的模式让艾雯感到困扰。一个人身上的刺青可以不断添加，但艾雯不知道有什么办法能将刺青抹去。一个社会中，等级愈低的人身上的刺青花纹就愈庞大复杂，这暗示着一件事：人们会从高阶的位置上跌落下来，但在他们落入社会底层，或者出生时就地位低下时，却不可能有晋升的机会。

艾雯感觉到身后出现了导引者。一眨眼，一重屏障已经落到艾雯和至上力之间。

艾雯没有容许恐惧占用自己的时间，而是立刻抓住腰间的匕首，依照感觉朝背后那个女人转过身，挥刀向敌人刺去。但一股风之力能流抓住她的手臂，将她紧紧捆住，另一股能流塞住她的嘴。

艾雯挣扎着，却被更强的能流束缚住，拉到了空中，匕首从她痉挛的手指中掉落出去。

一个光球出现在她面前，淡蓝色的光晕要比刚才巡逻兵手中的油灯暗淡得多。进行导引的是一个黑皮肤的女人，有着极其精致的面容，纤细的鼻子和修长的身材。她从蹲伏的姿势中站起来，艾雯发现她的个子非常高，几乎能及得上一个男人。

“你是一只危险的小兔子。”这个女人说道。她厚重平板的语调让艾雯很难听懂她的话。她的重音都被放在错误的地方，许多音节的发音方式也不正常。她的脸上有着如纤细树枝般的刺青，从她的颈后一直延伸到脸颊上。她的身上穿着那种铃铛状的黑色长裙，用许多根白色绳索垂挂在脖子下面约一掌长的地方。

这个女人摸了一下自己的手臂。艾雯的匕首差点就击中那里。“是的，”她说道，“非常危险。习惯于导引的阿亚德很少能如此快捷地使用匕首，你一定受过严格训练。”

被紧紧绑缚的艾雯仍然在用力挣扎着，但这么做完全没用。风之力将她捆得很紧。她的心脏开始剧烈地跳动，但她不会显露出惊慌的样子。慌乱不能拯救她。她强迫自己镇定了下来。

不，她心想，不，慌乱救不了我……但它会向盖温发出警报。艾雯能感觉到盖温的忧虑正从附近的黑暗中传来。她控制住自己的情绪，让惊恐的感觉逐渐增强，并放弃掉两仪师的平静姿态。这并不像她以为的那么容易。

“你的动作很轻，小兔子，”那名沙塔女人一边审视着艾雯，一边说道，“如果我不是已经知道你正朝这个地方过来，我就不可能跟踪你。”她围绕艾雯踱着步，眼里显露出好奇的神情：“你从头到尾观赏了救世主的那一场小表演，对不对？很勇敢，或者说，非常愚蠢。”

艾雯闭起眼睛，将注意力集中在自己的恐惧上，心中感到更加惶急。必须让盖温回到她身边来。她向自己的内心中探索，打开被自己埋藏在心底的那个紧紧勒住的小心结。那是她被霄辰人俘虏的回忆，以及对这种下场的极度恐惧。

她能感觉到罪铐勒紧脖子。霄辰人给她的那个名字，图黎，一个宠物的名字。

那时艾雯还很年轻，但力量并不弱于现在的她。这种事情还有可能再发生。她将变得一无所有，甚至连自己也完全失去。那样的话，她宁可去死。哦，光明啊！为什么她不能一死了之？

她曾经发誓，绝不会再这样被捉住。她开始快速地呼吸。现在，她已经无法控制自己的恐惧了。

“好啊，好啊，”那名沙塔人说道。她似乎对艾雯的变化感到非常有趣，不过，从她呆板的声音中，艾雯没办法完全确定她的心情。“现在情况还不算很糟，不是吗？我必须决定，怎么做才能让我获得更多的利益？是将你交给他？还是留在我身边？嗯……”

强大的至上力突然在营地的另一侧被导引出来，那里是狄芒德离去的地方。沙塔人朝那边瞥了一眼，不过似乎并没有产生警戒。

艾雯能感觉到盖温在靠近，他现在变得非常忧虑。艾雯的情绪变化达到目的了。但盖温靠近的速度并不快，所处的位置也比艾雯的期待更远。出了什么事？现在，艾雯已经让自己的恐惧彻底脱离了控制，负面情绪正将她压倒，对她施以连续不断的打击。

“你的男人……”那名沙塔人又说道，“你有一个那样的男人，他们被称作什么来着？真奇怪，在这片土地上，你们竟然会寻求男人的保护，而不是发掘自身的潜力。他会被捉住的，我已经派人去找他了。”

这正是艾雯所担心的。光明啊！是她将盖温引入这个陷阱，她让灾难落在整支军队的头上。艾雯用力闭上眼。她造成了白塔的毁灭。

她的父母将被杀害，两河将被夷为平地。

她本该更加强大。

她本该更加聪明。

不。

她没有被霄辰人打垮，她也不会在这里垮掉。艾雯睁开眼睛，在微弱的蓝色光芒中和那名沙塔人对视着，努力让自己的情绪镇定下来，并感觉到两仪师的平静回到自己心中。

“你……真是个怪人。”那名沙塔人悄声说着，也注视着艾雯的眼睛。也许是她过于专注了，完全没注意到一团黑影逼近到她的背后。那团影子不可能是盖温，他还在很远的地方。

沙塔导引者的后脑被狠狠地打了一下，她瘫倒在地，再没有动弹一下。淡蓝色的光球也同时熄灭了。艾雯从半空中掉落下来，她立刻趴伏在地上，伸手摸到了她的匕首。

一个人影出现在艾雯面前。艾雯举起匕首，准备拥抱真源。就算是会引起沙塔人的注意，她也要冒一下险。她绝不会让自己再成为俘虏。

但这个人到底是谁？

“嘘。”那个人影说道。

艾雯认出了这个声音：“莱伊纹？”

“已经有人注意到了这个女人的导引，”莱伊纹说，“他们很快就会过来查看她在干什么，我们必须赶快离开这里！”

“你救了我。”艾雯悄声说道，“你留在这里，就是要救我出去？”

“我在认真履行我的誓言。”莱伊纹说。然后，她又用艾雯几乎听不到的声音说：“也许有些太认真了。今晚那些恐怖的预兆……”

她们迅速在营地中逃亡，直到艾雯感觉到盖温在向她靠近。但她在黑暗中找不到盖温的身影。最后，她不得不悄声问道：“盖温？”

盖温突然出现在她身边：“艾雯？你找到了谁？”

莱伊纹身子一僵，然后从齿缝间吸进一口冷气，似乎有什么事情让她感到极为不安。也许她是不喜欢有人偷偷溜到她身边。艾雯也不喜欢这种感觉，她一直为自己的潜行和侦察能力感到骄傲。而今晚，她不仅没能察觉到一名导引者，甚至没发现盖温！为什么一个在城市中长大的男孩，能够神不知鬼不觉地溜到她身边？

“我没有找到她，”艾雯悄声答道，“是莱伊纹找到我……她把我从一场劫难中拉了出来。”

“莱伊纹？”盖温向夜幕中望去。艾雯能感觉到他的惊讶和怀疑。

“我们必须走了。”莱伊纹说。

“这个我没异议，”盖温答道，“我们就要走出营地了。不过现在我们要向北略拐一下，我的右手边现在已经多了几具尸体。”

“尸体？”莱伊纹问。

“有六名沙塔人向我发动了突袭。”盖温说。

六名？艾雯心想。听盖温的语气，这好像是很平常的一件事。

但这里不是讨论这种事的地方。艾雯和另外两个人一起向营地外走去，莱伊纹领着他们走上一条似乎是她预先选好的小道。营地中传来的每一个喊声都会让艾雯打一个哆嗦，让她以为是那些沙塔人的尸体被找到了。当一个人的说话声从黑暗中传来时，她差点被吓得跳到头顶的乌云上去。

“是你吗？”

“是我们，贝尔。”莱伊纹轻声答道。

“我的老祖母啊！”贝尔·多蒙也压低声音惊呼着，来到他们面前，“你找到她了？你真是又一次让我大吃一惊。”然后，他的话音又顿了一下：“但我还是希望你能让我和你一起进去。”

“我的丈夫，”莱伊纹悄声说道，“你很勇敢，也很强悍，任何女人都会希望身边有一个像你一样的男人。但你的动作太僵硬，走起路来就像是一头正在涉水过河的熊。”

贝尔哼了一声，但还是小心翼翼地和他们一起离开营地边缘，努力不发出一点声音。差不多又走了十分钟，艾雯终于放心地拥抱了真源，欣喜地施展出神行术，用浮行带领众人前往白塔。

艾玲达和剩下的艾伊尔人一同跑过通道，他们的部队如同潮涌般进入萨坎鲢山谷，两股这样的潮水同时从山谷两侧的山坡上相对涌出。

艾玲达并没有携带枪矛。她不是持枪矛者。实际上，她本身就是一根利矛。

她的身边出现两名穿黑衣的男人、五名智者、那个名叫艾丽维娅的女人和十名向兰德宣誓效忠的两仪师以及她们的护法。除了艾丽维娅以外，所有这些人都不喜欢接受艾玲达的指挥。殉道使不喜欢服从任何女人的命令；智者们甚至连兰德的命令也不愿接受；而两仪师们依旧认为艾伊尔导引者是地位卑微的野人。但不管怎样，他们并没有抗拒这种安排。

兰德曾私下叮嘱艾玲达，要小心这些人中存在暗黑之友。他会这样说，不是因为恐惧，而是非常现实的考虑。暗影会潜伏在光明阵营的每一个角落里。

这座山谷中驻扎有兽魔人和一些魔达奥，但它们并没有预料会遭受攻击。艾伊尔人充分利用暗影生物的混乱，迅速展开一场单方面的杀戮。艾玲达率领导引者的队伍朝那座有灰色屋顶的巨型建筑大铸造场跑去，那些暗影铸工们停止了一成不变的动作，却几乎没有显示出多少慌乱的迹象。

艾玲达向一名暗影铸工编织出火之力，将它的脑袋从肩膀上敲落。暗影铸工的躯体立刻变成石块，并开始迅速粉碎。

对其他导引者而言，这似乎是一个信号。山谷中各处的暗影铸工都开始爆炸，据说，被激怒的暗影铸工是非常恐怖的战士，刀剑根本无法穿透它们的皮肤。也许这只是一种谣言。一直以来，几乎没有艾伊尔人真的与暗影铸工进行过枪矛之舞。

艾玲达没有心情去探究这个传说的真实性，她率领自己的队伍摧毁了第一批暗影铸工，并竭力不去揣测这些怪物在它们非自然的生命中，到底造成了多少死亡和毁灭。

暗影生物竭力想要进行防御。一些魔达奥尖叫着，抽打着兽魔人，逼迫它们发起冲锋，想要破坏艾伊尔人宽大的正面阵线。但就算是用一把树枝去阻塞一条河流也要比这个容易得多。艾伊尔人丝毫没有放慢脚步。那些想要抵抗的暗影生物刚刚冲到他们面前，就立刻被杀死在当场。每一头倒下的兽魔人身上都插着不止一根短矛和羽箭。

大部分兽魔人很快就失去了战意，开始从发出雷鸣般怒吼的艾伊尔人面前逃走。艾玲达和她的导引者们已经冲到大铸造场附近，这里已经到处都是铸炉和被关在牢笼中，满身污泥、睁着失去光彩的眼睛、一心等死的人类俘虏了。

“快！”艾玲达对身边的护法喊道，护法们立刻开始打破这些牢笼。而导引者们已经在攻击最后一批暗影铸工了。随着这些暗影铸工变成石块和渣土，尚未完成的萨坎鞑黑刃也从它们手中纷纷落在岩石地面上。

艾玲达朝右上方望去，一条蜿蜒的长路一直通往高处山坡上的一座巨大洞穴。那是一个纯黑色的洞口，仿佛光线只要被吸收进去，就再也不会被释放了。

艾玲达编织出火之力和魂之力，并且把编织向空中抛去。片刻之后，一个神行术通道出现在直通煞妖谷的道路尽头。四个人从通道中走出来。一位穿蓝衣的女子，身形娇小，却气势非凡；一个上了年纪的男人，头发雪白，身披七彩斗篷；一名黄衣女子，黑发垂在肩头，身上佩戴着许多黄金镶嵌宝石的首饰。

还有一个高大的男人，发色如同赤红的烈火。他穿着金红色的外衣，但外衣下只有一件样式朴素的两河衬衫。他的现在和过去已经融为一体。他的身上带着两把剑，就像夏纳人一样。其中一把剑仿佛是玻璃雕成的，他将那把剑绑在背后。另一把剑是毁树者雷芒王使用过的剑，他将它佩在腰间。他之所以会带上这第二把剑，全是因为艾玲达。愚蠢的男人。

艾玲达将手向他举起，他也向艾玲达挥了挥手。无论他们之中谁死在这次任务之中，这都将是他们的永别。最后看了那个男人一眼，艾玲达转过身，继续去完成她的任务了。

她部下的两名两仪师已经连结在一起，打开了一个神行术通道，让护法们将俘虏安全送往后方。有许多俘虏需要不断地催赶才能迈开脚步，踉踉跄跄地向前走去，两只眼睛几乎就像那些暗影铸工一样死寂无光。

"铸造场内部也要检查。"艾玲达一边说着，向数名护法挥手示意。他们立刻冲进铸造场，他们的两仪师则紧随其后。至上力的编织震撼着铸造场。他们一定在里面也发现了暗影铸工。两名殉道使立刻也冲了进去。

艾玲达搜索着整座山谷。现在战场上的情势开始变得恶劣，通往山谷外的道路上出现更多暗影生物。它们有更多时间集结队伍，进行战斗准备。伊图拉德率领自己的部队跟随在艾伊尔人身后，迅速在山谷中已经被占领的地区构筑起防御阵型。

耐心，艾玲达告诫自己。她的工作并不是冲到战场的最前沿，而是掩护正在进入末日深渊的兰德。

她很害怕一件事。弃光魔使是否会直接通过神行术进入煞妖谷深处？兰德却似乎并不担心这件事。不过，他的注意力肯定已经集中在他的任务上。艾玲达觉得自己也许应该陪在他身边……

艾玲达皱了皱眉，抬起头。那个影子是什么？

在高高的天空中，太阳照亮了狂乱的天空。一些风暴云团显示出纯黑的颜色，另外一些则是耀眼的白色。但突然之间，太阳被挡住了。那不是一片乌云，而是某种更加坚实的黑色物体。

艾玲达感到一阵彻骨的寒意。她在发抖。光明迅速隐去。黑暗,真正的黑暗,降临了。

战场上的士兵们全都带着敬畏的神情抬起头,有些人甚至流露出恐惧的表情。光明消失了,世界末日终于到来了。

突然间,导引能流从宽阔山谷的另一端传来。艾玲达转过身,甩脱震撼的心情。附近的地面上到处都是破碎的衣甲、掉落的武器和尸体。战斗已经集中在远离她的谷口处,在那里,两仪师正竭力将暗影生物赶回进入山谷的道路上。

虽然艾玲达在黑暗中几乎看不到什么东西,但她知道,士兵们还都在盯着天空。就连兽魔人也还处在震撼失神的状态。但就在这时,那片牢固的黑暗开始在天空中移动,一缕阳光显露出来,然后是整个太阳。光明啊！世界还没有到毁灭的时候。

山口处的战斗重新变得激烈起来,但很显然,人类战士们已经不再占有明显优势了。要逼迫兽魔人从那么狭窄的通道中退走,就像是要将一匹马挤进墙上的一道裂缝里。除非把裂缝挖开,否则这么做根本就不可能。

"那边!"艾玲达的手指向艾伊尔人背后的山谷一侧,"那里有一个女人在导引。"

"光明啊,她可真强大。"耐苏恩喘息着说道。

"连结!"艾玲达喊道,"快!"

其他人立刻连结在一起,并给予艾玲达连结的控制权。难以想象的强大能量充满艾玲达的身体,就好像她正连绵不绝地吸进一口气,强大的、爆炸性的能量随之充满她的身体。她化身成为雷暴云团,成为至上力的汪洋大海。

艾玲达向前伸出手,释放出一道只完成一半的粗糙编织。这股能量实在太过强大,她已经无法完全将其塑形了。风之力和火之力从她的掌心喷薄而出,能流的直径足以和一个人的身高相当,演化成为一根接近于液体形态的白炽火柱。这不是烈火。艾玲达知道不能使用那个编织,但其危险性并不亚于烈火。强大的风之力将火之力凝聚成为极具毁灭力量的能量束。

火柱掠过战场,熔解了岩石,将尸体化为灰烬。一团团浓雾随着嘶嘶的蒸发声而消失。当火柱撞在山壁上时,整座山谷都随之颤抖。那名暗影的导引者刚刚就在被火柱击中的地方向艾伊尔人的背后发动攻击。

艾玲达放开编织。她的皮肤上已经渗出汗水。一股黑色烟柱从对面的山壁上升起,熔化的岩石沿着山坡流下。艾玲达将警觉性提至最高,一动不动地等待着。她体内的至上力绷得很紧,仿佛是想要从她的掌握中逃离一样。这是不是因为她所使用的一部分能量来自男性?以前她从没感觉到至上力这么想要将她摧毁。

警讯传来的时间极为短暂：一股强大的导引能流出现在另一侧的山壁上，随之而来的是一阵强猛的疾风。

艾玲达用树干一般粗的无形编织从中间切开那股强风，然后再次射出火焰。这一次，她的控制精确许多。不过，她依然不敢使用烈火。兰德曾经告诫过她，这里的真实框架已经薄如蝉翼，如果使用烈火，将有可能进一步扩大暗帝牢狱的裂隙。

但艾玲达的敌人却不需要考虑这种问题。那名弃光魔使随后发动的攻击就是一道白热的流体光束，艾玲达在最后一刻才闪到一旁。那道光束擦过她的头皮，击中她身后的铸造场墙壁，在砖石墙壁上切开一道细长的裂口，铸造场随之轰然倒塌。

这算是帮了我们吗？艾玲达一边想，一边扑倒在地上。“散开!”她向身边的人发出命令，“不要让她有机会瞄准你们。”然后，她又开始导引，搅动周围的空气，让地面上的尘土和残骸翻卷而起，接着她又用一个编织遮蔽住自己所握持的至上力，让敌人看不见自己，也感觉不到自己，并俯身躲到一堆炉渣和散乱的铁块后面。

烈火再次出现，击中艾玲达刚刚立足的那片岩石地面，就像长矛刺中一颗南瓜，轻易就穿透了岩石。艾玲达的部下已经全部隐藏起来，同时继续向艾玲达提供着能量。直到现在，艾玲达依然对这么强大的能量感到很不适应。

她努力判断着攻击的来源，然后对同伴们说了一句：“准备好跟上我。”就打开了一个神行术通道。通道的对面就是敌人编织出现的地方。“过了通道以后，立刻找地方隐蔽!”

她跳过通道，裙摆被她甩在身后簌簌作响。至上力充盈在她体内，如同被紧紧束缚的雷霆。她落到一片能够俯瞰战场的山坡上。下面的山谷中，枪姬众和男人们一同与兽魔人浴血奋战，那情景就好像艾伊尔人正在阻挡一片浩浩荡荡的黑色洪水。

艾玲达没时间再往下方多看一眼，她用纯粹的地之力从地面上剥离出一块足有一匹马那么大的石头，将它举向空中。转眼间，一股朝她射来的白色光束击中了这块岩石。

烈火是极度危险的武器，几乎可以做到无坚不摧。但如果它击中了一个单独的物体，比如说，一个人，它就会让那个物体变成一团白光，然后彻底消失。艾玲达面前的石块就是这样化成一团耀眼的闪光，随后就只剩下一点飘荡在空气中的发光尘埃。在她身后，和她连结在一起的人们正纷纷跳过通道，寻找隐蔽。

艾玲达没时间注意出现在身边岩石上的裂隙，这些裂隙中只有无尽的黑暗。当烈火的光束从艾玲达的视线中消失时，她已经开始反击，再一次射出火柱。这一次，她的火柱击中了目标，一个古铜色皮肤、身材苗条、穿红色长裙的女人被烧成了灰烬。她旁边的另外两个女人咒骂着，仓皇地逃开了。艾玲达则继续对她们发动攻击。

那两个人之中最强的一个，以艾玲达几乎无法看清的技巧与速度做出了一个编织，并将这个编织挡在艾玲达的火柱前面，造成一阵猛烈的爆炸和向四周喷射的蒸汽。艾玲达的火柱熄灭了，她不由得吸了一口冷气。大团滚烫的蒸汽将她包围，让她暂时什么都看不见。

但艾玲达凭借战斗直觉立刻做出反应，在蒸汽形成的雾团中，艾玲达跪倒在地，翻滚到一旁，抓起一把石块，朝另外一边扔去。

石块落地的声音显然误导了敌人的判断。就在艾玲达将眼里的泪水眨掉时，一道白热的光束射向那些石块落下的地方。艾玲达身边的裂隙变得更多了。

艾玲达一边眨去眼中的泪水，一边用风之力将雾气吹走。现在，她已经能看到蜷伏在不远处岩石后方的两个黑色人影了。其中一个人朝她这边转过头来，看到艾玲达正在做出的攻击编织，显然是大吃一惊。然后，她就消失了。

她并没有使用神行术，而是直接凭空消失了。艾玲达甚至没有感觉到导引。不过，艾玲达感觉到了另一种东西，一种微弱的……空气中出现了一阵仿佛并非完全是物质性的抖动。

"不!"另外那名敌人喊道。她在艾玲达充满泪水的眼睛里差不多还只是一个影子。"不要……"

艾玲达勉强能看清那个女人的面容，有着一张长脸和黑色的头发，而她的编织已经击中了这个人。敌人的四肢从躯干上崩飞出去，一只燃烧的手臂在空中旋转着，画出一条黑色的烟尘轨迹，随后才掉落在地上。

艾玲达咳嗽着，放开连结。"医疗!"她一边说，一边努力想要站起来。

碧拉·哈金首先赶到艾玲达旁边。医疗编织在艾玲达的身上引起一阵颤抖，她喘息着，被蒸汽烫红的皮肤和被烫伤的眼睛很快恢复了正常。她向碧拉点头致谢。现在，她终于可以看清楚了。

就在她前面，萨伦妮走到刚刚被艾玲达杀死的敌人身边。她是一名两仪师，有着水滴形的面孔和许多黑色的细辫子。她的护法维特里恩紧随在她身边。萨伦妮摇了摇头。“杜海拉和法理恩。现在她们已经变成惊怖领主了。”

“惊怖领主和黑宗有什么不同吗?”艾密斯问。

“当然不同。”萨伦妮冷静地说。

艾玲达的导引者们都还握持着至上力，准备抵御敌人的下一轮攻击。

不过，艾玲达相信最后那个敌人，也是这三名敌人中最强大的那一个已经逃走了。她听到那名敌人的惊呼声，感觉到她逃走时的慌乱。也许那个敌人没想到会在这里遇到如此强大的抵抗。

萨伦妮踢了一脚曾经属于法理恩的那只手臂:“最好能活捉她们，严加审问。相信我们能查清楚逃跑的那个人到底是谁。有没有人认得她?”

所有人都在摇头。“她不是逃走的黑宗，”萨伦妮一边说，一边握住护法的手臂。“她的脸非常有特点，有蒜头一样的大鼻子，整张脸没有任何美感可言。我相信，任何看过那张脸的人都不会忘记它。”

“她很强大，”艾玲达说，“非常强大。”艾玲达本来认为她是一名弃光魔使。但她不会是魔格丁，却也不符合对于古兰黛的描述。

“我们要分成三个连结，”艾玲达说，“分别由碧拉、艾密斯和我主导。现在我们的确能形成超过十三人的连结了，但对于眼前的状况，这是一种浪费。杀人不需要那么强的能量。我们之中的一组攻击下面的兽魔人，另外两组不要导引，而是要藏在附近，进行监视。这样，我们就会让敌人以为我们仍然只有一个大连结。如果刚才逃跑的那个人回来袭击我们，埋伏好的两组人就能对她发动反击。”

艾密斯微微一笑。她知道，这是枪姬众的一个基本奇袭战术。对于服从艾玲达的命令，她并没有流露出反感，而且她也早已不再对兰德专横的安排感到气恼了。实际上，她和另外四名智者似乎都在为艾玲达感到骄傲。

就在艾玲达的部队按照她的命令行动时，艾玲达感觉到战场上出现了更多的导引。凯苏安以及她的那些追随者们总是认为她们可以无视兰德的命令。她们都投入了战斗。而另一队两仪师和殉道使又开启更多神行术通道，让阿拉多曼和提尔军队源源不断地进入山谷。

有太多人在这里导引，想要从中辨别出弃光魔使的行迹将变得非常困难。

“我们需要建立神行术场地，”艾玲达说，“并严格控制所有导引者的行动。只有这样，我们才能及时察觉敌人的导引。”她伸手捂住额角，“要组织好这些人实在是太难了。”

在她身边，艾密斯的笑容变得更加明显了。她仿佛是在说：现在你是指挥官，艾玲达。所以你只能忍受指挥权给你带来的头痛。

转生真龙，兰德·亚瑟最后看了艾玲达一眼，就将山谷中的战场完全给了她和伊图拉德。他的战场不在那里。

这个时刻终于到了。

他向末日山脚下的煞妖谷洞口走去，这个异常黑暗的洞窟是通往末日深渊唯一的道路。沐瑞走在他身边，用披肩紧裹住身子，缀在披肩上的蓝色流苏在风中不住地如波浪般摇摆："记住，这里不是暗帝的牢狱，更不是那个牢狱上的孔隙，这里只是他对这个世界影响最强的地方。他已经控制了这里。"

"现在他的力量已经触及整个世界，只是不同的地方程度各异而已。"兰德答道。

"那么他对这里的控制只会变得更强。"

兰德点点头，将手放在腰带里的匕首上："在我们直接向暗帝发动攻击前，不要导引。如果有可能，我要尽量避免发生像我们净化阳极力时那样的战斗。最终的任务需要我用上全部的力量。"

奈妮薇点点头。她今天穿了一条黄色长裙，身上戴着她的全部法器和特法器珠宝。现在的她要比两河时美丽多了。没有了辫子，她的头发长度刚好垂到肩上。兰德觉得她现在的样子实在是有点怪异。看起来，她比以前更加成熟。但这是不应该的。在两河，辫子一直都是年龄和成熟的标志。为什么没了辫子的奈妮薇却反而显得更年长了？

汤姆也来到兰德身边，眼睛斜睨着山岩中的这座黑色洞穴："我想，也许我不该和你们一起进去。"

沐瑞看着他，咬住了嘴唇。

"必须有人守住洞口，亲爱的。"汤姆说，"洞口旁边的这座岩台面对战场，拥有极佳的视野。我可以监视山谷中的战况，同时再构思一两首好曲子。"

兰德朝汤姆眼里幽默的火花露出微笑。他们正站在时间的边缘，而汤姆·梅里林仍然没忘了要笑着面对这一切。

在他们头顶上方，黑云开始围绕山峰翻滚，盘旋。黑暗攻击了太阳，差点将太阳完全覆盖，彻底除去光明。

兰德麾下的战士们都停止了动作，在恐慌中望向天空。就连兽魔人也暂时放下兵器，发出一阵阵吼叫和嘶号。当太阳缓缓离开黑暗的遮蔽时，下方山谷中的激烈厮杀也再次开始了。这次进攻已经表明了兰德的意图。但他腰间的匕首会掩护他，让暗帝的眼睛看不见他。光明在上，希望暗影的领袖们会将注意力集中在萨坎鞑的战场上，认为兰德会等到那里的战斗分出胜负，再向暗帝发动攻击。

“现在出发吗?”奈妮薇看着通往洞窟的狭小道路问道。

兰德点点头，率先向洞窟走去。一阵风吹起，抽打在朝洞口攀登的四个人身上。今天兰德的这身衣服是他精心挑选的;红色外衣在袖子上绣着长长的荆棘图案，在领子上绣着金色苍鹭。这与沐瑞在法达拉为他准备的一件衣服完全一样。外衣里的白衬衫在胸前用布带系住，这是两河风格。凯兰铎被缚在他的背上，雷芒的长剑被他佩在腰间。他已经很久没有佩带过这口剑了，不过，今天他觉得应该带上它。

强风凶狠地推着他，仿佛是要将他吹下这座高山。但他还是向前迈着步，登上陡峭的山壁，同时咬紧牙关，抵抗着肋侧的剧痛。时间在这里仿佛正渐渐失去意义。当兰德走到洞口外的那座平台上时，觉得自己似乎已经走了几天的路。他转过身，一只手按在洞口的岩石上，俯视下方的山谷。

山谷中的人类部队显得非常脆弱，完全不堪一击。他们能在这里坚守住足够长的时间吗?

“兰德……”奈妮薇抓住他的手臂，“也许你应该休息一下。”

兰德顺着奈妮薇的视线看到自己的肋侧。他的旧伤又裂开了。他感觉到血液流进靴里。当他抬起脚的时候，地上留下了一个血脚印。

鲜血落在岩石上……

奈妮薇抬手捂住自己的嘴。

“这种事情一定会发生，奈妮薇，”兰德说，“你不能阻止它。预言中并没有提及我能够在这场战斗后活下来。不过我一直觉得预言的叙述很奇怪，你不觉得吗?为什么它会提到我流血，却不再叙述在这之后会发生什么?”他摇摇头，从背上取下凯兰铎，“沐瑞、奈妮薇，你们会和我组成连结，把力量借给我吗?”

“你是否希望我们之中的一个人主导连结，”沐瑞有些犹豫地说，“这样你就能安全地使用它了?”

“我的计划中并没有关于安全的考虑，”兰德说，“请组成连结吧。”

两个女人交换了一个眼神。只要兰德主导这个连结，其他人就能对他们发动攻击，并控制住他。很显然，她们都不喜欢兰德的请求。兰德不知道自己是否应该为这两个女人之间敌意的消失而感到高兴。也许他更该为她们联手对付他而感到担忧才对。

这个念头似乎应该出现在早先时候那些简单的日子里。他冷冷地一笑。

他知道，这个笑容肯定没有触及他的眼睛。沐瑞和奈妮薇将力量给予了他，他接受了这份力量。汤姆吻了沐瑞。然后，三个人一同转过身，面对黑色的洞窟。这座巨洞一直向下延伸，通往这条山脉的根部，位于它底部的火焰深潭是这个世界上已知最靠近暗帝巢穴的地方。

重新出现在天空中的太阳映照出的阴影遮住兰德身边的洞口。强风依旧在撕扯着他，他的脚感觉到自己的血液带来的一阵暖意。我不会活着走出这个深渊了，他想道。

但他对此已经不再忧虑。活下来并不是他的目标，早已不是了。

他希望能把这件事做好。他必须做好。现在是不是正确的时刻？他的计划足够妥当吗？

时刻已经到了，让这件事彻底了结吧！

跟随这个声音到来的是大地剧烈的震动。这句话里的每一个字都在震撼着兰德的神经。这不只是空气中的声音，远远不止，这句话就好像是一个灵魂说给另一个灵魂听的。沐瑞惊呼一声，瞪大了眼睛。

兰德并不感到惊讶。他曾经听过这个声音，也知道这个声音将会来迎接他。至少，他在期盼这个声音的出现。

“谢谢。”兰德悄声说道，然后就迈步走进暗帝的领域，在身后留下一串鲜血脚印。

第24章

忽略预兆

霄辰帝国的女皇芙图娜正在端详着自己的丈夫，而她的丈夫正在向他们的军队下达着各种命令。现在，帝国的将军们正排列在艾博达皇宫前，她则端坐在金碧辉煌的移动王座上。这个王座下安装着长杆，让它可以由十二名士兵抬动。

华丽的王座为她增添了威严的气势，但也让她有一种行动不便的假象。刺客会以为她穿着这样一身长裙前摆一直垂到地上的正装丝裙，动作一定会变得非常笨拙，不过，如果人们看到她只消一抬手就能将这套华服扯下来时，一定会大吃一惊吧。

“他已经变了，至圣至尊，”贝瑟兰对她说道，“但他又没有变。我已经不知道该如何评价他了。”

“他是时光之轮给我们的礼物。”芙图娜答道，“你有没有想过要怎么做？”

贝瑟兰的眼睛始终直视前方。他是一个性格冲动的人，经常会被自己的情绪所控制。阿特拉人都是如此，他们是一个富有激情的种族。在经过正确的教训之后，他们已经成了益处良多的帝国成员之一。

“我会按照我得到的建议去做。”贝瑟兰面色一红。

“明智。”芙图娜说。

“愿皇座永世不倒，”贝瑟兰说，“愿您声息永存，至圣至尊。”他鞠了个躬，就退下去做他该做的事情了。芙图娜将会赶赴战场。这片土地还需要贝瑟兰来治理。他曾迫不及待地想要参加最后战争，但现在他已经明白，这里更需要他。

赛露西娅看着贝瑟兰的背影，赞许地点点头。这个人学会如何克制自己的情绪后，正在变成帝国强有力的支柱。她用手语说道。

芙图娜什么都没说。赛露西娅的反应中隐含着一种暗示。如果不是她一直跟随在芙图娜身边，也许芙图娜根本不会注意到她的这层含义。贝瑟兰正在学习，但其他男人……

麦特又开始在霄辰指挥官面前脏话连连了，芙图娜不知道是什么惹恼了麦特。她到底做了什么，才让自己有了这么一个丈夫？

我只是在服从预兆的指示，她心想。

她发现麦特在胡言乱语的同时，向她这里瞥了一眼。他必须学会克制自己。但要教导他……是一个非常艰难的任务，远比教导贝瑟兰困难得多。至少，赛露西娅没有明确表达出对麦特的责备。现在她已经是芙图娜的真言者了，但芙图娜能够感觉到，这个职位给赛露西娅带来很大的压力。她更喜欢只做为芙图娜的代言者。也许，预兆能帮助芙图娜另外找一个适合作为真言者的人。

我们真的要照他说的去做吗？赛露西娅用手语问道。

世界已经陷入混乱，芙图娜以此作为回答。这不是一个直接的回答，芙图娜不想在这时候给出直白的回答。赛露西娅自然会明白她的意思。

所有霄辰人在提及女皇时都会说“愿女皇永生”或者类似的话。在一些人看来，这只不过是一种习惯性的陈腔滥调，或者是为了显示自己的忠诚而装模作样。但芙图娜对这句话有更多的理解。这句话中蕴含着帝国的力量。一位女皇必须足够机智、强大、手段高强，才能在水晶王座上生存下来。只有最合适的人选才能在那个宝座上坐稳。如果她被自己的兄弟姐妹或者像加尔甘那样的高阶王之血脉杀死，那么她的死亡也是在为帝国服务，表示她显然太过软弱，不足以统治这个帝国。

愿她得到永生，愿她强大到能够永远活下去，愿她有足够的力量引领我们取得胜利。她会将秩序带给这个世界。这就是她的目标。

麦特大步走过军队集结的广场，来到芙图娜皇座前十步远的地方。他身上穿着皇家高级将领的制服，不过这身衣服并不适合他，反而仿佛给他添了不少累赘。一位皇室将领的制服应该让穿着它的人更显威严，特别订制的衣装会随着他严谨的动作而摆动，让他的一举一动显得格外优雅。但麦特穿上这身衣服，却好像是一匹赛马全身裹满丝绸，人们还期待他在赛道上全速疾驰。麦特自有一种优雅风范，但这并不是属于宫廷的优雅。

其余指挥官们都跟随在麦特身后。麦特让这些王之血脉都深感困惑。这样很好，让他们无所适从，也就能更好地控制他们。但麦特不合常规的做事风格和对权威的不断挑战，让他成为无秩序的化身。芙图娜是秩序的化身，却嫁给了混乱本身。她到底是怎么想的？

“那么，君上，海民又该如何处置？”育蓝将军问道。他和麦特一同站到了芙图娜的面前。

“不要再去想那些该死的海民了，”麦特喝道，“如果你再说一次‘海民’这个词，我就用绳子捆住你的脚趾甲，把你吊在一头雷肯身上，再让那头雷肯一直飞到沙塔去。”

育蓝显然有些不知所措：“君上，我……”

他的话没能说下去，因为麦特这时突然吼道：“萨瓦拉，我们要统帅的是长矛手，不是骑兵。你这个只有山羊才喜欢的白痴！我不在乎骑兵是否认为自己更强。当然，骑兵永远都这么想！你又是什么？一个该死的提尔大君吗？好吧，如果你再这样，我就把这个当做你的荣誉头衔！”

麦特大步向萨瓦拉走去。后者正骑在马背上，双臂抱在胸前，一张黝黑的面孔上写满了不悦。育蓝被丢在后面，脸上全是困惑的神情。“一个人怎么能被捆住脚趾甲吊起来？”他用芙图娜几乎无法听到的声音念叨着，“我觉得这完全不可能，脚趾甲会断掉的。”然后，他就摇着头走开了。

这时，赛露西娅用手语说道，小心，加尔甘来了。

芙图娜打起精神，直视着骑马而来的加尔甘元帅。加尔甘并没有穿着像麦特那样的制服，而是披挂着一副黑色盔甲。这样的穿戴很适合他，让他更显得威势逼人。他是芙图娜最有力的竞争对手，也是她手中最强大的资源。当然，任何处在他这种位置上的人都会对芙图娜产生威胁，这是帝国一贯以来的方式，也是最正确的方式。

麦特绝不可能对她造成威胁。她还不知道该如何去想这件事。她心中也有一个念头，虽然很小，但并非全无力量，那就是只为了避免麦特的威胁，也应该将他从身边斥退。难道群鸦王子不是女皇最大的威胁之一吗？难道这种人物的存在不就是为了让女皇心中无时无刻不存在危机感，刺激女皇让自己保持强大吗？一个女人只有在被匕首顶住喉咙时，才是她最机敏狡诈的时候。这是她的曾曾曾祖母瓦茹塔留下的一句谚语。

但芙图娜不喜欢去想要将麦特赶走的可能。至少，她一定会有一个他的孩子，除非她对那些预兆根本不予理睬。

他真是个奇怪的男人。每一次芙图娜以为自己能猜中他下一步的行动，结果都只是证明她错了。

“至圣至尊，”加尔甘说，“我们已经快准备好了。”

“群鸦王子对部队的迟误很不满意，”芙图娜说道，“他担心我们将无法及时加入这场战争。”

“如果群鸦王子真的了解军队和战场，”加尔甘的语气表明，他对麦特完全没有这样的信心，“他就会知道，移动如此大规模的一支军队绝不是一件容易的事情。”

在麦特到来以前，加尔甘是这片土地上除芙图娜之外地位最为崇高的王之血脉，他肯定不喜欢突然被一个来路不明的陌生人夺走自己的地位。现在加尔甘仍然指挥着帝国的军队，芙图娜也不想剥夺他的指挥权。今天早些时候，加尔甘曾经问过麦特该如何集中他们的军队，而麦特则以为加尔甘是在建议由麦特来负责指挥军队。群鸦王子可以向军队下达命令，但没有实际指挥权。加尔甘的一句话就能让麦特的命令失去效力。

但加尔甘迄今为止都没有对麦特的命令提出任何异议，很显然，他想看看麦特是如何指挥军队的。现在，加尔甘正眯起眼睛，看着麦特。他还不知道这名群鸦王子将在帝国军队的构架中占据怎样的一个位置。实际上，芙图娜也还没有对此做出最终决定。

在离芙图娜不远处，一阵风吹起地上的尘土，露出一只小啮齿动物的颅骨。又是一个预兆。最近她的生活已经完全被这些预兆搞乱了。

当然，这是一个危险的预兆，这代表她正行走在高密的野草丛中。旁边正潜伏着猎食的劳帕，地上布满了捕捉猎物的深坑。转生真龙已经跪倒在水晶王座之前，而且他还带来了桃花绽放的预兆，那是芙图娜所知的最强有力的预兆。

现在，部队正在从皇座前通过。军官们高声发令，控制着士兵们的步伐。雷肯配合军队整齐的脚步声发出一声声响亮的啸叫。她即将进入一片她几乎还不了解的土地，进行一场未知的战争。而她在大洋这一边的土地将失去自卫的力量，并由一个刚刚开始效忠帝国的外人管理。

这些都是巨大的变化。她的决定有可能结束她的统治，并在实质上终结帝国的历史。所有这些，麦特都不会明白。

叫我的配偶过来，芙图娜打着手势，敲了敲皇座的扶手。

赛露西娅对一名信使传达了这个命令。没多久，麦特已经回到她身边，上了马背。他拒绝芙图娜送给他的新坐骑，在这件事上，麦特是对的。他看马的眼光要比皇室马厩主管本人更敏锐。但不管怎样，果仁实在是一个愚蠢的名字。

芙图娜站起身。转瞬间，周围的人都匍匐了下去。加尔甘下了马，跪倒在地。其他人则是五体投地。每一次女皇站起，都代表着水晶王座做出了重要的决定。

“该死的，”麦特说，“你站起来一下就要这么麻烦吗？你们的人没有别的事可以做了？如果你们想不出来，我倒是能想到十几件。”

芙图娜看到加尔甘露出微笑。加尔甘自以为料到芙图娜下一步会做什么。他错了。

“我为你命名为诺塔翼，因为帝国的敌人将由你亲手毁灭。从此以后，这便是你唯一的名字，直至永恒。我在此宣布，群鸦王子诺塔翼已成为帝国军队的骏帅。此为我之意志，并应立即予以颁行。”

骏帅。这意味着如果加尔甘去职，麦特就将是帝国军队的最高统帅。加尔甘脸上的笑容消失了，现在他必须时刻注意自己的背后，以免麦特跨过他，夺走他的权柄。

芙图娜坐回皇座中。

“诺塔翼？”诺塔翼问道。

芙图娜瞪了他一眼，管住你的舌头吧，哪怕只是这一次，她心里对他呐喊着，求求你了。

“我倒是有些喜欢这个名字。”诺塔翼说着，调转马头，小步跑开了。

加尔甘也回到马鞍上。“他应该学会如何跪拜。”这位元帅嘟囔了一句，踢了坐骑一下，向前走去。

这是一个非常微小的冒犯，一个经过深思熟虑、精心准备的冒犯。加尔甘没有直接对芙图娜说出这句话，而是装作自言自语的样子。这样，他就回避了称芙图娜为“至圣至尊”。

这足以让赛露西娅从喉头发出一阵轻吼，并将手指叠成一个疑问的手势。

不，芙图娜用手势制止了她，我们需要他。

诺塔翼似乎又一次没有意识到芙图娜在做什么，以及这其中包含的危险：加尔甘现在必须在制定战争计划时听取诺塔翼的意见。帝国骏帅是不能被排除在军事会议外的，而且诺塔翼必须时刻准备好担负起全帝国军队的指挥权。加尔甘必须听取他的意见，并将他的意见纳入作战计划中。

这一次，芙图娜是在用自己的王子进行一场豪赌，只希望他能在即将到来的恶战中再一次证明自己出人意料的军事天才，让霄辰军人都像富里克·卡瑞德那样大吃一惊。

这么做很大胆，赛露西娅说，但如果他失败了呢？

我们不会失败，芙图娜答道，因为这是最后战争。

因缘把诺塔翼送给了她，把她用力推进这个男人的怀里。转生真龙已经见到这里的现实，并给予她公允的评价：在所有秩序井然的表象之下，是她危如累卵的统治。她的力量已经过度扩张，她现在控制的国土还未习惯帝国的法纪，想要给这个混乱的世界带来秩序，她需要冒巨大的风险。

她希望赛露西娅能明白这一点，不要公然指责她。芙图娜的确需要找一个新的代言者，或者是另一个真言者的合适人选。让一个人同时兼任这两个职位，就很难避免她在大庭广众下受到批评。这样……

诺塔翼突然又催马跑了回来，一只手还按着头顶上的帽子："图昂！"

他为什么直到现在都没办法理解名字的含义？赛露西娅抖动着手指，问芙图娜该如何处置。芙图娜几乎能从她的指尖上读出她的叹息。

"诺塔翼？"芙图娜问了一句，然后说道，"你可以上前来。"

"该死的，"诺塔翼说，"既然我已经做好了准备，图昂，我们需要立刻出发。斥候刚刚回来报告，艾雯的军队有了大麻烦。"

育蓝就跟在诺塔翼身后。他已经下了马，拜伏在皇座前。

"起身，"芙图娜说，"这是真的？"

"马拉斯达曼尼的军队遭遇惨败，"育蓝说，"返回的天空之拳已经详细报告了当时的情况。那个玉座的军队已经被击溃，正在混乱中迅速后撤。"

加尔甘在不远处停下马，正听取一名信使的报告，并抬起头看着芙图娜。毫无疑问，他也得知了前线的状况。

"我们应该去支持艾雯撤下来的部队，"诺塔翼说，"我不知道骏帅到底是什么，不过从那些人的反应来看，我想我应该能指挥这支军队了。"

"不，"芙图娜说，"你只是第三顺位的统帅，在我和加尔甘之后。"

"那么你可以命令军队立即出发，"诺塔翼说，"我们要行动了！艾雯正在被追杀。"

"那里有多少马拉斯达曼尼？"芙图娜问。

"我们一直在监视那支军队，"育蓝说，"他们的马拉斯达曼尼约有数百个，几乎是白塔余孽的全部。但现在她们都已经耗尽体力，正在被一支新投入战场的军队赶往北方。我们尚未查明那支军队的身份。"

"图昂……"麦特用警告的口气说。

巨大的改变。这就是真龙带来的预兆所表达的含义。芙图娜现在可以对那支马拉斯达曼尼的军队发动突袭，那样的话，她就能增加数百名罪奴。有了这支力量，她足以粉碎霄辰故土上的一切敌人。

这是最后战争，她的决定关系到整个世界的存亡。她应该支持那些马拉斯达曼尼，从毁灭的边缘拯救她们？还是利用这个机会返回霄辰，真正实现她对帝国的统治，然后利用帝国的力量击败兽魔人和暗影？

“你已经做出了承诺。”诺塔翼轻声说道。

“我签署了合约，”芙图娜说，“但任何条约都是可以被打破的，尤其是当女皇决定要打破它们的时候。”

“有些女皇也许会这么做，”诺塔翼说，“但你不会，对不对？光明啊，图昂，你已经做出承诺了。”

一只手握着秩序，那是她所了解的，能够预测的；另一只手握着混乱。混乱在她面前化身成为一个只有一只眼，却知道亚图·鹰翼的容貌的男人。

她有没有告诉过赛露西娅，她会把赌注下在这个男人身上？

“女皇不可能受到一纸文书的约束，”芙图娜说，“不过……就这件事而言，我签署合约的原因依然存在，而且正在影响这个世界。我们将在最黑暗的日子里保护这个世界，并彻底铲除暗影。加尔甘元帅，你要派遣我们的军队，前去保护那些马拉斯达曼尼，而我们还必须要求她们支持我们对抗暗影的战争。”

诺塔翼终于放松下来：“很好，育蓝、加尔甘，我们快制定计划吧！派人去找那个叫泰莉的女人来，她似乎是这里唯一有脑子的将军。还有……”

他一边不停地说着话，一边催起坐骑，高声喊着各种应该由加尔甘来下达的命令。马背上的加尔甘审视着芙图娜，脸上的表情阴晴不定。他肯定认为芙图娜犯了一个巨大的错误。但芙图娜……有预兆在支持着她。

这些可怕的黑色云团伴随岚的时间实在是太长了，他已经厌倦每天再看到它们遮蔽了全部的天空，以及不断从那些云团中传出的隆隆声，就好像饥饿野兽的肠胃在蠕动。

“今天这些黑云仿佛压得更低了，”骑马立在岚身边的安德锐说道，“闪电一直向地面落下来。以前并不是这样的。”

岚点点头。安德锐是对的，现在的情况看起来的确很糟。但这并不能改变他们的计划。爱格马已经为他们选定了战场。咆哮的大河从他们西侧流过，掩护着他们的左翼。附近的山丘成为弓箭手的阵地。岚和安德锐正在一座这样的山丘上等待着。

前方不远处，兽魔人再次开始聚集，准备发动攻击。它们很快就要开始冲锋了。在他们近旁，爱格马将重骑兵部署在山谷中，准备冲击兽魔人的侧翼。位于山丘后的轻骑兵将在适当的时机发动攻击，帮助重骑兵撤退。爱格马一直在抱怨他没有长矛手可供调遣，但正是因为他们的部队中没有步兵，他们才得以成功地迅速撤退。

但我们还是看不到胜利的希望。岚阴郁地想着，审视着那几乎是没有边际的兽魔人群落。他的将军们一直在谨慎地选择战场。到现在为止，他们已经消灭了数万兽魔人，同时只牺牲了数千人。但夏纳已经被烧成白地，而且他们依旧无法挡住兽魔人入侵的脚步。他们的一切努力都没有显示出任何成效。

他们正走向败亡。是的，他们拖延了兽魔人的速度，但这样还远远不够。他们也不可能继续这样坚持下去。如果伊兰的军队再无法赶过来，他们很快就会被暗影大军困住，被彻底摧毁。现在兽魔人的追逼已经愈来愈凶狠了。

天空变得更加黑暗。岚猛地抬起头。从天空中压下来的乌云显得更为凶恶，大地完全被幽暗的阴影所笼罩。

“该死的，”安德锐也抬起头，“暗帝是不是把太阳吞了？现在就算是中午，我们也要提着灯笼去打仗了。”

岚将手按在胸甲上，在铠甲下，奈妮薇的信被他收在胸口。光明啊！但愿她的战斗能比我这里更顺利一些。今天早些时候，她已经和兰德一起进入了末日深渊。

在岚身边的战场上，疲惫不堪的导引者们将视线从可怕的黑色天空中移开，纷纷导引出光球。这些光球的照明效果并不算很好，但总好过没有。不过，没多久，黑暗退去，阳光重新落回大地。天空又恢复成原先的状态。

“召集马吉尔近卫军。”岚说道。这是那些主动要求保护岚的战士们对自己的称呼，同时也是马吉尔国王卫队的称号。在这个问题上，岚一直都不知道该如何看待凯瑟尔王子。他拥有坎多王位的继承权，但也认为自己是马吉尔近卫军的一员。

许多追随岚的马吉尔人可能只有极少的马吉尔血统。他们之所以会追随岚，是为了他们的荣誉。但那位坎多王子就是另一回事了。岚曾经问过他和他的同伴，他们是否有必要对一位外国君王发誓效忠，无论这个国家和坎多之间有着多么深厚的友谊。

而他得到的唯一回答是：“在这场战争中，马吉尔代表了全部的边境国，大将。”

闪电在他们身边爆起，雷霆的轰鸣有如实体般撞击着岚。曼塔却几乎没有怎么动弹，这匹战马已经逐渐习惯骇人的雷电。近卫军迅速在岚身边聚集。安德锐高举起岚的旗帜，将旗杆插在马鞍上的一处凹槽中。这样，他就能一手执旗，一手挥剑了。

爱格马的命令很快就传了过来。岚和他的部队将负责攻击暗影部队力量最强大的位置。当兽魔人发动冲锋时，重骑兵将从侧翼发动袭击，阻断兽魔人的冲击。岚则会率领部队，直接正面攻打那些怪兽。

岚很喜欢这个计划。爱格马知道不能在战场过分保护他。岚的部队将守住山丘前的中心地带，强迫兽魔人在弓箭手的箭雨中作战。随后，侧翼部队将成为这场战役的预备队，准备阻止敌人从右翼迂回到他们的背后。而左侧的大河是挡住兽魔人的天然屏障。这是一个很优秀的计划，只是，当敌我力量的差距如此悬殊时，任何计划都很难给他们带来胜利。直到现在，岚并没有看出爱格马的这个计划中有任何不妥当的地方。最近，爱格马一直在抱怨自己老是做噩梦。但考虑到他们正在进行的这场战争，如果爱格马没有梦到死亡和战争，那岚倒是要感到担忧了。

兽魔人开始行动了。

“前进！”岚喊道。号角声立时响起，和天空中的雷鸣互争雄长。

在距离凯瑞安城墙不远处，伊兰骑在月影的背上，在战阵的最前沿巡视着。她的军队已经按照巴歇尔的作战计划完成集结，但伊兰却觉得忧心忡忡。

他们刚刚完成这场战役的第一个目标：沿河边的大道急行军北上，抢在兽魔人军队之前到达凯瑞安。伊兰将自己的部队部署在凯瑞安背面，正对兽魔人从那里攻来的方向。她在下游留下了一些龙和一队弓箭手，继续阻挡兽魔人从那里过河。当那支部队无法再挡住敌人的进攻时，他们会迅速向北方撤退。

首先击败面前的敌人，然后回头与身后的敌人作战。这是他们唯一的机会。家人们都已经耗尽了体力。伊兰一直要求她们尽全力施展神行术，移动她的部队。现在她们的状态意味着伊兰将没有导引者可以投入即将到来的战斗。家人们还需要压榨出自己最后的一点力量，将伤员送到梅茵去接受治疗。

伊兰的军队规模比这支暗影部队要大一点，但她的士兵也都已经非常疲惫了。在战前紧张的气氛中，还是有人歪歪斜斜地站在队列里，长矛只是斜指着前方。那些仍然能挺直脊背的人眼里也都布满了血丝。不过，他们装备有亚柳妲的龙，这种武器将是他们克敌制胜的关键。

伊兰昨晚一夜未眠，她用了很多时间搜肠刮肚，希望能找到一些鼓励士气的话语，一些能在今天说给大家听的，有意义的话。但如果整个世界都将要毁灭了，又有什么话还是有意义的？

她在安多士兵面前勒住月影，她将用编织让全军都听到自己的话。伊兰惊讶地发现，一些艾伊尔人也向前靠过来，仿佛是想要认真听她讲话的样子。她没想到他们会在意一个湿地人女王的演讲。

当她张开口时，太阳出来了。

伊兰定了一下，惊讶地抬起头。他们头顶上的乌云正向四周分开。她的确很希望在她演讲的这个时刻，会看到云开日出的情景。她的身边经常会有这样的景象出现，这应该是兰德的约缚为她做到的。

就在这时，一片纯粹的黑色出现在空中，遮住了太阳。

伊兰全军都抬起了头，人们纷纷伸手指向空中。而黑暗已经将他们完全吞没。光明啊！现在想要不发抖简直太难了。

伊兰听到自己的军队中传来呼喊的声音，那是哀恸、忧虑、绝望的喊声。伊兰聚集起信心，一踢坐骑，向前走去。

“在这个地方，”她的声音借助至上力在战场各处回荡，“也许你们希望得到我的允诺，听到我亲口告诉你们，人类将赢得胜利；让你们知道，时间将会继续，大地将恢复生机；让你们相信，光明将要回来，希望永远存在，我们的生活绝不会在此时终结。”

她停了一下。在士兵队伍的后方，人们聚集到凯瑞安城头：孩子、女人和白发苍苍的男人。他们装备着厨刀和用于投掷的壶罐。如果兽魔人摧毁他们的军队，杀到城下，他们将继续战斗下去。伊兰还没来得及与凯瑞安城中取得联系，现在那里只剩下一支形同虚设的城市卫队。当黑暗吞噬天空时，正在导引中的伊兰能看到他们在城头瑟缩的影子。

那道城墙只能提供一种虚假的保护。当敌人拥有惊怖领主时，城墙便失去了意义。伊兰必须迅速击溃面前的兽魔人部队，不能让它们与正从南方逼近的那支规模更大的兽魔人军队会合。

“我本该让你们听到这些，”伊兰对士兵们高声说道，“但我不能！我不会对你们说，世界将安然无恙，光明将永世长存。这么做只能让我们抛弃自己的责任。

“所有这些，都是我们的责任！我们的鲜血将在今天泼洒。我们来到这里是为了战斗。如果我们丢下武器，世界必将死亡，光明将毁于暗影！今天所需要的，不是空洞的承诺，而是我们的鲜血！我们的血就是流淌在我们体内的火焰。今天，我们将凭着这股烈火，击败暗影。”

她调转马头。所有人的目光都已经离开天空中的黑暗，转向了她。她编织出一个光团，高悬在头顶上方，以吸引众人的注意。

“我们的鲜血就是我们的信念。”她高喊道，“我听到太多人谈论我们该如何抵抗敌人的攻击。我们不能只是抵抗！我们必须让暗影知道我们的愤怒，我们的正义！他们必须为他们犯下的一切罪行付出代价。我们绝不能只是抵抗。今天，我们要做的是毁灭。

“我们的鲜血就是我们的土地。这片土地是属于我们的，我们要牢牢守住它！为了我们的父亲，我们的母亲，为了我们的孩子。

“我们的鲜血就是我们的生命。我们将用它去交换我们的明天。在这个世界的其他地方，人类的军队正在步步后退。但我们绝不会再退一步。我们的任务就是泼洒我们的鲜血，在死亡中奋勇前进。后退，或者驻足不前，都不是我们的选择，绝不是！

“如果我们想要再得到光明，我们就必须自己去取得它！我们必须赶走暗影，夺回光明！暗影想让你们绝望，在这场战斗开始前就打败你们。我们不会让他心满意足！我们要摧毁他的军队，先是我们面前的这一支，然后是我们背后的一支。然后，我们将带着我们的血，我们的生命、火焰和信念，去支持其他与暗影奋战不息的人，将胜利和光明带给整个世界！”

她不知道一篇战场演讲会取得怎样的效果。她曾阅读过许多著名的战场演讲，尤其是那些安多女王所作的演讲。当她更年轻一些的时候，她曾想象过士兵们向她鼓掌欢呼，就好像走唱人在吵闹的酒馆中刚刚进行过一场精彩的表演。

而现在，士兵们向她高举手中的枪矛，然后用力将矛杆杵回地上，发出雷鸣般的撞击声。艾伊尔人高声呼喊着。而安多人只是用严肃的目光看着她。她给予他们的不是激动，而是决心，这才是此时最真实的情绪。战士们不再理会天空中的黑暗，而是将视线转向了他们的目标。

柏姬泰来到她身边：“说得好，伊兰。你什么时候把演讲词改了？”

伊兰脸上一红。她昨晚精心准备了一篇演讲，并且在柏姬泰面前足足重复了六遍。那是一篇辞藻华美的演讲词，其中或明或暗引述了历代女王的许多名言。

当黑暗降临时，她就忘记了那篇演讲词中的每一个字。而许多想说的话一下子涌上她的心头。

“好了。”伊兰一边说话，一边回头看了一眼。兽魔人军队正在她背后步步进逼。“我需要到我的位置上去了。”

“到你的位置上?”柏姬泰问道,“你的意思是要返回指挥帐篷了吧。”

“我不打算去那个地方。”伊兰说着,调转马头。

“该死的,你不能这样！我……”

“柏姬泰,”伊兰断喝道,“我是这里的统帅,而你是我的战士,你要服从我的命令。”

柏姬泰哆嗦了一下,仿佛被抽了一巴掌。

“巴歇尔在指挥帐篷中负责指挥。”伊兰说,“我现在是这支军队里仅有的几名仍然有力量战斗的导引者之一,如果我在这场战斗中只是束手旁观,那我一定会判处自己死刑。在战场上,我的力量能够轻易超过一千名士兵。”

“你肚子里的孩子……”

“就算是明没有看到他们,我也还是会参加这场战役。难道你以为这些士兵的孩子们没有危险吗？他们之中的许多人就在我们身后的城墙上！如果我们今天战败了,他们就将遭到屠杀。不,我不会逃避危险,不会苟且偷安。如果你认为你作为护法,有责任阻止我,那么我现在就切断我们该死的连结,把你转交给别人！我可不会在最后战争爆发时,躲进轻便马车里去喝山羊奶!”

柏姬泰沉默了。伊兰能从约缚中感觉到她的震撼。“光明啊,”她终于说道,“我不会阻止你,但你至少也应该待在敌人弓箭的射程外吧？在战斗中支持我们阵线出现缺口的地方,这样你才能发挥更大的作用。”

伊兰只得让柏姬泰和她的卫士们保护着她,回到亚柳妲的龙附近的一片山坡上。塔曼尼、亚柳妲和他们的部队都在那里,他们显得比最前沿的士兵更加迫不及待,摩拳擦掌。他们也都很累了,但在布雷姆森林和撤退途中,他们几乎没什么发挥的场合,今天则是他们显示力量的好机会。

巴歇尔的战役计划是伊兰曾经参与制定过的战役计划中最复杂的一个。他们的主力部队位于凯瑞安城以北一里的位置,背后就是城外的首门区废墟。阵线沿澳关雅河一路向东,跨过一片山坡和通往章嘉门的大路,并从章嘉门前的平原一直延伸到照明者礼堂的废墟。

步兵组成的半月形数组向前凸出,构成了正面的主阵。他们主要是安多人和凯瑞安人,还有一些海丹人和白袍众。六队龙被配置在步兵阵后方的山丘上。

兽魔人必须战胜这支军队,才有可能接近凯瑞安城。艾斯丁率领红手队骑兵在步兵队的一侧布阵。梅茵翼卫队负责掩护主阵的另外一侧。其余的骑兵都被留作预备队。

伊兰耐心地等待着，看着兽魔人军队做最后的进攻准备。她最担心的就是这些兽魔人会在原地驻守，等待南方的兽魔人赶到，再同时从南北两个方向攻击伊兰的部队。幸运的是，这种情况并没有发生。它们最初接受的命令显然是夺取凯瑞安城，而它们现在依然要执行这个命令。

巴歇尔的斥候带回来的报告表明，另一支暗影军队距离凯瑞安城还有一天多的路程。如果它们全速行军，将于明天日暮时赶到。到那时，伊兰已经击败了北边的这支部队了。

来吧，伊兰想，速度快点。

兽魔人终于开始向她杀过来了。巴歇尔和伊兰预计它们还是会使用一贯的战术：用数量和强大的体力彻底压倒人类士兵。确实，今天发动攻击的兽魔人数量也非常大。暗影的计划就是压倒凯瑞安城的守卫者，彻底粉碎他们的防线。

伊兰的战士们很清楚下一刻会发生什么，没有一个人后退半步。龙开始吼叫，每一声龙吼都如同数不清的重锤同时落下。现在伊兰距离那些龙足有一百步远，但她还是有一种想要把耳朵捂住的冲动。白色的烟云从龙身上升起，开始在它们上方翻滚。

几颗龙卵最初的落点过近了，亚柳妲和她的助手只是利用这几次射击来调整龙的射程。随后，龙卵落在兽魔人群中，打碎它们的队列，将无数尸块抛上天空，成千上万的尸骸掉落在被染成黑红色的大地上。伊兰平生第一次对一种武器产生恐惧。

光明啊，柏姬泰是对的。伊兰想象着一座防御工事在装备了龙之后能够发挥出怎样的力量。通常情况下，在战争中，士兵至少可以依赖一件事情：他的作战技能。如果一个人的剑比敌人的剑更快，他就能活下来。兽魔人几乎已经打破了这个规则。而普通人在面对这样的力量时，又该怎样战斗？

我们要确保人类不会站在吼叫的龙前面。伊兰如此告诫自己。兰德强迫各国君王签署那份合约是正确的。

操龙手都经过严格而完备的训练，他们的装弹速度快得令人吃惊。当兽魔人冲到步兵组成的偃月阵前沿时，每一尊龙都已经发射出三颗龙卵。伊兰没注意兽魔人射过来的羽箭，她的精神都集中在龙上面，但她还是看见一些人类士兵被黑色尾羽的巨箭穿透，倒在血泊之中。

兽魔人冲进了由十字弩手和长矛兵组成的阵列。斧枪手组成的后队冲上来，掩护前两者撤退到后面。没有人会用剑和钉头锤与兽魔人作战，至少没有任何步兵会这么做。

“我们行动吧。”伊兰催赶月影向前走去。

柏姬泰跟随在伊兰身后。伊兰能感觉到自己的护法心中的气恼和听天由命。她们走下山丘，穿过一些预备部队，进入了战场。

罗代尔·伊图拉德几乎忘记手中有充足的军队可供调动的滋味是什么样子。

他已经有相当长的时间不曾指挥过建制完整的步兵团和弓箭手旗队了，而且这一次，他的士兵们没有饿着肚子，还能得到及时的治疗。造箭工匠和优秀的铁匠源源不断地为他的部队供应着箭支和武器装备。更令人惊叹的是，无论现在他要求得到什么样的资源，相应的补给都会在一个小时内就被送达他的部队。也许运送手段有些不正常，但一名军人还能再要求些什么呢？

即便如此，他还是不可能打赢，他的敌人多到无以数计。暗影部队中还有十余名惊怖领主，甚至是弃光魔使。他将部队带进这座没有出路的山谷。这里是黑山，暗帝入侵这个世界的踏脚石，他势力的核心。而现在，太阳已经消失了。只有两仪师还在说，光明会回来的。

伊图拉德叼着烟斗，骑马沿着山谷边缘向北方前进。是的，他打不赢这场仗。但既然他拥有了这么多资源，他好歹应该好好教训暗影一顿。

他沿着山脊前进，来到一个能俯瞰萨坎魁谷口的地方。这座位于废地核心处的山谷呈东西走向，煞妖谷在它的西端，出入这里的隘口则位于它的东端。如果想要到达山谷两侧的山脊，就需要进行数个小时的艰苦攀登，或者走过一个神行术通道。而在这么高的地方，伊图拉德能够方便地查看部队的防御状况。

进入这座山谷的通道本身是一条可以容纳五十个人并肩站立的幽深峡谷，如果想要从外面到达这道峡谷两侧的山脊顶端，唯一的办法只有神行术。所以，这里是一个理想的埋伏地点。把足够的弓箭手部署在峡谷两侧，峡谷中就会变成一片屠场。

太阳终于从黑暗中重新绽放出光芒，如同一滴熔融的钢水。看来，两仪师是正确的。不过，那些沸腾的黑色雷雨云又涌了回来，仿佛要将天空全部吞噬。

既然煞妖谷位于废地，伊图拉德便在出发时穿上厚羊毛的冬季斗篷，以抵御这里的寒冷。他在这里呼出的气息也都变成一股股白烟。现在萨坎魁山谷中依然悬浮着雾气，只不过没有铸炉工作时那么浓重了。

伊图拉德离开谷口，回到他的一队随员之中。他们是寻风手和其余高阶海民。现在这些人都穿上他们在来到北方前刚刚购买的长外衣，当然，和他们做这笔生意的人大概也赚不到几个钱。在那些外衣下面，隐约还能看到色彩鲜艳的海民衣装，而他们脸上繁杂的黄金饰物也和这种色彩单调的长外衣形成怪异的对比。

伊图拉德是阿拉多曼人，他和海民打过不少交道。如果这些人在战斗中能够表现出他们做生意时一般的顽强和狡诈，那么伊图拉德将很愿意与他们并肩作战。这些海民坚持要和伊图拉德一同来到山脊上，查看萨坎魃山谷和谷口的状况。

站在她们最前面的就是海民的诸船长，翟妲·丁·帕瑞德·黑翼。她是一个身材矮小的女子，黑色的短发中已经有了不少灰丝。她向伊图拉德说道："寻风手要我告知你，罗代尔·伊图拉德。攻击已经开始了。"

"攻击？"

"飓风制造者，"翟妲望向黑云涌动的天空，"风暴之父，他的怒火会彻底将你摧毁。"

"你的人能应付吗？"

"寻风手们已经在用风之碗的力量与他对抗了，"翟妲说，"如果不是如此，他的风暴早就让我们化为齑粉了。"

她还在看着天空，就像她的许多同伴一样。不把寻风手计算在内，现在伊图拉德身边只有大约一百名海民。绝大部分海民都在后勤部队中工作，夜以继日地将箭矢、食物和各种装备运往四条战线。他们似乎对那种蒸汽马车非常感兴趣。虽然伊图拉德完全看不出那东西到底有什么好处。一群好马完全能够实现那种设备的功用。"我们在与暗帝正面对抗，在用飓风抵挡飓风，"翟妲说，"这是一场值得歌颂的战斗。"她回望了伊图拉德一眼，用接近于责备的语气严厉地说道："你必须保护好克拉莫。"

"我会完成我的任务，"伊图拉德一边说，一边催开坐骑，"你们做好你们的事就行了。"

"契约在很早以前就已经定下了，罗代尔·伊图拉德。"翟妲在他背后喊道。

伊图拉德点点头，继续沿着山脊往回走去，在山脊上站岗的士兵纷纷向他敬礼。当然，艾伊尔人除外。这里也布置了许多艾伊尔弓箭手。伊图拉德将提尔军队的主力布置在山谷中，他们的长矛手和斧枪手在那里才能发挥出最大的作用，挡住通往煞妖谷的道路。

远处，一只艾伊尔号角被吹响。这是一名斥候发出的信号。兽魔人进入了谷口，时间到了。

伊图拉德催马向下方的山谷中跑去，其他指挥官和亚撒拉姆王都跟随在他身后。他们很快就到达了第一瞭望台，这是一处位置良好的高地，他从这里能看到数里外谷口隘道中的情况。伊图拉德勒住马缰，拿出望远镜。

阴影正在那里移动。片刻之后，他就能看清冲杀过来的兽魔人群了。那些怪物都在魔达奥的鞭打下陷入了疯狂。恍惚之间，他仿佛回到了马兰登，看到他的部下一个接一个地死在兽魔人的屠刀下。那都是一些好人。他们被赶下高地上的防御工事，在城市街道中拼死厮杀。还有那一段被炸到空中的城墙。

一次又一次充满绝望的战斗。他只知道要杀死眼前的怪物，就像是一个人在被狼群撕成碎片时依然尖叫着，抡动棍棒挥打着面前的恶狼，希望能在堕入最终的黑暗之前，至少可以再干掉一个敌人。

伊图拉德握住望远镜的手在微微颤抖，他强迫自己将注意力转回到眼前的战况中。他似乎一辈子都在进行着必输无疑的战斗，这难免会对他的神经产生一些负面影响。每天晚上，他都会听见兽魔人来到他身边，嗅着空气，蹄子踏在卵石路面上。这一切都是他在马兰登经历过的噩梦。

“稳住，老朋友。”亚撒拉姆王催马来到他身边。这位国王的声音总是能给人们带来安慰，让人们紧张的心情平静下来。伊图拉德相信，阿拉多曼的商人们之所以会推选亚撒拉姆为国王，正是因为他的这种能力。贸易和战争总是会勒紧所有人的神经，阿拉多曼人一直将这两者视为同一件事。而亚撒拉姆……他能够让刚刚因为整支船队都在大海中覆没而发狂的商人迅速平静下来。

伊图拉德点点头。现在他必须将全副心神都集中在对这座山谷的防御上，绝不能让兽魔人杀过隘口，涌入萨坎鞑。光明烧了他吧。如果转生真龙需要他在这里守卫几个月，他也一定要坚守下去。如果他的这条战线失败了，所有人的战斗都将变得毫无意义。现在他必须用出自己知道的每一点策略，每一条诡计。在这里，每多拖住暗影一分钟，都能为兰德多赢得一分宝贵的机会。

“让下面的人坚守阵地，”伊图拉德一边继续用望远镜观察，一边说道，“准备好原木。”

侍从们立刻借助神行术，将命令传达给每一支部队。恐怖的兽魔人大军正迅速朝人类的战线逼近过来，无数的巨剑、镰钺，以及专门把骑兵拖下战马的钩刀让暗影的军队仿佛生满尖刺的巨兽。黑色的巨兽正努力挤过狭窄的隘口。天空中，无数道闪电划破了云层。

先用原木砸一下。伊图拉德心想。

当兽魔人到达隘道中段时，两侧山脊上的艾伊尔人砍断绑住成堆树干的绳子，并点燃这些浇上油的树干。现在所有的森林中都堆满死亡的大树，伊图拉德轻易就通过神行术向这里运送了大批枯木。

数百根燃烧的原木向隘道中滚落下去，撞进兽魔人的队列之中。浸过油的原木爆出猛烈的火焰。暗影怪兽有的在怒吼，有的在哀号。伊图拉德举起望远镜，看着它们，满意地长吁了一口气。

这种情绪是伊图拉德以前从未有过的，他从不曾因为见到敌人死亡而产生过这种满足感。确实，他会因为自己的计划成功而高兴。战争的目的当然是要置对手于死地，让自己的人能够活下来。但战争中没有喜悦可言。战斗得愈久，你就愈会觉得敌人其实和你是一样的。虽然旗帜的图案也许不一样，但充塞在行伍之中的其实都是同一种人。他们也想取得胜利，但他们更感兴趣的往往是一顿饱餐，一条能在睡觉时为自己御寒的毯子，和一双没有破洞的靴子。

但这场战争的性质全然不同。伊图拉德只想看到那些怪兽变成尸体，这是他现在最大的渴望。没有了它们，他就不会受到那些噩梦的折磨。没有了它们，当战争号角被吹响时，他的手就不会颤抖。是它们毁掉了他。

作为回报，他也要将它们彻底摧毁。

兽魔人费了很大的力气，才从原木堆中冲过来。有许多兽魔人的身上还带着火苗。魔达奥必须用最大的力气抽打它们，才能让它们继续前进。许多兽魔人仿佛都很想咬一口身边的尸体，皮肉烧灼时散发出来的焦臭气味让它们更加饥饿了。被烧熟的尸体对它们而言，就像是刚出炉的面包一样芬芳诱人。

隐妖成功地驱赶兽魔人继续向前，但兽魔人很快就遇到伊图拉德的第二道防线。在这里部署防御也需要用一些脑子。这里的岩石地面无法插入削尖的木桩或挖掘壕沟，这么做只会耗尽导引者的精力。他可以堆砌岩石和土墙，但兽魔人的体形非常巨大，能够阻止人类前进的土堆对它们不会有什么效力。而且，挖掘堆积那么多土石肯定会影响在山谷中建造工事的进度。伊图拉德在很早前就已经学会在一场防御战中，有效的防御工事能为你带来极大的优势。部队能够依托一道工事坚持更久，敌人也更加难以突破防线。

所以，他最终采用的方式很简单：荆棘。

伊图拉德清楚地记得阿拉多曼那些干硬粗大的荆棘丛。他的父亲是一名农夫，一辈子都在抱怨那些荆棘树丛。如果说，人类现在还有什么资源不算匮乏，那就是枯死的植物和大批能够劳动的双手。成千上万的人应真龙的召唤而来，而许多真龙信众完全没有战斗经验。

到最后，伊图拉德还是会让这些人走上战场。但现在，他只是派他们去砍伐大片的荆棘丛，并将这些生满尖利倒刺的藤蔓放置在峡谷中，堆成一道二十尺厚，八尺高的刺墙。这些荆棘要比土石容易搬运得多，但它们巨大的体积和利刺让兽魔人不可能简简单单地冲破这道障碍。第一批兽魔人冲进了荆棘墙，想把它们撞开，却扎了一身五寸长的棘刺。后面的兽魔人还在向前推挤，前排的兽魔人全愤怒地转过身，开始没头没脑地抽打挤上来的同伙。

整支兽魔人部队都停滞在原地，落入他的手心。

而他对暗影生物从来不会手软。

伊图拉德一摆手，从马兰登开始就随他一同战斗的殉道使奥斯登向天空中射出一个亮红色的光球。峡谷两侧，更多艾伊尔人涌出来，开始向下面抛投巨石和燃烧的滚木，射出一阵阵箭雨。所有能够被用来杀敌的武器都源源不断地落入深谷之中。

伊图拉德的部队攻击最密集的地方位于峡谷深处，兽魔人部队中央处。这导致半数兽魔人开始向峡谷外退回去，另外半数则拼命向前拥挤，让前排的兽魔人在荆棘丛中愈陷愈深。

一些兽魔人拿着盾牌，开始组成盾墙，想要挡住来自峡谷两侧的箭石。伊图拉德的导引者们立刻撕碎了它们的防御。

伊图拉德没办法在这道峡谷上方安排太多导引者，大部分导引者还在萨坎鞑山谷中用神行术运输物资，并监视敌方的导引者。他们已经两次击退了惊怖领主的袭击。艾玲达和两仪师凯苏安在负责处理那些问题。

一些兽魔人也在向山脊上射箭，但它们的伤亡数量在迅速增加。前排的兽魔人开始劈砍荆棘，想要开出一条路来，只是进度非常缓慢。

伊图拉德看着山下的战况，心中冷酷如冰。兽魔人在魔达奥的鞭打下，开始发了疯一样地向前猛冲，推倒正在荆棘丛中开路的同伴，将它们踩踏在脚下。

鲜血变成一股溪流，回流到峡谷东端。不少兽魔人都因为踩在血上而滑倒在地。最前面的五六排兽魔人都已经倒在地上，在荆棘丛中压出了一个缺口。

经过将近一个小时的冲击，留下数千具尸体后，暗影部队终于再一次开始前进。但没多久，他们又遇到第二堵荆棘墙，比前面那一堵更厚更高。伊图拉德在峡谷中一共设置了七道荆棘墙。第二道是规模最大的，它完全发挥了伊图拉德所预期的效果。看到这堵墙，兽魔人一下子停住了脚步，它们的队列很快便在后续部队的挤压下溃散了。

这造成了更大规模的混乱。后面的兽魔人喊叫着，还在向前挤。前面的兽魔人发出一阵阵嘶吼，徒劳地劈砍着荆棘。一些兽魔人只是茫然地站在原地。而羽箭、石块和燃烧的树干一直不停地朝它们头顶倾泻着。

“真漂亮。”亚撒拉姆悄声说道。

伊图拉德发现自己的手臂已经不再颤抖了。他放下望远镜：“我们走吧。”

“战斗还没结束！”国王表示反对。

“已经结束了，”伊图拉德说着，调转马头，“至少暂时是结束了。”

他说得没错，兽魔人部队已经在他身后全军溃散，伊图拉德仅用耳朵就能判断出这一点。暗影怪物们纷纷向东逃离了峡谷。

第一天守住了。伊图拉德心想。当然，它们明天还会回来，而且会准备得更加充分，会携带更多盾牌，更适合割削荆棘的武器。

但它们还是会流血，流更多的血。

这就是伊图拉德的能耐。

光明回忆

罗伯特·乔丹
布兰登·山德森 著
李镭 译

A MEMORY OF LIGHT

下

时光之轮

The Wheel of Time 14

中国出版集团
東方出版中心

目录

时光之轮14：光明回忆（下）

第 25 章

各自为战

史汪长吁了一口气。玉座猊下两只眼睛喷着火光，大步走过神行术通道，回到营地。随行的还有多欣、赛尔琳和另外几名宗派守护者。

布伦跟在她们后面走出通道，快步来到史汪面前。“决定如何？”史汪问道。

“我们暂时留在这里，”布伦说，“这是伊兰的命令。玉座同意了。”

“我们寡不敌众。”史汪说。

“每一条战线都一样。”布伦向西望去。

过去几天里，沙塔人一直在集结队伍。他们的营地就在艾雯军以西一两里处，正对着形成坎多和艾拉非边界的宽阔大河。

暗影还没打算向艾雯发动全面进攻，只是偶尔会借助神行术进行一些偷袭。他们应该是在等待速度较慢的兽魔人赶上来，但不幸的是，现在兽魔人已经到了。艾雯可以用神行术将自己的部队撤走。但史汪不得不承认，这种办法是行不通的，他们最终还是要与这支军队作战。

布伦选择的驻军地点位于坎多的东南角，这里的地形能够让他们获得一定的优势，但这个优势非常有限，因为位于坎多东部边境上这条南北向的大河很深，但是在布伦驻军的地方有一片浅滩，暗影军队完全可以凭借这片浅滩进入艾拉非。从浅滩再往南不到四分之一里，就是坎多南部边境的一片东西绵长的丘陵地带。布伦安排军队分别守住这片浅滩和能够俯瞰浅滩的丘陵，确保任何朝这里发动进攻的敌军都会遭受来自两个方向的反击。如果无法坚守下去，白塔的部队也能通过浅滩撤退至艾拉非，依靠河道阻拦兽魔人。这个优势不算很大，但是在战争中，任何微小的优势都有可能导致完全不同的结果。

而现在，暗影在大河西边的平原上集结了沙塔人和兽魔人两支庞大的军队，他们有足够的实力围困住两仪师和布伦所指挥的军队。

距离史汪不远的地方，艾雯正在查看营地的状况。光明啊，能够亲眼看到玉座的感觉真好。史汪曾想过与艾雯重逢时自己会有多么激动，但……光明啊，能看到艾雯实在太好了。

没错，那张面孔的确是艾雯。这是玉座在那场劫难后第一次返回营地，不过她已经和宗派守护者们在秘密地点进行了几次会议。而史汪至今都还没机会单独和艾雯谈一谈。

“艾雯・艾威尔，”史汪在玉座背后喊道，“告诉我，我们第一次见面是在什么地方？”

其他人都转头盯着史汪，因为她的莽撞无礼而皱起眉头。但艾雯显然明白史汪的用意。“法达拉，”她回答道，“在从那里顺流而下的旅途中，你用风之力绑住了我，我永远不会忘记那关于至上力的一课。”

史汪深吸一口气，然后缓缓地呼了出来。她终于放心了。当时在船上的那一刻，在场的只有她、艾雯和奈妮薇。很不幸的是，史汪后来将这件事告诉了那名初阶生师尊，也是黑宗两仪师的雪瑞安。不过，她仍然相信这就是真正的艾雯。模仿一个人的容貌很容易，要探知一个人的记忆就是另一回事了。

但史汪依旧紧盯着面前这个女人的眼睛。麦瑞勒从她的新护法那里知道了在黑塔发生的事情，并且将这些事告诉营地中的姐妹们。那是一些非常黑暗的事情。

依照他们的说法，这种变化从眼睛里可以看出来。如果艾雯被转变了，那么史汪就能察觉，不是吗？

如果我们看不出来，史汪心想，那我们的末日就到了。她必须信任这位玉座，就像以前无数次信任她一样。

“召集两仪师，”艾雯说，“布伦将军，马上去执行你的命令。我们要守住这条河，除非受到无法承受的损失……”她抬起头，“那些东西到这里有多久了？”

史汪顺着艾雯的目光望过去，看到雷肯正在他们的头顶盘旋：“一整个上午。你应该已经收到他的信了。”

“那个该死的家伙。”艾雯说道。史汪指的是转生真龙的信，是明亲自送来的。信的内容很简短。

霄辰将与暗影作战。

兰德为什么要派明过来，对此明并没有多加解释。而布伦立刻就向明下达了命令：她被任命为军需官属下的一名职员。

“你相信转生真龙关于霄辰人的信息吗，吾母？”赛尔琳问道。

“我不知道，”艾雯说，“组织好我们的防线，同时要盯着天上的那些东西，戒备它们发动攻击。”

兰德一走进这座洞窟，立刻感觉到空气中似乎发生了什么改变。直到现在，暗帝才感觉到他的出现，并且显得异常惊讶。这把匕首的确产生了很大的作用。

兰德走在最前面，奈妮薇和沐瑞各走在他的左右两侧。洞窟一直向下，他们很快就回到了和起点差不多的高度上。对兰德来说，这条通道很熟悉，这种熟悉感属于他的另一个记忆、另一个纪元。

这座洞窟仿佛一头怪兽，把他们吞入腹中，强迫他们一直走向最深处的熊熊烈火。他们每向前走一步，布满洞顶上利齿般的钟乳石都会压得更低。这里的洞壁并不是逐渐变低、变窄，而是在不断发生变化。片刻之前的高度，在片刻之后就不一样了。

这个洞窟仿佛有一连串的喉口，一段段向它的猎物收紧。兰德的头顶已经碰触到了钟乳石，奈妮薇缩起身子，抬头向上望去，嘴里轻声咒骂着。

“不，”兰德停住脚步，“我不会在你面前跪下，撒丹。”

一阵隆隆的声音传来，充斥在洞窟中的黑暗仿佛开始向内收紧，压迫着兰德。兰德一动不动地站立着，如同巨大的钟表内，当所有对象都开始运转时，只有他是一只被牢牢卡住的齿轮。

岩石颤抖着，开始向后退去。兰德再次向前迈步。随着压力逐渐减轻，他终于呼出了一口气。由他开始的事情，现在已经不可能再停下来了。他和暗帝的道路在同时变得愈来愈狭窄。他的对手同样被束缚在这个必然性之中，就像他一样。暗帝并不存在于因缘内，但因缘仍然会对他产生影响。

在兰德身后，他曾经站立过的地方，留下了一小摊鲜血。

我要快一点，兰德心想，我不能在战斗结束前就因为流血而死亡。

大地再一次开始颤抖。

“没错，”兰德悄声说道，“我来找你了。我不是一只待宰的羔羊，撒丹。今天，我是猎人。”

洞窟中的颤抖像是一阵阵笑声，恐怖的笑声。兰德没理会沐瑞充满忧虑的眼神。

他们继续向下走去。一种奇怪的情绪出现在兰德的脑海中。他的一个女人正陷入危难。是伊兰吗？艾玲达？兰德无法确定。这个地方的扭曲力量影响了约缚，他所处的时间与外界并不一样，他也已经无法再区分对她们的感觉了。现在他只能感觉到她们之中的一个人很痛苦。

兰德低吼一声，走得更快了。如果暗帝伤害了她们……这里为什么还是漆黑一片？现在他们唯一的光源只有兰德正在用以导引至上力的凯兰铎。“那些火在哪里？”兰德的声音在岩洞中回荡，“这条路下面的那些熔融的岩浆呢？”

“火焰已经被吞掉了，路斯·瑟林。”一个声音从前方的黑影中传来。

兰德停了一下，又向前迈出一步，将凯兰铎伸向前方。在水晶剑光芒的边缘，一个人影背朝他们，单膝跪在地上，低垂着头，将佩剑剑锋向下，拄在身前。

在那个人的面前……什么都没有，只有绝对的黑暗。

“兰德，”沐瑞伸手握住他的手臂，“暗帝正在挤压他的牢狱，不要碰那片黑暗。”

那个人站起来，转过身。凯兰铎的光照亮了兰德已经熟悉的、莫瑞笛的面孔。在莫瑞笛身边的地上，有一副躯壳。实际上，兰德不知道该如何称呼它。那就像是一只虫子在长大后蜕下的外皮，只是它的形状是一个人。一个没有眼睛的人。一只魔达奥？

莫瑞笛顺着兰德的目光，向这副躯壳看去：“一个我的主人已经不再需要的容器。”黑色的萨埃飘浮在他的眼白上，跳动、颤抖，显示出疯狂的活力。“从这里面生出了我身后的东西。”

“你的背后什么都没有。”

莫瑞笛将手中的剑举到面前，敬了一个礼：“确实。”那双眼睛几乎已经完全变成了黑色。

兰德挥手示意沐瑞和奈妮薇后退几步，然后，他向前走去：“你要和我决斗吗？在这里？艾兰，你知道我要做的事情是注定会发生的，阻挡我没有任何意义。”

“没有意义，路斯·瑟林？”莫瑞笛笑了，“哪怕我只是稍微削弱一点你的力量，我的主人在战胜你时不也会更轻松一些吗？不，别想避开我。如果我赢了，那又会怎样？你的胜利并不是确定无疑的，从来都不是。”

我又赢了，路斯·瑟林……

“你可以让到一旁。”兰德说着，举起凯兰铎，水晶剑的光芒压倒了莫瑞笛的黑色钢剑。“如果我的胜利不是确定无疑的，那么你的结局也同样不会只是灭亡。让我过去。这一次，做出你的选择吧，你知道你该做出怎样的选择。”

莫瑞笛笑了：“现在？现在你乞求我返回光明？我已经注定将要泯灭，最终完全被摧毁，化为虚无。这就是我的结局。你不能从我这里偷走这个结果，路斯·瑟林！以我的坟墓起誓，你不能！”

莫瑞笛挥出了他的剑。

岚使出樱落池塘。在马背上用出这招并不容易，它不是为骑马战斗设计的。岚的剑划在一头兽魔人的脖子上，只割进去约一寸深，不过这已经足以让腐臭的血液喷溅出来了。那个牛头怪物撒手扔掉钩刀，捂住脖子，发出一阵半像嘶吼、半像呻吟的咯咯声。

岚催动曼塔向后跳了一步，躲开另一头冲上来的兽魔人。然后，他佩剑一转，砍掉那头兽魔人的手臂。那头兽魔人的身子摇晃了一下，安德锐从一旁刺穿了它的身体。

安德锐催马来到曼塔身边，在激烈的战团中，岚能听到他的朋友剧烈的喘息声。他们已经在前线战斗多久了？岚觉得自己的手臂就像是挂在肩膀下面的两条铅棍。

就算是在“雪中之血”一战的时候，情况也不曾这么糟糕过。

“岚！”安德锐喊道，“它们还在不断杀过来！”

岚点点头，催赶曼塔冲上前，迎上两头推开尸堆、杀向他们的兽魔人。这两头兽魔人的手中也都拿着钩刀。兽魔人并不经常使用这种武器，但现在它们显然已经意识到，这些骑在马背上作战的人要比双脚站在地上的难对付得多。而岚也有些好奇，它们是不是想要活捉他？

他和安德锐让兽魔人先行攻击，等待另外两名近卫队员从侧面杀过来，与他们配合发动进攻。两头兽魔人直冲着岚扑了过来。岚催马向前，挥剑砍断它们的钩刀。

怪兽并没有因此而退却，它们伸出野兽一般的指爪，要把岚拖下马鞍。岚已经能够闻到它们呼出的臭气了。他转回长剑，刺进一头兽魔人的喉咙。自己的速度实在是太慢了！安德锐最好能及时赶上来。

安德锐的马从岚身边越过，披着厚甲的马撞在第二头兽魔人身上，把怪物撞倒在地。那头兽魔人挣扎着想爬起来，却被赶上来的两名近卫军挥动长柄战斧砍得稀烂。

这两名士兵就像安德锐一样，全身都是血污。岚知道，现在自己的身上也是这种样子。他只是模糊地记得，自己的大腿受了伤。他已经很累了，现在的身体状况完全不适合战斗。

“我们撤退，”他不情愿地说道，“让别人先顶一阵吧。”以岚和他的部下做前锋，他所率领的重骑兵位于整个战场上战斗最激烈的地方。他们组成了锥形阵列，一直在向兽魔人群的核心冲杀，将兽魔人挤向两侧，暴露在侧袭部队的箭雨之下。

岚身边的人纷纷点头。他能感觉到部下放松的心情。岚率领约五十名近卫军向后撤去，一队夏纳骑士冲上来，递补他们的位置。岚将剑擦拭干净，收回鞘内。闪电在他们头顶时隐时现。是的，这些乌云今天显得更低了，就像有一只手正缓缓将它们压向行将绝命的人类。

一道闪电撕裂了岚身边的空气，然后又是一连串的闪电。岚猛地调转曼塔。今天云层中的闪电的确很多，但如此密集的闪电太不寻常了。岚嗅到空气中刺鼻的烟味。

“惊怖领主？”安德锐问。

岚点点头，努力搜寻着发动攻击的人，但他只能看见拼命厮杀的人类和不断冲上来的一群又一群兽魔人。他需要找一个视野开阔的制高点。

岚朝一座山丘指了一下，一踢曼塔的肋侧，向那里跑去。处于队伍后部的战士们看着他跑过，纷纷举起拳头，高喊着“大将”，他们的盔甲上都已经遍布血痕。在这一整天的战斗中，这些后卫部队会不断轮换到前锋的位置上，然后再撤退到后面进行修整。

曼塔跑上山坡。岚拍了拍自己的爱马，然后跳下马鞍，牵着曼塔继续向上攀登。到了山顶，他开始巡视整片战场。边境国人的军队在海潮般的兽魔人群中冲杀出一个个缺口，如同许多根银色或彩色的尖刺。

这么多惊怖领主，他们都站在那一辆由数十头兽魔人拖动的大型战车上，这样，他们就可以俯瞰战场，寻找需要他们予以打击的关键位置。岚咬紧了牙，看着一连串闪电落在坎多人的队伍中，将许多骑士炸上天空，在他们的战线上撕开了一个巨大的缺口。

岚的导引者开始发动反击了，火焰和闪电落在发动冲锋的兽魔人头上，让它们无法立刻杀进人类战线的缺口。但他们只能勉强拖住敌人的脚步。边境国军中的两仪师和殉道使要比暗影的惊怖领主少得多。

“光明啊，”凯瑟尔王子骑马跟在岚身后说道，“大将，如果他们在我们的阵线撕开足够多的缺口……”

“预备队已经到了，你们看。”安德锐向远处一指。他还骑在马背上，岚不得不绕过他，才看到他所指的地方。一队夏纳骑士正在向被闪电撕裂的阵线缺口全速疾驰。

“那里也有人过去了。”凯瑟尔指着东边说道。一队艾拉非骑士也在赶往缺口处。两队人马在缺口处撞在一起，发生了一些混乱。

闪电开始从天空中落下，扫过惊怖领主的战车。好样的，那瑞玛和梅瑞丝的任务就是警戒惊怖领主，尽量杀死他们，也许这样至少能干扰敌人的行动。但是岚却在考虑另一个问题。

为什么两支预备队会受命去填补同一个缺口？他们之中的任何一队人马都足以担当这个任务。而现在，他们已经对彼此造成了妨碍。这是一个错误吗？

虽然很想让曼塔再多休息一下，但岚还是跨上马鞍。他要去检查一下这个错误。

在狼梦里，佩林和高尔站在一道山脊上，旁边是一道宽阔的山谷。在山谷的尽头，一座高山直插苍穹，黑色的云层围绕那座山峰旋转，形成一个恐怖的漩涡，而峰顶完全被遮没在那个漩涡之中。

狂风在山谷中肆虐，佩林不得不在自己和高尔的周围制造出一个平静的空气泡，同时让这个气泡可以挡开随风飞来的草木和石粒。从下方的山谷中能够看到一场激战后的许多残迹。艾伊尔人、兽魔人和穿戴盔甲的人类不时会出现在狼梦之中，挥起武器，却不等武器落下就已经消散无踪，仿佛飘忽的烟尘。这样的幻影成千上万地在山谷中出现，丝毫没有停歇的迹象。

有许多狼都来到这附近。它们正在等待着某种它们不能无法向佩林解释的东西。它们也为兰德取了个名字——影杀。也许它们来到这里，就是为了见证兰德将要做的事情。

“佩林？”高尔问。

“他终于到这里来了，”佩林轻声说道，“他已经进入了末日深渊。”

在这场战斗中，兰德需要佩林。不幸的是，佩林不能只是在这里等他。现在他还有别的事情要去做。在狼的帮助下，高尔和他在凯瑞安附近找到了古兰黛，她正在某些人的梦中向他们说话。也许那些是人类军队中的暗黑之友？

在那之前，她在窥看巴歇尔的梦。佩林心想，这是兰飞儿说的。他根本就不信任兰飞儿。

不管怎样，他在今天早些时候找到了古兰黛，并且计划向古兰黛发动攻击。但突然间，古兰黛消失了。佩林知道如何在狼梦中寻找瞬间移动离开的人，于是，他跟踪古兰黛来到了萨坎鞑。

古兰黛的气味在下方的山谷中突然消失了，她回到了真实世界。佩林不知道狼梦中又过去了多少时间。他和高尔还有食物，但他们觉得已经在这里度过了许多日子。兰飞儿说过，佩林愈靠近兰德，时间的错乱情况就愈严重。至少，佩林可以在这里测试一下兰飞儿的话有几分真实性。

他就在这里，犊牛！思维迅疾地传递过来，显得格外急迫。对他说话的是一匹名叫日出的狼。就在这座山谷里。杀戮者就在我们中间！快！

佩林咆哮一声，二话不说，抓住高尔的肩头，离开了那里。他们出现在一条岩石小路上，这条路的尽头是山壁上的一个大洞，末日深渊的入口。

一匹狼就倒卧在他们面前，肋侧中了一箭，身上散发出死亡的气味。其他狼都在不远处发出一声声号叫。猛烈的强风抽打着佩林。佩林低下头，冲进风中，高尔跟在他身边。就在里面，犊牛，一匹狼对他说，就在黑暗之口。

佩林不敢去想自己所做的事情，他闯进了一个长而狭窄的洞窟中，这里的地面和洞顶上伸出许多犬牙交错的石笋。前面不远处，一团光芒正发出一阵阵脉动。佩林抬手遮住那团强光，只能模糊地看见洞窟尽头有一些人影。

两个男人，激战正酣。

两个女人，仿佛被固定在原地。

就在距离佩林不到几尺的地方，杀戮者拉开弓弦的手正贴在脸颊上。

佩林发出怒吼，手中擎住战锤，将自己移动到杀戮者和兰德中间。在杀戮者的箭刚刚离弦时将它砸得粉碎。杀戮者睁大眼睛，随后就消失了。

佩林移动回高尔身边，抓住高尔的手臂，又移回杀戮者刚才所在的地方，捕捉到了他的气息。“小心，”佩林说了一句，便紧紧追上了杀戮者。

他们掉进一群人之中。是艾伊尔人。但这些艾伊尔人脸上戴的不是束发巾，而是怪异的红色面纱。

这次他们移动得并不远。这里像是一个村镇，勉强可以看到煞妖谷在远方的地平线。

戴红色面纱的人开始攻击他们。在暗影阵营中发现艾伊尔人，这并不让佩林感到惊讶，任何种族之中都会有暗黑之友。但为什么他们要戴上如此与众不同的面纱？

佩林挥起战锤，将敌人挡在一定距离之外，然后又移动了自己和高尔。他们来到这些敌人背后，佩林一锤砸碎一个敌人的脑袋。高尔变成一团由利矛和褐色衣服组成的影子，飘落到红色面纱的艾伊尔人身边，短矛刺出，身影消失，又在别的地方出现，再次发动攻击。是的，他学得很快，显然要比那些戴红面纱的人更快。他们根本追不上他的脚步。佩林又敲碎了一个人的膝盖，然后就开始寻找杀戮者。

杀戮者正站在一座小丘上，观察着战局。佩林瞥了高尔一眼。高尔在跳跃之间快速地向他点了一下头。现在能继续战斗的红面纱艾伊尔还有八个，但……

高尔脚下的地面开始隆起，在他跳起时发生了剧烈的爆炸。不过，佩林及时保护住自己的朋友。在最后一刻，他在高尔脚下制造出一片钢碟，挡住爆炸。高尔踉跄着落在地上。佩林不得不移动到他身边，挡住从背后袭击高尔的红面纱艾伊尔。

"小心，"佩林向高尔喊道，"这些人里至少有一个能够导引！"

光明啊，难道有艾伊尔人为暗影战斗还不够吗？能够导引的艾伊尔男人，光明啊！

当佩林挥动战锤，向另一个艾伊尔人发动攻击时，杀戮者到了。他单手持长剑，另一只手握着一把猎刀，就是他用来给猎物剥皮的那把刀。

佩林咆哮着，冲杀过去。他们两人开始了一场诡谲的舞蹈。一个人攻击，另一个人便凭空消失，又出现在附近。他们就像这样盘旋往复，不断移动位置，都想要抢占先机。佩林挥锤砸空，结果差点被划开了肚子。

高尔给了佩林很大的帮助，如果佩林要同时对付杀戮者和那些红面纱艾伊尔，他一定会陷入巨大的困境。但不幸的是，高尔也只能暂时分散敌人的注意力，而且就算是要做到这点也非常困难。

当佩林差点被一名红面纱艾伊尔射出的火柱击中时，他做出了决定，移动到高尔身边。一根短矛差点刺中佩林的肩膀。他让那根矛变成布质的，于是矛锋在碰到他时弯曲了。

高尔愣了一下，看着佩林，张开口。佩林没有给他说话的时间。他抓住朋友的手臂，将他们移动走。他们刚一消失，火焰就吞没了他们所在的地方。

他们重新出现在末日深渊的入口处。佩林的斗篷上有一些火星正燃烧着。高尔的大腿上在流血。他是什么时候受的伤？

你们在吗？佩林急迫地问。

数十、数百匹狼传来回应。我们在这里，犊牛。

你会率领我们吗，犊牛？率领我们进行最后的狩猎！

小心月猎者，犊牛，她在偷偷靠近你，就像密草丛中的狮子。

我需要你们，佩林对狼说，杀戮者就在这里。你们会与他和他的同伙作战吗？为了我？

这是最后的狩猎，一匹狼说道，其他所有的狼纷纷表示赞同。它们会帮助他。转瞬之间，它们出现在煞妖谷的山坡上。佩林能够嗅到它们的警觉。它们不喜欢这个地方。狼不该到这里来，无论是在醒来的世界，还是在梦的世界。

杀戮者来找他了。有可能是他已经明白佩林会守在这个地方，也有可能他只是想完成对兰德的攻击。佩林看到他站在上方的山脊上，俯视山谷。一个黑色的影子，手持长弓，黑色的斗篷在暴风中飘飞。在他脚下，尘雾与暗影中的鏖战依然持续着，成千上万的人死亡、杀戮，在真实的世界中拼尽最后一息。而在这个地方，他们只是一片片幻影。

佩林握紧战锤。“来吧，”他悄声说道，“这一次，你会发现我是一个完全不同的对手。”

杀戮者举起长弓，松开弓弦，离弦的箭变成了四支、十六支……最后化成一片箭雨，落向佩林。

佩林咆哮一声，对杀戮者制造出的风柱进行攻击。气流消解了，暴风抓住杀戮者射出的箭，将它们吹散到了别处。

杀戮者出现在佩林面前，挥舞着猎刀和长剑。佩林也向他扑过去。红面纱艾伊尔出现在他们附近，但立刻成为狼和高尔的目标。这一次，佩林可以专心对付他的敌人了。他怒吼着，用战锤将杀戮者的武器砸开，又朝杀戮者的脑袋抡起了大锤。

杀戮者向后一跃，让岩石手臂从地下冒出，在四处崩飞的石屑碎片中，石臂伸过来，要抓住佩林。佩林集中起注意力，石臂立刻炸碎了，落回地上。佩林同时嗅到表明杀戮者惊讶心情的刺鼻气息。

“你是以肉身进入这里的。”杀戮者嘶声说道。

佩林向他跳过去，在跳跃的半途中猛然加速。杀戮者用出现在手臂上的盾牌挡住佩林的冲击，玛哈雷尼在盾牌上留下了一个巨大的凹痕。

杀戮者消失了，然后重新出现在五步以外通往洞窟的小路边缘：“很高兴你来猎杀我，小狼。我被禁止去主动找你，但既然你主动找上来，我已经剥过许多大狼的皮，现在也要剥一剥小狼皮了。”

佩林以肉眼无法捕捉到的速度跳向杀戮者，就像他从一座山丘跳向另一座山丘时一样。他撞上杀戮者，让他们两个跌出末日深渊洞窟前的石台，向下翻滚了数十尺。

佩林的战锤还插在腰带上。他没有把战锤放在手中，也不想这么做。他要用自己的拳头打碎杀戮者的脸骨。在跌落的半途中，他的拳头击中了目标，但杀戮者的面孔突然变得像石头一样硬。

此时此刻，他们之间的战斗不再只是肉体之间的较量，而是意念与意念的对决。当他们一同落下时，佩林想象杀戮者的皮肤变得柔软，在他的打击下受到损伤；骨头变得脆弱，能够被他的拳头击碎。作为对抗，杀戮者则想象自己的皮肤变成石块。

这次对抗的结果就是杀戮者的脸颊变得像岩石一样硬，但佩林的拳头还是砸了进去。他们的身子重重地撞在地面上。当杀戮者站起来时，他的右侧脸颊看起来就像被铁锤狠狠击打过的雕像，皮肤上全是细小的裂缝。

鲜血开始从那些裂缝中渗流出来。杀戮者惊讶地瞪大了眼睛，他伸手抚摸自己的脸颊，感觉到血液的潮湿。他的皮肤不再呈现岩石的状态，上面的裂口被缝合起来，针脚的细密整齐程度不亚于任何医疗大师的水平。在狼梦之中，任何人都不能治愈自己的伤病。

杀戮者向佩林冷笑了一声，突然向前猛冲。他们两个彼此冲突，周围全是另一个世界中奋力争杀、拼死一战的人们留下的身影幻容。佩林闯过两个人影，尘雾从玛哈雷尼两侧流走。杀戮者向后退去，制造出一股强风，吹乱佩林的脚步，又以不可思议的速度向前猛攻。

佩林不假思索地变成一匹狼，杀戮者的剑扫过它的头顶。犊牛跳到杀戮者胸前，将他向后撞去，穿过了两个相互厮杀的艾伊尔人的影子。那两个身影变成沙尘，飞散在周围的空气中。又有其他影子出现在佩林身侧，随即被风吹走。

风暴在犊牛的耳中呼啸，沙尘落在它的身上和眼里。它滚到杀戮者身边，扑向他的喉咙。这个两条腿的血在我的嘴里将会是多么甜美啊。杀戮者却移走了。

犊牛变成了佩林，手中紧握着战锤，蹲伏在充满战争残片和变幻人形的地面上。一定要小心，他告诫自己，你是一匹狼，但更是一个人。忽然间，他意识到这些残像并不完全是人形的，不由得愣了一下。两个分明是蛇形的影子在他面前一闪而逝。

这个地方还会反映出其他醒来的世界吗？佩林感到一丝好奇。但除此之外，他无法想象这里为什么会出现蛇的影子。

杀戮者再次向佩林杀来。这个暗影的爪牙现在已经咬紧了牙。佩林的战锤在他的手中变热。上一次他与杀戮者战斗时腿上所受的伤本来已经治愈，现在又开始飞快地跳动起来。他吼叫着，让杀戮者的剑向自己刺来，擦过他的头颈，而他的战锤狠狠地砸在杀戮者的肋侧。

杀戮者消失了。

佩林全力挥出这一击，片刻间，他以为自己终于击败了这个敌人。但他错了。他的战锤刚刚接触到杀戮者的身子时，杀戮者就消失了。他早有提防，做好了移动的准备。佩林感觉到血从自己的胡须中向下巴流去。杀戮者的一剑在他的脸颊上割开一道深深的伤口，几乎和他打在杀戮者脸上的位置完全一样。

佩林嗅着空气，竭力寻找杀戮者的位置。他到哪里去了？空气中什么异常都没有。

杀戮者没有移动到狼梦中别的地方。他知道，佩林能够追上他。他一定是跳回清醒的世界。佩林怒吼着，他的猎物逃走了。狼群聚集到他身边。这次狩猎失败了。佩林费了很大力气才控制住自己的情绪。

而真正让他恢复冷静的是一股气味。燃烧皮毛的气味，随之而来的还有痛苦的长啸。

佩林将自己移回通往末日深渊洞口的小路顶部。满身火焰的群狼在红面纱艾伊尔的尸堆中纷纷倒毙。现在，狼群的包围中只剩下两名红面纱艾伊尔还背对背地站立着。在这场激烈的战斗中，他们却放下了面纱，露出被磨成尖锥状的牙齿和疯狂的笑容。正是他们在进行导引，将一匹又一匹狼烧成焦炭。高尔被迫躲在一块岩石后面，他的衣服上还有火苗，他的身上散发出痛苦的气息。

那两个面带微笑的导引者似乎根本不在意身边还有许多濒死的同伴急需治疗。佩林向他们走过去。一名红面纱艾伊尔向他抬起手，射出一股火焰。佩林将火舌变成青烟，直接走进那团烟雾中，灰黑色的烟气在他身周形成一个个漩涡，消失不见。

另一个艾伊尔人想要将佩林脚下的地面炸开，佩林却知道自己脚下的地面不会炸开，完全能抵抗任何编织。佩林的想法奏效了。他看不见编织，但知道突然变得更加牢固的地面拒绝了导引者的控制。

向他射出火焰的艾伊尔人吼叫着朝佩林刺出长矛，但佩林已经掐住他的脖子。

佩林很想一把扭碎这个人的喉咙。他已经让杀戮者溜了，而许多狼死在这两个人的手下。但佩林没有下手。杀戮者……杀戮者才应该得到比死亡更加可怕的下场。他不认识这些人，也不知道杀死他们是否会让他们彻底死亡，再没有重生的机会。

在他看来，所有的人，包括现在落入他手心里的这个怪物，都应该有第二次机会。在他手中的这个人仍然奋力挣扎着，竭力想要编织出风之力，捆住佩林。

“你是个白痴。”佩林低声说道。然后，他的目光又转向另一名红面纱艾伊尔。“你也是。”

两个艾伊尔人都眨了眨眼，看着佩林。他们的眼神很快就失去了光亮。一个人的嘴里流出了口水。佩林摇了摇头。杀戮者完全没有对他们进行过训练。就连高尔，在……他们在这里有多久了？不管怎样，即使是高尔也不会受到这种操控，被彻底改变自己的意识。

佩林必须一直认为他们是白痴，才能维持他们现在的状态。他跪下去，在狼群中寻找还可以救治的伤员。他想象狼身上的伤口被绷带缠住。在这个地方，狼似乎能让自己的伤势迅速痊愈。他们一共损失了八名同伴。佩林为牺牲者长号。其他狼也发出同样的号叫，但它们没有半点后悔。它们战斗了，这是它们必须要做的事情。

随后，佩林又检查了一下红面纱艾伊尔的状况。除了两名导引者外，他们都已经死了。高尔一瘸一拐地来到他身边，扶着被烧伤的手臂。他的伤势很重，但并没有直接的生命危险。

“我需要带你离开这里，”佩林对他说，“让你得到治疗。我不知道现在是什么时候了。我们可以去梅丽罗，等待通道开启。”

高尔露出牙齿，向佩林笑了笑。“我亲手杀死了两个，佩林·艾巴亚。其中一个是能导引的。我想，我赢得了很大的荣誉。然后你就过来，俘虏了最后两个，”他摇了摇头，“贝恩如果今天看到我的战斗，回三绝之地时一定一路上都在笑吧。”

佩林转头看着那两名俘虏。在这里杀死他们似乎是太残忍了，但如果要放开他们，就必须再和他们作战，也许会有更多的狼，更多朋友死在这里。

“我不相信这些人还有节义可言。”高尔说，“不管怎样，你能让一个导引者成为奉义徒吗？”他明显地打了个哆嗦。

“杀死他们，结束掉这个麻烦。”兰飞儿说。

佩林看了她一眼。这一次听到兰飞儿说话，他没有再惊讶。他已经逐渐习惯兰飞儿突然出现在身边的方式。但他还是觉得这让他很感困扰。

“如果在这里杀死他们，是不是他们就永远死去了？”

“不，”兰飞儿说，“对于人不是这样。”

他能相信这个人吗？但在此时，不知为什么，佩林觉得自己可以相信她。她为什么要说谎？但是，杀死没有武装的人……现在他们和婴儿没什么两样。

不，佩林心想，他想到了那些狼，他们不是婴儿，他们要比婴儿危险得多。

“这两个人已经被转变了。”兰飞儿将双臂抱在胸前，朝两名导引者点点头，“他们之中有许多人是生在这里的，但这两个人有尖锥形的牙齿，所以他们是被俘虏后遭到转变的。”

高尔嘟囔了些什么，听起来像是一句诅咒，却又显得很虔诚。这是一句古语，佩林并不明白它的意思。但在说完这句话以后，高尔就举起了短矛。他的气息中充满了憾恨。“你们将口水吐进他的眼睛，而他利用了你们，我的兄弟们。可怕的……”

转变，佩林心想，就像黑塔中的那些人一样。他皱了皱眉，走过去，双手捧起一名艾伊尔导引者的头。他能用意志让这两个人返回光明吗？如果他们是被迫堕入黑暗，他还能让他们回复过来吗？

佩林开始推动这些人的意识，他遭遇某种巨大的存在，他的意志被弹了回来，就好像要用一根小树枝去打倒一扇铁门。佩林踉跄着向后退去。

他看了高尔一眼，摇摇头：“我对他们无能为力。”

“交给我吧，”高尔说，“他们是兄弟。”

佩林不情愿地点点头。高尔割开这两个人的喉咙。这样也许更好，但佩林看着这一幕，依然觉得自己心中仿佛被撕裂了一道口子。他痛恨战争对人们造成的伤害，对他造成的伤害。如果是在几个月以前，佩林绝不可能平静地看着这种事情在眼前发生。光明啊……如果没有高尔，他就必须亲手杀死他们，他很清楚这一点。

“你可真是个孩子。”兰飞儿看着他，仍然将双臂抱在胸前。然后，她叹了口气，伸手握住佩林的手臂。一股冰寒的医疗能流冲刷着佩林的身体。佩林脸颊上的伤口愈合了。

佩林深吸一口气，然后朝高尔点点头。

“我可不是你的使女，小狼。”兰飞儿说道。

“你想要说服我相信，你不是敌人？”佩林问道，“那么这可以成为一个好的开始。”

兰飞儿叹息一声，不耐烦地向高尔挥挥手，示意他过来。高尔瘸着腿走了过来，兰飞儿把他也治好了。

远方传来的隆隆声让他们身后的洞窟不住地颤抖。兰飞儿看着那个洞口，眯起眼睛：“我不能留在这里。”然后，她就消失了。

“我不知道该如何看待那个人。”高尔一边说，一边揉搓着衣袖被烧光的手臂，那里的皮肤已经变得光滑如新。“我觉得她在和我们玩游戏，只是我不知道她玩的是什么游戏。”

佩林赞同地嗯了一声。

“这个杀戮者……他会回来的。”

“我正在考虑对策。”佩林说着，伸手到腰间，找到系在腰带上的幻梦矛，将它解了下来，“盯住这里。”对高尔说完这句话，他就走进了洞窟。

佩林走过那些利齿般的石笋，他觉得自己就像是正爬进一头暗之猎犬的嘴里。洞窟尽头的光芒几乎让人无法直视，不过佩林制造出一个包裹住自己的小空间，这个空间是半透明的，只能从里面看到外面。他能清楚看见兰德正在一座深渊边缘和另一个人挥剑激战。

不，那不是什么深渊。佩林猛吸一口冷气。整个世界似乎都终结在这里。在这座洞窟的尽头，是一片巨大的虚无，一个永远都在向外拓展的无限，就好像道中的黑暗一样，只是这个黑暗似乎正在将他和这个世界的一切拖进去。佩林已经习惯了外面的风暴，所以他一直没注意到这座洞窟里的风。现在他才发觉，一股气流正沿着洞窟不断进入那片虚无之中。

看着那团虚无，佩林才明白，自己以前一直都不真正懂得黑暗。空无一物的黑暗，万物绝对的终结。其他的黑暗之所以恐怖，是因为你不知道那里面隐藏着什么。而这片黑暗截然不同。如果它将你吞噬，那么你就彻底不存在了。

佩林踉跄着向后退去。不过吹进这条隧道的风并不强，只是……非常稳定，就像是一股流向虚无的溪水。佩林紧紧抓住幻梦矛，强迫自己转过头，不去看兰德。有人正跪在距离兰德不远的地面上，低垂着头，仿佛正在和来自那片虚无的某种强大的力量进行对抗。沐瑞？是的，跪在她右边的是奈妮薇。

在这里，狼梦与真实世界的隔膜非常薄，如果佩林能看见奈妮薇和沐瑞，也许她们能听到他的声音。

佩林走到奈妮薇身边：“奈妮薇？你能听到我吗？”

奈妮薇眨眨眼，转过头。是的，她能听到！但看起来，她看不见。奈妮薇向四处搜寻着，困惑的目光逐一扫过地面上的石牙，仿佛它们会突然活过来一样。

“奈妮薇！”佩林提高了声音。

“佩林？”奈妮薇悄声问道，“你在哪里？”

“我要在这里做一件事，奈妮薇，”佩林说，“我会让这个地方无法出现神行术通道。如果你想要使用神行术，你必须到这座洞窟外面去。明白吗？”

奈妮薇点点头，依旧在寻找着他。很显然，虽然真实世界会在狼梦中留下倒影，但相反的事情却不会发生。佩林将幻梦矛插在地上，依照兰飞儿的教导将它启动，制造出笼罩住这座洞窟的紫色穹窿。然后，他匆匆跑出洞窟，穿过透明的紫色墙壁，回到高尔和狼面前。

“光明啊，”高尔说，“我正要去找你。什么事用了这么长时间？”

“这么长？”佩林问。

“你已经走了至少两个小时。”

佩林摇摇头：“是暗帝改变了我们对时间的感觉。不管怎样，我已经在那里放置了幻梦矛，杀戮者不再会那么容易就能靠近兰德了。”

能够用同样的特法器回敬那个敌人，这种感觉很令人满意。佩林让幻梦矛产生的结界刚好能笼罩住整个洞窟，将兰德和与他拼斗的那个人，以及沐瑞、奈妮薇和暗帝牢狱的裂隙笼罩在其中。这就意味着，除了洞口处的这一片紫色墙壁以外，结界的其余部分都处于岩石之中。

杀戮者不可能移动到洞窟中发动袭击，他必须从这个洞口走进去，或者就要挖穿山岩。佩林认为在狼梦中，这是不可能的，山岩会不断恢复成现实世界的样子。就算杀戮者有办法做到这一点，也需要花费不少时间。这正是兰德所需要的。

“我需要你们守住这个地方。”佩林对聚集在这里的狼群说。许多狼还在舔着它们的伤口。“影杀正在洞内战斗，猎杀这个世界上最危险的猎物。我们绝不能让杀戮者接近他。”

我们会守住这个地方，犊牛，一匹狼对他说道。其他狼也一同说道，我们不会让他过去。

“你们能做到这样吗？”佩林传递出一幅景象，分布在边境国各地的狼在彼此之间迅速传递着消息。现在这个地区聚集了成千上万的狼。

佩林为自己传出的这个意念感到骄傲。他传送出去的不是言辞，也不是画面，而是一种混合着气味和一点直觉的概念。如果杀戮者现在回来，驻守在这里的狼群只要通过狼之间构成的网络将信息传递出去，他几乎是立刻就会收到。

我们可以，群狼对他说。

佩林点点头，然后向高尔一招手。

“我们不留在这里？”高尔问。

“现在有太多事情发生了，”佩林说，“这里的时间运行速度很慢，我不希望我们就这样错过这场战争。”

而且，古兰黛始终都是他的心头大患。

第26章

考　虑

“我不喜欢和那些霄辰人一起战斗。”盖温来到艾雯身边，低声说道。

艾雯也不喜欢。而且她知道，盖温能够感觉到她的心情。但她能说什么？她不能拒绝霄辰人。暗影已经得到沙塔人的力量，所以，艾雯必须充分调动一切可能的力量，无论她多么不喜欢。

和霄辰人会面的地点位于艾拉非浅滩以东大约一里处，在朝那个地方行进的时候，艾雯的颈后仍感到一阵阵刺麻。布伦已经将她的大部分军队都安排在浅滩附近，两仪师则驻扎在浅滩南边的山丘上。大队弓箭手和长矛手被配置在她们下方的山坡上，现在这支部队已经恢复了一些体力。连续数天的撤退能够让他们得到一定程度的修整，缓解了鏖战带来的压力。但敌人也在不断发动攻击，想把他们重新拖入战团。

艾雯必须让霄辰人加入战争，才有足够力量对抗沙塔导引者。想到此，她的肠子上仿佛打了一个结。她曾听说过，在凯姆林，街头地痞会把许多只挨饿的狗扔进一个深坑里，赌最后哪一条狗能活下来。对艾雯而言，霄辰罪奴就和那些狗一样。她们不是自由人，不能选择是否参加战斗。艾雯也亲眼见到沙塔的男性导引者，他们也和动物没什么两样。

艾雯本该以全部力量和霄辰人作战，而不是与他们结盟。当她一步步靠近那些霄辰人时，她的本能发出愈来愈强烈的反抗。是霄辰人的领袖要求与艾雯进行这次会面。光明在上，希望这次会面能快一点结束。

艾雯早已得到过关于芙图娜的报告，所以她知道将与自己见面的是怎样一个人。这位娇小的霄辰女皇站在一个小高台上，正在监督她的臣民们进行战争准备。她穿着一条光华闪烁的长裙，长得不可思议的裙摆拖在身后，由八名达科维捧在手中。而这些仆人则只是用透明的薄纱裹住身子，简直不雅到了极点。各种位阶的王之血脉小心翼翼地陪侍在女皇身侧，视死卫士披挂着接近于黑色的盔甲，如同山岩般环卫在女皇周围。

艾雯向她走过去，身边跟随着她的士兵和许多白塔评议会的成员。最初，芙图娜曾试图坚持要艾雯前往她的营地。艾雯当然拒绝了。双方对这个问题进行了数小时的谈判才达成协议，最后决定在艾拉非境内的一个地点会面，而且双方都保持站姿，在会面过程中不会坐下。这样可以避免给人留下某一方地位更高的印象。不过，芙图娜的先行到达还是让艾雯感到气恼。她曾想要与霄辰人约定好见面时间，以确保双方能够同时到达会场。

芙图娜转过目光，看着艾雯。看样子，史汪的许多报告都是错误的。芙图娜的确身材单薄、五官精致，就像一个小孩子。但这种外貌很具有欺骗性。小孩子不可能拥有如此明察秋毫又算无遗策的目光。艾雯立刻修正了自己的预期。她曾以为芙图娜只是个被宠坏的女孩，一个常见的王室后裔。

“我曾经想过，”芙图娜说道，“是否应该和你进行更私人性质的对话，只带上我的代言者。”

几名指甲上涂着漆、留着怪异发型的霄辰王之血脉都吸了一口冷气。艾雯没理睬他们。他们的身边还有几对罪奴主和罪奴。如果艾雯只是将注意力放在那些罪奴身上，她的脾气也许立刻就要失控了。

“我也曾这样考虑过，”艾雯说，“和你们这些做出如此恐怖行径的人对话是否合适。”

“我已经决定，要见你一面。”芙图娜没理会艾雯的质问，继续说道，“我认为，在当前的状况下，我最好将你视为这片土地的女王，而不是马拉斯达曼尼。”

“不，”艾雯说，“你必须承认我的身份，我要求这一点。”

芙图娜咬住嘴唇，过了片刻，她才说道：“很好，我曾和罪奴交谈过，训练她们曾经是我的爱好之一。将你视为罪奴并不违反我的原则，女皇是可以和她的宠物狗交谈的。”

“那么我也要开诚布公地告诉你，”艾雯保持着面容的平静，“判决罪行是玉座的职责之一。她必须与杀人犯和强奸犯交谈，对他们宣布判词。我认为，你和他们是同一种人，而且我怀疑即使是他们也会对你心存厌恶。”

“看来，这将是一个令人不安的联盟。”

“难道你对此还有别的期待吗？”艾雯问，“你奴役了我的姐妹，你们对她们所做的一切比杀害她们更加恶毒。你们折磨她们，摧垮她们的意志。我只希望光明能怜悯她们，让她们痛快死掉。”

“我不相信你能够明白这样做的必要性。”芙图娜回头朝战场看了一眼，“你是马拉斯达曼尼，你……当然会为自己找理由，也会完全相信这些理由。”

“这当然，”艾雯轻声说道，“这也是我坚持要求你承认我真正身份的原因。我是最强的证据，证明你们的社会和帝国完全建立在谎言之上。我是一个被你们认为应该戴上枷锁的女人。你们宣称这样是为了保护世界不受我的伤害，但我并未显示出你们所谓的狂野和威胁。只要我的脖子上没有你们的罪铐，我就能够向所有人证明，你们是一群说谎者。”

霄辰人都在窃窃私语。芙图娜则继续保持着冷静的面容。

“和我们在一起，你会快乐得多。”芙图娜说。

“哦，是吗？”艾雯问道。

“是的。你说你痛恨罪铐。但如果你戴上它，认真感受，就会得到一种更加平静的人生。我们并不折磨我们的罪奴，我们关爱她们，让她们能够过上一种更加优渥的生活。”

“你根本就不知道，对不对？”艾雯问。

“我是女皇，”芙图娜答道，“我的统治跨越大洋，人类所能看见与想象的地方都处于我的保护之下。如果有什么东西我不知道，那么我的帝国也一定知道。而我就是帝国。”

“你的比喻很可爱。”艾雯说，“那么，你的帝国是否知道，我曾亲身戴过那种项圈？曾经被训练成为你们的罪奴？”

芙图娜哼了一声，向艾雯显露出一个惊骇的眼神。不过她立刻就把这个眼神掩饰了过去。

“我曾经在法美待过，”艾雯说，“被一个名叫李娜的人训练过。是的，我戴过你们的罪铐，但我在那里没有找到过半点平静，我只得到了痛苦、卑微和恐惧。”

“为什么我不知道这件事？”芙图娜转过头，大声问道，“为什么你们没有告诉我？”

艾雯朝那群霄辰贵族瞥了一眼。芙图娜的注意力似乎格外集中在一个男人身上。那个人穿着华丽的金黑色衣服，衣襟上缀着白色蕾丝，一只眼睛上戴着与衣服颜色相配的黑眼罩，两只手的指甲都涂成了深……

“麦特?”艾雯喊道。

麦特晃晃身子，显得很困窘。

哦，光明啊，艾雯心想，他到底是怎么了？艾雯开始迅速梳理脑海中的情报，拟订新的计划。麦特伪装成了一名霄辰贵族。他们不可能知道他的真实身份。能不能想办法把他救出来?

“上前来。”芙图娜说道。

“这个人不是……”艾雯开口道。但芙图娜的话抢在她前面。

“诺塔翼，你是否知道这个女人是一名逃亡罪奴？我相信，你们从小就认识。”

“你知道他是谁?”艾雯问。

“我当然知道，”芙图娜说，“他的名字是诺塔翼，但人们也曾称他为麦特·考索恩。虽然你们是总角之交，但别以为他会效忠于你，马拉斯达曼尼。现在他是群鸦王子，这是他和我结婚后得到的位置。他效忠霄辰，效忠水晶王座和女皇。”

“愿女皇永生。”麦特说了这么一句，“你好啊，艾雯。很高兴知道你从沙塔人那里逃出来了。白塔怎么样了？我猜，它……还是白的吧?”

艾雯看看麦特，又看看霄辰女皇，然后再次把目光转向麦特。终于，她仰头大笑起来：“你嫁给麦特·考索恩?”

“预兆已经明示了这一点。”芙图娜说。

“你让自己太接近一个时轴了，”艾雯说，“然后因缘就把你和他绑在一起!”

“愚蠢的迷信。”芙图娜说。

艾雯瞥了麦特一眼。

“时轴从没给我带来什么好处。”麦特没好气地说，“我想，我应该感谢因缘没有抓住我的脚，把我扔进煞妖谷。不过，我现在可能也好不到哪里去。”

“你还没回答我的问题，诺塔翼，”芙图娜说，“你是否知道这个女人是一名逃亡罪奴？如果是这样，为什么不告诉我?”

“我都把这件事给忘了，”麦特说，“她只在法美待了几天就逃出来了，图昂。”

“以后我们要谈谈这件事，”芙图娜低声说道，“那绝不是一场令人愉快的谈话。”然后，她转回头看着艾雯：“与一名刚刚被俘获的罪奴或者一直保持自由之身的罪奴对话是一回事，但和一名逃亡罪奴交谈就是另一回事了。关于这件事的传闻会广为传播。你给我带来了……很大的麻烦。”

艾雯看着这个女人，感到困惑不解。光明啊！这些人简直是一群疯子。“那么你坚持要进行这次会面的目的又是什么？转生真龙说，你们会支持我们进行这场战争，那就支持我们吧。”

“我需要和你见上一面。”芙图娜说，“你是我的对手。我已经同意加入转生真龙所提供的合约，但我是有条件的。”

哦，光明啊，兰德，艾雯心想，你答应了他们什么？她努力让自己镇定下来。

“除了同意与你们协同作战以外，”芙图娜说，“我接受我所统治的国家在你们的地图上所划分的疆界。只有闯入这个疆界的马拉斯达曼尼，我们才有权予以接收。”

“那么具体疆界是如何划定的？”艾雯问。

“依照当前的国界，就像我……”

“说得更详细点，”艾雯又说道，“明白告诉我是那些国家的国界。”

芙图娜的嘴唇紧绷成一条细线。很显然，她不习惯被打断。“我们控制的阿特拉、阿玛迪西亚、塔拉朋和阿摩斯平原。”

“索马金呢？”艾雯问，“你们放弃索马金和其余海民岛屿了吗？”

“我没有将这些地方纳入合约条款，是因为它们并不是属于你们的土地，而是属于海洋的。它们与你们无关。而且，它们也不在我和转生真龙达成的口头约定之内。他并没有提及那些地方。”

“他脑子里的事情太多了。索马金必须在你和我达成的协议之中。”

“我并不知道我们需要达成何种协议，”芙图娜平静地说，“是你在要求我们的援助。只要我一句话，我们随时都可以离开。如果没有我们，你又该如何与那支军队周旋？现在是你在乞求我们的力量。”

乞求？艾雯心想，“你是否明白，如果我们在最后战争中失败，你们又会有怎样的下场？暗帝将打碎时光之轮，杀死巨蛇，一切都将终结。而这将是我们的幸运。如果我们的运气不够好，暗帝就会按照他扭曲的意志重塑世界，一切生灵都将永远被他奴役，承受痛苦、折磨和永恒的哀恸。”

“对此，我很清楚，”芙图娜说，“而你却好像以为这场战役就能决定最后战争的结果。”

“如果我的军队被摧毁，”艾雯说，“所有人类军队都将陷入困境，人类将遭受连锁性的失败。”

“我不同意，”芙图娜说，“你们的军队并非胜负的关键。组成这些军队的都是背誓者的后裔。的确，你们在与暗影作战，为此我尊敬你们的荣誉。但如果你们失败了，我便会返回霄辰，集结起常胜大军的全部力量，前来对抗这种……恐怖力量。那时，我们还是能够赢得最后战争。没有你们，要想赢得这场战争的确会更加困难。而且我也不会浪费有用的生命和潜在的罪奴。但我相信，我们有足够的力量可以单独战胜暗影。”

她与艾雯对视着。

那目光真是冰冷，艾雯心想，她是在夸大其词，一定是。史汪的提供的情报网表明，霄辰人的故乡已经陷入混乱，那里的大贵族正在为争夺皇位而混战不休。

也许芙图娜真的相信帝国能以一己之力与暗影对抗。如果是这样，那么她就大错特错了。

“你将会与我们一同战斗，”艾雯说，“我相信，你已经与兰德就此达成共识，并给予他承诺。”

“索马金是我们的。”

“哦？”艾雯问道，“那么你是否在那里委任了一名统治者？一个承认霄辰宗主地位的海民统治者？”

芙图娜什么都没说。

“被你们征服的其他大部分国家的确都已经效忠于你们，”艾雯说，“无论好坏，阿特拉和阿玛迪西亚人已经在追随你们了。塔拉朋人似乎也一样。但海民……我没有得到过任何报告，能够证明哪一个海民在支持你们，或者能够平静地生活在你们的手指缝里。”

“疆界……”

“索马金的疆界早已在地图上被标明它们是海民之地，不是你们的地盘。如果我们的协议承认索马金属于你们，你就必须在索马金拥有一名效忠于你们的统治者。”

艾雯知道，她的话没有任何实际的力量。霄辰人是征服者，他们为什么要在意被征服者需要以何种形式向他们效忠？但芙图娜似乎真的在考虑艾雯的话。她若有所思地皱起眉头。

“这种说法……很有道理，”芙图娜最后说道，“他们并没有接受我们。当然，拒绝我们提供的和平是一种愚蠢的行为，但他们的确是这样做的。很好，我们会离开索马金，但我要在我们的协议中再增加一个条件。”

“什么条件？”

“你需要在你的白塔和你的所有领地中宣布，”芙图娜说，“任何马拉斯达曼尼，如果有意前往艾博达接受罪铐，以期过上正当的生活，都应该被允许这样做。”

“你以为会有人愿意成为奴隶?”她真的是疯了,这是唯一的可能。

“她们当然会有这样的愿望。”芙图娜说,“在霄辰,我们对于导引者的搜索极少会有漏网之鱼。当她们发现了自己的能力,就会自愿前来要求戴上罪铐。这才是正常的决定。你不能强迫任何人远离我们。她们如果想来,就要让她们来。”

“我认真告诉你,不会有人想这么做。”

“那么这也不妨碍你发出这个公告。”芙图娜说,“我们会派遣使者去教导你的臣民,让她们明白成为罪奴的好处。我们的导师不会使用任何武力手段,因为我们会遵守签订的合约。我相信,未来一定会让你大吃一惊。总会有人明白,怎么做才是对的。”

“只要不违反所在国的法律,”艾雯觉得这个疯子的话实在很有趣,“你们可以自由行动。我想,大部分国家还是会容许你们的……使者活动的。但也难免会有例外,毕竟我不能代替所有统治者做出决定。”

“那么,你所控制的地区呢? 塔瓦隆呢? 你会允许我们的使者进入吗?”

“只要他们不违反法律,”艾雯说,“我不会堵住他们的嘴。我也会允许白袍众进入塔瓦隆,只要他们的演讲不会引发人群暴动。但是,光明啊,你不会真的相信……”

艾雯的声音低了下去。她看着芙图娜。这个人的确是这样相信的,艾雯能从她的目光中判断出这一点。

至少,她是真诚的,艾雯心想,虽然疯狂,但的确很真诚。

“那么,你们现在俘虏的罪奴呢?”艾雯问,“如果她们想要得到释放,你们会释放她们吗?”

“经过合理训练的罪奴都不会有这种想法。”

“条件必须双方对等。”艾雯说,“如果你们发现了可以导引的女孩呢? 如果她不希望成为罪奴,你们会让她离开你们的统治地区,前往我们的地方吗?”

“这就像是把发狂的古姆蟾放进城市广场。”

“你说过,人们会明白什么是对的,”艾雯说,“如果你们的生活方式更优秀,你们的理念更真实,人们自然会看得到。如果不是,你们也不该采用强迫手段。让想得到自由的人得到自由,我就会容许你们的人在塔瓦隆传播你们的思想。光明啊! 我会为他们提供房间和免费的膳食,我会让每一座城市都这么做!”

芙图娜看着艾雯:“我们的许多罪奴主都期待在这场战争中俘获来自暗影阵营的新罪奴,比如那些沙塔人。你会任由她们和你们的暗影姐妹肆意制造毁灭和杀戮吗？”

“她们要以光明的名义接受审判和处决。”

“为什么不能让她们发挥作用？为什么要浪费她们的生命？”

“你们所做的是令人发指的恶行！”艾雯感到义愤填膺，“即使是黑宗也不该有这样的下场。”

“不该如此武断地舍弃资源。”

“是这样吗？”艾雯说，“你是否知道，你们的每一名罪奴主，你们宝贵的训练者们，本身就是马拉斯达曼尼？”

芙图娜的眼睛盯紧着艾雯：“不要传播这种谎言。”

“哦？那我们是否应该对此进行测试，芙图娜？你说过，你也会亲自训练她们。那么我相信，你也是一名罪奴主？把罪铐放在你的脖子上，你敢吗？如果我错了，你当然不会有任何损失。如果我是对的，那么你就会受到罪铐的控制，这也证明你是马拉斯达曼尼。”

芙图娜愤怒地睁大眼睛。当艾雯称她为罪犯时，她曾全然无动于衷。但这个称呼却似乎插进了她的……艾雯决定，将匕首再转一圈，插得更深一点。

“是的，”艾雯说，“不如我们测试一下你真正的力量吧。如果你被证实能够导引，你是否会按照你所说的，像所有需要接受罪铐的人一样，将它戴在你自己的脖子上，芙图娜？你是否会服从你自己的法律？”

“我一直服从帝国的法律。”芙图娜冷冷地说，“你实在非常无知。也许罪奴主的确能够学习导引，但这与马拉斯达曼尼完全不同。正如同一个人不能因为有能力成为杀人犯就被认定是杀人犯。”

“那就让我们看看，”艾雯说，“当你的帝国中有愈来愈多的人知道他们被灌输了怎样的谎言时，你的帝国又会有什么样的变化。”

“我会亲手让你完蛋，”芙图娜低声说，“总有一天，你的臣民会把你交给我。你的得意忘形、傲慢自大早晚会让你落入我的国境。我等待那一天。”

“我打算活上几个世纪，”艾雯嘶声说，“我会看着你的帝国破碎坍塌，芙图娜。我会高兴地看着那一幕发生。”她伸出一根手指，敲向芙图娜的胸口。但芙图娜以令人眼花的速度闪到一旁，并伸手抓住艾雯的手腕。她的个子虽然小，速度却快得令人胆寒。

艾雯下意识地拥抱了真源。她附近的罪奴惊呼一声，至上力的光晕立刻出现在她们身周。

麦特推开艾雯和芙图娜，挡在她们中间，伸出两只手按在她们的胸膛上。艾雯凭直觉编织出风之力，要将麦特的手推开。当然，她的编织一碰到麦特就瓦解了。

该死的,他可真是个麻烦!艾雯差点忘了他在这里。

“女士们,保持礼貌,”麦特的目光逐次扫视着她们,“不要让我用膝盖把你们顶在地上。”

艾雯瞪着他。麦特毫不退让地和她对视着,努力地要把艾雯对芙图娜的怒火引到自己身上。

艾雯低下头,看着麦特的手,那只手让她很不舒服,而且太靠近她的胸部了。芙图娜也看着麦特的另一只手。

麦特终于不慌不忙地放下双手,仿佛毫不在意自己做了什么。“这个世界上的人们需要你们,尤其需要你们冷静的头脑。听到我的话了吗?你们的责任比我们任何人都要大。当你们相互争斗时,暗帝就会取得胜利。就是这样。所以,不要再像孩子一样打闹了。”

“我们今晚会有许多话要说,诺塔翼。”芙图娜说道。

“我喜欢说话,”麦特说,“我也知道许多悦耳动听的话,比如说‘笑一笑’,我很喜欢听到有人这样说。或者比如,‘我承诺不会立刻杀死艾雯,只因为她碰到了我,女皇陛下,愿我得到永生。随后几个星期,我该死的很需要她’。”他用力地盯着芙图娜。

“你真的和他结婚了?”艾雯问芙图娜,“没说谎?”

“这个过程……很不寻常。”芙图娜回答道。她摇摇头,再一次瞪着艾雯:“他是我的,我不会放他走。”

“看样子,无论什么东西落进你手里,你都不会轻易放手。”艾雯说,“现在我感兴趣的不是麦特,而是你的军队。你会参战吗,还是不会?”

“我会参战,”芙图娜说,“但我的军队不会听从你的指挥。让你的将军们把建议送过来,我们会予以考虑。不过我已经看到,如果你们没有太多的马拉斯达曼尼,将很难守住那片浅滩。我会派遣一些罪奴主和罪奴去保护你们的军队。现在我只能做到这些。”随后,她就回身向自己的臣仆们走去:“过来,诺塔翼。”

“我不知道你是怎么落进这种局面里的,”艾雯压低声音对麦特说,“我也不想知道。等战争结束后,我会想办法救你出来。”

“你真是个好人,艾雯,”麦特说,“但我可以应付这件事。”说完,他就追赶芙图娜去了。

他总是这样说。艾雯决定,一定要想办法救他。她摇了摇头,向正在等待她的盖温走去。莱伊纹没有来。艾雯本以为她会很想见到自己的同胞。

“我们最好和他们保持距离。”盖温低声说。

“同意。”艾雯应道。

“虽然他们有那样的行径，你还是会和霄辰人共同作战？”

“是的，只要他们能对付沙塔导引者。”艾雯向远方的地平线看了一眼。她关注的是兰德所在的方向，那里现在一定已经爆发了极为激烈的战斗。“我们的选择非常有限，盖温。而且我们的战士正在迅速减少。现在，无论是谁，只要愿意杀兽魔人，都是我们的朋友。就是这样。”

安多士兵的防线开始向内弯曲，被兽魔人撕裂。这些号叫的野兽不断喷出恶臭的气息，在冰冷的空气中变成一团团灰雾。伊兰身边的斧枪手们纷纷仓皇地躲避着兽魔人的冲击，而冲在最前面的几个兽魔人根本没理会他们，而是号叫着，跳过这些逃兵，为更多兽魔人让出空间。很快，兽魔人就冲进人类的阵列，如同黑色的血从伤口中喷涌而出。

伊兰竭力凝聚自己仅存的一点力量，她觉得阴极力时刻都有可能从她的掌握中滑走。而正在她身边战斗和牺牲的人们情况也不比她好多少，他们都已经在战场上坚持了将近整个白天。

伊兰终于又挤出一点力量，做出编织，用火球烧焦了冲在前面的几个兽魔人，暂时封住人类阵列的这个伤口。几道白羽的痕迹从伊兰身边闪过，那是柏姬泰射出的羽箭。兽魔人纷纷抓住射穿它们脖颈的箭杆。

伊兰在马背上一次又一次地发动攻击，最后，她用疲惫的双手抓住马鞍，不停地眨着仿佛被灌了铅的眼皮。兽魔人的尸体堆积起来，仿佛是那道伤口上的结痂，挡住后面的兽魔人。预备队冲了上去，弥合了阵线，击退了兽魔人。

伊兰长吁一口气，晃了两下。光明啊！她觉得自己刚刚拖着铅锤，绕凯姆林跑了一圈。现在她几乎没办法坐直身子，更别说握持至上力了。她的视线开始变得模糊，愈来愈暗，声音也渐渐从她的耳里消退。然后……就是黑暗。

恢复的先是声音，从很远的地方传来喊叫和金属撞击的声响，还有非常微弱的号角声、兽魔人的号叫，偶尔会有龙发出怒吼。发射的速度不够快，伊兰想道。亚柳妲为龙的发射安排了节律。巴歇尔会让一部分士兵撤退到后方修整。兽魔人随着部队的撤退而冲进防线，而龙的射击会对它们造成大量杀伤。当兽魔人向龙逼近时，骑兵就会对它们的侧翼发起冲锋。

这种战术杀死了许多兽魔人。这就是他们的任务……杀死兽魔人……

太慢了，伊兰心想，太慢了……

伊兰发现自己正躺在地上，柏姬泰忧心忡忡的面孔就在她眼前。

“哦，光明啊，”伊兰含混地嘟囔着，“我掉下来了？”

“我们及时抓住了你。”柏姬泰喃喃地说道，“你倒进了我的怀里。好了，我们要撤退了。”

“我……”

柏姬泰向她挑起一道眼眉，等待着她的争辩。

但她实在很难反驳柏姬泰的话。就在距离最前线只有几步远的地方，她却只能躺在地上。阴极力已经从她的身上流走，就算是她的生命遇到危险，她也不可能再导引一丝能流了。“是的，”她说道，“我应该……应该去看看巴歇尔了。”

“非常明智。”柏姬泰说着，挥手示意卫兵将伊兰扶回马背上。然后，她又犹豫了一下：“你今天做得很好，伊兰。所有人都知道你是如何战斗的。能让士兵们看见你是一件好事。”

她们开始快速跑过后方阵列。现在伊兰军的阵列已经变得非常薄弱，大部分士兵都在第一线拼杀，他们需要在第二支兽魔人军队到达前赢得胜利。这就意味着要在这一战中投入全部力量。

但伊兰还是为预备队的匮乏状况感到惊讶。他们几乎已经没有多少从前线轮替下来进行修整的士兵了。这场战斗持续多久了？

乌云封死了经常会伴随伊兰出现的湛蓝天空。这不是一个好迹象。“该死的乌云。”她嘟囔着，“现在是什么时候了？”

“也许再过两个小时就要日落了。”柏姬泰说。

“光明啊！你在几个小时前就应该提醒我回营地了，柏姬泰！”

她的护法瞪了她一眼。伊兰模糊地记起，柏姬泰似乎做过这件事。好了，现在没时间为这种事争吵了。伊兰已经恢复了一些力气，她强迫自己在马鞍上坐直身子。而柏姬泰这时已经牵着她的马回到凯瑞安附近两道丘陵间的小山谷里。巴歇尔就是在这里发出一个个战斗指令的。

伊兰在巴歇尔面前勒住月影的缰绳，但她害怕自己的两条腿没办法撑住身体。所以，她继续坐在马鞍上，向巴歇尔问道：“成功了吗？”

巴歇尔抬起头看着她：“看样子，我不能再期望您继续在前线发挥力量了？”

“我现在已经没力气导引了，抱歉。”

“您坚持的时间已经远远超出应有的限度，”巴歇尔向地图上指了一下，“您做得很好。我猜想，我们的东线之所以没垮掉，都是因为您的存在。我需要再派一些援军去那里。”

“成功了吗？”

“去看看吧。”巴歇尔朝不远处的山丘顶上点了点头。

伊兰咬了咬牙，但还是催赶月影向那座山丘上走去。她举起望远镜，只是她的手指已经抖得快拿不住它了。

按照计划，兽魔人的部队冲击人类防线凸出部位时，步兵会逐渐后退，弯月形的阵线开始内凹，让兽魔人向前推进。暗影生物自以为获得了优势，完全察觉不到真实的状况是什么样子。

随着暗影军队的逐步推进，人类的步兵阵线开始从两侧合拢，包围兽魔人的侧翼。伊兰已经错过最关键的时刻。艾伊尔人按照巴歇尔的命令，向兽魔人发动攻击，朝兽魔人背后进行迅猛的突击。计划正按照伊兰的希望进行着。

伊兰的军队已经完全包围了兽魔人，暗影生物的队列变成一个巨大的环形，而围绕在它们外面的，是更加巨大的人类包围圈，将这些仍然在疯狂攻杀的怪物们不断向内部积压过去，限制了它们的活动空间和作战能力。

成功了。光明啊，真的成功了。艾伊尔人在兽魔人的背后展开对它们的屠杀。口袋已经被收紧了。

它们为什么要吹响号角？这声音是兽魔人的号角没错。

伊兰高举着望远镜，在暗影生物的群落中努力搜索着，却找不到吹号角的兽魔人。她在艾伊尔人的战线附近发现了一些死掉的魔达奥，又看到一头亚柳妲的龙被两匹马的马车拖着，跟在红手队骑兵的旁。红手队正将这些龙布置在战场周围的山丘上，用它们来轰击包围圈核心处的兽魔人。

“伊兰……”柏姬泰说道。

“哦，抱歉，”伊兰将望远镜交给她的护法，“好好看一看吧，我们打得很漂亮。”

“伊兰！”

伊兰愣了一下，才意识到她的护法心中正充满焦虑。她转过身，顺着柏姬泰的目光向南方望去。柏姬泰正望向凯瑞安城墙对面很远的地方。那些号角……它们的声音很小，伊兰一直没察觉到它们是从自己的身后传来的。

“哦，不……”伊兰急忙再次举起望远镜。

如同黑色污秽形成的大潮，第二支兽魔人的军队出现在远方的地平线。

“巴歇尔不是说，它们至少要等明天才会赶过来吗？”柏姬泰问道。

“他说过什么已经不重要了，”伊兰说道，“不管怎样，它们已经到了这里。我们要用龙去对付它们！向塔曼尼传令，赶快去找谭姆·亚瑟！我希望两河人已经做好战斗准备。光明啊！还有十字弩手。我们必须尽可能减缓这支暗影军队的速度。”

巴歇尔，她想道，我必须告诉巴歇尔。

伊兰调转过月影，以令自己感到眩晕的速度跑下山坡。她想要拥抱真源，却完全没办法抓住阴极力。她太累了，甚至连缰绳都快抓不住了。

不过，她总算是骑在马背上跑下了山坡。柏姬泰已经跑去传达她的命令了。好样的。伊兰冲进营地，却发现营地中正爆发一场争论。

“……我不会听这种话！”巴歇尔喊道，“我不会任由你在我的营地中如此污蔑我！”

他叱骂的对象正是谭姆·亚瑟。这名在任何时候都如同山岳般安稳的人瞥了伊兰一眼，眼睛立刻睁大，仿佛很惊讶看到伊兰出现在这里。

“陛下，”谭姆说道，“我以为您还在战场上。”然后，他又向面红耳赤的巴歇尔转回身。

“我没想过要把问题向女王陛下……”

“够了！”伊兰说着，催赶月影来到两个人中间。为什么谭姆会和巴歇尔争吵起来？“巴歇尔，第二支兽魔人军队已经离我们不远了。”

“是的，”巴歇尔大大地喘着气，“我刚刚得到信息。光明啊，这真是一场灾难，伊兰。我们需要通过神行术撤退。”

“家人为了把我们送到这里，都已经耗尽了体力，巴歇尔。”伊兰说道，“她们之中的大多数人甚至已经没办法用至上力烧热一杯茶，更别说施展神行术了。”光明啊，就连我也别想烧热一杯茶了。她强迫自己的声音更加镇定有力：“我们本来就是这样计划的。”

“我……计划是这样的确没错，”巴歇尔看着地图，“让我想一想。凯瑞安城。我们撤退到城里去。”

“然后给暗影生物修整和集结的时间，再向我们发动进攻？”伊兰问道，“这也许正是它们要逼迫我们做出的选择。”

“我不知道还有什么别的选择，”巴歇尔说，“这座城市是我们唯一的希望。”

“凯瑞安城？”塔曼尼催马赶到。他在说话时，还不住地喘息着。“你所说的不可能是撤进城里去吧。”

“为什么不行？”伊兰问。

“陛下，我们的步兵刚刚包围了兽魔人！那都是能用獠牙和利爪杀人的怪物！我们没有预备队了，而骑兵队的战马也跑不动了。就算是我们的部队能脱离战斗，也一定会损失惨重，幸存下来的人就会被两支暗影军队困在那座城里。”

“光明啊，”伊兰低声说道，“就和它们计划的一样。”

“这一切可能都是它们的计划。”谭姆的声音比伊兰的更低。

“不能再这样了。”巴歇尔咆哮着。他似乎已经完全变了一个人。伊兰知道，沙戴亚人是有脾气的，但巴歇尔却不再像是以前的巴歇尔了。这时，他的妻子来到他身边，双臂抱在胸前，和丈夫一同看着谭姆。

“说下去，谭姆。”伊兰说道。

“我……”巴歇尔开了口，但伊兰抬起手，阻止了他。

“他已经知道了，陛下，”谭姆仍然压低了声音，“这是唯一的解释。他并没有派出艾伊尔斥候。”

“什么？”伊兰惊疑地问，“他肯定派出斥候了，我看过每一份斥候的报告。”

“那些报告全是假的，或者被篡改了。”谭姆回答道，“我和贝奥谈过，他说，他的艾伊尔人在我们行军的这几天都没有执行过斥候任务。他以为是我的两河人在做这件事。但两河人也没有出去侦察过。我也和亚甘达谈过，他以为是白袍众在进行侦察，但加拉德说他以为那是红手队的任务。”

“不是我们，”塔曼尼皱起眉头，“我的部下没有得到过外出侦察的命令。”

所有人的目光都集中到巴歇尔身上。

“巴歇尔，”伊兰问，“是谁在负责警诫我们的侧后？”

“我……”巴歇尔抬起头，怒火再次从他的眼里冒出来，“我一直都有得到报告！我也把它们都给你看过，它们都得到你的认可！”

“那些报告都太完美了。”伊兰说道。突然间，她感觉背后生出一阵寒意，这股寒意立刻掠过她全身，如同吹透她全部血管的一股冰风。他们落入一个完美的陷阱。导引者没了力量，士兵们全陷于苦战，敌人的一支生力军突然杀到眼前。而按照他们所得到的被篡改的报告，这支军队本该在一天后才能赶到……

达弗朗·巴歇尔是暗黑之友。

“巴歇尔被解除职务！”伊兰说道。

“但……”巴歇尔还想说些什么，他的妻子按住他的手臂，用喷着火的眼睛盯着伊兰。巴歇尔用一根手指点向谭姆。“我派了两河人！是谭姆·亚瑟在搞鬼，他想要欺骗您，陛下！”

“塔曼尼，”伊兰感觉到一阵阵刺骨的寒意，“派五名红手队员看守巴歇尔领主和他的夫人。”

巴歇尔发出一连串的咒骂。伊兰则为自己的镇定感到惊讶。她看着巴歇尔被带走，情绪则是一团麻木。

现在没时间处理这件事。“把所有指挥官都叫来，”伊兰对其他人说道，“加拉德、亚甘达……尽快剿灭凯瑞安城北边的兽魔人！告诉所有人，全力以赴进行那场战斗！如果我们不能在一个小时内干掉那些兽魔人，这里就是我们的坟墓！

“塔曼尼，既然兽魔人已经被包围，龙在那片战场上已经不会有太大作用了，龙卵很有可能会伤到自己人。让亚柳妲将全部龙车移动到最高的山丘上去，轰击从南方逼近的敌军。告诉巨森灵，在那座山丘周围布置警戒线，保护龙不受攻击。谭姆，在周围的山丘上布置你的两河弓箭手，让真龙军团在山下设置防线，十字弩手在前，重骑兵在后。光明在上，希望这样能为我们争取到足够多的时间，先干掉被我们围住的兽魔人。”

但伊兰丝毫没有胜利的信心。光明啊！如果南方的兽魔人军包围了她的部队……

伊兰深吸一口气，向阴极力展开自己。至上力涌入她的身体，但她只能握住至上力的涓滴细流。她可以装作精力充沛的样子，但她的身体知道实际状况是怎样。

无论怎样，她都是他们的领袖。

第 27 章

误　伤

加雷斯·布伦大步走过自己在艾拉非边缘设立的营地。这里仍然位于坎多境内，向西数百步远就是那片浅滩。一路上，士兵纷纷向他敬礼，但他完全没有理会。史汪快步走在他旁边，一名传令兵跟随在他的另一侧。他们身后还有一队卫兵以及随员，负责为部队统帅携带地图、墨水和纸张。

这个该死的地方现在正不断因为至上力的爆炸而颤抖着，到处都是崩塌和死伤……他们就好像身处一片崩裂之中。

布伦已经不再对刺鼻的烟气感到困扰，现在营地中到处都是烟尘。不过，至少已经有一些火头被扑灭了。霄辰导引者正从河边抽取河水来灭火。

一股至上力又一次在营地边缘爆炸。距离他不远的地方，一簇立在一起的长矛倒在地上，布伦也踉跄了一下。许多石子落在他和史汪周围，也打在他的头盔和胸甲上。

“继续说。”他对那个名叫荷康姆的传令兵喊道。

“呃，是，长官。”那名身材瘦长的传令兵有一张马一样的长脸，“红宗、绿宗和蓝宗两仪师的山丘守住了。灰宗被打退。白宗说，她们已经没力气了。”

“其他两仪师一定也同样疲惫了，”史汪说，“白宗首先承认这一点并不奇怪,这对她们来说只是一个事实,并不值得羞耻。”

布伦嗯了一声,没理会不远处地面的再次爆炸。他必须不断移动。现在暗影有很强的力量,足以随时施展神行术,所以开始对他的指挥中心发动攻击。如果布伦有这样的力量,也会采取这种战术。对此最好的应对方法就是不设立指挥中心。至少不要设立一个容易被找到的指挥中心。

虽然事态有些混乱,不过战局还没有脱离他的预计。这实在是一件令人惊讶的事情。有时候,战局的迅速变化会逼迫你不得不一而再,再而三地重新制订作战计划。但这一次,战局进展得似乎相当顺利。

两仪师从浅滩南边的山丘上不断对沙塔人发动猛攻,在她们下方山坡上布阵的弓箭手也在用一阵阵箭雨有效地对敌人造成杀伤。正因为如此,暗影军队的指挥官狄芒德无法让军队全面展开,对浅滩发动进攻。他也不能让部队全力攻击两仪师,因为两仪师可以通过神行术逃走。而让大量军队在那片丘陵地区布阵,只会让他们更容易受到打击,却不会有多少收获。所以,狄芒德只能将自己的军队拆开,将兽魔人派至右翼,去攻击两仪师所在的山丘。这些暗影怪物能够承受沉重的打击,而且数量众多,经得起消耗。它们会向两仪师不断施加沉重的压力。沙塔人则向前冲击河边的白塔部队。

暗影导引者的主要力量被用来对付霄辰人。但这并不能阻止一些沙塔导引者隔河向布伦的营地投掷火球。布伦并不担心被那些火球击中。他在这里并不比待在其他地方更加危险。也许撤回白塔会更安全一点,但他不可能只为了个人安全就退回到距离战场许多里外的任何一幢屋子里。

光明啊,他想,也许未来的指挥官都会像我现在一样。只有通过神行术,才能建立一个安全的指挥所。但将军需要亲临战场,感受战况的变化,这不是能够在千百里外做到的事情。“丘陵地带的长矛手情况如何?”布伦问。

“很好,长官,”荷康姆答道,“他们已经连续几个小时让兽魔人寸步难进了,而且应该还能坚持下去。”布伦在每一座山丘的半山坡上都设置了防御性的长矛阵列,而能够冲破这道警戒线的零散兽魔人也会被更上方的弓箭手射杀,这样,两仪师就能够专心对敌人集中的地方进行轰炸了。“不过,中央山丘红宗阵地的长矛手需要尽快得到增援,他们上一次在兽魔人的进攻中损失很大。”

“他们必须再坚持一下。那些红宗也有能力消灭冲破防线的兽魔人。”至少,他是这样希望的。又一阵爆炸崩碎了附近的帐篷。“弓箭手的部队状况如何?”布伦将一杆倒在面前的斧枪踢到一旁。

“有些部队的箭支数量已经不多了,长官。”

对此,他一样无能为力。布伦朝浅滩方向瞥了一眼,那里仍然是一团混乱。

在如此靠近战场的地方，却不知道自己部队的状况，这是最让布伦感到恼火的事情。

“有没有人知道浅滩那里到底怎样了？”他转过身朝自己的随员们吼道，“光明诅咒那个地方，我只能看见无数的火球飞来飞去，还有一堆堆被炸起来的尸体。那里还活着的人是什么状况！”

荷康姆面色一白：“那些霄辰女人导引起来就像是被烙铁烫了一样……我的意思是说，她们让沙塔人很不好受，长官。我们的左翼也是死伤惨重，但看样子，他们现在已经将敌人击退了。”

“我不是让乔尼指挥那里的长矛手吗？”

“沙戈林将军已经牺牲了，长官，”另一名传令兵向前迈出一步，他的脑袋上还有一道伤口没来得及包扎，“我刚刚从那里赶过来。”

光明烧了我吧。乔尼总是希望能够光荣地牺牲在战场上。布伦压抑住自己的情绪：“现在是谁在指挥？”

“乌诺·诺斯塔，”传令兵答道，“在乔尼牺牲后，他将我们组织了起来。正是他派我来向您报告，我们现在正遭到敌人的猛烈进攻。”

“光明啊，诺斯塔甚至连军官都不是！”不过，他有着许多年训练重骑兵的经验，这个世界上也许再没有比他更懂得如何在马鞍上作战的人了。“好吧，立刻回去告诉他，我会给他派援军过去。”

然后，布伦将目光转向荷康姆：“去找登胡德队长，让他的骑兵预备队渡过浅滩，加强我们的左翼。让我看看那些伊利安人有什么本事！我们绝不能丢掉这条河！”

传令兵立刻跑走了。必须想办法立刻减轻两仪师的压力。他吼道：“安娜！”

正在不远处谈话的两名士兵被一个身材魁梧的年轻女子推开。安娜曾经是商队保镖，现在是布伦麾下的步兵战士兼传令兵。“长官？”

“安娜，去恳求那个霄辰帝国的怪物，求她一定要借给我们一些该死的霄辰骑兵。”

“我要原封不动地转达您的命令吗？”安娜一边敬礼一边问道。一丝微笑出现在她的嘴角。

“如果你敢这么做，女孩，我就把你从悬崖上扔下去，让两仪师尤缇芮拿你去测试一下她新发明的掉落编织。快去！”

他的传令兵咧嘴一笑，就向神行术场地跑去了。

史汪看了布伦一眼：“你的脾气变差了。”

“这方面你对我的影响很大。”布伦朝空中瞥了一眼，一片阴影正从他们的头顶掠过。他伸手按住剑柄，提防人蝠从上方发动袭击。但那只是一头霄辰人的飞行怪兽。他放松了下来。

一颗火球击中了那头飞行兽，怪兽用力扑动燃烧的翅膀，旋转着掉落下来。布伦骂了一句，跳到一旁。怪兽恰好掉落在安娜的背后，一路翻滚着，将安娜压倒在地，又压塌了一座挤满士兵和军需官的后勤帐篷。骑在雷肯背上的霄辰人随之被狠狠地砸到地上。

布伦立刻向前飞奔过去，一头钻过还挂在歪斜支柱上的帐篷布。他的两名卫兵在雷肯的翅膀下面拖出了一名士兵。史汪跪下去，拿出衣袋里的法器，开始进行导引。

布伦跑到安娜身边，这女孩的身子已经被滚过的雷肯压碎了。“该死的!”布伦把对逝者的哀思推到一旁，开始思考现在该怎么办，“我需要有人去找霄辰人!”

在他的全部随员之中，留在他身边的只剩下两名卫兵和一名文官了。他需要霄辰人支持他更多的骑兵。现在，他愈来愈觉得确保山丘上两仪师的安全是这场战役中至关重要的一环。毕竟，玉座也在那里。

“看样子，我们只能自己去了。”布伦从安娜的尸体旁站起身，“史汪，用那件法器，你有没有足够的力量使用神行术?”

史汪也站起身，努力掩饰着自己的疲惫。这当然瞒不了布伦。“我可以。不过通道可能很小，只够我们爬过去。我对这个地方还不是很熟悉，我们必须先回到营地中心去。”

“光明烧了我吧!”布伦说着，朝河边转过身。那里又发生了一连串的爆炸。“我们没时间了。”

“我可以去再找些传令兵来。”一名卫兵说道。他的同伴正在扶着刚刚接受史汪治疗的那名士兵站起来。那个人的脚步还很不稳定。

“不知道营地里还有没有传令兵了，”布伦说，“我们只能……”

“我去。”

布伦看到明从帐篷的废墟中站起来，一边还撣着身上的土。布伦几乎已经忘了自己曾经安排明在后勤部队中充当一名职员。

“看起来，我在这里干不了职员的工作了，”明审视着那顶破烂的后勤帐篷，“我的跑步速度绝不比你的任何一名传令兵慢。你想让我送什么信?”

“去找霄辰女皇，”布伦说，“她的营地就在北边一两里外，艾拉非境内。到神行术场地去，那里的人会送你去那里。告诉女皇，我们这里需要她的骑兵，我们的预备队已经用光了。”

“好的。”明答道。

她不是一名士兵。不管怎样，他的部队中有半数人在几个星期前都还不是士兵。“快去，”布伦忽然又微笑了一下，“我会把你今天所做的事情算进你欠我的账单里。”

明脸上一红。她真的以为布伦会允许一个人忘记自己的誓言？布伦可不会在乎她的丈夫是什么人。誓言就是誓言。

明飞快地跑过后部军营。他们已经从塔瓦隆和提尔的物资储备中取来大量的帐篷和车辆，以补充沙塔人的突袭所造成的损失。而现在，鳞次栉比的帐篷却给明造成不小的妨碍。

他们的神行术场地是一连串用绳子围绕起来的方形空地，每一个空地边上还竖着木牌，上面用油漆写着编号。四个披着灰色披肩的女人正聚在一起，低声交谈着。其中一个人维持着一个通道，一辆装满羽箭的大车正从那个通道中跑进来。一颗彗星般的火球击中了附近的地面，将大量红热的石块崩上半空。这些石块落下时，点着了一堆毯子。对于这些变故，拉车的公牛连眼皮都没有抬一下。

“我需要到霄辰军队那里去，”明对那些灰宗说道，“这是布伦大人的命令。”

灰宗两仪师雅曼耐瞥了明一眼，看到明的长裤和鬈发，她皱起眉头：“伊尔明黛达？小女孩，你在这里做什么？”

“小女孩？”另一名两仪师问道，“她是一名职员，不是吗？”

“我需要到霄辰军队那里去，”明还在因为全速奔跑而不停喘息着，“这是布伦大人的命令。”

这一次，她们似乎终于听到了她的话。一名灰宗叹了口气，向同伴们问道：“四号场地？”

“三号，亲爱的，”雅曼耐说道，“四号场地要准备迎接随时都有可能从伊利安打开的通道。”

“三号场地。”明的第一个说话对象朝明挥挥手，一个小神行术通道在一片方形空地上开启。“所有信使都只能爬着过去。我们必须节省力量，只依照合理的程度打开信道。”

这是“合理”的程度？明有些气恼地想着，向那个小洞跑去，然后手脚并用地爬过通道。

通道的另一端是一片圆形草地,周围被烧出一圈黑色的灰烬作为标记。一对霄辰卫兵手持挂着丝穗的长枪,站在环形标记外。他们的面孔都被昆虫头一般的头盔遮住了。明向他们走去。一名卫兵向她抬起一只手。

“我是加雷斯·布伦元帅的信使。”明说道。

“新来的信使都要等在这里。”一名卫兵说道。

“我的事情很紧急!”

“新来的信使都要等在这里。”

他们没有再向明做出任何解释,所以明只好走到圆形场地以外,以免那里有别的通道被打开,然后就抱起双臂,等了起来。从这里,她能看见河道,一座规模庞大的军营沿河岸一直向远处延伸过去。霄辰人的加入会让整个战局为之一变,明想道,他们的军队规模太庞大了。现在,她和前线已经有了一段距离。这里位于布伦营地以北数里之外,不过,从这里还是能清楚地看到导引者发出的致命光芒。

明发现自己正变得愈来愈烦躁不安,她强迫自己停止一切小动作。导引产生的爆炸声传到这里,变成一阵阵沉闷的雷暴。也像闪电一样,这些爆鸣声都会跟随在一片闪耀的光亮之后。为什么会是这样?

这些都不重要,明心想。她需要为布伦找到骑兵。至少,她是在做事,没有让自己闲下来。过去一个星期里,她都在跑向任何一个需要人手的地方。一座战争营地中除了打仗以外,竟然还有这么多事要做,这点实在让明感到惊讶。这里并没有什么事情一定需要明来做,但这样总好过闲待在提尔,为兰德担心……或者为了不能跟随他去煞妖谷而生气。

你在那里只会变成累赘,明对自己说,你很清楚这一点。兰德不可能一边为了拯救世界,另一边又要保护她免受弃光魔使的伤害。有时候,在一个充满了像兰德、伊兰和艾玲达这种强者的世界里,想要不觉得自己无足轻重实在是很困难的事。

明向那两名卫兵瞥了一眼。他们之中只有一个人的头顶上悬浮着影像,那是一块染血的石头,他会因为从高处跌下而丧命。她仿佛已经有几十年没有从人们的头顶上看到任何代表着希望的事情了。现在她看到的只有死亡、毁灭、恐惧和黑暗。

“她是谁?”一个模糊的霄辰声音问道。说话的是一名罪奴主,她的身边没有罪奴。在她的手腕上戴着罪铐的手镯,与之相连的银色项圈被她在另一只手掌中不停地敲打着。

“新来的信使,”卫兵答道,“以前她从没走出过神行术通道。”

明深吸了一口气："是布伦元帅派我来……"

"他应该事先向我们告知全部信使的情况。"那名罪奴主说道。她的肤色黝黑，鬈发一直垂到肩头。"女皇，愿女皇永生，必须得到妥善保护。我们的营地必须保持严格的秩序。我们应该掌握所有信使的状况，绝不能给刺客留下任何可乘之机。"

"我不是刺客。"明冷冷地说道。

"那么你袖子里的匕首又是做什么用的?"罪奴主问。

明愣了一下。

"你低垂的袖子已经说明了一切，孩子。"虽然这名罪奴主看起来并不比明更年长，但她还是以长辈自居。

"如果一个人在战场上还不带上些武器，那她就是一个傻瓜。"明说道，"我至少要把带来的消息通报给你们的某位将军。你们的一头雷肯被击中，掉落在我们的营地里，把我们的另一名信使砸死了。"

罪奴主扬起一侧眉："我是卡绰娜。在这座营地里，你必须照我的话去做。"然后，她转过身，挥手示意明跟她走。

明感激地快步跟随在卡绰娜身后，离开了神行术场地。霄辰营地与布伦的营地布局完全不同，他们需要为传送命令和报告的雷肯开辟一片飞行场地，还需要设重兵保卫一位女皇。所以，他们的营地和前线保持着相当远的距离，而且看起来也要远比布伦的营地更加井井有条。毕竟，布伦的军营已经被彻底捣毁，现在刚刚得到重建，而且那座营地里驻扎着来自许多不同国家，有着不同军事背景的部队。霄辰人的营地则显得匀称整洁，驻扎在其中的一定是一支训练有素的军队。

至少，明认为这座营地的秩序正来源于此。霄辰士兵排列成整齐的队形，等待着出战的命令。营地中的不同区域用绳索和指示牌作为标记和区分。一切都一目了然，组织良好。没有人四处乱跑，不知所措。人们或者在奔赴确定的目的地，或者以标准的稍息姿势等待分配任务。如果说，霄辰人在什么事情上非常苛刻，那一定就是组织纪律。而明现在对此已经深有体会了。

那名罪奴主领着明进入一个营区。在这里，有几个人正站在高桌旁，专注地处理着摊开在桌面上的账簿。他们都身穿长袍，剃光了一半的头顶标志着他们高阶侍仆的身份。整片营区都显得鸦雀无声。衣着暴露的年轻女子托着彩漆托盘，在桌子之间穿行。摆在那些托盘里的白色杯子里都盛满了冒着热气的黑色液体。

"我们在不久前是否损失了雷肯?"卡绰娜问那些人，"我们的一头雷肯是否在空中被敌方的马拉斯达曼尼击落，是不是落进布伦元帅的营地？”

“刚刚有关于此事的报告被送来，”一名仆人一边鞠躬，一边说道，“很惊讶您已经听闻此事。”

卡绰娜回头审视着明，眉头扬得更高了一些。

“你以为我在说谎？”明问道。

“不，”罪奴主将一把匕首放回腰间的刀鞘中，“跟我来。”

明吁了一口气。是的，她以前和艾伊尔人打过交道，这些霄辰人总不可能比艾伊尔人更危险吧。卡绰娜领着明，走上营地中的另一条路。明却变得愈来愈焦躁。自从布伦派她过来到现在，已经过去多久了？现在就算霄辰派出援军，是不是也已经来不及了？

光明啊，这些霄辰人实在是太注重安全保障了，这里的每一个岔路口上都有两名手持长矛的卫兵，他们都透过那种可怕的头盔，盯着她们两人。难道这些人不应该去战斗吗？终于，卡绰娜引领明走到一幢真正的建筑物前面。这是霄辰人刚刚在这里建好的，它的墙壁看起来像是一种垂褶丝绸，被固定在木制框架内。它还有着木制地板和木瓦顶棚。看起来，它显得非常轻盈，应该能迅速被拆解并运走。

这里的卫兵都是披挂黑色和红色盔甲的大汉，衣着外貌都显得相当凶恶。卡绰娜从他们中间走过，而他们全在向这名罪奴主敬礼。她和明走进这幢建筑。卡绰娜鞠了个躬。女皇并不在这个房间里，所以她没有跪拜下去。不过对于房间里的众多王之血脉，她这个九十度的鞠躬也具敬意了。她又瞥了明一眼：“鞠躬，你这个傻瓜！”

“我觉得我站着就好。”明抱起双臂，看着这里的众多指挥官。站在他们最前面的是明的一个老朋友。麦特穿着霄辰风格的丝绸衣服，不过还戴着那顶明很熟悉的帽子。明早就听说麦特在这个营地里。现在他的一只眼睛已经被眼罩遮住了。看样子，明所见到的幻象成真了。不是吗？

麦特抬起头看着她，脸上露出笑容：“明！”

“我真是个彻底的傻瓜，”明说道，“我本该说我认识你，那样他们就会直接带我来这里，不必再有那么多麻烦了。”

“我不知道你这样做是不是能让速度加快，明。”麦特说，“他们总是喜欢让事情变得更复杂一些。对不对，加尔甘？”

一名肩膀宽大的将军只在头顶正中留着很窄的一道白发。他看了麦特一眼，仿佛不知道该如何回麦特的话。

“麦特，”明迅速整理了一下思路，“布伦元帅需要骑兵。”

麦特哼了一声："对此我毫不怀疑。他把自己的部队用得太狠了，就连两仪师也不例外。能这样使用两仪师的男人真该得到一枚勋章。据我所知，女人从不会听从男人的任何建议，哪怕那个男人是在告诉她下雨时应该进屋去避雨。第一军团如何，加尔甘？"

"应该可以，"加尔甘说，"只要沙塔人还没有渡过浅滩。"

"他们过不来，"麦特说，"布伦布置了很好的防御阵型，只要稍加一点支持，他应该能狠狠给暗影来一下子。*Laero lendhae an indemela*."

"那是什么意思？"加尔甘皱起眉头。

明也不知道这句话是什么意思。是关于某种旗帜？最近，她一直在研究古语。但麦特说得太快了。

"嗯，什么？"麦特说，"你没听过这句话？这是关于卡帝亚毁败之军的一句谚语。"

"关于谁的？"加尔甘显得更加疑惑了。

"没什么。"麦特说，"泰莉，你是否愿意率领你的军团加入战斗？如果我们的好元帅许可的话？"

"这是我的荣耀，群鸦王子，"一个披挂着胸甲的女人说道，她手臂下面夹着的头盔上竖着四根羽毛，"我一直想要更近距离地观察一下加雷斯·布伦的指挥。"

麦特向加尔甘瞥了一眼。后者一边揉搓下巴，一边观察着地图："带上你的军团，科尔甘将军，照群鸦王子的建议行动。"

"还有，"麦特又说道，"我们需要小心那些沙塔弓箭手，他们会沿河向北移动，直接攻击布伦的右翼。"

"你怎么如此肯定？"

"这太明显了，"麦特一边说，一边敲着地图，"如果你想确认，就派一头雷肯去看看吧。"

加尔甘犹豫了一下，就下达了命令。明不知道自己是否还需要继续待在这里，于是她转身打算离开。但麦特抓住了她的手臂："嗨，我可以……嗯……用一下你吗，明？"

"用我？"明冷冷地问。

"帮我个忙，"麦特说，"我是这个意思。最近我经常不知道自己在说些什么。我知道这样很傻。不管怎样，你能不能……呃……你知道的……"

"我在你身上没看到任何新东西，"明说道，"不过我想，那颗放在天平上的眼睛对你来说的确代表了某件事情。"

“是的，”麦特说着，打了个哆嗦，“那实在是该死的太明显了。你在加尔甘身上看到了什么？”

“一把匕首刺进一只乌鸦的心脏。”

“该死的……”

“我不认为那代表你，”明说道，“不过我也不知道是为什么。”

加尔甘正在和一些位阶较低的贵族说话。至少那些人的头发比他更多。明知道，在霄辰人之中，头发愈少，位阶就愈高。他们的声音很低。加尔甘偶尔会朝麦特这里瞥上一眼。

“他不知道该怎么对付我。”麦特低声说。

“不过他的确很不一般啊。我从没见过任何人像他那样看你，麦特。”

“哈哈，你确定那把该死的匕首不是插在我的心上？乌鸦……嗯，乌鸦不是代表着我吗？我现在可是该死的群鸦王子了。”

“那只不是你。”

“他正在决定该在什么时候刺杀我，”麦特低声说着，向加尔甘眯起眼，“我现在在霄辰军队中的位置仅次于他。他很担心我会将他挤掉。图昂说，他是一名忠诚的军人，所以他会等到最后战争结束后再对我下手。”

“这太可怕了！”

“我知道，”麦特说，“我想，他是不会先来找我玩牌了。我本来还想故意输给他几局，让他能对我有些好感呢。”

“我想，这件事你大概是做不到了。”

“实际上，我早已经想好该如何输给他了。”他似乎是非常认真的，“图昂说，如果他不努力杀掉我，就表明他对我不够尊重。他们都疯了，明。他们全都该死的疯了。”

“我相信，艾雯会帮助你逃出去的，只要你求她帮你，麦特。”

“我可没有说他们不好玩，他们只是疯了，”麦特正了正帽子，“但如果他们真的敢……”

麦特闭住了嘴。这时门外的卫兵已经跪倒下去，匍匐在地上。麦特叹了口气：“‘说出黑暗之名，他的眼睛就会盯上你。’*Yalu kazath d'Zamon patra Dae seia asa darshi*.”

“……什么？”明问道。

“这个你也不知道？”麦特问，“难道就没有人该死的读过书吗？”

霄辰女皇走了进来。明惊讶地看到她所穿的并不是裙装，而是一条宽大的银色长裤。哦……也许这的确是一条长裙，只不过裙摆被分开，以方便骑马，或者就是一条非常不合身的裤子。芙图娜的上半身是一件大红色紧身丝衣，外面罩着下摆极长、前襟敞开的蓝色长袍。看样子，这是一身军装。

房间里的人都跪了下去，将额头贴在地上，就连加尔甘元帅也不例外，只剩下麦特还站在原地。

明咬咬牙，单膝跪下。毕竟这个女人是女皇。明不会向麦特或者那些将军鞠躬，但她还是需要向芙图娜表示应有的礼仪。

"这个人是谁，诺塔翼？"芙图娜好奇地问道，"她显然认为自己拥有崇高的地位。"

"哦，嗯，"麦特满不在乎地说道，"她是转生真龙的女人。"

跪在房间一侧的卡绰娜发出一阵惊呼，抬起头看着明，一双眼睛几乎要瞪出眼眶。

光明啊，明想道，她一定是以为已经严重地冒犯我了。

"真是有趣。"芙图娜说，"这样的话，她的地位就和你相当了，诺塔翼。当然，你似乎又忘记跪拜了。"

"我的父亲会为此而不高兴的。"麦特说，"在我的记忆里，他一直都是个很高傲的人。"

"你再一次在大庭广众之下让我难堪。"

"那我也是在让自己难堪。"麦特微笑着说。但他立刻又犹豫了一下，仿佛是在回想自己刚刚脱口而出的这句话。

女皇也在微笑着，不过她的眼神更像是一头掠食的猛禽。她走进了房间，人们纷纷站起。明也站了起来。麦特立刻开始把她向门口推去。

"麦特，等等。"明悄声说道。

"快走，"麦特对她说，"不要等她决定把你抓起来，她可不是一个会随便让任何资源从手心里溜走的人。"麦特的语气里真的包含着某种自豪。

你也像他们一样疯了，明心想。"麦特，一朵血色的花。"

"什么？"麦特一边推着明，一边问。

"她的头上有一朵血色的花，"明回答道，"一朵死亡的百合。很快就有人要杀她了。"

麦特身子一僵。芙图娜猛地转过身。

明完全没察觉到两名卫兵冲过来，将她按倒在地上。他们穿着那种怪异的黑色战甲。直到现在他们贴到了明的眼前，明才看清楚，那其实是墨绿色的。

白痴，明在被压到地板上的时候想着，我应该先和麦特离开这幢房子再说话。她已经有许多年没犯过这种错误，她在说出自己看到的幻象时声音大到会让周围的人听到。她到底是怎么了?

“住手!”麦特说,“让她站起来!”

麦特也许真的是霄辰帝国的王之血脉,但这些卫兵显然可以不在乎他的命令。

“她怎么可能知道,诺塔翼?”芙图娜走到麦特面前问道。她的声音显得很愤怒,也许还有失望,“这到底是怎么回事?”

“事实和你的想象并不一样,图昂。”麦特说。

不,不要……

“她能看到一些东西,”麦特继续说了下去,“你完全不必为这种事而生气。这只是因缘中的一个巧合,图昂。明能够看到在人们身边出现的一些幻象,就好像是小幅的画卷。她只是把自己看到的东西说出来而已。”然后,麦特笑了几声,那笑声真的很勉强。

房间里变得寂静无声,明甚至能再一次听到远方传来的爆炸。

“判决见证人。”芙图娜悄声说道。

压住明的卫兵们突然就放开了手,向后退去。明呻吟一声,坐了起来。那两名卫兵已经转而守在他们的女皇面前,而曾经碰过明的那名卫兵更是将自己的铁手套脱了下来,扔在地上,不停地在自己的胸甲上揩着手掌,仿佛想要抹掉上面的什么脏东西。

芙图娜却没有半点畏惧的样子。这位年轻的女皇走到明面前,嘴唇微微张开,几乎可以说是显露出一些敬意。她伸出手,抚摸着明的脸颊:“他所说的……都是真的?”

“是的。”明不情愿地答道。

“你在我身上看到了什么?”芙图娜问,“说出来,判决见证人。我要知道你所看到的预兆,并评判你的真伪!”

女皇的声音显得相当危险。“我看到一朵死去的血色百合,就像我刚刚告诉麦特的那样。”明说道,“还有三艘正在行驶的船。一只黑暗中的虫子。红光笼罩原野,那应该象征着丰饶和成熟。一个长着狼牙的男人。”

芙图娜猛吸一口气。她抬起头,看着麦特:“这是你给我带来的一件巨大的礼物,诺塔翼,这足以免除你的一切罪行,甚至还能给你带来更多的功劳。真是一份大礼。”

“呃……我……”

“我不属于任何人,”明说道,“我只属于兰德。他也是属于我的。”

芙图娜站起身,没有再理会她:“这个女人是我的新尊师。判决见证人,真言者！神圣之女，不可被碰触之人。我们得到了祝福。要让所有人知道这件事。水晶王座已经有超过三个世纪不曾拥有过真正的解读预兆之人了！”

明坐在地板上，心中仍然充满了震撼。麦特把她拉了起来。“这是好事吗？”她悄声问麦特。

“如果我知道，那我该死的早就告诉你了。”麦特对她说，“你还记不记得我说过，你要赶快从她身边逃走？好了，你现在可以忘记我的这些话了。”

第28章

太多人马

“是爱格马领主直接派我们来的。”那名艾拉非人对岚说道。这个人一边说话，一边还在不停地朝前线观望。在那里，他的战友正为了能活下来而竭尽全力战斗着。

雷声震撼着这片位于夏纳的战场，空气中充满了燃烧尸体和毛发的辛辣气味。惊怖领主们丝毫不在乎他们的攻击是否会杀死兽魔人，他们只要人类死在他们的手里。

“你确定？”岚在马背上问道。

“当然，大将。”那个人说道。他留着很长的辫子，因为岚所不知道的某种原因，他将辫梢上的铃铛漆成了红色。这应该与他的艾拉非家世和最后战争有关系。“如果我说谎，就让我被鞭打一百下，然后扔到太阳下暴晒吧。这个命令也让我很吃惊。我一直认为我的部队应该负责守卫我们的侧翼。但不仅是带来命令的传令兵说出了正确的暗语，而且我派去指挥帐篷核实命令的人也确认了，命令的确没问题。”

“谢谢你，队长。”岚说一边说，一边挥手示意他可以返回自己的部队了。他瞥了一眼安德锐和凯瑟尔王子，他们也都是满脸困惑。他们刚刚听过岚质问坎多骑手为什么会扰乱阵型，而那个人的回答和这名艾拉非人完全一样。

爱格马领主同时调动这两支预备队去填补同一个漏洞，而他们都不知道还有另一支队伍也在执行同样的任务。岚调转马头，向后阵驰去。一阵冷风越过他右侧的河道，吹袭过来，但地面上的热量很快就吞没了那一阵凉意。乌云从天空中一直压迫下来，几乎已经到了伸手可及的程度。

安德锐和凯瑟尔催马跟随在曼塔旁边。这名马吉尔人问道："岚？你要做什么？"

"太多人马被派来堵一个窟窿了。"岚轻声说道。

"这是很容易犯的一个错误，"凯瑟尔王子说，"爱格马领主肯定是担心兽魔人会就此将我们的战线撕裂。毕竟惊怖领主已经参战了。所以他才会同时派遣两支部队过来，以防万一。也许他是有意这样做的。"

不，这是一个错误。一个不大的错误，但绝不可忽视。正确的办法是让士兵们后撤，巩固战线，派一支骑兵队歼灭冲进来的兽魔人。两支骑兵队的确可以协同作战，但如果不让两支队伍的领兵官事先知道对面有友军杀过来，只会让他们因为相互冲撞而造成混乱，就像刚在战场上产生的结果。

岚摇摇头，扫视战场。艾森勒女王的旗帜就在距离他不远的地方。他径直向那里跑去，女王和她的卫队在一起，巴狄瑞大人正陪在她身边。蒂露坎之剑还留在鞘中，女王只需伸出手，就能握住它的剑柄。但女王并没有亲自冲上战场。当泰诺比亲身投入战斗后，岚就有些想知道，艾森勒会不会也因此受到激励，也亲赴战场。不过他知道，艾森勒是一个头脑冷静的人。更重要的是，她的身边还有一群头脑冷静的参谋人员。

拉姆辛领主是艾森勒的新任丈夫，他正在和一些指挥官交谈。一个形容狡黠的人穿着斥候的衣服催马从岚的身边跑过，显然是去传达命令了。爱格马领主很少会向某支小部队下达命令，他所关注的是整个战局。他会向每一名指挥官布置作战目标，具体完成目标的方法则由这些指挥官来决定。

女王的身边正有一个身材矮壮、面孔浑圆的女人平静地与女王说话。她注意到了岚，向岚点了点头。她是艾森勒女王的首席咨政赛莱拉女领主，岚和她在过去曾经……有过理念上的不合。岚尊敬她，偶尔却又很想掐住她的脖子，把她从悬崖上扔下去。

"大将。"女王向岚点点头，和他们还有一段距离的拉姆辛向岚挥了挥手。雷声隆隆，而且湿气很重，但岚知道，天上不会有雨滴落下。"你受伤了？我派人去找治疗者来。"

"别的地方还需要他们。"岚只说了这么一句。女王的卫兵也纷纷向他敬礼，他们都在胸甲外罩着绿色的战衣，战衣上绣着红色战马徽记。他们使用的骑枪上也系着红绿色的丝穗，头盔上带有钢面栅，与岚的无面甲马吉尔宽头盔截然不同。“殿下，我能否借巴狄瑞大人一用？我有问题想问他。”

“当然可以，大将。”艾森勒女王答道。但赛莱拉女士向岚眯起眼，很显然，她想知道岚找坎多女王的执剑官所为何事。

巴狄瑞来到岚面前，将蒂露坎之剑换到自己的另一只手上，让剑柄依然靠近他的女王。这是一种礼仪，巴狄瑞在这方面绝对是一个一丝不苟的人。安德锐和凯瑟尔王子也来到他们两人身边，岚并没有要求他们退开。

“爱格马领主命令我们四分之一的预备队去填补战线上的一个小缺口，”岚压低声音，只有巴狄瑞、安德锐和凯瑟尔能够听到他的话，“我不确定他真的需要调动这么多人。”

“他刚刚命令我们的沙戴亚轻骑兵离开东线，”巴狄瑞说，“他们要攻击兽魔人的左翼，一直深入敌方战线后部，进行一次游动突袭。他说希望以此来分散惊怖领主的注意力，还说，我们需要让自己的防线显得更加虚弱，这样会引诱敌人做出错误判断。”

“你觉得呢？”岚问道。

“这是一个不错的策略，”巴狄瑞说，“尤其适合将战争的进程拖长。如果只有这样一个行动，我不会感到很担心，当然，那些沙戴亚人必须努力让自己能活着回来。我没听说过预备队的事，如果是这样，我们整个东线就完全暴露了。”

“我们假设一下，”岚小心地将声音压得更低，“如果有一个人，处在能够影响全军的位置上。让我们假设这个人想要对我们当前的态势进行全面性的破坏，同时又要很狡猾地实现这个目的，不会被别人怀疑。如果是你，又会怎么做？”

“让我们背对河流，”巴狄瑞缓缓地说，“占据一处高地，同时又让敌人有包围我们的可能。让我们只能拼死战斗，然后在我们的防御中暴露一个弱点，这样敌人就能分割我们，让这个计划的每一步都显得合情合理。”

“那么，你的下一步会怎样做？”岚问。

巴狄瑞想了想，露出惊疑的面容：“让弓箭手离开面向东方的山丘。那里的地形相当崎岖，暗影生物可以绕过我们斥候的监视，向我们逼近，尤其是当所有人的眼睛都盯着前线时。

“高地上的弓箭手当然能够发现兽魔人，并发出警报，还能用箭雨挡住它们，直到预备队赶来。但如果弓箭手离开了，东翼的预备队又被派往别处，那么敌人就能从容地从我们的东边绕过去，攻击我们背后……那时，我们全军都会被困在河岸上，被围歼将只是时间上的问题。”

“人龙大人，”凯瑟尔王子催马上前，他显得又羞又急，“我不能相信我刚刚听到的话，您肯定不是在怀疑爱格马领主会背叛我们！”

“我们没办法不防备万一，”岚严肃地说道，“我本该更注意别人给我的警告。也许这实际上没什么。也许。”

“我们的军队现在已经很难脱身了，”安德锐紧皱双眉，“如果我们被困在河岸上……”

“最初的计划是利用预备队轻骑兵掩护全军撤退，”岚说道，“步兵应该首先撤走，徒步涉水过河，然后我们用神行术撤走重骑兵。河水并不急，轻骑兵能够涉水而过。但兽魔人除非被狠狠逼迫，否则是不敢涉过活水的。这是一个合理的计划。”

除非敌人的猛攻让步兵防御瓦解。如果是那样，他们将一败涂地。而如果他们被包围了，岚绝不可能再把军队带出去，他们没有足够的导引者能送走这么多士兵。他们将只能丢下步兵，让半数战士任由敌人杀戮。不，岚宁死也不会让这种事情发生。

“爱格马领主最近制订的每一个计划都相当完善，”巴狄瑞有些急迫地说，“完全没有可以怀疑的地方。但又都不够聪明，让我们无法战胜敌人。岚……他有问题。我认识他已经有许多年了，我仍然相信，他只是累了。但他正在犯下错误。我的看法是正确的，这我很清楚。”

岚点点头，调转马匹，带着他的卫兵向阵线后方的指挥帐篷驰去。

可怕的感觉如同一块石头堵住岚的喉头。那些乌云显得比刚才更低了，隆隆声从它们之中传出来，如同暗帝敲击着战鼓来收取人类的生命。

岚到达指挥帐篷时，身后已经跟随了一百多人。这时，一名没有披挂盔甲的年轻夏纳传令兵正向他的战马跑去，扎成顶髻的头发在他背后不断飘摆着。

岚一挥手，安德锐冲过去，紧紧抓住那名传令兵的缰绳。传令兵皱起眉：“大将？”他向随后赶来的岚敬了一个礼。

“你是要传达爱格马领主的命令吗？”岚下了马。

“是的，大人。”

“什么命令？”

“向东翼的坎多弓箭手传达的命令，”传令兵答道，“他们所在的山丘距离主战场太远了，爱格马领主认为，如果将他们向前部署，就能对那些惊怖领主发动攻击。”

弓箭手也许以为沙戴亚轻骑兵还在原地。而沙戴亚人会以为弓箭手将坚守阵线。预备队则会以为那两支部队还控制着东侧丘陵，他们尽可以去完成别的任务。

这依然可能是一个巧合。爱格马工作得太辛苦，或者已经制订了别的将军无法理解的、更加宏大的计划。如果你不打算用自己的剑亲手杀死一个人，就绝不要用要判处死刑的罪责来指控他。

“暂时不要发出这个命令，”岚冷冷地说道，“立刻派遣沙戴亚斥候去侦查东部丘陵。告诉他们，仔细查找任何暗影生物企图绕过那里，对我们发动突袭的迹象。警告弓箭手，做好战斗准备，然后立刻返回这里，准备继续传达我的命令。快去。记住，一定要亲口把我的命令传达给斥候和弓箭手，同时不要和别人提起我的命令。”

那名夏纳人看起来很困惑，但他还是敬了一个礼，执行任务去了。爱格马是这支军队的战场指挥官，但岚才是他们的大将，是这条战线的最高统帅。唯一能够命令他的只有伊兰女王。

岚向近卫队中的两个人点点头。在过去数个星期的战斗中，沃西姆和格拉尔这两名马吉尔人已经赢得了岚的敬意。

光明啊，这场战争才只进行了几个星期吗？但它仿佛已经有几个月之久了……

岚压下心中的思绪。那两名马吉尔人已经去追赶那名传令兵，确保他能准确无误地将命令传达出去。在完全掌握状况前，岚必须防备发生任何意外的可能性。

一切都是为了以防万一。

罗亚尔对于战争了解得不多，但即使是他也能看出来，伊兰这一方就要输了。

巨森灵还在竭尽全力战斗着，成千上万的兽魔人连续不断地向他们发起冲锋。第二支军队绕过城市，向他们发动了攻击。真龙军团的十字弩手们从巨森灵的侧翼不断向敌人射出一片片弩矢。当兽魔人杀到战线前面时，他们撤了下去。敌人已经打散了精疲力竭的重骑兵，一队队长矛手正绝望地抵抗着这些暗影怪物的压迫。狼卫士们还在其他山丘上勉强维持着残破的战线。

从零星传来的消息中，罗亚尔大约知道了另外一片战场的状况。伊兰的军队已经击溃北边的兽魔人部队，将它们逐一剿灭。巨森灵拼死保卫着正从山丘上轰击兽魔人队伍的龙。愈来愈多的士兵赶过来，加入这条战线中，但他们全都满身鲜血，耗尽体力，几乎无法作战了。

这支新来的兽魔人部队将会打垮他们。

巨森灵唱起一首哀婉的歌曲。他们只有在树林遭到砍伐，或者巨树死在风暴中的时候才会唱起这首歌。这是一首关于失落、憾恨和无可奈何的歌曲。罗亚尔也随之唱起这首歌的最后一段。

全部河流都会干涸，
全部歌曲必有终结，
每条根茎终将枯萎，
每段树枝难免弯折……

罗亚尔砍倒一个号叫的兽魔人，但另一头兽魔人已经用尖利的牙齿咬住他的腿。他大吼一声，抓住那头兽魔人的脖子。而他的歌声也被打断了。罗亚尔从不认为自己很强壮，但他举起了那头兽魔人，把它朝面前的暗影怪兽砸了过去。

人类，脆弱的人类正在他身旁一个个死去。这些被毁掉的生命让他感到心痛。每一个人都只能活很短一段时间。他们之中有一些还活着，还在战斗。罗亚尔知道，人类也会认为自己很高大，但在这片战场上，在巨森灵和兽魔人之中，他们只像是一群在成年人脚下奔跑的小孩子。

不，罗亚尔不会这样去看待他们。这些人类都在以百倍的勇气和怒火战斗着。他们不是小孩，而是英雄。看到他们成群地倒下，罗亚尔的耳朵紧紧地贴在头侧，他又开始用更加响亮的声音歌唱。这一次，他唱的不是哀悼之歌。他以前从没唱过这首歌。这是一首成长之歌，但不是他所熟悉的树歌。

在愤怒中，罗亚尔将那首歌以最大的声音吼出来，一边奋力挥舞着大斧。在他身边，枯草开始变绿，地面上萌发出新芽。兽魔人的武器握柄上长出了叶片。许多怪兽号叫着，在惊骇中丢下了他们的刀斧。

罗亚尔继续战斗者。这首歌不是胜利之歌，这是一首生命之歌。罗亚尔不会死在这片山坡上。

光明在上，他的书还没写完呢！

麦特站在霄辰指挥总部内，周围全是对他疑心重重的将军。明刚刚回来，现在她已经换上霄辰人的华丽服饰。图昂已经离开，去处理帝国事务了。

麦特的注意力回到了地图上。他觉得自己又被诅咒了。地图，地图，更多的地图。许多张纸。昨晚，图昂的臣仆们在昏暗的灯光中对其中大多数地图上的标记进行了更改。他怎么知道他们的标示是否精确？麦特曾见过凯姆林的一名街头画家在晚上给一个漂亮女人画像，结果那幅本来是要换取金币的画作简直就像是在描绘穿着裙子的老森布。

现在，他觉得这些地图就像是一件华而不实的提尔外衣。他需要知道战场的情况，而不是某些人对于战争的看法。地图太简单了。

“我要去看看战场。”麦特说道。

“您要什么?”柯坦妮问道。这名霄辰旗将看起来就像是被盔甲扎起来的一束干柴。麦特觉得，她一定是吃过某种极酸的东西，然后发现她那时候的表情很适合站在田间吓跑偷粮食的小鸟，于是就一直摆着这副尊容。

“我要去看看战场上的状况。”麦特又说了一遍。他摘下帽子，将身上那件华丽宽大的霄辰战袍掀过头顶，脱了下来，把这件带着巨型肩垫的笨重衣服连同里面的丝绸袍服都扔到了一边。

现在，他身上只剩下脖子上的围巾、狐狸头徽章和样式怪异又有些僵硬的黑色霄辰长裤了。明向他赤裸的胸膛挑了挑眉，这让麦特脸上一红。但这又有什么关系？明是兰德的老婆，那么也就相当于是麦特的姐妹了。而且，麦特从来都不相信明是普通人。

麦特在桌子下面翻了翻，找出一捆早就被他放在那里的东西。明抱起双臂。她的新衣服看起来很适合她，这身衣服几乎和图昂的一样富丽堂皇：深绿色的闪亮丝绸上绣着黑色的花纹，宽大的袖子至少能让一个人把头探进去。霄辰人也重新给她设计发型，在她的头发上装饰许多镶嵌火滴石的小银片。现在明的头发上足有几百颗火滴石。如果她不做判决见证人了，也许可以做一盏宴会厅里的吊灯。

明真是很配这身衣服。麦特一直都以为明的身材更像是男孩，现在他才知道自己错了。

整个指挥部中的霄辰人仿佛都被麦特的举动吓坏了。麦特却不知道为什么。当然，就算是再少的衣服，他们也会让仆人来为他们穿。光明啊，他们可真是麻烦。

“我也很想象你这样做。”明嘟囔着，抓住长裙装的前襟。

麦特身子一僵，然后咳嗽了一下。他一定是吞下了一只苍蝇。“光明烧了我吧，”他从自己的包裹中找出一件衬衫，套在头上，“如果你这么做，我会给你一百塔瓦隆马克。这样我就有故事能跟别人讲了。”

明狠狠瞪了他一眼。但麦特也不知道这是为什么。难道不是明自己说要像出汗帐篷里的艾伊尔枪姬众一样吗？

明终究还是没有这样做，这让麦特几乎感到有些伤心。在明身边一定要小心才好。麦特相信，哪怕只是在错误的场合中向明微笑，都会让他的身子被戳上两把匕首。另外一把是图昂的。这肯定要比一次只被一把匕首戳穿痛得多。

狐狸头徽章还妥当地贴在麦特胸前的皮肤上。感谢光明，图昂明白他需要这个。麦特很快又把外衣也从包裹里找出来，套在身上。

“你是如何保留下这些衣服的？”加尔甘元帅问道，“我有印象，你的衣服都已经被烧掉了，群鸦王子。”

加尔甘那种只在头顶正中有一道白色发冠的样子实在很傻，不过麦特从没向他提起过这件事。这是霄辰人的风格。不管外表如何好笑，麦特毫不怀疑，加尔甘有足够的能力操控一场战争。

“这些？”麦特指着自己的外衣和衬衫，“我也不知道，它们就被放了在这里。对此我也感到很困惑。”不久前，麦特刚刚高兴地发现，尽管霄辰卫兵总是站姿笔挺，摆出一副无欲无求的样子，但他们其实也还是喜欢被贿赂的。

唯一的例外就是那些视死卫士。麦特早就知道，不要向他们做这种危险的尝试。他们的目光曾经清楚地告诉麦特，如果他再敢这样做，他的脸就会被埋进泥里。也许最好连话都不要和视死卫士们说，很显然，他们之中的每一个人都已经把幽默感换成了一副过于方正的下巴。

不过，在这件事上，好的一方面就是他知道可以信任谁来保护图昂的安全。

麦特抓起墙边的艾杉玳锐，就大步走出指挥部。柯坦妮和明跟他一起走出来。这个稻草人简直比泰莉还糟。相较而言，麦特更想把泰莉留下，派这位稻草人女士到前线去。这样做是有好处的，也许兽魔人会把柯坦妮当成是它们的同类。

麦特必须等待一名马夫去为他把果仁牵来。这就很不幸地让其他人有时间去向图昂报讯。很快，麦特就看见图昂走了过来。当然，图昂早就说过，她只是暂时出去一下，所以麦特也没指望自己真的能神不知鬼不觉地溜走。

明拉了拉身上的裙子，低声骂了一句。

“还觉得你不该逃走？”麦特压低声音问明。

“是的。”明没好气地说。

“要知道，这里的床很好，他们知道如何招待客人。当然，最好的结局当然是他们没有砍掉客人的脑袋。比如我现在就对能否保住自己的脑袋很没信心。”

“那太好了。”

麦特转向她:“你有没有想过,如果兰德在这里,他也许会要你留下来。”

明瞪了他一眼。

“我是认真的,明。该死的,事实就是这样。兰德和他们结盟时,我也是见证人之一。我可以告诉你,兰德很担心。霄辰人和两仪师相处得并不好。难道你没意识到这一点吗?”

“那就像你的骄傲一样显而易见,麦特。”

“呸,我只是想要帮忙而已。听我说,明。如果兰德知道有他信任的人能够在图昂的耳边说上话,能够在正确的时间,用正确的‘预兆’促使图昂和两仪师顺利合作,那他会感到多么安慰?当然,你也可以回艾雯的营地去,干些汲水送信的活儿,我相信,那些工作一定也和监视一位帝国君主、鼓励她信任并尊敬转生真龙,在她与诸国之间建立友谊的桥梁一样重要。”

明一言不发地站了一会儿:“我恨你,该死的麦特·考索恩。”

“这真让我感到精神振奋,”麦特说着,抬手向图昂打了个招呼,“现在,让我们看看她会为了我脱掉她的漂亮衣服而砍掉我的哪条手臂吧。”那件袍子其实挺漂亮的,上面的绣花尤其精致。一个男人的衣服上还是应该有一点绣花才好看。不过,麦特绝不打算披着那几幅门帘到战场上去。果仁才会给他带来好运气。

当图昂走过来的时候,霄辰人像以往一样,纷纷跪倒在地。实际上,图昂离开这里也才几分钟。麦特向她点了一下头。图昂将麦特上下打量了一番。为什么所有人都这么看重一套上好的外衣和衬衫?麦特可没选择他曾经穿着去见伊兰的那身破烂货,他已经把那些破衣服都烧掉了。

“至圣至尊。”柯坦妮说道。她属于高阶王之血脉,可以直接对图昂说话:“愿您青春永驻。群鸦王子决定要亲赴战场,他认为我们的传令兵和将军都缺乏战争素养。”

麦特把拇指插进腰带里,看着图昂。马夫这时终于把果仁牵过来了,该死的可真是时候。这个小马夫是不是在半路上看完一两场走唱人的表演后才赶过来的?

“好啊,那我们还在等什么?”图昂问,“如果群鸦王子想要巡视战场,忠诚的帝国臣仆们难道不该以最快的速度为他服务吗?”

柯坦妮仿佛被抽了一耳光。麦特向图昂咧嘴一笑。图昂也给了他一个妩媚的微笑。光明啊，他太喜欢她笑的样子了。

“那么，你想一起来吗？”麦特问图昂。

“当然，有什么理由阻止我去吗？”

“没有，”麦特暗自呻吟了一声，“一个该死的理由都没有。”

第29章

一座山丘的失守

“全力搜寻隐妖!”艾雯一边说,一边向正在爬上山丘的兽魔人释放出一股风之力。守卫这座山丘的长矛手阵列被这些兽魔人撕开一个大口子,敌人的部队正源源不断地冲上山坡。现在,这些暗影怪物已经知道导引者的厉害,它们都蜷起身子,分散开来,努力寻找着掩体。这让艾雯能更清楚看到掩护魔达奥的那一小群兽魔人。那名魔达奥在自己的衣服外面还罩了一件褐色外衣,手里拿着一根兽魔人的钩杆。

怪不得我一直找不到这只怪物,艾雯一边想,一边用火之力编织摧毁了那只怪物。半人在火中翻滚、抽搐、尖叫,无眼的面孔转向天空,那一小群兽魔人也一同倒了下去。

艾雯满意地微微一笑,但她的喜悦没能持续多久。她的弓箭手已经没有多少箭了;长矛手的阵列趋于溃散;一些两仪师显然是在透支体力。又一波兽魔人代替刚刚被艾雯击退的那一批。我们还能再支撑一天吗?她想道。

一队枪骑兵突然从正在河边作战的布伦军左翼中冲了出来,他们高举着塔瓦隆之焰的旗帜,那正是布伦引以为傲的重骑兵部队。布伦从白塔以及其他诸国的骑兵部队中抽调有作战经验的老兵,组成了这支由乔尼·沙戈林队长指挥的精英部队。

这支部队从沙塔人的侧面掠过，飞快地冲向艾雯所在的山丘，向兽魔人的背后发动猛攻。紧随在他们身后，第二支骑兵部队也向兽魔人发起冲锋，他们打着的是伊利安的深绿色旗帜。艾雯的将军终于向她派来援军了。

但……等等。站在高处的艾雯皱起眉头。她能看到布伦军主力的左翼现在完全失去了保护。他在干什么？难道是……某种为沙塔人准备的陷阱？

如果那真的是一个预先计划好的陷阱，艾雯却没找到负责合拢包围圈的部队。相反的，一支沙塔人的骑兵部队冲进布伦暴露的左翼，开始对守卫在河边的步兵迅速造成杀伤。而真正让艾雯感到害怕的还是另一个变化，一支规模更大的沙塔骑兵从敌方的右翼冲杀出来，正在向前来支持艾雯的骑兵部队逼近。

“盖温，快去告诉那些枪骑兵，这是一个陷阱！”

一切都太迟了。片刻之后，沙塔骑兵便开始从背后砍杀白塔枪骑兵。与此同时，兽魔人的后阵也翻转过来，迎上冲过来的骑士。艾雯看到这些兽魔人全举着长杆武器，轻易就把骑兵从马背上挑了下来，枪骑兵的前阵顿时血流成河。兽魔人迈过前方人类的尸体，继续将后面的骑士逐一戳翻。

艾雯怒吼着，竭尽全力汲取至上力，轰击兽魔人。姐妹们也纷纷和她一起发动攻击。双方都在承受血腥的屠杀。但兽魔人太多了，而枪骑兵几乎没有还手之力。几分钟之内，战斗就结束了。没有多少枪骑兵活下来，艾雯看见他们全速向河岸边退去。

眼前的情景冲击着艾雯的神经。有时候，一支军队仿佛港口中威势逼人的巨舰，但转瞬间，整支部队都会在你眼前灰飞烟灭，仿佛从不曾存在过一样。

艾雯的目光从山下的那些尸体上移开。山顶上的两仪师纷纷停止了攻击，而兽魔人的注意力又转回她们这里。艾雯下令展开神行术，她让长矛手先从山上的神行术通道撤退，弓箭手则继续用箭雨压制下方的兽魔人。然后，艾雯和其余两仪师全力轰击兽魔人，让弓箭手也进入通道。

在从山丘上的最后一个通道中撤走前，艾雯又看了一眼山下的战场。刚刚到底发生了什么事？她摇摇头。盖温站在她身边，像以往一样忠诚。这场战斗中，他依然没有机会拔剑。莱伊纹也和他一样，他们两个似乎在进行一场无声的竞赛，比拼谁能更好地守卫艾雯。艾雯觉得这很令人困扰，但这实在也要比以前历次战斗中，盖温那种充满遗憾的阴沉面容要好得多。

但他的脸色显得有些苍白，仿佛是刚刚生了某种疾病。最近他睡眠充足吗？

“我想要到营地去，找布伦元帅谈一谈。”艾雯说，“我想知道，为什么他会让战场上发生这种情况。然后，我要到浅滩去，为我们牺牲在那里的士兵复仇。”

盖温和莱伊纹全都向她皱起眉。

“艾雯……”盖温说。

“我还有力气，”艾雯说道，“我一直在使用超法器，以免过度消耗体力。在那里战斗的士兵们需要看到我，我必须担负起我的责任。你可以全权安排跟随我的卫兵数量。”

盖温犹豫了一下，向莱伊纹瞥了一眼，终于点下了头。

岚下了马，把缰绳交给安德锐，从那些满脸惊愕的卫兵面前走过，进了指挥帐篷。那些卫兵似乎都被他和他身后那些满身血污的骑士吓呆了。这顶帐篷只能算是一个雨棚，四壁都是敞开的。士兵们像蚁丘周围的蚂蚁一样，不停地进进出出。今天夏纳非常热。岚还没有得到来自其他战线的最新报告，但他知道，今天自己并不是唯一在奋尽全力抵抗暗影进攻的军事统帅。凯瑞安的伊兰和艾拉非边境的玉座所面对的形势都不乐观。

光明在上，希望她们所面对的压力能比他更轻一些。爱格马正站在帐篷里，他的周围铺满各种军事地图。他正一边用细长的杆子挪动各种彩色石块，一边下达着各种命令。传令兵不断将前线的情况报告给他。在拔剑出鞘的那一刻，任何优秀的作战计划都将变得没有意义。但一位优秀的统帅能够像陶艺大师加工黏土一样塑造一场战争，精确掌握敌我力量的消长，因势利导战场上的每一次变化。

“人龙大人？”爱格马抬起头问道，“光明啊，你看起来几乎就像妖境一样了。有没有让负责医疗的两仪师看过你？”

“我没事，”岚说道，“战况如何？”

“我很受鼓舞，”爱格马说，“如果我们能想办法将那些惊怖领主拖上一两个小时，相信我们这次能真正击退兽魔人。”

“这不可能，”岚说，“它们的数量太多了。”

“这与数量无关。”爱格马招手示意岚到他身边来，然后指了一下地图，“岚，有一件事，很少有人会懂。当一支军队拥有压倒性的数量，更强的战场优势，更有机会赢得战争时，它是可以被打败的，而且往往会被打败。

“当你用许多时间来指挥一支军队时，你就会将这支军队视作一个整体，一头拥有千万个肢体的巨兽。这是一种错误。军队是由人组成的，或者也可能是兽魔人。战场上的每一个个体都处在恐惧之中，但作为一名军人，你必须压制你的恐惧,而你心中的那只怪兽想的只是逃走。”

岚蹲下身,仔细查看那些作战地图。地图上标明的情况和他亲眼见到的大致相符,唯一的差别就是沙戴亚轻骑兵在地图上仍然处于守护东翼的位置。有什么地方出错了?但岚已经亲自确认过,沙戴亚人的确不在那里了,难道传令兵没有告知爱格马,标记在地图上的情势已经改变了?还是爱格马篡改了地图,以免被别人注意到?

“今天,我要让你看到些东西,岚,”爱格马轻声说道,“我会让你看到,训练场上最矮小的一个人如果想要活下去,就必须学会什么。如果你想要击败比你庞大的敌人,你就必须让他相信,他就要死了。狠狠地击打他,他终究会逃走,只为了能躲避你的下一次打击。即使你可能已经再没有挥拳的力量了。”

“那么,这就是你的计划?”岚问道,“今天的计划?”

“如果我们显示出足够强大的力量,就会将兽魔人吓退,”爱格马说,“我知道,这个计划能够奏效。我希望能干掉那些惊怖领主的头领。如果兽魔人认为它们已经输了,它们就会逃走,它们都只是一些懦弱的野兽。”

听爱格马的陈述,这个计划似乎的确有道理。也许岚只是没能掌握住整个战局,也许这位军事家的天赋不是其他人能够理解的。阻止他的命令,让弓箭手留在原地是正确的吗?

岚刚才派出的传令兵策马赶回指挥帐篷,兰德一名近卫军还跟在传令兵身边。但他抱着自己的一条手臂,那条手臂上插着一支黑羽利箭。“一支暗影生物的大部队!”那名传令兵喊道,“正从东边杀过来!大将,你是对的!”

它们知道我们那里很空虚,岚心想,但那些山丘挡住了它们的视线,它们不可能看得到我们撤走那里的部队。敌人来得太快了,暗影一定早就得到情报,知道会发生些什么。他转头看着爱格马。

“不可能!”爱格马说道,“这到底是怎么回事?斥候怎么没有发现敌情?”

“爱格马领主,”一名指挥官说道,“你将东翼的斥候都调到河边去了,还记得吗?他们的任务是为我们查看渡口。你当时说,东翼的弓箭手会……”这名指挥官仿佛这时才想到了什么,不由得面色一白:“弓箭手!”

“弓箭手还在原位,”岚站起身,“我希望前线战士已经做好撤退的准备。让沙戴亚人撤出战斗,掩护步兵撤出阵地。把殉道使也调回来,我们需要神行术。”

“人龙大人,”爱格马说,“我们可以利用这个新的变化。如果我们将部队分开,对敌人进行夹击,我们就能……”

“你已经被解除职务,爱格马领主。”岚没有再看那个人,“而且,很不幸的是，我必须要求你处在监管之下，直到我查清楚到底发生了什么事。”

指挥帐篷中变得鸦雀无声，每一名侍从、传令兵和军官都转向了岚。

“那么，岚，”爱格马说道，“听起来，你已经将我逮捕了。”

“是的。”岚向背后的近卫军一挥手，战士们走进帐篷，挡住所有人逃跑的路线。一些爱格马的部下拔出佩剑，但大多数人的脸上只有困惑，也都只是将手按在剑柄上。

“这太令人愤怒了！”爱格马说，“不要做这种蠢事，现在不是……”

“你还想要我做什么，爱格马？”岚喝问道，“让你率领这支军队走进坟墓？让暗影杀光我们？为什么你要这样做？为什么？”

“你反应过度了，岚。”爱格马显然已经很难保持平静了，他的眼里喷出了火焰，“你的脑子里到底在想些什么？光明啊！”

“为什么你要撤下东翼丘陵的弓箭手。”

“因为我需要他们在别的地方作战！”

“真的是这样吗？”岚问道，“难道不是你对我说，守住那条战线对我们至关重要吗？”

“我……”

“你还调走了那个位置上的斥候，为什么？”

“他们……这……”爱格马伸手捂住头，似乎有些晕眩。他低头看着作战地图，眼睛愈睁愈大。

“你到底怎么了，爱格马？”岚问道。

“我不知道。”那个人拼命眨着眼，盯着眼前的地图。他的脸上显露出恐惧的神情，眼睛和嘴都张得老大。“哦，光明啊！我到底做了什么？”

“传我的命令！”岚急切地对近卫军战士说道，“让巴狄瑞大人、艾森勒女王和艾沙王到指挥帐篷来。”

“岚，你必须让……”爱格马停了一下，“光明啊！我不能说这种话，我一想要做什么，错误的念头就会溜进我的脑子！我还在想要制造麻烦。我已经把我们毁了。”他瞪直了双眼，抽出腰间的短剑。

岚抓住那把短剑，没有让爱格马将剑刃插进腹中，结束自己的生命。剑刃划破了岚的手指，让鲜血从他的指缝间流出。

“让我至少能带着荣誉而死吧，”爱格马说，“我……我已经把我们全都毁了，我让我们输掉了这场战争，岚。”

“不是这场战争，只是一场战役。”岚说道，“你的身上出了问题，可能是某种疾病，某种暗影的影响。我怀疑我们有人正在扰乱你的思维。”

“但……”

“你是一名军人!”岚吼道,“拿出一个军人的样子来!”

爱格马身子一僵。他看着岚的眼睛,点了一下头。岚这才将手指从剑刃上移开。爱格马把短剑收回鞘内。这位将军盘腿坐到地上,闭起眼睛。这是夏纳人冥思的传统姿势。

岚一边大步走出指挥帐篷,一边喊出各种命令,凯瑟尔王子跑步跟随在他身边,显得非常害怕:“到底出了什么事,人龙大人?”

“可能是心灵压制,”岚说道,“我们现在已经变成落入圈套的兔子。猎人正在慢慢收线,我们的脖子已经被勒住了。希望殉道使们还有足够的力气使用神行术!随时把东翼的消息向我报告!那些弓箭手需要支持,把剩下的预备队都派到那里去!”

凯瑟尔王子向后退去,手按剑柄,睁大眼睛:“我们真的输了?”这时,传令兵已经奔向战线各处,去传达岚的命令了。

“是的,”岚答道,“我们输了。”

“岚!”爱格马突然睁开眼睛说道。

岚转回身看着他。

“泰诺比女王,”爱格马说,“我在不受自己控制的时候派她进入非常危险的战场。将那些念头塞进我脑子的人一定是想要她死!”

岚轻轻咒骂了一声,飞快地跑出营地,登上附近的山丘。守在山丘上的卫兵们纷纷为他让开道路。他从腰带上拉出望远镜,但现在他不需要借助任何工具,就能看见沙戴亚女王的旗帜正在战场上飘飞。

泰诺比已经被包围了,她本以为会得到的援军并没有被派出。岚张嘴想要下达命令,但话音在他的唇边戛然而止。兽魔人已经压倒那面银白色的小旗帜,数秒钟之内,那个地方就再也看不见一名活着的士兵了。

岚只能觉到心中的冰冷,他已经不能再为泰诺比做任何事了。现在已经不是拯救某个人的时候了。

如果他在今天能带着一支没有彻底崩溃的军队逃离这里,就是他的运气。

麦特和图昂一起策马向南边的战场跑去,他们身边就是艾拉非的西部界河。

当然,图昂身边一定会跟着赛露西娅。现在还要加上明。图昂想要自己的新判决见证人随时陪侍在身侧,她一直在询问明关于各种幻象的事情,明则继续不情愿地向她解释着自己所看到的东西。

麦特曾经想要让明告诉图昂,她在麦特头顶上看见了一顶帽子。这样就应该能让图昂不会再想要抢走他帽子了,不是吗?而且这也总好过让明去说什么天平上的眼睛,红宝石匕首,或者明在他身上看到的其他各种该死的东西。

无论图昂去哪里,身后一定还会跟随着一百名视死卫士。这次跟随他们的,还有加尔甘和柯坦妮。这位柴棍女士还在为了没能及时为麦特服务而感到痛心疾首。富里克·卡瑞德也在这支队伍里,负责率领视死卫士。有卡瑞德在身边,麦特总是觉得似乎有另一个人将手插进自己的口袋里。但卡瑞德是一名优秀的军人,麦特对他有着相当的敬意。他很想看看,如果卡瑞德和岚相互瞪视,谁会先眨一下眼睛。或者他们可以连续瞪上几年?

"我需要看得更清楚一些,"麦特扫视着近在眼前的战场,"到那里去。"

他调转果仁,向一处高地跑去。在那里,双方部队正在河岸边殊死一搏。图昂一言不发地跟着他。当他们跑上高地时,麦特注意到赛露西娅正用匕首般的眼神盯着他。

"怎么了?"麦特问她,"我以为你看到我回来一定会很高兴,至少你又有人能够发泄怒火了。"

"无论你去哪里,女皇都会跟着你。"赛露西娅说。

"当然,"麦特说,"我也会一直跟着她的。只希望这样不会让我们一直在原地绕圈子。"他一边说,一边开始仔细查看不远处的战场。

这条河并不是很宽,也许有五十幅,不过水流相当湍急,而且浅滩两边的河道都很深。这是一道理想的天然屏障,能够被它挡住的并不只是兽魔人。但这片浅滩却是这道屏障上的一个弱点。浅滩处的河水只有齐膝深,而浅滩的宽度足以让二十队骑兵并行通过。

在远处的沙塔军队之中,一个人骑在一匹毛色光亮如缎的白马上。即使依靠手中的望远镜,麦特也很难看清他的面容。那个人光华闪烁的盔甲对麦特而言更是完全陌生的。在这个距离上,麦特很难确定他身上的任何细节。"我想,那就是我们的弃光魔使了?"他用艾杉玳锐朝那个人指了指。

"他似乎一直在向转生真龙叫阵。"加尔甘答道。狄芒德被至上力强化过的声音这时正在战场上回荡。他在要求转生真龙去见他,和他进行面对面的决斗。

麦特透过望远镜看着那个人:"那就是狄芒德?他是有点发疯吗,还是怎样?"麦特很清楚什么样的战斗是自己应该退避三舍的,他可没答应过要和弃光魔使作战。实际上,他记得自己从没答应过要参加任何一场战斗。沦落到今天这种下场，他走的每一步都是迫不得已的。而且牵着他鼻子的全都是这个或那个蠢女人。

艾雯当然能够对付狄芒德，或者那些殉道使应该也可以。兰德说过，殉道使已经不会再发疯了。不过麦特不知道这个承诺的可信度有多少。在麦特看来，任何男人，当他打算使用至上力时，就已经是个疯子了。疯子不可能变得更疯，就像一只被倒满的茶杯不可能装下更多茶水。

至少图昂的罪奴已经让沙塔导引者无法再为所欲为了。至上力的爆炸同时撕裂了两边的河岸。有这些导引者在，想要搞清楚战场的局势变得异常困难，出乎意料的混乱时刻都在发生。

麦特将望远镜沿着河道向南转过去，不由得皱起眉头。在正对浅滩只有几百步的地方，安扎着一座军营。吸引麦特注意的不是那座军营中散乱的帐篷，而是营地最东端的一支规模庞大的骑兵部队，他们正无所事事地待在那里。麦特认出正在那支部队前面踱步的一个人。看样子，她现在的情绪非常糟糕。麦特也许丢了一只眼睛，但他能清楚看到，那正是泰莉。

麦特放下望远镜，揉搓着下巴，然后，他按了一下帽子，将艾杉玳锐扛到肩头。“给我五分钟。”他一边说，一边踢了一下果仁，冲下山丘。他希望图昂不要再跟过来了。这一次，图昂终于没有违拗他的心意。不过，当他到达山丘脚下时，几乎能感觉到图昂那双充满好奇的眼睛。无论他做什么，似乎都能引起图昂的兴趣。

麦特沿河岸向泰莉飞驰而去。隆隆的爆炸声刺痛他的耳膜，让他知道，自己已经很靠近战场核心地带了。

麦特让果仁转向左侧，径直向正在踱步的将军跑去：“泰莉，你这个被光明照瞎的傻瓜！为什么还愣在这里？”

“君上，”泰莉跪倒下去，“我们受命留在这里，直到收到下一步命令。”

“是谁给你下的这种命令？快起来。”

“是布伦元帅，君上。”泰莉一边说，一边站起身。麦特能感觉到泰莉声音中的气恼，但这位霄辰将军还是保持着面容的平静。“他说，我们是预备部队，要时刻在这里待命，绝不能擅自离开岗位。他说，许多人的生死都关系到我们的行动。但您肯定也看到了，”她向河边一指，“我们的状况已经很糟了。”

麦特只顾着注意泰莉的部队，一时没有注意到河对岸的战斗。现在，他终于在近距离扫视了一边战场。

虽然罪奴在与沙塔导引者的对抗中不落下风，但常规部队显然已经濒临绝境。居于下游位置的左翼防御部队阵型已经完全被打乱，士兵们只能各自为战，在沙塔人的围攻中苦苦支撑。

骑兵到哪里去了？他们本该负责保护军队侧翼。而且，就像麦特预料的那样，沙塔弓箭手已经抵近前线，正用箭幕对布伦军的右翼骑兵部队造成杀伤。布伦的部队就像是一个正在遭受挤压的脓疡，随时都有可能被挤破、溃烂。

“该死的，这到底是怎么回事，”麦特说，“他正一手促成这场灾难。泰莉，那个元帅跑到哪里去了？”

“我不知道，君上。我已经派人去找他了，但我派出去的人直到现在也没有得到任何音讯。我只知道，我们一方刚刚在南边遭受重大挫折，加雷斯·布伦的两支骑兵大队在边境处的山丘下面被沙塔人围歼了。据说，他们被派往那里是为了缓解山丘上的马拉斯达曼尼所受到的压力。”

“该死的，”麦特考虑着这个新得到的消息，“好吧，泰莉，我们不能继续待在这里了，现在是行动的时候。让旗将玛库提率领第二旗队到中阵去，他必须绕过我们在那里作战的部队，把沙塔人逼退。你率领第三旗队绕过右翼，干掉那些弓箭手和一路上的其他山羊蛋。我带第一旗队去右翼，补上那里的防线。动起来，泰莉！”

“是，君上。但您不该这么靠近前线吧？”

“这件事不用你多嘴。快出发，泰莉！”

“请听我一言，君上，我能否谦卑地建议您，战场上不能没有保护，至少让我为您准备一身合适的盔甲吧。”

麦特想了一下，觉得泰莉的建议的确不失谨慎，毕竟这里是枪箭乱飞的战场，任何人都不能只凭运气就想让身子保持完整。泰莉叫来一名高级军官，他的身形和麦特大致相当。很快，麦特就换上这名军官的全身盔甲，这是一副色彩相当艳丽的护具，层层叠叠的甲片上涂着绿色、金色和红色彩漆，并用白银勾出轮廓。那名军官则困惑地接过麦特递给他的外衣。麦特郑重地命令他，等战斗结束后，他要把这身衣服完好无损地还给麦特。这身霄辰盔甲很是舒适，为麦特的胸、背、手臂和大腿前侧提供了良好的保护，但是，当那名军官将头盔捧给麦特时，麦特没有理他，只是整了整自己的宽边帽，就再次转头看着泰莉。

“君上，还有一件事，那些马拉斯达曼尼……”

“我亲自去对付那些导引者。”麦特说。

泰莉向麦特瞪大了眼睛，仿佛群鸦王子已经疯了。该死的，麦特觉得自己的确有可能是疯了。

“君上！”泰莉说道，“女皇……”看到麦特的表情，她又闭住了嘴，“至少我们可以派一些罪奴保护您。”

“非常感谢，不过我可以照顾好自己。那些该死的女人只会挡我的路。”他又咧嘴一笑，“准备好了吗，泰莉？我希望能够在喝上床酒前把这里的事情搞定。”

作为回答，泰莉转过身，高喊道：“上马！”光明啊，她真是有一副强壮的肺！随着这声号令，上万只屁股落在马鞍上，整齐的碰撞声响彻全军。每一名士兵都精神饱满，双眼直视前方。麦特不得不承认霄辰人的一种能力，他们真的很会训练士兵。

泰莉又喊出一系列号令，然后转回头看着麦特：“听从您的吩咐，君上。”

麦特喊道：“*Los caba'drin!*”他的士兵们几乎都不懂他在说什么，但他们都明白麦特的意思——“骑士，战斗！”

麦特催赶果仁踏进浅滩处的河水中，将艾杉玳锐高举过头顶。他听到身后隆隆的马蹄声，第一旗队排列成紧密的队形，跟随在他身周，嘹亮的霄辰号角声在他身后响起，每一支号角的音调略有不同，但全都尖利刺耳，能够传到很远的地方。这是霄辰人准备冲锋的号声。在麦特前面，白塔的士兵们显然也听到这阵号声，纷纷回头望过来。片刻之间，麦特率领的霄辰人已经冲过河滩，白塔士兵们纷纷为这群骑士让出道路。

麦特转向左侧，向前跑没多久，霄辰人突然就撞进大队沙塔骑兵之中。这些沙塔骑兵正忙着剿灭艾雯的步兵，而全速猛冲过来的霄辰骑兵立刻对他们造成重创。训练有素的霄辰战马会用前蹄将敌人踹倒，这种攻击让许多沙塔人和他们的坐骑纷纷横倒在地，完全无法阻挡霄辰人的冲击。

这些沙塔人显然也是一支精兵，但他们是重骑兵，装备着沉重的盔甲和长枪，虽然很适合歼灭步兵，但在如此狭小的战场上对抗高度机动性的轻骑兵时，就显得处处掣肘、左支右绌了。

第一旗队是一支全能型的部队，擅长使用多种武器，并进行过严格的团队作战训练。前排的骑士以致命的精确度掷出利矛，戳穿许多沙塔骑士的面甲。从面甲缝隙中直接刺进去的飞矛多得简直令人吃惊。后队骑士挥舞着弯刃双手大剑，剑刃扫过一道道头盔和胸甲之间的空隙，或者是沙塔战马胸甲上方的空窗位置，让沙塔骑士如同被伐倒的树干般倒落下去。斩马剑士后面的另一些霄辰骑兵使用长柄钩枪，将沙塔人拉下马鞍。装备钉头锤的霄辰骑兵便疾冲上前，用铁锤砸碎他们的脑袋，或者将他们的铠甲敲砸变形，让这些重甲骑士无法活动。当沙塔骑士们艰难地想要从地上爬起来的时候，身上仅披轻甲的霄辰人已经扑到他们面前，拉起他们的护面甲，用细长的匕首刺穿他们的眼窝。沙塔枪骑兵在这种战斗中几乎毫无用武之地。重型骑枪成为他们的累赘，许多沙塔人还没抛下骑枪，抽出佩剑，就已经丢了性命。

麦特命令一队骑兵一直沿河岸前进，直到战场的左侧边缘，并从那里迂回攻击沙塔骑兵队的侧后。从敌人的猛攻中解脱出来的白塔步兵也开始重新挥舞起他们的长矛和斧枪。三支霄辰旗队在三条战线上的猛攻终于奏效了，浅滩上的防御重新稳定下来。这是一场残酷而且损失巨大的战斗，界河两侧数百步之内的河岸全都残破不堪，变成一片泥沼滩涂，但光明阵营终于守住了阵地。

麦特发现自己冲进了战斗最激烈的地方。艾杉玳锐舞动如风，但他很快就发现，自己的武器并不怎么好用。黑矛很少能攻击敌人的皮肉，往往只是打在敌人的厚甲上，被弹到一旁。他却不得不在马鞍上连续左右躲闪，以免被沙塔人的刀剑砍到。

麦特缓慢地在拥挤的战场上移动着，几乎就要到达沙塔骑兵队的后阵了。就在这时，他发觉自己身边的三名霄辰骑士都从马鞍上消失了。奇怪，他们一分钟前还紧随在他身边呢。另外两名霄辰骑士在马鞍上挺直身子，向四周观望。眨眼间，他们的身上冒出熊熊火焰，他们尖叫着扑倒在地上。麦特转头向右侧望去，恰好看到一个霄辰人被一股无形的力量从马背上击落，向后飞出足有百余尺。

麦特转回头，看到一个相貌极为美艳的女子正紧盯着他。那个女人穿着一件样式奇怪、线条硬挺的黑色丝绸长裙，上面装饰着白色缎带。她像图昂一样，是个黑美人，但她的五官一点也不精致：颧骨高耸，嘴也很大，嘴唇如同饱满的花瓣。那双嘴唇正弯曲成微笑的样子，但这个笑容让麦特觉得很不舒服。

在这个女人的注视下，麦特觉得自己的徽章变冷了。他立刻剧烈地喘息起来。

到现在为止，麦特似乎都还很幸运，但麦特不想把自己的运气逼得太狠。就像没有人会把自己最好的赛马逼得太狠一样。在未来的一段日子里，麦特还非常需要他的运气。

麦特下了马，向那个女人走去。他的敌人则惊讶地张大了嘴，并立刻开始了下一个编织。而第二个编织的结果只是让她将眼睛瞪得更大。麦特用艾杉玳锐一扫，用矛刃的背面砍中那个女人的双腿，然后在这女人倒下时用矛杆狠狠敲了一下她的后脑。

那个女人面朝下趴到泥地里。但麦特没时间把她拉出来，他的面前突然出现了几十个沙塔人，十个霄辰人也立刻赶到麦特身边。麦特向前冲杀过去。这些沙塔人的手里只有短剑。麦特挥舞起长矛，挡开他们的攻击，他的霄辰人打得也很勇猛。

许多武器同时在麦特身边挥舞。麦特的艾杉玳锐将一团团泥浆掀到半空中。麦特的两名部下将那个趴在地上的女人拉起来，以免她在泥浆中窒息。

麦特继续向前猛攻。

人们不断呼唤着援兵。

小心地退步躲闪，随后立即再向前攻击。

地面被染成了红色。

当那些手执短剑的沙塔人被屠戮殆尽时，沙塔士兵取代了他们。愈来愈多的尸体沉入到泥浆之中。士兵在战场上当然要杀人，但这些沙塔人都是一副非要亲手杀死麦特不可的样子。当沙塔人终于不再攻过来时，麦特向周围看了一眼，他的身边只剩下四个霄辰人了。

虽然战局混乱异常，但麦特觉得自己对这片战场的把握比刚才更加清晰了。在短暂的战斗间歇中，他恢复了一名指挥官的身份。

“把这个女人的手绑在背后，”麦特喘息着对身边的部下说，“用布蒙住她的眼睛，别让她看到任何东西。”然后，他抹了一把眉头上的汗水。光明啊，那里流下来的汗足以汇成一条河了。“我们要带着这名俘虏回到浅滩，我要看看能不能在那里找到几个该死的罪奴，让她们加入这里的战斗。这些沙塔人不该只在战场上留下一个导引者。不过我们还是赶快走吧，也许还会有别的沙塔导引者会过来。”

麦特摆了摆手，他在刚才的战斗中打坏了自己的一个指甲，上面漂亮的彩漆都掉色了。他向身边的一名霄辰指挥官转过身，这个人满脸都是敬畏的表情，仿佛正在盯着该死的转生真龙。麦特低头看了地面一眼。他不喜欢这个人的表情，但被鲜血浸透的地面也好不到哪里去。在他脚边堆满了沙塔人的尸体。他到底杀死了几个沙塔人？

“君上……”那名军官说道，“荣耀之人，在帝国中，没有人敢质疑女皇，愿女皇永生。但如果说，有一个人曾经暗自为她的决定感到担忧，那么，他现在已经不会有这样荒谬的想法了，群鸦王子！”他举起剑，其他霄辰人也随他一同欢呼起来。

“赶快找些该死的长枪或斧枪，”麦特说，“你们的佩剑对步兵队根本没什么用处。”他咬下一点裂开的指甲，啐到一旁，“你们干得很漂亮。有人看见我的马了吗？”

果仁就在不远的地方。麦特抓过缰绳，向浅滩跑去。一路上，他成功地躲开大部分的战斗。刚才那名霄辰队长让他想起了塔曼尼，但麦特已经不想有更多追随者了。不知道他会不会玩骰子。麦特有些无聊地想着，一脚踏进河水里。他的靴子很好，但任何一双靴子在水里泡久了，都会漏水。当他牵着果仁走过浅滩时，袜子已经被水浸透了。在右边河岸远处正发生着一阵骚乱。看样子，像是一群两仪师正在进行导引作战。麦特不打算去她们那里找麻烦，他现在还有更大的麻烦要对付。

麦特看见前面有一个人正站在一棵树旁，穿着厚实的裤子和让他深感亲切的外衣。他跑到那个人面前，经过一番短暂的交谈后，和那个人交换了衣服。能够重新穿上两河外衣，麦特感觉非常好。他跳上马鞍，用还滴着水的靴子踢了一下果仁，向图昂所在的地方飞驰而去。他的部下已经依令带回了那名沙塔导引者。他们堵住了她的嘴，蒙住了她的眼睛。光明啊，到底该怎么处置这个女人？她很可能会成为一名罪奴。

现在这座山丘下已经安排好卫兵，麦特向他们稍一点头就跑了过去。现在，战场已经进入了他的脑海，而不再只是几张地图。他亲眼看到了敌我双方的厮杀，听到了呼喊和哀号，闻到了敌人身上腐臭的死亡气息。这一切对他来说都是真实的了。

他一到山顶，赛露西娅就劈头问道："女皇很想知道，为什么你要以如此不负责任的方式投入血腥的肉搏之中。你必须给予明确的回答。你的生命已经不再属于你，群鸦王子，你不能像过去那样对此毫不在乎。"

"我必须知道这场战争是什么样子，"麦特看着远方，"我必须感觉到战斗的脉搏。"

"脉搏？"赛露西娅问道。图昂正在像该死的枪姬众那样抖动着手指，和赛露西娅窃窃私语。她不和麦特直接说话，这可不是什么好迹象。

"每一场战斗都有自己的脉搏，图昂，"麦特的目光并没有从战场上转回来，"奈妮薇……她有时会抚摸病人的手腕，检查他的心跳，用这种方法知道那个人到底有什么毛病。我也在这样做。只有亲自进入战斗，才能感觉到它的脉搏，知道……"

一名剃光一半头发的仆人走到图昂身边，悄声向女皇和赛露西娅禀报着某些事情。他是从浅滩那里过来的。

麦特还在眺望战场，回忆着地图。不过他的地图已经被逐一放上真实的战斗。布伦没能在战斗中善用泰莉的军力，暴露了浅滩左翼的防御，还将自己的骑兵派进一个陷阱。

整片战场都已向他打开。他看见了双方的策略，预料到超出现时十步以后的状况。这就像是在预见未来，像明一样，只是他能看到的只有血肉、刀剑和战鼓。

麦特哼了一声："嘿，加雷斯·布伦是暗黑之友。"

"他是什么？"明的疑问脱口而出。

"这场战役再差一步就彻底完了，"麦特转向图昂，"我现在需要对我们的军队拥有绝对的控制权。我不想再和加尔甘争吵了。明，我需要你去找艾雯，警告她，布伦正努力让我们输掉这场战争。图昂，她需要亲自去，这种话如果从别人口中说出来，艾雯是不会相信的。"

所有人都在用震惊的表情看着麦特，只有图昂除外。麦特的妻子用她所独有的，那种能够让灵魂颤抖的眼神瞪了麦特一眼。麦特立刻觉得自己好像是一只脏老鼠，闯进一个刚刚被打扫得一尘不染的房间。他身上的汗立刻变得比在战场上的时候还要多。

快做决定啊，麦特心想，没时间了。他已经看清这盘棋上的每一个棋子，每一步路数。布伦的计划复杂且微妙，但最终必然会导致艾雯军的毁灭。

麦特可以阻止这个结果，但他必须现在就采取行动。

"好吧。"图昂说道。

这两个字几乎像麦特刚才的要求一样让周围的众人错愕不已。加尔甘元帅看起来仿佛宁可吞掉自己的靴子，也不愿接受麦特的指挥。明发现自己正被一队仆人和士兵带走，她不由得发出一阵气恼的抗议。

图昂催马来到麦特身边，低声说："我得到报告，在不久前的战斗中，你不仅亲手俘虏一名马拉斯达曼尼，还将我们的一名军官晋升成为低阶王之血脉。"

"我这么做了？"麦特莫名其妙地问，"我完全不记得。"

"你把你的指甲丢在他的脚上。"

"哦，那个……好吧，也许我是这么做过。这只是意外。还有那个导引者……该死的，图昂。我可不想让她……我猜，呃，就把她给你吧。"

"不，"图昂说，"你也该有自己的罪奴。当然，你不能训练她，但正有许多罪奴主渴望着这个机会。男人在战场上俘获罪奴的事情很少发生。实际上，是非常罕见。虽然我知道你特别的优势，但其他人并不知道，这会让你的声誉得到显著提高。"

麦特耸耸肩。他还能做什么？也许，如果那个罪奴是属于他的，他可以放她走或者为她做些别的事情。

"我会任命被你晋升的那名军官成为你的私人部属，"图昂说，"他拥有良好的战斗表现，也许有些太好了。他将被安排在浅滩那里参加战斗，正是因为他……可能属于一个正在暗中对抗我的集团。而现在，他对你颂扬备至。我不知道你到底做了什么，让他突然改变了自己的想法。不过你似乎对此颇有技巧。”

“我们最好希望我有同样的技巧能够为我们把胜利捞回来，”麦特嘟囔着，“现在的状况很糟，图昂。”

“除了你以外，没有人会这样想。”图昂谨慎地说道。她不是在和他争论，只是在陈述一个事实。

“但我是对的。我希望我错了，但我没有错，该死的没错。”

“如果你没错，那么我就将失去威信。”

“不会有事的，”麦特一边说，一边率先向北边数里外的霄辰营地快步跑去，“我知道自己经常会领着你像没头苍蝇一样乱撞，但你尽可相信，到最后，我还是稳赢不输。”

第30章

掠食者之法

佩林和高尔绕着艾雯的营地又转了一圈，结果同样令人沮丧。在狼梦里，这座营地只剩下不多的残迹。艾雯的军队已经向东撤退，这些帐篷只在现实世界停留了很短的时间，不可能在狼梦中留下很强的影子。

狼就是在这里发现了古兰黛。但佩林一直没能追踪到她，也不知道她到底在这里做什么。

迄今为止，杀戮者已经三次试图攻入暗帝牢狱的裂隙。每一次，当佩林收到狼的警告返回煞妖谷时，杀戮者都已经逃走了。杀戮者只是在测试他们。这是掠食者的方法，用试探的进攻侦查猎物群落，寻找其中的弱点。

至少，佩林和狼的计划奏效了。时间在裂隙附近的运行是最缓慢的。所以，当杀戮者企图偷袭兰德时，他的速度也会变慢，这让佩林有机会能及时追上他。

“我们需要让大家知道古兰黛的行动，”佩林这时回到营地中心，“她一定是在和我们营地中的暗黑之友联系。”

“也许我们可以去找裂隙中的那些人？你在那里能够和两仪师奈妮薇说话。”

“也许，”佩林说，“但我不知道这样打扰奈妮薇是否合适。她正在做很重要的事情。”然后，佩林转过身，看了一眼闪烁不定的铺盖卷，就从狼梦中消失了。他和高尔已经去梅丽罗查找过兰德承诺为他们开启的返回现实世界的神行术通道，但那里还什么都没有。如果他想要返回醒来的世界，他就必须在那里扎营，等待数个小时。现在他不可能有这么多时间。

如果能以自己的力量返回真实世界就好了。兰飞儿曾经暗示过，他能够学习这个技巧，但他只能从杀戮者那里学到。佩林一直在努力回忆杀戮者离开梦的世界的那一刻，他有没有感觉到什么？能不能找出一点杀戮者行动的线索？

佩林摇摇头。他已经将那一刻的情景回想了一遍又一遍，却没能找出任何蛛丝马迹。他叹了口气，向狼传出自己的情绪，充满希望地问道，有没有觅心者的影子？

狼似乎觉得他的急躁很有趣。不过他的确是问过太多遍了。

有没有发现两条腿的营地？佩林又问道。

这个问题得到了一个含混的响应。狼会注意人，只是为了避开人类。在狼梦中，它们显然不必再有这种顾虑。不过，人类聚集的地方常常会有疯狂的噩梦，所以狼必须学会远离这些地方。

佩林想知道其他战线的情况。伊兰的军队、佩林自己的人和巴歇尔领主夫妇怎么样了？佩林领着高尔以飞快的步伐向前奔跑，而不是用意念进行移动。因为佩林需要进行思考。

他以肉身在狼梦中停留得愈久，他就愈觉得应该掌握返回真实世界的能力。他的身体似乎明白，这个地方并不正常。他在这里一直没有睡过觉，尽管……他在这里已经有多久了？对此，他完全没概念。他们的食物就快吃光了，但他和高尔却觉得只在这里待了几个小时。这还是因为他们会频繁地前往煞妖谷，检查幻梦矛的情况。在这里太容易失去时间概念了。

但他的体内还是逐渐产生一种因为疲惫而导致的疼痛，这种感觉正变得愈来愈强烈。他不知道自己是否能在这个地方睡眠。他的肉体很想休息，却忘记该如何休息。这让他依稀想起很久以前，当他们逃离两河时，沐瑞用导引为他们驱散疲累时的感觉。那已经是两年前的事情了。

这真是无比漫长的两年。

佩林和高尔随后又对岚的营地进行一番查看。这里的景象比艾雯的营地更加虚幻。在狼梦中查看这里的状况几乎没什么意义。岚的部队主力是骑兵，撤退速度非常快，他们不会在任何地方停留到可以在狼梦中显示出固定影像的时候。

这里同样没有古兰黛的痕迹。“安奈伦也撤退了。”高尔观察着这片岩石旷野。他们只能猜测岚曾经在这里宿营。这里没有一顶帐篷的影子，只有偶尔一现的骑兵环形铺位。这些铺位中心处都会立有一根杆子，骑兵在睡觉时就会把马匹拴在这根杆子上。

高尔抬起头，向西方的地平线眺望：“如果他们从这里一直后撤，他们就会返回梅丽罗平原。也许那里正是他们的目的地。”

“也许，”佩林说，“我想要去伊兰的战线看一看……”

犊牛，一匹狼在呼唤他。佩林觉得这个“声音”有些熟悉。她在这里。

这里？佩林问，觅心者？

快来。

佩林抓住高尔的手臂，回到了北方。古兰黛在煞妖谷？她想要进入煞妖谷，杀死兰德吗？

他们到达了能够俯瞰萨坎魁山谷的山脊上，立刻伏倒在地，查看谷中的情况。一匹毛色灰白的老狼出现在佩林身边。佩林认识这匹狼。他很熟悉它的气味，却想不出它的名字。这匹狼并没有将自己的名字告诉过他。

“在哪里？”佩林悄声问道，“她就在山谷里吗？”

不，灰毛老狼说，在那里。

狼传给佩林的图像显示出谷口下方的一片帐篷。自从佩林第一次在这里遇到觅心者后，她至今还没有在这里出现过。

伊图拉德的部队一直驻守在这里，所以他们的帐篷在狼梦中已经变得愈来愈清晰稳固了。佩林小心地移动下去。高尔和那匹狼很快也来到他身边。佩林则依照狼传给他的图像，小心地向前搜索。

那里，狼向营地中心处的一顶大帐篷点点头。佩林以前在这顶帐篷里见过古兰黛。这是伊图拉德的帐篷。

当帐帘开始抖动时，佩林猛地停住脚步。古兰黛从里面走了出来。她还像佩林前几次见到她时一样，戴着一张岩石般的丑陋面孔。

佩林制造出一堵迷彩薄墙来隐藏自己，但他其实不需要这么做。古兰黛立刻就施展神行术，返回清醒的世界。那个世界已经是夜晚了。不过，在如此靠近暗帝牢狱裂隙的地方，时间的流动节律极为怪异。也许世界上其余的地方还处在别的时间里。

通过神行术通道，佩林能看见另一边的黑暗中有着和这里一样的帐篷。两名阿拉多曼人正守卫在帐篷门口。古兰黛一摆手，那两个人全都将身子挺得更直，并向她敬礼。

通道开始关闭，古兰黛正走进那边的帐篷。佩林犹豫了一下，然后移动到通道前。他必须立刻做出决定。要跟上去吗？

不，他的任务是监视杀戮者。不管怎样，在如此靠近醒来世界的地方，他有一种……警戒感。走过这个通道就会像是……

像醒来一样。

通道猛地闭合起来。佩林感觉到一阵遗憾。但他知道，自己应该留在狼梦里。在这里，兰德完全无法抵挡杀戮者的攻击。他需要佩林的帮忙。

“我们需要发出警告。”佩林说。

我想，我可以为你送这个信，犊牛。那匹无名的老狼说道。

佩林定住身子，然后转过头，“艾莱斯！”

我在这里是长牙，犊牛。艾莱斯带着一点打趣的意味对他说。

“我记得你说过，你不会到这里来。”

我说过，我一直在躲避这里。这个地方奇怪且危险。不过，我这辈子早就经历过不少奇怪且危险的事情了。那匹狼坐了下来。而现在必须有人照看你，愚蠢的小崽子。

佩林微微一笑。艾莱斯的思维同时混合着狼与人的味道，感觉上很奇怪。他传递思绪的方式是属于狼的，但他对于自身的看法太有个性、太人性化了。

“战争进行得如何？”佩林迫不及待地问。高尔出现在他身边，警戒地查看周围，以免古兰黛和杀戮者突然出现。他们面前的谷底异常安静，就连风都止息了，只有沙地上的灰尘不断变成一片片水波般的漩涡和涟漪。

我不知道其他战场的情形，艾莱斯说，我们狼一直都在回避两条腿。我们在许多地方战斗，在战场的边缘袭击敌人。大部分狼都在攻击这座山谷外面的扭曲者和永灭者。那里唯一的两条腿就是那些诡异的艾伊尔人。

这是一场残酷的战斗，影杀必须尽快完成他的任务。我们已经战斗了五天，很可能没办法再支撑下去了。

在北方的五天，在世界上的其他地方过去的时间要长得多。这段时间里，兰德一直在与暗帝作战。他就在暗帝牢狱附近，所以他可能只度过不到一天，甚至不到一个小时。在兰德战斗的地方，佩林能真切地感觉到时间变化有着明显的不同。

“伊图拉德，”佩林挠了挠下巴上的胡子，“他是指挥这条战线的统帅。”

是的，艾莱斯的气息中流露出一丝好奇。有人管他叫“小狼”。

“巴歇尔在伊兰军中负责指挥，”佩林说，“指挥艾雯军的是加雷斯·布伦。爱格马负责指挥岚的边境国军。”

这些我不知道。

“四条战线，四位统帅。这就是她的目标。”

“古兰黛？”高尔问。

“是的，”怒火在佩林胸中升腾，“她在对他们下手，改变他们的思想，腐化他们。我听到她说过……是的。我相信就是这样。她并不只是用军队来攻打我们的军队，她还计划直接破坏我们的指挥。艾莱斯，你知道一个人该如何以肉身进出梦的世界吗？”

我不知道，即使我知道，也不会教你。艾莱斯咆哮着，难道没有人告诉过你，你所做的是一件非常可怕而且危险的事情？

“有太多人这样对我说过了，”佩林答道，“光明啊！但我们需要警告巴歇尔。我必须……”

“佩林·艾巴亚！”高尔向远处一指，“他来了！”

佩林转过身，看见一道黑影向上直冲末日深渊的入口。群狼呜咽着，相继死去。更远处的狼发出长嚎，向敌人扑去。这一次，杀戮者没有退却。

掠食兽的行动方式：两三次试探，查清敌人的弱点，然后发动全力进攻。

“快醒过来！”佩林一边向艾莱斯高喊着，一边向末日深渊的洞口跑去，“警告伊兰、艾雯，或者你能找到的任何人！如果做不到，至少先阻止伊图拉德继续指挥军队。四位统帅都已经被腐化了，弃光魔使控制着他们的意识，他们的作战计划是不能被信任的！”

我会的，犊牛，艾莱斯说完就消失了。

“到兰德那里去，高尔！”佩林继续吼着，“守住通向他的道路！不要放过任何一个红面纱艾伊尔！”

佩林让战锤出现在自己的手中，没等高尔回答，便向杀戮者移动过去。

兰德与莫瑞笛激战正酣，两把剑如风般回旋，在相互激荡的光与影后，就是暗帝的本体——无尽的黑暗中既没有物质，也没有温度。

注入兰德体内的强大至上力已经到了爆发的边缘，他需要用这股力量来应对即将到来的战斗。而现在，他只是在用手中的剑与莫瑞笛对阵。凯兰铎如同用光明本身打造成的利剑，一次次挡开了莫瑞笛的攻击。

兰德每迈出一步，都有鲜血滴落在地面上。奈妮薇和沐瑞都扶住了身边的石笋，仿佛有什么东西在击打她们，那是兰德感觉不到的一种强风。奈妮薇紧闭着眼睛，沐瑞直视前方，仿佛已经下定决心，无论要付出什么样的代价，都不会将头转开。

兰德挡开莫瑞笛的攻击，剑刃迸起了火星。在传说纪元，他的剑术一直都好过面前的这个对手。

现在他失去了一只手。但感谢谭姆，这件事已经不再像以前那样影响他了。而且莫瑞笛也受了伤。只是这个地方……似乎一切东西都会在这个地方发生改变。地上的岩石仿佛会移动，让他常常被绊倒；空气时而冰冷干燥，时而闷热潮湿。时间如同溪流般从他们身边滑过，兰德甚至觉得能用眼睛看见它。在这里的每一次挥剑，外面可能都已经过去数个小时。

他砍伤莫瑞笛的手臂，让莫瑞笛的血泼洒到了墙上。

“我的血和你的血，”兰德说道，“我的肋下还有你留下的伤口，艾兰。那时你自以为就是暗帝，对不对？他有没有为此而惩罚你？”

“是的，”莫瑞笛吼道，“他恢复了我的生命。”他双手握剑，用力向兰德挥斩。兰德后退一步，用凯兰铎挡格攻击。但兰德判断错了地面的坡度，或者是地面突然发生了变化。兰德踉跄一下，被迫在敌人的打击下单膝跪倒。

剑刃抵住剑刃。兰德的腿向后滑去，碰到身后的黑暗。而那墨池般的黑暗仿佛正等待着这一刻。

一切都变黑了。

远方传来的巨森灵歌声让伊兰感到安慰，她现在只能勉强在马鞍上支撑住身体。

她所在的地方是凯瑞安城北一座山丘顶端，围绕在她身边的女人们状况也不比她更好。伊兰将全部还能握持住阴极力的家人都聚集到这里，无论她们的力量是多么弱小，或者已经多么疲惫。她们组成了两个连结，伊兰掌握其中一个。这个连结由十二个人组成，但她们凝聚在一起的力量也只是刚好超过一名两仪师而已。

伊兰已经不再导引。这些女人都需要休息，以恢复一点体力。她们大多颓然地坐在马背上，或者直接坐在地上。在她们面前，是一道岌岌可危的战线。士兵们在凯瑞安丘陵间绝望地拼杀着，用尽最后一点力量，想要挡住兽魔人的狂潮。

消灭北部兽魔人的胜利早已烟消云散，现在他们都已精疲力竭，而且眼看就要被南部的兽魔人包围了。

“我们差点就赢了。”亚甘达在伊兰身边说道。他不停地摇着头：“差点就赢了。”

他的头盔上只插着一根羽毛，这根羽毛曾经属于加仑恩。伊兰没能亲眼见证那位梅茵将军的牺牲。

这是最令人沮丧的结果。他们已经这么接近成功了。虽然有巴歇尔的背叛，虽然南方敌军出乎意料地提前到达，但他们依然冲到了距离胜利只有咫尺之遥的地方。如果伊兰能有更多时间部署军队，如果士兵们在剿灭北部敌人后能得到片刻喘息的机会……

但这些都只是如果。就在伊兰眼前，高贵的巨森灵为了保护龙而拼死战斗，同时也在逐一被兽魔人砍倒、淹没。这种古老的生物仿佛森林中遭到砍伐的大树，一个接一个，他们的歌声消失了。

亚甘达用染血的手捂着肋侧。他面色苍白，几乎已经无法说话。伊兰现在没有力量治疗他。“您的护法在战场上简直是一个恶魔，陛下。她的剑像阳光一样四处飞散，我发誓……”亚甘达摇摇头。即使得到了治疗，他可能也无法再拿起剑了。

他应该和其他伤员一起被……送走。但他们无处可去，耗尽力量的导引者无法再使用神行术了。

伊兰的军队正被一点点压碎。艾伊尔人结成许多小队，在兽魔人群中穿梭。白袍众几乎被包围了。狼卫士的状况也一样糟糕。真龙军团的重骑兵还在马背上坚持着，但巴歇尔的叛变显然动摇了他们的士气。

不时还会有一头龙喷出火焰。亚柳妲将它们集中到最高的山丘顶端，但它们的弹药几乎用光了，而导引者们没有力量用神行术从巴尔伦运送新的龙卵过来。亚柳妲一直在让龙发射盔甲的碎片，直到火药也行将告罄。现在，它们只能偶尔对密集的敌人进行一次轰击。

兽魔人很快就会冲破人类的战线，如同贪婪的狮子般扫荡伊兰的军队。伊兰在山丘顶端看着这一切。她的身边还有十名女卫士，其余的人都已经去参加战斗了。兽魔人已经冲破东边艾伊尔人的防线，那里距离龙所在的山丘非常近。

怪物冲上了那座山丘，几名守卫在侧坡上的巨森灵转眼间就被暗影大军吞没。那些怪物发出胜利的狂号。操龙手们纷纷抽出军刀，面容冷峻地站到龙前面。

伊兰还不想放弃那些龙，她开始从连结中抽取力量。她身边的女人们全都开始呻吟，而伊兰得到的只是一股至上力的细流，远比她所希望的要少。但她只能用这点力量编织出火之力，投向冲在最前面的兽魔人。

她的编织在半空中划出一道弧形，向暗影怪物落去。她觉得自己就好像是要用嘴将风暴吹开。很快，那颗孤单的火球就击中了目标。

地面猛然炸裂开来，整片山坡被扯碎，数十头兽魔人飞上了天空。

伊兰打了个哆嗦。月影不由得蹬了几下蹄子。亚甘达骂了一句。

战场的硝烟仿佛突然凝聚成一匹高大的黑马，出现在伊兰身边。骑在马背上的是一名中等身材的男人，留着披肩的黑色卷发。洛根比伊兰记忆中消瘦许多，双颊深陷，但面容还像过去一样俊朗威严。

"洛根?"伊兰惊讶地问道。

那名殉道使用力一挥手，战场各处都响起了爆炸声。伊兰转回身，看到一百名身穿黑色外衣的男人正从一个巨大的神行术通道中走出来。

"把巨森灵撤回来。"洛根说道。他的声音显得相当沙哑，那双眼睛似乎比以前更加阴暗了。"我们会守住这个地方。"

伊兰眨眨眼，然后向亚甘达一点头，让他把命令传达下去。洛根不该命令我，她的脑子里无意中冒出这个想法，不过，现在不是计较这种事情的时候。

洛根调转马头，跑到山顶边缘，查看伊兰军的状况。伊兰跟在他身后。她觉得自己全身都麻木了。殉道使怪异的攻击方式对兽魔人造成巨大的杀伤力，他们导引出许多神行术通道，并让这些通道沿着地面一直向前滑行，捣进兽魔人群中，杀死无数的暗影生物。

洛根哼了一声："你们的局面很糟糕。"

伊兰强迫自己的脑子活动起来。殉道使到了这里。"兰德派你们来的?"

"我们自己来的。"洛根说，"根据泰姆收藏的资料，暗影已经为这个陷阱计划了很长时间。我只是刚刚将这个计划解读出来而已。我们先来到你这里，黑塔将与安多的雄狮并肩作战。"

"我们需要立刻将部队撤离。"伊兰强迫自己拨开脑子里的迷雾，她的军队需要一位能够思考的女王。"喝他娘的奶！我们一定会死伤惨重的。"也许她只能撤走自己的一半人马，但能挽救一半也比全军覆没要好。"我会逐次撤回我的部队。你能不能打开足够多的神行术通道，把我们撤到安全的地方?"

"这不是问题。"洛根漫不经心地说着，目光依然停留在山下的战场上。他不动声色的面孔足以让任何护法相形见绌："但这样做会造成一场屠杀。你的部队没有撤退的余地。如果抽走正在战斗的士兵，你的防线会愈来愈弱，剩下的士兵只有死路一条。"

"我不知道还能有什么选择。"伊兰怒喝道。她真的是累坏了。光明啊！援军终于到了，她却比刚才更愤怒、更悲哀。不要这样。她让自己镇定下来，在马背上挺直身子："我的意思是说，我非常感谢你们的支持，但即使是你们也无法扭转现在的战局。一百名殉道使不可能阻止十万嗜血的兽魔人。如果我们能重整战线，让我的人至少得到一点休息……但这是不可能的。我们必须撤退，除非你们能创造一个奇迹，洛根大人。"

洛根微微一笑。也许伊兰用"大人"来称呼他让他感到很满意。"安德罗！"他高喊了一声。

一名中年殉道使快步跑了过来，他的身边还跟着一名身材圆胖的两仪师。佩维拉？伊兰已经累得想不明白这到底意味着什么了。一名红宗？

"大人？"那个名叫安德罗的男人问道。

"我需要挡住兽魔人的进攻，让军队有足够的时间休息和重整，安德罗。我们怎样才能创造一个奇迹？"

"嗯，大人，"安德罗揉搓着下巴说道，"这要看情况了。现在这里还有多少女人能够导引？"

这是只有在传说中才会发生的事情。

伊兰曾听说过男人和女人组成巨大的连结，创造伟大的功业。白塔中的每一个人都会学习到有关这些属于上一个纪元的传奇知识。那是来自一个更美好的时代的幻想，那时，男性的至上力还不是令人恐惧的存在，两种不同的至上力可以被融合在一起，创造难以想象的奇迹。

伊兰不知道传说中的日子是不是真的回来了，那个时代的两仪师肯定不会像她们这样如此忧虑、如此绝望。但他们留下的传说的确让伊兰感觉到无比敬畏。

伊兰加入了这个一共由十四名女人和十二名男人组成的连结。她几乎连一点力气都没有了，但她的涓滴能量还是能为这股至上力的洪流做出一点贡献。更重要的是，一个连结中的女人至少要比其中的男人多一个。只有在她加入连结之后，洛根才能随之加入，把自己强大的力量融入连结之中。

操控这个连结的就是那个安德罗。这真是一个奇怪的人选。伊兰能够通过连结感觉到这个男人的力量，他实在是太弱了，有许多因为能力不足而被送出白塔的女人甚至都比他来得强。

伊兰一行人已经移动到了战场边缘。在安德罗进行准备的时候，没有参与连结的殉道使正在抵挡兽魔人的进攻。这个男人的动作一定要快一点。不过，伊兰还是很难相信他能做出什么决定战局的事情，即使有十三个男人和十四个女人将力量全部给予他，这股力量在兽魔人大军面前还是太过单薄了。

安德罗正站在伊兰和洛根的坐骑之间。伊兰听到他悄声说道："光明啊，你们在导引时就是这样的感觉吗？你们怎么能握持如此强大的至上力？怎么能够不被它吞噬，不被它烧毁？"

佩维拉伸手按住他的肩头，温柔的意味溢于言表。伊兰现在已经累得有些糊涂了，但这个景象还是给她带来不小的震撼。红宗竟然会向一个男人表示关爱，这实在是太超出她的想象。

"让士兵们退回来。"安德罗轻声说道。

伊兰下达了命令，同时对现在的局势深感忧虑。她身旁的这个男人以前绝不可能握持过如此强大的能量，这完全有可能冲昏他的脑袋。伊兰曾见过这种情形。光明在上，但愿他知道自己在做什么。

士兵们纷纷向后退去，从伊兰这群人身边跑过。有几名疲惫不堪的巨森灵还在向伊兰点头致意。他们的肩膀都沉了下去，手臂上带着伤口。兽魔人向前涌来。现在只有殉道使还在用至上力阻挡着它们前进的脚步了。

殉道使们有很强的力量，但这还远远不够。他们面前的兽魔人太多了，这股黑色的洪流不可能如此轻易就被挡住。洛根到底想要干什么？

安德罗的嘴角露出微笑，他伸出双手，仿佛按住了一堵墙壁。然后，他闭上眼睛："三千年前，真龙大人将龙山从地底拔起，将他的羞耻埋葬于其中，而他的怒火直至今日还在那座山中燃烧。今天……我将它呈献在您的面前，陛下。"

一根光束出现在空中，迅速升至百尺之高。月影向后退了退，伊兰皱起了眉。这根光束是怎么回事？这又有什么……光束开始旋转，向两旁扩张。这时，伊兰才意识到，这是一个神行术通道，一个无比巨大的通道，巨大到能够将整幢凯姆林王宫的侧翼放进去！

他们面前的空气开始抖动，这正是从背后看到神行术通道的样子。从这个角度，伊兰看不出通道指向何方。难道已经有另一支军队等在通道的另一边？

伊兰能看到那些嘴角淌着口水的兽魔人正在向通道中观望。很快，它们的表情变得无比恐怖，站在前排的兽魔人纷纷转回身，向后跑去。伊兰也感觉到一阵突兀的高热压迫过来，几乎让她无法呼吸。

有什么东西仿佛被无法想象的力量推动着，从通道中喷薄而出。那是一股直径足有百尺的熔岩柱。离开通道后，熔岩柱塌落成灼热的洪涛，涌向整片战场。位于通道两旁的殉道使用风之力编织筑成一道无形的堤坝，引导这股火流朝正确的方向喷涌。

火焰河流冲过最前列的兽魔人，眨眼间让千百头暗影怪物化为乌有。岩浆仍然承受着来自火山内部的巨大压力，不断从通道中倾泻而出，将愈来愈多的兽魔人变成灰烬。转眼间，暗影大军的黑色阵列被扫掉了很大的一片。

安德罗将这个巨型通道维持了数分钟之久，直到暗影军队开始全体后撤。他身边的殉道使们鼓起强风，把逃向两侧的暗影生物吹回到愈来愈宽的熔岩河中。最后，伊兰军和兽魔人之间出现了一片红热的死亡沼泽。现在兽魔人已经被逼退到背靠凯瑞安北墙的位置上。

安德罗吸了一口气，关闭通道，又连续打开另外两个通道，一个指向东南方，另一个指向西南方。

熔岩柱又喷出了两次，它们都比第一次的规模要小。安德罗的力量明显减弱了。凯瑞安城的东、西两侧很快也变成了死亡沼泽，残存的枯草朽木全都变成青烟，飘向空中。一些兽魔人军队逃掉了，但许多暗影怪物都被熔岩所吞噬，或者被困在熔岩和凯瑞安城墙之间。隐妖需要相当长的时间才有可能组织起幸存下来的兽魔人，再次对伊兰的军队发动攻击。

安德罗关闭了第三个通道，脚下一个踉跄。幸好佩维拉扶住了他。

“一个奇迹，陛下。”安德罗的声音很轻，显得有些吃力，“一切依照您的要求，这应该能把它们挡住几个小时，够了吗？”

“足够了，”伊兰说道，“我们可以在这段时间里重整队伍，为龙运来弹药，从梅茵带来两仪师，为士兵疗伤和驱除疲惫。然后，我们挑选出精壮战士，继续战斗。”

“您还要打下去？”安德罗惊讶地问道。

“是的，”伊兰说，“我已经快直不起腰了，但现在不能撤退，绝不能把这支兽魔人部队完整地留在这里。你们为我们争取到了优势，洛根。我们要充分利用这个优势，充分利用我们所拥有的一切力量，将敌人彻底摧毁。”

第31章

狂暴之水

艾雯看着河对岸激战正酣的光明军和沙塔军队。她已经回到了艾拉非一侧河滩上的营地中。她渴望着再次上阵，与暗影战斗。但她必须和布伦谈谈发生在山丘前的事情。她走进指挥帐篷，却发现那里空无一人。

营地中到处都是两仪师和从神行术通道中撤离山丘的弓箭手和长矛手，两仪师们带着焦急的神态相互交谈着。她们都很累了，但从她们不断望向河对岸的眼睛里能看出来，她们都像艾雯一样急于要回到与暗影的战斗里去。

艾雯叫来站在指挥帐篷前的传令兵："告诉姐妹们，她们还有不到一个小时的休息时间。既然我们已经放弃了丘陵地带，在那里作战的兽魔人很快就会投入到河边的战场中了。"

艾雯刚才一直率领两仪师沿着这一侧的河岸顺流而下，不断对河对岸正在向浅滩进军的兽魔人发动攻击。"向弓箭手传令，让他们也跟随两仪师一同行动。他们必须尽量使用他们剩余的箭支，直到我们弄到下一批供给为止。"

传令兵跑走以后，艾雯转向站在身边的莱伊纹和她的丈夫贝尔·多蒙："莱伊纹，那些正在过河的骑兵部队看起来像是霄辰人。你对他们有了解吗？"

"是的，吾母，的确是霄辰人。站在那里的那个人……"她的手指向河边的一棵树，那棵树下站着一个剃光鬓角的男人。那个男人穿着肥大华丽的长裤，上身却穿着一件仿佛是两河样式的褐色旧上衣。“……他告诉我，由科尔甘将军指挥的骑兵军团离开霄辰营地，已经奔赴前线。是布伦元帅请求他们提供支持。”

“他还说，群鸦王子也在他们中间。”多蒙插口道。

“麦特？”

“他并不只是单纯地随队行动，实际上，他亲自率领着一支旗队及时赶到我们的左翼，那里正有一支沙塔部队向我们发动突袭。在他率队到达之前，我们的长矛手防线几乎就要崩溃了。”

“艾雯。”盖温向远处一指。

就在浅滩以南几百步以外，一小队士兵正涉水过河。他们都脱光了外衣，只穿着短裤，将剑绑在背后。艾雯看不清那些人的面容，只是觉得他们的指挥官有些眼熟。

“是乌诺吗？”艾雯皱起眉，挥手示意马夫为她牵马过来。她一跨上马背就开始催马疾奔。盖温和她的卫兵紧追在她身后。他们一直朝那些正躺倒在河岸上，大口喘气的士兵们跑过去。和那里距离还很远的时候，艾雯就听到一个人的咒骂声。

“乌诺！”

“该死的，来得正好！”乌诺站起身，充满敬意地敬了一个礼，“吾母，我们的情况糟透了！”

“我看到了。”艾雯咬了咬牙，“你们遭到攻击时，我正好在那里的山顶上。我们尽全力作战，但敌人的数量太多了。你们是怎么杀出来的？”

“我们是该死的怎么杀出来的，吾母？那时我们周围的人不停地从马背上掉下去。我知道，我们已经完了。于是我们没命地跑出来，就像被该死的闪电打中屁股！我们一直逃到这条蛤蟆屎的河边，脱光衣服跳了进去，拼尽全力游了过来。吾母，如果有什么粗话，请别介意！”然后，乌诺又吐出一连串的咒骂。他的顶髻也随之不停地跳动着。艾雯坚信，画在他眼罩上的那只火眼现在变得更红了。

然后，乌诺又深吸一口气，缓和了一下情绪，才继续说道：“我不明白，吾母，那时有个山羊脑子的传令兵告诉我们，山丘上的两仪师有危险，我们要立刻该死的回身去攻打那里的兽魔人。我说，如果我们去打兽魔人，那谁来照看河边我们该死的左翼？那个传令兵说布伦元帅会处置好那里，后备骑兵会代替我们驻守河岸，那些伊利安人能守住我们该死的侧翼。该死的，他们只有一个中队，让他们承担这个任务就像是让一只该死的苍蝇去抵挡一只该死的猎鹰！天哪，它们其实正等着我们杀过去，就好像它们早就知道我们的行动一样。不，吾母，这不可能是加雷斯·布伦的失误。我们被一个满嘴奶油的绵羊肚子骗了！别在意我的粗话，吾母！”

“这个我不能苟同，乌诺。我刚刚听说，布伦元帅从霄辰人那里求得了一个骑兵军团的援军，也许他们只是在赶来的路上耽搁了时间。等我找到元帅，就能把这件事问个水落石出了。赶快带你的人回营地去，好好休息一下。光明在上，你们战斗得很英勇。”

乌诺点点头。艾雯策马返回了营地。

利用沃拉超法器，艾雯编织出风之力和水之力，将它们缠结在一起。一道水流从河中跃起。艾雯把她的水龙卷朝坎多一侧正要攻击人类军队的兽魔人甩去，狂暴的水流冲击着兽魔人的队列。艾雯的力量不足以将兽魔人吹到空中，但也逼得它们步步后退，不得不用双手护住面孔。

在她身后，其他两仪师也都在界河的艾拉非一侧进行着导引。弓箭手不断将羽箭射向天空。这些弓箭手的人数并不多，他们射出的箭幕也无法像艾雯所希望的那样将天空遮蔽，但他们的每一道箭幕还是能让上百头兽魔人倒下。

在艾雯身旁，佩莱尔和另外几名擅长地之力编织的褐宗姐妹，正在让兽魔人前锋脚下的地面爆裂开来。麦瑞勒和许多绿宗姐妹编织出火球，让它们飞越艾雯的水龙卷，落进兽魔人密集的队列中。许多满身火焰的兽魔人还会跑出相当远的一段距离，才会扑倒在地上。

兽魔人发出一阵阵嚎吼，仍然向河岸边的防御部队全速疾奔。几队霄辰骑士突然从防御阵列中冲出来，迎头杀进兽魔人群中。这个攻击来得如此突然，许多兽魔人甚至没来得及举起手中的武器，冲在最前面的敌人成片倒下。霄辰人对暗影部队的前锋进行了一番扫射后，又转身跑回防御阵列中。

艾雯继续着自己的导引，强行压下深深的疲惫感。兽魔人还没被打垮，反而更被激怒，以极度的狂暴猛攻人类防线。在风动和水动的撞击声中，艾雯依然能够清楚地听到它们的吼叫。

兽魔人变得愈来愈愤怒了？但只有在它们品尝到玉座的怒火后，才会明白什么是真正的愤怒。艾雯汲取了愈来愈多的阴极力，一直把自己逼到能力的边缘。她将水龙卷加热。沸水烫伤了兽魔人的眼睛、双手和心肺。她感觉到自己在呼喊，将沃拉超法器指向前方，仿佛那是一根长矛。

仿佛已经过去几个小时，体力耗竭的艾雯终于听从盖温的劝说，准备撤退。盖温去牵他们的坐骑，当他回来时，艾雯正看着河对岸。

毫无疑问，她的军队左翼又后退了三十步。即使有两仪师的力量，他们还是渐渐输掉这场战争。

她早就该去找加雷斯·布伦了。

艾雯和盖温返回营地。她从马鞍上爬下来，把坐骑交给莱伊纹，让莱伊纹用她的马去帮助运送伤员。许多伤员都经由浅滩被运了回来，还有许多伤兵是依靠同伴的扶持走回来的。

不幸的是，艾雯已经没有力量进行治疗，更别说施展神行术送伤员前往塔瓦隆或者梅茵。大多数从河岸边撤下来的两仪师状况也不比她好多少。

“艾雯，”盖温轻声说道，“那里有一个骑马过来的人，是霄辰人，看起来像一名女贵族。”

一名王之血脉？艾雯一边想，一边站起身，朝盖温所指的营地另一边望过去。至少盖温还有力气警戒周围的状况。艾雯实在想不通，怎么会有姐妹不喜欢护法？

那个向他们走过来的女人穿着霄辰风格的上等丝绸长裙。艾雯的肠子几乎要翻转过来，那么华贵的仪容却建立在以导引者为奴隶的基础上，建立在对水晶王座的绝对服从上。这个女人肯定是王之血脉。一队视死卫士就跟随在她身后，只有非常重要的人物才有可能……

“光明啊！”盖温喊道，“是明？”

艾雯吸了一口冷气，的确是明没错。

明双眉紧锁，向艾雯一低头，“吾母。”她身后披黑甲的卫兵们则全是一副岩石面孔。

“明……你还好吗？”艾雯问道。一定要小心，不能泄露太多信息。明被霄辰人俘虏了？她当然不可能加入霄辰人一伙，她会吗？

“哦，我没事，”明闷闷不乐地说，“我只是有些没胃口，又被塞进这套怪怪的衣服里。他们那里有许多非常精美的食物。我也许应该告诉那些霄辰人，精美并不等于好吃。艾雯，你真应该看看他们喝的东西。”

“我已经见识过了。”艾雯的声音冷如严霜，她实在没办法让自己的语气柔和一点。

“哦，你说得没错。不过，吾母，我们现在遇到了一个问题。”

“什么样的问题？”

“嗯，这要看你对麦特有多少信任。”

“我相信他很会找麻烦，”艾雯说，“我相信他很喜欢美酒和赌博。无论他跑到哪里，都能找到这几样东西。”

“你相信他能指挥军队吗？”明问。

艾雯犹豫了一下。她能相信吗？

明向前俯过身，向视死卫士们瞥了一眼。他们似乎并不打算让她过于靠近艾雯。“艾雯，”她轻声说道，“麦特认为布伦正将你的军队引向毁灭，他说……他说他认为布伦是暗黑之友。”

盖温笑了起来。

艾雯愣了一下，她本以为盖温会怒不可遏。

“加雷斯·布伦？”盖温说道，“暗黑之友？我宁可相信我的母亲是暗黑之友。告诉考索恩，不要灌太多皇室白兰地，他没有那么大的酒量。”

“我倾向于同意盖温。”艾雯缓缓地说道。不过，她没办法对己方军队现在的混乱状况视而不见。

她需要尽快把这件事查清楚。“麦特总是喜欢盯着不需要他盯着的人。我知道他只是想保护我。告诉他，我们很感谢他的……警告。”

“吾母，”明说道，“他似乎对此非常确定。这不是一个笑话，他希望您将您的军队交由他来指挥。”

“我的军队。”艾雯冷冷地说。

“是的。”

“由麦特·考索恩全权指挥。”

“嗯……是的。也许您还应该知道，女皇已经给予了他指挥全部霄辰军队的权力，现在他是考索恩元帅了。”

时轴。艾雯摇摇头。“麦特是个优秀的战术指挥官，但将白塔的军权交给他……不，这是不可能的。而且，能够给予他这个权力的不是我。军权在白塔评议会的手中。现在，我们该怎样让包围你的这些绅士相信，你在我身边会是绝对安全的？”

虽然很不愿意承认，但艾雯的确需要这些霄辰人。她不会为了救明而冒险破坏和霄辰的盟约。更何况现在看起来，明并没有什么危险。当然，如果霄辰人发现明曾经在法美向他们立下过誓言，后来又逃走了……

“不用担心我，”明面色阴郁地说，“我想，也许我还是留在芙图娜的身边会更好一些。她……知道我的能力。这要感谢麦特。不过这样我也许能帮到她，还有你。”

这番话别有深意。视死卫士受到严格的纪律约束，即使听到明直接使用女皇的名字，也不可能立刻有任何过激反应。但他们的身子的确都变得僵硬，面孔也板了起来。要小心，明，艾雯想道，现在你身边全都是深秋的荆棘。

明却似乎毫不在意，“你是否能考虑一下麦特的话?”

“加雷斯·布伦是暗黑之友?”艾雯问道。这实在太可笑了。“回去告诉麦特，如果有必要，就将他对这场战争的意见提交给我们。现在，我需要去找我们的指挥官，拟订下一步计划了。”

加雷斯·布伦，你在哪里?

无数黑色的羽箭腾起到空中，几乎和夜空融为一体，然后化成一片死亡之雨，落在萨坎�谷口伊图拉德的军队中。一些箭支被盾牌弹开，另一些则射穿了战士们的身躯。一名士兵就倒在距离伊图拉德站立的岩台不过数寸的地方。

伊图拉德没有丝毫退缩，他将双手背在身后，身子挺得笔直。不过，他还是嘟囔了一句，“有些太靠近前线了，对不对?”

站在他身边的殉道使宾德脸色有些难看：“抱歉，伊图拉德元帅。”他的任务就是挡开敌人的冷箭。迄今为止，他都做得很好，但有些时候，他会显露出一副茫然的神情，并不住地嘟囔着“他们”想要“抓住他的手”。

“打起精神来。”伊图拉德说道。

他的头在一阵阵抽痛。今晚，他又做梦了，而且是那么真实。他看到兽魔人在活嚼他的亲人，他却没有力量拯救他们。当它们吃掉苔馨和孩子们的时候，他奋力抗争过，痛苦地哭泣过，却又为了烹煮血肉的香气而感到诱惑。

在这个梦的最后，他已经在和那些怪物一起享用美味的肉食了。

别去想那些事，伊图拉德告诫自己。但这样做并不容易，那个梦太栩栩如生了。他很高兴兽魔人的攻击能将他惊醒。

他已经对这次攻击做好了准备。士兵们一直确保壁垒上燃烧着大堆的篝火，确保夜幕无法遮蔽他们的双眼。兽魔人在付出高昂的代价后，终于突破了荆棘墙。现在，伊图拉德的部队正在谷口奋力抵挡它们冲进山谷。

当兽魔人在峡谷隘路中突破重重阻碍时，伊图拉德并没有浪费时间。现在，谷口已经筑起一系列齐胸高的土垒，如果长矛手的防线被逼退，十字弩手依然能凭借这些工事阻挡敌人。

现在，伊图拉德组建起许多支人数在三千左右的分队，每支分队单独结成方阵，其中包括长矛手、钩刀手和十字弩手。方阵的前沿和侧翼都有骑马弩手作为游兵。每一个防御方阵的最前沿是六排长矛手，他们使用的长矛足有二十尺长。这是伊图拉德从马兰登战役中得到的经验，一定要让士兵保持和兽魔人的距离，愈远愈好。

这种巨型长矛发挥了很好的效果。伊图拉德的长矛方阵能够以中心为轴进行转动，并朝各个方向进行防御。即使被兽魔人包围，他们也还能继续战斗下去。兽魔人在与这些方阵缠斗时，自身的阵型就会被方阵割裂，而艾伊尔人会趁兽魔人阵型散乱时发动猛烈的突袭。

在长矛手队列后面，伊图拉德布置了装备钩刀和斧枪的士兵。有时候，兽魔人还是会冲开长矛丛，或者以尸体的重量压倒前沿的防御阵列。这时，钩刀手就会从长矛手的缝隙间冲出来，用钩刀割断兽魔人的腿筋，为长矛手争取时间，让他们退到后列，重整队伍。方阵中作为预备队的长矛手则会挺进到前沿，继续阻挡兽魔人的进攻。

这道防线一直坚持到了现在。今晚，十二个这样的方阵正在兽魔人的怒涛中勉力支持，每一个人都在奋勇拼杀，竭尽全力阻挡着发狂的兽魔人。兽魔人则不顾一切地扑向长矛手，想要压垮他们的防御。但每一个方阵都在高效率地运转着，化解了暗影大军一波又一波的攻势。就算是有一些兽魔人从方阵间的缝隙中冲了进来，伊图拉德也不担心，艾伊尔人自然会收拾它们。

伊图拉德努力让双手在背后保持着稳定，不要紧握起来，也不要不住地颤抖。在马兰登之后，一切都不一样了。他学会了很多，但也为此而付出了巨大的代价。

光明烧了我的头痛吧，他想道，也烧了这些兽魔人吧。

他已经有三次差点下达命令，让所有部队放弃方阵防御，向敌人发动全面进攻。他能清晰地想象他的战士对兽魔人大肆杀戮的情景。不应该再耽搁了，他想要尝到鲜血的味道。

但每一次，他都制止了自己。他们来这里不是为了让敌人流血，而是为了守住阵地，让末日深渊中的那个人有足够的时间完成他的任务。这才是他唯一的目的……难道不是吗？为什么他近来总是很难记起自己的任务？

另一阵兽魔人的箭雨落在士兵们的头上。隐妖已经将一些兽魔人带到隘口两侧的山脊顶端，那里曾是伊图拉德的弓箭手驻守的阵地。要爬上那个地方是极不容易的事情，隘口两侧的山壁如同刀削一般陡峭。有多少兽魔人在往上爬的时候摔下去跌死了？兽魔人中几乎没有优秀的弓箭手，但从那个地方向军队射箭是不需要瞄准的。

斧枪手们举起了盾牌。如果用一只手持盾，他们是无法战斗的，不过他们早就将盾牌用皮带缚在背上，以备不时之需。愈来愈密集的黑羽箭穿透黑夜中的薄雾，飞落下来。天空中的风暴云团中传来隆隆的雷声，但寻风手正全力施为，将风暴挡在萨坎鞑之外。她们已经不止一次宣称，这种极具毁灭性的风暴能够将这座山谷中的军队全部吹走。有一次，在她们努力控制住天气之前，曾经有拳头一样大的冰雹掉落了足有一分钟之久。

有寻风手使用那只巨大的碗来抵御暗帝从天空中发动的攻击，伊图拉德觉得这是一件幸运的事情。如果能用一场飓风，暴雪或者其他什么恐怖的天气摧毁这里的人类，暗帝才不会在乎有多少兽魔人一起陪葬。

“它们正在重新聚集，准备再次对谷口发动攻击!”有人在黑夜中喊道。随后又有更多人发出了类似的呼喊。伊图拉德借助篝火的光亮，透过迷雾向谷口眺望。兽魔人的确在那里集结。

“命令第七和第九步兵阵撤退，”伊图拉德说，“他们战斗的时间太久了。让第四和第五步兵阵离开预备队位置，去守住防线两翼。准备更多箭矢。还有……”他皱起眉头。那些兽魔人在干什么？它们后撤的距离比伊图拉德预料的更远，这时已经隐没在黑暗的峡谷隘口中。它们不可能就这样撤退了。它们会吗？

一片黑色的波浪从谷口中奔涌而出。是魔达奥，成百上千的魔达奥。黑色的斗篷在风中没有丝毫摆动，死白色的脸上看不到眼睛，嘴唇扭曲成冷笑的样子，手中擎着纯黑色的利剑，如同蛇一样扭动身躯，飞快地向前游动。

伊图拉德没有时间下达命令，甚至没有时间做出任何反应。魔达奥已经纷纷钻进每一个防御方阵，在长矛手之间挥舞起它们致命的毒刃。

“艾伊尔人!”伊图拉德吼道，“让艾伊尔人上去！还有导引者！全都杀上去！只留下守住末日深渊的部队！快！快!”

传令兵纷纷飞跑出去。伊图拉德只能满心恐惧地看着眼前的战场。一支魔达奥的军队。光明啊，这简直就像他的噩梦一样可怕!

第七步兵阵很快就垮了下来，方阵分崩离析。伊图拉德张嘴想要命令自己的精英预备队，也就是负责保护他的部队前去支持。他需要骑兵去转移步兵承受的压力。光明阵营的大部分骑兵都在其他的战线上作战，这种兵力分配是正确的。不过他仍然掌握着一支规模不大的骑兵部队，而且现在这支部队还完整地被保留在他身边。

只是……

伊图拉德紧闭起双眼。光明啊，他实在是太累了，他已经没办法思考了。

在进攻之前先要撤退，一个声音在他的脑海中响起，撤退到艾伊尔人那里，然后在那里战斗。

“撤退……”他悄声说道，“撤……”

但这么做似乎又有着非常、非常严重的错误。为什么他的脑子里总是有这个抹不去的念头？

提莱队长，伊图拉德努力想要说话，你进行指挥。但他没办法把这句话说出来，有什么东西似乎让他无法张开口。

他能听到人们的喊叫。到底出了什么事？为了打倒一只魔达奥，往往会有百十名士兵阵亡。在马兰登，两名趁夜溜进城中的魔达奥杀光他的一整个弓箭手连队，足足一百人。现在他的防御方阵是用来应对兽魔人的，针对它们巨大笨重的弱点，用长矛挡住它们，再割断它们的脚筋，以此来阻碍敌人的攻势。

而隐妖能够像敲开鸡蛋一样轻易砸开这些方阵。面对它们的攻势，士兵们根本无法做出正确的应对。

“伊图拉德元帅？”提莱队长问道，“元帅，您在说什么？”

如果他们撤退，兽魔人就会包围他们，他们需要坚守阵地。

伊图拉德张开嘴，要下达撤退的命令：“撤到……”

狼。

狼如同幽影般出现在薄雾之中，咆哮着扑向魔达奥。一个满身毛皮的人跃上这片岩台，伊图拉德吃了一惊，急忙转过身。

提莱踉跄着向后退了一步，大声呼喊卫兵。而那个怪人已经扑向伊图拉德，将他推下岩台。

伊图拉德没有反抗。无论这个人是谁，伊图拉德都非常感激他。当他从岩台上跌落下去时，甚至有一种胜利的感觉。他最终还是没说出撤退的命令。

他重重地落在地上，肺里的空气全被撞了出去。狼轻柔地咬住他的手臂，把他拖进黑暗之中。慢慢地，他失去了知觉。

艾雯坐在营地中。坎多边境的战斗仍然在继续着。

她的军队挡住了兽魔人。

就在河对岸，霄辰人正与她的军队并肩作战。

艾雯自己捧着一小杯茶。

光明啊，这实在是太令人气恼了。她是玉座，但她却没了力量。

她还没见到加雷斯·布伦，不过这并不让人感到奇怪。布伦一直在移动自己的位置。希维纳已经受命去寻找他，应该很快就会带消息回来了。

两仪师们正在运送伤员前往梅茵接受治疗。太阳已经渐渐落进地平线，如同一只昏昏欲睡的眼睛。艾雯握住茶杯的手颤抖着。她还能听到战斗的喧嚣。看样子，兽魔人就算到了天黑也不会撤退，它们打算在将人类军队在河边碾碎。

远处的怒吼声一阵接着一阵，但来自导引者的爆炸声已经开始变得稀疏了。

艾雯转向盖温。盖温看起来没有一丝疲惫，但他的脸色显示出一种怪异的苍白。艾雯抿了一口茶，无声地骂了盖温一句。这样责备盖温并不公平，但她现在并不在乎是否公平的问题。拿护法出气是她的权利，这正是护法的责任之一，难道不是吗？

一阵微风吹过营地。现在她位于浅滩以东数百步以外的地方，却还是能够闻到风中的血腥味。不远处，一队弓箭手正在指挥官的号令下拉开弓弦，射出一道箭幕。片刻之后，两只黑翅膀的人蝠从空中跌落下来，撞击在营地边缘的地面上，发出两声闷响。随着夜幕降临，还会有更多人蝠发动偷袭。

麦特。想到他，艾雯就会莫名其妙地感到气愤。他是个牛皮大王，一个小无赖，一个看见漂亮女人就迈不开腿的家伙，而且对她从来都不知道尊重。他……他……

他是麦特。艾雯记得自己十三岁那一天，他曾跳进河里去救蒂梅·鲁文。实际上，蒂梅根本就没溺水，她只是被一个朋友拉住，身子没入水里。麦特跑过去，一头就跳进水中。为了这件事，伊蒙村的人笑话了他几个月。

又一个春天，麦特从同一条河中拉出杰尔·亚胡恩，救了这个男孩一命。那以后，人们很长时间没有再开过麦特的玩笑。

这就是麦特。虽然他整个冬天都在抱怨大家不该那样取笑他，但第二次遇到相同的状况时，他还是跳了下去。当别人遇到危险时，他不会把眼睛转到一旁。艾雯还清楚地记得，身材瘦长的麦特从河里爬上来，小杰尔趴在他的肩膀上，大口地喘着气，一脸惊慌失措的样子。

杰尔溺水时没有发出任何声音。艾雯从没想过，溺水的人竟然会是这样的，没有喊叫，没有挣扎，更不会求救。杰尔就那样无声无息地沉进水里。人们没有察觉到任何异常。只有麦特看见了。

他还跑进提尔之岩去找我，艾雯心想，当然，后来他还要从两仪师手中把艾雯救出来，却不愿相信艾雯已经成为玉座。

那么，这一次又是怎样？她是不是真的溺水了？

你对麦特·考索恩到底有多少信任？明曾这样问过她。光明啊，我相信他。我是个傻瓜，但我真的相信他。麦特很可能错了。他经常会犯错。

但当他判断正确的时候，很多人都会因为他而得救。

艾雯强迫自己站起来，一招手，盖温来到她身边。但她只是拍了拍盖温的手臂。不能让士兵们看到他们的玉座竟然衰弱到需要有人来搀扶的地步："其他战线上有什么报告？"

"今天并不多，"盖温皱起眉，"实际上，其他战场都异常安静。"

"伊兰应该在凯瑞安作战，"艾雯说，"那里至关重要。"

"她也许正忙于战斗，无暇和我们交换情报。"

"通过神行术派出信使，我需要知道那里的情况。"

盖温点点头，快步跑开了。等到盖温离开后，艾雯迈着稳定的步子，在营地中找到了希维纳，她正在和两名蓝宗姐妹交谈。

"布伦呢？"艾雯问。

"在伙食帐篷里，"希维纳说，"我也是刚刚知道。我已经派一名跑者去吩咐他留在那里，等待您过去。"

"走吧。"

艾雯向食堂帐篷走去。那是现在营地中最大的帐篷。一走进帐篷中，她就看到了布伦。布伦并没有吃东西，只是站在厨师的行军厨案后面，那张厨案上正铺着他的地图。厨案还散发出一股洋葱气味，大概是因为已经有无数颗洋葱在那上面被切碎了。尤缇芮在这里的地面上还打开了一个可以俯瞰战场的神行术通道。艾雯到达的时候，她正在将这个通道关闭。现在他们不会将这样的通道打开太久，以免沙塔人发现，并将至上力的编织从通道中射过来。

艾雯用极低的声音对希维纳说："召集评议会，以最快的速度把你能找到的每一个宗派守护者都带过来。"

希维纳点点头。也许她心中感到困惑，脸上却没有流露出任何异样的表情。随后，她就快步跑出帐篷，艾雯则找来一张椅子，坐了下去。

史汪不在这里，她很可能又去帮助治疗伤员了。这样很好。艾雯可不愿意在史汪的怒视下做这种事情。而且，她也为盖温感到担忧。盖温敬爱布伦，就如同敬爱自己的父亲。她已经能从约缚中感觉到他的忧虑了。

这就是艾雯现在要面对的微妙状况。在评议会到来之前，她还不打算开始。她不能凭借一点推测就指控布伦，但她也不能忽略麦特的警告。麦特是个无赖，是个傻瓜，但她信任麦特。光明在上，她真的信任麦特，她愿意将自己的生命放到那个无赖的手上。大概只有战争才会产生出这种古怪的事情。

宗派守护者们很快就聚集了过来。她们负责白塔的军事行动，而现在她们每天傍晚时分都会聚在一起，接受布伦和他的指挥官们送来的战况报告和作战计划。所以布伦似乎并不认为她们现在出现有什么反常，他只是继续着自己的工作。

有不少宗派守护者在走进来时向艾雯投来好奇的目光。艾雯向她们点点头，竭力表现出玉座的威严。

帐篷里终于到齐了足够的宗派守护者，艾雯决定开始。她们已经浪费了很多时间，她需要彻底从自己的脑海中除去麦特的指控，否则她就要证明这个指控是真实的。

“布伦元帅，”艾雯说道，“你现在还好吗？我们一直都很难找到你。”

布伦抬起头，眨眨眼。他的眼里布满血丝。“吾母，”他一边说话，一边向宗派守护者们点点头，“我的确感到劳累，但应该比您好一些。我要关注整个战场，照顾到每一个细节。这您是知道的。”

盖温快步跑进帐篷。“艾雯，”他的脸色似乎又变得更加苍白了，“出问题了。”

“怎么了？”

“我……”他深吸一口气，“巴歇尔元帅叛变了。光明啊！他是暗黑之友。如果不是殉道使及时援助了伊兰，伊兰可能就一败涂地了。”

“这是怎么回事？”布伦从地图上抬起头，“巴歇尔是暗黑之友？”

“是的。”

“不可能，”布伦说，“他为真龙大人统率军队已经有几个月之久，我对他并不熟悉，但……暗黑之友？这不可能。”

“这种假设很没道理……”赛尔琳说。

“你们可以亲自向女王查问这件事，”盖温挺起胸膛，“这是我听她亲口说的。”

帐篷中一片寂静。宗派守护者们彼此对视，面带忧色。

“元帅，”艾雯对布伦说道，“你怎么会派遣两支骑兵队离开防线，向南来支持我们的山丘阵地？实际上，他们掉进了敌人预先设好的陷阱。而主力部队的左翼在他们离开后也完全暴露了。”

“这有什么问题，吾母？”布伦问道，“很明显，你们当时就要被兽魔人打垮了，任何人都能看出这一点。是的，我让他们离开了左翼，但我已经派遣伊利安后备军去代替他们。但我看到沙塔骑兵开始进攻乌诺的右翼时，我就派出伊利安人去支持他们了。这是正确的应对措施。我那时不知道那里会有那么多沙塔人！”他的声音几乎变成了叫喊，但他立刻又紧闭上嘴，双手不住颤抖，“我犯了一个错误。我并不是不会犯错的，吾母。”

“这不只是一个错误，”菲丝勒说道，“我刚刚和乌诺以及其他幸存下来的骑兵谈过。乌诺说，他和他的部下在赶往两仪师阵地时，就已经闻到陷阱的气味了。而你却承诺会给他们支持。”

“我告诉过你们，我给他派了援兵，我只是没想到沙塔人会派出那么大规模的一支部队。而且，我仍然控制着整个战局。我已经命令一支霄辰骑兵军团支持我们的部队，他们应该能对付那些沙塔人。我命令他们过河作战，只是我没想到他们会耽搁那么久！”

“但是，”艾雯让自己的语气变得更加强硬，“数千名战士被兽魔人和沙塔人前后夹击，彻底摧毁，甚至连逃出来的机会都没有。你让他们送了命，却连一个像样的理由都说不出来。”

“我必须把两仪师救出来！”布伦说，“她们才是最宝贵的资源。请原谅，吾母，但在这一点上，您和我有着同样的看法。”

“两仪师当时还完全可以支持下去，”赛尔琳说，“我就在那座山丘上。是的，我们承受了巨大的压力，但我们能够守住战线，并且完全可以继续战斗一段时间。”

“你牺牲了数千名优秀的战士，布伦元帅。你知道这其中最糟糕的一点是什么吗？这种牺牲是完全没必要的。你只是让那些霄辰人驻扎在浅滩附近，他们本来完全有可能挽救今天的战局，却只是在那里等待你的命令。而你根本没有向他们发出任何命令，对不对，元帅？你把他们丢在那里，就像你丢弃了我们的骑兵一样。”

“但我命令他们发动攻击了，他们最终也采取了行动，不是吗？我派了一名传令兵，我……我……”

“如果不是麦特·考索恩，他们还会继续在河对岸等待，元帅！”艾雯转过身，打算离开这里。

“艾雯，”盖温抓住她的手臂，“你说什么？只是因为……”

布伦抬起手，按住额头。然后，他跌坐在地上，仿佛四肢都突然失去了力量。“我不知道我出了什么事，”他茫然地低声说道，“我一直在犯错，吾母。我一直对自己说，这只是小错，可以弥补。然后我又会犯下更多错误，直到局势无法挽回。”

“你只是累了，”盖温看着他，声音中饱含苦涩，“我们全都累了。”

“不，”布伦低声说，“不，这不是疲惫。以前我也有过体力透支的时候。这就像是……我的直觉突然间都错了。我下达命令，然后，我也看到了其中的漏洞、问题。我……”

“心灵压制，”艾雯感到心中一寒，“你遭受了心灵压制。敌人在直接攻击我们的统帅。”

帐篷中的几名姐妹立刻拥抱了真源。

“这怎么可能?”盖温表示反对，“艾雯，我们一直有姐妹在营地中警戒一切导引的迹象!”

“我不知道暗影是如何做到的，”艾雯说，“也许他们在数个月以前，战争没有开始时就下手了。”她转向宗派守护者：“我建议评议会解除加雷斯·布伦对军队的指挥权。这要由你们来做出决定，宗派守护者们。”

“光明啊，”尤缇芮说，“我们……光明啊!”

“一定是这样，”多欣说，“这是非常聪明的一步，在不知不觉间摧毁我们的军队。我们本该看出来……我们的统帅早就应该得到更加周详的保护。”

“光明啊!”菲丝勒说道，“我们需要立刻把消息传达给人龙大人和萨坎鞑!那两条战线的统帅也会遭到攻击。暗影很可能会以这种方式协同进攻，让我们的四条战线同时崩溃。”

“这件事由我来做，”赛尔琳向帐篷外走去，“另外，我同意吾母的提议。布伦必须被解除职务。”

一个接一个，宗派守护者们纷纷点下了头。这不是评议会的正式表决，但也足够了。加雷斯·布伦坐在厨案旁。可怜的人，毫无疑问，他遭受了沉重的打击，现在肯定已经心忧如焚了。

出乎意料地，他露出了微笑。

“元帅?”艾雯问道。

“谢谢。”布伦反而放松了下来。

“谢什么?”

“恐怕，我已经失去了我的自主意识，吾母。我一直在审视我所做的一切……成千上万的人因我而死……但那些决定并不是我做的。并不是我。”

“艾雯，”盖温说道，他很好地掩饰住自己的痛苦，“如果布伦已经让我们的军队陷入险境，我们就必须立刻改变我们的指挥结构。”

“把我的指挥官们都叫来，”布伦说，“我要把指挥权移交给他们。”

“如果他们也受到控制呢?”多欣问。

“是的，”艾雯说道，“主导这个阴谋的很可能是弃光魔使，也许是魔格丁。布伦元帅，如果你受到暗影的控制，你的军官也一样难以逃避敌人的手段。他们会像你一样产生错误的直觉。”

多欣摇着头：“有谁是可以信任的?无论谁掌握军权，都有可能遭受心灵压制。”

“我们也许只能亲自指挥军队了。”菲丝勒说，“没有导引能力的男人肯定比两仪师更加脆弱。至少我们能够感觉到导引和拥有导引能力的女人，要操纵我们肯定会更困难。”

“但我们之中谁有战场指挥的经验？”菲兰恩问道，“我的确看过许多军事书籍，能够查看作战计划，但我根本不知道该如何入手制订这种计划。”

“我们总比会受到暗影腐蚀的人要好。”菲丝勒说。

“不。”艾雯离开盖温的扶持，站直身子。

“那又该让谁来指挥？”盖温问。

艾雯咬紧了牙。让谁来指挥？她只知道一个不可能受到心灵压制的人，至少魔格丁对他无可奈何。一个能完全免疫阴极力和阳极力效果的人。“我们必须让麦特·考索恩指挥我们的军队，”她说道，“愿光明眷顾我们。”

第 32 章

黄花蜘蛛

罪奴为麦特在地面上打开了一个洞口，让麦特能够直接俯瞰整片战场。

麦特揉搓着下巴，仍然在为这种奇妙的手段感到惊讶。在过去的一个小时里，他已经充分利用了这种手段。为了让艾雯的军队摆脱布伦设下的陷阱，他又向河岸防线的两翼派遣更多霄辰骑兵旗队，调动更多罪奴来对抗沙塔导引者和兽魔人的滚滚洪流。

当然，这仍然比不上他亲自到战场上去看一看。也许他应该再去厮杀一番，找一些感觉。他瞥了图昂一眼，他的妻子正坐在行军宫殿中的皇座上，一个十尺高的巨型皇座，眯起眼睛看着他，就好像能看穿他的心思。

她是两仪师，麦特告诫自己，的确，她不能导引，她还没允许自己去学习导引。*但她还是该死的两仪师，而我已经跟她结婚了。*

不过，图昂同时也是一个令人难以置信的人。每一次当她下达命令时，都如同闲话家常般从容自若。在这件事上，她足可做伊兰和奈妮薇的导师。图昂坐在那个皇座上果然很合适。麦特让目光在她身上逗留了一段时间，她却对自己皱起了眉头。这太不公平了。如果一个男人不能多看自己的妻子两眼，那还有谁能欣赏她的美丽？

麦特又将视线转回到战场上。“真是个好办法。”他一边说，一边弯下腰，把手探进那个窟窿里。这个窟窿位于战场上很高的地方。如果他掉下去，他在撞上地面之前还会有时间哼上三段《她不让我看她的脚踝》，也许还能有时间再哼一段副歌。

“她通过观察两仪师的编织学会了这种技巧。”那个名叫卡绰娜的罪奴主指着自己的新罪奴说道。她说出“两仪师”这个词的时候，仿佛被噎了一下。麦特有一点能理解她，毕竟要说出这个称谓并不是那么容易。

麦特没有仔细看过这个罪奴，只是大概知道，从她的脑后伸展出花纹繁复的树枝状刺青，覆盖了她的脸颊，如同两只手托住她的头。俘虏她的正是麦特。但这总比让她为暗影效忠要好，对不对？

该死的，麦特暗自想道，你还打算劝图昂不要使用罪奴，麦特·考索恩，你却给自己捉了一个罪奴……

而更让麦特感到不安的是这名沙塔女子在被俘后的表现。罪奴主们全都在议论这件事，这名沙塔俘虏只是抗拒了很短一段时间，就彻底服从了。一般情况下，一名新罪奴要经过几个月的训练才能正确听从命令，而这个人在几个小时内就成了一名标准的罪奴。对此，卡绰娜一直显得洋洋自得，仿佛驯服这个沙塔女人完全是她的功劳。

这个窟窿的效果愈来愈让麦特感到吃惊。麦特站在它的边缘，点数着辽阔战场上的每一面旗帜和每一支队伍，把它们纷纷记在脑海中。如果克拉森·贝约拥有这种手段，历史又会变成什么样子？也许克勒萨之战的结局将会全然不同。至少，他肯定不会让沼泽毁掉自己的骑兵。

麦特的部队继续在坎多东部边境阻挡着暗影的进攻，但他很不喜欢现在的局势。布伦的陷阱布置得非常精巧，就像蜷缩在花瓣下面的黄花蜘蛛一样难以被发现。麦特对此洞若观火。只有真正具有高超军事才能的人，才能让一支军队陷入如此可怕的局面，却在表面上显示不出有多少劣势。这绝不是偶然的现象。

麦特损失的人马已经多到他不愿去计数的程度了。他的部队不断被逼向河边。狄芒德虽然还在不断地咆哮着要与转生真龙进行一对一的决斗，但他的军队从没停止过对麦特的防线施加压力，寻找一切可能的弱点。往往是重骑兵对一段战线发动突袭，兽魔人又在沙塔弓箭手的配合下对另一段战线进行猛攻。麦特只能紧紧盯住狄芒德的任何一个举动，好及时应对他的攻击。

夜幕很快就要落下了。暗影会撤兵吗？兽魔人能够在黑暗中战斗，但那些沙塔人也许不能。麦特又下达了一连串的命令，传令兵纷纷通过神行术通道奔向各支部队。片刻之后，他视野中的部队都开始发生了变化。“真快啊……”麦特嘟囔着。

“这将改变整个世界，”加尔甘将军说，“传令兵能够将命令立刻送达部队，指挥官能够随时查看战况，立刻做出反应。”

麦特嘟囔着表示赞同，然后又说道：“不过，我打赌，我还是要等半个晚上才能吃到伙食帐篷送来的晚饭。”

加尔甘却露出了微笑。麦特觉得自己就好像看到一块顽石咧开了嘴。

“告诉我，元帅，”图昂说道，“你对于我们的骏帅有何评价？”

“我不知道您是在哪里找到这个人，至圣至尊，但他的确是一颗无价的宝石。这几个小时中，我亲眼见证了他从毁灭的边缘挽救了白塔的军队。虽然他……行事风格不同寻常，但我几乎没见过像他这样才能超凡的指挥官。”

图昂没有露出半点笑容，不过麦特能够从她的眼里看到喜悦。那真是一双漂亮的眼睛。说实话，如果加尔甘的态度不再那样粗暴，也许这里还真会是一个不错的地方。

“谢谢。”麦特压低声音向和他一同俯视战场的加尔甘说道。

“我认为自己是一个坦率的人，王子殿下，”加尔甘用生满老茧的手揉搓着自己的下巴，“你将为水晶王座发挥出巨大的作用。如果让你过早被刺杀，那肯定不会是一件好事。我会确保第一批被派去刺杀你的人全是新手，这样你就能轻松地制止他们。”

麦特感觉自己的下巴垮了下来。这个人倒真是坦率，几乎让麦特感觉有些亲切了，仿佛派人来杀他是为了他好！

“这里的兽魔人，”麦特指着下面的一群兽魔人说道，“很快就会撤退了。”

“我同意。”加尔甘说。

麦特揉搓着下巴：“我们必须搞清楚狄芒德在耍什么花招。我怀疑沙塔人会让他们的一些马拉斯达曼尼趁夜潜入我们的营地。她们在战斗中很有献身精神，也就是一群不懂得保护自己的傻瓜。”

两仪师和罪奴主都不算胆小，但她们通常都很谨慎。沙塔导引者却截然相反，尤其是那些男性导引者。

“让一些罪奴在河边制造光亮，”麦特说，“严密封锁营地，环绕营地布置罪奴，让她们严密监视导引的痕迹。另外，任何人都不能导引，即使是要点燃一根蜡烛也不行。”

“那些……两仪师……也许不会喜欢这样。”加尔甘元帅说道。他在使用这个词的时候还是显得很犹豫。根据麦特的命令，他们已经开始用这个称谓取代马拉斯达曼尼了。麦特本以为图昂会取消他的这个命令，但图昂并没有这样做。

搞清楚这个女人的心思一定会是一件非常有趣的事情。如果他们两人能活过这场战争的话。

泰莉走进了宫殿。这名身材高大、脸上满是伤疤的黑皮肤女人走路时带着一股老兵的自信。她在图昂面前匍匐拜倒。她的衣服上还带着斑斑血迹，盔甲上有不止一处凹痕。今天她的军团经历了连番苦战，也许现在她觉得自己就像是一块被主妇反复使用的抹布。

“我很担心我们现在的位置。”麦特转回头，蹲在窟窿边，向里面望去。就像他预料的那样，兽魔人开始撤退了。

“为什么？”加尔甘元帅问。

“我们对导引者的使用已经到了极限，”麦特说，“而我们的防线背对河水。这种地形很难长期进行防守，特别是当敌军规模如此庞大的时候。如果他们用神行术将一部分沙塔军队在黑夜中转移到河的这一边，我们就有可能被彻底打垮。”

“我明白你的意思，”加尔甘摇着头，“如果他们有足够的力量，就会以各种手段消耗我们，直到我们疲惫不堪，他们才会收紧我们脖子上的套索。”

麦特看着加尔甘：“我认为，现在该是放弃这块阵地的时候了。”

“我同意，这应该是我们唯一的选择。”加尔甘元帅一边说，一边点头，“为什么不选择一个对我们更加有利的战场？你在白塔的朋友会同意撤退吗？”

“让我们看看。”麦特站起身，“要派人去找艾雯和那些宗派守护者过来。”

“她们不会来的，”图昂说道，“两仪师不会在这里和我们见面。我怀疑那个玉座也不会让我进入她的营地，除非我撤去必需的保护。”

“好吧，”麦特向地面上正在闭合的通道一挥手，“我们就把这种东西当作门，和她们隔着这个谈话。”

对于这个提议，图昂没有表示反对。于是麦特派出信使。进行这种会面安排需要一点时间，不过艾雯似乎也认为这个主意不错。在等待会面的这段时间里，图昂命人将自己的王座搬到宫殿的另一侧。麦特完全不知道她为什么要这样做。然后，图昂又开始问起明在人们身上看到的各种预兆。“这个人呢？”图昂问的是一个刚刚走进来，向她跪拜的、身材瘦长的王之血脉。

“他很快就会结婚了。”明说道。

“你首先要告诉我你看到的预兆，”图昂说，“然后才是你想要做出的解释。”

“我很清楚这个预兆的意思。”明表示反对。她坐在图昂身旁一个小一些的座位里。现在这个女孩的身上堆满各种做工精美的衣饰缎带，看起来甚至有些像一只掉进丝绸铺子里的小老鼠。“有时候，我立刻就能知道预兆的意思，而……”

“你先要说出预兆，”图昂的音调没有任何变化，“而且你要称我为至圣至尊。你能够直接和我对话，这已经是崇高的荣誉了，不要胡乱模仿群鸦王子的态度。”

明沉默了。但她并没有畏缩。她已经在两仪师身边待了太长时间，现在可不会被图昂的态度吓倒。麦特的身子僵了一下。他约略能猜出，如果图昂不再喜欢明，会对明做些什么。他爱图昂，光明啊，他知道自己的确爱她。但他也难免会有一点害怕图昂。

他必须看好图昂，不要让图昂决定对明进行“教育”。

“这个人的预兆，”感觉上，明似乎有些难以控制自己的语气，“是白色蕾丝缎带落进池塘。我知道这意味着他的婚姻已经近在眼前了。”

图昂点点头，并向赛露西娅抖动了几下手指。她们谈论的这个男人属于低阶王之血脉，并没有能够直接与图昂交谈的权利。他的脑袋几乎要贴到地面上，就好像他对于地上的小虫子非常感兴趣，正打算收集一些标本。

“王之血脉格韩阁下，”赛露西娅代替图昂说道，“他将赶赴前线，并在这场战争结束前不得结婚。预兆表明，他会找到一位妻子，所以他必将安然无恙。”

明面色一沉，张开了嘴。也许她想要说，预兆不是这样用的。但麦特及时地向她摇了摇头。她只好坐回座位里。

图昂又召来下一个人。这是一名年轻的军官，不属于王之血脉，是一个皮肤白皙、面容姣好的女人。不过，如果她戴上头盔，麦特就很难分辨出她的性别了。霄辰男性和女性的盔甲几乎没什么区别，麦特很不喜欢这样。麦特曾经问过一名霄辰的盔甲匠人，女性胸甲难道不该在某些部位特别加以强调，以便和男性铠甲有所区分吗？那名匠人只是瞪着他，仿佛在看一个白痴。光明啊，这些人简直一点道德感都没有。一个人在战场上有权知道自己面前的对手是男人还是女人。

当明逐一阐述她的预兆时，麦特坐回自己的椅子里，把穿着靴子的脚架在地图桌上，伸手到衣袋里去找烟斗。虽然看不到这名女军官的一些重要部位，麦特还是能看出她是个美人。也许她能够和塔曼尼配成一对。那家伙看女人的时间简直太少了，而且他在女人旁边总是显得很害羞。

麦特将身子向后一仰，屁股下面的椅子只有两条腿撑在地上。他就这样把脚跟搭在桌子上，朝烟斗里填塞着烟叶，完全不在意身边的人怎么看他。霄辰人真是容易生气。

霄辰军队中有许多女性，麦特不知道自己应该如何看待这个问题。这些女人里有很多和柏姬泰很像，这应该不是什么坏事。和麦特认识的许多男人相比，麦特更愿意和柏姬泰在酒馆里共同打发夜晚的时光。

“你将被处决。”图昂透过赛露西娅的声音对那名军官做出宣判。

麦特几乎从椅子上掉了下来。他抓住面前的桌子，椅腿猛然落在地上。

“什么？”明问道，“不！”

“你看到了白色野猪。”图昂说。

“我不知道它的含义！”

“这头野猪是翰多因的象征，翰多因是我在霄辰的敌人，”图昂耐心地向明解释，“白色野猪是一个危险的预兆，也许代表着背叛。这个女人在为翰多因效劳，或者她将来会倒向翰多因。”

“你不能就这样处死她！”

图昂眨了一下眼，直视着明。整个殿堂都仿佛被阴影所笼罩，变得比刚才更加冰冷。麦特打了个哆嗦。他不喜欢图昂变成这种样子。她那种眼神……就好像完全变成了另一个人，一个彻底冷酷的人。就算是一尊雕像，也似乎比她有更多的生命。

赛露西娅向图昂抖动着手指。图昂瞥了一眼，点点头。

“你是我的真言者，”她几乎是有些不情愿地对明说道，“你可以在公众场合纠正我的过失。你认为我的决定有错误吗？”

“是的，”明毫不迟疑地说道，“你没有以适当的方式使用我的能力。”

“我该怎样使用你的能力？”图昂问道。那名已经被判处死刑的军官依然匍匐在地，没有任何反抗的表示。她不可能直接对女皇说话，对她来说，甚至与图昂御前的人说话都是一种逾矩的行为。

“一个人可能做出的事情不能成为杀死她的理由。”明说道，“我无意对您表示不敬，但如果您因为我告诉您的事情而杀人，我就不会再说对您说任何事了。”

“我可以强迫你说。”

“你可以试试。”明轻声说道。麦特吓了一跳。该死的，明变得像片刻之前的图昂一样令人胆寒。“我们可以看看，如果你折磨预兆的阐释者，因缘又会如何对待你，女皇。”

图昂却露出了微笑：“你说得很好。告诉我你有什么打算，带来预兆之人。”

“我会告诉您我看到的幻象，”明说道，“但从现在开始，关于这些幻象的解释，无论是我所做出的，还是您所理解的，都需要予以保密。最好只有我们两个人知道。您可以根据我所说的话监视某人，但不能因此而惩罚任何人，除非您已经得到某人行为不轨的确实证据。现在，释放这个人。”

“就这样吧。”图昂说。然后，她通过赛露西娅宣布：“你自由了，要效忠水晶王座。你会受到监视。”

那名军官将身子伏得更低了，片刻之后，她才站起身，低垂着头退出宫殿。麦特看到从她脸上滚落的一滴汗水。看样子，这些女人也并非都是冰冷的雕像。

他转回头看着图昂和明，那两个女人仍然在彼此对视着。她们的手中没有匕首，但麦特觉得似乎有人已经挨了刀子。如果明能够学会一点尊敬就好了。麦特相信，总有一天，他要揪着明的领子，把她从霄辰刽子手面前拉跑。

一个神行术通道突然在宫殿中图昂指定的地方开启。麦特一下子明白了图昂为什么要移动自己的皇座。如果被派去见艾雯的罪奴被俘虏，被迫供出图昂的位置，两仪师就能在她的皇座上打开通道，把她切成两片。这种推测实在是有些可笑，两仪师就算是能飞，也不可能无故杀死不是暗黑之友的人。但图昂不会心存这种侥幸。

通道的对面是围坐在帐篷中的白塔评议会。在她们身后，艾雯坐在一个巨大的座椅上。麦特发现那正是白塔中的玉座。该死的……艾雯把那东西直接从白塔取过来了。

艾雯看起来很疲惫，但她对自己的仪态做了很好的掩饰。其他人的状态也不比她更好。两仪师已经将她们的力量发挥到了极限。如果艾雯是一名士兵，麦特绝不会再把她派上战场。该死的，如果一名士兵的脸色这么难看，眼神如此憔悴，麦特会命令他立刻到床上去睡一个星期。

“我们想要知道这次会议的目的。”赛尔琳镇定地说道。

希维纳坐在艾雯身边一把小一些的椅子上，其他两仪师都按照宗派的不同分组而坐。麦特猜测，一些宗派守护者，包括一名黄宗守护者，并不在场。

图昂向麦特点点头。他将是这次会议的主持人。麦特向图昂拉了一下帽檐，图昂则向他扬了下眉。她危险的眼神已经消失了，但她依旧是一位女皇。

“两仪师，”麦特站起身，向宗派守护者们拉了一下帽檐，“水晶王座感谢你们该死的理智，能够让我们来指挥这场战争。”

希维纳猛地瞪大了眼睛，仿佛有人踩住了她的脚趾。麦特从眼角看到图昂唇边的一抹微笑。该死的，这些女人真不该这样鼓励他。

“你的话还像以往一样生动有趣，麦特。”艾雯冷冷地说，“你还带着你的狐狸玩具吗?”

“没错,”麦特说,“它正依偎在我的怀里呢。”

“小心照顾好它,”艾雯说,“我可不想看到你遭受和加雷斯・布伦同样的命运。”

“那么,心灵压制是真的?”麦特问。艾雯已经将这个消息告知他了。

“至少是非常相似。”赛尔琳说,“据说,两仪师奈妮薇能够看到人们意识中的心灵压制编织,但我们不行。”

“我们已经让医疗者看视布伦了,”一名身材矮胖的阿拉多曼两仪师说道,“但现在我们无法相信任何经由他处理过的作战计划,至少在我们能够确定他何时落进暗影之前不行。”

麦特点点头:“听起来的确应该如此。现在我们需要让部队撤出那片浅滩。”

“为什么?”蕾兰问道,“我们已经守住了这道防线。”

“我们的防线并不牢固,”麦特说,“我不喜欢这里的地形。我们不该在不利于我们的地方作战。”

“我不喜欢向暗影退让哪怕一寸土地。”赛尔琳说。

“现在后退一步,等太阳出来,我们就能前进两步。”麦特答道。

加尔甘元帅低声表示赞同。麦特意识到,自己正在引用鹰翼的话。

赛尔琳皱起眉头,其他两仪师似乎已经推举她作为这次会谈白塔一方的主导。艾雯基本上置身事外,只是将双手的指尖交搭在一起,稳稳地坐在玉座之中。

“我也许应该告诉你们,”赛尔琳说,“白塔军的元帅并非暗影的唯一目标。达弗朗・巴歇尔和爱格马领主也都试图将自己的部队引向灭亡。两仪师伊兰成功地消灭了一股规模庞大的兽魔人军队,但这只是因为她及时得到黑塔的援助。边境国人则遭遇惨败,损失将近三分之二的人马。”

麦特心中感到一阵战栗。三分之二?光明啊!他们是光明阵营中最优秀的战士。“岚呢?”

“人龙大人还活着。”赛尔琳说。

这总算还是个好消息。“进入妖境的军队呢?”

“伊图拉德元帅在战斗中失踪了,”赛尔琳答道,“没有人知道他的下落。”

“这真是非常精彩的计划。”麦特的脑子飞速地转动着,“该死的,他们想要同时在四条战线上打垮我们,真无法想象他们是怎样进行协调的……”

“我还要提醒你,”艾雯轻声说道,“我们必须极为小心,任何时候都要把那头狐狸带在身边。”

“伊兰有什么打算?”麦特问,“现在凯瑞安战线是不是她在指挥?”

“两仪师伊兰现在正在援助边境国人,”赛尔琳说,“她刚刚通知我们,夏纳全境都失陷了。她正派遣殉道使将人龙大人的部队送往安全的地方。明天,她计划用神行术派遣军队前往边境国,将兽魔人挡在妖境附近。”

麦特摇摇头。“我们需要统一行动。”然后,他犹豫了一下,“我们能让她通过神行术到这里来吗? 至少直接和她取得联系?”

显然所有人都同意这个提议。没过多久,另一个通道在艾雯的帐篷中被打开,伊兰从通道中走了进来。她挺着大肚子,眼里几乎要喷出火焰。在她身后,麦特看到一群疲惫不堪的士兵正在黄昏的战场上踽踽而行。

“光明啊,”伊兰说道,“麦特,你想要做什么?”

“你那里打赢了?”麦特问。

“惨胜,但我们的确是赢了。凯瑞安的兽魔人已经被铲除,那座城市现在是安全的。”

麦特点点头:“我需要从现在的位置撤退。”

“很好,”伊兰说,“也许我们能够将你们的部队与剩下的边境国部队合并。”

“我希望的并不只是这个。”麦特走上前,“暗影的计谋……非常聪明,伊兰。该死的简直是聪明透顶。我们该死的已经快崩溃了,现在我们没有余力同时在多条战线作战。”

“那又该怎样?”

“我们进入最后的阵地,”麦特轻声说,“我们所有人,集中在一个有利于我们的地方。”

伊兰没说话。有人为她在艾雯身边安放了一把椅子。她依然保持着女王的威严,但凌乱的头发和不止一处被烧焦的衣裙表明她刚刚经历过怎样的恶战。麦特还能从她走过的那个通道中闻到硝烟的气味。

“听起来,局势很令人绝望。”伊兰终于开了口。

“的确如此。”赛尔琳说。

“我们应该要求我们的指挥官……”伊兰的声音低了下去,“只是我们不知道,有谁能够对心灵压制免疫。”

“只有一个人,”麦特看着她的眼睛,严肃地说道,“他正在告诉你,如果我们继续像现在这样作战,我们就完了。以前你们制定的作战计划很不错,但在我们已经损失这么多兵力之后,伊兰,除非我们能集结军力,在一个适当的战场最后一战,否则我们必死无疑。”

掷出最后一把骰子。

伊兰坐在椅子中，沉默了一段时间，才终于问道："哪里？"

"塔瓦隆？"盖温问。

"不，"麦特说，"暗影有足够的军力包围那里，并派遣其余的军队继续入侵。我们的战场不能是一个会将我们困在其中的城市，我们需要对我们有利的地形，而且不能让兽魔人在那里找到食物。"

"那么，我们也许可以在边境国找到一片这样的地方，"伊兰面色冷峻地说，"岚的军队在撤退时几乎烧光那里的每一座城市和村庄。"

"地图，"麦特一挥手，"给我拿地图来。我们需要在夏纳南部或艾拉非找一个地方，一个离这里足够近，足以吸引暗影的地方，并且能发挥我们的全部力量……"

"麦特，"伊兰问道，"难道这不正是暗影所希望的？一个将我们彻底铲除的机会？"

"是的，"麦特一边接过两仪师送来的地图，一边低声说道。这些地图上都带有各种符号。根据两仪师的说法，这些都应该是布伦元帅亲手做出的标记。"我们必须成为一个有诱惑力的目标，必须将它们吸引过来，或者将它们打败，或者被它们吃掉。"

持久战肯定对暗影更为有利。一旦有足够的兽魔人进入南方诸国，它们的入侵就将无可阻遏。麦特只能选择速胜或者完败。

这真是最后一把骰子了。

麦特指向地图上的一个地点，布伦对那里进行了详细的注释。那是一系列丘陵与河川的汇聚点，有着良好的水源供给。"这个地方。梅丽罗？你们把它用来作为补给集散点？"

赛尔琳轻轻咳了一声："那么，我们又回到了原点，对不对？"

"那里有一些小型的防御工事，"伊兰说，"在那片原野的一侧建有木桩护墙，我们可以对它进行扩建。"

"那正是我们需要的。"麦特开始在脑海中构想即将爆发的战斗。

梅丽罗将让光明阵营的军队同时遭受两支兽魔人主力军队的夹击。它们必然会对人类军队采取围剿战术，这具有极大的诱惑力。但麦特完全能灵活利用这里的地形……

是的，这会像普理亚狭道之战一样。如果让弓箭手在崖壁上布阵，不，是让龙在那里布阵，如果能让两仪师有几天休息时间……普理亚狭道。他那时曾经计划用一条大河将哈玛瑞安困在狭道口。但就在他打开那个陷阱时，那条该死的河却在他的面前干了。原来是哈玛瑞安在狭道另一侧的上游河道上筑起堤坝，结果他的军队直接涉水过河，轻轻松松地逃掉了。这可是我绝不会忘记的一课。

“这个地方可以。”麦特说着，将手放在地图上，“伊兰？”

“就这样吧。”伊兰应道，“我希望你知道自己在做什么，麦特。”

伊兰这句话一出口，骰子立刻在麦特的脑袋中蹦了起来。

加拉德合上绰姆的眼睛。他在凯瑞安以北的战场上搜寻了一个小时，才找到绰姆。这名圣光之子已经满身鲜血，他的斗篷只有边角处还是白色的。加拉德将他肩膀上的军衔取下来，让加拉德吃惊的是，这副军衔几乎没有任何污损的痕迹。

加拉德站起身，感觉到深入骨髓的疲惫。他穿行在战场上，走过一堆堆死尸。乌鸦正成群落下，覆盖了他身后的地面，仿佛一层不断搅动、颤抖的黑色霉菌。从远处看，布满这些黑色食腐鸟的大地仿佛被烧焦了一样。

加拉德偶尔会遇到像他一样在尸堆中寻找亲友的人。但在这里，从死尸上搜刮财物的蟊贼却出奇的少。这种人就像乌鸦一样会受到所有战场的吸引。伊兰抓住几个趁火打劫的凯瑞安人，并威胁要吊死他们。

她变得愈来愈严厉了，加拉德一边想着，一边回身朝营地走去。他的靴子就好像灌了铅一样。这样也好。伊兰还是孩子时，经常会随心所欲地做出决定。现在她是女王了，而且是一位名副其实的女王。加拉德还是希望能纠正伊兰在道德上的一些偏差。伊兰当然不是坏人，加拉德只希望她和其余诸国的君主们都能像他一样，清楚地看到何为正义。

现在加拉德已经开始接受这些君主的缺陷了，只要他们还能够尽力为光明而战。只是因为光明对他的眷顾，他才能拥有这种明白正义所在的特质。而责备其他人不具备这种天生的优点是错误的，就像不该责备一个人因为生来只有一只手，所以无法成为剑士。

在这个既没有尸体，也没有血污，干净得令人诧异的地方坐着许多人。虽然殉道使成功地扭转了战局，但他们看起来根本就不像是一场战争的胜利者。暴烈的熔岩为伊兰的军队争取到了亟须的重整时间，让他们能够再一次发动有效的攻击。

随后的战斗结束得很快，但极为残忍。兽魔人不会投降，他们也不可能允许这些怪物逃走。于是，就在胜利已经确切无疑地属于光明阵营时，加拉德和他的战友们仍然要战斗、流血和牺牲。

现在，兽魔人全都死了。经历过这场战火的人们坐在营地中，盯着战场上无以计数的尸骸，仿佛在这些尸山中寻找幸存者的工作已经耗尽他们最后的体力和精神。

落日烧红了云层，也给人们的面孔抹上一层血红的颜色。

加拉德终于到达了隔开两片战场的那一列长长的山丘前。他缓步爬上山丘，同时压抑下心中对床的思念。哪怕只是一个地铺，或者一片平坦的石地也好啊，至少他能够用斗篷裹住身子，在那里躺下来。

山丘顶端清新的空气让他打了一个寒战。这么长时间以来，他一直呼吸着充满鲜血和死亡的空气，现在，正常的空气在他的鼻腔里反而显得不正常了。他摇摇头，走过正从神行术通道中鱼贯而出的边境国人的队伍。殉道使已经在北方的边境国挡住兽魔人的进攻。这样，人龙大人的军队才能够转移到这里。

根据加拉德了解到的消息，现在的边境国军已经只是原先这支大军的残部了。统帅的背叛对人龙大人和他的部属所造成的打击是最沉重的。这让加拉德感到恶心。这场战争对于他和所有追随伊兰的人来说都不容易，而对边境国人来说，他们所经历的恐怖和苦难更是无以复加。

从山顶上看到在山下啄食尸体的无数乌鸦，加拉德只能吃力地压制住呕吐的冲动。暗帝的奴仆为了暗帝而死，却成为另一批暗帝奴仆的食物。

加拉德终于找到了伊兰，让他吃惊的是，伊兰正以激烈的口吻向谭姆·亚瑟和亚甘达说话。

“麦特是对的，梅丽罗平原是我们理想的战场。光明啊！我真希望能让大家有多一点休息时间。但我们只有几天，最多一个星期。到那时，兽魔人就会追着我们杀到梅丽罗。”她摇摇头，“我们应该预见到沙塔人的突袭。既然暗帝在这局牌中不占优势，他当然会再加上几张牌。”

加拉德的自傲让他在伊兰与其他指挥官交谈时，一定会笔直地站在一旁等待。但这一次，他已经没有自傲可言了。他坐到一张凳子上，向前俯下身子。

“加拉德，”伊兰说道，“你真该让殉道使为你驱逐一下疲劳。坚持把他们当罪犯看待实在是太愚蠢了。”

加拉德站直身子：“这与殉道使无关。”这个问题很值得争辩，但他实在是太累了。“这种疲惫让我能记住今天我们失去的一切。而且，我的部下一定都在承受这种困苦，我也必须和他们一样，这样我才不会忘记他们已经有多么疲惫，不会把他们逼得太狠。”

伊兰向他皱起眉头。加拉德早就不再为自己的话是否会让伊兰生气而担心了。在他的记忆里，只要是他高兴的时候，伊兰从来都是沉着一张脸。

如果艾巴亚没跑掉就好了。在和加拉德打过交道的不多的几位领袖之中，艾巴亚正是那种你可以坦诚与之交谈，完全不必担心是否会冒犯他的人。也许两河会成为白袍众的一个好归宿。

当然，两河人和白袍众在历史上产生过不少矛盾，他将尽力弥补他们之间的嫌隙……

我在想他们的时候，心里称他们是“白袍众”，加拉德忽然意识到这一点。我竟然会这样去想圣光之子。他已经有很久没想过这个带有蔑视意味的称呼了。

“陛下。”亚甘达说话了，他的旁边还有殉道使的首领洛根、翼卫队的新将军海芬·努瑞勒、红手队的塔曼尼和另外几名沙戴亚人，以及真龙军团的指挥官。巨森灵的哈曼长老坐在不远处的地面上，正眺望着远方的落日，眼里尽是茫然的神情。

“陛下，”亚甘达继续说道，“我发现您认为这场伟大的胜利……”

“这的确是一场伟大的胜利，”伊兰说，“我们必须让人们如此看待今天的战斗。就在不到八个小时以前，我已经相信，我们全军都将死在这里。但我们赢了。”

“在失去了一半的军队以后。”亚甘达轻声说道。

“这当然是一场胜利，”伊兰坚持说道，“本来我们都已经难逃一死了。”

“今天唯一的胜利者就是死亡。”努瑞勒低声说道。他的眼睛如同两潭死水。

“不，”谭姆·亚瑟说道，“陛下是对的。我们的战士明白今天的牺牲换来了什么。我们只能把它看作是一场胜利，而且是一场将被写入历史的胜利。士兵们都应该看到这一点。”

“这是个谎言。”加拉德发现自己在说话。

“这不是，”谭姆说，“我们在今天失去了许多亲人和朋友。光明啊，但我们消灭了敌人。而只有暗帝才会希望我们只把眼睛盯在死亡上。你敢看着我的眼睛对我说，我错了吗？我们必须看到光明，而不是暗影，否则我们的未来就只有毁灭。”

“因为在这里取得了胜利，”伊兰格外加重了“胜利”这个词，“我们得到了喘息的机会。现在，我们可以将部队集中在梅丽罗，在那里建立牢不可破的阵地，以我们全部的力量，在最后一战中击退暗影。”

“光明啊，”塔曼尼悄声说道，“我们又要再经历一次今天的战斗，对不对？”

“是的。”伊兰不情愿地说。

加拉德望向战场上的死尸和乌鸦，一阵战栗掠过全身：“梅丽罗将比这里更可怕。光明拯救我们……那里一定会更加可怕。”

第 33 章

王子的烟草

佩林在天空中追逐着杀戮者。

他从剧烈翻滚的银黑色云团中跳出来。杀戮者已经在他眼前化成焦黑色天空中的一道幻影。空气随着闪电与狂风的节奏不断脉动，一股又一股气味向佩林袭来，完全没有逻辑可言。提尔的泥土，烧焦的馅饼，复仇的垃圾，一朵死亡的百合花。

杀戮者落在前方的云团上面，在眨眼间转回身，拉开弓弦。利箭割裂了空气，但佩林还是用战锤挡开飞来的羽箭，并冲上杀戮者所在的雷暴云团，同时想象着脚下的云气变成固体，撑住他的身体。

佩林冲过弥漫在云团上层的黑灰色薄雾，发动了攻击。他们开始正面交锋。杀戮者举起盾牌和长剑，佩林的战锤重重地砸在那面盾牌上，发出的鸣响压倒了隆隆的雷声。随后又是一连串这样的轰鸣。

杀戮者转身想要逃走，佩林抓住他的斗篷边缘。当杀戮者想要移动到别的地方时，佩林想象他们留在原处。他知道他们不会去任何地方。这不是可能的未来，而是注定的结果。

他们在一瞬间变得稍有些模糊，随后又回到云团上。杀戮者发出一阵咆哮，向后挥出长剑，砍断自己的斗篷。他转过身，面对着佩林，缓步向佩林身边绕过去，双手握剑，目露凶光。云团在他的脚下颤抖，一道幽灵般的闪电照亮了他们脚下迷幻的云影。

“你变得愈来愈烦人了，狼崽子。”杀戮者说道。

“你从没遇到过能够与你平等作战的狼，”佩林说，“你总是从远处射杀它们。这种屠杀很容易。现在，你要猎杀一个和你有着同样利齿的猎物了，杀戮者。”

杀戮者哼了一声：“你就像是个偷了爸爸佩剑的男孩。你很危险，但完全不知道该如何使用你的武器，甚至不知道为什么要用。”

“那我们就看看，谁……”杀戮者已经向佩林扑过来，长剑向前突刺。佩林立刻采取防御措施，想象这把剑没了锋刃；空气变得厚重，阻滞剑身前进；他的皮肤变得坚硬，足以将这件武器挡开。

转瞬间，佩林发现自己在云雾中跌落。

愚蠢！他想道。他一直将精神专注在他没有准备好的攻击上，而杀戮者已经改变了他们脚下的环境。佩林穿过翻滚的云层，跌入下方的空中。强风在撕扯着他的衣服。他做好准备，等待着杀戮者的利箭从云团中射出。他已经熟悉了杀戮者的战斗方式……

一支箭都没有射出来。佩林又向下掉落了一段，才咒骂一句，猛转过身，看见暴风雨一样的箭矢从地面上射来。他总算实时移开自己的身体，让箭雨只是穿过了他最后留下的影子。

佩林出现在百尺以外的空中，依旧在向下掉落。他没有花心思去减缓自己的速度，只是在撞上地面时强化了自己的力量，以应对地面的冲击。地面裂开了，在他的身体周围爆起一阵环状的尘土。

风暴比刚才更加猛烈。他们已经到了南方，这里到处能看见丛生的灌木和被藤蔓缠绕的大树，同时也布满被强风撕扯摧残的痕迹。闪电接连不断地划过天空，仿佛天上一道道绵绵不绝的银色裂痕。

但没有一滴雨落下。整个世界都在不断碎裂，山丘会在突然之间化为齑粉。佩林左侧的山丘就这样在眨眼间消失了，变成了随风飘散的一股沙尘。

佩林越过飘飞着各式残骸的天空，继续追猎杀戮者。那个家伙移回煞妖谷去了吗？不，又有两支箭向佩林射来。杀戮者极为擅长让箭支不受到风的影响。

佩林将箭击落到一旁，朝杀戮者所在的方向跃过去。他在一座石峰的顶端看见了他的敌人。杀戮者两旁的岩石都在迅速碎裂，飞入空中。

佩林挥锤落下。杀戮者移开了。战锤击打在山岩上，发出雷鸣般的震响。佩林怒吼一声。杀戮者的速度太快了！

佩林也很快。他们两人之中迟早会有一个人出现疏忽，只要踏错一步就足够了。

佩林看到杀戮者跃向远方，便跟了上去。当佩林跳过第二座山丘顶端时，那座山丘的岩石立刻在他身后崩碎，被风吹到空中。因缘已经变得非常薄弱。而现在以肉身进入这里，他的精神力量已经远远强过了以往，也不再担心自己会因为过于强大而迷失在梦的世界。他在这里的力量已经达到了顶峰。

所以，当佩林移动时，他周围的世界都在颤抖。下一跳让他看到了大海。他们所在的位置已经非常靠南了，这点超出佩林的预料。他们是在伊利安，还是提尔？

杀戮者落在海滩上。海水击打着岩石。这里的沙子已经全被吹走了，大地仿佛恢复到了它最原始的样子，没有草木、没有土壤，只有岩石和愤怒的波涛。

佩林落在杀戮者旁边。这一次，他们没有再移动。两个人似乎都打算在这里决一死战。锤剑交击，发出震耳欲聋的金属鸣响。

佩林的战锤擦过杀戮者的衣服。他听到一声咒骂，下一个瞬间，杀戮者已经从躲避中转过身，手中出现了一把大斧。佩林让自己的皮肤变得坚硬，用身侧直接挡住了斧刃。

大斧没能砍破佩林的皮肤，但也对佩林造成了沉重的一击，让佩林一直飞向了海面。

一转眼，杀戮者出现在他的上方，挥斧向下猛劈。下落中的佩林用锤子挡住他的攻击，自己也因这一次撞击而以更快的速度向海水冲去。

佩林命令海水向周围退去。水波翻涌，如同被一股疾风撞开一个大坑。佩林纠正了自己的姿势，落在仍然潮湿的岩床海底上，撞碎了脚下的岩石。海水在他周围形成了一圈三十尺高的水墙。

杀戮者也落了下来，并且还在因为刚才的战斗而不住地喘息着。这样很好，佩林也感到疲惫在深深烧灼着自己的肌肉。

“很高兴你会进来，”杀戮者将手中的长剑扛到肩头，他另一只手上的盾牌消失了，“我一直希望，在我要把真龙杀掉时，你会进来捣乱。”

“你到底是什么人，路克？”佩林警戒地问道。他移动到杀戮者的对面，“你的真实身份是什么？”

杀戮者开始缓慢地踱步。佩林知道，他要用交谈让自己平静下来，这是他诱骗猎物的手段之一。“要知道，我见到了他。暗帝，或者是有些人口中的暗主。可以说，这两个称呼没什么差别，都无法描述他的伟大，都可以算是对他低劣的侮辱。”

“你真的认为他会奖励你？”佩林不屑地问道，“难道你不明白，当你满足了他的欲望，他只会将你抛弃。他一直以来不都是这样的吗？”

杀戮者笑了：“当弃光魔使被打败，被封印在裂隙中时，他抛弃他们了吗？他本来可以杀死他们，让他们的灵魂遭受永世折磨。他这样做了吗？”

佩林没有回答。

“暗帝不会抛弃有用的工具，”杀戮者说，“如果辜负他，会被他施以惩罚，但他从不会抛弃我们。他就像是一位家庭主妇，会把散乱的纱线和打破的茶壶收在篮子的最底层，等到合适时机，还会把它们拿出来重新使用。而这正是你们最容易犯错的地方，艾巴亚。人类总喜欢毁掉强大的工具，害怕他们会威胁到自己。但暗帝不会这样。他只会奖赏我。”

佩林张嘴想要说话，杀戮者却出现在他眼前，发动了攻击。他一定是认为佩林已经走神了。但佩林也以同样快的速度消失不见。杀戮者只是击中了空气。他猛转过身，剑刃将空气割裂，但佩林又移动到了这片海中石地的另一侧。生着许多侧肢的小海兽在佩林的脚边扑腾着，显然是在因为突然消失的海水而感到困惑。一团巨大的黑影正在杀戮者身后幽暗的水中游动。

“你还没有回答我的问题，”佩林说，“你是谁？”

“我的胆子很大，”杀戮者再次向佩林冲过来，“我已经厌倦了畏惧。生命中有掠食者，也有猎物。掠食者也经常会变成其他掠食者口中的食物。所以唯一能活下去的办法就是在食物链上不断向上爬，成为猎人。”

“所以你要杀狼？”

杀戮者露出一个危险的微笑。他的面孔被阴影所笼罩。天空中的风暴云和他们周围的水墙让这片海床显得异常昏暗，只有狼梦中那种若隐若现的怪异光亮弥漫在这个地方。

“狼和人是这个世界中最优秀的猎手，”杀戮者轻声说道，“杀死他们，你就能凌驾于他们之上。并非所有人都有特权，能够在一个温暖的家中长大，拥有温暖的壁炉和兄弟姐妹的欢笑。”

佩林和杀戮者就这样对峙着，分别绕向对方的身侧。阴影有如实体充斥在他们周围的空间内，只有闪电在不断照亮周围的大海。

“如果你了解我的人生，”杀戮者说道，“你也许会因此而发出哀号。那种无望，那种痛苦……不过，我很快就找到了我的路、我的力量。在这个地方，我就是国王。”

他跳过海床，身子化为一道黑影。佩林做好挥锤的准备。但杀戮者并没有刺出他的长剑，他用肩头撞向佩林，两个人一起跌入水墙。海水在他们身周翻滚，冒出大量气泡。

黑暗。佩林制造出光，让他脚下的岩石发亮。杀戮者一只手抓住佩林的斗篷，在黑色的水中向佩林挥剑。剑刃上泛起泡沫，但速度就像在陆地上一样快。佩林长号一声，气泡从口中冲出。他想要格挡杀戮者的攻击，但他的手臂移动明显变慢了。

时间仿佛停顿下来。佩林想象海水不会对他产生阻碍，但他的意识拒绝了这个想法。这不符合自然规律，这不可能。

杀戮者的剑几乎就要砍到佩林了。佩林让他们身边的水变成了固体。做到这点几乎压垮了他的精神，但杀戮者终于被挡住了。就在杀戮者停止动作的短短一瞬，佩林重整了自己的思路。他先让自己的斗篷消失，这样杀戮者就无法再抓住他。然后，他离开了大海。

佩林站到一片岩石海岸上，不远处是一道陡峭的山崖，已经被海水的力量损毁过半。他跪倒下去，双手撑住地面，大口地喘息着。海水仍然不住地沿着他的胡须滴落下去。他的意识有些……麻木。他已经无法想象水离开自己，好让自己的身体干燥了。

到底出了什么事？他一边想，身子还在不住地颤抖。在他周围是狂野的风暴，树皮从树干上被撕裂。树枝早已被摧折殆尽了。他实在是……累坏了，全身的力量都已经被耗尽。他有多久没睡过觉了？真实世界中应该已经过去了几个星期。在这里当然不会有那么久，对不对？这里……

海水在沸腾、翻滚。佩林转过身，他的手中还握着战锤。他将战锤举起，准备迎击杀戮者。

水面不断地翻滚，但没有人从里面出来。突然间，山丘在他身后裂为两半。佩林感觉到自己的肩头受到重重一击，他再一次跪到地上，转头看到在远处的另外一半山丘上，杀戮者正往弓弦上搭第二支箭。

佩林立刻离开了那里，这时剧痛才开始撕裂他的身侧，并向整个身体蔓延。

“我要说的是，现在战争正在进行，而我们却不在战场上。”曼德文说道。

“这个世界总有战争在进行。”万宁靠在塔瓦隆城中一座仓库的外墙上，菲儿则漫不经心地听着他们聊天。“我们有我们的战斗。我要说，我很高兴能避开这场战争。”

“人们正在死去，”曼德文忿忿地说道，“这不仅仅是一场战争，万宁。这是末日战争！”

“这意味着，打这场仗的时候不会有人付我们薪饷。”万宁说。

曼德文变得有些语无伦次了：“最后战争……还要薪饷……你这个无赖！我们在为我们的生存而战。”

菲儿看着手中的物资账册，不由得露出微笑。在这两个红臂队身后的仓库大门口，穿着塔瓦隆之焰制服的仆人们正不断地进进出出，向菲儿的车队上装载各种补给品。不远处就是直插苍穹的白塔。

一开始，菲儿也对这个吊儿郎当的红手队斥候感到气恼，但万宁逗弄其他人的样子让她想到了吉尔伯，那是他父亲在沙戴亚的一名军需官。

“好了，曼德文，”万宁说，“你根本就不像是个佣兵！如果麦特大人听到你的话又会怎么想？”

“麦特大人一定会英勇奋战的。”曼德文说。

“他只有在迫不得已时才会打一仗，”万宁说，“现在我们没这个必要。这些补给物资也很重要，不是吗？必须有人看着它们，对不对？这就是我们要干的活。”

“我只是不明白，为什么这个工作需要我们来做。我应该帮助塔曼尼指挥红手队，而你们这些人应该负责保护麦特大人……”

不等他说完，菲儿就知道这句话的后半段是什么。这些红手队在这件事上有着完全一致的想法。你们应该保护麦特大人，不要让他受到霄辰人的伤害。

对于麦特的失踪以及后来带着一帮霄辰人重新出现，这些士兵全是一副理所当然的态度。很显然，无论麦特·考索恩“大人”干出什么事来，都不会让他们感到惊讶。现在菲儿手下有差不多五十名红手队，其中包括队长曼德文，军尉副官桑迪普和几名红臂队，这些都是塔曼尼经过慎重选择为她推荐的人。他们对于自己守护瓦力尔号角的真正任务全不知情。

如果菲儿愿意，她完全可以得到十倍于现在数量的士兵。但即使是五十人也已经够多了，太大规模的部队很容易引起不必要的怀疑。这五十人是红手队中最精英的战士，有些甚至是离开指挥岗位的军官。他们应该足以完成这个任务。

这个任务并不难。菲儿一边想，一边翻开账簿的下一页。她必须装作只是在关注物资供给的样子。但为什么我会如此担忧？

现在，考索恩终于出现了。她只需要将圣号角带到梅丽罗平原，就可以完成任务。到现在为止，她已经三次率领这批战士保护辎重车队在别的地方运送物资，所以她现在的工作肯定不会引起任何人的怀疑。

在选择卫队时，她有意挑选了红手队。在大多数人的眼里，他们只是一支佣兵队，最不值得信任，也最不重要。她对麦特的了解不多，也许仅限于佩林告诉她的一些事，而且她实在不喜欢麦特的行事风格。但这个家伙的确赢得了部下的忠诚。追随考索恩的人都很像他，喜欢逃避责任，更愿意把人生浪费在赌博和喝酒上，但在紧急关头，他们却能以一敌十地战斗。

在梅丽罗，考索恩当然有理由来看看曼德文率领的这支部队。到那时，菲儿就能把圣号角交给他。当然，菲儿的卫队里也有刹菲儿的成员，她总需要在身边留一些可以信任的人。

不远处，肥壮的白塔厨师主人蕾拉丝从仓库中走出来，一边向几名年轻女仆晃动着一根手指。她一直向菲儿走过来，身后还跟着一名身材细瘦、腿有些跛的年轻人。那个年轻人捧着一只破旧的箱子。

“我有一样东西要给您，殿下，”蕾拉丝指了指那只箱子，“这是玉座猊下亲自要求将这样东西加在您的运送清单里的。好像这属于她的一位同乡和朋友?”

“是麦特·考索恩的烟草，”菲儿面容严肃地说，“当他发现玉座猊下还有一些两河烟草时，就坚持要把它们全买下来。”

“烟草，在这个时候。”蕾拉丝摇摇头，在围裙上擦了擦手，“我记得那个男孩。我年轻时也遇到过一两个像他那样的人，他们总是在我的厨房周围晃荡，就像永远吃不饱饭一样。真该有人给他找份像样的工作。”

“这个交给我们就好了。”菲儿看着蕾拉丝的仆人将那只箱子放在菲儿自己的马车上。那个跛脚的年轻人把破箱子一下子扔到车上，然后掸了掸手上的灰尘。菲儿却不由得打了个哆嗦。

蕾拉丝点点头，回身走进了仓库。菲儿伸手按住那只箱子。哲人们都说，因缘没有幽默感。因缘和时光之轮代表着物质的存在，它们没有好恶，不会选择阵营。但菲儿总是觉得在某个地方，创世主正在向她露出笑容。在她离家出走时，脑子里装满了骄傲的梦想。那时候，她还是一个坚信自己天生就是要完成圣号角狩猎任务的英雄。

命运将所有这些幻想都从她的脑子里踢了出去，让她懂得清醒地看待这个世界。她已经长大，开始知道什么才是真正重要的事情。而现在……因缘似乎是在无意中将瓦力尔号角扔进她的怀里。

她抬起手，压抑下打开那只箱子的冲动。之前她已经得到了这只箱子的钥匙，她应该查看一下圣号角是否还在箱子里。但现在不行。她必须先确保身边没有其他人，并且处在绝对安全的环境里。

她登上马车，把两只脚搭在那只箱子上。

“我还是不喜欢这样。”曼德文在马车旁边继续念叨着。

“你什么都不喜欢，”万宁说，“要知道，我们的任务很重要。无论是谁都要吃饭。”

“这倒是真的。”曼德文说。

“说得一点都没错！”另一个声音响起，红臂队哈南走到他们身边。菲儿注意到，这三个人都没有半点帮助仆人给马车装货的意思。“吃是一件很美妙的事情，”哈南说道，“如果说谁是这件事的专家，那么肯定就是你。”

哈南是一个身材强健的人，有一张宽阔的大脸，脸颊上文着一只鹰。塔曼尼对这个人赞誉有加，尤其强调他经历过“六层屠杀”和辛德泰普，尽管菲儿并不知道那都是些什么意思。

“这话可真是伤了我了，哈南，”万宁说道，“伤我伤得太深了。”

“我可不相信，”哈南笑着说，“要伤到你，就得先穿透你的肥肉。可能就连兽魔人的剑也没那么长吧！”

曼德文也大笑了起来。然后他们三个人就走开了。菲儿看过账册的最后几页，又下了车，去找赛塔勒·安南。现在这个女人成为她指挥这支车队的副手。就在菲儿爬下马车时，她注意到那三名红手队员并非全都离开了，实际上，他们只走了两个，肥胖的万宁还站在原地。看到他，菲儿顿了一下。

万宁立刻向另一些士兵缓步走去。这名红手队员是在监视她吗？

“菲儿！菲儿！埃拉纹说她已经查看过所有的货物。我们可以走了，菲儿。”

奥佛尔迫不及待地爬到马车的座位上。他坚持要加入这支车队，红手队员们也都劝说菲儿带上他。就连赛塔勒也提出了这样的建议。很显然，他们害怕如果不看住奥佛尔，这个男孩说不定就会跑到战场上去。菲儿很不情愿地安排这个男孩在她手下做一名跑腿的信使。

“好吧，”菲儿回到马车上，“我想，我们可以出发了。”

马车颠簸着开始向前移动。在离开塔瓦隆的一路上，菲儿都努力不让自己去看那只箱子。

她也在尽量去想些别的事情，不让心思停留在那只箱子上。但没多久，她的脑海中就浮现出另一个让她忧心如焚的问题。佩林。她只是在前往安多的路上和佩林匆匆见过一面，那时佩林告诉她，他也许会去执行另一个任务，却不愿告诉她那是什么任务。

现在，佩林失踪了。他让谭姆接替了他的位置，走进一个通往煞妖谷的神行术通道，就此消失不见。她曾经询问过当时在场的人，但他们只是看见他和兰德说话，随后就再没有人见过他了。

他不会有事的，对不对？菲儿是一名军人的女儿，也是一名军人的妻子。她知道不能为自己的亲人过分担心。但每个人都会有让人担心的事情。而且正是佩林建议由她来守护瓦力尔号角。

菲儿有时会不由自主地想，她的丈夫是否正想借此来让她远离战场。如果真是这样，她的确会有一点生他的气，但她绝不会告诉他。当然，等到这一切都结束，她会向他暗示自己受了委屈，看看他会有什么反应。不管怎样，他应该知道，她不能只是被关在家中，接受宠爱，不管她真正的名字听起来多么像一个贵族小姐。

菲儿的马车上了塔瓦隆城外的裘德桥。她的车是整支车队的第一辆车。就在她走到桥的正中央时，整座桥都颤抖了起来。拉车的马纷纷踏着蹄子，来回摆头。菲儿拉住缰绳，回头瞥了一眼。塔瓦隆城也在晃动。和她想的一样，这座桥并没有问题，他们只是遭遇了一场地震。

她身后的马匹也都在跳动嘶鸣。所有马车都被晃动得嗒嗒作响。

“我们要立刻离开这座桥，菲儿殿下！”奥佛尔喊道。

“这座桥太长了，我们在地震结束前也许都走不过去。”菲儿平静地说道。她在沙戴亚经历过地震。“如果全速奔跑，我们更有可能受伤。这座桥是巨森灵建造的，我们在这里也许会比在地面上更加安全。”

确实，迅速结束的地震并没有让这座桥的砖石有任何松动。菲儿很快就控制住马匹，继续前行。光明在上，塔瓦隆似乎也没有受到很严重的损害。菲儿不知道地震在这里是否经常发生，毕竟龙山就在这附近，那里经常会发出隆隆的声音，不是吗？

不过，这场地震还是让她感到担心。人们都在议论说地面正变得愈来愈不稳定，大地的呻吟经常会和震颤天空的雷电相互应和。她已经听不止一个人说过，岩石上出现了蛛网般的裂纹，那些缝隙中只有纯粹的黑暗，仿佛里面什么东西都没有。

菲儿率领车队来到塔瓦隆城外施放神行术的场地旁，这里正有一些佣兵队等待两仪师将他们送往前线。菲儿不能要求两仪师优先为她施展神行术，她必须避免别人的注意。所以，虽然心中焦急，她仍然只能老老实实地排队。

她的车队大概是今天能够使用神行术的最后一支队伍了。终于，埃拉纹上了菲儿的马车。奥佛尔急忙为她让出地方。她拍了拍奥佛尔的头。许多女人喜欢奥佛尔。奥佛尔总是一副天真无邪的样子，菲儿却对他颇有怀疑。当他挤在埃拉纹身边时，菲儿不由得朝他眯起眼睛。麦特似乎对这个孩子已经产生了不小的影响。

“很高兴能运送这批物资到前线去，殿下。”埃拉纹说道，“有了这些材料，我们就能让军队中的绝大多数人住上帐篷了。现在我们还需要许多皮革。伊兰女王的部队刚刚经历过强度极大的急行军，我们需要生产大批新靴子。”

菲儿不经意地点点头。通过场地上通往梅丽罗平原的通道，菲儿能看见还在原野中集结整编的军队。在过去几天时间里，光明阵营的士兵们纷纷回到这里，治疗他们的伤口。三条战线，三个不同程度的灾难。光明啊，沙塔人的出现和统帅们的背叛，都足以毁灭光明阵营的抵抗。而这些统帅中甚至还包括菲儿的父亲。光明阵营的军队现在已经损失了远超过三分之一的兵力。

在梅丽罗平原上，指挥官们肯定正在制订新的作战计划，士兵们正在修缮盔甲和武器，所有人都在等待即将到来的战斗，这个世界的最后一战。

“……还需要一些肉，”埃拉纹说，“我们应该提出建议，在随后的几天里用神行术向各地派出狩猎队，看看我们能有些什么收获。”

菲儿点点头。有埃拉纹在身边，她的工作压力也减轻了不少。但菲儿还是会亲自查看各种报告，与军需官们交谈。而埃拉纹的细心监督帮了她很大的忙。她就像一名优秀的副官，在将军检阅部队前就已经确保战士们军容整齐、士气饱满。

“埃拉纹，”菲儿说道，“你还从没用神行术回阿玛迪西亚去看一下你的家人。”

“那里对我来说已经没有任何意义了，殿下。”

埃拉纹顽固地拒绝承认她在被沙度人俘虏前是一名贵族。和许多曾经当过奉义徒的人不一样，她从不曾表现出软弱柔顺的样子。如果埃拉纹已经决定抛弃自己的过往，那么菲儿很高兴能给她这样的机会。菲儿欠这个人很多，这是菲儿能给她的最起码的回报。

就在她们交谈时，奥佛尔已经下了马车，去找他的红臂队“叔叔”们了。菲儿向身边瞥了一眼，看到万宁正和两名红手队斥候骑马走过去。那个胖红手队正口沫横飞地和他的同伴聊着天。

你误解他了，菲儿对自己说，他没什么值得怀疑的。你这么疑神疑鬼只是因为瓦力尔号角。

不过，当哈南来问菲儿是否需要什么东西时（每半个小时都会有一名红手队员来问菲儿），菲儿还是向他问起了万宁。

“万宁?”哈南在马背上说道，“他是个好样的。有时候，他的确会很让人抓狂，殿下，但你也不必和他一般见识。他是我们最优秀的斥候。”

“真是难以想象，”菲儿说，“我的意思是说，他不可能挺着那只肚子潜行或快跑吧?”

“他会让你大吃一惊的，殿下。”哈南笑着说，“我很想看看他出丑的样子。但他真的是技巧超人。”

“他有没有在纪律上出过什么问题?”菲儿努力选择着合适的词汇，“比如说和别人打斗？在别人的帐篷里偷东西?”

“万宁?”哈南还在笑着，“如果你不管他，他当然会借走你的白兰地，然后再还你一只空了大半的瓶子。说实话，他过去的确偷过一些东西，不过我可没见他和谁打过架。他是个好人，你不需要为他担心。”

过去偷过东西？不过哈南显然不想多谈这件事。“谢谢。”菲儿说道，但这次对话并没能消除她的担忧。

哈南将手举到头侧，仿佛是向菲儿敬礼的样子。然后他就策马跑开了。又过了三个小时，才有两仪师来到这支车队前。两仪师贝莉萨用挑剔的目光审视着这支补给队。她有一张严厉的面孔和一副干瘦的身材。这时候，太阳正向地平线落下去，其他在神行术场地工作的两仪师都已经返回了塔瓦隆。

“又是运送食物和帆布的车队，”贝莉萨一边查看菲儿的账簿，一边嘟囔着，“要运往梅丽罗平原。我们今天已经送走七支这样的车队，为什么还要再送一支？我相信凯姆林的难民肯定也很需要这些物资。”

“梅丽罗平原很快就会成为大战的战场，”菲儿很难控制住自己的脾气，但两仪师肯定不喜欢别人对她们语带不敬，“我们运去的物资可能还有所不足。”

贝莉萨哼了一声：“要我说，运去的东西已经太多了。”这个人似乎对什么都不满意，尤其是不满意自己竟然没能被派上战场。

“玉座不会赞同这种看法的，”菲儿答道，“请为我们施展神行术。现在时间已经很晚了。”现在才想到要讨论关于浪费的问题吗？那我们从塔瓦隆城一直跑到这里，等到现在又是为了什么？为什么不能从白塔的广场上直接把我们送走?

白塔评议会决定将大规模的部队和物资运送集中在单一的神行术场地中，以更好地控制人员在塔瓦隆的进出。菲儿不能责怪他们过于谨慎，尽管这的确有些令人愤懑。

虽然一身官僚做派，贝莉萨终于还是集中起精神，显然是准备要施展神行术了。但没等她编织出通道，地面再一次开始震动起来。

不要再地震了，菲儿暗自在心中叹息。不过，一场地震后总会有一些小规模的余震……

一连串锋利的黑色水晶尖刺从附近的地面上冒出来，足有十到十五尺高。一根尖刺戳穿一名红臂队的坐骑，紧接着又刺穿马背上的人，鲜血一直喷到半空中。

“邪恶泡沫！”距离菲儿不远的哈南喊道。

更多水晶尖刺还在不断冒出，有些像长矛一样细，有些则有一个人那么粗。菲儿努力控制着拉车的马匹。那些马拼命地向一侧跑去，把车拉得倾侧过来，差点翻倒。不过菲儿最终还是拉紧了缰绳。

在她周围，疯狂已经统治了世界。水晶长刺一簇一簇地从地面冒起，每一根都锋利无比。很快，一辆马车从左侧被戳穿，变成了碎片。食物在枯死的草地上洒得到处都是。一些马受惊发狂，一些马车倾覆在地。水晶长刺还在不断冒出来，已经布满整片空旷的场地。惊惧的喊声正从裘德桥头的村镇里传过来。

“神行术！”菲儿高声喝着，一边还在用力控制住马匹，“快！”

贝莉萨向后一跳，躲过了从脚底冒出的尖刺。她看着那些尖刺，脸色变得无比苍白。直到这时，菲儿才意识到，有什么东西正在这些黑色的水晶中游走，看起来仿佛是一股股黑烟。

一根水晶尖刺穿透了贝莉萨的脚，那名两仪师尖叫一声，跪倒下去。一根细细的光线也在同时切开了空气。感谢光明，两仪师坚持住了她的编织。时间仿佛凝固了，光线缓慢地旋转，张开成为一个足以让马车通过的通道。

“进入通道！”菲儿喊道。但她的喊声已经被周围的喧嚣所淹没。水晶就在她左侧很近的地方爆起，溅起的泥土落在她的脸上。她的马先是拼命跳动，然后就狂奔了起来。幸好菲儿没有完全失去对它们的控制。它们在缰绳的牵扯下，向通道跑去，在它们即将跑过通道的时候，菲儿猛拉缰绳，让这些马儿乎要直立起来。

“通过通道！”菲儿向所有人喊道。她的声音再一次被淹没了。幸运的是，红臂队们听到她的命令。他们纷纷跑进混乱的队列，抓住拉车马匹的缰绳，牵着它们向通道跑过来，另一些人则纷纷扶起那些被扔在地面上的人们。

哈南从菲儿身边疾驰而过，他的马上载着奥佛尔，紧跟在他身后的是桑迪普。赛塔勒·安南坐在桑迪普身后，紧紧抱住了他。水晶尖刺冒出的速度愈来愈快了。又有一丛尖刺在菲儿身边冒起。菲儿恐怖地意识到这些黑水晶中的烟雾凝聚成了具体的形态——是男人和女人，他们尖叫着，仿佛被困在水晶之中。

菲儿在惊讶中向后退去。不远处，最后一辆完好的马车也跑过了通道。很快，这片空地上就将只剩下水晶了。还有一些脱队的红手队员在帮助受伤的人回到马背上。有两个人被冒出的水晶彻底刺穿身子，再也爬不起来了。该是离开的时候了。埃拉纹在菲儿身边抓住缰绳，开始催赶马匹。

“贝莉萨！”菲儿喊道。那名两仪师跪在通道旁，汗水不住地从苍白的脸上滚落下来。菲儿从马车座位上跳下来，抓住两仪师的肩头。埃拉纹此时已经赶着马车进入通道。

“我们走！”菲儿对贝莉萨说，“我来背你。”

那个女人摇晃了一下，倒在地上，双手紧捂着肚子。菲儿惊讶地发现，鲜血正从贝莉萨的指缝中流出来。贝莉萨仰望着天空，嘴唇翕动着，却没有发出半点声音。

“殿下！”曼德文催马疾驰而来，“我不在乎那个通道对面是什么地方，我们必须过去！”

“什么……”

曼德文已经搂住菲儿的腰，把她提了起来。水晶就在他们身边爆起。曼德文的坐骑冲进了通道。菲儿就被他夹在身侧。

通道猛地关闭了。

菲儿仍然不住地喘息着，被曼德文放在地上，盯着通道消失的地方。

她终于想起曼德文的话。我不在乎那个通道对面是什么地方……曼德文一定看到了什么东西。而她那时一直在忙着确认所有人的状况，根本没有向通道中看上一眼。

通道的这一边不是梅丽罗平原。

“我们……”菲儿悄声说道，和众人一起望向这个恐怖的地方。她感觉到了令人难耐的闷热，所有植物上都布满黑色的斑点，空气中弥漫着可怕的气味。

他们进入了妖境。

艾玲达咀嚼着食物，那是混合着蜂蜜的干燕麦片。食物的味道不错。在靠近兰德的地方，食物储备总是不会腐坏。

艾玲达伸手去拿水囊，却又犹豫了一下。最近她一直喝很多水，却很少会想到这些水的价值。难道她已经忘记在鲁迪恩学到的那一课？

光明啊，她一边想，一边将水囊举到唇边。还有谁会在乎？这是最后战争！

她坐在萨坎鞑山谷中一顶艾伊尔大帐篷里面。麦兰在她身旁吃着自己的那份食物。这名智者现在已经临近生产了，一对双胞胎让她的肚子高高地隆了起来。她现在被禁止参加战斗以及一切有危险的行动，只能在梅茵帮助贝丽兰治疗伤员。不过她还是会有规律地来到前线，查看战局状况。许多奉义徒也都在通过神行术尽可能为前线出一份力，但他们能做的只有搬运食水以及按照伊图拉德的命令，用泥土来堆砌防御土丘。

她们身边还有一队枪姬众正一边吃饭，一边用手语交谈。艾玲达能看懂她们的手语，但她没有刻意去看。那样只会让她希望能加入她们之中。她已经成为一名智者，放弃了旧日的生活，尽管难免还是会对自己昔日的同伴有所嫉妒。而现在，她只是揩净自己的木碗，把它收进行囊中，站起身走出帐篷。

帐篷外，夜晚的空气很凉爽。现在距离天亮还有一个小时。这里的夜晚感觉几乎就像三绝之地一样。艾玲达抬起头，看着笼罩在这座山谷上方的高山。在黎明前的黑暗之中，她还是能看到那个一直通向山腹中的黑色洞窟。

兰德进入那里已经有许多天了。伊图拉德在昨晚回到营地中。按照他的说法，是一个人和一群狼依照佩林・艾巴亚的命令将他掳走。现在，这位统帅正处于监押之中，他对此毫无怨言。

兽魔人一整天都没有再进攻这座山谷，光明阵营的军队仍然坚守着谷口。暗影似乎在等待着什么。光明在上，希望那不是另一次魔达奥军团的攻击。上一次魔达奥的突袭几乎结束人类军队的抵抗。当无眼者杀戮守在谷口的人类战士时，艾玲达紧急召集起所有导引者。魔达奥一定是意识到把它们集中暴露在导引者的攻击中是很不智的行为，所以导引者的反攻一开始，它们就迅速退回到安全的峡谷隘道中去了。

不管怎样，艾玲达很庆幸能够在敌人的攻击间隙，得到这样一个难得的平静时刻。她凝视着山壁上的那座洞窟，兰德正在那里战斗。她能够感觉到那座高山深处的强大脉动，那是一波又一波力量超凡的导引。这座山谷中已经过去了数天时间，那里面又过了多久，一天？几个小时？几十分钟？守卫上山道路的枪姬众说，她们在山上站岗四个小时，下山后却发现山谷中已经过去了八个小时。

我们必须守住，艾玲达心想，我们必须战斗，为他争取到尽可能多的时间。

至少她知道他还活着。她能感觉到他的生命，还有他的痛苦。

艾玲达将目光转开。

她在这样做的时候，注意到另一件事情。一个女人正在营地中导引，导引的力量很弱。但艾玲达还是皱起了眉头。在这个时候，既然没有战斗，那么导引就都应该集中在神行术场地，而不是营地里面。

她嘟囔了几句，开始朝导引发生的地方走过去。那也许又是不在岗位上的寻风手。现在她们正轮替使用风之碗，持续不断地抵抗着暗影的风暴。风之碗被放置在山谷北侧的峭壁上，由一支大规模的海民部队守卫。要到达那里只能通过神行术。

从北侧峭壁上退下来的寻风手就在营地中休息。艾玲达已经一次又一次地告诫她们，在山谷中的时候，她们不能随意导引。既然这些人在这么漫长的岁月里都没让两仪师察觉到她们的能力，艾玲达本以为她们的自律能力会更强一点的！如果再让她抓住她们之中的某个人用至上力热茶，她一定会把那个人送到索瑞林那里去接受教育。这应该是一座纪律严明、守卫森严的帐篷。

但艾玲达走到半路上的时候，突然停住了脚步。导引并非来自寻风手的环形小营地。

是否有人入侵这里？一名惊怖领主或弃光魔使？在这样一个住满两仪师、寻风手和智者的大型营地中，没有人会注意到微弱的导引。艾玲达立刻蜷起身子，躲到一顶帐篷旁，躲开一根灯柱上洒下来的灯光。导引又出现了，非常微弱。艾玲达开始以潜行的姿势向前走去。

如果真的是有人在加热洗澡水……

她踏着坚硬的地面，在帐篷间移动着，在靠近导引源头时，她脱掉了靴子，又从腰间抽出匕首。她不能冒险拥抱真源，否则自己就有可能暴露，成为猎物。

营地中并没有多少人真正入睡。不在岗位上的士兵们在这里都很难睡着。对于持枪矛者而言，疲惫已经成为一个深深困扰他们的问题，就连枪姬众也不例外。所有人都在抱怨在这里入睡只会引来一连串的噩梦。

艾玲达继续悄无声息地向自己的目标靠近，谨慎地避开沿途所有的灯光。在这里做噩梦绝不是什么奇怪的事情，当暗帝就在身边时，又有谁能在梦境中获得安宁？

理智上，艾玲达知道暗帝并不真的就在这里。他的牢狱裂隙并非具体存在的物质。暗帝不在这个世界上，甚至不在因缘内。他还被囚禁在他的牢狱里。但躺在这里的感觉仍然像是自己的床边就站着一个杀人凶手，手中握着利刃，正在观察你头发的颜色。

就在那里，艾玲达放慢了脚步。导引停止了，但艾玲达已经确认了目标。在黑夜中，人蝠的袭击和魔达奥的威胁，让指挥官们不得不分散在营地各处，和普通士兵混居在一起，以免形成明确的攻击目标。但艾玲达知道，眼前的这顶帐篷属于达林·西斯尼拉。

在伊图拉德去职后，达林建立了自己的指挥帐篷。他不属于军人，但提尔军队，包括其中的精英部队岩之守卫者是这场防御战的主体。提尔军队的指挥官提莱精于战术运用，达林会悉心听取这名将军的建议。提莱算不上一位军事家，但他非常聪明。他、达林和鲁拉克在伊图拉德放弃指挥权后就担负起制定作战计划的责任……

在黑暗中，艾玲达几乎没发现蜷伏在面前的三个人影。他们已经贴到达林的帐篷边上，正用手语交谈着。艾玲达几乎看不见他们，甚至连他们身上所穿的衣服也无从分辨。艾玲达提起匕首。这时，一道闪电划过天空，为她提供了一点光亮。她看见其中一个人戴着面纱，是艾伊尔人。

他们也注意到有入侵者，艾玲达一边想着，走到他们身边，伸手示意他们不要发动攻击，并向他们悄声说道："我感觉到附近有人在导引，应该不是我们的人。你们看到了什么？"

那三个人盯着她，仿佛被吓呆了。不过艾玲达还没办法很清楚地看到他们的脸。

然后，他们向艾玲达发动了攻击。

艾玲达骂了一句，向后跳去，躲开他们刺出的短矛和掷出的一把匕首。艾伊尔暗黑之友？她觉得自己是个傻瓜，竟然连这么明显的状况都没搞清楚。

艾玲达拥抱了真源。如果附近有女性惊怖领主，她肯定会感觉到艾玲达。但现在顾忌这种事已经没意义了，她首先需要从这三个人的攻击中活下来。

但就在艾玲达即将碰触到至上力时，一层隔膜挡在她和真源之间。一道屏障，而她完全看不见编织的能流。

这些男人中有一个会导引。艾玲达几乎完全凭借直觉做出了反应。她压下心中的恐慌，不再挣扎着要去触摸真源，而是飞身撞向距离她最近的那个人，用左手挡开短矛的突刺，完全不在意矛锋擦过肋下时造成的疼痛，将匕首狠狠插进了他的脖子。

另外两人发出咒骂，艾玲达突然发现自己被包裹在风之力的编织中，既无法说话，也无法移动。鲜血开始浸透她肋侧的衣服。被她刺中的那个人猛吸了一口气，倒在地上，挣扎了几下就死掉了。另外两个人丝毫没去救他的意思。

一名暗黑之友疾步向前，在黑暗之中，艾玲达几乎看不见他的身影。他托起艾玲达的脸，仔细审视她，然后向另一个人挥挥手。一点非常微弱的光亮出现在他们身边，让他们能更清楚地看到她。而艾玲达也直到现在才看清楚，他们戴着红色面纱，而且这个人在战斗时摘下了面纱。这是为什么？到底怎么一回事？这绝不是艾伊尔人的风格。难道这些是沙度人，他们已经加入了暗影？

他们之中的一个又向同伙打了几个手势。那的确是手语，不是枪姬众手语，但与之类似。他的同伙点了点头。

艾玲达在无形的绑缚中挣扎着，用自己的意志力攻击遭受的屏障，拼命想咬开堵住嘴的风之力。她面前右手边的艾伊尔人哼了一声。他的身材比他的同伙更高大，也许正是这个人控制着艾玲达的屏障。艾玲达觉得自己仿佛正在用指尖抓挠一扇几乎紧闭着的门。她能从门缝中感觉到门后的光明、温暖和力量，但她甚至无法让这扇门挪动一寸。

那名高大的艾伊尔人向艾玲达眯起眼睛，消去了那一点光亮，让他们重新陷入黑暗之中。艾玲达听到他拿起了短矛。

不远处传来一阵脚步声，戴红面纱的艾伊尔人立刻转过身。艾玲达竭尽全力向脚步声传来的方向望去，却无法看清新来的人是谁。

两个暗黑之友只是静默无声地站在黑暗中。

“这是怎么回事?”一个女人的声音问道。是凯苏安，她的手里提着一盏油灯。艾玲达拼命挣扎着，但风之力将她提到了阴影的更深处。凯苏安似乎没看到她和绑缚她的导引者，只是见到站在路旁的一个艾伊尔暗黑之友。

那个艾伊尔人从阴影中走出来。现在他也放下了面纱。“我想，我也听到这里有一些奇怪的响声，两仪师。”他的声音中带着一种怪异的口音，和普通艾伊尔人的语调稍有不同，但湿地人绝不可能区分出来。

他们不是艾伊尔人，艾玲达心想，根本就不是。但她还是感觉到自己的思绪正变得愈来愈混乱。不是艾伊尔人的艾伊尔人，而且是能够导引的男人?

是我们派出去的那些男人，艾玲达骤然间感到一阵恐惧。是那些被发现拥有导引能力的艾伊尔男人。他们都被派去击杀暗帝，孤身进入妖境，没有人知道他们最终都去了哪里。

艾玲达再次开始挣扎，想要弄一点声音出来，只要能让凯苏安产生一点警觉就足够了。但她的尝试再次被证明是徒劳的。她被紧紧地捆住，挂在黑暗之中。凯苏安根本没有朝她看上一眼。

“那么，你有没有什么发现?”凯苏安问那个人。

“没有，两仪师。”

“我会和卫兵谈谈，”凯苏安听起来很不满意，“我们必须保持高度警戒。绝不能让人蝠溜进来。而如果魔达奥潜进来，可能会在杀害几十人以后才会被我们发现。”

凯苏安转身打算走了。艾玲达摇着头，眼眶里充满恼恨的泪水。就差一点了!

那个一直在和凯苏安对话的红面纱艾伊尔回到阴影之中，向艾玲达走过来。当一道闪电划过的时候，艾玲达看到了他唇边的一抹微笑。那个束缚住她的人脸上也是同样的表情。

那个人走过来，站到艾玲达面前，从腰带上抽出一把匕首。艾玲达只能无可奈何地看着那把匕首缓缓地伸向自己的喉咙。

她感觉到了导引。

捆住她的风之力在转瞬之间消失了。艾玲达掉落到地面上。就在她落下来的时候，她抓住了那个艾伊尔人握着匕首的手，那个人立刻瞪大了眼睛。而艾玲达已经凭借本能拥抱了真源。她的两只手也没有停止动作，红面纱艾伊尔的腕骨在她双手的挤压下猛然折断。她用另一只手夺过匕首，就在那个艾伊尔人因为疼痛而发出惨号时，一刀插进了他的眼睛。

号叫声戛然而止，红面纱艾伊尔跌倒在艾玲达的脚旁。艾玲达急忙转头去看身边那个刚刚还用至上力屏障着她的高个子红面纱艾伊尔，那个人也已经倒在地上，死掉了。

艾玲达大声喘息着，向有灯光的道路跑去，在那里遇到了凯苏安。

“让一个人的心脏停止跳动是很简单的事情，”凯苏安抱起双臂，脸上仍是一副不满意的样子，“和医疗非常接近，但效果却完全相反。也许这是一件邪恶的事情。但我一直都不明白，这难道会比把人烧成灰烬更可怕？”

“你是怎么做到的？”艾玲达问，“你如何看出他们是敌人？”

“我又不是没经过训练的野人。”凯苏安答道，“我刚到这，就打算把他们打倒，但我还是想确认清楚他们的身份。当那个人向你伸出匕首时，我才完全确定下来。”

艾玲达不停地做着深呼吸，竭力让自己的心平静下来。

“当然，这里肯定还有一个人，”凯苏安继续说道，“一个能够导引的男人。到底有多少男性艾伊尔人能够在暗中导引？他只是一个特例吗？或者你们一直在隐瞒些什么？”

“什么？不！我们没有隐瞒任何事，至少以前没有。”在真源得到净化后，艾玲达还没考虑清楚艾伊尔人应该怎样对待他们一族中的男性导引者，但肯定不能再送他们去向暗帝讨死了。

“你确定？”凯苏安冷冷地问道。

“是的！”

“真可惜，那本该是我们手中一支强大的力量。”凯苏安摇了摇头，“在发现寻风手以后，我本来还有些期待能再得到一些收获。看来这些不过只是暗黑之友而已。他们中间隐藏着一个能够导引的人？今晚他们打算做什么？”

“这些绝不是普通的暗黑之友。”艾玲达一边查看尸体，一边低声说道。红色面纱。这个能够导引的人将牙齿全都磨成了尖锥状，但另外两个人并没有。这又代表着什么？

“我们需要向整个营地发出警告，”艾玲达继续说道，“这三个人也许是大摇大摆走了进来，没有受到任何盘问。许多湿地人卫兵都不会盘问艾伊尔人，他们认为我们全是效忠于卡亚肯的。”

在许多湿地人眼中，艾伊尔人都是一样的。这群蠢货。但……说实话，艾玲达必须承认，她在第一眼看到这三名艾伊尔人时，也把他们当朋友了。她是什么时候产生了这种变化？就在不到两年前，如果她发现不认识的雅加德斯威在身边潜行，她早就会发起攻击了。

艾玲达继续查看地上的三具死尸，他们的身上全都装备着匕首、短矛和弓箭。除此以外，似乎并没有什么特别的地方。但艾玲达的直觉似乎一直在悄声告诉她，她错过了某些东西。

“那个女性导引者，”她突然抬起手说道，“吸引我走过来的是一个正在使用至上力的女人。两仪师，那是你吗？”

“我在杀死这个人之前没有进行过导引。”凯苏安皱起了眉。

艾玲达立刻恢复了战斗警觉，在阴影中伏低了身体。她还会遇到怎样的敌人？效忠暗影的智者？凯苏安皱起眉。艾玲达开始进一步搜索周围区域。她无声地走过达林的帐篷。士兵们簇拥在灯柱周围，他们的影子在旁边的帆布帐篷上晃动着。一队队紧靠在一起的士兵在道路上巡逻，每个人都是一言不发。他们的手中举着火把，这让他们变成了黑夜中的瞎子。

艾玲达曾经听提尔军官们说过，在这里作战有一件好事，就是不必担心哨兵会在执勤时打盹。天空的闪电、远方兽魔人的战鼓、不断来袭的暗影生物……士兵们都自觉地提高了警戒。冰冷的空气中充斥着硝烟的气味，和从兽魔人营地弥漫出来的腐臭。

终于，艾玲达放弃了搜索，回到三名红面纱艾伊尔被杀死的地方，看到凯苏安正在和一队士兵说话。艾玲达正要走过去，目光却扫过身边的一片黑暗。她立刻产生警觉，正是那一片黑暗在导引。

艾玲达随机编织出屏障，而那个黑暗中的人已经向凯苏安编织出火之力和风之力。艾玲达没有操纵魂之力射出自己的编织，而是用它切断了被敌人释放出来的编织。

艾玲达听到一声咒骂，一道火之力朝她激射而来。她扑倒在地，感觉到炽热的火流从头顶掠过，冰冷的空气嘶嘶作响。热气涌过之后，她的敌人也从阴影中现出了身形。她用来藏身的编织坍塌了，露出那个艾玲达曾经与之战斗的人，那个相貌丑陋得几乎如同兽魔人的女人。

那个人冲过一片帐篷，她刚刚立足的地面爆裂开来。那不是艾玲达制造的编织。眨眼间，那个人晃动了一下，像上一次一样消失不见了。

艾玲达依旧保持着高度的警戒。她转向凯苏安，凯苏安正向她走来。"谢谢，"那名两仪师不情愿地说道，"幸好你打断了她的编织。"

"那么，我们应该是扯平了。"艾玲达说。

"扯平了？不，还差得远，孩子。不过，我承认我很感谢你的帮助。"然后，她皱起眉，"那个人消失了。"

"她以前也这么做过。"

"一种我们不知道的神行术。"凯苏安看起来很困扰，"我完全没看到任何能流。也许是特法器？这……"

一道红光从驻守在前线的军队中升起。兽魔人发动了攻击。与此同时，艾玲达在营地的不同地方感觉到了导引，一处、两处、三处……她转过身，竭力辨认每一处导引发生的地点。一共有五处。

"导引者，"凯苏安厉声说道，"有几十个。"

"几十个？我感觉到了五个。"

"大多数是男人，傻孩子。"凯苏安一挥手，"快去，把其他人聚集起来！"

艾玲达立刻向远处跑去，同时不断高声示警。凯苏安竟然向她下命令，这件事她以后一定要和这个两仪师谈谈……也许吧。要和凯苏安"谈谈"的人最终总是会觉得自己是个彻头彻尾的傻瓜。艾玲达及时跑进艾伊尔人的营区，看到艾密斯和索瑞林正戴起披肩，同时不断查看天空。弗林从附近的一顶帐篷里跑出来，一边还眨着惺忪的睡眼。"有男人在导引？"他问道，"又有殉道使过来了吗？"

"可能不是。"艾玲达说，"艾密斯，索瑞林，我需要连结。"

两名智者都向她扬了扬眉。也许艾玲达已经是她们之中的一员，也许卡亚肯已经授权给她指挥这里的战斗，但如果艾玲达因此就自以为能凌驾于索瑞林之上，那她肯定会被埋进沙子里，只露出一个脑袋。"请帮助我。"艾玲达立刻又说道。

"好吧，艾玲达。"索瑞林说道，"我会去找到其他人，让她们过来和你进行连结。我认为我们要组成两个连结，就像你曾经安排过的那样。这才是最好的。"

这个人就像凯苏安一样顽固。艾玲达心想。索瑞林和凯苏安完全有能力教导一棵树该如何有耐心。不过，索瑞林的导引能力并不强，所以照她说的去做，让别人来参加连结也许才是明智的。

索瑞林去召集其他智者和两仪师了，艾玲达只能在原地焦急地等待。山谷中传来一阵阵爆炸和惨叫声。火焰划过天空，掉落在营地和军队之中。

当导引者们开始组成连结时，艾玲达压低声音对索瑞林说道："我刚刚在营地里遭到三个艾伊尔男人的攻击。在这场战争里也许有为暗影而战的艾伊尔人。"

索瑞林猛地向艾玲达转过身，盯着她的眼睛："仔细说清楚。"

"我认为他们一定就是那些被我们派去杀刺目者的人。"艾玲达说。

索瑞林轻轻地吸了一口气："如果这是真的，孩子，那么今晚的战斗就代表着我们所辜负的巨大的义，这是我们辜负卡亚肯，辜负这个世界的义。"

"我知道。"

"传我的话出去，"索瑞林说，"我要组织起第三个连结，也许需要一些不在岗位上的寻风手参加。"

艾玲达点点头，接过了被传导过来的连结控制权。在她的连结里有三名向兰德立誓效忠的两仪师和两名智者。根据她的命令，弗林没有加入这个连结。她希望弗林能够帮她监视敌人的男性导引者，找出他们的所在。如果加入连结，弗林也许无法很好地完成这个任务。

他们如同一队枪之姐妹般出发了。成群的提尔岩之守卫者正在将抛光的胸甲套在装饰条纹灯笼袖的制服外面。在一队这样的士兵之中，艾玲达看到达林王正在喝喊命令。

"等一下。"她对其他人说了一句，就匆匆向那个提尔人跑去。

"……全上去！"达林对指挥官们喊道，"不要让前线出现漏洞！我们不能让那些怪物冲进山谷！"看样子，他刚刚从梦中被惊醒，身上只穿着长裤和一件贴身的白衬衫。一名头发蓬松的仆人正捧着达林的外衣，但他的国王正忙着和一名传令兵说话，根本无暇顾及其他。

达林一看到艾玲达，就急忙挥手示意她过去。那名仆人叹了口气，放下了外衣。

"我没想到它们会在今晚进攻。"达林向天空瞥了一眼，"是啊，已经到早晨了。斥候的报告非常混乱，我觉得我就像被扔进发狂的鸡群里，还要抓住生着一根黑色羽毛的那只鸡。"

"那些报告里面有没有提到艾伊尔人在为暗影战斗？"艾玲达问道，"而且他们还有可能会导引？"

达林立刻转头盯着艾玲达:“这是真的?”

“是的。”

“兽魔人正在拼尽它们的每一点力量,要冲进这座山谷。”达林说,“如果那些艾伊尔惊怖领主开始攻击我们的部队,你们必须将他们挡住,否则我们绝对无法守住这里。”

“我们要采取行动,”艾玲达说,“派人去找艾密斯和凯苏安,你需要她们施展神行术来帮你调动人马。我还要警告你,不久前,我就在你的帐篷旁边抓到了一个惊怖领主……”

达林面色一白。“就像伊图拉德一样……光明啊,他们没有碰到我,我发誓。我……”他抬手捂住头,“如果我们不能信任我们的思想,那我们还能信任谁?”

“我们必须让枪矛之舞变得尽可能简单。”艾玲达说,“去找鲁拉克,召集你的指挥官。你们共同制定与暗影作战的计划,不要让一个人控制整个战局,然后按照计划进行战斗,不要随意改动计划。”

“这只会导致灾难,”达林说,“如果我们没有足够的灵活性……”

“有什么是需要改变的?”艾玲达语气冷峻地问,“我们只需要坚守防线,用我们的一切来守住这里。我们不会撤退,也不会采取任何机动战术。我们要做的就是半步不退。”

达林点点头:“我会找人施展神行术,送枪姬众到那些山脊上去。她们可以干掉那里的兽魔人弓箭手。你能够对付敌人的导引者吗?”

“是的。”

艾玲达回到自己的队伍中,开始汲取众人的力量。一个人握持的至上力愈强大,她和真源之间的联系就愈难被割断。艾玲达不想让任何人有机会屏障她。

但她仍然有一种无能为力的感觉。她痛恨这种感觉。她任由怒火在胸中猛烈地燃烧,等弗林为她指明距离他们最近的男性导引者,便率领队伍向那里杀了过去。

第 34 章

漂　流

兰德站在一个并不存在的地方，一个脱离了时间、脱离了因缘的地方。他的周围只有无尽的虚无。它饥饿且贪婪，只是渴望着吞噬。在这里，兰德能真切地看到因缘。看起来，因缘就像是万亿条光带扭缠在一起，在他的身边旋转，将他包裹。光带或分或合，不断地波动、闪烁。至少这是他的感觉。

一切曾经的，一切可能的，一切本应是……一切都存在于这里，显示在他的眼前。

但兰德无法专心去解读它们。周围的黑暗正在吸吮他、拖拉他。他向因缘伸出手，通过某种方式让自己能固定在因缘上，以免被黑暗吞噬。

这改变了他的注意力，轻轻将他锁入到一个时间里。他面前的因缘泛起阵阵涟漪。兰德亲眼看着它进行编织。他知道，这并不是因缘真正的编织，而是他的意念对因缘的阐释。命运的丝线相互交织，他以前就认识到了这一点，并已对此感到熟悉。

兰德再一次将自己固定在真实之中，并随真实一同运行。时间再一次变得有意义，他无法向前和向后看。但他仍然能看到所有地方，就如同一个人站立在一颗圆球上，看着它缓缓转动。

兰德面向虚无，向虚无中说道："那么，这里才是事情真的会发生的地方。莫瑞笛几乎已经让我相信，只是一场简单的挥剑格斗就能决定一切了。"

他代表了我，但他的目光实在是短浅。

"是的，"兰德说，"我也注意到了这一点。"

工具也有它的用处，最小的刀子也能让心脏停止跳动。是他将你带到了这里，吾敌。

这种事情在上一次并没有发生过。那时，兰德的名字还是路斯·瑟林。兰德只能认为这是一个好迹象。现在，战争真的开始了。他望进虚空之中，感觉到它的膨胀。然后，仿佛一场突然爆发的风暴，暗帝调动全部力量向兰德发动了进攻。

佩林背靠在一棵树上，因为疼痛而喘息着。杀戮者的箭刺穿了他的肩膀，箭镞从背上直戳出来。他不敢将这支箭拉出来。杀戮者随时有可能再次进攻……

他摇晃了一下，感觉到自己的思绪也变得迟钝了。杀戮者在哪里？他刚刚尽可能远离与杀戮者作战的那个地方。但……他不认识这个地方。这里的树木形状都很奇特，有着太多的树叶，是他从没见过的种类。末日风暴也出现在这里，但要比其他地方弱得多。

佩林倒在地上，哼了一声。他的肩膀传来一阵火烧的剧痛。他翻过身，仰望天空。箭杆在他倒下时折断了。

这是……这是狼梦，我可以让这支箭消失。

他努力凝聚起精神，想要做到这件事。但他太虚弱了。他发现自己在飘浮，自己的思绪在向外拓展，寻找狼群。很快，他找到了一些意念。那些狼显然都吃了一惊，并立刻传回疑问。

能够交谈的两条腿？这是怎么回事？你是谁？

佩林的出现似乎吓到它们了，它们纷纷将佩林推出自己的意识。这些狼怎么可能不知道他是谁？狼有非常、非常漫长的记忆。肯定……肯定是……

菲儿，他想道，那么美丽，那么聪慧，我应该去她那里。我只需要……需要关闭那个道门，我就能回到两河去找她了……

佩林再次翻过身，跪起来。地面上是他的血吗？这么多红色。他不由得眨了眨眼。

"你在这里。"一个声音说道。

兰飞儿。佩林抬起头，看到那个人。他的视野也变得模糊了。

“看来，他打败了你，”兰飞儿抱起手臂，“真是令人失望。我可不想被迫去选择那个家伙。我觉得你才更吸引我，狼。”

“求求你，救我。”他用含混的声音说道。

“我很想这么做，但这实在是不应该，”兰飞儿说道，“你已经证明了你是弱者。”

“我……我能打败他。”突然之间，佩林感觉到万分羞愧，因为他让这个女人看到自己的失败。他什么时候开始关心起兰飞儿对他的看法了？他已经不记得了。

兰飞儿用一根手指敲打着自己的手臂。

“求求你……”佩林伸出一只手，“求求你。”

“不，”兰飞儿转过了身，“我曾经把心交给一个不值得托付的人，我已经得到教训了。再见，狼崽子。”

她消失了，只丢下佩林在这个奇怪的地方，用手和膝盖勉强撑着自己的身体。

菲儿，他的一点意识在对他说话，不要再去想兰飞儿了，你必须去菲儿那里。

是的……是的，他可以去找她，他可以吗？她在哪里？梅丽罗平原。他就是在那里离开了她。她应该在那里。他勉强聚集力量，移动到那里。当然，菲儿并不在那里。他正在狼梦之中。

兰德应该派人在这里打开通道。他必须找到那个通道，他需要……他需要……

佩林倒在地上，翻过身来。他感觉自己飘进了虚无之中。他望着剧烈翻腾的天空，视野逐渐变黑。至少……至少我为兰德做了些事，佩林心想。

狼会守住梦的世界的煞妖谷。它们可以吗？它们能守护兰德的安全……它们必须做到。

菲儿用一根棍子拨弄着低矮的煮食篝火。夜幕已经落下，篝火只能提供一点微弱的光亮。他们不敢把火弄得很旺。妖境中到处都潜伏着致命的怪物，兽魔人还是其中危险性最小的。

这里的空气有一种辛辣刺鼻的味道，菲儿觉得这里每一丛布满黑色斑点的灌木中都藏着一具腐烂的尸体。这里的土地不断在她脚下开裂，干燥的泥土仿佛已经有几个世纪没有接触过雨滴了。不久前，她看见一堆病态的绿光，如同一群发光的虫子从这片营地旁的一片树林上经过，照亮整片树林的轮廓。菲儿对妖境的了解让她立刻屏住了呼吸，直到那片绿光经过。她不知道那是什么，也不想知道。

菲儿率领她的部队在妖境中走了不长的一段路，找到这片可以扎营的地方。一路上，一名车队劳工被一根小树枝杀死了；另一个人踩进一团泥里，他的腿立刻被溶解了。在他挣扎的时候，把一些泥甩到脸上，随后，他就在挣扎与哀号中死掉了。

而他们不得不堵住他的嘴，以免他的号叫声招来其他恐怖的东西。

妖境。他们在这里不可能活下来。只是走了这么短一段路，就已经有两个人死掉了。而菲儿现在要保护上百个人，包括红手队的士兵，一些刹菲儿和马车队中的车夫、劳工。现在还有八辆马车能够使用，现在这八辆车还都在这片营地里。但在随后的路上，它们可能会太过显眼，不能再随队前行了。

菲儿甚至不知道他们是否能活过今晚。光明啊！他们唯一获得救援的希望可能就是那些两仪师了。她们是否会注意到神行术场地发生的灾难，并派出援兵？这个希望实在太渺茫了。但菲儿并不清楚至上力到底能做些什么。

“好了，”菲儿对坐在身边的人低声说道。他们是曼德文、埃拉纹、哈南、赛塔勒和刹菲儿爱瑞拉。“我们说说话吧。”

其他人都是一副茫然的样子。也许像菲儿一样，他们从孩提时代就听过许多关于妖境的恐怖故事。而同伴在这里的迅速死亡更向他们证明那些故事是多么真实。他们知道了这个地方的危险。现在，黑夜中的任何一点声音都会让他们打个哆嗦。

“我可以尽量解释一下为什么会出现这种事情。”菲儿努力想要将她的注意力从周围的死亡之地转移开来，“在那个邪恶泡沫爆发时，一根水晶刺穿了两仪师贝莉萨的脚，那也许让她的神行术出现了错误。”

赛塔勒皱了皱眉，她的表情引起菲儿的注意。赛塔勒不是贵族，也不是官员。但这个人身上有一种气质……让所有人都能感觉到她的威严和睿智。

“你知道些什么？”菲儿问。

赛塔勒清了清喉咙：“我知道……一点关于导引的事情。我曾经对它深感好奇。有时候，如果一种编织出现错误，它根本就不会产生任何效果。在另一些时候，后果则是灾难性的。我从没听说过编织出错时会发生这种事——产生作用，却没有完全实现既定效果。”

“那么，”哈南盯着身边的黑暗，身子在明显地颤抖，“这就是说，她想把我们送进妖境。”

“也许她只是判断发生了错误，”菲儿说，“因为惊慌失措而把我们送到了错误的地方。我也会在害怕的时候朝错误的方向逃跑。可能就是这样。”

其他人都在点头，但赛塔勒依旧是一副若有所思的样子。

“有什么问题？”菲儿继续问道。

“两仪师的训练中有很大一部分都是为了确保她们在任何紧急情况下都不会惊慌失措，”赛塔勒说，“她们必须学习如何在极端条件下进行导引。任何没有经历过这种训练的人都不可能拥有她们那种镇定和清醒。想要戴上巨蛇戒，一个人必须……突破一些非同寻常的困难。”

看起来，菲儿想，赛塔勒一定和某个两仪师有很密切的关系，也许是两仪师的近亲，才可能知道如此秘密的事情。也许她曾经是白塔的人？

“那么，我们是否可以认为，这是一个陷阱？”埃拉纹显得非常困惑，“贝莉萨是暗黑之友？那么暗影想要的东西肯定不会只是一支普通的运输车队。”

菲儿什么都没说。瓦力尔号角还是安全的，收藏它的箱子就被放在不远处她的小帐篷里。他们将马车环绕在这片营地的周围，只点燃这一小堆篝火。其余的车队成员都已经睡了，或者正努力入睡。

但过于寂静的环境总是让菲儿觉得他们正在被一千只眼睛监视着。如果暗影已经为她的车队设下陷阱，这就意味着暗影知道了圣号角在她手中。那么他们现在的处境更加危险，单单只是身陷妖境可能已经算不上什么了。

“不，”赛塔勒说，“不，埃拉纹是对的。这不可能是一个陷阱。如果邪恶泡沫没有出现，我们绝不会如此冒失地冲进那个通道。而邪恶泡沫的出现完全是随机的。”

除非贝莉萨只是利用了这个突然出现的条件，菲儿心想。不过，那个女人自己也死在那个邪恶泡沫之中，但她肚子上的伤口似乎又不是水晶尖刺造成的，看起来倒很像是有人在圣号角穿过通道时刺了她一刀。是要杀人灭口吗？

光明啊，菲儿想，我的疑心愈来愈重了。

“那么，”哈南说，“我们该怎么办？”

“这要看情况而定，”菲儿望向赛塔勒，“有没有可能，两仪师能够知道我们去了哪里？”

赛塔勒犹豫了一下，仿佛不太情愿泄露太多她所知道的秘密。但是，当她开口的时候，菲儿听到了她的信心。“编织会留下痕迹。所以，答案是肯定的。两仪师能够发现我们去了什么地方。但痕迹停留的时间不会太久。对于一个强大的编织，最多能够停留一两天。而且并非所有导引者都能够解读痕迹，这是一种非常罕见的异能。”

看她不怒而威的气势，让人油然而生一种足可依赖的感觉。她不只是两仪师的亲戚，菲儿心想，这个女人一定在白塔中接受过训练。也许她有过类似于摩格丝女王的经历？只是因为力量太弱，才没能成为两仪师？

“我们等待一天时间，”菲儿说，“如果那时还没有人来找我们，我们就向南前进，尽快走出妖境。”

“不知道我们已经到了北边多远的地方，”哈南一边说，一边揉搓着下巴，“我可不会幻想翻越重重大山，返回家园。”

“你宁可待在妖境里？”曼德文问。

“当然不，”哈南说道，“但我们可能需要几个月的时间才会回到安全的地方。而要在妖境里走上几个月……”

光明啊，菲儿心想，我们在第一天就已经损失了两个人，而这还是因为我们的运气好。他们不可能走出这里。即使没有马车，这样一支队伍在这个地方也会像是患病皮肤上的一道新鲜伤口那般显眼。就算他们的运气再好，能继续坚持一两天就已经很不错了。

菲儿克制着自己回头查看帐篷的冲动。如果她没能及时把圣号角交给麦特，又会造成怎样的后果？

“还有一个选择。”赛塔勒迟疑地说道。

菲儿立刻又盯住了她。

“我们东边的那座山峰，”赛塔勒显得很不情愿，“那里就是煞妖谷。”

曼德文低声说了些什么，紧闭起眼睛。菲儿没能听清楚他的话。而其他人的脸色都变得非常难看。菲儿当然明白赛塔勒的意思。

“转生真龙正在那里与暗影作战，”菲儿说，“我们有一支军队在那里。军中的导引者能够帮助我们离开妖境。”

“实际上，”赛塔勒说，“煞妖谷周围的地区被称为‘废地’，据说就连妖境中的怪物也会对那里唯恐避之不及。”

“因为那里实在是太恐怖了！”爱瑞拉说，“就连那些怪物也会害怕暗帝本尊！”

“暗帝和他的军队也许正把注意力集中在那里的战斗上。”菲儿点着头，缓缓地说，“我们在妖境中不可能生存太久，不会超过一个星期。但如果废地中没有那么多致命的怪物，如果我们能够与那里的军队会合……”

这似乎是一个更值得争取的机会，虽然一样是希望渺茫，但肯定要好过在全世界最危险的地方行军数个月。她将自己的决定告诉了其他人，然后就命令众人各自休息。

她的参谋们纷纷向自己的铺位走去。曼德文去查看哨兵的情况。菲儿依旧看着篝火的余烬,感觉着心中的一阵阵寒意。

一定是有人杀死了贝莉萨,她想道。信道的位置可能是一个意外。无论赛塔勒怎么想,即使是两仪师也会有失误的时候。而如果车队中有暗黑之友,发现通道对面是妖境,就很有可能会决定在圣号角穿过通道后杀死贝莉萨,让圣号角和车队陷入绝境。

"赛塔勒,"菲儿对刚好经过自己身边的那名女子说道,"和你说一句话。"

赛塔勒坐到菲儿身边,脸上一副镇定自若的表情:"我知道你想问些什么。"

"你是什么时候进入白塔的?"菲儿问。

"大概几十年前了。"

"你能施展神行术吗?"

赛塔勒笑了:"孩子,我甚至连一根蜡烛都点不亮。我在不小心的时候将自己毁了。到现在为止,我已经有二十五年没有握持过至上力了。"

"原来如此,"菲儿说,"谢谢。"

赛塔勒走开了。而菲儿发现自己还在寻思这件事。她的故事真的可信吗?赛塔勒在这些日子里帮了菲儿很大的忙,菲儿不能因为她隐瞒自己与白塔的关系就责怪她。如果换作其他时候,菲儿肯定会不假思索地相信她的故事。

不管怎样,现在没证据能证明赛塔勒所说的一切。如果她是隐匿的黑宗,那么她所说的故事就仅仅只是个故事而已。也许她仍然能够导引,或者也许她失去导引能力是因为受到静断的惩罚。这个人是不是一个最危险的逃犯,潜伏数十年,只为等待合适的时机发动反攻?

正是赛塔勒提出要前往煞妖谷,她是否打算将圣号角献给她真正的主人?

菲儿感觉到一阵寒意,急忙走进了帐篷。数名刹菲儿环绕在帐篷周围,担负起守卫她的工作。菲儿缩进毯子里,她知道自己疑心太重,但在这种环境里,她还能怎样?

光明啊,她心想,瓦力尔号角失落在妖境里。这真是一场噩梦。

艾玲达单膝跪在被烧焦的尸体旁边,手拿着她的法器,那枚伊兰送给她的海龟形的胸针。她盯着被自己杀死的这个男人的脸,不停地用嘴吸着气。

这些戴红面纱的男人数量多得让她吃惊。无论他们曾经是什么人,现在肯定不是艾伊尔。他们并不奉行节义。在今晚的战斗中,艾玲达看到两名枪姬众俘虏了一个这样的男人。那个男人一开始还像奉义徒那样柔顺,但一得到机会,他就用暗藏的匕首从背后刺杀了一名枪姬众。

“情况怎样?”萨伦妮喘息着问道。虽然光明阵营的大部分军队都在梅丽罗修整,为即将到来的决战做准备,但煞妖谷的战斗仍然没有片刻的停息。这些戴红面纱的人昨天整晚都在对谷口发动猛攻,随后的一天一夜里,进攻还在持续。

“我想,我认识他。”艾玲达感到深深的困扰。“当我还是孩子时,他第一次开始导引,让亚葛发出不正常的光芒,”她摘下那个人脸上的面纱,“他的名字叫索罗,曾经对我很好。在他发誓要将唾沫啐进刺目者的眼睛后,我看着他跑过落日照射下的干燥戈壁。”

“我很抱歉。”萨伦妮说道,但她的声音中没有任何同情。艾玲达已经习惯了这个女人的处事风格。萨伦妮并非冷酷无情,她只是不会让同情心对她造成干扰。至少当她的护法不在身边时,她会保持绝对的冷静。两仪师肯定能成为优秀的枪姬众。

“我们不能待在这里不动。”艾玲达说着,率领自己的队伍继续去寻找敌人。在一天两夜的战斗中,艾玲达的队伍进行了几次重组,加入新人,让需要休息的导引者退出。艾玲达在白天的时候也睡了一下。

导引者们早已达成共识,掌握连结的人要尽量避免使用自己的力量。所以艾玲达虽然已经战斗了许多个小时,却仍然保有相当充沛的体力。这让她能一直保持高度清醒,能够及时察觉敌人的活动。连结中的其他人则专门为她提供能量。

艾玲达也必须小心不要从伙伴们身上汲取过多力量。如果只是让一名导引者感到疲惫,她可以睡上几个小时,马上返回战场。但如果彻底吸干她们的力量,她们将连续几天都软弱不堪。现在,艾玲达身边还有弗林以及三名两仪师,她已经学会感知男性导引的编织。这种编织方法正在两仪师和智者中间迅速传播。但有一名男性导引者在身边会非常有用处。

弗林向山谷一侧的一片火光指了一下,他们立刻朝那里跑去。沿途到处都是尸体和被烧焦的地面。在黎明的微光中,艾玲达能够通过薄雾看到达林的军队依旧坚守在谷口处。

兽魔人已经推进到伊图拉德命令堆砌的土山附近,双方都在那里死伤惨重。兽魔人的损失要大得多,但它们的数量也远远超过人类。艾玲达目光所及之处,兽魔人已经攻占了一座土山。但来自预备队的阿拉多曼骑士正在将它们击退。

分成小队的艾伊尔人正在谷口作战，一些小队戴着红色面纱，另一些戴着黑色面纱。他们太多了，艾玲达想道。她抬起一只手，示意众人放慢速度，然后自己一个人继续悄悄向前跑去。她可以在距离连结一两百步的地方继续汲取连结的能量。

她在寸草不生的岩石谷底飞快地奔跑着，三具尸体从她身边掠过，其中两个戴着黑色面纱。她迅速用分析对他们进行了测试。她不会被那种装死的古老技巧蒙骗，因为她自己也曾使用过这种技巧。

这三个人真的死了，于是她伏下身，继续前进。除了提尔人和阿拉多曼人守住谷口的部队以外，他们还有另一支部队用来守卫营地和通往煞妖谷洞窟的山路。在这两处防线之间，艾伊尔人和戴红面纱的人结成四处流动的小队，相互厮杀。而一些戴红面纱的人更是将至上力当作杀戮的武器。

地面突然开始晃动，一团砂土被抛到空中。艾玲达将身子伏得更低，但也加快了脚步。

在她的前方，十几名斯威峨门正向两名红面纱冲去。那两个人都是导引者。被炸开的正是斯威峨门脚下的地面，他们的尸体也随同土石一起飞上了半空。

艾玲达明白那些艾伊尔人为什么要不惜生命地发动攻击。这些红面纱是艾伊尔的侮辱，艾伊尔的罪行。就算是那些胆敢俘虏智者的霄辰人也不像这些艾伊尔人一样令人憎恶。从某种角度上说，暗影掳取了最勇敢的艾伊尔人，让他们成为……成为这种怪物。

艾玲达立刻发动攻击，通过手中的法器和身边的连结汲取力量，编织出两条火之力的绳索，将它们投向那两名红面纱。然后她又开始了新的编织，掀起两名导引者脚下的地面。接着是第三种编织，火焰落在踉跄的红面纱身上。他们之中的一个在地面爆裂时跳开了，另一个则完全被爆炸所吞噬。

但艾玲达的火焰长矛刺中那个逃走的红面纱。随后又是更多的爆炸能量击中了那两具尸体。艾玲达要确保他们必死无疑。这些人已经不再秉承节义，他们已经不再有真正的生命了。他们是需要被拔除的稗草。

艾玲达跑过去，查看那些斯威峨门。他们之中还有八个人活着，其中三个受了伤。艾玲达并不很擅长医疗，但她至少拯救了其中的一个人，让他喉咙上的伤口不再流血不止。其他活下来的人抬起这名重伤者，向营地跑去了。

艾玲达来到那两名红面纱的尸体旁。她决定不再去仔细查看他们。看到一个她认识的人投向暗影已经够了，这两个……

一阵战栗涌过她全身。她的一个能量源头消失了。艾玲达吸了一口冷气。

又一个能量源头消失了。

艾玲达立刻放开连结，然后回头朝自己的队伍冲去。艾玲达紧紧握住至上力。和她刚刚使用的力量相比，属于她自己的力量实在是小得可怜。

她在科鲁娜和费德琳冒烟的尸体前停住脚步。又是那个无比丑陋的女人。现在艾玲达更加相信她肯定是一名弃光魔使。这个可怕的女人正用一只手按住萨伦妮的肩头，带着微笑望向艾玲达。那名身材苗条的白宗只是用茫然却又充满崇敬的眼神看着那个人。萨伦妮的护法已经死在她的脚边。

然后，那名丑妇和萨伦妮开始旋转，转瞬间便凭空消失了。艾玲达依旧没有看到通道出现。她跪倒在两名死者身边。不远处，达莫·弗林呻吟着，竭力想要从被炸开的土石堆中脱身出来。他的左臂全没了，肩头还有严重的烧伤痕迹。

艾玲达骂了一句，竭尽全力为弗林进行医疗。但弗林还是失去了知觉。突然间，艾玲达觉得非常疲惫，非常非常孤单。

第 35 章

熟练的笑容

奥佛尔很想念疾风。现在他骑的马名叫贝拉，这匹矮胖的长毛母马并不坏，只是脚步有些慢。奥佛尔一直用膝盖顶它，希望它能跑得快一些，但它只是不疾不徐地跟在其他马匹后面。无论奥佛尔做什么，都不能让它走得再快一点。奥佛尔希望能像狂风一样向前猛冲，但现在他觉得自己只是在平缓溪流中的一只木筏上磨蹭。

奥佛尔擦了擦眉毛。妖境实在是很吓人。其他人大多没有马匹，只能步行。他们每迈出一步，仿佛都在害怕会有一千个兽魔人突然扑过来。车队的成员们都在压低声音窃窃私语，并且不停地用充满警戒的目光打量周围的山丘。

他们经过一丛枯萎的树木，有汁水从破开的树皮中流出来。那种汁水看起来太红了，几乎像血一样。一名马车夫向树上的那处创口靠近过去，想要仔细看一看。

藤蔓突然从树枝上落下。那些灰褐色的藤蔓看起来应该早已枯死，但它们像蛇一样飞快地移动着。没等奥佛尔发出惊呼，那名马车夫已经被吊入树冠之中，死掉了。

整支队伍都僵立在原地，每个人都因为恐惧而无法挪动脚步。马车夫的尸体被拖进树干上的一道裂缝里，仿佛被这棵树吞掉了。也许树皮上的汁液真的就是鲜血。

奥佛尔心惊胆战地看着这一切。

“镇定，”菲儿的声音中也带着微弱的颤抖，“我告诉过你们，不要靠近任何植物！不要碰任何东西。”

队伍继续开始前进，只是现在的气氛变得更加压抑凝重。桑迪普骑马走在离奥佛尔不远的地方，自顾自地低声嘟囔着，“这是第十五个了。才几天时间，就死了十五个人。光明啊！我们永远也不可能走出去。”

如果敌人是兽魔人就好了！奥佛尔不可能向树和虫子开战。有谁能和它们打斗？但兽魔人是可以被砍倒的。奥佛尔有一把匕首，而且他从哈南和西维克那里学到了一些招数。奥佛尔的个子不高，不过这肯定会让兽魔人低估他。他可以在兽魔人反应过来之前就伏低身子，冲到它们近前，攻击它们的要害。

奥佛尔不断在心里想着这些事情，为的是能够不让自己双手颤抖。他还在踢着贝拉，希望能走到菲儿殿下的身边去。他听到远处传来一声尖叫，仿佛有某种生物遭遇了极其恐怖的死亡。奥佛尔打了个哆嗦。今天早些时候，他也听到了相同的叫声。这一次的声音距离他们更近了吗？

赛塔勒忧心忡忡地向正在向前凑的奥佛尔看了一眼。其他人也都在竭尽全力让他远离危险。奥佛尔命令自己要坚强起来，不要理会远处那些恐怖的尖叫。所有人都以为他很脆弱，但他并不脆弱。他们不知道他是如何成长的。确实，他自己也不愿去回忆那些日子。他觉得自己就好像经历过三种人生：父母还活着的时候、他孤身一人的时候和现在这段时光。

不管怎样，他已经习惯了和比自己更加高大强壮的人打斗。现在是最后战争，他们一直都在说，这场战争需要所有人的力量。那么，为什么他不能出一份力？如果兽魔人出现，他要做的第一件事就是从这匹慢悠悠的牲口身上跳下去。他跑起来能比这匹胖马快得多！艾伊尔人就不需要战马。奥佛尔还没接受过他们的训练，但他一定会有这样的机会。他已经对此做好了计划。他痛恨所有艾伊尔人，尤其是沙度人。如果要杀死艾伊尔人，他就必须学习他们的秘密。

他会去找艾伊尔人，要求接受训练。他们会接纳他，用严苛的态度对待他。但到最后，他们会尊敬他，让他与他们的武士一同接受训练。故事里都是这样说的。一定会是这样。

当他知道他们的秘密以后，他就会去找蛇与狐狸，得到该如何找到沙度人的答案。就是那些人杀害了他的父母。然后，他会像故事里的英雄一样，追踪并杀死那些恶棍。

我会带上诺奥，奥佛尔心想，他去过很多地方，可以做我的向导。他……

诺奥已经死了。

汗水从奥佛尔的脸侧滚落下来。他盯着眼前的岩石小路。他们又走过了一些那种可怕的树，现在每个人都会尽量避开它们。这时，一个人正指着小路旁的一大摊杀人泥巴，在那片厚重的棕褐色泥浆中，奥佛尔看到了几块骨头。

这个地方太恐怖了！

奥佛尔希望诺奥在这里。诺奥去过各种地方，见多识广。他一定能知道该如何走出这个地方。但诺奥已经不在了。奥佛尔在不久前刚刚得知这个噩耗，而且大家也没有详细对他说过，沐瑞女士到底在根结之塔中遭遇了什么。

所有人都会死，奥佛尔想着，双眼依然定定地望着前方，所有人……

麦特已经跑到霄辰人那里去了。塔曼尼正在伊兰女王那里作战。一个接一个，这支队伍里的每一个人都会被树、泥巴和怪物吃掉。

为什么他们都要离开他？

奥佛尔抚摸着自己的手镯。这是诺奥在离开前送给他的。手镯用粗糙的纤维编织而成。诺奥告诉他，这是一个遥远国度中武士们佩戴的饰物，是证明一个人亲眼见证过战争并活下来的标志。

诺奥……死了。麦特也会死吗？

奥佛尔感觉到闷热、疲惫和极度的恐惧。他催促贝拉加快前进的脚步，幸运的是，贝拉服从了命令，在山坡上跑得更快了一点。奥佛尔开始向队列的前方移动。他们已经放弃了马车，正在向一个叫"废地"的地方前进。一路上，他们要不断攀爬一些山丘。今天上午，他们走进了一条山间小路。这里依然很温暖，不过随着他们不断向上攀爬，空气正变得愈来愈凉爽。奥佛尔对此并不介意，只是这里也还是充满了一股可怕的腐尸气味。

他们的队伍一开始有五十名士兵和二十多名马车夫与劳工，还要加上奥佛尔、赛塔勒和六名菲儿殿下的贴身保镖。

而现在，已经有十五个人死在妖境里了。昨天早晨，一些可怕的三眼怪物袭击了营地，当场就杀死了五个人。奥佛尔听菲儿殿下说过，他们到现在只有十五个人牺牲，这已经是很好的运气了。就是说，他们很有可能会遇到更加可怕的灾难。

奥佛尔一点也不觉得这是他们的运气。这个地方太可怕了，他只想离开这里。艾伊尔荒漠也不会比这里更可怕，对不对？刹菲儿们都像艾伊尔人一样，至少是有些像艾伊尔人。也许他们已经做了奥佛尔想做的事，在荒漠中接受过训练。他必须问问他们。

又向前走了大约半个小时，奥佛尔终于催赶贝拉来到队伍的前段。菲儿殿下毛色光亮的黑母马脚步很快。为什么自己就不能得到那样一匹马？

菲儿将麦特的箱子放在她的马背上。一开始奥佛尔很高兴她会这样做。麦特一定非常想要这些烟草。他总是抱怨说没有好烟草。然后，奥佛尔听到菲儿告诉另一些人，她只是用这只箱子装了一些她自己的物品。她把那些烟草都丢掉了吗？麦特肯定不会高兴的。

菲儿看着他，奥佛尔向她咧嘴一笑。他尽量让自己的笑容显得真实一些。不该让菲儿看到他有多么害怕。

大多数女人都喜欢他的笑容。他一直在练习微笑，不过他并没有模仿麦特的笑容。麦特笑起来的时候总是一副心中有愧的样子。一个人的笑容应该能给自己带来些好处才对。奥佛尔需要一种让自己显得清白无辜的笑容。当然，他在大多数时候都是清白的。

菲儿并没有回应他的笑容。奥佛尔觉得她虽然鼻子有些太高了，却仍然是一个美人。不过，她肯定不怎么温柔。该死的，只要她一瞪眼，就算是好钢也会熔化。

菲儿走在埃拉纹和万宁之间。奥佛尔能听见他们在低声交谈。他一直在看着别的地方，这样他们就会以为他没有在听他们说些什么。当然，他确实没有故意偷听，他只想离开其马匹扬起来的灰尘。

“是的，”万宁悄声说道，“虽然不可思议，但我们确实已经靠近了废地。烧了我的老娘吧，真不敢相信我们竟然跑到这个地方。但您感觉到这里的空气了吗？空气已经变冷了。而且自从昨天早晨遇到那些三眼怪物以后，我们就再没有遇到过任何真正可怕的东西了。”

“我们的确已经很靠近了。”埃拉纹也表示同意，“很快，我们就会到达暗帝身边。那里没有任何东西生长，甚至没有东西可以腐败。没有生命，就算是妖境中那种被诅咒的生命也没有。”

“我想，这应该让人感到安心一些。”

“恐怕事实并非如此，”万宁擦了擦眉头，“这只是因为这里的暗影生物更加危险。如果我们能活下来，那只可能是因为这里正有一场该死的战争。暗影生物全都聚集到战场上去了。如果我们运气够好，除了煞妖谷附近，废地中会空得像刚刚和海民做完生意的商人的钱袋。请原谅我的话有些粗，殿下。”

奥佛尔只是用眼睛觑着那座距离他们愈来愈近的巨大山峰。

那里就是该死的暗帝居住的地方，奥佛尔心想。也许麦特会在那里，而不是待在梅丽罗。麦特曾经说过要远离危险，但他做的总是和说的刚好相反。奥佛尔觉得麦特只是故作谦逊，而且装得很假。否则，他怎么会一边说自己不想当英雄，一边又总是跑到最危险、最该死的地方去？

“这条路对吗？”菲儿问，“你说过，这里最近可能刚刚有大部队通过。难道这不是和你刚刚那种生动的描述恰好相反吗？”

万宁哼了一声：“这里的确有不少人马通过的痕迹。”

“还有马车从这里经过，”埃拉纹说，“我不知道这是好事还是坏事。”

“我可不觉得这里会有什么好事，”万宁说，“也许我们应该就近找个地方躲起来，等上一段时间。”他叹了一口气，又擦了擦自己的眉毛。奥佛尔猜不出他为什么这么郁闷。现在空气已经有些冷了。虽然变化不是非常剧烈，但他还是能感觉出来。这里的植物也变得愈来愈稀疏。不过奥佛尔觉得这些并不值得大惊小怪。

他想到那棵吞掉可怜车夫的怪树，不禁又回头看了一眼。不过附近似乎已经没有这样的树了。沿小路向前望去，前面应该更不可能有这种怪物。

“我们不能在这里空等，万宁。”菲儿说，“不管怎样，我都要返回梅丽罗。转生真龙在萨坎黠作战，所以我们要从那里离开这个被光明抛弃的地方。”

万宁呻吟了一声。但奥佛尔露出了微笑。他一定能找到麦特，让麦特看看自己在战场上能有多厉害，然后……

然后，也许麦特就不会像其他人那样丢下他了。这会是一件大好事。奥佛尔需要麦特帮他找到那些沙度人。至少他已经在红手队中接受了训练。他相信，现在没有人能欺负他，也没有人还能够把他所爱的人从他身边夺走。

“这些文件能够解释我们所看到的一切。”凯苏安一边说，一边用茶杯暖着双手。

那个名叫艾玲达的艾伊尔女孩坐在帐篷里的地面上。如果能让这个女孩进入白塔，我还有什么不愿意放弃的？凯苏安心想。这些智者……她们个个身经百战。每每想到这里，凯苏安总会感到一阵切肤之痛，白塔中最优秀的人也不曾有过这种历练。

凯苏安现在愈来愈相信，暗影早在多年前就开始了一个削弱白塔的计划。史汪·桑辰的不幸倒台和爱莉达的统治只不过是这条阴谋链条上的两环而已。也许要再过几十年，甚至几个世纪，这个阴谋的轮廓才会完全浮出水面。比如，凯苏安原先估计黑宗两仪师应该有几十人，但最后证明足有数百之多。单是这一点，就足以证明暗影的计划有多么庞大。

而现在，凯苏安必须尽量利用手头能掌握到的一切资源，这也包括那些智者，她们虽然在导引技法上远算不上精深，却一个个都是难啃的骨头。不过她们的确非常有用。比如索瑞林，尽管她的导引能力相当弱小，却依然不是一个可以小觑的人。现在，那名年迈苍苍的智者正坐在帐篷的另一边，观察着帐篷中的一切。

“我进行了一些调查，孩子，”凯苏安对艾玲达说，“那个人使用的确实是一种神行术。这种异能上一次出现时还是在至上力之战中，而且相关的纪录数据非常稀少，其中的信息也早已残缺不全了。”

艾玲达皱起眉头：“我没有看到编织，两仪师凯苏安。”

对于这名艾伊尔女孩带有敬意的语气，凯苏安掩饰住了自己的微笑。男孩亚瑟让这个女孩指挥这条战线，这的确要比安排其他人更好一些。实际上，他本该将指挥权委托给凯苏安。艾玲达很可能也清楚这一点。

“这是因为那个人并没有编织至上力。”凯苏安答道。

“那怎么可能？”

“你是否知道，为什么暗帝能够突破自己的牢狱？”

艾玲达显露出努力回忆的神情：“啊……对了，当时他们导引的是暗帝的能量？”

“那被称为真力，”凯苏安说，“你所见到的情况应该就是通过真力施展神行术的结果。极少有人曾经见过真力的导引。即使在至上力之战中，暗帝也吝于使用他的这种力量，只有最受他恩宠的人才会被赐予此种能力。以此推断，我认为和我们作战的应该是最高等级的弃光魔使。既然她那样对待可怜的萨伦妮，我怀疑那个人应该是古兰黛。”

“但传说中的古兰黛绝不是那么丑陋的。”索瑞林低声说道。

“如果你是一名弃光魔使，很容易会被别人通过外貌认出来，难道你不会对自己进行伪装？”

“也许，”索瑞林说，“但那样的话，我就不会使用……你所说的那种真力，那同样也会揭露我的真实身份。”

“根据艾玲达的描述，”凯苏安说，“那个人并没有多少选择，她必须迅速躲避艾玲达的攻击。”

凯苏安和索瑞林四目对视，两个人都表示赞同地点下了头。她们两人将会共同狩猎这名弃光魔使。

我不会让你因我的失职而死，孩子。凯苏安想道。她回头朝亚瑟所在的方向瞥了一眼。奈妮薇和沐瑞还在继续她们的工作。现在营地中的每一名导引者都能感觉到那种脉动。至少要坚持到你做完了你必须做的事情。凯苏安当然不会以为弃光魔使可能忘记这里。正因如此，她才会来到这条战线上。

强风吹动着帐篷，让凯苏安感觉到彻骨的寒冷。这个地方太糟糕了。就算当战事不再那么吃紧的时候，可怕的气氛仍然凝聚在这个地方，让这里仿佛变成了埋葬婴儿的坟场，一切笑声和快乐都会在这里泯灭。暗帝正盯着这个地方。光明啊，如果能离开这里就好了。

艾玲达喝着她的茶。她以前肯定也失去过战友，但现在，她看起来依然非常失落。

“是我丢下了她们，任由她们被杀害。”她悄声说道。

“呸，”凯苏安对她说，“这是那个弃光魔使犯下的罪行，与你无关，孩子。”

“你不明白，”艾玲达说，“我们处在同一个连结中。她们曾想要脱离连结，我感觉到了，但我不知道发生了什么。我控制着她们的至上力，所以她们才无法与那个弃光魔使作战。是我让她们陷入无法反抗的境地。”

“那么，从现在开始，不要再把和你连结的人丢下了。”凯苏安干脆地说，“但没有人能知道战场上会发生什么。”

“如果你怀疑那个敌人就在附近，艾玲达，”索瑞林说，“就立刻通知凯苏安、我或者艾密斯。承认敌人太过强大，自己没有能力单独与之对抗并不羞耻。我们将合力击败这个人，保卫卡亚肯。”

“很好，”艾玲达说，“如果你们发现她，也一定要通知我。”

说完这句话，她静静地等待着。凯苏安不情愿地表示同意。索瑞林也是一样。

菲儿蜷缩在黑暗的帐篷里。空气变得更加寒冷了，现在，他们已经相当靠近萨坎鞑。她用拇指摩挲着匕首的握柄，以缓慢、平稳的节奏呼吸。她的眼睛盯着帐帘，久久没有眨动一下。

收藏圣号角的箱子也在这顶帐篷里，箱子的一角顶在帐篷外。在废地的边缘，被许多同伴环绕，她却觉得比在沙度营地时还要孤单。

两天前，她被叫出自己的帐篷，去查看某种怪异的足迹。人们都在为那些足迹感到担忧。自从逐渐靠近废地后，他们就再没有人员损失的情况。他们的计划在这方面算是成功了。但每个人都绷紧了神经。那时她离开帐篷只不过几分钟，但是当她回来时，圣号角的箱子已经被略微移动过了。

有人想要将它打开。光明啊，箱子上的锁还没被破坏，圣号角也还在箱子里，她实在是太幸运了。

她不知道叛徒是谁，红臂队，马车夫，还是刹菲儿？在过去两个晚上，菲儿更是格外提高了警戒。但那名窃贼没有敢再动手。今晚，她抱怨说自己头痛，并让赛塔勒为她调制一些药茶，好帮助她睡眠。菲儿将药茶带回帐篷，但一口都没喝。她只是蜷缩在帐篷里，等待着。

探到帐篷外面的箱子角非常明显。窃贼会再次下手吗？为了以防万一，菲儿将圣号角从箱子里拿了出来，并在出去解手时把它带出了帐篷，将它藏在一块岩石下。她还安排刹菲儿去执行夜间巡逻的任务，借此把他们从帐篷旁边支开。刹菲儿们不喜欢只留下菲儿一个人，但菲儿清楚地告诉他们，待在他们中间会让她感到紧张。

这样应该够了。光明啊，就让窃贼上钩吧。

菲儿已经这样蜷伏了几个小时，随时准备在有人试图进入帐篷时跃起发出警报。窃贼很可能也埋伏在外面，在黑暗中等待最佳时机，冲进帐篷，抢到圣号角，奔向他的主人。这……

一声呐喊撕裂了黑夜。

菲儿的身子动了动。是敌人要分散她的注意力吗？

喊声，她一边想，一边判断着方位。来自……西边。

那里正是她隐藏圣号角的地方。菲儿骂了一句，立刻做出了决定。箱子是空的。如果那个喊声真的只是诱饵，她错误地离开帐篷，那么她也不会失去任何东西。但如果窃贼已经预料到她的安排……她冲出帐篷。其他人也正纷纷从各自的铺位上爬起来。一些刹菲儿跑过营地。喊喝声再一次响起。

伴随喊声的还有一种恐怖的号叫。他们一路上曾经不止一次听到过这种号叫。

菲儿跑过一些纤细的，带着妖境污染的野草。在一个树枝也会杀人的地方，随意踏过植物是愚蠢的。但她已经无暇顾及这些了。

她迅速赶到现场，那正是她藏匿圣号角的地方。万宁和哈南已经到了。万宁正用他一双粗大的手臂抱着圣号角。哈南一边叫喊着，一边挥舞佩剑，与一头黑毛怪兽作战。

万宁看着菲儿，脸色变得像白袍众的衬衫一样苍白。

“窃贼！”菲儿喊道，“阻止他！他偷了瓦力尔号角！”

万宁惊叫一声，把圣号角扔到地上，仿佛被那支号角咬了一下，然后一步跳到旁边。光明啊，他带着那一身肥肉怎么能跳得那么远！他抓住哈南的肩膀，把哈南也拖到旁边。而那头怪兽再一次发出凄厉的号叫。

远处又传来相同的号叫声。菲儿疾步冲过去，抓起圣号角，把它紧紧握住。这些家伙不是普通的盗贼，他们不仅看穿了她的计划，还能够预料到她隐藏圣号角的地方。菲儿觉得自己就像是个刚刚被城里人用扣杯猜珠子的把戏骗了的乡下女孩。

更多人跑了过来，他们全都在不远处定住脚步。吓到他们的可能是圣号角，也可能是那头怪物。那头怪物不断地号叫着。看起来，它就像是一头有着太多条手臂的熊，但它比菲儿见过的所有熊都要大。菲儿踉跄了一步。现在没时间去抓那两个窃贼了。怪物正扑向菲儿，菲儿的卫士们根本无法阻拦它的冲锋。转眼间，一名刹菲儿的头就被打飞了，她的尖叫声也戛然而止。

菲儿高喊着，将一把匕首掷向那头怪物。爱瑞拉拔出剑，砍在怪物的肩膀上。就在这时，第二头怪物迈着笨重的步伐，跨过菲儿身边的岩石堆。

菲儿骂了一句，跳到一旁，再次掷出一把匕首。她击中了。至少那头怪物发出愤怒和痛苦的吼声。曼德文举着火把，骑马跑了过来。借助火光，菲儿看见这种恐怖的怪物生着昆虫一样的脸，许多锋利如同匕首的牙齿突出在它们口外。菲儿的匕首正插在怪物一只苍蝇般的眼睛上。

“保护殿下！”曼德文一边喊，一边将长矛抛给身边的红臂队。红臂队们将长矛刺进第一头怪物的身躯，把它从埃拉纹身边推开。埃拉纹也踉跄着向后退去。她的身上已经染上鲜血，但她没有丢下手中的剑。

菲儿疾步后撤，刹菲儿聚拢在她身边。大家的目光都落在她手中的瓦力尔号角上。菲儿已经将它从口袋中拿了出来，她可以将圣号角吹响……

不，她想，它是属于考索恩的。对于她，这只会是一支普通的号角。

“稳住！”曼德文一边喊，一边操控战马躲开一头扑向他的怪兽，“沃丁、拉安东，我们需要更多长矛！快去！这些怪物战斗起来就像野猪一样。先引诱它们过来，然后再戳穿它们！”

曼德文的战术在一头怪物的身上奏效了，但就在曼德文喊喝命令时，另一头怪物扑到他面前，抓住他的坐骑的脖子。其余攻击它的士兵都被它扫到一旁。曼德文重重地摔在地上，发出一声呻吟。

菲儿紧握着圣号角，跑过一队正在与一头怪兽缠斗的红臂队。她抓起一支刚刚点燃的火把，扔到一头怪兽身上，点燃它背上的黑毛。那头怪兽发出震耳欲聋的嗥吼，火舌在它的脊背上乱蹿，它的皮毛如同干燥的火绒般猛烈地燃烧。怪物倒在了曼德文的无头死马旁边，拼命挣扎着，发出愈来愈凄厉的号叫。

“把伤员拉走！”菲儿命令道，然后，她拉住一名红手队员的手臂，“去看看曼德文的情况！”

那个人低头看了一眼菲儿手中的圣号角，眼睛瞪得老大，摇摇头，又点了点头，高声叫来自己的两名伙伴，三个人一同抬起了曼德文。

“殿下？”埃拉纹站在一个灌木丛后面问道，“到底发生了什么事？”

“两名红臂队员想要偷窃我手中的东西。”菲儿说，“现在，我们必须连夜行军。”

“但……”

“听！”菲儿向黑暗中一指。

远处又传来十几个不同的吼声，仿佛是在应和那头濒死怪兽的号叫。

“怪物的吼叫和鲜血的气味肯定会引来更多它们的同类。我们要尽快出发。如果我们能够在今晚足够深入废地，我们也许就能逃过它们的攻击。收拾营地，把伤员都扛上马背，让所有人都做好急行军的准备，赶快！”

埃拉纹点点头，匆忙跑开了。菲儿朝哈南和万宁逃走的方向瞥了一眼。她很想去追捕他们，但在这样的黑夜中追捕罪犯只会拖延他们的脚步，而现在减慢速度就意味着死亡。而且，谁能知道那两个暗黑之友的手中还掌握着什么武器？

他们已经逃走了。光明在上，菲儿只希望自己受到的欺骗能够到此为止。但如果万宁准备了一支假号角，故意将它丢下，吸引菲儿的注意力，让他能够顺利逃走……

但菲儿现在没办法区分手中这支号角的真假。她有可能会带着一支假号角进入最后战争，也许这会毁掉整个世界。当马车队的成员们匆匆跑进黑暗之中的时候，这个念头依然在不停地折磨着她。但现在，她只能希望光明和好运能够让她的队伍避开潜伏在这夜幕中的危险。

梅丽罗平原
包罗夫高地
艾拉非
废墟
夏拉河
沼泽
戴沙丘
哈沃浅滩
夏纳
艾瑞尼河
荒弃的农田
0 1 2
~Scale~

第36章

不可改变的事情

兰德出问题了。

奈妮薇紧抓住末日深渊尽头的一根石笋，以免自己被气流拖进面前的这片虚无。沐瑞称它为暗帝的本质。但真力就是从这个一无所有的地方出来的吗？更可怕的是，如果暗帝的本质就在这个世界里，这是否意味着暗帝已经冲破了牢狱？但无论这是什么，它肯定是纯粹的邪恶。它让奈妮薇的心中充满恐惧，一种她这一生中从未有过的恐惧。

而且，它在用一种强大的力量吸蚀着这个世界，将附近的一切都吸进其中。奈妮薇很害怕如果自己一松手，立刻就会被拉进去。她的披肩已经不期然间从她的肩头飞走，消失在那片虚无之中。如果她也被吸进去，她的生命恐怕将就此终止，可能就连她的灵魂也将不复存在了。

兰德！奈妮薇心想。她能不能做些什么事情帮助他？兰德正站在莫瑞笛面前。他们两人仿佛被锁在一起，剑刃挡住剑刃，两个人的身躯没有半分移动。汗水从兰德的脸上流下来，但他没有说过一句话，甚至连眼睛都不再眨一下。

兰德的脚已经碰触到那片黑暗，气流在他和莫瑞笛周围盘旋，仿佛想要摇撼这两尊雕像，却无法像拖拉奈妮薇那样移动他们。他们以这个姿势僵立了已经至少十五分钟了。

不管怎样，他们进入这个深渊中，面对暗帝的时间一共还没超过一个小时。

奈妮薇看着石块滑过地面，又被吸入黑暗中。她的衣摆都已飘飞起来，仿佛她正置身于一阵强风之中。沐瑞也和她一样，蜷伏在她身边，凭借一根石笋支撑着自己的身体。幸运的是，刚才充满洞窟的强烈硫磺臭气在这里也都被吸进了黑暗之中。

奈妮薇不能使用至上力。兰德正在汲取着她的全部力量，但他却似乎没有用这股力量做任何事。她能够攻击莫瑞笛吗？那个家伙似乎动都动不了一下。如果她用石头敲他的脑袋，会发生什么事？这总比在这里干等要好。

奈妮薇试着用自己的体重对抗虚无的吸力，慢慢放开握住石笋的手。她立刻开始向前滑动，又急忙抓住石笋，把自己拉了回去。

我不会在最后战争中只知道抓住一块石头！她想道，至少不能在整场战争里只是抓着这么一块石头吧。她必须有所行动，哪怕需要冒险。直接向那两个人走过去可能很危险，但如果她迂回一下……是的，她的右手边还有别的石笋。她放开手，半是滑动、半是小跑地到达下一根石笋旁。然后是第三根石笋。小心地放开手，再去抓住另外一根。

这个过程非常缓慢。兰德，你这个羊毛脑袋的傻瓜，她心里想着。如果兰德能让她或沐瑞主导这个连结，也许他们就能够在他作战时做一些别的事情了！

她向下一根石笋伸出手，却突然停住脚步。在她的右手边有什么东西。定睛看过去，奈妮薇几乎惊叫起来。一个女人正蜷缩在那里，靠在洞壁上，借助周围的岩石躲避吹向虚无的气流。她似乎正在哭泣。

奈妮薇向兰德瞥了一眼。兰德仍然和莫瑞笛一动不动地对峙着。于是她朝那个女人走去。这里的石笋更加密集，奈妮薇的移动也安全了不少。愈来愈多的石头挡住拉她进入虚无的气流。

奈妮薇终于来到那个女人面前。她被铁链锁在墙壁上。“埃拉娜？”奈妮薇的喊声压倒了风声，“光明啊，你怎么会在这里？”

那名两仪师向奈妮薇眨了眨通红的眼睛，眼神有些迟钝，仿佛她的意识已经模糊了。奈妮薇仔细查看她的状况，才发现埃拉娜的左半边身子全被血染红。她的腹部有一个匕首刺穿的伤口。光明啊！奈妮薇看到这个女人苍白的面孔时就应该意识到出问题了。

为什么要刺伤她，再把她丢在这里？奈妮薇知道，她约缚了兰德。哦，光明啊。这是一个陷阱。莫瑞笛让埃拉娜在这里流血，然后才与兰德决斗。当埃拉娜死亡的时候，兰德作为她的护法，必然会陷入疯狂与暴怒，莫瑞笛将轻而易举地摧毁他。

为什么兰德没注意到？奈妮薇在口袋中翻找草药，却又蓦然停止了动作。草药能够治疗这种程度的伤口吗？她需要使用至上力才能拯救埃拉娜。奈妮薇撕开埃拉娜的衣服，做成绷带，迅速包扎完毕之后，她开始努力导引阴极力。

兰德掌握着她的阴极力，而且绝没有半点放松的意思。奈妮薇拼命想要将他推开，但兰德握得很紧。而且在奈妮薇推他的时候，他反而握得更紧。虽然奈妮薇看不见编织，但兰德似乎的确在以某种方式进行导引。奈妮薇能够感觉到一些东西，但在咆哮的强风和这种奇怪的环境里，整个世界仿佛都变成一场围绕她旋转的风暴，就连至上力也被卷入其中。

该死的！她需要阴极力！这不是兰德的错。在他主导连结时，他不可能借给奈妮薇任何一点力量。

奈妮薇将手按在埃拉娜的伤口上，心中充满无奈和愤怒。她敢向兰德呼喊，要兰德将她从连结中释放出来吗？如果她这样做，莫瑞笛无疑会注意到她的行动，并立刻攻击埃拉娜。

该怎么办？如果这个女人死了，兰德无疑将失去自控能力，那很可能会导致他的终结……也是最后战争的终结。

麦特用斧头将木桩削尖。“看到了吗？”他说道，“这不需要多么精细的手艺。等你们要去讨好村长女儿的时候，再精雕细刻你们的作品吧。”

围观的男男女女纷纷严肃地点着头。他们都是农夫、村民和工匠，就像麦特在两河所熟悉的那些人一样。麦特现在有成千上万这样的部下，他从没想过会有这么多普通人参加这场战争。也许这片土地上善良的人类都来到了这里，要与暗影作战。

麦特觉得他们都疯了。如果能够躲开这一切，他一定会藏到某个地下室里去。光明烧了他吧，他一定会躲起来的。

那些骰子还在他的脑海中不停地转动。自从艾雯将全部光明阵营的军队交由他指挥开始，它们就在这样转动着。该死的时轴简直还不如两颗豆子。

麦特只能继续砍削他的围墙木桩。有一个人看得尤其认真，他是一名年老的农夫，粗糙的皮肤可能连兽魔人的大剑都砍不透。不知为什么，麦特总觉他有点面熟。

光明烧了那些记忆吧，麦特心想。毫无疑问，这个家伙的面相很可能曾经出现在麦特脑子里的那些古老记忆中。是的，就是这种感觉。只是他记不太清那个记忆中还有些什么。一辆……马车？一个隐妖？

“好了，伦纳德。”那个老头正在和一名同伴说话，那也是一名农夫。根据他们健壮的身材判断，他们都应该是边境国人。“我们去看看那些小子们干得怎么样。”

他们两个说完就走开了。麦特完成了手中的尖桩，擦了擦眉毛，伸手去拿另一根木桩。最好给这些只懂得放羊的家伙们示范清楚一点。这时，一个身穿凯丁瑟的人沿着大半完工的木围墙跑了过来。

乌伦有一头亮红色的短发，只在背后留着一根稍长的辫子。经过麦特身边时，他向麦特招了招手，但并没有停下脚步：“它们的状态相当狂躁，麦特·考索恩。我相信它们正朝这个方向过来。”

“谢谢，”麦特喊道，“我欠你一个人情。”

艾伊尔人转回头，稍稍放慢了脚步：“一定要打赢这一仗！我已经为我们的胜利赌了一袋澳丝楷。”

麦特哼了一声。比面容冰冷的艾伊尔人更让他感到不舒服的，就是一个露出笑容的艾伊尔人。打赌？赌这场战争的胜负？谁会打这样的赌？如果他们输了，根本没人能活到赢取赌注的时候……

麦特皱了皱眉。不过，这的确是一个有趣的赌局，也许他可以加上一注。“你是和谁赌的？”麦特喊道，“乌伦？”但那个艾伊尔人已经距离他太远，听不到他说话了。

麦特咕哝了一声，将斧头交给身边的一名身材苗条的提尔女子：“监督他们干活，馨德。”

“是，考索恩大人。”

“我不是什么该死的大人。”麦特一边习惯性地说着，一边拿起艾杉玳锐。迈步离开时，他又转头看了一眼正在被竖起的围墙，发现几名视死卫士正在劳动的人们身边行进，就好像在羊群中漫步的狼。麦特加快了脚步。

他的军队已经没有多少时间进行战前准备了。神行术让他们抢在兽魔人前面返回了梅丽罗平原，但他们不可能以此摆脱暗影的进攻。光明啊，他们已经无处可逃了。但这一次，选择战场的权力掌握在麦特手里。这个被称作“梅丽罗”的地方很合他的意。

就好像在给你自己选坟场一样，麦特心想，如果真能有选择，我才不会跑到这个地方来。

围墙正在原野边的树林前被竖起。麦特没时间用围墙将这个地区彻底圈起来，或者予以隔断，建立绵密防御。而且这么做也没什么实际意义。那些沙塔导引者能够轻易撕裂这些木墙，就像用剑削开丝绸。但配有步道的一段段围墙能够为他的弓箭手提供更合适的射击位置，加大对兽魔人的杀伤范围。

麦特还有两条河可以利用。莫拉河流经这里的西南部，穿过包罗夫高地和戴沙丘。它的南岸位于夏纳境内，北岸属于艾拉非。在这里，它汇入了原野南边径直向西流淌的艾瑞尼河。

这些河道的阻敌作用将远超过任何城墙，尤其是当麦特拥有强大的防守力量时。不过，也许他拥有的力量与敌人相比算不上强大。他麾下的半数士兵还是春草般稚嫩的新兵；而另一半士兵在过去的一个星期中刚刚经过九死一生的苦战。边境国军队损失了三分之二的人马。光明啊，三分之二。这相当于一支规模庞大的百战雄师已经被白白葬送了。

把他现在能调动的军队全部算上，麦特的军力只有杀向这里的暗影大军的四分之一，这是根据天空之拳的侦查得出的结论。总而言之，当前的战局极不乐观。

麦特将帽子向下拉了拉，抓了抓眼罩边缘的皮肤。这副眼罩是图昂送给他的，用红色皮革制成，他很喜欢。

“好吧。”他一边说着，走过了一群白塔卫士的新兵。他们正在用木棍进行战斗训练，而要配备给他们的矛尖还在加紧打造之中。看起来，这些人在战场上倒是更有可能伤到自己。

麦特将艾杉玳锐交给一个人，又拿过另一个人手中的木棍。而接过艾杉玳锐的人还在匆忙中向麦特敬了一个礼。这些人大多还很年轻，可能一个月只需要刮一次胡子。而将手中木棍交给麦特的那个男孩可能不满十五岁。

“你们不能在每次棍子打到东西时就大喊大叫！”麦特说，“如果在战场上闭起眼睛，你们就死了。难道你们在接受训练时根本不听教官说话吗？”

麦特举起木棍，向他们示范该握住哪里，然后是各种格挡姿势。当麦特的父亲教会他这些招式时，他还非常年轻，还相信战斗一定是一件很有趣的事。然后，他逐一击打这些新兵，强迫他们每一个人格挡他的攻击。

“光明烧了我吧，你们给我听清楚了，”麦特大声对这些人说，“我不在乎你们的木桩脑袋到底有多笨。但如果你们把自己害死了，你们的母亲肯定会希望我能把你们的死讯告诉她们。听着，我不会做这种事。但我也许会在玩骰子时有一点罪恶感。我不喜欢有罪恶感，所以，都给我看清楚了！”

“考索恩大人？”那个把木棍交给他的人说道。

“我不……”麦特停住话头，“嗯，你想说什么？”

“我们不能学习用剑吗?”

“光明啊!”麦特说,“你的名字!”

“西蒙特,大人。”

“嗯,西蒙特,你认为我们还有多少时间?也许你可以去和惊怖领主或者别的暗影生物谈谈,要他们先等上几个月,等我先把你们都训练好以后再开战。”

西蒙特脸一红。麦特将木棍交还给他。都是孩子。麦特叹了口气。“听着,我只希望你们懂得如何保护自己。我没时间让你们成为强大的战士,但我可以教你们如何协同作战,组成阵列,在兽魔人面前不会退缩。相信我,这对你们来说将比任何华而不实的剑术都更有用。”

那个年轻人不情愿地点了点头。

“继续练习。”麦特抹了一下眉毛,回头望过去。该死的!那些视死卫士还在跟着他。

他抓起艾杉玳锐,大步跑了起来,然后猛地绕过一顶帐篷,却差点撞进一群两仪师中间。

“麦特?”艾雯在那群人中间问道,“你还好吗?”

“他们该死的一直在追我。”麦特一边说,一边向帐篷对面偷瞥了一眼。

“谁在追你?”艾雯继续问道。

“视死卫士,”麦特说,“我现在应该回图昂的帐篷。”

艾雯摆了摆手指,让其他人离开。很快,她的身边只剩下她的两个影子——盖温和那个霄辰女人。“麦特,”艾雯用苦恼的语调说道,“你终于考虑清楚,决定要离开霄辰营地了。对此我感到非常高兴。但你难道就不能等这场战争结束以后再叛变吗?”

“抱歉,”麦特心不在焉地敷衍着,“但我们是否能先到两仪师营区去?他们不会跟我到那里去的。”也许不会。但如果全部视死卫士都像卡瑞德一样,也许就算是两仪师也挡不住他们。卡瑞德如果想要抓住一个人,甚至会跟着他一起从悬崖上跳下去。

艾雯愣了一下,似乎对麦特感到很不满意。两仪师能完美地保持淡定,同时又让别人知道她们的不悦。她们到底是怎么做到的?不过仔细想一想,两仪师大概也会跟着一个人跳下悬崖,为的是详细向他解释,他的自杀行为中都包含着哪些错误。

麦特最近有不少想法,他希望这些想法里没有要从悬崖上跳下去的念头。

“我们必须想办法向芙图娜解释,你为什么要逃走。”艾雯一边向两仪师营区走去,一边说道。麦特当初在规划营地时,就以充分的理由将这片营区布置在距离霄辰营地尽量远的地方。“否则你们的婚姻难免会出现问题。我建议你……”

“等等，艾雯，”麦特说，“你在说什么？”

“你在躲避霄辰卫兵，”艾雯说，“你没有在听……当然，你没有。很高兴能知道当这个世界正在坍塌时，还有些东西是完全不会改变的。比如昆达雅石和麦特·考索恩。”

“我是在躲着他们，”麦特又回头看了一眼，“因为图昂想让我审判别人。只要有一个士兵为某个罪行来寻求女皇的宽恕，我就是那个该死的要听他陈情的人！”

“你，”艾雯说，“进行审判？”

“我知道，”麦特说，“该死的，我的工作实在是太多了。所以我整天躲着那些卫兵，想给自己偷一点该死的空闲。”

“一点正经工作不会杀了你，麦特。”

“我可不这么想。当兵也算是正经工作了，但这份工作可是杀了不少人。”

盖温·传坎显然正在努力学习如何成为一名两仪师，现在他瞪着麦特的眼神就算是让沐瑞看到也一定会感到满意。好了，随他去吧。盖温是一位王子，他肯定做过很多判决。也许他每天午休时都会把几个人送到绞刑架上去，作为他日常训练的一部分。

但麦特……麦特不会命令别人接受处决。就是这样。他们走过一群正在对打的艾伊尔人。乌伦就是在找这群人吗？麦特努力想要让其他人走得再快一点，好甩掉那些霄辰人。他又向艾雯靠近了一步。

“还没找到？”他低声问道。

“没有。”艾雯目视前方。

不需要说出那个东西的名字。“你怎么会把它丢了？我们费了那么大力气才找到它的！”

“我们？根据我听说的消息，这个任务主要是由兰德、罗亚尔和边境国人完成的。”

“当时我也在，”麦特说，“我跑过整个该死的大陆，不是吗？光明烧了我吧，先是兰德，然后又是你。难道所有人都想要骗我，以为我不知道那些日子里到底发生了什么？盖温，你想要知道真相吗？”

“是的，请说。”盖温的语气相当热切。

“算了，”麦特说道，“看样子，除了我以外，大概没有人还能记得那时候的事情了。我像个疯子一样寻找那支该死的号角。而且，我还要提醒你，是我吹响了那东西，你们才能逃出法美的。”

“这就是你的记忆？”艾雯问。

“当然，”麦特说，“没错，我的记忆里的确有些窟窿，但我已经把那时发生的大部分事情都想起来了。”

“那把匕首呢？”

“那件小东西？不值得浪费时间提起它。”麦特发现自己的手正按在腰侧。他曾经一直将那把匕首插在那里。艾雯向他挑起一道眼眉。“不管怎样，这不是重点。我们需要那该死的东西，艾雯。我们需要它。”

“我们已经派人去各处进行搜索了，”艾雯说，“现在还不知道那里到底发生了什么。那里有神行术的痕迹，但它已经过去了一段时间，而且……光明啊，麦特，我们正在努力。我答应你会全力搜寻它。它已经不是暗影最近从我们手中偷走的唯一一样东西了……”

麦特瞥了艾雯一眼，但艾雯并没有看他。该死的两仪师。“一直没有人见过佩林吗？我可不想当那个要把他的妻子失踪的消息告诉他的人。”

“没有人见过他，”艾雯说，“我认为他正在帮助兰德。”

“呸，”麦特说，“你能不能给我打开一个通道，让我到戴沙丘顶上去看看？”

“我以为你是要去我的营地。”

“我也想顺路去那里看看，”麦特说，他这样说也不算错，“那些视死卫士不会想到我要去那里。光明烧了我吧，艾雯，但我相信，他们已经猜到我要去哪里了。”

艾雯沉默了片刻，然后打开通向戴沙丘顶端神行术场地的通道。他们一同走过通道，来到那座山丘上。

戴沙丘位于靠近战场中心的地方，约有一百尺高，比普通的山丘高大，但还算不上是一座山峰。它的石壁陡坡无法攀登，只有通过神行术才能到达顶端。从这里，麦特和他的指挥官们能够俯瞰整片战场。

“我从没见过谁会如此辛苦地逃避辛苦的工作，麦特·考索恩。”艾雯说道。

“那是因为你没有和士兵打过多少交道。”麦特迈步踏进神行术场地，一边向敬礼的士兵们挥挥手。

他的目光转向北方的莫拉河以及河对岸的艾拉非。然后是东北方，那里的废墟曾是某种堡垒或者瞭望塔。向东是正逐渐延长的木墙和森林。他继续缓慢地转动身子，南方远处是艾瑞尼河，还有一片受到罗亚尔特别尊敬的巨树小林。人们都说，是兰德让那片林子生长了起来，是在他要求各国君主们签署真龙合约的那个时候。麦特望向西南。在那里有莫拉河上唯一一片利于涉水的浅滩。这里的农夫都管它叫哈沃浅滩,浅滩对面的艾拉非境内则是一大片开阔的沼泽地。

莫拉河的西岸就是包罗夫高地。这片四十尺的高地在东边是一道陡峭的崖壁,西边是平缓得多的山坡。

在包罗夫高地西南侧的山坡和莫拉河岸边的沼泽地之间有一条约两百步宽的走廊地带,那里是通过哈沃浅滩来往于艾拉非和夏纳的旅行者们踏出的一条道路。这些都是可供麦特利用的地形。但这样就够了吗?麦特能感觉到有某种力量正从北方拖拉着他。兰德很快就会需要他了。

他转过身,准备离开。这时,有人从山丘的另一边向他走来。不过那并不是视死卫士,只是满脸皱纹的朱尔·格莱迪。

"我为你带来了那些士兵。"格莱迪说着,向旁边一指。麦特能看到在木墙附近的神行术场地上,一小队士兵正列队走过通道。那是一百名红手队,走在队伍最前面的是戴朗,他的手中还举着那面该死的红旗。队伍后面还跟着大约五百个衣衫破旧的人。

"这是怎么回事?"格莱迪问,"我想,你是派这一百人到南边的村庄募兵去了?"

不只是这样。麦特把目光聚焦在戴朗身上,我救了你的命,你就主动要去做这件事,该死的傻瓜。戴朗似乎已经认为这就是他的命运。

"带他们去莫拉河上游,"麦特说,"地图上显示,那里有唯一一处能够封锁河道的地方,东北方几里外的一道狭窄河谷。"

"好的,"格莱迪说,"这需要更多导引者参加。"

"你只有他们,"麦特说,"而且,我希望你让这六百名男女担负起防卫河道的主要任务。不要冒险耗费太多力气,一切都交给戴朗和他的部下。"

"请原谅,"格莱迪说道,"但他们的人数并不多,而且他们大多不是受过训练的士兵。"

"我知道我在做什么,"麦特答道。希望如此。

格莱迪不情愿地点点头,然后就走开了。

艾雯带着好奇的神色看着麦特。

"我们不能再撤退了,"麦特轻声说道,"撤退是不可能的。我们无处可去。我们必须在这里战斗,否则就将失去一切。"

"我们还有撤退的空间。"艾雯说。

"没有了,"麦特说道,"再没有了。"他将艾杉玳锐靠在肩头,伸出另一只手,掌心向前。他扫视着面前的地形,记忆仿佛从他面前的光与尘中浮现。胡恩丘的瑞昂、纳亚斯和桑魔煞达、皮普金的陷落……成百上千场战争，数以百计的胜利，数以千计的死亡。

麦特看着记忆的残片在这片原野上闪过："你和军需官们聊过吗？我们的食物已经开始短缺了，艾雯。我们不可能赢得一场持久战，不可能一直防御、撤退。这只能让敌人最后将我们击溃。就像在麦翰德边境的埃约尔。现在，虽然我们损失惨重，但如果拖延下去，我们只会变得更加衰弱。后撤，就意味着我们将被饥饿和兽魔人摧毁。"

"兰德，"艾雯说，"我们只需要坚持到他取得胜利的时候。"

"从某种角度来说，这是真的。"麦特转向包罗夫高地。在他的脑海中，他看见了将会发生的可能。他想象骑兵如同影子般在高地上活动。如果他想要守住这片高地，他将必败无疑，但也许……"如果兰德输了，那一切就都不重要了。该死的时光之轮将会破碎，如果我们走运，我们就都将消失于无形。到那个时候，我们将完全无能为力。但问题是，如果他做到了他该做的事情，我们依然有可能失败，如果我们没能阻止暗影大军的入侵。"

麦特眨眨眼。他看到了，整片战场在他眼前铺展开来，在浅滩处的战斗、木墙上射出的箭矢。"我们不能只是打击它们，艾雯。我们不能只守在这里。我们必须将它们摧毁，把它们击溃，逐一猎杀每一头兽魔人。我们不能只满足于活下来……我们必须赢得胜利。"

"我们该怎么做？"艾雯问，"麦特，我听不出你的话里有什么逻辑。你昨天不是还说过，我们的军力远远弱于敌人？"

麦特望向那片沼泽，想象着士兵的身影在其中行进的样子，那些都是他记忆中的影子。"我必须改变这种局势。"他不能按照敌人的预想去做，他不能执行间谍们可能会向暗影报告的计划。"该死的……最后一把骰子。我们拥有的一切都会被押上去……"

一队身披黑甲的武士从通道中来到这座山丘上，他们都喘着大气。他们一定是跑回营地，找到了一名罪奴，才能来到这里。实际上，他们的铠甲是极深的红色。但这群武士不需要穿戴这种盔甲，就已经够可怕了。现在，他们差不多能用眼神把鸡蛋煮熟。

"你，"带头的视死卫士指着麦特说道。他名叫哲伦。"立刻回……"

麦特举起一只手，打断了他。

"不要再支开我了！"哲伦说，"我有命令……"

麦特瞪了哲伦一眼。那名视死卫士闭住了嘴。麦特再次向北方转过身。一阵冰冷的、感觉略有些熟悉的风吹过他的身躯，扯起他的长外衣，掀动着他的帽子。他眯起眼睛。兰德正牵扯着他。

骰子依旧在他的脑海中滚动。

“他们到了。”麦特说。

“你说什么?”艾雯问。

“他们到了。”

“斥候……”

“斥候错了。”麦特抬起头。他注意到两头雷肯正迅速飞回营地,他们已经看见了敌人。兽魔人一定是在连夜行军。

沙塔人会打头阵,麦特心想,兽魔人还需要喘喘气。而沙塔人可以用神行术到达战场。

“派出传令兵,”麦特对视死卫士说道,“让所有人就位。警告伊兰,我要改变作战计划。”

“什么?”艾雯问。

“他们来了!”麦特再次瞪着视死卫士,“该死的,还愣在这里干什么? 快去,跑着去!”天空中,雷肯发出一阵嘶鸣。哲伦敬了个礼,就带着他的部下疾奔而去,厚重的黑红色铠甲随着他们的步伐发出沉重的撞击声。

“就是这样,”麦特说,“深吸一口气,喝下最后一口白兰地,抽完最后一段雪茄。好好看看面前的世界吧。很快,这里就会是一片血海。最激烈的战斗将在一个小时内爆发。希望光明不要将我们抛下。”

佩林在黑暗中漂流,他觉得无比疲惫。

杀戮者还活着,他残存的意识在这样告诉他,古兰黛正在腐蚀我们的统帅。末日近了。你不能就这样溜走! 坚持住。

坚持什么? 佩林竭尽全力想要睁开眼睛,但他一点力气都没有了。他应该……应该早点离开狼梦。他的整个身躯都感到麻木,只是……

只是在他的腰间。他移动手指,感觉到一个方硬的东西,那东西让他感觉到温暖。他的战锤正散发出热量,让他僵硬的手指重新变得灵活。佩林深吸一口气。

他需要醒过来。现在他正徘徊在意识的边缘,就好像即将睡着,但还有一些直觉。在这种状态下,他觉得自己面前仿佛是一个岔路口,一条路通往更深的黑暗,另一条路通往……他看不见,但他知道那意味着什么……那意味着醒来。

从战锤中传出的暖意一直蔓延到他的手臂上，他的意识逐渐变得清晰。他醒过来了。

这就是杀戮者所做的。他……从某种意义上说……已经醒来了……

佩林的生命正在流逝，死亡正将他拥入怀中。没有多少时间可以耽搁了。他咬紧牙齿，深吸一口气，强迫自己醒来。

狼梦的寂静碎裂了。

佩林落在柔软的地面上，进入一个充满喧嚣的地方。这似乎是某个战场，人们正在准备战斗……

在他身边，有人发出喊声，然后又是更多的喊声。

“佩林?”他认得这个声音，“佩林，孩子!”

卢汉师傅? 佩林觉得自己的眼皮异常沉重，他无论怎样用力，也无法睁开眼睛。一双手臂抱住了他。

“坚持住，我在这里，小子。我就在你身边，坚持住。”

第37章

最后一战

包罗夫高地的夜幕被黎明撕碎，但阳光并没有照在光明战士们的身上。暗影大军从西方和北方蜂拥而至，他们要赢得这最后一战，让暗影笼罩大地，开创一个全新的纪元。在这个纪元中，苦难的呻吟将成为最普通、最不受关注的事情。

——摘自海兰之孙，阿伦特之子罗亚尔的笔迹，第四纪元

岚高举佩剑，催赶曼塔在营地中驰骋。

在他的头顶上方，清晨的乌云开始变成血红的颜色，映红它们的是来自西方沙塔大军的巨大火球。这些火球冉冉升起，在天空中划出一道道优雅的弧线。因为距离遥远，它们的速度显得相当缓慢。

最后的马吉尔人追随在他身后，一队队骑兵冲出营地，飞奔到岚身边。随着愈来愈多的骑士加入，他率领的部队如同潮水般迅速向两翼扩张。安德锐和他一同跑在队伍的最前沿，手中高举着马吉尔金鹤旗。这面旗帜已经成为全体边境国人的象征。

边境国流了很多血，但并没有被打垮。把一个人打倒在地的时候，你才会知道他是由什么做成的。有的人会转头逃跑。但如果他没有，如果他带着嘴角处的鲜血站起来，眼里闪耀着决心，那么你就会知道，这是一个真正危险的人。

火球在落下的时候，速度仿佛突然加快了。赤红的烈焰在营地中爆炸，撼动着大地。尖叫声伴随着雷鸣般的马蹄声。更多的骑兵部队还在不断加入到金鹤旗下。麦特·考索恩已经向全军下达命令，其余国家的骑兵也都会跟随岚进行这次冲锋，以代替牺牲的边境国人。

麦特也清楚地告诉了所有人，他们将在这次进攻中付出惨重的代价。在这次战役中，骑兵将冲在最前方。他们要打破兽魔人和沙塔人的战线，并且需要持续不断地进行战斗，几乎得不到休息的机会。他们将成为今天死伤最多的部队。

但，人们仍然义无反顾地奔向金鹤旗。太过年迈、不该再骑马的边境国人；丢下钱袋，拿起长剑的商人；还有数量多得让岚感到惊讶的南方人，其中甚至包括许多女人，她们同样披挂胸甲，戴着钢制或皮革头盔，手持步兵长矛。他们已经没有足够的骑枪可以分配了。

“我们的半数战士更像是农夫！”安德锐在马蹄声中大声说道。

“你有没有见过两河人骑马，安德锐？”岚喊道。

“似乎还没见到。”

“看着吧，你会感到吃惊的。”

岚的骑兵很快就到了莫拉河边。一个留着卷曲长发、身穿黑色外衣的男人正双手背在身后，站在那里。洛根的身边有四十名两仪师和殉道使。他看了一眼岚的部队，然后向天空伸出一只手，扯散了一颗正在落下的巨型火球，仿佛那只是一张薄纸。天空中传来雷霆炸裂般的巨响，破碎的火球向四周迸发出无数火花，随后便化成一团让空气扭曲的烟雾。灰烬飘落在奔流的黑面上，给河水铺了一层黑白交杂的斑驳花纹。

岚让曼塔放缓了步伐。他已经来到哈沃浅滩前，不远处就是包罗夫高地的南缘。洛根将另一只手伸向河面。河水开始翻滚，一股水流飞上半空，仿佛河水流进了一条看不见的河道，又落入浅滩另一侧的莫拉河中，形成一道规模宏大的瀑布。一部分河水受到这种冲击的影响，溢出了河岸。

岚向洛根点点头，催赶曼塔进入弧形水瀑下方，驰过依旧潮湿的岩石河滩。阳光透过他头顶上方的河水，在他身上洒下点点亮光。安德锐和马吉尔人紧随在他身后。在他的左侧，咆哮而下的瀑布撞起了一团团白色的水雾。

当岚重新回到阳光下的时候，不由得打了个哆嗦。然后，他冲上了直指沙塔人的那条走廊地带。他的右手边是包罗夫高地,左手边是一片沼泽。不过它们之间是一条平坦的泥土道路。在高地上,弓箭手、十字弩手和操龙手已经准备好对正在攻过来的敌人投放出死亡的弹幕。

打前锋的是沙塔人,大群兽魔人聚集在他们身后。暗影的兵锋直指高地西侧。龙在高地顶端喷吐出怒火,震撼着空气。很快,沙塔人的队列中就出现了一阵阵猛烈的爆炸。

岚端平骑枪,对准一个正在向包罗夫高地冲锋的沙塔骑兵,将全身的力量灌注到手臂上。

伊兰猛抬起头,向一旁望过去。那可怕的歌声,低回婉转,美丽却又无比恐怖。她用脚跟踢了一下月影,向那轻柔的声音走去。它到底在哪里?

传出歌声的地方位于戴沙丘脚下霄辰营地的深处,她刚刚还在为麦特向她隐瞒作战计划而气恼,但这件事已经不那么重要了。她需要先找到那歌声的源头,那美妙的声音,那……

"伊兰!"柏姬泰说道。

伊兰策马向前冲去。

"伊兰! 人蝠!"

人蝠。伊兰愣了一下,向天空望去,才发现暗影怪物如同成片的水滴般落进他们周围的营地之中。但随着那种轻唱低吟的歌声,女卫士们纷纷放下佩剑,睁大了眼睛。

伊兰编织出一阵雷声,巨大的轰鸣撕裂了空气,扫过她身边的女卫士们。她们纷纷惊呼着捂住了耳朵。痛苦刺激着伊兰的脑袋,她一边咒骂着,一边在声波猛烈的冲击中闭紧双眼。然后……然后她就什么都听不见了。

这正是她想要的。

伊兰强迫自己睁开眼睛,看见周围到处都是身材纤细、睁着一双非人类的眼睛的人蝠,那种充满魅惑力的歌声正是从它们张开的双唇中传出来的。但伊兰的耳朵已经听不到它们的歌声了。伊兰微笑着,编织出火焰的长鞭,将那些怪物逐一击倒。她听不见它们发出的惨叫,这点倒是有点可惜。

跪倒在地的女卫士们站起身,放下了捂住耳朵的双手。伊兰能够从她们晕眩的神情中看出来,她们也都陷入了暂时的耳聋。柏姬泰已经在指挥她们向吃惊的人蝠发动反击了。三只怪物想要跳起来飞走,柏姬泰的白翎箭已经射穿了它们。最后一只飞起的人蝠就落在伊兰身边的帐篷上。

伊兰向柏姬泰招招手。人蝠最初的歌声并非来自他们头顶，而是来自营地深处。伊兰向那里指了一下，便催动月影，率领她的部队冲进霄辰营地里。在那里，人们都只是盯着天空，张大了嘴。许多人看起来还有呼吸，但他们的目光却呆滞如同死人。人蝠已经吞掉他们的灵魂，却依旧让那些肉体还活着，就好像一块只剩外壳的面包。

他们实在是太大意了。光明啊，这队人蝠数量已经远超过一百，它们尽可以潜入人类营地，各杀死一个人，然后在有人发现之前撤走。远处传来的战吼声、连绵不断的号角声、轰鸣的龙、炸裂的火球。伊兰半聋的耳朵还只能勉强感觉到这些声音，但它们为人蝠提供了良好的掩护。这一次，这些怪物之所以会被发现，只是因为它们太贪婪了。

伊兰的卫兵立刻投入了战斗，许多吃惊的人蝠还抱着成为它们猎物的士兵，死在女王卫兵的剑下。这些怪物的臂力并不强，更不擅长肉搏战。伊兰只是准备好编织，等待着。只有当人蝠打算逃走时，她才会将它们在天空中烧死。

消灭掉她们能看到的最后一只人蝠后，伊兰再次向柏姬泰招手，示意她过来。空气中充满血肉燃烧的刺鼻气味。伊兰皱了皱鼻子，然后在马背上俯下身，双手捧住柏姬泰的头，治疗她的耳聋。当她这样做的时候，肚子里的孩子还在踢她。是否在她使用医疗编织时，他们就会有反应？抑或这只是她的想象？伊兰用一只手臂捂住肚子。柏姬泰则退到一旁，继续警戒地环视四周。

护法又搭上一支箭。伊兰感觉到了她的警戒。白翎箭射出，一只人蝠从附近的一座帐篷中退了出来。一名霄辰人也踉踉跄跄地走出帐篷，两只眼睛变得如同暗淡无光的玻璃珠。虽然吞噬他灵魂的人蝠被杀死了，但这个不幸的家伙永远也无法恢复正常的神智了。

伊兰调转马头，看见一些霄辰士兵正朝这里冲过来。柏姬泰和他们说了几句话，又转头想要和伊兰说话。伊兰只是摇了摇头。柏姬泰犹豫了一下，又向那些霄辰人说了些什么。

伊兰的卫士们重新聚集到她身边，用不信任的目光看着那些霄辰人。伊兰很清楚她们的心情。

柏姬泰向前一挥手，那些霄辰士兵就继续朝他们前进的方向迈开步子。一对罪奴和罪奴主走了过来。让伊兰惊讶的是，她们向伊兰行了个屈膝礼。也许芙图娜已经向她们下了命令，要她们对外国君主表示敬意。

伊兰犹豫了一下。她该怎么做？她可以返回自己的营地接受治疗，但那会耽搁时间。现在她正着急要找到麦特。如果麦特就这样把其他人都甩到一旁。那他们为什么还要连续几天费尽心力地制定作战计划？她信任麦特。光明啊，她只能如此，但她还是很希望知道麦特到底有些什么打算。

伊兰叹了口气，向那名罪奴伸出一只脚。那个人皱了皱眉，回头看了一眼罪奴主。她们似乎都认为伊兰的这种举动是一种冒犯。这也正是伊兰想要达到的效果。

罪奴主点了点头。她的罪奴伸手握住伊兰靴鞠上面的小腿。伊兰脚上结实的靴子更像是士兵的装备，而不是女王的衣装。但伊兰可不打算穿着丝绸软鞋上战场。

一股治疗术的细小寒流涌过伊兰全身，她的听力慢慢恢复了。首先听到的是低音，远方传来的爆炸声、龙的咆哮、河水的奔淌、几个霄辰人的交谈。然后是中音。最后，各种声音一齐涌入她的耳里——在风中飘飞的旗帜、尖叫的士兵、被吹响的号角。

“让她们把其他人也治疗一下。”伊兰对柏姬泰说。

柏姬泰扬了扬眉，也许是在奇怪伊兰为什么不自己下达命令。不过这些霄辰人似乎很在意什么样的人之间才能够直接交谈，伊兰不会给予她们能和她直接对话的荣耀。

柏姬泰转述了这个命令。罪奴主的嘴唇立刻抿成一条细线。她头部两侧的头发都被剃掉了，以此判断，她应该是一名高阶贵族。光明在上，伊兰再一次羞辱了她。

“好的，”那名罪奴主说道，“但为什么你们愿意接受一头牲畜的治疗，这仍然是我无法理解的。”

霄辰人并不信任罪奴的治疗，至少他们一直都是这样宣称的。但这并没有阻止她们以极不情愿的态度将治疗编织教给新被她们俘虏的女人，毕竟她们已经在战场上亲眼见证了这种异能带来的好处。但根据伊兰得到的情报，霄辰高阶贵族仍然很少会接受治疗。

“我们走吧。”伊兰说着，催开月影，同时挥手示意她的士兵们先留下来接受治疗。

柏姬泰看了伊兰一眼，并没有表示反对，而是跨上坐骑，和伊兰一同跑向霄辰人的指挥总部。这个指挥所大小只相当于一间单层的小农舍，位于戴沙丘南边山根处的一道巨大裂隙之中。霄辰人将这个指挥所从戴沙丘顶端转移到这里。麦特担心丘顶的位置过于暴露。现在那里只是被当作观察哨所，用来监视整个战场的状况。

伊兰让柏姬泰帮她下了马。光明啊，她已经变得这么笨拙了。她觉得自己就好像是一艘搁浅在干涸码头上的货船。她用了一点时间，让自己镇定下来，抚平面容，控制好情绪，然后整理好头发和衣裙，才走进霄辰指挥所。

“麦特·考索恩，你这个该死的，拱干草的猪，你以为你在干什么！”

正如她所预料的那样，这阵骂声让正在桌前查看地图的那个家伙抬起了头，脸上还露出了笑容。他还是戴着那样的帽子，穿着一件用上等丝绸缝制的外衣。外衣的颜色和帽子的颜色很相配，在袖口和领口的部位使用的是鞣制软皮，这可能是为了让他的穿着在这里不会显得太过与众不同。这其中颇有一股妥协的气味。但为什么他的帽子上会系着一圈粉色缎带？

“你好，伊兰，”麦特说道，“我正在等你。”他指了一下放在房间一旁的一把椅子。那把椅子被漆成了代表安多的金红色，上面加了软垫，椅子旁的小桌上还放着一杯冒着热气的茶。

光明烧了你，麦特·考索恩，伊兰心里想着，你什么时候变得这么聪明了？

霄辰女皇正坐在房间尽头处她的皇座上。明坐在她旁边，披在身上的绿色丝绸足够凯姆林的一间丝绸铺卖上两个星期。霄辰女皇的皇座比伊兰的椅子高了两指，伊兰当然不会忽略掉这件事。这个芙图娜真是个该死的、令人无法容忍的女人。“麦特，你的营地里有人蝠。”

“该死的，”麦特问，“在哪里？”

“我应该说，你的营地里曾经有过人蝠，”伊兰说道，“我们已经把它们都处理掉了。不过你需要告诉你的弓箭手，把眼睛再放亮一点。”

“我已经跟他们说过了，”麦特没好气地说道，“该死的，应该派人去看看那些弓箭手。我……”

“王子殿下！”一名霄辰传令兵从门口跑了进来。他迅速跪倒在地，口中的报告却没有丝毫停顿：“弓箭手阵列被击溃了！是沙塔骑兵干的。他们躲在火球造成的烟雾中，对我们发动了突袭。”

“该死的！”麦特说道，“立刻派十六个罪奴和罪奴主过去！去通知北边的弓箭部队，调四十二和五十队过来。告诉那些斥候，如果再发生这种事，我会狠狠抽他们一顿鞭子。”

“是，君上。”那名传令兵站起身，敬了个礼，又跑出指挥所，自始至终没敢抬头看麦特一眼。

这名霄辰传令兵的驯服与高效给伊兰留下深刻的印象，但也让伊兰感到恶心。任何统治者都不该如此压迫自己的臣民。一个国家的力量来自国民的力量。压抑国民的意志，就是在压弯统治者自己的脊梁。

等麦特又发布几个命令，伊兰说道：“你知道我会来。你也想到我会因为你改变作战计划而生气。光明烧了你，麦特·考索恩，为什么你要这样做？我还以为我们的作战计划是非常优秀的呢。”

“它的确很优秀。”麦特说。

“那为什么要改变它?!”

“伊兰,”麦特向她瞥了一眼,“每一个人都把指挥权交给了我,也不问问我是否愿意,是因为我的意志不会受弃光魔使左右,对不对?”

“人们都这样认为,”伊兰说,“但我猜,这并不是因为你有那个徽章,而是因为你的脸皮太厚,心灵压制根本无法穿透。”

“该死的,没错,”麦特说,“不管怎样,如果弃光魔使对营地中的人使用了心灵压制,那么在我们的历次会议中,难免会有几个间谍。”

“这种推测是有道理的。”

“所以,他们知道我们的计划。我们的全盘计划。尽管我们用了很长时间进行准备,但他们全知道。”

伊兰没有说话。

“光明啊!”麦特不住地摇着头,“要赢得一场战争,首要的,也是最重要的规则就是知道你的敌人打算做什么。”

“我还以为首要规则是了解战场地形。”伊兰将双手交叠在一起。

“当然,那也很重要。不管怎样,既然敌人有可能已经知道我们的打算,我们就必须做出改变,而且是愈快愈好。再糟糕的作战计划也要好过已经被敌人全盘掌握的作战计划。”

“为什么你先前没有想到这个问题?”伊兰问。

麦特面无表情地看着她,一侧的嘴角向上挑了挑。然后,他拉低帽子,遮住了他的眼罩。

“光明啊,”伊兰说,“你早就知道。你用了一整个星期跟我们一起制定计划,却从一开始就知道你会把这个计划连同洗盘水一起泼掉。”

“你过奖了。”麦特回头继续看着桌面上的地图,“我猜,我的脑子里有一部分的确是一直都很清楚这件事,但我自己是直到沙塔人快要出现时才把它想明白。”

“那么,你的新计划又是什么?”

麦特没有回答。

“你打算把这个计划藏在你的脑子里,”伊兰感觉到自己的两条腿愈来愈虚弱了,“你打算一个人指挥这场战争。光明在上,我们都无权知道你的计划,对不对?否则,就会有其他人知道,情报会一直被传递到暗影那里。”

麦特点点头。

“创世主庇护我们。”伊兰悄声说道。

麦特露出一副苦相：“知道吗，图昂也是这么说的。”

在高地上，乌诺捂住了耳朵。不远处的龙一直在向西边的兽魔人和沙塔人喷吐着火舌。空气中充满辛辣的气味，震耳欲聋的爆炸声让他连自己的咒骂都听不见了。

高地下面，岚·人龙的骑兵军正横扫进攻部队的侧翼，将敌人压制在距离高地相当远的位置上，那正是龙的最佳射程。沙塔人和兽魔人混合在一起。他们之中也有导引者，而且数量相当多。更远处的莫拉河上游，另一支兽魔人大军正向这里逼近，那是曾经对大将的边境国军造成重创的塔文隘口兽魔人军队。他们从东北方杀来，很快就会到梅丽罗平原了。

龙的吼声暂时停顿了下来，那些操龙手们正在将让龙发出吼叫的东西从那些怪物的大嘴里塞进去。乌诺可不打算走近那些该死的东西，它们肯定会给人带来厄运的。对此，乌诺非常肯定。

操龙手的队长是一名身材细瘦的凯瑞安人。乌诺从没和这个国家的人打过什么交道。而且，每当乌诺说话时，他们都不会给他什么好脸色看。现在，那个人正高傲地骑在他的马背上。当龙喷火时，他甚至没有哆嗦一下。

玉座也在和这些人一起战斗。他们的战线上甚至还有霄辰人。对此，乌诺并不打算抱怨什么。他们需要愿意与暗影作战的每一把剑，其中，当然也包括该死的凯瑞安人和更加该死的霄辰人。

“你喜欢我们的龙吗，队长？”那个叫塔曼尼的家伙向乌诺喊道。乌诺刚刚得到该死的晋升，现在他指挥着一队新募集的白塔长矛步兵和轻骑兵。

他不该指挥任何一支该死的部队，他喜欢的是在沙场上当一个普通的士兵。但他同时具备训练士兵和实战经验，像他这样的人现在突然变得非常短缺。至少伊兰女王是这样对他说的。所以，他变成了一名该死的军官，还同时要率领骑兵和步兵！没错，他知道步兵长矛该怎么用，如果迫不得已，也能拿着它上战场。但他通常都更喜欢在马背上作战。

如果敌人攻上高地的缓坡，他的士兵就会将敌人挡住。直到现在，这个任务都是由布置在龙前面的弓箭手们完成的。不过，他们很快就会撤退了，之后的战斗就要交给该死的步兵和骑兵。在高地下面，沙塔人正向两翼撤走，为兽魔人的主力让出道路。

长矛手将会顶住兽魔人的冲锋，这里正是长矛能发挥最大作用的地方。但兽魔人还是会一步一步地压上来。这时，就需要由该死的骑兵来冲击它们的侧翼。还会有一些该死的弓箭手从天空中打开的那些通道里向兽魔人射箭。他们会在这里坚守几天，也许是几个星期。就算数量远超过他们的敌人不断发动猛攻，他们也会一寸接一寸地死死抓住每一块土地。

乌诺知道，自己不可能在这个该死的战役中活下来了。其实他很惊讶自己竟然又活了这么久，该死的马希玛早就应该砍掉他的脑袋了，或者就是法美的霄辰人，还有这一股或者那一股兽魔人，他早就应该死在这些怪物的手里。他曾经刻意保持瘦削的身材，等到那些怪物把他塞进煮食罐里时，也不可能从他身上啃下几块肉来。

龙再一次发火了。正在逼近的兽魔人群中被轰出了一个个大洞。乌诺又用手捂住耳朵："你们要这么干的时候，能不能先提醒别人一下，你们这些该死的山羊蛋子……"

又一阵龙吼声彻底淹没了他的脏话。

高地下方的兽魔人飞上了半空，龙卵将它们脚下的地面炸得粉碎。这些圆球如果不是用至上力做出来的，又是些什么东西？钢铁怎么会爆炸？乌诺相信，自己该死的永远也不会想知道其中的秘密。

塔曼尼走到高地边缘，查看龙的轰击效果。他的身边还有一名塔拉朋女子。就是这个女人发明了那些巨大的武器。她回过头，看见乌诺，抬手扔给乌诺一样东西，是一小块蜡。然后，她用手指敲了敲自己的耳朵，便一边打着手势，一边和塔曼尼说起话。虽然塔曼尼是这支部队的指挥官，但负责管理那种武器的是这个女人，是她在命令士兵们在什么地方布置这些龙，进行战斗。

乌诺咕哝了几句，但只是将蜡塞进口袋里。大约有一百多头兽魔人冲过了龙卵爆炸的烟尘。乌诺没时间照顾自己的耳朵。他抓起一杆长矛，将它平举起来，并示意自己的部下也摆出同样的姿势。这些士兵全穿着白塔的白色军装，就像乌诺一样。

乌诺喊出命令，站在靠近山丘顶端的山坡上。他手中的长矛开始倾斜向下，与山坡平行。他的一只手位于身前，控制长矛的方向；另一只手掌心向下，抓在距离矛尾一臂远的地方，推动长矛刺向冲上来的兽魔人。乌诺身后的数排长矛手也都举起长矛，准备在第一排长矛手挡住兽魔人的前锋时投入交战。

"稳住，握紧长矛，你们这些该死的牧羊人！"乌诺吼道，"稳住！"

兽魔人跑上山丘，冲进长矛手的阵列。跑在最前面的怪物挥动武器，想要把长矛挡开，但乌诺士兵们已经踏步上前，用长矛刺穿了它们。平均每头怪兽的身上都戳着两根长矛。乌诺嘟囔了一句，送出长矛，刺穿了一头兽魔人的喉咙。

“第一列，后退！”乌诺喊道，一边将长矛从兽魔人的尸体上抽出来。他身旁的士兵们也在做着同样的动作。一个又一个怪物的尸体滚下了山坡。

前排长矛手向后退去，第二排长矛手从他们中间穿插而过，将长矛刺向狂吼而来的兽魔人。就这样，一排又一排长矛手交替上前，数分钟之后，冲上来的兽魔人全都死光了。“干得好，”乌诺高举起长矛，一股腐臭的兽魔人血液沿着矛杆流淌下来，“干得好！”

他向那些龙瞥了一眼。那些青铜管里正被填入新一批龙卵。他急忙将口袋中的蜡掏出来。是的，他们能守住这个该死的阵地，能牢牢地守住它。他们只需要……

一阵来自头顶上方的嘶鸣让正往耳朵眼里塞蜡的乌诺停住了动作，有什么东西重重地落在乌诺身边的地上。一颗系着飘带的铅球。“该死的霄辰山羊！”乌诺吼叫着，向天空摇晃着自己的拳头，“这东西差点砸在我的头上，你这个吃烂虫子的家伙！”

那头雷肯已经飞走了，骑在上面的人可能根本没听到乌诺在喊些什么。该死的霄辰人。乌诺弯下腰，从那颗球上拉下了给他的信。

撤退到高地的西南坡。

“真是要我的命了，”乌诺嘟囔着，“要了我的老命了。欧林，你这个该死的傻瓜，你看看这个？”

欧林是一个黑发的安多人，剃光了脸颊，只留着下巴和嘴唇上的胡须。乌诺一直都觉得他这种样子实在是很可笑。

“撤退？”欧林问，“现在？”

“他们一定是把脑子给丢了。”乌诺说。

不远处，塔曼尼和那个塔拉朋女人也得到新的命令。看那个塔拉朋人难看的脸色，他们的命令应该也是一样。撤退。

“该死的，考索恩最好知道他在做什么。”乌诺摇摇头。他仍然不明白，为什么那帮人会把指挥权一股脑地交给考索恩，那小子根本就不是当将军的料。他还记得那个男孩的脸上从来没什么好脸色，两只眼睛深陷在眼窝里，半像死人，半像恶鬼。乌诺又摇了摇头。

但他只能这么做。他已经向该死的白塔发了誓，他只能服从命令。“把信息传下去。”他一边对欧林说，一边将蜡塞进耳里。因为那个叫亚柳姐的女人正命令龙进行最后一次齐射。“我们要从这个该死的高地撤走……”

一阵爆裂声狠狠地击中了乌诺，让他全身战栗，差点让他该死的心脏停止了跳动。他的头撞在地上，然后他才意识到自己跌倒了。

他眨动眼睛，竭力抖掉眼皮上的尘土，一边呻吟着，一边翻滚身体，躲过另一道闪光，随即又是一道闪光落在龙的数组中。是闪电！他的士兵们都跪在地上，紧闭双眼，双手紧捂着耳朵。不过，塔曼尼已经站起身，正在用乌诺几乎无法听到的喊声发出号令，挥手示意士兵们立刻撤退。

十几颗火球从兽魔人背后的沙塔队列中升起。它们体积庞大，而且速度快得不可思议。乌诺骂了一句，拼命寻找掩蔽。片刻之后，整片高地都在地震中剧烈地晃动，大块泥土落在他身上，几乎要将他埋没。

敌人全部的火力都倾泻了过来，似乎每一名该死的沙塔导引者都将这座高地当成了他们的目标。高地上的部队中也有两仪师，她们的任务是保护龙。但就连乌诺也能看出来，要抵抗这样的攻击，她们一定已经力不从心了！

仿佛过了整整一个纪元，猛烈的攻击终于减弱了，乌诺从藏身的地方爬出来，看到一些该死的龙已经变成了碎片。亚柳妲正和操龙手们一起努力挽救那些受损的龙，并力图保护好剩下的龙。塔曼尼用一只鲜血淋漓的手捂着头，还在喊叫。乌诺从耳里把蜡块挖出来。这点蜡也许拯救了他的耳朵。然后，他就跑向了塔曼尼。

“你们该死的两仪师在哪里？”乌诺喊道，“她们好歹应该保护我们一下！”

他们有四十多名两仪师，这些两仪师的任务就是割断敌人的编织，或者将至上力的攻击挡在一旁。她们曾说，除非暗帝亲自向这片高地发动进攻，否则任何导引者都不可能突破她们的防御。而现在，她们自己已经陷入了混乱，敌人的闪电正落在她们中间。

兽魔人再一次冲了上来。乌诺命令欧林组织长矛阵列，挡住那些怪物。然后，他带着几名卫兵向两仪师那里跑去，和护法们一起将两仪师扶起来，并努力寻找她们的首领。

“两仪师珂娃米纱？”乌诺终于找到负责指挥的两仪师。这名灰宗两仪师正拍打着衣裙上的尘土，一边低声嘟囔着。她是一个身材苗条、黑皮肤的艾拉非人。

“这到底是怎么回事？”珂娃米纱问道。

“呃……”乌诺支吾着。

“我不是在问你，”两仪师一边说，一边扫视着天空，“埃纳尔！为什么你没看见那些编织？”

一名殉道使跑了过来：“它们出现得太快了，还没等我来得及发出警告，它们已经落到我们头上，而且……光明啊！进行那些编织的人非常强大。我从没见过那么强大的导引者，他要比……”

一道光线撕裂了他们身后的空间，它足有法达拉城堡那么高。眨眼间，它已经开始旋转，打开成为一个巨大的神行术通道，将高地从中间一分为二。站在通道另一侧的是一个身披银光闪亮的圆片鳞甲的人。他没有戴头盔，有一头黑发和一只高耸的鼻子。他的手中擎着一根黄金令牌，令牌的顶端似乎是一只沙漏，或者一只细长的高脚杯。

珂娃米纱立刻做出了反应，一道火焰从她的手中激射而出。那个人只是挥挥手，火流便消散于无形。然后，他仿佛是漫不经心地向前一指，一道白热的纤细光束将他和珂娃米纱连在一起。珂娃米纱的身影也化成一片白光，转眼间就不见了，只剩下一些闪亮的颗粒洒落在地上。

乌诺跳到一旁，和埃纳尔一同躲到一堆破碎的龙后面。

“我是来找转生真龙的！”那个穿银甲的人高声说道，“你们去把他找来，否则我就让他听到你们的尖叫。”

就在乌诺面前几尺处，龙下面的土地崩飞到半空中。乌诺用手臂遮住头脸，枯枝和泥土纷纷从他身边飞过。

“光明佑护我们，”埃纳尔说，“我想要阻止他，但他控制着一个连结。一个巨大的连结，足有七十二个人。我从没见过这样的力量！我……”

一道白热的光束穿过破碎的龙，击中埃纳尔。这个人连同龙一起不见了。乌诺咒骂着，向后爬去，一边努力躲闪着从半空中掉落下来的龙的碎片。

乌诺喊叫着，命令士兵们立刻撤走，不住地挥手示意他们加快速度。他自己也挟起一个伤兵，拔腿就逃。他已经不再对那个从高地上撤退的命令有任何怀疑了。这是他见过的最好、最该死的命令！

洛根·埃布尔拉放开了至上力。他站在莫拉河边，高地下方，清晰地感觉到了高地上遭受的攻击。

放开至上力是他在今天所做的最困难的一件事，要比当初决定自称为真龙更困难，比在黑塔时克制自己的冲动，不去用双手掐死泰姆更困难。

至上力从他的体内流走，仿佛他的血管被切开，身上的血落进泥土之中。他深吸一口气，握持三十九个人的连结凝聚而成的至上力实在是令人迷醉。放开这股力量只会让他回忆起自己被驯御的时刻。那时，至上力从他身上被彻底偷走，他的每一次呼吸都在鼓励自己找一把刀子，切开喉咙。

他怀疑这种感觉来源于自己的疯狂：害怕放开至上力就会永远地失去它，

因此而产生的极度恐惧。

“洛根?”安德罗问道。

洛根转过头,看着这名个头不高的殉道使和他的同伴们。他们都是忠诚的。洛根不知道他们为什么会如此忠诚。这些傻瓜,忠心耿耿的傻瓜。

“你能感觉到吗?”安德罗问道。凯德尔、埃马林和乔奈瑟也都在盯着高地。从那里爆发出来的至上力……太惊人了。

“狄芒德,”埃马林说,“一定是他。”

洛根缓慢地点着头。这种力量……即使是弃光魔使也不可能这么强大。他一定拥有一件无比强大的超法器。

如果有这样一件宝物,他的意识悄声说道,任何人都不可能再将至上力从你手中夺走了。

泰姆在不久前又夺走了他的至上力。将他囚禁,对他进行屏障,让他完全无法碰到真源。对他进行的转变给他带来巨大的、毁灭性的痛苦。但没有阳极力……

力量,他想着,盯着那无比强大的导引。如此强大的力量,它的诱惑几乎淹没了他对泰姆的憎恨。

“我们暂时先不加入那里的战斗,”洛根说,“按原有的安排,分成小队。”他们的每一支小队将包括一名女性和五六名男性,其中两个男人和女人组成连结,另外两个人提供支持。“我们要狠狠打击黑塔的叛徒。”

佩维拉站在安德罗身边,挑起一道眉弓:“你打算去猎捕泰姆吗?难道考索恩不是命令你在这里支持部队的移动?”

“我已经跟考索恩说清楚了,”洛根说,“我不会在这场战争里只负责一些运送士兵的活。至于说命令,我们有转生真龙本人直接下达的命令。”

兰德·亚瑟称那是他给他们的“最后的”命令。连同写有命令的那张纸一起被送来的还有一件小法器,形状是一个持剑的男人。暗影偷走了暗帝牢狱的封印。找到封印。如果能做到,请一定找到它们。

安德罗在被俘虏时曾听泰姆吹嘘过那些封印。这是他们唯一的线索。洛根再次朝高地上望去,他们的部队正从高地上撤退。洛根看不到龙的阵列,但从高地上升起的烟雾绝对是不祥之兆。

他还在下达命令,洛根心想,我还想要再服从这些命令吗?

是的,他会服从兰德·亚瑟的命令。也许这只是为了让他有机会报复泰姆。曾几何时,他对兰德·亚瑟的命令并不会产生这样的疑问。但那已经是在他被俘,并饱受折磨以前了。

“行动吧，”洛根对他的殉道使说道，“你们已经看过真龙大人亲笔下达的命令。我们必须找回封印，不惜一切代价，任何事都不可能比这个更重要。现在，我们只能希望它们的确是在泰姆手里。搜寻男人导引的痕迹，追猎他们，杀死他们。”

就算那些导引者是沙塔人也没关系。这样殉道使还是会严重削弱敌人的力量。他们早先曾经讨论过这个战术，只要感觉到有男人在导引，他们就会利用神行术对导引者发动突袭。

“如果你们发现泰姆的爪牙，”洛根说，“尽量俘虏他们，这样我们就有可能找出泰姆的大本营在哪里。”说到这里，他停了一下，“如果我们的运气够好，米海峨可能也会在那里。要小心，他可能会将封印随身携带。我们不能在战斗中将那些封印摧毁。如果发现了他，就马上回来，把他的所在位置报告给我。”

洛根的战斗部队开始行动了。现在他身边只剩下嘉布勒、埃瑞尔·马勒温和凯尔玎·曼弗。当泰姆背叛的时候，洛根的一些强力部下不在黑塔，这实在是一件值得庆幸的事。

嘉布勒用冰冷的目光看着洛根。“托薇恩呢？”她问道。

“如果找到她，我们就把她杀掉。”

“这对你来说会很简单吗？”

“是的。”

“她……”

“嘉布勒，如果你是她，你还愿意活着吗？为了侍奉他而活着？”

嘉布勒闭上嘴，抿紧嘴唇。洛根能感觉到，她依然会害怕他。这样很好。

这就是你想要的？他的意识又在悄声说话，当你举起真龙旗的时候，当你想要拯救人类的时候，你是否想过要人们畏惧你？憎恨你？

他没理会那个声音。在他的一生中，只有当人们畏惧他的时候，他才做成过一些事。这也是他曾经用来对抗史汪和莉安的唯一优势。最原始的那个洛根，那个藏在他内心深处，让他能一直活到现在的东西，需要得到人们的畏惧。

“你能感觉到她吗？”嘉布勒又问道。

“我已经放开了约缚。”

嘉布勒的情绪中立刻产生出尖锐的嫉妒心，这让洛根感到吃惊。他曾以为这个女人已经开始享受，或者至少是能够容忍他们在一起的生活了。

当然，这也有可能是嘉布勒试图操纵他的一种手段，这就是两仪师的处世之道。洛根曾经从她那里感觉到情欲，也许甚至是对他的爱恋。但洛根不知道自己能信任从这个女人的约缚中感觉到的哪一种情绪。他只是觉得，虽然自己一生都在追寻强大和自由，但从他年轻的时候直到现在，牵扯他的丝线一直都没有被剪断过。

他再一次感觉到狄芒德的导引，这股能量竟然如此强大。

一阵轰鸣从高地上传来。洛根仰头大笑。尸体仿佛叶片般被吹下高地，在风中飘摆。

“和我连结!”他向留在身边的人发出命令，“我们也去猎杀米海峨和他的爪牙。愿光明助我找到他。我的案子上只应该摆放最好的肉，我要的是头鹿!”

那以后……又有谁会知道？他一直都想和弃光魔使战上一场。他再一次抓住真源，紧紧控制住疯狂挣扎的阳极力，仿佛那是一条不断扭动，想要咬他一口的大毒蛇。他使用法器汲取更多能量，随后，其他人的阳极力也注入他的体内。他的笑声更大了。

盖温感到如此疲惫。经过一个星期的修整，他的体力应该已经完全恢复了。但今天，他觉得自己就好像刚刚跑了几十里路。

总是去想这种事没有任何意义，他强迫自己把注意力集中在面前桌子上的神行术通道上。从这个通道里，他可以直接俯瞰战场。“你确定敌人看不见这个?”他问尤缇芮。

“确定，”尤缇芮答道，“它已经进行过严格的测试了。”

现在她制造这种侦查用的通道已经得心应手。这张桌子是从塔瓦隆运来的，专门供她用来打开通道，盖温能够像看地图一样查看桌面下方的战场。

“如果你真的能让通道另一面隐形，”艾雯若有所思地说道，“那么这的确会非常有用……”

“当然，如果距离更近一些，观察的效果也会更好。”尤缇芮说，“这个通道距离地面非常远，不可能有人发现它。”

盖温不喜欢艾雯俯身在那个通道上面，让头和肩膀都暴露在战场上方。但他没有说话。这个通道已经被安排得尽可能安全了，他不可能事事保护艾雯周全。

“光明啊，”布伦轻声说道，“他们已经把我们分割成碎片了。”

盖温瞥了他一眼。加雷斯·布伦断然拒绝了请他返回指挥岗位的建议，无论这个建议是多么强烈。他坚持说，现在他的能力仅限于使用一口剑，但绝不是指挥军队。另外，他还坚持说，既然任何人都有可能受到心灵压制，那么能够明确他是受到压制的目标，这本身也是一件好事。至少其他人可以对他进行严密的监视。

史汪大概就在这样做。她一直揽着他的手臂，仿佛是在保护他。此外，帐篷中还有希维纳、多欣和蕾兰。

战况很不理想。考索恩已经丢失了高地。在最初的作战计划中，光明阵营应该尽可能久地守住那里。龙也被摧毁了。狄芒德用至上力进行的攻击要远比任何人所预期的都更加强大。另一支兽魔人大军已经从东北方赶到，对考索恩在莫拉河上游的防御造成了沉重的压力。

“我们的计划到底是什么？”艾雯敲着桌边说道。下方远处的叫喊声不断从通道中传来。“如果这种情况持续下去，我们的军队很快就会被包围了。”

“他正在引诱敌人进入陷阱。”布伦说。

“什么样的陷阱？”

“这只是一个猜测，”布伦说，“光明在上，现在我也不能相信我的推断了。看样子，考索恩打算将全部力量完全投入一次战斗中，不再拖延时间，不再试图消耗兽魔人。照这种情况发展，胜负应该在几天内见分晓，也许是几个小时之内。”

“听起来很像麦特会做的事情。”艾雯有些无可奈何地说道。

“我看不到编织，”蕾兰说道，“但这种力量……”

“狄芒德在连结之中，”艾雯说，“根据目击者的报告，那是一个巨大的连结。自从传说纪元之后，再没有出现过这样的连结。他还有一件超法器，一些士兵看到了那件超法器，是一块令牌。”

盖温手按剑柄，看着下方的战斗，他能听见人们发出的惨叫。狄芒德正将一波又一波火焰泼洒在他们的头顶。

突然间，那名弃光魔使如同雷鸣般的声音从通道中迸发出来：“你在哪里，路斯·瑟林！有人看见你伪装之后出现在每一条战线上。你也在这里吗？来和我决斗！”

盖温的手紧紧握住剑柄。士兵们如同洪水般涌下高地的西南坡，向哈沃浅滩逃去。还有几支小队伍守在那片山坡上。在盖温眼中如同小虫一样的操龙手正催赶着骡子，要将残余的龙拉到安全的地方去。

狄芒德正在向逃跑的部队发出毁灭性的攻击。他本人就是一支军队。尸体飞上半空，人和马都被炸碎、烧焦，被彻底毁灭。在他周围，兽魔人已经完全控制了高地。它们狂野的欢呼经过通道，清晰地传入帐篷之中。

“我们必须干掉他，吾母，”希维纳说，“而且速度要快。”

“他正竭力想要引诱我们出去，”艾雯说，“他拥有那件超法器。我们现在也可以建立一个七十二人的连结，但那又有什么用？落入他的陷阱？被他屠杀干净？”

“我们还有什么选择，吾母？”蕾兰问道，“光明啊，他已经杀死了成千上万的人。”

杀死了成千上万的人，他们却在这里束手无策。

盖温退出了帐篷。

似乎只有尤缇芮注意到他的离开。那名灰宗姐妹迫不及待地站到艾雯身边原先属于他的位置上。帐篷口的卫兵看见盖温的时候，盖温只是告诉他们，他需要一些新鲜空气。艾雯不会反对的。她最近一直能感觉到他是多么疲惫，不止一次叮嘱他好好休息。现在盖温觉得自己的眼皮重得好像两块生铁。他向黑暗的天空望了一眼，远方传来清晰的爆炸声。他还可以在这里站上多久？只是无所事事地看着人们死去？

你承诺过的，他对自己说，你说过，你愿意只站在她的影子里。

但这并不意味着他不能再去完成重要的任务，对不对？他从口袋中掏出那把血匕首的戒指，戴在手上。他的力量立刻回来了，疲惫感一扫而空。

他犹豫了一下，又拿出另外两把血匕首的戒指，也都戴在手上。

在莫拉河南岸，戴沙丘东北方的废墟前，谭姆·亚瑟按照奇姆汀在许多年以前教他的方法召唤虚空，想象一点烛火，将自己的情绪全部注入其中。他变得平静，然后平静也离开了他，只留下一片空旷，如同新粉刷的墙壁，美丽洁白。一切都消融干净了。

谭姆就是虚空，他拉开弓弦，美丽的黑色紫杉木开始弯曲，箭羽贴在他的脸颊上。他开始瞄准，但这其实只能算是一种仪式。当他完全处于虚空，他的箭会服从他的命令，射中任何目标。他并不知道箭会射向何方，正如同太阳不会知道东升西落，树枝不会知道叶片凋零。这个世界并非是知道的，它只是存在的。

谭姆松开手指，弓弦撕裂空气，羽箭飞出。然后是第二箭，第三箭……他一共射出五支箭，每一支箭都在随风摇曳。

跑在前面的五头兽魔人在它们的浮桥上纷纷倒下。兽魔人憎恨活水，就算是浅水也会让它们痛苦不堪。无论麦特为了保护这条河，在上游做了什么，他采取的措施肯定是有效的。现在河水还在流淌。暗影肯定曾经试图拦住这条河。直到现在，偶尔还会有兽魔人和骡子的尸体顺着水流飘到这里。

谭姆继续往弓弦上搭箭，亚贝和其他两河人也都在做着同样的事。有时候，他们会将箭随意射入密集的兽魔人群中，而不是选择某一个兽魔人作为目标，但这种情况非常少见。一名普通士兵也许只会将箭射出去，而不在乎它是否能杀伤敌人，但两河弓箭手不会这样。对于士兵来说，箭很廉价，但对樵夫和猎人则不然。

兽魔人成排倒下。在谭姆的两河人旁边，十字弩手也在不停地扳动弩机，向暗影生物射出一道道箭幕。隐妖拼命抽打着兽魔人，想要逼迫它们蹚水过河，却收效甚微。

谭姆的箭射中一只隐妖的眼睛。不远处，一个名叫拜尔德的大汉靠在斧头上，看着一簇簇箭雨落下，带着欣赏的意味吹了一声口哨。他所在的步兵队被安排在弓箭手后面。当兽魔人攻过河道时，他们就将担负起保护弓箭手的责任。

拜尔德是一支新近投奔来的佣兵团的头领，他明显是一个安多人，但他和他率领的一百多个人都绝口不提他们来自哪里。“我真想要这样一张弓。”拜尔德对他的同伴们说，“光明烧了我吧，你们看到它的威力了吗？”

亚贝和艾吉都露出微笑，同时继续飞快地射着箭。谭姆则没有半点笑意。虚空中不存在幽默。不过，在虚空之外，还是有一个念头在悄悄抖动。谭姆知道亚贝和艾吉在笑什么。拥有一张两河弓并不能让一个人变成两河弓箭手。

“我认为，”骑在马背上的加拉德说道，“如果你试图使用这样一张弓，那么你更有可能伤到自己，而不是敌人。谭姆，还有多久？”

谭姆又射出一支箭。“五箭。”他伸手到腰间的箭囊中取箭，搭箭，拉弓发射。然后重复这个动作。两箭，三箭，四箭，五箭。

又有五头兽魔人倒下了。他一共射出超过三十支箭。其间射失过一次，但那只是因为亚贝杀死了被谭姆瞄准的兽魔人。

“弓箭手，停止！”谭姆喊道。

两河人开始撤退。谭姆放开了虚空，终于有一群兽魔人踏上了河岸。现在谭姆依旧指挥着所有追随佩林的部队。白袍众、海丹人和狼卫士尽管有着各自的统帅，却都会等待他的命令。两河弓箭手则由他直接指挥。

佩林，你一定要完全恢复过来。哈兰·卢汉昨天发现那个孩子躺在营地外边，满身鲜血，濒临死亡……光明啊，那时大家全都吓坏了。

现在佩林已经被安全地送到了梅茵，在那里，他可以度过最后战争剩余的日子。一个人不可能很快就从那么重的伤势中恢复过来，即使有两仪师的治疗也不行。错过了这场战争，也许佩林会后悔得疯掉，但有时候就是会发生这种事。这也是军人生涯的一部分。

谭姆率领弓箭手们撤退到城堡废墟上，以便更好地观察战场。他让弓箭手们排好阵型，等待后勤部队送来更多箭支，就立刻再次发动攻击。麦特将佩林的全部人马都布置在真龙信众的旁边。率领真龙信众的是婷娜，一名雕像般的女子。谭姆不知道她是从哪里来的，为什么能指挥一支规模如此庞大的部队。她拥有贵族女子的气质、艾伊尔人的体形和沙戴亚人的肤色。她的部下似乎都对她唯命是从。但这些追随真龙的人和谭姆没什么关系，他一直都对他们敬而远之。

谭姆的军队得到的命令只是驻守原地。麦特本来预料从西方攻来的沙塔人和兽魔人是暗影大军中最强的一股力量。所以谭姆很惊讶地看到麦特派遣更多援军离开哈沃浅滩，沿河而上。白袍众是刚刚到达的，他们仿佛一道白色的急流，及时地沿河岸发动冲锋，击溃沿着简陋浮桥跑过来的兽魔人。

粗大的黑箭从对岸的兽魔人群中开始射向加拉德和他的部下，箭簇不断击打在白袍众的铠甲和盾牌上，听起来就像是冰雹落在屋顶上的声音。谭姆命令亚甘达率领他指挥的士兵向前推进，其中也包括拜尔德率领的佣兵团。

他们没有足够多的长矛，所以亚甘达的士兵只能使用斧枪和短枪。很快，人类垂死的哀号和兽魔人的嗥吼混杂在一起。在谭姆的后阵附近，雅莲德策马而至，身边围绕着装备精良的步兵。谭姆向她举起手中的长弓，她向谭姆点头还礼，然后又回头望向战场。她要求留在这里观战。谭姆不能责备她这样做，也不能责备她命令士兵们在战局陷入劣势时立刻将她带走。

“谭姆！谭姆！”丹尼催马赶来。谭姆挥手示意亚贝代替他指挥弓箭手，自己向丹尼跑去，在城堡废墟的阴影中与他会合。

在这些残垣断壁中，谭姆的预备队正紧张地眺望战场。他们大多是佣兵团和真龙信众中的弓箭手。这些真龙信众几乎没有一点战场经验，当然，大多数两河人在几个月之前也都不知道战争为何物。不过他们学得很快，用箭射杀兽魔人和射中一头鹿并没有多大差别。

只是，如果没有射中一头鹿，鹿并不会在片刻之后用剑割开你的肚子。

“什么事？”谭姆问道，“麦特有什么话吗？”

“他正派遣真龙军团的数个步兵旗队来支持你，”丹尼说，“他命令你一定要守住这一侧的河岸，无论付出什么代价。”

“那个孩子打算做什么？”谭姆说着，向高地那里望过去。真龙军团拥有优秀的步兵、训练有素的十字弩手，在这里能发挥巨大的作用。但高地那里到底发生了什么？

现在高地上已经升起许多粗大的黑色烟柱，其间还有一道道闪电穿梭不断。那里的战斗显然是整个战场上最激烈的。

“我不知道，谭姆，”丹尼说，“麦特……他已经变了，我觉得我完全不认识他了。他以前总有一点无赖，但现在……光明啊，谭姆，他就像传说中的那些人一样。”

谭姆嗯了一声，“我们全在改变。麦特也许会用同样的话来评价你。”

丹尼笑了：“哦，我可不这么认为，谭姆。不过我有时的确在想，如果我那时和他们三个一起离开两河，我现在又会怎样？当时两仪师沐瑞在寻找年龄合适的男孩，我猜我可能是年纪大了一点……”

这名年轻人的声音中充满了憧憬。他尽可以想象和描述那些没有实现的可能，但谭姆很怀疑他是否愿意承受麦特、佩林和兰德在这两年中所经历的一切。“你负责指挥这些人，”谭姆一边说，一边向弓箭手预备队点点头，“我要去让亚甘达和加拉德知道，我们已经得到了援军。”

兽魔人粗大的箭支如雨点般向佩维拉身周落下，她正拼命编织着风之力，一股股气流吹走那些黑箭，如同一名板球手疯狂地用球板将不断飞来的石块挡开。她满身汗水，紧紧握住阴极力，编织出一个更强大的风之力护盾，将它移到空中，挡住愈来愈密集的箭雨。

“这里安全了！”她喊道，“行动！”

从高地临河一侧的陡峭崖壁下，一队士兵冲了出来。更多粗大的黑箭从空中落下，击中佩维拉头顶的风之力护盾，立刻在浓密的空气中减慢了速度，如同羽毛一般在护盾中轻轻飘落。

佩维拉掩护的士兵快步跑向位于哈沃浅滩的集结点。还有一些士兵仍然在进行最后的抵抗，而一群群兽魔人已经在从山坡上蜂拥而下了。更多暗影生物依然守在高地上，没有继续向人类发动进攻。

哪里？安德罗焦急的思绪突然出现，如同在她的脑海中响起一阵耳语。

这里。她回应道。这不完全是一个想法，而更像是一种影响，一个具象的场景。

一个神行术通道在她身侧开启。安德罗从里面跑出来，埃马林紧随其后，两个人都是手持佩剑。埃马林刚跑过通道，立刻向身后一挥手，一股火焰射入通道之中，随即引发一阵尖叫。是人类的尖叫。

“你们从沙塔军队那里过来？”佩维拉问，“洛根要我们待在一起！”

“现在你开始在意他的命令了？”安德罗笑着问。

你真是令人难以忍受，佩维拉想道。黑箭仍然不停地在他们身边掉落。高地上的兽魔人都在愤怒地吼叫着。

“不错的编织。”安德罗说。

“谢谢。”佩维拉向他的剑瞥了一眼。

“我现在是护法了，”安德罗耸耸肩，“至少看起来应该有点样子，对不对？”

他能够用传送门将三百步外的一头兽魔人切为两半，召唤龙山内部的岩浆让大片敌人化为灰烬。但他还是要带上一把剑。佩维拉只能相信，这就是男人。

我听到了，安德罗对她说了这么一句，又转向埃马林：“埃马林，跟着我。两仪师佩维拉，高雅大度的您是否愿意随我们一起……”

佩维拉哼了一声，但还是跟着这两个男人沿着高地西南侧边缘奔跑起来。许多受伤的士兵从他们身边经过，都在一瘸一拐地向浅滩处的集结点跑去。安德罗向他们看了一眼，编织出一个直接通向营地的通道。那些吃力逃命的伤兵立刻发出惊喜和感谢的欢呼，然后蹒跚地走过通道，回到安全的地方。

安德罗已经成长了……和他们刚刚离开黑塔时相比，他已经有了更多的自信。当他们第一次相遇时，他无论做什么都会犹豫。现在，那种谦卑带来的紧张在他身上已不复存在。

“安德罗……”埃马林用剑指向山坡。

“我看到了。”安德罗答道。在山坡上，兽魔人如同沸腾的沥青涌出罐子一样从高地边缘向这里奔涌过来。安德罗关闭身后的通道。那一队伤兵安全了。但更多伤兵看见通道消失，都发出一阵凄惨的呼号。

你不可能拯救所有人。佩维拉严肃地告诉安德罗。她感到了安德罗针刺般的痛苦。把注意力集中在手头的任务上。

他们三个撇下逃命的士兵，向他们感觉到的几名导引者跑去。那是乔奈瑟、凯德尔和瑟德琳，他们正向兽魔人投出一股股火焰。但他们的阵地看样子已经快守不住了。

“乔奈瑟、凯德尔，跟着我。”安德罗从他们身边跑过，在他面前打开了一个通道。佩维拉和埃马林跟着他跑过通道，发现他们正站在高地顶端，距离刚才他们所在的地方大概有百步之遥。

乔奈瑟、凯德尔和瑟德琳也随后跑了过来。他们六个人一同冲过一群惊讶的兽魔人。

“有人在导引！”佩维拉喊道。光明啊，这样穿着裙子快跑实在是太困难了。

安德罗一定也知道她有多吃力，不是吗？

几股火焰从高地顶端的沙塔人阵列中向他们射来。安德罗为他们打开了另一个通道。佩维拉跑过通道，开始喘气。他们出现在沙塔部队的另一侧。那些沙塔人还在轰击片刻前佩维拉所在的地方。

佩维拉张开自己的感觉，竭力想要确定，或者至少感知到猎物的位置。沙塔人也发现了他们，正在将注意力转向这边。但那些沙塔人很快就发出一阵尖叫。安德罗借助通道，将一场雪崩倾泻在他们头顶。安德罗曾经尝试过使用那些殉道使常用的死亡之门编织，但那个编织和神行术有着很大的差距，让他在使用时每每感到力不从心。所以，他在战斗中依然只是灵活地运用着他最擅长的编织。

高地上还有一队队白塔卫士在坚持战斗，依照命令守卫着他们的阵地。一些龙的残片，包括不少完整的青铜管都在烧焦的尸堆中冒着烟。成千上万兽魔人在疯狂地咆哮着，其中大部分都聚集在高地边缘，向下方撤退的人类军队射箭。那些得意忘形的兽吼让佩维拉感到无比恼怒。她将地之力能流注入附近一群兽魔人脚下。一大片地面开始颤抖，向上爆开，将二十几个兽魔人从悬崖边缘掀了下去。

“我们又被发现了！”埃马林一边说，一边让一个正蹿向他们的魔达奥全身冒起火焰。那个魔达奥在火团中挣扎着，发出非人类的尖叫声，依然拒绝着死亡。满身汗水的佩维拉也导引出火之力，将那头怪物一直烧到只剩下骨头。

“这不是坏事！”安德罗说，“如果我们能吸引到足够多的敌人，那么迟早会有黑宗或泰姆的人来找上我们。”

乔奈瑟骂了一句：“这真有点像是跳到一块铁砧上，等着锤子砸下来！”

“确实很像，”安德罗说，“保持警戒。我来对付这些兽魔人！”

你的口气倒真是很强硬。佩维拉对他说。

他回应给佩维拉一阵暖意，就像一碗热汤散发出来的气息。这听起来很有英雄气概吧。

我想，你大概需要更多一些力量？

是的，请，他说道。

佩维拉建立了和安德罗的连结，安德罗开始汲取她的力量。像以往一样，和安德罗连结给佩维拉带来一种压倒性的精神体验。佩维拉感觉自己的思想在安德罗和她自身之间往复映射，这也让她不由得脸色一红。他是不是已经感觉到了她现在是如何看他的？

愚蠢得像个只穿着齐膝短裙，连男孩女孩都还分不清楚的小女孩，她自顾自地想着，同时小心地隐蔽住这个想法。而且他们还在一场战争之中。

佩维拉发现在与安德罗连结时，自己很难像两仪师应有的那样让自己心志如铁。他们已经融合在一起，如同两种颜料被倒进同一只碗里。她在对抗着这种情况，决意要维持住自己的完整。她还是学生时就曾一次又一次地被教导过，在连结中，保持自己的独立性是至关重要的。

安德罗向一群正向他射箭的兽魔人一挥手，神行术通道出现，吞掉了刚刚飞上半空的黑箭。佩维拉向旁边瞥了一眼，发现另一群兽魔人正向他们冲过来。

通道在地面上张开，兽魔人纷纷掉落进去，又在数百尺高的天空中出现。一个小通道将一只魔达奥的头齐颈削落，墨黑色的血从仍然在疯狂挣扎的怪物脖子中喷出，洒落在泥土之中。安德罗的小队正位于高地西侧，原先属于操龙手的阵地上。现在这里聚满了暗影生物和沙塔人。

安德罗，有人在导引！佩维拉能感觉到，能流正在高地上方凝聚，是一股极为强大的力量。

泰姆！佩维拉觉得自己仿佛要被安德罗的怒火烧成灰烬。他的愤怒中包含着对友人的哀悼、对叛徒的憎恨。那个叛徒原本应该是保护他们的人。

小心，她对他说，我们不知道那是不是泰姆。

那个向他们发动攻击的人处在一群男女导引者形成的连结之中，正因为如此，佩维拉才能感觉到他。但佩维拉无法看到敌人的编织。此时，一股足有三尺宽的粗大火柱向他们激射而来，火柱所经过的地方，地面上的岩石也随之熔化。

安德罗及时在火柱前打开一个通道，火柱猛然冲进通道，随之转向朝它的源头射去。两道火柱将周围的兽魔人尸体和野草枯木全部点燃了。

佩维拉没有看清随后发生的事情。安德罗的通道消失了，仿佛被从他手中夺走了一样，强光突然在他们身边爆开。佩维拉倒在地上，安德罗则摔进她的怀里。

片刻之间，佩维拉放开了对至上力的握持。

猛烈的冲击让她失去对自己的控制。在大多数情况下，她和安德罗的连结也会因此而中断。但安德罗有力地掌握着他们的连结，同时也保护住佩维拉没有陷入崩溃。他们交织在一起，让佩维拉觉得自己仿佛走过一面镜子，又能回头看到自己。

佩维拉努力重新握住阴极力，这种感觉对她来说实在是难以形容。我们需要离开这里。她依旧和安德罗连结在一起。其他人似乎也都还活着。但如果他们的敌人导引出更多闪电，他们的生命可能难以保全。佩维拉下意识地开始了神行术的复杂编织。她这样做当然不会有结果，安德罗正控制着他们的连结，只有他才能……

通道猛然打开。佩维拉惊讶地张大了嘴。这是她做的，而不是安德罗。对佩维拉而言，神行术是她能做到的最复杂、最困难、最消耗能量的编织。但这一次，她轻松地就好像挥了挥手，而且她还处在由另一个人主导的连结中。

瑟德琳第一个跑过了通道，这名身体轻盈的阿拉多曼女子一只手还拉着踉踉跄跄的乔奈瑟。埃马林一瘸一拐地跟在他们后面，他的一只手臂无力地挂在身侧。

安德罗同样满脸惊讶地看着那个通道："我还以为在连结中不处于主导位置的人是无法导引的。"

"我也是这样以为，"佩维拉答道，"这是我无意中导引出来的。"

"无意？但……"

"快进通道，你这个绳结脑袋。"佩维拉推着他向通道跑去。然后，她跟在安德罗身后，和他一同扑倒在通道的另一边。

"达欧崔，我需要你原地驻守。"麦特说道。他没抬起头，但他听到加拉德的坐骑在通道另一侧发出的鼻息声。

"这种命令很容易让人怀疑你的智能，考索恩。"加拉德说道。

麦特终于从地图上抬起了头。他不知道自己是不是有朝一日会习惯这种通道。现在，他正站在图昂在戴沙丘崖壁裂隙中建立的指挥所里，立在他和加拉德之间的通道就在指挥所的墙壁上。加拉德坐在马鞍里，身披圣光之子的绣金白袍。他还在那片废墟附近。兽魔人大军正想要跨过他身边的莫拉河。

麦特觉得加拉德·达欧崔应该喝上一杯烈酒，放松一下。他就像是一尊雕像，一张俊美无俦的脸上永远都是一副冷冰冰的样子。实际上，就连雕像都比他要活泼一点。

"你只需要执行命令。"麦特继续看着自己的地图，"你要守住那里的河道，按照谭姆所说的去做。我可不在乎你是否认为你的位置无足轻重。"

"好吧。"加拉德的声音冷得如同一具躺在雪堆里的死尸。他调转过马头。罪奴蜜卡关闭了通道。

"外面正发生着一场大屠杀，麦特。"伊兰说道。光明啊，她的声音比加拉德的还要冷！

“既然你们让我掌控全局，那就让我把这份工作做好。”

“我们委派你指挥军队，”伊兰说，“但你并没有掌控全局的权力。”

两仪师不会放过任何一个字眼的细微差别。现在……麦特抬起头，皱了皱眉。明刚刚对图昂低声说了些什么。“什么事？”他问道。

“我看到在一片旷野上，只躺着他一个人，”明说道，“就好像他死了一样。”

“麦特，”图昂说，“我……对此非常关注。”

“这一次，我们都认为，”伊兰从房间另一侧她的王座上说道，“麦特，敌人的指挥能力超过了你。”

“该死的，这可不是那么简单，”麦特的手指按在地图上，“绝对不是那么简单的。”

指挥暗影军队的人的确非常优秀。那可是狄芒德，麦特心想，我在和一个该死的弃光魔使作战。

麦特和狄芒德正在一同完成一幅宏大的画卷，他们笔下的每一道线条都精确地反映着对方的每一点细微变化。麦特正试图在他的画笔上添加多一点红色。他要画出一幅错误的，但依然合理的图画。

这样做很难。他要确保光明阵营有足够的力量抵挡狄芒德，但又要显示出一定程度的虚弱，让敌人勇于进攻。这是一种极尽微妙的伪装，很危险，甚至有可能是灾难性的。他必须在剃刀刃上保持平衡，所以他不可能不让剃刀割伤自己的脚。现在的问题并不是他能否让自己免于血流不止，而是能不能踏着这只剃刀走到对岸。

“让巨森灵加入战斗，”麦特按着地图，低声说道，“我希望他们去增援浅滩处的部队。”艾伊尔人正在那里战斗，在白塔部队和红手队从高地上撤退的时候守住那条通路。

命令很快就被送去巨森灵那里。保重，罗亚尔，麦特一边想，一边在巨森灵将要参战的地点做了个记号。“警告岚，现在大部分暗影军队都集中在高地上，我希望他绕到高地背后。他还在高地西侧，我要他转移到莫拉河附近。一支兽魔人军队正在那里的废墟附近试图渡河。他不能去碰它们，不要让它们发现，只需要在原地驻守就好。”

信使跑去传达命令了。麦特又在地图上做了个记号。一名侍圣者为他捧来一杯卡芙。那是个身材娇小、脸上有雀斑的女孩。麦特的注意力全集中在地图上，甚至没有给她一个微笑。

一边啜着卡芙，麦特让罪奴给他在桌面上打开一个神行术通道，好直接观察战场。他俯下身，但一只手仍然按着桌子边缘。只有该死的傻瓜才会让别人有机会把他从离地两百尺高的一个窟窿里推下去。

大致扫了一眼以后，麦特把卡芙放在桌边，拿起望远镜。兽魔人正从高地上下来，朝沼泽移动。狄芒德的确是优秀的统帅，他派往沼泽的怪物全都速度缓慢，却身形巨大，孔武有力，就如同一块块山岩。一队骑马的沙塔人也正准备驰下高地。他们是轻骑兵，任务应该是打击守卫哈沃浅滩的麦特的部队，掩护兽魔人的左翼。

一场战役就是一次规模巨大的斗剑，战斗一方的每一步行动都会遭到另一方的反制，而反制的手段经常会有三四种。你向战线不同的位置上调遣一支支小队甚至班组，化解敌人的每一个攻势，同时对他薄弱的地方施加压力。后撤，前进，后撤，前进，麦特的军队数量远少于敌人，但这同样是能够供他利用的一个条件。

"把我的这句话转述给塔曼尼，"麦特举着望远镜说道，"'还记得你那时打赌，说我不可能把硬币扔进大厅对面的一只杯子里吗？'"

"是，君上。"那名霄辰传令兵答道。

那个酒馆很乏味，他们几乎找不到任何像样的娱乐。麦特说他要等到喝醉以后再扔那枚硬币，引诱塔曼尼将赌注从银币改成了金币，然后便装出一副喝醉的样子。

但塔曼尼识破了他的把戏，坚持把他彻底灌醉了。那次我是不是还欠他几个银币？麦特漫不经心地想道。

他的望远镜转向高地北部，那里聚集着一队沙塔重骑兵，麦特能清晰地看到他们骑枪的锻钢尖锋。

他们正沿高地北侧离开现有的位置，显然是打算扑下高地，向岚的部队发动冲锋。但岚还没有收到麦特的命令。

这证实了麦特的怀疑：狄芒德不仅在光明阵营中有间谍，而且他的间谍就在指挥所附近，并且能够在麦特下达命令的同时就将情报传递给狄芒德。如果是这样，这名间谍很可能会是一名导引者，而且就在麦特的身边使用着他的能力。

该死的，麦特想到，现在我的麻烦还不够吗？

传令兵从塔曼尼那里回来了。"君上，"他跪倒在地，鼻尖已经蹭到地面，"您的部下说他的部队已经彻底被摧毁了，他希望执行您的命令，但残存的龙今天已经不可能再使用了。他们可能要用几个星期的时间来修理那些龙。他们……很抱歉，君上，但我只能向您复述他的原话。他说他们现在的状况要比赛宾耐尔的酒吧女孩还糟糕。我不明白这是什么意思。"

“酒吧女孩的主要收入是酒客的小费，”麦特哼了一声，“但赛宾耐尔人都不给小费。”

当然，麦特只是随便骗骗那个传令兵。麦特曾经在那个叫赛宾耐尔的小镇里要塔曼尼帮他赢得两个酒吧女招待的好感，塔曼尼则建议麦特装成在战争中受伤的样子以博取她们的同情。

聪明的家伙。那些龙也许看起来模样凄惨，但它们还能作战。这也是麦特可以利用的一个优势。除了他和亚柳妲以外，没有人知道这些龙到底是怎样战斗的。该死的，这也让麦特总是在担心，当这些龙吼叫时会不会把它们的火焰喷向错误的地方。

五六头龙就能实现麦特的目的。麦特已经通过神行术把它们运到安全的地方。亚柳妲将那些龙安置在浅滩以南，正对着高地。麦特会好好使用它们。而这里的间谍会以为那些笨重的家伙都被摧毁了。当然，塔曼尼会照顾好另外那些劫后余生的龙，让它们再次成为麦特的战力。

但是，当我出手的时候，麦特想道，狄芒德一定会全力以赴将它们摧毁。所以，时机格外重要。该死的，最近他要做的事情似乎只有寻找最正确的时机，但他实在已经没有多少转圜的时间了。暂时，麦特只是命令亚柳妲用那六头龙轰击河对岸从高地西南山坡下来的兽魔人。

亚柳妲的位置距离高地很远，而且她还会不断转移阵地。所以狄芒德要想攻击这支小部队是有一定困难的。战场上的硝烟将为这支部队提供良好的掩护。

“麦特，”王座上的伊兰再次开了口。麦特早就注意到，为了座椅的“舒适”，伊兰让柏姬泰将她的王座垫高了几寸。这样，她的位子就和图昂的一样高了。麦特觉得他的指挥所也因为这件事而变得有趣了不少。“麦特，求求你，你能不能至少向我们解释一下你在干什么？”

但也不能让那个间谍知道啊，麦特一边想，一边向周围瞥了一眼。那个间谍到底是谁？是那三对罪奴和罪奴主中的一对吗？有没有可能某个罪奴是暗黑之友，但她的罪奴主并不知道？或者恰好相反，罪奴主是暗黑之友？那个头发上有着缕缕白丝的贵族女人看起来就很可疑。

或者是那些将军？加尔甘？泰莉？旗将格莉丝？现在那名旗将正站在房间一侧，瞪着麦特。这些女人！格莉丝有个漂亮的屁股，不过麦特向她提起这一点的时候，只不过是要向她表达纯粹的友谊。他是个已婚男人。

进出这个指挥所的人实在是太多了。麦特相信，如果他把一口袋粟米洒在这里的地板上，到晚上的时候，他就能收起一袋粟子粉来了。但这些人都绝对值得信任，不可能做出背叛女皇的事情来，愿女皇永生。如果间谍能随意在她身边晃荡，那她当然就不可能永生了。

“麦特?”伊兰又问道，“我们需要知道你到底在计划什么。如果你死了，就只能由我们来完成你的计划了。”

没错，这是一个非常充分的理由。麦特自己也考虑过这个问题。在确认过他刚刚发布的命令都得到执行后，麦特走向伊兰，同时还瞥着房间里的其他地方，向房间里的人不断地投去纯洁的笑容。不需要让他们知道他的怀疑。

“为什么你对所有人都是这么嬉皮笑脸的?”伊兰低声问。

“该死的，我没有嬉皮笑脸。”麦特答道，“我们出去走走，我想要呼吸一下新鲜空气。”

“诺塔翼?”图昂站起身问道。

麦特没有回头看她。他感觉到图昂那种能够穿透钢铁的目光射在他的背上。不过他只是悠闲地走出指挥所。片刻之后，伊兰和柏姬泰也跟了出来。

“到底是怎么回事?”伊兰低声问。

“那里耳目太多了。”麦特说。

“你怀疑指挥所里有间谍……”

“等等。”麦特抓住伊兰的手臂，把她拉到一边，然后向几名视死卫士点头致意。他们低声向麦特表达了问候。对于视死卫士而言，这几乎相当于普通人做了一番长篇大论。

“你现在可以随意说话了，”伊兰说，“我刚刚编织了一个防止偷听的结界。”

“谢谢，”麦特说道，“我希望你离开指挥所，我会告诉你我的打算。如果我出了事，你就要再找一位统帅。”

“麦特，”伊兰说，“如果你认为这里有间谍……”

“我能确定指挥所里有间谍，”麦特说，“而且我打算利用这个家伙。相信我，这样做会有用的。”

“是的，你很有信心，所以你制定了一个备用计划，以免你会失败。”

麦特没理睬她，而是向柏姬泰点了点头。柏姬泰不以为然地扫了他们一眼，又转头去监视所有过于靠近他们的人了。

“你玩牌玩得好吗，伊兰?”麦特问。

“玩……麦特，现在不是赌博的时候。”

“现在正是赌博的时候，伊兰。你有没有看到敌人的力量比我们强大多少?当狄芒德向我们发动攻击时，你有没有感觉到大地在颤抖?他没有直接用神行术来到我们的指挥部，把我们一扫而光，这已经是我们的运气了。我怀疑他没有这样做是因为害怕兰德正藏在这里，等着对他发动伏击。该死的，他实在是太强了。如果不赌一把，我们只有死路一条。只能等着被埋进墓里去。”

伊兰陷入了沉默。

“而且，牌和骰子不一样，”麦特竖起一根手指，“玩骰子的时候，你想的是每一把都要赢。扔多少把，赢多少把，这都是随机的，明白吗？但玩牌不一样。玩牌的时候，你要让其他人下注。想赢大钱，你就要让其他人先赢一点，就算是先让他们赢很多也可以。

“现在要这样布局并不难，因为他们本来就具有彻底压倒我们的力量。所以我们想要赢的唯一办法就是抓住正确的时机，一次赌上我们的一切。玩牌的时候，你可以输掉九十九把，但只要赢了一把，你就赢了。这有两个前提，一是敌人开始不顾一切地下注，二是你能承受得起最后一把之前的损失。”

“这就是你正在干的事？”伊兰问，“你在假装我们已经输了？”

“该死的，不是，”麦特说，“我不能假装这种事。他一眼就能看穿。我的确是输了，但我也在观察，保留最后一把的赌注，等待把一切都赢回来。”

“那么，我们什么时候采取行动？”

“我在等牌，”麦特抬起手，制止了还想要说话的伊兰，“牌到我手里的时候，我会知道的，伊兰。该死的，我一定能知道。现在我能说的只有这些。”

伊兰将两只手臂抱在隆起的肚子上。“那么，你对安多的部队有什么安排？”

“我把谭姆的人留在靠近废墟的河岸边，”麦特说，“至于你其余的部队，我希望他们去支持浅滩的战斗。狄芒德也许是打算让北边的兽魔人渡过莫拉河，将我们的防御部队逐步退到下游的夏纳境内。然后其余兽魔人和沙塔人就会从高地上冲下来，迫使我们撤离浅滩，朝上游方向退却。

“他的两支部队将向我们发动钳形攻势，压缩并包围我们。然后我们就完了。狄芒德还派了一支部队到莫拉河上游，打算阻断这条河的水流。他很快就会做完这件事。而我们则需要想办法利用他的这个行动。不管怎样，河水一旦消失，我们就必须组织起牢固的防御，挡住从河床上冲过来的暗影军队。这正是你的部队要做的事。”

“好吧，我们去那里。”伊兰说。

“我们？”柏姬泰惊疑地问道。

“我要和我的士兵们在一起。”伊兰走向拴马栏，“很显然，我在这里已经做不了什么了。麦特希望我离开指挥所，那我就离开。”

“到战场上去？”柏姬泰问。

“我们已经在战场上了，柏姬泰。”伊兰说，“沙塔导引者随时都有可能送来上万人对戴沙丘和这道岩缝发动猛攻。来吧，我答应你，你随便让多少卫兵挤在我身边都可以。”

柏姬泰叹了口气，麦特给了她一个安慰的眼神。她点头向麦特道别，然后就跟着伊兰走掉了。

好吧，麦特一边想着，向指挥所转过身。伊兰要去做她必须做的事情。塔曼尼也得到了命令。现在，该是他应对真正挑战的时候了。

他能哄得图昂照他的想法去做吗？

在废墟附近，加拉德率领圣光之子的骑兵沿莫拉河的河道一路攻击前进。兽魔人在这里建起更多浮桥。尸体漂浮在河面上，如同池塘中大片秋日的落叶。弓箭手很好地完成了他们的任务。

而圣光之子的任务就是挡住那些终于冲过河来的兽魔人。加拉德伏低身子，手中稳稳地握住骑枪。他戳穿了一头熊脸兽魔人的脖子，然后继续向前，鲜血从枪尖上飞溅而起，小山一样的兽魔人在他身后跪倒了下去。

他操控自己的坐骑希戴玛冲进兽魔人群，将那些怪物撞翻踹倒。骑兵冲锋的威力和数量有很大的关系，那些被加拉德逼退的怪物也会被紧随他的战马踩扁。

在他的冲锋之后，是谭姆部队的长弓齐射，踏上河岸的兽魔人纷纷死在两河人的箭下。但更多的兽魔人只是踩着死伤同伙的身体，继续向河岸发动进攻。

高莱维和另外几名圣光之子跑到加拉德身边，他们一同扫过兽魔人的前阵，直到脱离兽魔人群。然后，他们拉紧马缰，转回头，继续平端骑枪，冲回战场上，不断寻找分散作战的小股人类骑兵。

这片战场相当巨大，加拉德用了大半个小时寻找离散的小队，对他们进行救援，命令他们撤退到废墟，由谭姆或谭姆手下的队长组织成新的旗队。慢慢地，当加拉德的战友一个个从马背上落下时，又有更多部队加入他的队伍之中。不仅仅是佣兵，跟在加拉德身后的还有海丹人、翼卫队和两名跟随他的护法，克林和艾利克斯，他们都失去了自己的两仪师。加拉德本以为这两个人已经活不了多久了，但他们全都显示出了可怕的勇猛。

在送走另一队幸存者前往废墟后，加拉德放慢希戴玛的速度，他的坐骑发出沉重的喘息声。这片河岸已经变成一片铺满尸体的黑红色泥地。考索恩把圣光之子派到这里来是正确的。加拉德觉得自己也许对这个人有些过于缺乏信任了。

“我们打了多久了?”高莱维在他身边问道。这名圣光之子的战袍已经被扯脱,露出下面的锁链甲。在他身子右侧的一片锁链甲显然遭受过猛烈的打击,甲链没有崩散,但上面的血迹表明有许多链环已经嵌进高莱维的锁链甲中,刺入他的身体。因为出血不算太多,加拉德并没有说什么。

“已经到正午了。”因为看不见云层后面的太阳,加拉德只能猜测。不过他相信,他们应该已经战斗了四五个小时。

“你认为它们会在日落时停战吗?”高莱维问。

“如果它们一直打到天黑,我想它们也不会在乎太阳去了哪里。”加拉德答道。

高莱维关切地看着他:“你认为……”

“我不知道现在到底是什么状况。考索恩把那么多部队都派到这里,又撤走高地上的全部人马。我不知道他为什么要这么做。而河里的水……你觉得它还正常吗? 上游的战况一定不好……”他摇了摇头,“也许,如果我能看到战场上更多的地方,才能明白考索恩的计划。”

他是一名士兵,士兵只需要执行命令,不需要明白整场战争。但加拉德通常都能从上级交给他的命令中拼凑出己方的战略。

“你有没有想象过一场规模如此庞大的战争?”高莱维一边问,一边向旁边转过头。亚甘达的步兵正冲进河边的兽魔人群中。愈来愈多的暗影怪物已经渡过了莫拉河。加拉德心中一惊,河道中的河水已经彻底干涸了。

暗影怪物终于在河岸上占据了一个立足点。这将是一场艰苦的战斗,但他们至少已经杀死了许多兽魔人,敌我双方的力量正缩小差距中。考索恩知道河流会被截断,所以他才会把这么多军队部署在这里,挡住敌人的猛攻。

光明啊,加拉德心想,我亲眼见证了在战场上进行的贵族游戏。是的,他完全低估了考索恩。

一颗系着一条红色飘带的铅球从大约六十尺高的天空中掉落下来,砸在一具兽魔人尸体的头颅上。雷肯在众人的头顶上发出一阵尖啸,展翅飞走了。加拉德催赶希戴玛向前。高莱维跳下马背,拿起缚在铅球上的命令,递给加拉德。用神行术传递信息效率极高,不过雷肯能够观察整个战场,寻找每一个应该得到命令的人。

加拉德从靴鞡的夹层中取出自己的密码单,这份密码单比较简单,只是一连串的数字,旁边有一些词汇相对应。如果他得到的命令没有正确的词汇和数字组合，那就可能是假命令。

达欧崔，从你的第二十二连队中挑选十二名最优秀的战士，由你亲自率领，沿河岸前往哈沃浅滩。在能够看到伊兰的旗帜时停止前进，并驻守在那里，等待更多命令。另，如果你看到手持棍棒的兽魔人，我建议你让高莱维去对付他们。据我所知，你对那种武器没什么办法。麦特。

加拉德叹了口气，让高莱维也看过那封信。这份命令是真的，数字二十二和词汇“棍棒”同时出现在它的文字中。

“他想让我们干什么？”高莱维问。

“我也想知道。”加拉德真心诚意地说道。

“我去把人找来，”高莱维说，“我想，你一定会带上哈尼斯、玛隆恩、布洛克……”他开始一个个点数人名。

加拉德点点头：“你说的人都很好。好吧，我现在还不知道这是不是一个糟糕的命令。看样子，我的妹妹亲自上阵了，至少我要仔细看好她。”除此之外，他还很想看一看这片战场上另一个区域的状况，也许这能帮助他理解考索恩的用意。

“服从您的命令，最高领袖指挥官。”高莱维说道。

暗帝发动了攻击。

他要将兰德撕裂，用连续的打击摧毁兰德。暗帝要夺取构成兰德本体的一切元素，并让它们彻底不复存在。

兰德不能呼吸，不能叫喊。暗帝的攻击并不针对他的躯体。他在这个地方是没有肉体的，只有一个人的回忆。

兰德努力保持着自己的完整。这样做很难。当他面对如此强大的攻击时，任何想要击败暗帝，或者将他杀死的念头都消失了。兰德不可能赢得任何胜利，他甚至连保全自己都快做不到了。

他没办法形容自己现在的感觉，更无暇去分心做这件事。暗帝在将他撕裂、将他碾碎，从无数个方向对他同时发动攻击。强大的攻击波流仿佛永远也不会间断。

兰德跪倒下去。这样做的只是他的一个投影，但他觉得异常真实。

他觉得自己仿佛度过了漫漫永恒。

兰德承受着这一切。那种压倒性的力量、毁灭的喧嚣。他跪在地上，手指紧绷，如同兽爪，汗水如溪流般落下他的眉头。他承受着这一切，抬起了头。

“你只能做到这样吗?”兰德咆哮着。

我将得胜。

“你只是在让我变得强大。”兰德用沙哑的声音说道,“每一次你和你的爪牙想要摧毁我的时候,你们的失败就像铁匠的锻锤。现在……”兰德深吸一口气,“现在你所做的一切也毫无意义。我不会屈服的。”

你错了。这并不是要摧毁你。这只是一个准备。

“为了什么?”

让你看到真实。

因缘的碎片……丝线……突然间开始在兰德面前旋转,千百道丝流从光明中剥离出来。兰德知道,这并不是真正的因缘,正如同他现在并非具有真正的身躯。如果想要理解像创世编织这样宏大的存在,他需要某种想象力。而他所见到的,只是他的意识所选择的结果。

旋转的丝线和至上力的编织颇为相似,只是它们的数量远非千万可以计数。无数重色彩绚烂夺目,变幻无方,而这每一条丝线都是笔直的,如同被拉紧的琴弦,或者是细长的光线。

它们凝聚在一起,如同被放在纺车上进行编织,在兰德周围形成一幅巨大的画卷,一个世界:黏腻的土壤,布满黑色斑点的植物,树木枝干低垂,仿佛失去力量的手臂。

这个世界是如此真实,兰德在这其中站起身。他能感觉到脚下的泥土,能嗅到空气中的烟雾,能听到……悲哀的呻吟。兰德转过身,发现自己正站在一片荒芜的山坡上,下方能看到一座黑色城堡,拥挤在城堡周围的建筑物低矮阴暗,就如同一堆堆碉堡,它们所组成的村镇周围环绕着一圈黑石城墙。

“这是哪里?”兰德悄声说道。这座城堡让他有一点熟悉的感觉。他抬起头,却无法从浓密的乌云中看到太阳。

这就是未来。

兰德去碰触至上力,却因为强烈的恶心感而立刻缩了回来。污染回来了,而且变得比以前更加可怕。以前它只是阳极力光流表面的一层暗膜,而现在,它形成了一层厚厚的污泥,兰德甚至没办法将它穿透。如果要触及污染下面的至上力,兰德就必须先饮下这沉重的黑暗,让它将自己包裹。他甚至不知道这污染下面是否还有至上力。光是想到这种污染,胆汁就仿佛涌上他的喉头。他必须竭尽全力才能让自己的胃不至于彻底翻过来。

不远处的那座城堡依然在吸引着他。为什么他觉得自己认识这个地方?只要看一眼这些植物就能知道,这里是妖境。而且,空气中充满了腐烂的气味,闷热的感觉如同身处盛夏的沼泽。虽然乌云挡住了阳光，空气的温度依然让人喘不过气来。

兰德走下那座矮山，看到一些正在工作的身影，大约十几个人拿着斧头，正在砍伐树木。兰德向远处瞥了一眼，看到暗帝的空无正在远方吞噬着这个世界，如同地平线的一个黑洞。这是不是在提醒兰德，他现在所见到的一切并非真实？

兰德走到那片被砍伐的林子前。那些人是在收集柴火吗？斧刃落在树干上的声音和那些人的动作身姿，却丝毫没有伐木人那种充满力量的感觉。这些人只是低垂着肩膀，有气无力地一下下挥动着斧头。

左边的那个人……兰德走近过去，才认出了他。虽然弓腰垂肩、皮肤松弛，但光明啊，那一定是谭姆。他至少有七十岁了，也许是八十岁。为什么他还要如此费力地工作？

这只是个幻象，兰德心想，一场噩梦。是暗帝制造出来的。绝不是真实的。

但站在这个世界里，兰德发现自己很难把眼前的一切都只看成是虚幻。在某种层面上，这的确是现实。暗帝利用因缘中的阴影丝线，如同一块石子落入池塘时，会激起一圈圈涟漪，造物同样因为暗帝的干扰而产生出另外许多种可能。而暗帝正是利用这些可能性创造了这个世界。

“父亲？”兰德问道。

谭姆转过头，散乱的目光却无法聚焦在兰德身上。

兰德抓住谭姆的肩膀：“父亲！”

谭姆茫然地站了一会儿，然后又俯下身，举起斧头。不远处，丹尼和乔锐正一同砍着一棵树干。他们也都已经是中年人了。丹尼似乎染上了某种恶疾，他面孔苍白，皮肤也因为某种疥疮而溃烂。

乔锐的斧头深深地落进脚边满是盐碱渍的土地中，一股黑色的东西从泥土中涌了出来，是一大群藏在树根中的虫子。斧刃砍开了它们的巢穴。

那些虫子沿着斧柄一直爬上乔锐的身体，他发出一阵阵尖叫，不断拍打那些虫子。但他张嘴时，又有更多虫子爬进他的嘴里。兰德听说过这种虫子，死亡甲虫，妖境中的诸多危险之一。他向乔锐抬起手，但乔锐已经跌倒在地，在呼吸之间就死掉了。

谭姆发出一声恐惧的号叫，拔腿就跑。兰德转头望去，却只看见他的父亲撞进旁边一个浓密的灌木丛里。有什么东西从一根灌木枝上跃下，速度快得如同被抽起的鞭子，绕住谭姆的脖子，猛地将他拉了起来。

“不！”兰德吼道。这是真的。他不能眼看着他的父亲去死。他抓住真源，穿过厚重的黑色污染，在被污染彻底吞没的感觉中，兰德用了一段长得令他无法忍受的时间努力寻找阳极力。他终于抓住那股力量，却只有涓滴的能量流入他的身体。

但他还是开始编织，吼叫着射出一道火焰，杀死缠绕父亲的藤蔓。谭姆从藤蔓中脱离出来，掉落在地上。

谭姆没有再动一下。他的双眼盯着天空，显然已经死了。

“不!”兰德又转向死亡甲虫，用火之力编织将它们烧成灰烬。这些虫子出现的时间可能还不到一分钟，但现在乔锐只剩下了骨头。

那些虫子在火焰中不断地爆开。

“导引者。”丹尼喘息着说道。他正蜷缩在不远处，用一双瞪大的眼睛看着兰德。其他伐木人都已经逃进荒野中。兰德又听到几声尖叫。

兰德没办法阻止自己的干呕，这种污染……它太可怕，腐败的程度太深了。兰德已经没办法继续握住真源了。

“跟我来，”丹尼抓住兰德的手臂，“跟我来，我需要你!”

“丹尼，”兰德站起身，用沙哑的声音说道，“你不认识我?”

“快来吧。”丹尼一边说着，一边将兰德朝那座城堡拉去。

“我是兰德。兰德。丹尼，我是转生真龙。”

丹尼显然没听懂兰德在说什么。

“他对你们都做了什么?”兰德悄声说道。

他们不认识你，我的对手。我已经将他们进行了重塑。一切都是属于我的。他们不会知道他们失去了什么，他们所知道的只有我。

“我否认你，”兰德悄声说道，“我否认你。”

否认太阳并不能让太阳落下。否认我也不能阻止我的胜利。

“来吧，”丹尼还在揪扯着兰德，“求求你，请一定要救我!”

“结束这一切。”兰德说道。

结束?这是没有尽头的，吾敌。它已经存在了。我创造了它。

“这只是你的想象。”

“求求你。”丹尼说着。

兰德任由他将自己朝那座黑色城堡拖去：“你在外面做什么，丹尼?为什么要在妖境里收集木柴?这里非常危险。”

“这是我们受到的惩罚，”丹尼低声答道，“那些让主人失望的人都会被赶出城，必须亲手砍倒一棵树并带回去。如果树里的死亡甲虫没有吃掉你，伐木的声音也会引来其他东西……”

兰德紧皱双眉，和丹尼一同走上一条通朝那座黑色城堡的大道。是的，他熟悉这个地方。这是采石大道，兰德惊讶地想道，前面是……那座城堡所在的地方正是伊蒙村的草原。

妖境已经吞噬了两河。

头顶上方的乌云似乎正在向兰德压来。他的脑海中还回荡着乔锐的尖叫。他又一次看到了谭姆挣扎着，被一点点勒死。

这不是真的。

如果兰德失败了，这就会成为未来。那么多人都在依靠着他……那么多人。也许他已经失败了。他不得不努力阻止自己在脑海中默念为他而死的人的名字。即使他拯救了其他人，他依旧没能保护这些人。

这是来自敌人的另一种攻击，正如同之前暗帝企图将他的本质彻底摧毁的每一次攻击一样。兰德能够感觉到，暗帝正将他的触须全力刺入他的精神，要用忧虑、怀疑和恐惧侵蚀他的心智。

丹尼引领他走到黑石城墙前面，城门处站着两只魔达奥，身披永远只是低垂而且不会有任何摇动的黑色斗篷。它们向丹尼逼近过来。“你应该去砍树。”一只魔达奥歙动着死白色的嘴唇，悄声说道。

“我……我找到了这个人！”丹尼踉跄着退到一旁，“这是我献给主人的礼物！他能导引。我为你们找到了他！”

兰德怒吼一声，再次扑向至上力，在污秽中挣扎。他摸到了阳极力的细流，将它抓在手中。

但阳极力立刻就被敲开了，一道屏障挡在他和真源之间。

“这不是真的。”兰德悄声说着，转过头，看到进行导引的人。

奈妮薇走出城门，身穿墨黑色的长裙。“一个野人？”她问道，“直到现在才被发现？他怎么可能活了这么久？你做得很好，丹尼，我将生命赐还你，不要再让我失望了。”

丹尼喜悦地哭泣着，仓皇地跑过奈妮薇身边，进了城。

“这不是真的。”兰德还在这样说着。奈妮薇已经用风之力将他捆住，把他拉进暗帝的伊蒙村中。那两只魔达奥跑在她的前面。现在这里已经变成一座大城，里头的房子看起来就像是挤在一只猫前面的一群老鼠，每一幢房子都是一模一样的低矮灰暗。人们在街巷中快步前行，全都低垂着目光。

见到奈妮薇的人纷纷退向一旁，有些人称她为“主人”，另一些人称她为“使徒”。那两只魔达奥如同影子般迅速向前跑去。当兰德和奈妮薇到达那座城堡时，一小队人已经聚集在城堡前的广场上，一共是十二个人，兰德能感觉到其中的四个男人握持着阳极力。但他只认出了达莫·弗林。还有两个女人是兰德曾经认识的两河女孩。

加上奈妮薇，一共是十三个人，还有十三只魔达奥。他们聚集在乌云密布的天空下。自从进入这个幻象以来，兰德第一次感觉到了恐惧。不能这样，无论如何都不能这样。

如果他们转变了他，结果又会怎样？这不是真的，但这的确是真实的一种映射，一个暗帝创造的镜中世界。如果他们将这里的兰德转变，那真实的兰德会有什么变化？他会如此轻易就被困在这里吗？

兰德开始挣扎，惶恐地想要挣脱出风之力的绑缚。当然，他的挣扎没有丝毫作用。

“你真是个有趣的家伙。”奈妮薇转头看着他。她看起来依然和他们不久前在末日深渊中分别时那样年轻靓丽，但兰德能看出她与那个人的不同。她的头发重新结成了长辫，她的面孔更加瘦削，更……严厉。而那双眼睛。

那双眼睛根本就不属于奈妮薇。

“你怎么活下来的？”她问兰德，“你怎么可能这么久都没被发现？”

“我来自一个不属于暗帝的地方。”

奈妮薇笑了，“荒谬，这是只有小孩才会相信的故事。暗主是世界永恒的主人。”

兰德明白她为何会这样说。他能够感觉到这里和因缘的联系，一半是真实、一半是阴影的闪烁。这种可能性……是存在的。这是世界的各种未来之一。暗帝在这里赢得了最后战争，打碎了时光之轮。

因此，暗帝能够重塑世界，以另一种方式编织因缘。一切生命都忘记了过去的时光，只知道暗帝塞进他们意识里的东西。兰德因为碰触过之前因缘的丝线，才能读懂这里的真实，看清这个地方的历史。

奈妮薇、艾雯、洛根和凯苏安现在都已经成为弃光魔使，被迫遭受转变。沐瑞因为太过弱小而被处死。

伊兰、明、艾玲达……她们正在煞妖谷遭受无尽的折磨。

这个世界就是一个活的梦魇，每一名弃光魔使都以绝对的铁腕统治着他们的那一小片世界。当整个自然界处在持续的衰败中，他们则不断地派遣军队和惊怖领主互相攻杀，以各种阴谋手段相互吞并。这是一场没有尽头的战争。

妖境已经拓展到每一条海岸线上。霄辰不复存在，那片大陆化成一片焦土，就连老鼠和乌鸦也无法存活。所有被发现的导引者都遭到转变。暗帝不喜欢有人将希望带回这个世界。

这个世界上也从没有人这样做过。

兰德发出尖叫。那十三个人开始导引了。

“这就是你最厉害的手段吗?”兰德喊道。

他们在用意志压迫他，如同钉子分开他的皮肉，敲进他的颅骨。兰德拼尽全力抵抗着这种压迫，但那些钉子只是被铁锤一下一下地击打着，每一次击打，钉尖都会朝他的体内更深入一分。

所以，胜利是我的。

失败感重重地打击着兰德。因为他知道，这里所发生的一切都是因为他的失败。奈妮薇、艾雯全是因为他才会成为暗影的俘虏。他所爱的人都成了暗影的玩物。

兰德本应该保护他们。

这一次，我又赢了。

“你以为我还是那个伊煞梅尔竭尽全力想要吓倒的年轻人吗?”兰德高喊着，同时努力压抑着心中的恐惧和耻辱。

战斗结束了。

“还没开始呢!”兰德吼道。

他周围的真实再一次破碎，变成丝丝缕缕的光带。奈妮薇的面孔松散开来，如同被拆开的蕾丝。大地碎裂，黑色城堡不复存在。

兰德从始终不曾完整存在的风之力绑缚中掉落下来。暗帝所创造的脆弱的真实解体了，恢复成所有物质原本的状态。光之丝线呈螺旋形向外伸展，如同竖琴上抖动的琴弦。

它们正等待着被编织为一体。

兰德深深地吸进一口气，抬起头望向丝线以外的黑暗：“这一次，我不会坐以待毙，撒丹。我不会成为你的噩梦的俘虏。我比以前更强大了。”

兰德抓住在他身边旋转的千百根丝线。这不是火、风、地、水和魂，它们是某种更加本源，有着更多变化的存在。每一根丝线都是独一无二的，不是五种力量，而是千亿种不同的演进。

兰德将它们聚成一体。造物本身的纤维正被他握在手中。

然后，他开始导引，让它们形成另一种截然不同的可能。

“现在，”兰德深深地吸着气，驱赶着他所见到的恐怖，“现在，我要让你看看未来到底是什么样子。”

布伦鞠了一躬:“部队已经就位了,吾母。”

艾雯深吸一口气。麦特派遣白塔的部队跨过浅滩处干涸的河床,绕过沼泽西侧。现在艾雯该去和他们一同作战了。她犹豫了片刻,通过神行术通道望向麦特的指挥所,她的目光正好和桌子对面那个高大皇座上的女人相对。

我跟你还没完呢,艾雯心想。

“我们走吧,”她转过身,向尤缇芮一摆手,示意她关闭身后的通道,然后大步走出自己的帐篷。沃拉超法器就在她的手中。

地面上的一点小东西吸引了她的注意力,让她暂时停住脚步。她俯下身,仔细端详岩石上那一小片蛛网般的裂纹。

“现在这样的东西愈来愈多了,吾母,”尤缇芮来到她身边,“我们都认为,当惊怖领主导引时,这样的裂纹就会扩张。尤其是当烈火被使用的时候……”

艾雯伸手摸了摸那片裂纹,它们的触感和普通裂缝没什么差别,但其中却只有纯粹的空无,和远非光影所能造成的黑暗。

她开始编织,同时用五种力测试那些裂纹。是的……

她并不能确定自己在做什么,但她完全不熟悉的编织的确像绷带一样覆盖了那些裂纹。黑暗消退了,只留下普通的裂缝,还有一层水晶薄膜。

“这很有趣,”尤缇芮说,“这是什么编织?”

“我不知道,”艾雯答道,“我只是觉得应该这样做。盖温,你……”她的声音低了下去。

盖温。

艾雯愣在原地。她依稀记得盖温走出指挥帐篷,去呼吸新鲜空气了。那是多久以前的事情?她缓缓转动着身体,感觉他的所在。约缚指明了他的方向。她正直视着那个方向。

她看到的是浅滩处的河床,麦特刚让伊兰的部队驻守的地方。

哦,光明啊……

“怎么了?”希维纳问。

“盖温去参加战斗了。”艾雯努力让自己的声音保持平静。那个羊毛脑袋的白痴男人!难道他就不能再等一两个小时,等她的军队就位?艾雯知道,盖温渴望着战斗,但他至少应该先和她说一下吧!

布伦发出一声低沉的呻吟。

“派人去找他回来。”艾雯说道。她的声音变得冷若冰霜,充满怒意。她不可能不生气。“他应该是跑到安多军队那里去了。”

“我去找他。”布伦一只手按住剑柄,向马夫挥了挥另一只手,“我现在不能指挥军队，但我至少可以做这件事。”

他说得没错。“带上尤缇芮，”艾雯说道，“找到我的蠢护法以后，就立刻用神行术到沼泽西边去。”

布伦一鞠躬，转身离去。史汪看着他，面带犹豫。

“你可以和他一起去。”艾雯说。

“你需要我到那里去吗?”史汪问。

“实际上……”艾雯压低声音，“我希望有人能到麦特和霄辰女皇身边去，而且那个人需要有一双善于倾听的耳朵。”

史汪点点头，脸上流露出赞许，甚至还有一点骄傲。艾雯是玉座，她并不需要史汪的这两种表情。不过这还是让被疲惫咬啮骨髓的她感到一丝快慰。

“你看起来有些高兴。”艾雯说。

“当沐瑞和我受命去寻找那个男孩时，”史汪说，“我并不知道因缘也把你送给了我们。”

“送我来取代你?”艾雯问。

“一个在位时间很久的女王肯定会考虑继承人的问题。”史汪答道，“光明啊，也许每一名主妇都会考虑同样的事：是否能得到一个继承人，延续自己所创造的一切？任何有智慧的女人都应该明白，她能够取得的成就将完全无法与她的继承人相比。

“嗯，我想，你不可能只是我的继承人，而且我也不一定只希望有一个人能继承我的事业。不管怎样，当我知道，那个造就未来的人也曾受过我的影响，这种感觉……让我深感安慰。谢谢你，我会去为你盯着那个霄辰女人，也许还能帮助可怜的明从她的那张渔网中爬出来。”

史汪让尤缇芮为她打开了一个神行术通道，离开了。艾雯带着微笑看她和白塔军队的统帅吻别。史汪竟然会在公开场合亲吻一个男人。

希维纳开始导引，艾雯跨上戴夏的马鞍。一个通道在她面前打开，她也拥抱了真源，手握沃拉超法器，跟在一队白塔卫士后面跑过通道。一股刺鼻的烟气立刻扑面而来。

库班队长正在通道的另一边等着她，这名黑发男子总是给艾雯一种过于年轻的感觉。当然，她并不是以为每一名指挥官都要像布伦那样满头银丝。这场战争的总指挥比她只年长一点，而她则是历史上最年轻的玉座。

艾雯转向高地，发现山坡和沼泽东部边缘燃起了熊熊烈火，几乎完全挡住她的视线。

“出了什么事?”她问道。

“火箭，”库班说，“是我们在河边的部队射出来的。一开始，我以为考索恩疯了，但现在我明白了他的用意。他用火箭点燃了高地上下，那里的灌木丛干得就像大片的火绒，冲下山坡的兽魔人和沙塔骑兵暂时都被火焰逼退了。我相信麦特还打算用腾起的烟雾掩护我们绕过沼泽。”

暗影军队还是会发现有部队在这里行动，但不可能看清这支部队的规模……虽然它们位于高地上方的有利位置，但它们将只能依靠斥候的侦查。

“我们的命令是什么？”库班问道。

“他没有告诉你？”艾雯也问道。

库班摇摇头，“他只是让我们赶到这里来。”

“我们继续沿沼泽西侧前进，从背后攻击沙塔人。”艾雯说。

库班哼了一声，“我们的军队已经被分割得支离破碎了。他在把高地丢给它们之后，又要向高地发动进攻？”

对此，艾雯没有答案。实际上，正是她让麦特得到了全部的指挥权。她再次向沼泽对面瞥了一眼，她能感觉到盖温正在那里。盖温是在……

艾雯犹豫了一下，她之前只是感觉盖温在莫拉河附近，但在走过通道以后，她能更确切地感知他的位置了。盖温并不在河边伊兰的军队中。

盖温就在高地上，在暗影军力最强的地方。

哦，光明啊！艾雯心想，盖温……你在干什么？

盖温大步走过满是硝烟的战场，黑色的烟雾在他周围缭绕盘卷，烧焦的枯草烤热了他的靴子。高地上的火大多已经熄灭了，只留下满是黑灰的地面。

尸体和一些残破的龙如同黑色的炉渣或煤块堆积在一起。盖温知道，有时候，农民为了让一片耕地重新焕发生机，会烧掉前一年的野草。现在，这个世界已经被点燃。当他已经将手巾浸湿，裹在脸上；当他走过这一股股扭曲的黑色烟尘时，还在为这个世界能重现生机而祈祷着。

这里的地面上到处都是蛛网般的裂纹。暗影正在摧毁这片土地。

大多数兽魔人都集中在这片能够俯瞰哈沃浅滩的高地上，但也有一些兽魔人正专心地翻弄着山坡上的尸堆。也许它们是被火烤血肉的气味吸引了过来。一只魔达奥从烟雾中窜出来，用盖温听不懂的语言叱骂它们，并不断朝那些兽魔人的脊背甩动鞭子。

盖温停住脚步，但那个半人并没有注意到他，只是将那些脱队的兽魔人向暗影军队聚集的地方赶去。盖温等待着，透过手巾轻轻吸着气，感觉着血匕首包裹他的阴影。这三枚戒指对他产生了很大的影响。他感到异常兴奋。当他迈步时，四肢的动作都变得无比迅速。他必须用一些时间来适应这种变化。现在他每迈出一步都需要努力保持住平衡。

一个狼头兽魔人从附近的一堆碎石后面钻出来，一边不住地嗅着空气，一边将一具尸体甩过肩头，跟上了那只隐妖。它从距离盖温不到五尺的地方走过，又停下来，嗅了嗅空气，然后才弓起身子，继续向前走去。一副护法斗篷从它肩头的尸体上垂挂下来。可怜的西蒙，他再也没办法玩牌了。盖温低声发出一阵怒吼，不假思索地飞扑向前，使出蛇牙吻，将那头兽魔人的脑袋从肩膀上卸了下来。

兽魔人的尸体倒落在地上。盖温手擎佩剑，站在原地，不由得痛骂了自己一句，立刻伏低身子，退回烟雾之中。黑色浓烟能遮蔽他的气味，模糊他的身形。只为了杀一头兽魔人，他差点暴露出自己。西蒙的尸体迟早还是会被塞进煮食罐里，盖温不可能这样杀掉整支暗影军队。他来这里只是为了找到一个人。

盖温继续蜷着身子，观察是否有敌人注意到自己的攻击。他不知道血匕首的戒指能够为他提供多么强的掩护，也许它们自始至终都没能看到他，但任何人只要向这里扫一眼，都能看到那头兽魔人身首异处，倒在地上。

没有敌人发出警报，盖温站起身，继续向前。直到这时，他才注意到自己满是黑灰的手指隐隐透出了赤红色。这些手指被烧伤了，但它们传来的疼痛非常遥远。一定是戒指的作用。现在他的思维变得很模糊。幸运的是，这并没有影响他的战斗能力，而且，他的战斗直觉反而变得更强了。

狄芒德。狄芒德在哪里？盖温在高地顶端来回寻找。考索恩命令部队驻扎在浅滩附近的河边，但浓烟让盖温无法看清那里有谁的部队。在战场的另一边，边境国人正在和沙塔骑兵部队作战。而这片高地上虽然布满了暗影军队，却显得相当平静。盖温正潜行在暗影军队后方，小心地躲藏在枯树和野草丛后面。一直都没有人注意到他。任何地方都有影子，而影子就是他的屏障。盖温向高地下方看了一眼，高地和沼泽之间那条走廊地带的火焰已经熄灭了。通常情况下，这种野火不可能这么快就烧尽。是有人在导引至上力灭火吗？

如果要找到狄芒德，最方便的办法莫过于通过他的攻击直溯源头。但如果他导引至上力只是在灭火……

暗影军队开始发动冲锋，沿着山坡直捣哈沃浅滩。这次展开进攻的是大群兽魔人，沙塔人还留在高地上。兽魔人显然是打算突破已经干涸的河道，一举击溃考索恩的军队。

如果考索恩是打算将狄芒德的军力全部从高地上引下来，那么他失败了。大量沙塔部队还留在原地，无以计数的步兵和骑兵只是不动声色地看着兽魔人雷霆万钧的攻势。

山坡上发生了爆炸。兽魔人被抛向空中，仿佛从地毯上掸起的尘埃。盖温犹豫了一下，将身子伏得更低一些。攻击兽魔人的是残存的最后一些龙。麦特将它们安排在河对岸。同样是因为烟雾的关系，盖温很难看清它们的具体位置。根据声音判断，还能够吼叫的龙大概只有五六头了，但它们依然能够对距离很远的敌人造成巨大的破坏。

一片红光从距离盖温不远的地方射出，直指龙喷吐硝烟的地方。盖温露出了微笑，实在是非常感谢。他伸手按在剑柄上。该测试一下这些戒指到底有多大的功用了。

他冲出藏身之地，如同悄无声息的闪电。高地上大部分的兽魔人都已经冲下山坡，正迅速向河床逼近。十字弩手和长弓手已经开始向它们射出箭幕，龙的又一轮怒吼从与之前稍有些不同的地方发出。考索恩在让那些龙不停地移动位置，狄芒德很难瞄准他们。

盖温在疯狂吼叫的暗影生物中飞速穿行，龙卵在他身后的山坡上爆炸，让他脚下的地面也仿佛心跳般微微震颤。烟雾在他周围缭绕，让他感到窒息。他的双手已经完全变成黑色，他相信自己的脸一定也一样。希望布满他全身的黑灰同样能帮助他隐藏自己。

兽魔人呼吼、嘶嚎着，不住地向四周观望。但它们并没有注意到他。它们知道有人从身边经过，但在它们眼中，盖温只不过是一道影子。

艾雯的愤怒涌入约缚。盖温微微一笑。羽箭在他周围落下，他的心中却变得更加平静。他已经做出了选择。以前，他也许会为了战士的荣耀而做出这种选择。

但现在他的心中并没有这些念头。他只是需要这样做，必须有人打倒那个怪物，杀死那个暗影的爪牙，否则他们就会输掉这场战争。所有人都明白这个事实。如果让艾雯和洛根来冒这个险，人类要付出的赌注就太沉重了。

盖温才是合适的人选。没有人会给他这个任务，没有人敢这么做。但这是必须有人来完成的任务。他不能放过这个至关重要的机会。他这么做是为了安多，为了艾雯，为了这个世界。

前方不远处，狄芒德再次发出那个被他重复了许多次的挑战："让亚瑟来见我，我要的可不是那些徒有虚名的龙！"随后，他又射出了一道火焰。

盖温穿过正在冲锋的兽魔人，靠近一支沙塔人的大部队背后。这支部队装备着几乎像两河长弓一样巨大的怪异弓矢。在这支部队的正中央，有一个骑在马背上的人，他披着用中心穿孔的银色圆片连缀在一起做成的铠甲，并配以颈甲和护臂甲，头上戴着一顶令人生畏的头盔，护面甲敞开着。让盖温感到怪异的是，他对这个人似乎感到有些熟悉。

速度一定要快，盖温心想，光明啊，我最好不要给他导引的机会。

沙塔弓箭手都保持着高度的警戒，但只有两个人在盖温经过身边时转过了目光。盖温从腰间抽出匕首，他必须将狄芒德拉下马，然后对这名弃光魔使的脸发动致命一击。这很像是懦夫的行为，却是现在最有效的攻击方式。只要把他拉下来，盖温就能……

突然间，狄芒德转过身，朝盖温所在的方向望过来。一秒钟之后，那个人伸出手，一根像小树枝般粗细的白色火焰射向了盖温。

狄芒德没有击中目标。盖温跳到一旁，躲开了火柱。附近的地面上全都出现了细密的裂纹，裂纹中只有无尽的黑暗。

盖温向前跃去，将匕首挥向狄芒德的马鞍。他的速度无与伦比，血匕首的戒指让他能够在狄芒德还处于困惑中时就已经发动攻击。

马鞍被割开，盖温的匕首猛地刺进那匹马的肋侧。战马发出一声嘶鸣，扬起前蹄，将狄芒德和马鞍一起甩下了马背。

盖温再次跃起，高举着染血的匕首。狄芒德的坐骑已经向前方窜出。沙塔弓箭手纷纷高声惊呼。盖温扑到狄芒德头顶，双手紧握着匕首。

弃光魔使的身子突然晃动了一下，被推到了一旁。强风吹起了地面上的灰烬，也裹住狄芒德，支撑他稳稳地站回到地上。随着一声金属的啸鸣，狄芒德抽出佩剑，同时伏低身子，释放出另一股风之力。盖温感觉到旋风在身边疾转，其中有几股气流差点抓住了他。但他的速度更快，他的戒指让他一次次躲过狄芒德的编织。

盖温向后退去，将匕首交到左手，右手也拔出了剑。

“看来是个刺客，”狄芒德说道，“路斯·瑟林总是说什么正面决斗的‘光荣’。”

“我不是转生真龙派来的。”

“那么，黑夜之影为什么会笼罩着你？这可不是这个纪元应有的东西。你是否知道，路斯·瑟林对你做的事情会让你的生命力不断流失？你已经死了，小家伙。”

“那么你可以和我一起到坟墓去。”盖温说道。

狄芒德站直身子，双手握剑，摆出一个盖温不熟悉的战斗姿势。盖温虽然有这些戒指，狄芒德似乎依然能洞晓盖温的行踪。不过狄芒德的反应的确还是慢了点。

一式风萍花。连续三次迅速的打击迫使狄芒德向后退去。几名沙塔人拿着剑冲了上来，但狄芒德举起戴着铁手套的手，示意他们退下。他没有向盖温露出笑容，这个人可能从来不曾笑过。他以流畅的动作对盖温使出一记类似三娑霹雳的斩击，盖温则还之以断山血牙突。

狄芒德的剑法异常高妙。虽然有戒指带来的优势，盖温仍然很难避开他的反击。他们两人在沙塔人的环伺下，在一小片空地中展开激烈的搏杀。远处的龙仍然在不断地把铁球射向高地，让这里的地面在爆炸声中不住地颤抖。现在能够喷火的龙只有那几头了，不过它们已经将火力完全集中在这个地方。

盖温哼了一声，涌身前跃，使出乱风斗枝，竭尽全力想要突破狄芒德的防御。他需要足够靠近这名弃光魔使，将剑刺入他的腋下，或者插进他那圆片鳞甲的缝隙中。

狄芒德用精巧的剑招逐一应对盖温的突击。盖温很快就开始大汗淋漓，他的速度比以往任何时候都要快，他的反应如同一只四处迁跃的蜂鸟，但不管怎样努力，他依然无法对狄芒德造成有效的打击。

“你是谁，小家伙？”狄芒德将佩剑举在身侧，向后退步，“你很会用剑。”

“盖温·传坎。”

“那个小女王的哥哥，”狄芒德说，“你也应该知道我是谁。”

“一个杀人犯。”

“难道你们的真龙就不曾杀人？”狄芒德问，“容我再多说一句，你的妹妹为了保住王座，就没有杀过人吗？”

“这不一样。”

“每个人都这么说。”狄芒德回步向前。他的剑式舒展迅捷，如同流水。他的后背总是挺得笔直，全身却没有一处绷紧。他舒展的身姿如同一位舞者，他是手中那把长剑绝对的主人。盖温从没听说过狄芒德的剑法，但这个人的确是盖温见过的最强的剑士。

盖温用出骑墙猫舞，这一招的动作优美凌厉，足以和狄芒德的动作匹敌。随后他突然凝聚全身的力量，使出蛇信突刺，希望先前的一招能够引诱狄芒德露出空隙。

有什么东西狠狠撞上盖温，将他撞倒在地。他一翻身，蹲在地上。他的呼吸开始变得吃力。因为戒指的关系，他感觉不到疼痛，但他的一根肋骨很可能断了。

一块石头。盖温心想，他用至上力抓起一块石头，砸中了我。因为那些黑影的遮掩，狄芒德很难用编织击中盖温，但一块足够大的石头仍然有可能击中影子中的盖温。

"你在耍诈。"盖温冷笑着说。

"耍诈？"狄芒德问，"小剑手，这场战斗还有什么规则吗？我还记得，你刚刚是想躲在影子里，从背后给我一刀。"

盖温深吸一口气，又吐出去，稳定住肋侧的伤势。一颗被龙吐出的铁球落在距离他们不远的地方，猛烈地炸开。爆炸掀起了一些沙塔人，他们的尸体挡住了扑向盖温和狄芒德的冲击波。泥土如同雨点般落下，又好像是暴风中落在船板上的浪花。至少还有一头龙仍然在吼叫。

"你指控我是杀人犯，"狄芒德说，"我的确是。我也是你们的拯救者，不管你们是否愿意。"

"你是个疯子。"

"这可是你说错了，"狄芒德在他身边来回移动步伐，挥舞长剑，砍削着空气，"你追随的那个人，路斯·瑟林·特拉蒙，他才是疯子，他竟然以为他能战胜暗主。他没这个能耐。这是一个再简单不过的事实。"

"所以你要让我们加入暗影？"

"是的，"狄芒德的眼睛如同两块寒冰，"如果我杀死了路斯·瑟林，我就有权利依照我的意志重新塑造这个世界。暗主对于规则毫不关心。保护这个世界唯一的办法就是摧毁它，然后才能让生存其中的人得到庇佑。难道这不正是你们的真龙所宣称要做到的事？"

"为什么你一直称他为真龙？"盖温将嘴里的血吐到一旁。那些戒指……它们在催促他发动攻击。他的肢体中充满了力量。战斗！杀戮！

"你只是在跟从我的道路。"狄芒德说。

"我没有！"

"说谎，"狄芒德说道，"或者你也许只是一个傻瓜。我知道，路斯·瑟林正在指挥这支军队。一开始我还不敢如此断定，但现在，我已经很清楚了。你的出现就是一个不容辩驳的证据。而且我还有一个更确凿无疑的证据，这个时代的任何一名将军都不曾掌握如此高超的指挥艺术，和我作战的是一位真正的战争大师。也许路斯·瑟林使用了面镜术，或者他也许是用至上力把指挥命令直接传达给那个叫考索恩的家伙。这没关系，我能看清事实。今天，我是在和路斯·瑟林玩骰子。

"我指挥军队的能力一直都比他强，我会在这里证明这一点。我很想让你把这一点亲口告诉他，但你活不了那么久了，小剑士。做好准备吧。”说完，狄芒德举起了剑。

盖温站起身，丢下匕首，改用双手握剑。狄芒德大步向他走来，他所用的步法是盖温从没见过的。凭借经验和超乎寻常的速度，盖温还能够与之一战。但狄芒德同样一次又一次地挡住了盖温的剑，让他的猛攻变得毫无意义。

这名弃光魔使并没有借机反攻，他几乎不再移动脚步，只是张开双腿，稳稳地立在原地，双手握剑，封挡着盖温的所有突刺和劈砍。羽翻飞、叶断烈风杀、饿虎吻。盖温咬紧了牙，从齿缝间发出怒吼。这些戒指的力量应该足够了，为什么还是不能杀死他？

盖温后退一步，闪过另一块飞向他的大石。石块从他身旁数寸的地方飞过。感谢光明，幸好我还有这些戒指。

“对于这个纪元的人来说，你算是有些能耐了。但你还是只能耍耍剑，小家伙。”

“我还能做什么？”

“让你自己成为剑。”狄芒德似乎很惊讶盖温竟然连这种事情都不明白。

盖温咆哮一声，再次攻向狄芒德。盖温的速度仍然比狄芒德更快。狄芒德继续保持守势，同时依然半步不退，只是将盖温的攻击逐一挡开。

狄芒德闭上眼睛。盖温微微一笑，用出黑矛突刺。他要结束这场战斗。

狄芒德的剑化成一片幻影。

有什么东西击中了盖温。他猛吸一口气，停住脚步，摇晃着跪倒在地，双眼盯着自己肚子上的那个窟窿。狄芒德的剑洞穿了他的护甲，然后他又以轻松的动作从盖温体内抽出了剑刃。

为什么……为什么我没有任何感觉？

“如果你能活下去，见到路斯·瑟林，”狄芒德说道，“告诉他，我非常期待与他正面一战。用剑刃对剑刃。和上次相比，我已经厉害了不少。”

狄芒德用拇指和食指捏住剑刃，将剑刃拖过指缝，揩去上面的鲜血，甩在地上。

然后，他收剑还鞘，摇了摇头，朝一头仍在咆哮的龙抛出一颗火球。

那头龙沉默了。狄芒德大步走过面对着莫拉河的陡坡边缘，他的沙塔卫兵仍然环绕在他周围。盖温软倒在地，在惊骇中看着自己的生命泼洒在被烧焦的草地上。他竭力想要用颤抖的手指挡住汩汩流出的鲜血。

最后，盖温终于让自己重新跪了起来。他的心在哭号，他需要回到艾雯身边去。他开始爬行。从伤口中流出的血渗进了土壤，通过被冷汗遮住的眼睛，他看到前方二十几步外有几匹战马，它们被系在一道拴马栏索上，正用嘴唇拨弄着脚边的黑色草丛。经过一段无比漫长的时间，或者其实只有几分钟，盖温终于爬上了距离他最近的战马背上，并解开了马缰。在半昏迷的状态下，他一只手抓住马鬃，凝聚起全部力量，用脚跟踢了马的肋骨。

"殿下，"曼德文对菲儿说，"我认识这两个人已经许多年了，他们并非没有污点。红手队里的人都算不上干净。但光明在上，他们绝不是暗黑之友！"

菲儿一言不发地吃着午餐，以她最大的耐心听着曼德文的谏言。她希望佩林能够在这里，这样她就能和他好好吵上一架了。她觉得自己仿佛就要因为巨大的压力而爆炸了。

他们已经靠近了萨坎魃，靠近的程度令人感到不寒而栗。黑色的天空中翻滚着闪电。他们连续几天没见到过一个活物——无论是否危险。万宁和哈南也没有再现身。不过菲儿每天晚上都会安排双倍的岗哨看守圣号角。暗帝的爪牙绝不会这样就善罢甘休。

现在，圣号角就在她腰间的一只大袋子里。整支队伍都已经知道了他们真正的任务，每个人都为他们的责任感到骄傲，又对这样的一副重担而心存畏惧。至少，菲儿已经不必再辛苦地对他们保守秘密了。

"殿下，"曼德文一边说，一边跪坐下去，"万宁就在这附近的某个地方。他是一名极具天赋的斥候，是红手队中最优秀的侦察兵。如果他不想让我们看到，我们就不可能发现他。但我发誓，他一定在跟着我们。否则他还能去哪里？也许，如果我把他叫出来，请他说一说他的苦衷，我们就能解决这个问题。"

"我会考虑的，曼德文。"菲儿说道。

曼德文点了点头。这个独眼汉子是一名优秀的指挥官，但心思却像是一块方硬的砖头。简单的人总是认为其他人也一样简单。他肯定无法想象，万宁和哈南这样的人为了避免受到怀疑，会长时间地表现出忠心耿耿的样子，却又突然间做出如此可怕的事情。

至少现在，菲儿知道自己的忧虑不是空穴来风。那时，圣号角就在万宁的手中，而菲儿从万宁的眼里看到的是纯粹的恐惧。这足以证实她的怀疑。她没想到自己的队伍里会有两名暗黑之友，而且这两个人比她更聪明。不管怎样，他们低估了妖境的危险。如果他们没被那些熊一样的怪物盯上，结果又会怎样？菲儿不愿去想这种事。当然，那样的话，菲儿就只会在自己的帐篷里等着窃贼上门，而真正的窃贼早已带着那件至关重要的宝物逃得无影无踪了。

天空不断地沸腾。煞妖谷就在他们面前，俯瞰着一系列稍显矮小的山脉形成的萨坎鞑山谷。空气变得凛冽刺骨，几乎像严冬一样。他们和那座高山之间还有重重阻碍。但不管怎样，菲儿必须将圣号角带到光明阵营之中，这将决定最后战争的成败。她将手指放在身侧的袋子上，感受着那件宝物的金属质地。

不远处，奥佛尔跑过没有一点生命痕迹的灰石废地。他将匕首挂在腰间，仿佛那是一把佩剑。菲儿觉得自己也许不该将他带在身边。不过，像他这年纪的男孩在边境国都要开始学习传递消息和为战斗中的堡垒运送补给品了。他们要到十二岁才能正式加入战斗部队，或者得到一个真正的职位。但对他们的训练会在更早的时候就开始。

“殿下？”

菲儿的目光转向正朝她走过来的赛兰蒂和爱瑞拉。在万宁逃走后，菲儿就指派赛兰蒂作为她的斥候队长。这名肤色白皙的小个儿女子和其他刹菲儿相比，外表更不像是艾伊尔人。不过她机警干练的风格让她赢得所有刹菲儿的尊重。

“什么事？”

“这里还有别的队伍，殿下。”赛兰蒂低声说道。

“什么？”菲儿站起身，“什么样的队伍？”

“似乎是一支车队。”

“在废地？”菲儿问道，“带我去看。”

他们发现的不止是一支车队。菲儿能够从望远镜里看到一个村镇，因为距离太远，她只能依稀看到一些暗黑色的建筑物。它位于靠近萨坎鞑的山麓中。一个村子，光明啊！

菲儿向下移动望远镜，看到一支车队正驶过荒凉的原野，它的目标是和村子还有一段距离的一座货物仓库。

“他们也在做我们所做的事情。”菲儿悄声说道。

“什么事，殿下？”爱瑞拉趴在菲儿身边。曼德文在菲儿的另一边，正用自己的望远镜观察着那支车队。

“那里是一座物资转运站，”菲儿看着成堆的箱子和一捆捆箭支说道，“暗影生物无法使用神行术，但它们的补给队可以。它们在向南侵略时不需要携带箭支和替换武器。这些物品都被集中在这里，然后再被送往有需要的战场。”

就在菲儿说话的时候，一道耀眼的光线在那座辎重仓库附近出现，迅速展开成神行术通道，长长的一队满脸泥垢的人拖着脚步走入其中。他们的身上都背着沉重的袋子，跟在他们身后的还有几十个拖着小车的人。

“无论这些物资被运往哪里，”菲儿缓缓地说，“那一定就在战场附近。那些车子里装的是箭，不是食物。兽魔人的军粮从来都是战场上的尸体。”

“那么，如果我们能溜进那些通道……”曼德文说。

爱瑞拉哼了一声，仿佛曼德文说的是一个笑话。她又看了菲儿一眼，笑容从她的唇边消失了。“你们两人是认真的。”

“我们距离萨坎韃还有很长一段路，”菲儿说，“而那个村子正挡在我们的路上。如果能通过那些通道，随后的路很可能会比进入山谷要容易得多。”

“那样我们就跑到敌人的背后去了！”

“我们已经在它们的背后了。”菲儿严肃地说道，“即使跑到通道的另一边，我们的处境也不会更差。”

爱瑞拉陷入了沉默。

“但这样做也有问题，”曼德文一边低声说着，一边转动着望远镜，“看看那些正从村子里跑向补给站的家伙吧。”

菲儿再次举起望远镜。“艾伊尔人？”她悄声说道，“光明啊！沙度人已经投向暗帝了吗？”

“即使是沙度狗也不会做这种事。”爱瑞拉向身边啐了一口。

那些新出现的艾伊尔人的确和菲儿熟悉的艾伊尔人有所不同，他们都戴着面纱，仿佛是立刻就要杀人的样子。但他们的面纱是红色的。菲儿很清楚，要从艾伊尔人眼前溜过去几乎是不可能的。她的队伍只是因为离那个村子还很远，才没被那些艾伊尔人发现。当然，那些人也绝不会想到这里会出现一支菲儿这样的队伍。

“回去，”菲儿一点一点从山丘上退下来，“我们需要做些计划。”

佩林醒了过来，觉得自己仿佛被扔进一座冬天的湖里。他猛吸一口气。

“躺下，你这个傻瓜。”简宁娜说着，伸手按住他的手臂。这位亚麻色头发的智者看起来就像佩林一样疲惫不堪。

佩林躺在一个柔软的地方。太柔软了。是一张很好的床，还有干净的床单。窗户外面，海浪轻柔地拍打着堤岸。一只海鸥正在鸣叫。佩林还能听到附近有一阵阵的呻吟声。

“我在哪里？”佩林问。

“在我的宫殿里。”贝丽兰答道。她正站在门口。佩林刚才没注意到她。梅茵之主戴着王冠，那顶冠冕的前额上方是一只飞翔的金鹰。她穿着镶黄边的猩红色长裙。这个房间华美异常，镜子、窗棂和床柱上都装饰着黄金和青铜雕刻。

“请允许我多说一句，”贝丽兰又说道，“这对我来说应该是一种有些熟悉的状况，艾巴亚大人。所以这次我预先做好了准备，以免您感到奇怪。”

预先做好了准备？佩林嗅了嗅空气。乌诺？他能嗅到那个人。贝丽兰向旁边点了点头，佩林转过视线，看到乌诺就坐在身边的一把椅子里。他的一只手臂正挂在胸前。

“乌诺！你怎么了？”佩林问道。

“该死的兽魔人撞上了我，”乌诺嘟囔道，“我在等着接受治疗。”

“受致命伤的人要先接受治疗。”简宁娜说道。她是智者中最擅长医疗异能的人，很显然，她认为和贝丽兰身边的两仪师在一起能发挥出更大的作用。“佩林·艾巴亚，你刚被送来的时候，我们只能先保证你不会因为伤重而死，直到现在，我们才能治疗你身上不危及生命的伤口。”

“等等！”佩林挣扎着坐了起来。光明啊，他真是累坏了。“我在这里已经多久了？”

“十个小时。”贝丽兰说。

“十个小时！我必须走了。战斗……”

“很抱歉，就算没有你，战争也会继续下去。”贝丽兰说道。

佩林低吼了一声。他实在是累坏了。“沐瑞知道该如何消除疲劳感。你知道这种方法吗，简宁娜？”

“即使我知道，也不会对你这样做。”简宁娜说，“你需要睡眠，佩林·艾巴亚。你在最后战争中的行动已经结束了。”

佩林咬紧了牙，努力要站起来。

“如果你离开这张床，”简宁娜直视着他，“我就用风之力绑住你，把你在这里挂上几个小时。”

佩林的第一个直觉是将自己从这个地方移走。他开始在脑海中凝聚思维，随后才发现自己的愚蠢。他已经回到现实世界，这里不能仅凭意念移动自己的位置。他现在就像一个婴儿一样软弱无力。

他颓然倒在床上。

“振作起来，佩林，”贝丽兰走到床边，低声说道，“你差点就死了。你是怎么到战场上去的？如果哈兰·卢汉没发现你……”

佩林摇了摇头。他该如何向根本就不知道狼梦的人解释这一切？“现在的状况如何，贝丽兰？战场上形势怎么样了？我们的军队呢？”

贝丽兰咬住了嘴唇。

“我能从你身上嗅到你的实话，”佩林说，“你很担忧，很焦急。”他叹了口气，“我知道战线已经移动了。如果两河人也在梅丽罗平原，那我们的三支军队应该都退回到了那个地方。也许只有进入萨坎鞑的部队还在坚守。”

“我们不知道转生真龙那里的状况。”贝丽兰一边低声说着，一边缓步走到佩林床边的一只凳子前，坐了下去。靠近墙边的简宁娜抬起乌诺的手臂。当医疗编织进入乌诺体内时，他打了个哆嗦。

“兰德还在战斗。”佩林说。

“已经过去太多时间了。”贝丽兰说道。有一些事，贝丽兰并没有告诉他。有一些事被她故意绕了过去。佩林能从她身上嗅到。

“兰德还在战斗，”佩林重复着，“如果他失败了，我们也不可能在这里。”他向后靠去。倦意已经充满了他的骨髓。光明啊！他不能在人们死亡时躺在这里。“在暗帝牢狱的裂隙里，时间的流动是不同的。我曾经去过那里，亲眼见过那里的情况。虽然在这里已经过去许多天，但我打赌，兰德那里顶多只过去了一天，可能还不到一天。”

“这的确算是一件好事，我会把你的话告诉其他人。”

“贝丽兰，”佩林说，“我需要你为我做一件事。我让艾莱斯给我们的军队送去一个信息，但我不知道他是否送到了。古兰黛正在操纵我们统帅的心智。你能否帮我确认他是否把信息送到了？”

“信息送到了，”贝丽兰说道，“虽然有些太迟了，但信息送到了。你做得很好。睡吧，佩林。”她站起了身。

“贝丽兰？”佩林问道。

贝丽兰又向他转回身。

“菲儿。菲儿怎样了？”

焦虑的气息立刻在贝丽兰身上变得更加尖锐。不。

“她的车队被一个邪恶泡沫摧毁了，佩林。”贝丽兰轻声说道，“我很抱歉。”

“找到她的尸体了吗？”佩林支撑自己问道。

“没有。”

“那就是说，她还活着。”

“实际上……”

“她还活着。”佩林坚持说道。他必须相信这一点。如果他也……

“当然，希望还是存在的。”贝丽兰向乌诺走去。那名夏纳人正活动着自己被治愈的手臂。然后他朝佩林点了点头，就跟随贝丽兰离开了房间。简宁娜走到了盥洗架前。呻吟声依然连续不断地从走廊中飘进佩林的耳里。这个地方现在充满了草药和疼痛的气味。

光明啊，佩林心想，菲儿的车队里有圣号角，暗影已经得到那件宝物了吗？

还有高尔。他必须回去找高尔，他将那个人留在狼梦里守卫兰德的后背。如果佩林已经疲惫到这种程度，高尔也不可能坚持太久了。

佩林觉得自己能连续睡上几个星期。简宁娜又回到他的床边，摇了摇头："你现在这样勉强睁着眼睛没有一点好处，佩林·艾巴亚。"

"我还有太多事情要做，简宁娜。求求你，我需要回到战场上去……"

"你只能留在这里，佩林·艾巴亚。以你现在的状态是做不了任何事的。就算你再心急，也不可能再赢得任何节义了。如果把你带到这里来的那个铁匠知道我让你勉强回到战场上，死在那里，我相信他一定会捆住我的脚踝，把我吊在窗户外面。"她犹豫了一下，"虽然只见过那个人一次……不过我想他大概真能做到这一点。"

"卢汉师傅。"佩林依稀回忆起他在晕倒前发生的事情，"他也在那里？是他找到了我？"

"他救了你的命。"简宁娜说，"那个人将你扛在背上，跑去找两仪师，用神行术把你送到这里。如果再晚几秒钟，也许你就死了。要扛起一个像你这么壮实的人跑过来，一般人肯定做不到。"

"我的确需要睡一下，"佩林感觉自己的眼皮愈来愈沉，"我需要……我需要……"

"我相信你需要睡一下。"简宁娜说。

佩林闭上了眼睛，这样至少能让简宁娜相信他服从了她的命令，然后，等到简宁娜离开，他就可以站起来了。

"相信你可以好好睡一觉。"不知为什么，简宁娜的声音变得轻柔起来。

睡觉，佩林心想，我正在睡去……他又一次见到三条路出现在自己面前。这一次，一条通往普通的睡眠，另一条通向狼梦。他入睡时经常会走上后者这条路。

在它们之间又出现了第三条路，那是以肉体进入狼梦的路。

他迫不及待想要走上那条路。但在这一刻，他只选择了普通的睡眠，因为他明白，如果不走上这条路，他的肉体就会死亡。

安德罗躺在地上，大口喘着气，双眼盯着天空。他们已经从高地顶端逃了下来，跑到一个远离战场的地方。

那种攻击……实在是太强大了。

那到底是什么人？他问佩维拉。

不是泰姆，佩维拉一边回答，一边站起身，掸扫着裙摆上的灰土。我认为那是狄芒德。

我把我们带到了一个离他很远的地方。

他大概也不敢离开他的军队，否则我们的导引者就会让他知道什么是伤亡惨重了。

安德罗坐起来，呻吟了一声。你知道吗，佩维拉，作为一名两仪师，你真是不一般的快人快语。

安德罗惊讶地发现佩维拉的心中涌出一股笑意。不管你自己怎样以为，你并不了解两仪师。她走到埃马林身边，检查了一下他的伤口。

安德罗深吸一口气，空气中充满了秋日残败的意味。落叶、死水……这个秋天来得太早了。他们所在的山丘正俯瞰一座山谷，无论这个世界怎么变化，还是有一些农夫在耕耘山谷中大片的方形田地。

但田地中什么都没有。

不远处，瑟德琳也从地上爬了起来。“刚才那场战斗实在是太疯狂了。”她的脸变得通红。

安德罗能感觉到佩维拉的不以为然。这女孩不该如此莽撞地暴露自己的情绪，她还没学会两仪师的自我控制。

她不是正式两仪师，感觉到安德罗的想法，佩维拉这样对他说。不管玉座怎样宣布，瑟德琳还没有通过测试。

瑟德琳似乎也知道佩维拉的想法，她们两人之间一直保持着距离。佩维拉治疗了埃马林，埃马林始终没有因为自己的伤痛而哼过一声。瑟德琳治好了乔奈瑟手臂上的一道割伤，她亲切温婉的态度似乎让乔奈瑟很困惑。

用不了多久，她就会约缚他了，佩维拉对安德罗说。有没有注意到？她那时毫不犹豫地把导引的机会让给别人，然后就一直跟在乔奈瑟身边。从黑塔到这里，我们都没能甩掉她。

如果他也同时约缚她呢？安德罗问。

那么我们就能知道，我们两人的关系是不是独一无二的。佩维拉犹豫了一下，我们遭遇的状况可能是以前从不曾发生过的。

安德罗看着佩维拉的眼睛，他知道，佩维拉所指的是他们刚刚连结在一起的时候发生的事情。那时她打开了一个神行术通道，而主导连接的是安德罗，所以应该是安德罗做这件事。

我们需要再试一次。安德罗对她说。

等一下，佩维拉说道，她正在对埃马林进行分析，确定治疗效果。

“我已经没事了，两仪师佩维拉，”埃马林像以往一样谦恭有礼，“请容我多说一句，您似乎也需要得到治疗。”

佩维拉低下头，看到手臂上被烧焦的衣服。她仍然不敢让男人为她进行治疗。但这种胆怯也让她对自己很是恼火。

“谢谢。”佩维拉用有些僵硬的语气说道，然后让埃马林的手接触到她的手臂，并开始导引。

安德罗取下挂在腰带上的小锡杯，漫不经心地举起一只手，手指向下，指尖聚拢。当他的五个指尖分开时，一个小神行术通道出现在指尖中央，清水从里面流出，注入到杯子里。

佩维拉坐到他身边，接过他递过来的杯子，喝了一口水，叹息道：“这简直就像山中的清泉一样甘洌可口。”

“这就是山泉水。”安德罗说。

“这倒让我想起，我一直都有一个疑问，你到底是怎样做到这种事的？”

“做到这个？”安德罗说，“这只是一个小通道。”

“我不是这个意思，安德罗。你也只是刚刚才到这里，应该不可能这么快就如此了解这个地方，让你能打开通向数百里外的一眼山泉的通道。”

安德罗有些茫然地看着佩维拉，仿佛佩维拉讲了一个令人惊讶的新闻。“我不知道。也许这和我的天赋有关。”

“我明白了，”佩维拉沉默了片刻，“顺便问一句，你的剑怎么了吗？”

安德罗下意识地摸了一下肋侧，那里只是空悬着一支剑鞘。当闪电落在他们身边时，他把剑丢掉了，在逃走时也没想到要把剑拾起来。他呻吟了一声：“加尔芬如果知道这件事，一定会派我到军需官那里去磨几个星期的大麦。”

“一把剑没那么重要，”佩维拉说，“你有更强大的武器。”

“这是原则问题。”安德罗说，“佩戴一口剑会提醒我现在的身份。就好像当我看到一张网的时候，就会想起在梅茵捕鱼；喝到泉水的时候，就会想到简·法斯崔德。这都是小事情，但小事情也很重要。我需要再次成为一名军人。我们必须找到泰姆。佩维拉，那些封印……”

“以我们现在的方法，是不可能找到他的。你同意吗？”

安德罗叹了口气，点点头。

“很好，”佩维拉说道，“我不喜欢成为敌人的目标。”

“那我们该怎么做？”

“我们要谨慎地制定计划，而不是盲目地挥舞刀剑。”

她也许是故意这样说的。“那么……佩维拉，我们刚才到底是做了什么？你使用了我的天赋。”

“我们应该研究一下这个问题，”佩维拉又喝了一口水，“如果这是一杯茶就好了。”

安德罗挑了挑眉。他拿回杯子，在两根手指之间打开了一个通道，让一点干茶叶落进杯子里，然后用一根火之力丝线将杯中的水煮沸，又通过另一个通道向杯子里倒了一点蜂蜜。

“我在黑塔的工作间里还有一点存货，”他一边说，一边将杯子递还给佩维拉，“看样子没人动过它们。”

佩维拉饮了一口茶，露出温暖的微笑：“安德罗，你真是个奇妙的人。”

安德罗微微一笑。光明啊！他已经多久没有对女人有过这样的感觉了？爱情是只属于年轻的傻瓜们的，不是吗？

当然，年轻的傻瓜们永远也不会明白什么是爱情，他们想要的只是漂亮的脸蛋。岁月早已教会安德罗，一张漂亮的脸蛋完全无法和佩维拉流露的这种女性的坚韧相比。自控能力，稳定的情绪，坚定的意志，这些都是经过岁月历练的、最优秀的女人才会拥有的。

这也和皮革一样。新皮革都很漂亮，但只有被用过很久的皮革才会是真正的好皮革，比如经过多年精心使用的皮带。没有人能知道一条新皮带是否可靠，但如果它在你身边度过几个季节，你就会知道它的质量了。

“你的想法让我很费解，”佩维拉说，“你是在……把我和一条旧皮带相比？”

安德罗脸红了。

“我相信这是皮匠的习惯。”佩维拉又饮了一口茶。

“嗯，你一直在拿我比照……那是什么？几只小雕像？”

佩维拉微微一笑：“那是我的家人。”

他们都被暗黑之友杀害了：“我很难过。”

“那是很久、很久以前的事情了，安德罗。”但安德罗知道，佩维拉依旧对此感到愤怒。

“光明啊，”他说道，“我一直都忘了，你实际上要比大部分的树还要老。”

“嗯……”佩维拉说，“我先是一条皮带，现在又变得比树还要老。我相信，尽管你一生中曾经从事过几十种工作，但你从没学会如何与一位女士对话？”

安德罗耸耸肩。当他年轻时,他也许会因为一位女士这样评价他而羞窘地抬不起头来。但他早就知道,自己很难避免这样的评价。而如果他有意要在这方面进行弥补,结果只可能变得更糟。奇怪的是,他的反应让佩维拉感到愉快。女人总喜欢看男人不知所措的样子,至少他是这样认为的。

但佩维拉在无意中瞥了一眼天空后,笑意立刻就消失了。安德罗突然想起下方荒凉的田地,那些枯死的树木,不绝于耳的隆隆雷声。现在不是欢笑的时刻,不是恋爱的时刻。但不知为什么,安德罗发现正因为如此,他更加难以割舍这两样东西。

"我们应该尽快采取行动,"安德罗说,"你的计划是什么?"

"泰姆的身边总是会围绕着他的爪牙,如果我们继续像以前那样发动攻击,不等我们找到他,就会被割成碎片。我们需要在敌人无法察觉的情况下接近他。"

"那我们该怎么做?"

"要看情况决定。如果情况允许,你能变得多疯?"

萨坎魁山谷变成了一个充满硝烟、杀戮和死亡的地方。

鲁拉克大步走在这片战场上,身边跟随着图拉斯克和贝奥德。他们和鲁拉克一样,也属于红盾众,所以他们是兄弟。虽然在这场战争以前,他们从没见过面,但暗影生物和叛徒的鲜血已经在他们之间结成了牢固的纽带。

闪电划过天空,落在他们身旁。鲁拉克的脚踩碎了被闪电熔化成玻璃的沙砾。他伏低身子,越过一座兽魔人的尸堆。图拉斯克和贝奥德紧随身边。风暴终于进入了山谷,暴虐的狂风攻击着山谷中的每一个角落,气流随时都会把他的面纱吹走。

现在他很难看清周围的环境。雾气已经被吹散了,但天空变得如同墨染。风暴扬起大片尘土和烟雾。许多人聚集成群,努力坚持着继续战斗。

光明阵营在这里已经没有真正的战线了。今天早些时候,魔达奥组成的军队在兽魔人的连续猛攻后再次发动攻击,终于打破了山口的防御。提尔人和真龙信众都撤退到山谷内部。现在,他们大多在山脚下作战。

幸运的是,攻进来的兽魔人并不具备压倒性的多数。它们在峡谷和山口的攻坚战中损失惨重。看起来,兽魔人和人类防御部队的人数大致相当。

在鲁拉克眼中,那些戴红面纱的无耻之辈才是更大的威胁,他们正像艾伊尔人一样,在山谷各处巡行。鲁拉克就是在这片被烟雾尘土遮蔽了视线的杀戮场中进行狩猎。他偶尔会跑过成群的兽魔人，不过大部分兽魔人都在隐妖的催赶下，正在攻击提尔人和阿拉多曼人的部队。

鲁拉克向他的兄弟们摆摆手，带着他们沿山谷的一侧在暴风中移动。光明在上，希望湿地人的防御部队和导引者们能够守住通向末日山脉的道路，保护正在与刺目者作战的卡亚肯。

兰德·亚瑟需要尽快完成他的战斗。鲁拉克怀疑他们已经无法在这座山谷中据守太久了。

他和他的兄弟们经过一群正在与戴红面纱的叛徒们进行枪矛之舞的艾伊尔人。虽然许多红面纱都能导引，不过这队人里却好像没有导引者。三名红盾众立刻掣出短矛，加入这场舞蹈之中。

这些红面纱相当骁勇。图拉斯克在这场战斗中从梦中醒转了，但他在倒下时也杀死了一名红面纱。最终，残存的红面纱逃掉了。鲁拉克用角弓又杀死了一个。贝奥德也同样射中了一个。在与真正的艾伊尔作战时，他们不会从背后射杀对手，但这些怪物要比暗影生物更加恶劣。

最初与那一队红面纱作战的艾伊尔还有三个人，他们点头向鲁拉克致谢，然后跟随鲁拉克向末日深渊跑去。鲁拉克要查看一下那里的防御状况。

感谢光明，人类的军队还坚守在那里。那些队伍中有许多人是刚加入到真龙旗下的真龙信众。实际上，他们大多只是一些普通人，顶多还有一些两仪师、艾伊尔人和几名殉道使。被他们紧握在手中的，往往只有多年不曾使用的剑，或者是用农具改造而成的长杆武器。

但他们仍然在拼命抵挡着兽魔人，就如同被逼到绝境的狼。鲁拉克摇了摇头。如果二十年前，毁树者能够如此英勇地战斗，也许雷芒就不会丢掉他的王位了。

一道闪电从空中落下，杀死了数名真龙信众。鲁拉克眨眨眼，除去强光在视野中造成的黑色余光，然后转动目光，在强风中仔细搜索。在那里。

他示意自己的兄弟们留在原地，然后俯身前行，一边从地面上抓起一把灰烬般的灰色尘土，抹在衣服和脸上。就在他这样做的时候，强风还在不断地将那些尘土从他的指缝间扯走。

他匍匐到地面上，用牙齿咬住一把匕首。他的猎物正站在一座小山丘的顶端，全神贯注地观察着眼前的战场。那是一个红面纱，而现在他已经放下面纱了，鲁拉克甚至能看到他嘴角上挂着的狞笑。这个怪物并没有将牙齿磨成尖锥。将牙齿磨尖的红面纱全都能够导引。但也有一些红面纱的导引者没有磨尖牙齿，鲁拉克不明白这样做代表什么。

这个人无疑是一名导引者，他正将火之力向枪矛般掷向附近正在战斗的提尔人。鲁拉克缓缓向前爬行，潜入到岩石地面的一处坑洼之中。

他不得不看着那个红面纱杀死一批又一批岩之守卫者，听着火焰烧灼空气的滋滋声。但他没有加快自己的速度，只是继续以慢到难以察觉的程度缓缓向前爬行。那名红面纱则仍旧将双手背在身后，继续编织至上力，向周围散播着死亡。

那名红面纱没有发现他。虽然这些人的战斗方式很像艾伊尔，但他们又和艾伊尔有着诸多不同。他们的步伐不像艾伊尔那样轻巧无声，而且也不像艾伊尔那样能够娴熟运用弓箭和短矛。比如鲁拉克面前的这个人……鲁拉克怀疑他根本就不会潜行，不懂得偷袭，更不知道该如何在荒野中猎杀一头鹿。当然，他们能导引，为什么还要费力气去掌握这些技能？

那个人没有注意到鲁拉克转过他脚边的一具兽魔人的尸体。鲁拉克猛地跃起身，割断了那个人的脚筋。红面纱惨叫一声，倒在地上，没等他再进行导引，鲁拉克的匕首已经划开他的喉咙。随后，鲁拉克又躲回两具尸体中间。

两头兽魔人跑过来查看情况。鲁拉克杀死了第一头兽魔人，又在第二头兽魔人转身时一刀捅倒了它。它们甚至没机会看见他。第二头兽魔人倒下时，鲁拉克又融入到了周围的环境之中。

再没有暗影生物过来查看了。鲁拉克开始向他的伙伴那里撤退过去。就在他站起身，弯下腰开始奔跑时，他看见一小群狼扑倒了两头兽魔人。那些狼转向他。它们全都直立着耳朵，牙缝里鲜血淋漓。不过它们没有理会鲁拉克，而是无声地冲进风暴里，去寻找新的猎物了。

狼群，它们随这场无雨的风暴而来，现在正与人类并肩对抗暗影。鲁拉克对于整体战局并不很了解。他能看到远处达林王的一些部队还能维持住阵型，十字弩手布置在真龙信众旁边。不久前，鲁拉克看到他们几乎已经用光了箭矢，负责物资运送的那种喷着蒸汽的奇怪车辆都已经被摧毁了。两仪师和殉道使还在导引至上力，抵抗暗影的攻击，但他们的力量显然已经比先前弱了许多。

现在艾伊尔人发挥出他们最大的能力：杀戮。只要那些军队能够守住兰德·亚瑟走上末日深渊的这条道路，也许艾伊尔人就能完成其余的任务。也许……

有什么东西击中了鲁拉克。鲁拉克猛吸了一口冷气，跪倒下去。他抬起头，看到一个异常美丽的女人从风暴中走出来，专注地审视着他。这个女人有一双美妙的眼睛，但这双眼睛却仿佛在彼此对抗。在看到她以前，鲁拉克从没意识到普通人的眼睛会呈现出多么完美的平衡与协调。而这双眼睛却让他想要呕吐。女人总是会有很多头发,但她的头发很稀薄,却更加动人。

她来到鲁拉克面前,看起来是如此令人惊艳,震慑心魄。她跪在地上,抬起鲁拉克的下巴,她的指尖就像云朵一样绵软。

“是的,你会的,”她说道,“来吧,我的宠物,加入他们之中吧。”

她朝身后跟随她的一群人指了一下,那是数名智者,两名两仪师,一名持枪矛者。鲁拉克发出一声低吼。这个持枪矛者也要和他争夺宠爱吗?如果是这样,他会杀了这个持枪矛者。他会……

鲁拉克的女主人发出一阵咯咯的笑声:“莫瑞笛以为这张脸会是一种惩罚。你不会在乎我有怎样一张脸,对不对,我的宠物?”她的声音变得更加轻柔,同时也变得更加严厉,“当我赢得一切的时候,再没有人会质疑我的容貌。莫瑞笛也会衷心赞扬我的美丽。他只能看到我想让他看到的。就像你一样,宠物,就像你一样。”

她拍了拍鲁拉克。鲁拉克和其他人一样,跟随在她身后,走过山谷,丢下了那些被他称为“兄弟”的人。

兰德向前迈出一步,光之丝线在他前方形成了一条道路。他的脚落在一块明亮、洁净的铺路石上。他从虚空中走进了一片辉煌。

这条大道足以让六辆马车并排驶过,但现在这条路上没有车辆,只有行人。生气勃勃的人们穿着各色服装,交谈着,呼喊着,语气中满是期待。空间中充满了声音,这是代表着生命的声音。

兰德转过身,看着出现在自己四周的建筑物,高度超乎寻常的房屋坐落在大路两旁,门前两侧排列着装饰性的圆柱。因为实在太高了,它们甚至给人一种细长的感觉。在它们后面,带有穹顶的恢宏建筑更是直插天际。兰德从没见过这样的城市,不过这些工艺精美的建筑物一定出自于巨森灵之手。

但建造它们的应该不只是巨森灵。不远处,工人们正在修复一片在风暴中遭到破坏的石墙。手指粗大的巨森灵与人类一同工作。巨森灵来到两河,为兰德的牺牲表示感谢。他们本打算在这里建造一座纪念碑,但城市的领袖们明智地要求他们帮助人类建造城市。

多年以后,巨森灵和两河人建立了亲密无间的合作关系。到今天,全世界都在欢迎两河工匠。兰德走在这条大路上,身边是来自各个国家的旅人。阿拉多曼人穿着色彩丰富、质地轻薄的衣服;提尔人穿着宽松的衣服和袖子上装饰条纹的衬衫——现在提尔平民和贵族之间的差距正在日渐消失;霄辰人穿着极具异域风情的丝绸衣服；边境国人依旧散发着高尚质朴的气质。这里甚至还能看到一些沙塔人。

世界各地的人都来到了伊蒙村。现在这座城市已经和“村庄”的概念没什么关系了，但仍然能看到一些往日的痕迹。这里有许多地方很像其他那些伟大的城市，比如凯姆林和提尔，却又比它们拥有更多的林木和开阔的绿地。在两河，工匠都会受到人们的尊敬。他们的技艺也是世界上最为精湛的。两河人组建了一支精英部队以保卫这座城市。他们装备着被称为“步枪”的新型发火武器。向两河人提供这种武器的是正在沙塔负责维持和平工作的艾伊尔人。现在那里是世界上已知唯一还有战争的地方。当然，这个世界并不平静。莫兰迪和提尔在五年前发生的争执，差点让这片大陆在最后战争结束后的一个世纪爆发第一场真正的战争。

兰德走过拥挤但并不混乱的人群，脸上带着微笑。他在倾听人们声音中的喜悦，并为此而感到骄傲。在莫兰迪发生的“事件”在第四纪元的人们眼中相当骇人听闻，但其实那真的算不上是什么大事。一名心怀不满的贵族向艾伊尔巡逻队开火。三个人受伤，没有人死亡。而这已经是许多年以来，除沙塔战争之外最严重的“暴力”事件了。

天空中，阳光透过一层薄云播撒下来，把兰德脚下的道路照得清晰明亮。兰德终于到达了城市广场。这曾经是伊蒙村的草原。有谁能想到，采石大道现在竟然宽阔得能让一支军队行进？他绕过中心广场的巨大喷泉，一座纪念最后战争中牺牲战士的纪念碑矗立在这里。它是由巨森灵筑就的。

他在喷泉中心的雕塑群像中看到了熟悉的面孔，不由得转过了身。

还不是最后，他想道，这还不是真的。他是用可能的丝线编织出的这个现实，它依然只是真实世界的一个镜像，一切还没有确定。

自从进入他自己设计的这个世界，兰德的信心第一次发生了动摇。他知道，这个世界还没有输掉最后战争，但人们正在死亡。他真的打算阻止一切死亡，一切痛苦吗？

这应该是我的战斗，他心想。他们不该死。难道这样的牺牲还不够吗？

对此，他已经问了一遍又一遍。

世界开始颤抖，他脚下平整的石板发出细微的嗡嗡声。建筑物不断晃动、摇摆。人们站在原地，都不再有任何动作。声音逐渐平息下去。在路边的一条小街上，兰德看见黑暗蓦然出现，最初只有针孔大小，但正在急剧扩张，将附近的一切都吞入其中。没过多久，它就变得有如街道旁的那些房舍一样大，并且还在缓慢地变大。

你的梦很弱小，吾敌。

兰德强化了自己的意志，抖动停止了。僵立在原地的人们重新开始行走，令人感到安慰的话语声再次响起。和风吹过街道，扬起了代表节日庆典的旗帜。

“我会让这一切成为最终的结果，”兰德对那团黑暗说，“这一切都是你的失败。快乐、成长、爱……”

这些人现在都是我的。我会带走他们。

“你是黑暗，”兰德高声说道，“黑暗无法阻挡光明。只有当光明失落，逃走的时候，黑暗才会存在。我不会迷失，更不会逃走。只要我挡在你面前，你就不可能得胜，撒丹。”

那就让我们看看。

兰德转过头，不再去看那团黑暗。他继续绕过喷泉，在方形广场的另一边，一道壮丽的白色台阶一直通向一座建造工艺精美绝伦的四层建筑。这座建筑的墙壁布满了浮雕，有着闪闪发光的黄铜顶盖，四面悬挂着许多旗帜。一百年，一百年的繁荣昌盛，一百年的和平安宁。

站在台阶顶端那位女士有着兰德所熟悉的面容，她肯定有一些沙戴亚血统，但那种黑色鬈发肯定是属于两河人的。爱多拉女士，佩林的孙女和伊蒙村的村长。兰德走上台阶。爱多拉女士正在为今天的庆典进行演讲。没有人注意到兰德。他不让人们注意到他。他就像是一个灰人，从正在宣布庆典开始的村长身边走过，走进了那幢建筑。

虽然外观恢宏华美，但这并不是政府所在。它远比政府更加重要。

这是一座学校。

在兰德右手边，高大的走廊墙壁上悬挂着堪与任何一座宫殿相媲美的绘画和装饰。那些大幅画面所描绘的是伟大的导师和历史中的走唱人，从安莱到汤姆·梅里林。兰德走在这条走廊中，向一个个房间中望进去。任何人都可以来到这里，获取知识，无论是最贫穷的农夫，还是村长的孩子。这座建筑足以容纳所有想要学习的人。

你的天堂是有瑕疵的，吾敌。

黑暗悬浮在兰德右侧的一面镜子里，那面镜子反映的不是这条走廊，而是他的存在。

你以为你能扫除苦难？即使你赢了，苦难仍将存在。在那些完美的街道上，人们还是会在夜晚彼此杀戮。无论你的奴仆们多么努力，仍然将有孩子挨饿。富人剥削穷人，陷于堕落。只不过他们现在做得更隐蔽了。

“世界会变得更好，”兰德悄声说道，“这样就够了。”

这远远不够，永远都不会够。你的梦有瑕疵。你的梦是个谎言。在你所知道的这个世界里，我才是唯一诚实的。

暗帝对他发动了攻击。

攻势如同风暴一般袭来，恐怖的烈风要将兰德的皮肉从他的骨骼上剥离。兰德迎风屹立，目视空无，将双臂背在身后。攻击撕裂了他构建的世界——美丽的城市、欢笑的人群，一切关于学习与和平的丰硕。暗帝将这些一口吞下。又一次，这些还原成为一种可能。

希维纳握持着至上力，感觉到它流入体内，点亮了世界。在她握住阴极力的时候，她总是觉得自己能看到一切。这是一种极为美妙的感觉。不过她知道，这只是一种感觉，并非真实。阴极力只是一种力量，而这种力量的诱惑让许多女人做出了鲁莽的事情。蓝宗里面就存在许多这样的人。

希维纳在马背上编织出火焰，用它扫平周围的沙塔士兵。她对自己的骟马刺针进行过严格的训练，这匹马绝不会因为导引而大惊小怪。

“弓箭手后撤！”库班在她身后喊道，“重步兵连队前进！快，快！”手持武器的士兵迈着整齐的步伐从希维纳身边经过，去攻击山坡上陷入混乱的沙塔人。这些士兵装备着斧头和钉头锤。长矛应该更适合眼前的战斗，但他们没有足够的长矛装备这些步兵。

希维纳又编织出一团火焰，将它投入敌人的队列。然后，她将注意力转移到山坡高处的沙塔弓箭手身上。

艾雯的部队绕过沼泽后，就分成了两支攻击部队。两仪师和白塔步兵在一起，从西侧攻击高地上的沙塔人。现在，野火已经熄灭，大部分兽魔人都离开了高地，开始对高地下方的战场展开进攻。

艾雯军队的另外一半以骑兵为主，他们进入沼泽旁边的那条直通浅滩的走廊地带。当兽魔人从山坡上冲下来，进攻守卫浅滩的伊兰军时，白塔骑兵将从兽魔人的背后攻击它们。

白塔军第一部队的主要任务是攻上高地西侧的斜坡。希维纳开始用精细的编织制造出一系列闪电，用它们来轰击从高地上向下突击的沙塔人。

“一旦步兵攻上山坡，”库班在艾雯身边说道，“我们就需要两仪师……吾母？”库班的声音突然提高了。

希维纳心中一惊，急忙在马背上转回身，望向艾雯。玉座没有导引。她的面色变得无比苍白，全身战栗不止。她受到至上力的攻击了？但希维纳完全看不出来。

山坡顶端出现了另一群人，沙塔步兵立刻为他们让出了位置。那些人开始导引，闪电落在白塔军的头顶上，周围的空气随着猛烈的爆炸而颤抖，一道道白光在人们的视野中留下无数黑色的灼痕。

“吾母！”希维纳用膝盖一顶刺针，来到艾雯身边。狄芒德一定是在攻击她。希维纳伸手按在艾雯掌中的超法器上，用这股额外的力量编织出神行术通道，跟随在艾雯身后的那名霄辰女人牵住玉座的马缰，拉着那匹马经过通道，到达了安全的地方。希维纳在走进通道时还不忘回头喊道：“挡住那些沙塔人！狠狠打击那些会导引的男人。让狄芒德知道，攻击玉座会有什么样的后果！”

“不。”艾雯虚弱地在马鞍上晃了晃身子。她们的坐骑这时走进了一座大帐篷。希维纳很想将艾雯送到更远离战场的地方，但她对那片高地以及周围地区还不够了解，无法编织出更远程的神行术。“不，不是那样……”

“到底出了什么事？”希维纳在艾雯身边勒住缰绳，关闭了通道，“吾母？”

“是盖温，”艾雯的脸上依旧没有一点血色，全身还在微微颤抖，“他受了伤，很重的伤。他快死了，希维纳。”

哦，光明啊，希维纳心想，该死的护法！她从看到那个蠢男孩开始，就在担心会有这种事情发生。

“他在哪里？”希维纳问。

“在高地上。我要去找他，我会用神行术直接找到他……”

“光明啊，吾母，”希维纳说，“您知不知道这有多么危险？请您留在这里。我会去找他。”

“你感觉不到他。”

“把他的约缚转移给我。”

艾雯僵在原地。

“您很清楚，这是最正确的选择。”希维纳说，“如果他死了，您也将因此而垮掉。把他的约缚给我，万一他死了，这样就能保护您。”

艾雯猛吸了一口冷气。希维纳怎敢说这种话？但，她是红宗。红宗从来不在意护法。希维纳根本不知道自己在说什么。

“不，”艾雯说，“不，这种事我想也不会想。而且，如果他死了，我所做的也不过是把痛苦转嫁给了你。”

“我不是玉座。”

“不，即使他死了，我也能活下来，并继续战斗。你说得没错，用神行术突然出现在他身边是一种愚蠢的选择。我也不会让你这样做。他正在高地上。我们会依照军令攻打上去，并以这种方式找到他。这是最好的选择。”

希维纳犹豫了一下，才点点头。现在只能这样了。他们一同回到了高地西侧。但希维纳无法平息心中焦灼的火焰。愚蠢的男人！如果他死了，艾雯将很难继续战斗下去。

要阻止玉座，暗影并不需要杀死她，而只需要杀掉一个白痴男孩。

“那些沙塔人在干什么？”伊兰轻声问道。

柏姬泰稳住坐骑，从伊兰手中接过望远镜，朝干涸河床对面的高地山坡上望过去。在那里，数量众多的沙塔部队正在聚集。她哼了一声：“他们也许正等着兽魔人耗尽我们的箭。”

“你真是这么想的吗？”伊兰一边说，一边拿回望远镜。她正握持着至上力，但并没有进行编织。她的军队已经在莫拉河边上战斗了两个小时。兽魔人从河床的上游和下游方向同时冲杀过来，但伊兰的部队没有让它们踏上夏纳国土一步。沼泽阻止了敌人绕到伊兰的左翼。她的右翼则更容易受到攻击，需要严加守卫。如果全部兽魔人都向河边推进，伊兰的状况就会变得极为险恶，但艾雯的骑兵正在从背后打击它们，这为伊兰减轻了很大的压力。

士兵们正在用长矛抵挡冲过来的兽魔人，河道中仅存的一股细流已经完全变成了深红色。伊兰一动不动地坐在马鞍里，观察着战场，也让自己的士兵看到自己。安多最优秀的子民们正在流血、牺牲，竭尽全力抵抗兽魔人。沙塔军队似乎随时会从高地上冲下来，但伊兰不相信他们很快就会发动攻击。正在高地西侧发动进攻的白塔军会让他们不敢轻举妄动。麦特从背后攻打高地的手段实在是太天才了。

“我已经不知道自己都想过些什么了，”柏姬泰也压低声音说道，“完全不知道。真的是不知道了。”

伊兰皱了皱眉。她本以为她们刚才的对话已经结束了。柏姬泰在说些什么？“你的记忆怎么了？”

“现在我还能记得的第一件事就是醒来时看见了你和奈妮薇，”柏姬泰的声音依旧很轻，“我能记得我们在梦的世界里的谈话。但我已经记不起那个地方了。我的记忆不断从我的脑海里流走，就像水流出我的指缝。”

“哦，柏姬泰……”

伊兰的护法耸耸肩：“我又不可能思念我不记得的东西。”她声音中的痛苦却和她的用辞很不协调。

“你还记得加达吗?”

柏姬泰摇摇头。“不记得了。我觉得我应该知道这个名字,但我并不知道,”然后,她咯咯一笑,“就像我说的那样,我不知道我失去了什么,所以,这没什么。”

“你在撒谎吗?”

“该死的,我当然是在撒谎。我觉得自己心里就像是有个洞,伊兰。一个深深的、无法弥补的洞。我的生命和回忆都在从那个洞中流走。”她将目光转向了一旁。

“柏姬泰……我很抱歉。”

柏姬泰将坐骑转向一旁。很显然,她不想继续讨论这件事了。她的痛苦已经像针一样刺痛了伊兰的心。

失去这么多,到底是什么感觉?柏姬泰在这一世没有孩子和父母。她的一生、她的全部回忆几乎只有不到一年的时间。伊兰想要跟上她,但她的卫兵们这时向旁边退开,让身披铠甲,外穿战袍和圣光之子最高领袖指挥官斗篷的加拉德走进来。

伊兰抿紧了嘴唇:“加拉德。”

“妹妹,”加拉德说,“我相信无论谁对你说,以你现在的身体状况是多么不适合出现在战场上,也不会有任何效果。”

“如果我们输了这场战争,加拉德,我的孩子生下来就会成为暗帝的俘虏。当然,那时他们也许根本不可能来到这个世界上。我相信,我值得冒这个险。”

“我只希望你不会亲手拿起剑来。”加拉德将手掌遮在眉毛上,眺望整片战场。伊兰明白,加拉德是在暗示他已经允许她亲自率领部队了。

一道道闪电从高地上落下,击中伊兰部队后方最后一批还在喷火的龙。这力量太强大了!现在狄芒德的力量甚至能够让兰德也相形见绌。如果他用这种力量来攻击我的部队……

“为什么考索恩要让我到这里来?”加拉德低声问,“他还要我带上十二个最优秀的战士……”

“你不是在让我猜麦特·考索恩的心思吧?”伊兰问,“我相信,麦特需要的只是我们放手让他指挥一切。”

加拉德摇了摇头。伊兰能看到他的一小队人马就聚集在他身后,他们手中的骑枪都指向正在艾拉非一侧河岸上朝上游缓慢移动的兽魔人。伊兰意识到,自己的右翼正处于危险状态。

“派六个连的十字弩手到右翼去，”伊兰对柏姬泰说，“让葛本去支持我们上游的部队。”

光明啊，她的情况愈来愈糟了。白塔军正在高地西侧山坡上，那里的导引能量也最为凶猛。伊兰看不见那里的状况，但能够感觉得到。

浓烟在高地顶上腾起，又被闪电的爆炸所照亮。仿佛有一头饥饿狂暴的猛兽正在那一团黑烟中挣扎，当它睁开眼睛的时候，灼目的强光也随之亮起。

在无处不在的硝烟中，在人类痛苦的哭号中，在天空落下的雷霆和随之颤抖的大地之间，在这个冰冷的、万物不再生长的世界里，当刀剑断碎，长矛和盾牌相互咬啮的刺耳噪音充满伊兰的耳鼓时，伊兰突然明白了。末日，它终于到了。而她正站在毁灭的断崖边缘。

一名传令兵催马跑了过来，他向伊兰的卫兵说出了正确的口令，然后下了马，来到伊兰和加拉德面前，将一只信封交给加拉德：“这是考索恩大人给您的，长官。他说您会在这里。”

加拉德接过信封，皱着眉头将它打开，从里面抽出一张信纸。

伊兰耐心地等待着。她耐心地数到了三，然后就催马凑到加拉德身边，伸长了脖子，看起信的内容来。加拉德当然有义务照顾一位孕妇的情绪。

这封信是麦特亲笔写的。伊兰颇觉有趣地发现，这封信的笔迹要比麦特几个星期前给她的那封信整洁得多，用辞更是规整了不少。很显然，战争的压力让麦特变成了一名更优秀的官员。

加拉德：

现在没有多少时间说场面话了。你是我唯一信任能接受这个任务的人，因为你只做该做的事，根本不管其他人该死的怎么看你。边境国人也许对这种事没有胃口，但我打赌，一个白袍众会答应我。拿上这个。让伊兰给你打开一个通道。做你必须要做的事。

麦特

加拉德紧皱眉头，将信封倒扣过来，从里面倒出一些银光闪闪的东西：一枚挂在细链子上的徽章，还有一枚塔瓦隆银币。

伊兰吁了一口气，伸手按在那枚徽章上，开始导引。她没办法导引。这是她制作的狐狸头徽章的复制品，是她交给麦特的那些复制品之一。麦拉尔偷走了一枚这样的复制品。“佩戴它的人能够抵抗导引，”伊兰说，“但为什么麦特要把这个交给你？”

加拉德将信纸翻过来，信纸的背面还有一段潦草的字迹。

另，也许你还不知道什么是你“必须做的”。我要让你做的是该死的去杀人，杀掉那些沙塔导引者，愈多愈好。我用一个分量十足的塔瓦隆银马克和你打赌（它只是在边缘有一点磨损），你能杀掉的不超过二十人。

麦特

“该死的，这样做太阴险了，”伊兰又长吁了一口气，“该死的，太阴险了。”

“这不是一位君主应有的措辞。”加拉德将那封信叠好，放进斗篷的口袋里。然后，他犹豫了一下，才将徽章戴在脖子上：“我很好奇，他是否知道将一件能够阻挡两仪师的宝物交给一位圣光之子意味着什么。这是个不错的命令，我会去执行它。”

“那么，你真能下手杀女人？”伊兰问。

“也许我曾会为此感到犹豫，”加拉德说，“但那种犹豫是错误的。女人可以像男人一样邪恶。为什么我会对邪恶之人有这种犹豫？光明的审判并不取决于性别，而是一个人的内心。”

“很有趣。”

“什么有趣？”加拉德问。

“你竟然说了些不会让我想要掐死你的话。也许你还有希望，加拉德·达欧崔。”

加拉德皱了皱眉：“现在不是说笑话的时候，伊兰。你应该去看看加雷斯·布伦，他显得非常不安。”

伊兰转过身，惊讶地发现那位年迈的将军正在和她的卫士们交谈。“元帅？”她向布伦喊道。

布伦抬起头，然后庄重地在马背上鞠了个躬。

“我的卫兵挡住你了吗？”伊兰向走过来的布伦问道。布伦受到心灵压制的消息已经被泄露出去了吗？

“不，陛下。”布伦的坐骑身上全是汗沫。他刚刚一定是在全速疾驰。“我本来不想打扰您。”

“有什么事情在困扰着你，”伊兰说，“尽管说出来好了。”

“您的哥哥，他来了吗？”

“盖温？”伊兰看了加拉德一眼，“我没看见他。”

“我也没有。”加拉德说。

“玉座相信，他是在您的队伍里……”布伦摇了摇头，“他来前线参加战斗了。也许他进行了伪装。”

为什么他……他是盖温。他肯定想要战斗。但伪装身份来到前线不是他的作风。他也许会聚集起一些忠于他的人，发动几次冲锋，但他不会偷偷摸摸地做事，这样的盖温太出乎想象了。

“我会命令士兵们注意寻找他……”伊兰说道。加拉德在她说话时向她鞠了个躬，然后就去完成自己的任务了。“也许我的指挥官们见过他。”

啊……麦特的脸几乎贴到地图上。他向身边挥挥手，示意罪奴蜜卡打开神行术通道。麦特原先总是会去戴沙丘顶查看战场的整体状况，但上一次，敌人的导引者盯住了他，将那座山丘顶端轰掉了一部分。而且戴沙丘的高度依然不足以让他看到包罗夫高地西侧的情况，所以他现在只能双手按在桌边，从桌面上的这个通道俯瞰下方的战场。

伊兰军在河边的防线正一步步被逼退。他们将弓箭手派到了右翼，这样做就对了，该死的……那些兽魔人的冲锋几乎能够比得上重骑兵。应该给伊兰送个信去，让她将骑兵阵列布置在长矛手后面。

就像彭纳陷落时，我和萨那·亚什拉夫之间的那场战斗一样。麦特想道，重骑兵、骑弓手、重骑兵、骑弓手，一波接一波。*Taer'ain dhai hochin dieb sene*.

狄芒德很善于赌博，麦特能从暗影军队的移动中充分体会到这一点。他的对手是现存在世最优秀的赌徒，而他这一次的赌注却很不丰裕。他们在用骰子决定无数人的生命，这场赌局最终的赢家将得到整个世界。该死的，但这却让他感到兴奋。伴随着这种兴奋的是愧疚与自责，但他还是难以自已地感到兴奋。

“岚已经就位了。”麦特站起身，目光回到地图上。他在地图上做了一些标记。“告诉他，发动攻击。”

兽魔人的军队跨过废墟附近的河床。必须将这支部队打垮。当谭姆率领的联合部队继续从前方抵挡这支兽魔人时，麦特就命令边境国人绕过高地，攻击它们的背后。从河水截流之前到现在，谭姆已经消灭了相当数量的兽魔人。这支兽魔人正逐步濒临崩溃。一次漂亮的前后夹击将实现这个目标。

谭姆的部队一定很疲惫了，他们还能坚守足够长的时间，让岚能及时赶到，向兽魔人发动猛攻吗？光明啊，麦特希望他们能再坚持一会儿。如果他们做不到……

一个人影遮住指挥所的门口。那是一个身材高大的男人，留着一头卷曲的黑发，穿着殉道使的外衣。他的表情就好像是刚刚丢掉了一只手。光明啊，就算是兽魔人被这样的目光注视，也一定会打个哆嗦的。

明一直在和图昂说话，这时却突然闭住了嘴。洛根似乎格外多瞪了她一眼。麦特站直身子，摔了摔双手："希望你没有对卫兵做什么太可怕的事，洛根。"

"风之力的编织再过一两分钟就会从他们身上解开了，"洛根的声音和他的面容一样严厉，"我想，他们肯定是不会让我进来的。"

麦特瞥了图昂一眼，现在他的妻子就像一件刚刚上过浆的围裙一样僵硬。霄辰人不信任能够导引的女人，更别说像洛根这样的男人了。

"洛根，"麦特说，"我需要你和白塔军一同作战。沙塔人对白塔军造成了很大压力。"

洛根的眼睛却只是盯着图昂。

"洛根！"麦特说，"别忘了，我们正在进行一场该死的战争。"

"这不是我的战争。"

"这是我们的战争，"麦特喝道，"我们所有人的。"

"我一直在战斗，"洛根说，"而我的奖赏又是什么？问问红宗，她们会告诉你，对男人给予奖赏只会破坏因缘。"他哈哈一笑："是因缘要求真龙出现，所以我才应因缘的需求而来！只是我来得太快了，虽然只快了一点点。"

"听着，"麦特走到洛根面前，"你愤怒，只是因为你没能成为真龙吗？"

"我在意的不是这种小事，"洛根说，"我追随的是真龙大人，而我现在却让他一个人去送死。我根本不想待在这里。我和我的部下应该在真龙大人身边，而不是在这里战斗。这场战争只能决定一些人卑微的生命，根本无法和正在煞妖谷发生的战斗相比。"

"但你很清楚，我们需要你在这里，"麦特说，"否则你早就走掉了。"

洛根什么都没说。

"去找艾雯，"麦特继续说道，"带上你能找到的所有人，不要给那些沙塔导引者任何空闲。"

“狄芒德呢?”洛根低声问道,“他叫嚣着要和真龙一战。他的力量足以压倒十几个男人,我们都无法和他正面对抗。”

“但你很想试一试,对不对?”麦特回应道,“这才是你留在这里的真正原因。你想要我派你去干掉狄芒德。”

洛根犹豫了一下,点点头:“他找不到转生真龙,能和他作战的只有我。如果你愿意,可以将我看成真龙的……替身。”

该死的……他们全都疯了。不幸的是,麦特的确没有别的手段去对付一名弃光魔使,现在他的作战计划完全以牵制狄芒德为中心。他必须不断采取新的攻势,迫使那名弃光魔使做出反应。如果狄芒德把精力投入到指挥军队上,他就无暇操纵至上力摧毁麦特的士兵了。

但他必须想办法干掉这个弃光魔使,他也正在努力要解决这个问题。为了不至于输掉这场该死的战争,他在努力解决每一个问题,但至今都没有收到任何实际的成效。

麦特透过通道回头瞥了一眼。伊兰被压制得太狠了,他必须再对那里采取些措施。派霄辰人过去?他已经将霄辰人布置在战场南端的艾瑞尼河岸边。他们是他对付狄芒德的王牌。只有当狄芒德将全部军队都投入高地下方的战场上时,麦特才会动用他们。而且,麦特还有另外的计划需要这支军队去执行。非常重要的计划。

在麦特看来,洛根对于狄芒德并没有多少胜算。但麦特现在拿不出别的办法。如果洛根想试一试,那么就由他去吧。

“你可以和他作战,”麦特说,“可以现在就去,也可以等到他稍微衰弱一点的时候。光明啊,真希望我们有办法能削弱他的力量。不管怎样,我把决定权交给你,选择你认为最合适的时机发动进攻吧。”

洛根微微一笑,立刻在指挥所中打开一个神行术通道,然后手按佩剑走了进去。可以肯定的是,他的高傲风格倒很适合成为转生真龙。麦特摇了摇头。这么多颗从不屈服的脑袋,他都该怎么对付?当然,麦特也不记得自己向谁低过头,不过他当然又和他们不一样。现在他最关心的是如何说服图昂丢掉那个皇位,和他一起私奔。这可不是一件容易的事情……该死的,他正在指挥最后战争。和眼前的这些难题相比,他的老婆总应该更容易对付一些吧!

“无数人的荣耀……”明悄声说道,“就要到来了。”

“谁去看一眼那些卫兵。”麦特一边说,一边将注意力移回地图上,“图昂,你也许应该移动一下位置,这个地方根本就不安全。洛根也证明了这一点。”

“我可以保护自己。”图昂高傲地说。

不过她的语气似乎有些高傲得过分了。麦特向她动了动眉毛，她向麦特点点头。

是真的吗？麦特心想，这就是你找到的借口？他不知道那个间谍是否会相信图昂的说法，毕竟这个理由太勉强了。

他为图昂制定的计划借鉴了兰德和佩林曾经使用过的办法。如果麦特和霄辰之间出现了裂痕，图昂因此而撤回自己的军队，也许暗影就会忽略她的力量。麦特需要这样一种优势。

两名卫兵走了进来。不，是三个人。第三个人很容易就会被忽略掉。麦特向图昂摇摇头，他们必须找一个更像样的理由来吵架。然后，他继续去看地图。

但那身材瘦小的第三个卫兵总让他感到有些异样。看起来更像一个仆人，怎么看都不像士兵啊。麦特想道。他强迫自己抬起头，他知道，自己不该因为一个普通的仆人就这么心烦意乱……那家伙正站在麦特的桌边。他身上的确没什么值得注意的地方，即使他抽出了一把匕首。

一把匕首。

麦特踉跄着向后退去。灰人发动了攻击。麦特叫嚷着，去拿带在身上的匕首。就在这时，蜜卡尖叫道："有人导引！就在这里！"

明扑倒在芙图娜身上。指挥所的墙壁已经燃起火焰，沙塔士兵从被烧毁的断壁之间冲进来。他们的身上披挂着用一段段金属片连缀而成、描绘金漆的怪异盔甲。和他们在一起的还有脸上布满刺青的导引者：女性导引者身穿板直的黑色长裙，男性导引者赤裸着上身，穿着宽松的长裤。这就是明在撞翻芙图娜的皇座前看到的一切。

火焰从明的身子上方喷过，点燃了她华丽的丝绸衣裙，又吞没了她们身后的墙壁。芙图娜从明的怀里窜出来，趴伏在地上。明不由得惊讶地眨了眨眼。芙图娜已经甩掉身上厚重的服饰，那套衣服的设计让它很容易被扯掉。现在她只穿着一套黑色的紧身丝绸长裤和衬衫。

图昂的手中出现了一把匕首，她的喉咙里发出一阵几乎如同野兽般的低沉咆哮。不远处，麦特向后跌倒在地上，一个挥舞着匕首的人扑在他身上。这家伙是从哪里冒出来的？明根本不记得指挥所中曾经走进这样一个人。

图昂向麦特跑过去。沙塔导引者们正在让整座指挥所陷入火海。明在这套笨重的衣服中挣扎着，努力站了起来，抽出一把匕首，蜷起身子，背靠在皇座上。她脚下的地面在不住颤抖。

她没办法追上芙图娜，所以她转而撞穿指挥所背后的墙壁，冲了出去。那堵墙是用一种像纸一样，被称作“藤米”的霄辰建筑材料做成的。

明在浓烟中咳嗽着，但她毕竟已经逃出来了。指挥所外面的空气要干净得多，这里也没有沙塔人，他们全是从指挥所的另一边攻进来的。明沿着崖壁朝沙塔人出现的方向疾奔而去。导引者非常危险，但如果她的匕首刺进那些人的心脏，任何至上力也都将毫无用处。

她来到一处拐角，先探出头，向拐角的另一边望了一眼，却惊讶地发现那里正蜷缩着一个男人。那个男人的眼里闪动着凶野的光芒，血红色的纹身如同爪子一样捧住了他浅色皮肤，一张脸棱角分明。

那个人发出一声咆哮。明立刻扑倒在地，躲过一道火焰，并掷出了匕首。

匕首被那个人凭空抓住。他俯身向前，对明露出充满兽性的微笑。

突然间，他抽搐了一下，倒在地上，仿佛是在进行垂死的挣扎。一股鲜血从他的嘴角滴落下来。

“这种手段，”一个女人的声音在明耳边响起，那声音中无疑充满了厌恶，“本来是我不该知道的。用至上力停止一个人的心跳实在是一种最为安静的杀人方法，而且需要的力量少得令人惊讶，所以现在的我才能使用这种手段。”

“史汪！”明说道，“你不该出现在这里。”

“我出现在这里是你的运气。”史汪哼了一声，俯下身查看那具尸体，“呸，这种事情很恶心，但如果要吃鱼，难免要亲手拉出鱼肠子。怎么了，孩子？你现在安全了，没必要再这样脸色苍白了。”

“你不该出现在这里！”明说道，“我告诉过你，要留在加雷斯・布伦身边！”

“我一直待在他身边，几乎就像他的内裤一样贴在他身上。我应该告诉你，我们已经各自救过对方的命了。所以，我猜你看到的幻象已经实现了。你见到过的东西出过错吗？”

“不，我早就告诉过你，”明悄声说道，“你们绝不能分开。史汪……我看到布伦身上出现的幻象，它意味着你们必须一直在一起，否则你们两人都会死。现在这幻象也出现在你身上。无论你怎样认为，这个幻象还没结束。它还在。”

史汪的身子僵了一下：“考索恩有危险。”

“但……”

“我不在乎，女孩！”不远处，地面又开始因至上力的爆发而颤动。罪奴正在发动反击。“如果考索恩死了，这场战争就完了！我不在乎我们两人是不是会死在这里。我们必须做些事情，快起来！”

明点点头，跑到史汪身边。她们一同绕过已经岌岌可危的指挥所，在崖壁的裂隙外面，爆炸、烟尘和火焰交织在一起。视死卫士冲向沙塔人，完全不在意自己的战友就在身边被炸成碎块。至少他们迫使沙塔导引者暂时无暇顾及别人。

指挥所散发出来的高热让明不得不躲向一旁，并用一只手遮住了脸。

“坚持住。”史汪用至上力从附近的水桶中吸出一小股水流，将她们两个全身浇湿。“我会尽量压制火焰，”她一边说，一边让那股水流朝指挥所喷去，“好了，我们走。”

明点点头，冲进大火，史汪紧随在她身后。指挥所中的藤米墙壁已经全部燃烧了起来，火势极为凶猛，不断有着火的东西从她们头顶上方掉落。

“在那里。”明一边说，一边眨着眼睛，甩掉被烟火熏烤出来的泪水。她用手指着正在指挥所正中心搏斗的人影。那些人影旁边就是被点燃的麦特的地图桌。看起来，似乎是有三四个人正在与麦特作战。光明啊，他们全都是灰人！图昂已经倒在了地上。

明跑过一名罪奴主和数名卫兵的尸体。史汪使用至上力将一个灰人从麦特身边拉开。卫兵们的尸体在火光的映照中向地面投下了一片片跃动的影子。还有一名罪奴活着，蜷缩在角落里，满脸恐惧。她的罪铐落在地面上，她的罪奴主一动不动地躺在一段距离之外。罪铐的手镯已经从那名罪奴主的手腕上脱开了。看样子，她是在试图重新戴上手镯的时候被杀死的。

“起来战斗！”明抓住那个女孩的手臂，朝她喊道。

那名罪奴只是哭泣着，不停地摇着头。

“该死的……”明说道。

指挥所的天花板发出一阵呻吟。明跑向麦特。一名灰人死了，但还有两个穿着霄辰卫兵制服的灰人。明很难看清这些人，他们有一种绝不属于人类的、全方位的平庸感，让人完全无法注意到他们的形貌。

麦特怒吼一声，挥动匕首刺向一名敌人。他没有使用他的黑矛。明不知道那杆矛到哪里去了。麦特不顾一切地向前冲去，肋侧被割开一道伤口。他为什么要这么做？

是因为图昂。明一下子停住了脚步。一名灰人已经跪倒在一动不动的图昂身边，举起了匕首……

明掷出手中的匕首。

麦特倒在离图昂只有几尺的地方。最后一名灰人抱住了他的双腿。明的匕首映射着火光，刺在要杀害图昂的那个灰人的胸口上。

明呼出一口气，她一生中从未如此快意地看着一把匕首射中目标。麦特骂了一声，转过身，一脚踹在身后灰人的脸上。随后那个灰人的脸又被他的一把匕首刺穿。当那个灰人倒下时，麦特已经飞快地爬到图昂身边，把她抱了起来。

明跑到麦特面前："史汪也在这里。她……"

麦特伸手一指。史汪已经躺倒在地。她的眼睛失去了神采，一切幻象都从她身上消失了。

死亡。明僵立在原地，心脏仿佛被一只手紧紧抓住。史汪！她向那个女人跑去，无法相信她已经死了。而她的衣服立刻就被一阵爆炸点燃了。那阵爆炸同时吞没了史汪和差不多半堵墙壁。

"快出去！"麦特咳嗽着，抱着图昂，用肩头撞向一堵还没完全烧起来的墙壁，冲出了指挥所。

明呻吟一声，丢下史汪的尸体，眨掉因为哀痛和浓烟而冒出的泪水，猛烈地咳嗽着，跟着麦特跑到指挥所外。外面的空气真是甜美又清凉。在他们身后，指挥所发出一声响亮的哀号，完全坍塌了。

片刻之间，明和麦特已经被视死卫士团团包围。图昂还有呼吸，只是出气很浅。没有一个人试图将图昂从麦特的怀里抱走。看到麦特的眼睛，明怀疑这个世界上任何人都不可能抱走图昂。

永别了，史汪，明再一次回头望去。这时，霄辰卫士们正护送她离开戴沙丘下的战场。愿创世主庇护你的灵魂。

她必须尽快通知其他人，要妥善保护布伦。但她非常清楚，无论怎样的保护对布伦而言都将是徒劳的。在史汪死亡的那一刻，布伦就已经陷入复仇的疯狂之中。而她所见到的幻象已经表明了布伦的命运。

她从没看错过。有时候，明痛恨这种不可更改的命运。但她的确从没错过。

"打击他们的编织，"艾雯喊道，"我要进攻了！"

她没有等待确认自己的命令是否得到了执行，就已经开始从沃拉超法器中汲取尽可能多的能量，向死守在山坡上的沙塔人释放出三股不同的火焰。

在她身边，经过布伦严格训练的军队正与杀下来的沙塔士兵进行殊死搏斗，竭尽全力维持着战线，并不断向高地西侧的山坡上方逼过去。这片山坡上已经布满了成百上千的沟壑深坑。它们全都是至上力能流炸出来的。

艾雯拼尽全力。她能感觉到盖温就在上面，盖温已经失去意识，他的生命只剩下最后一点火花，微弱得甚至让艾雯无法感应到他所在的方位。现在艾雯唯一的希望就是冲破沙塔人的防御，找到他。

她让一名沙塔女人化为灰烬，地面因为她的能流而不住震颤。赛尔琳、多欣和其他姐妹都在专心阻挡敌人的攻击能流。艾雯则单独负责攻杀敌人。她向前迈出一步，又一步。

我来了，盖温，她的进攻变得愈来愈狂猛，我来了。

“我们前来报告，救世主。”

狄芒德暂时没理会那名传令兵。他正俯在一只翱翔的猎鹰身上，通过那只鸟的眼睛查看整片战场。乌鸦的效果比猎鹰更好，但每次当他使用乌鸦时，都会被边境国人或者别的什么人射落下来。上一个纪元并没有多少习俗流传下来，为什么人类偏偏没有忘记这件事？

没关系，猎鹰也可以，哪怕这只鸟还在抵抗他的控制。狄芒德还是能让它飞遍整片战场，查看部队的阵型、位置和移动方向。他不相信其他人的报告。

这是他所独有的优势。路斯·瑟林不能以这种方式使用鸟兽，只有掌握真力的人才能拥有这样的能力。狄芒德只能导引极其微弱的一点真力，根本不足以形成具有破坏力的编织。但他可以用别的方法发挥真力的效用。不幸的是，路斯·瑟林也有他无法比拟的优势。利用神行术通道俯瞰战场？这是传说纪元的人们完全没想到的事情，是这个时代人类的发明。这点总是让狄芒德感到特别不舒服。

狄芒德张开眼睛，打断了他和猎鹰的连结。他的部队正在取得优势，但他在这场战争中获得的每一次胜利都伴随着惨重的代价。现在他已经损失了数十万兽魔人，他必须更加小心了。兽魔人的数量不是无穷无尽的。

现在他正位于高地的东侧，从这里可以俯瞰下方的莫拉河。路斯·瑟林的刺客想要杀死他的地方在这里的西南边。

在这里，狄芒德几乎正对着魔格丁所说的那座被称作“戴沙丘”的山丘，那是一座高大的岩石山丘，它的山麓很适合作为指挥部所在地。那道深深的岩缝能够挡住任何至上力的攻击。

狄芒德很想亲自去毁掉那个指挥所，只需要打开一个通道，他就能让那里化为齑粉。但这会不会是路斯·瑟林的诱饵？他是狄芒德唯一的敌人。不管怎样，敌人的那个壁垒很可能是一个陷阱。如果进入那里，他的周围会是密不透风的岩壁……最好把路斯·瑟林引到他这里来。现在的这片战场是属于狄芒德的，最终决斗的地点将由他来决定。

高地下的河床中只剩下一股泥泞的溪流。狄芒德的兽魔人正努力攻占南岸。现在人类的防御部队还能守住防线，但他很快就会打垮他们。在远处的上游，米海峨成功地引开河水，不过他送来的报告表明，人类在那里也在进行着非同寻常的抵抗。组成那支防御部队的只是些普通人和一小队士兵？狄芒德到现在都还没想清楚这件怪异的事情。

他几乎希望米海峨会尝尝失败的苦头，但那家伙是狄芒德本人招募的，他只是没想到米海峨会如此迅速地晋升成为使徒。

狄芒德的视线转向身边。三个女人向他低垂下头，她们都穿着装饰白色缎带的黑长裙。在她们旁边，是珅德拉。

珅德拉。狄芒德本以为自己早已不会再关注任何一个女人。而且，现在他的心中充满对路斯·瑟林憎恨的烈火，怎么可能还会有爱意萌发？但珅德拉……这个狡诈、精明、强悍的女人，她几乎改变了他的心。

"有什么事？"他问那三个目视地面的黑衣女人。

"狩猎失败了。"高布莱特的头垂得更低了。

"他逃走了？"

"是的，救世主。我让您失望了。"狄芒德听出那个女人声音中的痛苦。她是女性阿亚德的领袖。

"我没指望你能杀死他，"狄芒德说，"他的力量远远超过了你们。你们有没有破坏他的指挥部？"

"是的，"高布莱特说，"我们杀死他的六名导引者，烧毁他的指挥所和地图。"

"他导引了吗？他有没有显露出他真正的样子？"

高布莱特犹豫了一下，摇了摇头。

看来，现在还不能确定这个考索恩就是路斯·瑟林。狄芒德只是有这种怀疑，但他也得到报告，路斯·瑟林出现了，而且直接进入煞妖谷。他在这场战争中表现极为狡诈，似乎每一个战场上都有他出现。

而狄芒德与现在敌人的统帅对阵愈久，他就愈相信那个统帅就是路斯·瑟林。路斯·瑟林很可能会在指挥这场战争的同时派遣一个诱饵前往北方。除了他以外，别人不可能有和狄芒德相匹敌的指挥能力。而且，路斯·瑟林总是喜欢亲自做好每一件事、指挥每一场战役，如果有可能，就亲身率领每一场冲锋。

是的……除此之外，还有什么理由能解释敌军统帅如此高超的指挥技巧？只有掌握着古老军事经验的人，才可能以如此精妙的手段应对战场上的种种变化。实际上，所有这些战术的核心思想很简单：避免侧后遭到袭击，用装备长矛、训练有素的步兵队伍应对重兵突击。但这其中的巧妙手腕……各种细节元素的运用……这些都需要数个世纪的战阵磨炼。这个纪元没有人能够活这么久，学到如此浩繁丰富的细节技巧。

在至上力之战中，狄芒德唯一能比他的朋友做得更好的就是战场指挥。承认这点总是让他感到痛楚，但现在，他不会再隐讳这个事实。路斯·瑟林的导引力量比他更强。路斯·瑟林更善于蛊惑人心。路斯·瑟林占有了伊琳娜。

但狄芒德……狄芒德在战场上更强。路斯·瑟林从来都无法在谨慎和大胆之间找到恰当的平衡。那个家伙往往会裹足不前，再三考虑已经做出的决定，毫无意义地为之感到忧虑。但在开始行动时，他又往往会不顾一切地向前猛冲。

如果这个考索恩就是路斯·瑟林，那个他显然已经成熟了许多。这名敌军统帅知道何时该抛起硬币，让命运决定一切，但又不会在每一次赌博时过分地投入赌注。他在牌桌上一定也极为优秀。

当然，狄芒德仍然会击败他，他只会让这场战争变得更加……有趣。

狄芒德伸手按住剑柄，仔细思考他刚才观察战场的结果。他的兽魔人还在攻击河岸。路斯·瑟林用纪律严整的长矛方阵抵挡它们，这是一种纯粹的防御手段。在狄芒德身后，剧烈的爆炸声表明沙塔阿亚德和两仪师之间正进行着一场规模更大的战斗。

他在那条战线上同样具有优势。他的阿亚德在战场上远比两仪师更优秀。考索恩什么时候会用上那些罪奴？根据魔格丁的报告，霄辰罪奴和两仪师之前存在着某种嫌隙。他能否利用敌人之中的这种矛盾？

他下达了命令。旁边的三名阿亚德立刻退了下去。珅德拉还留在原地，等待狄芒德允许她离开。狄芒德给她的命令是搜索附近区域，警戒路斯·瑟林派来更多的刺客。

“你在担心吗？”狄芒德问她，“现在你知道了我们的敌人是什么样子。据我所知，你还没将自己献与暗影。”

“我已经将自己献给了你，救世主。”

“你是为了我才会与兽魔人、半人和其他噩梦一样的生物并肩作战？”

“你说过，有人以为你的行为是邪恶的。但我的看法和他们不同。我们的道路很明确。一旦你取得胜利，你就会重塑这个世界，我们的族人就能得以保存。”珅德拉握住他的手。他的心中涌起一股情绪，但很快又被他的憎恨压了下去。

“我会毁掉路斯·瑟林的一切机会。”他看着她的眼睛说道。

“你答应过我会竭尽全力，”珅德拉说道，“这就足够了。如果你毁掉他，你也就毁掉了一个世界，并保存了另一个世界。我会跟随你。我们都会跟随你。”

她的声音似乎在暗示，一旦路斯·瑟林死了，狄芒德就能恢复成为原先的他。

对于这点，狄芒德并不能确定。到现在为止，他所关注的只是如何利用一切条件来打败他古老的敌人。这些沙塔人忠诚且勇于奉献，但他们只是他的工具。而现在，他的心中似乎产生了另一种情绪，他似乎在希望结局并非只是如此简单。这种情绪，他以前从来没有过。是的，从未有过。

他们身边的空间发生了扭曲。狄芒德没有看到编织。这是因缘丝线的波动，是用真力施展神行术造成的结果。米海峨到了。

狄芒德转过身，珅德拉放开他的手臂，但并没有从他身边退开。米海峨被允许使用暗帝的精华力量，但狄芒德并不为此而嫉妒他。米海峨是另一件工具。只是他会让狄芒德不由自主地去想，在这些日子里，还会有人拒绝真力吗？

“你就要输掉废墟附近的战斗了，狄芒德，”米海峨说话时，脸上露出傲慢的微笑，“你在那里的兽魔人将会被击溃。你的部队数量远远超过敌人，但他们还是会打败你！我还以为你是我们最强大的统帅，而你却要输给这群乌合之众？我感到非常失望。”

狄芒德不经意地抬起手，竖起两根手指。

米海峨的身体猛地抽搐了一下。将近二十多名沙塔导引者猛地将屏障插进他和真源之间。他们用风之力捆住他，把他向后拉去。米海峨奋力抗争着，被风之力包裹的真力光晕在他身上亮起。但狄芒德的速度更快。他编织出真力屏障，这是通过燃烧魂之力丝线产生的。

魂之力丝线在空间中颤抖，每一条丝线都附着许多微小能量形成的倒钩，这些能量的末尾都消失在空无之中。真力是如此变幻无方，如此危险。由它产生的屏障有一种怪异的效果，会汲取被屏障者的真力能量。

狄芒德的屏障偷走了米海峨的能量，并让米海峨成为他的导引管道。狄芒德将真力凝聚在手心里，变成一颗噼啪作响的能量球。只有米海峨能看到这颗球。当狄芒德从他体内抽吸能量时，这个骄傲的家伙立刻瞪大了眼睛。

这和连结有些相似。被吸走能量的米海峨开始颤抖、出汗。而他仍然被狄芒德的导引者们紧紧捆缚着。如果狄芒德不加控制地导引真力，强大的能流就会将米海峨烧毁，将他的灵魂卷进真力的洪流，就像被洪水冲垮的河岸。缠结在一起的能量丝线在狄芒德的手中脉动、爆响，让周围的空间发生扭曲，并开始拆散因缘。

蛛网般细小的裂缝从狄芒德脚下向四周伸展。那些裂缝中只有空无。

狄芒德走到米海峨面前。这个人已经开始痉挛，白沫从他的嘴角滴落下来。

“你要听我的，米海峨。”狄芒德低声说道，“我和其他使徒不一样，我对于你们的政治游戏一点也不在乎，我也不在乎你们之中的哪一个受到暗主的眷顾，莫瑞笛在拍你们哪一个的脑袋。我只在乎路斯·瑟林。

“这就是我的战斗。你是我的。我将你带入暗影，我也能毁掉你。如果你在这里找我的麻烦，我会像捏熄烛芯一样让你完蛋。我知道，你自以为很强大，因为你手下有一批被你偷来的惊怖领主和没有多少训练的导引者。但你只是个孩子，一个婴儿。带上你的人，随意去制造混乱吧，但不要挡我的路，不要和我争夺猎物。那个敌人的统帅是我的。”

虽然米海峨的身体还在颤抖，但他的眼里充满了憎恨，没有半点恐惧。这家伙一直都以为暗主已经给了他承诺。

狄芒德一翻手，用凝聚起来的真力编织出一道烈火，白热的毁灭流体穿透了下方河岸边上的人类军队。每一个被它碰到的人都变成了光点、灰尘，消散于无形。数百个人消失了。地面上出现了一道长长的沟壑，如同一条巨型犁沟。

“放开他。”狄芒德撤掉了真力屏障。

米海峨踉跄着后退一步，终于没有倒下。汗水从他的脸上滴落下来。他猛吸了一口气，伸手按住胸口。

“先在这场战争中活下来吧，”狄芒德一边说，一边转过身，开始进行编织，将他的猎鹰唤回，“如果你做到了这一点，也许我会让你知道我刚才是怎么做的。你现在也许很想杀掉我，但你要知道，暗主在看着我们。而且，虽然你有上百个殉道使宠物，我却有超过四百名阿亚德。我才是这个世界的拯救者。”

当狄芒德转回头时，米海峨已经不见了。他用真力施展了神行术。狄芒德刚刚利用他进行了导引，现在他却还能运用如此强大的真力，这点多少让狄芒德感到有些惊讶。他希望自己不必杀死这个家伙。米海峨将是一件非常有用的工具。

胜利终将属于我。

兰德迎风而立，半步不退。只是他那双紧盯着黑暗的眼睛里已经充满了泪水。他在这个地方已经有多久了？一千年？一万年？

此时此刻，他的心里只有蔑视。他不会被这股风吹倒。他不会有一分一秒的屈服。

终于，这个时刻到来了。

“时间对于你并没有意义。”兰德说道。

他说得没错，时间无法辖制暗帝。兰德能看见丝线在他身周盘旋，组成因缘。他看见出现在下方的战场，他所爱的人们正在为生命而战。这并不是某种可能，而是确定无疑的真实，是正在发生的事情。

暗帝在因缘周围游动。他无法占有因缘，无法摧毁因缘，但他能够碰触它。黑暗的触须和利刺已经触及这个世界的所有角落，暗帝就如同笼罩在因缘上的一层阴影。

而当暗帝碰触因缘时，时间便会受到他的影响。但尽管时间无法辖制暗帝，暗帝仍然只能在他的牢狱中向外倾泻能量。就好像……好像是一名雕塑家，有着巨大的愿景和梦想，却依然要受到雕塑材料的限制。

兰德紧盯着因缘，同时抵抗着暗帝的攻击。他没有动作，也没有呼吸。这个地方并不需要呼吸。

人们正在下面大批死去。兰德能够听到他们发出的惨叫。那么多生命都被毁掉了。

我终将得胜，吾敌。你只能看着他们呻吟，看着他们死亡。

死亡全部是属于我的。

“你说谎。”兰德说。

当然没有，我可以让你看看。

暗帝再一次操纵各种可能性，编织出一个新的世界，将兰德推入其中。

泽凌·散达并不是指挥官，他是一名捕贼人，不是贵族。他不会对别人发号施令，只会自己亲力亲为。

但现在，他在战场上，负责统领一个班的士兵。因为他作为捕贼人曾经逮捕过非常危险的罪犯。沙塔人向他这支小队伍攻打过来。他们的目标是两仪师。这片战场位于包罗夫高地西侧。他的任务就是挡住沙塔步兵，保护两仪师。

两仪师。他怎么会和两仪师纠缠在一起的？他可是一个彻头彻尾的提尔人啊。

“坚持住!”泽凌对自己的士兵们呼吼着,“坚持住!”他也是在对自己呼吼。他的士兵们都高举着长矛,将沙塔步兵一次次逼回到山坡上。他不知道为什么自己会在这里,他们为什么要在这个地方作战。他只想要活下去!

沙塔人用对他来说完全陌生的语言喊叫着、怒骂着。他们拥有许多导引者。不过现在与泽凌作战的只是一支常规部队,装备着各种武器,其中大多数为剑盾。地面上堆满了尸体,它们同时成为作战双方的障碍。当泽凌依照命令,拼命抵抗沙塔军队时,两仪师和敌方的导引者们也在进行着激烈的至上力攻防。

泽凌挥舞着一杆短枪。这件武器对他来说只能算是勉强能使用。一个班的披甲沙塔士兵挤进迈克和查恩的长矛之间。沙塔人的军官都披挂胸甲,穿着各种颜色的怪异服装,普通沙塔士兵则身穿覆盖金属片的皮甲。而所有沙塔人的背上都绘有奇怪的图案。

这支沙塔小队的军官挥舞着一把可怕的大锤,两锤就砸死了两名长矛兵。然后,他向泽凌高声喝喊,用泽凌听不懂的脏话不住地咒骂着。

泽凌向他发动佯攻,那名沙塔军官举起盾牌,泽凌的枪尖刺进他的胸甲和手臂间的缝隙里。光明啊,这个沙塔人甚至连一个哆嗦都没打。他将盾牌向泽凌砸过来,逼迫泽凌后退。

枪杆从泽凌满是汗水的手指间滑脱了。泽凌骂了一句,伸手去腰间抽他的锯齿匕首,这是一件他非常熟悉的武器。迈克他们正在他旁边誓死奋战,与这支沙塔部队中其余的士兵们绞杀在一起。查恩想要帮助泽凌,但那个发了疯的沙塔人挥锤砸中查恩的脑袋,把那颗头颅像甜瓜一样敲成两半。

“去死吧,你这个该死的怪物!”泽凌吼叫着,向前跃起,手中的匕首插进敌人护颈甲上方的脖子里。其他沙塔人迅速向他冲了过来。泽凌向后退去。他面前的敌人倒在地上,死了。泽凌后撤得非常及时。一名沙塔人已经冲到他的左侧,抡起一把大剑,要砍断他的脖子。那把剑刚好从他的耳边扫过。泽凌凭借直觉举起锯齿匕首。敌人的剑刃断为两截。他又迅速地反手一刀,捅穿了那个人的喉咙。

泽凌俯下身去,捡起自己的短枪。火球落在他身旁,可能是身后两仪师发出的,也可能是前方高地上的沙塔人发出的。泥土挂在泽凌的头发上,黏在他手臂的血渍上。

“坚持住!”泽凌向他的人喊道,“该死的,我们一定要坚持下去!”

他向另一个朝他扑过来的沙塔人发动攻击。他的一名长矛手恰好将矛锋插进这个沙塔人的肩膀,泽凌便用短枪刺穿他裹覆着皮甲的胸膛。

周围的空气不住颤抖，泽凌的耳朵因为各种爆炸声而开始微微鸣响。泽凌向后撤了一步，并向他的士兵喊出一连串命令。

他不该待在这里。他应该在一个温暖的地方，和爱麦瑟拉在一起，思考一下该如何去逮捕下一名罪犯。

他相信，这里的每一个人都应该留在别的地方。而现在，他们唯一能做的事情就是战斗。

你穿黑衣服很合适。安德罗对佩维拉说道。他们现在正穿行于高地上方的敌军部队之中。

这种话，佩维拉答道，绝对、绝对不要对一位两仪师说。绝对不行。

安德罗唯一的回应就是约缚中传来的一阵紧张心情。佩维拉明白他的心思。他们都用倒置的面镜术伪装了自己，现在正隐身于大群的暗黑之友、暗影生物和沙塔人中间。这种战术很成功。佩维拉穿着白色长裙，披一条黑色斗篷。这些并不是面镜术编织的一部分。但任何人如果认真向她的兜帽中望进去，都会看到黑宗两仪师奥瓦琳的面孔。瑟德琳则伪装成了蕾娜。

安德罗和埃马林分别伪装成瓦锐尔·内森和凯什，他们都是泰姆的爪牙。乔奈瑟伪装成一个普通的暗黑之友，他谦卑地跟在他们身后，为他们扛着各种物品，看起来和平时的他完全不同。任何人都不可能从这个缩腮帮、鹰钩鼻、头发油腻、神情紧张的汉子身上看出任何一点两河人的痕迹。

他们在高地上暗影部队的背后快速移动着。兽魔人正将大捆的黑箭运往最前方的战线，还有很多兽魔人离开队列去尸堆填饱肚子。许多煮食罐在火上沸腾着。这让佩维拉感到惊讶，它们竟然在这个时候还要跑去吃东西？

只是其中一些，安德罗回答道。这对于人类军队来说也是很寻常的，只是传说故事里不会记录这种事情而已。战斗已经持续了一整天，士兵们需要能量。一般来说，部队会分成三部——前线、后备军和修整人员。最后这批人可以离开战场，去尽快吃些东西，睡上一会儿。然后他们就要去前线打仗了。

佩维拉曾以为战争是另一种样子——所有人都会全力以赴进行战斗。但一场真正的战役显然不是一次能够迅速结束的快跑，而是一段折磨灵魂的、漫长的旅程。

现在时间已经快到黄昏了。在高地东边的下方，战线正沿着干涸的河床朝两个方向延展，成千上万的人类和兽魔人在那里鏖战不休。同时也有许多兽魔人退回高地上，吃东西或者人事不省地瘫倒在地上一段时间。

佩维拉没有朝那些煮食罐再多看一眼。乔奈瑟则已经跪倒在路旁，开始呕吐。他曾注意到那些漂浮在浓稠汤汁上的尸体碎块。就在他将胃里的东西全都吐到地上的时候，一队从旁边经过的兽魔人纷纷向他发出嘲笑的吼声。

它们为什么要离开高地，去攻占河岸？佩维拉又向安德罗问道，这里应该是更有利的作战地点。

也许。安德罗答道，但暗影永远都是侵略者。如果他们留在这里，考索恩的军队就会得以保全。狄芒德要不断向考索恩的部队施加压力，所以它们一定要打过河去。

看来，安德罗还懂得军事。这很有趣。

我只是有一点经验，安德罗说，但我可不知道该如何指挥一场战争。

我只是很好奇，你到底有过怎样的人生，安德罗。

一个年纪足以做我的祖母的祖母的人竟然会说出这样的话，这一点也挺奇怪。

他们继续沿着高地东缘行进。在远处的高地西缘，两仪师正向高地发动攻击，但暂时高地仍然被牢牢地控制在狄芒德的手中。佩维拉走过的这个区域挤满了兽魔人。有些兽魔人在佩维拉等人经过面前时，会以笨拙的动作向他们鞠躬，另一些只是蜷缩在岩石地面上昏昏沉睡。它们没有铺盖用的毯子。每一头兽魔人，无论正在做什么，手中都握着武器。

"我们在这里可能找不到他，"埃马林低声说道，"泰姆并不喜欢和兽魔人待在一起。"

"向前走，"安德罗说，"到那边去看看。"

前方出现了一队沙塔人，他们穿着让人感到陌生的军装，身上的盔甲外面裹着布袍，只有后背部分露出一片金属铠甲。不过胸甲的形状还是从布袍下面清晰地显现出来。佩维拉转头看着其他人。

"泰姆应该是和那种人在一起，"埃马林说，"至少他们不会像兽魔人这样恶臭难闻。"

佩维拉已经忽略了兽魔人的臭气，她在多年前就学会了这种技巧，像忽略寒暑一样忽略掉浓烈的气味。听到埃马林的话，其他人闻到的气味仿佛也在片刻间渗透她的防御。她立刻赶走了那股气味。那可真是难闻。

"沙塔人会允许我们通过吗？"乔奈瑟问。

"让我们看看。"佩维拉说罢便向那些沙塔人走去，其他人都跟随在她身边。沙塔卫兵们在兽魔人面前维持着一条警戒线，他们都充满不安地盯着这些怪物，仿佛兽魔人是他们的敌人。无论沙塔和妖境之间是联盟亦或其他某种关系，沙塔士兵们肯定很不喜欢这样。他们完全没有掩饰脸上的厌恶之情，许多沙塔人都用布把脸包住，以遮住那股令人作呕的气味。

当佩维拉走过沙塔人的警戒线时，一个人挡在她面前。根据这个人的盔甲和黄铜耳环，佩维拉判断他是一名贵族。但一副训练有素又经过岁月磨砺的两仪师容颜显然吓住了他。我是极为重要的人物，别来打扰我。作用相当明显，他们顺利地通过了警戒线。

沙塔人的营地显得井然有序。从西侧战线上轮换下来的士兵们都在这里进行修整。白塔的部队仍然在向西侧的山坡发动猛攻，那个方向的强烈导引一直都像耀眼的强光一样吸引着佩维拉的注意力。

你怎么想？安德罗问她。

我们需要找人谈一谈。这片战场太大了，我们不可能这么简单就找到泰姆。

安德罗也表示同意。佩维拉已经不止一次发现他们的约缚在干扰她的心神，她不只是要应对自己的紧张情绪，还要压制来自安德罗的同样的心情。那种心情总是在不知不觉间就从她意识的角落中溜出来，让佩维拉必须用力将它控制住，甚至要用到她刚刚进入白塔时学会的呼吸练习。

佩维拉在营地中央停住脚步，环顾四周，想要找到一个适合套话的目标。她能区分出这里的仆人和贵族。仆人显然没那么危险，但也不会知道多少有价值的情报。也许……

“你！”

佩维拉愣了一下，转过身。

“你不应该待在这里。”那名年长的沙塔人已经完全没了头发，只留着很短的灰色胡须。两支蛇头形状的剑柄从他的肩膀后面探出来。除了交叉缚在背后的两把剑以外，他的手中还拿着一根形状奇怪、上面通体带孔的短杖。那是一根笛子吗？

“过来。”那个人说道。他说话时带着浓重的口音，让佩维拉几乎听不清他在说什么。“救世主正在找你。”

谁是救世主？佩维拉问安德罗。

安德罗摇摇头，显然也像她一样困惑。

我们的处境可能非常危险。

那名年长的沙塔人正带着气恼的神情站在他们面前。如果不跟他去，他又会做出什么事来？佩维拉很想立刻就用神行术带他们逃走。

我们跟他走，安德罗迈步向前，除非找知情的人谈谈，否则我们永远也找不到泰姆。

佩维拉看着跟在那个秃顶男人身后的安德罗，皱起眉头。另外一名殉道使也跟了上去。佩维拉急忙迈开步子。我还以为我们已经说好，这支队伍由我来指挥。

并非如此，安德罗答道，我相信我们只是决定了由你来扮演我们的首领。

佩维拉向安德罗传去一阵冰冷的不悦，并明确地向他暗示，他们关于这件事的对话还没结束。

安德罗传回一阵颇觉有趣的心绪。你……就这样在精神上瞪着我吗？你的眼神可真令人印象深刻。

我们正在冒险，佩维拉对他说，这个人可能带我们到任何地方去。

是的，安德罗答道。

有某种东西在安德罗心中燃烧，某种细微到难以察觉的东西。你这么想找到泰姆吗？

……是的。

佩维拉点点头。

你明白？安德罗问。

我也有朋友受到他的残害，安德罗，我亲眼看着她们成为暗影的奴隶。但我必须小心。我们不能冒太多风险，现在尤其不能。

这是世界的末日，佩维拉，安德罗对他说，如果我们现在还不冒险，那我们还有什么冒险的机会？

佩维拉没有再争辩，只是默默地跟着安德罗，并对安德罗心中的那种决绝感到好奇。泰姆将安德罗的朋友变成了暗影的仆从，却也因此唤醒安德罗心中的某种东西。

他们跟随这名年老的沙塔人继续前行，佩维拉意识到自己并不理解安德罗的感受，至少不是完全理解。她的两仪师友人也遭到俘虏和转变，但这和安德罗失去艾芬不同。艾芬信任安德罗，将安德罗视为自己的保护者。与佩维拉同行的两仪师是她多年的老友，但这种感觉依然是不一样的。

那名老沙塔人领着他们走进一支规模更大的沙塔人部队之中。这支部队里的许多人都穿着质料上乘的衣服，身上看不到武器。他们也许是沙塔人中位阶最高的贵族，所以不必直接参与战斗。他们纷纷为这名老者让开道路。但有不止一个人看着他背后的剑，露出冷笑。

乔奈瑟和埃马林分别绕到佩维拉和瑟德琳两旁，如同他们的保镖。他们都用警戒的眼神看着这些沙塔人，将手按在剑柄上。佩维拉怀疑他们两人都已经握持住了至上力。当然,惊怖领主会在不被信任的领主中间握持至上力也是正常的反应。他们不需要以这种方式保护佩维拉,不过这是一个良好的迹象。佩维拉一直都认为护法是非常有用的。她前往黑塔时,就打算约缚不止一名殉道使。也许……

安德罗立刻生出一股嫉妒的情绪。你是什么人?需要一群护法来侍奉的绿宗吗?

佩维拉送给他一股饶有兴致的情绪,为什么不呢?

对你来说,他们都太年轻了,安德罗对她说,乔奈瑟还是个孩子,而且瑟德琳一定会为了他而和你争斗一番的。

我只是考虑要约缚他们,佩维拉说,而不是和他们睡觉,安德罗。我是认真的。而且,埃马林喜欢的是男人。

安德罗的思维停顿了一下,他真的喜欢男人?

当然,难道你一直没注意到?

安德罗显得很困惑。有时候,男人的愚钝实在是令人惊讶。就算是观察力过人的安德罗也是如此。

当他们走到这群人的中心位置时,佩维拉拥抱了至上力。如果他们在这里遭遇意外,她能有时间施展神行术吗?她对这个地方完全不熟悉,但只要她能先借助神行术到达附近的某个地方,再一次施展远距离神行术就不会是问题了。她觉得自己就像是走进一个套索,还在仔细观察它,看看它会不会勒紧自己的脖子。

一个身材高大的男人,全身披挂着用中心穿孔的银色圆片连缀而成的鳞甲,正站在这群沙塔人的正中央,不断发布着各种命令。当他们看到这个人的时候,一只杯子正从半空中向他飞去。安德罗身子一僵,他正在导引,佩维拉。

那么,他就是狄芒德?一定是这样。佩维拉让阴极力的温暖光芒充盈自己,抚平自己的一切情绪。一直在为他们领路的老者走到狄芒德身边,向他耳语了几句。虽然被阴极力强化了听觉,佩维拉还是无法听到他说了些什么。

狄芒德转向他们:"这是怎么回事,米海峨这么快就忘记了他的命令?"

安德罗跪倒下去,其他人也纷纷效仿。虽然心中异常恼火,佩维拉还是做了同样的动作。

"伟大的主人,"安德罗说,"我们只是……"

"不要找借口!"狄芒德吼道,"不要跟我耍把戏!米海峨应该率领他的全部惊怖领主去摧毁白塔部队。如果我再看见你们逃离战场,我就要让你们求我把你们交给兽魔人!"

安德罗急忙点了点头，便向后退走。一根佩维拉看不见的风之力鞭子猛地抽在安德罗的脸上，佩维拉能清晰地感觉到它所带来的痛楚。其余的人也都跟在安德罗身后，低垂着头，快步走掉了。

这样做真是愚蠢又危险，佩维拉对安德罗说。

但很有效，安德罗目视前方，一只手按住脸颊，鲜血从他的手指缝中渗流出来。我们知道泰姆就在战场上，我们还知道该去哪里找他。我们该行动了。

加拉德在噩梦中疾步前行。他知道，最后战争可能是整个世界的终结，但现在……现在他才真真切切地感觉到了这一点。

双方的导引者正在相互轰击，让整座包罗夫高地不住地颤抖。连番落下的闪电震得加拉德几乎失去了听觉，他的眼睛也因为不断受到强烈闪光的刺痛而充满了泪水。

他扑倒在山坡上，将肩膀抵在泥土中，努力寻求着掩护。一连串的爆炸掀翻了他前方的地面。他所率领的十二名披着破烂白色斗篷的圣光之子也和他一同匍匐在地。

白塔的军队正承受着强大的攻势，但沙塔的军队也轻松不了多少。这么多导引者一同进行导引，释放出来的力量真是令人难以想象。

白塔步兵的主力和大量沙塔军队正在高地西侧激战正酣。加拉德隐身于这片战场的边缘，努力寻找着落单或者只结成小队的沙塔导引者。作战双方的战线都显得残缺不全。这并不让加拉德感到惊讶，在这种至上力之战的暴风雨中，想要让普通人维持住一条稳固的战线几乎是不可能的。

一队队士兵四处奔逃，只想在被炸出的岩坑中找一处藏身之地。还有一些士兵在拼命保护着一组组导引者。就在加拉德的视野范围之内，许多支导引者组成的小队正四处搜寻敌方成规模的部队，用火焰和闪电摧毁他们。

而那些导引者就是加拉德的猎物。

他举起剑。被他选中的目标是高地顶端的三名沙塔女人。他和他的部下正在高地的半山腰上。

三名导引者，这将是困难的一战。现在那些导引者的注意力都集中在一小队穿着塔瓦隆之焰制服的士兵身上，闪电很快就击中了那些不走运的士兵。

加拉德竖起四根手指。计划四，他从藏身的深坑中一跃而起，冲向那三个人。他的部下会数五下，然后再跟随他冲出去。

沙塔导引者发现了他。太可惜了，如果她们再晚一点发现他，加拉德就能稳占优势。一名导引者举起手，开始召唤火焰，将至上力的能流向他掷来。火焰击中了加拉德，他甚至已经开始感觉到火舌的炙烤。但编织立刻就消散了，虽然他的一些毛发被烧焦，但身上并没有受伤。

那个沙塔人惊讶地瞪大眼睛。那种表情……加拉德现在已经开始熟悉这种表情了，那就像是一名士兵在战场上看见自己手中的剑突然折断了一样。当一名导引者的至上力失效了，当她以之超凡脱俗的力量消失了，她还能有怎样的反应？

你死了，加拉德的剑砍掉了那名导引者的头颅，她的一名同伴这时正试图用风之力捆住他。加拉德感觉到胸前的那枚金属徽章迅速变得冰冷，风之力搅起的空气在他身周流动。

你可是大错特错了，加拉德一边想，一边用剑刺穿第二个人的胸膛。第三个人明显比她的两名同伴要聪明，她向加拉德掷来一块大石。加拉德举起盾牌，那块石头却击中他的手臂，他被震得向后退去。那名导引者又举起一块石头。就在此时，加拉德的部下向她发动攻击，她倒在众人的剑下。

加拉德屏住呼吸，仰起头，疼痛从受到石块撞击的地方向他的身体各处蔓延。他呻吟着坐到地上。不远处，他的部下还在劈砍着第三名沙塔导引者的尸体。他们并不需要如此小心，但一些圣光之子对于两仪师的能力有着怪异的见解。加拉德曾经见过莱尔德砍下一个沙塔女人的头颅，身首异处埋葬。莱尔德认为，只有这样做，才能阻止这些导引者在下一轮满月时复活。

当加拉德的部下们开始处置另外两具尸体时，高莱维走过来，向加拉德伸出一只手。“光明烧了我吧。”高莱维说道。他满脸都是笑容，咧开的大嘴几乎把一张脸分成了两半。“最高领袖指挥官，如果这还不是我们打得最漂亮的一仗，我就不知道还有什么能算是一场漂亮仗了！”

加拉德站起身：“我们必须这样做，光之子高莱维。”

“真希望我们能再这样多打几仗！圣光之子等待了几个世纪，就是为了今天。你是第一个将这个机会带给圣光之子的人。圣光照耀你，加拉德·达欧崔。圣光照耀你！”

“愿圣光照耀人类不会再相互残杀的日子，”加拉德疲惫地说道，“为死亡而感到欣喜并不合适。”

“当然，最高领袖指挥官。”高莱维的嘴角还是带着笑容。

加拉德的目光扫过血腥而混乱的高地西坡。光明在上，希望考索恩能看清楚这场战争。加拉德早已放弃去理解这场战争的努力。

“最高领袖指挥官！”一个充满畏惧的声音说道。

加拉德转过身，手按剑柄。说话的是奥汉拉，他的一名斥候。

“出什么事了，光之子奥汉拉？”加拉德朝这个正在向他跑来的瘦削士兵问道。他们都没有骑马。这片战场是在山坡上，而且马匹都很害怕闪电。在这里，还是人的两只脚更可靠。

“你需要来一下，大人，”奥汉拉喘息着说道，“我找到了……找到了您的弟弟。”

“盖温？”这不可能。不，加拉德想道，这并非不可能。但他应该在艾雯那里，为了保护艾雯而战。加拉德跟随奥汉拉跑了起来，其他圣光之子立刻追到他身后。

盖温的尸体躺在高地顶部的两块岩石之间，满面灰尘。他的旁边有一匹马，正啃嚼着地上的干草。那匹马的肋侧带着一道血迹——不是那匹马的血。加拉德跪倒在这个年轻人的尸体旁。盖温显然是经过一番恶斗才倒下的。艾雯现在会是什么样子？

“安息吧，弟弟，”加拉德伸手轻按在这具尸体上，“愿光明……”

“加拉德……”盖温悄声说道，他的眼皮在微微颤动。

“盖温？”加拉德惊讶地问道。盖温的肚子上有一个可怕的伤口，他的手上戴着某种奇怪的戒指，身上到处都是血，手臂、胸膛、整个躯体……

他是如何坚持到现在的？

护法约缚。加拉德明白了。“我们要带你去找治疗者！去找两仪师！”他伸手想要把盖温抱起来。

“加拉德……我失败了。”盖温盯着天空，双眼一片茫然。

“你做得很好。”

“不，我失败了。我本应该……我本应该和她在一起。我杀死了夏马。你知道吗？我杀了他，光明啊。我早就应该找对自己的位置……”

加拉德抱起自己的弟弟，向两仪师的阵线跑去。他竭尽全力护着盖温，让盖温不会再受到导引者的伤害。没过多久，一阵爆炸就掀起了圣光之子脚下的地面，将他们向四处抛去。加拉德也踉跄着倒在地上。盖温从他的臂弯里滑落出去，瘫倒在他身边。

盖温颤抖着，双眼盯着远方。

加拉德爬过去，想要再把他抱起来。但盖温抓住他的手臂，看着他的眼睛：“我爱她，加拉德，一定要告诉她。”

“如果你真的被她约缚了，她一定已经知道了。”

“这会深深地伤害她，”盖温已经变得惨白的双唇颤抖着，“到最后，我还是失败了。我没能杀死他。”

“他?”

“狄芒德,”盖温悄声说道,“我想要杀死他,但我的力量不够强。我……一直都……做得不够好……”

加拉德发现自己仿佛身陷冰窟。他见过人们死去,也曾经失去过朋友。但他从不曾如此心痛过。光明啊,这实在是太痛了。他很爱他的弟弟和妹妹,爱得非常深。盖温和伊兰又不一样,盖温对他抱有同样的挚爱。

“我会带你去安全的地方,盖温,”加拉德抱起他,却惊讶地发现自己的眼睛里流出了泪水,“我不会丢下我的弟弟。”

盖温咳嗽着:“你不会的。你还有另一个弟弟,加拉德。一个你还不知道的弟弟。他是……提格兰的儿子。提格兰进入荒漠,成为枪姬众,在龙山山脚下生下了他……”

哦,光明啊。

“不要恨他,加拉德,”盖温悄声说道,“我一直都在恨他,但我已经不再犯这个错误了。我……已经不再……”

盖温的眼神凝固了。

加拉德感到一阵心悸。他坐倒下去,看着自己死去的弟弟。盖温在自己身上缠裹的绷带中流出了鲜血,干燥的大地立刻饥渴地将那些血吸光了。

高莱维扶着奥汉拉来到加拉德身边。奥汉拉的衣服肯定被闪电点燃过,散发出刺鼻的烟气,他的脸也被熏黑了。“带伤员到安全的地方去,高莱维,”加拉德站起身,伸手到胸前,摸了摸那枚徽章,“带上全部的人,立即撤退。”

“那您呢,最高领袖指挥官?”高莱维问。

“我要去做必须做的事情,”加拉德的心也变成了一块寒冰,一块严冬中的钢,“我会让圣光射入暗影,以正义审判弃光魔使。”

盖温的生命丝线消失了。

艾雯身子一晃,在战场上停止了动作。她的心中有一样东西被割断了,就好像一把匕首突然刺进她的身体,将属于盖温的那一块硬生生地挖走,只留下一片空虚。

她哀号一声,跪倒在地上。不,不,这不可能。她能感觉到他,感觉到他就在前面!她一直在向他冲过去。她可以……她可以……

他走了。

艾雯哭号着，将自己向至上力张开，汲取能够汲取的一切能量。她向已经将她包围的沙塔人释放出火焰的墙壁。这些人曾经守在高地上面，两仪师的战线在高地脚下。但现在，一切都已经疯了。

艾雯紧握住沃拉超法器，用至上力攻击所有这些敌人。她要将他们彻底毁灭！光明啊！这太痛了，实在是太痛了。

“吾母！”希维纳抓住她的手臂，向她高声喊道，“您已经失控了，吾母！你会杀死我们的人，求你放手吧！”

艾雯剧烈地喘息着。在不远处，一队白袍众扛着伤员，踉踉跄跄地跑下山坡。

她离他已经这么近了！哦，光明啊。他走了！

“吾母？”希维纳还在对她说话，艾雯却几乎听不到她在说些什么。她摸了摸自己的脸，感觉到有泪水流下来。

以前，她一直胆大又莽撞，她认为自己能够承受这个损失，能够继续战斗下去。她太天真了。她让阴极力的火焰在自己体内熄灭，感觉到生命仿佛也离开自己的身体。她倒了下去，感觉到一双手将她抱起，经过一个神行术通道，离开了战场。

谭姆用他的最后一支箭救了白袍众一命。他从没想过，自己竟然还会做这种事。那支箭射进一个狼头兽魔人的眼窝里。那头兽魔人后退了一步，却没有倒下。但那名年轻的白袍众已经从泥泞中拔出脚，一剑砍中它的膝盖。

现在谭姆的部队都登上了木柱围墙的窄步道，正在向涌过河床的兽魔人射出一阵阵箭雨。兽魔人的数量已经少了许多，但谭姆仍然看不到丝毫取胜的希望。

直到此时，战斗进行得还算顺利。谭姆重新整合了莫拉河岸边夏纳一侧的防御部队。位于下游方向的是真龙军团的十字弩旗队和重骑兵，他们挡住了向那里进攻的兽魔人。在谭姆所在的上游方向，弓箭手、步兵和骑兵也一直坚守着河岸，直到他们的供给出现短缺，谭姆才被迫将部队撤退到相对安全的木墙后面。

谭姆向身边望去。亚贝举起手中的长弓，耸了耸肩。他也没有箭了。木墙步道上，两河人都举起了空弓。箭完全耗尽了。

“没有箭会被送过来了，”亚贝低声说，“那个小子说，刚刚的已经是最后一批了。”

白袍众的军队正在拼死奋战，夹杂在他们中间的还有佩林的狼卫士，但他们正从河岸边被一步步逼退。他们已经是三面受敌了，而另一支兽魔人部队正绕向他们身后，要将他们彻底包围。海丹人的旗帜正飘扬在靠近废墟的地方，亚甘达在那里和努瑞勒率领的翼卫队残部共同坚守着阵地。

如果换作是别的战斗，谭姆会命令部下保留一部分箭支，以便在撤退时使用。但今天，他们已经无路可退，他们只能把所有的箭都射向敌人。小伙子们仔细地射出他们的每一支箭。在连续几个小时的战斗中，他们很可能消灭了数以万计的兽魔人。

但没有了箭的弓箭还能做些什么？他们还是两河人，谭姆心想，他们不会让这场战争就这样输掉。

“拿起武器，离开步道，排好队列，”谭姆对他的小伙子们喊道，“把弓留在这里，等箭被运过来的时候，我们再使用它们。”

没有箭会被运过来了。但两河人不会放弃希望，也不会放弃他们的长弓。他们很快就按照谭姆训练时的教导，排列好阵型，手中举起短枪、斧头、刀剑，甚至还有大镰刀和他们能找到的一切武器。装备剑和斧头的人左手都握着盾牌，而且他们的身上全都穿着厚实的皮甲。不幸的是，他们没有长矛。有限的长矛全部给了重步兵军团。

“组成两个楔形阵，”谭姆对他们说，“保持紧密队形。我们要杀进白袍众周围的兽魔人中间去。”现在最好的办法，至少是谭姆能想到的最好的办法，就是狠狠打击白袍众背后的这支兽魔人部队，将它们击退，帮助白袍众脱离困境。

人们纷纷点头，尽管他们也许并不理解谭姆的战术。这没关系，只要他们按照谭姆的教导，严守住队形就足够了。

他们开始跑步前进。谭姆蓦然间想起另外一片战场。那时，雪花被凛冽的寒风裹挟着，割痛了他的脸颊。从某种角度上讲，那场战争正是这一切的开始。现在，这里将成为一切的终结。

谭姆让自己置身于第一个楔形阵的最顶端，让迪奥安作为另一个楔形阵的尖兵——他是一名曾经在安多军队服役的戴文骑人。然后，谭姆率领部队向前猛冲，不让部下和自己有时间去想象即将发生的事情。

就在他们逼近那一股挥舞着巨剑、长刀和战斧的兽魔人时，谭姆开始寻觅火焰与虚空。紧张消失了，一切情绪都化为乌有。他抽出兰德送给他的、剑鞘上绘着龙纹的剑。这是谭姆见到过的最好的一把剑。剑刃上相互交叠的锻打纹理无不诉说着它古老的起源。它实在是太漂亮了，谭姆甚至觉得有些舍不得用它。当然，他对自己用过的每一把剑都会产生感情。

“记住，一定要保持队形！”谭姆回头向士兵们喊道，“不要让敌人将我们冲散。如果有人倒下，后面的人立刻向前，接替他的位置，其他人将伤员拖到数组中央去。”

人们纷纷向他点头。然后，他们从便从背后冲进兽魔人群中。这时兽魔人已经将圣光之子团团包围在河边。

谭姆的队伍一直向前猛冲，高大的兽魔人纷纷转回身，与他们交战。

芙图娜挥手示意那名想要服侍她穿上华服的侍圣者退下。她能闻到浓烈的烟火气味，她的手臂有几处被烧伤了，但她不会接受罪奴的治疗。芙图娜认为治疗是一种有用的手段，她的一些臣下正在改变对这种手段的态度。但她并不确定女皇是否也可以接受这种手段。而且，她的伤并不致命。

跪倒在她面前的视死卫士需要某种形式的惩罚，这是他们第二次让刺客接近她了。尽管她并不认为这是他们的错，但拒绝对他们施加惩罚就是拒绝承认他们的荣誉。这让芙图娜的心仿佛被绳子勒住，但她知道自己该做什么。

她亲自下达了命令。这件事本来该由她的代言人赛露西娅来做，但受伤的赛露西娅还在接受护理。卡瑞德应该得到这个小小的荣誉，由芙图娜亲自宣判他的死刑。

“你们要去与敌人的马拉斯达曼尼直接作战，”芙图娜对卡瑞德说道，“你们每一个执勤的人都是这样。你们要为了帝国而英勇奋战，尽力去俘虏敌人的马拉斯达曼尼。”

她能看出卡瑞德的身子放松了。毕竟他能以这种方式继续向帝国效忠。如果让卡瑞德自己选择，他很可能会引剑自刎。芙图娜的宣判无疑是对他的一种仁慈。

芙图娜转过身，不再去看这个自她幼小时就在照顾她的人，这个曾为了她而不惜违抗一切命令与法规的人。在这一切过去之后，她也会为此而进行苦修与忏悔。而此时此刻，她要竭尽所能保护他的荣誉。

“黛缤妲。”她转向那个不顾芙图娜已经赐予她新的、代表着荣耀的名字，仍然坚持自称为“明”的女人。“黛缤妲”在古语中是“图画之女”的意思。“你救了我的命，也许还救了群鸦王子。我任命你为王之血脉，判决见证人。你的名字将在未来的世代中得到尊崇。”

黛缤妲将双臂抱在胸前。她和诺塔翼可真像。这些本土人总是顽固地坚持着他们谦卑的地位。实际上，他们低贱的血统倒好像成为他们骄傲的资本，这点真是令人困惑。

诺塔翼正坐在芙图娜身边的一个树桩上，听取战斗报告，发布各种命令。在高地西侧作战的两仪师已经陷入混乱。他看着芙图娜的眼睛，点了一下头。

如果他们身边有间谍（如果没有，芙图娜才会感到惊讶），那么现在就是误导这个间谍的时候了。现在从那场突袭中活下来的人都聚集在他们身边，这是芙图娜的命令。表面上，她这样做是要奖赏那些为她效忠的人，并惩罚那些失职的人。这里的每一名卫兵、仆人和贵族都能听到她的每一句话。

“诺塔翼，我们还没讨论我应该如何处置你。视死卫士有责任保卫我的安全，而你有责任保卫这座营地。如果你怀疑我们的指挥所并不安全，为什么你不早点提出这个问题?”

“该死的，你是在说，这是我的错?”诺塔翼站起身，挥手打断向他做报告的斥候。

“我给了你指挥权，”芙图娜说，“那么你就要为失败承担责任，不是吗?”

在他们身边，加尔甘元帅皱起眉头。他显然不这样认为。其他人却都已经向诺塔翼投去谴责的眼神。这些奴颜媚上的贵族，他们肯定不喜欢这个没有半点霄辰血统的群鸦王子。但诺塔翼竟然在这么短的时间里就赢得了加尔甘的好感，这点也的确令人惊讶。或者加尔甘是故意做出这种表情的？他是间谍吗？他是操纵苏罗丝的幕后主使吗？还是与苏罗丝没有直接关系的另一棵毒草?

“我不该对此负责，图昂。”诺塔翼说，“是你该死的坚持要留在那个营地里，而不转移到安全的地方去。”

“也许我早就应该这么做。”芙图娜冷冷地答道，“这场战争已经变成了一场灾难。你每时每刻都在丢失阵地，而只知道嬉笑空谈，根本拿不出合适的对策。我认为你的态度并不适合你现在的职位。”

诺塔翼笑了，他的笑声响亮而真实。他可真是演戏高手。芙图娜觉得只有自己看见了两道烟柱从诺塔翼背后的高地上升起。这是一个适合诺塔翼的预兆：一场豪赌应该有丰厚的奖励，或者巨大的损失。

“我已经受够你了，”诺塔翼向她摆着手，“你和你那些该死的霄辰规矩总是在找我的麻烦。”

“那么，我也受够你了，”芙图娜高昂起头，“我们根本就不该参加这场战争。我们应该回到南方去，为保卫我们的国土做好准备。我不会让你在这里白白浪费我的士兵的生命。”

“那么，你走吧，”诺塔翼吼道，“我又在乎什么?”

芙图娜转过身，大步走开。“跟我走，”她对其他人说道，“召集起罪奴。除了这些视死卫士之外，所有人都用神行术回到我们艾瑞尼河边的营地去。然后我们要返回艾博达。等这些傻瓜被该死的暗影生物吃光了，我们将要进行真正的最后战争。”

芙图娜的人都在跟着她。这个计策能成功吗？那名间谍曾经看见过她将死亡赐予深爱她的人，这是否能让那个间谍认为她是个任性且鲁莽的人？鲁莽、自以为是，真的会将军队带走，丢下诺塔翼。他们的对话似乎足以骗过旁人了。实际上，芙图娜真的很想像她说的那样，率领军队回到南方去作战。

当然，这样做就意味着她必须对沸腾的天空和碎裂的大地视而不见，将转生真龙给予她的预兆和他正在进行的战斗抛诸脑后。而这些预兆是她绝对不能忽略的。

那名间谍并不知道这些。那个人不可能真正了解她。间谍只会看到一个年轻的女孩，愚蠢得一心只想进行自己的战斗。芙图娜衷心希望如此。

暗帝在兰德身周编织出一个可能的网络。

兰德知道，他们之间的这场战斗，他们对于各自的可能性的坚持，将决定最后战争的结果。兰德不能编织未来，他不是时光之轮，他和时光之轮没有任何相似之处。无论他的身上发生过什么，他依然只是一个人类。

但，他的身上寄托着人类的希望。人类注定将要选择自己的未来，他们将会踏上的道路……将由这场战争来决定。他的意志与暗帝正进行着激烈的碰撞，而可能的未来将会在这种冲突中成为现实。如果他现在倒下，就意味着暗帝将彻底支配未来。

看啊，暗帝说道。光芒的丝线交织在一起，兰德走进了另一个世界，一个还没有发生的世界，但也是一个很可能会立刻到来的世界。

兰德皱起眉，仰望天空。这个世界中的天空不是红色的，大地也没有变成一片废土。他站在凯姆林。大致上，这是他认识的凯姆林。哦，这里和他的记忆还是有一些不同。蒸汽车在街道上隆隆驶过，与之并行的还有真正的马车和拥挤的行人。

这座城市早已扩张到了新城墙之外。兰德正站在凯姆林中心位置的山丘上，从这里，他能俯瞰整座城市，甚至能分辨出塔曼尼用龙轰塌一段城墙的地方。那里并没有得到修缮，而城市反而从那个缺口向外扩散出去。建筑物覆盖了城外原先的田地。

兰德皱了皱眉，转过身走向街道。暗帝在玩什么游戏？这座看似正常，甚至颇显繁荣的城市显然不属于他的世界。这里的人们衣着整洁，没有任何颓废和沮丧的样子。他在这里看不到暗帝先前创造的那个世界里随处可见的堕落。

他带着好奇的心情走到一个妇人的水果摊前。这名身材苗条的妇人给了他一个欢迎的微笑，指着自己的货物说道："欢迎您，先生，我是伦奈尔。如果您在寻找世界上最好的水果，我的店铺就是您的第二个家。我有来自提尔的新鲜桃子！"

"桃子！"兰德惊讶地说道。所有人都知道，桃子是有毒的。

"哈！不要害怕，先生！这些桃子的毒素都已经被除去了。请相信我，它们非常安全。"这个女人微笑着咬了一颗桃子，以证明她的话。就在这时，一只肮脏的小手从水果摊下面伸了出来，那是一个藏在水果摊下面的小男孩。兰德刚才并没有注意到他。

这个孩子抓了一颗兰德不认识的红色水果，撒腿就跑。他瘦得令人揪心。兰德能从他纤细的身子上看到凸出的肋骨。他的两条腿是那么细，兰德甚至觉得它们不可能支撑住他的身子。

那个女人继续向兰德微笑着，伸手从腰间拿出一根小手杖。手杖上有一个摇杆，刚好能被她的手指扣住。她扳动了摇杆，手杖发出一个爆炸声响。

那个孩子倒在一摊鲜血之中，四肢扭曲地垂在身侧。人们纷纷绕过他，继续赶路。一个有许多保镖跟随的人捡起那颗果子，擦掉上面的血迹，一边走一边吃了起来。片刻之后，一辆蒸汽车驶过，将那具尸体压进了路面的泥泞里。

兰德惊愕地回头看着卖水果的妇人。妇人已经将武器收了起来，脸上的微笑丝毫未变："您在找什么特别的水果吗？"

"你刚刚杀了那个孩子！"

那个妇人困惑地皱起眉头："是的，那孩子属于您吗，先生？"

"不，但……"光明啊！这个女人没有任何懊悔或者关心的样子。兰德转过身，街上根本就没有人对刚刚发生的事情有半点关注。

"先生？"那名妇人问道，"我觉得，我似乎应该认识您。您的衣服很好，只是有一点过时。您是属于哪一个帮派的？"

"帮派？"兰德回过头问道。

"您的保镖呢？"那名妇人又问道，"一个像您这样富裕的人当然是会有保镖的。"

兰德看着她的眼睛，然后转身就逃。那名妇人又伸手去拿她的武器了。兰德很快就绕过了一个街角。那名妇人的眼里……根本没有人类应有的同情和关爱。她会不假思索地将兰德杀掉，兰德很清楚这一点。

街上的其他人都在看兰德，他们纷纷用臂肘顶着同伴，朝兰德指指点点。一个人喊道："说出你的帮派!"其他人纷纷向他跑来。

兰德又跑过一个街角。至上力，他敢在这里使用至上力吗？他不知道这个世界到底是怎么回事。像上次一样，他很难将自己和这个世界分离开来。他知道这并不完全是真的，但他没办法不相信自己是这其中的一部分。

他没有冒险使用至上力，暂时只是拼命用两条腿逃跑。对于凯姆林，他其实很不了解。不过他至少记得这个区域。如果他跑到这条街的尽头，转个弯……是的，就是那里！眼前出现了一幢让他感到熟悉的建筑物，大门前的招牌上画着一个男人跪倒在一名金红色头发的女子面前。王后之祝福旅店。

兰德很快就跑到旅店门前，追赶他的人已经绕过了他身后的街角。当兰德跑上旅店的台阶时，他们停下了脚步。旅店大门旁边站着一个身材粗壮的家伙。一个新的门卫？兰德不认识他。贝瑟·吉尔还是这家旅店的老板吗？或者它的主人已经换了？

兰德冲进宽敞的大厅，心怦怦直跳。几个正抱着啤酒杯喝下午酒的人抬起头来看着他。兰德的运气很好，贝瑟·吉尔正站在柜台后面，用抹布擦着一只杯子。

"吉尔师傅!"兰德喊道。

那名身材矮胖的旅店老板转过头，皱起双眉："我认识你吗？"他上下打量着兰德，"大人？"

"是我，兰德!"

吉尔歪过头想了想，露出笑容："哦，是你啊！我已经把你忘了。你的朋友没有和你在一起？就是那个有一双黑眼圈的家伙？"

看样子，这里的人们并没有把兰德看成转生真龙。暗帝对他们做了什么？

"我需要和你谈谈，吉尔师傅。"兰德大步向私人餐厅走去。

"什么事，小子？"吉尔跟在他身后，"你又遇到什么麻烦了？"

兰德在吉尔师傅走进餐厅以后把门关上。"我们是在哪一个纪元？"

"当然是第四纪元。"

"就是说，最后战争已经发生了？"

"是的，我们赢了!"吉尔说道。他紧盯着兰德，眯起眼睛，"你还好吗，孩子？你怎么会不知道……"

"最近这几年，我都是在深山老林里度过的，"兰德说，"我很害怕在外面会遇到灾祸。"

“哦，那么，你不知道帮派的事情了？”

“不知道。”

“光明啊，孩子！那么你可真是遇到麻烦了。好吧，我会给你弄到一枚帮派徽章。你马上就需要一个！”吉尔拉开屋门，跑了出去。

兰德抱起手臂，注意到这个房间的壁炉里只有空无，不由得感到一阵气恼：“你对他们做了什么？”

我让他们以为，他们赢了。

“为什么？”

许多追随我的人都不知道何为暴政。

“你这样做到底是为什么……”兰德话还没有说完，吉尔就回来了。他并没有带什么“帮派徽章”，而是带来三个身材粗壮的打手。一进屋，他就向兰德一指。

“吉尔……”兰德后退了一步，握住真源，“你在干什么？”

“说实话，我觉得你这身外衣肯定能卖几个钱。”吉尔说道。他的语气中没有一丝一毫的歉意。

“那么，你打算抢劫我？”

“当然，是的，”吉尔似乎有些困惑，“这么做有什么问题吗？”

那些打手走进房间。他们手举着棍棒，都小心翼翼地盯着兰德。

“你这样做会违犯法律。”兰德说。

“为什么法律要禁止抢劫？”吉尔摇摇头，“你到底是什么人，竟然会有这种念头？如果一个人不能保护他的财产，为什么他还能拥有这些财产？如果一个人不能保卫他的生命，那他还有什么用处？”

吉尔一挥手，示意那三个人动手。兰德用风之力绳索捆住了他们。

“你偷走了他们的良心，对不对？”兰德低声问道。

看到兰德使用至上力，吉尔瞪大眼睛。他想要逃走，却也被兰德的风之力绳索捆住了。

相信自己受到压迫的人终有一天会反抗。我拿走的不仅是他们反抗的意志，还有他们对现实的怀疑。

“所以，你让他们毫无怜悯之心？”兰德盯住吉尔的眼睛。那个人似乎非常害怕兰德会杀了他。他的三个打手也和他一样，没有同情或懊悔，一点也没有。

同情是不需要的。

兰德感觉到死一般的冰冷：“这和你之前让我看到的那个世界并不一样。”

我之前让你看到的出自人类的想象，那是他们以为需要与之战斗的邪恶。

但我会制造一个世界，那里既没有善，也没有恶。

那里只有我。

“你的仆人们知道吗？”兰德悄声说道，“那些被你任命为中选使徒的人知道吗？他们以为，他们只要为你战斗，就能成为君主，统治一个他们自己制造的世界。而你却只给了他们这个。一个相同的世界……只不过没有了光明。”

那里只有我。

没有光明，没有人性之爱。由此而生的恐惧深深融入兰德的内心，摇撼着他的意志。如果暗帝胜利，这就是他可能做出的一种选择。当然，这并不意味着兰德眼前的一切已经成为现实，但……哦，光明啊，这太可怕了，远比一个只有暗帝俘虏的世界更可怕，远比一片黑暗、破碎的大地更可怕。

这是真正的恐惧，一个真正堕落的世界，一切美好都不复存在，只留下一个躯壳，一个漂亮但极度空虚的躯壳。

为了能保留住自己的善良，兰德宁可遭受一千年的磨难，即使这样也远远好过在这个没有光的世界中生活短短一刻。

他转过身，面对着黑暗的空无。那团空无正在变大，已经吞噬了整面墙壁。“你犯了一个错误，撒丹！”兰德向那团空无喊道，“你想让我绝望吗？你想打碎我的意志？你错了。我告诉你，这只能让我下决心要赢得这场战斗！”

有某种东西在暗帝之中发出震耳欲聋的响声。兰德吼叫着，用自己的意志撞击这个世界。这个充满谎言和冷血杀人者的黑暗世界崩碎了，爆裂成无数丝线。兰德再一次回到了时间之外、因缘的围绕之中。

“你让我看到了你真正的心思？”兰德一边向空无问道，一边抓住身边的丝线，“那我就让你看看我的，撒丹。你将看到一个和你那个没有光明的幻想完全相反的世界。”

“一个没有暗影的世界。”

麦特大步走着，一边努力平息着自己的怒火。图昂真的生他的气了！光明啊。他需要她的时候，她会回来的，应该是这样吧？

“麦特？”明快步跑到他身边。

“去找她吧，”麦特说，“为我看着她，明。”

“但……”

“她不需要太多保护，”麦特说，“她很强大。该死的，她的确很强大。但她的确需要有人看着。她在担心我，明。不管怎样，我必须赢得这场该死的战争。

如果总是跟着她，我就不可能打赢。所以，我需要你帮我看着她，可以吗？拜托你了。”

明放慢脚步，然后突然给了麦特一个意料之外的拥抱：“祝你好运，麦特·考索恩。”

“祝你好运，明·法萨维。”麦特说完，就放开了明，将艾杉玳锐扛在肩头。霄辰人已经开始撤离戴沙丘，回到艾瑞尼河边，为离开梅丽罗平原做准备。狄芒德不会去打扰他们，否则他就是个彻头彻尾的傻瓜。该死的，麦特有点不知道自己到底在干什么，他刚刚赶走了自己超过四分之一的军队。

他们会回来的，他心想。如果他赌对了，如果骰子能露出他想要的点数。

但这场战争不是一局骰子，这里面有太多过于微妙的东西。这更像是一场牌局。麦特经常会在牌桌上大获全胜，但并非每次都能赢。

在他的右侧，一队披挂黑色霄辰盔甲的战士正在向战场进发。“嗨，卡瑞德！”麦特喊道。

那名身材高大的军人用阴郁的眼睛望向麦特。突然间，麦特体会到了佩林在举起锤子时，铁砧上的钢块在他的注视下会有是什么感受。卡瑞德向他走过来。虽然这名视死卫士努力保持着面容的平静，麦特还是能感觉到雷霆从他的脸上爆裂开来。

“谢谢你，”卡瑞德的声音显得异常僵硬，“谢谢你保护了女皇，愿女皇永生。”

“你认为我应该把她留在某个安全的地方，”麦特说，“而不是让她待在指挥所里。”

“我没资格质疑王之血脉的决定，君上。”卡瑞德答道。

“你并没有质疑我，你只想拿一样够锐利的东西把我戳穿。这完全不同。”

卡瑞德长吁了一口气。“请原谅我，君上，”然后，他转身离开，“我必须带我的人去赴死。”

“我可不这么想，”麦特说，“你要跟着我。”

卡瑞德再次向麦特转过身，“女皇，愿女皇永生，已经下旨……”

“她让你去前线作战，”麦特一边说，一边伸手遮住眼睛，眺望挤满兽魔人的河岸……“很好，该死的，你觉得我会去哪里？”

“您也要到战场上去？”卡瑞德问。

“我可不想在这时候去其他地方闲逛，”麦特摇了摇头，“我需要亲身感受一下，狄芒德到底在干什么……我要到那里去，卡瑞德，把你的人放在我和兽魔人中间似乎是一件不错的事。你来吗？”

卡瑞德没有回答，但他也没有再走开。

“那么，你到底打算怎么选择？”麦特问，“冲上去，不明不白地死掉？还是为了你的女皇保护好我？我几乎可以确定，她是喜欢我的。也许吧。图昂是一个很难懂的人。”

“你不能再用这个名字称呼她了。”卡瑞德说。

“该死的，我想怎么叫她，就怎么叫她。”

“如果要我们跟着您，就不能这样，”卡瑞德说，“如果要我与您并肩作战，群鸦王子，我就不会让我的人从您口中听到这样的称谓。这将是一个可怕的预兆。”

“好吧，我们的确不想这种事发生。”麦特说，“那么，卡瑞德，就让我们冲进战阵里去，看看能在那里做些什么。一切都为了芙图娜。”

谭姆举起剑，仿佛要进行决斗。但他在这里找不到重视荣誉的对手，只有发出一阵阵狂吼、残忍嗜杀的兽魔人。不过他们终于将这些怪物从被围攻的白袍众那里吸引开了。

兽魔人纷纷转向两河人，发动攻击。谭姆守住楔形阵的尖端，使出疾风苇叶的剑法。他拒绝后退一步，一边左右躲闪兽魔人的攻击，一边飞快地舞起长剑，继续向兽魔人的队列中猛冲。

直插敌阵的两河人就像是暗帝手心里的一根尖刺，脚底的一段荆棘。在混乱的战场上，他们怒吼着、咒骂着，竭尽全力劈开兽魔人的阵列。

但他们很快就只能竭尽全力守卫脚下的阵地了。兽魔人源源不断地涌向他们。楔形阵通常是进攻阵型，但在这里也发挥了很好的效果，从两河人队伍两侧经过的兽魔人不断遭受两河人的斧、剑和枪矛的打击。

谭姆现在只能让这些小伙子依靠他们平时的训练了。他很希望能待在阵型中心位置，指挥他们作战，用喊声鼓励他们。现在这个工作正由丹尼完成。谭姆是这支部队中少数几个真正有战场经验的人之一，而楔形阵的关键就是位于阵型顶端的人能够坚守自己的位置。

这就是他现在的任务。谭姆保持着内心的虚空与平静，逐一迎击冲上来的兽魔人。他手中的剑从摇枝滴露转为风萍花，再转为石破止水。所有这些招数的作用都是让他能够守住本位，并同时与多名敌人作战。

尽管在过去几个月中一直勤加练习，但谭姆毕竟已经不像年轻时那样强壮了。不过，疾风苇叶剑法并不需要很强的体力。对于剑式，他也不像过去那样熟练了，但芦苇的迎风摇曳是一种趋于自然的心态。

这实际上很简单。

岁月的历练和打磨让谭姆对于虚空有了更深的理解，这是他年轻时所不曾达到过的境界。多年来养育、教导兰德的责任，多年以来没有凯丽的生活，多年以来倾听风过耳边，树叶飘落……

谭姆·亚瑟成了虚空。他以此迎战兽魔人，让它们领略到心的力量，将它们全部送进毁灭的深渊。

他躲过一只羊头兽魔人，挥剑到身侧，割开那头怪物的跟腱。怪物向前踉跄了一下。谭姆绕开它，让身后的战士继续与它作战。他的剑刃则向上挑起，黑色的血滴被甩向一头冲上来的兽魔人，射进它的眼里。那头兽魔人有着噩梦般的面孔和身形，但它只能睁着一双什么都看不见的眼睛，大声号叫。谭姆向前挥斩，割开它胸甲下面的肚子。它撞向第三头兽魔人。那头兽魔人本来已经向谭姆挥起战斧，巨大的斧刃却砍在自己同类的身上。

每一步都是一段舞蹈。谭姆在邀请兽魔人与他共舞。很久以前，他曾经有过一次这样的战斗，但虚空是不会容纳任何记忆的。他不再去想其他的时光，不再去想任何事。如果他知道自己曾经这样做过，那也只是因为他的动作与过去产生了共鸣，因为对岁月的理解已经渗透进他的每一寸肌肤之中。

谭姆刺穿了一头兽魔人的脖子，那头兽魔人有一张几乎和人类一样的面孔，只是脸上的毛发多了一些。它向后颓然倒去。谭姆突然发现，自己的面前已经没有了敌人。他停下来，竖起剑刃，感到一阵微风从身边吹过。黑色的怪兽正向下游轰然溃败，追逐它们的是高举边境国旗帜的骑兵。败退的兽魔人很快就会撞上一块铁板，真龙军团。它们会在边境国人和真龙军团的夹击下彻底消灭。

谭姆擦拭着剑刃，放开虚空，回想刚才的情势，他不由得心中一寒。光明啊，如果不是边境国军及时赶到，两河人今天就有可能尽数死在这里了……

他将长剑收回到彩绘剑鞘中。金红色的游龙在阳光下熠熠发光，谭姆没想到还会有阳光透过浓密的乌云照射下来。他抬头去寻找太阳，在靠近地平线的云层边缘看到了它。竟然已经快晚上了！

值得庆幸的是，废墟附近的兽魔人看样子终于被击溃了。它们在渡河时就已经遭受了严重的削弱，终于没能承受住岚在它们背后发动的致命一击。

没过多久，战斗就结束了。谭姆守住了阵地。

不远处，一匹黑马跑了过来，马背上的骑士正是岚·人龙。他的身后跟随着高举金鹤旗的旗手和他的卫士们。

“我一直都很想见见那位送给兰德苍鹭徽剑的剑士，”岚对谭姆说道，“因为我多少总有些怀疑，他是否有能力使用那口剑。现在，我知道了。”这名边境国人说完，便竖起手中的长剑，向谭姆致敬。

谭姆回头看着自己的部下。这些士兵已经精疲力竭，满身鲜血，但依然紧握着武器。数以百计的兽魔人倒在他们身后，清晰地标明了这个楔形阵前进的轨迹。在北边，第二个楔形阵中的战士们纷纷举起手中的武器，他们几乎被逼退到了森林里，但他们没有完全崩溃，甚至有一部分人活了下来。但谭姆还是无法将目光从千百个两河人的尸体上移开。

谭姆的部下一个接一个地坐倒在战场上，疲惫的他们甚至不再顾忌铺满周围地面的尸体。有些人开始给自己的伤口缠上绷带，或者照料被拖进阵型中央的伤员。在南边，谭姆看到一点微弱的光亮。霄辰人离开他们在戴沙丘的营地了吗？

“那么，我们赢了吗？”谭姆问。

“我们离胜利还很远。”岚说道，“我们守住了这一段河岸，但这只是一次局部的胜利。狄芒德让兽魔人攻打这里只是为了牵制我们的兵力，让我们无法去支持下游浅滩处规模更大的战场。”岚调转马头：“召集起你的人，剑技大师。今天的战斗不会随着太阳落下而结束。顶多再过几个小时，你就要再次投入战斗了。台沙·曼埃瑟兰。”

岚说完，就策马向他的边境国部队奔去了。

“台沙·马吉尔，”谭姆向他喊道。

“那么……我们还要战斗下去？”丹尼问道。

“是的，小子。但我们会先休息一下，让伤员接受治疗，再找些吃的。”他看到战场旁边有神行术通道开启。看来，考索恩同样想到了谭姆需要送伤员去梅茵。这个……

人群从通道中涌出来，成千上万的人。谭姆皱起眉头。不远处，白袍众也正在进行修整，他们在刚刚结束的战斗中遭受了重创，只是因为谭姆的及时赶到，才让他们免于全军覆没的命运。亚甘达的士兵正在废墟旁整队。狼卫士高举起他们的旗帜，他们也仿佛都被血洗过一样，在他们周围全是一堆堆兽魔人的尸体。

谭姆大步走过战场，现在，他感觉到自己的四肢仿佛死尸一样沉重。就算是他拖了一个月的树桩，也不会感到这么累。

在第一个神行术通道前，谭姆看见了贝丽兰，她的身边还有几位两仪师。这位如同无瑕宝石般美丽的女子与这个满是血泥和死尸的地方显得格格不入。

她的银黑色长裙、她头顶的金冠……光明啊，她绝对不属于这个地方。

“谭姆·亚瑟，”她说道，“你负责指挥这支军队？”

“差不多，”谭姆说，“请原谅，梅茵之主，但这些又都是什么人？”

“来自凯姆林的难民，”贝丽兰说，“我派遣一些人去看望他们是否需要治疗，但他们拒绝接受任何照顾，而是坚持要我带他们来参加战斗。”

谭姆挠了挠头。参加战斗？所有能够握剑的男人和许多女人都已经被征召进了军队。现在从通道中走出来的绝大多数都是孩子和老人，还有一些后方照顾孩子的妇人。

“请原谅，”谭姆说，“但这里是杀人的地方。”

“我竭力向他们做了解释，”贝丽兰说道，她的声音里也带着一丝恼怒。“他们说，他们能在这里派上用场。这总要比在前往白桥的路上抱在一起，战战兢兢地等待最后战争的结果要好。这就是他们的回答。”

谭姆的眉头皱得更紧了。那些孩子们正跑向战场。看到他们仔细端详那些尸体的样子，谭姆觉得自己的胃都抽紧了。有许多孩子的确被吓到了，但也有一些孩子很快就开始在死人堆里寻找还活着、可以进行治疗的人。几名本来被安排保护难民的年迈士兵也在这些人中间，他们在寻找还没有死透的兽魔人。

女人和小孩子开始在尸体中间捡拾箭支。这的确能帮助谭姆，对他和他的部下很有帮助。谭姆惊讶地看到数百名匠民也从通道中走了出来，他们立刻就在数名黄宗两仪师的指挥下开始寻找受伤的人。

谭姆发觉自己在点头。不过他还是感到担忧，觉得不该让孩子们看到这种景象。好吧，他心想，如果我们失败了，他们只会看到更加恐怖的景象。如果他们希望在这场战争中发挥作用，没有人可以阻止他们。

“告诉我，谭姆·亚瑟，”贝丽兰问，“……加拉德·达欧崔还好吗？我看到他的部下都在这里，却没有他的旗帜。”

“他奉命去执行别的任务，”谭姆说道，“他去了下游。我已经有几个小时没有他的消息了。”

“哦，那么，我们先对你的部下进行治疗，给你们提供食物。也许我们很快就会有达欧崔的消息了。”

伊兰轻轻抚摸着加雷斯·布伦的脸颊，阖上布伦的眼睛，然后才向找到他的士兵点点头。他们用盾牌将布伦抬走了。他的腿从盾牌的一侧垂下来，头从另一侧垂下来。

“他刚刚怒吼着骑马冲了出去，”柏姬泰说，“径直杀进敌阵，任何人都不可能阻止他。”

“史汪死了。”伊兰说道。巨大的悲痛和失落感几乎要将她压垮。史汪……史汪一直都是那么强韧有力。伊兰努力让自己镇定下来，她必须将注意力集中在战场上。“指挥所那里有什么消息？”

“戴沙丘的营地被放弃了。”柏姬泰说，“我不知道考索恩在哪里。霄辰人抛弃了我们。”

“举起我的旗帜，”伊兰说，“在我们得到麦特的消息前，我是这场战争的统帅。带我的参谋过来。”

柏姬泰跑去传达命令了。伊兰的女卫士们都听到她们的对话，现在全都在不安地挪动着脚步。而兽魔人还在向河岸上的安多人发动猛攻。它们已经挤满高地和沼泽之间的走廊地带，随时都有可能涌进夏纳境内。艾雯的一部分军队正从走廊的另一端攻击这些兽魔人，这让伊兰的部队所受的压力暂时得到减轻。但愈来愈多兽魔人开始向她这一侧发动攻击。看样子，艾雯那边的战况可能很不理想。

伊兰接受过严格的战术培训，虽然没有多少实战经验，她还是能看出战局的好坏。是的，她已经得到消息，上游的兽魔人被岚所率领的边境国人消灭了。但那里的胜利丝毫没有能让她松一口气。

太阳开始向地平线下方落去，兽魔人却丝毫没有撤退的迹象。伊兰的士兵们不情愿地点起了篝火和火把。让部队结成方阵，的确会加强防御能力，但这样做也就彻底牺牲了军队的进攻能力。艾伊尔人和凯瑞安人也在这里作战。但这些长矛方阵才是整个作战计划的核心。

它们在慢慢包围我们，伊兰心想。如果真是这样，兽魔人就会逐步把安多人压垮。光明啊，这将是最糟糕的结果。

太阳在云层和大地之间突然变成一个明亮的火球。在黑夜中，兽魔人会获得另一个优势。空气在逐渐降临的黑暗中变得更冷了。伊兰原先曾经以为这场战役会持续数天时间。现在看来，她的想法实在是有些愚蠢。暗影已经向这里投入了全部的力量，人类剩下的时间将不是以天计算，而是以小时计算。

“陛下，”葛本将军率领伊兰的指挥官，策马来到她身边。他们铠甲上的凹痕和战袍上的血迹表明，就连高级军官也无法避免参与直接战斗。

“有什么建议。”伊兰看着葛本、骑兵指挥官西奥多和元帅柏姬泰。

“我们是否应该撤退？”葛本问。

“你真的认为我们能平安离开战场?”柏姬泰反驳道。

葛本陷入了犹豫,然后摇摇头。

“那么,”伊兰又问,“我们该如何取得胜利?”

“我们守在这里,”西奥多说,“希望白塔能够战胜沙塔导引者,然后再来援助我们。”

“我不喜欢这样被动挨打,”柏姬泰说,“这……”

一道耀眼的白色光束切过伊兰的卫兵,数十名战士在眨眼间消失了,葛本的坐骑也在他的身下不见了踪影。葛本刚好没有被白光碰到。伊兰的马扬起了前蹄。

伊兰咒骂一声,努力控制住坐骑。这是烈火!

“路斯·瑟林!”一个强有力的喊声笼罩整片战场,“我在猎杀一个你爱的女人!来找我啊,懦夫!来和我一战!”

伊兰身边的地面发生了爆炸,将她的旗手抛入空中。伊兰的旗帜变成了一团火焰。这一次,伊兰从马背上摔了下来,重重地落在地上。她不由得哀呼了一声。

我的孩子!她呻吟着,在地上翻过身。许多双手同时搂住了她。柏姬泰在数名女卫士的帮助下将她扶到自己背后的马鞍上。

“你能导引吗?”柏姬泰问,然后她急忙又说道:“不,不要这样做,他们肯定正在寻找你导引的迹象。赛丽布兰,再竖起一面伊兰的旗子来!率领一个班的女卫士全速向下游疾驰。我带着女王朝另一个方向走!”

站在柏姬泰马旁的那名女卫士敬了一个礼。这相当于宣判了她的死刑!
“不,柏姬泰。”伊兰说道。

“狄芒德认为你会帮他把转生真龙引出来,”柏姬泰已经调转她的马头,“我可不打算让这种事发生。走!”她的马如同离弦的箭般飞了出去。而这时,闪电落在伊兰的卫队之中,不少人被掀到了空中。

伊兰咬紧了牙。她的军队正在被逐步包围,很快就会有全军覆没的危险。而这个时候,狄芒德突然开始用烈火和闪电轰击他们,将他们脚下的地面炸裂。这个人简直就像他的军队一样危险。

“我不能就这样离开。”伊兰在柏姬泰身后说道。

“你可以,你早就应该离开了,”柏姬泰一边催马狂奔,一边说道,“如果麦特死了。光明啊,但愿他还活着。那样的话,我们就需要建立一个新的指挥部。狄芒德直接攻击戴沙丘和你是有原因的,他在破坏我们的指挥系统。你的责任就是待在秘密安全的地方,发布指挥命令。一旦我们逃得够远,狄芒德的斥候感觉不到你的导引的时候，我们就要用神行术到合适的地点去。你将在那里恢复对军队的控制。但现在，伊兰，你需要闭上嘴巴，让我保护你。”

光明烧了柏姬泰吧，她是对的。伊兰抱紧柏姬泰，任由她在战场上如风一般驰骋。战马载着她的护法和她奔向安全之地，只在身后留下了一团团尘土。

至少，他很容易找，加拉德一边想，一边催马疾驰。远处的敌阵中正有一道又一道的火焰射向伊兰的军队。

加拉德的脚跟一次又一次地猛踢着他偷来的这匹马。他正穿过这片高地，直奔它的最东边。他的眼前仿佛仍一遍又一遍地重现着盖温死在他臂弯里的情景。

“来吧，路斯·瑟林！”狄芒德雷鸣般的喊声震撼着前方的土地。他杀死了加拉德的弟弟。现在，这个怪物又要杀害加拉德的妹妹了。

以前，加拉德似乎总是很清楚什么样的事情是正义的，应该去做，但他对于正义的信念从不曾像今天这样明确过。那些喷射的光束和火焰就像是地图上的标记，为他指明了方向。是圣光在指引他，让他做好了准备，将他放到了此时此地。

他冲过沙塔人的后阵，继续向狄芒德所在的地方飞奔而去。从那里正好能俯瞰河岸边伊兰的部队。利箭如同雨点般落在他的周围，弓箭手不断地向他射击，完全不在乎是否会射到自己的同伴。加拉德抽出佩剑，让一条腿离开马镫，做好跳下马鞍的准备。

一支箭射中了那匹马，加拉德从马背上一跃而下，重重地落在地上，又向前跑了几步才站稳脚跟，同时顺手砍断了身边一名十字弩手的手臂。一个男性导引者咆哮着向他冲了过来。狐狸头徽章在加拉德胸前变冷了。

加拉德的剑刃刺穿那个人的脖子，那个人发出一阵狂乱的号吼，鲜血随着他的每一次心跳，不断地从伤口中喷溅出来。他似乎并不因为自己的死亡而感到惊讶，只是变得更加狂怒。他的吼声引来更多人的注意。

“狄芒德！”加拉德吼道，“狄芒德，你在向转生真龙叫阵吗？你要与他交手？他不在这里，但他的哥哥在这里！你敢和我一战吗？”

数十支十字弩被举起。在加拉德身后，那匹马倒在地上，它的鼻孔中喷出了血沫。

兰德·亚瑟，他的弟弟。盖温的死让加拉德无暇去多想这层关系。如果他活下来，他会有许多时间去处理这件事。而现在，他不知道自己是该为此而骄傲,还是感到羞愧。

一个身披银色圆片鳞甲的人从沙塔人的队列中走出来。狄芒德是个无比高傲的人,只要看一眼他的脸,就能明白这一点。他看起来的确和亚瑟有些相似,他们都让加拉德有一种同样的感觉。

狄芒德审视着加拉德。后者站在他面前,手握着滴血的长剑。那名垂死的导引者正用手指抓挠着他脚边的地面。

“他的哥哥?”狄芒德问道。

“提格兰之子,”加拉德说,“她后来成了枪姬众,在路斯·瑟林的坟墓,龙山山脚下生下了我的弟弟。我有两个弟弟。你刚刚杀死了另一个。”

“看来,你有一件很有趣的宝物。”狄芒德又说道。这时,加拉德胸前的徽章再次变冷了。“你不会以为,仅凭这样一个东西就能让你的命运和你的弟弟有所不同吧?我指的是死掉的那一个。”

“暗影之子,我们是战斗,还是聊天?”

狄芒德抽出佩剑,那把剑的剑柄和剑刃上都有苍鹭徽记。“希望你能比你的弟弟更厉害一点,小家伙。我已经开始厌倦了。路斯·瑟林可以恨我,也可以斥责我的罪行,但他不该轻视我。”

加拉德踏进十字弩手和导引者组成的包围圈中。就算是他赢了,他还是会死。但光明啊,他至少可以拉一个弃光魔使陪葬,这是一个不错的结局。

狄芒德开始向他逼近。战斗开始了。

这个洞穴中唯一的光源只有凯兰铎的反射的光芒。奈妮薇的后背抵在一根石笋上,正在努力拯救埃拉娜的生命。

在白塔中,有不少人都曾嘲笑奈妮薇过分重视不需要至上力的医疗技艺。两只手和一条丝线怎么可能与至上力相比?

但如果来到这里的是那些人,而不是奈妮薇,这个世界将就此终结。

奈妮薇所处的环境相当糟糕。极度缺乏照明,除了荷包里的一点随身器具之外,她没有任何工具。但奈妮薇仍然用一直带在身边的针线为埃拉娜缝合了伤口,并向她的口中塞了一些混合草药。这些药的效力不算很强,但现在,她需要一切可以用到的力量。这些药能帮助埃拉娜保持体力,忍耐疼痛,让她的心脏不至于在奈妮薇努力挽救她时就停止跳动。

埃拉娜的伤口很严重,但奈妮薇以前也缝合过严重的伤口。虽然内心不住地颤抖,奈妮薇以绝对稳定的双手操作着针线,将埃拉娜从死亡的边缘挽救了回来。

兰德和沐瑞都没有动作，奈妮薇只能感觉到他们内心的波动。兰德正在战斗，那是一场她无法看见的战斗。

“麦特·考索恩，你这该死的傻瓜。你还活着吗？”

麦特回过头，朝沉沉的暮色中瞥了一眼，看到达弗朗·巴歇尔正策马赶来。麦特和视死卫士们已经移动到了河岸边安多战线的背后。

巴歇尔的身边还有他的妻子和一支沙戴亚人的卫队。根据黛拉身上的血迹判断，她也和她的丈夫一样，经历了重重苦战。

“没错，我还活着，”麦特说，“我一般都很擅于保住自己的小命。在我的记忆里，我只失败过一次，而那一次的情况实在是太特殊了。你们在这里干什么？难道……”

“他们钻进了我该死的脑子，”巴歇尔满面怒容地说道，“这就是他们干的好事。黛拉和我认真谈过这件事了，我不能再统率军队，但为什么我不能多杀几个兽魔人？”

麦特点点头。在泰诺比牺牲后，这个人就成为了沙戴亚国王。但迄今为止，他都拒绝戴上王冠。他至今都无法摆脱心智受到腐蚀的阴影。他只是宣布，沙戴亚人将与马吉尔人并肩战斗，并命令他的军队完全服从岚的命令。沙戴亚王位的归属问题看来要等到他们活过最后战争以后再解决了。

“你又是怎么了？”巴歇尔问，“我听说指挥所被攻陷了。”

麦特点点头：“霄辰抛弃了我们。”

“该死的！”巴歇尔喊道，“难道我们现在的麻烦还不够吗？该死的霄辰狗子。”

站在麦特周围的视死卫士们没有对他的话做出任何反应。

伊兰的部队还能勉强守住河岸，但兽魔人正缓慢地从上游方向迂回到他们的侧后。伊兰的战线没有崩溃，只是因为安多士兵的严格训练和坚韧性格，每一个巨大的长矛方阵都仿佛一只顽强不退的大刺猬。

但如果狄芒德从正确的角度推出楔形阵，这些方阵还是会被割裂。麦特一直在调遣安多和红手队的骑兵在方阵周围来回扫荡，竭力阻止兽魔人突破长矛方阵，或者迂回到伊兰的后方。

麦特的指尖随时都在感受着这场战争的脉搏，他能感觉到狄芒德下一步要干什么。对很多人而言，这场战争的结局也许是一件非常简单的事。力量强大的兽魔人军队突破河边的方阵，粉碎麦特的防御。但事实复杂微妙得多。

岚的边境国人已经打垮了上游的兽魔人，他们需要得到关于下一步行动的指示。而麦特也正需要那些骑士去完成他的下一个计划。

三个巨大的长矛方阵已经变得岌岌可危，如果麦特能在每个方阵中央安排一两名导引者，就能让他们继续支持下去。光明在上，似乎一直都有人在干扰狄芒德。无论他们是谁，光明都应该祝福他们。那名弃光魔使的攻击刚刚摧毁了一整个方阵。狄芒德不需要逐一杀死队伍中的每一个人，他只要用一次强大的至上力攻击把阵型打乱，兽魔人自然会将混乱中的人类杀得一个不剩。

“巴歇尔，”麦特说，“请告诉我，你的女儿一定有消息传来吧。”

“没有人知道她在哪里，”黛拉说，“我很抱歉。”

该死的，麦特心想，可怜的佩林。

他自己也很可怜。如果没有瓦力尔号角，他该怎么办？光明啊，他其实完全不知道。

“我要你们为我做一件事，”麦特一边策马前行，一边喊道，“到岚那里去。他在上游。告诉他，去攻击那些想要绕到安多人右翼的兽魔人！还要告诉他，我很快就会向他下达别的命令。”

“但我……”

“我不在乎你是不是被该死的暗影碰过！”麦特说，“所有人的心都被暗帝的手指头捏过，这才是该死的事实。你能打赢暗帝。现在，用最快的速度到岚那里去，把我的话告诉他！”

巴歇尔哼了一声。奇怪的是，他的大胡子下面露出了开心的笑容。该死的沙戴亚人，他们真的这么喜欢被别人大吼大叫吗？但麦特的话似乎真的让他重拾了信心。他催开坐骑，疾驰而去。他的妻子紧随在他身旁。临行前，黛拉还回过头，充满谢意地看了麦特一眼。这让麦特感到很不舒服。

现在……他需要一支军队，还有神行术。他需要有人给他施展该死的神行术。蠢货，麦特心里想着，是他赶走了那些罪奴。难道他不知道，至少要给自己留下一个？但看到那些女人，他总会起鸡皮疙瘩，就好像身上爬满蜘蛛一样。

麦特拉住果仁的缰绳。视死卫士们都在他的身边停下。有几名视死卫士点燃了火把。和麦特一起与沙塔人作战，他们显然都打得很痛快，但他们似乎还没有杀过瘾。

就是那里，麦特心想。他催起果仁向安多长矛镇南边的一支军队跑去。真龙信众。在霄辰人离开戴沙丘前，麦特曾派这支军队去支持伊兰。

他还不知道该如何使用这支军队。当这群乌合之众在梅丽罗平原聚集起来的时候，他还没有来到这片原野。不过他已经看过不少关于真龙信众的报告：不同阶级、不同环境的人们从各个国家赶来，打算加入最后战争。对君主的忠诚、国界的隔阂都已经被他们抛诸脑后。兰德打破了一切誓言和其他所有约束。

麦特让果仁以小步向前快跑。视死卫士们跟在他身后。他们从安多人的防线后面绕了过去。光明啊，这道防线正严重地向内弯曲，这种情形很糟糕。但不管怎样，他已经下了赌注。现在，他对于这一处战场已经做不了什么，只能希望它不会很快就崩溃掉。

在逐渐接近真龙信众时，麦特听到某种与身边的环境很不协调的声音。是歌声？麦特勒住马缰。他早就看见巨森灵正在那里与兽魔人作战，他们一直杀过了伊兰左翼方向的干河床，正在沼泽边缘战斗，以阻止兽魔人从那个方向迂回包围伊兰的部队。

他们始终不曾后退一步，如同挡在洪水前面的橡树一样，一边歌唱，一边挥动巨大的长柄斧。兽魔人的尸体在他们身边堆积如山。

"罗亚尔！"麦特在马镫上站起身喊道，"罗亚尔！"

一名巨森灵从战阵中退下来，回过身。麦特被吓了一跳。他平日里随和友善的朋友低垂耳朵，紧咬着牙齿，眼里燃烧着怒火，双手紧握着一把染血的战斧。光明啊，他这副表情让麦特感到一阵寒意涌过全身。他宁可去嘲弄十个认为他在赌局中出老千的人，也不会和一个愤怒的巨森灵作战！

罗亚尔向其他巨森灵喊了几句，又投入战团之中。他们不断朝冲上来的兽魔人挥动大斧，将它们砍倒在地。兽魔人和巨森灵的身高大致相仿，但在战斗中却仿佛只能仰视巨森灵。巨森灵在战斗中并不像士兵那样，而是像砍伐树木的樵夫，不断地将周围的兽魔人伐倒。实际上，麦特很清楚，巨森灵不喜欢砍伐树木。但他们却仿佛很高兴能消灭这些兽魔人。

巨森灵终于击溃了这股兽魔人，暗影生物开始纷纷向后逃窜。伊兰的部队及时移动过来，封锁了它们的退路。数百个巨森灵朝麦特的方向退了过来。麦特注意到，他们之中还有几个霄辰巨森灵，那些园丁。麦特并没有命令他们参战。这两支巨森灵在并肩作战，却似乎极少会看对方一眼。

每一个巨森灵，无论男女，在手臂和腿上都有许多伤口。他们没有穿戴盔甲。但这些伤口大多都不深，似乎他们的皮肤就像树皮一样坚韧。

罗亚尔肩扛着战斧，向麦特和视死卫士们走过来。他的裤子直到大腿的部位都变成了黑红色，仿佛他刚刚涉过葡萄酒的河流一样。"麦特，"罗亚尔一边说话，一边还喘着大气，"我们按你说的去做了，没有一头兽魔人能从这里过去。”

“你们做得很好,罗亚尔,”麦特说,“谢谢你。”

他等待着巨森灵的回答,那一定会是冗长而热情洋溢的回答。罗亚尔站在那里,他呼出的空气一定能充满整个房间了。但他没有说话。他的身边还有许多比他年长的巨森灵,他们也没有说一个字。一些巨森灵举起了火把。太阳的光亮已经彻底消失在地平线以下了,夜幕完全笼罩了他们。

沉默的巨森灵。这种情景可真奇怪。的确,巨森灵出现在战场上也很奇怪……但这种感觉不一样,麦特不曾见过这种景象,甚至在那些本不属于他的记忆中也不曾发生过这种事。

“我需要你们,”麦特说,“我们必须扭转战局,或者就此完蛋。来吧。”

“遵从号手的命令!”罗亚尔吼道,“举起战斧!”

麦特打了个哆嗦。如果他需要有人从凯姆林向凯瑞安人喊句话,那么他知道该找谁了。也许就连妖境都能听到他的吼声。

麦特踢了一下果仁,跑了起来。巨森灵和视死卫士们围绕在他四周。巨森灵的两条长腿能毫不费力地追上战马。

“君上,”卡瑞德说,“我和我的人受命……”

“死在前线。我正在做这件该死的事,卡瑞德。暂时先请你不要用剑划开你的肚子。”

那名视死卫士的表情阴沉下来,但他没有再说话。

“她也并不真的想让你去死,这你很清楚。”麦特说。他不能再说什么了,否则他就会泄露和图昂定好的计策。

“如果我的死能对女皇有用,愿女皇永生,那么我很愿意献出我的生命。”

“你真是个该死的疯子,卡瑞德,”麦特说,“很不幸,我也是。你现在可是有伴了。嗨,那边那些人!谁是这支部队的指挥官?”

他们已经到了真龙信众预备队所在的地方,被留在这里的都是伤员和刚刚离开最前线,正在休息的人。

“大人?”一名斥候说道,“指挥我们的应该是婷娜大人。”

“去找她。”麦特说道。骰子在他的脑袋里不停地滚动着。他能感觉到来自北方的牵扯,仿佛一根丝线缠绕住他的胸膛,正不断地将他向北方拉过去。

现在不行,兰德,他想道,我该死的很忙。

他的脑海中没有出现色彩,只有一片黑暗,就像魔达奥的心一样黑。那股牵扯的力量变得更强了。

麦特压抑下那片黑暗。现在不行。

他在这里还有许多事情要做，还有计划要完成。光明啊，就让这个计划起作用吧。

婷娜身材很高，四肢有力，是一个漂亮女孩，比麦特预料的要年轻。她将褐色长发结成了一根辫子。但卷曲的头发从辫子的许多地方跳了出来。她穿着马裤，根据她腰间的长剑和袖子上的兽魔人血迹判断，她也亲身参加了不少战斗。

她骑马来到麦特身边，上下打量麦特："你终于记起我们了，对不对，考索恩大人?"没错，麦特第一眼看到她的时候，就想到了奈妮薇。

麦特抬起头，望向高地。两仪师和沙塔人在那里的战阵愈来愈乱了。

你最好也在那里，艾雯，我全都指望你了。

"我听说，"麦特转头望向婷娜，"你的军队里也有一些两仪师?"

"是的。"婷娜谨慎地答道。

"你也是两仪师吗?"

"我不是，严格来说，不是。"

"严格来说? 什么意思? 听我说，我需要神行术。如果我们之中没有人会这个，这场仗恐怕就要输了。请对我说，我们这里有导引者能把我送到我要去的地方。"

婷娜的嘴唇抿成了一根细线："我并不打算激怒您，考索恩大人。旧有的习惯仍然是一条强有力的绳索。我早已学会了，对于某些事情不要说得太死。我被送出白塔，是因为……一些复杂的原因。我很抱歉，但我不知道神行术的编织。而且据我所知，大多数加入真龙信众的两仪师都没有足够的力量进行这种编织，这需要大量至上力……"

"我可以。"

一名身着红裙的女子走出伤员的队列，她显然正在给受伤的人进行治疗。她的身材可以说是瘦骨嶙峋，脸色也很不好看。但麦特的心里简直乐开了花，他真想亲这个女人一口。当然，如果能完成计划，他就算是亲碎玻璃也在所不惜。而且，他以前也对她这么干过。"苔丝琳!"他喊道，"你在这里干什么?"

"我想，应该是参加最后战争，"苔丝琳一边说，一边掸着双手，"我们不都是为了这个吗?"

"但你为什么加入了真龙信众?"麦特问。

"我回到白塔以后，发现那里已经不再是一个能让我感到安心的地方了。它改变了。所以我来到这里，并发现我在这里能发挥更大的作用。那么，你想要我施展神行术? 你需要多大的通道?"

“大到足以移动我们能找到的全部军队，真龙信众、巨森灵和红手队的骑兵。”

“那么，我需要建立连结，婷娜。”苔丝琳说，“别再说你不能导引了，我能感觉到你的能力。一切曾经的忠诚与誓言对于这里的我们都已经不再有意义了。召集其他能导引的女人。我们要去哪里，麦特？”

麦特咧嘴一笑：“到那片高地上面去。”

“高地！”卡瑞德说，“你不是在战斗刚一开始时就已经放弃那里了吗？现在那里已经是暗影生物的地盘了！”

“是的，我是那么干的。”

而现在……现在他有机会结束这场战争。伊兰的部队守在河边。艾雯在西侧作战……麦特必须占领高地的北部。他知道，现在霄辰人离开了战场，而他的大部分军队都已经在高地下方投入战斗。狄芒德一定会派遣一支强大的沙塔人和兽魔人军队从东北方渡过莫拉河，迂回到伊兰身后。到时候，光明阵营的军队就会被团团围住，成为狄芒德的囊中之物。麦特唯一的机会就是阻止狄芒德的军队离开高地，哪怕他只能派过去多么可怜的一支部队。光明啊，这实在是一场希望渺茫的赌博，但有时候，你只能抓住眼前唯一的机会。

“你让我们的部队过于分散了，这很危险。”卡瑞德说，“如果将这里所亟需的军队移动到高地去，你就是在拿整场战争来冒险。”

“你想做的应该只是到前线去，”麦特答道，“罗亚尔，你跟我们走吗？”

“一直杀进敌人的核心？”罗亚尔举起战斧，“跟着你们三个中的一个，我总是能有一场不错的冒险。我希望兰德不会有事。你也是这么想的，对吗？”

“如果兰德死了，”麦特说，“我们肯定会知道。这一次，没有麦特·考索恩去救他了，他必须照顾好自己。苔丝琳，打开通道吧！婷娜，召集起你的人马，让他们做好穿过通道的准备。我们需要迅速占领高地的北坡，而且无论暗影使出什么样的手段，我们都要守住那里！”

艾雯睁开眼睛。她现在应该是在战斗，但她却躺在一个房间里，而且还是一个相当华丽的房间。清冷的空气中带着海盐的气息。她的身下是一张柔软的床垫。

我在做梦，她心想。或者，已经死了。这是否能解释她感受到的痛苦？真是可怕的痛苦。就算是变为虚无，也要比这痛苦好得多。

盖温走了，她的一部分也随之永远地消失了。

“我甚至忘了她还是多么年轻。”低微的耳语声飘过房间。那是艾雯熟悉的声音。希维纳？“照顾好她。我必须回到战场上去了。”

“情况如何？”艾雯也认识这个声音。是黄宗的萝希尔。她带着初阶生和见习生去梅茵救治伤员了。

“战场的情况？相当糟糕。”希维纳不是一个说话婉转的人，“看好她，萝希尔。她很强大，我并不怀疑她无法度过这一关，但我还是难免会感到担忧。”

“我以前就帮助过失去护法的人，希维纳。”萝希尔说，“不必担心，对此我很有经验。随后的几天里，她将做不了任何事，但她逐渐会恢复过来的。”

希维纳哼了一声：“那个男孩……我早就应该知道，他会毁了她。我第一次注意到她看着他的眼神时，就应该捏住那个男孩的耳朵，把他揪走，把他扔到一个偏僻的农场去，让他在那里刨上二十年的土块。”

“控制一个人的心可不是那么容易的，希维纳。”

“护法就是弱点，”希维纳说，“他们一直都是我们的累赘，将来也是一样。那个男孩……那个愚蠢的男孩……”

“那个愚蠢的男孩，”艾雯说道，“从宵辰刺客手里救了我的命。如果没有他，我也就不必在这里伤心了。希维纳，当你提起他的时候，我建议你记住这一点。”

房间里陷入沉默。艾雯竭力克服这种失去至爱的痛苦。当然，她是在梅茵。希维纳只可能把她送到黄宗之中。

“我会记住的，吾母。”希维纳说道，她的语气中真的流露出悔悟的意味，“请好好休息，我……”

“休息是逝者的权利，希维纳。”艾雯说着，坐了起来。

希维纳和萝希尔站在这个华美房间的门口。艾雯这时才看清楚这个房间的样子，这里的天花板上镶嵌着雕花珍珠母，墙壁铺着蓝色的壁毯。那两名姐妹都将双臂抱在胸前，用严厉的目光盯着她。

“您刚刚遭受了极为严重的伤害，吾母。”萝希尔说道。莱伊纹也站在屋门旁，显然是在为艾雯站岗。“对于任何人而言，失去护法都将让她暂时无法再做任何事。让您不得不承受这种痛苦，这是整个白塔的羞耻。”

“艾雯·艾威尔会感到痛心，”艾雯一边说，一边站起身，“艾雯·艾威尔失去了她的爱人，她通过约缚感觉到了他的死亡。玉座对艾雯·艾威尔深表同情，她会同情任何承受这种痛苦的两仪师。但在最后战争的紧急关头，玉座希望这个女人能收拾自己的心情，返回战场。”

她走过房间，每一步都变得更加坚定。她向希维纳伸出手，点头示意希维纳交出手中的沃拉超法器:“我需要这个。”

希维纳还在犹豫着。

“也许你们两个还想确认我现在的力量,”艾雯低声说道,“但我不建议你们有这种无礼的念头。”

希维纳看了萝希尔一眼,后者叹了口气,不情愿地点点头。希维纳交出了法杖。

“我绝不认为这样做是适当的,吾母,”萝希尔说,“但如果您坚持……”

“我坚持。”

“……那么,我只能给您一些忠告。您的情绪很可能会将您压垮,这是非常危险的。而且在失去护法时,召唤阴极力将变得非常困难。即使您做到了,也不可能继续保持两仪师的镇定,这种情况更是极度危险。”

艾雯向阴极力张开自己。就像萝希尔所说的那样,现在她拥抱真源变得异常困难,有太多情绪在干扰她的注意力,要将她彻底压倒,破坏她的平静。她在失败了两次以后,不由得面色一红。

希维纳张开嘴。毫无疑问,她是要建议艾雯回到床上去。就在这个时候,艾雯找到了阴极力,她意识中的花蕾绽放了,至上力涌进她的身体。她给了希维纳一个挑衅的眼神,然后便开始编织神行术。

“您还没有听完我的忠告,”萝希尔说,“您将无法逐退困扰您的情绪,至少无法完全除去它们。您唯一的选择也是最糟糕的选择,就是用更强烈的情绪压倒这些悲伤和痛苦。”

“这应该不难。”艾雯说。她深吸一口气,开始汲取更多的至上力。她允许自己愤怒,对威胁整个世界的暗影感到愤怒,对那些夺走盖温的怪物感到愤怒。

“我需要有人帮我警戒敌人。”艾雯说道。她绝不赞同希维纳的话。盖温从来都不是她的累赘。“我需要另一名护法。”

“但……”萝希尔说道。

艾雯用眼神阻止了她。是的,大多数女人都会等待痛苦过去。是的,艾雯·艾威尔正在承受失落所带来的痛苦。盖温是任何人都不可能取代的。但她信任护法,玉座需要有人为她警戒背后。而且,拥有护法约缚的人比没有它的人更善于作战,拒绝护法就是拒绝为光明提供一名战士。

这里有一个人救过她的命。不,她的心中冒出了一个声音,而她的眼睛已经落在莱伊纹身上。不能是霄辰人。

她的另外一部分,属于玉座的那一部分,则对这个声音放声大笑。不要这么孩子气。她需要一名护法。“莱伊纹·无船,”艾雯高声说道,“你愿意担负起这个责任吗？”

那个女人跪下去，以头触地：“我……愿意。”

艾雯编织出约缚。莱伊纹站起身，深吸一口气，她的精神比刚才好多了。艾雯打开了一个通向房间另一边的神行术通道，然后利用自己在穿行中对这个房间的了解，打开了另一个直通战场的通道。爆炸、号叫和武器撞击盾牌的声音立刻从通道中传了过来。

艾雯走回杀人的战场，带回了玉座的怒火。

狄芒德是一名剑技大师。加拉德早就有这种推测，不过他还是很想验证一下自己的推测。

他们两人在沙塔人的围观中开始拼杀。加拉德只在战袍下面披着一件链甲衫，他的脚步更加快捷。狄芒德的圆片鳞甲比普通锁甲更重，但很适合挡住剑锋的攻击。

“你比你的弟弟更优秀。”狄芒德说，“他死得太快了。”

这个人在尝试激怒加拉德。但他没有成功。冰冷、谨慎。加拉德移动着步伐。扣扇斩，狄芒德的应对招数很像是鹰曲背。加拉德的攻击被挡在一旁。狄芒德向后退步，绕过圆形空地的边缘，尖锋指向侧旁。一开始，他的话还很多。现在，他只是偶尔才会说一句嘲弄的话。

他们彼此相对，沿着空地边缘打转，沙塔人的火炬照亮了黑夜。一圈，两圈。

“来吧，”狄芒德说，“我正等着呢。”

加拉德一言不发。他在这里多拖延一刻，狄芒德就会晚一刻向伊兰和她的军队释放毁灭性的攻击。这名弃光魔使似乎也意识到了这一点。他疾步冲了过来。三次攻击：下方、侧面、回手。加拉德挡住了这些攻击。四只手臂如同幻影一般晃动。

加拉德感觉到身侧划过一道影子，那是狄芒德通过导引向加拉德掷出的一块石头。加拉德刚好躲开它，然后举剑挡住随之而来的攻击。断山血牙突凶猛地从下方撞在加拉德的剑身上。加拉德在这一招上没有吃亏，却没能阻止狄芒德扭动剑刃，割开他的前臂。

狄芒德向后退去，加拉德的血从他的剑刃滴落下来。他们再次向对方的侧面绕去，彼此对视着。加拉德感觉到手套中温暖的血液，那是沿着他的手臂流下去的。一点失血就会让一个人的动作慢下来，让他变得软弱。

加拉德平静呼吸，摒弃一切念头和忧虑。当狄芒德发动下一击时，加拉德已经料到他的进攻路线，他闪到一旁，双手握剑向下挥砍。剑刃擦过狄芒德的护膝钢甲，深深地咬进他的皮甲衬。当加拉德抽回剑刃时，狄芒德的腿瘸了。

弃光魔使面露狰狞："你让我流血了，已经很久没人能做到这件事了。"

加拉德脚下的地面开始晃动、破碎。他拼命向前跃去，逼近狄芒德，强迫弃光魔使停止导引。弃光魔使喷着鼻息，挥起长剑，但加拉德已经贴到他的身前。

这么短的距离，加拉德已经无法进行全力挥砍了。他调转剑柄，将剑柄头狠狠地砸向狄芒德的面孔。狄芒德抓住加拉德的手，加拉德则抓住他的头盔，并用力下拉，让头盔遮住弃光魔使的眼睛。狄芒德哼着。两个人都被困在原地，动弹不得。

就在这时，加拉德听到一个清晰得令人心悸的声音，他的肌肉从手臂的裂口处撕开。他的剑从麻木的手指中滑落。他的手臂在抽搐。狄芒德将他推开，剑刃如同闪电般击中了他。

加拉德双膝跪倒。他的右臂齐肘被狄芒德斩断，落在他面前的地上。

狄芒德也喘息着向后退去。他在害怕加拉德。这样很好。加拉德握住自己喷血的臂肘，朝狄芒德的脚上啐了一口。

狄芒德哼了一声，再次挥起长剑。

一切都变黑了。

安德罗觉得自己仿佛已经忘记了呼吸新鲜空气是什么感觉。他周围的土地都在燃烧、颤抖，风中缭绕着烟尘，充斥着烧焦尸体的臭气。

他们已经穿过高地，来到高地的最西侧。一路上，他们都在寻找泰姆。这里有许多正在作战的沙塔军队，和他们对敌的是白塔军。

一队队导引者正向对方射出一道道火焰。安德罗只身一人行走在这个可怕的地方，跨过冒烟的破碎土地，将身子压得很低，竭力装作一个受了伤的人，只想躲到安全的地方去。他的面孔仍然是内森的样子，但以他现在这种姿势，大概谁都看不出他是谁。

他从佩维拉那里感觉到一阵突如其来的警戒。佩维拉也正在他附近单独行动。

出什么事了？他问道，你还好吗？

经过一段令人心焦的等待，佩维拉的意念出现了。我没有事。只是遇到了一群沙塔人。我在他们发动攻击之前让他们相信，我是他们的同伙。

真的有人能在这里分辨出敌友吗？安德罗反问道。他希望埃马林和乔奈瑟都不会有事，他们两个一同行动，如果他们……

安德罗脚步一顿。就在正前方，透过飘忽的烟雾，他看见一群兽魔人围成环形，正保护着什么东西。它们站在一块山壁之外突出的岩石上，那块岩石看起来很像一只座椅。

安德罗悄悄向前走去，希望能看得更清楚一些。

安德罗！佩维拉的声音在他的脑海中爆响，把他吓了一跳。

什么事？

你注意到了什么东西，她说道，我对你的情绪有反应。

安德罗呼吸几次，让自己平静下来。我倒是有些发现，等我一下。

他现在已经靠得够近了，能感觉到兽魔人群中的导引。他不知道是否该……

兽魔人突然分开了，那块岩石上有人向他们下达了命令。麦沙勒从兽魔人群中探出头来，立刻皱起了眉："只是内森而已！"

安德罗的心在胸口剧烈地跳动。

一个身穿黑衣，正在注视战场的人转过身来。是泰姆。在他的手中，还有一只黑白两色的小圆碟。他在俯瞰战场时，拇指还在不住地摩挲那只圆碟，唇边挂着冷笑，仿佛在鄙夷那些正在战斗的、比他弱小的导引者。

"有什么事？"他向安德罗喊道，一边将碟子丢进腰间的一只口袋里。

"我看见了安德罗。"安德罗一边说，一边迅速考虑着对策。光明啊，这些怪物都在等他过去。他走进兽魔人群，就如同走进一头怪兽的大口。如果他能靠得够近……"我跟踪了他一会儿。"内森的声音一直都是粗重沙哑的。安德罗竭尽全力效仿这种嗓音。佩维拉能够用编织改变自己的声音，但安德罗还没能掌握这种编织。

"我不在乎那个东西！蠢货，狄芒德在干什么？"

"他看见了我，"安德罗说，"他不喜欢我出现在那里。他让我回来找你，告诉你，如果他再看见我们之中有人离开这里，他就会杀死我们。"

安德罗……佩维拉传来忧虑的思绪，但他没办法分神去回答她。现在他能做的只有抑制住颤抖的冲动，一步步靠近泰姆。

泰姆用两根手指揉搓着前额，闭上眼睛："我还以为你能做好这件简单的事情。"然后，他做出一个复杂的魂之力和火之力编织，那个编织像毒蛇一样击中了安德罗。

疼痛突然从安德罗的脚下涌起，瞬间蔓延到他的全身。他尖叫着，软倒在地。

“你喜欢这样吗?”泰姆问道,“这是我从莫瑞笛那里学来的。我相信他一直想要利用我对付狄芒德。”

安德罗在用自己的声音尖叫。这吓坏了他。不过其他人却似乎都没有注意到。当泰姆终于放开编织时,疼痛才逐渐消退。安德罗发现自己匍匐在地,四肢仍然在痛苦的记忆中痉挛着。

“起来。”泰姆喊道。

安德罗吃力地站了起来。

我来了,佩维拉高喊道。

别过来。安德罗说。光明啊,他一点力气都没有了。他刚一站起来,就踉跄着撞到泰姆的身上,他的两条腿仿佛根本就不属于他。

“蠢货。”泰姆将安德罗向后推去。麦沙勒抓住了安德罗。“站直了。”泰姆又开始进行另一个编织。安德罗竭力想要看清那个编织的结构,但他太紧张了,根本无法确定那个编织的种种细节。那个编织在他的面前盘旋,然后将他包裹其中。

“你在干什么?”安德罗问。他已经不必刻意伪装自己的声音了,疼痛导致的颤抖完全改变了他的声线。

“你说,你看见了安德罗?”泰姆说道,“我正在对你使用面镜术,并将这个编织进行倒置,这样你就会变得和他一样了。你要伪装成那个跑腿的,去找到洛根,然后杀死他。无论是用匕首还是用编织,我不在乎。”

“你……在让我变成安德罗?”安德罗说。

“安德罗是洛根的宠物,”泰姆说,“洛根不会怀疑你的。这件是一件很容易就能做成的事,内森。你认为你会把这件事搞砸吗?”

“不会,米海峨。”

“很好。如果你失败了,我就杀了你。”编织在安德罗的身上被固定,然后消失了。

麦沙勒低声嘟囔着,放开安德罗,向后退去:“我觉得安德罗要更丑得多,米海峨。”

泰姆哼了一声,向安德罗挥挥手:“这样就够了。从我的视线里滚出去,带洛根的头回来,否则就永远别回来。”

安德罗急忙跑开了。他不住地喘着大气,感觉到那些人的目光都集中在自己的背上。跑出很远一段距离后,他绕到一丛大部分都被烧焦的灌木后面,差点撞上躲在那里的佩维拉、埃马林和乔奈瑟。

“安德罗!”埃马林悄声说道,“你的伪装呢？出了什么事？是泰姆干的吗?”

安德罗坐到一个土堆上,竭力让自己心跳缓和下来。然后,他举起了从泰姆腰带里拉下来的那只口袋:“的确是他干的。也许你们不会相信,但……”

亚甘达骑在刚猛的背上,捧着刚刚得到的纸条,从口袋中拿出自己的密码单。那些兽魔人还在不断向他们射箭。迄今为止,他还没有被那些黑箭射到过。雅莲德女王也还安然无恙。她仍然坚持要和部队一同行动。但至少她答应留在亚甘达的预备队里,那里总要比最前线安全一些。

真龙军团、边境国人、亚甘达的部队、狼卫士和白袍众在废墟附近的战斗结束后,正在向下游移动。亚甘达的步兵比其他部队更多,所以他们走在全军的最后。

他们在下游立刻投入了激战。兽魔人和沙塔人正跨过干河床,想要包围安多军队。亚甘达已经在这里战斗了一两个小时。太阳正落进地平线,厚重的阴影开始覆盖整个世界。而这张纸条的内容是命令他马上从这里撤退。

“该死的,这笔迹可真难认。”亚甘达嘟囔着,借着火把的光亮浏览着密码单。这份命令是真的,或者就是敌人已经破解了密码。

“什么事?”图恩问道。

“考索恩还活着。”亚甘达嘟囔着说道。

“他在哪里?”

“不知道,”亚甘达将纸条和密码单叠好,收起,“带这个命令过来的人说考索恩在他面前打开了一个神行术通道,把这张纸条丢到他的脸上,让他立刻找到我。”

亚甘达的目光转向南方,向黑暗中望去。当夜幕降临时,他的部下借助神行术运来了油脂,并堆起大量木柴。借助篝火的光亮,他能看见两河人正朝他这里赶过来,就像命令中所说的那样。

“嘿,谭姆·亚瑟。”亚甘达向谭姆招了招手。在几个小时前的废墟一战之后,他还没有见到过他的指挥官。

两河人看起来就像亚甘达的部队一样疲惫不堪。这真是漫长的一天,而战斗远没有结束的样子。真希望加仑恩也在这里,亚甘达看着河道中的兽魔人,等待亚瑟的同乡与他的部队会合。这样还能有人和我吵个架。

在下游方向,喊声和钢铁的撞击声不断从伊兰的长矛方阵那里传来。他们在兽魔人的不断冲击下,还勉强维持战线。现在的战线正沿莫拉河岸展开,差不多一直延伸到戴沙丘。亚甘达的部队负责保护安多人的侧翼。

“亚甘达,有什么消息?”谭姆问道。

“考索恩还活着,”亚甘达说,“虽然他的指挥所被烧成了灰烬,他的罪奴被干掉了不少,他的老婆也跑了,但他还活着。考索恩还真是该死的命大。”

“哈!”亚贝·考索恩说,“那是我的孩子。”

“他已经告诉我,你们马上就会赶到这里,”亚甘达继续说道,“他说你们没有箭了,对吗?”

谭姆点点头:“我们最后得到的命令是通过神行术前往梅茵,进行治疗和补给。我不知道麦特是怎么知道那里有箭的。但就在我们准备回来的时候,两河女人们恰好运了一批箭过来。如果你需要我们,我们手里的长弓正好可以派上用场。”

“我很需要。考索恩让我们全部回到上游的废墟那里去。我们要跨过河道,从东北方向高地进军。”

“我不知道他要干什么,不过我想,他是知道的……”谭姆说。

他们的部队会合一处,在夜色中开始向上游快速行军,撇下了苦战中的安多人、凯瑞安人和艾伊尔人。创世主庇护你们,朋友们,亚甘达心想。

他们过了莫拉河,开始向高地的东北侧山坡移动。高地这一边显得相当安静,不过亚甘达还是能清楚看到一排排火把的光芒。

“如果那些是沙塔人,那将是一颗非常坚硬的胡桃。”谭姆看着黑暗中的山坡,低声说道。

“考索恩的纸条里说,我们会得到援助。”亚甘达答道。

“什么样的援助?”

“我不知道,他没有……”

隆隆的雷声在身边响起,亚甘达面色一沉。导引者们应该都在高地的另一侧战斗。当然,这里的沙塔人中间难免也会有导引者。亚甘达不喜欢被导引者盯上的感觉。也许那个导引者正在寻思该用什么手段杀死他,火焰、闪电,还是炸裂地面。

导引者。如果没有那些人,这个世界肯定会比现在好得多。不过那种轰鸣其实并不是雷声。一队手举火把的骑兵出现在黑夜里,他们也驰过河道,来到亚甘达身边。在一片边境国旗帜中间,高高竖起着一面金鹤旗。

“我真是头该死的兽魔人,”亚甘达喊道,“边境国人也会和我们并肩作战吗?”

岚·人龙在火把的映照下举剑向他致敬,银色的剑刃闪闪发光。然后,他转头望向山坡："我们要在这里作战了。"

亚甘达点点头。

"很好，"岚在马背上低声说道，"我刚刚得到报告，一支大规模的沙塔人部队移动到了高地的东北部。很显然，他们想要迂回到我们在河边部队的背后去，与我们正面作战的兽魔人一起包围我们。到时候，我们的生死就全由他们决定了。看样子，我们的任务就是阻止这种事情发生。"

他转向谭姆："有没有准备好削弱他们的力量，弓箭手？"

"我想，这个我们可以做到。"谭姆答道。

岚点点头，高举起手中的剑。他身边的一名马吉尔人也举起金鹤旗。然后，他们便开始向山坡上冲锋。向他们迎上来的是一支覆盖了整片山坡的大部队，天空也被他们手中的数千支火把照亮了。

谭姆·亚瑟高声喝令，让他的人排好阵型，准备弓箭。"放！"随着谭姆的喊声，蝗虫群般的利箭飞向了沙塔人。

沙塔人一方也在用弓箭还以颜色，两军之间的距离迅速收拢。亚甘达知道，弓箭手在夜晚不可能射得像白天那样准。不过这也是双方都会面临的问题。

两河人又释放出一阵死亡的箭雨，羽箭的飞行速度堪比扑食的猎鹰。

"停！"谭姆又喊道。两河人在岚的骑兵冲进已现乱象的沙塔人队列中时停止了放箭。

谭姆是从哪里得到这些战场经验的？亚甘达回想起谭姆作战时的样子。亚甘达认识的一些久经战阵的将军，也无法像这个牧羊人一样娴熟地把控战场的脉搏。

边境国人又向后退去，让谭姆的部队能够继续用弓箭对敌人造成杀伤。谭姆向亚甘达发出了信号。

"我们上！"亚甘达对步兵们喊道，"所有连队，前进！"

弓箭手和重骑兵的交替攻击有着极强的杀伤力，但如果敌人稳定住防线，这种战术就不那么有效了。很快，沙塔人就竖起了盾墙，并用长矛篱障挡住战马。现在只能看步兵的了。

亚甘达解下了他的战锤，这种武器刚好对付沙塔人的锁链甲和皮甲。他将战锤高举过头，率领部队踏上山坡，在半山腰与逼近过来的沙塔人发生了正面冲突。谭姆的部队包括白袍众、海丹人、佩林的狼卫士和梅茵翼卫队，但他们现在已经将自己视为一个整体。如果换作半年以前，亚甘达会以他父亲的坟墓发誓，这些人绝不可能并肩作战，更别说像狼卫士救援受困的白袍众那样不惜牺牲地相互支持了。

这时，一些兽魔人吼叫着从沙塔人旁边杀了过来。光明啊！这里也有兽魔人？

亚甘达挥舞着战锤，直到手臂感到火烧般的酸痛。然后他将战锤交到左手，继续向前冲锋。战锤砸碎骨头、打断手臂。刚猛全身上下都溅满了鲜血。

闪电的强光突然从高地的另一端向安多人的防线落去，亚甘达却几乎没有注意到这番景象，他的全部精神都集中在眼前的战斗上。只有一个极为微弱的声音在他的心中叫嚷着，狄芒德又开始发动攻击了。

“我打败了你的哥哥，路斯·瑟林！”那个雷霆般的声音又开始在战场上空轰鸣，“他现在已经死了，他那脆弱的身体流了不少的血！”

亚甘达拉住刚猛的缰绳，让它后退了一步。一头面孔几乎和人类一样的兽魔人拨开它面前受伤的沙塔人，向亚甘达大声吼叫，鲜血正从它肩膀上的一道伤口中汩汩地流出，它却仿佛全然没有注意到。它的手中挥舞着一支短链连枷，连枷头是一根满是长钉的原木。

那支连枷砸在刚猛身边的地面上。那匹马受了惊，亚甘达努力想要控制住坐骑。那头巨大的兽魔人向前踏出一步，一拳砸到刚猛的头侧。那匹马倒在了地上。

“你在乎你的这个血亲吗？”狄芒德的吼声还在远方回荡着，“那个称你为‘弟弟’的人，那个穿白袍的人，你对他有一点爱吗？”

刚猛的头像鸡蛋一样裂开了，它的四条腿还在不住地痉挛着。亚甘达站起身。他不记得自己在坐骑倒下时跳出了马鞍。是他的直觉救了他。不幸的是，他在地上的翻滚让他远离了自己的卫队，那些卫兵们正在为了能活下来而与一群沙塔人拼死作战。

他的部队还在前进。沙塔人在缓缓后退。但他没时间观察战场的情况，那头兽魔人又向他扑了过来。

亚甘达握紧战锤，看着那头怪物迈过垂死的战马，将连枷在头顶高高挥舞。

亚甘达从未感觉到自己是如此渺小。

“懦夫！”狄芒德吼叫着，“你自封为这个世界的拯救者？这个称号是属于我的！到我这里来！难道我要把你的亲人杀光，你才会出现吗？”

亚甘达深吸一口气，向前跃去。他相信，兽魔人绝对不会想到他的这一招。确实，那个怪物的连枷挥空了。亚甘达则一锤狠狠打在它的身侧，击中它的骨盆。骨骼碎裂的声音随即响起。

但那个怪物也回手击中了亚甘达。亚甘达的眼前闪过一阵白光。战场上的声音消失了，尖叫声、脚步声、喊喝声……全都没有了。

过了一会儿，亚甘达不知道具体过了多久，他被抬了起来。是那头兽魔人？他眨眨眼，希望能至少朝杀死他的怪物脸上啐一口唾沫，却发现自己被拉上了岚背后的马鞍。

“我还活着？”亚甘达问。从身子左侧传来的一阵剧痛给了他答案。

“你打倒了一个大家伙，海丹人。”岚调转马头，向后阵跑去。亚甘达看到其他边境国人都在跟随着他们。“那头兽魔人在垂死挣扎时打中了你。那时我以为你死了。我们直到把敌人击退后，才有机会过来查看你的情况。如果不是另一支军队对沙塔人发动了奇袭，我们将承受极大的压力。”

“另一支军队？”亚甘达揉搓着手臂问道。

“考索恩将一支军队布置在高地北侧。看样子，他们是真龙信众和一些骑兵部队，也许是红手队的骑兵。你被兽魔人打中时，他们恰好向沙塔人的左翼发动猛攻，把沙塔人打得七零八落。现在那些沙塔人需要不少时间来重整队伍了。”

“光明啊。”亚甘达呻吟了一声。他知道，自己的左手臂骨折了。但他还活着。这已经很好了。他朝前线望了一眼。他的士兵们守住了阵势。雅莲德女王正在他们之中策马驰骋，鼓励每一名士兵英勇奋战。光明啊，他真希望雅莲德能留在梅茵的医院里。

此时此刻，战场上出现了暂时的平静。沙塔人遭受重创，不得不撤退。在敌我双方之间留下了一片宽阔的无人区域。他们可能完全没料到会遭受如此突然而强大的攻击。

等一等，亚甘达发现自己的右手边有一些高大的身影。在黑暗中，他看不清那些巨人的样子。是兽魔人？他用力咬住牙，克制着伤痛。他的战锤被丢在了战场上，但他还有靴子里的匕首。他不会就这样……就这样……

是巨森灵。他不由自主地眨了眨眼。那不是兽魔人，是巨森灵。兽魔人的手中不会握着火把。

“光荣属于建造者！”岚向巨森灵喊道，“看来，是考索恩派你们来攻击沙塔人侧翼的。他在哪里？我有话要对他说！”

一名巨森灵发出低沉浑厚的笑声：“想找他说话的人可不止你一个，大将！考索恩现在就像一只在大树脚下找松果的松树，一会儿跑到这里，一会儿跑到那里。他让我告诉你，我们必须在这里挡住沙塔人的进攻，不惜一切代价。”

更多闪电在高地的另一边亮起。两仪师和沙塔人正在那里战斗，考索恩想要将暗影的力量捆住。亚甘达压抑着伤痛，竭尽全力思考着。

狄芒德又该怎样对付？亚甘达现在能看到那名弃光魔使又释放出一连串毁灭性的能量，河岸上的守卫者们纷纷被烧成焦炭。长矛队伍崩散了，狄芒德的每一片闪电都会杀死数百名士兵。

“沙塔导引者在一边，”亚甘达喃喃地说道，“弃光魔使在另一边！不知道这里到底有多少兽魔人。它们简直是无穷无尽。”现在那些兽魔人还在不断地猛攻伊兰的军队。至上力的闪光照亮成千上万的那种怪物。“我们完了，对不对？”

火把的光影在岚的脸上跳动，仿佛映照在花岗岩上，他灰蓝色的双眼如同两颗刚硬的宝石。他并没有反驳亚甘达。

“我们还能做什么？”亚甘达问，“要赢得胜利……光明啊，要打赢这场仗，我们至少要先打垮这些沙塔人，然后把长矛手们救出来，他们很快就会被兽魔人包围了。我们每一个人都要杀掉至少五头那种怪物！这还不算上狄芒德。”

岚没依旧没有回答。

“我们完了。”亚甘达说。

“如果是这样，”岚说道，“我们就要站到那座高地顶上，战斗下去，直到死亡。海丹人，等到我们死去时，我们才可以放弃。许多人甚至还没有我们这样的机会。”

兰德将代表“可能”的丝线编织成自己想象中的世界，而这些丝线一直在反抗他。他不知道这意味着什么，也许是因为他的想象太难以实现了。用这些丝线展现出可能的未来，绝不仅仅是制造简单的幻象。它需要回顾过去的世界，预见未来的世界，并映射出他当前所处的真实。

他并没有创造这些世界，他只是……将它们表现出来。他强迫那些丝线按照他的需要进行编结。终于，它们服从了他的意志，最后一次，黑暗变成了光明，空无变成了存在。

他走进一个不知暗帝为何物的世界。

他选择凯姆林作为自己进入这个世界的起点，也许是因为暗帝曾经用这个地方进行他上一次的创造。兰德要向自己证明，那种恐怖的未来绝非必然。他需要再次见到这座城市，见到她毫无污染的样子。

他走在宫殿前的大路上，深吸了一口气。这里的金链树都已经开了花，亮黄色的花朵从花园中溢出来，垂挂在围墙上。孩子们在花园中玩耍，将花瓣泼洒到空中。

明亮的天空中没有一丝云彩。兰德抬起头，高举双臂，从缀满花朵的树冠下走进温暖的阳光中。王宫门口没有卫兵，只有一名神态温和的仆人，负责为来访者解决疑难。

兰德向宫门走去，在金黄色的花瓣中留下了一串足迹。一个孩子向他跑来。兰德停住脚步，向她露出微笑。

她走过来，伸手抚摸兰德腰间的佩剑，表情显得很困惑。“这是什么?”她向兰德抬起头，睁大眼睛。

“一件纪念品。”兰德悄声说道。

笑声从别的孩子那里传过来，让这个小女孩转过了头。她从兰德面前跑开，欢笑着跑向那些正在将满捧花瓣抛向天空的孩子们。

兰德继续向前走去。

这就是你的完美吗？暗帝的声音仿佛非常遥远。他能够穿透这种真实与兰德对话，但他无法像之前进入兰德的世界那样，出现在这里。这个世界是他的对立面。

如果兰德能够在最后战争中杀死暗帝，这个世界就会诞生。

“来看看吧。”兰德微笑着对他说道。

没有回答。如果暗帝太过深入这个真实，他就将不复存在。在这个地方，他已经死了。

一切都将周而复始，来而复往，这就是时光之轮的结构。如果只能赢得一场对抗暗帝的战争，最后他又会回来，这还有什么意义？兰德能做到的不止这一点，他能构建起一个没有暗帝的世界。

“我想见女王。”兰德向宫门口的那名仆人问道，“她在吗?”

“你应该能在花园里找到她，年轻人。”那名向导答道。他看了兰德的剑一眼，不过眼神中只有好奇，并没有忧虑。在这个世界里，人们完全想不到可以用这东西去伤害别人。这种事从未发生过。

“谢谢。”兰德走进王宫中。这里的走廊感觉很熟悉，却又和兰德记忆中不同。凯姆林在最后战争中几乎被夷为平地。王宫也被烧毁了。对这座城市的重建工作参考了旧日的凯姆林，却又有所改变。

兰德在走廊中漫步，有什么事情让他感到担忧，那是在他脑海深处的一种不舒服的感觉。那到底是什么……

不要在这里流连，他忽然想到，不要感到得意，这个世界并不真实，还不完全是。

这也是暗帝的计划吗？引诱兰德为自己创造一个天堂，却在最后战争到达紧要关头时沉迷于此。现在人们正在战斗中死去。

他必须记住这一点，不能让这个幻想将自己吞没。但在这条如画的走廊中，想要记住这种残酷的事情实在很难。这条长长的走廊两侧排列着窗户，实际上，它们并非能够眺望凯姆林景色的真正的窗户。这种新的玻璃窗口能够让人们从中看到其他地方，就像永远不会消退的神行术通道。

兰德从一个窗户中能看到一座海湾水下的情景，五颜六色的鱼儿在四处游动。另一个窗外是迷雾山脉高处的一片宁静的草原。红色花朵点缀在一片青葱里面，如同一名油漆匠在完成当日的工作后，洒落在地板上的星星点点的红色颜料。

从另一段墙壁上的窗户能够俯瞰世界上著名的几座大城。兰德从提尔前面经过。现在提尔之岩成了一座关于第三纪元的博物馆，岩之守卫者就是这座博物馆的管理者。这个纪元的人们都不会携带武器。关于他们祖先的战斗故事总是让他们感到无比惊异。另一个窗外是马吉尔的七塔，它们重新矗立在大地之上。但它们不再是防御堡垒，而是一座纪念碑。妖境在暗帝死后就消失了，暗影生物也立即随之灭亡。似乎暗帝和所有暗影生物都有着某种连结，就像隐妖率领一群兽魔人时它们之间的连结一样。

这里的门都没有锁。货币成为一种几乎被遗忘的古怪制度。导引者们为所有人创造食物。兰德经过的一扇窗外是塔瓦隆的景色，两仪师在那里医治病患，用神行术让相爱的人能够聚首。所有人都能得到他们需要的一切。

兰德在下一扇窗前犹豫了一下，那扇窗外是鲁迪恩。那座城市依然还在沙漠中吗？艾伊尔荒漠已经变得草木葱茏。从沙塔到凯瑞安，到处都是生机盎然。透过这扇窗，兰德看见了绰拉原野，那是一片森林，环绕着传说中的鲁迪恩城。虽然听不见城中的人们说话，兰德却能看到艾伊尔人在歌唱。

不再有武器，不再有枪矛之舞。艾伊尔人再一次变成了和平的种族。

兰德继续前行。班达艾班、艾博达、霄辰、沙塔，每一个国家都呈现在这条走廊两侧。不过在这个时代里，人们并不很重视国界。那是另一个历史的遗物。有谁会在乎生活在哪个国家里？为什么会有人想要“拥有”土地？这个世界有足够的土地供所有人使用。焕发生机的荒漠中出现了新的城市、新的奇迹。兰德经过的许多窗户都让他看到他所不知道的地方。他很高兴看到两河变得如此壮丽恢宏，几乎就像曼埃瑟兰重现于人世。

在最后一扇窗前，他停住脚步。窗外是一座位于曾经的妖境中的山谷。一块石板上，很久以前曾经有一具尸体在那里焚化。现在，石板孤零零地躺在那里，周围洋溢着生命的气息：藤蔓、青草、花朵遍布大地。一只有小孩手掌大小的、毛茸茸的蜘蛛正从石板上爬过。

兰德的坟墓。这里就是他的尸体在最后战争结束后被焚化的地方。他在那扇窗前迟疑了许久，终于强迫自己继续向前走去，离开那道长廊，走进王宫花园。被他问到的所有仆人都会热心给他指路，没有人会多问一句，他为什么要见女王。

兰德以为女王身边一定会围绕着许多人。如果随便一个人都能觐见女王，那女王岂不是没有一点空闲时间了？但当他发现坐在王宫花园中绰拉树巨大枝干下面的女王时，女王身边一个人都没有。

这是一个没有罪行的世界。在这个世界里，人们可以轻易解决自身的问题。人们在这个世界中奉献，而不是争夺。既然如此，人们为什么还要来烦扰女王？

伊兰还像他们最后分别时那样美丽。当然，她已经不是孕妇了。自从最后战争到现在已经过去了一百年，她却仿佛没有衰老。

兰德来到她面前，朝他曾经掉下来的花园围墙瞥了一眼。那是他们的第一次相遇。现在这座花园已经和往日不大一样了，但那堵墙被保留了下来，它的上面还带着最后战争的战火和新纪元的岁月磨蚀的痕迹。

伊兰在长凳上看到他，立刻瞪大了眼睛，将指尖捂在嘴上："兰德？"

兰德注视着她的眼睛，右手按在雷芒之剑的剑柄上，身姿庄重。为什么他要带上这把剑？

伊兰微微一笑："是你在恶作剧吗？女儿，你在哪里？你又用面镜术来骗我了？"

"这不是恶作剧，伊兰。"兰德单膝跪倒在地，这样他的眼睛就和伊兰的眼睛处在同一个高度上。他专注地看着她的眼睛。

有什么地方不对。

"哦！但这怎么可能？"伊兰问道。

这不是伊兰……不是吗？这声音不对，这动作不对。她会发生这么大的改变吗？毕竟已经过去一百年了啊。

"伊兰？"兰德问道，"你出了什么事？"

"出什么事？什么事都没有！今天是美好的一天，美丽又平和。我只是坐在我的花园里，享受阳光。"

兰德皱了皱眉。这种天真的嗓音，这种简单的反应……伊兰从不是这种样子。

"我们应该准备一场宴会！"伊兰拍着双手，高声喊道，"我要邀请艾玲达来做客！这个星期她不必歌唱了，但她也许会去照顾小孩子。她经常主动去做那个工作。”

“照顾小孩？”

“在鲁迪恩，”伊兰说，“所有人都喜欢和孩子们一起玩，无论在这里还是在那里。照顾孩子可是一件很抢手的工作呢！不过我们明白，任何事情都要轮流去做。”

艾玲达，照顾孩子，为绰拉树歌唱。这没有什么问题。为什么她不能享受这样的生活呢？

但这的确也不对。兰德相信艾玲达会成为一位优秀的母亲，但想象她整日只想和其他人的孩子玩耍……

兰德仔细注视伊兰的眼睛，深深地望进去。那双眼睛后面藏着一重阴影。哦，那只是一层无害的阴影，但那毫无疑问是阴影。那就像是……就像是……

就像一个人被转变成暗影生物后，眼睛后面的影子。

兰德跳起来，踉跄着向后退去。“你在这里干了什么？”他向天空喊道，“撒丹！回答我！”

伊兰侧过头。他并不害怕，恐惧并不存在于这个世界中。“撒丹？我发誓，我记得这个名字。那是很久以前的事情了，我有时实在是很容易忘事情。”

“撒丹！”兰德吼道。

我什么都没做，吾敌。那个声音依然极为遥远。这全是你创造出来的。

“胡说！”兰德说，“你改变了她！你把他们全都改变了！”

你以为，将我从他们的人生中彻底除去，他们还会是原来的样子吗？

这句话如同雷鸣般在兰德心中震响。他惊骇地向旁边退开。伊兰这时站起身，很显然，她在为他感到担心。是的，现在他看清了她的眼睛后面到底是什么。伊兰已经不再是她自己……因为兰德夺走了她成为自己的能力。

我转变人类，让他们属于我。撒丹说道，这的确没有错。一旦他们属于我，他们就无法再选择善良。而你做的和我又有什么不同，吾敌？

如果你这样做了，我们便将成为一体。

“不！”兰德尖叫着，用手捂住头，跪倒在地，“不！这个世界没有你才会是完美的！”

完美，没有变化、毁灭。如果你愿意，就这样做吧，吾敌。杀死我，我便会得胜。

无论你做什么都没有关系。我终将得胜。

兰德尖叫着，蜷缩起身子。暗帝的下一波攻击随之到来。兰德所创造的噩梦爆裂了，丝带般的光流向四外逸散，如同烟雾般飞走了。

包裹他的黑暗颤抖着、摇撼着。

你无法拯救他们。

因缘闪耀、震动，再次包裹住兰德。这是真正的因缘，是正在发生的真实。兰德想要创造出一个没有暗帝的世界，却创造出了一种极为恐怖、极为恶劣的真实。它比以前的一切都更加可怕。

暗帝再次进攻。

麦特从战斗中抽出身来，将艾杉玳锐扛到肩头。卡瑞德要求得到战斗的机会，局势愈恶劣，愈没有生还希望的愈好。那么，这个该死的家伙应该喜欢现在这种状况了。他应该载歌载舞、高声欢笑了！他如愿以偿了。光明啊，他真的如愿以偿了。

麦特坐到一头兽魔人的尸体上，这是现在他唯一能坐的地方。他大口喝着水囊中的水。他能够把握这场战争的脉搏，知道它的节奏。但现在的这段旋律实在是太令人绝望了。狄芒德很聪明，他没有被麦特在浅滩后面放置的诱饵所引诱。在那里，他只布置了一支规模较小的部队。狄芒德把兽魔人派了过去，却留下了沙塔人。如果狄芒德放弃高地，全力进攻伊兰的军队，麦特就会率领部队从西方和东北方夹击高地，攻击暗影军的背后。而现在，狄芒德在指挥部队插进伊兰军的背后，麦特不得不全力阻止狄芒德的行动。但他还能挡住狄芒德多久？

两仪师那里的情况也令人担忧，沙塔导引者正在逐步取胜。运气啊，麦特心想，我们今天可是格外需要你，不要现在弃我而去。

也许这就是麦特·考索恩应有的结局。因缘的确很喜欢看他的笑话。突然间，麦特看出了这个巨大的恶作剧——在没必要的时候，让他尽情享受好运，然后在他真正需要好运的时候，却一点不剩地把好运拿走。

该死的，他一边想着，放下了空水囊。现在只有卡瑞德手中的火把能让他看到周围的一点地方。麦特完全感觉不到自己的运气了。这种情形以前也发生过，他不知道运气是不是还跟着他。

好吧，如果好运气的麦特·考索恩没有了，至少这帮家伙还能有一个够顽固的麦特·考索恩。他可不打算死在今天。他还要跳舞，还要唱歌，还要亲吻女人，至少是亲吻一个女人。

麦特站起来，重新加入视死卫士的战斗行列中。巨森灵、谭姆的部队、红手队、边境国人，他将他们带到了这里。战斗早已再次开始。他们打得非常顽强，甚至将沙塔人逼退了数百步。但狄芒德看出麦特的意图，调动河边的兽魔人回到山坡上，加入这里的战斗。这里的山势非常陡峭，是高地最难以攀爬的一块山坡，但狄芒德知道，他必须对麦特施加足够大的压力。

兽魔人对麦特构成很大的威胁，它们有足够的数量同时包围伊兰和杀回高地。而麦特的战线只要有一条崩溃，光明阵营都将彻底完蛋。

麦特已经扔出了骰子，发出了命令。现在，除了战斗、流血和希望之外，他也没有别的事可以做了。

一道强光如同流动的火焰，从高地西侧扫过。熔化的岩石如着火的液滴，从夜空中落下。一开始，麦特以为狄芒德转而攻击那个方向了。但那个弃光魔使还在专注地摧毁着安多军队。

又是一道强光，光束射出的地方是在两仪师的战场上。透过夜幕和硝烟，麦特相信自己看到了沙塔人在从高地西侧向东侧逃跑。他终于不由自主地露出了微笑。

“看。”他拍了拍卡瑞德的肩膀，让那个人转过头来。

“什么？”

“我不知道，”麦特说，“但沙塔人显然很难受。我喜欢这样。我们继续战斗吧！”他率领视死卫士们再一次向沙塔士兵发动冲锋。

沉重的箭捆压弯了奥佛尔的腰。他坚持要背上这么重的担子。如果有暗黑之友突然检查他背的货物，发现里面只塞着轻飘飘的衣服，那又该怎么办？

赛塔勒和菲儿根本不需要那样盯着他，仿佛他随时都有可能垮掉一样。这个担子没那么沉。当然，等到回去以后，他还是会从赛塔勒那里挤出一些同情心来。他需要多多练习这种事情，否则他就要变得像麦特一样毫无希望了。

他们的队伍一直向废地中的这座补给站走去。渐渐地，他开始承认，就算是背上的箭捆轻一点，应该也没什么。这不是因为他感到累了。如果他现在需要战斗的话，他又该怎么办？他必须迅速将这个箭捆丢掉。但这么沉的箭捆，显然不是很容易就能丢掉。

他的双脚满是灰色的尘土。现在他已经没有了鞋，他的衣服也没办法做成很好的包脚布。早些时候，菲儿和红手队袭击了一支正赶往暗影供给站的小货物队。那几乎算不上一场战斗，只有两名暗黑之友和一个油腻腻的商人看守着一队疲惫不堪、营养不良的俘虏。

这支货物队里的许多物品上都有坎多的标记——一匹红马。而那些俘虏中有许多也是坎多人。菲儿释放了他们，让他们向南逃走。但只有半数人离开了，剩下的坚持要和她一起参加最后战争。奥佛尔原先见到过的街边乞丐可能也要比这些人更肥胖一些，但他们的确让菲儿的队伍看起来更像一支隶属于暗影的队伍了。

这很重要。奥佛尔抬头瞥了一眼距离他们愈来愈近的补给站。在寒冷的夜色中，道路两旁已经点亮了火把，几名脸上围着红面纱的艾伊尔人站在路边，监视着这支队伍通过。奥佛尔低下了头，以免他们看到自己脸上的恨意。他早就知道，艾伊尔人是不能相信的。

两名卫兵喝令这支队伍停下。他们不是艾伊尔人，而是那些暗黑之友。埃拉纹向前走去，她的身上穿着那支暗影辎重队中商人的衣服。菲儿有着太过明显的沙戴亚人相貌，大家都认为她不合适扮演这名暗黑之友商人。

“你的卫兵呢？”暗黑之友士兵问道，“这不是丽法的差事吗？到底出了什么事？”

“那些傻瓜！”埃拉纹向身侧啐了一口。奥佛尔急忙藏起自己的笑容。埃拉纹的神情和平时简直判若两人，她真的很擅长扮演别人。“我只能丢下他们的尸体！我告诉他们，不要在晚上乱逛。我不知道那三个人到底遇见了什么。我们在营地边缘发现了他们，身体肿胀，皮肤都变成了黑色，”说到这里，她似乎觉得很恶心，“我觉得有什么东西在他们被掏空的肚子里产了卵，我们可不想找出是什么东西产的卵。”

那名士兵咕哝着问：“那么你是？”

“潘萨，”埃拉纹说，“丽法的生意伙伴。”

“从什么时候开始，丽法有生意伙伴了？”

“自从我用匕首刺穿了她，取代她的位置之后。”

关于那个名叫“丽法”的商人，他们只从被救出的俘虏那里得到了很少的一点信息。奥佛尔察觉到自己在出汗。那名卫兵又看了埃拉纹一眼，然后就沿着他们的队伍走了过来。

菲儿的士兵混杂在坎多人的俘虏中，他们竭尽全力装出一副羸弱不堪的样子。

“你，”那名卫兵指着菲儿说道，“一个沙戴亚人？”然后，他大笑起来，“我还以为一个沙戴亚女人会把俘虏她的人杀掉。”他狠狠地推了菲儿肩头一把。

奥佛尔屏住呼吸。哦，该死的！菲儿殿下不可能受得了这种事。那个卫兵在观察他们是不是真的已经彻底屈服的俘虏！而菲儿的气势和态度肯定会让他产生警觉。菲儿殿下是贵族……

菲儿跌倒在地，蜷缩着身子，呜咽着答了一句话。奥佛尔没能听清她在说什么。

奥佛尔发现自己在大张着嘴吸气，他强迫自己闭上嘴，眼睛盯住地面。这是怎么回事？一位像菲儿那样的贵族怎么能变得好像一个仆人？

卫兵嘟囔着："走吧。"他向埃拉纹摆摆手："到那里等着去。"

这一队人拖着脚步，走到附近的一片空地上。埃拉纹命令所有人坐下。她则站在一旁，抱着手臂，一只脚的脚尖不停地拍打着地面。远处传来隆隆的雷声。奥佛尔感觉到一股莫名的寒意。他抬起头，看到一张没有眼睛的魔达奥。

一阵战栗涌过奥佛尔全身，仿佛他突然间掉进一个冰湖里面。他无法呼吸了。那只魔达奥移动时就仿佛滑行在冰面上一样，身上的黑斗篷又仿佛静止了一样，纹丝不动。它绕着他们的队伍转了一圈。过了一段令人窒息的时间，它终于回身向补给站的营地走去了。

"它在寻找导引者。"菲儿悄声对曼德文说道。

"光明庇护我们。"那名红手队悄声说道。

就在众人即将失去耐心时，终于有一个身穿白衣的肥胖女人走过来，给他们编织了一个神行术通道。埃拉纹立刻喝令所有人都爬起来，赶快出发。奥佛尔走在菲儿身边。他们终于离开了那个气候寒冷、红色土地的地方。但通道的另一边闻起来却好像刚刚发生过火灾一样。

这是一片挤满兽魔人的杂乱营地，不远处的火堆上挂着几口大锅。就在营地后面，一道陡峭的山坡一直通往一片巨大的高地，许多烟柱正从那座高地升腾而起。从那里和奥佛尔的左侧，不断有战斗的声音传来。奥佛尔的视线离开陡坡，落在远方一座山峰的黑色轮廓上。那座山在一望无际的平原上拔地而起，显得又高又细，仿佛插在桌面上的一支蜡烛。

奥佛尔重新望向营地后面的山坡。他的心脏在剧烈地跳动。一具尸体从陡坡上掉落下来，那个人手中还攥着一面旗子，旗子上绣着一只红色的大手。红手队！人和旗子掉落在一群正围绕火堆吃着滋滋响的烤肉的兽魔人中间。火星四处乱飞。恼怒的怪兽们将那个人从火堆中拉了出来，但他早已不会在乎它们要做些什么了。

"菲儿！"奥佛尔悄声说道。

"我看到了。"菲儿的箭捆中藏着装圣号角的口袋。她说道，"光明啊，我们该怎么找到麦特？"

他们走到一旁，为后面的人让出道路。红手队员们把佩剑也像这些箭一样都捆扎了起来，由几个人扛着，被伪装成也是要运到战场去的武器。

“该死的。”曼德文悄声说着，来到他们两人身边。离他们不远的地方有一个围栏，里面囚禁着一些正在哭泣的俘虏。“也许它们也会把我们关进去？我们可以趁夜里溜出来。”

菲儿摇摇头：“他们会拿走我们的所有东西，让我们失去武器。”

“那我们该怎么办？”曼德文一边问，一边瞥了一眼从他们身边经过的兽魔人。那些兽魔人从前线拖了不少尸体回来。“现在就开始战斗？希望麦特大人能发现我们，派援军过来？”

奥佛尔觉得这个计划很不聪明。他想要战斗，但那些兽魔人太大了。一头兽魔人走过来，它的狼头不停地左右晃动着，一双酷似人类的眼睛上下打量着奥佛尔，里面露出饥饿的眼神。奥佛尔后退一步，手向箭捆里伸去，那里藏着他的匕首。

“我们逃走，”菲儿等那头兽魔人走过去之后，悄声说道，“分成不同的方向逃开，迷惑它们。也许我们之中能有一些人逃掉。”她皱起眉头：“埃拉纹在耽误什么？”

几乎就在她说出这句话的时候，埃拉纹大步走过通道。那个导引神行术的白衣女人也跟在她身后。然后，埃拉纹指了菲儿一下。

菲儿立刻跳了起来。奥佛尔吸了一口冷气。曼德文骂了一句，扔下箭捆，伸手去拿剑。爱瑞拉和赛兰蒂高声喝喊。他们三人立刻被风之力编织吊在了空中。戴红面纱的艾伊尔从通道中跑出来，他们的手中都拿着武器。

随后是一片混乱。几名菲儿的士兵想要用拳头反抗，但很快就都牺牲了。奥佛尔扑倒在地，寻找着自己的匕首。但是当他握住匕首柄时，战斗已经结束了。其他人全被打倒，或者被挂在半空中。

这么快！奥佛尔绝望地想。为什么没有人警告他，这么快就会发生战斗？

人们似乎把他忘记了，但他不知道该做些什么。

埃拉纹走到悬在空中的菲儿面前。到底发生了什么？埃拉纹……她出卖了他们？

“很抱歉，殿下。”埃拉纹对菲儿说道。奥佛尔几乎听不见她的声音。没有人在乎他。艾伊尔人紧盯着红手队的士兵，让他们聚成一群，严加看守。有不少人满身鲜血地倒在地上。

菲儿在空中挣扎着，面孔因为身体被紧紧勒住而变得通红。她的嘴也被堵住了，否则她绝不会这样保持沉默的。

埃拉纹从菲儿的背上解下装圣号角的口袋，打开来，睁大眼睛朝里面瞥了一下。然后，她束紧袋口，将它用力握住，抬头对菲儿悄声说道："我本来希望能抛弃过去的人生，开始全新的生活。我以为我能藏起来，会被遗忘，可以回到光明之中。但暗主不会遗忘，任何人都无法从他的手中逃走。就在我们到达安多的那一晚，他们找到了我。我不想这样做，但我别无选择。"

然后，她转过身，"牵马来！我要亲手把这只口袋献给狄芒德大人，这是我得到的命令。"

那个穿白衣的女人走到埃拉纹面前，她们两个压低声音争吵起来。奥佛尔向周围扫视了一圈，没有人看他。

他的手指开始颤抖。他知道兽魔人很大，也很丑，但……这些怪物真是噩梦。到处都是噩梦。哦，光明啊！

麦特会怎么做？

"是扔骰子的时候了。"奥佛尔悄声说着，拔出了匕首。他大喊一声，扑向那个穿白衣的女人，将匕首狠狠地插进她的后背。

那个女人发出一阵惨叫。菲儿掉到了地上。突然间，俘虏围栏猛然打开，一群叫嚷着的人们飞奔了出来。

"再高一些！"多欣喊道，"该死的，快一点！"

莉安服从了命令，迅速和其他姐妹一起编织地之力。她们身前的地面颤抖着，如同被拍打的地毯一样弯曲起伏。当编织结束时，升起的土墙为她们挡住了从山坡落下的火焰。

多欣率领着一支人员杂乱的队伍，大约十几名两仪师，还有一些护法和士兵。男人们都拿着武器。但在这场战斗中，他们的刀剑几乎和长条面包没什么两样。空气中充满爆裂和燃烧的能量。这段仓促建成的壁垒很快就受到沙塔人的猛烈轰击。

莉安握持着至上力，越过防御工事向上望去。她刚从与狄芒德的遭遇中恢复过来，那实在是一场令人胆寒的经历。弃光魔使的力量彻底压倒了她们。她的生命之火随时有可能被狄芒德用指尖捻灭。而狄芒德的吼声也让她感到气馁。莉安从没见过像他对转生真龙那样的强烈恨意。

一队沙塔人冲下了山坡，他们不断向两仪师的临时工事掷来毁灭的编织。莉安从半空中切断了一个这样的编织，就好像外科医生切出腐烂的组织。但现在莉安的导引能力实在是比过去弱小了许多。

她必须更有效地进行导引，而现在的她不由得开始为一点点至上力能够做到的事情感到惊叹了。

防御工事被炸开。

大团的泥土仿佛暴雨般落下，莉安躲闪到一旁，在烟尘中翻滚、咳嗽，努力握住阴极力。是那些沙塔男人干的！她看不见他们的编织。当她站起来的时候，身上的裙子也被爆炸的气浪撕破了，手臂上全是伤痕。她看见旁边的一道土沟中露出一点蓝衣服的身影。是多欣。她踉跄着跑了过去。

她发现了那名姐妹的尸体，只是少了头颅。

哀伤和空虚的感觉几乎压垮了莉安的精神。多欣和她的关系不算亲密，但她们曾在这里并肩战斗。失落与毁灭在折磨着莉安。她们还能承受多少痛苦？她还要眼睁睁看着多少人死去？

莉安艰难地稳定住自己的情绪。光明啊，这真是一场灾难。她们本以为敌人只是惊怖领主，却没想到又会有几百个沙塔人。一个巨大国家的全部导引者，而且他们全部接受过严格的战争训练。现在战场上到处都是耀眼的光芒、死亡的两仪师。她们的护法冲上了山坡，发出狂怒的、复仇的吼叫，然后被至上力炸死。

莉安跑向西侧山坡上一队正在战斗的红宗和绿宗，她们所处的位置是一个山洼，那里的地形为她们提供了保护，但她们还能再坚持多久？

但莉安依旧为此感到骄傲。敌人的数量远超过她们，但两仪师还在战斗。这和霄辰人袭击白塔的那个夜晚完全不同。当时，白塔已经从内部四分五裂。而现在，姐妹们至死不退。每当一队姐妹被打散，她们都会重新组织起来，继续战斗。火焰从空中向她们落下，也有数量几乎相同的火焰飞回去。一串串闪电不断地涤荡着双方的阵地。

莉安谨慎地跑过战场，来到蕾伊琴·康诺劳身边，她正伏在一块巨石后面，向进攻的沙塔人投去火焰编织。莉安寻找沙塔人的编织，迅速用水之力的编织将其破坏。沙塔人的火球变成了一簇散开的火星。

蕾伊琴向她点点头："我还以为你除了向男人抛媚眼以外，已经没有任何用处了。"

"阿拉多曼的艺术就是用尽可能少的力量达成目标，蕾伊琴。"莉安平静地说道。

蕾伊琴哼了一声，又向沙塔人掷出几颗火球："我也许应该向你征询一些建议，如果真有办法让男人听你的话，我的确很想知道。"

虽然周围的环境无比险恶，但这句话出现得如此突兀，让莉安差点笑出了声。一个红宗？她真的会涂脂抹粉，学习阿拉多曼的艺术？为什么不会呢？莉安一边想，一边击破了另一颗火球。这个世界正在改变，宗派也在改变，无论这种改变是多么微妙。

这两名两仪师的抵抗引来更多沙塔导引者。“我们很快就要放弃这个位置了。”蕾伊琴说道。

莉安只是点了点头。

“那些沙塔人……”这名红宗喊道，“看那里！”

莉安抽了一口冷气。这片战场上的许多沙塔部队都在早些时候撤走了，他们似乎被抽调到了别的地方。现在，一大群满面惊恐的人取代了他们的位置，正在被沙塔导引者们驱赶着冲在前面，吸引两仪师的攻击。这些人的手中拿着一些充作武器的棍棒或器具，但他们都挤成一团，手握武器的样子显示不出丝毫勇气。

“该死的。”蕾伊琴的咒骂让莉安向她挑起一道眉弓。而蕾伊琴只是继续着编织，让闪电落到那些被吓坏的人身后。但还是有许多这样的无辜者被闪电波及。莉安感到一阵恶心，却仍然和蕾伊琴一同开始攻击。

当她们战斗的时候，曼妲·瓦恩爬了过来。这名绿宗已经被烟火熏黑了面孔，模样看起来非常可怕。也许我和她一样，莉安想着，向下瞥了一眼布满擦伤和烟土的手臂。

“我们要撤退了，”曼妲说，“也许必须要用神行术撤退。”

“撤到哪里去？”莉安问，“放弃这场战争？”

她们三人都陷入了沉默。不，现在想要撤退已经不可能了，她们只能赢得胜利，或者失去所有。

“我们的战线太凌乱了，”曼妲说，“我们至少要暂时后撤，重组部队，把大家聚集起来。我能想到的办法只有这个。或者你们有更好的主意。”

曼妲只是看着蕾伊琴。现在莉安的力量太弱，她的意见也就无足轻重了。于是她在那两个人低声议论时候，继续破坏敌人的编织。附近的两仪师已经开始撤出那片洼地，向山坡下转移。她们打算打开一个通往戴沙丘的神行术通道，然后在那里进行重整，并决定下一步的行动。

等等，那是什么？莉安感觉到附近出现了一个无比强大的导引。沙塔人进行连结了吗？她转头望过去。现在已是深夜，但战场还是被火光照亮了。莉安编织风之力，想要吹散眼前的浓烟。但那些烟尘蓦然间飘散了，仿佛被一阵强风吹到了一旁。

艾雯·艾威尔从莉安面前走过，登上山坡。她身上闪动着耀眼的至上力光晕，比百堆篝火更加明亮。莉安从没见过一个人能够握持如此强大的至上力。

玉座向前伸出手，手中的那支白色法杖显得格外夺目，她的眼睛仿佛天际的两颗明星。

一阵爆发性的强光射出，艾雯释放出十二股不同的火焰能流。十二股！大火席卷上方的山坡，将沙塔导引者的尸体抛上天空。

“曼姐，”莉安说，“我相信我们已经为你找到了一个更好的集结点。”

塔曼尼在灯火上点燃了一根小树枝，然后用它点着了烟斗。他吸了一口烟，又将烟锅倒扣在岩石地面上。这些烟草已经坏掉了，味道变得非常可怕。他咳嗽着，将呛人的烟草用脚跟碾碎。

“你还好吗，大人？”梅尔登走过来，一边无所事事地用右手玩弄着两把锤子。

“我该死的还活着，”塔曼尼答道，“这大概是我根本没想到的事情。”

梅尔登面无表情地点点头，走了过去，加入一队正在龙旁边工作的人群中。这座深洞里回荡着铁锤敲击木材的声音。红手队正竭尽全力修复他们的武器。塔曼尼敲敲油灯，判断了一下里面还有多少油。灯油燃烧的气味也和他的烟草一样可怕，但他已经逐渐适应这股味道了。他们还有足够的灯油，能够再支撑一两个小时。

这样很好。塔曼尼知道，现在他们头顶上方的敌人还没发现这个洞。这里只能通过神行术进入，只有一些殉道使知道这里。真是一些奇怪的家伙。什么样的人会知道只有神行术才能进入的地洞？

不管怎样，红手队被困在这里。一个安全的但与世隔绝的地方，只有麦特的命令会给他们带来有限的一点消息。

塔曼尼站起身，他觉得自己能听到导引者们在头顶上方战斗的声音，不过那应该只是他的幻想。这里异常寂静。光亮从世界崩毁，甚至更早的时候就不曾照射在这些古老的岩石上了。

塔曼尼摇摇头，走到一支正在工作的队伍前：“情况如何？”

德耐尔向亚柳妲给他的几张纸指了指，那上面写明了修复他面前这头龙的方法。那个女人正在向另一支队伍详细解释该怎样修复他们的龙，她轻快的声音一直在这座洞窟中回荡。

“这些青铜管大多很坚固，”德耐尔说，“毕竟它们需要不断承受火烤和剧烈的爆炸……”他笑了两声，又恢复了沉默，看着塔曼尼。

“不要让我的面孔破坏你的幽默感，”塔曼尼一边说，一边收起烟斗，“也不必总是去想我们正在世界的末日战斗，我们的敌人数量远超过我们，或者是如果我们输了，我们的灵魂就会被邪恶之王彻底毁灭。”

“抱歉，大人。”

“我只是在开玩笑。”

德耐尔眨眨眼：“真的？”

“是的。”

“这是个笑话。”

“是的。”

“你开始有幽默感了，大人。”德耐尔说。

“你是不是打算告诉我，”塔曼尼弯下腰查看龙车，这些烧焦的木头又被钉子和木板重新拼在了一起，“虽然龙没什么事，但这些木头可能已经不行了。”

“它会动起来的，大人。只是我们没办法让它跑得很快。这些青铜管的确没事，这些车子……不管怎样，我们已经尽力挽回了龙，并且从巴尔伦运来了补给。但因为时间的关系，我们能做的并不很多。”

“我们做的还不够，”塔曼尼说，“麦特大人随时都有可能命令我们重新投入战斗。”

“如果上面还有人活着的话。”德耐尔向上望去。

这是个令人不安的想法。红手队有可能被永远地困在这里。这个“永远”应该不会有多少天。那时或者世界全部毁灭，或者他们全部饿死。顶多不会超过一个星期，就永远被埋葬在这个黑暗的地方。

该死的，麦特，你最好不要输掉。最好不要！红手队还有仗要打。他们不打算饿死在这个地洞里。

塔曼尼举起油灯，转身打算走开，却忽然注意到了一样东西——正在修复龙的士兵们在洞壁上投下了一个扭曲的影子，就像一个人披着宽大的斗篷，戴着一顶遮住面孔的帽子。

德耐尔顺着他的目光望了过去：“光明啊，看起来就好像我们正被千杀的老暗影盯着，不是吗？”

“没错。”塔曼尼答道。然后，他提高声音喊道：“这里太安静了！让我们唱首歌吧，小伙子们。”

一些人停住手中的工作。亚柳妲站起身，双手叉腰，不高兴地瞥了塔曼尼一眼。

塔曼尼这时已经放开了歌喉。

我们要痛饮美酒，直到涓滴不剩，
亲吻女孩，让她们不再有哭声，
将骰子高高抛起，
直到我们冲向那千杀的暗影。

洞窟中一片寂静。

然后，人们唱了起来。

让我们的喊声冲破屋顶，
让怀里的女孩骂我们薄情，
然后我们拿起暗帝的钱包，杀向战场，
冲向那千杀的暗影！

响亮的歌声撞击着石壁，士兵们卖力地工作着，准备重新踏上战场。

他们会痛快地再打一场。塔曼尼会给他们这个权利，哪怕他们要用龙的火焰烧穿这座坟墓。

当奥佛尔的匕首刺进那名白衣女子的身体时，菲儿的绑缚就消失了。她掉落在地上，踉跄了一下，但并没有倒下。曼德文落在她旁边，骂了一句。

埃拉纹，光明啊，埃拉纹。温顺、谨慎、能力非凡的埃拉纹竟然是暗黑之友。

而她拿到了圣号角。

埃拉纹向倒下的两仪师看了一眼，惶恐地抓住一名仆人牵来的马，跳上马鞍。

菲儿冲向埃拉纹。这时，人类俘虏们纷纷冲出附近的围栏，扑向兽魔人，抢夺它们的武器。菲儿差点抓住了埃拉纹，但那名暗黑之友还是抢先一步催开马匹，带走了圣号角。她向稍微平缓一些的山坡上跑去，用不了多久就能登上高地了。

“不!”菲儿尖叫着,“埃拉纹！不要这样做!”菲儿向她追过去,却知道这样做没有任何意义。

一匹马,她需要一匹马。菲儿慌乱地向周围扫视,发现他们从神行术通道带过来的几匹驮马。她向贝拉跑去,挥起匕首割断马肚带,把马鞍和捆在上面的货物全都掀了下去。然后,她跳上马背,拉起缰绳,催赶贝拉跑了起来。

这匹长毛母马紧追在埃拉纹身后。菲儿在它的背上伏低身子:“跑啊,贝拉。如果你还有力气,现在就把它们全用出来。求求你,跑啊,女孩,跑啊。”

贝拉冲过伤痕累累的大地,马蹄声伴随着天空中的阵阵雷鸣。兽魔人营地是一个黑暗的地方,只是偶尔会有一堆煮食篝火或者火把。菲儿觉得他们仿佛正在跑过一场噩梦。

前方有几头兽魔人出现在路上,向菲儿扑来。菲儿只能将身子伏得更低,向光明祈祷能躲过它们的攻击。贝拉放慢了速度。就在这时,两名骑士从菲儿身边冲过,他们的手里平端着骑枪。一头兽魔人的脖子转眼就被骑枪刺穿。另一名骑士没有刺中目标,但他用坐骑的肩膀顶开了另一头兽魔人,为菲儿打通了道路。贝拉在慌乱的兽魔人之间一跃而过,追上了那两个冲在前面的人。他们一个挺着大肚子,另一个身材瘦削、刚健——是万宁和哈南。

“你们!”菲儿喊道。

“嗨,殿下!”哈南笑着说道。

“你们怎么来了?”菲儿在马蹄声中向他们喊道。

“我们让一支货物队找到了我们,”哈南大声回答道,“让他们俘虏了我们。一个小时前,他们用神行术把我们带到这里。我们正在准备让俘虏全都逃出来。您的到来给了我们机会!”

“圣号角！你们想要偷走圣号角!”

“不,”哈南喊道,“我们想要偷的只是麦特的烟草!”

“我还以为您把它埋起来,是要把它丢在那里!”万宁在另一边喊道,“我想麦特大概不会在乎那点烟草了,毕竟他还欠我几个银马克呢！当我打开袋子,才发现那是该死的瓦力尔号角……该死的！我打赌,我的喊声一定传到塔瓦隆去了!”

菲儿呻吟一声,回想那时的情景。当时她听到的叫声的确是一声惊叫,也正是那一声惊叫引来熊形怪兽的攻击。

不管怎样,过去的事情已经过去了。菲儿用膝盖紧紧夹住贝拉,催赶它向前猛冲。前面的埃拉纹已经跑进一群兽魔人中间。再向前,坡道开始逐渐收窄。埃拉纹向兽魔人发出狂乱的叫嚷,想要求得帮助,但全速奔跑的马匹要比兽魔人快得多。

狄芒德。埃拉纹说她会把圣号角献给那名弃光魔使。菲儿低吼了一声，身子紧贴着贝拉。令人惊讶的是，贝拉的速度超过了万宁和哈南。菲儿没有问他们是在哪里找到的马匹，她现在的注意力全都集中在埃拉纹身上。

一阵喊声在兽魔人营地中响起。万宁和哈南离开了菲儿，分头去拦截前来追击菲儿的骑兵。菲儿调转贝拉的方向，越过一堆货物，从一群衣着古怪、正围着篝火吃东西的人中间飞奔而过。那些人只能望着她的背影，用怪异的口音不住地咒骂着。

一寸又一寸，菲儿逐渐缩短了和埃拉纹的距离。贝拉喷着粗重的鼻息，汗水打湿了它的皮毛。沙戴亚骑兵是这片大陆上最优秀的骑手。菲儿懂得马匹，她曾经骑过各种各样的马。在这几分钟时间里，她让贝拉的速度足以和提尔纯种马媲美。这匹长毛母马的身上没有任何名马血统的痕迹，而它现在成了一匹冠军赛马。

一边感受着坐骑马蹄的节奏，菲儿从袖子里抽出匕首。她催赶贝拉跳过一小片泥地，一人一马片刻间跳在半空。菲儿判断风速、落点、时机，扬起手，就在贝拉的蹄子即将落在地上时，掷出了匕首。

匕首正中埃拉纹的后背。埃拉纹摔离马鞍，掉落在地上，袋子离开了她的手掌。

菲儿从贝拉身上一跃而下，继续向前快跑，直到袋子前面才停下。她解开扎住口袋的绳子，向里面望去，看到了金光闪烁的圣号角。

“我……很抱歉……”埃拉纹悄声说道。她翻过身来，面朝着菲儿，两条腿已经完全不能动了：“不要把我的事告诉奥迪恩。他对……女人的品位……真是糟糕……”

菲儿站起身，带着怜悯的表情看着埃拉纹。“祈祷创世主庇护你的灵魂吧，埃拉纹。”然后，她回到贝拉的背上，“否则，暗帝就会带走你，而我则无能为力。”她催开贝拉，再次拔足疾驰。

前方出现更多的兽魔人。菲儿显然是它们唯一的目标。它们吼叫着，几只魔达奥冲上前来，围绕菲儿游动，挡住她的去路。

菲儿咬紧牙关，催赶贝拉回过头，朝过来时的道路冲去，希望能与哈南、万宁或者别的什么人会合。

现在这片营地已经完全陷入了混乱。菲儿发现有不少骑兵也在追过来，并不住地大声喊着：“她有瓦力尔号角！”

在那片高地上，麦特·考索恩的部队正在与暗影作战。她离他们已经是这样近了！

一支箭落在她身边的地面上，然后又是更多的箭飞来。菲儿已经冲到了俘虏围栏。破碎的围栏周围全是尸体。贝拉喘着大气，它的力量可能就要用尽了。菲儿看到不远处的另一匹马，那是一匹上了马鞍的花毛骟马，正轻轻推着倒在脚边的一名士兵。

菲儿放慢贝拉的脚步。该怎么办？换这匹马，然后呢？她回头瞥了一眼，急忙又伏下身，避开从头顶飞过的一支箭。她的周围差不多有几十名沙塔骑兵，全在向她跑来。在这些穿着缀有金属片布甲的骑兵身后，还跟着几百头兽魔人。

即使有一匹好马，我也不可能跑过他们。菲儿让贝拉跑到一些货车后面，然后跳下马背，打算冲向另外那匹马。

"菲儿殿下？"一个微弱的声音问道。

菲儿向下看了一眼。奥佛尔正缩在一辆马车下面，紧握着他的匕首。

那些骑兵就要冲过来了。菲儿没有时间思考。她从袋中掏出圣号角，塞进奥佛尔的怀里："保护好它。好好躲起来，等到夜深的时候，把它交给麦特·考索恩。"

"你要丢下我吗？"奥佛尔问，"只留下我一个人？"

"我只能这样。"菲儿把一束箭塞进袋里，她的心脏几乎要从胸膛里跳出来了，"等那些骑兵冲过去，就另外找一个地方躲起来！他们一定会回来搜查我经过的地方。因为……"

因为他们会抓住她。

到那时，她只能用匕首了结自己的性命，以免他们会用酷刑逼她供出圣号角的所在。她抓住奥佛尔的手臂："很抱歉让你担负这样的任务，小家伙。但我找不到别人了。你今天做得很好，你能完成这个任务。把号角交给麦特，否则我们就全完了。"

她跑向空地，让周围的人都能看见她身上的袋子。一些衣着怪异的沙塔人发现了她，立刻高喊起来。菲儿高举着袋子，跳上了花毛马的马鞍，催赶它飞驰而去。

兽魔人和暗黑之友紧追在她身后，只留下那个小男孩和他的重担，躲藏在兽魔人营地中的一辆马车下面。

洛根在手指间转动着那些轻薄的圆碟。黑色和白色，中间有一条蜿蜒的界线。这应该是昆达雅石。但他的手指抚过圆碟表面时，许多细小的裂纹随之被抹平，仿佛暗帝对这种“永恒不变”材料的一种嘲弄。

“为什么泰姆不打破它们？”洛根问，“他早就应该这样做了。这些封印比旧皮革还要脆弱。”

“我不知道，”安德罗向其他人瞥了一眼，“也许时机还没到。”

“在正确的时机打破它们，将对真龙的战斗有很大帮助，”那个自称为埃马林的人说道，他的语气显得很担忧，“如果在错误的时候打破它们……那会怎样？”

“相信不会有什么好事发生。”佩维拉说道。她是个红宗两仪师。

他是否要向这些驯御他的女人复仇？曾几何时，对她们的憎恨是他活下来的唯一动力。而现在，洛根发现自己的心中出现了一种新的渴望。他已经战胜了两仪师，让她们屈服，让她们从属于自己。复仇变得……空洞无味。长久以来，他告诉自己要杀死米海峨，这能让他空洞的心稍感充实，但这还不够，他还需要些什么？

他曾经宣布自己为转生真龙，曾经装作这个世界的主人，将这个世界搅得天翻地覆。他站在战场的边缘，用手指摩挲着暗帝牢狱的封印。现在，他位于西南方的沼泽边上，他的殉道使在这里建立了一个小营地。远处的高地上不断传来编织的爆炸声，两仪师和沙塔人激战正酣。

他的殉道使也正在那里作战。但沙塔导引者的数量依旧超过了两仪师和殉道使。另有一些殉道使在战场四处巡行，负责猎杀惊怖领主。

他损失部下的速度要比暗影更快。他们的敌人太多了。

洛根举起封印。它里面蕴含着某种力量。他是否能用这种力量保护黑塔？如果世人不害怕我们，不害怕我，一旦转生真龙死了，我们又会怎样？

不悦的心情从约缚中投射过来。洛根看着嘉布勒的眼睛，她一直在观察战况，但现在，她的眼睛盯住了洛根。那是怎样的眼神，质疑？威胁？

他真的曾经以为自己驯服了两仪师？现在这个想法只会让他发笑。任何两仪师都不可能被驯服，永远不可能。

洛根用夸张的动作将封印放进腰间的口袋里，抽紧袋口的绳子，同时和嘉布勒继续对视着。嘉布勒的关注如同刺向洛根的长矛。片刻间，洛根又觉得她只是在担心他，而不是对他有任何企图。

也许她在学习如何操控约缚，向洛根传递能够安抚或者欺哄他的感觉。不，两仪师是不可能被驯服的。约缚她们并不等于能驾驭她们，而且还会带来更多的负面效果。

洛根伸手到自己的衣领上，摘下别在上面的龙徽，将它交给安德罗。“安德罗·根哈德，你已经两次走进死亡的深渊，又平安从中返回。我欠你很多。现在，我认命你为正式殉道使，请带着自豪之情接受这枚徽章吧。”洛根先前已经将剑徽还给安德罗，恢复了他献心士的身份。

安德罗犹豫了一下，然后伸出手，虔诚地接过那枚龙徽。

“那么，封印该如何处理？”佩维拉将双臂抱在胸前问道，“它们是属于白塔的，玉座才是它们的守护者。”

“玉座。”洛根说道，“根据我得到的消息，她可能已经死了。如果找不到她，那么我将是合适的封印管理者。”洛根抓住真源，将它压倒，控制住它，然后打开了一个通往高地的神行术通道。

压倒性的战争气息扑面而来，到处都是混乱、硝烟和垂死的惨叫。洛根走过通道，其他人跟随在他身后。来自狄芒德的强大导引如同一座灯塔，弃光魔使震耳欲聋的声音继续嘲弄着转生真龙。

兰德·亚瑟不在这里。最接近他的人就是洛根，真龙的替身。“我要去和他决斗，”洛根对身后的众人说道：“嘉布勒，你留下，等我回来，我也许需要治疗。你们去对付泰姆的部队和那些沙塔导引者，不要让任何投降暗影的人活下来，无论他们的叛变是不是出于自己的选择。我们要为恶人带去审判，为受迫害的人带去救赎。”

众人纷纷点头。嘉布勒似乎深受感动，也许是因为洛根直捣敌人心脏的决定。不过她并不知道，即使是弃光魔使也不可能像现在的狄芒德这样强大。

狄芒德拥有一件超法器，一件极强大的宝物。它的力量很可能和凯兰铎相当，甚至更强。如果洛根拥有这样的一件宝物，这个世界的许多事情都会发生改变。这个世界将知道他与黑塔之名，将因为他而颤抖。那是玉座从不曾有过的威势。

艾雯领导着一场千年来都不曾有过的进攻。两仪师从防御阵地后面走出来，跟随她，迈着坚定的脚步登上高地西侧的山坡。编织在空中飞舞，如同随风飘舞的丝带，又在下一个瞬间发生剧烈的爆炸。

天空被千道闪电割裂。大地颤抖着、呻吟着。狄芒德继续在高地的另一边杀戮安多人，他射出的每一道烈火都在搅动整个空间。地面上布满蛛网般的纯黑色裂隙。现在，某种病态的卷须正从这些裂隙中升起，如同瘟疫般在破碎的岩石上蔓延。

空气仿佛也被至上力启动了。这里的能量是如此强烈，艾雯甚至觉得战场上所有人都应该能看到至上力。通过沃拉超法器，她汲取尽可能多的能量。一切仿佛是她在与来袭的霄辰人作战时的样子，只是现在的她更懂得如何控制这股力量，而她的愤怒中现在又夹杂了绝望和恐怖。

这一次，她变成了一块白热的金属，一块被锻打到超出极限的钢。

她，艾雯·艾威尔，曾经担负起管理这片大陆的责任。

她，玉座之主，是绝不会在暗影面前有任何退缩的人。

她不会因为力量不及暗影而撤退，不会向失败俯首认命。

她将战斗下去。

她导引风之力，制造出风暴，裹挟着烟尘、灰土和枯草。她用这风暴阻挡住山坡上敌人的视线，让他们无法找到她。闪电在她的周围落下，但她编织出地之力，深深地挖进岩石之中，带出一股铁质，在她身边形成一根尖桩。闪电全落在铁桩上面，丝毫无法伤害到她。她则驱赶风暴一直向上扑去。

艾雯感觉到身边有人，是莱伊纹。这个人……这个人对她是忠诚的。艾雯对此颇感惊讶。也许一名新的护法无法弥补她因失去盖温而产生的绝望，但她的确在别的方面有所助力。艾雯脑海深处属于盖温的那一团精神被另一股思想所替代，这与前者完全不同，却令人惊讶的忠诚。

艾雯举起沃拉超法器，继续发动攻击，并不断向坡上走去。莱伊纹紧跟在她身边。在她们面前，沙塔人挤成一堆，吃力地抵抗着强风。艾雯用火焰能流打击他们。导引者想要通过风暴向她反击，但他们的编织全都无法击中目标。他们的眼睛被灰尘遮蔽。三名普通士兵从侧面偷袭艾雯，都被莱伊纹迅速地干掉了。

艾雯操纵着风暴，如臂使指般地使用着它们。她将导引者抓起，扔上高空。闪电的落网又将他们牢牢裹住，直到冒烟的尸体掉落在山坡上。两仪师的军队跟随她一起向敌人猛攻，飞射出去的编织如同一道道光明的利箭。

殉道使也加入了她们。这些男人本就在和白塔共同抗敌，现在，他们真正融入白塔的军队。数十名男性导引者也跟在艾雯身后。空气仿佛因为至上力而变成了实质。

风暴停歇了。

尘土突然落下，仿佛被毯子压灭的烛火。这不是自然力量导致的。艾雯登上一块突出的岩石，看到一个穿着黑红色衣服的男人站在高地顶端，平伸出一只手。她终于引出统领敌军队伍的人。这个家伙的惊怖领主一直在和沙塔人共同作战，但他们的头领才是艾雯感兴趣的。泰姆，或是米海峨。

“他在编织闪电！”一个男人在艾雯身后喊道。

艾雯立刻竖起一股铁流，并让它迅速冷却，以吸引落下的闪电。她向旁边瞥了一眼，那个说话的人是佳哈·那瑞玛，梅瑞丝的殉道使护法。

艾雯微微一笑，望向泰姆，同时高声发出命令，“其他人都退下。那瑞玛、梅瑞丝，你们留下。那瑞玛的警告会非常有用。”

她凝聚起力量，开始向那个殉道使的叛徒释放出另一股风暴。

霭拉在废墟附近的死人堆中四处走动。虽然战场已经转移到了下游方向，她还是能听到黑夜中远处传来的喊叫声和爆炸声。

她在寻找受伤的人。遗弃在战场上的箭支和刀剑不是她的目标，会有别人收集这些武器。但她衷心希望它们不会再被使用，正是这些武器制造了许多死亡。

她的丈夫林就在她身边，不停地查看每一具躯体，确认他们是否还有心跳。他的手套已经被鲜血浸透，彩色衣服上也全是血污。他一直在将耳朵紧贴在每一个人的胸口上。如果他们确认某个人真的死了，就会在他的脸颊上用血画一个“×”。那经常会是那位死者自己的血。这样，别人就不必再重复他们做过的工作了。

在过去的一年里，林似乎老了十岁。霭拉觉得自己也是一样。叶之道有时的确很容易理解，能够帮助人们过上平安喜乐的生活。但一片树叶会落进和风之中，也会被卷入猛烈的风暴。他们的信仰要求他们像接受前者一样坦然接受后者。从一个又一个国家被赶出来，在荒芜的土地上忍饥挨饿，终于，他们在霄辰人的土地上得到了休息……这就是他们在这一年中的经历。

所有这一切都无法和失去亚蓝相比。那对他们的伤害要比眼看亚蓝的母亲被兽魔人杀害更甚。

他们走过摩格丝身边。这位安多前任女王负责组织和指挥在这里工作的人。霭拉没有向摩格丝行礼，她对于女王并不很在意，这种身份在她们之间是没有意义的。

不远处，林停下脚步，举起油灯，端详着一名死去的士兵带在身上的满满一箭囊羽箭。霭拉吸了一口冷气，提起裙摆，迈过尸体，跑到丈夫身边：“林！”

“平静，霭拉，”林说道，“我并不打算把它捡起来。不过，我还是在想。”他抬起头，面向远方高地上的一片片闪光。在那里，军队仍然继续着他们可怕的杀戮。那么多闪光撕破了夜幕，如同数百道闪电一齐落下。现在时间已经过了午夜，他们在这里搜寻伤员已经有几个小时了。

"你在想什么？"霭拉问，"林……"

"我们该怎样对待它们，霭拉？兽魔人不会接受叶之道。"

"我们有足够的地方可以逃跑，"霭拉说，"看看他们，他们在暗影生物刚刚离开妖境时就开始了这场战争。如果这样的力量被用来组织民众，率领他们前往南方……"

"兽魔人会追上来，"林说道，"那时我们又该怎样，霭拉？"

"我们接受过许多主人，"霭拉说，"暗影也许会以残酷的手段对待我们。但它真的会比曾经苛待过我们的那些主人更糟糕吗？"

"是的，"林低声说道，"是的，霭拉。它会更加可怕，非常、非常可怕。"

霭拉看着他。

他摇摇头，叹了口气："我不打算放弃叶之道，霭拉。这是我的道路，对我来说，是正确的。只是也许……也许我不再认为走上其他道路的人是那么可怜了。如果我们能幸存下来，我们也会尊重那些在这场战争中死去的人的遗愿，无论我们是否愿意接受他们的牺牲。"

他的声音低了下去。这只是因为黑暗的夜晚，霭拉心想，等到太阳升起来的时候，他就能克服这种情绪。这才是正确的，不是吗？

霭拉望向夜晚的天空。太阳……他们是否还知道它什么时候会升起来？乌云被地上的火光照亮，似乎正变得愈来愈厚。她忽然感到一阵寒意，不由得将亮黄色的围巾又拉紧了一些。

也许我不再会认为走上其他道路的人是那么可怜了……

她眨掉从眼眶中涌出的几滴泪水。"光明啊，"她悄声说道，有什么东西仿佛正紧紧抓住她的心，"我不该在他面前背过身去，我应该帮他回到我们中间来，而不是把他赶走。光明啊，哦，光明啊，请庇护他……"

不远处，一队佣兵发现了那些箭，把它们拾了起来。"嗨，汉隆！"一个人喊道，"看看这个！"

当这些粗鲁的人开始帮助图亚桑工作的时候，霭拉曾经为他们感到骄傲。这些人不再冲上战场，转而来救助受伤者了。他们终于明白了暴力的错误。

现在，她眨眨眼，却看到他们身上的另一样东西。懦弱。他们逃离战场，只是为了搜检尸体上的钱包。这两种人之中，谁更加恶劣？是那些虽然步入歧途，却在与兽魔人誓死奋战的人；还是这些贪慕更加轻松的生活，拒绝对抗暗影的人？

霭拉摇摇头。这一生中，她总是以为自己知道答案。而今天，她所坚信的许多事情都离她远去了。但,她还可以拯救生命……这是她能够坚守的原则。

她回到了尸堆之中,继续去寻找可能活下来的人。

奥佛尔爬回到马车下面,手中紧握着圣号角。菲儿殿下已经离开了,几十个骑兵和几百个兽魔人正紧追着她。天愈来愈黑了。

他又被丢下了,只剩下自己一个人。

他紧闭着眼睛,但这样做没什么用,他还是能听到人们在远处的喊叫声,仍然能嗅到浓重的血腥味。那些想要逃走的俘虏都被兽魔人杀死了。他还能闻到刺鼻的浓烟,仿佛整个世界都在燃烧。

地面在颤抖,仿佛某种非常沉重的东西正在不远处击打大地。一阵阵雷电在天空中滚动,闪电刺耳的爆裂声不时从高地上传来。奥佛尔只能低声呜咽。

他曾以为自己很勇敢。而现在,在这里,他终于来到了战场上,他却没办法让自己的手停止颤抖。他想要躲起来,在地上深深地挖一个洞,躲起来。

菲儿要他躲到别的地方去,因为敌人随时有可能会回来,寻找圣号角。

他敢走出去吗?他敢留在这里吗?奥佛尔用力睁开眼睛,结果差点尖叫出来。两条生着蹄子的怪物就立在他藏身的马车外。片刻之后,一张鼻子翘起的面孔俯下来,看到了他,两颗珠子般的眼睛眯成一条缝,巨大的鼻孔不住地喷着气。

奥佛尔惊呼一声,紧抓住圣号角向后退去。那头兽魔人喊了些什么,掀起马车,几乎将整辆马车砸在奥佛尔的身上。马车上装载的箭支散落到地上。奥佛尔却已经冲了出去,想要寻找一个更安全的地方。

没有任何地方是安全的。几十头兽魔人向他跑来,并用一种奥佛尔听不懂的语言相互叫嚷。奥佛尔一只手握着号角,另一只手拿着匕首,慌乱地环顾四周,没有安全的地方。

一匹马在他身边打了个响鼻。是贝拉,它正嚼着从一辆供给车上漏出来的谷物。贝拉抬起头,看着奥佛尔。它的背上没有马鞍,只戴着笼头和缰绳。

该死的,奥佛尔一边想,一边跑向贝拉,真希望疾风在这里。这匹圆滚滚的母马肯定只能把他送到汤锅里去。奥佛尔收起匕首,跳到贝拉的背上,一只手抓住缰绳,另一只手依然紧握着圣号角。

那头生着猪鼻子的兽魔人丢下马车追了过来,它差点抓住了奥佛尔的手臂。奥佛尔大叫着,猛踢贝拉,让它跑起来。这匹母马扬起四蹄,冲出兽魔人的包围圈。怪兽们号叫着追在他们身后。营地各处都传来叫嚷的声音,兽魔人几乎倾巢出动，扑向这个男孩。

奥佛尔就像红手队们教他的那样，压低身子，用膝盖为贝拉指引方向。贝拉飞快地奔跑着。光明啊，它真的在跑。麦特说过，许多马都害怕兽魔人，如果靠兽魔人太近，就会把骑在背上的人甩下去。但这匹马没有那样做，它像闪电一样穿过咆哮的兽魔人，一直从营地正中心跑了出去。

奥佛尔回过头，背后有几百头兽魔人在追他。“哦，光明啊！”

他刚才看到麦特的旗子就在高地顶上。他绝没看错。但这里的兽魔人太多了。奥佛尔调转马头，跑上了埃拉纹曾经跑过的那条路。也许他能绕过兽魔人营地，从那条路一直跑上高地。

把圣号角交给麦特，否则一切都完了。

奥佛尔用尽全部力量催赶贝拉。

没有别人能做这件事。

前面，一大群兽魔人堵住了道路。奥佛尔转向另一条路，但另一群兽魔人从那个方向冲了过来。奥佛尔大喝一声，再次调转贝拉的方向。一支粗大的黑箭射中了它的肋侧。贝拉嘶鸣着，踉跄一下，倒了下去。

奥佛尔跌到地上。他肺里的空气全被挤了出去，仿佛有一道白光从他眼前闪过。他强迫自己用双手和膝盖撑起身体。

圣号角一定要交给麦特·考索恩……

奥佛尔抓住号角，发现自己在哭：“对不起，贝拉。你是一匹好马。疾风也没有你跑得快。对不起。”贝拉轻轻叫了一声，吸进最后一口气，死掉了。

奥佛尔离开贝拉，从第一批冲上来的兽魔人腿间跑了过去。奥佛尔不能和它们战斗。他知道他不能。他没有拔出匕首，只是向山坡上没命地奔跑，想要跑到他看见麦特的旗子跌落的地方。

但那个地方仿佛就在另一片大陆上。一头兽魔人扯住他的衣服，要把他拉下来。奥佛尔甩脱了衣服，逃出兽魔人巨大的爪子，继续沿着破碎的地面向上攀登。在绝望中，他发现一块岩石凸出在身边一道悬崖上。那块岩石的根部有一道缝隙，直朝着黑色的天空。

奥佛尔向那块岩石跳过去，扭动身子钻进缝隙中，手中依旧紧紧握住圣号角。他勉强能缩进那道缝隙里。兽魔人聚集在他的头顶上方，然后开始探身下来抓他，试图揪住他的衣服。

奥佛尔呜咽着，闭上了眼睛。

洛根跳过神行术通道，进行编织，对狄芒德发动了攻击。

那名弃光魔使正站在冒起浓烟的山坡上，俯视着莫拉河的干河床和散乱的安多长矛阵。艾伊尔人、凯瑞安人和真龙军团也在那里战斗，他们全处在被包围的危险之中。

长矛阵已经不成行列，溃败迫在眉睫。

洛根向狄芒德射出两道火柱。但沙塔人冲了过来，挡住了他的攻击。肉体被烧化，骨骼变成灰烬。他们的死让狄芒德有时间转过身来，并射出水之力和风之力的编织。洛根的爆炸性火焰撞在狄芒德的编织上，激起一团蒸汽，随后就消散了。

洛根本希望经过长时间的导引后，狄芒德的力量会逐渐衰弱。但事实远非如此。一个复杂的编织出现在那名弃光魔使面前，那是洛根从没见过的编织，它导致他们之间的一片空间泛起了涟漪。洛根下一波的攻击编织撞在那片空间上，立刻被弹开了，就如同一支被扔到砖墙上的棒子。

洛根跳到一旁，躲过一道从空中落下的闪电。岩石碎片打在他的身上。他开始编织魂之力、火之力和地之力，要切开那道古怪的墙壁。在他将狄芒德的屏障切开的同时，他又聚集起地面上的石块，挡住狄芒德射来的火焰。

火焰只是为了让我分神。洛根意识到狄芒德正在那股火之力的后面进行另一个更加复杂的编织。一个神行术通道突然开启，扑向洛根，通道对面是赤红色的深渊。洛根再次躲到一旁。死亡之门从他身边掠过，留下一道灼热的岩浆痕迹。

狄芒德的下一次攻击是一股风之力，将洛根朝他背后的岩浆甩去。洛根拼命编织出水之力，冷却了岩浆。他的肩头首先落在岩石上，皮肤受到爆炸性蒸汽的灼伤。但已经冷却坚硬的岩浆外壳撑着他的身子，将他和内部的岩浆隔开。洛根在滚烫的蒸汽中屏住呼吸，再次跳起，闪避，躲开了一连串将地面击成碎粉的闪电。

闪电打碎了岩浆壳，落进熔岩之中。几滴岩浆飞溅出来，落在洛根身上，在他的手臂和脸上烧出了小坑。洛根尖叫一声，在暴怒中编织闪电轰击敌人的头顶。

一道魂之力、地之力和火之力编织凌空切断了他的编织。狄芒德太强大了。那件超法器的力量简直不可思议。

随后的一道闪电让洛根几乎无法视物，猛烈的爆炸让他向后飞去。他撞上了一块破碎的板岩，岩石的尖角刺破了他的皮肤。

“你很强大。”狄芒德说道。洛根几乎听不清他的话。他的耳朵……爆裂的雷声……“但你不是路斯·瑟林。”

洛根吼叫着，透过满眼的泪水进行编织，将闪电向狄芒德抛去。他编织出前后两道闪电。虽然狄芒德割断了第一道，第二道闪电终于成功落下了。

但……那是什么编织？那也是一个洛根不认识的编织。闪电击中了狄芒德，却完全消失了，似乎是被送进地下，彻底消散了。这么简单的一个风之力和地之力编织，却让闪电变得毫无用处。

一道屏障落在洛根和真源之间。虽然眼睛受到伤害，视野变得模糊，洛根还是看到烈火的编织在狄芒德掌心出现。洛根号叫着，从身边抓起一块拳头大小的石头，向狄芒德扔了过去。

让洛根惊讶的是，那块石头击中了狄芒德，打破了他的皮肤，让狄芒德向后踉跄了一步。弃光魔使很强大，但还是会犯常人也会犯的错误。绝不要把注意力全部集中在至上力上，无论泰姆如何吹嘘至上力的强大。就在这个时刻，挡住真源的屏障从洛根身上消失了。

洛根滚到一旁。又开始了两个编织。一个是屏障，但他并不奢望这个编织会起作用；另一个是神行术通道——绝望的，懦夫的选择。

狄芒德咆哮一声，一只手捂住面孔，另一只手甩出至上力。他选择摧毁屏障，他已经在眨眼间判断出这是更危险的编织。通道打开了，洛根滚了过去，立刻将通道关闭。他瘫倒在通道的另一边，满身伤痛，肩头皮肤剥落，耳朵里仍然充满了尖利的鸣响，两只眼睛几乎什么都看不到了。

他强迫自己坐起来。现在他已经回到沼泽旁边的殉道使营地。嘉布勒和其他人正在这里等他。他愤怒地吼着。嘉布勒的关心充满了约缚，那是真正的关心。他以前从没想过这个女人会对他有这种感情。光明啊。

“安静，”嘉布勒跪倒在他身边，“你这个傻瓜，你都对自己干了什么？”

“我失败了。”洛根说道。他能感觉到远方狄芒德再一次开始发动了攻击，并且继续向路斯·瑟林发出挑衅。“给我治伤吧。”

“你不会再这么做了，对吧？”嘉布勒问道，“我可不想给你治好伤，只是为了让你……”

“我不会了。”洛根的声音依然有些含混不清。这些伤都很痛，但与失败的耻辱相比，这点痛苦算不了什么。“我不会了，嘉布勒，不要怀疑我的话。他太强大了。”

“有些烧伤很糟糕，洛根。你的皮肤上全是坑洞，我不知道能不能完全将它们治好。你会留下疤痕的。”

“没关系。”洛根用低沉的声音说道。的确是有不少岩浆溅到他的手臂和脸上。

光明啊，他心想，我们该怎么对付这个怪物？

嘉布勒用双手捧住他，医疗的编织涌进他的身体。

艾雯与米海峨的闪电丝毫不弱于天空中的雷霆。艾雯知道这是个新的弃光魔使，他的名字已经被惊怖领主在战场上四处传扬。

艾雯不假思索地进行编织，将一股又一股能流掷向这个殉道使叛徒。她没有招来暴风，但强风依旧在她四周呼啸，扯动她的头发和裙摆，扬起她的圣巾。那瑞玛、梅瑞丝与莱伊纹在她身边的地上相拥而坐。那瑞玛不断叫喊出米海峨进行的编织。在战斗的喧嚣中，艾雯只能勉强听清他的喊声。

艾雯现在已经站到高地顶上，与米海峨正面相对。但从身体深处传来的感觉清楚地告诉她，她的肉体很快就需要休息了。

但现在，休息对她来说太过奢侈了，她能做的事情只有战斗。

火焰向她涌来。她用风之力将火柱挡开，让它在疾风中化成一团火星，飘散开去。她编织出地之力，在已经破碎不堪的地面上掀起一阵波澜，要将米海峨打倒。但米海峨立刻就破坏了这个编织。

他的速度变慢了，艾雯心想。

艾雯向前迈出一步，体内的能量进一步膨胀。她开始了两个编织。火焰从她的两只手掌中分别喷向米海峨。

米海峨回敬给艾雯一道纯白色的、线绳粗细的光束。光束没能击中艾雯，从距离她不到一掌的地方掠过。烈火在艾雯的视野中留下一道黑斑。他们脚下的大地发出呻吟，空间被扭曲，蛛网般的裂隙在地面上蔓延，将大地拆碎成虚无。

“愚蠢！”艾雯向米海峨喊道，“你是在摧毁因缘本身！”他们的战斗已经对因缘的存在产生了威胁。现在这股嘶吼的风肯定不是自然的气流。地面上的裂缝正从米海峨脚下迅速拓展开来，变得愈来愈宽。

“又是烈火！”那瑞玛喊道。暴风转眼间就卷走了他的喊声。

米海峨释放出第二道烈火，地面也随之进一步崩碎。但艾雯已经做好了准备，闪到一旁。怒火在她的心中积聚。烈火，她需要找到办法反制这个危险的编织！

他们不在意会毁掉什么。他们来到这里，就是为了制造毁灭。这是他们主人的令旨。破坏、烧毁、杀戮。

盖温……

艾雯发出愤怒的吼叫，编织出一道又一道火柱。那瑞玛高声喊出米海峨的行动。但艾雯在急骤的气流中听不清他在喊些什么。不过，她很快就看到米海峨制造出一道风之力和火之力的屏障，挡开了她的攻击。

艾雯向前迈出一步，再次向米海峨发动一系列的打击。这让米海峨没有时间恢复，没有时间反击。她保持着进攻的节奏，直到一个屏障被编织出来。一股强猛的火之力撞击在米海峨的屏障上，他向后一个踉跄，屏障也随之碎裂了。米海峨抬起手，也许是想要再次编织烈火。

艾雯让屏障落在他和真源之间。屏障没能切断他的能流，米海峨凭借意志力最终挽救了自己的导引。但他的阳极力的确被削弱了，艾雯甚至能看到他的惊疑和愤怒。米海峨发动反击，却比艾雯弱小了许多。艾雯继续向前推进，让屏障愈来愈逼近那条连结着米海峨与真源的、看不见的细线。她用全部力量将屏障压了过去……

米海峨全身绷紧，通过屏障还没能完全挡住的缺口释放出一小股烈火。烈火摧毁了艾雯的编织，就像刚才破坏空气与大地一样，它破坏了因缘本身。

这次轮到艾雯踉跄后退。米海峨引导烈火的编织向她射来，但那股白热的光线太小、太弱，不等触及艾雯，就消失了。米海峨狂吼一声，也消失了踪影。他使用的是那种艾雯不知道的，扭曲了空间的神行术。

艾雯喘着大气，将手掌按在胸口。光明啊！她差点就被从因缘中抹去了。

不必打开通道就凭空消失！这一定是真力在作怪。艾雯想道。这是唯一合理的解释。而艾雯对真力几乎一无所知。那是暗帝的本质，正是它诱使传说纪元的导引者钻穿了暗帝的牢狱。

烈火，光明啊。我差点就死了，比死亡更可怕。

她没办法反制烈火。

那只是一个编织……只是一个编织。这是佩林的话。

时间稍纵即逝，米海峨逃走了。艾雯必须让那瑞玛紧跟着她，好在有男人导引时向她发出警告。

但如果米海峨再次使用真力呢？另一个男人能够感觉到他导引真力吗？

“吾母！”

艾雯转过身，看到梅瑞丝朝远处一指。两仪师和殉道使仍然在和沙塔人进行激烈交锋，山坡上倒下了穿着各色衣裙的姐妹。

盖温的死如同黑夜中的刺客一样，不断地在她的思绪中游荡。艾雯咬紧牙关，鼓起心中的怒火，汲取至上力，向那些沙塔人杀了过去。

修林的鼻孔中塞满了布条。他正在包罗夫高地上，与边境国同胞们并肩奋战。

而战争的气味甚至能透过布条钻进他的鼻腔。这么强烈的暴力。到处都是鲜血和腐尸。恐怖的气味覆盖了大地，浸染了他的剑、他的衣服。在这场战争中，他已经几次罹患了重病。

但他依旧在战斗。一头猪鼻兽魔人爬过尸堆，向他进攻，被他及时躲过。怪物的巨剑落在地上，地面随之传来一阵抖动。修林不由得发出一声惊呼。

那头怪兽发出非人类的笑声，以为修林的喊声意味着他感到了恐惧。它向前猛冲。修林也迎面冲了过去，在最后一刻俯身躲过它的攻击，用剑刃划开它的肚子。怪物蹒跚地停下脚步，看着自己的内脏涌流出来。

必须为兰德大人争取时间。修林这样想着，一边闪步后退，等待下一头兽魔人从尸堆上跨过来。他们的位置是在高地东侧，靠河道的一边。陡峭的山坡让兽魔人很难攀爬，但光明啊，这些怪物实在是太多了。

全力战斗，全力战斗。

兰德大人来找他，向他道歉。竟然会向他道歉！所以，修林不能让他失望。转生真龙不需要一名卑微的捉贼人的原谅。但修林依旧觉得他的道歉让这个世界变好了。兰德大人又变回了兰德大人。兰德大人能保护他们，只要他们能为他争取到足够的时间。

没有兽魔人再杀上来。修林皱起眉头。那些怪兽仿佛根本没有尽头，绝不可能这么轻易就会败退。修林小心地向前迈出一步，越过尸堆，向山坡下望去。

不，怪物们远没有被战败。海一般的兽魔人一眼望不见尽头。他能借助火光看见它们的行动。兽魔人暂时停止攻击，是因为它们要把挡道路的尸体从山坡上移走。有许多兽魔人被谭姆的弓箭手射倒在攻上来的坡道上。更远处的河岸上，一支规模更大的兽魔人军队正在攻击伊兰的军队。

“我们应该能有几分钟时间。”马背上的岚·人龙对士兵们说道。雅莲德女王也在不远处，正低声和他的人交谈。在他身边就有两位君王，他们肯定知道该如何指挥战斗。这让修林的感觉好了许多。

“它们正准备进行最终的冲锋，”岚说道，“它们要把我们从高地边缘逼退，这样就能在平地上与我们作战。在它们清理尸体时尽量争取时间休息。和平眷顾你们的剑，朋友们。敌人的下一次攻击将是最凶猛的一次。”下一次攻击才是最凶猛的？光明啊！

在他们身后的高地中部，麦特其余的部队正在攻击沙塔军，要将他们向西南方逼退。如果麦特能够成功，把那支敌军逼下山坡，退到与伊兰军作战的兽魔人阵地上，很可能就会引发敌军的混乱。那将是一个可以充分利用的机会。但此时此刻，沙塔人寸步不让。实际上，他们正在向麦特的军队步步进逼。他们已经呈现败象了。

修林躺在地上，听着周围不断响起的呻吟声，远处的呐喊声和武器撞击的声音，鼻子里闻到的是因暴力而生的，海洋一般没有边际的浓烈臭气。

最可怕的攻击即将开始。

光明保佑他们……

贝丽兰一边用抹布擦去手上的血迹，一边大步走进梅茵王宫的宴会厅。这里的桌子已经被劈成碎木块，塞进这个长方形大厅两端巨大的壁炉。现在躺在地板上的是一排排的伤员。

通往厨房的屋门被打开，一队匠民走了进来。他们有的抬着担架，有的扶着伤员。光明啊！贝丽兰想道，这么多伤员？这座宫殿几乎已经没有空地了。

“不，不！”她向新来的人走去，“不要放在这里。到后廊去，我们要把他们安置在那里。萝希尔！我们有新伤员了。”

匠民转身向走廊走去，一边向伤员们说着安慰的话。他们只带回了那些容易被救活的人。贝丽兰不得不向图亚桑的女首领们仔细解释，什么样的伤势是消耗太多力量也难以治愈的。同样的力量，用来拯救十个人的生命总好过用在一个命悬一线的人身上。

做这种解释是她人生中经历过的最艰难的事情。

匠民们持续不断地走进来，贝丽兰不住地在伤员中寻找穿白衣的身影。他们之中的确有白袍众，但不是她要找的那一个。

这么多……她不禁又想道。匠民们已经照顾不了这么多伤员了，但现在王宫里每一个没有受伤的男人和大多数女人都去了战场，或者在帮助凯姆林难民收集箭支。

萝希尔快步走了过来，她的衣裙上全是血迹，但她毫不在意。她立刻开始管理这些新到的伤员，从里面寻找马上需要治疗的人。不幸的是，厨房门这时又一次被打开，一群鲜血淋漓的安多人和艾伊尔人走了进来。这是家人们从另一片战场上送来的伤员。

随后的状况几乎可以说是一片慌乱。贝丽兰找来她的全部人手——年迈苍苍和刚刚五岁的马夫，让他们来帮助安置新到的伤员。艾伊尔人之中，只有受伤最重的人会被送过来，他们似乎只要还能握紧武器，就会留在战场上。这意味着许多被送来的艾伊尔人都已经救不活了。贝丽兰不得不腾出本已不够使用的房间，将他们放在那里，看着他们流血、喘息，直至死亡。

“这太愚蠢了！”贝丽兰站起身。她的手上又沾满了鲜血。而现在，她连一块干净抹布都没有了。光明啊！“我们需要更多的力量。你。”她指着一个失明的艾伊尔人说道。那个人背靠墙壁坐着，眼睛上裹着一条绷带。“那个失明的艾伊尔人。”

“我名叫隆加。”

“好的，隆加，我这里有一些奉义徒在帮忙。但我认为奉义徒应该不止这么一点，他们都在哪里？”

“他们在等待战争结束，好继续侍奉胜利者。”

“把他们找来，”贝丽兰说，“我们需要每一个能战斗的人。”

“他们会到你这里来，贝丽兰·潘恩崔。他们可以照料伤员，但他们不会战斗。战场不属于他们。”

“他们会明白这样做的必要，”贝丽兰以不容置疑的口吻说道，“这是最后战争！”

“你也许是这里的部族首领，”那名艾伊尔人微笑着说道，“但你不是卡亚肯。即使是他也不能命令奉义徒违背节义。”

“那谁可以？”

贝丽兰的问题似乎让那个人吃了一惊。“没有人。这不可能。”

“那么，智者呢？”

“她们不会这样做的，绝对不会。”

“那我们就看着吧。”贝丽兰说道。

盲眼艾伊尔人的笑容更明显了：“我相信，任何人都不愿意承受你的怒火，贝丽兰·潘恩崔。但如果我的眼睛能够恢复，就算我要把它们再挖出来，也不愿看到奉义徒去作战。”

“那么，他们不需要作战，”贝丽兰说，“也许他们可以帮我们搬运伤员。萝希尔，你来指挥他们吧？”

那名疲惫不堪的两仪师点点头。这座宫殿里的每一名两仪师现在都是一副随时可能倒下的样子。贝丽兰则一直在使用一些萝希尔可能不会喜欢的草药来保持体力。

她还有许多事要做。也许应该查看一下仓库里的伤员。他们已经……

“殿下？”说话的是琪丹，贝丽兰的宫廷侍女，她一直在这里照料伤员。这名身材单薄的女子拉住贝丽兰的手臂："您可能想要看看这个。"

贝丽兰叹了口气，但还是点点头。还有什么灾难在等着她？又一个邪恶泡沫？成群的伤员被封在墙里？她们又没绷带了？贝丽兰不知道这座城市里是否还有尚未变成绷带的床单、布料和内衣。

那个女孩引领贝丽兰走上台阶，回到贝丽兰自己的寓所。现在那里也安排了一些伤员。贝丽兰走进一个房间，惊讶地发现一个熟人正在等她。安诺拉坐在一张床的床沿上，身穿带有红条纹的灰色长裙。她的辫子被紧紧地系在脑后。贝丽兰几乎要不认识她了。

安诺拉站起身，向贝丽兰鞠了个躬。看起来，她已经衰弱得快站不稳了。

那张床上躺着加拉德·达欧崔。

贝丽兰惊呼一声，奔了过去。是他。虽然他的脸上还有一道可怕的伤口，但贝丽兰绝不会看错。他还有呼吸，只是失去了知觉。贝丽兰找到他的手臂，想要握住他的手，却发现那只手臂已经不再完整。医疗者对这条断掉的手臂末端进行了烧灼，以免他会流血致死。

"情况是怎样的？"贝丽兰抓起他的另一只手，闭上眼睛。他的手感觉很温暖。那时，贝丽兰听到狄芒德的吼声，知道那名弃光魔使战胜了一个穿白衣的人……

"我觉得我欠你一些东西，"安诺拉说道，"当狄芒德宣布他的胜利后，我在战场上找到了他。那时，狄芒德正在与一个黑塔的人作战。我拖着他离开战场。"她坐到床边的一只凳子上，无力地向前俯下身："我没办法治疗他，贝丽兰。我只能用神行术把他带到这里。很抱歉。"

"你做得很好，"贝丽兰说，"琪丹，去找别的两仪师来。安诺拉，你休息一下会感觉好一些。谢谢你。"

安诺拉点点头。她闭上眼睛，贝丽兰惊讶地看到她的眼角出现泪光。

"出什么事了？"贝丽兰问，"安诺拉，到底出什么事了？"

"这与你无关，贝丽兰，"两仪师站起身，"我们在这件事上都再三得到训诫，不要在过于疲惫的时候导引，否则会有不好的结果。但我需要神行术回到这里，把他带到安全的地方，让他接受治疗……"

安诺拉从凳子上瘫软下去。贝丽兰急忙俯身下去，捧起她的头。直到这时，贝丽兰才意识到让安诺拉面容彻底改变的并不是她的辫子。这张脸也完全变了，不再是那种光洁无瑕的面容，而是一张寻常的女性面孔。

"哦，光明啊，安诺拉，"贝丽兰说，"你将自己毁断了，对不对？"

那个女人已经昏了过去。贝丽兰的心被握紧了。她和安诺拉最近出现了许多分歧，但安诺拉是她多年的知心密友。这个可怜的女人。按照两仪师的说法，这种结果会比死亡更糟糕。

贝丽兰将这个女人抱到长沙发上，为她盖上一条毯子。贝丽兰觉得自己如此无力。也许……也许她能被治疗，只要……

贝丽兰回到加拉德身边，又握住他的手，扶起凳子，坐了上去。只要休息一下。她闭上眼睛。他还活着。虽然付出了可怕的代价，但他还活着。

当他开口的时候，贝丽兰吓了一跳。“这是哪里？”

贝丽兰睁开眼睛，发现他在看着她。

“我怎么会在这里？”他轻声问道。

“是安诺拉，她在战场上发现了你。”

“我的伤势如何？”

“我们找到治疗者，就会来给你治疗。你的手……”贝丽兰强打起精神，“你的手没有了，但我们可以治愈你脸上的伤口。”

“不，”加拉德悄声说道，“那只是……一道小割伤。应该先给有生命危险的人治疗。”他看起来累坏了，很勉强才能醒过来。

贝丽兰咬住嘴唇，但还是点点头。“当然，”她犹豫了一下，“战况很糟糕，对不对？”

“是的。”

“那么……我们只能抱着希望了？”

他从贝丽兰的手心里把手抽出来，摸进自己的衬衫里。等两仪师过来时，她们必须除去他的衣服，治疗他的伤口。现在他只有那只断臂进行了紧急处理。希望那是他身上最重的伤。

加拉德叹了口气，全身又是一阵颤抖，手从衬衫里滑落下来。他是想要脱掉衬衫吗？

“希望……”他悄声说道，然后就陷入了昏迷。

兰德在哭泣。

他蜷缩在黑暗里，因缘在他面前旋转，将人们的命运丝线编织起来。但有这么多丝线都断掉了。

这么多。

他应该能保护他们。为什么他不能？无论心中如何不愿意，那些名字又开始逐一出现在他的脑海之中。那些人全是为他而死。一开始，名单上只有女人，但现在，它的上面记载了每一个他本该能够拯救的人。但他们全都死了。

人类在梅丽罗和煞妖谷作战，兰德只能在这里眼睁睁地看着他们死亡。他无法再回头了。

暗帝选择这时全力向他进攻。暗影再度压迫过来，要将兰德碾成虚无。兰德一动也不能动。他的全部存在、他的决心和他的力量都被用来对抗暗帝。只有这样，他才能让自己免于被撕碎。

他只能看着他们死去。

兰德看到达弗朗·巴歇尔在冲锋中跌落马下，他的妻子紧随他殒命于战场。兰德因为挚友的亡逝而号啕，他的泪水在为达弗朗·巴歇尔飞舞。

亲爱的、忠诚的修林倒在兽魔人的刀刃下。麦特命令他守在高地边缘，他至死也没有退却。兰德为修林哭泣，这位忠心耿耿的捉贼人曾经伴随他经历过那么多危险和磨难。

乔锐·康加被埋在兽魔人的尸体下面，用低微的声音求救，却终因失血而死。兰德只能用模糊的泪眼看着乔锐的丝线渐渐消散。

安奈拉已经决定放弃枪姬众之路，将新娘花环放在了名叫雷伊蓝的斯威峨门脚下。她被四头兽魔人刺穿了肚子。兰德也只能为她哭泣。

凯尔玎·曼弗，他追随兰德那么长时间，在杜麦的井营救过兰德。现在他耗尽了自己的导引力量，倒在地上。沙塔人蜂拥而上，用黑色的匕首刺穿他的躯体。约缚他的两仪师柏黛恩晃动了一下，也随之摔倒。兰德的眼泪因为他们落下。

兰德为加雷斯·布伦和史汪哭泣，他为盖温哭泣。

这么多人。太多了。

你失败了。

兰德将身体蜷缩得更紧。他能做什么？他梦想着阻止暗帝……如果那样做，他同样只能制造出噩梦。他自己的心愿背叛了他。

放弃吧，吾敌。为什么还要战斗？停下来，休息吧。

兰德感到了诱惑。哦，这诱惑实在太美妙了。光明啊。奈妮薇会怎样想？兰德能看到她正在努力挽救埃拉娜的生命。如果她和沐瑞知道，在这个时刻，兰德只想放弃，她们又会怎样看他？

痛苦涌过兰德全身，他再次发出尖叫。

“求求你，让这一切结束吧！”

可以。

兰德伏下身，抽搐、颤抖着。但人们的尖叫声依旧在不断地袭击他。死亡接着死亡。他几乎无法坚持了。“不。”他悄声说道。

很好，暗帝说道：我还有一件事要让你看到。又一个对于将来的承诺……

暗帝最后一次转动代表各种“可能”的丝线。

一切都变黑了。

泰姆用风之力的编织狠狠鞭打麦沙勒：“回来，你这个傻瓜！继续战斗！我们不能失去这个阵地！”

那名惊怖领主跑了回来，召集起他的两名同伴，去执行泰姆的命令了。泰姆怒气冲冲地打碎了身边的一块岩石。那只两仪师山猫！她怎敢把他逼到这种程度？

“米海峨。”一个平静的声音说道。

泰姆……米海峨，他必须将自己看作米海峨。他沿着山坡向那个召唤他的声音走去。刚才他在慌乱中用神行术横跨高地，逃到东南山坡的边缘。狄芒德一直在这里监视下方的战场，并向安多人、凯瑞安人和艾伊尔人不断投去毁灭的编织。

狄芒德的兽魔人现在控制了高地和沼泽之间的整片走廊地带，正逐步摧毁河岸边人类的防御。现在击破那里的人类军队只是时间上的问题了。与此同时，沙塔军队在高地的东北方作战。刚才考索恩以出人意料的速度赶到那里，阻止了沙塔人的进攻，这点实在令人印象深刻。不过这没什么关系，考索恩已经是在做困兽之斗了，他终究没有足够的力量抵挡沙塔人。现在最重要的事情是摧毁高地另一侧的两仪师，这才是取得整场战争胜利的关键。

米海峨穿过沙塔人的队列。这些服饰古怪、身带刺青的家伙全都以怀疑的目光盯着他。狄芒德盘腿坐在这群人的正中心，双眼紧闭，呼吸缓慢。他使用的那件超法器……它在消耗这名弃光魔使的一些东西，那不仅仅是导引所需要的正常力量。

这是不是一个机会？米海峨还能继续屈居人下吗？的确，他从这个人身上学了很多东西。而现在，狄芒德显然不适合指挥这场战争了。他太过骄纵这些沙塔人，又把能量浪费在与亚瑟的仇恨上面。另一名弃光魔使的虚弱不正是米海峨的机会吗？

“我听说你失败了，米海峨。”狄芒德说。

在他们面前，干河床的对面，安多人的防线终于开始溃散了。兽魔人一直在那道防线上寻找最薄弱的一点，现在，它们从多个地方冲破了长矛阵型。真龙军团的重骑兵和凯瑞安轻骑兵在战场上来回驰骋，拼命想要挡住突破安多防线的兽魔人。艾伊尔人还在沼泽附近抵挡着兽魔人的进攻；真龙军团的十字弩手和一部分安多长矛手仍然坚守他们的右翼，让兽魔人无法从那里迂回。但兽魔人的攻击无情而且无止无息。伊兰的战线在一点点后退，逐渐深入到夏纳境内。

“米海峨？”狄芒德睁开了眼睛。那是一双古老的眼睛，米海峨不允许自己在这双眼睛面前显得胆怯。他紧盯着这双眼睛。绝不能显得胆怯！“告诉我，你是怎么失败的？”

“那个两仪师女巫，”米海峨啐了一口，“她有一件非常强大的超法器。我差点就干掉她了，但真力辜负了我。”

“你只被允许导引很少一点真力，这不是没有原因的。”狄芒德再次闭上眼睛，“对于不习惯真力的人来说，强行使用它的结果难以预料。”

米海峨什么都没说，他会练习对真力的使用，他会悄悄地学习这种技艺。其他弃光魔使都已经年迈而且迟缓，新的血液很快就会占据统治地位。

狄芒德的身体仿佛松弛下来，他站起身，流露出一股山岳移动位置的气势：“你要回去，杀死她，米海峨。我已经杀了她的护法，她其实很容易对付。”

“那件超法器……”

狄芒德递出那块顶端是一只黄金沙漏的令牌。

这是一个测试吗？如此强大的力量。米海峨在狄芒德使用它时就感觉到它放射出来的威力。

“你说过，她有一件超法器，”狄芒德说，“现在，你也有一件。我将萨卡南交给你。这样，你就没理由再失败了。胜利或者死亡，米海峨。证明你有能力跻身使徒之列吧。”

米海峨舔了舔嘴唇：“如果转生真龙来找你呢？”

狄芒德笑了：“你以为我会用这个和他作战？这又能证明什么？如果我要证明我才是强者，那么我们就必须拥有对等的力量。不管怎样，他不可能安全地使用凯兰铎，而他又愚蠢地毁掉了珂丹卡。他会来的，而我在和他的战斗中不需要任何帮助，这样才能证明我是这个世界的主人。”

愚昧……泰姆心想。他已经完全疯了吧？但这双眼睛又是如此清晰，他所说的每一句话也是条理分明，这种感觉实在是很奇怪。当狄芒德第一次找到米海峨，向他提供侍奉暗帝的机会时，这个人并不是这种样子。是的，他很傲慢，所有中选使徒都很傲慢。只是狄芒德亲手杀死亚瑟的决心一直像在他胸中燃烧的熊熊烈火。

但现在……现在他有些地方完全不一样了。在沙塔人中间的生活改变了他，肯定让他变得软弱了。到底是什么样的人会把如此强大的一件宝物交给自己的竞争对手？

只有傻瓜会这样，米海峨一边想，一边伸手接过那件超法器。杀死你就像是放倒一匹断了三条腿的马，狄芒德。真可惜，我本希望能像打倒一个强悍的对手那样征服你。

狄芒德转过身，米海峨通过萨卡南开始导引，贪婪地汲取它的力量。甜美的阳极力浸透了他，滋味醇厚的能量汇聚成无边的洪流。拥有这种力量的他是如此强大！他无所不能。削平高山、毁灭军队，一切都只需要他打一个响指！

米海峨渴望着让这股能量倾泻出去，摧毁面前这个人。

"小心，"狄芒德说道，他的声音听起来软弱得可怜，就像一只吱吱叫的老鼠，"不要通过它向我导引。我已经约缚了萨卡南，如果你妄图使用它来对付我，它会将你彻底从因缘中烧掉。"

狄芒德在说谎吗？一件超法器是否真的能完全服从某一个人？米海峨不知道。他考虑了一下，放下了萨卡南。虽然现在他的体内充盈着强大的能量，他却仍然感觉到深深的苦涩。

"我不是傻瓜，米海峨。"狄芒德冷冷地说，"我不会把能够绞死我的绳套交给你。去执行命令吧。你现在是我的仆人，是我的一只手，握着我的斧头去砍伐树木。干掉那个玉座，用烈火干掉她。在这件事上，我们已经得到命令，并且要绝对服从。这个世界必须被拆解，然后我们才能重新对它进行编织。"

米海峨狠狠地盯着面前这个人，但还是服从了他的命令，开始编织神行术。他会毁掉那个两仪师女巫，然后……然后他再来决定该如何对付狄芒德。

伊兰愤懑地看着自己的长矛阵形被逐步逼退。柏姬泰终于说服她离开前线战场，毕竟兽魔人随时有可能突破他们的防线。但这种感觉非常不好。

伊兰几乎撤退到了废墟附近，这里暂时可以避开敌人的直接威胁。女王卫兵在她周围排成两道环阵。他们大多坐在地上吃着东西，在战斗的空当尽量补充体力。

伊兰没有竖起自己的旗帜，但她不断派遣传令兵去让她的指挥官们知道，她还活着。她竭力指挥她的部队对抗兽魔人，但她的力量愈来愈不够了。她的军队遭到了严重的削弱。

"我们必须回去，"她对柏姬泰说，"他们需要看到我，柏姬泰。"

“我不知道这样做能否改变什么，”柏姬泰说，“我们的阵势不可能顶得住兽魔人和那个该死的弃光魔使的双重夹击。我……”

“你什么?”伊兰问。

柏姬泰转过了身:“我发誓，我曾记得这样的一种局面。”

伊兰咬紧了牙。柏姬泰失去的记忆同样让她感到痛心。但这只是一个人的问题。现在，成千上万的人正在死去。

不远处，来自凯姆林的难民依旧在寻找散落的箭支和伤员。有些人和伊兰的卫兵低声交谈，询问战斗和女王的情况。伊兰不由得为这些难民和安多人的坚韧感到骄傲。他们的都城被摧毁了，但城市可以重新建造。这些人才是真正的凯姆林，他们绝不是那么容易就会垮掉的。

另一道强光射向战场，屠杀战士、搅乱长矛手的阵型。伊兰能感觉到，在高地的另一侧，女人们正在用阴极力激战。她能看到夜空中闪耀的光点，但仅此而已。她不知道自己是否该加入那里的战斗。在这里，无论她怎样指挥，也不可能多挽救一些士兵的生命。但也许她能为她的战士们提供更多勇气和信心。

“我在为我们的军队担心，伊兰，”柏姬泰说，“我很害怕在今天战败的将是我们。”

“我们绝不能失败。”伊兰说，“如果是这样，我们将失去一切。我拒绝接受失败。你和我要回到前线。让狄芒德攻击我们吧。也许士兵们看到我，就会鼓起勇气……”

一队凯姆林难民突然对伊兰的卫队发动了攻击。

伊兰骂了一句，调转月影，拥抱了至上力。这些假冒的难民在脏污的衣服下都穿着锁链甲，用剑和斧头砍杀女王卫兵。他们根本就不是难民，是一群佣兵。

“叛徒!”柏姬泰怒喝道。她举起弓，射穿一个佣兵的喉咙。“敌袭!”

“他们不是叛徒。”伊兰说道。她编织出火之力，烧焦了三个。“他们一开始就不是我们的人！一定要小心穿着乞丐服的盗贼!”

伊兰转过身，看到另一群“难民”正扑向已经被削弱的女王卫兵。他们周围全是这些佣兵！他们在伊兰将注意力集中在远方战场上时，悄悄地聚集了过来。

一队佣兵冲破了卫队的防御圈。伊兰编织阴极力，让他们明白攻击一位两仪师是多么愚蠢。她释放出一股强大的风之力编织。

能流击中了一个冲向她的人，却突然瓦解了。伊兰骂了一句，调转马头想要逃开。但一名刺客扑上前，举剑刺中了月影的脖子。那匹马扬起前蹄，发出痛苦的嘶鸣。伊兰落在地上的时候，瞥到卫兵们全都在拼命抵抗敌人的进攻。而她的心中只有对腹中孩子的担心和惶恐。一双粗大的手抓住她的肩膀，将她按在地上。

她看到一个银亮的东西在黑夜中闪烁。一枚狐狸头徽章。另一双手将那枚徽章按在她胸前的皮肤上，金属的触感异常冰冷。

“你好，我的女王。”麦拉尔蹲在她身边说道。这名曾经的女王卫兵，直到现在，依然有许多人以为她是伊兰腹中孩子的父亲。他向伊兰露出淫邪的笑容：“要抓到你真是太难了。”

伊兰向他啐了一口。但他早已料到伊兰这一招，伸手挡住了伊兰的唾沫。他微笑着站起身，让两名佣兵继续控制着伊兰。虽然还有一些女王卫兵在战斗，但伊兰的大部分卫士都已经被制伏，或者被杀害了。

麦拉尔转过身，看着两个人把柏姬泰拖了过来。柏姬泰还在奋力挣扎着。第三个人跑过去，也抓住了柏姬泰。麦拉尔抽出剑，端详着剑刃，仿佛在欣赏剑刃的反光。然后，他一剑刺穿了柏姬泰的肚子。

柏姬泰猛吸一口气，跪倒在地。麦拉尔抽出剑刃，挥手砍掉了她的头。

伊兰呆坐在原地，无法思考，也做不出任何反应，只是看着柏姬泰的尸体向前倒去，热血从脖子喷涌出来。约缚在转瞬间熄灭了，随之而来的是……痛苦，可怕的痛苦。

“我等待这一刻已经有很长时间了，”麦拉尔说，“该死的，这感觉可真好。”

柏姬泰……她的护法死了。她的护法被杀害了。那颗强悍而慷慨的心、对她无限的忠诚，全都被毁了。这种失落……让人完全无法承受。

麦拉尔踢了一脚那具尸体。这时，一名佣兵骑上一匹马，那匹马背上还横放着一具尸体。那个人穿着安多军装，而那具趴伏在马背上的尸体散落着一头金发。无论那个可怜的女人是谁，她身上的衣服和伊兰的完全一样。

哦，不……

“走吧。”麦拉尔喊道。那个人催开坐骑，另外几个假冒的女王卫兵围绕在他身边。他们还举着伊兰的旗帜。一个人喊道：“女王死了！女王战死了！”

麦拉尔转向伊兰：“你的人还在战斗，这应该让他们拿不起长矛了。至于你……很显然，暗主要得到你的孩子。我得到的命令是将他们带去煞妖谷。不过，你不必和他们一起去。”他转头望向他的一个同伙：“你能做到吗？”

那个人跪在伊兰身边，双手按住伊兰的肚子。一阵突然的恐惧穿透伊兰的麻木和惊骇。她的孩子！

“她还远不到可以生产的时候，”那个人说道，“也许，如果你把孩子剖出来，我能用编织维持他们的生命。这样做会很难。他们还很小,刚刚六个月。不过,使徒传授给我的那个编织……是的,我想我可以让他们活一个小时。但你必须带他们去找米海峨,才能到煞妖谷去。现在用普通的神行术已经无法到达那里了。”

麦拉尔收起剑,从腰带上抽出一把猎刀:“对我来说已经足够了。我们照暗主的令旨,把孩子献给他。而你,我的女王……你是我的。”

伊兰挣扎了一下。但佣兵把她抓得很紧。她一次又一次地扑向阴极力,但那枚徽章的作用和叉根几乎没有差别。现在她要拥抱阴极力简直就和拥抱阳极力一样不可能。

“不!”她尖叫着。而麦拉尔已经跪到她身旁。“不!”

“很好,”麦拉尔说道,“我就希望你会这样一直尖叫。”

什么都没有。

兰德转过身,他竭力想要转过身。不过他现在没有身体,没有任何形态。

什么都没有。

他想要说话。但他没有嘴。终于,他想到了他要说的话,并将它们表现出来。

“撒丹,”兰德问道,“这是什么?”

“我们的契约。”暗帝答道。“我们的和解。”

“我们的和解就是一无所有?”兰德问。

“是的。”

他明白了,暗帝在提出一个交易。兰德能够接受这个……他能够接受这种一无所有。他们两个为了世界的命运而决斗。兰德寻求的是和平、光荣、爱。暗帝则要制造对抗、痛苦、折磨。

而这种和解则是他们两者之间的一个平衡。暗帝将不会按照自己的意愿重铸时光之轮。没有被奴役的人类,没有失去爱的世界。根本不存在任何世界。

这就是你向艾兰的承诺,兰德说道,你承诺给他一切的终结。

我也将它给予你,暗帝答道。给予所有的人。你们想要和平。我把它给你们。就和你在虚空中寻找的和平一样。我给你全无,以及万物。

兰德没有立刻表示反对。他抓住这个承诺,把它拥进脑海之中。再没有痛苦,再没有折磨,再没有负担。

一个结束。这不正是他想要的吗？一个最终结束轮回的办法。

不，兰德说道，结束并不是和平。我以前做出过这个选择。现在，我们要继续下去。

暗帝的压力再次包裹住他，要将他扯碎。

我不会再给你任何机会。暗帝说道。

“我没有这种奢求。”兰德说道。他的身躯回来了，各种可能性的丝线再次消退。

然后，真正的痛苦开始了。

明在迅速集结的霄辰军队中等待着。军官们手提油灯，沿队列巡行，确认士兵都已做好了准备。他们暂时没有返回艾博达，而是通过神行术，到达了一处明不认识的辽阔原野。这里的树木生着怪异的树皮和异常宽大的树叶。明不知道这些是不是真的树，或者只是非常巨大的蕨类。所有这些植物也都枯萎了，所以更难以判断它们的种类。也有一些树应该生有明所熟悉的叶片，不过现在这些树叶都凋落了，仿佛它们已经有许多个星期没有喝到水了。明只能尽量想象它们原先健康丰茂时的样子。

这里的气味也让明感到陌生，它应该是来自大海和这些奇异的植物。霄辰军队排列成整齐的阵形，做好行军的准备。每四名士兵中有一人提着油灯，但每十盏油灯中只有一盏是点亮的。就算是使用神行术，移动一支军队也不可能是非常迅速的事情。但芙图娜拥有数百名罪奴，所以这次撤退极有效率。明相信，他们也能以同样的速度立刻返回战场。

但明不知道芙图娜会不会回去。女皇正坐在黑夜里的一根柱子顶端。那不是一个王座，而是一根纯白色的圆柱，大约六尺高，立在一座小山丘的顶端。柱子周围有蓝色的灯盏照明。女皇是借助她的肩舆登上去的。明的位子就在圆柱旁边，她能听到霄辰人送来的所有报告。

“战争的进程对群鸦王子一方非常不利。”加尔甘元帅说道。他在芙图娜面前与他的将军们交谈，这样，霄辰将军们可以在不与女皇直接对话的情况下将一切信息向女皇报告。“他直到现在才要求我们回去，他耽搁得太久了。”

“请恕我冒昧，”育蓝说道，“女皇的智慧是没有穷尽的，但我现在对群鸦王子没有很多信心。他是女皇钦定的配偶，而且这显然是女皇睿智的选择。但他在战场上显得相当莽撞。也许是现在的局势对他的压力有些过大了。”

“我相信他有自己的计划，”贝瑟兰诚恳地说道，“你们必须信任麦特，他知道他在干什么。”

“他曾经给我留下深刻的印象，”加尔甘说，“而且那些预兆似乎都对他有利。”

“他在输掉这场战争，元帅，”育蓝说道，“而且这会是一场惨败。关于一个人的预兆变化是非常快的，正像一个国家的命运那样。”

明向那个身材矮小的天空队长眯起眼睛。现在，这名霄辰将军每只手的小指和无名指指甲都涂了漆。正是他指挥了对塔瓦隆的突袭，那场成功的战役让他得到了芙图娜格外的宠信。他的头顶盘旋着许多标记和预兆。实际上，加尔甘和贝瑟兰的头顶也是一样。

光明啊，明心想，我真的开始像芙图娜那样思考“预兆”了吗？我要离开这些人，他们都疯了。

“我感觉到，群鸦王子把这场战争看成是一场游戏，”育蓝又说话了，“虽然他最初的几次赌博都很聪明，但他已经玩得有些过分了。在戴斯托克桌前，一个聪明的人是否会不顾一切地下注？随机产生的输赢并不能证明一个人的能力。一开始，群鸦王子是赢了一些，但现在，我们已经看到他正在进行的赌局是多么危险了。”

育蓝向女皇低下头。他的发言愈来愈大胆了，而女皇始终都没有制止他的意思，这意味着女皇在暗示他应该继续说下去。

“我听到了……一些关于他的谣言。”加尔甘说道。

“没错，麦特是个赌徒，”贝瑟兰说，“但他在这方面的天赋简直令人难以想象。他从不会输，元帅。求求你，你要率领军队回去，去援助他。”

育蓝用力摇摇头：“女皇陛下，愿女皇永生，她将我们带离战场是有原因的。如果群鸦王子连自己的指挥所都无法保护，他也同样无法控制战局。”

愈来愈大胆了。加尔甘揉搓着下巴，然后望向在场的另一个人。明对于泰莉所知不多。在这些军事会议中，那名女将军往往保持着沉默。这名深色皮肤的女子有着灰色的头发和宽阔的肩膀，体内似乎蕴含着一种难于言表的力量。她曾经许多次率领士兵直接冲入战阵。她脸上的疤痕充分证明了这一点。

“这些故土之人的战斗能力要比我原先想象的强大得多，”泰莉说道，“我曾经与考索恩的士兵一同作战。我认为，他们会让你大吃一惊，元帅。请恕我斗胆，我也建议我们应该回去援助他。”

“但这样做是对帝国最有利的吗？”育蓝问，“考索恩的军队会削弱暗影。当暗影军队离开梅丽罗，向艾博达进军时，他们的力量肯定已经大不如前。我们可以在他们进军的路上从空中打击兽魔人，最终的胜利才是我们的目标。也许我们可以派遣罪奴去找到群鸦王子，将他带到安全的地方。我们打得很好，但群鸦王子的军队实力与敌人相比还是太弱了，我们没办法拯救他的军队，他们已经完了。”

明皱起眉头，向前俯过身。育蓝头顶上的一个影像……那很奇怪，是一条锁链。为什么他的头顶上会有一条锁链？

他是一名俘虏，明突然想到，光明啊，有人在将他当作一件工具在操纵。

麦特一直在担心他们身边有间谍。明感到一阵寒意。

“女皇，愿女皇永生，已经做出了决定，”加尔甘说道，“我们回去。除非她以自己的睿智改变了……”他向芙图娜转过头，脸上露出询问的表情。

我们身边的间谍能够导引，明继续审视着育蓝，这个人受到了心灵压制。

一名导引者，黑宗两仪师？罪奴暗黑之友？男性的惊怖领主？他可能是任何人。而且这名间谍很可能用编织改变了自己的面容。

那么，明该怎样识别出这个间谍？

她能看到的幻象。两仪师和其他导引者的身边总会有各种幻象。她能否以此为契机，找到一丝线索？凭借直觉，明知道，育蓝的锁链意味着他是另一个人的俘虏。他不是真正的间谍，只是一个傀儡。

明的目光转向其他贵族和将军。当然，他们之中的许多人头顶上都有预兆。这类人物一般都是如此。她该怎样从这些纷乱的预兆中找出特别的那一个？明搜索着周围的人群。当明的目光落在一名侍圣者身上时，她立刻屏住了呼吸。那是一个脸上生着雀斑的年轻女孩，她的头顶上正不断地掠过一连串的影像。

明不认识这个女人。她一直都在这里侍奉女皇吗？明相信，如果这样的一个女人早些时候就在这里，明肯定早已注意到她了。如果不是导引者、护法和时轴，一个人的身上几乎不会有这么多幻象。不过，也许是因为疏忽或偶然，明一直都没有认真注意过这些仆人。

但现在，明能够确定这个人肯定有问题。她将视线转向一旁，以免引起那名仆人的怀疑。下一步行动非常重要。她的直觉在悄声告诉她，她应该直接发动攻击，将匕首向那个女人掷过去。如果那名仆人是惊怖领主，或者，光明啊，如果她是弃光魔使，那么也许只有出其不意才能战胜她。

但那个女人依旧有可能是无辜的。内心冲突不断的明一下站到自己的椅子上。几名王之血脉低声议论起了她的这个无礼行径。但明没有理睬他们。她又站到了椅子的扶手上，这样，她的高度就和图昂相当了。明向图昂俯过了身。

“麦特要我们回去，”明低声说道，“你要让这些人为他的请求争论多久？”

图昂看了她一眼，“直到我相信，这对于我的帝国是最好的选择。”

“他是你的丈夫。”

“一个男人的生命抵不上成千上万人的生命。”图昂说道，但她的声音中显然充满困扰，“如果战况真的像育蓝的斥候报告得那样恶劣……”

“你任命我为真言者，”明说，“这个任命到底代表着什么？”

“如果我犯了错误，你有责任在公众面前责备我。但你并没有接受过处理这种局面的训练。现在你最好不要说话，等我先进行适当的……”

明转过头，看着圆柱下方的将军和人群，她的心在狂乱地跳动：“作为芙图娜女皇的真言者，我在此说出事实。她已经抛弃了人类军队，在需要行动的时候却只顾保存力量，她的傲慢将会导致全体人类和整个世界的毁灭。”

王之血脉们都用惊愕的目光等着她。

“这件事绝非那么简单，女孩。”加尔甘元帅说道。从别人看他的眼光判断，他似乎不该与一位真言者争辩，但他还是继续说了下去，“现在的局势非常复杂。”

“我本来会对你的话表示更多赞同，”明说道，“只是我知道，现在我们之中正有一个暗影的间谍。”

那名满面雀斑的侍圣者猛然抬起头。

我抓住你了。明心里想着，伸手指向育蓝将军。“艾巴达·育蓝，听我对你的指控！我在你身上见到预兆，那足以证明你所做之事绝非为帝国考虑！”

那名真正的间谍放松下来。明看到她唇边的一丝微笑。这已经足够了。育蓝大声反对这个指控。明则让一把匕首从袖筒里落下，向那个女人掷去。

匕首翻滚着飞了出去，但就在它要刺中那个女人的时候，突然悬停在半空之中。

周围的罪奴和罪奴主全都惊呼起来。那名间谍用充满憎恨的目光瞪了明一眼，然后立刻打开一个神行术通道，跳了进去。许多攻击编织向她射去，但在绝大部分人还没弄清楚眼前的情况时，她已经消失了。

“很抱歉，育蓝将军，”明说道，“但你的确受到了心灵压制。芙图娜，暗影显然在竭尽全力阻止我们返回战场。请仔细考虑这一点。你还会如此犹豫不决吗？”

明看着图昂的眼睛。

“你将这件事处理得很好。”图昂压低声音说道。她的语气如同寒冰。“我曾经因为将你带入我的宫廷而为你的安全感到担忧。但看样子，我应该担忧的是我自己。”图昂又以更低的声音叹了口气，“我想，是你让我有机会……也许是让我有可能实现我心中的选择，无论那是否明智。”然后，她站起身说道：“加尔甘将军，召集你的部队，我们返回梅丽罗平原……”

艾雯编织地之力，摧毁了沙塔人作为掩体的巨石。其他两仪师立刻发动攻击，无数编织飞过在强大能量中爆裂的空气。沙塔人在火焰、闪电和爆炸中丢掉了性命。

高地这一侧到处都是散落的碎石和纵横的沟壑，看起来就像一座被剧烈地震摧毁的城市。天色还没有亮起来的样子。他们已经战斗了……光明啊，从盖温死去到现在已经过了多久？应该有许多个小时了。

艾雯释放出双倍的怒火，她绝不会让对盖温的思念拖垮自己。在这几个小时里，她的两仪师和沙塔人在高地西侧展开激烈的拉锯战。但艾雯正一点点逼迫他们向东方撤退。

有时，艾雯这一方似乎取得了胜利。但现在，愈来愈多两仪师正因体力和导引力量的耗竭而倒下。

又一队导引者冒着烟尘杀了过来。艾雯与其说是看见了她们，不如说是感觉到了她们。

“挡住她们的编织！”艾雯喊道。她站在两仪师的最前面：“我来攻击，你们防御！”

姐妹们遵从她的呼声，并将她的命令不断向身边的人传达。她们已经不再结成小队，各自为阵。全部宗派的姐妹都集结在艾雯两旁，光洁无瑕的面孔上只有果敢和坚毅。护法守护在她们身前。用自己的身躯阻挡敌人的编织是他们现在唯一能做的事情。

艾雯感觉到莱伊纹从身后跑了过来，她这名新护法格外认真地担负起了她的职责。在最后战争中，一名霄辰护法与她并肩作战。这又有何不可？这个世界正在崩散，艾雯脚下的裂缝就证明了这一点。这些裂缝已经不再像以前的黑色裂缝那样，会慢慢弥合。无尽的黑暗不再退去。烈火在这个区域被使用得过于频繁了。

艾雯编织出一堵移动的火墙。火墙经过的尸体全部被烧毁，只留下一堆冒烟的骸骨。她的攻击让大地也变得焦黑。沙塔人聚集在一处，努力抵抗这道编织。但在他们将艾雯的编织打碎以前，还是有几个人被烧死了。

其他两仪师纷纷挡住或者摧毁了他们反击的编织。艾雯凝聚起自己的力量，再次尝试进行攻击。她真的是累了……她身体的一部分在悄声说着，艾雯，你太累了。你的状态已经很危险了。

莱伊纹踏着满地凌乱的碎石，跑到她面前。“我带来了消息，吾母，”她还是带着霄辰人那种悠缓的口音，“殉道使找回了封印，他们的首领把封印带来了。”

艾雯终于松了一口气。她编织火之力。这一次，她射出了一根火柱，火焰照亮了她们面前破碎的地面。米海峨造成的那些裂隙让艾雯深深感到担忧，她开始了另一个编织，却又忽然停住。这种感觉很不正常。

她猛地转过身，一股仿佛手臂般粗细的烈火扫过两仪师的队伍，让六名姐妹消失于无形。一阵阵猛烈的爆炸仿佛凭空出现，更多的姐妹转瞬间便死于非命。

那道烈火烧毁了为我们挡住敌人编织的姐妹……她们现在和之前一段时间的存在都从因缘中被抹去，她们已经完成的编织就全部消失，无法再阻挡沙塔人的攻击。烈火烧毁的是因缘的现在和过去。

而这导致的连锁效应是灾难性的。已经死亡的沙塔导引者重新活了过来，气势汹汹地发动了攻击。男人像猎犬一样，在破碎的大地上爬行；女人每四五人连结在一起。艾雯找出了烈火的源头。她从没见过如此强大的烈火。之前数个小时的因缘丝线一定都被焚毁了。

艾雯发现米海峨正站在高地顶端。扭曲的空气形成了一个气泡，将他包裹在其中。黑色的卷须如同苔藓般，从他脚下的岩石裂缝中爬出来。那是一种四处蔓延的瘟疫。黑暗、空无，那会将他们所有人吞噬。

另一道烈火在地面上烧出一个孔洞，并扫在姐妹们身上，让她们的身子化成光尘，彻底消失。空间本身被打破，如同能量的气泡，从米海峨身周爆发出来。发生在从前的风暴又回来了，而且变得更加猛烈。

“我以为你已经学会了逃跑。”艾雯怒喝道。她站稳脚跟，开始凝聚力量。在她的脚下，地面开始碎裂，迅速变为空无。

光明啊！她能真切地感觉到那些裂缝中的空无。她开始编织，但另一道烈火再次扫过战场，杀死她所爱的人们。抖动的地面让艾雯跌倒下去。尖叫声响起。沙塔人已经攻过来，正在杀戮艾雯的追随者们。两仪师纷纷逃散，寻找安全的掩体。

地面的碎裂开始迅速扩展，仿佛这片高地被重锤敲碎了。

烈火。艾雯需要这种武器。这是与米海峨战斗的唯一办法！她用膝盖撑起身子，开始进行那个被禁止的编织，但当她这样做的时候，她的心却在阻止她。

不，使用烈火只会将世界推向毁灭。

那么，又该怎么做？

这只是一个编织，艾雯。这是佩林在梦的世界中对她说的话。那时，佩林阻止了她射出的烈火。但这实在不是一个普通的编织，其他所有编织都和它截然不同。

她太疲惫了。她不得不停止了动作。现在她的身体只能感觉到因为疲惫而产生的麻木。在疲惫的最深处，她感觉到失落，无比痛苦的失落，那是因为盖温的死。

"吾母！"莱伊纹拉着她的肩膀。她的护法一直守在她身边。"吾母，我们必须撤退了！两仪师被打垮了，沙塔人正在剿灭我们。"

米海峨已经看见了她。那个叛徒正面带微笑，大步向她走来。他的一只手里握着一块令牌，另一只手指向她，手心向上。如果米海峨用烈火将她烧毁，又会发生什么？她在过去的两个小时中所做的一切都会消失。她召集起来的两仪师，那数十、甚至上百个被她杀死的沙塔人……

只是一个编织……

但没有编织和它相似。

这不应该，艾雯心想，每一枚硬币都有两面。至上力分为两半。热和冷，光明和黑暗，女人和男人。

如果一个编织存在，那么它的对立面一定也存在。

米海峨释放了烈火，艾雯……进行了另一种编织。她曾经对大地的裂隙进行过这种编织，只是她现在释放的能流要强大得多。这是一个奇迹，一件无比恢宏的造物，五种力凝聚在一起，出现在艾雯的面前。艾雯怒吼着，用自己的灵魂将它释放出去。纯白色的光束击中了米海峨编织的正中心。

两道光束相互销蚀，如同沸水和冰水相互激荡。耀眼的光芒遮蔽了一切，让艾雯什么也看不见。但她能感觉到自己所做的事情，这是对因缘的支撑。裂缝停止了扩张。有东西从空无中涌出来，那是一种稳定的力量，它在生长，如同伤口上的疤痕。这不是完美的修补，但绝对是一种挽救。

艾雯吼叫着，强迫自己站起来。她绝不会跪着面对这个叛徒！她汲取能感觉到的每一点至上力，将它们化作玉座的怒火，抛向那名弃光魔使。

两股强大的光流相互撞击，米海峨脚下的地面不断崩碎；而艾雯脚下的地面重新变得稳固起来。她依然不知道自己进行的是怎样的编织。这是烈火的反面。是属于她自己的火焰，是光明与重生的编织。

塔瓦隆之焰。

两股能量此消彼长，两名敌手仿佛在永恒中僵持着。此时此刻，艾雯感觉到身心的平和。盖温的死带来的痛苦消失了。盖温将会转生，因缘将会继续。她的编织平息了她的愤怒，取而代之的是安宁与平静。她进一步深入阴极力，给她带来安慰的光一直在指引着她。

她汲取了更强大的至上力。

艾雯的能流穿透了米海峨的烈火，如同利剑向前刺出，通过那名弃光魔使的至上力，一直射入他伸出的那只手，进一步射穿了他的胸膛。

烈火消失了。米海峨大张着嘴，瞪着双眼，向后倒去。然后，水晶从他体内生出，仿佛冻结的冰块。无数颗美丽的水晶交融在一起，未经过任何雕琢，仿佛是从大地的核心生出的一样。不知为何，艾雯能够理解，塔瓦隆之焰对于不曾将自己交给暗影的人产生的效果要小得多。

艾雯紧紧抓住她所拥有的至上力。她已经汲取了太多能量。她知道，如果现在放开能流，她就会被毁断，无法再导引分毫的阴极力。在这最后的时刻，至上力如同狂怒的大海，在她体内奔流不息。

遥远的北方传来一阵颤抖，兰德的战斗还在继续。大地的裂缝在扩张，米海峨和狄芒德的烈火仍然在毁灭这个世界。世界将从这里崩塌，黑色的线条以高地为中心向周围辐射。艾雯的意识之眼看到了空无的膨胀，物质的解离。空无将在这里成形，吸走一切生命。

“要看到光。”艾雯悄声说道。

“吾母?”莱伊纹仍然跪在她身边。在她们周围，数百名沙塔人正从藏身之处爬出来。

“要看到光，莱伊纹，”艾雯说道，“作为玉座，我命令你……找到暗帝牢狱的封印，把它们打碎。你要在光亮起的时候这样做，只有这样，我们才能得到拯救。”

“但……”

艾雯编织出一个神行术通道，用风之力裹住莱伊纹，把她推到安全之地。莱伊纹离开时，艾雯放开了对她的约缚，斩断她们短暂的连结。

“不!”莱伊纹喊道。

通道关闭了，黑色的裂缝在艾雯四周迅速蔓延。她独自面对着数百名沙塔人。她的两仪师们战斗得非常英勇，用尽了全力，但这些沙塔导引者活了下来。他们包围她，有些人显得很胆怯，另一些人则露出胜利的微笑。

艾雯闭上眼睛，汲取至上力。这不是一个人能够使用的能量，任何智慧与理智都不允许她这样做。她的超法器也无法保护她。

她的肉体被耗尽，她献出自己的一切，变成一道光束。塔瓦隆之焰笼罩大地，直入苍穹。至上力悄然爆开，展现出美丽的风景。它扫过沙塔人，弥合了米海峨造成的一切裂缝。

艾雯的灵魂离开她瘫倒的身躯，随着这一片波澜，飞向光明之中。

艾雯死了。

兰德发出尖叫，倾泻着他的拒绝、愤怒和哀伤。

“不要是她！不要是她！”

死亡全属于我。

“撒丹！”兰德吼叫着，“不要是她！”

我将把他们全部杀死，吾敌。

兰德弯下腰，紧闭起双眼。我将保护你们，他想道，无论发生什么，我都会保护你们安全，我发誓，我发誓……

哦，光明啊，艾雯的名字也出现在死者名单上。这张名单还在延长，轰击着他的意识。他失败了，他已经失败了这么多次。

他本该拯救他们。

暗帝的攻击还在持续着。他要将兰德扯碎，让他彻底泯灭。

哦，光明啊，不要是艾雯。

兰德闭起眼睛，瘫倒下去，几乎无法再抵挡暗帝的下一次攻击。

黑暗吞噬了他。

莉安抬起手臂，在那一片壮丽的光芒中遮住眼睛。强光扫去山坡上的黑暗，在刹那间照亮了一切。沙塔人被冻结在原地，变成水晶，在地上留下一道道影子。

光束升入高空，如同一座指引世界的信标，然后就消失了。

莉安跪倒在地，用一只手撑住身体。一片水晶的地毯覆盖住大地，它从破碎的岩石中生出，填满了大地的裂痕。曾经显露空无的缝隙里满是水晶，看起来就像无数细小的河流。

莉安站起身，带着犹疑的心情向前走去，一路上经过了许多被封锢在水晶中的沙塔人。他们都已经死了。

在爆炸的正中心，莉安发现了一根水晶柱，它如同一株古老的羽叶木，屹立在大地上，足有五十尺高。在它的正中心冻结着一根带有凹槽的短杖。是沃拉超法器。这里没有玉座的躯体，但莉安知道。

“玉座猊下牺牲了。”一名两仪师在沙塔人的水晶柱中哭号起来，“玉座猊下牺牲了！”

雷声滚滚。贝丽兰从床边抬起头，站了起来。加拉德的手从她的手中滑落。她走到嵌在石砌墙壁中的玻璃窗前。

海水翻滚，发狂地撞击着外面的岩石，发出一阵阵吼叫，仿佛变得无比愤怒，抑或是极为痛苦。白色的浪花喷溅起来，一直飞上云端。闪电在黑云中亮起一道道寒光。就在贝丽兰的眼前，夜幕中的黑云正变得更浓、更黑。

黎明还要再过一个小时才能到来。但贝丽兰知道，阳光不可能穿透如此浓黑的云层。她回到加拉德身边，坐下去，重新握住他的手。什么时候两仪师才会来治疗他？他还在昏迷之中，只是偶尔会说一些噩梦中的呓语。他动了动身子，有什么东西在他的脖颈处闪了一下。

贝丽兰伸手到他的衬衫下面，拿出一枚徽章。徽章上雕着一颗狐狸头。她用手指摩挲着这枚徽章。

“……到考索恩那里……”加拉德闭着眼睛，悄声说道，“……希望……”

贝丽兰想了一会儿。她感觉到窗外的黑暗，就如同暗帝本身，正在让这片大地逐渐窒息。那黑暗已经开始从门窗的缝隙中爬进来了。她站起身，离开加拉德，快步走出房间，随身还带着那枚徽章。

“玉座猊下死了。”亚甘达报告说。

该死的，麦特心想，艾雯，艾雯死了？他觉得自己的脸上仿佛被狠狠砸了一拳。

“另外，”亚甘达继续说道，“两仪师报告说，她们损失过半。活下来的人……这是她们的原话，‘已经无法用至上力托起一根羽毛了’，她们都撤出了战场。”

麦特问道：“她们干掉多少沙塔导引者？”他在勉强撑住自己。

“全部。”

麦特看着亚甘达，皱起眉头：“什么？”

“全部沙塔导引者，”亚甘达说，“所有和两仪师战斗的导引者都死了。”

“总算……”麦特说道。但艾雯……

不，现在不要去想这件事。艾雯的部队已经消灭了沙塔导引者。

沙塔人和兽魔人再一次从前线撤退，进行重组。麦特也在利用这个机会让部队加紧进行修整。

他手中存留下来的部队在高地上已经显得过于分散了。他把所有人都派上了前线。边境国人、真龙信众、罗亚尔的巨森灵、谭姆的部队、白袍众、红手队。所有人都打得非常英勇，但他们的敌人数量远远超过他们。仅仅是对付沙塔人，他们已经力不从心了。而一旦兽魔人突破高地东缘后，他们就要被迫进行两线作战。在过去一个小时里，他们已经向北后退了超过一千步。他们的后阵几乎就要碰到高地边缘了。

这将是敌人的最后一次进攻，是整个战争的结束。沙塔人没了导引者，麦特还不至于被一举抹除。但光明啊……兽魔人的数量还是太多了。麦特在这场战争中的指挥非常优秀，他自己很清楚这一点。但一个人能做的事情毕竟有限。当敌人再度杀来的时候，就算是图昂回来，恐怕也救不了他了。

亚甘达现在负责收集来自其他战场的报告。他的伤势非常严重，已经无法战斗了。而且现在麦特手下甚至没有治疗的导引者。亚甘达很好地完成了这份工作。他是个好样的。麦特很想把他收编到红手队里。

兽魔人重新开始聚集了，它们在将尸体搬走，围绕魔达奥形成冲锋的拳头。麦特还有五到十分钟进行准备。然后，最终的命运就要来了。

岚走过来，表情肃穆：“你要我的人做什么，考索恩？”

“准备好和兽魔人作战。”麦特说，“有人和梅茵联系过吗？现在如果能得到几队被治愈的士兵，那就太好了。”

“我会去确认这件事，”岚说，“然后，我会让我的人做好准备。”

当岚要离开时，麦特把手伸进了鞍囊里，拉出兰德的那面旗帜。就是那面古老的两仪师旗帜。他早些时候把这面旗带在身边，觉得也许能让它派上用场。“让人把这面旗竖起来，我们要以该死的兰德的名义作战。要让暗影知道，我们以此为荣。”

丹尼拿起那面旗子，找到一根长矛作为旗杆。麦特深吸一口气。听那个边境国人的口气，他们显然认为这场战争应该以一次光荣的、英雄式的、自杀性的冲锋作为结束，就像汤姆的歌里唱的那样……麦特一直都希望自己不要出现在这种歌里。但现在，这个希望已经非常渺茫了。

思考，思考。在远处，兽魔人号角开始吹响。图昂耽搁了。她会来吗？麦特心中暗自希望着，希望她不会来。战况已经无法挽救了。就算是霄辰人到来，可能也只是陪他们一起送死。

他需要一个机会。来啊，运气！又一个神行术通道打开了，亚甘达过去接收传令兵的报告。麦特不需要去听他们说些什么，反正不会是好消息。当亚甘达回来的时候，他皱起眉头。

“好吧，”麦特叹了口气，“说吧。”

“安多女王死了。”亚甘达说。

该死的！不要是伊兰！麦特感到一阵晕眩。兰德……对不起。“现在是谁指挥那里的战斗？巴歇尔？”

“也死了，”亚甘达说，“一同牺牲的还有他的妻子。他们在敌人对安多长矛手的进攻中战死了。我们还失去六名艾伊尔部族首领。现在河岸边的安多人和艾伊尔人都已经失去了指挥，他们很快就会崩溃了。”

“你们完了！”狄芒德巨大的声音从高地的另一边压迫着麦特的耳膜，“路斯·瑟林抛弃了你们！在死亡之前向他哭喊吧，让他感觉到你们的痛苦。”

他们已经到了赌局的最后几步。狄芒德玩得很好。麦特扫视着自己疲惫不堪的军队。有许多人受了伤。不可否认，他们完全陷入了绝境。

“派人去找两仪师，”麦特说，“我不在乎她们说什么一根羽毛都拿不起来。也许，当她们就要死掉的时候，她们还能有力气扔出一颗火球。而且，她们的护法也还可以战斗。”

亚甘达点点头。不远处，一个神行术通道被打开，两名神色憔悴的殉道使踉跄着走了过来。他们是耐伊夫和尼尔德，他们两人的身上都有烧伤的痕迹，耐伊夫的两仪师没有和他在一起。

“如何？”麦特问道。

“结束了。”尼尔德用沙哑的声音说道。

“图昂呢？”

“他们显然已经发现了间谍，”耐伊夫说，“女皇正等待你的命令，随时准备返回战场。”

麦特吸了一口气，感受着战场的味道，他所控制的这场战争的节奏。即使图昂回来，他依旧不知道自己是否能赢。他需要伊兰的军队。他需要两仪师的力量。最重要的，他需要艾雯。艾雯那种两河人的顽强，她那铁一般的脊梁。他需要一个奇迹。

“立刻去见她，耐伊夫。”麦特说道。他叫人拿来纸笔，飞快地写了一张字条，把它交给殉道使。他希望图昂能留在安全的地方，但他只能将这种自私的心愿赶走。该死的。现在没有任何地方是安全的。“把这个交给女皇，耐伊夫。

告诉她，这些命令必须得到严格的执行。”

然后，麦特转向尼尔德：“我希望你去见塔曼尼，让他按照计划行动。”

两名导引者分别去传达他的命令了。

“这样够吗？”亚甘达问。

“不够。”麦特说。

“那为什么要还要这样做？”

“因为，亚甘达，如果我不把最后一丝力量用尽，我就是一个暗黑之友。”

“路斯·瑟林！”狄芒德的声音在天空中回荡，“来见我！我知道你在看着这场战争！来战斗啊！战斗啊！”

“我肯定已经对这个家伙烦透了。”麦特说。

“考索恩，看，那些兽魔人已经完成集结了，”亚甘达说，“它们马上就要进攻了。”

“那么，就这样吧。我们列阵，”麦特说，“岚在哪里？他还没有回来？我不希望这个时候没有他。”

麦特转过身，在队伍中寻找岚的身影。亚甘达喊出一连串的命令。突然间，亚甘达抓住他的手臂，让他的注意力回到前方的战线上。亚甘达的另一只手正指向兽魔人。麦特立时感到一阵寒意。接住篝火的光亮，麦特能看见一名骑着乌黑战马的骑士正冲进高地东侧山坡的兽魔人右翼。他的目标正是狄芒德。

岚开始了他自己的战争。

兽魔人在黑夜中向奥佛尔挥舞着手臂，努力想要把爪子伸进岩缝中，把奥佛尔挖出来。另一些兽魔人在拼命挖土。泥土不断地落在奥佛尔身上，黏在他脸颊的泪水上和伤口处的鲜血上。

奥佛尔没办法让自己不打哆嗦，也没办法让自己动弹一下。他颤抖着，满心恐惧。而怪物们的肮脏指爪正努力要抓住他，离他愈来愈近了。

罗亚尔坐在一根树桩上，在战斗重新开始前抓紧时间进行休息。

一次冲锋。没错，这将是结束一切的好方法。罗亚尔对这一切感到哀痛。他阅读过许多关于战争的书籍，也曾经亲身参加过战争，所以他知道即将发生些什么。但知道一件事和亲身体验它是完全不同的。这正是他离开聚落四处旅行的原因。

在经过一整天不间断的战斗后，他的四肢产生了一种深入骨髓的烧灼感。疲惫浸透他身体的每一个部位。当他举起斧头时，斧刃变得格外沉重，他甚至开始怀疑为什么斧柄没有被压断。

战争。他宁愿在自己的一生中从没有过这样的体验。而这里的战争要比兽魔人对两河的入侵更加疯狂万倍。那时候，他们至少还有时间埋葬尸体，照顾伤员。而现在，他们能做的只有站在原地，拼尽最后一丝力气抵抗敌人一波又一波的进攻。

在这里，他没有时间等待，没有时间思考。伊莉丝就坐在他身边的地上。他将一只手放在她的肩头。她闭着眼睛，靠在他的腿上。她可真美，那双完美的耳朵和奇妙的眼睛让他怎么也看不够。罗亚尔没有去看她衣襟上的血迹。他很害怕那里面有伊莉丝自己的血。他用手指按摩着她的肩膀，但他过度疲惫的手指几乎已经感觉不到那双纤细的肩膀了。

罗亚尔在战斗的空当也做了一些记录，为他自己，也为其他人。他要记下这场战争的过程。是的，最后一击。这将为他的故事加上一个精彩的结尾，只要他能将它写出来。

他一直假装自己会把这个故事写下去。这样一点谎言不会有什么害处。

一名骑士从他们的队伍中冲出去，直扑兽魔人的右翼。发生这种事，麦特不会高兴的。单独一个人只会去送死。罗亚尔惊讶地发现，在见过这么多死亡以后，他竟然还会为这样一条生命的结束而感到哀伤。

那个人看起来有些眼熟，罗亚尔心想，是的，就是那匹马。他以前多次见过那匹马。是岚，他的思维已经麻木了，那个孤身杀入敌阵的骑士是岚。

罗亚尔站了起来。

伊莉丝抬起头看着他。他则扛起了斧头。

“留在这里，”罗亚尔对她说，“和其他人一起战斗。我必须去一下。”

“去一下？”

“我需要见证一件事。”罗亚尔说道。马吉尔最后的国王即将陨落在战场之上。他需要把这一幕写进他的书中。

“准备进攻！”亚甘达喊道，“列队！弓箭手在前，骑兵紧随，步兵在后，准备迎战！”

冲锋，谭姆心想，是的，这是唯一的希望。他们必须向敌人杀过去。但他们的战线太单薄了。谭姆明白麦特想要干什么，但这不会有用的。

但战斗是他们唯一的选择。

“看啊，他死定了。”一名佣兵在谭姆身边说道。谭姆正朝独自冲向兽魔人侧翼的岚·人龙点着头：“该死的边境国人。”

“谭姆……”亚贝在谭姆身边说道。

在他们头顶上方，天空变得更加黑暗。这样的夜还有可能变得更黑吗？那些可怕的、翻滚的浓云压得愈来愈低了。岚骑在黑夜一样的战马背上，谭姆几乎无法再看见他了。就连高地上的篝火也无法将他照亮。那些火光仿佛也在急剧衰弱下去。

他要去杀狄芒德，谭姆心想，但兽魔人是一道他无法逾越的墙壁。谭姆拿出一支箭，它的箭镞后面系着一块浸透松脂的布。谭姆把箭搭在弓弦上：“两河人，准备发射！”

那名佣兵笑了起来：“那里至少有一百步远！你们会把他射成刺猬的。”

谭姆看了那个人一眼，将箭在火把上点燃。那块油布立刻跳跃起明亮的火焰。“第一列，看我的信号！”谭姆高声喊道，丝毫不在意沿途队伍传来的其他命令，“让我们帮人龙大人一把，为他指明道路！”

谭姆以矫健的身姿拉开弓弦，燃烧的油布温暖了他的手指，随即化作空中的一点流星。

岚向兽魔人冲去。他的骑枪和三支备用骑枪全在过去的几个小时中碎裂了。他的脖子上戴着贝丽兰通过神行术送来的那枚冰冷的徽章，连同徽章一起送来的还有一张字条。

我不知道加拉德用这个做了什么，但我相信，他希望我把它交给考索恩。

岚没有细想自己在做什么，虚空不允许他进行这样的思考。有人也许会说他这样做是傲慢、莽撞，是在自杀。但如果一个人不具备这三者之一，那他就很难改变这个世界。他通过约缚向远方的奈妮薇传去最后的慰藉，然后就做好了战斗的准备。

当岚靠近兽魔人时，这些怪兽组成长矛阵形，要阻止他。一匹冲进长矛阵的马只会被无数矛锋刺穿。岚深吸一口气，让自己在虚空中平静下来。他计划砍断首当其冲的矛头，然后直冲进去。

他不可能成功。兽魔人只需要挤在一起，就会让他寸步难行。它们会将失去速度的曼塔压倒，把岚从马鞍上拉下来。

但必须有人杀死狄芒德。脖子上挂着徽章的岚举起了长剑。

一支火箭从天空中落下，射中岚面前那头兽魔人的喉咙。岚毫不犹豫地利用这头兽魔人倒下的机会，冲进敌阵。马蹄踏在那头倒下的怪物身上，他从暗影怪物中间穿过。他要……

另一支箭落下，又射倒一头兽魔人。然后，一头接一头怪物倒在地上。曼塔在一片混乱、火焰和死亡中向前疾驰，火箭如同雨点般不断落在岚的面前。

"马吉尔!"岚高声呼喊，催赶曼塔驰骋在这条用敌人的尸体铺就的道路上。这场火雨的每一个雨点都会杀死一头想要阻挡岚的兽魔人。

岚如同雷霆般穿透敌人的数组，长剑挥扫着垂死的兽魔人。火箭在黑暗中为他指明道路。他的两侧依旧密密麻麻挤满兽魔人，但他的面前只有火焰和死尸。

谢谢你，谭姆。

岚让曼塔在高地的东侧山坡大步前进，穿过士兵和暗影生物的数组。伴随他的是鬓边的疾风、胯下的战马。他的目标只有一个，那是他的终点，他的宿命。

听到马蹄声的狄芒德转了过来。他的沙塔武士们纷纷挡在他身前。

岚一声咆哮，猛踢曼塔，冲向拦路的沙塔人。曼塔一跃而起，两只铁蹄将面前的武士踏在地上。然后，它一旋身，用腰胯扫倒了更多沙塔人。又扬起前蹄，向旁边没有倒下的沙塔人蹬去。

岚从马鞍跳下来。曼塔无法抵抗导引。骑在它身上进行战斗只会招致狄芒德将它杀害。一落在地上，他立刻举剑向前冲锋。

"又是一个?"狄芒德吼道，"路斯·瑟林，你是要……"

他的话没能说完。因为岚已经冲到他面前，用出旋叶断。这是一个强猛的、杀性极重的剑式。狄芒德挥剑挡住岚的进攻，但还是被迫退了一步。他们转眼便已交换了三招，迅捷如同闪电。岚的最后一击擦过狄芒德的脸颊，随着剑刃稍感滞涩，一片血花喷向空中。

狄芒德用手摸了摸脸上的伤口。他的眼睛睁大了一些："你是谁?"

"杀你的人。"

涛穆迈开大步，跨过神行术通道，回到梅丽罗的战场上。骑在涛穆背上的明抬头望去，她希望自己现在的坐骑看到那种可怕的战场，不会惊慌失措。远方亮着许多篝火和火把。那些萤火虫般的光芒照亮了人类的勇气和决心。但明也看到，那些光正变得愈来愈暗淡，最后的一点火焰很快就要熄灭了。

在遥远的北方，兰德正在颤抖。

因缘在围绕兰德旋转，强迫他睁开眼睛。他的眼里已经饱含泪水。他看到人们在战斗，看到他们倒下。他看到伊兰被俘虏，孤立无援。一名惊怖领主正要从她的子宫里剥出他们的孩子。他看到了鲁拉克，这位部族首领失去了意识，成了弃光魔使的玩物。

他看到了麦特，麦特正绝望地面对着力量远超过自己的敌人。

他看到了岚策马冲向自己的死亡。

狄芒德的话在撕扯着他的心。暗帝持续不断地向他施加压力。

兰德失败了。

但在他的意识深处，还有一个脆弱的、几乎被他遗忘的声音。

放手吧。

岚毫无保留地发动了攻击。

他现在的战斗与他对兰德的教导全然不同。没有谨慎的试探，没有对地形的判断，没有仔细的评估。狄芒德能够导引。虽然有这枚徽章，岚依旧不能让敌人有时间思考，进行编织，否则狄芒德就会向他投来巨石，或者让他脚下的地面开裂。

岚深深地沉浸在虚空之中，让本能指引自己。他不再有任何情绪。虚空之火燃尽了他脑海中的一切。他不需要判断地形，因为他能清晰地感觉到脚下的地面，如同那是他身体的一部分。他不需要试探狄芒德的力量。一名有着数十年战争经验的弃光魔使，会是岚所见过的最具技巧的剑士。

岚依稀察觉到沙塔人在他们周围组成一个巨大的环形。狄芒德显然对自己的剑技有足够的信心，不允许其他人打扰他的战斗。

岚再次发动一连串攻击。山流水变成火旋风，再变成鹰落荒草。他的剑式就如同溪流汇聚成一条愈来愈宽广的江河。但狄芒德也正像岚所担心的那样，剑法强悍无匹。虽然弃光魔使的剑式与岚所知道的稍有不同，但岁月并没能改变剑的本质。

“你很……优秀……”狄芒德喘息着说道。他在岚的风雨骤前退却了。一道鲜血从他的下巴上流淌下来。岚的剑刃在红色篝火的照耀下，闪闪发光。

狄芒德用坠星击发动反攻，这没有超出岚的预料。岚的身侧被剑刃划了一下。这样的伤口不值得理会，但岚还是后退了一步。这让狄芒德有机会用至上力提起一块石头，向岚抛过来。

处在虚空深处的岚感觉到石块来袭，这种感觉出于对战斗的深刻理解，一种渗透了岚的骨髓，已经成为他灵魂的一部分意念。狄芒德的脚步和他目光闪烁的方向无不在告诉岚，下一个瞬间会发生什么。

岚没有再发动攻击，而是将长剑横在胸前，后退了一步。一块人头大小的石头从他面前飞过。岚这才向前冲去，抬起手臂形成剑式。一块石头挂着风，从他手臂下方飞过。岚举起剑，绕过第三块石头。那块石头以一根手指的宽度从他身边擦过，气流吹动了他的衣服。

狄芒德挡住岚的攻击，但他的气息明显变得粗重了。“你到底是谁?”弃光魔使再一次悄声问道，“这个纪元里没有人能有这样的技巧。亚斯莫丁？不，不，他不可能这样与我战斗。路斯·瑟林？是你藏在伪装后面吗？是吗?”

“我只是一个普通人，”岚悄声说道，“一直如此。”

狄芒德怒吼一声，发动了攻击。岚以山巅落石迎击，但暴怒的狄芒德迫使他不得不后退几步。

无论岚的攻势怎样凌厉，狄芒德的剑法还是高他一筹。岚的直觉让他很清楚这一点。正是这种直觉让岚知道该在何时进攻，何时格挡，何时闪避，何时撤退。也许，如果他们能平等交手，这种优劣差距会有所改变。但现在他们的状况并不平等。岚已经战斗了一整天。虽然他接受了治疗，身上最严重的伤口都已愈合，但许多创口依旧在干扰他的动作。除此之外，至上力的治疗本身就严重消耗了他的体力。

狄芒德则始终都没有消耗太多力量。现在，这名弃光魔使不再说话，全神贯注与岚决斗。他也不再使用至上力，只是专心地挥动着手中的长剑。即使占据优势，他的脸上也没有笑容。他似乎不是一个爱笑的人。

岚从狄芒德身边滑开。但弃光魔使用断山血牙突紧逼过来。又一次让岚被迫退到场地边缘。他狠狠打击着岚的防御，砍伤岚的手臂、肩膀，最后是大腿。

我的时间只够上最后一课了……

“我赢了，”狄芒德喘着粗气，发出最终的咆哮，“无论你是谁，我赢了。你输定了。”

“你没有听我说话。”岚悄声说道。

最后一课，也是最难的一课……

狄芒德发动了攻击，岚看见了他的破绽。他向前冲去，用肋侧接住狄芒德的剑锋，继续前冲。

“我到这里不是为了取胜，”岚微笑着，悄声说道，“我来这里是为了杀你。死亡轻如绒羽。”

狄芒德瞪大了眼睛。他想要逃走。太迟了。岚的剑穿透了他的喉咙。

岚离开剑刃，向后倒去。世界变黑了。他感觉到奈妮薇的恐惧和痛苦，他将自己的爱传递给她。

第38章

不存在之地

兰德看到岚倒下，难以忍受的痛苦向他袭来。暗帝压迫着兰德，将他吞噬，把他撕裂。这场战斗太艰难了，兰德已经被耗尽了。

放手吧。这是他父亲的声音。

“我必须救他们……”兰德悄声说道。

让他们牺牲。这是你不能去做的。

“我必须……这才是意义所在……”暗帝的毁灭如同千只乌鸦在啄食他，将他的肉从骨上剔下。强大的压力和哀伤让他几乎无法思考。艾雯和那么多人都死了。

放手吧。

这是他们的选择。

兰德那么想保护他们，保护那些信任他的人。他们的死亡、他们所面对的危险，所有这些形成的重担压得他透不过气来。他怎么能就这样……放手？难道这不是在背弃责任？

或者是将责任交给了他们？

兰德紧闭双眼，回想所有那些为他而死的人。艾雯，他曾经对自己发誓，一定会保护她。

你这个蠢货。艾雯的声音在他的脑海中响起，充满关爱，却又异常严厉。

“艾雯？”

难道我不能成为英雄吗？

“不是那样……”

你走向你的死亡，却又阻止其他人这样做？

“我……”

放手吧，兰德。让我们为了我们的信念而死。不要夺走我们的权利。

你已经拥抱了你的死亡。我也会拥抱我的。

泪水从兰德的眼角滑落。“我很抱歉。”兰德悄声说道。

为什么？

“我失败了。”

不，你没有失败。

暗帝在鞭笞他。他蜷缩在巨大的空无之前，无法移动，只能痛苦地尖叫。

然后，他放手了。

他丢下自己的愧疚，放弃了因为没能拯救艾雯、拯救所有人而感到的耻辱。他放弃了保护她、保护所有人的愿望。

他让他们成为英雄。

名字从他的脑海中流过。艾雯、修林、巴歇尔、查林艾伊尔的伊丝安、索麦莱和成千上万个名字。一个接一个，速度愈来愈快。他往回追溯着脑海中的这个名单。一开始，名单上只有女性，现在则包括了他认识的每一个为他而死的人。他不知道这份名单已经变得有多么长，他让自己背负了多少名字。

这些名字逐一离他而去，像是一只只飞走的鸽子。每一只鸽子都带走了一点负担。兰德肩头的重量消失了，他的呼吸变得更加稳定，就好像佩林用锤子打碎了拖曳着兰德的一千条锁链。

伊琳娜是最后一个。我们已经转生了，兰德心想，所以我们下一次能做得更好。

做得更好。

他睁开眼睛，将手掌放到面前，掌心按住有如实质的黑暗。他本已在暗帝的撕扯下变得模糊，散乱，现在又重新凝聚成一体。他放下自己的另一条手臂，撑住身体，跪坐起来。

然后，兰德·亚瑟，转生真龙，再一次站起，面对着暗影。

“不，不，”美丽的珅德拉看着狄芒德的尸体，悄声说道。她用两只手撕扯着头发，身体来回摇晃，一颗心一直沉了下去。她凝视着自己的爱人，将空气缓缓吸入自己的胸腔之中。当气流被释放出来的时候，变成了一阵令人战栗的尖叫：“救世主巴奥死了！”

整个战场都陷入了寂静。

兰德在这个不存在的地方与暗帝对峙，他们同时被全部时间和全部空无环绕。兰德的肉体仍然站立在煞妖谷的洞穴中，固定在与莫瑞笛战斗的那一刻。但他的灵魂在这里。

他存在于存在之外，脱出了因缘的界限。这是邪恶产生的地方。他看到这里的时候，就明白了这里。暗帝并非一种存在，而是一股力量，一种像宇宙本身一样浩瀚的波动。现在兰德能看清这个宇宙的每一个细节。无以计数的、发光的和不发光的星星，就像是篝火上扬起的火花微粒。

暗帝仍然在全力摧毁他。尽管承受着强大的攻击，兰德依旧感觉到自己前所未有的强壮。卸下重担，他感觉到彻底的放松。他有能力再次战斗了。他守住了自身的存在。这很难，但他胜利了。

兰德向前迈步。

黑暗将他包围，颤抖着，震荡着，仿佛难以相信眼前的情景。

我将他们摧毁了。

暗帝不是一种存在，它是存在于缝隙间的黑暗。存在于光明之间、时刻之间、眼睑的眨动之间。

这一次，全部都是我的。我是永远的意义，永远的存在。

兰德向死者们致敬。鲜血在岩石上流淌，生者在为死者哭泣。暗影将这一切抛向兰德，要让兰德因此而毁灭。但这并不能将他摧毁。

“我们永远不会放弃，”兰德悄声说道，“我绝不会放弃。”

巨大的暗影发出轰鸣，开始颤抖。它的震颤传遍整个世界。大地碎裂，自然法则崩溃。剑刃攻击自己的主人，食物变质腐败，岩石变成泥沼。

空无再一次向兰德压来，要将他撕成碎片。攻击的力量没有丝毫减弱。但突然间，兰德觉得那就像是一阵无力的嗡嗡声。

他们不会放弃。不仅仅是兰德，所有人都会坚持战斗下去。暗帝的攻击失去了意义。如果它的攻击不能让他屈服，让他软弱，那这种攻击还有什么意义？

在暗帝掀起的风暴中，兰德依照谭姆的教导，寻觅虚空。一切情绪、一切忧虑、一切痛苦，他把它们全部送进一点烛火之中。

他感觉到了平和。这是一滴水落进池塘的平和。时刻之间的平和、眼睑眨动间的平和、虚空的平和。

“我不会放弃。”兰德重复着，又为自己的话感到惊奇。

我将他们尽数控制，让他们在我面前粉碎。你已经失败了，人之子。

“如果你这样认为，”兰德对黑暗悄声说道，“那么这只是因为你看不见。”

罗亚尔回到高地北端，不住地喘着大气。他将消息告诉了麦特，让人们知道岚战斗得多么英勇，在倒下前取了狄芒德的性命。罗亚尔的报告深深感动了麦特，感动了所有人。尤其是边境国人。他们刚刚失去了一位国王、一位兄弟。沙塔人中间则是一阵骚乱。狄芒德的死讯已经传遍了敌军的队伍。

麦特压抑下心中的哀痛。岚肯定不希望他在这个时候痛哭失声。麦特举起艾杉玳锐。“台沙·马吉尔！”他用全部力量吼叫着，“岚·人龙，你真是个该死的英雄！你成功了！”

他的喊声在寂静的战场上回荡，而他已经冲向了暗影大军。喊声在他背后如潮涌般响起。“台沙·马吉尔！”所有国家、所有种族，无论是不是边境国人，都在齐声欢呼。他们跟随麦特一起冲过高地，向惊骇的敌人发动猛攻。

第39章

战斗的人

你看不到这一切，对不对？兰德向着黑暗问道。它远在你之外。你打碎我们，我们却依旧在战斗！为什么？难道你没有杀死过我们？难懂你没有毁灭过我们？

你，暗帝答道，我已经得到了你。

兰德向前走去。在这个并不存在的地方，因缘如同挂毯般将他围绕。这就是你的缺陷，撒丹。黑暗之主，嫉妒之主！虚无之主！这正是你失败的原因！你的失败并非是因为我。它从来都不是因为我！

这是因为一个女人，饱受欺凌与折磨，被赶下王位，成为一个傀儡。一个在逼迫之下只能爬行的女人，而这个女人依旧在战斗。

这是因为一个男人。他屡次被爱人抛弃。在人们最容易忽略的地方，他却往往能发现细微的线索。他记得很多故事，以最精明的手腕保护了一些蠢男孩。这个男人依旧在战斗。

这是因为一个对未来一直秘密地抱有希望的女人。一个在他人无能为力的时候依旧在寻觅真实的女人。一个放弃了自己的生命，又得回自己生命的女人。这个女人依旧在战斗。

这是因为一个男人，他失去了家人，却没有因为哀伤倒下，而是继续保护那些他能够保护的人。

这是因为一个女人，她永远拒绝相信自己无能为力，无法治愈那些受到伤害的人。

这是因为一个英雄，他从来都坚持认为自己绝不是一个英雄。

这是因为一个女人，当她遭受毒打时，从不会低垂下头。她的光芒照耀着一切看到她的人，这其中也包括兰德。

这是关于所有的人。

兰德看到了这些，一次又一次。因缘铺展在他的眼前。兰德走过世代和纪元，他的手抚过了一个个因缘的光结。

这才是真实，撒丹，兰德说道。他又向前迈出一步，伸出双臂，编织在他周围铺展的因缘。除非我们放弃，否则你不可能取胜。真实就是这样，对不对？这种战斗并不在于一场战争的胜利。要占有我……并不只是打败我，而是要让我屈服。

这才是你真正想要对我们做到的。所以你有时候会杀死我们；有时候又对我们的生死满不在乎。当我们屈服的时候，你才会胜利。但你还没有胜利。你做不到。

黑暗在颤抖，空无在晃动，仿佛天空的穹顶在碎裂。暗帝发出挑衅的喊声。

在虚空之中。兰德继续向前。黑暗只是不住地抖动。

我仍然可以杀戮，暗帝吼道，我仍然能够得到他们！我是坟墓之王，战场的主人。他是我的。所有人最终都是我的！

兰德向前走去，伸出手。世界就在他的掌中。世界之上有一片大陆，陆地上面是一片战场。在战场上，躺着两具躯体。

麦特在战斗，谭姆挥剑随他一同冲杀。卡瑞德和视死卫士跟在他身边，旁边还有罗亚尔的巨森灵。十余个国家的军队和人众誓死奋战，无数人和他一同冲过高地。

敌人的数量是他们的三倍。

麦特用古语吼道："为了光明！为了荣誉！为了功绩！为了生命！"

麦特砍倒一头兽魔人，然后又是一头。片刻间，已经有六头兽魔人死在艾杉玳锐之下。但麦特觉得自己就好像在和海浪作战，每当他压下一片黑暗，就有更多暗影生物冲上来。兽魔人在暗影中移动，只有偶然一现的灯火和落在地上的火箭勉强将它们照亮。

兽魔人并不团结，我们能打垮它们，麦特心想。我们必须打垮它们！这是他的机会。当沙塔人还没有从狄芒德的死中恢复过来时，努力拼杀。

战争之子，我要取走他。我会将他们全部取走，吾敌。就像我取走那无土之王。

该死的！是谁在他的脑子里胡言乱语？麦特砍掉一头兽魔人的脑袋，擦了擦眉毛，卡瑞德和视死卫士们暂时为他挡住了周围的敌人。

在黑夜中，麦特依然能够感觉到战场的变化。这里有许多兽魔人和沙塔人。太多了。

“敌人太多了！”亚甘达在他身边喊道，“光明啊，它们完全压过来了！我们需要撤退！考索恩，能听见我的话吗？”

我可以，麦特心想，我可以赢得这场战争。一支军队能够战胜数量超过自己的敌人，但麦特需要一种动力，一个机会，一次对他有利的掷骰。

兰德站在因缘之上，俯视着纷纷倒下的人们。希望似乎已经寂灭了。“你看得不够仔细。有一件事，你错了。大错特错了……”

一个男孩孤身一人，被逼入绝境。他正蜷缩在一条岩缝里，心惊胆战地看着无数刀锋和利齿，这些暗影正在向他的藏身之地挖掘。刀子般的利爪不住地伸向他，要撕开他的血肉。

满身鲜血、满心恐惧，这个男孩哭泣着，将一支黄金号角按在自己的唇边。

麦特眯起眼睛，扫视周围。战况很不乐观。

大错特错了，撒丹，兰德的声音在麦特的意识中悄然响起。

然后，这个声音不再只出现在麦特的脑子里，战场上的每一个人仿佛都能听到这个声音。

那个你多次想要杀死的人，兰德说，那个失去了国家，被你夺走一切的人……

蹒跚着，肋侧流淌着鲜血，马吉尔最后的国王站了起来。岚将手举到空中，手中握着狄芒德人头的头发。暗影大军的统帅成了他的战利品。

那个人，兰德喊道，那个人还在战斗！

麦特感觉到战场再次变得寂静。所有人都停在原地，一动不动。

此时此刻，一阵轻柔而强大的声音响起。那种清澈的、金黄色的、悠远的韵律将一切都包含在其中。那是号角的声音，纯粹而美丽。

麦特曾经听过这个声音。

麦拉尔跪在伊兰身边，将狐狸头徽章按在伊兰的头上，让她无法导引。“这会是一次非同寻常的经历，我的女王。你应该更配合一些。”

光明啊，那种眼神真是恶心。当然，麦拉尔塞住了伊兰的嘴，但伊兰不会发出让他满意的哭喊。

她会想到办法逃走。首先必须摆脱这枚徽章。当然，这里除了徽章之外还有一名导引者，但只要她能避开徽章的影响，然后迅速发动攻击……

“真可惜，你的小元帅没办法活着看到这一幕了，”麦拉尔说道，“她可真是愚蠢。我相信，她真的以为自己就是传说中的柏姬泰。”伊兰听到远处传来一阵轻微的声音。地面晃动了一下。是一次地震。

她努力集中精神，但她只能想到柏姬泰也许是对的，她的孩子很有可能平安降生，就像明预言的那样。但伊兰则会死去。

白色的迷雾从他们身边的地面升起，如同死者的灵魂，盘卷飘动。

麦拉尔的身子突然一僵。

伊兰眨眨眼，抬起头仔细看他。某种银色的小东西穿透了麦拉尔的胸膛，看起来那就像……一支箭镞。

麦拉尔转过身，匕首从指缝间掉落下去。在他身后，银弓柏姬泰的两只脚分别踏在那具无头的柏姬泰的尸体两侧。她举起一支闪闪发光的银弓，又射出一箭。闪电般的利箭射穿麦拉尔的头颅，把他钉在地上。下一支银色的羽箭杀死了麦拉尔的导引者，那名惊怖领主甚至没来得及做出任何动作。

麦拉尔的同伙都大张着嘴，盯着柏姬泰，仿佛身体完全麻痹了。现在的柏姬泰，身上的衣服仿佛也在闪闪发光。她穿着一件白色短外衣，一条浅黄色的宽松长裤，披着一件黑斗篷，金色的长发被结成精致的发辫，一直垂到腰际。

“我是银弓柏姬泰，”柏姬泰高声说道，仿佛是要打消所有人的怀疑，“瓦力尔号角已经吹响，召唤我们参加最后战争。英雄们回来了！”

岚·人龙举着弃光魔使的头颅。那是暗影大军不可能被打败的统帅。

暗影的爪牙们不可能对这一幕视而不见,无论它们在战场的哪个角落。突然响起的尖利声音更宣布了它们的这个灾难。而本该在原地苦守的人类又在这时冲杀了过来……这让它们感到震惊,让它们感到害怕。

这时,号角声从远方响起。

“前进!”麦特高喊道,“前进!”他的军队几近疯魔般向兽魔人和沙塔人发动了进攻。

“考索恩,那是什么声音?”亚甘达在果仁身边停住脚步,向麦特问道。这个人的一条手臂仍然被绷带挂在胸前,另一只手握着一把血迹斑斑的战锤。在麦特周围,视死卫士们凶猛地冲杀着,将兽魔人一个个砍倒。

麦特高喊着,冲入激烈的战团之中:“那是该死的瓦力尔号角! 我们今晚能赢!”

圣号角。该死的圣号角吹响了? 看样子,麦特和圣号角之间的联系已经不复存在了,也许是他在鲁迪恩的死亡打断了这种联系。

现在这个担子被另一个不幸的傻瓜接下了。麦特呼喝着战吼,砍断一头兽魔人的手臂,回手刺穿它的胸膛。暗影大军开始在号角声中变得杂乱无章。最靠近岚的兽魔人四散奔逃,甚至从同伴身上攀爬过去,唯恐会靠近岚。还在山坡上战斗的兽魔人战线愈来愈薄弱,而且没有后备军来支持它们。已经没有人能指挥这群乌合之众了。

魔达奥都在举剑乱砍逃走的兽魔人,想让它们回到战场。但两河人的火箭从天空落下,把这些隐妖逐一钉死在地上。

谭姆·亚瑟,麦特心想,我该死的要把最好的一双靴子送给你。光明烧了我吧,我一定要这样做。“向我聚集!”麦特喊道,“所有还能拿住武器的该死的骑兵都向我聚集!”

麦特一踢果仁,让它快跑起来,冲进仍然在战斗的兽魔人群中。麦特的攻击为富里克·卡瑞德和所剩不多的视死卫士们开辟了道路。他们在兽魔人群中冲出一个愈来愈大的缺口。剩下的边境国人紧随其后,跟着麦特一起向岚冲去。

沙塔军队也显露出被削弱的迹象,但他们战斗得还很顽强。虽然心中呼唤着要停止战斗,但他们的纪律依旧在约束着他们。岚的胜利并不能让光明阵营赢得整场战争。他们的敌人太多了。但没了狄芒德,暗影大军失去进攻的方向,就连隐妖也表现出失去指挥以后的混乱。很快,兽魔人就开始后撤,重新整队。

麦特和边境国人策马跨越整座高地，到达它的西南边缘。岚就站在那里。麦特从马上跳下，扶住岚的肩膀。马吉尔的君王直到此时才颓然倒下。他看着麦特，吃力地向麦特道谢，然后就闭上眼睛。狄芒德的头颅也掉落在地上。

一个穿着黑色外衣的男人骑马跑了过来。麦特没意识到那瑞玛一直在和边境国人并肩作战。这名坎多殉道使也从马上跳下来，握住岚的另一只手臂，集中起了精神。

短暂的治疗足以让岚恢复清醒。

“扶他上马，那瑞玛，”麦特说道，“等我们返回大部队里，你尽可以继续为他治疗。如果下面那些兽魔人决定重新杀上高地，我可不想这样留在敌人阵线后面。”

他们回身向高地东北方杀去。用刀剑长枪横扫兽魔人右翼的背后，让那里的暗影军队更趋混乱。冲过兽魔人的右翼之后，边境国人调转马头，再次对兽魔人的主队发动冲锋。那些怪物正慌张地四处观望，不知道敌人会从何处发动进攻。麦特和那瑞玛则带着岚一直跑回本队。那瑞玛从自己的马背上放下这个马吉尔人，让他平躺在地上，继续对他进行治疗。而麦特则开始观察现在的战局。

白雾正在他们身后聚集，一个令人胆寒的想法突然从麦特脑子里冒出来。他一直忽略了一个恐怖的可能性。瓦力尔号角的声音依旧在从远方传来，麦特不会听错。哦，光明啊，麦特心想，哦，你这个该死的木头脑袋。是谁吹响了它？是哪一边的人？

雾气还在凝聚，仿佛暴雨后爬出地面的蠹虫。它汇聚成一片浓厚的白云，铺在大地之上。战马的影子从里面驰骋而出，骑在马背上的是传说中的英雄。亚拜恩的布华德如同女王一般威严。埃马苏高举着她耀眼夺目的神剑。皮肤黝黑的打击者亨德一只手握着一柄大锤，另一只手握着一根长钉。

一个人影跃出迷雾，来到众位英雄之前。他身材高大，威势逼人，有着一只鹰一样的鼻子。亚图·鹰翼背负着他的巨剑“裁决者”。百余名号角英雄都跟随着鹰翼。只有一个人冲出迷雾之后，就如离弦之箭一般绝尘而去了。麦特没有看清那名骑士。他到底是谁，为什么要跑得那么快？

麦特拉了拉自己的帽子，一催果仁，来到那位古代帝王面前。我想，如果他要杀掉我，我就会知道是哪一边的人把他叫来了。麦特把艾杉玳锐横在马鞍上。他有能力与亚图·鹰翼一战吗？光明啊，凡人有可能战胜号角英雄吗？

“你好，鹰翼。”麦特喊道。

“赌徒，”鹰翼答道，“你应该对交给你的任务更负责一些。我几乎已经开始担心我们不会受到召唤，来参加这场战斗了。”

麦特终于松了一口气：“该死的，鹰翼！不要再为这种事抱怨了，你这个该死的山羊崽子。就是说，你会为我们而战了？”

“我们当然要为光明而战，”鹰翼说道，“我们绝不可能向暗影效忠。”

“但我听说的是……”麦特说。

“你听说的都是谣言。”鹰翼说。

“而且，”亨德笑着说道，“如果另一边的人能召唤我们，你们早就已经死了！”

“我的确死过一次，”麦特揉了揉脖子上的伤疤，“那棵树显然要过我一命。”

“要你命的不是那棵树，赌徒，”鹰翼说道，“是另外一次。你已经不记得了。这样也好。毕竟这两次都是路斯·瑟林救了你。”

“不要忘记他，”埃马苏高声说道，“我见过你嘟囔说害怕他发疯。但你已经忘了，你的每一次呼吸，你迈出的每一步，都是因为他的宽容与克制。你的生命是转生真龙送给你的礼物，赌徒，而且他前后两次把这件礼物送给了你。”

该死的，就连死掉的女人也要像奈妮薇那样对他。他们是怎么知道这些事的？他们有什么秘密的情报来源吗？

鹰翼朝不远处点点头，那里竖着兰德的旗帜，丹尼仍然高举着它。“我们将聚集在这面旗帜下。正是因为它，我们才会为你而战，赌徒，因为真龙引领着你们。虽然他身在远方，但这也足够了。”

“好吧，”麦特回头看了一眼那面旗，“我猜，既然你们到了这里。战场就可以交给你们了，我要把我的人撤回来。”

鹰翼笑了：“你以为我们一百人能够完成整场战争？”

“你们是该死的号角英雄，”麦特说，“这正是你们该做的，不是吗？”

“我们也是可以被打败的。”漂亮的玛杜辛的布莱斯说道。她的坐骑迈着优雅的步伐来到鹰翼身旁。如果他多看两眼号角英雄，图昂大概不会发疯吧？毕竟他们是辉煌耀眼的英雄。“如果我们受了致命伤，我们就必须撤退，在梦的世界恢复身体。”

“暗影知道如何打击我们，”亨德说，“如果捆住我们的手脚，我们同样不可能继续战斗。无论一个人是不是有永恒的生命，也都会有动弹不得的时候。”

“但我们善于战斗，”鹰翼对麦特说，“我们可以帮助你们。这并不只是我们的战争，我们只是这场战争的一部分。”

“该死的，这可太好了，”麦特说，圣号角还在被不断地吹响，“那请告诉我。

如果不是我吹响了号角，也不是暗影干的……那又是谁干的？”

粗大的兽魔人指甲扣住奥佛尔的手臂。奥佛尔紧闭双眼，缩在窄小的岩缝里，依旧一边流着眼泪，一边用力吹响号角。

对不起，麦特，他心里想着。这时，一只满是黑毛的大手抓住了圣号角，另一只手抓住了他的肩膀。锋利的指甲刺破他的皮肤，让鲜血沿着他的手臂流淌下来。

圣号角被夺走了。

对不起！

兽魔人把奥佛尔拉了上来。

又把他丢在地上。

奥佛尔打了个滚，感到头晕目眩。正在这时，圣号角却落进他的怀里，把他吓了一跳。他抓住圣号角，眨眨眼，晃晃头，想把眼睛里的泪水甩掉。

他的周围有一些影子在晃动，还有低沉的吼声。到底出了什么事？奥佛尔小心地抬起头，发现有人正站在他面前，两只脚踏在他的身子两侧。这个人正在和十几头兽魔人交手，一根杆棒在手中舞得呼呼作响，正是他保护了奥佛尔。

奥佛尔终于看到了那个人的脸。男孩的呼吸立刻停住了。“诺奥？”

诺奥的杆棒扫中一头兽魔人的手臂，将它打退。然后向奥佛尔瞥了一眼，微微一笑。虽然诺奥还是一副老气横秋的样子，但他的眼睛变得炯炯有神，再没有往日那种疲惫的神态，仿佛他已经从肩头卸下了一副重担。一匹白马立在他身边，马身上配着金色的马鞍和缰绳。那是奥佛尔见过的最漂亮的一匹马。

“诺奥，他们说你死了！”奥佛尔哭着说道。

“他们说得没错，”诺奥又笑了起来，“但因缘还不打算让我休息，孩子。吹响号角吧！骄傲地吹响它！号手！”

奥佛尔照诺奥的话做了，他用尽全力吹响了号角。诺奥不断地击退攻上来的兽魔人。诺奥，诺奥是号角英雄！响亮的马蹄声告诉奥佛尔，其他人也赶到了。他们要从暗影怪物手中救出奥佛尔。

突然间，奥佛尔感到无比温暖。那么多人离开了他，但终于有一个人……有一个人回来找他了。

第40章

狼兄弟

捉住伊兰的佣兵们惊慌失措地看着柏姬泰。伊兰趁这个机会，猛地向旁边一闪，打了个滚，跪立起来。怀孕让她变得笨拙，但她从来都不是软弱无力的。麦拉尔用来压制她的徽章已经掉落在地上。她发现阴极力正等待着她去抓握。她让至上力充满自己，同时扶住了自己的肚子。

伊兰编织出风之力能流，将那些佣兵向后击倒。不远处，伊兰的卫兵们已经重新集结起来，冲破了麦拉尔手下的控制。有几名卫兵在看到柏姬泰时，都停下了脚步。

“继续战斗，你们这些山羊崽子！”柏姬泰一边喊喝，一边用弓箭连连击杀那些佣兵，“我是死了，但我还是你们该死的元帅！你们要服从命令！”

她的喝骂显然对女王卫兵们起了鞭策的作用。白雾继续向上蒸腾，覆盖了整片战场，在黑暗中闪烁着微光。没多久，麦拉尔手下那些暗黑之友就在伊兰的导引、柏姬泰的弓箭和女王卫兵刀剑的夹击下落荒而逃了。

柏姬泰在他们逃跑时，又射倒了六个。

“柏姬泰，”伊兰的泪水夺眶而出，“对不起。”

“对不起？”柏姬泰转向她，“对不起？为什么你这么伤心，伊兰？我全都记起来了！我的记忆回来了，"她笑了起来，"这太美妙了！我不知道最近这几个星期里，你是怎样忍受我的，我简直比一个刚刚弄坏自己最心爱的一张弓的小孩子还糟糕。"

"我……哦，光明啊，"伊兰的身体在告诉她，她还是失去了自己的护法。约缚被截断的痛苦绝对非同寻常，就算柏姬泰重新站在她面前也无法消除这种痛苦。"也许我应该再约缚你？"

"不会有用的。"柏姬泰不以为然地摆摆手，"你受伤了吗？"

"没有，除了我的尊严以外。"

"你很幸运，但更幸运的是，号角及时吹响了。"

伊兰点点头。

"我要去其他英雄那里了，"柏姬泰说道，"你留在这里，恢复一下体力。"

"光明烧了你！"伊兰强迫自己站起来，"我现在可不会留在这个该死的地方。孩子们没事。我能骑马。"

"伊兰……"

"我的士兵都以为我死了，"伊兰说，"我们的战线正在崩溃，我们的部下正在被屠杀。他们必须见到我，知道我们还有希望。他们不会明白这片雾气是什么意思。现在正是他们最需要女王的时候。除了暗帝，没有人能阻止我回到前线。"

柏姬泰皱起眉。

"你已经不再是我的护法了，"伊兰说，"但你还是我的朋友。你愿意和我一起回去吗？"

"顽固的傻瓜。"

"我可不是那个不懂得死亡的家伙。一起吗？"

"一起。"柏姬泰说着，点了点头。

艾玲达猛然停住脚步，她听到了另一阵号叫。那不像是狼嗥。

煞妖谷的风暴还在持续，她不知道现在是哪一方取得了胜利。到处都是尸体，一些尸体被狼撕碎了，另一些尸体上还有至上力留下的火焰。风暴吼叫着，抽打着这里的一切。但没有一滴雨落下来，一圈圈尘沙碎石不断扑打在她的脸上。

艾玲达能够感觉到末日深渊中进行的导引，但那就像是一个平静的脉搏，与外面这种扫荡一切的风暴截然相反。兰德。他还好吗？到底出了什么事？

寻风手们引来的白云在头顶上方深黑色的暴风云中翻滚，两种云糅合成一幅混乱的图景，悬浮在山尖之上。根据艾玲达得到的消息，寻风手们已经撤退到煞妖谷上方的一道岩台上，正在那里使用风之碗。但她们已经到了崩溃的边缘，超过三分之二的寻风手因为力量耗尽而倒下了。很快，这场风暴就会将一切吞没。

艾玲达依然在风暴中巡行，她在寻找那些号叫声的源头。现在已经没有其他导引者与她连结。蕾菲拉正在洞窟前面，帮助真龙信众死守他们最后的阵地。在山谷中，不同阵营的队伍在彼此杀戮，进行着痛苦的消耗战。枪姬众、智者、斯威峨门、兽魔人、隐妖，还有狼，成百上千的狼加入到山谷的战斗中。在这里战斗的还有一些阿拉多曼人、提尔人和真龙信众，他们大多守在兰德进入末日深渊的山路上。

有什么东西落在艾玲达身边的地面上，发出轻柔的吟唱。艾玲达不假思索地发动了攻击。那只人蝠立刻像在太阳下晒了一百天的干柴般猛烈燃烧起来。艾玲达深吸一口气，向周围扫了一眼。她的身边至少有几百个这样的号叫声。

艾玲达向那些号叫声跑去。她穿过谷底的时候，有人从沙尘和阴影中跑了出来。那是个身材瘦削的男人，有着灰色的胡须和一双金色的眼睛。他的身边还有一小群狼。他们瞥了她一眼，然后就继续向他们的目标跑过去了。

艾玲达停下脚步。金眼。

“嗨，那个和狼在一起的人！”艾玲达喊道，“佩林·艾巴亚和你在一起吗？”

那个人也立刻停住脚步。他的动作就像狼一样谨慎，同时充满危险。“我认识佩林·艾巴亚，”他回头喊道，“但他并不和我在一起。他在别的地方狩猎。”

艾玲达靠近那个人，他也警戒地打量着艾玲达。他周围的几头狼发出低吼。看样子，它们对艾玲达的信任并不比对兽魔人的更多一些。

“那些新出现的号叫声，”艾玲达在风中喊道，“它们是你们的……朋友吗？”

“不，”那个人说道，他的眼神变得冷漠起来，“已经不是了。如果你认识能够导引的女人，你应该现在就带她们过来，艾伊尔人。”说完，他便朝号叫声传来的地方跑了过去，他的狼群也跟随着他。

艾玲达同样跟在他身后，只是保持着和那些狼的距离。她相信，这些狼的知觉要远超过她。他们很快就到了谷底的一座小高地前，艾玲达曾见过伊图拉德用这座高地指挥山谷的防御战。

许多黑影冲了出来，那是一些纯黑色的狼，身材甚至能比得上一些小马。它们大步跑过岩石地面。虽然看不清楚，但艾玲达知道，它们会在岩石上留下融化的爪印。

成百上千的狼朝这些黑影发动攻击。它们跳到这些黑狼背上,却又被黑狼轻易地甩下来。狼在这场战斗中并不占什么优势。

和狼在一起的那个人发出怒吼。

“暗之猎犬?”艾玲达用喊声问道。

“是的。”他同样用喊声回答。在风暴中,他们只能这样对话。“它们是野猎犬,暗之猎犬中最可怕的一种,用普通武器不可能伤害它们。普通狼的撕咬对它们一样没什么用处,它们很快就会恢复。”

“那为什么狼还是要与它们战斗?”

那个狼兄弟笑了,“为什么我们要战斗?因为我们必须赢得胜利!快去!带两仪师过来。如果能找到殉道使,也带他们过来!这些怪物会像海浪卷起沙滩上的沙子一样冲垮你们的军队!”

那个人说完就跳下山坡,他的狼紧随着他。艾玲达明白了他们为什么要战斗。他们也许无法杀死暗之猎犬,但他们至少可以牵制这些怪物,这就是他们能够取得的胜利,为兰德争取时间。

艾玲达警戒地转过身,去找其他导引者,但她忽然感觉到有人就在附近使用强大的阴极力。她猛然停住脚步,回头朝这种感觉的来源望过去。

古兰黛就在那里,艾玲达甚至勉强能看到她的影子。那名弃光魔使正镇定地朝一列岩之守卫者释放致命的编织。她已经收集到了一小队女人,全是两仪师和智者;还有几名卫兵。那些女人们都跪倒在她身边,一定是在通过连结为她提供力量,所以她释放出来的编织才会如此强大。

她的卫兵是四名戴黑面纱的艾伊尔人,不是红面纱艾伊尔。他们肯定都受到了心灵压制。艾玲达一时感到犹豫不决。暗之猎犬又该怎么办?

我不能放过这个机会,艾玲达想道。她开始了编织,向天空射出一道蓝光,这是她、艾密斯和凯苏安定下的联络信号。

当然,这个信号也警告了古兰黛。那名弃光魔使立刻转向艾玲达,射出火之力能流。艾玲达一滚身,闪到一旁。随后又是一道屏障,要割断艾玲达和真源的联系。艾玲达竭尽全力汲取尽可能多的至上力,把自身和海龟胸针的承受能力推到极限。用屏障割断导引者的能流就像用剪刀铰断绳子,绳子愈粗,就愈难铰断。艾玲达需要足够多的阴极力来抵抗这道屏障。

她咬紧牙关,努力进行着编织。光明啊,她一直都不知道自己竟然已经如此疲惫了。她差点滑了一跤,至上力的丝线几乎脱离她的控制。

她用意志力让能流就位,释放出风之力和火之力的编织。她知道,那些俘虏中有她的朋友和同伴，但现在不是顾忌这些的时候。

他们宁愿死，也不会愿意被暗影利用，艾玲达如此告诫自己，同时又躲过了一次攻击。她周围的地面开始爆炸。她匍匐在地上。

不，不能待在一个固定的地方。

艾玲达跳起身，开始奔跑。这救了她的命。密集的闪电在她身后落下，她差点就再也无法从地上爬起来了。

她不顾手臂上那几道流血的伤口，立刻又开始进行编织。但一个极为复杂的编织向她袭来，让她不得不放弃进攻。是心灵压制。如果艾玲达被这道编织俘虏，她就会变成那个女人的奴隶，要将自己的力量献给她，作为摧毁光明的武器。

艾玲达将地之力注入身前的地面下，掀起大片碎石、沙土、烟尘。然后她滚进地面上的一个洼陷里，小心地从里面探出头来，同时屏住呼吸，停止一切导引。

强风很快就吹走她扬起的烟幕。但古兰黛只能站在原地，犹豫着。她无法感觉到艾玲达，艾玲达早就用编织遮蔽了自身的导引能力。只有当她导引时，才会被古兰黛察觉。否则，她就是安全的。

古兰黛的艾伊尔奴隶们四散分开。他们戴着面纱，开始寻找艾玲达。艾玲达很想导引至上力，结束他们的生命。任何艾伊尔人都会为此而感谢她的。

但她只是静静趴伏在土石中，不能暴露自己。古兰黛太强大了，她不可能单独战胜这名弃光魔使。但只要她等下去……

一道风之力和魂之力的编织击中古兰黛，要将她和真源的联系割断。那个女人骂了一句，转过身。凯苏安和艾密斯到了。

“战斗！为了安多和女王，战斗！”

伊兰策马驰过一队队散乱不堪的长矛手，她的金发在身后飘扬，她的声音被至上力放大。她手中高举着一把华丽的佩剑，但大概只有光明知道，如果真遇到敌人，她会怎样挥舞它。

人们纷纷向她转过头，一些人因此而被兽魔人砍倒。那些怪兽正突破安多人的防御，在破碎的人类防线中大肆杀戮。

我的部下已经很难挽回败局了，伊兰心想，哦，光明啊，我可怜的士兵们。她只能从这些人身上看到死亡和绝望。安多和凯瑞安人的长矛阵形接连遭受重创，现在已经惨不忍睹。士兵们只能结成小群，各自为阵。许多士兵都落了单，挣扎着想要从这片屠场中逃走。“战斗！”伊兰喊道，“与你们的女王一同战斗！”

愈来愈多的人停止奔逃。但他们还在犹豫着，并没有立刻返身去战斗。该怎么办？

战斗。

伊兰朝一头兽魔人杀去。她挥起手中的剑。尽管在不久前，她还相信自己根本不会使用这家伙。她的确不会用剑。那个野猪头的兽魔人看见她甩剑的样子，似乎也感到惊讶。

伊兰很幸运，因为柏姬泰就在她身旁。她一箭射中那头兽魔人的前臂，这一箭救了伊兰的命。但伊兰还是没办法杀死这个该死的兽魔人。现在她的坐骑是从一名女王卫兵那里借来的，这匹马从兽魔人身前绕了过去，让伊兰没办法刺中兽魔人，也让伊兰躲过了兽魔人的刀刃。伊兰发现这把剑根本不听她的使唤。至上力显然比剑好用多了。如果有必要，她还是会使用至上力。但现在，她宁可用剑去战斗。

但她很快就不必这样战斗下去了。士兵们包围了她，杀死了那头怪物，又接连干掉另外四头向她扑过来的兽魔人。伊兰抹了一下眉毛，终于向后撤去。

“这算什么？”柏姬泰策马来到伊兰身边，又射出一箭，杀死一头正在砍杀士兵的兽魔人，“你就是拉特利夫的指甲，伊兰！我还以为我已经在你身上见识过了愚蠢的极限。”

伊兰举起手中的剑。士兵们都开始欢呼：“女王万岁！”“为了光明和安多！为女王而战！”

“如果你在逃跑时看到你的女王和兽魔人作战，你会怎么想？”伊兰低声问道。

“我会觉得我需要赶快到另一个该死的国家去，”柏姬泰没好气地说着，又放出一箭，“至少别的国王脑子不会是布丁做的。”

伊兰哼了一声。柏姬泰想说什么都可以。不管怎样，她的努力奏效了。仿佛是正在发酵的面团一样，聚集在她周围的人愈来愈多，迅速向两翼扩张，形成了一条战线。伊兰一直高举着佩剑，高声呐喊。犹豫片刻后，她用至上力制造出一面壮丽的安多大旗，飘扬在自己的头顶。红色的狮子照耀着夜晚。

这会招来狄芒德和其他暗影导引者的直接攻击，但人们需要看到希望。她会在这里，一直战斗下去。

暗影的导引者并没有杀过来。伊兰策马在她的战线中驰骋，将希望给予她的士兵：“为了光明和安多！你们的女王就在这里！我们在这里战斗，半步不退！”

麦特率领光明大军的残队杀过高地，一直向西南方向冲去。在他面前，兽魔人聚集在左侧，沙塔军队在右侧布阵。正面冲击敌阵的是号角英雄、边境国人、卡瑞德的视死卫士、巨森灵、两河弓箭手、白袍众、海丹和梅茵骑兵、佣兵、婷娜的真龙信众，还有麦特的红手队。

麦特能够从那些本不属于他的记忆中看到，他曾多次率领过远比现在更加强大和辉煌的军队。那些大军没有支离破碎，不曾缺乏训练，更不会满身伤口，精疲力竭。但光明啊，他从不曾这样骄傲过。不管经历过怎样的磨难，他的士兵们依旧高呼着战号，以百倍的精神和勇气杀进了敌阵。

狄芒德的死给了麦特一个机会。麦特能够感觉到军队的冲力，战争的节律正在他们中间流动，这正是他千辛万苦寻求的时刻，是他要赌上一切的一张牌，哪怕赔率是十比一。无论如何，沙塔军队、兽魔人和隐妖失去了首脑，已经没有人能够统率他们。隐妖和惊怖领主们都在疯狂地发布各种命令，这只能造成暗影部队之间的冲突和妨碍。

必须小心那些沙塔人，麦特心想，他们里面有懂得战术的将军。

而现在，他只需要狠狠打击敌人，发挥出光明阵营的全部能量，将兽魔人和沙塔人赶下高地。现在，兽魔人塞满了沼泽和高地之间的走廊地带，依然对河岸边的防线造成巨大的压力。伊兰的死原来只是个谎言，她的部队本来已经因为她的死讯而崩溃，超过三分之一的士兵在混乱中遭到兽魔人的屠杀。但就在兽魔人即将合围并彻底歼灭他们的时候，伊兰回到了他们中间，把他们重新召集起来。现在，尽管已经被逼退到夏纳境内很远的地方，但他们奇迹般地守住了阵型。但他们不可能坚持太久，不管有没有伊兰，愈来愈多的前线长矛手正在被包围。战场各处的士兵都是死伤惨重，伊兰的骑兵和艾伊尔人仍然在奋力杀敌，但他们也愈来愈难以阻挡兽魔人的冲击了。光明啊，如果我能把高地上的暗影怪物赶到下面去，让它们挤在一起，才有可能搅乱它们的阵形！

“考索恩大人！”婷娜在他身边喊道。她将一支满是鲜血的长矛端平在马背上，伸手朝南方一指。

远方的艾瑞尼河岸边出现了耀眼的光芒。麦特揉了揉眼睛，那是……

是天空中的神行术通道。数十个通道被打开，成群的巨雷肯从里面飞出来，每一头巨雷肯背上都亮起了灯光。很快，利箭如同雨点般落在走廊地带的兽魔人身上。这些背负弓箭手的巨雷肯开始不停地在哈沃浅滩和走廊地带上空盘旋。

麦特听到另一种肯定会让敌人胆寒的声音：数百支，也许有数千支号角在黑夜中被吹响。雷鸣般的鼓声以统一的节奏震响，以愈来愈强悍的力量震动着大地。随后是大军行进的脚步声。战士和猛兽从黑暗中向包罗夫高地缓缓靠近。在黎明前这一段最黑暗的时间里，没有人能看清他们的样子，但战场上的所有人都知道他们是谁。

麦特兴高采烈地尖叫了一声，他已经在自己的脑海中描绘出霄辰人进军的模样。一半霄辰军队将从艾瑞尼河直接北上，与伊兰的军队会合，击溃莫拉河岸边的兽魔人；另外一半霄辰军则转向西方，绕过沼泽，到达高地西侧，从背后击溃走廊地带的兽魔人。

现在，霄辰人的箭雨中出现了悬浮于半空的闪耀光球。是罪奴在照亮战场，那些光球真是比照明者的夜花更漂亮！当霄辰大军在梅丽罗平原上行进时，大地仿佛也在为之颤抖。

在高地上，雷声打碎了麦特右翼的空气。不，那是一种比雷霆更加沉重的声音。塔曼尼和亚柳妲已经修复了龙，正通过神行术通道，从他们藏身的洞穴中直接轰击沙塔军队。

麦特所有的棋子都落下了。但在最终掷出骰子以前，还有一件事要做。

麦特的军队开始前进。

朱尔·格莱迪用手指摩挲着妻子的信，这是从安多的黑塔寄来的。在黑夜里，他看不到信上的字迹。但这没关系，只要拿着它，他就会感到心安。格莱迪早已记住了这封信上的每一个字。

他看着这座位于梅丽罗平原东北方十余里外，莫拉河边的峡谷。是考索恩把他安排在这里。在这里，他完全看不到梅丽罗战场的情况。

他不能参加战斗。光明啊，这种感觉实在太糟糕了。但他只能服从命令。他朝梅丽罗的方向眺望着，竭力不去想那些为了保卫这段河道而牺牲的可怜人。这里的战略位置非常重要，莫拉河恰好从峡谷中间穿过，暗影部队可以利用峡谷挡住河水。他们成功地做到了。麦特派来的部队与惊怖领主和沙塔人英勇作战，但显然不是他们的对手。这是一个多么愚蠢的命令！格莱迪的心中燃烧着对考索恩的怒火。所有人都说他是一个优秀的统帅，而他就是这样指挥的。

如果他真的是个战争天才，为什么他要让五百个来自莫兰迪山村的普通人防守这里？是的，考索恩另外又派了一百名红手队的士兵，但这依然远远不够。他们只防守了几个小时，进攻这里的除了沙塔人和数名惊怖领主，还有成百上千的兽魔人！

所以，那些人因为一个人的错误，全部牺牲在战场上。光明啊！他们里面还有孩子。那一点山民和士兵打得非常英勇，格莱迪完全没想到，他们竟然能坚守那么长时间。但他们最终还是被打败了。而格莱迪得到的命令是不得援助他们。

所以格莱迪只能在河道旁黑暗的山峰顶上等待，藏在乱石之中。大约一百步以外，兽魔人正举着火把巡行。这是惊怖领主的安排。暗影部队正据守在峡谷两侧的峰顶，以监视下方已经成为一个湖泊的河道。正是这里的三名惊怖领主从峡谷山壁上剥离下大块岩石，制造出拦截河水的堤坝。

现在莫拉河流经梅丽罗平原的河道已经干涸了，兽魔人能够肆无忌惮地跨过那里的河道。破坏这道堤坝对格莱迪来说不算难事，只要一次至上力的打击，滔滔河水就会从峡谷中被释放出来。直到现在，格莱迪都还不敢这样做。麦特命令他不得进行攻击。而且他一个人也不可能战胜三名惊怖领主。他们只要将他杀死，就可以迅速修复堤坝。

格莱迪抚摸着妻子的信，做好了准备。考索恩命令他在接近黎明时打开一个通往那座山村的神行术通道。这样做会暴露格莱迪。他不知道这个命令的目的是什么。

下方山谷中的积水已经淹没了牺牲在这里的山民们的尸体。

我猜，现在应该是行动的时候了，格莱迪想着，深吸了一口气。黎明就要到了，但浓厚的云层依然让大地一片昏黑。

格莱迪要执行命令了。光明烧了他吧，该是他行动的时候了。但如果考索恩在下游的战争中活下来，格莱迪一定会找他理论一番，绝不会有半点客气。一个像考索恩这样处身于平民的人应该知道，生命是不可以这样被玩弄的。

他又深吸了一口气，然后开始编织神行术。在他打开的通道对面，就是昨天在这里牺牲的战士们的村镇。他不知道自己为什么要这样做。这个镇里的人都已经上了战场，他甚至怀疑这里可能已经没有人了。麦特管这个镇子叫什么？辛德泰普？

人们吼叫着从通道中冲了出来，他们的手里挥舞着切肉刀、干草叉和生锈的剑。跟他们一起杀过来的还有红手队的士兵。格莱迪觉得这些士兵很像是昨天在这里战斗的士兵，而且……

而且，借着惊怖领主射出的火焰光芒，格莱迪能看到那些士兵的面孔和昨天那些牺牲的士兵……完全一样。

格莱迪惊讶地站在黑暗之中，看着那些发疯般攻击暗影部队的人。这些人，他昨天都见过。

还是那些主妇，还是那些兽医和铁匠。格莱迪亲眼看着他们战死在沙场，现在他们却都回来了。

兽魔人也许不懂得辨别人类的面孔，但那些惊怖领主毕竟还是人，他们很清楚这些人昨天已经被他们杀死，甚至被烧成了灰烬。那三个惊怖领主全部大惊失色。一个惊怖领主一边向这些山民抛出编织，一边尖叫着暗帝抛弃了他们。

那些人只是不顾一切地向前冲，根本不在意同伴和亲人在自己身边纷纷倒下。他们扑到惊怖领主身上，用农具和厨刀又砸又砍。当兽魔人杀过来的时候，三名惊怖领主都已经变成了肉酱。现在，格莱迪可以……

格莱迪晃晃头，让自己清醒过来，然后聚集能量，摧毁了拦住河水的堤坝。

滔天巨浪奔涌而下。

第 41 章

一个微笑

“考索恩的龙又开火了，”乔奈瑟一边说，一边努力向烟雾中眺望着，“听啊！”

沉闷的爆炸声在高地顶端响起。佩维拉露出了微笑。她、安德罗、乔奈瑟、埃马林和凯德尔已经与洛根和其余殉道使会合了。他们的队伍里还有一些与殉道使约缚的两仪师。他们正站在正对戴沙丘的高地陡坡边缘，距离狄芒德的无头尸体所在处约有半里远。

又一轮龙吼开始在高地上回荡，只是在黑暗中，他们看不见龙喷出的硝烟。“如果泰姆的人在沙塔军队里，那些龙是不可能坚持太久的。”佩维拉说，“龙无法抵抗导引者，而且发出的吼声让它们很容易被找到。”

“我想，考索恩大概别无选择，只能使用它们。”安德罗说，“他现在无论有什么样的力量，都必须用出来。”

“殉道使！”洛根出现在烟雾之中，大步走到他们中间。嘉布勒跟随在他身边。“该是行动的时候了。”

“我们要去保卫那些龙吗？”安德罗问道。在他们周围，数十名精疲力竭的殉道使吃力地从地上站起来，转向洛根。

“不,”洛根说道,“我们要向西前进。”

“向西?”佩维拉抱起双臂,“那是在离开战场!”

“你们的玉座在那里与泰姆作战。”洛根答了这一句,就转过头,不再看佩维拉,“那个地方和许多沙塔人都被水晶埋葬了。我需要全部没有特别交代任务的殉道使、献心士和士兵去那里进行搜寻工作,在……”

大地开始晃动,发出不祥的隆隆声。佩维拉踉跄了一下。安德罗抓住她的手臂,她从约缚中感觉到和她一样彻骨的疲惫。他们都没有多少力量了。

当震动平息下去时,洛根继续说道:“在那片水晶林立中,有一块金色令牌。据说当泰姆被艾雯·艾威尔击败时,手里正拿着那块令牌。我们要去找到它。无论你们之中有谁看到了它,不要碰它,立刻来找我。”

洛根又走到另一队殉道使中间,下达了同样的命令。安德罗看着他走开。佩维拉感觉到了安德罗的失望。

“如果那块令牌是一件法器或超法器,”埃马林说,“那它对我们将非常有用。”

“也许,”佩维拉说,“但我认为和那根棒子相比,保护龙才是更重要的工作。我发誓,那些吹响的号角绝对代表着非同寻常的事情。我们现在应该去攻击敌人,而不是搜索战利品……”

“其他殉道使可以去做那件事,”安德罗说,“我们没这个必要。”

“什么?”凯德尔皱起眉头,“你要违抗命令?”

“不,”安德罗说,“他说过,只有未得到其他命令的人才要去那里。我们还有别的任务。战斗刚开始的时候,他就命令我们警戒泰姆的奴才,阻止他们的行动。”

“我不知道他是不是还记得这个命令,安德罗。”埃马林揉搓着下巴,“我也不知道,就算他还记得,他是不是还想让我们继续执行这个命令。他似乎对那根令牌志在必得。”

“但他并没有撤销这个命令。”安德罗说。

“安德罗,”凯德尔坐在自己的脚跟上,“我实在是太累了,我甚至没力气骂你。这些小子也不比我好多少。你现在就连打开一个小通道,也显得力不从心了。以我们现在的状态,又该怎样与麦沙勒和他的同伙作战?”

安德罗皱起眉头,但没有反驳凯德尔的话。不过,佩维拉似乎有什么念头。也许是某种办法,让他们在体力耗尽时还能做些事……

安德罗抬起头,忽然睁大了眼睛,然后,他又露出了微笑:“你真是个天才,佩维拉。”

“谢谢。”佩维拉不动声色地说道，“凯德尔，站起来。我可以用自己的一切和你们这些绅士打赌，泰姆的手下一定在竭尽全力摧毁那些龙。我们要给他们一个惊喜……”

局势怎么会变得如此一塌糊涂。

魔格丁踢了狄芒德的尸体一脚。沙塔人已经去和考索恩的军队作战，他们要为他们的领袖报仇，却把领袖的尸体丢在这里。

狄芒德。这个蠢货最终还是大意了。如果只是把心思放在个人的仇恨上，或者总是和那些蠕虫纠缠在一起……不管怎样，狄芒德总算得到他应得的，死亡，或者在暗主的手中接受永恒的惩罚。

既然狄芒德真的死了……魔格丁向真源伸展过去，发现了另外一种力量。一条奔流不息的闪耀河流，比阴极力强大十倍、甜美十倍。这么多中选使徒都完蛋了，暗主终于向她敞开了自己的力量。活下来才是向他证明自己的最好方式。

这立刻改变了魔格丁的计划。首先，她将狄芒德的尸体烧成灰烬。然后，她迅速编织面镜术，让自己戴上一张狄芒德的脸。天哪，真力实在太美妙了！她对于其他使徒的面孔早已熟记在心，以便随时能冒充他们。要仿冒狄芒德的确很难，毕竟他最近有了很大的变化，但魔格丁早就仔细注意过他。当然，如果有人碰到这张虚假的面孔，她的真实身份还是会被揭穿。所以她一定要非常小心。

伪装完成后，她用神行术到达沙塔军队的后阵。他们正在和考索恩的部队作战。魔格丁出现在正打算奔赴前线的后备军中，这里还有许多载货车辆和一些伤员。

正在分配物资的沙塔人都停住了动作，死死地盯着她，脸上满是惊讶的表情。他们已经在做着逃离战场的准备了。像其他所有人一样，沙塔人都知道，霄辰大军正赶赴战场。魔格丁注意到，这支队伍里还有几名阿亚德——她只看到了三个，两个带纹身的女人，另有一个污秽的男性导引者蹲在她们脚边。大部分沙塔阿亚德都死在与两仪师的战斗中。

霄辰人，一想到那些人和他们的那个专横的君主，魔格丁内心不由得又翻腾起来。如果暗主发现了她犯的错误……

不。暗帝已经将真力赐予她。魔格丁比其他使徒更善于生存，这才是现在最重要的。他并不能同时顾及所有地方，也许他还不知道她已经被发现了。那个女孩到底怎样看穿了她的伪装？这应该是绝不可能的。

一定有人出卖了她。不管怎样，她在这场战争中一直和狄芒德密切协作。也许她不像狄芒德那样长于军事——在这方面，使徒中大概只有沙马奥能和狄芒德一较短长，但她很清楚现在的战局，所以应该能顺利接过指挥权。她不喜欢这样做，因为这样会让她直接暴露在众人的目光之下。但在这个非常时刻，她只能采取极端的手段。

而且实际上，按照她的推断，现在的局势对她相当有利。狄芒德垮台了，被他自身的骄傲打败。那个无端得宠的米海峨也死了，而且他还干掉了两仪师的首领。现在魔格丁手中还有狄芒德的大部分暗影生物和一些惊怖领主、一些黑宗和十几个米海峨带来的受到转变的人。

“那不是他！”一名身穿沙塔僧侣长袍的老者指着魔格丁说道，“不是我们的救世主！这……”

魔格丁将那个人烧成灰烬。

当那名老者的骨头掉落在地上时，魔格丁才想起，根据她从眼线那里得到的情报，狄芒德对这个人宠信有加。“你最好还是去死吧，老家伙，”她对着那堆骨头，用狄芒德的声音说道，“不要在这里污蔑你本该爱戴的人了。还有别人想要否认我吗？”

沙塔人保持着沉默。

“阿亚德，”魔格丁对那三个人说，“你们看到我的编织了吗？”

两个女人和那个肮脏的男人都摇着头。

“我杀人不需要编织，”魔格丁说，“只有我，你们的救世主，能够这样做。”

她还必须记住，现在她的脸上绝不能有笑容，即使在赢得胜利的时候，即使当这些人向她低垂下头的时候也不可以。狄芒德永远都是严肃的。当这些人向魔格丁跪倒时，魔格丁则必须努力控制住自己的喜悦。是的，狄芒德干得很好，他将一个庞大国家的军队全部交给了魔格丁。这实在是太好了！

“屠龙者。”一名跪倒在地的阿亚德说道。她在哭泣！这些沙塔人可真是软弱。“我们看到您倒下……”

“我怎么可能战败？你们都知道了预言，难道不是吗？”

那两个女人彼此对望着。“屠龙者，他们说，你会战斗，”还是最开始说话的女人开了口，“但……”

“从后阵召集五队兽魔人，”魔格丁的注意力已经转向后备军的指挥官，“让他们到上游的废墟那里去。”

“废墟？”那个人问道，“现在那里只有凯姆林难民。”

“没错，你这个傻瓜。难民，那些在死尸中爬行的孩子；老头和女人，他们没有反抗的能力。让兽魔人去屠杀。我们的敌人很软弱，这样的攻击会迫使他们打破现有的阵形，保护那些弱者。他们的战士则会因此而大量死亡。”

那名将军点点头。魔格丁在他脸上看到赞同的表情。这个人已经相信她是狄芒德了。很好。随后，那名将军立刻就转身跑去执行命令了。

“那么，”魔格丁又望着远方正在喷火的龙说道，“为什么我们的阿亚德还没有除掉那些武器？”

刚才和她说话的那名阿亚德跪在地上，低垂着头：“我们的人已经为数不多了，救世主。”

“你的理由太过牵强。”魔格丁说道。龙的爆炸声停止了，也许是米海峨残余的惊怖领主已经解决了那个问题。

看着那名沙塔指挥官向战场上的一只魔达奥大步跑过去，魔格丁全身都觉得不舒服。她不喜欢像这样暴露在光天化日之下，她应该留在阴影里，让其他人指挥战斗。但不管怎样，既然是形势所逼，她当然不能只顾自己的好恶。也许她只是被以前的事情吓怕了……

一个神行术通道在她背后开启，几名沙塔人同时发出惊呼。魔格丁转过身，不由得瞪大了眼睛。通道对面是一个幽暗的洞窟，而一排龙正从那个黑洞里直指向她。

“开火！”一个声音喊道。

“关闭通道！”塔曼尼又喊道。通道眨眼间就消失了。

“这是麦特大人的主意，对不对？”代瑞德站在塔曼尼身边向他喊道。这时，龙又开始填装弹药了。他们两人都用蜡塞住了耳朵。

“你以为呢？”塔曼尼也喊道。

龙缺乏自我保护的能力，该怎样解决这个问题？那就让它们在一个隐蔽的地方吼叫。

塔曼尼面带微笑地看着尼尔德又在这十头龙前打开了神行术通道。当神行术可以把任何目标带到龙口前时，因为破损而无法使用的龙车也不再成为问题。

这一次，通道对面是几队正在与白袍众激烈交锋的兽魔人。一些暗影生物看到了龙，眼里立刻流露出强烈的恐惧。

“开火！”塔曼尼喊道，同时用力向下一挥手——操龙手们很可能会听不见他的喊声。

洞窟立刻被烟雾充满，爆炸声震荡着塔曼尼的耳塞。龙纷纷向后弹起，同时将死亡的风暴喷吐到兽魔人群中。兽魔人的侧翼承受了猛烈的爆炸，立时溃不成军，地上满是已死和将死的怪物。附近的白袍众都欢呼着，举起了剑。

尼尔德关闭了神行术通道，操龙手开始重新填装武器。这时，尼尔德在他们头顶上方打开了一个通道，让龙喷出的硝烟散入到远方某处的空中。

“你在微笑吗？”代瑞德问。

“是的。”塔曼尼满意地说道。

“该死的，塔曼尼大人……你的表情可真恐怖。”然后，代瑞德犹豫了一下，才又说道，“不过也许这是因为你缺乏练习的缘故。”

塔曼尼继续微笑着，看着尼尔德打开另一个新的信道，信道对面是戴沙丘上的某个地方。亚柳妲正端着望远镜，和斥候们一同站在那里，确定下一个目标的位置。她喊出了一个地点，尼尔德点点头。接着他们就开始准备进行下一次射击。

第 42 章

不可能

艾玲达觉得这个世界正在碎裂，在分崩离析，在被空无吞噬。

落在煞妖谷中的闪电已经不再受寻风手或其他任何人的控制，电光同时在扫荡暗影生物和人类战士。没有人知道自己下一瞬间是否还能活着。空气中充满了火焰、焦尸和一种怪异的清新气味。艾玲达已经明白，这是闪电燃烧空气后产生的气味。

艾玲达的动作如同这场风暴一样迅捷凶猛，在古兰黛面前总是能抢占先机。那名弃光魔使则不断向她射出白热的烈火，每一道烈火射出时，大地都随之颤抖，黑色的裂纹在岩石地面上迅速蔓延。

山谷中的守卫者已经很难再坚持下去了。没有撤到山道的士兵纷纷被暗之猎犬咬死。地面的抖动让艾玲达无法站稳脚步。不远处，一群兽魔人在一片阴影中陷入混乱，它们完全没有发现艾玲达，而是在攻击另外某种东西……另一群兽魔人？他们在相互残杀。

艾玲达并不为此感到惊讶，失去无眼者控制的兽魔人彼此攻杀并不是罕见的事情。但那奇怪的雾气又是什么？

艾玲达站起身，从那些兽魔人身边跑开，她的目标是附近的一片斜坡。在地势较高的位置上，她能更清楚地看到古兰黛。等跑到斜坡顶端，艾玲达才发现自己站在一个不可能的地形上：一块巨大的岩石浮在半空中，和地面相接的地方少得可怜。它是从地面上被撕裂，抬升到了这个位置。

山谷各处都出现了同样不可能的事情。一队逃跑的阿拉多曼骑兵冲过一片岩地，那里的岩石如同水面般泛起了涟漪，四个人和四匹马都掉落进去，消失了。那团浓重的雾气从谷口逐渐向山谷中伸展，人类和兽魔人全都尖叫着，竭力想要逃离它。

一道液体般的烈火光束穿透艾玲达脚下的飘浮岩石，从距离她的头颅只有几寸远的地方掠过。艾玲达抽了一口冷气，平趴在地上。她听到不远处有攀爬的声音，急忙一翻身，准备好了一个编织。

是艾密斯。她的智者衣裙已经被烧黑了，一侧脸颊也发红肿胀。她快步跑到艾玲达身边，同样趴伏下来："你看到凯苏安和其他人了吗？"

"没有。"

艾密斯低声骂了一句。"我们要同时向那个暗影灵魂发动攻击。你绕到右边去，我去左边。只要你感觉到我的编织，就同时发动编织。我们一起进攻，也许能干掉她。"

艾玲达点点头。她们站起身，朝两侧跑去。这里的作战队伍都是凯苏安亲手挑选的。塔拉安，一名成为真龙信众的寻风手。艾丽维娅，一名前罪奴。她们再加上艾密斯和艾玲达，都是光明阵营中最强大的导引者。

古兰黛的烈火虽然可怕，但也会暴露她的位置。艾玲达绕过那块被烈火穿透但并未完全被消除的巨大浮石。当另一块巨石在山谷中升起时，她的心中感到更加不安。这是一个邪恶泡沫，只是它的范围更加巨大。她向前匍匐爬行，听到山体中传来一种低沉的声音。地面开始颤抖，一块块岩石不住地跳动。艾玲达伏低身子，却看到山谷中开始萌生新芽。无论有多么不可思议，新生的植物的确从地底生长出来，曾经寸草不生的岩石戈壁出现了生机盎然的绿色，每一株植物都在蠕动、旋转，迅速长高。

转眼间，一片片植物覆盖了山谷中的许多角落，到处都有绿色爆发出来。头顶上方，白色和黑色的云团相互绞缠、激荡。闪电划过天空，却又冻结在地上，变成了一根根直插天际、犬牙交错的玻璃柱，并且不住地发出耀眼的白光。无论有多么不可能，这些就出现在艾玲达的眼前。

天空中的云团变化成为一个让艾玲达感到熟悉的图案。黑色覆压白色，白色覆压黑色……

正是那个标志，艾玲达惊讶地想到，古代两仪师的标志。

在这个印记之下……是他征服的地方。

艾玲达紧握住至上力。那个深沉的声音是他发出来的。生命因为他而生长。当暗帝撕裂大地的时候，兰德在愈合它的创口。

艾玲达不能停下。她站起身，跑了起来。刚刚长出的植物成为她的掩体。它们生长得恰逢其时，掩护艾玲达迅速前进。这是巧合吗？艾玲达相信这不只是巧合。她能感觉到他在自己的心里。他是一个真正的战士，正在进行最英勇的战斗。他的战斗让艾玲达有了力量，而她也在努力为他增添力量。

决心、荣誉、光荣。战斗吧，我心中的阴凉。战斗吧。

艾玲达来到古兰黛近前。那名弃光魔使被受到她心灵压制的奴隶们环绕着，正与凯苏安和艾丽维娅进行殊死搏杀。艾玲达放慢脚步，看着这三个人相互投掷火焰，用魂之力破坏对方的编织，再射出高热的风之力。她们操纵能流的速度是如此之快，让艾玲达很难辨清她们到底在做些什么。

艾玲达渴望加入战斗。但艾密斯是对的，如果她和艾玲达一起发动攻击，尤其是当古兰黛正被另外两个人纠缠不得脱身时，她们就会有更大的机会杀死这名弃光魔使。凯苏安和艾丽维娅应该还能坚持一段时间，等待才是最好的选择。

但她们还能坚持多久？凯苏安很强大，比艾玲达想象的更加强大。她的那些黄金头饰中肯定有法器和特法器。当然，艾玲达不可能一一握住它们，探寻它们的用途，尽管她有这样的异能。

古兰黛的女性俘虏显然都已经濒临枯竭了，其中两个人已经瘫倒在地上。萨伦妮跪倒下去，用一双空洞的眼睛盯着前方。

凯苏安和艾丽维娅并不在乎是否会误伤那些俘虏。她们是对的。但，艾玲达还是希望……

她身边的茂密草丛有微弱的抖动。

艾玲达不假思索地转过身，编织出火之力。她点燃了一个戴黑面纱的偷袭者，那个人的短矛几乎就要刺中艾玲达的脖子，却只是从她的肩头划过。那个人踉跄一下，向前倒去。艾玲达的火焰在他的胸膛烧穿了一个拳头大小的窟窿。

另一名导引者加入了和古兰黛的战斗，向弃光魔使抛出一连串编织。是艾密斯到了。艾玲达很幸运，古兰黛忙着应付这个新出现的敌人，没能朝暴露的艾玲达发动攻击。

艾玲达的确很幸运，因为她现在只是盯着那个被她杀死的人。一个被古兰黛的心灵压制完全控制的男人。一个艾玲达感觉非常熟悉的男人。

艾玲达满心恐惧，颤抖着伸出手，拉下了那个人的面纱。

是鲁拉克。

“我要离开这里。”麦沙勒看着正在冲锋的沙塔骑兵的后背，怒气冲冲地说道。他们正站在高地的西侧，沙塔军队左翼远程。“没有人告诉过我们，我们要和那些该死的号角英雄作战。”

“这是最后战争，孩子。”奥瓦琳的声音中带着造作的亲切和隐晦的嘲讽。最近，她把他们所有人都称作“孩子”。麦沙勒很想把她勒死。为什么米海峨会允许她约缚内森？为什么一个女人被任命为他们的指挥官？

他们这支队伍的规模很小。奥瓦琳、麦沙勒、内森、凯什、蕾娜、多拿罗和爱娅科。爱娅科也像他一样，接受了转变。对于战争，麦沙勒所知不多。他喜欢在暗中杀人，不要被别人看到。而这些有无数人参加的杀戮，这种毫无头绪的混乱，总让他觉得时刻都有一把尖刀抵在自己的背上。

“看那里，”奥瓦琳对内森说道，她的手指向战场上正通过通道喷出火光和剧烈爆炸的那些龙，“它们正在向高地中心开火。打开一个去那里的通道。”

“我们绝不会……”麦沙勒开口道。

“快点！”奥瓦琳的面孔因愤怒变成了红色。

内森爬起来，照奥瓦琳的话去做了。他喜欢服从命令，知道有人在控制局面总是会让他感到安心。

也许我必须杀了她。麦沙勒想。还有内森也一起杀掉。虽然没有多少战场经验，麦沙勒还是很清楚，现在想要赢得战争绝不是那么简单了。霄辰人回来了，狄芒德死了，兽魔人在漫无目的地乱撞……是的，暗影大军的数量依旧远超过敌人，但不久前那种绝对的优势已经一去不返了。他在人生中学到的第一条法则就是，如果你和你的对手有着均等的失败风险，就绝不要投入战斗。

他们六个人依次走过通道，来到高地中部。这里的地面上有许多被龙炸出来的坑洞，龙火和导引者的编织烧焦了这里。土石中冒出一股股黑烟，还夹杂着那种不知从何处升起的迷雾，让这里变成了一个让人不辨南北的怪异之地。

尸体……或者说，尸体的残片散落得到处都是。空气中弥漫着一股特殊的气味。现在，太阳应该已经升起来了，但依然没有一丝光亮从云层中透出来。

尖啸声从头顶上方传来，是霄辰人的飞行怪兽。麦沙勒打了个哆嗦。光明啊，敌人的弓箭手就在他的头顶上方盘旋，这种感觉就像是待在一座没有屋顶的房子里。他用火之力射下一头怪兽，看到怪兽闪动着在火焰中萎缩的翅膀，旋转着掉落下来，麦沙勒才感到一丝满足。

但这次攻击也暴露了他的位置。他现在愈来愈想杀掉其余的惊怖领主，自己一个人逃走了。他不能和失败者待在一起！

“快点做事，”奥瓦琳说道，“照我说的去做。他们肯定是在让男人为那种武器打开通道。我们必须找到那个通道留下的痕迹，然后再让多拿罗仔细查看那些痕迹。”

男人们开始行动，在周围寻找信道开启的位置。他们很不走运。就在距离他们很近的地方，沙塔人正在和一群打着一面狼头旗的士兵作战。如果他们杀回到这里来……

多拿罗凑到麦沙勒身边，他们两个迅速握住了至上力。多拿罗是一个方脸的提尔人，他将灰黑色的胡子修剪成尖梢状。

“狄芒德被干掉的时候，”他对麦沙勒悄声说道，“我觉得这根本就是一个陷阱。我们全被困住了。”

麦沙勒点点头。也许多拿罗会成为他的盟友，他们可以一起逃走。当然，之后他也会把多拿罗杀死。麦沙勒不希望任何人会把他所做的事情向暗主报告。

他不可能信任多拿罗。这个人会成为他们中的一员，只是因为魔达奥的伎俩。如果一个人能这么快改换阵营，那他难保不会再次投向敌人。而且，麦沙勒不喜欢……多拿罗和其他所有被转变者给他的感觉。他们盯着这个世界的眼睛深处有一种极不自然的东西，就好像他们随时都在寻找猎物。

“我们要离开这里，”麦沙勒悄声说道，“只有傻瓜才会继续在这里战斗……”他闭住了嘴。前方有人从烟雾中走出来。

那是一个金红色头发的高大男人，一个麦沙勒感觉熟悉的人。他的身上满是伤口，衣服带着焦痕。麦沙勒吸了一口冷气。多拿罗则骂了一句。而那个男人这时也看见了他们。他愣了一下，回身就跑。当麦沙勒想到要攻击时，他已经打开神行术通道，跳了进去。

地面剧烈地震动着，出现了巨大的裂缝，高地东侧的一片山坡滑落下去，砸在下方的兽魔人头上。这个地方正变得愈来愈不稳定。这是他们必须离开的另一个原因。

“是该死的转生真龙！”多拿罗说，“奥瓦琳！转生真龙就在这里！”

“你在胡说什么？”奥瓦琳带着其余的人跑了过来。

“兰德·亚瑟在这里。”麦沙勒还没有从震惊中完全恢复过来，“该死的，多拿罗。你是对的！正是因为这样，狄芒德才会战死。”

“他一直在说，转生真龙就在这片战场上。”凯什说道。

多拿罗向前迈出一步，侧过头，似乎是在端详空气中的某种东西：“我知道他逃去了哪里。就在这里。就在这里……没错！我能感觉到编织的谐振。我知道他去了什么地方。”

“他打败了狄芒德，”奥瓦琳带着怀疑的神情，抱起双臂，“我们有可能与他一战吗？”

“他看起来已经很累了，”麦沙勒说，“他的体力肯定都已经耗尽了。看到我们的时候，他显得非常恐慌。如果他曾与狄芒德作战，那对他一定也造成了巨大的消耗。”

奥瓦琳看着亚瑟消失的地方。麦沙勒则几乎能清楚地看到她的心思。如果他们杀了转生真龙，那么能够晋升为中选使徒的惊怖领主就不会仅仅是米海峨一个了。暗主一定会对除掉亚瑟的人大加恩宠，会把一切都赏赐给他。

“我找到了！”多拿罗一边喊着，打开了一个通道。

“为了和他作战，我需要进行连结。”奥瓦琳说道。然后，她又犹豫了一下：“但我只需要蕾娜和内森。我们不能全部聚集在同一个连结里，这样会让我们丧失应变的能力。”

麦沙勒哼了一声，聚集起体内的至上力，跳过了通道。奥瓦琳真正的意思是，她不希望由男人来控制这个连结，那样，杀死亚瑟的人就不是她了。不管怎样，这个功劳都将是属于麦沙勒的。

麦沙勒落脚的地方是一片他完全不认识的空地，这里的树受暗主影响的程度不像其他地方那么严重。为什么会是这样？至少这里的天空一样是黑色的，乌云中不断响起一阵阵雷声。周围没有半点光亮，麦沙勒不得不编织出一个光球。

亚瑟正坐在附近的一个树桩上休息。他抬起头，看见了麦沙勒，立刻惊呼一声，起身想要逃走。麦沙勒编织出一个火球向他射去，却还是被亚瑟的编织破坏掉了。

哈！他现在很弱！麦沙勒一边想，一边冲了过去。其他人都跟着他跑过了通道。两个女人和内森连结在一起，内森像个傀儡般跟在奥瓦琳身后。多拿罗最后一个跑了过来，一边还高喊着让前面的人等他一下。

片刻之后，他们全都停下了脚步。

麦沙勒仿佛被一股冷水浇遍了全身，就好像他冲进一道瀑布里面。至上力消失了，只剩下他自己。

他踉跄一下，慌乱地想要搞清楚到底发生了什么事。他被屏障了！不，他感觉不到屏障。他……什么都感觉不到。

附近的树林中，一些巨人从影子里走出来。他们动作缓慢，生着低垂的长眉和粗大的手指。看起来，他们就像那些树一样古老，满脸皱纹，头发雪白。

他正在一个聚落里面。

麦沙勒想要逃走，但一双有力的手抓住了他。苍老的巨森灵包围了他和他的同伙。亚瑟也走到他面前。但那并不是转生真龙。这是一个骗局，是安德罗伪装成了兰德・亚瑟。

麦沙勒的同伙们都拼命地尖叫着，用拳头捶打俘虏他们的巨森灵。麦沙勒却只是跪倒下去，盯着失去至上力的无尽虚空。

佩维拉来到安德罗身边。那些因为过于年迈而无法参加战争的巨森灵们拖着惊怖领主，向首隆聚落深处走去。琳德萨是他们之中最年长的长老，她拄着一根足有人腿那么粗的藤杖，向安德罗走来。

“我们会处置这些俘虏，安德罗大人。”琳德萨说。

“处死他们？”佩维拉问。

“以最古老的大树起誓，我们不会这样！”那位巨森灵似乎是受到了冒犯，“这个地方不会有杀戮。我们会囚禁他们，不让他们逃脱。”

“他们是非常危险的人物，巨森灵，”安德罗说，“不要低估他们的狡诈与狠毒。”

那位巨森灵笑着向聚落中依旧美丽的大树一指。“人们经常以为，因为我们平静且迟缓，所以我们不可能是狡诈的。那就让他们看看一个生存了数百年的生命会有多么狡猾吧。不要担心，安德罗大人，我们会非常谨慎。让这些可怜的灵魂生活在平静的聚落中将是一件好事，也许数十年的和平生活会改变他们对这个世界的看法。”

然后，她就消失在树林里。

安德罗看着佩维拉，感觉到约缚中她得意的心情。但她的表情依然保持着平静。“你很聪明，”安德罗说道，“这个计划非常厉害。”

她终于满意地点点头。然后，他们两人离开了聚落，穿过那道看不见的屏障，返回到能够使用至上力的地方。虽然安德罗已经疲惫得几乎无法思考，但他还是毫不费力地抓住了阳极力。现在距离他上一次导引只过去了几分钟，他却像饥饿的人抓住一大块面包一样，将至上力紧紧握在手心里。

将多拿罗和其他人放进那个感觉不到至上力的地方，他甚至对他们感到有些抱歉。好好在这里休息吧，我的朋友，他一边想着，一边回过头向聚落望去，也许我们能找到办法，让你从灵魂的牢狱中彻底解脱出来。

“如何？”乔奈瑟跑过来问道。

“成功了。”安德罗说。

佩维拉点着头，走出莫拉河和废墟旁边的聚落森林。当他们能够看清废墟周围的原野时，她一下子停住了脚步。这里曾经只有来自凯姆林的难民，他们在这里寻找伤员和武器。

现在，这里到处都是兽魔人。

它们在屠杀。

艾玲达跪在鲁拉克身边。

他死了。艾玲达杀死了鲁拉克。

这已经不再是他了，艾玲达对自己说，是古兰黛杀死了他。她的编织已经烧毁了鲁拉克的意识，只留下了一副躯壳。

这只是一个……

这只是一个……

这只是一个……

拿出力量来，艾玲达。兰德的决心充满了她，不断在她脑海中的约缚里散发光芒。她抬起头，感觉到脆弱离她远去，一切烦乱都消失了。

古兰黛正在与艾密斯、塔拉安、艾丽维娅和凯苏安决斗，古兰黛渐渐占据了上风。强大的编织在空中乱蹿，照亮了尘埃弥漫的空气。但来自凯苏安等人的编织能变得愈来愈弱，她们已开始逐步趋于防守。就在艾玲达眼前，一场雷暴落在艾密斯周围，将她掀倒在地上。在古兰黛身边，萨莎勒·安德利颤抖了一阵，倒了下去，至上力的光晕不再包裹住她。古兰黛也把她耗尽了。

艾玲达站起身。古兰黛强大且狡诈，尤其善于割裂从空中向她飞去的编织。

艾玲达抬起一只手，编织火之力、风之力、魂之力。一支耀眼夺目、光与火的长矛出现在她手中。她又准备了另外五个魂之力编织，然后向前冲去。

大地随着她的脚步而颤抖。水晶般的闪电从天空落下，冻结在地面上。人类和怪物都在疯狂地号吼。暗之猎犬冲到了最后一条守卫山道的人类防线。

古兰黛看见了艾玲达，开始编织烈火。艾玲达用一道魂之力割断古兰黛射出的编织。古兰黛咒骂一声，再次进行编织。艾玲达发动攻击，再一次割断她的编织。

凯苏安和塔拉安射出一连串的火焰。一名艾伊尔俘虏扑到古兰黛身前，被火焰吞噬，在长号中死去。

艾玲达的脚步如风一般迅捷。地面在她脚下急速退去。她紧抓住手中的光之长矛，回忆起自己的第一次飞奔。那是她加入枪姬众的测试。那一天，她感觉到风就在她背后，催促她向前疾驰。

而这一次，她感觉不到风。她听到了战士的呼吼，战斗中的艾伊尔人在鼓舞着她，他们的吼声将她托起，向古兰黛飞去。

弃光魔使再次向艾玲达射出编织，强大的地之力能流冲入艾玲达脚下的地面。

艾玲达一跃而起。

地面发生了剧烈的爆炸，岩石飞上半空，气浪猛烈地推动着艾玲达，石块割破了她的双腿，鲜血如同缎带般在她身边飘舞。她的双脚被炸碎，骨骼断裂、皮肉焦黑。

在碎石的风暴中，她用两只手紧紧握住光与火的长矛，碎裂的裙摆在风中猎猎作响。古兰黛抬起头，张开嘴，瞪大眼睛。艾玲达知道，她要用真力施展神行术了。这名弃光魔使直到现在还没逃走，可能是因为这种神行术需要她碰触她的奴隶们，才能将她们带走。而古兰黛还不想丢下她们。

凌空而至的艾玲达盯着这个暗影灵魂的眼睛，在其中看见了真正的恐惧。

空间开始扭曲。

艾玲达的长矛刺进古兰黛肋侧。

转瞬之间，她们全都消失了。

第 43 章

水晶的旷野

洛根站在一片水晶原野之中，双手背在身后。战争仍然在高地各处继续。沙塔人开始在考索恩军的猛攻下撤退。洛根的斥候刚刚向他报告，暗影在梅丽罗平原所有的战线上都遭受了沉重的打击。

“我猜，他们也许不会需要你了。”嘉布勒等到斥候退下以后说道，“看来，你是对的。”

约缚中却传来了不满，甚至是失望。“我需要关注黑塔的未来。”洛根说道。

“你关注的不是黑塔的未来，”嘉布勒的语气中几乎带着威胁，“你关注的是如何让你拥有统治世界的力量，洛根。你无法对我隐藏情绪。”

洛根压下心中的愤怒。他不会再向这些人屈服了，绝对不会。先是白塔，然后又是米海峨。

连续许多天，甚至是几个星期的折磨。

我要比所有人都更强大。他想道。只有这样，才能摆脱他人的控制。难道不是吗？我要被所有人畏惧。

光明啊，他抵抗住了那些人腐蚀他、将他转化成暗影的种种手段……但他禁不住会怀疑，他们是否打破了他心中另外的某种东西，某种意义深远的东西。

他抬起头，眺望这片水晶的旷野。

又一阵隆隆声从地面滚过。一些水晶碎裂了。这个地方很快就会崩塌，到那时，那块令牌就会……

力量。

“我警告你，故土之人，”一个平静的声音在不远处响起，“我有重要的消息要传达。就算是要打断你的手臂，我也要把消息送到。”

那是霄辰人的口音。洛根想着，转过身，不由得皱起眉头。一名霄辰女子，身边跟着一个伊利安大汉，正在和洛根的一名卫兵争吵。那个女人很懂得不必高声喊喝，也让自己的声音充满压迫感。洛根对她这种镇定与威严的气势很感好奇。

他走过去。那个霄辰女人抬起头，看到了他，便向他喊道：“看样子，你是这里的头领。你就是那个叫洛根的人吗？”

洛根点点头。

“玉座要我向你转述她最后的命令，”霄辰女子喊道，“你必须将封印交予白塔，以便将其打破。打破封印的信号是闪耀的光！她说，当光出现的时候，我们自然会知晓。”

洛根挑起一道眼眉。他向那个女人点点头，示意她可以走了。然后，他就朝另一个方向走了过去。

“你不打算这样做，”嘉布勒说，“你这个傻瓜。封印是属于……”

“属于我。”洛根说。

“洛根，”嘉布勒轻声说道，“我知道你受到了伤害，但现在不是开玩笑的时候。”

“为什么不是？难道白塔对待我的方式不就是一个巨大的玩笑吗？”

“洛根。”嘉布勒抓住他的手臂。

光明烧了那个约缚吧！洛根真希望自己从没强迫这个女人那样做过。现在，他已经和她绑在一起，甚至能清楚地感觉到她的真心。如果他能够继续用怀疑的目光看待所有两仪师，他的生活一定会变得简单许多。

真心。他已经堕落了吗？

“洛根大人！”德索泰尔在不远处喊道。这名献心士的身材像铁匠一样高大壮硕。“洛根大人，我应该是找到它了！”

洛根从嘉布勒面前转过眼睛，向德索泰尔望去。那名献心士正站在一大块水晶旁边。“就在这里，”德索泰尔一边喊着，一边擦抹着那块水晶，“看到了吗？”洛根快步向那里跑去。

洛根跪倒在那块水晶前，编织出一颗光球。正是……它就在这块水晶里。这里有一只手，仿佛是用另一种水晶雕成的，正在他的光球照耀下熠熠发光。那只手里握着一块金色令牌，令牌顶端依稀像是一个沙漏。

洛根脸上露出愉悦的笑容。他凝聚起至上力，让阳极力流入水晶之中，水晶在编织的作用下，应该会像石头一样碎裂。

大地开始颤抖，这种不知名的水晶却抵抗住了洛根的编织。他愈用力，地面的抖动就愈厉害。

“洛根……”嘉布勒说。

“向后退去，”洛根说，“我想，我需要试试烈火。”

惶恐从约缚中传来。幸好嘉布勒并没有向他唠叨，殉道使不需要服从白塔的法规。

“洛根！”

又有人在喊他，难道他们就不能让他安静一下？他开始准备编织。

“洛根！”安德罗跑过来，喘着大气，一下子跪倒在地。他的脸上能看到烧伤的痕迹。看起来，他的样子简直比死人更可怕。“洛根……凯姆林的难民……暗影派兽魔人去废墟那里杀他们。光明啊！他们都要死了。”

洛根的烈火编织即将完成，但他忽然停止了动作，只是盯着那块水晶和水晶里面珍贵的战利品。

“洛根……”安德罗喘息着说道，“其他人都在那里战斗，但他们太累了。我找不到考索恩，所有的士兵都在战场上，无法脱身。指挥官们显然都不知道兽魔人到了那里。光明啊！”

洛根紧握着编织，感觉到至上力在体内脉动。力量，畏惧。

“求求你，”安德罗悄声说道，他的声音无比微弱，“那些孩子们，洛根。它们在屠杀那些孩子……”

洛根闭起眼睛。

麦特和号角英雄们一同驰骋。很显然，作为号手的经历让他在他们之中有了一个特殊的位置。他们跟随他，响应他的召唤，随意地与他交谈，仿佛早已和他熟识。他们看起来才是真正的英雄，在马鞍上的身躯高大伟岸，环绕他们的白雾在破晓的阳光中熠熠生辉。

在激烈的战斗中，他终于问出了那个已经困扰他很久的问题。“我不是……你们之中该死的一员吧，对吗？”他问打击者亨德，“我是说，我不是那种……偶尔会降生在世界上……然后死掉……一定要做些事情的那种英雄吧?”

那名大个子战士笑了。他骑着一匹枣红马。“我就知道你要问这个,赌徒!”

“好吧,那么你应该早就有该死的答案了。”麦特等待着他的回答,觉得自己的脸红了。

“不,你不是我们之中的一个,”亨德说,“这个你尽管放心。虽然你所做的一切足以为你赢得一个位置,但你还没有被选中。我不知道是为什么。”

“也许是因为我不喜欢听到号角声就要跳起来的那种感觉。”

“也许吧!”亨德大笑着,朝一队沙塔长矛手冲了过去。

麦特已经不再指挥部队了。光明在上,他已经安排好了一切,继续指挥下去已经没必要了。现在他在高地上驰骋、战斗、吼叫,和英雄们一起冲锋。

伊兰回来了,她召集起她的部队。麦特看到伊兰的旗帜在天空中闪耀。那一定是至上力搞的鬼。因为那面旗帜的关系,他看到了一个挺着大肚子的女人策马在士兵中间奔驰,头发闪耀着金光。她才真像是个号角英雄。

看到霄辰大军向北前进,即将与伊兰的军队会合时,麦特发出一声快活的欢呼。这时他依旧策马在高地东侧山坡驰骋。不过,他很快就在果仁踏倒一头兽魔人之后放慢了速度。这种奔流的声音……麦特向远处望去,湍急的河水正挟带着泥土滚滚而来。兽魔人大军被冲为两段。许多兽魔人卷进洪流之中,被冲向下游。河床中很快就重新涨满了河水。

发色如雪的罗格斯望着河水,满怀敬意地向麦特点点头。“干得好,赌徒。”莫拉河割裂了暗影的军队。

麦特重新加入战斗之中。他注意到,残余的沙塔部队正在用神行术逃走。他没有派人追杀他们。

当高地上的兽魔人看见沙塔人逃走时,它们的抵抗也崩溃了。暗影大军全部陷入恐慌。兽魔人已经被麦特的军队包围,持续不断地遭受着冲击。暗影怪物们别无选择,只能向西南侧的缓坡逃过去。

高地上的战争变成一面倒的追杀。霄辰军队开始和伊兰军并肩战斗,两支人马都将猛烈的怒火倾泻在兽魔人头上。他们包围了河边的兽魔人,并迅速收紧包围圈,没有让一个兽魔人逃脱。成千上万的兽魔人被砍倒。大地迅速变成了一片红色的泥潭。

但莫拉河岸边夏纳一侧的战斗完全无法与另一侧相比。沼泽和包罗夫高地之间挤满了想要逃离霄辰大军的兽魔人,而霄辰军队已经堵死走廊地带的西端出口。

对走廊地带的兽魔人发动冲锋的先锋军并不是普通霄辰士兵，而是一队队劳帕骑士。那些劳帕如同肌肉和骨骼组成的小山。它们即使用后腿站起，也不比兽魔人更高，但它们的重量显然远超过兽魔人。当它们扬起前爪时，剃刀般锋利的爪子轻易就割开兽魔人的甲胄和皮肉。它们将兽魔人杀死之后，就会抓住猎物的后颈，从那里吸走兽魔人的脑子。这似乎让它们感到无比愉悦。

当兽魔人的尸体开始在走廊地带的前端堆积起来的时候，劳帕撤退了。取代它们继续进行屠杀的是一群群恐枭，这些巨大的、没有翅膀和羽毛的猛禽生着专门用来撕碎皮肉的长号。它们轻松地跳过兽魔人的尸堆，向仍然在战斗的兽魔人冲过去，将暗影怪物的肌肉从骨头上撕裂下来。霄辰士兵几乎没有加入这些战斗，他们只是手持长矛，封锁住走廊的出口，禁止任何一头兽魔人逃掉。但已经被吓破胆的兽魔人中，没有几个想到要向那些人类士兵发动反攻。

在高地的西南山坡上，恐惧同样打击着兽魔人。它们在麦特的冲锋前四散奔逃，盲目地撞进已经挤满走廊地带的兽魔人群中。怪物们彼此践踏、自相残杀，只想能站到其他怪物的身上，多呼吸一口空气。

塔曼尼和亚柳姐让龙正对走廊地带，不间断地进行轰击。龙卵如同冰雹般倾泻到狂乱的兽魔人群里。

战斗很快就结束了。还活着的兽魔人从数万急剧减少到数百，它们看到死亡从三面压迫过来，都逃进沼泽之中。许多兽魔人被那里浅水下的污泥吞没了。它们的死亡不算暴力，但同样恐怖。最后一点兽魔人得到了一个更仁慈的结局，当它们爬过泥沼，终于嗅到甜美的自由气息时，却被羽箭、十字弩矢和长矛刺穿了。

麦特放下血红的艾杉玳锐，抬头望向天空。太阳还藏在乌云后的某个地方。他不知道自己已经和号角英雄们一同作战多久了。

他必须感谢图昂的返回，但他现在还不能去找自己的妻子。他有一种感觉，图昂正等着他去完成作为群鸦王子的义务。无论那是什么。

只是……他依旧能感觉到那种奇怪的牵扯，而且那股力量正变得愈来愈强。

该死的，兰德，麦特心想，我的活儿已经干完了，你也应该干好你的那一份。

埃马苏的话又在他耳边响起，你的每一次呼吸都是因为他的宽容与克制，赌徒……

麦特是兰德的好朋友，兰德有需要的时候，他总是会第一个伸出援手，不是吗？至少，大多数时候是这样吧？该死的，对于那个疯子，也许他应该离得远一点……但他就是没办法放心……不是吗？

“鹰翼！”麦特一边喊，一边跑到他面前，“这里的战争，”麦特深吸了一口气，“已经结束了，对不对？”

“你干净地解决了这里的一切，赌徒。”鹰翼在马背上显示出帝王的威仪，“啊……我该怎样评价你的这场战争？这是多么伟大的一场战争。”

“伟大也好，精彩也好，我说的不是这一仗，而是最后战争。已经结束了，对不对？”

“你是问，在被暗影遮蔽的天空下，在因为恐惧而颤抖的大地之上，最后战争是不是结束了？你的灵魂如何回答，赌徒？”

那些骰子无比欢快地在麦特的脑袋里蹦跶着。

“我的灵魂说，我是个傻瓜，”麦特怒气冲冲地说道，“是个该死的板条假人，唯一的用处就是放在那里被人用练习剑敲打。”他的目光转向北方，“我需要去找兰德。鹰翼，你能帮我个忙吗？”

“说吧，号手。”

“你认识霄辰人吗？”

“我……跟他们很熟。”

“我想，他们的女皇肯定很希望和你见上一面。”麦特一边说，一边已经甩开缰绳，向远处跑去，“如果你能去和她谈谈，我会很感激你的。然后千万不要忘了告诉她，是我让你去的。”

你以为我会退让？暗帝问道。

说出这段话的那个东西是兰德完全无法理解的。即使看到了宇宙的整体，他也无法明白邪恶本身。

我从不认为你会退让，兰德说，我相信你没有这样的能力。我希望你能看到，能明白，为什么不断失败的是你。

在他们下方的战场上，兽魔人已经分崩离析，被一个来自两河的年轻赌徒打得落花流水。暗影大军不该战败，这毫无逻辑可言。兽魔人的力量远远超过了光明阵营。

但兽魔人会进行战斗，只是因为魔达奥在逼迫它们。对于每一个单独的兽魔人，它们绝不会与任何比自己强大的力量作战，就如同狐狸不会去妄想杀死一头狮子。

这是捕食者最基本的法则：吃比你软弱的，从强者面前逃走。

暗帝在发怒。兰德能够感觉到他沸腾的怒意。这种愤怒形成了一股实质的力量。

你不该感到惊讶，兰德说，你什么时候能激发出生命最优秀的质量？你不能。这不属于你的能力，撒丹。你的奴仆永远也不会在失去希望时继续战斗下去。它们永远不会用生命去坚持做一件正确的事。打败你的不是力量，而是品格。

我将摧毁！我将破坏和燃烧！我将让黑暗笼罩一切。死亡将吹响我到来的号角！而你，吾敌……也许其他人能够逃脱，但你终将一死。这一点，你一定已经知道了。

是的，我知道，撒丹。兰德低声说道。我拥抱它，因为死亡永远轻如鸿毛。死亡在转眼间就会到来，它是虚无的，甚至比不上光芒的一闪。它没有重量，没有实质……

兰德大步向前走去，他的声音也变得更加洪亮。死亡不能将我吓退。它不能控制我。它仅此而已，谎言之父。你是否曾经让任何人自愿将生命献给你，不是为了你的允诺，不是为了财富或者权势，而是仅仅为了你，只为了你。这种事情曾经发生过吗？

黑暗沉寂了。

让我的死亡到来吧，撒丹，兰德高声喝道，他涌身跳进黑暗。而我将带来你的死亡！

艾玲达掉落在萨坎鞑谷底上方很高的一座峭壁岩台上。她想要站起来，但碎裂的双脚根本无法支撑她的体重。她瘫倒在岩台上，光之长矛从她的手中消失了。疼痛沿着她的双腿一直爬上来，仿佛它们被放进火里灼烧。

古兰黛踉跄着从她面前退开，吃力地喘着气，一只手用力按住肋侧。艾玲达立刻编织出攻击的火焰，却被古兰黛破坏掉了。

"你！"古兰黛气急败坏地喊道，"你这只蛆虫。你这个可恶的小恶鬼！"虽然受了伤，这名弃光魔使依然强大。

艾玲达需要援军。艾密斯、凯苏安，或者其他人。她在剧痛中拼命紧握着至上力，开始编织返回到谷底的神行术。在这么短的距离内，她不需要对周围了解得很详细。

古兰黛没有干扰艾玲达的编织。鲜血正从她的指缝中汩汩涌出。古兰黛编织出一股细小的风之力，用它堵住了伤口。然后，她伸出鲜血淋漓的手指向艾玲达："想要逃跑吗？"

弃光魔使开始编织屏障。

艾玲达的力量已经明显减弱了。她固定住神行术编织，让通道敞开着。艾密斯，看见它，请一定要看见它！她一边想着，一边集中精力，抵抗古兰黛的屏障。

她只能勉强守住自己的至上力。现在她已经非常虚弱了。古兰黛在刚才的战斗中使用的一直都是她从别人身上夺来的力量，而艾玲达则只能使用自己的力量。即使有一件法器，以她现在的状态，也完全无法和古兰黛抗衡。

古兰黛站直身子，痛苦的表情出现在她脸上。艾玲达向那个女人的脚边啐了一口，然后向远处爬去，在身后留下一道鲜血。

没有人从通道中出来。信道的位置是不是错了？

她爬到岩台边缘，向萨坎黗山谷中的战场望去。再前进一点，她就会掉下去。但这也要好过成为弃光魔使的宠物……

风之力的丝线缠绕住艾玲达的双腿，把她拉了回去，尖叫声从她紧咬的齿缝中迸出。她猛地转过身，看到自己的两条腿几乎变成两根血肉模糊的棒子。痛苦席卷她的全身，她的视线逐渐变得黑暗。她只能挣扎着去触摸至上力。

古兰黛抓住了她，但弃光魔使也摇晃着、呻吟着，倒了下去，吃力地喘着气。封住她伤口的编织还发挥着作用，只是她的脸色已经惨白如纸。看起来，她随时都有可能陷入昏厥。

通道仍然在古兰黛身边敞开着，仿佛在邀请艾玲达进去。爬过那里，她就能回到安全的地方。但这段路仿佛有一里远。艾玲达的意识逐渐模糊起来。只有两条腿还像火烧一样地疼痛。艾玲达从腰间抽出了匕首。

匕首从她颤抖的手指中掉落下去。艾玲达太虚弱了，根本握不住它。

第44章

两名工匠

佩林在某种沙沙声中醒了过来。他猛然睁开眼睛,警戒地扫视周围,发现自己正在一个黑暗的房间里。

贝丽兰的宫殿,他回想起来了。那声音是窗外正变得轻柔的海浪声。海鸥的叫声已经沉寂下来。远处还有隆隆的雷声。

现在是什么时候了?闻起来好像是早晨,但窗外依旧是一片昏黑。他看不清在房里移动的那个黑暗轮廓。直到辨别出气味,他绷紧的肌肉才放松下来。

“齐亚得?”他坐起身问道。

那名艾伊尔女子并没有惊慌的样子。不过从她突然停住的样子来看,佩林还是让她吃了一惊。“我不该在这里,”她悄声说道,“我已经将我的荣誉放到了悬崖边缘。”

“这是最后战争,齐亚得,”佩林说,“你完全可以做一些越界的事情……我想,我们还没打赢?”

“梅丽罗的战队已经胜利了,但更加伟大的战争,在萨坎鞑的战争,还在继续。”

“我要回去。”佩林说。现在他只穿着短裤,但这并不会让他感到羞窘。像齐亚得这样的艾伊尔人是不会为此而脸红的。他掀开了身上的毯子。

不幸的是，他体内噬骨的疲惫仅仅减退了一点。“你不会命令我待在床上吧？”他一边问，一边努力寻找衬衫和长裤。他的衣服被整齐地叠放在床脚，摆在旁边的还有他的战锤。他必须扶着床，才能走到那里。“你不会告诉我，现在我还很疲劳，不该战斗，对不对？我认识的每一个女人似乎都认为这是她们最重要的职责。”

“我发现，”齐亚得冷冷地说，“指出一个男人有多愚蠢只会让他们变得更愚蠢。而且，我是奉义徒，这不是我的职责。”

佩林看着她，虽然在黑暗中，佩林看不到她的脸红了，但的确能闻到她的窘迫。她的样子很不像是奉义徒。“兰德应该已经让你们摆脱了一切誓言。”

“他没有这样的权力。”齐亚得立刻激动地反驳道。

“如果暗帝赢得最后战争，荣誉又有什么意义？”佩林一边拉起裤子，一边大声问道。

“荣誉就是一切，”齐亚得低声说，“它值得为之付出生命，值得让世界为它而冒险。如果我们没了荣誉，我们还不如输掉最后战争。”

的确，佩林觉得他也可能会为某些事情而说出同样的话。当然，那肯定不是穿上愚蠢的白袍子。即使这个世界危如累卵，他也不会变得和那些白袍众一样。

“为什么你会在这里？”佩林一边问，一边穿上衬衫问道。

“高尔，”齐亚得说，“他……”

“哦，光明啊！”佩林说道，“我早就该告诉你们了。最近我的脑子里简直只剩下铁渣。齐亚得，我和他分别时，他还很好。只是他还在梦的世界里，那里的时间比这里要慢。也许现在那里只过去了一个小时。不管怎样，我需要回去找他。”

“以你现在的状态？”齐亚得刚刚还说过不会对佩林说这种话。但现在她显然是忘记了。

“不，”佩林坐到床边，“上一次，我差点弄断了我的脖子。我需要一位两仪师来驱逐我的疲劳感。”

“这很危险。”齐亚得说。

“比让兰德去送死还危险吗？”佩林问，“比把高尔一个人丢在梦的世界里还危险吗？现在只有他在保护卡亚肯。”

“如果让那家伙单独去战斗，他很可能会被自己的矛戳伤。”齐亚得说。

“我不是这个意思……”

“住口，佩林·艾巴亚。我会试一试。”说完她就跑开了，只留下一阵长袍抖动的窸窣声。

佩林躺回床上，用掌根揉搓着眼睛。在他最后一次与杀戮者战斗时，他比以往任何时候都对自己的力量更有信心，但他还是失败了。他咬紧了牙，希望齐亚得能尽快回来。

房间外传来轻微的声响。他翻身起床，恢复了坐姿。

一个高大的身影出现在门口。然后，那个人摘下一盏油灯的罩子。卢汉师傅仿佛一块牢实的铁砧，强健的肌肉从他的身躯和手臂上隆起。在佩林的记忆中，他的头上并没有这么多灰发。卢汉师傅变老了，但他并不脆弱。佩林从没见过他脆弱的样子。

“金眼大人？”卢汉师傅问道。

“光明啊，请别这样。”佩林说道，“卢汉师傅，无论别人怎样，你总应该叫我一声‘佩林’。当然，也请不要说我是‘我那个没用的学徒’了。”

“是啊，”卢汉师傅走进房间，“真无法相信，我曾经那样叫过你。”

“当我把亚莫师傅的新镰刀打坏时，”佩林微笑着说，“我本以为能把它修好的。”

卢汉师傅咯咯地笑了起来。他走到佩林的战锤前。那把大锤被放在床脚处的桌子上。卢汉师傅将手指按在上面。“你已经成为这项技艺的大师了。”他坐到床边的一只凳子上，“作为一名工匠，我对你的技艺深表钦佩。我可不认为自己能打造出这么好的一把锤子。”

“你打造了那把斧头。”

“那是我打造的，”卢汉说，“那不是一件漂亮的工具，而是杀人的武器。”

“杀戮有时候也是必需的。”

“是的，但它从来都不是漂亮的，从来都不是。”

佩林点点头：“谢谢你找到了我，把我带到这里。是你救了我。”

“这是为了我自己，孩子！”卢汉师傅说道，“如果我们能在这场战争中活下来，那全都是因为你们这些孩子。我的话千真万确。”他摇摇头，仿佛自己也无法相信这种事情。至少这个人还记得他们三个年轻时的样子。在他们年轻的时候，至少麦特闯的祸要比做的好事多。

确实，佩林心想，现在我还是认为麦特闯的祸要比做的好事多。不过眼下麦特并没有闯祸。他没有在战斗，而是在和某个霄辰人说话。这是头脑中旋转的色彩告诉佩林的。

“齐亚得说，梅丽罗的战斗已经结束了？”佩林问。

“是的，”卢汉师傅说，“我刚从战场上回来，带回了一些伤员。我很快就要回去见谭姆和亚贝了。但我想先来看看你。”

佩林点点头，在他心中拖曳他的那股力量……比以前任何时候都更强了。兰德需要他。战争还没结束。远远没有结束。

“卢汉师傅，”佩林叹了口气，说道，“我犯了一个错误。”

“错误?”

“我太过用力，”佩林说，“我把自己逼得太狠了。”他的拳头砸在床脚的柱子上，“我早就应该想到，卢汉师傅。我总是干这种事。我从前就总是在干活时不惜力气，结果到了第二天，就变得全无用处。”

“佩林，孩子，”卢汉师傅向他俯过身子，“今天，我并不担心我们明天还需要战斗。”

佩林抬起头，看着他，皱紧双眉。

“如果真的有什么时候需要狠狠地逼迫自己，那就是现在。”卢汉师傅说，“我们已经赢得了一场战争。但如果转生真龙不能赢得他的……光明啊，我根本不觉得你犯了什么错。这是我们在铸炉旁的最后一次机会。从今天早晨开始，我们将要打造一样巨大的东西。今天，你要一直工作下去，直到把它完成。”

“但如果我倒下了……”

“那么你也要把你的一切倾注进去。”

“我可能会因为用尽力量而失败。”

“那么，你至少不曾因为有所保留而失败。我知道这听起来很糟糕，也许我是错的。但……听着，你刚才说的话如果放在平时，是很好的。但现在不是平时。光明在上，现在不是。”

卢汉师傅握住佩林的手臂：“也许你在盯着自己的时候，看到了一个过于肆意妄为的人。但那不是我看到的。佩林，我看到的是一个已经学会要有所克制的人。我看见你格外小心地握住一只茶杯，仿佛很害怕捏破它。我看见过你握住别人的手时，从不会多用一分力气。我看见过你谨慎的步伐，让你不会撞到任何人或物品。

“你从这些事情中学到了很多，孩子。你的确需要自我控制。但在你身上，我已经看到一个男孩成长为一个男人，只是他还不知道如何除去对自己设下的围栏。我看到一个男人为自己的一点点失控而惊慌不已。我知道，你这样是因为害怕伤到别人。但佩林……现在你不该再这样克制自己了。”

“我没有克制自己，卢汉师傅。”佩林反驳说，“真的，我向你保证。”

“是这样？嗯，也许你是对的，”卢汉师傅的身上突然散发出困窘的气味，

“别在意我的话，我有些太认真了。我不是你的父亲，佩林。我很抱歉。”

当卢汉师傅起身准备离开时，佩林说道：“不，我已经没有父亲了。”

卢汉师傅痛苦地看了他一眼：“那些兽魔人干的……”

“我的家人不是被兽魔人杀死的，”佩林轻声说，“是帕登·范干的。”

“什么？你确定？”

“是一名白袍众告诉我的，”佩林说，“他没说谎。”

“那么，”卢汉说，“帕登……他仍然逍遥法外，对不对？”

“是的，”佩林说，“他恨兰德。还有另一个人，路克大人。你还记得他吗？他得到命令要杀兰德。我相信……我相信他们的目标都是兰德，这两个人势必要在最后战争结束前刺杀兰德。”

“那么，你必须阻止他们，对不对？”

佩林微微一笑，然后转头去看门口。门外又传来一阵脚步声。片刻之后，齐亚得走了进来，而且她知道佩林早已察觉到了她，并为此感到气恼。佩林能从她的气息中闻出来。贝恩跟在齐亚得的身后，身上同样穿着白袍。在她们后面……

是玛苏芮。佩林现在并不想见这位两仪师。他的嘴唇抿紧了。

“你不喜欢我，”玛苏芮说，“这我知道。”

“我从没有这样说过，”佩林答道，“你在我们的旅途中帮了我很大的忙。”

“但你还是不信任我。不过，这不是我们现在的重点。你希望恢复力量，而我也许是唯一愿意为你做这件事的人。智者们和黄宗姐妹只会把你看成一个吵闹着要跑出去的小娃娃。”

“我知道。”佩林坐回床上，犹豫了一下，“我需要知道，为什么你会背着我去见马希玛。”

“我来到这里是为了满足你的请求，”玛苏芮的唇边露出一丝微笑，仿佛她觉得佩林的问题很有趣，“而你却对我说，除非配合你的审问，否则你就不会让我帮你这个忙？”

“为什么要这样做，玛苏芮？”佩林问，“请告诉我。”

“我计划利用他。”这名身材苗条的两仪师说道。

“利用他。”

“如果能对一个自称为真龙先知的人造成影响，那么一定会很有用处，”玛苏芮的气息中有一点困窘，“这是一个充满变化的时代，艾巴亚。在我真正认识你、在其他所有人真正认识你以前，我们的想法和现在并不完全一样。”

佩林嗯了一声。

“我很愚蠢，”玛苏芮说，“这就是你想听到的？我很愚蠢，但我已经学会了一些东西。”

佩林看着她，叹了口气，伸出自己的手臂。这依旧只是一个两仪师风格的答案，但至少是一个直接的回答。“请满足我的请求吧，”他说道，“谢谢你。”

玛苏芮握住佩林的手臂。佩林感觉到疲惫感从自己的体内蒸发了，或者是被压了下去，如同一条老被子被塞进一只小盒子里。佩林感觉到体内重新充满了力量，自己再一次显得精力充沛。他从床上一跃而起。

玛苏芮则无力地坐到他的床上。佩林活动了一下手臂，看着自己的拳头。他觉得自己能与任何人作战，即使是暗帝，他也不会有丝毫畏惧。“这种感觉太棒了。”

“有人说，我尤其擅长这种编织，”玛苏芮说道，“但一定要小心，这……”

“好的，”佩林说，“我知道。我的身体实际上还很疲惫，我只是感觉不到而已。”他知道，自己最后的这句话并非事实。他能感觉到自己的疲惫，如同一只深藏在洞里的蝎子，时刻等待发动攻击，再一次将他吞噬。

这意味着他必须尽快完成自己的任务。他深吸一口气，召唤战锤回到自己的手中。但战锤并没有动。

对了，佩林心想，这里是真实的世界，不是狼梦。他走过去，将战锤插进腰带里。现在他的新腰带刚好可以挂上这把大号的钢锤。然后，他转向站在门旁的齐亚得。他能嗅到贝恩就在门外。“我会找到他，如果他受了伤，我会带他回来。”

“去吧，”齐亚得说，“但你不会在这里找到我们了。”

“你们要去梅丽罗？”佩林惊讶地问。

齐亚得说：“我们要去把伤员带回来接受治疗。过去这不是奉义徒要做的事情，但也许这一次，我们可以承担起这样的工作。”

佩林点点头，然后闭上眼睛。他想象自己逐渐步入睡眠，飘浮起来。在狼梦中的经历很好地训练了他的精神。只要集中精神，他就能改变自己的感官。这当然不能改变现实世界，但可以让他自身的状态发生变化。

是的……飘入睡梦之中……道路就在这里。他走上了以肉身进入狼梦的岔路，当他在两个世界中移动时，他最后隐约听到了一点玛苏芮的吸气声。

佩林睁开眼睛，发现自己的身体处在猛烈的狂风之中。他创造出一团平静的空气，落在地面上。有力的双腿稳稳地撑住他的身子。在狼梦中，贝丽兰的宫殿只剩下几片摇摇欲坠的残垣断壁。一段墙壁在佩林眼前碎裂，零散的瓦砾被风吹入空中。梅茵城也几乎不复存在，只留下一些碎石堆，表明曾经有房屋矗立在那里。天空仿佛过度弯曲的金属，发出一阵阵呻吟声。

佩林将战锤召唤至手中，开始最后一次狩猎。

汤姆·梅里林坐在一块被烟尘熏黑的大石头上，抽着他的烟斗，看着这个世界的终结。

关于该如何在一场演出中寻找最佳的观赏位置，他颇有一些心得。现在他觉得自己的屁股下面就是这个世界上最好的座位。他的大石头恰好位于末日深渊洞窟的入口处，如果他向后靠一点，歪歪头，就能看到洞窟中一些相互冲突的光影。他又向里面瞥了一眼。情况依旧没有什么变化。

一定要保护好自己，沐瑞，他想道，求求你。

他也很靠近山道的边缘，让他能够俯瞰下方的山谷。他吸了一口烟，捋了捋胡子。

必须有人记下这里发生的一切。汤姆不可能把全部的时间都用来担心沐瑞，他也在搜肠刮肚地寻找着合适的词汇，来描述他眼前发生的一切。他抛弃了像“史诗”和“宏大”之类的字眼。它们实在是用得太泛滥了。

一阵风吹过山谷。强风中，穿着凯丁瑟的艾伊尔人与他们的红面纱敌人激战正酣。闪电落在死守山道的真龙信众之中，将许多人炸上半空。但同样的闪电也在轰击兽魔人。云团剧烈地翻滚着，寻风手们努力想要控制住气候。暗影又将这控制权夺走。双方都无法长时间占据优势。

巨大的黑色猛兽在山谷中驰骋，轻松地杀死一切生命。暗之猎犬无论遭受多少攻击，也不会被打倒。山谷的右侧弥漫着一股浓重的雾气，不知为什么，就算是猛烈的风暴也无法将它吹散。

“最高潮”？汤姆想着，用牙齿咬着烟嘴。不，这样的用词太平凡了。如果没能出乎观众预料的用词，观众肯定会感到无聊。一首伟大的歌谣需要非同凡响的用词。

永远都要出人意料。当人们能想到你会说些什么的时候，当他们开始等待你的华丽辞藻的时候，当他们只顾着寻找你藏起来的那颗彩球的时候，或者是当你的笑话还没有出口，他们就已经开始微笑的时候，你就应该叠好斗篷，再一次向观众们鞠躬致敬，然后离开舞台。观众们期待的精彩演出永远只在他们的意料之外。

汤姆又向后靠去，朝洞窟中看了一眼。当然，他看不见沐瑞。沐瑞正在洞窟的最深处。但因为约缚的关系，汤姆能在自己的意识中感觉到她。

沐瑞同样在看着这个世界的终结，满怀着坚定的决心。虽然末日行将到来，汤姆还是不由得露出了微笑。

下方的战场如同疯狂的绞肉机，被卷入其中的人类和兽魔人飞快地变成崩散的血肉。艾伊尔人在战场周边和他们的暗影兄弟捉对厮杀。看起来，他们势均力敌，至少在暗之猎犬到来之前是这样。

这些艾伊尔人的战斗从未间断过，他们似乎根本不会感到疲惫。从他们进入萨坎鞑到现在，已经过去了……汤姆实在想不清楚他们在这里已经有多久了。自从进入煞妖谷后，他大约睡了五六次，但他并不知道自己是否每天会睡一觉。他看了看天空。太阳依然没有踪影。不过寻风手们用风之碗召唤来大量白色云团，冲入乌云之中。这些云仿佛也在进行着一场战争，如同下方战场的倒影。黑色和白色进行着激烈的冲突。

“无比险恶”？汤姆心想。不，这也不对。他要创作一首能够被一直传诵下去的歌谣。这是他应该为兰德做的。当然，还有沐瑞。这同样也是沐瑞的胜利。他需要词汇，正确的词汇。

汤姆寻找着他需要的词汇。他能听到艾伊尔人用矛杆敲击盾牌，听到狂风在洞窟中呼啸，他能感觉到沐瑞正站在这座洞窟的尽头。

在下方，阿拉多曼十字弩手拼命地搬动着弩机。曾经成千上万的弩手现在只剩下可怜的一支小队。

也许是……“恐怖”。

这是一个正确的词，尽管它并不合适。这个词也不会有出人意料的感觉，它只是非常、非常真实。它一直深入汤姆的骨髓之中。汤姆的妻子在为她的生命而苦战。光明的力量正在死亡的边缘挣扎。光明啊，他真的感到害怕。为了沐瑞，为了所有的人。

但这个词太缺乏想象力了。他需要某种更好的、更完美的词。

在下方，提尔人绝望地用长矛抵抗着攻杀过来的兽魔人。真龙信众挥舞着各式各样的武器。最后一架蒸汽车已经变成了废铁，它的上面装载着从巴尔伦运来的箭矢。但能够让蒸汽车通过的神行术通道也许不会再开启了。到现在为止，他们已经几个小时没有再见到任何物资被运过来。这里时间的混乱和非自然的风暴正在干扰至上力的运行。

汤姆特别记下了那辆蒸汽车。他需要用一些特别的描述来表现那辆车的奇妙之处，让观众们清楚地看到，在它坏掉之前，它冰冷的铁壳是如何挡住兽魔人的巨箭。

这里的人全都是英雄。每一个拉开弓弦、挥起武器的人，都值得世人铭记。

该如何表达他们的功业？又该如何表达这里的恐怖、这里的毁灭，还有这里所有的不可思议？比如说，在此之前的一天，在一种极其怪异的休战状态下，双方都放下武器，开始清理战场上的尸体。

汤姆需要一个词来表达这里的混乱、死亡、非自然，还有最纯粹的勇气。

在下方，一队疲惫已极的两仪师开始沿山道向上移动。在她们经过的山道上还有一些弓箭手，正用锐利的目光扫视战场，寻找隐妖。

“极致”，汤姆心想。就是这个词，出乎预料，但很真实。辉煌的极致。不，不是“辉煌”。就让这个词单独出现好了，如果这是正确的词，那么它就不需要修饰。如果它是错误的，添加别的修饰只会让它看起来更加矫情。

这应该就是世界终结应有的样子。天空被撕裂，各种力量在争夺对存在本身的控制权。来自不同国家的人们奋战至最后一息。即使光明能取得胜利，也必将付出最惨重的代价。

这一切都让汤姆感到恐惧。这是一种真实的情绪，一定要把它写进他的歌谣里面。汤姆抽着烟，他知道，自己这样做实际上只是为了让身体不至于发抖。不远处，一整片山壁被炸得粉碎，石块如同雨滴般落在下面正在战斗的士兵身上。汤姆不知道这是哪一方的导引者干的。这片战场上还有弃光魔使，汤姆只能尽量躲开他们。

这就是你的下场，老头。他提醒自己，只因为你不懂得什么是明哲保身。实际上，他很高兴自己一直没能逃走。他的确曾经想要把兰德、麦特和其他人都丢下，但他最终还是失败了。难道他真的想在最后战争到来时躲在某一家安静的酒馆里？让沐瑞一个人投身战场？

汤姆摇摇头。和其他人一样，他也只不过是个傻瓜，只是岁月的历练让他能够看清这一点。这可不是短短几十年就能积累出的经验。

那群上山的两仪师散开了，一些人留在下面，一个人迈着蹒跚的步子向洞窟走来。是凯苏安。现在这里的两仪师比他们刚刚来这里时要少了很多。她们的伤亡正在逐渐积累。当然，来到这条战线上的人都知道，他们很难活着回去。这里的战斗将是最恐怖的，生还的希望是最渺茫的。到现在，煞妖谷中的光明军团只剩下原先的十分之一。汤姆知道，老罗代尔·伊图拉德在接受任命前，就已经给他的妻子寄去诀别信。如果汤姆的妻子不是身在煞妖谷的最深处，他大概也会这么做。

凯苏安向汤姆点点头，然后继续向兰德正在为世界命运而战的洞窟中走去。就在她的后背转向汤姆时，汤姆的手中射出一把匕首——他的另一只手还捧着叼在口中的烟斗。匕首刺进那名两仪师的后背，截断两仪师的脊椎骨。

两仪师像一袋马铃薯般倒在地上。

这种描述有些矫饰。汤姆想着，吐出一个烟圈。一袋马铃薯？我应该换一种比喻。而且，装马铃薯的袋子经常会栽倒在地上吗？应该不是。她倒下去的样子……像什么呢？从破开的袋里漏出的大麦，在地上积成一堆。是的，这样形容要更贴切一些。

那名两仪师瘫软在地上时，她脸上的编织也消失了。从“凯苏安”的面具后面露出了另一张脸。汤姆依稀认得这个女人。是一个阿拉多曼人，她的名字叫什么？洁安·凯德。是这个名字。她是个漂亮女人。

汤姆摇摇头。她的步伐和凯苏安的截然不同。难道就没有人明白，每个人的步伐都和自己的鼻子一样与众不同？每一个从他面前经过的女人都以为，只要改变自己的面孔和衣服，也许还有声音，就足以愚弄他了。

汤姆从大石头上爬下来，将那具尸体夹在手臂下，走到一旁，塞进一个岩洞里。现在这里已经有了五具尸体，显得相当拥挤了。汤姆叼住烟斗，解下斗篷，把它盖在洞口，遮住那名黑宗两仪师伸出来的一只手。

他再一次朝洞窟里看了一眼。虽然看不见沐瑞，这样至少能让他感到安心一点。然后，他回到那块大石头上，拿出一张纸、一支笔。在雷霆、号叫、爆炸和狂风呼啸声中，他开始了写作。

第45章

迷雾卷须

听着骰子在脑海中转动的声音，麦特在高地上发现了格莱迪、奥佛尔和诺奥正在一起。兰德那面该死的旗子被卷成一小捆，夹在麦特的手臂下面。到处都是尸体、武器和破碎的盔甲，岩石全部变成了血红色。但这里的战斗结束了，梅丽罗平原上已经不再有敌人的踪影。

诺奥在马背上向麦特露出微笑。奥佛尔的马立在诺奥前面，他的手里拿着号角，因为刚刚经过格莱迪的治疗，所以显得有些没精打采。那名殉道使站在两个人的坐骑旁，也和他们两个一样，脸上全是骄傲的神情。

诺奥成了号角英雄。该死的，这是天底下最合理的事情。简·法斯崔德当然配得上这样的身份。不过麦特是无论如何也不会愿和他交换位置的。也许诺奥喜欢当英雄的感觉，但麦特可不愿意被一支号角呼来唤去。就算是能永生不死，他也不愿意！

“格莱迪！”麦特说道，“你干得很漂亮，河水来得正是时候！”

格莱迪的脸立刻变得煞白，仿佛他看见某种非常可怕的东西。他点点头：“那里……那里到底……”

“我以后会跟你解释的，”麦特说，“现在，我需要用该死的神行术。”

“去哪里？”格莱迪问。

麦特深吸一口气，挺起腰：“煞妖谷。”我这个该死的蠢货。

格莱迪摇摇头：“不可能，考索恩。”

“你太累了？”

“我的确很累，”格莱迪说，“但这不是原因。煞妖谷发生了某种变故，指向那里的神行术都无法成形。因缘在那里……被扭曲了。那座山谷在因缘中不再只是一个地方，而是许多个地方。通道没办法指向那里。”

“格莱迪，”麦特说，“这在我听来就像是用拳头弹竖琴一样不可思议。”

“我没办法让你到达煞妖谷，考索恩，”格莱迪显得很困扰，“试试别的地方吧。”

“让我尽量靠近那里。”

格莱迪耸耸肩：“也许我可以送你去离那里有一天路程的斥候营地。”

一天路程。那股力量牵扯着麦特。

“麦特？”奥佛尔说，“我想，我应该和你一起去，对不对？我们要去妖境。难道英雄们不该在那里战斗吗？”

这话倒是有道理。那种牵扯实在是让麦特无法忍受。该死的，兰德，别来烦我，你……

麦特的脑子里突然出现了一个念头。斥候营地。“你是说，霄辰人的一座巡逻营地？”

“是的，”格莱迪说，“在神行术无法使用后，霄辰人从那里为我们送来关于煞妖谷战场局势的报告。”

“我们不要继续待在这里犯傻了，”麦特说，“打开通道！来吧，奥佛尔。我们还有事要做。”

“啊……”煞魔在萨坎鞑的战场上翻滚着。太完美了，太高兴了。他的敌人正相互残杀，而他……他正变得愈来愈强大。

他的意识存在于山谷这一侧每一条蜿蜒盘绕的迷雾卷须中。兽魔人的灵魂……无法让他满足，不过，细小的谷粒堆积起来也可以填饱饥饿的肚皮。煞魔已经吞掉不少这样的灵魂。

他放出的傀儡在迷雾的包裹中，踉跄着跑下山坡。它们是兽魔人，但它们的表皮上长满溃烂的疥疮，一双眼睛也变成死白色。煞魔已经不再需要它们了。他吸收了它们的灵魂，用来重塑自己。他的疯狂已消退大半。也许没有大半，但对他来说已经足够了。

他走在迷雾的中心。他还没有完全重生，他需要找到一个地方进行繁衍，一个世界的屏障最薄弱的地方。在那里，他可以让自己渗入岩石之中，将知觉与这个地方融为一体。这个过程可能要持续数年之久，但它一旦发生，他就会变得更加难以被杀死了。

而现在，煞魔还很脆弱。这个行走在他的意识之中的凡人躯体……他还在受到它的限制。这个曾经被叫作帕登·范的人。

但他依旧是强大的。他的这些灵魂形成大片迷雾，向四周伸出卷须，去捕食更多灵魂。人类和暗影生物就在他的眼前战斗，他们全都会成为他的力量。

他的傀儡也游荡在战场上。没多久，那相互杀戮的双方都开始与它们作战。煞魔在大欢喜中战栗着。他们不知道，他们不明白，这些傀儡出现在他们面前，并非是为了战斗。

它们只是要干扰他们的心神。

随着战斗进行，煞魔将自己的精质注入迷雾卷须里，再用卷须刺穿人类和兽魔人。而对于魔达奥，他俘虏它们，转化它们，让它们为他所用。

很快，这里的全部军队都将属于他。

他需要这股力量，以提防他古老的敌人……他亲爱的朋友决定要攻击他。

而现在，那两个敌人，他的两个朋友，正忙着解决他们之间的问题。太好了。煞魔继续着自己的攻击，同时击倒敌对双方，再吞噬他们。有些人想要攻击他，冲进了他的迷雾里。他便拥抱他们。当然，这同样会杀死他们。这才是他的本质。作为帕登·范的时候，他曾尝试创造这种迷雾。但那时他还不够成熟。

他们不可能触及他，任何生命都无法抵抗他的迷雾。这种迷雾曾经只是一种无意识的东西，那并不是他。但它被他捉住，放进一颗种子里，被他带走。而那一次死亡，那次美妙的死亡，让一个人类的肉体中出现了生长的沃土。

三种元素在他生命之中纠缠，成为一体：迷雾、人、主人。那把美妙的匕首正被他的肉躯携带，已经成为某种令人欢喜的、全新的，也是古老的存在。

这一片迷雾就是他，但这一片迷雾又不是他。迷雾没有意识，但迷雾是他的躯体，携带着他的心智。太美妙了。乌云遮蔽了太阳，他并不必担心阳光会将他驱散。

他古老的敌人竟然会如此欢迎他，这太好了！他的肉躯在蠕动的迷雾中心发出大笑，而他在迷雾中的心智正在为这完美的一切而得意。

这个地方将是属于他的。但他首先要吃掉兰德·亚瑟，所有生命中最强大的灵魂。

那将是一件多么美好的事情！

高尔紧抓住末日深渊外面的岩石。风在撕扯着他，沙石击打着他的身体，在他的皮肤上切开一道道裂口。他向头顶上方的黑暗漩涡发出大笑。

“尽管来吧！”他高喊道，“我生在三绝之地。我也听说过最后战争。我早就知道，这不是在我妈妈的屋檐下摘茜木花！”

仿佛是对他喊声的回应，风变得更加狂猛。但高尔紧紧趴伏在岩石上，不给风留出一点空隙。他的面纱已经被风吹走，所以他撕下一片衬衫的底襟，遮住口鼻。他的手里握着一根短矛。其他短矛都已经断裂或者废掉了。

他朝洞窟入口爬过去。这里被一片紫色的透明屏障封住。一个穿着黑色皮衣的人出现在洞口前。风吹到这个人附近，便止息了。

高尔在狂风中眯起眼睛，悄无声息地潜行到那个人身后，刺出短矛。

杀戮者转过身，骂了一句，用突然变得如同钢铁般坚硬的手臂挡开短矛。“你这该死的！”他向高尔喊道，“别来烦我！”

高尔向后跳去，杀戮者向他扑了过来。但狼也在这时赶到了。高尔消失在岩石堆后。杀戮者在这里很强大，但他依然杀不死自己无法看见的人。

狼一直在攻击杀戮者，直到他消失。这座山谷中足有数百匹狼，顶着狂风四处寻猎。到现在为止，杀戮者杀死了数十匹狼。高尔低声对另一匹在这次战斗中牺牲的狼道别。他没办法像佩林·艾巴亚那样和它们交谈，但它们依旧是他的枪矛兄弟。

高尔谨慎而缓慢地移动着身体。他衣服和皮肤的颜色都与身边的岩石很接近。他感觉应该这样，他身上的颜色就变成这样。狼和他也许不能战胜杀戮者，但他们可以一试，尽力一试。

佩林·艾巴亚离开已经有多久了？也许两个小时？

如果暗影战胜了你，我的朋友，他想道，我祈祷你在醒来之前，会将口水啐进刺目者的眼睛里。

杀戮者再一次出现。但高尔没有向他潜行过去。杀戮者曾经造出过和他一模一样的石人诱饵。现在这个人形没有丝毫动作。高尔谨慎地看着它，缓慢地移动着。几匹狼向那个诱饵靠近，嗅着它。

那个人形突然开始杀死那些狼。

高尔骂了一句，从藏身之地冲了出来。杀戮者显然正在等着他。杀戮者掷出一根短矛，一根高尔自己的短矛。矛锋刺中高尔的肋侧。高尔哼了一声，跪倒下去。

杀戮者大笑着抬起双手。一股气流从他的手中射出，将群狼吹飞。高尔几乎无法在强风中听到那些狼的呜咽。

“在这里，”杀戮者向暴风尖叫着，“我就是王！在这里，我比弃光魔使更加强大。这个地方是属于我的，我将……”

也许是剧烈的疼痛干扰了高尔的神经，让他觉得强风突然停住了。

“在这里，我将……”

风停住了。

整座山谷陷入了沉寂。杀戮者的身子突然绷紧。他将充满忧虑的双眼转向远处的山谷，似乎什么都没有改变。

“你不是王。”一个低沉的声音说道。

高尔转过身，另一个人站在他身后的岩块上。他穿着绿色和褐色的两河林地人衣服，一条深绿色的斗篷在微风中略有抖动。佩林闭着眼睛，昂起了头，仿佛正在感受从天空中洒下的阳光。但天上只有浓密的乌云。

“这个地方是属于狼的，”佩林说，“不属于你，也不属于我。它不属于任何人类。你不可能是这里的王，杀戮者。你不属于任何地方，你没有身份，永远都没有。”

“无礼的狼崽子！”杀戮者吼道，“我必须杀死你多少次？”

佩林深吸了一口气。

“当我发现，帕登·范杀了你的家人时，我开怀大笑。”杀戮者喊道，“那让我很痛快。知道吗！我本该杀了他。暗影认为他太过狂野，难以控制。但他是第一个真正能给你带来痛苦的人。”

佩林什么话都没说。

“路克想要成为重要人物，”杀戮者继续喊道，“在这点上，我们是一致的。只是我曾经寻求过导引。暗帝不能赐予这种力量，但他为我们找到了另一种力量，一种更好的力量。这需要一个灵魂和另一种东西进行融合，就像在你身上发生的事情一样，艾巴亚。就像你一样。”

“我们完全不同，杀戮者。”佩林低声说。

“我们是一样的！所以我会笑。你是否知道，有一个关于路克的预言？说他对于最后战争至关重要？所以我们才会在这里。我们要杀了你，然后去杀掉亚瑟。就像我们杀掉你的那匹狼一样。”

站在岩台上的佩林睁开眼睛。高尔向后退去。那双金眼如同灯火一样闪耀。

风暴再次袭来，但和佩林的目光相比，高尔觉得这场风暴要温和多了。这位友人让他感觉到了巨大的压力，如同四天没喝水的时候，晒在他身上的正午阳光。

高尔盯着佩林，然后伸手捂住伤口，转身跑掉了。

强风抽打着麦特，他正紧紧趴伏在数百尺高空中飞行怪兽的鞍子上。

“哦，该死的！”麦特喊叫着，一只手死死地按着帽子，另一只手紧抓住鞍子。他的身上还绑着两条皮带，但这两条小皮带实在是太细了，难道他们就不能再给他多绑一些皮带吗？要是能绑上十条二十条就好了。就算绑一百条也行啊！

雷肯骑士都是该死的疯子，全都是！他们每天都要干这种事！他们的脑子出什么问题了？

奥佛尔被绑在麦特前面，他正快活地大笑着。

可怜的孩子，麦特心想，他一定是被吓疯了。而且这里稀薄的空气一定也影响了他的脑子。

“就是这里，王子殿下！”那个名叫苏莱安的巨雷肯骑士在鞍子的最前面喊道。她是个漂亮的姑娘，但也是个彻头彻尾的疯子。“我们已经到那座山谷了。你确定要在这里降落吗？”

“不！”麦特喊道。

“好的！”那个女人让她的怪兽猛冲了下去。

“该死……”

奥佛尔大笑着。

巨雷肯载着他们飞过一道长长的山谷，谷底到处都是发狂的战士。麦特竭力让自己的注意力集中在战场上，不去想自己正和两个疯子一起被绑在一头会飞的蜥蜴上。

成堆的兽魔人尸体比一切地图都更明确地向麦特显示出这里的战况。兽魔人冲破了谷口的防御，而那座谷口已经被麦特甩在了身后。现在麦特正向末日山脉的主峰直冲过去。很快，煞妖谷的谷壁就从两侧向他压过来。

麦特下方是一片真正的屠场。艾伊尔人和兽魔人组成的小部队还在四处游荡，不停地厮杀。一些不属于艾伊尔的士兵守卫着通往末日深渊的山路，他们是麦特所看到的唯一还成建制的部队。

山谷的一侧弥漫着一股浓重的雾气，现在那股雾气正逐渐向谷底蔓延。一开始，麦特以为那是号角英雄出现的征兆。但那显然是不可能的，瓦力尔号角正和艾杉玳锐一起被绑在巨雷肯的鞍子上。而且这种雾气有些太……银亮，麦特不知道这种形容是否贴切。他觉得自己以前见过这种雾气。

这时，麦特突然感觉到了什么。在那片雾气中有种针刺般的冰冷感觉。他发誓，他听到脑海中传来一阵呓语，他立刻就知道了那是什么。

哦，光明啊！

"麦特，看！"奥佛尔一边喊，一边用手指着，"狼！"

一队纯黑色的猛兽，几乎像马一样高大。它们正在攻击守卫山路入口的士兵。它们所到之处，士兵非死即伤。光明啊！难道这里的局势还不够恶劣吗？

"那些不是狼。"麦特的面容变得无比冷峻。野猎犬到了萨坎鞑。

也许它们和魔煞达能够自相残杀？这个希望会过于不切实际吗？骰子依旧在脑袋中飞转，麦特不打算再打这个赌了。兰德的部队，那些残存的艾伊尔人、阿拉多曼人、真龙信众和提尔士兵很快就会被暗之猎犬杀戮殆尽。就算是他们逃过野猎犬的獠牙，魔煞达也会吞噬他们。这两个强敌都不是他们能对付的。

而麦特听到的呓语声……那不只是没有思想的魔煞达。帕登·范也在这里。还有那把匕首。

煞妖谷就在眼前，直插天际，乌云在它周围翻滚。让麦特感到惊讶的是，一些白色的云团正从南方冲入黑云之中，与黑云绞缠在一起。看起来，这黑白两色的云层真的像极了……

巨雷肯扇动翅膀，再次俯冲，现在他们距离地面只有百尺高了。

"小心！"麦特一边按着帽子，一边高喊着，"该死的，你是要杀死我吗？"

"抱歉，王子殿下！"苏莱安喊道，"我需要找一个安全的地方着陆。"

"安全的地方？"麦特说，"那你可要有很好的运气才行。"

"这的确不容易。黛娜很强壮，但我……"

一支黑羽箭从苏莱安头侧擦过。转眼间十几支同样的箭掠过麦特身边，其中一支箭射中巨雷肯的翅膀。

麦特骂了一句，丢掉帽子，伸手去扶住苏莱安。奥佛尔被吓得大喊大叫。苏莱安的手离开缰绳，整个身子都软倒了。在下面，一队戴红面纱的艾伊尔人正准备再次向他们射箭。

麦特解开身上的腰带，跳过，或者不如说爬过奥佛尔和失去知觉的雷肯骑士，抓住受惊的巨雷肯的缰绳。这比骑马难不了多少，对不对？他学着苏莱安的样子，拉紧缰绳，让巨雷肯转向，躲过敌人的第二波射击。但还是有几支箭射穿了飞行怪兽的翅膀。

他们正径直朝一道岩壁撞过去。麦特发现自己站在鞍子上，紧握着缰绳，竭尽全力想要阻止这头受伤的怪兽把他们全部杀死。巨雷肯差点把他从背上甩下去，但麦特将双脚牢牢地扎在鞍子里，同时把缰绳握得更紧了。

呼啸的强风吹走奥佛尔喊出的话。飞行怪兽疯狂地拍打着严重受伤的翅膀，发出一阵阵可怜的尖叫。麦特怀疑奥佛尔和巨雷肯都已经失控了。不过这头飞行巨兽总算是开始歪歪斜斜地向地面上落去。

他们重重地跌落在谷底。麦特听到一阵骨骼断裂的声音。光明啊，希望这些骨头全都是属于巨雷肯的。他自己则头下脚上地在这片破碎的大地上打着哆嗦。

他翻过身。不管怎样，他终于着陆了。

他不停喘着气，依旧感觉到头晕目眩。“该死的，”终于，他呻吟了一声，“这真是我想出来的最糟糕的主意，”然后，他犹豫了一下，“也许是第二糟糕的。”毕竟，他曾经绑架了图昂。

麦特摇摇晃晃地站起身。他的两条腿似乎还能用。当他跑向正在抽搐的巨雷肯时，感觉自己瘸得也不算严重。“奥佛尔？奥佛尔！”

他发现那个男孩仍然绑在鞍子上，不住地眨着眼，摇着头，仿佛是想赶走脑子里的晕眩。“麦特，”奥佛尔说，“下一次，我觉得你应该让我来拉住缰绳，我看你不是很擅长做这种事。”

“如果还有下一次的话，”麦特说，“我就吃下一整袋塔瓦隆金币。”他拉开系住艾杉玳锐和奥佛尔的号角的皮带，把号角递给奥佛尔。然后他伸手到腰间去拿兰德的旗子，却发现那面旗子已经不见了。

麦特慌乱地扫视周围：“旗子！我把那面该死的旗子丢了！”

奥佛尔微笑着望向天空中盘卷的黑白云团。“没关系，我们已经在那面旗下了。”他一边说，一边举起号角，吹出一段动听的旋律。

第 46 章

醒　来

兰德从黑暗中挣脱出来，再次完全进入了因缘。

根据他对因缘的观察，他知道，虽然他走进这座洞窟中还不到一个小时，但外面的山谷里已经过去了几天时间。距离这里愈远的地方，时间运行的速度也就愈快。

兰德压下剑刃，把莫瑞笛挡开。他的体内仍然充满至上力，感觉是如此甜美。兰德将水晶剑刃朝他的老友挥去。

莫瑞笛竖起手中的剑，勉强挡住兰德的攻击。他咆哮一声，从腰带上抽出一把匕首，后退一步，稳住步伐。

“你已经不再重要了，艾兰，”阳极力的洪流在兰德体内奔涌，“我们结束这场争斗吧！”

“我不重要？”莫瑞笛笑了。

然后，他转过身，向埃拉娜掷出匕首。

奈妮薇恐惧地看着那把匕首穿透空气，激射而来。不知为什么，洞中的风丝毫没能对它产生影响。

不！她已经挽救了埃拉娜的生命。我不能现在失去她！奈妮薇竭力想要抓住那把匕首，或者挡住它，但匕首以一根发丝的距离擦着她的手飞了过去。

匕首刃深深地插进埃拉娜的胸中。

奈妮薇看着这把匕首，心中充满恐惧。这不是一个能用针线和草药愈合的伤口。刀刃已经刺入心脏。

"兰德！我需要至上力！"奈妮薇喊道。

"不会……不会有事……"埃拉娜悄声说着。

奈妮薇看着这个女人的眼睛。她的神智是清醒的。安地莱根，奈妮薇想起了自己用来为她增加体力的草药。是那种草药让她脱离昏迷，醒了过来。

"我可以……"埃拉娜说，"我可以放开他……"

光彩从她的眼睛里消退了。

奈妮薇看着莫瑞笛和兰德。兰德只是带着怜惜和哀伤的神情看了那名死去的两仪师一眼。奈妮薇没有在他眼中看到愤怒。埃拉娜在兰德能够感觉到她的死亡前就放开了编织。

莫瑞笛转回视线，盯着兰德。他的左手中又出现了一把匕首。兰德举起凯兰铎，向莫瑞笛劈落。

莫瑞笛丢下长剑，用匕首刺穿自己的右手。兰德突然抽搐了一下，凯兰铎从他的手中掉落，仿佛他的手因为莫瑞笛刚才的自残而受伤了。

耀眼的光芒从凯兰铎剑刃上消失，水晶剑刃撞击在岩石上，发出响亮的声音。

在与杀戮者的战斗中，佩林再无任何保留。

他没有再去考虑狼与人的差别，而是释放出自己的一切力量、对杀戮者的每一点愤怒、失去家人的每一点痛苦。许多个月以来，这一切都在他心中慢慢增长，只是他从来不曾注意过。

他将怒火彻底释放出来。光明啊，不需要再有任何保留了。他又回到那个杀死白袍众的可怕晚上。从那时起，他一直紧紧控制着自己的情绪，就像卢汉师傅说的那样。

现在，在这个时间仿佛被冻结的时刻，他能看到，温和的佩林，总是害怕伤害到别人，一名早已学会控制自己的铁匠。他几乎从不会释放自己全部的力量。

今天，他解下狼脖子上的套索，毕竟狼是从来都不该戴上套索的。

这场风暴正适合让他倾泻怒火。佩林不打算再将风暴挡开。为什么他要那样做？他的情绪比这场风暴还要狂野。战锤势不可挡，如同从苍穹落下的霹雳。他眼中的光芒仿佛灼目的闪电。狼群在风中发出一阵阵长号。

杀戮者想要反击。他跳跃、移动、突刺。每一次，佩林都抢在他前面，变成狼跳跃，变成人挥锤，像风暴一样战斗。杀戮者的眼里闪动着狂乱的火焰，他举起盾牌，想要将佩林挡开。

佩林发动了攻击。现在他的一切行动都只出自直觉。他咆哮着，一次又一次用战锤猛击那面盾牌，将杀戮者向后逼退。那面盾牌就如同一块顽固不化的铁块，佩林将他的全部愤怒都狠狠砸在上面。

杀戮者向后跌倒，盾牌离开他的手，飞到百尺高的空中。杀戮者落在谷底，喘息着滚向一旁。佩林追到这片战场中央，无数影子在他周围出现、死亡，他们都是在现实世界进行战斗的生命。杀戮者惶恐地看了佩林一眼，又消失了。

佩林让自己进入醒来的世界，继续追击。他出现在现实的战场中央。艾伊尔人正在这里与兽魔人鏖战不息。而在现实世界这一侧，风暴的猛烈让佩林也感到吃惊。黑色云团在煞妖谷上空翻滚，高耸的山峰仿佛一根扭曲的手指。

他身边的艾伊尔人几乎都没有余暇注意到他。兽魔人和人类的尸体堆积在战场各处，山谷中充塞着死亡的气息，曾经布满沙尘砾石的地面成为浸透鲜血的泥沼。

杀戮者正冲过附近的一队艾伊尔人。他吼叫着，不停地挥舞着长匕首。他并没有回头看上一眼，很可能他还不知道佩林已经追赶他来到真实的世界。

又有一群暗影生物从山坡上冲下来，仿佛是从一片银白色的雾气中冒出来一样。它们的皮肤很奇怪，上面布满溃烂的窟窿。它们的眼珠则是一片浑浊的乳白色。佩林没理会那些怪物，只是一心在追赶杀戮者。

犊牛！狼在向他呼喊。这里有暗影兄弟，我们战斗！

暗之猎犬。狼痛恨所有暗影生物。为了能杀死一只魔达奥，一整群狼都愿意牺牲生命。但它们畏惧暗之猎犬。

佩林向周围扫视了一圈，很快就发现那些怪物。普通人无法与暗之猎犬作战。它们的唾液就足以将人毒死。不远处，人类军队正被一群马一样大的黑狼冲垮。是野猎犬。

光明啊！这些黑狗可真大。几十头纯黑色的饿犬将人类的防线轻易撕碎，把提尔和阿拉多曼士兵抛上半空，仿佛他们只是一些布娃娃。狼在攻击暗之猎犬，但毫无效果，它们也只能不断在哀号中死去。

佩林在这哀号声中发出呼吼，那是悲怒交集的苍凉吼声。但现在，他无法去援助那些人和狼。他的本能和怒火在驱动着他。杀戮者。他必须击败杀戮者。如果佩林不能阻止杀戮者，那个人就会回到梦的世界，杀死兰德。

佩林转过身，从正在激战的军队中飞奔而过，紧紧追赶远处的那个人影。因为他刚才的分神，杀戮者已经跑出了一段路。不过，现在他稍稍放慢了脚步。他没想到，佩林已经可以任意离开狼梦了。

杀戮者停了下来，开始查看战场。这时，他才在回头间瞥到了佩林。他的眼睛立刻瞪大了。在喧嚣的战场上，佩林无法听到杀戮者说什么，但他可以看到杀戮者的嘴型："不，不，这不可能。"

是的，佩林心想，现在我可以追猎你了，无论你跑到何处。你终于变成了猎物。

杀戮者消失了，佩林紧追着他移入狼梦。在他周围战斗的人们变成为烟尘中的幽影，不断散开，再重聚成形。一看到他，杀戮者发出惊恐的喊叫，又回到清醒的世界。

佩林紧随其后。他能嗅到杀戮者留下的痕迹，杀戮者洒下充满惊惧气味的汗水。在梦中，然后又是在醒来的世界。在梦中，犊牛用四条腿奔跑。在醒来的世界，他是佩林，手中紧握着玛哈雷尼。

他以眨眼的速度在两个世界间往复移动，紧紧追赶杀戮者。如果前方有战斗，他就会进入狼梦，冲过沙尘形成的那些人影，再回到醒来的世界，紧追杀戮者的痕迹。到后来，他几乎在每一次心跳间都会进行一次这样的变换。

闪动，佩林高举战锤，跳过一道小山脊，追赶那个仓皇落魄的影子。

闪动，犊牛嗥吼着，召唤狼群。

闪动，佩林正在靠近自己的目标。杀戮者只在他面前几步以外了，敌人辛辣的臭气刺激着佩林的鼻腔。

闪动，狼的灵魂出现在犊牛周围，用吼声表达对狩猎的渴望。它们在追赶前所未有的猎物，对狼群伤害最大的猎物，一个心中充满畏惧的人。

闪动，杀戮者踉跄了一下。他在倒下时转过身，下意识地将自己送入狼梦。

闪动，佩林挥起玛哈雷尼，锤头上雕刻着高高跳起的狼。他翱翔在空中。

闪动，犊牛扑向杀害自己兄弟的人，要咬断他的喉咙。杀戮者拼命躲闪。

战锤随之砸来。

此时此地，某种力量让佩林和杀戮者不断在两个世界之间跃迁。时间和思维在不断跳动、闪烁、闪烁、闪烁。

人们在周围死去，一些是灰尘，一些是血肉。一些属于他们的世界，一些属于另外的镜像世界。人类穿着怪异的衣服和盔甲，与各种形态和大小的怪兽作战。艾伊尔变成霄辰人，又变成与两者都有些相似的第三种人——手执短矛，有着灰蓝色的眼睛，却戴着大甲虫一样的头盔。

在所有这些时间，这些空间中，佩林的战锤和犊牛的獠牙都击中了杀戮者的脖子。他尝到血液温热的咸味；他感觉到重锤的反震，听到骨骼碎裂的声音。世界如同离弦的箭般飞速闪过。

一切都在相互撞击，震颤，然后合为一体。

佩林站在萨坎鞑山谷的石块上，杀戮者的尸体瘫倒在他脚下，颅骨已经粉碎、变形。佩林喘息着，狩猎的兴奋感依旧充盈在他体内。但狩猎已经结束了。

他转过身，惊讶地发现自己被艾伊尔人包围了。他不禁皱起眉："你们在干什么？"

一名枪姬众笑了："看起来，你跑了很远的路，佩林·艾巴亚。如果一个人懂得在战场上盯住像你这样的战士，并紧紧跟随，那么他一定会得到最大的乐趣。"

佩林的脸上露出冷峻的微笑。他扫视战场。战况很糟糕，残忍狂暴的暗之猎犬撕裂了他们的防线。通往兰德的道路完全敞开了。

"谁在指挥这场战争？"佩林问。

"现在没有人。"那名枪姬众答道。佩林并不认识她。"一开始是罗代尔·伊图拉德，然后是达林·西斯尼拉。但他的指挥部被人蝠攻陷了。我已经连续几个小时没见到任何两仪师和部族首领了。"

她的声音显得格外严峻。即使是心志坚定的艾伊尔人也开始感到不安了。迅速观察过战场后，佩林知道，残存的艾伊尔人大多结成小队，在各自为阵，要在牺牲以前尽可能多地消灭敌人。在这里战斗的狼群也被打散了，狼的思绪中饱含着痛苦和恐惧。而佩林也不知道那些满面疱疮的兽魔人是怎么回事。

这里的战争已经结束了。光明阵营输了。

暗之猎犬击溃不远处的真龙信众，最后一队坚守阵地的战士被它们屠戮殆尽。有几个人想要逃走，但一头暗之猎犬扑向他们，将数名战士同时扑倒在地上，并伸口咬住其中一个。它的唾液喷到其他人身上，那些人纷纷倒在地上，全身都在剧烈地抽搐。

佩林放下战锤，拉下杀戮者的斗篷，裹住双手，再次将战锤捡起。"不要让它们的口水碰到皮肤，那是致命的。"

艾伊尔人纷纷点头，找来布条裹住双手。他们的身上散发出坚定的决心，却几乎再没有希望。艾伊尔人从不畏惧死亡。如果别无选择，他们甚至会笑着冲向生命的终结。湿地人认为他们是疯子，但佩林能够嗅出他们身上的真诚。他们不是疯子，他们不害怕死亡，也从不会欢迎它。

“碰触我的身体，所有人都是。”佩林说。

艾伊尔人服从了命令。佩林将他们移动到狼梦里。带这么多人一起移动很耗力气，就好像要折弯一根钢条。但佩林做到了。他们在眨眼间已经来到通向末日深渊的山道上。狼的灵魂聚集在这里，静默着。足有几百匹狼。

佩林将艾伊尔人带回醒来的世界。现在，他的这支小部队挡在兰德和暗之猎犬之间。野猎犬纷纷抬起头，被腐化的眼睛盯着佩林，其中闪耀着银色的光芒。

“我们守在这里，”佩林对艾伊尔人说，“希望会有其他人来支持我们。”

“我们会守住的。”一个艾伊尔人说道。他的身材非常高大，系着绘有兰德徽记的头带。

“如果我们失败了，”另一个人说道，“在此醒来，至少我们的血可以浇灌这片土地，我们的骨肉能滋养这些生长出来的植物。”佩林几乎没注意到那些茁壮生长，与这座山谷的气氛格格不入的植物。它们还很小，但很强壮。看到它们的人都会知道，兰德还在战斗。

暗之猎犬缓步向他们走过来。这些怪兽低垂着尾巴，耳朵贴在脑后，露出唇外的獠牙如同染血的钢刃。佩林觉得自己听到了某种声音。非常轻柔，非常遥远。他似乎不该注意到如此微弱的声音，但那声音的确穿透了一切战场上的喧嚣，让佩林依稀感到一点熟悉……

“我记得那个声音。”佩林说。

“声音？”那名枪姬众问道，“什么声音？狼嗥吗？”

“不，”佩林看着缓步跑上山道的暗之猎犬说道，“瓦力尔号角。”

号角英雄们即将到来。但他们会为谁而战？那号声无法让佩林感到安慰，除非……

率领我们，犊牛。

为什么英雄必须是人类？

一阵长号随着号声一同响起。佩林抬眼向战场望去，他看到许多光辉灿烂的狼。它们是纯白色的，伟大的猛兽。狼的灵魂从梦的世界消失了，在这里重新聚集。它们在等待信号，等待战斗的机会。

号角召唤它们而来。

佩林仰天长啸，那是充满欢愉的嗥吼。他向暗之猎犬猛冲过去。

最后的狩猎，终于到来了。

麦特把奥佛尔和号角英雄们留在一起。那个孩子看起来就像是一位王子，坐在诺奥身前的马鞍里，和英雄们一起向兽魔人冲锋，消灭一切想要爬上山道去杀害兰德的敌人。

麦特从岩之守卫者那里借了一匹马，跑去寻找佩林。他的朋友当然应该和狼在一起。麦特不知道怎么会有几百匹闪耀着白光的大狼出现在战场上。不过这应该不是坏事。它们冲进野猎犬群中，和那些暗之猎犬狠狠地斗在一起。狼嗥声不断传进麦特的耳朵。

麦特冲过一些正在与暗之猎犬作战的艾伊尔人，但人类在这种怪兽面前没有任何胜算。艾伊尔人将这些怪兽掀翻、刺倒。它们却立刻又凝聚起来，恢复原样，仿佛形成他们的不是血肉，而是纯粹的黑暗。随后，他们就用獠牙利爪将艾伊尔人撕裂。该死的！艾伊尔人的武器甚至没办法在它们身上留下一道伤痕。麦特躲过盘卷的银雾，继续全速疾驰。现在这些雾气已经蔓延到整座山谷了。

光明啊！银色的雾气正在向山道上迫进。它前进的速度愈来愈快。艾伊尔人、兽魔人和暗之猎犬都被卷入其中。

在那里，麦特看到一个正在和暗之猎犬作战的傻瓜。佩林挥动大锤，砸在暗之猎犬的头颅上。暗之猎犬狠狠地摔在地上，那颗狗头也被砸扁了。当佩林扬起大锤时，锤头上带着一缕黑烟。让麦特感到惊讶的是，那头暗之猎犬似乎是死掉了。

佩林转回身，愣了一下。“麦特！”他喊道，“你在这里干什么？”

“来帮忙！”麦特说道，“因为我该死的已经疯了！”

“你不能与暗之猎犬作战，麦特，”佩林对冲到他身边的麦特说，“我可以，这是我们的最后狩猎。”他转过头，向号角声传来的地方望去。

“不，”麦特说，“不是我吹的。那个该死的担子似乎已经被一个真正喜欢它的家伙接下了。”

“我要问的不是这个，麦特。”佩林走上前，抓住麦特的手臂，“我的妻子，麦特。求求你告诉我她现在怎样了，号角是由她负责运送的。”

麦特低下头，心中感觉一片寒冷：“那个小子说……光明啊，佩林。菲儿还在梅丽罗。当时她从奥佛尔身边把兽魔人引开了，奥佛尔才能带着号角逃走。”

“那么，她可能还活着。”佩林说。

“是的，当然。”麦特说。他还能说什么？“佩林，还有一件事你必须知道。帕登·范也在这里。”

“帕登·范？”佩林怒吼道，“在哪里？”

“在那片银色的雾里！佩林，他带来了魔煞达。别让那雾气碰到你。”

“我也去过煞达罗苟斯，麦特，”佩林说，“我还有一笔账要跟他算。”

“我就没有吗？”麦特说，“我……”

佩林瞪大了眼睛，紧盯着麦特的胸部。

一缕银白色的雾气正在那里盘绕。魔煞达之雾。它从背后刺穿了麦特。麦特看着它，打了个哆嗦，从马背上一头栽了下去。

第 47 章

眼前的乱流

艾玲达在煞妖谷的山壁上挣扎着，竭尽全力想要避开古兰黛的屏障，这股魂之力编织在排斥她碰触至上力的一切努力。她的双脚已经毁了，让她完全无法站立。她躺在地上，全身如火烧般疼痛，几乎不能动弹一下。

她抵抗住了那道屏障，却已经耗尽全部的力量。

弃光魔使靠在山壁的岩石上，一段时间里，她只是不住地喃喃自语。鲜红的血液又从她的伤口中流淌出来。在她们下方的山谷中，战斗还在持续，一片银白色的雾气覆盖了全部死者和一部分生者。

艾玲达竭尽全力向通道爬去。从依然敞开的通道中，她能够看到一片谷底。一定是有什么东西牵制住凯苏安她们，或者是艾玲达的通道发生了错误。

阴极力的光晕再次包裹住古兰黛。又有编织袭来。艾玲达将它们逐一打破，但它们也拖延了艾玲达爬向通道的速度。

古兰黛呻吟着，吃力地站了起来，蹒跚着走向艾玲达。但这名弃光魔使明显已经因为失血过多而有些神志不清了。

艾玲达无法保护自己。失血同样让她异常虚弱。她什么都做不了。

只除了……

她的通道，那个被她固定住的编织。它就在那里，依然在将两段空间联系在一起。那其中有无数条能流的丝线。

带着谨慎、犹豫，同时又是绝望的心情，艾玲达将自己的意识伸展出去，抽掉通道的一条丝线。这是她能做的。那股能流抖动了一下，消失了。

这是艾伊尔人会做的事情，也是两仪师认为非常可怕的事情。这么做的结果难以预料。一场爆炸，一小簇火星……也可能是艾玲达的毁断。或者也许什么都不会发生。当伊兰这样尝试时，曾导致过一场毁灭性的爆炸。

这正是艾玲达想要得到的结果。如果她让一名弃光魔使和自己同归于尽，那也是一场漂亮的死亡了。

她必须试一试。

古兰黛站到艾玲达身边，紧闭双眼，嘟囔了些什么。然后，她猛地睁开眼睛，开始制造一个新的编织。心灵压制。

艾玲达的速度更快。她拉出两根、三根、六根丝线，就快了，就快了……

"你在干什么?"古兰黛问道。

艾玲达加快了动作。但在匆忙中，她抽动了错误的丝线。她猛然停止动作，盯着那些乱窜的能流，混乱迅速蔓延到整个编织。

古兰黛吸了一口冷气，开始向艾玲达投去心灵压制。

通道在一片白热的强光中爆炸了。

煞魔控制了战场，他的雾已经覆盖那些自以为能保护亚瑟的狼群和人类。

是的，亚瑟。那个他要杀死、毁灭、享用的人。是的，亚瑟！

有什么东西在他的知觉边缘抖动。煞魔犹豫了一下，皱了皱眉。那边出了什么事？他的一部分……他的一部分失去了感觉。

这是怎么回事？他让自己的肉体从雾气中走了过去。鲜血不断从他的手指上落下。因为他紧握着那把匕首。这是一颗奇妙的种子，是旧日的它的最后一片。

他看到了一具尸体，一个被他的雾气杀死的人。煞魔皱起眉头，弯下腰。这个尸体看起来有些眼熟……

那具尸体突然伸出手，抓住煞魔的喉咙。煞魔喘息着，拼命挣扎。那具尸体却在这时睁开眼睛。

"我曾听说，许多疾病都有一个怪异的特点，帕登，"麦特·考索恩悄声说道，"一旦你得过这种病，活了下来，你就不会再得这种病了。"

煞魔挣扎着，喘息着。不，不，这不是老友见面该有的样子！他抓挠着那只掐住他喉咙的手，然后才恐怖地意识到，匕首从自己的手中掉落了。

考索恩猛地向下一拉，他狠狠地跌倒在地上。煞魔召唤他的傀儡。太晚了！太慢了！

“我是来把你的礼物还给你的，魔德斯，”考索恩悄声说道，“我觉得，我们的债已经还清了。”

考索恩将匕首刺进煞魔的肋骨之间，一直穿透他的心脏。被束缚在这个可怜的犯人身躯里，魔德斯只能发出无助的哀号。帕登·范在号叫，感觉到自己的血肉从骨骼上融解。迷雾在颤抖，开始盘旋着向内萎缩。

他们一起死掉了。

佩林移动进狼梦之中，寻着高尔留下的鲜血气味找到了他。他不愿让麦特一个人去对付魔煞达，但麦特跌下马后丢给他的那个眼神让他明白，他的朋友并不怕这种毒雾，而且心里已经有了对付它的计划。

高尔将自己隐藏得很好。佩林在末日深渊外的一道岩缝中找到了他。高尔还握着一根短矛，并让衣服的颜色变暗，以模拟周围岩石的色泽。

佩林找到他的时候，他只是向佩林点了点头。他不仅是受伤了，而且在狼梦中滞留了太长时间。如果佩林都感觉到疲惫的痛苦，那么高尔的情况肯定更加严重。

“来吧，高尔。”佩林一边说，一边扶他走出岩缝。

高尔的目光有些暗淡。他喃喃地说道：“没有人从这里经过，我一直保持着警戒，佩林·艾巴亚。卡亚肯是安全的。”

“你做得很好，我的朋友，”佩林回答道，“任何人都不可能做得像你这么好。你赢得了巨大的荣誉。”

高尔微微一笑，靠在佩林的肩膀上：“我很担心……当那些狼消失的时候，我很担心。”

“它们正在醒来的世界战斗。”佩林一直觉得有回到狼梦的必要。找到高尔只是一部分原因。他的心里还在为另一件事感到不安，但那是什么，他又有些说不清楚。

“坚持住。”佩林搂住高尔的腰，移动到梅丽罗平原，然后离开狼梦，出现在两河营地的正中心。

人们看到佩林，立刻发出一阵惊呼。有人在他身边喊道：“光明啊，佩林！”

格莱迪跑了过来，他的一双眼睛下面出现了深深的眼袋。“我差点就要把你烧成灰烬了。金眼大人，你怎么会突然出现在这里？”

佩林摇摇头，放下高尔。格莱迪看了一眼高尔肋侧的伤口，立刻去找两仪师来为他治疗。营地中迅速变得热闹起来。许多两河人都在呼喊，告诉别人金眼领主回来了。

菲儿，菲儿带着圣号角到了梅丽罗平原。

我必须找到她。

但现在狼梦中没有人在保护兰德。

该死的，这不重要！佩林心想，如果我失去了菲儿……

如果兰德死了，他同样会失去菲儿，以及这个世界的一切。弃光魔使并没有全部消灭。佩林犹豫着。他必须去找到菲儿。不是吗？这不正是他作为丈夫的责任吗？难道就不会有别人去守卫兰德？

但……如果不是他保护兰德，那又能是谁？

矛盾的心情几乎将他撕裂。佩林最后一次开始寻觅狼梦。

莫瑞笛从地上拾起凯兰铎，水晶剑立刻爆发出至上力的光芒。

兰德踉跄着向后退去，将传来一阵阵剧痛的手按在胸前。莫瑞笛大笑着，高高举起那件武器。“你是我的了，路斯·瑟林。你终于是我的了！我……”他仰头向手中的剑望过去，神情中或许带着一些敬畏，“它可以强化真力。一件真力的超法器？这怎么可能？为什么会这样？”他的笑声变得更加响亮。

一个漩涡出现在他的头顶。

“在这里导引真力只会导致死亡，艾兰！”兰德喊道，“它会将你彻底烧光！”

“这就是我们的结束！”莫瑞笛吼叫着，“我当然知道，路斯·瑟林，而你将和我一起终结。”

水晶剑上的光华变成刺眼的猩红色，兰德能感觉到强大的能量从莫瑞笛身上倾泻出来。他正在导引真力。

这是整个计划中最危险的一环。明已经看到了这一幕。凯兰铎存在这个缺陷，这个不可思议的缺陷。让它存在这个缺陷的目的是要让使用它的男人必须接受女性的控制；是要让兰德在使用它的时候，别人就会控制兰德……

为什么兰德需要一件有如此缺陷的武器？为什么预言会特别提到它？一件真力超法器。为什么因缘需要这样一件东西？

答案是如此简单。

“开始!”兰德喊道。

奈妮薇和沐瑞一同导引。就在莫瑞笛打算用凯兰铎攻击兰德时,她们也在努力掌握凯兰铎的瑕疵。狂风在洞窟中吼叫。地面剧烈地颤抖。莫瑞笛惊呼一声,突然瞪大眼睛。

她们控制住了莫瑞笛。凯兰铎是有瑕疵的。任何使用它的男人都会被女性导引者强迫进行连结,并被女性夺走导引的控制权。一个陷阱……一个可以用来对付莫瑞笛的陷阱。

“连结!”兰德发出命令。

奈妮薇和沐瑞将能流交在他的手上。那是无与伦比的能量。

来自女性的阴极力。

来自莫瑞笛的真力。

兰德自己的阳极力。

莫瑞笛在这里导引真力,也许目的是要将他们尽数摧毁,但他们在真力之上又加入阳极力和阴极力,并将凝聚起来的三股能量导向暗帝。

兰德冲破黑暗,创造出一个连结光与暗的管道,将暗帝的精质向它自身灌注进去。

兰德感觉到遥远的暗帝。它的广阔无垠。空间、尺度、时间……兰德终于理解这些元素是如何相互容纳,共同运行的。

转生真龙发出洪亮的吼声。能量在他体内奔涌,他的肋侧血流如注。他举起能量汇聚成的手掌,通过裂隙抓住暗帝,如同一个人将手伸进河水,抓住河底的珍宝。

暗帝竭力挣脱。但兰德的手被真力包裹。这一次,他的敌人无法再污染阳极力了。暗帝想要抽走莫瑞笛身上的真力,但三种力的混合太过广泛,太过强大,完全无法进行割裂,即使是撒丹也做不到。

兰德利用暗帝本身,以最强的力量紧握住暗帝,如同鹰爪擒住一只鸽子。

光从他的身上爆发出来。

第48章

灿烂的长矛

伊兰催马在兽魔人的尸堆中小跑前进。他们终于打赢了这场战争。现在伊兰部下所有还能站立的士兵都在尸堆中搜索还活着的人。

牺牲了这么多人，成千上万的人类和兽魔人倒在梅丽罗平原上，河岸边的尸体更是堆积如山。沼泽变成了坟场，死水上漂满了死尸。在她眼前，河对岸的高地还在呻吟、颤抖着。她已经命令部队尽量远离那里。而现在，她几乎已经没办法在马鞍上坐稳了。

整座高地坍塌下来，将死者埋入其中。伊兰看着这一幕，心中只有一片麻木。她能感觉到大地的颤抖。这……

光。

她在马背上坐直身体，感觉到兰德体内巨大的能量。她的注意力立刻离开高地，集中在兰德身上。那种无上的力量、无比美丽的控制与统驭。一道光束射入遥远北方的天空，夺目的辉煌让她为之惊叹。

最终的结局到来了。

汤姆跌跌撞撞地退出末日深渊的洞口，用手臂遮住眼睛。如同太阳般耀眼的强光从洞窟中激射而出。沐瑞！

“光明啊，”汤姆悄声说道。

那就是光明吗？它突破煞妖谷的山顶，灿烂的光束融化了高山，一直射入天空。

明伸手按住胸口，从她正在为之更换绷带的一排伤员身前向后退去。

兰德，她想着，感觉到他的痛苦与决绝。在遥远的北方，一道光束刺入天空。它是那么明亮，甚至照亮了梅丽罗平原。伤员和护理人员都在眨着眼睛，匆忙遮住双眼。

那道光，一道直插苍穹的灿烂长矛。它将乌云燃尽，现出晴朗的天空。

艾玲达眨着眼睛，看着那道光。她知道，那是兰德。

光将她从黑暗的边缘拉了回来，让她飘浮在温暖之中。兰德赢了。他赢了。他是如此强大。艾玲达在他身上看到何为真正的战士。

在艾玲达的旁边，古兰黛摇晃着跪倒在地。她的眼神显得格外涣散。被拆解的通道爆炸了，但并没有多么剧烈。编织和至上力向四外飞散。古兰黛也正是在这个时候抛出了心灵压制。

那名弃光魔使转向艾玲达，眼神中却充满了崇敬。她低垂下头，仿佛要拜倒在艾玲达脚下。

是因为刚才的爆炸，艾玲达努力转动着僵硬的脑子。古兰黛的心灵压制受到某种影响。实际上，艾玲达本以为爆炸会杀了这名弃光魔使，但结果却仿佛完全超出她的想象。

“光辉荣耀的主人，”古兰黛说道，“请告诉我，您想让我做什么。请让我侍奉您！”

艾玲达回头看着兰德的光，屏住了呼吸。

洛根从废墟中走出来，怀里抱着一个差不多有两岁大的小孩。满脸泪水的母亲从洛根手中接过孩子：“谢谢。祝福你，殉道使。光明祝福你。”

洛根在人群中突然停住脚步。空气中充满烧焦皮肉和兽魔人尸体的恶臭。

“高地没有了?”他问道。

“没有了,”安德罗在他身边有些勉强地说道,“地震让高地坍塌了。”

洛根叹了口气。看样子……他的战利品也被埋葬了?他还能把那东西挖出来吗?

我是个傻瓜,洛根心想。他抛弃那件强大的珍宝,到底是为了什么?拯救这些难民?无论他做了什么,人们还是会因为过去的他而藐视、痛恨他。人们……

……都在用充满敬意的目光看着他。

洛根皱起眉头。这些都是普通人,并不是已经习惯了男性导引的黑塔人。但此时此刻,他真的无法将这两种人区分开来。

洛根好奇地看着这些聚在他的殉道使周围的人们,他们还在因为大难不死而哭泣着。年老的人们握住殉道使的手,不停地赞扬他们的英勇行为。

不远处,一个孩子用敬仰的目光看着洛根。像他一样的孩子足有十几个。光明啊,也许有上百个,他们的眼里没有一丝恐惧。

“谢谢你,”那个年轻的母亲不停地说着,“谢谢你。”

“黑塔的职责就是保护民众。”洛根听到自己在说话,“一直如此。”

“等他到了年纪,我就送他去黑塔接受测试。”那个女人举起自己的儿子,“我会让他加入你们,只要他有你们的天赋。”

天赋,不是诅咒,是天赋。

光明照耀他们。

洛根忽然愣了一下。北方的那道光束……他从不曾感觉过这样的导引。即使在阳极力得到净化时,也不曾有过如此强大恢宏的能量。

“出现了。”嘉布勒来到他身边。

洛根伸手到腰间,拿出三枚半是白色,半是黑色的圆碟。附近的殉道使纷纷转头看着他,就连正在进行治疗和抚慰难民的人也不例外。

“来吧,”嘉布勒说,“来吧,封印的破碎者。”

洛根掰碎了曾经牢不可破的封印,一个接一个,昆达雅石的碎片落在地上。

第49章

光明与暗影

一切都死亡了。在狼梦之中，佩林踟蹰在一片没有植物和土壤的岩石荒漠上。天空变成了黑色，就连乌云也全部消失，化为空无。他爬上一道山脊。在他背后的地面崩碎了，他所立足的石块在剧烈地抖动着，被拖入空中。

下面只有空无。

在狼梦里，一切都被吞噬了。佩林继续向前，他的目标是煞妖谷。他能清楚地看到那耀眼的光束。奇怪的是，他也能看到背后的龙山。他原本不可能看到那么遥远的地方，但在大地碎裂后，这个世界似乎也萎缩了。

这两座高峰正在彼此靠近。它们中间的一切都在崩碎、消亡。佩林移动到进入末日深渊的洞窟前，迈步走了进去，穿过他先前设下的紫色屏障。

兰飞儿就站在洞中，她的头发是纯粹的黑色，正如同佩林第一次见到她时那样。她的面孔也让佩林感到熟悉，也和从前完全一样。

“我发现幻梦矛实在是个麻烦，”她说道，“你一定要把它插在这里吗？”

“它能够挡住其他弃光魔使。”佩林不在意地说道。

“我想也是如此。”兰飞儿将双臂抱在胸前。

“他还在前面？”佩林问。

“在最里面。”兰飞儿点点头。“刚刚发生了极其惊人的事情，”然后，她眯起眼睛，“这也许是人类自从打开裂隙后，最重要的时刻。”

“那我们就要确保不会有任何意外发生。”佩林朝长而窄的洞窟深处走去。兰飞儿跟在他身边。

在洞窟的尽头，他们发现一幕出乎意料的景象。另一个人握着凯兰铎，是兰德曾经与之战斗的那个人。也许他是狄芒德？佩林不知道。他只能肯定那是一名弃光魔使。

那个人正跪在地上，奈妮薇的手按在他的肩头。奈妮薇站在兰德身后左侧。沐瑞站在他的右侧。他们三个全都挺直了腰背，双眼望向前方的虚空。

山脉发出一阵阵轰鸣。

“太完美了。”兰飞儿悄声说道，“我做梦也不敢相信，这种事情真的会发生。”她看着奈妮薇和沐瑞，“我们需要立刻发动攻击，我杀死那个高个子的女人，你杀那个矮个子的。”

佩林皱起眉头。他似乎遇到一个很严重的问题：“杀死？”

“当然，”兰飞儿说，“如果我们的动作够快，我们就能在莫瑞笛仍然握住凯兰铎时控制住他。这样，我就能强迫路斯·瑟林向我低头，”她眯起眼睛，“他已经将暗帝抓在手心里，只需要稍加用力，就能捏碎暗帝的生命。如果那可以被称为生命的话。现在只有一个人能够拯救暗主。到那时，我将赢得我的奖励。到那时，我将攀上巅峰中的巅峰。”

“你……你想救暗帝？”佩林伸手按住脑袋，“你明明已经加入了我们，我记得……”

兰飞儿瞥了他一眼。“我并不想使用那种拙劣的工具，”她的气息中充满了不悦，“我讨厌那种手段，那会让我变得和古兰黛一样，”她打了个哆嗦，“如果他们能给我多一点时间，我一定能得到你，”她宠爱地拍了拍佩林的脸颊，“你肯定会觉得困扰。我记得，那个高个子的和你来自同一个村庄。你们是一起长大的吧？我不会让你杀她的，我的小狼。你可以杀那个矮个子的。你恨她，不是吗？”

“我……是的，我不喜欢她。她把我从我的家人那里偷走了。也是因为她，我的家人才会被害死。我本该和我的家人在一起。”

“没错，”兰飞儿说，“我们必须尽快行动，机遇稍纵即逝。”

她转向那两个女人，奈妮薇和沐瑞。佩林的朋友们。还有……还有兰德。佩林知道，兰飞儿会杀了兰德，她会强迫兰德屈服，然后会杀了他。一直以来，兰飞儿的目标就是让暗帝陷入毁灭的险境，然后再由她去拯救暗帝。

佩林来到兰飞儿身边。

“我们同时出击,”兰飞儿低声说,“两个世界之间的隔膜在这里已经被打破了。除非我们的速度够快,否则她们就会发动反击。我们必须同时杀掉她们。”

这样做是错的,佩林心想,是一个非常、非常巨大的错误。他不能让这种事情发生,但他的手却举了起来。

这是错的。他不知道为什么,他的思想不允许他去想这是为什么。

“准备。”兰飞儿盯着奈妮薇说道。

佩林转向兰飞儿。

“我数到三。”兰飞儿继续说道。她并没有看佩林一眼。

我的责任,佩林想道,就是做兰德无法去做的事情。

这里是狼梦。在狼梦中,他的感觉会变为事实。

“一。”兰飞儿说。

他爱菲儿。

“二。”

他爱菲儿。

“三。”

他爱菲儿。心灵压制如同风中的薄雾般消失了,仿佛一件破旧的衣服,在眨眼间被抛却。在兰飞儿发动攻击前,佩林伸手掐住了她的脖子。

他的手腕一扭,兰飞儿的脖子在他的手指间折断了。

兰飞儿瘫软下去。佩林扶住她的身体。她很美,在她死去时,她变回那个以前曾让佩林见到过的另一种模样——她的新躯壳。

佩林心中充满恐怖的失落感。他没能完全抹除兰飞儿对他意识的影响,但他克服了这种影响。也许是用另一种东西,一种正确的东西覆盖了它。只有在狼梦中,只有通过他自我觉察的能力,他才能做到这一点。

不幸的是,在内心深处,他依然能感觉到对这个女人的爱。这让他感到恶心。这种爱完全无法与他对菲儿的爱相比,但它的确是存在的。佩林将她被包裹在银色与白色细纱的身体放在岩石地面上。他发现自己在哭泣。

“对不起。”他悄声说道。杀死一个女人,尤其是一个并没有要伤害他的女人……他从没想过自己能这样做。

但必须有人这样做。至少,这是一种试炼,一个不需要让兰德来面对的难关。佩林可以为他的朋友背负起这个重担。

他向兰德看过去。“去吧,”佩林悄声说道,“做你必须要做的事。像以往一样，我会守护好你的背后。”

封印崩碎，暗帝自由了。

兰德紧紧握住暗帝。

他站在光束之中，体内充盈着至上力，将暗帝一点点拖入因缘。只有在因缘中，才有时间存在。只有在因缘中，暗帝才会被杀死。

他手中的那股能量，巨大而渺小。它在不停地颤抖，它的尖叫声如同星球被挤压在一起，相互磨砺。

真是个可怜的东西。突然间，兰德觉得自己握在手中的不再是一股属于存在本源的力量，而是一个从羊圈的泥巴里摸出来的，只会不停蠕动的小东西。

你真的什么都不是，兰德说道，他已经洞悉了暗帝的秘密。永远也不可能像你承诺的那样，让我安息，谎言之父。你会奴役我，正如同你会奴役其他所有人。你不可能赐予终结。安息不属于你。属于你的只有折磨。

暗帝在他的手中颤抖着。

你这个可怕、可怜的小虫。兰德说。

兰德正在死亡。他的血已经快流尽了。而且，他所握持的至上力很快就会将他烧毁。

他将暗帝握在手中，用力挤压，然后又停住。

他知道全部的秘密，他能看到暗帝所做的一切。光明啊，兰德明白了。暗帝向他展现的许多事情都只是谎言。

但那个兰德自己创造的世界，那个没有暗帝的世界是真实的。如果他按照自己的意愿去做，人类将不会比受到暗帝的奴役更好。

我真是个傻瓜。

兰德高喊着，将暗帝塞回原先容纳它的深渊中。然后，他张开双臂，用意识抓住阴极力和阳极力的两根柱子。现在这两股力量都被来自莫瑞笛的真力覆盖着。莫瑞笛正跪在地上，睁大双眼。如此强大的能量从他体内流过，他甚至不能移动一下。

兰德用意识将至上力向前抛去，将它们编结在一起。阳极力和阴极力融为一体，真力包裹住它们，在深渊的裂隙上形成一道屏障。

他进行着一种无比宏大的编织，最纯粹的阴极力和阳极力交织成错综复杂的图案。不是火、魂、水、土和风，而是纯粹的光明。这不是修复，不是黏合，而是重新打铸。

以至上力的这种新的形态，兰德将很久以前，愚蠢的人类打破的牢狱重新修筑起来。

终于，他明白了，暗帝不是敌人。

他从来都不是。

沐瑞摸索着，抓住身边的奈妮薇。强烈的光芒让她什么都看不见。

她把奈妮薇拉到身边，她们一起向洞外跑去。灼热的强光已经开始在她们身后爆发。她们拼命在狭窄的洞窟中攀爬，直到将新鲜的空气吸入肺中，沐瑞才意识到自己已经逃出末日深渊。她的脚已经踏在山道的边缘，再向前倾一下身子，她就会跌下陡峭的悬崖。有人抓住了她。

“抓住你了。”汤姆的声音在耳边响起。而她已经瘫软在这个男人的怀里，感觉到全身的力气都耗尽了。奈妮薇跌在他们身边的地面上，大口地喘着气。

汤姆想要带沐瑞离开洞口，但沐瑞坚持着想要看清洞中的情景。她知道，那道强光会把一切遮蔽，但她似乎还是看到了什么。兰德和莫瑞笛正在那道光中。现在这道光正在迅速吞没整座煞妖谷。

悬浮在兰德面前的黑暗仿佛一个无底的深洞，将一切吸入其中。但慢慢地，那个窟窿在一点点缩小，最后变得如同一个黑点。

然后完全消失了。

第50章

明白答案

兰德踏在自己的血上，一步一跌地行进着。

他什么都看不见，只知道自己背负着一样东西，一样非常沉重的东西。是一个身体。他在跌跌撞撞地向洞口攀爬。

在关闭，他心里想着，它在关闭。洞顶愈来愈低，如同一张正在闭上的大嘴。石块与石块相互摩擦。兰德喘息着，爬出洞口。岩石在他背后坍塌，如同咬紧的牙齿一样，封闭了这个洞窟。

兰德一个踉跄。这具躯体实在是太重了。他滑倒在地上。

他能够……看见了。在他模糊的视线中，一个人影跪在他身旁。“好的。”一个女人在悄声说话。他不认识这个声音。“好的，这样很好。你只需这样就好了。”

他眨眨眼，视线依旧很模糊。这是艾伊尔人的装束吗？一个年迈的女人，满头灰发？她的身影向后退去。兰德向她伸出手，他不想自己孤独一人，他想要有人听他的解释。“我明白了答案，”他悄声说道，“我问埃斐英的问题是错误的。选择就是我们的命运。如果你没有选择，那你就根本不是一个人，而是一个傀儡……”

喊声响起。

兰德感觉到无比沉重。他昏了过去。

麦特站起身。魔煞达的迷雾已经消散，到处都是那种满是疱疮的怪异兽魔人的尸体。

他抬起头，透过消散的雾气，看到阳光正从天空中洒下来。

“嗯，你还真好看。”他对太阳说道，“你应该经常出来，你的脸蛋很漂亮。”他微笑着，又低头看着脚边的那具尸体。帕登·范看起来就像是一捆满是苔藓的湿柴，皮肉正从他的骨头上滑落。那把匕首的黑暗弥漫到他的身躯各处，让他散发出腐烂的恶臭。

麦特差点就伸手碰到了那把匕首。最后，他只是朝匕首啐了一口。“这一次，”他说道，“我可不想赌碰到你会怎么样。”他转过身，大步走开了。

没走两三步，他看见了自己的帽子，他笑着把帽子从地上抓起来，扣在头上，吹着口哨将艾杉玳锐扛到肩头，继续大步前行。他脑袋里的骰子全都停下来了。

在他身后，那把匕首，无论是红宝石还是金柄银刃，都消融进曾是帕登·范的那堆脏污之中。

佩林拖着疲乏的身子走进煞妖谷山脚下的营地，这是光明阵营在战争结束后刚刚搭建起来的。他脱下外衣。微风吹拂在他赤裸的胸膛上，感觉很好。玛哈雷尼挂在他的腰带上。一名好铁匠从不会忽视他的工具。有时候，佩林觉得自己会一直把工具带到坟墓里。

佩林觉得自己能连续睡上一百天。但现在还不行，还不行。

菲儿。

不。在内心深处，他知道自己将不得不面对一些关于菲儿的非常可怕的事情。但那不是现在。现在，他将忧虑和恐惧都推到了一旁。

狼的灵魂最后一次退回到狼梦之中。

再见，犊牛。

愿你寻找便会遇到，犊牛。

狩猎结束了，但我们将再次一同狩猎，犊牛。

佩林迈着沉重的步伐，走过一排排伤员和庆祝击败暗影的艾伊尔人。一些帐篷中不断传来呻吟的声音，另一些帐篷里则是胜利的欢呼。各种各样的人在已经变得草木葱茏的萨坎魁山谷中奔忙。有些人在寻找伤员，另一些人则因为找到了劫后生还的朋友，为自己和友人能够从那个最黑暗的时刻坚持下来喜极而泣。

艾伊尔人都在呼唤佩林："来啊，铁匠，和我们一起庆祝吧！"但佩林没有加入他们。他在寻找卫兵。这里一定还有人保持着足够清醒的头脑，在提防残存的魔达奥和人蝠会趁机进行一点报复。果然，他在营地中心的一顶大帐篷周围找到排成环形阵列的一队卫兵。兰德怎么样了？

没有色彩在他的脑海中盘旋。没有兰德的影像。佩林再也感觉不到有任何力量将他拉向某个地方。

这也许是非常可怕的迹象。

佩林麻木地走过那些卫兵，进了帐篷。他们是怎样在这片残破的战场上找到帐篷的？这里的一切都被踏平、炸碎或者烧毁了。

帐篷里有一股草药的气味，并且被一些悬挂的布帘分割成几个区域。

"我已经试过一切办法，"一个微弱的声音在说话。是达莫·弗林。"但什么都没改变。他……"

佩林闯了进去。奈妮薇和弗林正站在一块布帘后面的一张小床旁，兰德躺在床上。他穿着干净的衣服，面孔焕然一新，紧闭着双眼。沐瑞跪在他旁边，一只手抚摸着兰德的脸颊，用极低的声音说着话。这里大概只有佩林能听清楚她在说些什么，"你做得很好，兰德，你做得很好。"

"他还活着？"佩林用手擦了一把脸上的汗。

"佩林！"奈妮薇说道，"哦，光明啊，你的样子真可怕。坐下，你这个笨蛋！你眼看就要一头栽倒了，我可不想同时照顾你们两人。"

看到奈妮薇的眼里满是血丝，佩林问道："没办法救活他了，是吗？你们把他活着带了出来，但他已经坚持不下去了。"

"坐下。"奈妮薇指着凳子发出命令。

"只有狗才会听人说'坐下'就坐下，奈妮薇，"佩林说，"狼可不行。"他跪到兰德身边，一只手按在兰德的肩膀上。

我无法感觉到你的牵扯，也看不到你的样子。佩林心想，你已经不再是时轴。我相信，我应该也不是了。"你派人去找她们三个了吗？"佩林问，"明，伊兰和艾玲达。她们需要最后见他一面。"

"你就只知道说这个？"奈妮薇气恼地问道。

佩林看着奈妮薇。她抱紧自己的样子很像是害怕自己会突然垮掉，或者是在努力不让自己哭出来。

“还有谁死了?”佩林勉强打起精神。从奈妮薇的表情中很容易看出来,已经有人牺牲了。

“艾雯。”

佩林闭上眼睛,缓缓地呼出一口气。艾雯。光明啊。

任何成果都需要付出代价。他想道。我们不能因此让就炉火熄灭。但……艾雯?

“这不是你的错,奈妮薇。”他说着,睁开眼睛。

“当然不是,我知道这不是我的错。你这个木头脑袋的傻瓜。”奈妮薇转过身。

佩林站起来,拥抱了她一下,用铁匠的大手拍拍她的后背:“我很难过。”

“我出来……是为了救你们,”奈妮薇悄声说道,“我跟你们走,是为了保护你们。”

“你做到了,奈妮薇。你保护了兰德,所以他才能走到今天。”

奈妮薇摇摇头。佩林任由她继续落泪。光明啊,他自己也没办法挡住全部的泪水。片刻之后,奈妮薇忽然转过身,飞快地跑出帐篷。

“我努力了,”弗林看着兰德,绝望地说道,“奈妮薇也是一样。我们一起用尽了全力,还用上了两仪师沐瑞的法器。但最终毫无用处。没有人知道该如何救他。”

“你们已经尽了全力。”佩林一边说,一边向一道帘子后面望了一眼。那里的床上躺着另一个人。“他在这里做什么?”

“我们当时发现他们两人在一起,”弗林说,“一定是兰德把他带出了深渊。我们不知道为什么真龙大人会拯救一名弃光魔使,不过这也许不重要了。我们也没办法救活他。他们两个都要死了。”

“去找明、伊兰和艾玲达。”佩林再次说道。他犹豫了一下,又问道:“她们都还活着吗?”

“那个艾伊尔女孩受了重伤,”弗林说,“她是由一名长相极为可怕的两仪师用神行术带回来的。那时那位两仪师只能半抱着她。她没有生命危险。只是我不知道,在今后几年里,她是不是还能正常走路。”

“告诉她们,让她们尽快知道。”

弗林点点头。佩林便走出帐篷去找奈妮薇。他明白奈妮薇为什么会这么突然地跑出去,也终于看到了他一直期盼的事情。就在帐篷外,岚紧紧地抱着奈妮薇。那个人看起来像佩林一样满身血污,疲惫不堪。岚这时也看见了佩林，两个人相对点了点头。

“一些寻风手打开了从这里通往梅丽罗的神行术通道，”岚对佩林说，“暗帝再次被封印了。废土恢复了生机，神行术也可以在这里使用了。”

“谢谢，”佩林走到他身边，“有人……知道菲儿的消息吗?”

“没有，铁匠。最后和菲儿在一起的是吹响号角之人，但菲儿为了将兽魔人从他身边引走，只身冲入了战场。我很抱歉。”

佩林点点头。他已经听麦特和奥佛尔说过这件事了。看样子……他只是一直不让自己去想那个必然的事实。

不要这样想，他对自己说，不要这么轻率。他打起精神，便去找岚所说的神行术通道了。

“请原谅，”罗亚尔向坐在帐篷旁边的枪姬众问道，“你们见到过麦特·考索恩吗?”

“来一口澳丝楷吗?”一名枪姬众笑着向他举起手中的皮囊。

“不，不，”罗亚尔说，“我必须找到麦特·考索恩，让他给我说说他的战斗经历。要知道，现在大家的记忆还都很清晰。我需要所有人告诉我，他们都看见了什么，听到了什么。让我把它们写下来。这件事是绝不能耽搁的。”

但罗亚尔很清楚，他想要见到麦特和佩林，看到他们安然无恙。发生了这么多事，他现在很想和自己的朋友们谈一谈，确认他们一切都好。特别是在兰德的事情之后……

那名艾伊尔女子却只是带着醉意向他微笑。罗亚尔叹了口气，继续去营地的其他地方寻找。这一天就要结束了。这是最后战争的最后一天！现在是第四纪元了，对不对？一个纪元可能会在一天之中开始吗？这对于日历制作者来说会很不方便，不是吗？但所有人都同意，兰德是在中午时分封印了暗帝牢狱的裂隙。

罗亚尔继续在营地中穿行。光明阵营还没有从煞妖谷山脚下撤走。奈妮薇说，他很担心现在移动兰德会让他的情况进一步恶化。罗亚尔一个帐篷一个帐篷地寻找着。在下一个帐篷里，他发现头发花白的伊图拉德元帅，在元帅周围还有四名两仪师。

“要知道，”伊图拉德说，“我一生都在效忠阿拉多曼历代国王。我已经立下了誓言。”

“亚撒拉姆已经死了，”椅子旁边的两仪师赛尔琳说道，“必须有人坐上王位。”

“沙戴亚已经一片混乱，”两仪师爱丝维尔说道，“现在谁也不知道该由谁来继承那个国家的王位。它与安多刚刚建立的同盟只是更加恶化了混乱的局面。阿拉多曼不能没有领袖。你必须登上王位，罗代尔·伊图拉德。而且必须要快。”

“那么商人集议会……”

“议员们全都已经死亡或者失踪了。”另一名两仪师说道。

“我发过誓……”

“你的国王会让你怎么做？”两仪师尤缇芮问，“让王国瓦解冰消？你必须变得强壮，伊图拉德元帅。现在不是让阿拉多曼陷入混乱的时候。”

罗亚尔摇摇头，悄悄走开了。他为那位元帅感到难过。四位两仪师。伊图拉德在今天结束前大概就会被加冕了。

罗亚尔在医疗大帐篷前停住脚步，又打听了一下是否有人见到过麦特。麦特的确是到这个战场上来了。人们都说，他满面笑容，平安无事，但……罗亚尔很想亲眼看看他，想和他说说话。

他走进了帐篷。在这里，他必须低下头，以免头顶会蹭到帐篷顶。一顶人类的大帐篷以巨森灵的标准来说，也是非常矮小的。

罗亚尔又看了兰德一眼。他的朋友看起来比刚才更衰弱了。岚站在靠帐篷壁的地方，他戴着王冠。一顶简单的银质冠冕，王冠下是扎住头发的海多力。这并不奇怪，不过看到戴上了后冠的奈妮薇，罗亚尔还是愣了一下。

“这不公平，”奈妮薇悄声说道，“他为什么会死？其他人的伤势不都在好转吗？”

奈妮薇似乎感到非常困扰。她的双眼依旧布满血丝。不过任何人如果向她提起她的眼睛，都会让她更加烦恼，所以罗亚尔什么都没说。人类似乎经常希望他不要说话。对于一个如此健谈而又忙碌的种族来说，这点实在是很奇怪。

奈妮薇看到了罗亚尔。罗亚尔向她点了点头。

“罗亚尔，”她说道，“找到你想见的人了吗？”

“没有，”罗亚尔面带苦涩地说，“佩林不理我，麦特找不到。”

“你的故事可以等几天再写，建造者。”岚说道。

罗亚尔没有表示反对。毕竟，岚现在是国王了。但……不，他的故事不能耽搁，必须保证史料的绝对清晰和精确。

“情况的确很糟糕，”弗林仍然在看着兰德，“但，两仪师奈妮薇……这也很奇怪。她们三个似乎都很不在意，难道她们不该比我们更忧心……”

罗亚尔离开大医疗帐篷，去附近的一顶帐篷中探望了一下艾玲达。几名妇人正在照料她血迹斑斑、惨不忍睹的双脚。那双脚上明显少了几根脚趾头。艾玲达向走进帐篷的罗亚尔点点头。对她进行的治疗已经消除了她的疼痛，她显然非常劳累。

“你见过麦特吗?”罗亚尔充满希望地问道。

“没有，罗亚尔，阿伦特之子，海兰之孙，”艾玲达答道，“你刚刚问过我这个问题，这段时间里我还是没见到他。”

罗亚尔的脸红了。然后，他和艾玲达道别，走出帐篷，却见到伊兰和明就在帐外。他也很需要她们的故事，之前他已经向她们问过几个问题了。但那三个时轴……他们才是最重要的！为什么人类总是这么着急地跑来跑去，从不会在某一个地方安静地坐一下？这样会让他们没有时间思考。而今天又是格外重要的一天。

不过，难道明和伊兰不该待在兰德身边吗？伊兰似乎正在听取关于伤亡数字和难民补给品的报告。明只是看着煞妖谷，眼神却仿佛已经飘到很远的地方。她们都没有去握住正处在弥留之际的兰德的手。

好吧，罗亚尔心想，也许麦特已经从我身边溜走，回到梅丽罗去了。这些人从不会停留在一个地方，总是那么匆匆忙忙的……

麦特·考索恩正信步走在梅丽罗平原南边的霄辰营地中，至少这里没有一堆堆腐臭的尸体。

见到他的霄辰人不约而同地惊呼一声，伸手捂在嘴上。他则向他们拉拉帽檐。

“群鸦王子!”窃窃私语的声音从他身边向整座营地蔓延开去，仿佛寒冬深夜中的最后一瓶白兰地，带着不可思议的热切气氛。

麦特径直向图昂走去。她正站在营地中心处一张巨大的地图桌旁，和赛露西娅交谈着。麦特发现卡瑞德活了下来，也许这名视死卫士正在为此而感到愧疚。

图昂看着麦特，皱起了眉：“你到哪里去了?”

麦特抬起手臂。图昂的眉头皱得更紧了。她抬起头，却什么都没看到。麦特一转身，将手指向远处的天空。

夜花开始在营地上方的高空中炸开。

麦特咧开嘴，笑了起来。亚柳妲毕竟还能听一点话，哪怕只是那么一点。她实在是很喜欢制造各种爆炸。

现在天色还没有真正进入黄昏，但夜花还是壮丽异常。现在亚柳妲已经把一半操龙手训练成熟练的焰火匠人了，她似乎已经不再像以前那样死死守住照明者的秘密了。

夜花的爆炸声震动着整座营地。

“烟火？”图昂问。

“无论是在我的土地上，还是在你的土地上，这都是有史以来最该死、最好的烟火表演。”麦特说道。

图昂仍然皱着眉。灿烂的烟火在她的黑眼睛里映出倒影。“我怀孕了，”她说道，“判决见证人已经确认过了。”

麦特感觉到一阵错愕，就好像有一颗夜花在他的肚子里爆炸了。一个继承人。毫无疑问是一个儿子！这次到底有多大的机会是一个男孩？麦特勉强露出一个笑容：“那么，我猜我现在是解脱了，你有了继承人。”

“我是有了一个继承人，”图昂说，“但我才是解脱的那个人。现在，如果我愿意，我就可以杀了你。”

麦特感觉自己的笑容更欢快了：“那么，我们就走着瞧吧。告诉我，你玩过骰子吗？”

佩林坐在死者中间，终于开始哭泣了。

穿白袍的奉义徒和女人们正在死尸中继续翻找着。没有人见到菲儿，没有人。

我不能继续这样了。他已经有多久没睡过觉了？上次睡觉是在梅茵的那个晚上。他的身体正在因为疲劳而发出抗议。在那一晚之前，他已经将身体逼到了极限，在狼梦中度过了相当于现实世界几个星期的时间。

巴歇尔领主夫妇都已经阵亡，如果她还活着，她将成为沙戴亚女王。佩林的身体颤抖着，他没办法让自己再动一下。这片战场上有成千上万的死人。对于失去生命的尸体，搜寻者们只会做上一个记号，便不再注意了。佩林努力请求所有搜寻者帮他寻找菲儿，但他们更重要的任务是寻找生还的人。

烟火在渐渐黑暗的天空中爆开。佩林将头埋在手掌中，他感觉到自己倒卧下去，瘫软在尸体中间。

天空中突然出现的光芒让魔格丁打了个哆嗦，每一声爆炸似乎都让她看到了致命的火焰将沙塔人撕成碎片，还有那时耀眼的火光、极度的混乱。

然后……然后就是黑暗。当她醒来时，周围只剩下沙塔人的尸体。然后，她就发现这些傻瓜在战场上乱跑，发出胜利的欢呼。

他们赢了？魔格丁不由得在又一轮烟火的爆炸声中打了个哆嗦。暗主失败了。一切都完了。

不，不，她继续向前走着。她的脚步变得愈来愈坚定。魔格丁刚刚掐死了一名女劳工，变成了她的样子，并导引一点至上力，将身上的编织倒置。这样，她就可以轻松地逃离这个地方。她绕过一路上的尸体，丝毫不在意充斥在空气中的恶臭。

事情还没结束。她还活着。而且她是弃光魔使！这意味着……这意味着现在她成为一切黑暗力量的女皇。当然，暗主再度被囚禁起来了，这样他就无法惩罚她了。其他弃光魔使很可能都已经死掉，或者是同样遭到囚禁。如果这是真的，那么她又将拥有无可匹敌的知识和信息。

她将摆脱当前的困局，赢得属于她的胜利。她在一辆倾覆的载货马车旁停下脚步，伸手握住她的柯索弗拉。它还是完整的，她的灵魂没有受到损伤，太好了！她露出一个更加愉悦的微笑，编织出一点光芒，照亮眼前的道路。

是的……她抬头望向天空，雷雨云全部消散了。她尽可以利用现在的一切条件。这样的话……只要几年时间，她就能成为这个世界的主人！

有什么东西套住她的脖子，并喀嗒一声合住了。

魔格丁恐惧地将手向自己的脖子伸去，厉声尖叫道："不！不要！"至上力离开了她，她的伪装消散了。

一名得意的罪奴主站在她身后："他们说，我们不能捉拿那些自称为两仪师的人。但你没有戴那种戒指，而且你鬼鬼祟祟的样子也很可疑。我相信，我没有抓错人。"

"放开我！"魔格丁拼命想要抓住罪铐，"放开我，你……"

痛苦让她倒在地上，吃力地挣扎着。

"我的名字是沙娜恩。"那名罪奴主说道。这时，另一个女人走了过来，她还牵着一个罪奴。"而你应该称我为'主人'。我想，我们应该尽快返回艾博达了。"

她的同伴点点头，那名罪奴开始施展神行术。

她们只能拖着倒在地上的魔格丁。

奈妮薇从医疗帐篷里走出来，望着煞妖谷。太阳几乎已经落到地平线以下。

“他死了。”她对聚集在帐外的一小群人低声说道。

说出这句话的感觉就像是将一块石头砸在自己脚上。她没有哭泣。她已经流下了许多泪水，但这并不意味着她不感到心痛。

岚跟随她走出帐篷，伸手搂住她的肩膀。她也抱住了岚。不远处，明和伊兰对望了一眼。

瑞格林和达林悄声说了几句话。达林在指挥帐篷的残骸中被找到的时候，已经命悬一线了。他们两个都朝伊兰和明皱起眉头。奈妮薇依稀听到瑞格林说：“那个艾伊尔野人自然是没心没肝，但安多女王和另外这个呢？一滴眼泪都没有。”

“她们已经被吓坏了。”达林说。

不，奈妮薇注视着明和伊兰，她们三个知道我不知道的东西，我必须把实情从她们肚子里挖出来。

“等我一下，”奈妮薇说着，从岚身边走开了。

岚跟在她身后。

她回头朝岚竖起一道眼眉。

“今后这几个星期里，你都别想甩掉我，奈妮薇。”岚说道。爱意如同潮水般涌过约缚，“无论你是怎么想的，都不可以。”

“顽固的公牛。”奈妮薇嘟囔了一句，“如果我记得没错，你才是那个一定要离开我，一个人奔向你那个所谓最终命运的人。”

“你是对的，”岚说道，“你一直都很正确。”他的语气非常平静，让人几乎没办法对他发火。

而且，现在更让她生气的是那些女人。奈妮薇选择艾玲达作为第一个目标。大步朝她的帐篷走去，岚跟随在她身边。

“……鲁拉克死了，”艾玲达正在对索瑞林和柏尔说话，“我认为我见到的事情一定是可以改变的。它已经改变了。”

“我也看到了你所见到的幻象，艾玲达，”柏尔说道，“或者是与之相似的幻象。只不过我透过的是另一些人的眼睛。我相信，这是对我们的一种警告，警告我们绝不能让这种事情发生。”

另外两个人同时点头。然后，她们瞥了奈妮薇一眼，露出一副毫无表情的两仪师面孔。艾玲达的样子也像她们一样糟糕。她镇定自若地坐在椅子里，双脚被绷带紧紧地缠住。也许再过几天，她便可以站起来。但她永远都不能战斗了。

“奈妮薇·爱米拉。”艾玲达说。

“你有没有听到我的话？兰德已经死了，”奈妮薇说道，“他静静地走了。”

“那个饱受创伤的他已经从梦中醒来，”艾玲达平静地说，“他必须这样做。他的死亡是伟大的，他的伟大将得到纪念与尊崇。”

奈妮薇向前俯过身。“好吧，”她恶狠狠地说着，拥抱了真源，“说实话，我之所以选择你，是因为你不能从我的面前逃开。”

艾玲达表现出一种大概可以称之为“畏惧”的神色，不过这种表情从她的脸上一闪即逝。“我们准备为他进行火葬吧。”

佩林一个人在狼梦中狂奔。

其他狼都在为他的悲痛发出阵阵哀号。佩林跑远之后，它们又开始继续庆祝胜利。但佩林知道，它们对他的同情是真诚的。

他没有号叫，也没有哭泣。他变成了犊牛。他在奔跑。

他不想来到这里。他想要睡过去，真真正正地睡过去。在睡梦中，他不会感到痛苦。但在这里，他会痛。

我不该离开她。

这是一个男人的想法，为什么它会溜进他的脑海？

但我还能做什么？我答应过，不会将她当作一件瓷器。

奔跑，飞快地奔跑，直到他再没半点力气！

我必须去找兰德。我必须去。但我这样做的时候，就辜负了她！

两河一闪而过。他沿着大河奔跑，然后是荒漠，然后回头，奔向法美。

我怎么可能同时保护他们两个？我只能对一个人放手。

提尔，然后是两河。一个影子，咆哮着，移动得像他一样快。在这里，在这里他与她结合。

他在这里发出长号。

凯姆林、凯瑞安、杜麦的井。

在这里，他救了他们之中的一个。

凯瑞安、海丹、梅登。

在这里，他救了另一个。

他生命中的两股力量，每一股都在牵扯着他。犊牛终于在安多附近的一片山丘中瘫倒了，这是一个让他感到熟悉的地方。

我在这里遇到了艾莱斯。

他又成了佩林。他的思维并不是狼的思维，他的困扰也不是狼的困扰。他抬头望着天空。在兰德牺牲以后，天上已经没有了黑云。他本想在自己的朋友去世时，能陪在他身边。

但这一次，他要去菲儿死的地方。

他想要尖叫，但这样做没有任何意义。“我必须放手，不是吗？”他对天空悄声说道，“光明啊，我不想这样。我学会了很多。我从梅登学会了很多。我没有再这样做过！这一次，我做了我该做的。”

附近某个地方，一只鸟在天空中鸣叫。狼发出吼声，它们在狩猎。

“我学会了……”

一只鸟在叫。

听起来，像是一只猎鹰。

佩林跳起来，转过身。在那里。他在瞬间消失，出现在一片他不认识的旷野中。不，他知道这个地方。他知道！这里是梅丽罗，只是这里已不再有鲜血，不再有被踏入污泥的枯草，不再有崩裂和破碎。

在这里，他找到一只纤小的猎鹰，小得如同他的一只手掌。这只鸟在轻声叫着，一条断腿被压在石块下面。它的心跳非常微弱。

佩林咆哮着醒了过来。他冲出狼梦，站在一片堆满尸体的战场上，向夜空大声吼叫。附近的搜寻者都惊慌地向远处逃去。

在哪里？在黑夜里，他还能找到那个地方吗？他奔跑着，跳过一具具尸体，绕过导引者和龙炸出的深坑。他停下脚步，不断扫视四周。在哪里？哪里！

一丝花朵香水的气息从空气中飘来。佩林冲了过去，用肩膀顶起一具巨大的兽魔人尸体。这具尸体下面是一个高度快到胸口的尸堆。佩林看到了一匹马的残尸。佩林不知道自己在做什么，也不知道自己怎么会有这样的力气。他将马尸也拖到了一旁。

死马的下面，满身是血的菲儿躺在一个小坑洼中，呼吸极其微弱。佩林哭喊一声，跪倒下去，将她搂在臂弯里，嗅着她的气息。

只是心跳的时间，佩林已经进入狼梦，将菲儿带到北方的煞妖谷山脚下，再从狼梦中出来。几秒钟之后，奈妮薇开始为仍然躺在他臂弯中的菲儿治疗。他不愿将菲儿放下。

菲儿，她的猎鹰，微微抖动了一下，然后睁开眼睛，向他露出微笑。

号角英雄们都走了，只有柏姬泰在夜晚到来时仍然留了下来。不远处，士兵们正在准备兰德・亚瑟的火葬堆。

柏姬泰不能继续逗留太久了。不过现在……是的，她还在这里。因缘没有急着将她带走。

“伊兰？”柏姬泰问，“你是不是知道什么关于转生真龙的事？”

伊兰在落日的余晖中耸耸肩。她们两个正站在参加转生真龙火葬仪式的人群后面。

“我知道你的计划，”柏姬泰对伊兰说，“你对那支号角的计划。”

“我在计划什么？”

“保留它，”柏姬泰说，“还有那个男孩。让它成为安多的珍宝，也许是一个国家的武器。”

“也许。”

柏姬泰微微一笑：“那么，我送走了那个男孩应该是一件好事。”

伊兰转过头看着她：“什么？”

“我让奥佛尔走了，”柏姬泰说，“并派了我信任的卫兵护送他。我要奥佛尔找一个没有人能到达的地方，一个他自己也会忘记的地方，把圣号角扔在那里。也许是大海吧。”

伊兰轻轻呼了一口气，然后转回身，继续看着火葬堆。“真是让人难以忍受的家伙。”然后，她停了一下，“谢谢你把我从这件事中解救出来。”

“我估计你也会这样想。”不过，柏姬泰也承认，她原先以为伊兰会用很长一段时间才能清醒过来。但伊兰在过去的几个星期中已经成长了。“不管怎样，既然你在过去几个月里很好地忍受了我，就说明我可不是什么‘令人难以忍受的家伙’。”

伊兰再次转向她：“听起来，你像是在和我告别。”

柏姬泰继续微笑着。伊兰果然能够感觉到。“是的。”

伊兰看起来有些哀伤：“一定要走吗？”

“我就要转生了，伊兰。”柏姬泰悄声说道，“现在，在某个地方，一个女人正要生出她的孩子来。而我会到那个身体里去。这件事已经发生了。”

“我不想失去你。”

柏姬泰咯咯地笑着：“好吧，也许我们还会再见。而现在，为我感到高兴吧，伊兰。这意味着轮回在继续，我将再次和他在一起。加达……我将只比他小一两岁。”

伊兰抓住她的手臂，眼里含着泪水：“爱与和平眷顾你，柏姬泰。谢谢。”

柏姬泰微笑着，闭上眼睛，让自己飘走了。

当夜幕降临这片大地时，谭姆眺望着这个曾经是全世界最恐怖的地方——煞妖谷。最后一点光亮让他还能依稀看到在这里生长的草木。花朵在绽放，青草覆盖了染血的武器和尸体。

这就是你给我们的礼物吗，儿子？他心中想道。最后一件礼物？

谭姆用身边火坑中噼啪作响的篝火点燃了手中的火把。他向前走去，走过一排排站在黑夜中的人们。被告知兰德将在此接受火葬的人并不多。所有人都想来观礼，也许他们全都有这样的资格。两仪师们正在讨论，要为艾雯精心准备一次纪念仪式。谭姆则更喜欢儿子在这种平静的气氛中下葬。

兰德终于能够休息了。

他走过仍然低垂着头的人们。除了谭姆以外，没有人举着火把。一支大约两百人的小队伍围绕在兰德的棺材旁，在黑暗中静静地等待着。谭姆手中的火把放射出橘红色的光芒，照亮一张张肃穆的面孔。

在黑夜里，即使有火把照明，也很难区分出艾伊尔人、两仪师、两河人和提尔国王的面孔。他们现在只剩下一些轮廓，在向转生真龙的尸体致敬。

谭姆走到火葬堆旁。汤姆和沐瑞已经站在这里，他们双手相握，神情庄重。沐瑞伸出手，温柔地握了一下谭姆的手臂。谭姆看着火光中自己儿子的脸。他没有抹去眼里的泪水。

你做得很好，我的孩子……你做得真的很好。

他虔诚地点燃了火葬堆。

明站在人群前面，看着谭姆肩膀低垂，在火焰之前低下了头。终于，兰德的父亲走回两河人之中。亚贝·考索恩拥抱了他，低声和这位老友说着话。

黑暗中，人们纷纷转向明、艾玲达和伊兰。大家在等待这三个人说话，至少她们应该有某种表示。

明和另外两个人严肃地走上前。艾玲达需要两名枪姬众的扶持，不过她已经能靠着伊兰站立了。枪姬众退了下去，火葬堆前只剩下她们三个。伊兰、明和艾玲达站在一起，看着火焰燃烧，吞噬了兰德的躯体。

“我见到过这一幕，”明说道，“当我第一次遇到他的时候，我就知道终究会有这样一天。我们三人，一起在这里。”

伊兰点点头：“那么，现在该怎样？”

“现在……”艾玲达说，“现在，我们要确保每一个人相信，他真的走了。”

明也点点头，感觉到脑海深处约缚的脉动，那脉动每时每刻都在变得更强。

兰德·亚瑟。只有兰德·亚瑟一个人，在一顶黑暗的帐篷中醒过来。有人在他的床边留下了一支蜡烛。

他深吸一口气，挺了挺腰。他觉得自己似乎熟睡了很长时间。难道他不该感觉到疼痛？僵硬？酸楚？但他并没有这样的感觉。

他伸手到腰间，摸了一下那里的伤口。完好无损的皮肤。这么长时间以来，那里第一次不再有任何痛苦。他几乎不知道该如何适应这种感觉。

然后，他低下头，看到按在腰间的是自己的左手。他笑了，将那只手举到面前。要是有镜子就好了，他想道，我需要一面镜子。

他在帐篷中的另一个区域找到一面镜子。很显然，他被一个人留在这里。他举起蜡烛，向这面小镜子里望进去。莫瑞笛的脸出现在镜子里。

兰德抚摸着这张面孔，感觉着它。在他的右眼中悬浮着一粒萨埃。这颗黑点的形状很像龙牙，停在那里纹丝不动。

兰德回到他醒来的那个区域。雷芒的剑也在那里，被放在一堆整齐叠好的衣服上面。这些衣服有很多，样式各异。艾丽维娅显然不知道他想要穿什么。这些衣服和剑当然都是她留下的，另外还有一只装满各国货币的袋子。艾丽维娅对衣服和钱都从来都不很在意。不过她知道，兰德需要这两样东西。

她会帮助你去死。兰德摇摇头，穿上衣服，拿起钱袋和剑，悄然走出帐篷。有人在帐篷外系了一匹好马，一匹斑点骟马。这对他也会很有用。从转生真龙到盗马贼。兰德不由得笑了两声。这匹马没有鞍子，他只能将就了。

他犹豫了一下。不远处的黑暗中，人们正在歌唱。这里是煞妖谷，但又和他记忆中的煞妖谷全然不同。这是一个生机勃勃的煞妖谷。

人们唱的是一首边境国的葬礼歌曲。兰德牵着马，在黑夜中向众人靠近了一点。从两顶帐篷的缝隙中，他看到三名女子站在一座火葬堆旁。

莫瑞笛，兰德想，被当作转生真龙，接受了充满敬意的安葬。

兰德退回去，骑上斑点马。他注意到有一个人没有站在火葬堆前。当所有人的目光都集中在那一团熊熊火焰上时，那个孤独的影子正在看着他。

是凯苏安。她上下打量着兰德眼里闪动着来自兰德火葬堆的光亮。兰德点点头，等了一会儿，然后才转过马头，让马儿跑了起来。

凯苏安看着他离开。

奇怪，这名两仪师想道，那双眼睛更加重了她的疑心。她应该注意这个线索。现在没必要去关注一个无聊的火葬堆。

她走过营地，结果径直撞进了一个埋伏圈里。

“赛尔琳，”她对出现在身边的人说道，“尤缇芮、莱罗勒、茹班德，这是怎么回事？”

“我们需要指引。”茹班德说。

“指引？”凯苏安哼了一声，“去问新的玉座吧，只要你们找到一个可怜的女人，把她放到那个位子上。”

她们只是跟随在她身边。

凯苏安突然停住脚步。

“哦，该死的，不！”凯苏安转向她们，“不，不，不。”

她们的脸上露出了猛禽捕食时的微笑。

“你一直都能睿智地指出转生真龙的责任。”尤缇芮说。

“你提到过，在这个纪元中，女人们需要得到更好的训练。”赛尔琳说。

“这是一个新的纪元，”莱罗勒说道，“我们要面对许多挑战……我们需要一位强大的玉座来引领我们。”

凯苏安闭上眼睛，呻吟了一声。

兰德看凯苏安没有再跟上来，终于松了一口气。那名两仪师并没有发出警报，但也没有简单地放过他。不过，最后她终于和另一些两仪师一同走开了。

凯苏安对他有所忧虑，也许是有着某种兰德所不希望的怀疑。幸好她没有再警告其他人。

兰德叹息一声，摸了摸口袋，找到了一支烟斗。谢谢你，艾丽维娅，他一边想着，一边从另一只袋子里摸出烟叶。然后，他凭直觉导引至上力，要把烟斗点燃。

他什么都没找到。虚空中没有阳极力，什么都没有。他愣了一下，然后微笑着，心中生出一种如释重负的感觉。他不能导引。为了确认，他试探性地朝真源伸展过去。什么都没有。

他看着自己的烟斗，让坐骑靠近萨坎鞑谷壁缓步前行。现在，这里已经是绿草如茵。该如何把烟斗点燃呢？他在黑暗中继续端详着烟斗，然后开始想象它被点燃的样子。烟草冒起了青烟。

兰德微笑着向南方走去。他又回头瞥了一眼。那三名女子都从火葬堆上抬起头，朝他望了过来。借助火光，他能看到她们，只是无法分辨出她们的表情。

她们之中有谁会跟随我吗？他心里想着，脸上的笑意更浓了。兰德·亚瑟，你真是太自以为是了。不是吗？她们真的会跟你走吗？

也许她们之中不会有任何人跟随他，或者也许她们都会跟他走——在她们能自由支配的时间里。他发现自己笑出了声。

他会选择哪一个？明……要留下艾玲达吗？伊兰。不。他笑了。这不是他能做的选择。他让三个女人爱上了他，却不知道想让谁跟他走。她们之中的任何一个，所有她们三个。光明啊，你没救了。你爱上了她们三个，就再也逃不脱了。

他催开坐骑，慢跑起来，一直向南跑去。他有满满一袋钱、一匹好马和一把好剑。雷芒的剑实在有些太名贵了，也许会惹来不必要的注意。毕竟这是一口带有苍鹭徽记的名剑。

艾丽维娅是否知道给他准备了多少钱？她对钱是没有概念的。也许她偷的钱有些太多了。所以，他不只是一个盗马贼。其实他只是要艾丽维娅给他弄一点金币，于是她就照做了。用这些钱，他能够在两河买下一整座农场。

向南。再向东或向西都可以。他只想找一个远离眼前这一切的地方。先向南，然后也许是向西，沿着海岸前进。也许他能找到一艘船？这个世界还有那么多地方他没看过。他经历过几场战争，曾经被卷入一场巨大的权力游戏，做过很多他根本不想去做的事情。他也见过父亲的农场，还有一些宫殿。他的确是见识过不少宫殿。

但他确实不曾有闲暇认真看过这个世界的许多地方。这将是一场新的旅程，他想道。没有人追赶，没有必要统治这里或那里。只需要给人家劈劈柴，就能在谷仓里过一夜。想到这里，他大笑起来，抽着他不可思议的烟斗。这时，一阵风在他身边卷起，裹住了这个曾被称为“陛下”、“转生真龙”、“国王”、“杀人犯”、“爱人”和“朋友”的人。

风愈升愈高，自由自在地跃入无云的晴空，飞过许多尚未掩埋的尸体和一片残破的大地。而同样在这片大地上，到处都洋溢着欢庆的气息。被风吹动的枝头终于生出了嫩芽。

风向南吹去，越过一片片森林、平原，直到无人开垦的荒野之地。这阵风没有终结，正如时光之轮的转动不会终结，永远不会。

但这的确也是一个结尾。

它曾在过往的岁月中出现，我们曾经经历，并将再次经历，黑暗压迫大地，让人类的心灵窒息。绿色衰败，希望泯灭。于是人们向创世主哭喊、祷告。哦，天堂之光，世界之光，让被允诺者生在那高山之上。那是预言中记载的定数。他在过往的世代中，在将至的世代中。让晨光的王子向大地歌唱，草木由此得以生长，我们得到新的羔羊。让黎明君主的臂膀守护我们，为我们抵挡黑暗。正义之剑是我们永远的屏障。真龙永远在时光之风中飞翔。

——摘自卡拉·迪安纳兰·德·卡拉蒙，《真龙轮回》，第四纪元

他如风一般到来，如风一般触及一切，也如风一般消逝。

——摘自《真龙转生》，作者：罗亚尔，阿伦特之子，海兰之孙，第四纪元

（《光明回忆》完，“时光之轮”全系列完结）

编后记

“时光之轮”系列十五卷终于完结了。审读到最后几十页时竟不忍心将它看完。回头想一想，这真是一段奇妙的旅程。从2009年“时光之轮”系列第一卷《世界之眼》出版以来，到现在已经快七年了，其间更换了三位责任编辑。罗伯特·乔丹的创作持续了几十年，读者从少年熬成了大叔，而故事里发生的时间，却只有短短两年。原来，不同的次元，对时间的概念也是各不相同的。

不过，在“时光之轮”的故事里，这绝对是了不起的两年。末日战争从蓄势到爆发，主人公从牧羊少年转变为超级领袖，其间种种惊心动魄之处不容细说。在这里，我只想衷心建议入了“时光之轮”大坑的你们：请一定、一定要完整地读完这个系列。因为，只有通过全程的陪伴，最终卷的逆转才尤为精彩。至少于我而言，那是一次奇妙的唤醒。

以前看，觉得兰德的人物原型很像古希腊神话里推着巨石上山的西绪弗斯。后来发现不只兰德，每个人都是。“时光之轮”讲述的是西绪弗斯们的集体命运。以一场全人类必将面临的末日之战，将悬念推向极致。在极致中，作者才开始从容揭开他的谜底。

《三国演义》说“天下大势，分久必合，合久必分”。时轮世界也有它的哲理：“时光之轮旋转不息，它既是结束，也是开始。”一句话概括了几个纪元。就像易经六十四卦的最后一卦——火水未济。没有终极的空无，世界永在绵绵不绝的延续与轮回中。

虽是奇幻小说，“时光之轮”并没有飞扬跋扈的浪漫色彩，漫漫十五卷，它更像披了奇幻外衣的真龙大陆战争史。时光如风，尘埃落尽。第四纪元从开始到结束，每个种族的兴起与衰落，在故事的时空设定中只是时光之轮一个轮辐的转动。

最终卷《光明回忆》用将近一百万字描述了真龙大陆与暗影势力的末日之战。乔丹从第一卷开始小心翼翼地铺垫，以主人公的足迹为线索，将故事版图从两河村落延伸至整个真龙大陆。这片大陆上，南至风暴海、提尔之岩，北至边境国，末日山脉。工于心计的两仪师聚集在版图的心脏塔瓦隆，艾伊尔人行踪不定，霄辰人一心争霸，虎视眈眈……各方势力此消彼长，互相敌视又团结，共同对抗人类的大敌——暗影。

而最终凌驾于残酷喧嚣的末日战争之上的，还是兰德和暗帝的较量，他们比拼的不再是“剑与魔法”，而是创世主的逻辑。我想这是乔丹真正要表达的东西。

可为什么这一次，兰德依然没有杀死暗帝？

暗帝告诉兰德：吾敌，我若杀死你，我将得胜。

而你若杀死我，我终得胜。

于是他们三次对决，兰德发现自己失败了。

暗帝两次编织的世界，第一次暗影横行。人类的肉体被奴役，心灵被腐蚀。第二次，那里既没有善，也没有恶。然而是一个真正堕落的世界，只剩一具漂亮但极度空虚的躯壳。

兰德打破了暗帝的编织，将因缘的丝线重新创造，于是第三个光明的世界，由转世真龙兰德掌控的世界诞生了。这里没有暗帝的存在，长风浩荡，晴空万里。人们沐浴在光明之中。兰德看见了自己的妻子，一个幸福的孕妇，静静坐在王宫内的花园深处。他满怀爱意地走过去，可当他望向她的目光深处时，美梦幻灭了，因为兰德发现，那目光深处没有灵魂，只有傀儡一般的神情。那个幸福的女子，也根本不是他所熟悉的真实的爱人。

兰德的信念动摇了。他一心想要创造驱逐了暗帝的世界，却创造出一种更加恶劣的真实。为什么，这个由他创造，没有暗帝的世界更让他感觉恐惧呢？如果，光明一样要争夺这个世界的主宰权，那么光明与暗影又有什么分别？

兰德在因缘之外俯瞰，人间已成了一片血色屠宰场，那么多他的挚友、导师、亲人都逝于这场末日之战，他曾发誓要保护他们。因为他是转生真龙，一个注定要拯救人类的英雄，这是他背负的重任和虚荣。

少年时代的恋人艾雯，与敌人同归于尽后，她的灵魂飘荡而来告诉兰德：“你已经拥抱了你的死亡。我也会拥抱我的。”这句话不客气一点就是：我死我的，干卿底事。

艾雯的固执和一往无前反而促成了兰德的顿悟。最终他释然了。放弃了因为没能拯救艾雯、拯救所有人而感到的耻辱。他放弃了保护她、保护所有人的愿望。他放手让他们成为英雄。

终于他也第一次放开身份，理解了那些在光影歧路间仍执意追寻光明的人类。暗帝是注定会失败的。而暗帝的失败却并非因为他。选择就是人类的命运，邪恶无法杀死，但可以选择光。

我一直觉得乔丹是拙于讲故事的人，他从不擅长用悬念推动剧情，只是工整地、全方位地铺叙。读"时光之轮"，就像乘坐豪华游轮行驶在航线明确的大江大河，然而临近终点，才发现眼前根本不是自己预料的目的地。

因缘为什么要将转生真龙一次次带回世间，一次次将他推向至高无上的地位以拯救人类？原来并非让他成为凭一己之力拯救人类的殉道者，恰恰相反，是通过与暗帝的对决，让他放弃成为英雄，而做回一个温柔而充满爱意的普通人。

小说最后五页的逆转让人始料未及，却精彩得难以置信。我读完以后，仿佛压在心头的沉重也获得了某种释放，刹那间，涌起一股攀高山、喝烈酒、飞往海洋的自由愿望。

假的转生真龙，遗体静静躺在那里，接受了人类盛大的祭奠。而真正的那个，早已飘然远去。告别了"陛下"、"转生真龙"、"国王"、"杀人犯"、"爱人"和"朋友"等一切身份，踏上他新的旅程。

呼应了故事里的哲学：时光之轮旋转不息，既是结束，又是一个新的开始。

于我们而言，又何尝不是呢？

※ 注：罗伯特·乔丹已于 2007 年过世。第十二部开始，由布兰登·山德森接写传奇。

附录：与罗伯特·乔丹夫人的访谈记录

2015年美国书展结束后，小编在同事的帮助下联系到了罗伯特·乔丹的夫人海莉叶（以下简称乔丹夫人）所在的经纪公司（Bandersnatch Group，Inc.）。随后通过邮件和乔丹夫人做了简单深入的Q&A。小编收集了一些中国读者较为关注的问题。非常幸运的是，我们也得到了乔丹夫人细致而耐心的回答。

以下是邮件访谈的具体内容。

小编：很多中国读者非常热爱《时光之轮》，他们从第一卷追到第十四卷大结局，足足坚持了六七年，从少年熬成了大叔。请问您有什么话想告诉《时光之轮》的中国读者吗？或者说，您对他们有什么期待呢？

乔丹夫人：我希望，中国的读者们能够像我和很多世界各地的时轮粉一样热爱这个系列。我听说过很多粉丝们的故事，《时光之轮》是如何改变了他们的生活，又是如何帮助他们度过人生中的低落时期，以及，他们如何通过《时光之轮》结识了志同道合的朋友甚至于因为它而找到了人生伴侣。我衷心希望中国的读者们能够从这个系列收获相同的乐趣。

小编：《时光之轮》像发生在奇幻世界里的历史大片，内容恢宏壮阔，中国读者如何更好地阅读和体会这部奇幻巨著，请问您有什么建议吗？

乔丹夫人：在美国和欧洲，《时光之轮》的读者会不断进行交流，以此更加透彻地了解这个故事。有时候，这些读者们会相约见面，有一些关于《时光之轮》的官方网站也已经建立了（比如说龙山 Dragonmount.com 和 Theoryland.com 等）。在这些网站中，粉丝们可以提出问题，寻求解答。他们的讨论可以让很多含混不清的问题变得更加容易理解。

了解“时光之轮”本身的寓意也会帮助我们理解这个故事。七个轮辐代表七个不同的纪元。其中一个是我们正在经历的真实生活。只不过这个纪元离书中所描述的那个非常遥远。每隔七个纪元，同一个纪元又会循环往复。每个纪元会延续成千上万年。所以纪元的轮回要间隔许多许多个千年。

罗伯特·乔丹融入了诸如基督教，伊斯兰教，佛教，印度教，美国土著以及其他的著作和信仰，从尼采到儒家的哲学，和世界各地的神话传说来创造人物和书中的文化。所以，读一读与前文有关的书籍会有助于理解《时光之轮》。

小编：除了《新春》，《时光之轮》这个系列还会不会出版新的番外篇？

乔丹夫人：《时光之轮》系列没有其他的番外了。这个系列唯一即将出版的作品是“时光之轮大百科”。这本书罗列了这个系列出现的人物、地域、事件和生物。我和我的助手以及乔丹先生的助手，Maria and Alan，通过乔丹先生的笔记撰写了它，Tor 出版社将在今年的 11 月 3 日出版此书。

小编：请问《时光之轮》近期有没有电影或电视剧的拍摄计划？

乔丹夫人：对于该系列的改编还有待商榷，目前还没有更多的细节。

小编：请问罗伯特·乔丹先生当年大概留下多少创作笔记，支撑起布兰登·山德森完成最后三卷的大结局？有哪些经典情节是他预先设定的，有哪些情节最终没有写出来？又有哪些情节是山德森先生独创的呢？

乔丹夫人：罗伯特·乔丹留下了数量惊人的笔记帮助布兰登·山德森完成这个系列。这些文件在我的电脑里占据了 200MB，而且它们全是文本文件，一共有 107 个文件夹以及 847 份文件。当然，这些文件也有重复的。然而它依然是一个惊人的故事宝库。查尔斯顿大学(College of Charleston)的罗伯特·乔丹基金会得到了这些笔记的复本，并且可以通过预约来进行查看。

罗伯特·乔丹亲笔写下了一些完整的故事情节，并且口述了另外一些。最后三部序章中的许多场景都是罗伯特写的。在《光明回忆》的结尾处，罗伯特也留下了一些场景的概要。不过在最后三部的通篇内容中，罗伯特在一些地方只是用一句话描述了一定会发生的事情。布兰登要创作许多内容来连缀和丰富这些情节的碎片。我们并不倾向于详细区分哪些部分是布兰登的，哪些是罗伯特的。布兰登将罗伯特·乔丹意图呈现的所有情节点都囊括进了一个完整的故事中。

小编：《时光之轮》留下了开放式的结局，拥有多种解读的可能，中国的书迷对此一直争论不休。请问您如何评价这部小说的结局？

乔丹夫人：我对这个结局很满意。罗伯特从来没有计划收拢所有的情节。在 2001 年“精灵奇幻节”(Elf Fantasy Fair)的一次访谈中，他说：我将结束所有主要的故事线索，结束一些次要的故事线索，其他一些次要的故事线将保持悬而未决。而且我还要做一件更过分的事：我会在最后一本书的最后一幕设置一个悬念，让一些读者认为我在设定一个续集。我正在做的，和我将要做的，是留给你们一种印象，就是这个世界依然在继续，它的生命永不会完结。